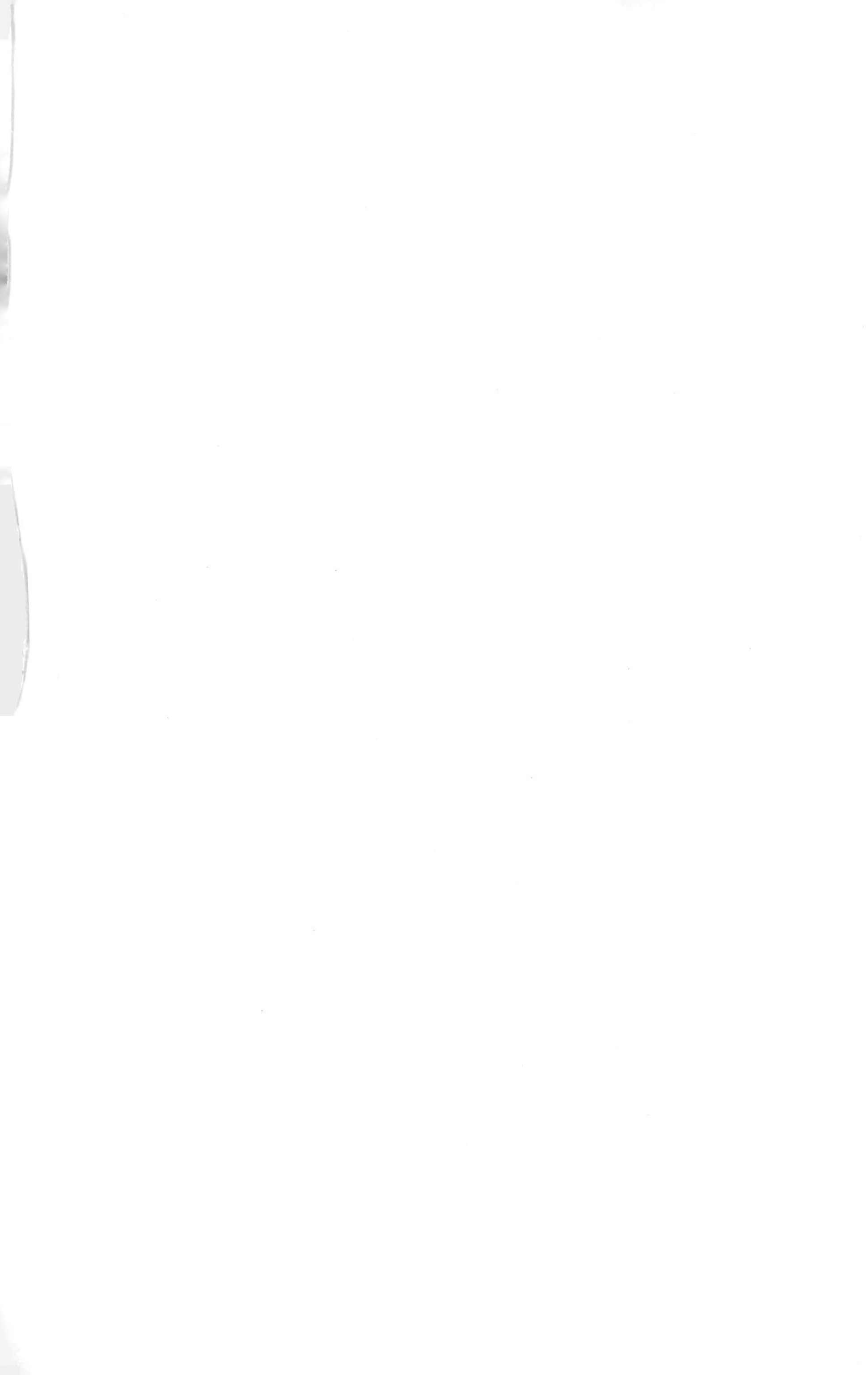

中國古典文學基本叢書

徐渭集

第一册

中華書局

圖書在版編目(CIP)數據

徐渭集/(明)徐渭撰.—北京:中華書局,1983.4
(2025.3 重印)
(中國古典文學基本叢書)
ISBN 978-7-101-01677-2

Ⅰ.徐… Ⅱ.徐… Ⅲ.徐渭(1521~1593)-古典文學-作品綜合集 Ⅳ.I214.82

中國版本圖書館 CIP 數據核字(98)第 07143 號

責任印製:陳麗娜

中國古典文學基本叢書
徐 渭 集
(全 四 册)
*
中華書局出版發行
(北京市豐臺區太平橋西里 38 號 100073)
http://www.zhbc.com.cn
E-mail:zhbc@zhbc.com.cn
大廠回族自治縣彩虹印刷有限公司印刷
*
850×1168 毫米 1/32 · 42⅞印張 · 10 插頁 · 937 千字
1983 年 4 月第 1 版 2025 年 3 月第 11 次印刷
印數:25301-26500 册 定價:158.00 元

ISBN 978-7-101-01677-2

青藤山人小像

徐文長三集卷之一

明會稽　徐渭　文長

陶望齡　周望　校

謝伯美　開美

商濬　景哲

陳汝元　起侯同校

賦

涉江賦

昔潘岳作秋興賦序稱三十有二歲始見二毛時岳

徐文长三集

徐文長逸稿卷之一

山陰　張汝霖肅之父　評選

王思任季重父　張維城宗子父較輯

五言古詩

寄吳宣鎮

吳公本儒者，而有燕頷姿。一朝秉元戎，虜馬不敢覷。赫赫百年內，舉籌不數枚。大易稱神武，豈在多傷夷。明主見萬里，何況數驛馳。白璧本不瑕，青蠅亦何為。稍問物尚方，作帑綴冠緹。揷羽高尺五，廁以牽鈎

徐文长逸稿

月明和尚度柳翠

（外扮月明和尚負搭邊上內盛一紗帽一女面具一僧帽一偏衫）百尺竿頭且慢逞強。一交跌下哭街坊。可憐一口兒西湖水。流出桃花賺阮郎。老僧且不說俺的來由、且說几句法門大意、俺法門象什么、象荷葉上露水珠兒。又要沾着。又要不沾着。又象荷葉下淤泥藕節。又不要齷齪。又要些屋足。脩為畧帯、就落羚羊角、挂向宝樹沙羅、雖不相粘、若到年深日久、未免有竹節几痕。點檢粗加、又象孔雀胆、摻在香醪琥珀、既然厮渾、却又撩丢成甜、不如連金杯一潑。一絲

萬曆戊子徐氏刻本《四聲猿》（玉禪師）

出版説明

徐渭（公元一五二一——一五九三），字文長（初字文清），别號田水月、天池山人、青藤道士等，浙江山陰（今紹興市）人，是十六世紀著名的文學藝術家。

徐渭出生於一個封建官吏家庭，幼年就以能文爲人稱賞。但他只考上一名秀才，以後屢試不第，終生在功名上没有成就。他在鄉里曾和許多文人名士交往，以詩文得名。又師事王陽明的門人季本，從之學「致良知」的學説。他的思想比較複雜，接受過各家唯心論哲學的影響，據説曾有莊子内篇注、素問注、郭璞葬書注、四書解、首楞嚴經解等著作，但未見傳本，現在只見到有分釋古注參同契一書。

在徐渭一生中，最重要的政治事件是抗倭戰争和胡宗憲之案。徐渭曾參加過抗倭的戰鬥，寫過兩篇對倭作戰方案的建議——擬上府書和擬上督府書，據他自己説：「生平頗閲兵法，粗識大意，而究心時事，則其愚性之使然，亦遂忘其才之不逮。如往歲柯亭高埠諸凡之役，嘗身匿兵中，環舟賊壘，度地形爲方略，設以身處其地，而默試其經營，筆之於書者亦且數篇」。可見他是一個關心時事、愛談兵法的人。胡宗憲當了浙閩軍務總督，聽説徐渭的文名，把他招致幕下。徐渭替他寫了不少奏章文牘，深得胡宗憲的器重。後來胡宗憲被逮下獄，徐渭也受到政治迫害，憂憤成狂，甚至打算自殺。在自己寫的墓誌銘中，表達了他憤懣痛苦的心情。他在祭少保公文中説：「公之生也，渭既不敢以律己者而奉公於始；今其殁也，渭又安敢以思功者而望人於終？蓋其微且賤之若此，是以兩抱志而無從。惟感恩於一盼，潛掩涕于蒿蓬。」大致可以説明他的思想狀態。徐渭自殺未成，最後又因殺妻而下獄，他自己並不承認是狂，好像其中還有複雜的原因。最後竟抑鬱而終。

徐渭代人寫了不少應酬文章，他説「渭於文不幸若馬耕耳」，就是説這類文章都是爲人作嫁，言不由衷，如他自己所説，「存者亦諛且不工」。此外，還有一部分言志抒懷的文章，很有獨特的風格。據説唐順之很贊賞他的文章，茅坤又錯把他的文章看作唐順之的作品。袁宏道也竭力稱揚徐渭的文章，説他「一掃近代蕪穢之習」。可以認爲，徐渭應屬於復古主義的反對派，上繼唐宋派的餘緒，下開公安派的先聲。他寫了一些反映抗倭戰争的文章，如陶宅戰歸序、彭應時傳和送給俞大猷、戚繼光的贈詩贈序，都有一定史料價值。徐渭主張「詩本乎情」，反對摹擬，在當時是有進步意義的。他的詩裏也表現了一些戰鬥生活和邊塞風光。還有一些現實生活的反映，如設爲魚蝦所詰中揭露了「大魚吃小魚，小魚吃蝦米」的現象。在他的題畫詩中，經常借物諷喻，透露了他的不平，如題宋人畫睡犬説：「不知酣睡何時覺，料爾都無警盜功。」

徐渭自己説：「吾書第一，詩二，文三，畫四。」然而很多評論家却認爲他的畫成就最大。實際上還有他没有提到的曲，並不比他詩文寫得差。湯顯祖曾説：「四聲猿乃詞壇飛將，輒爲之演唱數通，安得生致文長，自拔其舌！」（玉茗堂牡丹亭序）文學史研究者對他的戲曲是給了充分估價的，但是他的詩文也值得重視，對他自己的評價也需要考慮。徐渭的詩很有特色，據説薛應旂評他的詩是「句句鬼語，李長吉之流也」。袁宏道稱他爲「有明一人」。黃宗羲青藤行説：「豈知文章有定價，未及百年見真僞。光芒夜半驚鬼神，既無中郎豈肯墜。」都給予很高的評價。

徐渭對戲曲很有研究，著有南詞敘録一書。書中表達了他對戲曲創作的意見，强調本色，反對時文氣，重視民間的音樂文藝。這和他對詩文的看法是一致的。他創作的四聲猿雜劇在戲曲史上很有影響，借戲劇情節表現了他的一種狂放不羈、憤世疾俗的精神。在戲曲形式上也突破了前人的窠臼，長短不一，生旦合唱，隨意抒寫。歌代嘯把「只許州官放火，不准百姓點燈」這句諺語加以形象化。這個戲就像徐渭的一些畫，用漫畫的手法諷刺了一個糊塗專横的貪官，極盡嬉笑怒駡之能事。作爲一個諷刺喜劇，也是很有獨創性的。

徐渭的著作很多，詩文作品據陶望齡説在他生前曾編爲文長集十六卷，闕編十卷，櫻桃館集（未刊）三種，死後由門人商維濬等合編爲徐文長三集二十九卷，並附四聲猿一卷，於萬曆二十八年（一六〇〇）刊印。萬曆四十二年（一六一四）鍾人傑又把三集改編爲徐文長文集三十卷，名爲「全集」，實則把三集中的詩删略很多，後出海山仙館叢書本青藤書屋文集亦卽此本。隨後張維城（卽張岱）又校輯集外遺文爲徐文長逸稿二十四卷，刊印於天啟三年（一六二三）。一九二五年慈谿抱經廔沈氏據舊藏鈔本排印了徐文長佚草。此外，隆慶三年（一五六九）俞憲編選的盛明百家詩裏收有徐文學集一卷，其中有三集和逸稿佚草所未收的篇章。萬曆四十五年（一六一七）陸張侯曾輯印一枝堂稿二卷，書中也有爲逸稿佚草所失收的篇章。我們這次編印，卽以徐文長三集、徐文長逸稿、徐文長佚草三書爲底本，順序編次，不加變動，只在逸稿中删去了已見於三集的幾首詩。佚草中的燈謎、醫學等三卷，殘缺過甚，且研究價值不大，今已删去。另據盛明百家詩、一枝堂稿等及書畫題記補輯了一些佚作，作爲補編。徐渭自著的畸譜也附於卷末。徐渭自書的詩帖和題畫詩很多，有現存的真跡和見於書畫録的，我們就見聞所及，盡可能作了一些蒐集的工作，遺漏當然在所不免，而且徐渭的書畫可能有贋品，不易辨别，甚至還有轉録前人的作品。如張維城所輯的逸稿不僅重出了已見於三集的詩，而且還收入了一首唐詩。我們也可能會重複這樣的錯誤。大部分書都没有别本可校，我們只在必要時加了一些校注。徐渭的題畫詩散見於畫册圖卷，往往彼此互見，先後重出。我們去其重複，正其缺訛，文字互異的選取較爲完善的一本，異文一般不作校勘，以免煩瑣。

四聲猿雜劇的版本很多，除澂道人刻本和酹江集所收的狂鼓史雌木蘭兩種稍有異文之外，其餘各本基本相同。現在即以徐文長三集附刻本爲底本，參校以古名家雜劇本、古本戲曲叢刊影印明黄伯符刻本，盛明雜劇本等，校正了少數文字。歌代嘯雜劇以影印南京圖書館所藏抄本爲底本，並據吴梅校録本校正一些誤字。

徐渭著作還有青藤山人路史、文長雜記、南詞敘録、筆玄要旨及評注西廂記、李長吉詩集等。本書只收詩文戲曲創作，專著則一概不收了。

陶望齡、袁宏道爲徐渭所作的傳記，很有助於了解作者生平。我們把它和各書的序跋一併作爲本書的附録，提供讀者參考。

本書在編輯過程中承故宫博物院、中國歷史博物館、上海博物館、南京博物院、廣東省博物館、紹興市文物管理委員會等單位提供了不少珍貴資料，還曾得到傅惜華、徐崙、佟冬等同志的協助，謹表感謝。

本書的標點工作由好幾位同志分頭担任，體例可能不完全一致，錯誤也在所難免，至希讀者指正。

中華書局編輯部

一九八二年九月

總目

徐文長三集……一
徐文長逸稿……六八七
徐文長佚草……一〇七五
四聲猿……一一七五
歌代嘯……一二三一
補編……一二七五
附録……一三三七

徐文長三集

目錄

卷一 賦

涉江賦……三五
牡丹賦……三六
鞠賦……三八
荷賦……四〇
梅賦……四一
世學樓賦……四三
梅桂雙清賦……四三
前破械賦……四四
後破械賦……四四
畫鶴賦……四五
緹芝賦……四五
畫賦……四六
十白賦……四七
胡麻賦……四九

卷二 樂府

張家槐……五〇
悲饕歌……五〇
歌風臺四首……五〇
周氏女二首……五一
予嘗夢畫所決不爲事心惡之後讀唐書李堅貞傳稍解焉……五三
六昔……五三

卷三 四言古詩

雁臺詩……五四
土魯番貢獅……五四

卷四 五言古詩

登會稽山……五五
懟廣孝寺……五五
登秦望山……五五
沿秦望溪水……五六
秦望山……五六
海樵山人新搆二首……五六
送俞府公赴南刑部三首……五七
與楊子完步浣紗溪梁……五八
仲虛入燕……五八
讀莊子……五九
海上曲五首……五九

與季長沙公泛禹廟……六〇
泛青田湖……六一
泛蜻蜓池……六一
進富春山……六一
七里灘……六二
發嚴州……六二
夜宿沙浦……六二
江郎山片石……六二
發仙霞嶺……六三
進延平……六三
宿丘園……六三
夜宿通都橋……六四
湆澹灘……六四
泛舟九曲……六四
魏王子騫蛻……六五
觀潮……六五
再觀潮於党山……六五
武進唐先生過會稽論文
送至柯亭而別……六六
哀四子詩……六六
陳徵君……六六
兩蕭太學……六六
沈參軍……六七
泛舟九曲懷王君仲房……六七
遊金山寺奉酬宗師薛公……六七
蕭荷花祠……六八
送鳴敎往上海二首……六八
送鄭丈……六九
寄善畫葛君……六九
寄葛景文……六九
再遊蘭亭詩……六九
入燕三首……七〇
寄李騰驤君……七一
寄謝舒君……七一
寄王君……七一
寄孫君……七一
古山篇贈余君……七二
都門送湛玉二上人南還……七二
贈陳君……七二
畫易粟不得……七三
戒舞智……七三
喜馬君世培至……七三
病起過訪柳君彬仲……七四
玉公分得黃字時已先去
代作一首……七四
感九詩……七四
長者山居……七四
蘭曲篇幷序……七五

寄答祕圖山人二首……七五
投人……七六
寄彬中……七六
寄莫叔明……七七
答和公旦二首……七七
雪……七七
寄王子心葵……七八
寄陶工部……七八
陶翰撰……七八
篛石篇……七八
辭言馬兩進士戢山之集
　二首……七九
蔣扶溝公詩六首……七九
柳浪堤楚頌亭二首……八二
昨見……八二
偶也……八三
狐粉……八三
楚公子……八三
補屋……八四
作松棚……八四
理葡萄……八四
刈圃……八五
礨磯研……八五
從子國用至自軍中……八六
問軍中之系於國用……八六
避暑豁然堂大雨……八六
哀詞三首……八七
　朱按察公……八七
　錢刑部公……八七
　駱懷遠公……八八
白鷴殤……八八
野蠶……八八
休寧范君燦詩……八九
范母詩……八九
白鷴……八九
越王峥寺有僧歐兜蛻……九〇
哀勞翁書與子子效二首……九〇
子效索贈其兩叔二首……九〇
送章蒲圻之官……九一
柳元穀易繪二首……九一
寄王仲房……九二
送蘭公子……九二
遊雲門……九三
天目獅子巖……九三
張士誠……九三
雨花臺……九四
遇末老于張宅……九四
靈谷寺……九四

燕子磯觀音閣……九五
治冢五首……九五
鷹……九六
馬……九七
犬……九七
狸……九七
俠客……九七
麗人……九七
才子……九八
酒徒……九八
六月九日作……九八
送人……九八
道堅母哀詞……九八
遊大尖……九九
走馬岡……九九
送劉君二首……九九
空上人常住少林索作於菊下……一〇〇
宗孫有別字杜南者索賦……一〇〇
上冢……一〇〇
鶴攫鵲雛鷹黨翻然來救……一〇一
感鷹活鵲雛事……一〇一
設爲魚蝦所詰……一〇二
天竺僧……一〇三
喜豐年二首……一〇三
頌吳伯子治墓堂……一〇四
旱禱十七韻次陳長公……一〇四
陳長公夜酌……一〇四
修拄杖首修髮網膠漏磁壺及哥窰甌某亦病叟
耳聾次前韻……一〇五
雨後次前韻……一〇五
旱甚久不應禱再追前韻……一〇六
復西溪湖……一〇六
送友人……一〇六
送王君北上……一〇七
吳季子餉我細腰壺蘆石上芝二首……一〇七
正元雞酌枳兒婦之父輩……一〇八
次日酌二王子……一〇八
與鍾公子賭寫扇……一〇八
大寒嶺啖新胡桃頻婆諸果……一〇九
往馬水口宿煙蘿陀庵……一〇九
送李遂卿……一〇九
湘竹一妙管截壞其頂文……一一〇
口中……一一〇
騶虞……一一〇
曇陽詩十首……一一一

六言古詩
愁歌……一一三
卷五　七言古詩
贈呂正賓長篇……一一三
三茅觀觀潮……一一三
陰風吹火篇呈錢刑部君……一一三
賦得思泉篇……一一四
朱大夫命題王母行海水
畫……一一四
清溪道中見梅……一一五
楊妃春睡圖……一一五
延平津……一一五
吳使君馬行……一一六
射鷹篇……一一六
集鄞汪君良修宅……一一七
雪……一一七
至日爲宋侯題補袞調羹
圖……一一七
贈汪君……一一八
萬里比鄰篇……一一八
春風……一一八
南明篇……一一九
映江樓觀潮……一一九
雲岳篇……一一九
聞王生葬……一二〇
述夢二首……一二〇
送王尙志戍閩……一二一
醒齋篇……一二一
今日歌二首……一二一
題榮壽齊芳册……一二二
林君入覲……一二二
醉中贈張子先……一二二
戟南篇……一二三
二馬行……一二三
送蘭應可之湖州……一二四
觀獵篇……一二四
題姪子家所藏雙鳳鳴
陽畫……一二五
老子出函谷圖……一二五
畫鷹……一二五
正賓以日本刀見贈歌以
答之……一二六
錦衣篇答贈錢君德夫……一二六
石門篇贈邵大佩……一二七
贈歌者……一二七
石洲篇爲葛君賦號……一二七
贈錢女孝……一二八
萬玉山房歌……一二八

贈李客……一二九
對明篇……一二九
繼溪篇……一三〇
王鄉人舍傍學宮索贈張
　師長……一三〇
北雲篇……一三〇
賦得百歲萱花爲壽……一三〇
楚宗室雞將啄蟻畫……一三一
沈刑部善梅花却付紙三
　丈索畫……一三一
送陳君會試……一三一
天壇……一三二
飲大中橋樓……一三二
與梅君飲長安街……一三二
五粒靈丹行送聶君歸滁……一三二
淮陰侯祠……一三三
寫古椿……一三三
寫竹贈李長公歌……一三四
劉總戎國輓章應乃子索……一三四
琴高圖爲李勳衞賦……一三四
漁樂圖……一三五
眺金閣觀直抵南嵯之白
　雲庵……一三五
觀獵篇……一三六
摩訶庵括子松下聽弦上
　人彈琴……一三六
漂母祠……一三六
謔雪……一三七
白鷳詩……一三七
綠雪齋……一三七
旗纛樹……一三八
一和尚割灼其肉以已瘵
　邦人索歌送之……一三八
少年……一三八
青蒲行……一三九
握錐郎……一三九
醉後歌與道堅……一四〇
蘭谷歌……一四〇
星渚篇……一四〇
無題……一四一
池中歌……一四一
醉仙圖……一四一
雪梅花畫……一四二
遊石宕二首……一四二
送張伯子往嘉興……一四二
與言君飲酒……一四三
蘭泉篇……一四三
廿八日雪……一四三

題畫二首……一四四
天竺僧……一四四
鄭本畫菊竹一卷……一四五
鄭本白兔……一四五
至日趁曝洗脚行……一四五
某將軍……一四六
沈生行……一四六
穀日大雪口號二首……一四六
雪中騎驢……一四七
堵太學母周詩……一四七
王母騎青鳳歌……一四七
晚映堂中歌……一四八
寶劍篇送陸山人……一四八
答贈王君……一四八
酬李畫史見贈兩大幅……一四八
沈叔子解番刀爲贈二首……一四九
畫十六種花……一五〇
十二種花……一五〇
寫竹與甥……一五一
蟹畫……一五一
某將軍……一五一
王母詩……一五一
霞江篇……一五二
某都經畫上詠……一五二
弩子歌贈汪山人……一五二
寄柳都昌彬仲……一五三
寄酈績溪仲玉乃錢氏門人……一五三
藍田篇……一五三
杭陳子索贈陳副總……一五四
王鵝亭雁圖……一五四
畫百花卷與史甥……一五四
圖卉應史甥之索……一五四
盛懋畫卷……一五五
九馬圉人圖……一五五
四張歌……一五五
完淳篇……一五六
昭君下嫁圖……一五六
劉巢雲雁……一五七
飛來山三首……一五七
菘臺醋……一五八
舊偶畫魚作此……一五九
張旭觀公孫大娘舞劍器……一五九
黃鵠歌送馮鳴陽……一五九
題畫……一六〇
書茅氏畫……一六〇
畫風竹於箑……一六〇
漁圖……一六〇

壽王生……一六一
沈將軍詩……一六一
送方阜民……一六二
書壁間爲介亭五十壽……一六二
畫於臥龍山頂……一六二
綠礬綵雞……一六三
百舌群鳴……一六三
春野圖……一六四
喜張大移居南街天峯……一六四
劉雪湖梅花大幅……一六五
徽宗畫鷹……一六五
洞巖景……一六五

卷六　五言律詩

銅雀妓……一六七
出塞……一六七
琉球刀二首……一六七
西北三首……一六八
美人走馬……一六九
酌紫陽宮……一六九
春日過宋諸陵三首……一六九
孟后怨二首……一七〇
送鳴敎赴嘉興館……一七〇
送女彝赴武會試……一七一
竹月篇……一七一
借石磬……一七一
宛轉詞……一七一
嚴氏女……一七二
順昌道中新晴……一七二
大王峯……一七二
謁延平先生祠……一七二
十六夜宿葉坊玩月……一七三
杜鵑花……一七三
古鏡……一七三
閩歸遙望海門……一七三
送王君赴選……一七四
沈府公尊君中舍挽章
二首……一七四
陳女度尼……一七四
金客……一七五
送同門蔡克禮歸晉江……一七五
贈相士……一七五
短歌篇……一七五
三茅觀眺雪……一七六
贈陳君……一七六
送俞君還贛……一七六
送梁君還崑山……一七六
芸閣校書篇……一七七
飲雲居松下眺城南……一七七

送內兄潘伯海謁選……一七七
聚法師將往天台止其徒
　玉公庵中余爲留信宿……一七七
洗心亭……一七八
省試周大夫贈篇罷歸賦
　此……一七八
泛西湖觀荷……一七八
賦得戰袍紅……一七八
嚴先生祠……一七九
白鷳……一七九
初入京瞻宮闕……一七九
昭化寺玻璃泉流觴……一七九
來青亭……一八〇
元旦與肖甫較射……一八〇
季長沙公哀詞二首……一八〇
沈刑科君出使湖藩還闕……一八一
送張大夫之滇……一八一
懷陳將軍同甫……一八一
鈕大夫園林二首……一八一
送高叟入燕……一八二
背樹……一八二
襟湖篇……一八二
賦得看劍引杯長……一八三
賦得暗塵隨馬去……一八三
賦得芹芽……一八三
賦得酒巵中有好花枝……一八三
鎮江……一八四
王山人丹房……一八四
坐雨禹跡寺……一八四
法相寺看活石……一八四
侶琴篇……一八五
寶刀詩……一八五
答謝上谷諸公……一八五
十五夕酌于幕中……一八五
書箑贈顧鴻臚……一八六
贈武舉陳子……一八六
京邸贈沈刑部……一八六
王口北見遺貂帽因往
　二首……一八六
納妾詩……一八七
李長公祖道北樓得山字……一八七
駿霞篇爲天台黃子賦……一八七
坐文杏館中……一八八
送薛鴻臚左官袁州……一八八
梨……一八八
杏……一八八
李……一八九
頻婆……一八九

胡桃……一八九
白櫻桃……一八九
土豆……一九〇
薯蕷……一九〇
鐵脚……一九〇
黃鼠……一九〇
半癡……一九一
酒三品……一九一
河豚……一九一
荔支二首……一九二
熊……一九二
黃羊……一九二
哀周鄭州沛二首……一九三
雨……一九三
夕霞三首……一九三
送張子北上……一九四
某君中貢選送之……一九四
鳳尾蕉花……一九五
壽葛貞母……一九五
送柳子寧親都昌……一九五
乙亥元日雪酌梅花館三首……一九五
賦得浣紗石上窺明月……一九六
初夏送某客入廣……一九六
曉發句容……一九七
賦得風入四蹄輕四首……一九七
雨舟載鶴詩……一九八
元夕之辰偕友人集九里之天瓦寒泉二庵各賦一篇令子爲序……一九八
擬壽長春祠何老……一九九
京中送友人南歸……一九九
送沈叔子南都迎母……一九九
送蔡安父之黃州……一九九
送馮叔系之南都訪舊……二〇〇
景文至其舅劉所過圜中二首……二〇〇
與葛景文……二〇〇
畫紅梅……二〇一
送俞生之入楚……二〇一
畫竹……二〇一
筵中漫贈王良秀筆史……二〇二
送馮君……二〇二
張子錫往訪其弟長治……二〇二
壽潘承天七十兼賀得孫……二〇二
與任生話舊二首……二〇三
送張君會試……二〇三
挽上虞葛翁……二〇三

甚雪二首……二〇三
授經館中懷江東諸同志……二〇四
贈楊叟二首……二〇四
應吳嵊縣築城……二〇五
將與嘉則入閩方許二君
　餞別分以五韻……二〇五
吳門逢孔將軍於塾……二〇五
元旦……二〇五
承恩寺聽講……二〇六
書倪元鎮畫……二〇六
楊兵部生祠畫像詩……二〇六
無題……二〇六
賦得草窗篇爲周衞卿
　之號……二〇七
無絃詩上人……二〇七
送顧給事歸省其翁……二〇七
食虎眼……二〇七
哭王丈道中二首……二〇八
聞朱次公訃二首……二〇八
蟹六首……二〇九
胡市歸……二一〇
蠟屐……二一〇
楊公去思……二一一
客餉筍脯擬謝……二一一
上虞令復西溪湖……二一一
聞人賞給事園白牡丹
　三首……二一一
周愍婦……二一二
化城寺……二一三
題雪景畫……二一三
枳久于李寧遠鎮四首……二一三
爲陶工部贈道者……二一四
遊五泄……二一四
古博嶺雨……二一四

卷七　七言律詩

道場山贈栖雲禪者……二一五
初晴看迎春……二一五
元夕二首……二一五
君從……二一六
九重……二一六
保安州……二一六
白燕二首……二一七
泊舟武夷山之五曲……二一七
宿劍潭……二一七
季子往昏南樂聞其歸喜
　而有作……二一八
落花……二一八
遊驅巖二首……二一八

寄成女彛守備登州……二二九
重遊武夷……二二九
行經鉛山遊觀音巖……二二九
送方阜民公子還歙……二三〇
送通政胡君入閩……二三〇
金先生過予園中……二三〇
奉寄俞大夫……二三〇
月洲篇……二三一
續白燕二首……二三一
武夷道中憶尙賓呂君天台之約……二三一
水簾洞……二三二
落花……二三二
新樂王寄鼉磯石……二三二
泊閶門値閏月中秋……二三二
送葛韜仲……二三三
飲枇杷園……二三三
客鄴述懷……二三三
奉送同府潘公募兵廣東二首……二三三
寓穿山感事……二三四
十四夜……二三四
肖甫病目三年始愈……二三四
西江篇……二三五
從少保公視師福建……二三五
胡令公鎭浙……二三五
再至燕諸陶兩翰君索草書……二三六
月下梨花四首……二三六
尙書李公生日賦呈……二三七
杖復竹爲吳孀婦賦……二三七
次韻答少顛師……二三七
葛君韜仲序小集奉謝兼寄乃姪景文……二三八
喜杜兒至走筆……二三八
送王先生云邁全椒……二三八
新建伯遺像……二三八
牧羊……二三九
送李君子遂歸建陽……二三九
夜酌遲友人不至……二三九
贈府吳公詩幷序……二三九
即席贈孫相士……二四〇
送周山陰公判南康……二四〇
送季翁補廉州……二四〇
送外兄再入燕……二四一
登招寶山觀海……二四一
送子完入北京……二四一
寄彬仲……二四二

爲子微題鷓鴣圖 ……二三三
遊齊雲巖 ……二三三
兩宿齊雲下憩逆旅夜大雪因復登眺 ……二三三
孫忠烈公挽章 ……二三三
下第回值九日登塢土山訪北庵上人 ……二三三
訪玉芝師夜宿新庵同蕭女臣 ……二三三
芝師將返天池山贈別 ……二三三
灼艾 ……二三四
觀伎走解 ……二三四
贈諸暨朱醫士 ……二三四
雪初霽寶壽寺一首 ……二三五
與王山人對語 ……二三五
寄朱君邦憲 ……二三五
元夕休寧道中遙憶鄉里 ……二三五
予過龍游拜貞女徐蓮姑祠墓因感湖嚴氏女迹久湮次壁韻 ……二三六
乙丑元日大雪過尙志家痛飲 ……二三六
送李浙東公 ……二三六
丙寅元日 ……二三六
孫養靜詩 ……二三七
與客觀潦于三江水門二首 ……二三七
賦得清秋落葉 ……二三七
飲太白樓 ……二三八
楊道人訪我于繫索詩 ……二三八
八仙臺次韻 ……二三八
新秋避暑豁然堂 ……二三八
過陳守經留飯賦得夜雨剪春韭 ……二三九
迎春値雪 ……二三九
清風嶺 ……二三九
宮人入道 ……二三九
贈秦守道 ……二四〇
登東天目宿寶珠上人房却贈上人 ……二四〇
西天目 ……二四〇
宿長春祠 ……二四〇
恭謁孝陵正韻 ……二四一
答贈盛君時飲朝天宮道院 ……二四一
陸孝子詩 ……二四一
李長公邀集蓮花峯 ……二四一
中秋雨集金氏園亭 ……二四二

十六日霽集城隅……二四二
邦憲死……二四二
焦山……二四二
送鄭職方……二四三
贈遼東李長君都司……二四三
觀宣鎮車戰……二四三
許口北遺以綾帛綿三物……二四三
燈後祓赤城之泉……二四四
小集滴水厓朝陽觀……二四四
送毛德甫奉使還薊……二四四
再送德甫……二四五
徐州……二四五
送余新鄉……二四五
駕歸自閱群望于衢恭賦……二四五
張雲南遺馬金囊……二四六
壽吳宣府……二四六
林先生遷敎瀧水……二四六
美人紅甲……二四六
禹陵……二四七
曹娥祠……二四七
露筋祠……二四七
馮刑部索書册……二四七
送嘯上人之五臺……二四八
集李侯宅得鍾字……二四八
燕子樓……二四八
送余興國……二四九
駕幸月壇群望西街一首……二四九
遊南內……二四九
送新昌潘公……二四九
子遂以尊人墓碣故抵燕至臘始去送之……二五〇
將別復偕遊碧雲流觴枯柳之下……二五〇
送朱使君太僕……二五〇
送諸公子歸應試……二五〇
李子遂死予設位哭之……二五一
讀問棘堂集擬寄湯君……二五一
賦得爲他人作嫁衣裳……二五一
金剛子珠串……二五一
南鎮……二五二
寓香爐峯……二五二
遊雲門……二五二
讀易園詩應一仕人之索……二五二
題翠華軒卷詩……二五三
遼鎮李寧遠……二五三
贈李宣鎮沈光祿錬祠在保安州……二五三
聞都督再遷山西武寧……二五三

建陽楊君縣壺越市莫春
將至京錢王孫索詩送
之……二五四
友人索慰沈四郎君……二五四
馬策之奉母住鳳凰山下
之水樓……二五四
擬送張翰林使楚……二五四
自岔道走居庸……二五五
狐裘……二五五
送丁叔子北上慰乃兄……二五五
再詠銀魚要玉屏次……二五六
海山鏡容……二五六
代壽黔公三首……二五六
亞夫墓……二五七
白牝蛟二首……二五七
讀文信公仙巖祠集焚弔
二首……二五八
夜坐有感轉憶往事……二五八
香煙七首……二五九
壽司空潘君六十……二六〇
歲暮夜雪招二王詩人醵
果小飲二首……二六一
春興八首……二六一
復西溪湖爲朱令賦……二六三
送季子微赴李寧武總兵
之約……二六三
涵叔往常州索詩當餞……二六四
南鎮詩……二六四
連日夜風……二六四
唐伯虎畫崔氏且題次其
韻……二六四
吳宣府新膺總督環洲……二六五
九月望日再集鎮虜臺……二六五
方封君七十其子刑部郎
飛卌索作……二六五
仲冬觀牡丹花於城西
人家……二六五
子肅再赴戚總戎所未至
死於都下……二六六
紅葉……二六六
壽胡通參……二六六
蘭亭次韻……二六六
壽張叔學……二六七
送長洲居山人士貞……二六七
飲於施學官齋席上有丹
陽朱叟叟施之師也……二六七
卽席復贈施先生……二六七
山陰楊簿公……二六八

重修乾清宮成迎慈聖再
御四首……二六八
送劉山陰公入覲……二六八
五色鸚鵡黃鸚鵡各賦
二首……二六八
賞成氏牡丹和韻……二六九
王翁八十令書貞松白石
畫中……二七〇
姚崇明晚映堂……二七〇
清涼寺云是梁武臺城……二七〇
宿栖霞……二七〇
壽馬先生七十……二七一
元夕寄金武康……二七一
送行人陶君……二七一
寄上海諸友人……二七一
寄謝學師張先生見慰……二七二
戊辰廿有四日尙賓時中
宿於圜夜大風雨氷厚
尺詰朝得子甘北報走
筆遍諸友……二七二
玉師挽章……二七二
張大夫生朝……二七二
鏡波館……二七三
流霞閣……二七三
垂綸亭……二七三
養生書成紀事與夢……二七三
某氏新園二首……二七四
友人出册復贈春試者……二七四
送趙大理……二七四
壽王君……二七五
宿長春祠夜半朱君扣榻
呼起視月……二七五
生朝詩……二七五
壽人……二七五
綠牡丹……二七六
次蘇長公雪詩四首……二七六
青州贈鼉磯研副以詩奉
答……二七七
莫老至聾矣……二七七
擬寄鄧孺孝……二七七
三江觀潮四首……二七八
戲擬不往三首……二七九
讀某愍婦弔集二首……二七九
擬弔蘇小墓……二八〇
聞里中有買得扶桑花者
四首……二八〇
紅佛桑六首……二八一
寄吳通府以墨見寄……二八三

魏文靖公卮二首……二八三
某君見遺石磬……二八四
賣貂……二八四
賣磬……二八四
賣畫……二八四
賣書……二八五
長至次朝……二八五
伍公祠……二八五
岳公祠……二八五
雙義祠……二八六
送林先生掌教瀧水……二八六
某君生朝抹牡丹爲壽……二八六
櫻桃花……二八六
十月廿二日園西櫻桃數花便有蝶至二首……二八七
擬寄白雪樓……二八七
擬寄岳陽樓……二八八
淮河成長吏索贈兩臺二首……二八八
夜宿栖霞……二八八
訪李峋嶁山人於靈隱寺……二八九
九月朔醉某子長安邸舍……二八九
某伯子惠虎丘茗謝之……二八九
桐鄉馮母二首……二八九
畫魚二首……二九〇
擬送巡滇者二首……二九〇
過錢伯升宅……二九一
雪中移居二首……二九一
送婁某丞丹陽……二九二
錢王孫餉蟹……二九二
答嘉則二首次韻……二九二
詣五洩驢上口占寄駱懷遠……二九三
九流……二九三
寄楊會稽公……二九三
雞聲……二九三
蛙聲……二九四
蠅聲……二九四
蚊聲……二九四
每過兗輒擬謁闕里輒阻追賦一首……二九四
謁孟廟二首……二九五
夏至……二九五
已而雨……二九五
壬午季夏朔作二首……二九六
橫榻哀吟五首……二九六
建陽李君寄馴鵰俄殪野貍信至燕哀以三曲……二九八

賦得萬綠枝頭紅一點……二九八
王鄉人尋二十年之父櫬
歸自衞輝合其母壙……二九九
天池號篇爲趙君賦……二九九
再到太寧寺戲題其壁……二九九
賦得漁人網集澄潭下
二首……二九九
宣府客寺……三〇〇
十七夕……三〇〇
金壇鄧老儒獲白雁於
莊陂……三〇〇
賦得賈客船隨返照來
二首……三〇一
某君索詩往壽其兄鎮公……三〇一
秋日避暑豁然堂……三〇一
再詠八仙臺……三〇二
送某君曁其伯氏還松江……三〇二
王山人道中六十……三〇二
書劉子梅譜二首有序……三〇二
寄京中諸公援者……三〇三
寄京中諸公達者……三〇三
送沈叔成……三〇四
送某之太倉……三〇四

卷八　五言排律

宣府槐龍篇……三〇五
與茅山溱集龍槐下……三〇六
紅葉……三〇六
水仙……三〇六
白燕雙乳……三〇七
送史叔考讀書兵坑……三〇七
觀浴象……三〇八
和葛景文……三〇八
沈周先生畫……三〇八
周山陰覲而歸縣……三〇八
抱琴美人圖……三〇九
白犬從雪中獵作題……三一〇
先除夕二日雪甚次日
迎春……三一一
晝坐草栗鼠……三一一
電……三一一
芭蕉花……三一二
送楊會稽……三一二
壽徐山陰……三一三
子侯芳園王瓜駢秀……三一三
太僕寺寄謝布政詩……三一四
宴遊西郊詩有序……三一四
送某人之台州……三一五
張氏子黃鸚鵡二首……三一六

後聞鸜鵒眼系直度兩眶人可洞視 ……三一七
陳玉屏以瓦窰頭銀魚再餉索賦長律 ……三一七
題宋刻絲蓼花立鳥圖 ……三一八
卷九　七言排律
雜花圖限韻 ……三一九
上督府公生日詩 ……三一九
督府胡公新膺加廕 ……三二一
奉侍少保公宴集龍游之翠光巖 ……三二三
南雪 ……三二三
次夕降摶雪 ……三二三
雪後迎春憶舊 ……三二五
卷十　五言絶句
松林遊人畫 ……三二六
題畫四首 ……三二六
扇中雙蝶 ……三二七
蜂 ……三二七
白牡丹桃花 ……三二七
石榴萱草 ……三二七
剪春羅垂絲海棠 ……三二七
石榴荷花 ……三二八
兩蝗蟲 ……三二八
又蘿蔔 ……三二八
回回馬二首 ……三二八
毛魚作隊游茭塘 ……三二九
畫三首 ……三二九
詠畫 ……三二九
春 ……三二九
夏 ……三三〇
秋 ……三三〇
冬 ……三三〇
江船一老看雁群初起 ……三三〇
似赤壁遊 ……三三〇
雲山立觀者 ……三三〇
石榴 ……三三一
竹染綠色 ……三三一
馮欄江岸 ……三三一
對岸觀崖大瀑 ……三三一
欹枰而俯江檻 ……三三一
獨釣寒江 ……三三二
閱書者倚老樹 ……三三二
釣者翹首看山背浮屠 ……三三二
夏景禪寺 ……三三二
長廊俯大水 ……三三二
雪景 ……三三二
魚蟹 ……三三三

杏燕子……三三三
寫竹答許口北年禮……三三三
寫蘭與某子……三三三
尖頭痳蛩……三三三
蒲桃……三三四
張氏別業十二首……三三四
鏡波館……三三四
樂志堂……三三四
流霞閣……三三四
竹塢……三三四
荔枝亭……三三五
白鷗磯……三三五
青蓮島……三三五
小若耶……三三五
松蘿門……三三五
芙蕖逕……三三六
浣花橋……三三六
水墨軒……三三六
桃葉渡三首……三三六

六言絶句

村家飲……三三七
漁家四圖四首……三三七
招寶山……三三八
列子御風圖……三三八

卷十一　七言絶句

贈呂山人……三三九
龜山凱歌九首……三三九
檢舊札有感因賦七絶……三四一
內子亡十年因感而作……三四二
將入閩方許二君餞別分韻……三四二
凱歌二首贈參將戚公……三四二
望夫石……三四三
宴遊爛柯山四首……三四三
武夷山一線天……三四四
入武夷尋一線天道中述事二首……三四四
雪中訪嘉則於寶奎寺之樓店……三四四
至歙寄方阜民公子……三四四
凱歌四首贈曹君……三四四
南浦橋……三四五
七里灘二首……三四五
答謝太輿海門……三四六
武林館中與徐仁卿同宿因贈五首……三四六
東池觀魚……三四七
寄趙君六首……三四七

贈醫僧……三四八
錢塘送王間川……三四八
次王先生偈四首龍溪……三四八
題近泉和尙卷……三四九
禪房夜話和韻書付玉公……三四九
折桃花……三五〇
徐濟之攜新婦侍親揚州……三五〇
送丁子範……三五〇
夏相國白鷗園二首……三五〇
竹枝詞二首……三五〇
武夷道中嘲嘉則墮馬……三五一
閶門送別……三五一
程君索寄其師周中陽……三五一
自嘲一絕……三五一
寄徐石亭……三五二
探禹穴……三五二
漫興三首……三五二
送陸子之閩……三五三
獄中書扇寄葛景文……三五三
鏡湖雙逸詩……三五三
留別倪子……三五三
天目山三首……三五三
南海曲……三五四
嘉則擬紅衫四貌……三五四
　春郊走馬……三五四
　東山擁伎……三五四
　秋江把釣……三五五
　高樓對雪……三五五
燕京歌七首……三五五
燕京五月歌四首……三五六
送張君之三屯……三五七
聽段道士彈琴却爲其師
　雪峯者請作……三五七
自馬水還道中竹枝詞
　四首……三五七
乘霽自福田遍歷……三五八
上谷歌九首……三五九
宣府教場歌……三六〇
早渡銀洞嶺……三六〇
胡市……三六一
邊詞廿六首……三六一
長干行四首……三六六
謝公塹……三六六
葉伯子三十餽果肉索詩
　答此……三六七
鍾子投我篆章答此二首
擬往中止……三六七
擬還陳君菊鉢三首……三六七

和韻答韜仲……三六八
鄒生……三六八
曹秀才……三六八
默泉篇……三六八
弔判府李公……三六九
成都……三六九
潘承天六十……三六九
漫曲……三六九
王子……三六九
古意二首……三七〇
王元章墓……三七〇
寄沈子……三七〇
寄劉子……三七〇
送學中施林兩先生……三七〇
贈孫山人……三七一
送羅仲明歸時有游栖霞之約……三七一
山陽醉中贈魯君二首……三七一
挽陳君之配蔣……三七一
芙蓉死……三七二
麟八首……三七二
鏡漁子賀二死……三七四
漁鼓詞四首……三七四
送林某二首……三七五
設代林某答胡通政……三七五
卌年……三七五
雲州舍身臺……三七六
慕蘭篇……三七六
竹枝詞三首……三七六
送二葉之邊……三七七
雲門四首……三七七
盤古社樹……三七七
任公子釣臺……三七七
辨才塔……三七七
石橋……三七七
托王老買瓦窰頭銀魚……三七八
買得一貓雛純黑而雄戲咏……三七八
五洩五首……三七八
雨霧霽雪復四首……三七九
七十二峯歸來書寺壁……三八〇
畫兩僮枕帚而睡疑是寒拾應人索咏……三八〇
畫高嶺莫行僧衆……三八〇
應別索又一幅……三八〇
白雲深山掘芝者……三八〇
女仙彈琴……三八〇
呂何兩仙人圖……三八一

賦得奕仙……三八一
題王質爛柯圖……三八一
劉阮憶天台圖三首……三八一
月宮仙子圖三首……三八二
賀知章乞鑑湖一曲圖……三八二
謝太傅攜妓東山圖……三八二
書坦腹臥松者畫……三八三
盛懋秋江畫董堯章索題……三八三
畫與許史……三八三
李子送小景……三八三
漁畫五首……三八三
爲杭人題畫二首……三八四
何處……三八五
端陽題慕蘭雪畫……三八五
唐伯虎古松水壁閣中人
待客過畫……三八五
題折花美人圖……三八五
畫美人……三八五
抱琵琶偶竚蕉陰美人……三八六
雪梅……三八六
梅花……三八六
王元章倒枝梅畫……三八六
畫梅時正雪下……三八六
題畫梅二首……三八六
雲門寺題畫梅……三八七
梅樹美人畫……三八七
竹十首……三八七
寫竹與某……三八九
都門五月寫竹送某君之
官新昌……三八九
寫竹送李子遂……三八九
勾勒竹……三九〇
雪竹……三九〇
遼東李長公午日寄到酒
銀五兩寫竹筍答之於
上……三九〇
畫筍遺許口北……三九〇
畫竹與吳鎮二首……三九〇
顧御史索畫竹二首……三九一
雨竹……三九一
倒竹……三九一
畫竹……三九一
舊作竹與某復要予再作
答此……三九二
寫倒竹答某餉……三九二
伏日寫雪竹……三九二
竹石……三九二
寫竹送友人二首……三九二

初春未雷而筍有穿籬者醉中狂掃大幅……三九三
題扇竹勉馬子……三九三
畫竹答贈劉眞定之貽……三九三
寫竹壽郁潁上……三九三
畫筍竹賀許口北得子……三九三
菊竹……三九四
水仙雜竹……三九四
荷九首……三九四
畫荷花送陳都揮往招寶……三九六
畫荷壽某君……三九六
翎菊……三九六
畫菊二首……三九六
牡丹……三九六
雪牡丹二首……三九七
人有以舊抹牡丹索題者……三九七
松化石牡丹……三九七
蜜蜂牡丹……三九八
遮葉牡丹……三九八
梨花五首……三九八
題畫梨花折枝……三九九
水仙六首……三九九
雪水仙……四〇〇
水仙蘭……四〇〇
葡萄五首……四〇〇
王生索寫葡萄……四〇一
杏花二首……四〇二
雪粉團……四〇二
畫石榴……四〇二
榴……四〇二
玉簪花……四〇二
芭蕉……四〇三
沈君索題所畫二卉二首……四〇三
黃薔薇……四〇三
木筆花……四〇三
茉莉花……四〇四
畫海棠……四〇四
畫玫瑰花……四〇四
青門山人畫滇茶花……四〇四
季先生女九姑五十其郎君索墨萱……四〇四
蘭……四〇四
松竹梅……四〇五
大醉作勾竹兩牡丹次日始得題……四〇五
作荷蘆於是日亦次朝題……四〇五
芭蕉墨牡丹……四〇五
芭蕉玉簪……四〇五

芭蕉雞冠……四〇六
梅桂譺草……四〇六
枯木石竹……四〇六
題畫四首……四〇六
獨喜萱花到白頭圖……四〇七
題花圖……四〇七
無題……四〇七
書花册送王生……四〇七
詠畫降龍……四〇八
躍鯉三首送人……四〇八
魚蝦螺蟹……四〇八
題畫蟹二首……四〇八
某子舊以大蟹十個來索畫久之答墨蟹一臍松根醉眠道士一幅三首……四〇九
書畫上答諸君見壽……四〇九
雜品……四一〇
柳渚雙魚……四一〇
蘆汀鳴雁圖……四一〇
鳴鳥圖……四一〇
畫布穀……四一〇
扇圖二首……四一〇
牛圖……四一一
書畫兎中有一白雞……四一一
風鳶圖二十五首……四一一
自燕京至馬水竹枝詞二首……四一六
中秋後四日遊覽摩訶法藏諸刹遇雨書紘上人房……四一七
寫扇與毬兒……四一七
琉璃河……四一七
嘉則東緋而西二絕……四一七
錢子宅墨芙蓉……四一八
過陳氏園看杜鵑花……四一八
鏡湖竹枝詞三首……四一八
朱太僕扇面花鳥……四一八
上谷邊詞八首……四一九
黄楊山四首……四二〇
秋熱更酷戲作扶桑女郎葵扇詩……四二一

卷十二　詞

日……四二三
月……四二三
風……四二三
雲……四二三
霜……四二三
雪……四二三

山……四二四
水……四二四
霜……四二四
雪……四二五
秋……四二五
冬……四二五
研……四二五
筆……四二六
墨……四二六
劍……四二六
鑑湖曲……四二七
八月十六夜泛舟西湖……四二七
竹爐湯沸火初紅……四二七
寶珠齋飯罷筯響椀寂
　為作一偈時宿東天
目……四二八
蔣三松風雨歸漁圖……四二八
畫中側面琵琶美人……四二八
書唐伯虎所畫美人……四二八
美人解……四二九
閨人纖趾……四二九
意難忘……四二九

卷十三　表

代胡總督謝新命督撫表……四三〇
代初進白牝鹿表……四三〇
代初進白鹿賜寶鈔綵段
　謝表……四三一
代擒王直等降勑獎勵
　謝表……四三一
代江北事平賜金幣謝表……四三二
代再進白鹿表……四三二
代再進白鹿賜一品俸
　謝表……四三三
代被論蒙溫旨謝表……四三三
代閩捷賜銀幣謝表……四三四
代被論乞免得溫旨謝表……四三四
代被論得溫旨謝表……四三五
代考滿復職謝表……四三六
代封先謝表……四三六
代廕子謝表……四三六
代改兵部尚書謝表……四三七
代謝溫旨表……四三七
擬宋以包拯爲樞密副使
　辭表……四三八

卷十四　疏

爲請復新建伯封爵疏……四四〇

卷十五　啓

代奉景王啓……四四三

代謝閣下啓三首……四四三
代賀嚴公生日啓……四四四
又啓三首……四四五
又啓三首……四四六
又啓三首……四四七
賀徐公生日啓……四四八
賀兵侍江公擢戶書啓……四四八
代元旦賀禮部某公啓……四四九
謝督府胡公啓梅林……四四九
啓諸南明侍郎二首……四五〇
謝朱金庭內翰……四五〇
謝岑府公賜席……四五一
答某餽魚……四五一
代賀張相公啓……四五一
代宣大諸大吏邀宴開府方公啓二首……四五二
代請吳總督啓……四五二
謝某……四五三
答某……四五三
上新樂王啓……四五三

卷十六　書

奉督學宗師薛公……四五五
奉師季先生書三首……四五六
奉答少保公書五首……四五八
奉按察胡公狀……四六一
與季友……四六一
擬上府書……四六一
擬上督府書……四六三
代白衞使辨書……四六六
奉答馮宗師書……四七〇
答人問參同……四七三
論玄門書二首……四七八
與許口北……四八〇
與來大同……四八〇
與吳宣府……四八〇
與季子微……四八一
答唐府公……四八一
奉徐公書……四八一
答張翰撰……四八二
答許口北……四八二
答王口北……四八二
與馬策之……四八三
與柳生……四八三
與道堅……四八三
答李參戎……四八三
與梅君……四八四
與湯義仍……四八五
答龍溪師書……四八五

答兄子官人……四八五
改草……四八六
與兩畫史……四八七

卷十七　論

論中七首……四八八
會稽縣志諸論……四九三
地理總論……四九三
沿革論……四九四
分野論……四九五
形勝論……四九五
山川論……四九六
風俗論……四九七
物產論……四九八
治書總論……四九九
設官論……四九九
作邑論……五〇〇
戶書總論……五〇〇
徭賦論……五〇一
戶口論……五〇一
水利論……五〇二
災異論……五〇二
禮書總論……五〇二
官師論……五〇三
選舉論……五〇三
祠祀論……五〇四
古蹟論……五〇四

卷十八　策

一……五〇五
二……五〇六
代擬策問……五一一
代雲南策問五首……五一三

卷十九　序

奉贈師季先生序……五一五
贈余醫師序……五一六
送章君世植序……五一七
送沈公序……五一八
胡公文集序……五一八
葉子肅詩序……五一九
送李子遂序……五二〇
四書繪序……五二一
詩說序……五二一
代送諸先生序……五二三
代贈某衞使序……五二三
代送通府王公序二首……五二五
代送推府王公序……五二七
代贈李都使序……五二八
陶宅戰歸序……五二九
沈氏號篇序……五三〇

曲序……五三〇
送王新建赴召序……五三一
贈禮師序……五三二
童氏族譜序……五三三
肖甫詩序……五三四
玄抄類摘序二首……五三五
抄代集小序……五三六
幕抄小序……五三六
抄小集自序……五三六
刻沛言序……五三七
陸氏譜序……五三八
李伯子畫册序……五三九
贈吳宣府序……五三九
贈方公序……五四〇
贈劉君序……五四一
園居五記序……五四二
註參同契序……五四三
贈嚴宗源序……五四四
逃禪集序……五四五
送山陰李公序……五四五
贈婦翁潘公序……五四六
覽越篇序……五四七
王山人贈言……五四八
送徐山陰赴召序……五四九
代景賢祠集序二首……五五〇
代北臺疏草序……五五一
雲南武錄序……五五二
贈李宣鎭序……五五三
周愍婦集序……五五四
海上生華氏序……五五五
著郭子序……五五五
贈陶刑部侍郎公序代……五五六
贈張君序……五五七
代邊帥壽張相公母夫人序……五五八
送沈君叔成序……五六〇
八駿圖序……五六〇
贈保安稽侯考滿序……五六〇
代贈梁尙書公序……五六一
贈李長公序……五六二
送山陰公序……五六三
蕭氏家集序……五六四
白氏譜序……五六五
亦陶集序……五六六
壽史母序……五六七
張母八十序……五六八
贈沈母序……五六九
卷二十　跋

新建公少年書董子命題
其後……五七〇
書石梁雁宕圖後……五七〇
書梅花道人墨竹譜……五七〇
書畫後……五七一
書茆氏石刻……五七一
送畫於寺書其左……五七一
書蘇長公維摩贊墨蹟……五七二
書米南公墨蹟……五七二
書子昂所寫道德經……五七二
書夏珪山水卷……五七二
書李北海帖……五七三
書陳山人九皋氏三卉後……五七三
書八淵明卷後……五七三
書沈徵君周畫……五七三
書謝叟時臣淵明卷爲葛
公旦……五七四
書朱太僕十七帖……五七四
又跋於後……五七五
跋書卷尾二首……五七五
大蘇所書金剛經石刻……五七五
讀餘生子傳……五七六
書馬君所藏王新建公
墨蹟……五七六
書吳子所藏畫……五七七
書季子微所藏摹本蘭亭……五七七
書紅眼公傳……五七七
書新建公二序手稿……五七八
跋司馬公草書……五七八
趙文敏墨蹟洛神賦……五七九
書草玄堂稿後……五七九

卷二十一 贊

觀音大士贊……五八〇
白描觀音大士贊……五八〇
題大士圖……五八〇
提魚觀音圖贊……五八一
折蘆達磨贊……五八一
伏虎畫贊……五八一
書濾水羅漢畫……五八一
東方朔竊桃圖贊……五八二
純陽子圖贊幷序……五八二
贊梓潼像二首……五八二
三教圖贊……五八三
四老圖贊……五八三
四仙圖贊四首……五八三
高皇帝像……五八四
一品三公圖贊……五八四
鳴敎出所藏郭畫……仐

贊之……五八五
自書小像二首……五八五
商大公子像贊……五八六
余東白贊……五八六
宗姪像三首……五八六
婁叟像……五八七
吳君像贊……五八七
郁君小像……五八七
書馬策之像……五八七
范子小像……五八七
王子小像……五八八
傅子像贊……五八八
柳生小像……五八八
草誦……五八八
題鳩……五八九
許伯熙像贊……五八九
蓮葉大士贊……五八九

卷二十二　銘

歙石硯銘……五九〇
歙石硯銘二首……五九〇
端石銘二首……五九一
端石蠣硯……五九一
端石無眼者……五九一
馬策之端研銘二首……五九一
鼉礈研銘二首……五九二
鼎研銘……五九二
破膽磬銘……五九二
刺匣銘……五九三
篆櫝……五九三
竹祕閣銘……五九三
書櫝銘二首……五九四

卷二十三　記

蜀漢關侯祠記……五九五
坐臥房記……五九六
西施山書舍記……五九六
函三館記……五九七
遊五泄記……五九八
閘記代……五九九
擬閘記……六〇〇
西溪湖記……六〇〇
代義冢記……六〇一
洪神行祠記……六〇三
代石頂浮圖記……六〇四
修郡衢記……六〇五
長春祠記……六〇五
半禪庵記……六〇七
呂氏始祖祠記……六〇七
石刻孔子像記……六〇九

又改稿……六一〇
烈婦姚氏記……六一〇
鎮海樓記……六一一
酬字堂記……六一二
卷二十四　碑
代昭慶寺碑……六一三
會稽吳侯生祠碑……六一四
徐相公碑……六一五
代季先生祠堂碑……六一六
代知清豐沈公祠碑……六一八
代龐公碑文……六一九
劉公去思碑……六二一
卷二十五　傳
聚禪師傳……六二三
葉泉州公傳……六二三
贈光祿少卿沈公傳……六二四
白母傳……六二六
王君傳……六二七
彭應時小傳……六二八
先師彭山先生小傳……六二八
卷二十六　墓誌銘
宣府萬全右衛經歷楊公墓誌銘……六三〇
嫡母苗宜人墓誌銘……六三一
伯兄墓誌銘……六三二
仲兄墓誌銘……六三三
亡妻潘墓誌銘……六三四
蕭女臣墓誌銘……六三四
高君墓誌銘……六三五
潘公墓誌銘……六三六
吳孝子墓誌銘……六三七
代題徐大夫遷墓……六三八
自爲墓誌銘……六三八
墓表
陳山人墓表……六四〇
卷二十七　行狀
師長沙公行狀……六四三
呂尚書行狀……六五〇
卷二十八　祭文
祭北斗文……六五四
代祭關神文……六五四
代祭東嶽神文……六五五
代祭城隍神文……六五五
祭徐神文……六五五
代督府祭趙尚書文……六五五
代祭許通判文……六五六
代祭陳亡吏士文……六五六
代祭李太夫人文……六五七

感夢祭嫡母文……六五七
春祭先墓文……六五八
祭少保公文……六五八
會祭沈錦衣文……六五八
代上饋文……六五九
季先生入祠祭文……六六〇
時祭文……六六一
縣祭文……六六一
入鄉賢祠府縣祭文……六六二
告丁母……六六二
告先主……六六二
哀諸尙書辭……六六三
祭張太僕文……六六四
會祭高君文……六六四
祭羅母……六六五
祭少顚文……六六五
祭沈夫人文……六六六

卷二十九　雜著

壽中軍某侯帳詞……六六七
壽中軍陳侯帳詞……六六八
季彭山先生舉鄉賢呈……六六九
羅封君舉鄉賢呈……六七〇
修開元寺募緣文……六七一
義冢募文……六七一
讀絳州園池記戲爲判……六七二
景賢祠上梁文……六七二
鮑府君醮科五首……六七四
友琴生說……六七五
一吾說……六七六
讀龍惕書……六七七
書古本參同誤識……六七九
井田解……六八一

雜記

祝僉事爲神於南昌……六八一
沈弘宗……六八三
隍災對……六八三
附記質隍災而予否之之語……六八五
府隍神有二辨……六八六

卷一　賦

涉江賦

晉潘岳作秋興賦，序稱三十有二歲，始見二毛。時岳爲賈充掾，寓直散騎之省，見省中多富貴人，乃起歸來之想。及作閒居賦，自述多落而少遷，以見拙宦，雖卒歸退休，然合前賦而觀之，誠見其嗜醇醲而姑言寂寞也。嘉靖壬子秋，余年亦三十有二，既落名鄉試，涉江東歸，友人顧予鬢曰：「子髮白矣。」余誠懼理道無聞而毛髮就衰，至於進退之間，實所不論，雖才不逮潘岳，而志或異焉，乃作涉江賦以自見。

壬子季秋，予既被棄，涉江東歸，水深則厲，僕痡主困，旅多太息。夕發西陵，日高造闉。渭既登一枝之堂，俯而拜母。母曰：「兒復如是歸乎？兒則困窮，兒好顏色，兒腹應饑，爲兒作食。」既乃渭復往舊託之禪室，掩關戶於晷刻，嗒然其坐忘焉。乃有二三伯仲，來相問視，顧盼之間，指予鬢而謂曰：「子髮白矣，年其幾何，吾則宜然，如子則那？」予聞斯言，不能無逆，傾冠側首，伯爲予擢，擢不應手，體短善脫，不脫而獲，如萬甫活。伯仲謂予：「豈以憂故？進退有時，失得有數。」予告伯仲：「子豈不知，細故芥蔕，何足以疑？人生之處世兮，每大己而細蟻。覘聲利之所在兮，水趨壑而赴之。量大塊之無垠兮，曠蕩蕩其焉期，計四海之在天地兮，似礨空之在大澤，中國之在海內兮，太倉之取一稊。物以萬數，而人處其一，則又似乎毫末之在於馬腓。彼營營之微聲，沾沾之細利，又何殊於曳蟲股，嘬蠅脾，入孔穴，實糧齋，第因小而形大，曾一蟻之何加？」再語伯仲，更聽予陳：「無形爲虛，至微爲塵，塵有鄰虛，塵虛相鄰。天地視人，如人視蟻，蟻視微塵，如蟻與人，塵與鄰虛，亦人蟻形。小以及小，互爲等倫，則所稱蟻，又爲甚大，小大如斯，胡有定界？物體紛立，伯仲無怪，目觀空華，起滅天外。爰有一物，無罣無礙，在小匪細，在大匪泥，來不知始，往不知馳，得之者成，失之者敗，得亦無攜，失亦不脫，在方寸間，周天地所。勿謂覺靈，是爲眞我，覺有變遷，其體安處？體無不含，覺亦從出，覺固不離，覺亦不卽。立萬物基，收古今域，失亦易失，得亦易得。控則馬止，縱則馬逸，控縱二義，助忘之對。外寇易防，竊發莫支，外寇形呈，竊發暗來，積土漸高，爲九仞臺，九仞一虧，終爲阜丘，予斯之憂，他奚愴懷？伯怪予髮，良亦有說，男子六八，陽氣衰竭，膚面焦枯，鬢髮頒白，斯人稟常，萬古一轍。稟完後老，缺者早泄。曷知小子，不稟其缺，年三十二，形則六八。又予視髮，玄綢白希，遠窺不得，逼視始知，不審其變，在何歲時，豈以茲秋，謂予憂爲？」

牡丹賦

同學先輩滕子仲敬嘗植牡丹於庭之阯，春陽既麗，花亦嬌鮮，過客賞者不知其幾，數日搖落，客始罷止。滕子心疑而過問渭曰：「吾聞牡丹，花稱富貴，今吾植之於庭，毋乃紛華盛麗之是悅乎？數日而繁，一朝而落，倏兮游觀，忽兮離索，毋乃避其涼而趨其熱乎？是以古之達人修士，佩蘭采菊，茹芝掔芳，始既無有乎穠豔，終亦不見其寒涼，恬淡容與，與天久長，不若茲種之溷吾藂也。吾子以爲何如？」渭應之曰：「若吾子所云，將盡遺萬物之濃而取其淡樸乎？將人亦倚物之濃淡以爲清濁乎？且富貴非濁，貧賤非清，客者皆粗，主則爲精，主常皭然而不緇，客亦胡傷乎隨寓而隨更？如吾子懟富貴之花以爲溷己，世亦寧有以客之寓而遂壞其主人者乎？縱觀者之倏忽，爾於花乎何讐？諒盛衰之在天，人因之以去留，彼一貴一賤而交情乃見，苟門客之聚散，於翟公其奚尤？子亦稱夫芝蘭松菊者之爲清矣，特其脩短或殊，榮悴則一，子又安知夫餐佩采掔者之終其身而守其朽質也，則其於倏忽游觀者又何異焉？」滕子顧予曰：「有是哉，子盍爲我賦之？」渭曰：「唯唯。何名花之盛美，稱洛陽爲無雙，東青州而南越，曾不足以頡頏。稟陰陽之中氣兮，雖未必其記載之盡信，視衆卉以獨妍兮，眞若悉有萃乎水土之精光。始山間之幽寂，處天后之帝鄉，后始命移以入內兮，備宮樹之列行。亦何心於貴賤，視用舍而行藏，茲上代之無聞，始絕盛乎皇唐。爾其月陂隄上，長壽街東，張家園林，汾陽宅中，當春光之既和，藹亭榭之載營。天宇曠霽兮絲游，景物招人而事起，彼貴子兮王孫，蹙游龍於流水，遶茲葩而密坐，藉芳草而芊芊，感盛年之若斯，傷代謝之能幾。爾則粉承日華，朱含霧雨，羣蔕如翔，交柯如拒，凌晨倂妝，對客不語，衞尉出婢子於羅幃，鄂君擁翠被於江渚。當其百蘂千芽，照耀朱霞，綠葉紛紜，望之轉睐，若儒生之授學，列女樂於絳紗。迨夫背戶迎窗，上下甍簷，二三作隊，矯矯愈鮮，飛燕進女弟於遠條，夫人挾三國而朝天。錦瓣重捲，檀心飛屑，柔須夜殷，怒苞曉決，宛婦姑之反脣，似相稽而無說。則有若盛時合沓，諸娣從韓姞以同歸，颯焉凋衰，漢主放宮人而憎別。風薦小爽，雨委微溫，楚姝舞歇於章臺，陳后泣罷於長門。亦有細加巨上，慎妃橫逼座之勢，紫侍黃側，班姬抗同輦之尊。或勁而卬，婕妤當逸態於上殿，或翹而望，處子窺宋玉於東垣。既離以披，亦競而駢，近不極態，遠不盡妍。大彷彿乎佳麗，意所想而隨存，奚援引之數姝，可罄比而殫論。然渭嘗聞如來演法，在彼鹿園，菩薩莊嚴，衆二十五，寶髻鬟鬟，珠璣瓔組，佛之勝相，紫金光聚，大衆威儀，具八萬數。又聞崑崙閬風，玉城瑤宮，神人飛行，綽約玲瓏，雲態雪光，不可殫窮。夫人之心，想由習生，景與想成。一牡丹耳，世人多謂花如美婦，則前所援引諸姬羣小之所象是也。使玄釋之子觀之，遠嫌避譏，則後所援引大衆羣仙之所象是也。今此花長於學士之庭，在仲敬之宅，仲敬將謂此花申申夭夭，行行誾誾，佩玉瓊琚，鼓瑟鳴琴，其仲尼與七十子諸人乎？縱謂其婦人也，稱煩則太姒始至，宮人欣欣，琴瑟鐘鼓，樂而不淫乎？稱簡則二女湘君，尋帝舜於蒼梧之野，宓妃盤姍，解佩環於洛水之濱乎？此皆不以物而以己，吐其醜而茹其美，畔援歆羨，與世人之想成者等耳。若渭則想亦不加，賞亦不鄙，我之視花，如花視我，知曰牡丹而已。忽移矚於他園，都不記其婀娜，籍紛紛以紜紜，其何施而不可。」

鞠賦

渭既賦牡丹，滕子復申辭曰：「曩吾之庭，牡丹春華，菊英秋發，吾子抽精於彼，而絕響於此，毋亦如吾所謂避其涼而趨其熱者乎？」渭曰：「有是哉，子之善戲而挾也。」乃筆不停綴，詞不及展，遂賦曰：誰乎誰乎，芒芴曷常？春至麗日，秋臨抗霜，彼亦何熱，此亦何涼？惟付與之是聽，非知計之可詳。履子廣庭，覩茲烈芳，緊名相之別數，亦荄莖之異萌，染不出於五色，維其變之莫量。歷九秋而自如，周數望而靡謝，從顔色之中乾，永附蔕而不舍。於時白帝司辰，冽冽辛辛，木葉下而草萎，霜露降而雁征。乃自圃畦，遷爾廣楹，一則不足，百尚有嬴，羣而不黨，矜而不爭，槩望若結伴而違俗，單玩則各立而獨行。乘金令而始拆，秉土氣之正精，雖雜采之並敷，惟彼黄之盛榮。諒盈庭而冒錦，亦剖符而鋈金，耀愈澤而不妖，烈無吹而自馨，方辭謝乎徑塗，處規埴而託身，非瓦礫以爲嘉，存大朴之希聲。彼主人兮誰子，懷高廓兮心貞，秉圭璋之潔白，樹文學之干旌。則有幽人處士，墨卿逸史，候節序之高朗，知寒燠之迅駛，弭蓋於門，肅隊而至，或移觴而就筵，賦篇章而未已。爾則不以物驚，不以物喜，挺危朶而愈勁，舒正色而不媚，匪鉛華以事人，多君子之枉戾，豈無人而不芳，亦胡庸以采佩。當夫青陽發生，桃李盛花，名園如霞，上國如霞，嚶好鳥其載鳴，將何物之不化，胡爾類之自矜，乃偃伏其萌芽。迨寒氣之始肅，日馳騖乎南陸，雲慘淡而無光，野何萌而不縮，爾乃自耀其孤標，眇賤同而貴獨。謂所性之若斯兮，或未必其盡然，夜不可以爲夙兮，晨不可以爲昏，苟榮悴之有時，奚爾類之能專？將推之而不後，抑挽之而不前，彼蒼厚爾以遲莫，又何辭於末年。紛後先亦何心兮，避桃李之盛時，抗素秋而挺茂兮，終焉保其不衰。至乃微霜襲宇，鶩飈振帷，萼紺紫而不起，葉比次而下垂，闃閒宇兮無人，悅星月之懸輝，則有似乎貞女永絕乎夫君，放臣懷國而酸悲，尹子履霜於中野，蘇武嚙雪於沙陲，在顛沛而愈厲，至九死其靡違。外容色之凋傷，實中心之永矢。嗟主人之懷抱，美材質之修嫮，逾盛年而云邁，稍凌夷乎末路，苟蒼蒼之爾私兮，又何病於遲莫？日中昃而彌烈兮，金粹精於融鑄，直守貞而罔渝，於茲英其何負。余假託以抒忱兮，信毋必而毋固。

荷賦

渭既賦牡丹與菊，仲敬復請曰：「天有四時，花有四品，夏荷冬梅，子獨無意乎？含毫續藻，俾世稱四賦，此雖小圃之光，而亦吾子之麗也。」余不得辭，因復命筆。塊連抱之大甕，立階楹以踟躕，挹三尺之清水，實五石之泥淤，葩煒煒其盈把，芳霏霏以滿除。逼而就之，欲語不語，徐察其意，若有告訴。「吾凌波之逸卿，而擁蓋之公路也，遠祖當春秋吳越之世，逢時遭偶，居若耶之溪，歐冶子淬劍之處也。自會稽達剡水，溪長岸闊，淡蕩百里，沙白泥肥，雜蘆與葦，種類繁生，多不可紀。則有乍決半舒，小朵大蕊，短佇長竦，低垂迅起，柔標勁節，疏陳密倚，或向日而倂嬌，或從風而自靡。其乍決也，儼華燈之笑焰，其半舒也，宛新月之過朏。其小朵之開，羣仙合掌而數甲斯尖，其大蕊之盤，古佛現身而千目其皆。短跂則蠻奴跽以貢珍，長竦則山峰矗而攢翠。低垂、挂馬肝而始刳，迅起、樹羽蓋而仰綴。標有柔而將隨，節有勁而示刺，踈陳或約隊而未過，密倚疑附耳而不置。向日倂嬌，未足稱姸，從風而靡，曷以揚麗。香不烈而愈恬，色彌夭而不媚。其房之俯仰也，則有似乎客主之既闌，更舉爵而飛杯；其葉之掀翻也，又有似於兄弟之寢興，共長枕而大被。是以飲風露而華采，集鳥魚而游戲。五月清涼，三伏不暑，曠漠之區，煙波之宇，根蒂懽娛，枝葉容與，花神每遊息以無窮，生意亦隨之而不去。吾子不聞王之後宮名西施者乎？采掇不盈，觀者如市，羨我顏華，中心如駭，此固千載之所美談，而風人之所載記。豈若茲主人之處我也，陶以爲沼，以灌以壅，覆之井幹，以制以控，苗蕊抽莖，束不得縱，炎暑結棲，鄒與魯閧，豈俊臣之見推，而請君入於是甕，實遭時之不偶，爲觀者所侮弄。是以見先生之來，有不能以言通而謬以意動者也。」余應之曰：「何子見之不廣也？吾聞自子之先，以至於子，皆得以君子名者，豈以託居之廣大而顧盼之光榮乎？直幹不撓，虛中無物，竅多比干之心，淸映伯夷之骨。含芳烈其愈溫，處驕炎以不熱，眇可望而莫親，殫易事而難悅。翩躚欲舉，挺生冰雪之姿，瀟灑出塵，不讓神僊之列。是以映清流而莫增其澄，處汚泥而愈見其潔。且吾子旣不染於汚泥矣，又何廣狹之差別，縱遭時有偶與不偶，何託身有屑與不屑？」花乃垂頭，默然似失，仰而微笑，似有所答。知君子之令名，非外物以丹雘。於時遊魚躍於梗底，翡翠集於房側，微風芬以襲衣，纖月高以映棁。乃命主人，酌酒而別。

梅賦

往予薄游海外，聞羅浮之勝而未得登焉，蓋昔所稱八蕚之種，不可得而見之矣。涉冬出大庾，見庾嶺之梅，則多粗理而絳襦者歟。抵玉山，人言東嶽之奇，往觀焉，則見其孤生瓌古，偃伏迴卷，一花千葉，並蒂數蕚，忽上竦而扶踈者歟。至於依山臨澗，覆橋橫野，間松雜竹，屋角牆茨，境非不美也，未聞其走馬而征輿，豈非品質靡異，類別有區，人固玩視其習，而好言其殊。爾其孤稟矜競，妙英雋發，肌理冰凝，幹膚鐵屈。留連野水之煙，淡蕩寒山之月，蕊一攢而集霞，葩五出而爭雪。側披斷磧，委朔風其將吹，忽上高空，助凍雲之欲結。紗數英之半掬，中萬斛之一摶，古幹橫肱，玉龍游而張甲，編條聚腦，白鳳戢以梳翰。珮玦繽紛，何啻凌波之子，肌膚綽約，無言姑射之仙。趣將幽而見取，豔以冷而爲妍，縕香氣於空表，弄皎色於霄端。瘦影橫窗，臞然山澤，素魂麗壁，忽爾嬋娟。託使將傳，寄江南之遐信，隨風暗度，報塞北以春天。羌笛一聲，韻全飄於纖指，素琴三弄，神屢託於冰絃。是以古道清流，墨工圖史，或拗之爲一窩，亦種之於數里，圍棋酌酒，相與偃臥其中，落月迴風，務印縱橫之所。彼稱既醉，逼清氣而不勝，我則含毫，占春光於長住，斯亦可謂一節之高，而未足以盡曠然之意。乃有巖居之徒，溪飲之老，短褐黃冠，龐眉壽考，跨蹇策笻，熱漿烹藻，望谷口以窮搜，坐石頭而拂掃。亦有游心道德之儒，含思風雅之伯，讀易說詩於其下，咏騷作記當其處，飛觥爵於彌留，顧徘徊而不去。景得人而益增，人因景而標致，斯風格之雅幽，而韻調之殊異，亦足以快心暢神，洗囂破滯，又何羨乎羅浮之奇而東嶽之麗？且余觀夫梅之爲物也，得氣之先，得液之酸。酸者木之正味，先者序之履端。先則渾淪龐篤，含泰和而獨飽，酸則甘辛鹹苦，受何味而弗便，含之飽者發斯盛，便以受者和必完。是以先驅百卉，遂占上林之苑，均齊五味，兼濟商鼎之鹽。其始也，點綴文章，洩天地之春於一夜，其終也，調和頤養，收天地之功於萬全。曾不知其處寂寞而貞厲，守冷素以自恬，悠揚乎松菊之圃，盤錯乎水石之間，風颷撼之而不動，瘴癘攻之而罔顛。雪霰既零，條枚益肆，陰幽外剝，陽氣內漸，迨花實之致用，歷世味之飽諳，何桃李之弱質，敢先後以齊肩？苟天將降是人以大任，察物理而明其固然。

世學樓賦　爲鈕大夫賦

惟青瑣之美彥，實烏臺之令孫，欽貽穀之在昔，服庭訓而彌敦。當盛年而綰綬，思退處以垂綸，選文園而卜築，得古桂於南鄰。乃命班輸，有事斧斤，礱石巖麓，徵材水濱。駕文杏於紫漢，甃碧瓦於青冥，當萬山之遶翠，敞四戶以虛明。溜水屏峰，不讓僊人之宅，含光納靄，全收道者之襟。既搆茲樓，爰題「世學」，運羣籍於舊藏，出繁緗於新鑰，牙籤萬隻，色搖徽軫之囊，玉軸千頭，光映卮彝之槖。既招文史，亦集豪賢，揮成雨注，辨類河縣。乃具壺觴，遂設几筵，倚南窗而寄傲，望東郭以興嘆。萬壑千巖，方寸簾櫳之際，九州四海，彈丸眉睫之間。擴而視之，其大無外，斂而收之，其小無內。回視芳園，景遷致邁，藹拂雲之嘉木，集鳴候之珍禽，葉翻書而映字，音激牖以流琴。主人宴坐，屏囂絕塵，對客子以微笑，謂有意而欲陳。諒茲樓之攸創，幸思義而顧名，仰式橋枝，懷先人之手澤，俯瞻卑葉，思後嗣之儀刑。徒讀父書，宜猛懲於趙括，善觀輪喻，冀妙悟於齊桓。茲縣題於庭榜，戒恪守而世仍。若夫游覽高明，登臨爽塏，對上下而放懷，縱徙倚以自快，斯雅中之奏曲，匪璜琚以堪佩。客聆斯言，逡巡屏退，主人揖之，乃復就位。

梅桂雙淸賦

伊梅桂之嘉植，干青霄而上騫，柯交敷於墨牖，葉錯舉於文筵。視春秋而異花，既各擅其美秀，胡茲辰之夷則，乃並蕚而均妍。爾其丹粟既綴，紅雪紛暈，散夕香於書幌，映朝陽之天鏡，殊容合皎，無非金玉之姿，異氣同芳，一稟孤高之性。有若長春丈人，强記多聞，既淑其子，又穀其孫，傾橐聚帙，緩新急陳。乃手植乎茲品，擬綠槐之在庭，謂不約而皆花，兆輩梓之當興。牆桑葆羽，而劉炎以起，堦荆隕采，而田氏幾傾，詎曰彼草木之無知，遂無與於人之枯榮？矧諸蘭之玉茁，並雲霄之妙姿，漱墳典之芳潤，蔚文采而陸離，措雙樹之上杪，謂攀折之有期。引小史以高張，携斗酒而既醉，恨冬夜之不淹，倏擊鮮之已沸。乃命素而濡毫，紀高堂之華瑞，抽寸管之祕思，與霄燭而爭麗。

前破械賦

嗟乎哉，西河殘守，東海孝婦，差之毫釐，千里歧路。寸脰尺支，二木一金，昨日何重？今日何輕？其在今日也，栩栩然莊生之爲蝴蝶。其在昨日也，蘧蘧然蝴蝶之爲莊生。

後破械賦

爰有一物，制亦自斑，鸛喙不啄，琴體乏絃。乃偕二友，木賓金紐，與之爲三，脰及足手。一人邇之、不棺而朽。多其高義，隨我四年，我分殉之，何心棄捐。二三神明，鴐鵝其首，司其去留，爲我擅剖。嗟乎哉，爾完我死，爾破我生，破完倏忽，生死徑庭，可不慎乎？敢告司刑。

畫鶴賦

朱冠縞衣，四池玄緣，鐵脛昂尻，金眸夾顚，長喙易渚，圓吭聞天，秉寥廓之高抱，小蒼莽之微騫，忽一舉而追九萬之翼，亦孤栖而養千歲之玄。爾其焦山瘞銘，桂陽避彈，道林縱歸，揚州負纏，乘軒衞國，徒傳甲者之言，聞唳華亭，誰共吳儂之歎。由此觀之，則形骸易泯，不勝留影之難，楮墨如工，返壽終身之玩。爾其舐筆和鉛，徵精召巧，或磅礴而解衣，亦凝澄而命草，想仙羽而彷彿於青田，揮束穎而希冀其玄妙。則有翩然以臨，劃焉凝佇，矯矯波間，亭亭松際，黄樓酒價，全憑橘濬而高，赤壁夢回，徒憶車輪之翅。乃若素壁財粉，朱門始光，徐展玉輪，高縣玳梁，數丈輕綃方挂瀑，一雙語燕忽驚行，灑孤雪兮毰毸，頂殷荔而氐昂，方拂瀾而振翔，亦將嘯而引吭。贋以爲眞，儼致花之粉蝶。久而始覺，誤集障之蒼蠅。然則物固往往有神於繪而便於玩者矣，又何必網兩翼於蒼蒼？

緹芝賦

緊探珠之巖樹，迨臨鏡之波館，地並秀以雙美，氣偕和而競煖。爰有物以名芝，忽卷然而從窾，如茁玉而束瑤，既抒輪而揭繖，下縞練以裼中，上緹纁而表袒，皚薄雪之將霏，載彤雲而未斷。巨者二咫，映彼湖荷，小者徑尺，燦竹妍柯，河邊織錦，掇支機而罷杼，漢宮剪綵，停寶鉸以羞羅。使君溫恭，崇抑斥揚，斂襟下問，爲災爲祥，既登覽乎隅椒，復臨泛乎汪洋，恐盛德之點璧，惟傴步以循牆。爾其芝固無言，默呈以露，吐瑞藹之氤氲，儼郁霏之煙霧，芳噀噀以襲衣，裊亭亭而冪素，遶數尺之玄壤，瑟週離而奄布，示彼絶奇，逸於往睹，非家積之餘慶，符天心而曷故。於是使君讓之不可，推之不去，把酒號曰：「子爲我賦。」即斯語而宫商，謝不敏兮恐負。亂曰：使君玉除，盛芝英兮，一貢廷兮，兩侍於楹兮，斯爲之徵兮。使君眇痾，匪蒸成兮，芝草生兮，采以鐺兮，壽百齡兮，斯爲之馮兮。

畫賦 有序

萬曆元年癸酉九月之十有三日，爲通參公六十生朝。某輩將稱賀於庭，念羊雁之陳，不足以罄悃素，相與裹錢緡，購畫於郡中名家，得壽山福海圖，謂可縣公之壁也。而載言於上，悃素則罄。以某無他長，差可役於管，令賦之。

渺一壑之無涯，內萬流其如勺，中片碧之何雄，上干霄而孤削。維使君之賡度兮，稟峻節之焰灼，惟二者之何貌兮，舉他物而曷論。絶履舃於權門兮，寧桎梏以蒙塵，踰一紀而食無魚兮，曾不改乎故步。既解玦而賜環兮，亦不見其喜怒，蓋常度之若斯兮，豈因物而失措。予里閈之爲鄰兮，日握手而論交，夕望氣於南斗兮，拂干邪其若搖。嗟中道之蹇阸兮，萎秋葉於蓁條，值使君之爲春兮，廻凋落於津膏。念相與之殷殷兮，知兔魄之幾闕，倏春秋六十兮，君髮雲兮予雪。儼劍佩之在庭兮，集殽醴兮載觥，非使君之儔侶兮，即胤嗣之友生。感盛年之易邁兮，知來者之有垠，謂使君之有道兮，握元氣而獨存。展山海之繪事兮，蓋可擬而並論，恍大魚之鼓泳兮，超九萬而霄鵬，吹蓬天而遠激兮，嘯席上之風雲。

十白賦 有序

予被少保公檄，自獲白鹿而令代表於朝始，其後踵至者凡十品，物聚於好，殆非虛語歟？時予各欲賦以諷公，未能也。公死於華亭氏，予寄居馬家，飲中燭蝕一寸而成十章，諷固無由，且悲之矣。

鹿二隻

爰有二鹿，雪皓霜瑩，後先互呈，以雌以雄，合八蹄而兩角，蹲並璧以交穹。桓桓撫臣，敢告世宗，謝山海之芼食，仰芻豢於上宮，諒遭遇之有時，胡人與物而匪同？

兔

謝彼月輪，來此人間，朗睛珀赤，妙毳雪寒，豈韓盧之可獵，與魄蜍而共跚？曩者食客之謀，匪爲營於三窟，今也走狗之鑊，潸垂涕以雙潺。

鵲

卽使常羽，亦且知歲，矧伊白鵲，而胡不彗？匪舍疆以效鶉，詎攫雛而學鷙？秋梁作架，宜並色於銀潢，古印幻騰，羞托翼於金墜。

猴　瓊赤玉，誤爲白，沿耳。

人亦有言，王孫可憎，衣以周公，裂冠毁纓。胡是物之善幻，脫蒼鞹以膚瓊，莫四朝三，豈狙公之可罔，既冠且沐，致韓生之就烹。

鸛鴒

鸛鴒昌黎二鳥賦云：白鴒亦與貢。

鸛鴒來巢，春秋紀之，皜皜其翎，曷其有之。我在幕中，實維皆之，不貢於廷，捹然起之。

鸚鵡

黄冠白章，其鳴嚶嚶，殊彼凡羽，綠襟朱喙。柰此絛籠，將飛復墜，我則禰衡，賦罷隕涕。

龜四

念寶龜之素甲，羌迸迸兮冰雪，載九疇而出洛，帝與茲而偕錫。雖入網於豫且，苦靈骨之就鑽，亦托跡於莊周，恍曳尾而超越。

麂

拾遺有言，微聲及禍，視爾霜質，秉金畏火。踵白鹿而後來，既已非時，向青草而長麃，庶其得所。

鼠

聞爾貪殘，曷能冰潔，乃縞膚而素毛，矯變緇而爲白。獨不聞胡粉之晶晶兮，始黝於鉛黑。

黄頭

時賞羅者頗溢。

鳥曰黄頭，猛以善鬭，白秉金精，儼爾介胄。虞人網以奏功，如拔猛士於千夫，幕府喜而錫金，似擲抔土於一覆。

胡麻賦

與某子夜酌，索我書字，落筆輒成胡，因作此賦。

爰有一物，巨勝其名，可以延年，超然上昇。泛於溪流，道彼肇晨，匪芝匪朮，蟣蝨其形。揭揭高莖，一枝四稜，比於凡卉，如獸有麟。我作短篇，黄冠是聆。

卷二　樂府

張家槐

張家槐，鵲巢枝。使君纔出戶闔扉，鞭行人，上及飛。彈鵲母，連鵲卵，鵲母棄雛走何所。曙衙開，邸報來，使君朝去鵲莫歸。

悲饔歌

吳人饔，越人俎，一臛忤舌死杖下。肉少甘，骨爲土。

歌風臺　時漢高將夷英彭諸猛，又知猛者守必背，故曰安得。和葛鄂州作。

醉媼酒，臥媼壚，武家壚畔鼾呼呼。豐沛中，羣酒徒，噱季鼻大糟所都，誰喚隆準而公乎？十二年，左纛還，着紅衫，應午炎，七尺所臨萬馬環，諸王列侯敢不虔。獵徒酒伴隘巷看，獨召故老金爵乾。惜青春，赭朱顏，乃思猛士得將安，歸問野雞還我韓。

鄂州篇，衡縣權，渭也俯，拾所殘，悲異代，良楚酸。謂河高，水流拍天，渭兩過之河未然。麻姑量海海愁淺，三尺烏爪沒至骭。大家作計一何長，請看何人偏墮短。

三

英彭不雌，季心所猜，今布越耳，終當爲豨，終當爲豨，不如我先之。舊所得猛士，十當一無遺，十既一無遺，安得不歌以思。

四

雖渡江，八千從，非父老是使，彼安識籍與梁。巴蜀公，縞新城，奉三老敎發帝喪，義兵若河日以東。乃知王者師，上親長禮敎下首功。蜀公親歷效驗明，乃知猛士，難四方守易戰攻，誰肯不蹄買蹀驄。繫太牢，祀鄒鄉，聽叔孫通，徵魯諸生，鶩禮四公，遠來于商。

周氏女二首

周氏女，嫁徐郎，歡未幾，夭不雙。採髮者姑批頰翁，不嫁不已軟則肱。五日一飯，三日不一粥，阿母遺弟，私姊粱肉。柈不及展椀先覆，肉不下咽，頰且飽拳，如此苦辛婦則甜。翁千戶爵，罰當作，往閩幕，徐娘雖老，孳尾如昨。提孫以往歸總角，十五未有十二莫。婦走迎姑，程里過百，希姑歡喜，姑怒倍嗃。

兒寧不識母？姑教使然，此兒乳媼，兒久母捐。淚未及落，兩掌應弦，孰令女迎，爲此娟娟？婦囚空房，歷歲靡年，弟不敢往，母不敢憐，他人敢怒而不敢言。影則不雙，魂一夕九遷。噫嘘嘻，婦所遭，孝可旱海貞兩髦，姑則牝晨兒夕梟。雉經於梁彩彌昭，誰能飽此埸蠐螬。

二

凡百君子，誅此媛淑。翁虎而冠，姥也運目。彼雛者鳥，長而爲梟，匪鳥則梟，實係於教。婦貞尚易，婦孝實難，云何實難，翁姥之虐。箕子所嘆，微子去之，誰皆比干？孰剖比干？孰醢梅伯？蜚廉惡來，左炮右刖。女蘿施松，冬不改碧，良士遭焚，同玉於石。衆誅周閨，我獨如刺。

予嘗夢晝所決不爲事，心惡之，後讀唐書李堅貞傳，稍解焉

堅貞十七，之死靡他去聲，數夢男子，百兩以御叶。貞覺而恚，莫知其謂，華盛來胥蝶也，我貌未悴。廢沐垢首，塵膚敗裳，如葉未秋，虐使萎黃。自茲以往，夕寢旦覺，角雀謝穿，筐梅罷摽。眷婁雖擅，理不樂蟻，矧已肉矣，曷慼而蛾音宜。萬有膠轕，曷可詰呵，皇矣上帝，其將謂何。

六昔

昔朋友，雉與鷸，不得已，今爲梟。　昔骨肉，鴛與鴨，不得已，今爲鶻。　昔宗親，鵲與鵶，不得已，今

爲鷁。　昔官府，騶與虞，不得已，今爲虎。　昔乳煦，汗血駒，不得已，今於菟。　昔黠蒼，萬夫英，今
視之，蠅所生。

卷三　四言古詩

雁臺詩　陸子嘗買雁放之，因以爲號。又雁臺在杭江干。

左江右湖，名山有臺，近陽背陰，雁爲之來。江海之大，熸繳丸矢，待雁不來，涼空覆水。主人有馬，客亦有舟，出自郭門，於焉遨遊。羣焉以栖，人亦雁爾，莊周爲蝶，孰揆厥理。買雁放生，入雲出塞，有問炙者，張目不對。

土魯番貢獅

羌飯官驛，斯物不的，官馬當災，騰于馬脊。俛嚙以牙，嗜馬肉炙，四蹄裂馬，如人裂帛。獸威孔武，觀者色沮，媚此羌胡，若媚其母。余呀以咨，羌曰余乳，當其出穴，若嬰離褓。不見牝獅，惟見我哺。斯言不欺，梁鴦養虎。

卷四　五言古詩

與林玉兩上人登會稽最高山，山出秦望上，率可五六里，玉公早有來歸之意，因賦以止之

茲山一何爲，仰首摩青雲，遠去氣色古，混沌儻未分。引盻涉陝洛，毋乃隔夕曛，中有舊社址，尚見數偶羣。短草覆井水，遠松貯氛氳，薄雲在其下，猶冪高頂墳，玄釋諒能居，人世未可云。念子覺無上，夙昔斷羶葷，焉能繫不食？焉得不耕耘？况茲值秋陽，寒氣慘不昕，未可來居斯，語子以慇懃。

來晨甜廣孝寺

可憐荒宇在，於焉恣游賞。古砌伏野草，唯餘聖賢像。巨碣指高樹，御墨浮天上，昔人不在斯，悠然引遐想。矐入鳥初散，道寒露猶瀼，回睇高山岑，翻然策筇杖。

登秦望山

素情忻晏遊，碩人事永矢，上此萬仞山，復沿北溪水。顧瞻江海流，神去蒼茫裏，後峰千里來，旁嶂兩川

起。往昔窻中翠，今茲巔上視，佳哉是觀游，吾鄉亦信美。

沿秦望溪水

流水澄若無，溪魚宛遊空，磊磊聚圓石，澹蕩偏能工。高寫象山曲，伏彎迴草中，何朝飲麋鹿，蹄蹤去難窮。

秦望山東南下折，有峰紫鐵色，錯豎似花蕊，土人呼雄鵝突，余贈名花蕊峰

錯如鐵色紫，出土幾千古，褰空蕊尙繁，秋水蓮難吐。刻削差可擬，帶插不添嫵，宛如齒齟齬，張吻訟所苦。千秋獻組繡，名號未得主，直少讓中岑，他山視應父，借言花蕊峰，來春開何處。

海樵山人新搆二首 息柯亭，亭北有淸嘯臺。

古莽伏圓址，新搆敞方榭，去家不百步，連山凡幾架。衡門夾栟櫚，卑池注微瀉，羣峰列窗牖，佳木依簷瓦。碑碣牆垣中，階級陂陀下，曠靄坦以來，遠暮蒼然化。亭北指夕月，高臺嘯淸夜，嘉賓燕屢入，麗人時或迓。臥榻楔巖石，旁戶達僧舍，主人胡不歸，樵海未云罷。東樵遡遊風，於茲焉息駕。

二　曲池

濬池疊青山，山色落池裏，上栽百歲樹，下迴三折水。日夕衆鳥下，客至數魚起，助筵摘果實，開蕪種芋子。上山一以望，高城正東迤，波漾堂壁瑩，野闊登覽美。羨子善結架，多在聚景址，彼亭既孤絕，茲地何曠爾。

送俞府公赴南刑部三首　并序

越自王羲之謝玄相繼爲內史，儒雅風流，與山水交輝互顯。迄唐元稹徙官浙東，以得蓬萊自喜。舊經載其事，云所辟幕職，皆當時文士，鏡湖秦望之遊，月三四焉，而風咏詩什，動盈卷帙。然於事功，則未多聞。迨我使君之守此也，一以文學飾吏治。有事則抽筆束帶，向廳事而署記，無事則曳舟提策，覽溪山，訪古昔，抽筆而爲文章。故民不知觀游，而士亦不知文法，由斯以談，稹或非所及也。使君始至，聞新昌呂生光升稱文藻，則召見，繼又問山陰有誰氏，則謬召渭又見。謝靈運不云，楚襄王時有宋玉唐景，梁孝王時有鄒枚嚴馬，遊者美矣，而其主不文。今使君在上，其主文矣，而遊者不美。顧慚引援，曷由自效！茲抱命將入南曹，懷知贈離，寧能已於咏耶？

會稽古名郡，復稱佳山水，況乃使君懷，登覽未云已。雉樓鏡光中，羣齋山岫裏，謝眺適閒居，汲黯煩臥治。雲興彌起諍，日昃已徹理，橫筆據几筵，流翰盈篋笥。緬想古時人，稹也無乃似？

二

有威貴不猛，用智稱不狡，既秉琴瑟心，復有圭璋表。俯案問疾苦，春風被野草，歲月計有餘，山谷慚無報。請看車戒途，會有民遮道。

三

好藝慚藝流，抱經充經生，胡爲甫下車，召問臨前庭？自顧非徐幹，敢言西園英。公才比曹氏，固是弟與兄。仁主惜人命，當秋急司刑，乃思股肱守，在郡操持平。命下事結束，僕夫前抗旌，此時鴻雁飛，橘柚亦已榮。猥蒙知識私，念此增怔營。

與楊子完步浣紗溪梁，有懷西施之鄉

明月照江水，截梁與子步，當時如花人，曾此照鉛素。江流不改易，月亦無新故，薄雲淡杪林，晴沙泛寒露，借言伊人閨，應在煙生處。

仲虛將入燕臨卷漫贈

去年西向吳，今年北走燕，燕王黄金臺，白日空蒼烟。君夙懷古道，慨嘆悲前賢。都城盛豪貴，門客復幾千，試求四君者，可復如其然？歸來食無魚，長鋏蒯緱穿。古來士貧賤，豈得與君偏？俯首往昔事，更欲傾肺肝。道路殊室家，君子防未然，覆轍近可戒，慎毋處疑嫌。

讀莊子

莊周輕死生，曠達古無比，何爲數論量，生死反大事？乃知無言者，莫得窺其際，身沒名不傳，此中有高士。

海上曲五首

雩隱城月高，使君梯樓坐，縣緪訊諜士，但自苦城破。問賊一何多？數百餘七箇，長矛三十六，虛弓七無笴，腰刃八無餘，徒手相右左，轉戰路千里，百涉一無舸。發卒三千人，將吏密如果，賊來如無人，卒至使君下。

二

大吏無約束，小吏何所容，徒領七百士，散走如驚麇。賊去渡絕水，戟榦束以施，兩足不可容，何況百賊艘。掠舟以爲載，舟窄不可移，水陸兩不及，後先兩不隨，但令一伍在，立盡此其時。辛苦閩小吏，獨棹八槳追，四顧無一人，矢石亦奚爲？

三

暇日棄籌策，卒卒相束手，四疆險何限，但阻孤城守。曠野獨匪民，棄之如棄草，城市有一夫，誰不如木偶。長立睥睨間，盡日不得溲，朝餐雪沒脛，夜臥風吹肘。彼亦何人斯，炙肉方進酒。

四

昔人悲話言，與言舉不解，劉季本天授，草野適相邂。以知聽言難，所係成與敗，舉世棄五穀，而獨嗜稊稗，我欲借箸籌，前車以爲戒。

五

肉食者誠鄙，鄙夫亦何多？百人守一轍，賤子嗟柰何。積骸枯野草，徵發傾陵阿，涓涓不可塞，誰爲回其波？朽株不量力，竊負寧顧他，胡爲彼工師，數顧商丘柯？

業師季長沙公隱舟初成侍泛禹廟

仲尼欲乘桴，吾師眞理楫，伊昔當衰周，明今是何葉？以知適觀游，匪爲道窮跲。觀游亦不遠，去郭眇雉堞，夏后掩嘉陵，名山閟金牒，寒空悽愴䲢，白日[illegible][illegible]蹀。河洛遠莫致，稽山邇可躡，從我則愧由，浮海諒無怯。

冬至雨雪復泛青田湖

雪霰下初集，湖波去長往，千山分照曜，一葉眇搖瀁。朔風凄以吹，鳥飛不可上，緬茲載筆人，宛爾泛廣閬。舉爵弔其處，空遠流漭漭。余亦胡爲乎？今昔成俛仰。

他日大雨雪復泛蜻蜓池

帝子悲異代，池館荒東城，風吹城隅樹，似聆歌吹聲。流川接廣壕，遠遡萬堞平，花樹接靡暇，素岫儼將傾。摐金震冰理，伐鼓寒蛟驚，冒曙曳裾往，至昃引纜征。迫岸覆莽瀉，沿徑緣蘿明，了無一物巧，欣此百怪呈。劇飲復何辭，願言罹病酲。

日暮進帆富春山

日暮帆重征，江闊眇無度，峰翠逐岸來，樹幹參天去。千里始此行，一日即羈旅，石瀨駛淸磷，雪壑聳殘素。回睇吳山岑，蒼蒼眇煙霧。

七里灘

進舟激重灘，修岑夾江沮，壁峭易孤凌，麓折難直泝。乍入訝前遮，俄回驚後阻，林疎荒搆緣，嶺缺層峰護。遵水無停橈，通山必奇路，冀訪垂綸踪，聊以慰心素。

發嚴州，舍舟登陸，縱步十五里，憩山麓叢榛，遠眺江中怪石

乘舟坐無聊，遵途岸轉杳，急流赴海馳，怪石横江倒。仰睇崟崎側，惟見蒼翠矯，覆莽映赭壁，枝弱不勝鳥。縣崖窄可步，聚纜密如篠，舟子勿前征，前路烟生草。

將至蘭溪夜宿沙浦

中夜依水澤，羈愁不可控，遠火澹冥壁，月與江波動。寂野聞籟微，單衾覺寒重，託踪蒲稗根，身共鷗鳥夢。

江郎山三片石高頂，樹生沉香，人或拾其朽落。又有小池霧雨，魚輙飛去，人相傳鳥銜游鱗向啄，墮子生長

危磴發閩甸，孤壁矗江浦，日如雲外升，天從隙中度。標映翠逾瑩，赭錯蒼微護，不受山人樵，自生水沉

樹。高頂澄方池，遙夜足春雨，蝌蚪自依苔，鮮鱗倏飛霧。何以致茲奇，鳥攖涸流鮒。清夕聽啼猿，白日接偃馭，仰止莫能攀，搔首徒延佇。

早發仙霞嶺

披衣陟崇岡，日中下未已，雄偉奠兩都，噴薄走千里。百折翠隨人，一望寥生背，高卑互無窮，參差錯難理。蔓草結層冰，喬木秀縣藟，晝餐就村肆，小結依崖址。去壑知幾重，剡竿引澗水，回視高峽巔，鳥飛不得比。

自浦城進延平

溪山孕鐵英，怪石穿水黑，馬齒漱寒流，冶火融初滴。方艇走石罅，白日飛霹靂，操舟信有神，出入坦然適。以知庖丁者，游刃有餘歷，循理稱達人，險難亦何慼。

夜宿丘園，喬木蔽天，大者幾十抱，復有修藤數十尋，縣絡溪渚

老樹拿空雲，長藤網溪翠，碧火冷枯根，前山友精祟。或爲道士服，月明對人語，幸勿相猜嫌，夜來談客旅。

夜宿通都橋　橋長數百步，上搆屋百楹。

長虹飲不去，溪山有津梁，首尾跨東西，相望成蒼蒼。烏鵲銜楩梓，楹桷幾萬章，朱拱亂青天，繪采與烏翔。洞門鎖虛碧，飛瀑濺空光，上承萬壑流，遠去千里長。黑石蔽遙瀨，幷刀剪秋鋼，水怪不敢窺，深潭閉金眶。欹枕聽清夕，沸簸鳴笙簧。

涪澹灘

黑鼇穴地出，噀沫從天下，春雪跌深潭，驚雷迸鐵鏄。回思身所經，險怪幾日夜。老石萬片焦，飛湍千里射，藥叉窺綠淵，人命輕一詫。或似鼓太冶，青銅沸將瀉，女媧撤餘礫，頑查攬不化。念彼旣憮然，值茲殊可訝。短槳起沈舟，凸字捩深窊，閩溪舟槳，形如凸字。因之譔絲髮，長與世人謝。浪怒一何愚，終古不得罷，有時搏陰颷，寒色慘朱夏。借言呂梁叟，何時咨閒暇，余雖愧達人，笑對成一嚇。

泛舟九曲

老玉亂青冥，皇天夜遺蛻，餘骨散九州，頭顱此焉寄。人視萬劫餘，天意一夕計，遊艇沸滄波，髣髴熱營衛。亭午入數折，沖然元氣閉，縣峰昇羽人，毛竹倚仙娣。辟彼齒牙蠹，生死齟齬內，世人不解奇，但識世間事，示之帝所遺，惟以溪山睇。

武夷道士示予魏王子騫蜕首見紫氣

不死者已去，死者留人間，骨骸自何夕，飛置山之顛。取視始伊誰，縣綆月屢牽，而不如餘魄，安臥攢青蓮。道士苦斯役，留函閣高椽，過客好奇異，啓閟請自便。茲物眞仙靈，磊磊黃琅堅，高頂泥丸宮，紫氣猶一弦。晦明準天時，白黑互糾纏，胡爲黃冠流，示人禍福先？爲予而變易，無乃勞子騫，玉蘊山色輝，斯理良自然。

丙辰八月十七日，與肖甫侍師季長沙公，閱龕山戰地，遂登岡背觀潮

白日午未傾，野火燒青昊，蠅母識殘腥，寒屑聚秋草。海門不可測，練氣白於擣，望之遠若遲，少焉忽如掃。陰風噫大塊，冷豔斕長島，怪沫一何繁，水與水相澡。玩弄狎鬼神，去來準昏曉，何地無恢奇，焉能盡搜討？

十八日再觀潮於党山

秋水自生幻，海若安措手，驚雷砑雪獅，萬首敢先後。山窺本避濡，俄驚足下吼，老壁拍波塵，千仞落衣袖。望窮不見外，瀲灧明滅久，人天儼未消，劫火燒宇宙。往昔每一凭，恐怖經旬晝，那知迫視怪，其怖應不朽。豈惟我恐怖，天地亦應有，景往目旣遷，恐怖亦却走。

壬子武進唐先生過會稽，論文舟中，復偕諸公送至柯亭而別，賦此

時荊川公有用世意，故來觀海於明，射於越圃，而萬總兵鹿園、謝御史猬齋、徐郎中龍川諸公與之偕西也，彭山龍溪兩老師爲之地主。荊公爲兩師言，自宗師薛公所見渭文，因招渭，渭過從之始也。

帆色亂蒹葭，舟行渺陂澤，晝日聚星精，湖水難爲白。念此陽羨客，遠從東海來，素書授黄石，竭使羣公猜。引弓洞七札，矍圃風颸颸，白猿既坐啼，楊葉亦生愁。忽然彁白羽，招此文士遊，轉棹不可止，忽到津西頭。柯亭鎖烟霧，異響杳不流，獨有賞音士，芳聲垂千秋。

哀四子詩

陳徵君　海樵

阮生馳曠軌，動爲禮法仇，陸驅事車馬，水行自方舟，忽焉兩易地，爰翅薰與蕕？諒哉二千石，敦執遵前脩，采實棄華蕤，孰意將其劉？芳草懷澤蘭，叢薄戀梧楸，豈不貴稻粱？氣味相爲投。嗟彼烈芳者，先驅芬華秋，三歲違故壤，殞根千里丘，念兹愴欲結，涕下不能收。

兩蕭太學　柱山、盤峯

女行本甥好，文藻勵吳越，況復乃公者，扼纓抗前哲。學弓必以箕，激羽在操括，之子涉其津，十車九合轍。校藝等不卑，排難智彌越，廣座羅豪英，談鋒孰能折？仲氏女思者，宛追伯兄烈，雙璧繼以淪，連宵蝕明月。

沈參軍 青霞

參軍青雲士，直節凌邃古，伏闕兩上書，裸裳三弄鼓。萬乘急宵衣，當廷策强虜，借劍師傅驚，罵座丞相怒。遺幗辱帥臣，籌邊著詞賦，截身東市頭，名成死誰顧。

泛舟九曲懷王君仲房 時余方入武夷，仲房別余瀫水，贈以篇。

黃山猿鶴姿，生來狎烟蘿，睥睨武夷駿，眇之不足多。別我瀫水上，臨歧發浩歌，秋色幾千里，隨之渡江波。緬茲九曲流，十載兩經過，幔亭不待客，垂虹斷天河。飛駿歷峯頂，宛見黃山羅，三十六峯裏，若個是君窩？

將遊金山寺，立馬江滸，奉酬宗師薛公 方山

江水東到海，萬流錯一帶，三山俯澄波，天鏡落微黛。立馬囂不發，維舟宛相待，我欲激方桴，高覽金剎界。凌空俯長川，扣檻出巨介，探囊得瑤篇，浩歌遏雲邁。顧瞻下帷所，明滅遠天外，當年國士知，昨夕

鷄黍會。十載拚一朝，倏已成夢寐，帷餘諄復情，千秋永著蔡。

蕭荷花祠　俗傳露筋娘娘者卽此

荷花一夕凋，萬里秋無色，獨遺花烈芳，千秋襲陂澤。揚舲遡大湖，風緊日已夕，水鳥習舊栖，戢羽茭菰白。弔古解維舟，去岸不盈尺，秉燭褰繡帷，金翹儼宮額。燭滅颯然中，神爽凜孤魄，念此芒吻微㊀，奚啻雄虺索。豈無冶容嬌，貞肌以爲臞，念茲不能忘，惆悵至明發。

送鳴敎往上海二首㊁

性靈本自是，克己固自由，取人以爲鑑，無嫌博所求。所求既云博，安在守舊游？君今海上行，固知多良儔。講席有答問，過從時寓留，上座執主客，虛襟以咨諏。勿謂侍講徒，啓予君識不？滄海成其大，乃不擇細流。緬懷及炎夏，日夕望君舟，同異有新知，所欲待君謀，君在固足喜，君去良勿憂。

二

䜭雪東門家，天寒雪正下，繁林積素花，羣山映簷瓦。杯至不得休，語密不可罷，鳥集池樹顛，色瞑天欲

㊀「吻」疑當作「茘」。

㊁「鳴敎」原作「明敎」，依目錄改。按逸稿卷十七有張鳴敎小像贊，當卽此人。

夜。顧子同心人，而有太息者，云我爲道謀，安得與君舍。余爲重解疏，斂襟向前謝，超言雖遣累，離緒難釋罣。駕言春陽初，那得便徂夏，執手歸路中，銜寒爲君話。

送鄭丈

老蘇携軾轍，皓首惟窮經，高譽動開府，授館圖滄溟。圖成使之記，羅絡明秋星，東海一萬里，寸管窮其形。長揖謝府公，沓言事遐征，雙鳳引衆雛，翩翩向青冥。愧子斥鷃姿，而有離羣情，願言遡北風，宛轉聆長鳴。

寄善畫葛君

展箑不盡規，墨色鮮於洗，細圖萬壑雲，寄我青山裏，感之不能忘，聊寄短篇耳。

寄葛景文

讀書戢山上，洗筆右軍池，出戶予一見，經年人不知。别久忽成夏，莪葉更春姿，西流值雙鯉，寄我相思詞。多君寡諧合，懷此如瓊枝。更欲傾一語，何時復來斯？

補再遊蘭亭詩副王翁之索 戲效晉體

使君疏九曲，吾黨非一遊。新觴肇後汎，舊水迷前流。游鱗聚忽逝，鳴吭響復收。遷謝理在斯，胡爲乎他求。崇德不擇時，晚節志彌適。燕笑非所置，沉湎戒前修。

入燕三首

藁生抱利器，鬱鬱走燕趙，賤子亦何能，飄然來遠道。行止本無常，譬彼雲中鳥，朝飲西園池，暮宿北林杪。感事復懷人，生年苦不早，欲弔望諸君，跡陳知者少，垂首默無言，春風秀芳草。

二

荆卿本豪士，漸離亦高流，舞陽雖少小，殺人如芟苗。眇然三匹夫，挾燕與秦仇，悲歌酒後發，涕下不能收。猛氣驚俗膽，奇節招世尤，見者徒駭顧，那能諒其由？我生千載後，緬茲如有投，時遠動自妄，忽作燕京遊。短褐入沽肆，酒至思若抽，念彼屠與販，零落歸山丘。皇皇盛明世，六轡控九州，匕首蝕野土，廣道鳴華輈，寸規不可越，安用軻之儔？我思遠及之，曠若林與鷲，鳳鳥不可得，蒼鷹以爲求。

三

大鵬奮南徙，豈爲北海籠？越鳥不逾南，見與胡馬同。自愧無垂雲，摶彼滄溟風，猶能勝鸜鵒，與濟相始終。上林多喬枝，萬羽亦足容，匝樹繞不栖，翻附南飛鴻。春冬遞遷謝，倏忽兩月中，卧席不得煖，來往何憧憧。

寄李騰驤君

參軍舊有名，傾蓋在燕京，抵掌論時事，四座耳盡傾。胡馬自南去，紛然熾談兵，之子條數事，草具未敢陳。問之何爲爾？俛首若有營，自言沉下僚，言高法所禁。時我聞斯言，亦作俛首聽。别來今幾月，寄此表予心。

寄謝舒君

舒君青襟士，假館瀛洲邊，握手爲别處，遺我三百篇。南行渡江日，流水奏鳴絃，開卷一爲詠，一詠一泠然。安得與君共？悵望徒煎煎。

寄王君

顔子安簞瓢，宣尼樂蔬水，世人仇賤貧，與言多不喜。王君本通人，作客逗燕邸，富貴自有時，三春發桃李。未遇而索居，益足見高致。煩君將此言，寄語諸君子。

寄孫君

君家郡郊東，相去不百里，那知傾蓋交，翻在燕京邸。一見語移日，相視兩知己，微吟遶席飛，伯牙奏流水。昨予倦北游，策馬還南馭，作詩送我行，語闊驚俗耳。開卷三復餘，持之向行李，入匣尙有聲，擲地將何以？漢庭重詞臣，梁苑來文士，君才似子雲，終作甘泉侍，著就長楊篇，倘可寄雙鯉。

古山篇贈余君

余君本今人，而有懷古思，三年臥白雲，一醉撫流水。握管掃素箋，閉門謝時事，懶與今人交，自號古山子。

都門送湛玉二上人南還

雙錫自南來，流響激金臺，托蹤玉河水，不染飛輪埃。爲師乞銘碣，持向青山埋，飄然別我去，有翼不能偕。何以贈遠行？欲折南枝梅。

贈陳君

珍木無弱羽，廣川饒勁鱗，皇都鬱崖峩，多士如繁星。陳君在鄉曲，少小馳芳聲，去我三百里，可望不可親。昨予志廣覽，自越之燕京，見君長安道，一問知姓名，却復訊動止，握手爲予陳。自受相公知，忽忽復幾春，一朝去鄉校，今作太學生。言溫動有禮，志壯氣自信，暂顏口若海，豐下而長身。再往論文史，終夕如倒囷，藻思蔚以妍，儼與骨相并。王良御八駿，技絕物有神，一日騖千里，安得留其行。念予復南去，攬策臨修程，小見同越鳥，秪入槍榆羣，思君不能置，短篇陳素情。

畫易粟不得

吾家兩名畫，寶玩長相隨，一朝苦無食，持以酬糠粃。名筆匪不珍，苦饑亦難支，一身猶可謀，八口將何爲？古昔稱壯士，換馬將蛾眉，拯急等救焚，安得顧所私？疇知猗氏富，今亦無羸資，致書向予道，悉焉多愴悽。今日非昔日，安得收珍奇，顧予諒斯言，盛衰誠有時。取酒聊自慰，兼以驅愁悲。展畫向素壁，玩之以忘飢。

戒舞智

富非聖所却，貧乃士之常，華屋非不美，環堵庸何傷？多才戒舞智，善閉靡不彰。舞智向愚者，弄偶於偶塲，偶自不知弄，爾弄何所償？舞智向智者，譬以光照光，彼光不受照，爾照何由揚？舞智兩不售，不舞兩不妨，請君聽予言，作善降百祥。

喜馬君世培至

仲夏天氣熱，戒裝遠行遊，訪我未及門，遇子橋東頭。時我病始作，狂走無時休，吾子一見之，握手相綢繆。却云始作病，未可藥餌投，欲以好言語，令我奇痾瘳。從此一爲別，歸來歲將周，死則長已矣，生如爲君留。

病起，過訪柳君彬仲，因玉公先在座，因招丁君肖甫共齋飯，分韻得行字

我友新被薦時柳方以貢入，行將侍明廷，病餘一爲訪，結袂申衷情。座上値緇衣，是子師之兄。主人具齋黍，談適意彌傾。遂要相知人，後至恐失聽，僕子戒速往，飛簡馳流星。促席羅品俎，方員錯俱陳，果蔬律所許，孰敢供羶腥？高論溢四座，黃流方數行，蓮社若戒酒，何以娛淵明？

玉公分得黃字，時已先去，代作一首

古人辨儒墨，舉世詆緇黃，多爾諸君子，道大無拘方。坐我席上頭，行我東西廂，借我吟以咏，蟲響溷笙簧。朝日落簷瓦，倏焉消凝霜，坐久熱短褐，何況羅酒漿？日暮歸山居，兩槳搖月光。

感九詩

負痾知幾時，朔雪接炎伏，親交悲訣詞，匠氏已斤木時已成棺。九死輒九生，絲斷復絲續，豈伊眇德軀，而爲神所篤？就榻理舊編，扶衰强粱肉，納策試翺翔，漸可徵以逐。天命苟未傾，鬼伯諒徒促。

長者山居　葛百岡

芳構一何幽，峻結憑青旻，匪直貯文史，庸以栖道眞。憶昔當茂年，攬轡臨通津，天路遠莫致，帝閽儼卽神。西林匿白日，芳華謝青春，迴轍苦不早，寧復驅其輪。市隱狎親串，山居屏氛塵，兩雖衆所欲，四美錯可陳。念子處其中，翩若羲農身，嗟彼南冠者，何時愜登臨。

蘭曲篇 并序

蘭曲者，胡子志父之別號也。志父行致翩翩，類戰國之公子，余則窮愁兀兀，眇著書之虞卿。里閈既同，意氣亦協。而志父尊君，昔嘗佐參銀臺，茲復稅駕林麓，余得遨遊橋梓，半作忘年，非接席于尊公，則聯鑣乎志父，老鷟高舉，雛鳳儲章，回睇野鶴，翩然後矣。志父一日命篋文席，飛觴翬扉，要余選號，余以蘭曲酬焉。慨昔賢之邁逸，拂流水以儔觥，勝地再新，芳軌思襲，我歌彼和，輒盈緗縑。爰題卷端，并書小語。

遷晉宛如昨，盛明儼在茲，修堤冒芳樹，曲水映朱題。言念同里子，翩翩蔚華姿，偕我攬長轡，臨流息迴谿。結客一何少？知己良獨希。芳草藉不足，更褥幾鹿皮。溜急杯屢覆，流緩斝停移，借問永和祓，何如今日嬉？

寄答祕圖山人二首 獄中

山中鸞鶴人，海上魯連子，解紛謝千金，飛書橫一矢。自傷抱梏徒，上書累遭褫，形僇豈所規，所悲在人紀。翹首歌式微，哀音落蓬臬，我車非不東，伯仲豈充耳？水深援手難，棘深拒投趾，咎己不厭多，怨物徒召悔。

二

彼美蘇門生，長嘯鸞鳳音，一朝逢鍛徒，戒哉免乎今。我無嵇生才，而遘呂安屯，經歲隔宵月，況得徒侶尋？緘詞慰蠶室，長吟感孫登。羈紲不可脫，荏苒年歲侵，但使時節至，一鼓廣陵琴。

投人

如姬竊魏符，公子謝趙城，胥簡一以著，千古難斯人。蹇禽遘殊狹，有意不自鳴，顧勞隴山舌，激響摹其眞。不堪解羈紲，幸可寬烹飪，更欲煩鳳鳥，高祈張罝人。自諒乏春飈，安得希夏霖？躑躅以徘徊，感此飛鳴恩。脊令理則宜，良朋永歎忝，沉省戒逾分，抱梏寄長吟。

寄彬中

鄴下老韋布，能活刀下人，魯連劇排難，安得專其名。不見申包子，含悽哭秦庭，萬馬度關隴，救郢却吳軍。側聞同心人，急難等赴焚，秦師不可出，大義凜已明。栽傾本莫致，安命以爲貞。

寄莫叔明 時予尙繫，而莫乃府公岑令其入訪。

十年不得見，一日雲就泥。我與鼠爭食，盡日長苦饑。因君割囚粟，握把換菽齏，飲水濕枯吻，坐以談嶮崎。遶柵響繩鐵，聽者知爲誰，似言好儒紳，亦解相睨窺。有時端不動，兀哉木所爲，都萌求福心，欲作居士題。覽此相躑躅，頹焉日以西，安得秦時人，化作大鳥飛？別君鎖昏黑，不寐聞天鷄。

答和公日二首

高垣沼我驅，棘刺長如荻，松柏年十寸，至今長五尺。一朝鎚籠藩，小鷗決蓬翟，忽逢東來鴻，相煦以雙翼。逝焉渺長江，別子當幾日，不能偕我飛，一顧一悲嚦。

二

主人憐羈禽，放飛未云竟，云欲竟爾飛，尙稟虞羅命。虞羅未可知，縛解未可期，獨負西歸鴻，一鳴復一棲。

雪

屋腐隙西椽，密雪夜如織，朝窺牀簟頭，白糝高一尺。側身不敢搖，寒籠戢僵翼，伴侶同苦辛，何從乞漿食。

寄王子心葵

葵花似君心，向日解違陰，葵葉我所愧，有足不能衞。與君夙相知，把葵吳山時，今日相思處，南冠縶楚儽。

寄陶工部　雲谷

短劍在匣中，秋水蓮花芒，芒色豈不好，終爲人所防。所貴金玉資，含輝有餘光。諒哉工部君，璠瑜映明堂。熏風動九夏，鳴音來鏘鏘，至寶吐洪亮，不特華澤芳。沈思不能寐，攬衣視河梁。

陶翰撰　念齋

洪波渺千頃，撓澄兩無庸，昔也稱叔度，今見運甓公。束帶上玉堂，寸管摩青穹，居廬繞祥禽，偕此伯氏同。嗟哉忠孝質，所貴在溫恭，不見百鍊鋼，繞指以環鋒。賦予諒不猶，小星嘒天東。

筠石篇　上虞葛

片石插寒塘，泠泠箭竹黃，誰提數寸管，坐到一秋長。我亦躭清致，傳聞今幾霜，翻飛乏羽翼，那得到君旁？想見莓苔綠，坐令毛髮蒼，疊膝嘉肺中，望斷雲根觴。今我操題處，青棘披孤牆，日影淡無色，十月梅早芳。欲折以寄遠，無此長臂攘，料理竹下人，應少寒枝香。

辭言馬兩進士蕺山之集，呈王衢州二首 初出獄

藉此主人力，小鳥決槍榆。風飈不擇振，縛餘尙艱舒。雖喈游卷阿，鎩翼不可俱。枯魚已無及，寄書教魴鱮。侍奉固所願，出入未敢踰。

二

邦君茂聲華，柱下洵咨簡，晝諾一以借，海邦頓草偃。散帙有餘清，高岡集羣彥，元規昔有言，於此興不淺。念彼西園英，自顧諒非幹，況復覊紲餘，安得侍淸宴。

蔣扶溝公詩 幷序

零陵蔣先生者，迅鵾鵬之遐翮，秉龍蛇之屈伸，嘗欲頂摩青天，手弄白日，不耆上下，以栖混元。早歲妍精孔孟，含藉六經，故說有談空，不詭正道。昔嘗出宰扶溝，晚節薄游四方，掛冠拂衣，如漚在海，雖隨光揚波於上代，魯連高蹈於海濱，禦寇埋名於鄭圃，先生放蹤於吾越，可謂閉戶造車，出門合轍者矣。渭伯兄淮，恬澹厭俗，弱齡訪道，垂五十春，玄室冥奧，未睹宮牆。遭先生遡舟閩粤，放

於山陰，邂逅天緣，值諸行道，顧盼之間，疑謂異人；遂數語浹襟，懸榻彌月，過蒙收畜，列諸僕御之徒。既而先生鴻跡遠曠，再渡錢塘，期許後來，意得執鞭長侍。豈謂造物苛猛，未更寒暄，伯已化爲異物。烏乎，陵海尙變，人壽幾何！金丹未成，玉顏曷駐？渭每念此，可謂寒心。先生哲人，胡以導指南向耶？頃者又將浮湘江，並九疑，直指芝田，家門一入，渭於斯際，能不依依？夫兄所師表，弟胡不爾，恐塵凡之姿，僊聖所拒，嗟哉！死者已矣，生人去焉，存亡惕心，永以爲好。異日吸沆瀣之精景，陟壺嶠之福庭，飛九還之丹火，騎八極之游氣，則天凡殊途，相見無日。緬哀伯氏，重以離衷，因獻五言六首。

驅車出閩海，弭節越江濆，回盼行李間，猶帶武夷雲。吐嘯內羲農，圖書娩皇墳，袖攜一束字，矯矯龍虎文。鼎湖拾烏號，關門屬紫氛，丹成一揮手，長往謝人羣。

二

哲人楚國宗，來往沿瀟湘，九疑何所見，二女名英皇。贈以明月珮，遺以瑤華章，所貴匪在物，聊以修衷腸。長揖語大道，闔闢何冥茫，重華昔所授，緒脈由羲黃。庸茲感迪君，佩服永勿忘。日暮微波生，翻飛各相將。

三

太阿珮陸離，剸割扶溝劇，有如王子喬，雙飛覲君鳥。達人志冥鴻，豈爲網羅厄？掛冠出邑門，衝風振輕翮。

四

伯氏頗好道，終歲事修服，道上逢異人，髭鬢灑林竹。修禮重致問，德音美如玉，扣之轉微茫，焦螟游廣漠。冀得長奉侍，雙飛向王屋，人命安可期，天猶互寒燠。念別正徂暑，墓草已更綠，瀼瀼日中霜，亭亭風際木，逢師苦不早，煉攝總成哭。

五

言從君子遊，朱夏縟繁陰，今日見君子，秋風捲霜林。歲華倏已逝，流波去難尋，憶昔兄與弟，相樂和鳴琴。奉君會稽山，回睇香爐岑，兩兩捧清爵，一一聆徽音。如何雙飛鵠，翻爲單鳴禽？懷舊既愴怳，重以離別今，沅湘千里流，孰謂廣且深？

六

總余燕雀姿，而懷鴻鵠謀，所志貴振刷，焉能守隅丘？碩人說玅道，卷舌如河流，衆人一傾耳，掩頷皆垂頭。忽然發大笑，口張不能收，玄理本在斯，邈焉寡所酬。戒裝旋舊都，安能久淹留，伏龍舊巖石，結搆齊雲浮。當時煉藥所，依然霞色綢，神丹一脫鼎，服食靡春秋。吞之不下吭，兩腋如輕鷗，志想所在之，一日達九州。以知人身理，而與造化謀，願托塵眇身，努力期前修。

柳浪堤楚頌亭二首爲溧陽史氏題

夾岸千章柳，青春翠浪浮，如將曲池水，共作遶堤流。長蛇偃青蔭，水鳥悅芳柔，試於垂縷處，一繫木蘭舟。

二

屈子頌匪今，軾也志空寓，千載伊誰子，后皇錫嘉樹。曾剡刺崇櫓，青黄揉廣阼見離騷，永與茲亭留，不遷乃其素。

昨見

昨見食偶者，析偶以爲薪，零星椎股髀，寸尺移尻臀。心胸本無有，斧亦集其垠，辟彼偃師工，立剖瞬者身。彼偃師者析，庸以免其嗔，免嗔豈得已，爲薪豈無榛？何忘食女德？辛苦二十春。食偶者答言，當其爲偶辰，我卽薪視爾，爾自不我知，我志如此矣。我欲爾也歌，爾卽軒厥舐，我欲爾也舞，爾卽蹈厥趾，我怒爾唇闔，我笑爾唇啓，凡我所控提，爾卽如我自，爾自不覺知，昧我蓄薪志。

偶也

偶也難億詐，爲魚豈無知，假令魚爲偶，亦安避薪爲？此亦豈無謂，聽我歌此詞。當魚在沼時，沼闊不容坻，沼旣不容坻，硏復朝洗之，洗多墨豈少，墨積盈沼池。從此再三洗，喁噞恆在茲，唇外無滴漪，縫唇墨卽入，何況相沫唏。君在大氣中，塞海皆氛霾，君今口與鼻，能免不埃噫。蘇武在虜中，磕頭皆羊羝，死生憑羝輩，起處亦羝隈，豈惟起處隈，嬉寧謝羝嬉。君儕人如此，而況我也魚。我聞君里諺，契我魚也志，非伴情所知，事急隨則隨。

狐粉

狐妖幻黛粉，窈窕美佳人，慕予且宜笑，情好緣相親。物與人異調，孰識僞與眞，答子以慇懃，靡曲匪好音。魅也一朝敗，情歇音則存，我欲灰茲音，匪乏煬與薪，譬以寶貽魅，寶旣不我存，何由奪而燼？存此貽魅曲，以不磨魅愆。

楚公子

公子出宋門，僕也操箠罵。瑯玡兎津闌，宋興撻帝馬。曇冰捶僕提，用以脫子華。沙門活袁昂，杖昂知幾下。墜馬顧得騎，李穆以扶泰。把溺以沃豨，聚蘄托決瘕。石綆並握持，誰辨臨斡者？

補屋

僦居已六年，瓦豁綻椽縫，每當雨雪時，舉族集盆甕。微溜方度楣，驟響忽穿棟，有如淋潦辰，米麥決篩孔。五月候作梅，一雨接芒種，菌耳花篋衣，爛書揭不動。樵子不上山，薪炭貴如礦，生平好樓居，值此念愈踴。數椽猶僦人，安得峻櫨栱，買瓦費百錢，已覺倒囊籠，命工勿多攤，擘艾聊救痛。

作松棚

種松六萬餘，千五百株活，長養二十年，大者僅如括。西齋落日多，六月苦炎熱，鄰園樹木稀，遮翳不可得。顧言種樹資，求用此時節，命兒召兩傭，伐幹拌其鬣。幹以需柱梁，鬣以備周匝，四垂愼勿卑，凉風任超越。時移一丈板，獨踞文竹兀，伸紙二丈餘，舉墨陡一潑。左盤持蚌螯，右疊把饕餮，挂衣梅葉梢，綠陰灑晞髮。

理葡萄

去冬雪作殃，無物不凍死，橘柚斷衢州，松柏亦多痺。園有月支藤，盤屈四五咫，結實苦不多，一斛有餘委。迨其堪落時，丸丸挂瑠水，一日十掣竿，與鳥爭啖舐。將以餽鄰翁，竊恐哂微細，欲以付果坊，不足一飡費。幽之瓶盎間，漿漬敗其脆，渴夜艱茶湯，暫可灌消肺。比者理舊須，應手落枯瘁，及至更提攜，僵梗忽斷碎。如人兩手足，而痿其一臂，支幹既以孤，收穫焉可倍，夏景苦桑榆，聊以障西墜。

刈圃

草孽始一寸，及壯丈有餘，豈直藪卽帶，兼以館蚊胥。夜熱不可寐，寧止不露居，竊恐値此輩，股髀遭其咀。就中擬厥罪，蚊也尤其渠，其他不出境，惟此遠追趨。穿幃眇紈塵，打撲不勝劬，更番以迭進，安得盡屠誅。聚響苦不震，萬轂啾嬰雛，工者攬夢寐，一夕百起呼。蚊孽固莫逋，草實主其逭，呼童問腰鎌，不用安所須，薙此忽如掃，一翅不得儲。譬彼塞垣莽，往往伏戎胡，打冰燒其荒，窟穴空妖狐。莫謂野人賤，刈圃非雄圖。

鼉磯研 研封石鄉侯。隃麋，墨也。新樂者，青州王也。

向者寶端歙，近復珍鼉磯，在海感蛟蜃，文理多怪奇。白者爲雪浪，星者黄金泥，碎者銀作砂，角者絲纏犀。舉手摸其理，索索鋩響飛，分符軍石鄉，庸以鏖隃麋。曩者辱新樂，遠寄青州來，一夕忽失守，仍召頑滑資。一字十研磨，一行百推移，淹此斫陣馬，羈控不得馳。乃者董文學，匣有方尺儲，舉以爲我贈，與新樂不殊。

從子國用至自軍中

髙皇得大物，創始日不暇，草草約三章，未及詳謨註。吾宗本掾流，困書出休假，干執苦不多，負戈蒙絳帕。遠戍致夜郎，履皺趨傳舍，終年苦肩臂，幸不死戎馬。迺來二百年，子孫襲罔赦。用也兩到越，雙胛常訴赭，巨槓苦不任，賣牛作傭價。上葉覆同枝，遠條蓋叢夏，萬里遠相投，寧免爲籌畫。四顧本支人，十葉九凋謝，舉手欲摘之，百摘不一把。俗子嘲檐人，前後背經母，今茲值兩難，我亦負檐者；安得匪廩中，入蚨出穲稏。

問軍中之系於國用

吾宗兩支，其一雖衰，而時一振，尙有對于廷而仕者，最衰者則我之支也。

吾宗異秦嬴，秉德嗜仁義，緜延值盛明，仕版頗齒齒。先人秉魚須，聯蟬及諸季，列秩下大夫，往往有三四。迨及賢科書，至今時一綴，萬木有榮凋，一體互强脆。屈指四紀來，孿痺劇一臂，耕者鬻其鋤，賈者降爲儈。士者無一人，慵者倚而待，飽者幸免飢，飢者幸未丐。至論胤嗣間，十室九蜂蠆，墓寢蒸禴時，顧影兀孤介。甚者乏繼承，餒鬼滿蒿薤。余雖有兩兒，性頗仇簡冊，飲牛未渴辰，按項不能俛，緣茲傷後昆，思欲譜先代。念彼從戎人，蔓遠瓜尙帶，況值用也來，舉扣其大槩，彼衰更倍茲，擲筆爲一慨。

避暑豁然堂大雨

梅候苦歊蒸，幸得五日霽，凉風驅濕魆，奏功未全濟。眷言高山顛，有堂敞西翠，松篁作簫竽，蕭颯爽神智。乃偕二三子，挂絺於其地，買酒穿布中，炮鼈膗道器。止取醉飽爲，安能謹趨避，袒跣擇樹依，叫號枕磚睡。郡邑迫東廂，狂來忘邏逮，冉冉日將傾，理笻方卽邁。雷雨自西來，初尙雜晴蜺，一言未及終，振瓦落簷外。衝風捎健鶻，寸進得丈退，高景殊卑觀，竄鳥在眉際。本言逃炎苛，翻令咏奇致，百事衆熊魚，往往非着意。

哀詞三首

朱按察公簠 拙齋

鄉里如憲公，始眞爲長者。身爲列大夫，徒步不輿馬。宅中見後生，上坐不令下。路中見鄉人，深揖必至踝。有時見賢人，爲壽傾百斝。憶昨航海潮，三度宿公廈，爲余陳蛟龍，歲至無虛夏；又述峨眉遊，談雄而興雅。及予在圜中，親人相慰藉，佐觴備海物，烹鷄薦鯽鮓。及予脫梏歸，縣官向予話，爾非朱按公，不得相僭假。顧公見我時，不泄反如啞，念彼祁向賢，公等豈其亞？今也則亡矣，青楓臥長夜。

錢刑部公楩 八山

結髮慕古昔，文字薄齊梁，末路邃理道，眇聖卑皇王。猛棄百乘資，誓言學長生，一朝忽超悟，逃玄事西方。高山虎豹叢，結茅坐中央，饘粥不得飽，啖棗充肝腸。如是者三載，鄭魄歸蒼茫。曩者一見予，如鵬逐鵬翔，窮海求大翼，自謂不再雙。而予感其説，亦若宫與商，惠施不在世，莊生喑其吭。

駱懷遠公驗　全野

懷遠好詩什，近體有佳聲，遲余去五泄，深衣遠相迎。長身而瘦頎，自有山澤清，命酒不停斝，酒罷有餘情。迨予歸來後，往往問寢興，彘肩腊松火，柿纏霜秋晴。寄此遠筐篚，兼致倡與賡，何時臥貍首，聞之使心驚，道遠不得往，逋此泉下羹。

白鷴殤　少保公至閩，提供饋之鷴一，兼丹籠以付我，我嘗作五言律以謝之，後死於蝨。

生平好此鳥，馴養已三度，始來過廣州，失去蜆江渡。再受令公籠，死於蟣蝨蠹，茲者以書得，有似鷩易素。門人長馴者，自許物無忤，曰爲余往馴，兩僮挾之去。日日飼魚蝦，時時伴雞鶩，如是者五旬，就掌取所哺。乃予忽劇疴，不食但堅仆，四大且告捐，一鳥安得顧？俄聞東鄰子，就觀啓其筱，盼睞未及施，一觸死階樹。往者猶可云，太息此何故？

野蠶

越桑雖云盛，不及吴中繁，越女賣釵釧，僅可完蠶山。如斯苦拯救，良亦可憫憐，如何野蠶種，孳息多今年。曳絲滿郊郭，食葉留其觔，葉葉如蟲網，枝枝垂釣緡。涎縷無所用，膠衣黏頭巾，過者苦拂拭，桑女交攢顰。提筐往西園，空手歸東鄰，即欲貿釵珥，有錢無桑村。嗟彼機上杼，秋來鮮聞聲，匪來猶可說，國輸良有程。衣食無二理，蠹衣與食均，嘗聞捕蝗法，及此同瘞焚。

休寧范君燦，聚其先人六君子文字，常佩之不去身，人多贈以詩，却索予作

吾鄉有秀才，挂衫芹葉綠，翁分衆子貲，取金棄黃犢。亦有好古家，積卷滿百簏，身死不十年，古帖換羊肉。范君起鍾縉，其事鏹與粟，顧獨躭典墳，買冢中陳竹。其先六君子，摛藻照人目，斷爛不可收，君一一爲錄。皮櫝一尺高，佩之與之逐，有時出示余，新若手未觸。泛水俱到津，入山同在谷，風波能覆人，此物不可得。敬仲以樂奔，微子抱器出，後死握斯文，將事寧不肅？流水孰可堤，趨渭舍河濁。

范母詩 即燦母

秉節三十年，萬有二千夕，一夕改霜心，曉鏡換妝額。范母二十二，獨居在羅幕，五十七乃亡，天長日幾落。獨持一寸冰，萬古膠夜席，當夏不得融，何況秋霜白。

白鷴 錢子易書，故曰王孫，蓋鏐之後也。

野性悅鳥魚，客寓尙籠致，正如好竹人，借居亦栽蒔。鷴鳥自南來，貿入西河里，王孫好法書，籠以易吾

字。罍絲繡雪衣，綠罽作襠帔，有時囀喉中，蹔若婸雲際。日夕湖水波，秋樹葉微紫，送客不出門，白玉掃長彗。

越王峥寺有僧歐兜蜕

伯圖既灰寒，衲蜕亦禪冷，都付塑工泥，迅矣千秋瞬。我來值桃花，有似蝶遺粉，一宿歸去來，晨齋飽蔬笋。

哀勞翁書與其子子效二首

勞翁一野鳥，矯矯在雲外，遙憶在當時，痛我苦邐逮。曾約破網遊，居然不相待，一臥眷然中，倏忽已五載。逆旅逢郎君，淚落珠洒洒。

二

乃翁見我時，子髮始及肩，距今能幾日，高冠乃軒軒。骨法儼相似，藝術亦復然。死者如不昧，可以慰黃泉。

子效索贈其兩叔二首

勞子爲我言，翁去不復活，骨魄既已寒，生事亦不熱。多我諸父慈，視侄等兒列，時時惠釜鍾，廚中作糜啜。

二

勞子爲我言，翁去不復理，孤兒多疾病，誰復與藥餌。諸父挾高術，僵者能令起，百匕不一錢，療我有如施。

送章蒲圻之官 嘉禎

傾蓋語日斜，肉風吹兩竅，惜哉越雞翰，遇鵠不能抱。眷言激獎私，忽駕就遠道，尙矣漆園心，爲吏不敢傲。

柳元穀以所得晉太康間冢中杯及瓦券來易余手繪二首。券文云：「大男楊紹從土公買冢地一丘，東極闞澤，西極黃滕，南極山背，北極於湖，直錢四百萬，卽日交畢，日月爲證，四時爲伍，太康五年九月廿六日，對共破剪，民有私約如律令。」㊀詳玩右文，似買於神，若今祀后土義，非從人間買也。二物在會稽倪光簡冢地中，於萬曆元年掘得之，地在山陰二十七都應家頭之西。尙有一白磁獅子及諸銅器，

銅器出則腐敗矣，獅尚藏光簡家。聞有黃兔窖

遙思冢中人，有杯不能飲，孤此黃兔窖，伴千三百稔。券鏹四百萬，買地作衾枕，想當不死時，用物必弘甚。尊壘羅寶玉，褁袜賤繡錦，豈有纖纖指，捧此鍛泥罈。存亡隔一丘，華寂迥千仞，活鼠勝死王，斯言豈不審。

二

古人笑不飲，此說豈無見，五斗叫劉伶，哀來淚如霰。嗟彼太康子，冢中亦杯坫，固知好飲徒，無咽可澆嚥。杯出黃土中，忽復受傾灌，譬彼避秦人，乃不知有漢。我欲學盧充，詣市賣金盌，庶幾遇小姨，知是崔氏玩。

寄王仲房

十岳乘雲人，寄我一尺書，能遺鯉魚至，不能活枯魚。偶逢方公子，還寄尺書去，忽感東山人，淚下羊曇珠。

送蘭公子　阿翁，學師也，揚州人。

㊀ 按潛研堂金石文跋尾載此券，「伍」作「任」，「六」作「九」，「剪」作「蒴」。

耶溪芹藻色，相伴秋荷老，公子竭重來，傷心那可道。會日苦無多，相別一何早，八月廣陵濤，一葉渡殘照。

夜雨偕友人進舟雲門

夜影疊中流，進舟篁竹浦，鳴雨來斷雷，山雲濕可譜。及岸沿黑堤，攫猪復愁虎，燎火得緇徒，怖餘澁言語，芋爐聊炙衣，一笑賴尊俎。

天目獅子巖 巖是高峰禪處，相傳嘗爲張眞人所據，師爭而有之。張道陵與魔爭青城，事見其傳。

我昔聞眞人，言修不死身，還地滿天下，與鬼爭青城。一岫插天目，宛爾怒猊獰，老釋據其口，黃冠復來爭。黃冠匪他人，云是眞人孫。聃曇本上聖，高道超沉冥，說教雖異軌，俱以退讓名。區區百尺鐵，靑紅抹秋瑩，龍女買色線，一夕繡可成，胡爲兩龍象，角吻同蒼蠅？賦此覺蚩蚩，鑒之愼勿聽。

張士誠

士誠雖草莽，雄據一何張？覽茲宮殿基，一望何蒼蒼？種柳三萬樹，不能匝其彊，牧馬蕩郡廄，僅如一塵揚。古來起眞人，必始僞者王，陳勝與吳廣，適足助亭長。蛟螭作雲霧，應龍乘以驤，細水會一流，江海乃莫量。却憶蓁莽處，雙闕淩雲翔，豈不盛冠劍？橫政出其堂。頑民怙商辛，周令不得行，乃膺皇祖怒，僅免屠與坑。命吏簿租科，畝輸五斗糧，稗子滿塍洫，倉玉聳不遑。以知鄭伯智，肉祖而牽羊，先至無後罰，免與民俱僵。老蜂理死螯，衆蠆毒未剛，百頭鼓寸翼，計亦護其房。開國盛遠猷，籌策靡不良，一畚何足惜，奈此遺黎長。安得起樂遊？祇齋扣厥詳。

雨花臺

高臺一丸土，衲子持貝坐，說法既異門，天胡遣花墮？葱嶺西來人，言簡妄自破，詰衲以將心，安得心有所？一悟超無上，遂證菩提果。兹地雖丘陵，名與嵩少大。

遇末老于張宅　蜀人末青霞，年百二十三歲云。

城郭尙如昨，舊遊無一過，惟餘銅狄在，曾受幾摩挲。一瓢亦不挂，此身猶覺多，忽然言別去，幾日到烟蘿。

靈谷寺　廡壁，吳偉畫也。階響，琵琶階也。流水，功德水也。

喬松拂雲姿，數柯亦森秀，較計此林中，多至一斛豆。蒼色滿東南，毋勞借岑岫，中餘一帶長，白道暗晴晝。再飯始及門，宇深不可覯，廡壁蒼繪紛，階響坊樂奏。流水自西移，鮮蘿直南繡，問之何爲然？乃爲寳公覆。眞龍逝將藏，金椎扣泉竇，何土非王家，老緇敢索購。白骨默不談，皇情儼令售，付之以一抔，十里麋鹿囿。賊髡斲穆陵，西伯掩枯朽，聖鑒朗白日，奚啻辨薰蕕。

燕子磯觀音閣

青山如美人，樓觀卽奩妝，若無一片鏡，妙麗苦不昌。茲石一何幸，值此江中央，上乘巨搆支，下集帆與檣。朱碧得水鮮，鳧雁拂波光，煙霧不見海，神去萬里長　我與三友俱，衆以僮僕雙，日西買市飯，半道謝驢韁。五口將十足，蹶然餒且僵，百錢成一遊，安得甘旨嘗。歸來乏燈燭，微雨沾我裳，沽酒不成醉，頹然倒方牀，猶夢立閣中，遙觀大魚翔。

治家五首　夜觀野火於松間，故三首云云。

買地苦無資，葬地苦無術，伏地苦無亨，改地苦無溺。世治景純詮，人十我僅一，校量惑吉凶，我一人則十。卽一亦不嘗，乃始奴太乙，嗟彼漆園人，橫天縱溟翼。

二

鑽木而得水，凜然若懷冰，或爲風所欻，如火燔厥身。不知此怵惕，爲死還爲生？子輿垂訓典，鑿腐慘蚋蠅。南華破籠縳，死生等殤彭，鳶蟻許均啜，不待相喧爭。吾欲往從之，東轅復西輪，停車歧路中，坐愷桑榆傾。

三

馬血爲轉燐，人血爲野火，何爲松柏間，赤輪陟如跛。人言鬼炬微，神者赤而大，騶導向空馳，塡雲盛旗馬。枯冢僻且荒，來遊則云那，我欲往詢之，恐卽無可話。隔河聞於菟，黃犢夜在野，一夫呼以馳，炬滅松露瀉。

四

桓魋石爲槨，竺僧衣以薪，弘景盛纏綿，王孫裸其形。四子雖殊軌，均之爲鉗黥，彼此互相笑，同浴譏裸裎。突豎五尺土，掩蓋歇偶人，線脫機不動，徒有木檄存，旣云木檄矣，何苦勞紛紛！

五

明器夜爲人，幽宮盡婚壻，此事容有之，要非是常紀。嘗聞掘冢徒，自言習見鬼，齒骨滿百年，比次作泥委。水銀築長河，魚膏燈玉几，苦作沙丘儀，未免劫時毀。客有明月珠，一夕失所在，黃金飾櫝箱，洵美亦何濟？

鷹　咊嗽，相鷹書也，出雜俎。

咊嗽識奇才，千金買遼海。鐵翮睒秋空，駕鶩百廻敗，雲中作戰場，韓彭鼓天外。

馬

誰家連錢驄，挑撥黄塵起，千里一飯間，九州能有幾？健兒不得騎，淚落青芻裏。

犬

少年獵平原，左盧右宋鵲，兔起鶻落遲，一顧先已搏，但莫空中山，前頭有湯鑊。

狸

狸雖一尺軀，猛氣制十里，有時怒一號，無牙墮梁死。安得此輩來，坐吾書匣底。

俠客

結客少年場，意氣何揚揚，燕尾茭菰箭，柳葉梨花槍。爲弔侯生墓，騎驢入大梁。

麗人

何處行雲去，遥遥出洞房，月裏儻並色，鏡中無此妝。所思望不見，縞袂日邊揚。

才子

佩筆不須長，高唐侍楚王，紅蘅塹邊出，白雪口中翔。殺青供不及，一夜白瀟湘。

酒徒

御史别淳于，金釵墮長夜，五斗不濕唇，雙鬟抱壚瀉，笑殺斗升腸，耳熱索竿蔗。

六月九日作

神龍豈常物，猶爲欲爲制，劉累一夫耳，醢以食夏帝，何況尋常人，顧爾殉口鼻。卽如一寸冰，持向燎原熾，却復鼓順風，永隔凌陰置。莫景迫桑榆，照曜能有幾？王喬在東海，丸藥不可致。斯且勿復言，老人作兒戲，百態醜俱殫，云胡不愧耻！

送人

一尺短槍榆，一寸小斥鷃，破網不得飛，鳴弦尚驚彈。仰看鸞鶴姿，横天渺江漢，十叫不一回，孤鳴淚如霰。

道堅母哀詞

道堅母在時，隨我遊五洩，適當大雪辰，衣濕不能熱。道堅解衣我，絮厚百銖綿，云是母氏慈，每出必紉綴。有婦非不勤，母自嗜据拮，去此不五春，母與子長別。子來屬哀篇，忽値天雨雪，春候思桑條，秋至感鳴鵙。念昔濕衣裳，命管忘好拙。

遊大尖 松茂，桃復盛花。

萬松滴千山，妙翠不可染，割取武陵源，固是天所遣。秦人跡無有，雲中叫雞犬，夜泊漁舟來，下山尋不見。

走馬岡

綠苔連紫錢，古泥亘百步，下埋數尺沙，云是舊時路。路上亦何爲？躍馬於此處。當時烏喙人，萬蹄嘶一顧。

送劉君二首

南雁正北歸，君今復南去，羽族如避炎，君胡故觸暑？嗟哉失路人，安所避辛苦？而我亦同之，臨歧淚如雨。

二

劉君七尺軀，白眼睨天地，伏劔遊薊門，大將驚倒屣。握手觴故人，長恨極不醉，爲言秋月凉，傾觴各無寐。一朝挂帆行，令人發長嘯。

空上人常住少林索作於菊下

相逢菊花下，相映菩提光，試問少林壁，穿雲幾許長。指月莫盼手，擲拂閒挂牆，睡鼾微作吼，獅子一時降。

宗孫有别字柱南者索賦　天柱山在城南

天柱插南雲，孤城滿蒼翠，小鳳讀書餘，内展窺粉雉。大魚作鳥飛，風穿萬林鼻，舍北以圖南，物與人意會。念彼共工額，幸不觸斯際，不然小折傷，恐煩太皞妹，小鳳顧予言，補天吾掉臂。

上冢

吾叔邵武公，當年與我翁，雙陪閩蜀守，竹馬走兒童。歸來知幾日，相繼歸窀穸，黄泥閉雪髭，欲會那可得。叔家城北居，高棟亦彫題，邀賓夕駐馬，爲母日烹雞。一朝桑海换，不能保子孫，負薪冢上道，養鴨水邊村。我今六十五，仍高破角巾，年年上爺冢，每每到孫家。孫家留我坐，孫婦辦湯茶，以我上冢牲，啖孫且滿引。邊籬黃蝶飛，抽籬高碧筍，起視檐西東，分簷住蜜蜂。問蜂窠幾許，四十還有餘，窠窠如不敗，勝我十畝租。

鸛攫鵲雛，鷹黨翻然來救

水鳥修其脛，插彼茄菰澤，俛味啄蝦魚，深不下三尺。況乃嗉中倉，可內寸鱗百，江海饒此州，何往不充噱。雄鵲知乳雌，作室高樹末，三月始罷斤，是予親所炙。長脛一何饕，掠雛剽其宅，叔仲兩三頭，自竄寧顧伯。顧鵲翁與母，叫噪徒頷頷，蒼鷹等路人，與鵲少平日，不作鄉鄰看，被纓救其格。特恐李陽拳，難虀鳴垤額，盛邀爽鳩雄，並是夷門客。朱亥袖鐵錐，侯嬴出奇略，左右信陵軍，一舉解趙璧，五國破大秦，九合成小白。義高誠足憐，多算亦何碩，磔虺黑柏顛，獨奮少掎角。猶煩拾遺歌，不朽俠徒迹，三復鴟鴞詩，白日爲儂黑。

感鷹活鵲雛事，因憶曩衛衙梓巢鸛，父死於弩，頃之衆擁一雄來匹其母，母哀鳴百拒之。雄却盡啄殺其四雛，母益哀頓以死，群凶乃挾其雄逸去

鸛嫠止一時，古語亮匪誣，戟門巢梓者，狹斜挺羅敷。少年繫青絲，蹶張戎侯衙，胡不自長守，轉殪雪色顱。乃向琴瑟杪，落此貞女夫，羣雄太無賴，挾縶匹子都。有如惡媒姆，送贅塡門閭，借衣盛綷蔡，叫呶

傾百壺。玩習爲故事，指雁翻闊迂，孰知狹斜內，而有羅大家。賊雄殺黃口，希以威怖圖，殉夫義可族，何計收其孥。此事去已久，三紀頗有餘，其時裂肝膽，狂走日夜呼。安得毛摯俠，似此鷹活雛，弇州隔幾海，有物喑高梧。

設爲魚蝦所詰

啄鵲憎大鳥，無怪吾子然，從臾飽蝦魚，子意一何偏。鱗即賤於倮，於羽何擇焉？盛冬水如石，膠蠶不得旋，孕腸急輓鼓，張目不得眠。茭菰牙始白，桃花漲春田，熨塊出槩頊，多死漁者筌。鱗褓及鵲鷇，較估誰艱難，矧茲網罟酷，百倍鳥有鶵，雛攫子不許，鱗爛子許旃。乃乖漆園理，奪蟻與烏鳶，等爲一盜耳，何猛此彼寬？竊東子則許，竊西子拘鉗，波臣詰如此，而我難爲言。衆生遞吞噬，此業何時捐，西方古先生，解破萬壁堅。龍門儻罷躍，飛去好相參，汝或未即去，我姑代彼宣。三戒嚴重殺，五淨肉亦權，鵬飽六月息，孝先腹便便。

天竺僧

揚帆三竺涘，弭錫五羊城，黑人初以涉，琉球次所經，波弧十五兆，日矢九千贏。初至黑人，次至琉球，至廣州，凡涉三萬里，歲三周，以弧矢算之，得此數。人疑鵬六息，彼視蠖一信，衍既隘九土，師亦眇八埏。片楮畫大卵，沃焦黨孤萍，劈芥內閻浮，粉塵陋虛鄰。鐵籠臥龍象，銀瀾恬蛟鯨，梵唄隻字掃，江海百谷臣。云胡白璧底，乃有赤篆文，象胥幾何譯，龍樹鮮恚嗔。挂履度葱嶺，趹湫蛻巖雲，投夾葴南寺，乃偕領西昆。漏沙自箭準，聖水他濤奔，有爲乃復爾，無量何由臻，相色示戲幻，接引詎勞塵。白馬幸維寺，黄龍未演輪，薄痾阻問訊，擬待桃花春。

萬曆十四年三月朔，日光雪白。聞一老人云，嘗登太山，五鼓覩日出，海面光雪白也，則日體果白耶？又昨兩日雨黄沙，老人又云，是兆豐年。喜而有述二首

老至眼作花，曝檐愁對日，每一舉頭看，掌眉如戴笠。今晨起若馳，叔夜苦胞急，唐突扶桑鳥，便旋向東立。舉眼入東方，羲氏已騰躍，老眼向之瞠，老淚無前泣。驚顧桑鳥輪，果爾團雪白，乃信老人覩，太山始眞日。怪矣星家詮，災祥信甘石。

二

雨少並黄塵，宜兆麥雲黄，古天嘗雨血，此當作何祥？豈天亦有慟，伏枕枯兩眶。天於何世事，可不自主張？乃爲兒女態，泣血以旁皇。劉翁失白雀，張翁纂蒼蒼，萬事難理料，有酒且竟觴。

煩吳伯子治墓堂

火瘞世日凶，水封豈佳卜，兩徙踰五紀，先魄偃幽瀑。多子爲我更，我遽往京國，買石百尺餘，托子安墓卓。子冗辦未遑，我歸上冢哭，鵝魴設未巳，老雅掠豭肉。候果墓旁兒，指告蟻上燭，草設無威儀，人怠物不肅。坐此無歡期，改燧十二木乃三年也。昨者賣字錢，募工可五六，仍以煩吾子，歇百了一役。

旱禱十七韻次陳長公

旱魃虐以猖，商羊乃深避，雲漢夜昭回，遵彼槁條肄。絕意豕涉波，必死蚌持翠，蜥蜴山澤窮，猳豨屠賈致。黃緇遞唄詛，玄冥等聾聵，如聞柴望禋，感通有精義。洪疇儆恒陽，繇露肅常饋，商林沃乃深，秦天豈終醉。壇今鄰閭闔，閽亦撤幽閟，雷吏綠章封，寧有不達字。油然未崇朝，沛爾倏霑潒，虎貓效蜡勞，豐隆讋羣祟。連臂解桔槔，極目醒枯悴，歌帝悅穰穰，報典虔惴惴。窶人無農憂，連夕美涼寐；農獲譬中行，美寐猖其次，糴賤勝作農，先生有酒食。

陳長公餉日鑄茶，瓦窰港銀魚，白下法炮巨鼈，夜酌深談，次其韻

日鑄標槍芽，月團捲旗避，纖甲赭舊條，柔針綠新肄。瓦窰五寸銀，脊色偃微翠，雙裙謔可談，九肋底能致。伯云準食醫，治以聽我聵，斟炮法內京，酌長非外義。珍此五侯鯖，慚余十漿饋，主既唱無歸，客顧稱未醉。階蟲先秋吟，徑竹上霄閟，叔夜寂鳴琴，子雲寥問字。待扣匪洪鐘，立涸是盈潒，泗鼎曠沈淪，

神姦姿精祟。伍員終鴟夷，三閭竟憔悴，白駒返谷空，黃鳥臨穴惴。千古究何窮，再燭不能寐，曲禮問更端，梵詮編復次，伯榼既已空，吾出吾簞食伯子近稍重聽。

修拄杖首，修髮網，膠漏磁壺及哥窰甌，某亦病隻耳聾，次前韻

猾器幸自殘，黠繇巧規避，辟諸軮掌人，彼逸此獨肄。一竹楚啼蘋，雙磁越窰翠，物非人易求，道遠我難致。無丞有重聽，髮覆彌黨瞶，約髮無紀綱，晨帳缺宋義。握粟付騣工，寧減朝食饋，詎意彼騣者，無往不僻醉。褊縷高箱塵，馬尾枯橐閟，踉蹡攢八針，邀呼輸四字。浪言伏卵淸，竟滌下流遂，櫛束起鬔鬆，嘲呼兔魖祟。竹返磁亦歸，黥補色終悴，注瓦智靡昏，捧玉神若惴。甑破視何益，囊空臥安寐，辱卽寵爲下，辟乃色最次，屠門盛豕交，寧爲愛而食。老子云，寵辱若驚爲下。孔云，其次辟色，色卽禮貌之衰也，其下則飢餓受周，近豕交矣。

雨後次前韻

氏以主豢龍，食焉難安避。昨午沛滂沱，涇菌競抽肄。墳塵失舊黃，山赭得新翠。命鉞割左乖，千鈇因後至。颶往魄雖驚，震來耳甘瞶。暴尫兔魯穆，喜檄勝毛義。亭記賤珠襦，詳見大蘇喜雨亭記。齋筵復珍饋。古禮齋必變食者，但除葷臭耳。比於嘗食更加饋以盛精氣，感神明，雖酒不徹。有年爲衆書，無秫供予醉。楸陰韓圃涼見昌黎詩。松楹魯宮閟。妄思有異同，如人易名字。鼃鼁談井坎，鷗梟占涔濊。治世鬼不靈，鉗骸

僧亦祟。歘已且復穰，榮久必還悴。旱潦等如斯，根壓妄欣惴。黄帝夢華胥，覺後始如寐。畢宿耿連宵，月復離其次。儻須山鞠芎，用給河魚食。上四句戲言儻潦。

旱甚，久不應禱，再追前韻

祝融黨羲輪，玄冥引車避，課窮燧人蘇，徵及棗杏肆。轍鮒槁厥頳，壇猳禿其翠，走索華陽逋，沈瘦永難致。竟辜燒尾恩，翻仇聽角聵，玩愒如不聞，曠瘝秉何義。余齋廢酒沽，朋祭阻肉饋，方嗤澤畔醒，敢思河朔醉。承風獨有雌，納月幸無闕，哽哽向隅悲，咄咄作空字。朝筵聞客云，宵鋤盜鄰遂，雲密不東郊，蝀孽復西祟。昨孑凜今靡，舊殍理新悴，漸少墦乞驕，而多褐夫惴。待盡歌有爰，無吪祈尙寐，感此疾威旻，遣以競病食。

復西溪湖

復此西湖水，侯卽西門豹，湖水何足論？溉我三鄉稻。湖上香稻熟，湖中赤鯉長，網魚煮香稻，千載薦桐鄉。

送友人　張鷗沙

寒風夜中起，游子朝作客，河流一尺冰，屋瓦三寸雪。君把轡與鞦，觸手冷於鐵，此時山中人，覆絮敗毛，褐。欲寄寄莫由，此意共誰說。

送王君北上 號雪漁

淮陰所佩劍，不審值何許，佩劍以釣魚，於義亦何取。一日幾垂竿，竿竿可幾鯉叶呂，乃至捐漂廚，庸以益漁脯。我取魚之劍，聊略爲漁估，即非百金資，可易數月黍。漁也智絕倫，何獨昧玆舉，腸飢乞可爲，劍去何所仗。之楚復之漢，漁並仗劍往，可以負漁竿，踉蹡見劉項，猝辦恐後時，載質先出疆叶上聲。王郎不釣魚，故亦無竿餌，聞郎所持竿，貫以山中紫，毫長一寸餘，竿只五寸止。居則南狎越，行則北聳燕，淮陰劍三尺，郎劍五寸縣。歸來報千金，漂母是何人，封侯劍不取，却取釣竿親。

吳季子餉我細腰壺蘆石上芝二首

葫蘆老細腰，乃似細腰女，即令楚宮來，今亦不堪舞。我聞方外醫，庸以盛藥丸，梧子及魚眼，可容萬百千。老圃畜蔬種，亦够一頃田，我既醜醫帳，亦復少蔬阡。擬挂於扶老，支吾五岳顛，心強足不健，終歲掩帳眠。止取作蒸鵝，聊以謔客涎。

二

芝朵雖不潤，芝色堅且古，根鬚絡拳石，如筋蝕臂股。絡古不復脫，初芽寧藉土，石色既已黃，芝紫亦稍嫵。有如意魁梧，狀貌乃婦女，穀城弔老人，淚下濟如雨。置我筆研間，長與留侯語。

正元雞酌枳兒婦之父輩

東鄰盛殺牛，西鄰禴以祭，心誠與不誠，薄厚非所計。雄雞一高冠，子路之所戴，縷以見師宗，我烹酌兒外。劣果飣四籩，下羞間廉茱，衣鶉不能新，履草蹋其壞。用以邀串親，如蘭倚蕭艾，任彼去不留，我自醉而寐。

次日酌二王子

篔江詩十三，畫可許十五，海牧詩十五，畫可面牆堵，二子幷一身，乃可稱大賈。世事如尺寸，短不掩所長，正如我一生，不識衡與量。或值二子來，敎我量與衡，邛邛與蚷虛，短長兩相將。正二雨初霽，二子窺我窗，意欲必謝客，兼亦謝兩王。我遽呼之入，且來了歲觴，自雨飲至霽，大酌窮椒漿。話亦奪我話，觥復罄我觥，堅壁不敢戰，從此永乞降。

予與鍾公子華石大賭藏鉤，鍾輸，後山茶一斤，予輸，寫扇十八把

馮諼燒薛券，萬粟等秋毫，後山十六兩，楊朱拔一毛。公子處其鄉，素稱賢且豪，陸羽我雖愧，月團爾則饒。相如消渴甚，匪爲文君逃，乾喉澁吟弄，老臂偃枯焦。寫扇至十八，戰掉甚驚飈，書扇責音債擬負，茶契我亦燒。

大寒嶺啖新胡桃頻婆諸果 北游作

天險既已異，地產應亦殊，胡桃及平波，朱碧明椒隅。入夏而徂秋，葉翠尙不渝，但少鳥與雀，而多贏與驢。易水非不邇，灤河不爲迂，但求一寸鱗，如海求猿狙。遙想燕太子，食客焉得魚？以知荆高徒，日嚼羊與豬。猛風增食肉，嗔憤易睢盱，慷慨赴秦庭，不復顧其餘。乃緣謀略短，豈眞劍術疎？舞陽一豎耳，何乃與之俱。哀哉樊將軍，空割一隻顱，國有千乘大，能用王可圖，乃恃五寸鐵，爲計亦何愚。

往馬水口宿煙麓陀庵

昔從良涿行，茲山在雲際，昨夕宿茲山，雲乃出衣袂。四徒夾一輿，兩膝拳至鼻，一里轉百盤，鋸牙不得直。結葦以爲廬，削木冒金髻，夜鐘但超懸，晨雞聊一嘒。巉巖既高騫，巑岏復孤厲，回思燕趙時，築城遏胡騎，安得盡如斯，脫甲開戶寐。

送李遂卿

始者負笈至，綠髮攝閩冠，師事長沙公，今已三十年。我雖同門人，愧子聞道先，跛鱉逐駃騠，究竟終瞠然。懷刑乃君子，愼疾聖所虔，胡子三過我，不病卽徽纆？去年一爲臥，不食如蠶眠，節杖生菌耳，髮禿惟餘顚。蹶然見子來，枕席爲子捐，命舟遡南麓，痾解辭舟還。方將携子去，弄水栖雁巔，拂袖一何遽，令人愁着烟。

湘竹一妙管付截壞其頂文

武侯敗街亭，馬謖違節制，兵穎迥不同，大小俱是事。茲管湘中來，百中其一耳，有如玳瑁魚，腦血徑彈子，又如鸞與鶴，頂發楊梅紫，全體匪不華，獨此猶覺異，詎可拘尺寸，但須存紋綺。畏炎不得行，付托昧厥旨，舉刀一鏗然，顛落不可止。持歸以復予，魚鶴不成理，對之一捧腹，削圓方竹比。

口中

口中萬吞吐，莫道一俗字，匆叅離喙脣，冰雪滿牙齒。身中百所爲，亦莫涉一俗，但爲鸞鶴翮，暮卽雲霞宿。有斤不削人，有繩不直木，淤泥塡大千，荷葉自抽綠。從此戒爾後，愼莫蹈往覆，有如乖敎言，斷舌肘其足。

騶虞

騶虞生猛虎，鳳凰產梟鷲，二聖有朱均，太虛亦眚彗。纖纖妙膚理，盎然長疣贅，梗楠固鴻材，鍾斛癭其際。橘柚匪不甘，豪蝟匝芒刺。美惡一何殊，胎孕乃非二。越雞伏鵠卵，變之苦無計，果蠃秉何神，蜎蠋乃能似。

曇陽

曇陽一髻左，道人三朶花，誰云只是你，安知不是我？大海徹岸冰，小生沒處躲。

二

聞道居縣竹，看來幻落花，團團輪北斗，處處種西瓜。遍地皆祇樹，何方不落伽。

三

無鼻無眼孔，有頭有尾巴，蛟龍大蝘蜓，蝌蚪小蝦蟆。一結生百結，百些無一些。

四

將軍騎健馬，稚子打慈鴉，各奔前程路，都來暮鼓衙。同舟迷敵國，觌面認通家。

五

何事移天竺，居然在太倉，善哉聽白佛，夢已熟黃粱。托鉢求朝飯，敲鑼賣夜糖。

六

明知騎竹鳳，還道媚妖蛇，可恕者落帽，難饒者脫靴。一霎生滅已，百吠是非耶。

七

男女兼黄白，丁寧囑再三，特將鐵掃帚，痛掃世淫貪。竊幸師與我，不異青與藍。

八

火龍長九九，泥蛇八十一，一物而兩呼，兩呼只一物。將泥認外蛇，見蜂硬割蜜。

九

好人不在世，惡人磨世尊，聰明管自己，闒冗任乾坤。遺命云閻帝，多應是嚇人。

十

獅子吼未歇，蝴蝶雲已來，衆生自矇矓，抵死致疑猜。認賊由他去，謗佛何爲哉？

六言古詩

愁歌

蘭膏午夜華燈，黄河千尺層冰，不知何時消盡，應須有日凋零；獨予愁心苦淚，還如轉環建瓴。

卷五　七言古詩

贈呂正賓長篇

海氣撲城城不守，倭奴夜進金山口，銅簽半傳鶻鵝膏，刀血斜凝紫花繡。天生呂生眉采豎，别却家門守城去，獨攜大膽出吳關，鐵皮雙裹靑檀樹。樓中唱罷酒半醺，倒着儒冠高拂雲，從遊泮水踐繩墨，却嫌去采靑春芹。呂生固自有奇氣，學敵萬人非所志，天姥中峰翠色微，石榻斜支讀書處。

三茅觀觀潮

黃旛繡字金鈴重，仙人夜語騎靑鳳，寶樹攢攢搖綠枝，海門數點潮頭動。海神罷舞迴腰窄，天地有身存不得，誰將練帶括秋空，誰將古槪量春雪。黑鰲戴地幾萬年，晝夜一身神血乾，升沉不守瞬息事，人間白浪今如此。白日高高慘不光，冷虹隨日縈城隍，城中那得知城外，却疑寒色來何方。鹿園草長文殊死，獅子隨人吼祇樹，吳山石頭坐秋風，帶着高冠拂雲霧。

陰風吹火篇呈錢刑部君附書　八山

側聞公遠臨江滸，普薦國殤，補化理之不及，超沉淪而使脱。渭數揚鮮才，歡喜無量，賦得陰風吹火篇以獻，附書別作四首，兼乞覽觀，率戲效李賀體，不審少有似否？別奉唐集一部，伏希垂納。

陰風吹火火欲燃，老梟夜嘯白晝眠，山顛月出狐狸去，竹徑歸來天未曙。黑松密處秋螢雨，煙裏聞聲辨鄉語，有身無首知是誰，寒風莫射刀傷處。關門懸纛稀行旅，半是生人半是鬼，猶道能言似昨時，白日牽人説兵事。高牆影卧西陵渡，召鬼不至毘盧怒，大江流水枉隔儂，馮將呪力攀濃霧。中流燈火密如螢，飢魂未食陰風鳴。髑髏避月攫殘黍，幡底颯然人髮豎。誰言墮地永爲厲，宰官功德不可議。

賦得思泉篇　贈才師

金碧畫中第幾葉，才師夜坐秋天月，生時一笑解前身，袈裟猶帶須彌雪。寺門古樹蹲虎子，髹漆高樓聽經起，去年持觀水爲身，山河一片皆香水。自言阿師雲泉公，遥憶泉流何處峰，世人看泉不解看，處處青天懸白虹。

朱大夫命題王母行海水畫以爲壽　月峥

王母東行凌海水，扶桑樹曉玻璃紫，回頭欲語許飛瓊，一啻未罷三千里。東方木公日邀宴，渡海傳書一雙燕，暫教青鳥下咸陽，漢家宫闕開將遍。待母不來白日下，宫女金鑪濕寒夜，長鬢引旆不能勝，那知漸近僊人樹。明珠修佩敲水輕，香花雨空聞吹笙，翠眉玉面兩相向，流波欲逝俱爲凝。昨日向前求服餌，幾度含情默無語，白氣侵人冷着衣，却怪僊人在何處。主人樓居海中起，看見桃花幾回子，春風吹花搖綠雲，阿瓊粉面嬌能似。一盤朱實映雙手，木公瑶島從來有，遠攜不到木公口，見說將爲主人壽。

清溪道中見梅

清溪弄影花搖漾，樹動濃香逗紅癉，不信能開昨夜風，何人畫出青天上。飄落遥從海外飛，番君誤進龍腦肥，咸陽后宫長芳草，金匣薰香秦女衣。花倚酒家嬌欲舞，翡翠銜魚啄江渚，記取林中風露身，白日不眠如夢裏。

楊妃春睡圖

守宫夜落胭脂臂，玉堦草色蜻蜓醉，花氣隨風出御牆，無人知道楊妃睡。皁紗帳底絳羅委，一團紅玉沉秋水，畫裏猶能動世人，何怪當年走天子。欲呼與語不得起，走向屏西打鸚鵡，爲問華清日影斜，夢裏曾飛何處雨。

延平津

碧火吹雲煆山紫，尤溪礦竭干將死，空令精氣閟豐城，石函憶殺延平水。司空臂上青絲斷，秋雨生愁别雷煥，從此深潭不敢窺，九峰青處靡寒電。春雨桃花鳴急峽，孤蟠夜夢雷家匣，誰教經過值有情，那得隨君長佩身。爲龍爲劍豈二物？或合或離何所因？客子弔古不可測，浮天鐵母驚湍織，光怪千年猶惑人，風雲欲作當時色。

吳使君鼎庵馬　戲效韓體

使君侍其尊君判郴州，就應募，從征麻陽，得此馬。至是爲會稽典史，數乘之搏倭寇，進止常會人意。其在白米堰射中賊額，二十步內，賊從東趨刺左腋，時手尙占弓矢，馬不轡而西馳，事尤奇異。一日余過官舍，令出馬視之，四顧而立，爲之爽然。杜甫詩云「牽來左右神皆竦」，眞名言也。於是慨然許之賦。其後賦時，予適葷酒，而余姓又徐也，故戲引無鬼之事。

徐無鬼，厭葱韭，長揖魏廷不避人，自言相馬高相狗。使君有馬色深黝，牽立垂簷黑遮蔀，銀鞍挂櫪轡脫首，赤身一團寫壁牖。使君指以說堰口，抽矢中賊賊逼肘，長轡將捉弓占手，爾不自馳誰爾咎。楚苗深巢洞厓陡，十騎入山亡者九，今朝共立官庭柳，却憶苦辛同未久。廐中聞之罷嚙莽，向壁專爲主人吼，櫪皁騰光生一抖，夜看房星在天不？東夷泛海連巨艘，澤國郊原跨魚罶，使君騎馬繞賊藪，白水間之不得走。長蛟是母龍是舅，輕蹄蹴海如平阜，舟不可陸君莫狃，請以長鞭着其後。方皋老眼還塵垢，羣裏徒誇忘牝牡，不知無鬼術何受，超神直入無何有。庭下高談問是某，身亦姓徐却葷酒。

射鷹篇贈朱生

去年射雁黃浦口，三軍進酒齊爲壽。今年射鷹復何處，海船停沙大桅豎。君本臨洮豪傑士，漢時六郡良家子，作客羞爲堂下人，射生慣落雲中羽。腰間束矢插兩房，連年驅賊如驅羊，轅門待士近不薄，朝來歸興何洋洋？丈夫有遇有不遇，去留之間向誰語。

集鄞汪君良修宅，分得羅漢碑，限韻二十，嘉則得畫竹

優鉢花叉一萬岐，海峯青矗蓮華奇，阿羅漢與飛雲隨，法身變幻不可窺。光景遠燭扶桑曦，騰空不墜宛若提，須彌雪洒三稜眉，鉢龍一尺降者誰？太白與之導前旗，宗承祖派如弓箕，密室傳燈影不欹，喜怒了滅何悽其。輕飈驅葉任所之，渡海翻詑騾馬馳，要參普陀大士師，鳴潮撞鼓破羣癡。維摩居士供紫芝，高樓齋心合掌時，暮春邀予題其詩，爲出鐵板西來碑。

雪

暮天寶色珊瑚紫，海氣結雲雲不蕊，瑤闕重關金鎖寒，枕席無歡帝妃死。百神走馬散曹吏，馬蹄踏空神各覩，天孫織手裁素羅，繐帳橫施九萬里。鮫人絲色光海波，海犀輸織一萬馱，神人買賻不足用，長鬟散縞呼諸娥。世人不解天上苦，羅帳錦箏圍日暮，換取貂襴拂玉鞍，起向山南射黄兎。

至日爲宋侯題補衮調羹圖是兩美人

商家傳說周山甫，補衮調羹一雙手，懸知國內有賢臣，譬似家中有良婦。高髻並立絕世姿，一人侯火一

人繡。宋君舉觴進我酒，是日初陽雨清晝。

贈汪君

往年見君吳山上，拂袖談詩調清亮，今日逢君燕市頭，談詩盡日不肯休。西山結屏翠作秋，與君約遊不得遊，却說去年隨翁舟，直遡濟水之安流。太山萬疊青蓮抽，淩空兩腋風颼颼，半夜看日出海陬，天吳引臂弄赤球。我聞此語魄不收，欲與俱往恨無由，風雨颯颯飛吳鈎，玉河堤柳垂芳柔。昔年酒徒今在不？與君共醉誰家樓？

萬里比鄰篇贈嘉則

白藤織笈春花密，青袍剪水波紋濕，出門寸步卽天涯，幃底牽衣絃正急。關山斷路不斷雲，吳刀割水那得分，章華楊柳弄舊色，何地却少春申君。人生遠遊須及春，青天能容七尺身，芳草長途去萬里，望望吾家隨處是。

春風

春風剪雨宵成雪，長堤路滑生愁絕，軍中老將各傳書，二十四蹄來蹴鐵。邀客行湖一物無，高樓立馬問當壚，吳姬臉上胭脂凍，回道張筵待客沽。湖中鯉魚長尺許，作羹送酒憐吳女，城頭哀角兩三聲，梅花吹落城南浦。城南浦，烟如縷，人歸馬亦還其主。明朝湖畔雪晴時，還看青山插高處。

南明篇 爲翰撰諸君

天姥迢迢入太清，更分一壁作南明，爲龍學鳳看俱似，削障裁屏望即成。别有雙峽中天起，青雲不度高無比，歲歲開花似畫中，年年度月如窗裏。含奇吐秀無窮極，出雲入雨隨能得，疊岫許可作蓮花，遠峯翻借蛾眉色。里中詞客本神仙，去住山中年復年，躭遊李白時飛夢，乘興王猷每泛船。有時引翠來窗牖，無日將青去几筵，文章本許江山助，藻翰元抽草木妍。一自山南走燕北，霧雨文深玄豹隔，對策時成一萬言，傳臚竟壓三千客。昨日新從杏苑行，今朝已得侍承明，詞臣舊自推枚乘，史筆今來讓長卿。賤子遊燕何草草，相逢下馬長安道，未出家園兩字書，却問山靈比前好。我欲歸，君尚寓，君如有字寄山靈，爲君寄向山靈去。

八月十五日映江樓觀潮次黄戸部

魚鱗金甲屯牙帳，翻身却指潮頭上，秋風吹雪下江門，萬里瓊花捲層浪。傳道吳王度越時，三千强弩射潮低，今朝筵上看傳令，暫放胥濤犫水犀。

雲岳篇 爲葛景文

覆巵山高入青冥，翩然作祖雄始寧，傍蹲太岳宛如繡，乘風儼立迎兒孫。太岳山中高士室，長裙大帶何人織，讀書不遺一字纙，養性能教萬靈集。問之何人是其祖，巵山老翁名藩左，君本翁孫有祖風，何用金魚向腰嚲。向腰嚲，祖孫世，人與山，兩相似。太岳山頭多白雲，君今栖息誰爲羣，淸秋叫月一壺酒，首夏薰書半閣芸。半閣芸，一壺酒，東山安石有謝玄，竹林阮籍陪阿咸，君家叔姪本道氣，獨能涼冷揮蒸炎。太岳更題作雲岳，却爲飛雲宛相薄，君與飛雲只一身，出本無心還不覺。

驟聞王生客死於燕裸葬

聞君死作燕京土，片蘆作席埋城下，斂帷數尺無處尋，不及豪家一匹馬。憶昔與君醉酒時，君令我歌君打鼓，每君一劇生歡娛，不用千金買歌舞。近聞君死如此埋，不覺傷心淚如雨。淚如雨，亦何謂？漢揚孫，蒙傲吏，如我悲君爲葬埋，翻爲兩人大歡喜。

述夢二首

伯勞打始開，燕子留不住，今夕夢中來，何似當初不飛去？憐羈雄，嗤惡侶，兩意茫茫墜曉煙，門外烏啼淚如雨。

二

跣而濯，宛如昨，羅鞋四鈎閒不着。棠梨花下踏黃泥，行踪不到棲鴛閣。

送王尚志戍閩

王君少小結豪英，六藝場中蚤擅名，本擬恢諧侍漢殿，那知謫譴向邊城。邊城臨海秋潮急，幕府尋君爲記室，短褐何曾着佩刀，繁書直欲追投筆。君去矣，我獨悲。門前楊柳千絲綠，惟有長條映酒卮。

賦得醒齋篇贈胡君

華山有人睡不足，鮫室有人不得眠，遺世作生兩無已，一睡一醒都茫然。胡君作齋屏兩扇，獨坐書幃夜長旦，時時試問主人翁，可是當年渴睡漢？

今日歌二首 是年虜寇古北口，入薄都城。

琉球佩刀光照水，三年不磨繡花紫，換錢解向市中懸，我貴彼賤無人市。家惟此刀頗直錢，易錢不得愁欲死，客問此刀值幾何，廣州五葛飛輕雨，乃今求市不較量，但輸三葛錢亦止。千人十往九不顧，向刀長立折雙趾，一日不食良已飢，兩日不食將何以。却走異縣告長官，往日停車儻知己，平生自有孟嘗心，今日翻恩門下士。

二

套中大酋號俺答，夜獵時時索靴韈，親驅敎馬五萬羣，不寇楡林向東踏。三衞京師之左肘，酋也過之一麾手，却令直下古北口，累朝賞賜亦何有？分兵各出數百騎，鳴鼓燒城似兒戲，何意天子閱軍場，眼看胡奴旋舞技。密雲順義良亦苦，馬上紅顏抱雙股，擄生殺死不可數，將軍笥壘空成堵。來時不撲去不禽，何用養士多如林，却令御史募敢死，一人匹馬四十金。傳聞勑符即日下，斯言未可知眞假，假令眞有募士者，吾亦領銀乘匹馬。年年抱書不曾舍，夜夜看書燭成灺，治生作產建瓴瀉，何以將之供母寡？丈夫本是將軍者，今欲從軍聊亦且。聊亦且，誠孟浪，請看信陵君，下令於境上，當時歸養免從軍，今日從軍翻是養。

題榮壽齊芳册爲王通府公

白鷴繡服紫鳳冠，綠玉扶杖聲珊珊，高堂濃烟坐沉檀，大夫父母皇封官。今年六十各爲壽，傴拜翁前翁委綬，南望大夫官署遙，却在蓬萊萬山秀。蓬萊大夫謫仙人，青鸞銜書朱篆新，書中兩字長生訣，持寄高堂白髮親。

友人出册索題贈上虞丞林君入覲

魏老飛舉金罍觀，丹爐至今火猶碧，林君佐縣逾六春，紫雲再送雙鳧舄。深谷老人不出門，手遮金鞍遠送君，君名已得動深谷，雙闕恢恢那不聞？

醉中贈張子先

月光浸斷街心柳，是夜沿門亂呼酒，猖狂能使阮籍驚，飲與肯落劉伶後？此時一歌酒一傾，燕都屠者團荆卿，市人隨之俱拍手，天亦爲之醉不醒。回思此景十年事，君纔高帽籠新髻，只今裹裝走吳市，買玉博金作生計。博物惟稱古張華，況君與之同姓字，剡箋蜀素吳興筆，夏鼎商彝汲冢籍。紫貝明珠大一圍，玉琴寶劍長三尺，市門錯落散若星，遊客往來觀似簣。有時焚香出苦茗，過客垂綦斂方領，主人握管向客傳，絲毫落紙飄雲烟，蒼鷹搏鳳擺赤血，出李賀。老且嚼帶流清涎。出莊子，二句狀草書形也。張君本是風流者，兼之市物稱儒雅，不但朝朝論古今，還宜夜夜傳杯斝。方蟬子，調差別，中年學道立深雪，如魚飲水知寒熱。自知喜心長見獵，半儒半釋還半俠，索子題詩酒豪發，與劍同藏龍吼匣。

蕺南篇 爲時君

西施初浣清江水，越王愁絕吳王喜，一自龍輿返越臺，一心欲報行成耻。越山高高蕺草長，越王自采充飢腸，至今行人指山路，猶識君王采蕺處。時君卜居水一涯，扉臨戶斂浮光華，青山不改當年色，蕺草時抽舊日芽。更有山池傍山側，右軍汲洗毫端墨，君今學書逼右軍，洗毫亦向池中汲。年來束帶復垂纓，去越之燕住玉京，也應遙憶山南蕺，春去秋來長幾莖？

二馬行

誰家兩奴騎兩驄，誰是主人云姓宗，朝來暮去夾街樹，經過煙霧如游龍。問馬何由得如此，淮安大荳清泉水，胸排兩嶽横難羈，尾撒圓毬驕欲死。陽春三月楊柳飛，騎者何人看者稀，梅花銀釘革帶肥，京城高帽細褶衣，馬厭豢養人有威，出入顧盼生光輝。去年防秋古北口，勁風吹馬馬逆走，對壘終宵不解鞍，食粟連朝不盈斗。將軍見虜飽掠歸，據鞍作勢呼賊走，士卒久矣知此意，打馬追奔僅得彀。天寒馬毛腹無矢，飢腸霍霍鳴數里，不知此處踏香泥，一路春風坐羅綺。

送蘭應可之湖州

梅黄雨霽帶陰輕，送客西門驛路平，會多忽别疑且驚，愁心應手絃淒清。荷花鏡裏紅侵舫，時共舦遊楫徐漾，思君苕溪若天上，空佇清歌對誰唱。

觀獵篇 并序

王將軍邀予觀獵，時積雨初霽，飛走者避匿。予從將軍諸騎士牽狗出太平門，抵海寧沙上，頃刻馳百餘里，不見一雉兔而還。乃割所攜鮮，飲月唐寺中。

茅刀割水嬌紅茜，風偃寒梢臥長堰，青林疎樹隔荒墳，白水茫茫看不見。將軍本是北平豪，記得依稀身姓曹，怕向揚州作貴客，慣從下澤騍鳴鑣。萬里秋郊平似舸，千騎團中一是我。箭叫餓鴟，龍騰快馬，趁鹿逐麞，解絛掣鎖，耳後生風，鼻頭出火。自來此州，殺賊不暇，阜鵰氣銷，韓盧魄墮。昨見儒生，衣長履大，入揖令公，揮金不謝，抽筆制詞，彎弓輒射。住釋挾屠，刲牛食鮓，外枯中腴，無所不可。促騎請邀，徵徒出野，牽犬莫遲，見兔輒打，儻遇大兕，一發斷髁。爲先生壽，引滿十斝。健兒跪領將軍言，翻身上馬去如煙，寶刀映日不足數，角巾受風眞可憐。淺草平堤水痕聚，萬蹄避水移家去，沙擁肥螯掠岸飛，絲牽小豸當空乳。漢將窮追路欲闌，胡家甌脫避何難，今朝立馬祈連上，不見匈奴一騎還。

題姪子家所藏雙鳳鳴陽畫

海水動天天欲曉，天曉日炙珊瑚老，鮫人泣夜不得眠，早起來聽鳳凰叫。梧桐百尺秋雲際，竹梢覆水千年子，一飛一宿還一鳴，百神張樂鈞天啓。梧生誠亦難，鳳出良不易，願以黃金鑄梧樹，莫教飛向丹山去。

老子出函谷圖，友人索題，壽其所好

杜史當年走函谷，倒跨青牛映山翠，關尹那爲伏道迎，紫氣如虹映牛背。關門古樹白月昏，一授道德五千言，從此人間修渾淪，丹鑪鼓鑄皆傍門。徐翁八齡童子色，意者此術眞傳得，試教淸水起黃塵，還看桃花幾回碧。

畫鷹

閩南縞練光浮膩，傳眞誰寫蒼厓鷙，生相由來不附人，綠韝空着將軍臂。八月九月原草稀，百鳥高高兔走肥，煙中斂翼遠不下，節短暗合孫吳機。此時一中貴快意，深林燕雀何須避，惟將搏擊應涼風，誰貪飽嚼矜山雉。昨見少年向南市，買鷹欲放平原觜，凡才側目飽人餧，不似畫中有神氣。夜來鴟梟作精魅，安得放此向人世，秋風一試刀稜翅。

正賓以日本刀見贈，歌以答之

昨者呂君兄弟留余飲旬日，盡是陳遵解投轄，有如前日桐鄉之圍無呂君，却是睢陽少南八。呂君虎腰額虎額，萬櫓梯城雙臂格，幕府廳前脚打人，夜報不周崩一壁。飛甍雨下完孤城，張巡不死南八生，五千步馬隨朱纓，手指東海鳴金鉦。解刀贈我何來者？斷倭之首取腰下，首積其如刀有餘，爲壽兒前人一把。是日別君霞飛子，佩刀騎馬三十里，夜眠酒家枕刀醉，夢見白猿弄溝水。把鞘還驚未脫底，電母回身不敢視，黑夜横分芒碭蛇，清秋碎割咸陽璽。曆窗乃脫介俚，世間寶物希有此，方蟬道人窮莫比，挂壁穿之蒯緱耳。人言寶刀投烈士，呂君何不持之向燕市？荆軻聶政猝難致，五陵七貴家家是，報恩結義從此始。却以投余據何理，雄心如君莫可擬，用以投予良有以，夜夜酣歌感知己。

錦衣篇答贈錢君德夫

嘯蹙風雪悲下雨，丈夫自是人中虎，罵座曾喧丞相筵，槌鼓終埋江夏土。南州有士氣不羈，應科赴召靡不爲，闈中幕下豈所志，有託而逃世莫知。西河高士雙眼碧，閩人多矣金在石，獨許文章可將兵，到處降旗出城壁。渭也聞之笑開口，渭才敢望諸君後，小技元羞執戟人，雄心自按調鷹手。古來學道知者希，今也誰論是與非，嘯歌本是舒孤抱，文字翻爲觸禍機。君不見，沈錦衣！

石門篇贈邵大佩

君不見，邵大佩，家住石門天所買，兩峰挾漢扶太陽，十里爲波到滄海。見君四明西郭外，主人樓居清水帶，一夜高論懸河流，四壁古文蠹魚壞。却説邵君赤城客，挾策從師歲三改，綠袖青衿美少年，騎龍策鳳專相待。邵君斂衿如欲前，自言家住石門邊，仙人不去桃花洞，霞氣時流芳草筵。須臾抱筆加我手，邀我題詩進我酒。

贈歌者

東風吹雨楊花落，淸歌細遶鳴鐘閣，斗酒將傾客不來，白日斜飛晚雲薄。回腰欲舞不得舞，試買羅衫倩誰估。

石洲篇爲葛君賦號

卮山自何來，幻作始寧秀，通邑一萬家，青蓮遍窗牖。中有葛氏雄，一門而兩公，餘條發萬葉，短澗羅長松。一爲石洲子，蔚作青衿士，織笈簇藤花，篝燈照文史。策鳳騎龍會有時，丈夫意氣自應知，請看石子洲前水，來自巵山何處溪？

漫贈錢女孝　獄中

君館暨陽年復年，五泄萬峯窗几邊，今來訪我圜扉裏，梅花又發南湖水。劍蟄雙龍有日飛，與君共醉若耶溪。

萬玉山房歌　其堂名融眞（陽和）

萬玉山房誰搆此，青衿大雅張公子，樓臺無數入雲烟，猿鶴有時宿窗几。昔我登之醉幾場，此基未築芳草長，築基已就萬玉蒼，我今負劍遊四方。江雲引雨能相待，海月笑人不舉觴，夜來變起青天黃，風吹黑雲歸圜牆。籠鷄絡馬意不悦，刻木削瓜頭暫卬，白楊一曲鼓瀟湘，流聲泛羽夏飛霜。曲終廻腸正欲斷，公子却遺三丈絹，兼之尺書敍草堂，令我雙眼見山畔。憶昔荷開鏡堤上，我與公子未生長，蓮女西施媚別人，白苧清歌對誰唱？秖今搆室臥龍巔，鏡湖西去水連天，山頭草樹倒梢影，鏡裏荷花亦復妍。公子二十年始妙，致身直上青雲道，只今回首已十春，杏花攀來苦不早。雲浮沉，何量校，海水漚，迹如掃，融眞堂上秋籟繁，試問何物吹萬竅？學部使者內山老，公子之翁才思好，兩人讀書各萬卷，字總無形腹應飽。前月遺我酒一石，老兕無賴蛟一吸，執法已去御史過，只少金釵墮猳籍。道門糟丘各提兵，年來我自別通靈，題詩若少青春物，枉教堂上名融真。

贈李客 善幻戲者

孟嘗一日無君話，彫胡炊飯咽不下，淮南一日無君陪，桂樹色慘秋風摧。羨君有術能眩目，魚龍角觝皆塵俗，羨君有術能幻空，跳丸擊劍皆無功。酒池肉林醉公子，查梨入口肉不旨，人生何可無此觀，天日蒸雲變蒼紫。李君李君湖海氣，風瓢雪笠弄天地，五陵七貴不肯干，顧我圜扉亦何濟？

對明篇

四明山，高萬丈，南爲姚邑面前屏，北郎新昌後門障。新昌有客身姓呂，要與此山約爲主，尺素馮將一穴通，屋後安窗小如許。窗中有時颯風雨，說是山靈敎送與，夜來猛虎嘯一聲，雄心枕畔風吹去。長安花枝高入天，金陵有酒多如泉，花留酒勸不肯住，歸來只愛窗中眠。窗中有書積萬卷，書書盡是山靈管，有才無命不干時，亦對山靈同一莞。聞道去年醉采石，醉去狂來呼李白，散髮題書萬竹中，騰身舞劍青天側。此時山靈失主人，自騎青虎尋復尋，肉眼那知神道至，主人自識交親臨。揭來筆端自有神，橫開醉眼雙作嗔，此時墨雨添江水，此際詩花弄莫春。莫春江水渺無邊，射策封書復幾年，明珠不遇賈胡識，寶劍難酬夜色鮮。詼諧漢庭方朔老，如聞永謝長安道，況我今爲抱拳人，蟣蝨移家宮絮襖。兩人曾作青春身，當時同說不同貧，君今幸不爲獒鹿，亦似蛟蟠不得申。蓮花之峰亦佳麗，君胡中道相捐棄？邀我題詩對四明，我自負君百壺旨。只恐蓮花嗔，四明喜，我亦付之一醉矣。

繼溪篇 王龍溪子

海水必自黃河來，桃樹還有桃花開，試看萬物各依種，安得蕙草生蒿萊。龍溪吾師繼溪子，點也之狂師所喜，自家溪畔有波瀾，不用遠尋濂洛水。年年春漲溪拍天，醉我溪頭載酒船，一從誤落旋渦內，別却溪船三兩年。

王鄉人舍傍學宮索贈張師長 張，松江人也。

王郎自喜里美仁，爲儂說處口津津，眼看馬上思鱸客，泥塑東家姓孔人。姓孔人陳難可依，思鱸客近借光輝，藻芹風起鳴琴裊，鄰舍牆頭白雪飛。

北雲篇

君家樓北樓子山，大椿千年去不還，白雲一片松間起，游子相望淚如雨。殷勤夜烏莫更啼，東方日出煙生縷。

賦得百歲萱花爲某母壽

二十年前轉眼事，憶共郎君醉城市，阿母烹雞續夜筵，夜深燭短天如水。我母當時亦不嗔，郎君過我亦主人，兩家酣醉無日夜，罈愁甕怨杯生菌。只今白首二十載，我母不在爾母在，八十重逢生日來，雙扉況復門庭改。我今破網未番然，兩翅猶在彈丸邊，郎君長寄書一紙，阿母多應贊一言。上壽誰人姓張者，圖裏萱花長不謝，阿母但辦好齒牙，百歲筵前嚼甘蔗。

楚宗室雞將啄蟻畫

錦葵窠下雄雞白，黄蟻有翼飛終澁，不應草葉更相遮，五寸荆軻千里隔。王孫妙思快啖吞，馬遷奇筆寫鴻門，當機對敵只如此，翻令看者飛心魂。

沈刑部善梅花却付紙三丈索我雜畫　沈小霞

長安街上塵如霧，葛布眼眼風難度，歸來掃溷索長箋，一束溪藤沈刑部。墨漿五合飽蒼蠅，刺葉藤花掃不成，門前銅盞呼人急，却是冰兒來賣冰。乾喉似火逢薪熱，一寸入口狂煙滅，自慚野卉不成妍，刑部梅梢如拗鐵。

送陳君會試

霜花作錢綴芳草，折荷送客邪溪道，荷乾葉老障啼鴛，不及梅花弄清曉。折却梅花贈所知，娥江東邊舜江西，封書七尺長髯客，早晚長安白馬嘶。長安白馬去如雲，杏花有情要逢君，爲君留却花三載，肯借東風嫁別人。去年君來棘牆柵，半醉不醉秋月白，遺我海蚶顆三百，瓦溝一一瑩霜雪。今年君馬向長安，我無一絲挂君鞍，但飛一滴相思淚，萬里隨風到杏園。

天壇

高皇乘此馬夕月，今誤用之爲郊。白雀事見酉陽雜俎。

張公當時騎白雀，下與高皇共斟酌，一從九鼎向幽燕，碧壇空鎖琉璃斮。古松舊柏黑成迷，綠瓦從中一雉飛，楊雄不得陪郊祀，空憶當年執戟時。龍駒遠自施羅來，開平已死無人騎，却付羽林誰健兒，壓沙五石緩其蹄。眞人雄心老更雄，月中自控赴齋宮，四十八衞萬馬中，一塵不動五里風。黄柏太苦蔗太甘，盛時文字忌新尖，當時作頌卑枚馬，付與金華宋景濂。

十六夜踏燈，與璩仲玉、王新甫飲於大中橋之西樓

樹枝畫月千條弦，十五不圓十六圓，挂向酒樓簷外邊，南市好燈値底錢？大中橋上遊人坐，不飲空教今夜過，紅脂在口香在樓，那能一個到壚頭？青衫白馬無聊甚，望斷黄金小鈿鞦。

六月七日之夕，與梅君客生衡湘及諸鄉里趁涼於長安街，醉而稱韻，得片字

長安白苧風吹斷，銀河瑟瑟難成片，楚人慣自唱陽春，一曲未終人已散。西内湖荷沒鶴長，裁箭不得只聞香，東方萬瓦褰樓閣，月照金鳷琥珀黄。

五粒靈丹行送聶君歸滁 服丹須羊牛乳

聶君顏色美如玉，百莖紫鬚洒黃竹，豈緣本草食櫻桃，獨取丹砂烹金鏃。自從江右住徐州，曳裾王門二十秋，錦囊累黍賚百鎰，那得不向燕都游？燕都富貴人如海，君住琳宮厭車蓋，誰能終自惜黃金，不向君邊問君買。嗟予走訪歐大夫，腰間索莫一錢無，相逢一語傾百斝，直取銀罌向予瀉。曾聞筆法病鍾繇，憐予勞勞亦白頭，當時不遇曹丞相，五粒靈丹何處求。君今贈我亦五粒，蔡邕自死鍾繇活，試將沆瀣咽松脂，未必神仙有優劣。君爲黃鵠將一舉，別君情多無一語，送君南郭愁馬嘶，自轉西街買羊乳。

淮陰侯祠

荒祠幾樹垂枯棗，黃泥落盡朱旗纛，花桐漆粉綴鬚眉，猶是登壇人未老。半生作計在魚邊，纔得河隄老婦憐，誰知一卷長竿去，唾取眞王只五年。暗中朱碧知誰是，濁水渾魚每相似，當時密語向陳豨，更誰傳向他人耳。丈夫勳業何足有？爲虜爲王如反手，提取山河與別人，到頭一鑊悲烹狗。

顧富川公七十，其長公御史索寫古椿 富川縣屬廣西樂平府，顧，湖人也。

使君作宰紅蕉下，琴裏鳴春春滿野，只今頭白課吳蠶，親見仙郎躍驄馬。使君弧節及啼鶯，仙郎邀客滿燕京，黃金爲壽非吾事，借簡莊生頌大椿。

寫竹贈李長公歌　仰城

山人寫竹略形似，只取葉底瀟瀟意，譬如影裏看叢梢，那得分明成个字？公子遠從遼東來，寶刀向人拔不開，昨朝大戰平虜堡，血冷轆轤連鞘埋。平虜之戰非常敵，御史幾爲胡馬及，有如大酋之首不落公子刀，帶胄諸君便是去秋阮遊擊。不死虜手死漢法，敗者合死勝合優，公子何事常憂愁？一言未了一嘆息，雙袖那禁雙淚流。却言阿翁經百戰，箭鏃刀鋒密如霰，幸餘兄弟兩三人，眼見家丁百無半。往往彎弓上馬鞍，但有生去無生還，只今金玉光腰帶，終是銅瓶墜井幹。兼之阿翁不敢說，曾經千里空胡穴，武人誰是百足蟲，世事全憑三寸筆。山人聽罷公子言，一虱攻腰手漫捫，欲答一言無可答，只寫寒梢捲贈君。

劉總戎國輓章應乃子索

胡塵不動天山沒，胡兒拽馬求漢物，壯士收翎鍛皂鵰，將軍射雁嬉青鵲。修髯三尺別沙塲，苗葉金鎗插在窗，閒將馬革不得裹，羞向紅妝泣數行。雁門昔有李將軍，公亦提符守雁門，數奇數偶梟盧等，必得封侯有幾人？

琴高圖爲李勳衛賦

天上神仙塞紫虛，人間毛穎不勝書，乍聞弄玉騎青鳳，又見琴高跨赤魚。千年古素黏蝴蝶，蒼濤高處擊紅頰，不知儂是畫中人，欲請波臣後鱗鬣。

漁樂圖 都不記創於誰，近見湯君顯祖，慕而學之。

一都寧止一人游，一沼能容百網求，若使一夫專一沼，煩惱翻多樂翻少。誰能寫此百漁船，落葉行杯去渺然，魚蝦得失各有分，蓑笠陰晴付在天。有時移隊桃花岸，有日移家荻芽畔，江心射鱉一丸飛，葦梢縛蟹雙螯亂。誰將藿葉一筐提？誰把楊條一線垂？鳴榔趁獺無人見，逐岸追花失記歸。新豐新館開新酒，新鉢新姜搗新韮，新歸新雁斷新聲，新買新船繫新柳。新鱸持去換新錢，新米持歸新竹燃，新楓昨夜鑽新火，新笛新聲新莫烟。新火新烟新月流，新歌新月破新愁，新皮魚鼓悲前代，新草王孫唱舊游。舊人若使長能舊，新人何處相容受，秦王連弩射魚時，任公大餌刲牛候。公子秦王亦可憐，秪今眠却幾千年，魚燈銀海乾應盡，東海腥魚腊盡乾。君不見近日倉庚少人食，一魚一沼容不得，白首渾如不相識，反眼輒起相彈射。蛾眉入宮驥在櫪，濃愁失還未必失，自可樂兮自不懌，覽茲圖兮三太息。噫嗟嗟樂哉，愧殺青箬笠。

眺金閣觀直抵南嵯之白雲庵 上谷之邊景山多樺樹，相傳馬祖於此上升。

邊人買斷膠弓靶，此間却有千株樺，南嵯只許白雲來，却嫌金閣容車馬。車馬生塵競着鞭，那能斷盡世間緣，丹陽老子今何在，白日騎龍是幾年？

觀獵篇

保安城外桑乾渡，百蹄出獵南山路，鷹飽鈴垂不肯飛，一鶻五狡公然過。將軍下令飭健兒，此回不得人得笞，馬騰士奮原風急，側目愁胡似有知。須臾紫褐馬前迸，黃鷹爪落拳分蹬，濺血何曾了一腔，將軍走馬傳將敬。錦雉驚投紫莽中，綠窗有女繡難工。

摩訶庵括子松下聽弦上人彈琴 上人號無弦，云翰林人所與。

括子松，知幾樹，黛色遙遙入雲際。上人彈琴坐其底，十指引出七條水。松清琴妙聽者寒，松葉堆翠成高山，流濤遶殿撼鐵板，獅子欲吼復不敢。泛聲忽歇浮雲住，細猱一寸猿騰去，南園玉蝶隔花聽，東海金鵶乘霧語。顯師一曲悲昌黎，我亦聞弦別鶴悽，悟來忽問無弦旨，指鳴弦鳴須答對，是不是，問太史。

漂母非能知人，特一時能施於人耳，觀其對信數語可見，而古今論者胥失之。予過其祠，感而賦此

男兒偃餓淮陰上，老嫠一飯來相餉，自言祇是哀王孫，誰云便識逢亭長。秦項山河一手提，付將隆準作湯池，稱孤南面魂無主，萬古爭誇漂母祠。

謔雪 一笠黄茅，小草屋也。巖巖一甕齏，瘠儒也。

梅花一夜窗中見，昨冬少雪春無霰，寒來借景苦無多，窗小只須三百片。每舉枯杯對此花，只愁落盡是風沙，誰知滕六雖無賴，亦遣殘綃縞樹叉。一行分向朱門屋，誤落寒酥點羊肉，錦屏不使凍胭脂，飛絮落鹽絃上撲。四條觔急冷鵾鷄，一二時中肉作團，豈無一笠黄茅裏，僵殺巖巖一甕齏。初起青蘋本亦同，大王畢竟是雄風，總令受者自分别，難道青天秉至公。

白鷴詩

閩南煙雨迷青嶂，孤雌挾子飛天上，却憶羈雄不得歸，兩槳深籠鏡波漾。片雪長梢向尾分，有時夢見武夷君，山長水遠無書寄，不及南飛鴻雁羣。主人爲爾苦惆悵，開籠欲放非難放，矰繳鷹鸇何處無，萬里憑誰報無恙。

綠雪齋爲黄巖黄君賦

竹葉松梢覆華屋，六月何人不生粟，天公剪雪只素花，却輸此雪翻能綠。洞口僊娥罷織羅，采藍一掬奈勞何，欲將藍瀋染梢末，安得藍宲如此多？如此多，無由見，綠雪遠在黄巖縣，數百里中來飛霰，題詩欲寄夜將半，凍却筆尖呵不散。

旗纛樹

樹本名蓋溪，以葉似蒼蠅，又呼蒼蠅樹。嘗爲風折其中條，亦爲烏嘴鉛彈中之而焚，故曰兩遭祟。

蓋溪樹老旗神廟，高可百尺粗五抱，春深細葉綴蒼蠅，夏末涼風呼赤豹。人傳此物已千年，大腹中空煞呺然，墦間酒肉歸來臥，蘚上龍蛇到處纏。年年霜降當秋節，刳羊割豕紅旗末，老鴉十萬一枝容，下攫牲腸與人奪。舊時青草沿長街，白日邀人鬼伯來，饅頭是土誰能覺，邀得行人餵滿腮。此說已踰百餘歲，樹亦中衰兩遭祟，昨宵一意幻茶毗，却似胡僧自燒自。轟然一斷一虹僵，梢畔三屍横路旁，豈有蛇龍天上去，能保世界全無傷。牙君出入威力減，繫馬不成旗亦捲，腸斷莊生萬竅篇，總有風吹無鼻管。

一和尚割灼其肉以已潦，邦人索歌送之

高天直上九萬里，欲晴卽晴雨卽雨，雨工羲御等驅羊，奉令卽行誰敢語。何物沙門仗老曇，敢將旗鼓建高龕，鳴鞭直與蒼蒼敵，喝取羲和輦日驂。張公白雀偶飛去，此僧乘間爲張主，止須寸肉灼片香，北海收雲歸水府。滿城黃白感僧行，長官亦取紅縉贈，可憐阿育自忍疼，却使三農拜田畯。

少年

鄭老，姚人，爲塾師於富陽，老而貧，人侮之。醉而爲予一擊大鼓，絕調也。

少年定是風流輩，龍泉山下韝鷹睡，今來老矣戀胡猻，五金一歲無人理。無人理，向予道，今夜逢君好

歡笑，爲君一鼓姚江調。鼓聲忽作霹靂叫，擲槌不肯讓漁陽，猛氣猶能罵曹操。

青蒲行

青蒲織扇誰家子，十年不歸學符水，一朝确旱苦鄉閭，綠章朱字紅灰啓。霹靂新從天上來，却從織扇指尖埋，埋將布鼓憑儂指，放出阿香儂指開。赤烏御日不教西，黃蜺爲晴斷作泥，蛟龍把海當壇瀉，蜥蜴將冰出井飛。把海將冰亦等閒，高唐神女淋朝鬟，誰能長吏乾紗帽？若個壺關帽得乾？長吏壺關聽我言，孝婦曾蒙不孝冤，一日殺牛纔上冢，三年不雨忽翻盆。寄言織扇青蒲客，寄言抵劍紅龍額，霜花撮得不教飛，銀蒜漫空有何益？銀蒜霜花各有由，明冤救旱不相謀，蒼天涕下憐尪暴，青女藏鉛管若囚。下壇旰，漚蒲爛，愁帶雷巾飽官飯，拗熨紈匡青竹汗，手造涼風輪熱漢。漢熱風涼颯滿街，兒童競訝雨師回，却疑賣扇提筐底，帶下壇中幾個雷。古人以雨筯爲銀竹，吾以雨點爲銀蒜。

握錐郎

城西南，握錐郎，醉臥人家樓上牀。樓上女兒髮未長，汗脫胭脂涴午妝。錐郎雙管鼾正急，女兒一見走且僵，走向廚中喚爺娘，認是西家老鴰鶻。從來不亂雌雄匹，定是多爲麯蘖傷，扶下樓層梯十二，明朝說與都不記，豆蔻孤香依舊含，葡萄千日如前醉。我聞此語高其人，有迹無心那可嗔，東牆桃花各有主，肯使西家共個春。楚國才芳無宋玉，東鄰如花女獨宿，攀牆喚玉已三年，玉對楚王堅可憐，小臣不比登徒輩，似隔銀河路幾千。阮籍酣來眼不青，阮咸醒處大奔鶉，借馬追姑生奪婢，因喪弔女哭無情。哭無情，笑有態，倒千金，須一買，卽使囊空買不成，韓香竊却未相應。罷繡豈少倚市門，且須濁水澆乾唇，投桃或可求連理，贈藥安知不洧津。鳥雜配，獸亂羣，卓軫鳳凰生逾賤，韓塚鴛鴦死越芬，青陵一曲崩高雲。

醉後歌與道堅

銀鉤蠆尾憑人說，何曾得見前人法？王子獨把一寸鐵，魚蟲錭鬣纔能活。有時擲刀向壁哦，鴟鵂引鶵呼駕鵞，門前同學三十輩，何人敢捉詩天魔。從此公卿盡傾蓋，日輪未高馬先在，老夫去邊只二載，急走問之顏色改，向來傳訣解不解，透網金鱗穿大海。

蘭谷歌 王

句踐種蘭必擇地，只今蘭渚乃其處，千年却有永和事，右軍墨藻流修禊。吾越蘭譜本如此，只今春來稽山裏，蘭花蘭葉垂雲紫。近聞楚國之黃州，雄山絕谷通金牛，蒼蒼元氣祕不得，一夫大嗓鳴天球。門人歸來對我說，正是劉君稱彥哲，於世百物無所耽，谷裏種蘭盈百葉。有時几案拂玉光，鑌夜管毫僭蕊芒，古來楚越本接疆，不待風吹兩國香。

星渚篇 婁

昨夕夢見張騫至，今朝忽遇婁星渚，同是天河往復還，可曾相識牛和女。牛女迢迢河漢邊，烏鵲爲橋半月圓，黃姑憐彼久離索，折取瓊枝插作妍。龍山盡處深波白，夜夜予來弄明月，釣竿拂却珊瑚長，波聲細作琵琶咽　此時予思橫不禁，此際蕭郎繫妾心，樓中刻漏滴復滴，月裏梧桐陰復陰。婁子訝予醉欲去，去買鯉魚長尺許，既敎柳葉出蛾眉，更取花枝催羯鼓。鼓聲高急似鳴鼉，星高月落奈如何，依稀鵲叫東方白，爲作迢迢星渚歌。

無題　中秋作

黑雲風搓成細索，皎月天開空霽落，雲索條條有時斷，月皎夜夜同君樂。杯酒壺觴不盡興，坐到天明復沽飲，彩雲五色月染成，添護蟾宮桂花影。

池中歌

池中有物長三尺，赤梢裊裊時能立，直須雨後一聲雷，伊颺雖高難磕額。某生今年年二十，讀書下筆萬鈞力，明秋硏水盛波濤，定知不作寒鱗蟄

醉中咏玉林山人所繪醉仙圖　時玉林死矣

玉林醉仙吾故人，畫出醉仙無限春，今日欲見不可見，但見圖畫傷吾神。畫出醉仙醉欲倒，我亦大醉不

知曉，東方天白瓦露燥，猶恨歸家何太早。

雪梅花畫

五月十日頗炎熱，西牆竹杪風初滅，銅錢敲氷苦不來，金烏伴日何年別？誰持梅花畫一幅，花繁雪綻手將掬，似聞燕話香可泥，恍見蠅肌寒乍粟。山人題罷還主人，研池剩水氷紋綠。

遊石宕二首

石宕固是人所鑿，若使擬鑿反不能，天意人工兩無意，方能成此孤枝撑。去此不過十年耳，苺苔萬點遶蘿藤，我欲臨潭搆高閣，夜伴蛟龍吟一聲。

二

小橋一洞蓮花巘，大蜃殘虹撑水面，江妃水面不禁寒，却來人世開宮殿。短藤古木三十尺，挂景垂垂倒澄碧，鑊湯火宅住七年，乍來臨泛涼生腋。須臾酒盡夕陽殘，欲買迷村駡長年，紅娥粉女同歸棹，似帶秦人出洞天。

送張伯子往嘉興沈氏讀書

我聞石聯丈人如大海，無寶不有藏員大，手書萬卷付乃郎，何止珊瑚八尺長。伯父今日爲我別，上堂手觸山人篋，一撤鐵網莫教空，會有金谷園中七尺紅。

與言君飲酒 古甓

今日與君飲一斗，臥龍山下人屠狗，雨歇蒼鷹喚晚晴，淺草黄芽寒兔走。酒深耳熱白日斜，筆飽心雄不停手。

蘭泉篇

白虹細細三千尺，蘭苕葉葉垂青碧，百草諸芳不敢吹，惟有湘洲杜若與之齊。浴蛟飲鹿無不可，漱齒洗耳隨君宜。

廿八日雪 時綿被被盜

生平見雪顚不歇，今來見雪愁欲絶，昨朝被失一池綿，連夜足拳三尺鐵。楊柳未葉花已飛，造化弄水成冰絲，此物何人不快意，其奈無貂作客兒。太學一生索我句，飛書置酒雞鳴處云設雞鳴山上，天寒地滑鞭者愁，寧知得去不得去。不如着屐向西頭，過橋轉柱一高樓，華亭有人住其上，我却十日九見投。昨見帐中大可詑，古人絶交寧不罷，謝榛旣與爲友朋，何事詩中顯相罵？乃知朱轂華裾子，魚肉布衣無顧忌，卽令此輩忤謝榛，謝榛敢罵此輩未？回思世事髮指冠，令我不酒亦不寒，須臾念歇無些事，日出冰消雪亦殘。

題畫

耳竅垢多無若我，烘烘作響如聞火，有云病聰者，聞鬭蟻響如鬭牛，若果如此聞更愁。誰寫一老着一童，令渠取垢於耳中，年來世事不須聽，取垢今聰不若聾。

又

南海荔枝我曾喫，今見雙鸝奪殘一，邊郎元是隴西人，乃能畫此南中物。我聞南海之枝更絕倫，却只聞之未入唇，不知雙鳥爭殘顆，只是海南還是閩。

天竺僧

身毒頭痛與發熱，師寧怖之不敢越，曇摩泛海路空長，描景者誰師擊節。繡衿袒右把鉢盂，海船鐵底摩鰲魚，蛟鯨一島且百萬，萬島那得窮其餘。都愁長老之鉢盂，一入不出如車渠，穿繩挂臂陪數珠，海程三萬一寸如。三年得遇王大夫，此時尚珮端州符，今與令弟來越都，趙陀幽宮白蛇珠，取妝額頂金浮屠。袖裏一圖九瀛褌，中原四海焦螟眉，高軀胡鬚口頰迷，鑌刀稍懶胡萋蔞，人訝曇摩古塑泥。

二叔父知寶應時，以召入，縣諸生鄭本者，畫菊竹一卷餞之，今爲二姪所得，乞我作歌

射陽湖水浮天闊，湖裏明珠奪明月，珠忽不來不可忖，弘治年間生鄭本。鄭本前身必鄭虔，台州司戶海霞邊，湖精海怪雙毫底，兩墨雲霞一樣鮮。吾家叔父秩郎中，初試栽花寶應紅，頻歲吳綾滿素雪，獨有此卷吹香風。當時被召見天子，鄭也黃花蘸霜洗，孤高一段想其人，故舊百年猶未死。玉一籤，錦三尺，此物今歸大兄宅，大兄大兒石中璧，此物收藏是其責。傳子傳孫傳復傳，茱萸作匣護梅天，紅椒香糉白芨黏，縫脫只尋施本端。施本端，良褾師也。

鄭本白兎

噫吁嘻，蝦蟇無翼，能載羿妻，宋鵲之捷，寧不能飛？人言日廣千里，月亦如之，七爲樓臺三爲坻。吳罡斫桂不得睡，帝命牽犬而獵之。婁金之宿，徒有光芒，趙簡之翟，既以贈將，罡兮持手不得獵，下呼鵲也騰蒼蒼。玉兎告蟇，蟇不得庇，宋鵲上天，玉兎下地。

至日趁曝洗脚行

不踏市上塵，千有五百朝，胡爲趾垢牛皮高，碧湯紅檜浣且搔，一盆濕粉湯堪撈。徐以手摸尻之尾，尻

中積垢多於趾，解褌纔欲趁餘湯，褌襠赤蝨多於蟣。癢不知搔半死人，叔夜留與景略捫，豕鬣豕蹄爾視爲廣庭，比我茅屋一丈之外高幾分，况是僦賃年輸銀。日午割豕纔歸市，醢以餡麪作冬至，澡罷正與蟣蝨語，長鬚喚我拜爺主，往年拜罷號輒已，今年拜罷血如雨，爛兩衣袂，枯兩瞳子。

某將軍　廣德人

宋君雙顴插眉際，殺賊只須三尺矢，今朝再閱大營兵，長鵶作字横天地。歸來鳴鼓旗風𦐇，從來廣德多將材。

沈生行　繼霞

沈生前年贈我五尺劍，挂在壁上生塵埃，南倭不來北虜去，太平無用何曾開？今年歸自薊門道，健兒隨身紫羢帽，監期已滿别我行，南天不雪江梅早。裝鞍未了别酒傾，反拗楊柳枝未青，作鞭一拂驊騮尾，千里風雲在此行。阿翁上書是朱雲，忠臣之子天下聞，君如綰印垂鼇組，定是馳聲作蕙芬。莫言學書書姓字，莫言作吏須科第，請看小李繼家聲，好驢不入驢行隊。

穀日大雪口號二首　客南京

穀日之雪一何大，一尺一半自昨夜，望中飛絮已迷天，安得猶窺鳳城瓦。横街十丈滑如油，短驢難踏轉生愁，江邊總有梅花發，詩客應無一個遊。

二

晴天好驢穩如坐，鴛眼黄邊只十個，今朝百個不敎騎，早起懷人午將過。此時觀中楊道人，三四黄冠擁火盆，東邊殿閣高無數，笑指瑶池白玉京。

雪中騎驢訪某道人於觀，追憶曩日棲霞之約

昨日雪深驢沒蹄，今日雪晴驢可騎，此時去訪楊道士，青天猶壓楊花垂。太平門外雖多景，莫妙梅花水清泠，棲霞有約不得行，辜負千峰老鴉頸。

堵太學母周詩 乃翁官兵馬

太君固是垂髯人，高範丈夫能等倫，側身既事金吾子，授簡還敎太學生。太學今來四十一，啼母作烏淚如血，龍潭墓木已參雲，猶請山人一題跋。

王母騎青鳳歌爲子遂賦

燕京西廟風塵暗，挂畫攤書八月半，李君一擲金錯刀，買得張生一幅綃。王母繡帔騎青鳥，墨尾五尺向

天掃，紫雲瑟瑟落瑤池，雙成開鏡臨清曉。君也才華似歲星，未曾待詔金馬門，綠鬢粉面嬌如此，問君親見雙成未？

晚映堂中歌　書某君花障子，時予有遠行。

晚映堂中挂百花，素綃紅紫爛明霞，夜來酒伴消紅燭，屋角春寒栖暮鴉。短橋流水催波急，我欲提壺作鯨吸，明朝佩劍千里行，今夜莫論鷄再鳴。

寶劍篇送陸山人　山人，曩諸生也，近爲道士，住棲霞。偶客燕，出寶劍觀於御河橋。

御河橋畔南流水，旱深色作葡萄紫，縱能逐影數魚蝦，不及山人白鷳尾。山人有物蟠胸中，故應不與世人同，騎將一片飛霞出，趁着雙成萬里風。

答贈王君

十日大雨門不出，聞說王郎至南國，中街急買一驢騎，高泥沒却蹄三尺。欲見不見空聞名，一見贈我一幅王叔明，餘墨揮詩似許渾，頗與紙上濕氣相烘蒸。相烘蒸，景有餘，馬瑙山中君卜居，年來歸計復何如？豪華一晌風吹去，莫忘湖中赤鯉魚。

酬李畫史見贈兩大幅　溫台間人，李嘗說龍湫如白香烟浮動，而不見其墜。

絹中瑟瑟如驅風，高提大管如使龍，戴進已遠沈周死，近來却數李次公。雁宕山水天下雄，君家天台一線通，三百里中青芙蓉，龍湫不墮香烟白，畫亦天然不是工。君爲我言令我賦，我亦束却兔上鋒，所以李君畫，不令落在粉本中，但噀墨水生烟霧，不假螺赭成青紅。凡馬數步洒纓轡，李君者，千里之足，一掃白電愁長空。

沈叔子解番刀爲贈二首 繼霞

沈子報讎塞外行，一詫便得千黄金，買馬買鞍意不愜，更買五尺番家鐵。鏤金小字半欲滅，付與碧眼譯不出。細瓦廠中多狐狸，京師夜行不敢西，叔子佩之只一過，黄蒿連夜鬧狐啼。今年我從上谷行，中丞遺我聊癸庚，買驢南歸只兩旬，只愁馬上逢黄巾。叔子見我無所仗，解刀贈我行色壯，畢竟還從水道歸，挂在蓬窗兩相向。一日十拔九摩挲，鞘影鱗鱗入向河，須臾報道漁罩外，黿脚龍騰五尺梭。

二

知君本有吞胡氣，太白正高秋不雨，白蛇五尺自西來，出匣不多飛欲去。佩此刀，向遼陽，土蠻畏死爲君降，閼氏縱有菱花鏡，斷却蝤蠐那得妝。君如佩此向上谷，而翁之死人共哭，黄酋亦重忠義人，一見郎君悔南牧。河套雲中盡虜庭，君如佩此去從軍，不須血染鋒邊雪，但見旗褰馬上雲。看君眼大額廣長，有如日月挂扶桑，君有寶刀君自佩，解刀贈我不相當。

客强予畫十六種花，因憶徐陵雜曲中「二八年時不憂度」之句，作一歌，因爲十六花姨歌舞纏頭，亦便戲效陵體，用陵韻

東鄰西舍麗難儔，新屋栖花迎莫愁，蝴蝶固應憎粉伴，牡丹亦自起紅樓。牡丹管領春穠發，一株百蒂無休歇，管中選取八雙人，紙上嬌開十二月。誰向關西不道妍關西人稱好曰妍，誰數關頭見小憐，儂爲頃刻殷七七，我亦逡巡酒裏天。昭陽燕子年年度，誰能鏡裏無相妬，鏡中顔色不長新，畫底胭脂翻能故。花姨舞歇石家香，依舊還歸紙砑光，莫爲弓腰歌一曲，雙雙來近晝眠牀。

予作花十二種多風勢，中有榴花，題其卷首曰石醋醋罵座

洛陽城中崔處士，花園鬬起花妖至，封姨十八太顛狂，石家醋醋新高髻。醋醋能嬌百帶牢，珊瑚枝上織鮫綃，明珠似月搖難落，冰住黃魚白鰾膠。封姨身重不能斤，翻杯濕却石家裙，初來競唱迎姨曲，轉眼翻爲罵座人。朱唇粉暈山眉遠，愁來皺斷春蠶繭，石娘嬌小不辭觴，夜深潮淺腮紅軟。金鈴不動仗崔徽㊀，明歲憑他十八姨，借問當時諸女兒，可似此中數抹藍燕脂？噫吁嘻，胡蝶灰，黃蜂錐，封姨之風豐隆雷，問畫圖，有與無，十八姨，胡爲乎？高陽酒徒，燕市狗屠，耳熱之後，秦筝嗚嗚，明日重陽，無錢可沽，十八姨，胡爲乎？十指握鈎，五白呼盧，夜叉子都，同醉一壚，十八姨，胡爲乎？

㊀「崔徽」應是「崔玄微」之誤。見博異志。

寫竹與甥

人日前二日，大風吹黄沙，提筆呵氷墨生滑，不覺石上穿青蛇。

蟹

雖云似蟹不甚似，若云非蟹却亦非，無意教君費裝裹，君自裝裹又付題。世間美好人奪冒，略涉小醜推向誰？此幅難云都不醜，知者賞之不容口。塗時有神蹲在手，墨色騰煙逸從酒，無腸公子渾欲走，沙外漁翁拗楊柳。

某將軍

不見將軍十五年，相逢今在淮河壖，酒酣却説河防苦，直取强弩射潮去。坐久嵐遮白日斜，瓶中霧濕芍藥花。

王母詩

當年有母飯賢者，斷髮莝薦秣其馬，綠雲一去非不憐，但願兒子希其賢。今朝王母芹宫住，特遣孤兒看春姐，長來提筆解分書，更喜逢人和詩句。從此有錢不買田，半爲詩人具鷄黍。阿母之賢有如此，何妨再活五十五，老爲吾人治藿脯，送下酒杯不可數。

霞江篇

長江一片明秋水，紅霞半出芙蓉裏，道人無事坐磯頭，十頃青蒲迷赤鯉。赤鯉青蒲宛可憐，米家書畫在魚船，有時雁鶩西飛去，萬丈遙遙錦字箋。

某都經畫上詠

長安騎馬未多時，歸來卜築城南陂，止知山起金罍觀，誰識橋圍玉帶谿。玉帶谿從天半來，山山壓翠濃眉栽，參軍欲作千年事，萬卷蟲書樹裏開。樹裏蟲書葉葉搖，作詩作字響秋飈，沿溪水作琉璃綠，洗研中流梟黑蛟。黑蛟鎮日無斷痕，參軍墨亦弄朝昏，惟應放鶴呼猿客，來扣溪邊月下門。

弩子歌贈汪山人

弩子千鈞名大黃，弛弦罷蹶安其牀，寸牙如豆空不嵌，人心如此爲機忘。機忘機在何所考，只須水面看鷗鳥，君不見、湖邊沙際一老人，一絲不挂任天眞，鷗且忘之況他物，辟如相馬者，不見其色通其神。題詩寄我如有情，亦如萬竅吟秋聲，風從蘋末天然起，葉自瀟瀟無意鳴。世人聞子說，笑子應破頰，獨有忘機翁，相融如沃雪。活竹青籬向水開，相羊鷗鳥絕安排，朝朝莫莫如朋友，爛盡茨菰去復來。

寄柳都昌彬仲

彭蠡倒浸匡廬頭，十丈芙蓉大鏡浮，能使長官擲卯籍，昨日下馬今日游。南池小鳥籠初破，欲向此中三日坐，未必能高迴雁峰，不容作字當天過。

寄酈績溪仲玉，乃錢氏門人

績溪縣亦神州赤，聞君作簿無魚食，誰能嚼肉過屠門，瘦殺鸞栖一枝棘。近來二哥自縣來，覽君詩帙羨君裁，高情欲併崔松館，別體尤工漢柏臺。文成一線今將斷，錢翁老死寒灰散，十年半夜急傳燈，西來衣鉢君應管。莫言小釜烹鮮魚，莫言牛刀割隻鷄，眞儒不揀啼兒抱，主簿同安是阿誰？去年別君天眞館，我猶縛翅君飛遠，只今縛解翅不長，無由一奮來溪畔。司馬功高舊主人，君眞父母匪邦鄰，墳頭松櫝今何似？匣裏弓刀暗却塵。由來壯士悲羅雀，我亦因之感死魏，今來已是十餘春，金錢銀錢不一緡。我復何辭公不嗔，會須上冢拊愁雲，一哭裂却石麒麟，下來與君談苦辛。

藍田篇

世間美玉惟荊山，藍田亦在伯仲間，總有秦城十五座，不忍去手圭爲刓。寶物照人眞不夜，問之良賈知高價，一擲寧碎咸陽階，莫自低頭楚庭下。

杭陳子索贈陳副總

從來不識陳侯面，但見人傳名姓滿，客中楊柳兩春垂，侯今只住薊門西。薊門夜月千將吼，胡奴膽落陳侯手，經年四馬不聞嘶，一曲嬌歌醉紅袖。

王鵝亭雁圖

本朝花鳥誰高格，林良者仲呂紀伯，矮人信耳輒觀場，只曉徐熙與崔白。崔徐一紙價百金，風韻稍讓呂與林，卽如此圖王鵝亭，云是剡溪雪夜人。雁兒一掃六十隻，何隻不落青天雲，沙黃蘆白喜相逐，逸者飛鳴勞者宿。不須彭蠡泛扁舟，彭蠡湖今在吾目。

畫百花卷與史甥，題曰漱老謔墨

世間無事無三昧，老來戲謔塗花卉，藤長刺闊臂幾枯，三合茅柴不成醉。葫蘆依樣不勝揩，能如造化絕安排，不求形似求生韻，根撥皆吾五指栽。胡爲乎，區區枝剪而葉裁？君莫猜，墨色淋漓兩撥開。

又圖卉應史甥之索

陳家豆酒名天下，朱家之酒亦其亞，史甥親挈八升來，如椽大卷令吾畫。小白連浮三十杯，指尖浩氣響成雷，驚花蟄草開愁晚，何用三郎羯鼓催？羯鼓催，筆兔瘦，蟹螯百雙，羊肉一肘，陳家之酒更二斗，吟伊吾，迸厥口，爲儂更作獅子吼。

盛懋畫千巖競秀卷

勝國畫師推盛懋，何年圖此千巖秀？筆尖點染不妨嬌，其中自寓老而瘦。王郎捲來令我題，我覽三日目不移，醉後伊吾吟杜詩，較計王宰未可相雄雌。王郎急走忽持歸，眼中猶見堆翠微，山陰道上忙應接，卽此卷中誠不非。茅堂寄居修竹裏，除却看畫吟詩無別事，王郎却是我貧交，何擲我三百青蚨爲酒費。

九馬圉人圖二圉醉瀕墮

王元美爲太僕卿時刻穆王八駿圖，形如蝘蜓。

穆王八駿西馳去，造父把轡爲之御，此時八駿誰傳形，太倉老王太僕卿。刻石嵌在卿之庭，馬瘦尾尖了無肉，頸長筋綻抽蘭莖，儼如蝘蜓緣壁騰，謂之爲龍特無鱗。此圖之馬乃九匹，却比八駿多其一，骨聳肉勻亦奇物，老眼寧知畫者誰，摩挲却是孟頫筆。牧夫九人二人醉，醒者扶之醉不墜。河南山東牧馬兒，汗酒胡葱醉似泥。此時儻墮無扶持，馬且失矣太僕笞。

四張歌張六丈七十

開元之唐有張果，乃云生長陶之唐，師漢帝者張子房，子房之後有張倉。張倉之齡百餘許，老夫牙齒只吃乳，夜夜枕前羅十女。子房辟穀祈不死，先師黄石公，後約赤松子。張果騎驢驢是紙，明皇藥果杯酒裏，果齒焦黑如漆米，起取如意敲落之，新牙排玉光如洗。三郎驚倒謂玉環，我欲別爾渡海尋三山，玉環淚落君之前，棃花春雨不得乾。緊彼三仙人，是君之祖君是孫，今年己丑臘嘉平，正君七十之生辰。三祖消息雖寥寥，桃仁傳種還生桃。況君作詩句多警，又如爾祖張三影。三影詩翁八十餘，此時特娶如花姝，正宜七十張公子，夜夜香衾比目魚。

完淳篇 人索咏其別字

七孔雖外交，誰令滑其裏，一朝一鑿之，七日渾沌死。大隗山上牧馬兒，軒轅黃帝稱天師，牧兒馮馬馬則擾，伯樂治馬馬生巧。噫吁嘻，海若太倉之米，莊生濠上之魚，紀渻木雞之無敢應，野老鷗鳥之忘其機，葛天無懷差可意，盧敖汗漫長相思。不周崩墮只下土，破天一角誰與補？石頭五色爛如花，女媧十笋高能許。君不見，朱提着銅銀墮價，心銀之雁知何限，蜘蛛借雨詐驪罝，絡緯將聲渾紡車，巧則巧矣眞則差。鄭君號完淳，陳君請我說。我謂淳之完，辟彼雲中月，自雲自月自掃除，高團依舊金蟾蜍。

閩工某摹伯時昭君下嫁圖，單于親迓之，隨騎士胡姬，姬嬌而騎，與單于並獰健可畏，鞹衣結束，文馬華旌，及姬之靴帽並妍絢可愛，而掌琵琶者尤勝。胡決不辨此，李蓋以意爲之，取悅人目。馬三兒投賦賦之

毛奴索金嬙不予，貌取西施爲嫫母，一朝遠嫁作閼氏，不及宫斜一抔土。奴也貌嬙故不眞，龍眠貌嬙相隔千餘春，朝風莫雪一萬里，粉腮那得嬌如此。故知兩貌師，彼此妍媸雖各别，竝是以意而爲之。人生觸處有不幸，東脱網罟西亦穽，漢宫顔色不及天子知，胡廷憔悴，未必單于終始相親近。琵琶小妾百雙眉，是胡是漢盡花枝，老羝夜醉葡萄酒，遞入氊帷知不知。

劉巢雲雁

本朝花鳥誰第一，左廣林良活欲逸，巢雲花鳥學林良，巢雲之手亦稱國。他師丹緑入膠礬，女兒刺繡針爲刓，老巢水墨不着色，自有活鳥飛雲天。陳賢購得老巢寫，汀蘆八雁掌略赭，其他幷是墨爲之，蘆踈雁密栖於野。我聞雁宿有知更，弋雁之兒詒雁鳴，雁怒乃不聽，雁兒乃得屠其城。老巢畫此亦故本，一飛一宿餘俱鳴，一喑不鳴顧而蹲，主人將取飯莊生，我今評此評不得，巢如欲畫畫不成。

朱汝公讀書飛來山，群彦過訪，攜飲塔顚，方拈六韻擬賦，雨至，踉蹌而下，漫聞汝之三首

一巾漉酒糟糊半，酣牛醉馬憑人唤，記得前身牧馬時，馬蹄長苦孫陽亂。齊山解飛久不飛，我爲靈鰻歌式微，滄桑舊伴相思甚，一别千年胡不歸？

二

枕書小睡門開半，客來就榻彈書喚，携壺醉客相輪尖，餓鶴窺餔攪雲亂。僧廚沸酒百蚊飛，雙棗沈茶紫繭微，酒罷書横依舊睡，夢爲蝴蝶别花歸。

三

春風吹落花過半，伯倫去矣憑誰喚？百壺五屐上浮圖，眼花紅雪青天亂。我一聞之颯欲飛，鵬翼不輕風力微，猶勝惡雨挹詩脊，競拗芭蕉蓋帽歸。

菘臺醋

辣鼻作犀向月卬，便喞鼻涕一尺長，十卬九低頭作鷺，才能一嚏噀作霧。積年糟蠱爛人腸，雲從毛孔走大荒，一戰笑受糟酋降周禮掌酒曰大酋。伯倫無婦堪詒左用陰陵事，誰持五斗來賀我？戰捷知眞却病不？與敗少渠眞不可。西國葡萄那得來，吾鄉豆醞逐家堆，黃公握曲千年返，卓氏當壚百店開。新淛放水荷花白，舊棧濺珠黃琥珀，個個鼾聞忉利天，人人夢到華胥國。華胥國，餐釃酥，生無歡，死無哭，孟公紫菘賽黃獨，綠臺大拇抽肥玉。一澆一段魯微生，閉在春瓷餉醉人，一嚼一嚏醉輒醒，醒來却苦多煩惱，醒固不惡醉亦好。

舊偶畫魚作此

元鎭作墨竹，隨意將墨塗音搽，憑誰呼畫裏，或蘆或呼麻。我昔畫尺鱗，人問此何魚，我亦不能答，張顛狂草書。邇來養魚者，水晶雜玻璨，玳瑁及海犀，紫貝聯車渠，數之可盈百，池沼千萬餘。邇者一魚而二尾，三尾四尾不知幾，問魚此魚是何名，鰣魴鱣鯉鯢與鯨。笑矣哉，天地造化舊復新，竹許蘆麻倪雲林。

張旭觀公孫大娘舞劍器

大娘只知舞劍器，安識舞中藏草字，老顛瞥眼拾將歸，腕中便覺蹲三昧。大娘舞猛懶亦飛，禿尾錦蛇多兩腓，老顛蛇黑墨所爲，兩蛇猝怒鬭不歸。紅氈粉壁爭神奇，黑蛇比錦誰卬低，野雞啄麥翟與翬，一姓兩名無雄雌。老顛蘸墨捲頭髮，大娘幞頭舞亦脫，留與詩人謔題跋，常熟翁來索判頻，常熟長官錯怪人。

黃鵠歌　送馮君（鳴陽）會試

何風不吹鳥？何鳥不乘風？斥晏蓬蒿止十尺，樊中野鶴愁長空。黃鵠豈能別生翮，天門萬里層雲隔，翎長風便會有時，一鳴已破青霓色。男兒抱策滿萬言，殿頭日炙硏水乾，今朝一得龍顏笑，明日金鞍搖馬鞭。越女年年採蓮渡，宮中莫道蛾眉妬，新妝舊抹各隨時，擬向深閨問鉛素。

張海山已死，其子持向所壽父者二軸來索題，其一畫楓樹月及白頭公鳥，謎之曰風月白頭，其一畫古柏芙蓉

地有丹葉假謂風，天有兔魄乃眞月，張君七十歲，稍稍頭漸白。此幅誰人寫？不施朱綠畧施赭。張君郎君旣善繪，藏之篋笥如大貝。張君今已泉下寐，郎君請我書，提壺令我醉，拍手薤露歌，滿座嘉賓同一淚。柏樹何青青，芙蓉紅灼灼，安得海山子，邀月共呼酌？況值春燈滿市明，長嘆海山不勝情。

書茅氏畫 臺閣絲綸圖，茅老將贈一貴人。

小李將軍固名筆，輕描細染工如織，若圖臺閣與絲綸，界畫便須三十日。茅君揮灑無一塵，只如此幅自清眞，瀟瀟數點江湖墨，寫出巖廊輔世人。

附畫風竹於箑送子甘題此

送君不可俗，爲君寫風竹，君聽竹梢聲，是風還是哭？若個能描風竹哭，古云畫虎難畫骨。

漁圖

何人畫秋色，蘆花繡如組，罷釣睡孤舟，月滿瀟湘浦。撒網打魚驚雁飛，釣竿閒挂泠魚磯，醉餘正好割鮮膾，怪殺松鱸畫裏肥。

壽王生

四十年前王國鳴，紅帶編繩束髮青，衆客對之俱含情，我亦把酒勸一觥，欲引其答驕不應。今來轉睛年六十，頭髮雖黑髭鬚白，諸朋作壽鵝雙蹠，我却龍鍾行不得。送肴一格四柿朱，令我自喫省我沽，惜少方闌唱鷓鴣，方闌若在亦醜吾。

沈將軍詩 沈以鼓吹起行間。（左橘）

將軍者誰沈家郎，學書學劍學漁陽，呼梟喝雉疲夜場，月低日高睡竟忘。軀幹雖小膽則姜，十年從軍官參將叶，殺賊歸來坐五羊，明珠芡米側槩量。買得綠珠可姓梁，一妻五妾愁專房。廣西藤酒世無雙，海南紅螺不假鑲，直錢雖少貴天生叶，鸚鵡不談立酒旁。文犀玳瑁細碎妝，龍腦一縷飛中央，左縣翡翠玉蟲蟞，右挂鏤金小鳳皇。迴身未步身先鏘，盼影入鬢斜月光，拽郎髭鬚郎吻張，大匜小匜響喉嚨叶。池中豈少雌鴛鴦，安得老鶬專頡頏，郎誰與歡思邊疆，誰者換馬邯鄲娼。盧龍將軍急才良，見郎謂何用不臧，且試鎖鑰扼背吭，分道密雲汝往當。漢家猛士守四方，沈郎沈郎不尋常，我思古人等雁行，吹簫者誰勃丞相叶。

送方阜民

荷花已老梅尚遲，君今欲别臨路歧，惟應作伴東林菊，滿城秋色黄鵝兒。菊色黄鵝猶自嬌，況逢酒軟舞人腰，舞人歌板不可得，期君對飲楓林稍。誰知一壁圜龍隔，對飲楓林亦不得，君但自挽金鸕鷀，我亦槌枷澆瓦盆而呼五白。我歌行路難，君歌破籠易，我舞麻鷓鴣，君舞蒼辟鵜，白日漸少路漸多，君不肯留奈君何！

書壁間爲介亭五十壽

寒松萬樹瑟瑟響，翻雨作濤白雲上，青天有月夜未闌，此時正恰幽人往。王家介老五十生，海山畫壁眞有神，門前流水偏澄帶，屋裏青山自有春。我方鼾眠雷息響，畫壁掃聲亦驚帳，起來一寫手不停，何用吳箋三十丈？

大醉爲道士抹畫於臥龍山頂

萬曆七之年，臘月十有六，大雪兩日夜，梢重壓垣竹，我睡不能枕，思覽萬山玉。況逢道士賢，每至必炮肉，投壺不可得，握果賭鬮局。萬竹當檻垂，一杯邀月掬，呼酌三百觥，不歸抱子宿。繼出五丈紙，要我洒松墨，葡萄與籜龍，菡萏瞰其腹。迨至五百觥，天暝必須燭，山頭雪已消，河流但餘綠。辟如美人妝，粉殘出新浴，斜陽萬點雅，作字定高屋。

綠礬綵雞

有人持鎌兩束黄，云欲换藥爛人腸，山中老翁一槐子，聞之不語股栗豎。人命豈止千黄金，一匕入口言者喑，却買綠礬付其手，充爲野葛甘其心。此夫持向讎家飯，朝餐暮餐腸不爛，半年始覺毒無功，一搊不知翁所换。人來問翁翁説與，其人低頭淚交雨，魑魅陰崖白日光，冰霜枝上春風縷。春風縷，白日光，能令殺人劍，韜匣戢其鋩。翁子邈然豈望報，由來福善天之道，籠雞一隻小於拳，鬬場翻作翻波叫。翻波叫，不足奇，雙翰一日五采衣，高冠雉尾聳一丈，紫光紅焰青天輝。五洩山頭飛瀑布，帶長遥拂長練素，一百年來真鳳凰，此雞一躍上天路，還付郎君隱玄霧。至今人，流聲芳，綠礬德，采雞祥。

十月望，十二月朔，百舌群鳴連日；臘朔之夜，雷電徹曉，大雨兩月；鄉村人來説虎食人，經秋不去

萬曆十八年，十二月之朔，百舌聲聲叫如昨，如朋喚友互答應，乃是氣機使然諾。百舌小鳥爾，顓項使之敢不聽？雷電本大物，蟄藏已久矣，何爲十一月，徹夜殷殷令人驚？電入我窗兩三劃，我疑是燈還未滅，起看燈花已落油已乾，始知是電耳，非關燈之殘。氣候變遷亦常事，山林老翁閑料理，十月十一月，連月苦大水，十二月來還未止，猛虎食人如食豕，百物價高寧倍蓰，我也左聽右出耳，信知十説九是詭。

不飲不啖拼已矣，賓來賓去無將迎，攜榼提壺見好情，謔談不把蒼毛麈，偶語惟禁白玉京，几筵屏帳無家火，鞋襪衣衫多補丁。噫嘻吁，百鳥之語誰能解，百舌鳴冬或報瑞年來，世事怪反常，常反怪，安得公冶來，爲鳥譯出令人快？我所解者提胡盧，枝頭勸我鄰家沽。提胡盧，不知吾，少青蚨。

春野圖

北門之外多佳麗，白水茫茫遶天際，中有幽人春野翁，摘荷採芰紉衣袂。春野讀書曾萬卷，只今一字不欲看，只將元氣手中調，不許紅塵眼中散。昨者鑄鼎鍊九還，吾欲從之乞一丹，青牛在田不肯語，輕簑大笠天將雨。

喜張大移居南街　天峯

憶昔君住大路傍，吾欲移家傍君里，以君本是相知人，況乃此路直如矢。每到君家傾酒巵，送吾出戶黃昏時，月光照地烟澹月，謂須騎馬當街馳。此移固爲張君住，亦爲此街欲移去，誰知零落已十年，却住東門近城處。東門深巷不容車，亦有長者過吾廬，談經說道日相對，曳袍內屐皆吾輩。君隔五里相見希，會裏少君說何會。昨見南街臨水樓，晶晶壁粉描新油，却是張大之蒼頭，報道主人除夜移宅此，肩摩手摸令奴修。渭也聞之笑開口，往時渭欲去，去不能，大欲來，來即就。何以賀？賀張大，除歲酒，爲大守。明年燈事隔不久，可知攜大並大手，門前流水水上橋，可知與大談不休。行復坐，坐復走。大也雖善嬉，太半治生事，渭也嬉亦善，生計却不治。世人於此有是非，不知誰非復誰是？自識今來談道心，還是當年騎馬事。

劉雪湖梅花大幅

梅花自是花中魁，畫梅花者今數誰？雪湖劉子故不俗，未畫梅花先寫竹。花梅篠竹兩相於，直榦橫梢鐵不如，最好片雲遮一抹，尤宜大雪踏孤驢。我與劉君相見初，較量長短捋髭鬚。圈花少讓元章筆，發榦元章不若吾。捉筆呼煤將發榦，閉門自不令人看，須臾歇筆乃開門，一掃槎枒三丈絹。我客金陵訪畫梅，畫梅莫妙盛行之，劉君放逸不可羈，一劉一盛無雄雌。我今白日題梅畫，恍忽如夢羅浮夜，覺來香風攪衣帶，花下美人是何代。

徽宗畫鷹

萬里鵬雛一片雪，百年兔狡三深窟，窟深那許入蒼鷹，卽入難防蚌持鷸。此鷹氣猛翅刀稜，御筆親描若有神。總令三窟深如許，此鷹校計賢孫武，寄言脫兔莫莽鹵，鷹能賺汝以處女。

洞巖入鼇口，有石枰石橋及石池諸景

洞深高負泥沙惡，一軀巧骨裹痴鞹，昨聞已是三十年，今夕張燈始捫摸。初疑螺尾不可梯，再進再折無盡期，魚腦別波枯未已，蜃脚逢沙澁懶移。人言此語得大槩，却須請君說細微，桃根倒殪蟲嚙久，蜜脾夕挂蜂歸稀。二洞三洞止一隙，解衣臥洞身投竈，三洞之門曰竈口蒼枰爛斧或有人，石橋浸影終無月。當時蔣侯身不死，一去親賫五日米，遙聞櫓響送江船，頭上恐是錢塘水。僧云：洞巖寺及田地俱鄉人蔣二舍，其探洞事如此，今鹽橋蔣相公是也。避秦豈直武陵限，何事桃花不出來，星河作影當歸路，疑是淳于夢大槐。

卷六　五言律詩

銅雀妓

重泉鎖玉燕，閟燭繞金蛾，君銷陵柏土，妾斷偃松蘿。薦夢無雲雨，留香別綺羅，願爲銅雀瓦，生死托漳河。

出塞

漢將去堂堂，邊塵靖不揚，雪沈荒漠暗，沙攪塞風黄。虜帳朝依水，胡酋夜進觴，舞兒迴袖窄，無奈紫貂香。

琉球刀二首　時客常山

客將刀出市，云是大琉球。海泛防龍合，天陰聽鬼愁。揮空霜欲落，脱匣水堪抽。萬里烽煙地，隨身去莫留。

二

單刀新試舞，雙劍舊能輪，雨過腥聞血，風旋雪裹身。對鐶歸思動，挂壁蘚緱塵，醉後時横看，終當贈與人。

西北三首

西北誰家婦？雄才似木蘭。一朝馳大道，幾日隘長安。紅失裙藏鐙，塵生襪打鞍。當壚無不可，轉戰諒非難。

二

金鞍七寶欱，玉手控青絲，人馬才相得，風雲氣本奇。勢輕香易墮，樣巧影難爲，馳罷雄心在，何曾斂翠眉。

三

尺錦卽成裝，當眉綰結方，須臾撤身手，馳驟蹴風霜。簷影千門亂，街心一帶長，忽逢游冶子，繫馬問家鄉。

桃花堤上看美人走馬 和青霞君

一鏡圍湖水，千峰遶梵宮，大娘迴劍器，小伎落驚鴻。影深穿柳日，蹄響帶花風，望斷梨腮粉，紅塵一道中。

張女文攜酌紫陽宮遇方士立贈

爲客不知久，春風鶯語殘，偶來坐白石，忽復遇黃冠。道觀仙人去，深松秀色寒，持杯日云暮，猶自上高壇。

春日過宋諸陵三首

藁葬未須憐，生時已播遷，威儀非舊典，世代是何年？過客悲山鳥，王孫種墓田，回看隴頭樹，似接汴京煙。

二

荒丘宛相望，纍纍總含辛，遙憶昌陵土，于今幾劫塵。兩河寒食雨，六代帝王身，業盡魂無主，空餘松檜春。

三

落日愁山鬼，寒泉鎖殯宫，魂猶驚鐵騎，人自哭遺弓。白骨夜半語，諸臣地下逢，如聞穆陵道，當日悔和戎。

孟后怨二首

豈是蒼梧野，言隨狩輦來，不因埋越土，便自忘漳臺。寶髻何年發，羅衣久自灰，如何六龍馭，不見一人回？

二

福薄姑言信，君難國事非，官家儀平昔，賤妾獨何依？汴水千秋逝，山花幾度稀，還憐先帝寵，夜夜月中歸。

送鳴敎赴嘉興館

念子將飛棹，而吾亦閉門，開筵出海俎，滿酌坐芳園。客寓無三月，論詩上萬言，同心不在此，秋夜起煩寃。

送女彝赴武會試

舊是論文友，今爲選武行，良家六郡子，將族一書生。虜每當秋入，弓應此際鳴，馬蹄好一賭，青幕待參兵。

竹月篇爲易道士賦

脩竹隱丹扉，蕭蕭映月微，林稠光不礙，葉動白俱飛。製鼎看圓魄，裁簫度羽衣，翻經淸夜永，猶帶露華歸。

寄尙賓因借石磬

南明棲息久，凡著幾何書？夜峽月生石，朝窗雲入疏。特懸孤磬在，時扣萬山虛，自笑躭淸物，持來一借予。

宛轉詞

宛轉一臂斷，流落二喬輕，覆水已無及，通家如有情。歸來妝粉暗，啼罷淚痕淸，莫道紅裙怯，官家盛甲兵。

湖嚴氏有二女，其翁以長者許渭繼室，渭自諐盟。頃聞爲海寇斷其翁臂，二女俱被執，旋復放還，便已作宛轉詞憐之。後知其長女被執時，卽自奮墮橋死，幼女放還亦死，因復賦此。宛轉詞中覆水句，正悔諐盟也

訐道自諐盟，天成烈女名，生前旣無分，死後空餘情。粉化應成碧，神寒儼若生，試看橋上月，幾夜下波明。

順昌道中新晴

解轡投山屋，束鞍聞曙雞，風雲留宿雨，花草踏晴泥。曉峽喧谿路，春沙泛馬蹄，遙知武夷曲，只在亂峰西。

大王峯半壁，聞人語，見炊烟，衆以爲仙，予疑是道流懸栖張垓尸解之洞

絶壁無人到，半天聞語音，丹爐住空翠，烟火出春陰。仙蛻侵殘蘚，猿啼隔莫林，誰能知所以，閒佇白雲岑。

謁延平先生祠　先生少時往往醉馳健馬

祠下風來好，單衣行莫春，杏花鏗爾瑟，栢樹洒然身。默坐澄千慮，傳燈與一人，自慚何所似，馳馬醉歸頻。

十六夜宿葉坊玩月

昨照橋中閣，今輝驛口沙，清光迷魍魎，冷暈嘔蝦蟆。與水浮諸海，將山碧一涯，春風正司令，桂樹豈停花。

杜鵑花

煙雨豔陽天，山花發杜鵑，魂愁數葉暗，血漬一叢鮮。正色爭炎日，重臺沓絳箋，春風幾開落，遺恨自年年。

古鏡

白日淘抔土，青天射兩丸，且須防薄蝕，詎止鑒衣冠。神物含光易，深山識寶難，不知丘壑裏，還掩幾冰團。

自閩歸夜發桐廬，直遡大江，遙望海門，乍偃新月，水天一色，興致曠然

落日滄江莫，悠然忘所之，海門風色暗，潮候月痕欹。一壑成吳越，連天浸島夷，何由挂長席，萬里遍

瀛神。

送王君赴選　白溪

太學幾垂紳，臨雍識輦塵，今朝儲選客，何代上書人。萬戶封君業，千金遠道身，殷勤自愛惜，行看鳳池春。

沈府公尊君中舍挽章二首　中舍君父官御史

令子談先德，徒聞不及逢，佩毫君賜管，騎馬父留驄。官舍迎魂氣，生芻弔遠空，今朝徐孺子，洒淚哭林宗。

二

早歲賦長楊，文成璧水光，執經羣胄子，秉筆侍君王。庭委燕山訓，衣埋漢署香，神遊向何處，鵠立殿中央。

陳女度尼

青春正及笄，削髮度爲尼，別母留妝粉，參師歇畫眉。幻眞臨鏡現，生滅帶花知，未必今來悟，前身受記誰。

金客

君是鄰兒非，黃須短褐衣，單身亡命去，虜首賣錢歸。業曠家人棄，門寒結客稀，自知終有用，窮巷且藏機。

送同門蔡克禮歸晉江

幾度共朝昏，承師禮數溫，久居諳越語，欲別戀同門。道遠歸逢臘，交貧贈以言，賴君兄弟在，還得寄寒暄。

贈相士

節鉞下明州，東隨一劍留，帷中占勝色，市上立清秋。碧眼胡僧避，青囊道侶求，相逢多幕客，曾見李藩不？

長洲孔君，以儒生取官爲衛使橫金，侍軍幕而志不得信，小東夷欲立名西北，予歌短篇廣之

君本一儒冠，橫金已不寒，罷書投筆易，抱策叟裾難。西域去萬里，東夷眇一丸，長歌送出塞，終是虎

頭班。

與姚山人、劉衛僉、沈嘉則、吳道官三茅觀眺雪

高會雜黃冠，琳宫夜坐闌，梅芳成蕊易，雪謝作花難。簷月沉杯暖，江峯入座寒，莫鴉驚炬火，飛去破煙嵐。

贈陳君 陳奉勑命往日本羈致王直者，直非陀橫比，取海島之雄，略相似耳。

長席挂帆輕，鯨波萬里程，片言降粤尉，尺組繫田橫。日出親曾見，風便始約行，歸來不邀賞，世上自知名。

分賦得吳山送俞君還贛

吳山碧石頭，雄抱浙江流，大可興雲雨，微還適覽遊。常登應結戀，乍別不能留，明朝翠色遠，知爾在行舟。

送梁君還崑山

送子返吳城，憐予亦遠行，錦囊俱佩筆，青幛獨題名。被檄來何莫，治裝去不停，翻嫌養鷃鵡，持賦似

禰衡。

芸閣校書篇

薄霧靄香筒，青緗走蠹蟲，一梯陟劉向，萬帙映揚雄。鳥下窺書古，花飛綴字紅，他年在天祿，羞與俗人同。

飲雲居松下眺城南

夕照不曾殘，城頭月正團，霞光翻鳥墮，江色上松寒。市客屠俱集，高空醉屢看，何妨高漸離，抱却筑來彈。

送內兄潘伯海謁選

之人千里行，言宴款郊城，牽爾衣裳處，紛予帷幙情。見兄兼念妹，送舅祗攜甥，明歲承恩日，龍池萬柳青。

聚法師將往天台，止其徒玉公庵中，余爲留信宿 玉芝

欲向天台去，先爲剡水尋，秋行萬山出，夜宿一庵深。燕語調花氣，猿歸帶講心，年年石梁興，送爾欲

沈吟。

洗心亭　爲龍溪老師賦池亭，望新建府碧霞池。

精舍俯澄淵，孤亭一鏡懸，覔心無處所，將洗落何邊。花護焚香几，門維渡岸船，碧霞池畔鳥，長得泛前川。

省試周大夫贈篇罷歸賦此　贈篇有「天池欲化龍」句。（莓厓）

十謁九不薦，那能長作儒，江光凌棄璧，關色黯歸繻。薇蕨求新主，羹湯問小姑，風雷亦何限，終是惱凡魚。

豐吏部公邀泛西湖觀荷，明日寄作，令與嘉則敍父追和

吏部元躭飲，良辰尊俎攜，分明在湖上，記得似耶溪。別浦紅裙槳，垂楊白馬堤，茫茫荷葉路，共水入天西。

賦得戰袍紅　時少保公得瑣瞎刺，製袍命賦。

海罽染啼猩，征袍製始成，春籠香共疊，夜帳火俱明。自與鶉旗映，還宜蟒繡縈，戰歸新月上，脫向侍

兒擊。

嚴先生祠

碧水映何深，高蹤那可尋？不知天子貴，自是故人心。山靄銷春雪，江風灑暮林，如聞流水引，誰識伯牙琴？

白鷴 少保公所遺

片雪簇寒衣，玄絲繡一圍，都緣惜文采，長得侍光輝。提賜朱籠窄，羈棲碧漢違，短簷側目處，天際看鴻飛。

初入京瞻宮闕

域中夷夏極，天上帝王家，西內宸居逼，南都鼎地賒。烏啼御溝柳，象散閣門花，昨到貧方朔，封書載幾車。

明日至昭化寺玻璃泉流觴

片水秋蕪外，孤亭夕照中，流杯隨落葉，聯袂障寒風。意向酒中適，僧多谷口逢，坐看林色暝，今夜宿山中。

來青亭

畫棟將雲遶，修簷傍漢開，亭非邀翠入，山自送青來。遠色虛難寫，遐觀縱未迴，共言春景麗，不見使人猜。

元旦與肖甫較射 各分五韻

煙光海日曈，青帝早司東，候轉弓猶勁，標疏的略紅。耦彎雙月吐，長臂一猿通，本是無爭者，心知此際雄。

季長沙公哀詞二首 彭山

槐樹宛低迴，猶疑講席開，死因雙宿去，生爲六經來。邊瑟飛春水，傳燈暗夜臺，三年更築室，未了獨居懷。

二

絕學千年啓，斯文一綫傳，漢廷蒲璧日，汲冢竹書年。見獵能無喜，爲漁却忘筌，經生休錯認，鄭氏老蟲箋。

沈刑科君出使湖藩還闕 會峰

一作湖藩使，長驅夢澤雲，朝廷應有問，道路豈無聞？旋蓋迴星彩，停舟草奏文，遙知前席處，持此答明君。

送張大夫之滇 昔提學湖廣。（內山）

鏘鏘劍珮鳴，萬里赴王程，楚澤魚龍候，沅洲杜若生。碧雞來入賦，白馬去提兵，想見南夷定，相如擁漢旌。

懷陳將軍同甫 時鎮滇，漢鑿昆池於長安，而將軍親見於滇，成一笑矣。

飛將遠提戎，翩翩氣自雄，椎牛千嶂外，騎象百蠻中。銅柱華封盡，昆池漢鑿空，雁飛眞不到，何處寄秋風？

鈕大夫園林二首 按察公石溪

上葉華簪接，名園樂事賒，鎮懸高士榻，能賦大夫家。水去縈三構，城來遶百花，西林投樹鳥，帶得晚天霞。

二

萬樹梅花國，垂簾試一凭，高樓煙欲暮，遠岫雪將晴。帆舫時時渡，溪橋處處橫，若耶無限景，都有此中情。

送高叟入燕 橫山

少小幽燕客，重游白髮多，人欽舊然諾，客和古悲歌。紅葉淮流舫，黃塵沛縣騾，向來沽酒處，留得幾嬌娥。

背樹

背樹零宵露，覊魂斷曉鋪，正當愁畫地，誰遣放啼烏？拭淚身仍繫，酬恩計轉迂，應勞垂老魄，結草向冥途。

襟湖篇 善畫仕鏡中

湖水碧沉沉，如衣遶作襟，迴波平釣檻，流響雜彈琴。染筆和烟潤，茭亭照影深，隔堤采蓮女，誤作鄮川尋。

賦得看劍引杯長

高會莫匆匆，魚腸把似公，睥睨寸心在，慷慨百壺空。客散平原夜，波寒易水風，秦讐不能報，淚落酒杯紅。

賦得暗塵隨馬去

春夕麗春燈，芳塵似有情，難隨羅襪緩，却逐馬蹄輕。高縷迷鞍淺，低飛撲鐙平，酒家莫留繫，一夜遍都城。

賦得芹芽

青春曲水湄，芹吐小芽滋，在野未堪摘，獻君知幾時。暖風來燕子，寒食伴棠梨，一夜休教老，留尖煮鱠絲。

賦得酒巵中有好花枝

雖云辭樹底，猶得映杯中，帶葉蟻分綠，臨妝臉並紅。傳時香覺遞，覆處影方空，若使玻璃斗，樓臺浸幾重。

鎮江

落日挂城角，孤蓬憩水窗，草長交浦斷，潮大入河降。筍蕨辭鄉飯，櫻桃過鎮江，吳船夫婦唱，十曲九成雙。

王山人丹房　漁鼓或作愚鼓

山房在何所，宛在水中央，丹竈泥初濕，紅顏藥正黄。菱花歸舫亂，荷葉過人長，一自彈漁鼓，陶陶醉幾場。

仲春李子遂、季子牙、史叔考坐雨禹跡寺景賢祠中，醉餘賦詩，並用街字，子遂來自建陽，一別數載

病久不到此，荒祠草上堦，陰晴連日異，閩越幾年懷。夜梵潮三丈，春酥雨一街，梨花無月處，有客醉金釵。

法相寺看活石

蓮花不在水，分葉簇青山，徑折雖能入，峰迷不可還。取蒲量石長，問竹到溪灣，莫怪淹斜日，明朝恐未閒。

侶琴篇爲趙子賦

豈無蘭蕙好，獨結嶧陽桐，養鶴多因爾，遊魚亦爲儂。風雷縣一壁，山水伴千重，一作梅花弄，都令雪滿空。

寶刀詩

雙鈕黑銀鏤，來從大土酋，絲絨結蠻女，鐵色照并州。不惜金千鎰，能縣水一溝，牀頭好珍重，兼許茂先收。

答謝上谷諸公

一客宣城鎮，眞多地主良，停車松樹下，投轄井中央。紅燭籌枚滿，蒼毛麈話長，別來知幾日，柳色滿紅牆。

十五夕酌于幕中，不赴雷總公之專邀

高會不能酬，非關避賞秋，野人藿食慣，海鳥太牢愁。天鏡榆梢挂，營刁柳外流，嫦娥不可見，凭斷庾公樓。

書箑贈顧鴻臚

廿載神交後，尺書長跪辰，涸魚幸不死，閏月亦徒春。碧柳深高館，紅雲近侍臣，相過不能數，叔夜懶方眞。

贈武舉陳子 燕人

子爲燕北雋，曾護海南軍，鵲印終須得，猿弓颯爾分。特呼五斗醑，相對一爐薰，更說荆卿事，魚腸潋莫雲。

京邸贈沈刑部 叔成自安鄉召入，善畫梅，在署竟日伸紙。洞庭逼浸安鄉。

人多驄馬客，君傶白雲司，棘署了公事，梅花作雪枝。帶寬知懶在，馬重覺塵隨，頗憶洞庭否，煙波十二時。

王口北見遺貂帽，因往二首 制伯貂冠而玳蟬

解帽遺寒士，呼鷹向野田，一翎穿猛虎，二月看湯泉。燕頷今如此，貂冠事必然，深毛莫輕易，玳瑁護

香蟬。

二

一圍消雪遠，兩翅辟塵賒，朔北凍殺馬，遼東買斷牙。錦筵津頰玉，⿱朵户擁腮花，一罩山人幘，徒遮鬢髮華。

納妾詩

角枕覆衾長，新香異舊香，昔年曾射雉，此日復求凰。杏靨開春鏡，鴉雲換晚妝，夫君莫早起，初日未高梁。

李長公祖道北樓，得山字 仰城

北樓高入漢，鐵鳳插雲間，漠外鵰盤箭，營中柳暗山。今朝送客去，何日破胡還，看取搖金印，長歌入玉關。

駿霞篇為天台黃子賦

燕市千金駿，天台一片霞，持將兩神物，較許大名家。每過愁驢直，言歸必日斜，御河生隔斷，楊柳暗宮鴉。

偶來坐文杏館中賦 在郡山之東頂

杏館有高臺，無景不堪裁，雨氣浮山去，風聲拔海來。蒼林萬戶瓦，紅樹一春杯，欲借龍山主，時來坐碧苔。

送薛鴻臚左官袁州

佐郡袁州去，江行萬里西，興牽春水雁，心斷早朝雞。蠻境風煙近，巫鄉習俗迷，正須煩料理，滕閣未追躋。

梨

潘家大谷梨見潘岳賦及柳子厚詩。近河間以黑瓮馱其膏入京，梨有一種名雁過消，紅而瑩，班班似犀。下咏物十七首，俱用正韻。

潘家大谷梨，今遍九河堤，接樹冰千斛，單顆水一提。馬馱香黑甕，雁過脆紅犀，未怕相如渴，王孫儘翠眉。

杏

蜜甘人享，蜂徒自苦，杏甘則蠹，杏徒自苦，不若苦李之自全也。

杏有海東紅，珍高百品中，色來先壓市，子大欲沈籠。釀苦蜂何爲，人甘蠹亦同，道旁繁李樹，好去問王戎。

李

閩有夫人李，洛下有嘉慶縣李，並佳。

閩種夫人異，燕枝嘉慶同，蹊堪爲李廣，核可付王戎。碎玉當唇綠，飛錫遶臂紅，歸來憶滋味，能得幾時醲。

頻婆 一名平波

石蜜偷將結，他雞伏不成，千林黃鵠卵，一市楚江萍。旨奪秋廚腊，鮮專夏盌冰，上元燈火節，一顆百錢青。

胡桃

燕近出雞頭子頗佳，而價亦踊。

羌果薦冰甌，芳鮮占客樓，自應懷綠袖，何必定青州？嫩玉寧非乳，新苞一不油，秋風乾落近，騰貴在雞頭。

白櫻桃

櫻桃琥珀珠，一樹忽硨磲，入袖迷吳苧，如珩信楚書。朱唇嘗處訝，翠葉凍邊舒，欲問丹陽鳥，曾銜此類無？

土豆 絕似吳中落花生及香芋，亦似芋而此差鬆甘。

榛實軟不及，菰根旨定雌，吳沙花落子，蜀國葉蹲鴟。配茗人猶未，隨羞筋似知，嬌顰非不賞，憔悴浣紗時。

薯蕷 即山藥

扶中識舊方，爽吻得新嘗，臟稟衰年壞，山薯此地良。芋魁徒軟美，松粉藉餦餭，楚些那遺此，清酥點蔗霜。

鐵脚

吳下緜披細，燕中鐵跖纖，俄爲羣少炙，祇用一竿黏。暗雪辭饑啄，紅椒餡醉髯，窺螳黃雀事，公子愼金丸。

黃鼠 膏厚而瑩徹

幸不爲殘嚙，何由冒劣名，庖廚窮口腹，天地窘生成。淺草遮人拙，深膏傍燭明，斷虀吾自分，食肉任干城。

半癡 小鳥，形半于雉，而脆美，上谷人與黃鼠共稱，然癡而易襲，遂以名。

厄與癡相半，禽將鼠共縣，味雖供客好，名却使人憐。所下惟雙筯，何妨少一拳，如聞三嗅叟，笑殺雉羹筵。

酒三品 日桑落、襄陵、羊羔，價並不遠，每甕可十小盞，須銀二錢有奇

小甕五雙盞，千蚨五貫香，無錢長買醉，有客偶攜將。醞藉宜高價，淋漓想故鄉，狹斜壚不少，今夜是誰當。

河豚 味大約似鮐。越漁取鮐多于雪候從水柳窾中得之。金陵煮豚灶必露多旁簷際。○白名西施乳，却佳。

白下酒家簷，河豚荻笋尖。寒江晴後雪，爛柳窾中鮐。萬事隨評品，諸鱗屬幷兼，惟應西子乳，臣妾百無鹽。

荔支二首　出新會者名進奉，絶佳，有以小瓮載販陽江者，到卽競報。其土產稍劣，或邀食，多以蔗隨。放猿取高荔，蘇公事也。

帆檣報荔支，猶憶海南時，一邑明句漏，千嚳枕蜜脾。淸中隨蔗往，高樹放猿之，近日肝腸別，依稀餓采薇。

二

當醉更須醉，當餐便買餐，幾年千里外，一顆百金難。飛騎休輕刺，垂猩具奪看，老甜今已矣，世味飽鹹酸。

熊　此李勳尉獵而托饋大兒，故三四用蜀陳家事，五六則憶曩食熊腊掌特甘醲，而此顧亞，必豕熊也。七八用茂先事，意謂儻恣口腹，何所不至耶。

李廣射熊歸，生肩付大兒，都無一寸白，儻有幾條筋。腊掌吾曾飫，鮮蹯勝略差，窮饕亦何劇，急鮓白魚遲。

黄羊　味絶勝，善走，俺答偶馳饋宣鎮，故五六云然。三四晏子語言也，七八戲言耳，雖貴胡亦未聞食駝者。

紫塞黃羊美，超騰不易供，蹄雖千里外，命寄一廚中。誰致西河俎，言穿老上弓，賓筵三動指，早晚到駝峰。

哀周鄭州沛二首 浮峯

莫以拘攣輩，交攻放達偏，窮如知老後，樂似欠年前。匣藻鮫俱泣，園花石共遷，傷心能幾輩，致我不濟然？

二

雪涕尋前誼，敲門憶昨晨，梟盧呼未歇，蝦蟆醉仍頻。日者過荒館，霜顛破角巾，飄零霎如此，昨日故將軍。

雨

一雨連秋夏，無朝不冥迷，曉添四壁篆，夜助百蟲悽。蒙冪遮城漏，蒸潮汗礎泥，直愁衡岱頂，亦障海鳥飛。

夕霞三首 第一二首魚勞則尾赤，詩云：「魴魚赬尾。」

明霞剪脚齊，茜水入霄泥，雁鶩千行外，巖巒一角西。石家錦步帳，海國紫玻瓈，安取揮戈術，相留莫遺飛。

二

明霞爛且都，雨歇霽霄鋪，萬國樓臺莫，孤村煙火晡。波鱗銷琥珀，海色上珊瑚，一抹須彌翠，胭脂月鏡孤。

三

元氣渺太素，丹鉛何所妝，白魚勞尾變，紅石補天長。剩付煙嵐彩，全併沆瀣光，俄飛一片紫，騎鳳是蕭娘。

送張子北上 天峯㊀

送子有所思，秋風來何翩，拜翁挂貂處，談我篝燈前。棗紅劉馬店，霜白聽雞天，一隊長鞭裏，輕寒早着緜。

某君中貢選送之

物有幽奇者，飛騰各擅方，巨魚須北化，細芷不南香。在獄持何贈，穿泥以劍將，回思成一笑，君自有

㊀原作送某子北上，亦無「天峯」二字，據目錄改。

魚腸。

人言鳳尾蕉花於某縣庭命作

鳳尾本蕉材，紅花綠葉毸，縣庭今一見，蠻地不曾開。孔雀羞金翠，蕭娘坐粉腮，潁川黄霸在，辛苦送祥來。

壽葛貞母

終歲不成妝，釵寒古鳳凰，詩堪將柏賦，年亦與松長。列女誰同傳，稱人果未亡，當筵思舉案，誤遞百年觴。

送柳子寧親都昌 小愚㊀

瀑布五十丈，由來天下無，暫須辭定省，且可到匡廬。馬上偕諸季，鞭頭挂一壺，高題白雲處，莫過醉麻姑。

乙亥元日雪，酌梅花館三首 有扁二，曰柿葉堂，曰葡萄深處，并梅花館，各賦一首。

夜雪積梅條，臨窗賞若邀，枝鬚將影入，酒氣上花飄。白髮宜儂映，春聲任鳥調，衰年無禮數，正好枕

㊀ 原作送某子寧親都昌，亦無「小愚」二字，據目錄改。

丘糟。

二

秋葉已凋疎，春林積雪初，溪藤不復買，裙練免偷書。挂碧來鳴鳥，堆紅補破廬，待予新買屋，自種兩三株。

三

花葉看雖少，藤稍遶更賒，蒼須搖水雪，白玉碾龍蛇。碧氣將檐薄，濃陰奪竹斜，去年深夏熱，特地爲予遮。

賦得浣紗石上窺明月

西施遇王軒詩云：「紅雲飛過大江東。」

中秋皓魄垂，石老冷西施，紅雲大江去，明月此中窺。團來思寶鏡，缺後想蛾眉，易墮銀河末，天風且莫吹。

初夏送某客入廣

廣中賈客寓所，隔岸則倡居也，率以一錢擲艇子，輒渡。

海南多賨地，客也傍春行，陟嶺梅丸綻，當壚荔子明。百香番賈舶，雙翠美人纓，會向靑樓去，時呼艇子乘。

曉發句容

宵來醉眠處，忽爲遠林遮，三尺短緱燭，一程長耳騟。村村落斜月，樹樹抹輕霞，只尺丹陽近，江魚入饌嘉。

賦得風入四蹄輕四首

雷總戎嘗騎千里馬，風掣其衣，僅存襟背，又云趙總戎亦然，故三章云。

駿馬四蹄風，形容有杜公，一塵不動外，千里颯然中。白草連天靡，蒼鷹蹋翅從，檀溪不須躍，隨意過從容。

二

愛妾換初酬，將軍驀紫騮，颼颼只聞響，陣陣不禁秋。練影難長曳，房星易一流，路旁看不細，多是失回頭。

三

借將從虎物，并去翼龍腓，戌削纔辭櫪，崩轟已破圍。寒呼隨蹄起，黑旋裹鞍飛，曾聽將軍說，雙雙碎鐵衣。

四

赤驥本龍精，行時不是行，看遲八尺影，過急一團聲。帶烙成駢死，嘶鹽了此生，孫陽何處是，淚盡太行程。

雨舟載鶴詩

買鶴載歸去，況逢風雨天，客裝兼有此，江影兩瀟然。濕重毸孤雪，波長立暮煙，園池寧有此，漠漠迥堪憐。

元夕之辰，偕友人集九里之天瓦、寒泉二庵，各賦一篇，令予爲序

去郭九里，曰九里者，爐峰舒臂其西，高則亂石偃拔，駭獸穿林，下則迴泉紆縈，驚虺入草，兩精舍各據所勝，止息緇黃，因石以覆，則爲天瓦，依流而莢，乃題寒泉，鷺鶴之所必棲，猿麋舍此莫集也。某君南來之暇，稍厭賓筵，及予元夕之候，載觴其中，上下高流，狎弄魚鳥，落帆到舍，則月白燈紅矣。似別武陵，悔返城市，景遷情改，寧免生滅之緣。各有賦篇，令予作敍。

尋常難淡泊，況復值茲辰，山水留吾輩，燈花媚別人。言歸城市去，似別武陵春，一路梅花水，今年弄

月新。

擬壽長春祠何老

雲母何姑粉，增城幾葉春，憑心行好事，作屋住仙人。鍛柳堆山鐵，眠松弄水銀，面上桃花色，流年始七旬。

京中送友人南歸

不道歸眞急，翻嫌握手遲，綠蠅秋漸少，黃鳥日相思。以我尙未去，問君來幾時，答言春盡後，北雁與同飛。

送沈叔子南都迎母

馬上定苦渴，幾迴停轆轤，別兄當北邸，接母到南都。桃葉橫前渡，荷花滿後湖，此行大家逐，誰敢問當壚。

送蔡安父之黃州

安父黃州去，乃當中夏時，榴花作火豔，梅雨爛蠶絲。研墨沄沄燥，窗書葉葉吹，今朝霽如此，別馬快風嘶。

送馮叔系之南都訪舊

江國柳雖盡，將及梅花新，路遠即逢雪，天寒別有春。高牙紛海幕，長劍著孤身，乞取封書去，難辭舊主人。

景文至其舅劉所，過園中二首

兩橐行廚過，淸醪溢瓦盆，一行澆鬱思，百覆失煩寃。筭候人家飯，驚天桃杏村，無由共甥舅，鎭日數園門。

二

禪寺將圜土，誰能辨寂譁？每看飛去鳥，定歇梵林花。隸飯朝分鼠，兒書夜雜蛙，懷人不可見，腸斷一輪車。

與葛景文

冬潦無人出，君胡爲來欸？山樓隔年病，江渡幾封書。健後堪風雨，貧來無菜蔬，不能留一飯，歸去寺煙餘。

畫紅梅

即使胭脂點，猶成冷淡枝，杏花無此幹，鐵樹少其姿。挂壁紛紅雪，團春在錦池，無由飄一的，嬌殺壽陽眉。

送兪生之入楚 頗善繪事

作客向襄陽，艑頭大舸裝，江行多雪候，旅宿盡漁鄉。此景俱堪抹，行囊好爲藏，歸來逢鑒賞，幾度挂山窗。

畫竹

萬物貴取影，寫竹更宜然，穠陰不通鳥，碧浪自翻天。戛戛俱鳴石，迷迷別有煙，直須文與可，把筆取神傳。

筵中漫贈王良秀筆史

囊琴三尺餘，投我主人居，老叟能稱隱，諸郎總解書。夜深時喚酒，春盡共騎驢，去到西湖上，梅花帶雪舒。

送馮君 馮以醫官北去，其舅亦以醫入院。

昨歲歸何晏？今年去復賒。得官渾似舅，作客易離家。淺獲秋宜月，遙楓晚欲霞，不堪將此景，分手各天涯。

張子錫往訪其弟長治

伯兄官署去，因寄仲君書，問政應如水，添廚稍出魚。越人多好着，潞錦小花裾，看取寄歸匣，都無一尺餘。

壽潘承天七十兼賀得孫 又山

若箇不游宦？惟君盛宦游。飛龍鄉露冕，有蠏處監州。含飴弄孫子，祭酒客諸侯，唾手天邊月，看圓百二秋。

與任生話舊

麻衣飄雪處，益動而翁思，近日君家事，子傫那得知？笋天應鷹墓，柏涕可枯枝，莫作徒悲切，遺書退學詩。

二

與子別幾日，忽過桃李辰，竹葉不作酒，花枝徒自春。時時憂木吏，脈脈語波臣，到得西江水，肆中索枯鱗。

送張君會試

明年此時節，意氣何揚揚，但遣馬蹄疾，莫愁花路長。幾多青樓婦，認取舊檀郎，何處最笑指，當壚壓酒娘。

挽上虞葛翁

聞道自髫年，傳經徹舊編，裹糧百里外，卒業一燈前。閱傳知高士，遺孤是大賢，斯人眞不死，可以慰黃泉。

甚雪

是月凡三見雪，而是日獨甚，興致遄飛，筆不能禁。

今夕是何夕？遙看最上頭。雨花千佛座，飛蓋百神遊。御氣行旬日，騎龍覽九州，歸來問姑射，息駕借居樓。

二

周穆觴王母，淮南訪八公，羣山圍玉樹，羽騎駐瑤宫。瞬息三千界，遊觀一萬重，下方多肉食，安得御清風。

授經館中懷江東諸同志 時復病

能得幾回春，匆匆滯此身，一江書易寄，連月性難馴。買藥獨行市，敲門暫訪人，幾時束書卷，來伴釣魚綸。

贈楊叟 能詩，亦談奇策，鄞人。

白首切雲冠，相過盡日歡，鄉許陳寔老，天付孟郊寒。入市投僧舍，歸家理藥欄，豈無長鋏在，曾不向人彈。

二

董以詩人困，翻增國士思，流年悲髀肉，袖手秉毛錐。瘴海遙傳警，東門老好奇，結交應有客，朱亥隱屠兒。

應吳嵊縣築城

魚鑰鎖嚴更，沿堤板築城，斯民自安堵，茂宰本長城。水拍深濠綠，山連素堞明，驕夷莫輕入，清夜聽傳旌。

將與嘉則入閩，方許二君餞別，分以五韻

池館入秋清，蒼烟澹莫城，如何留別處，偏自問歸程。短燭催人換，長河抱月明，回看囊底匣，猶喜二龍幷。

吳門逢孔將軍於塾

舊日堪爲將，今來復授經，主人盛供帳，醉尉止都亭。終歲只在野，因予一入城，相悲十年事，淚落酒杯平。

元旦

昨日卽今日，今年亦昨年，環規元不斷，水割詎須連。把曆燒俱得，投闇且復然，生憎梅與柳，一度一

爲姸。

承恩寺聽講經，歸路觀甕魚於山家

大乘聞講後，小水看魚流，或淺非聽瑟，時深豈避鈎。半餐猶斗餌，一甕却千頭，安得輸江海，都令萬里遊。

書倪元鎭畫

一幅淡煙光，雲林筆有霜，峰頭橫片石，天際渺長蒼。雖蹟須金換，如眞勝璧藏，偏舟歸去景，入畫亦茫茫。

楊兵部生祠畫像詩

憶在專城日，羣爲桃李人，誰能因落葉，便自忘陽春。父老當祠入，麒麐相畫新，却輸客燕者，親得望車塵。

無題

翁也專樞密，儂今職贊襄，西京留守重，北帽侍中方。陵氣松鱗紫，湖霜藕葉黃，江南秋色好，此去滿帆檣。

賦得草窗篇爲周衞卿之號 周繪工蟲

草綠鳥喈喈，閒窗一斗開，百蟲堪上筆，一片欲遮苔。莫影紗紋瀫，春芽老氏孩，元公有知不？一笑隴牛堆。

無絃詩 上人

鳴琴固聆響，不鳴響亦存，試取單絃按，何聲到耳根。祖來不立字，理完於無言，開口未驚衆，閉口如雷轟。

送顧給事歸省其翁 吳人

青瑣謝鳴珂，非關戀芰荷，報君還有日，侍父恐無多。橘子霜初熟，洞庭風始波，縣知扶一老，搖艇入漁簑。

食虎眼 虎眼，荔枝之佳品。

虎眼白琉璃，誰能隸虎皮，小毬蜂粉結，高液鳥羣司。婦去茶如薺，王歸膾亦飴，由來甘苦柄，舌觀豈能持。

哭王丈道中二首㊀

不醉亦罵坐，忍寒曾却袍，一生餘骯髒，半李咽蠐螬。對語俱貧病，相思獨鬱陶，匣中留破劍，往往夜深號。

二

貰地稀桑柘，租池約藻萍，魚苗是兒女，蠶婦識先生。結襪陰招罵，彌絃直可爭，逋廉穩堪謚，誰爲寫銘旌？

聞朱次公訃

朱善書，攻二氏，讀書龜山頂，死時近巧夕。（念東）

碑碣多珍女，女今何所之？帝樓果是玉，天篆必須朱。巧夕悲針婦，迴腸遶線車，總歸不得見，天上更愁予。

二

三十猶未第，讀書何用多，傷心抛蠹去，點額奈龍何。擬執聃曇鼓，時諧傀儡科，南湖龜頂月，高據槁

㊀ 原缺「中」字，目錄作哭王又道中，茲校補。

梧歌。

蟹六首

紅綠楪文窰，薑橙擣末高，雙螯交雪挺，百品失風騷。餵喜朝爭縠，颸聞夜泣糟，大蘇無缺事，只怪佞江瑤。蘇傳江瑤柱，乃不傳蟹。

二

水族良多美，惟儂美獨優，若敎無此物，寧使有監州。辟鬼秦關夜，輸魁海稻秋，河豚直一死，只好作蒼頭。

三

吳興饞吻守，越國朶頤人，風韻誰偏少，吹嘘爾絕倫。沅江九肋鱉，松泖四腮鱗，遍試張華醋，還誰五色文。

四

爾故飽菱芡，飢來竊稻粱，逃蕭孟嘗走，結草杜回亢。蛻許山蟬嫩，腥憐海麝香，那能親箬笠，夜夜伴漁郎。

五

織篠挈千籃，枯筐養八蠶，縛殺愁廣武，霧重死淮南。金紫膏相蝕，尖團酒各酣，秦人不曾識，付與兩齊參。蠶筐見檀弓，八蠶者南粵種也。

六

秋成穀滿車，選雋入豪家，鎖櫃投池養，開春入俎誇。昔人餐擬蟹，今我食無蝦，持餉於陵去，甘之必未哇。

胡市歸　胡館不一刻，擅觸數日。

胡養復胡王，無鷹不飽颺，滿城屠菜馬，是鼻掩綿羊。卽苦新輪輦，猶勝舊殺傷，從來無上策，莫笑嫁王嬙。

蠟屐

一生幾兩屐，此語爾非迷，何事淪猩趣，終年弄馬蹄。萬錢收錦檗，五岳遍丹梯，齒畔如瀕損，崖蜂借一脾。

楊公去思 一中

課最三千牘，春留五馬蹄，風謠傳上國，父老出耶溪。碑字迷香蘚，松鱗逼繡題，滄江宛相映，惟有謝征西。

客餉我笋脯一小筐，穉而甘澹，擬謝

晨觴急十斟，笋脯美遼參，玉版禪師韻，黄冠道士簪。山存仍受虎，春代幷更禽，犨畔夫將婦，隨農插綠針。

上虞令復西溪湖

旱潦一關情，湖塘指顧成，魚肥村稻晚，鶴瘦署琴清。駐鳥淹難久，編韋講正横，清波三百頃，盡是渥恩澄。

聞人賞給事園白牡丹三首

白牡丹殊雅，曾於舊譜聞，掃眉嬌虢國，新寡縞文君。黑粘眠雲飽，黄蜂奪雪芬，愛憎誰與定，賒酒借花醺。

二

梁園月下白，青瑣第中逢，定是千金買，來陪一捻紅。珍奴學龜息，越女鬬猿公，作意驅脂粉，天然輸與儂。

三

休量姑射子，不語息夫人，香暗聞龍腦，須黄見蝶身。雪腮宜買笑，霜鬢可饒嗔，莫學盧郎婦，題詩謔老人。

周愍婦 姑嫜致之死，故第五云。

閲逝閨人集，孤標作者篇，九泉沉寶瑟，一國響哀絃。婚媾翻成寇，芟夷故及荃，傷心西伯操，臣妾古來然。

化城寺

方引主人轄，轉爲山寺嬉，門深當水盡，路曲入松移。破鐸摇簷鴿，寒萍蔽沼龜，過溪無虎嘯，枉送遠禪師。

題雪景畫 諸暨陳仲子

幽人凭水檻，釣者挈魚投，況對千山雪，而無一客留。臘酒此時熟，老夫終歲憂，壺公能醉我，跳入畫中休。

枳久于李寧遠鎮又云販人參 麻胡秋，趙石勒將，威殺所及，在在畏之，小兒啼，母怖之曰，麻胡，即止。

落葉堺階黃，枯株倚壁長，孤雛何久客？獨雁不成行。凍色天將雪，愁顛鏡滿霜，解之頻痛飲，有客餉無腸。

二

乳臭猶聞口，兵鈐未打牙，不堪如虎穴，何事滯龍沙？黠虜爺呼李，啼兒淚歇麻，歸來向吾說，笑落夜燈花。

三

對月每悽然，東西十二弦，石榴長一尺，卮樹矮三年。狂藥聊醫悶，顛書也換錢，販參如宋清，我作柳宗元。

四

汝婦解蒸梨，吾餐每鑿之，難僥販牛幸，易惹伏雌悲。竹闌將臘笋，梅瓣早春枝，馬法多梟騎，留儂何所爲？東虜稱大官曰馬法。

爲陶工部贈道者

終是千年鶴，今先返舊城，到家人尚在，入洞雲來迎。紫氣莫西渡，青山留震盟，野夫慙尹喜，却辦候關情。

將遊五泄，宿吳系山莊，遇陳老迎餉，邀余輩先登峨眉，不果

遊轡維林竹，山窗來獵燈，青蘇炊白稻，碧笋束紅藤。坐落半宵月，流分曲水亭，忽逢山下老，邀上峨眉層。

明日至古博嶺雨

無寸非濃霧，寒空濕太勝，泥深驢項沒，雨近帽簷生。練泄未到眼，客途先苦行，眞成評嚼欖，敢與棗兒爭。

卷七　七言律詩

道場山贈栖雲禪者

古塔凌空寶閣欹，雲峯上去路逶迤，山田稏稻僧人出，湖水行舟落葉移。風静鳥翔施飯石，日斜魚聚放生池，遠公心地元無住，却共飛雲此住持。

初晴看迎春

年年喜作看春行，戶戶除祥賀太平，城闕柳條非舊色，山川雲氣尚新晴。一羣戲獸人裝出，百朶分花朵學成，自是陽和隨地轉，不關仗引會逢迎。

元夕二首

漢武鰲山嘉瑞日，明王龍德正中年，處處剪梅爭帶蕊，家家促柱學調絃。魚龍角戲春偏麗，橙橘藏燈夜轉鮮，共在陽和元氣內，不知何以答堯天。

二

年年異縣望鄉園，鄉里今年賞上元，羅綺含風燈火亂，烟花拂地葉枝繁。人如不夜城中坐，曲似鈞天樂裏翻，歸去若從橋上過，廣陵步月未須言。

君從

君從閩海下南昌，正值中官降玉皇，龍號眞人親拜斗，繡衣使者自焚香。壇中祝壽千官滿，官裏傳旛兩道長，不是薄游江海客，何由得覩此輝光。

九重

九重憂隱德如湯，禱祀壇傍夜有光，旱魃正逢周甲子，神君俱集漢明堂。繡成旛蓋虹雙引，挂定琉璃水一行，聞說詞臣咸萃止，抽毫拂素侍君王。

保安州　寄青霞沈君

総軍憤懣幾時平，遠放窮荒尚有生，兩疏伏階眞痛哭，萬人開幕願横行。朝辭邸第風塵暗，夜度居庸塞火明，縱使如斯猶是幸，漢廷師傅許誰評？

白燕

閒庭盡日見還稀，院院梨開去漸微，別殿幾年埋玉匣，舊人何處認烏衣？春風水面徒聞語，夜月梁間好弄輝，安得姚家紅線縷，却看片雪帶花飛。

二

西飛歲歲候青陽，花發名園何處藏？天子郊禖呈瑞色，主人臺榭有輝光。輕翰掠雨綃初剪，小尾流風練愈長，萬里東歸看易沒，海天元是白雲鄉。

泊舟武夷之五曲，謁紫陽精舍，憩大隱屏，復過仙人掌，抵其顛天游觀中遠眺

溪流五曲數峯奇，大隱屏西路稍移，精舍猶存先種樹，青山似與後來期。繁花夾岸漁舟繫，列岫當亭道院宜，更擬乘鸞接仙侶，春風吹鬢雨來時。

二月十三日自順昌返越，復過延平，宿劍潭

沙洲碧樹遠烟生，此夕維舟古劍城，幾日漸看春色暮，經年猶在客途行。郡當積水谿流會，岸夾浮橋鐵

鎖橫，睡起推篷來月影，錯疑劍氣拂波明。

季子往晉南樂，聞其歸，喜而有作

館甥初試合歡衣，官舍樓成花柳肥，拂鏡蛾眉先與畫，吹簫鳳侶引將飛。路經江郡重圍阻，書到禪關幾日歸，豈爲無人相笑語，同心終覺似君稀。

落花

吳姬醫碎砌痕丹，越女腮嫣曙色寒，下急共知辭樹易，去遙定是返枝難。千門細雨陰晴換，萬里浮雲天地寬，莫向御溝隨柳絮，漫空作雪蔽長安。

遊驪巖二首 有序

穿山城北，有石二丘，東西峙，積累頗奇，而羅絡灌莽，映帶山海，惟在東者爲勝。惜其處地，不賞于人，予偶以幕府命從寓此，與客游討，得之奇石之聚，而戲託於始皇事，題曰驪巖，每登酌其上，輒作一首。

片石如雲結作樓，海門坐對雨初收，深秋一雁來殘照，遠浦羣山入亂流。幕下也叨書記託，軍中時動鼓鼙愁，自知投筆元無用，且抱淸尊盡日遊。

寄成女彝守備登州 女彝時寄蓬萊集，載登州海中蜃景。（省白）㊀

牙門遙暵列僊臺，總帥偏宜上將才，出海戈矛俱借水，飛空矢石併成雷。天邊送雁將心往，馬上題詩帶景來，解道觀游憐獨賞，那能分向小蓬萊。

重游武夷 渭前游武夷，有「青山似與後來期」之句。山中兩道者居壁顛，削壁數十丈，懸縆梯而上。

昔年曾此問迷津，十載重過歲月新，碧樹深宮還繫馬，青山斷岸欲迎人。巖梯挂壁眞無路，澗水浮花別有春，定擬他年分半室，不知若箇是芳鄰？

行經鉛山遊觀音巖 云此地舊産七寶

琳宮梵宇不勝春，七寶騰光別樣新，山學青蓮居大士，樹留黃葉款遊人。行參戎伍將題懶，望近鄉園入夢頻，對面鸞湖雲色暗，好爲法雨洗征塵。

㊀此詩徐文長集補遺題作寄登州蔡守備都使，並有序云：「登州有海市，而都使成君，余故人也，作書來誇其景，兼寄蓬萊集一部，令渭賦詩一首，將刻入其中。小蓬萊者，元稹謫越詩中之語也。」「蔡」字誤。「省白」二字據目錄補。

送方阜民公子還歙　方阜民尊公知山陰，渭始籍諸生，提調師也。

江關楊柳弄新晴，游子思家數去程，客裏經春花作伴，酒中連日雨留行。輕裝未結離歌發，大道臨岐感慨生，欲把今朝雙别淚，寄彈一滴使君靈。

送通政胡君入閩　敬所，君有同年御史大夫鎮閩。

訪舊暫爲閩海客，歸塗兼得武夷游，不堪暮雨張筵别，況值春花帶葉抽。山障入雲迷去騎，溪濤作雪瀉行舟，幕中無事同君飲，好向尊前借筯籌。

金先生過予園中　聞野

豐城寶劍總虚傳，宦底相過悵昔賢，擁篲本非迎客處，接談猶似授書年。秋風蘋蓼重來路，夜雨河橋欲發船，自是感君多古意，寒灰不道復能燃。

奉寄俞大夫　大夫監閩時，索拙著，欲下雕坊。

自騎驄馬别京華，絶徼風烟歲月賒，千里傳書聞購草，一區成宅坐飛花。雲霞並上經生筆，江海交流杜史家。大夫經業最高，而宅際江海。未得迴舟從雪夜，幾宵幽夢遶天涯。

月洲篇禪者

芝師說法最高儔，高弟年來數月洲，憶自與師論月夜，不知今隔幾年秋。上弦漸滿三刀水，揑影猶光萬里流，試問終宵昏黑處，更教何物照閻浮。

續白燕二首

一時伴侶自應非，海路空長遇亦稀，漢將玉門投老入，趙妃雪夜待人歸。孤迴夏日搖寒色，漸下秋空見羽衣，已識朱門無可托，玉樓天上任高飛。

二

青壁紅窗映苑牆，銜花泛羽唼羣芳，霜迷萬瓦罩栖渺，草綠千堤片影涼。雲母屏深低縞袖，水晶簾動拂流黃，西園蝴蝶渾無賴，暗粉飄塵上海棠。

言遊武夷道中，撫景因憶往年尙賓呂君天台之約

巖壑千重路轉偏，春陰漠漠帶炊煙，困投野店聊呼酒，笑問名山數舉鞭。籠鳥對人喧曙色，桃花臨水弄新年，多情忽憶天台約，歸去應尋剡曲船。

水簾洞　陽明先生赴謫時投寓所也

石室陰陰洞壑虚，高厓夾路轉縈紆，紫芝何處懷仙術，白日眞宜著道書。數尺寒潭孤鏡曉，半天花雨一簾疏，投荒猶自聞先哲，避迹來從此地居。

落花

花落條空芳樹稀，秦王宫裹捲羅衣，經過楚巷兼人麗，乍入梁園雜雪飛。送雨迎風俱是别，沾泥帶水不能歸，明年知向何枝發，願傍青陽近日暉。

新樂王寄鼉磯石，副以詩，賦答　用正韻

繡詞錦字來天上，雪浪金星出海中，遠道幾爲貧士寶是兩生寄來，曲臺曾汎大王風。人驚蜃氣移何所，夢入瑯琊見幾峰，分付蓬窗好收護，有時風雨下蛟龍。

泊閶門值閏月中秋　每中秋吴人賽唱虎丘下

中秋只尺已蹉跎，更值中秋此地過，天上桂輪長苦滿，人間酒盞莫嫌多。虹橋一散能追不？海鏡孤飛奈墮何。最是虎丘此時節，清歌不住水微波。

送葛韜仲 時予初解縶

杏花楊柳夾扶疏，送客澄江煮白魚，紫豔葡萄千日酒，白藤花匣萬言書。豐城劍出應雙躍，罍觀緣多且獨居，待爾他年拂衣日，看予渡海跨青驢。

飲枇杷園贈某君東道 園逼東鄰鈕給事家，故有後四句，實景也。

紅葵古盌碧蛆沈，南市青簾買却斟，布衣眞可十日飲，碑錢索得隔年金。游魚觸沼聽歌淺，獨鶴穿花出暝深，給舍酒廚東壁是，縛拚畢卓可能禁。

客鄞述懷

滿城花柳巳無多，客久經春換綺羅，佩筆每從偏將入，停舟因得故人過。山居正可供新蕨，海氣時來引舊疴，便欲理將雙楫去，明朝江上趁微波。

奉送同府潘公募兵廣東二首

使君佐郡儼行春，開府知名下令新，手挈萬金收死士，身藏半綬見鄉人。部分卷甲趨春雨，弩矢成行次畫輪，引向轅門投謁罷，試看主客集魚鱗。

二

親承節命遠徵兵，暫侍高堂錦服明，横海舊多經戰士，狹斜新識少年名。宿依山店樵蘇寂，行負藤干結束輕，來往莫須愁道遠，明春專待破番營。

寓穿山感事

荒城臨海一山圍，何事東方滯衰衣？曉日每看牙將集，秋風自送遠人歸。霜寒戍草嘶征馬，潮落江門露釣磯，欲請長纓何處是？且尋酒伴扣荆扉。

十四夜

野外虛堂夜不扃，遙遙秋漢數峰青，舊栽菱葉侵河路，新折蓮房插膽瓶。涼氣欲來先到水，月光纔上只移櫺，請看明夕三更漏，相對何人坐紙屏。

肖甫病目，三年始愈，喜而賦之

才子生來別有神，目波眉映柳摇津，不知何物遮雙睫，試問今來歷幾春？片片暮雲收海嶠，團團秋水剪瞳人，相逢不用摩挲看，認我年來衣上塵。

西江篇

少保公視師廣信，遂入龍虎山祝聖壽，予方候於齊雲，不至，是日銜雪還歙，寒甚，僵於驢背。

西江一戰捷書聞，轉向名山祝聖君，鐃吹乍飛禁法曲，旌旗漸上遶宮雲。銜泥踏雪凭遙岫，拂曙垂鞭到夕曛，却羨從行青幕士，高崖應勒紀遊文。

從少保公視師福建，抵嚴，宴眺北高峰，同茅大夫、沈嘉則

晉公雅望復英姿，坐領樓船遠視師，夜半自平淮蔡日，秋深同上華山時。昌黎侍裴晉公征淮蔡，偕游華題名。軍營列岸江全遶，騎火穿林席屢移，却說陪遊賓從美，不妨帳底有風吹。

胡令公鎮浙，海寇遠遁者踰年，至是有爲風所迫者不得去，已分遣將吏，指授方略往擊之，而公猶親出視師，因以拊循郡邑。旌蓋出郭門，諸將告捷者紛至，抵蕭山，又至，章疏再三易而復上。是日渭自家馳詣幕中，秉燭燕語，不勝欣慶，賦此奉呈

偏將分馳日幾程，高牙猶復事東征，江雲隔岸來迎舸，海雨隨風去洗兵。奏草每從燈下換，捷書又見馬

前橫，西還卽是朝天路，雙佩行看拂玉京。

再至燕，諸陶兩翰君索草書述懷卷端　諸南明、陶念齋

越南燕北客中身，北去南來祗一春一年中來往京師，樽酒又酣今夜月，布衣如怯去年塵。旣將細論酬詞客，別取高歌混市人，却怪舍傍楊柳樹，故飄黃葉似含嚬。

月下梨花四首

今宵風物異尋常，月底梨開萬朶光，閃雪搖冰偏倍畫，迷枝浸葉總生涼。痕嬌舊積啼春雨，鏡色新圓選夜妝，莫遣風吹迴作態，素娥應妬舞霓裳。

二

細蕊繁花帶月芳，新妝搖蕩宋家牆，銀叢泛影通河切，酥的飄輝接夢長。夕鳥幾條垂滴滴，春空一片綴蒼蒼，却嫌曙色催將曉，冷暈微收益渺茫。

三

丹輪皓質兩微茫，桂粟梨雲鬭淺黃，萬點綃痕春帶水，一庭雪影夜生香。小星解照周衾伴，不夜爭懸漢

帳倡，訝道獨禁風露冷，曾聽法曲立更長。

四

璧月流空霽色揚，梨英當夕弄青陽，搖寒隔院非關豔，映斷長天別有芳。粉靨團團新出洗，窗錢一一暗浮霜，多情錯認梅花夜，敎進羅浮夢裏觴。

尚書李公生日賦呈 時方雪

桂漿流彩照槐庭，賓從如雲慶上齡，自喜遠人能獻頌，偶因食客得通名。崆峒道與軒皇訪，嵩嶽神將申甫生，正值瑞花飄數點，分明身世在瑤京。

杖復竹爲吳孀婦賦 吳年財二九，夫死，矢志自守，會往葬，插杖墓所，明年活爲竹。余同繫者親也，見余賦二貞女，復令賦此。

烈女不更天所與，枯筇復活事誠艱，一從孟筍抽冬後，再見雷州挂紙還。身比貞筠惟謝粉，心如下籜不離山，若銷幾點風前淚，幷作瀟湘一樣班。

次韻答少顛師

鏦生莫訝垂憐少，李白猶言欲殺多，顧爾難將佛力救，已拚身向鬼門過。他年夜雨還思不，此日風波奈若何？悟後思仇成一笑，借君如意鼓盆歌。

葛君韜仲序小集奉謝兼寄乃姪景文

小篇終擬蒙瓿醬，高品何緣借色絲，鮑叔卽看今日得，子雲不待後人知。藏孤本藉雙豪士，許劍終懸一樹枝，料得他年談夜雨，因君一爲奏鍾儀。

戊辰元旦喜杜兒至走筆

蒼松古栢出牆枝，今歲今春異昔時，試罄酒樽渾忘醉，却牽兒女笑成痴。琴凄尙帶南音泛，劍出先從紫氣知，自比當年梁苑客，鄒陽綵筆正堪題。

送王先生云邁全椒　龍溪老師

講中方便接嘐嘐，不得中行此亦聊，却爲交情悲宿草，敬持香瓣赴全椒。漿家暫舍何嘗饋，道侶除壇每見招，月旦豈無同會念，忽令祠宇樹蕭蕭。

新建伯遺像　陽明

方袍綦履步從容，高頰籠巾半覆鍾，千古眞知聽話虎，百年遺像見猶龍。夜來衣鉢今何在？畫裏須眉亦似儂。更道先生長不減，那能食粟度春風？

將牧羊，庚戌元旦筮之，得明夷之上六

入地登天兩不妨，從來作戲在逢場，門前晝靜堪羅雀，城上春深好牧羊。披褐家門孫令尹，入山經紀卜中郎，已知此意無人會，閒坐看雲點太陽。孫叔敖事見史記，余先子宦歸，家甚貧，故引用其事。

送李君子遂歸建陽

講堂萬柳變鳴禽，千里從師歲月深，對別無言應得髓，相期有日再論心。路逢初夏更衣過，家近名山與客尋，曲水若營栖息處，好除半席待攜琴。

夜酌遲友人不至

方朔侏儒兩欲死，智伯中行一是知，醉裏放言何造次，醒中爲客太支離。簷飛細雨除清暑，燭笑粗花旋紫芝，坐待人來將說與，夜深敲缺唾壺兒。

贈府吳公詩 并序

吳公自曩昔擯斥夷寇，其在吾紹興、若浙東西、松江諸道者，人易聞且見，故多美頌之詞。迨舟山

之役，越在海外，其撫民搏寇之功最多而且艱，人掩之莫得而知也。獨渭以書記辱在督府，隨衆人後，雜談戎伍，稍悉其事。而今年台溫之捷，公之伐又最高，公旣讓美不言，而世之公道將遂因以澌沒，乃用鳴之以詩，使公知知其事者尚有如渭者在，而渭之所處，則固有難於知者也。

幕中曾與衆人羣，幕外閑聽說使君，破劍壁間鳴怪事，孤城海上倚斜曛。詼諧倂謝長安米，懶散猶供記室文，把筆欲投還自笑，故山回首隔江雲。

卽席贈孫相士 呼軍中某侯似虎，余時尚糶，呼余爲雞羣鶴也

短衣高帽拂青雲，樓上逢君日未曛，一盼虎頭橫燕頷，再窺鶴侶混雞羣。至人杜德機難閱，宰相塵埃中可分，寄語老翁須着眼，紗籠人物在參軍。戲用李藩事。

送周山陰公判南康 橫山公

朝廷守令得人難，旣宰山陰又郡官，司馬江州頻倚艦，少年湖上正探丸。青羊谷祕遺經出，白鹿山空講席寒，此去懸知與絶學，預爲吾道一彈冠。

送季翁補廉州 公世春秋

親承令弟列諸生，幾向帷中見大程，一自京華淹待補，每勞書後敍微名。官廉特拜生珠郡，識練兼明斷

獄經，只隔長江不能送，定知何日發雙旌。

送外兄再入燕　海月

弟家幾度換門牆，廿載歸來道路長，何事明朝重引纜，況逢昨夜正飛霜。燈前宴會慚無及，別後傳聞尚未詳，去此料應寒漸逼，語兄多自着衣裳。

與客登招寶山觀海，遂有擊楫岑港一窺賊壘之興，謹和開府胡公之韻奉呈

滄海遙連雉堞明，登臨喜共幕賓清，千山見日天猶夜，萬國浮空水自平。不分番夷營別島，願圖方略至金城，歸來正值傳飛捷，露布催書倚馬纓。

送子完入北京

向時同學半輕裘，少誤詩書老未休，投謁豈皆秦士賤，飄零聊作漢京遊。軒車流水終朝去，甲第連雲盡日浮，豈少一間寒士廈，大都只要主人收。

寄彬仲 時客燕

學劍無功書不成，難將人壽俟河清，風雲似海蛟龍困，歲月如流髀肉生。萬戶千門瞻壯麗，三秋一日見心情，平原食客多雲霧，未必於中識姓名？

爲子微題鷓鴣圖 鷓鴣對啼見本草

瘴雨蠻煙嶺樹蒼，舊遊曾記泊桅檣，對啼江岸霜初歇，獨聽扁舟草正芳。旅景誰將上縑素，羽衣今復見茅堂，似嫌越鳥南枝慣，擬欲乘風向北翔。

遊齊雲巖 時有所感

插梅曾寄道情眞，別館花開幾度春，明月空中歸玉輦，白雲深處坐金身。九重海下酬恩詔，西海應多求福人，自笑閒尋猿鶴侶，也擕香瓣逐行塵。

兩宿齊雲下，憩逆旅，夜大雪，因復登眺

夜投山店醉眠休，早起茫茫攬敝裘，更向松間尋舊侶，要於雪後倚高樓。幾重碧殿深相映，萬里瑤臺儼若遊，歸路欲迷何處覓？野梅花落遶溪流。

孫忠烈公挽章

行藩黄屋車何用？上壽瑶堵酒未酣。豈有滿庭持漢節，終無箇士死淮南。百年正氣天爲永，一覺忠魂夢亦甘，詞客幽懷關世事，悲歌重扣劍之鐔。

下第回値九日登塢土山訪北庵上人

歸家忽已逢重九，聊向高山試一登，舌在何爲更問婦，輦除元不是求僧。秋雲隔水流數片，落葉依巖積幾層，話了出門月初上，岸蘆汀菊也相應。

訪玉芝師夜宿新庵同蕭女臣

參禪喜與梁王裔，合掌跏趺野竹叢，坐久空堂諸呪歇，夜深明月四山中。親陪客話拈珠串，獨臥行單坦片襆，一宿相留渾舊事，無生自愧永嘉公。

芝師將返天池山贈别

分宗演敎龍南住，因得芝公過兩番，又辭弟子留淸偈，歸到天池坐講園。佛性本來同水月，師門曾去解風旛，自知一夜忘身念，不及朝朝聽法猿。

予被風，半面骨痛，鼻黄涕注七日，舉巖傅君爲行灸，艾方灰而痛已，明日涕尋塞。往聞舉巖說經絡穿貫甚理，又自述奇活者多，而無師授，曰吾明陰陽之理也。以厭學校，將之京，故詩引黄軒岐伯

曾於坐上分經絡，似聽庖丁說解牛，抱易來遊半壁水，無師教飲上池流。親經灼艾收雙涕，並道之京在九秋，近日軒黄正施藥，欲憑岐伯萬方瘳 時上方施藥。

往年觀伎走解，意當是北產，故綴四律，首章用北語。今年復來，知是金陵上元人，又攜一少伎，同坐鏟上，分鐙放體空中，名曰童子拜觀音，乃昔年所無者

人似明珠馬似盤，超騰隱現不離鞍，各彎鐙底羅鞋窄，都在空中妝翠寒。合掌幾回投地去，同心雙蝶隔花攢，莫嫌歲歲頻來往，家住金陵自不難。

贈諸暨朱醫士 號省疚，以墮馬攣腰。

五十年餘拄杖行，傴僂員有丈人情，丹房恰傍青山麓，藥產應多紫石英。服餌未成還住世，縣官纔到便

知名，何時墮馬因拘攣，偏稱良醫三折肱。

十一月十一日雪初霽寶壽寺一首

寶寺禪宫萬山裏，來遊況值雪晴初，雪晴峯上雪還積，山裏禪宫山更虚。一樹高枝全遶蔓，兩池寒水自潛魚，就中絶壁堪招隱，云是陶朱舊隱居。

與王山人對語

仗劍渡江王猛身，歸來又共坐青裀，平原自有三千客，門下聊同十九人。曾許鳳雛應不忝，由來龍性本難馴，久知世事只如此，且借清樽一洗塵。

寄朱君邦憲　朱嘗寄惠素問，時督府胡公誘縛王直。

雁去魚來復幾春，托緘猶勝挹清塵，久居海畔知時事，遠寄方書慰病身。鄉里自應淹孺子，將軍今已縛盧循，臨風更得南鴻便，報與家藏季布人。

元夕休寧道中遥憶鄉里

陌上雙雙結袂頻，翩如飛燕蹴輕塵，一年樂事花流水，幾夜他鄉月照人。驛路酒家留去馬，溪橋梅色弄新春，相隨惟有孤龍劍，會向囊中笑客貧。

予過龍游，拜貞女徐蓮姑祠墓，因感湖嚴氏女迹久湮，次壁韻

蓮姑祠下草初青，欲薦蘋芽摘遠汀，獨立荒墳悲往昔，却慚良友負幽冥。鳳樓有約今何在？蘭畹無風祇自馨，竗魄淩波應不散，擬將消息問湘靈。

乙丑元日大雪，自飲至醉，遂呼王山人過尙志家痛飲，夜歸復浮白於園中

元日獨酌不成酡，穿鄰喚客雪中過，三百六旬又過矣，四十五春如老何。幘軟漸知簪髮少，興豪那計酒籌多，小園風景偏宜雪，綴柳妝梅有許窠。

送李浙東公

僊臺公也，時尙以郡伯入考成，而未寄。

棠樹新陰匝畫輪，那堪驅馬覲楓宸，虞廷此日仍三考，漢吏如公有幾人！走送忽逢何處叟，言歸猶戀去邊塵，獨憐末士懷偏切，束帶親勞授簡頻。

丙寅元日

小園梅柳色津津，海國迎陽易得新，令節已更今歲日，微痾莫戀去年身。鳳鳴梧引眞平世，時有海主事公之疏。女嫁男婚漸老人，尚有舊心消不得，偏題彩筆對青春。病後欲絕筆於舉業，并諸散文，而不能也。

日者孫養靜爲推予命，無以酬之，因其索號詩，賦此以了人事 孫目雙瞽

布袍如雪擁高冠，湖海投身歲月殘，歸解客囊無一事，出攜孺子只雙餐。時挾一兒以行。臣聽鬭蟻將生慧，性悅青山不待觀，足遍朱門心自寂，莫將蹤跡誤相看。

與客觀潦于三江水門二首 客爲沈箕仲、傅文石、馬策之、羅查塢

亂流如髮束長虹，猛潦初晴約客從，枚叔觀濤八月後，使君失筯萬雷中。瞿塘象馬迷春雪，瓠子魚龍上夜風，浩渺總無如此處，連天盪日海洋東。

二 老守，蜀湯公也。水門，其所創者，祠在焉。

當年驅石障洪流，此日翻爲麗景遊，老守端居渾似昨，巨鰲持浪不勝愁。隔河鵲起橋驚墮，對岸潮來雪倒流，寄與祠靈莫歸去，時時鄉國聽黃牛。

賦得淸秋落葉

白帝乘秋秉素蜺，青娥挾露弄風威，榮枯不敢違天意，搖落偏當寄客衣。大漠霜淒隨角散，孤城月白伴

砧飛，鏡中不久繁桃李，愁殺秦川織錦機。

飲太白樓

城上高樓接大河，城南池沼遶朱荷，千年供奉飛杯地，一夜徐州上水歌。露冷秋蛾爭彩燭，川長風荻亂金波，客中行樂無過此，前夕中秋何處過。

楊道人訪我于繫索詩

道人半在成都行，今過稽山上禹陵，身載瞿塘雪後水，手拖蒟醬國中藤。稍談鹿乘延卑品，欲拔雞羣亦上昇，近日嵇康知不免，懶將消息問孫登。

八仙臺次韻　本名長春祠，在西湖南山深處

南山佳處有仙臺，臺畔風光絕素埃，嬴女只教迎鳳入，桃花莫去引人來。能令大藥飛雞犬，欲傍中央剪草萊，舊伴自應尋不見，湖中無此最深隈。

新秋避暑豁然堂

竹雨松濤響道房，瓜黃李碧酒筵香，人間何物熱不喘，此地蒼蠅凍欲僵。一水飛光帶城郭，千峰流翠上

衣裳，窗前古木搖枝入，好挂輕絺細雪涼。

過陳守經，留飯海棠樹下，賦得夜雨剪春韭

春園莫雨細泱泱，韭葉當籬作意長，舊約隔年留話久，新蔬一束出泥香。梁塵已覺飛江燕，帽影時移亂海棠，醉後推敲應不免，只愁別駕惱郎當。

迎春值雪 連歲雪多甚

雲黃瓦白照千家，雪裏迎春倍物華，士女紅樓先捲幔，吏人采杖忽生花。瑞多自古無連歲，路滑從東接郡衙，半是三農占水旱，直隨牛尾不辭賒。

淸風嶺

赤霞城畔女郎身，曾將羅袖障胡塵，半巖竹淚猶啼月，一水菱花解照人。那取藁砧還破鏡，祇持完璧碎强秦，江天風雨來何急，似覺詩成泣鬼神。

宮人入道 明月，宮女名。

昭陽隊裏混鉛華，垂老參師日半斜，不向秋風怨團扇，却教明月進琵琶。朝留楚篁身爲雨，夜繡茅君線

作霞，見説緱山閑姊妹，尙論恩寵舊誰家。

贈秦守道　號冰玉山人

冰玉山人本絶埃，西湖自築初陽臺，何年養鶴曾飛去，是水當門盡遶來。道士忽逢松樹下，漁舟放在藕花隈，知余欲與爲鄰舍，指點孤山一角梅。

登東天目宿寶珠上人房却贈上人　爛芋爲供，食已，登最高峰，俯視錢塘如帶。

天目高高八百尋，夜來一榻抱千岑，長蘿片月何妨挂？削石寒潭幾處深。芋子故燒殘葉火，蓮花卑視大江心，明朝欲借橫空錫，飛度西山再一臨。

西天目　高峰斷厓，兩師骸已火，獨中峯錮於兩甕，山上松杉特繁，厓壁如削。

法侶當年此結巢，於今四大未全燒，長龕短甕金三具，削岫劖厓鐵幾刀。獅象渡河從彼岸，松杉催海上餘濤，𡷊來一弄淸溪月，又出谿南第幾橋。

宿長春祠，夜半朱君扣榻，呼起視月，山缺處露錢塘僅一勺，而夜氣滃之

長春明月夜闌干，起視當眉尺五間，千里林光俱浸水，一杯江氣亦浮山。似聞隔岫吹長笛，欲喚眞官語

大還，忽憶廣寒淸冷甚，有人孤佩響珊珊。

恭謁孝陵正韻

漢高彷彿皇祖，而以少文終其身，故五云然。是日陵監略陳先事。

二百年來一老生，白頭落魄到西京，疲驢狹路愁官長，破帽青衫拜孝陵。亭長一杯終馬上，橋山萬歲始龍迎，當時事業難身遇，憑仗中官說與聽。

答贈盛君，時飲朝天宮道院

長安道院一搴裳，司馬筵中再舉觴，柿葉學書才不短，杏花插鬢意何長。藥沈綠醑家廚釀，霜折紅蕉道觀房，坐裏黃冠三兩輩，醉來相與說先皇。

陸孝子詩

孝子溺處與曹娥江通，故有第五句。

一葉隨流去不還，一夫號向大隄看，阿翁風浪今如此，少婦箜篌枉自彈。古栢臥祠江浩浩，愁雲塞岸海漫漫，昨宵醉裏披圖畫，淚落風前共燭殘。

李長公邀集蓮花峯

馬水雄關天畔開，貂儲暇日更登臺，高山似爲遮胡設，折磴偏能勒騎廻。杯杓催時嚴黑雨，琵琶隔座攪輕雷，須臾捲地寒風急，似送荆卿易水來。

中秋雨集金氏園亭，次陳思立韻詩「朋酒斯享」，朋，雙尊也。

中秋風雨劇淩馮，拂悶觥籌倒一朋，綠桂隔年踈彩暈，銀毬終夜斷長繩。泥深水掌花邊鴨，帽落霜顛影外僧，醉後忽呼長劍看，赤鱗乘漲欲飛騰。

十六日霽，與張長治伯仲集城隅，次長治韻

飄砧飛柝戍營秋，坐裏閒聽說潞州，孤鏡滿城池水洗，明河千尺傍人流。笑論昨夕能漂瓦，醉喚紅裙緩下樓，自古陰晴誰料得，莫辭連夜典鸘裘。

邦憲死朱氏而俠

遠從黃浦白波邊，淚盡枯魚黑索前，共許相逢還幾度，詎知此别即千年？白楊樹下多風起，廣柳車中少客眠，見說吳門塘上曲，纔歌高士卽潸然。

焦山曝黿死於牛觸，實事也，道人言之。

徵君祠廟碧山隈，僧舍中流面面開，全楚客帆遮浦下，廣陵濤色漫窗來。曝黿何事當牛觸，養鶴翻勞刻

石埋，隔取深泥題不得，空持黃絹立磨厓。

送鄭職方 肖龍

高皇寶鼎北平遷，羽衞貔屯萬竈烟，養虎最宜防猝餓，調鷹莫更使多眠。長江水綠千矛閃，大樹旗紅一的縣，匹馬不嘶穿壘過，知君此際氣翩翩。

贈遼東李長君都司

公子相過日正西，自言昨日破胡歸，寶刀雪暗桃花血，鐵鎧風輕柳葉衣。百口近來餘幾箇，一家長自出重圍，禪關夏色炎如此，聽罷悽霜雜霰飛。

觀宣鎮車戰，用礮以制虜，夜歸小飲寺中，老僧直用蘆笙吹海青搏鵝曲

朝看萬騎背洋河，夜飲禪關數衲羅，赤板輪中飛霹靂，黃蘆管裏叫鴐鵞。褰旗落羽元非二，鬭蟻聞牛總是魔，念此忽然流汗滿，道人一覺睡行窩。

許口北遺以綾帛綿三物，題曰袍具，作詩謝之 寓之西鄰爲朝玄觀，多棲方士。

諸邊競用蔚州之炭。

吳蠶已挂山人肘，邊馬尤堪北寺臺，其奈沙場惟解雪，那能花處一題梅。昨期後府將軍獵，今學西鄰道

士雷，疊取蒲團高一尺，坐消一輛蔚州灰。

燈後祓赤城之泉

湯泉數步外有井，而四山冰雪尙未消，獨湯處沸如昔。

烟火纔看上谷奇，湯泉又見赤城稀，四山冰雪陪春住，萬壑流黃抱水飛。既解蒙茸挂高樹，復憑欄檻看跳璣，誰能浴處當千仞，起向岡頭一振衣。

小集滴水厓朝陽觀 上谷

朝陽道觀一何縣，滴水孤厓百丈邊，餘氣出關雄大漠，長風吹壁立青天。窗扉近在栖鶻處，閣道都擱坐客前，不信夜來高頂望，定應笙鶴下飛仙。

送毛德甫奉使還薊

德甫幕贊歸薊上谷時作也，黃台吉之妻曰大韓比姬者，東虜抄蠻之女兒也，台吉遠之，來依抄蠻。一日寇薊，殺兩將軍及數十人去。當事者令宣鎮責之，縛十七人來，斬于都市。而毛君自薊鎮往來其間，相報引，故贈詩如此。

平原門下晚知名，上客于今合有孫，一尺書來飛白羽，兩言從定捧銅盆。人今得策還油幕，馬亦連宵急薊門，報使酬功原舊典，黃金橫帶不須論。

再送德甫 虜誓必歃血匍匐出刀下，黄龍非上谷地，但取岳公言飲耳。

朝朝結束侍元戎，十五年來姓未通，自引抄鑾出刀下，眞成食客處囊中。從今虜馬敢南牧，無數縣顱槁北風，只少閼氏爲飲器，與君連日醉黄龍。

徐州 將登黄樓問棗下之婦

今歲青青隴麥稠，去年河水過堤流，無家不自波中出，有鼈都經樹杪遊。棗葉雙扉詢翠袖，柳根一面護黄樓，泗州潭底獮猴老，不信今還鎖泗州？

送余新鄉 可齋

星辰自古重爲郎，墨綬銅符映早堂，喜值栽花在鄰邑，行看種樹滿新鄉。弓刀隊肅雙旌遶，楊柳風多五月涼，臥病禪關不相送，蘆溝橋水隔天長。

駕歸自閲祥望于衢恭賦 三月三日

桃李晴曛禁苑煙，鑾輿新幸北郊旋，團花鞢韐蒐春日，細柳旌旗拊髀年。一道甲光將雪借，千羣馬色截雲鮮，誰兼將帥爲天子。共喜文皇九葉玄。

張雲南遺馬金囊 時余尚羈而張亦被議

百顆緘題秋暑淸，遙聞摘向最西營，張騫本帶葡萄入，馬援難抛薏苡行。萬里錦苞辭曉露，一泓寒舌攪春餳，年來不爲臨邛病，無奈羈愁渴易生。

壽吳宣府 環洲

近來宣府息烽埃，台吉求生款鎭臺，笑引雙椎胡女拜，傳呼萬帳令公來。艾年佩鵲寧非早，薇省垂魚不待推，報與江南春信道，題詩寄處隴梅開。

林先生遷敎瀧水

特將一鐸嶺南行，水郭山郵路幾程，方爲郡人敎弟子，又從海國領諸生。石中鸜鵒當泥迸，帳裏桄榔入夏淸，莫以遐荒頻作念，古來誰不重端城。

美人紅甲

近日新妝處處施，玉纖染草學胭脂，幷將櫻顆銷筠管，忽散桃花上柳眉。春色每從梢畔露，麗情半出袖邊知，塞風昨夜吹膠折，抱得琵琶下手遲。

禹陵 桓碑，窆石也。魚，蠹也。楊梅樹下，予疑禹穴在此。玉字，謂金簡玉書也。

年來只讀景純書，此日登臨似啓予，葬罷桓碑猶豎卵，封完玉字不通魚。楊梅樹下人誰解，菡萏鬟中氣所居，卽遣子長重到此，不過探勝立須臾。

曹娥祠

曹娥十四死長江，江水連潮萬里長，精衛定應仇渤澥，子胥豈只怒錢塘？一江魚鼈浮尸出，八尺龜螭卧絹黃，總爲金釵收正氣，可憐梟獍遶爺娘。

露筋祠

烏鳥旣能傷義士，蚊虻何苦碎貞肌？由來天道本無定，誰使昆蟲必有知？畫壁幾殘春社雨，靈風時滿夜歸旗，煙波一望三千里，長在湘江洛水湄。

馮刑部索書册 慶成典宴圖

躬耕旣喜陪明主，列宴兼榮享大庖，蒼帝靑陽臨左个，朱犁黃犢引南郊。筵前甕盎歸餘瀝，馬後蹄肩帶割肴，笑語細君將毋好，不勞諧謔自爲嘲。

送嘯上人之五臺

長嘯上人者，來自長干，暫謝雞鳴之妙景，輒憑短錫，却棲鳳禁之西禪。俟三月以飛花，指五臺而跌草。佛燈萬點，天放琉璃，山翠千重，神移鷲鳥，冀文殊之親覿，別社友以長征，四韻送之，數言以引。

白下珠林最有名，忽來燕趙作遊僧，春風大衆迷花雨，夜壑孤藤看佛燈。已辦一瓢相伴去，其如多病不能興，歸來只洗雙荷葉，聽學文殊演上乘。佛家以耳爲荷葉。

集李侯宅得鍾字

時內賜鮮楊梅，故用李令問鷲事，即杜詩李少監也。李侯，高廟甥，家有所賜手書，又有眞貝多葉經千番，字如屯蜂。（秀巖）

侯家簾幕夜重重，醉客觴繁斷禁鍾，賜果自鮮冰後色，罌鷲直賤丈前醲。月斜苑樹寒孤鵲，字暗番經集萬蜂，尚有御緘看未得，何時重許拆雙龍。

燕子樓

牡丹春後惟枝在，燕子樓空苦恨生，昨淚幾行因擁髻，當年一顧本傾城。分爲翡翠籠俱老，訝道泉臺伴不成，猶勝分香臺上妾，更無一箇哭西陵。

送余興國

鄰家兄弟逼炊煙，不見于今四十年，頗有長髯堪佐幕，頭多短髮尚留燕。深秋一路逢紅葉，明月雙帆挂大川，黃鶴樓中可相引，石榴皮畔覓神仙。

駕幸月壇群望西街一首

玉露清秋湛碧空，金輿夕月引羣工，紅雲自結龍文上，彩仗如移桂影中。壁畔常儀端捧甴，郊西新魄正垂弓，布衣久分華山侶，笑向歸驢墮晚風。

九月十六日遊南內，値大風雨，歸而雪滿西岫矣

石橋魚龍百族巧甚，云是西洋物，乃三寶太監取歸者。

寶樹瓊臺夾梵輪，星壇月宇詎非神？從來天上游俱夢，説向人間恐未眞。風雨故梢銅網翼，魚龍欲活石橋鱗，尋詩正是迴驢處，忽面西山雪照人。

送新昌潘公

北斗聲名重二京，東朝保傅謝初榮，百年華髮晞三握，一日朱輪送滿城。漸喜河冰仍綠水，稍聞鄉雪盛

黄精，快帆定落歸心後，客夢幾番天姥青。

子遂以尊人墓碣故抵燕，至臘始去，送之

朝庭久罷孝廉科，只尺公車奈若何？墓道且須鐫石去，關門終見棄繻過。寸心落日俱千里，尺雪孤輿夾兩贏，此去彭城止十日，莫敎造次下冰坡。

將別，復偕遊碧雲，流觴枯柳之下

征輿解道明朝發，別酒遙從此地酣，盡日迴腸依曲水，昔年種柳似江潭。霜高睡短雞偏促，雪滑泥長馬不堪，差有梅花知客意，一程開逼一程南。

送朱使君太僕　月峙

長安明月金叵羅，幾度從君醉踏歌，北寺雲屯朝烙馬，西淸風起夜聞荷。大臣自引行當召，醉尉逢人且莫呵，一葉米家書畫舫，白虹終夕遶滄波。

送諸公子歸應試　五六並實事

人人白璧紫玻瓈，並擬鄉書姓字齊，綵袖香分金馬署，錦帆風正潞河堤。移花屢喜過鄰蝶，載酒時來乞野雞，不用平原當濁世，翩翩自有馬遷題。

李子遂死，予設位哭之，遂擊木而歌此

淚盡南天哭不回，李生眞是可憐才，生傛解識徐家物，死夢應尋范式來。紫氣鏌干埋不得，青楓刺繡任成灰，知君去證金環果，戲取楊花李上開。

讀問棘堂集，擬寄湯君 海若

蘭茗翡翠逐時鳴，誰解鈞天響洞庭？鼓瑟定應遭客罵，執鞭今始慰生平。即收呂覽千金市，直換咸陽許座城，無限龍門蠶室淚，難偕書札報任卿。

賦得爲他人作嫁衣裳 華山女入道見昌黎詩。蓮華導，女冠簪也。

貧女悠悠嫁不成，爲人刺繡事聊生，驕閨袖手公相薄，倚市嫣胒笑亦評。柳葉雙描京兆對，蓮花半導華山行，蹉跎兩事頭爲白，脈脈停針此際情。

金剛子珠串

不共番經出寶函，定從胡腕摘偏衫，核堆繡字蠐螬爛，果聚香林孔雀銜。不斷百思惟嶺獦，手提一串縛

狂㺘，饑來換米無人識，送與游僧上海帆。

南鎮　禹廟門扁曰拱聖

衡嶽迢迢靈氣奔，何年直到此中蹲？回看極北雙條外，獨領江南一面尊。帳底風霜神色冷，爐邊草木御香溫，客來瞻拜何容易，兼得低回拱聖門。

寓香爐峯下，註郭子竟，清明夕二客攜筍茗來，擬登

閒來註罷景純經，客舍樵居烟霧生，流水細分牀畔響，羣峯尖與筆端迎。春城筍茗來雙客，夜火清明坐二更，却喜香爐峯靄盡，明朝不用雨中登。

次日遊雲門，買醉溪橋店梨花樹下，雲門有大樹，相傳樹自盤古

一上高樓便下來，梨花白雪酒家開，祗緣看竹忍飢過，翻自擲錢買醉回。近水青山銷白鳥，開天碧樹泗蒼苔，昨宵詩句今成識，霽色香爐頂上臺。

讀易園詩，應一仕人之索

爲園讀易幾廬都，歸藏連山盡野狐，大過久無仍假我，絕韋猶在儘伊吾。百莖蓍草龜相守，一角梅花鶴

自呼，曾與京焦相問難，至今記得石渠無？

題翠華軒卷詩

楓橋先輩有風流，玉軸文池鎮綺樓，山水大觀凡八詠，人家喬木幾千秋。黃絲暗縫偏遊蠹，白雪吳綾半織虬，俗眼燈前從古忌，賢孫隨處好藏收。

遼鎮李寧遠 寅城

唐家名將李臨淮，再世遼東幕府開，馬上幾年飛露布，貂邊一德盡雲臺。未須匕首藏靴底，曾見旄頭墮海隈，聞道近來更善飯，分明矍鑠是翁哉！

贈李宣鎮，沈光祿鍊祠在保安州

遼東大將把吳鈎，坐笑籌邊第幾樓，記室虎頭誰投筆，將軍猿臂自封侯。廐分苜蓿臙中駟，釀取葡萄覆上流，好事知君多料理，忠臣祠在保安州。

聞都督再遷山西武寧

胡牀雪夜斗牛裘，親待回探夜不收，薊北咽喉此爲最，山西將帥爾稱優。千金粉面捐廝養，百鞘朱提買絡頭，倒死灞攔姑諾諾，大宛終敗匿驊騮。

建陽楊君，縣壺越市，云是楊文敏公榮之孫，莫春將之京，錢王孫持其土物，索詩送之

久矣縣壺始得知，良醫良相故家兒，相爲乃祖稱文敏，醫是曾孫住武夷。艾葉撚餘留越市，杏花開遍到京師，雙瓶海鮓半斗酒，吳越王孫爲索詩。

友人索慰沈四郎君　乃翁東平州同知

東平第四小郎君，枕塊扶苴哭大椿，不待三年枯墓栢，只須一慟立山神。少連莫盡啼鵑血，大孝須存幹蠱身，況復老慈憐季子，忍教眉雪爲儂顰。

馬策之奉母住鳳凰山下之水樓　鎦谷

鳳凰山下遶清流，策也迎親住此洲，正好敲冰求尺鯉，倍宜垂雪飯高樓。月中醉客搖船夜，露下聽蟲助竹秋，何日細鱗隨網得，招子沽酒柳橋頭。

擬送張翰林使楚　陽和

天王熊夢協周宣，江漢諸姬望詔虔，特借館臣殊代邸，專縣宮秩待歸年。題鐫壁薛俱霞外，來往河槎總日邊，最喜老談掄藻地，何人不羨子長賢？

自岔道走居庸，雪連峰百仞，橫障百折，銀色晃晃，故來撲人。中一道亦銀鋪也，坐小兜，冒以紅氈，疲羸數頭，匣劍笈書相後先，冰氣栗冽，肌粟皛皛，如南夏痱痤。苦吟凍肩倍聳，憊甚矣，却羸得在荊關圖畫中浮生半日

昨夜飛花苦不多，朝來起視白峩峩，一行裘帽風中去，半日關山雪裏過。銀髻望夫高入漢，玉屏隨客折成河，中間一道明如線，四角紅氈擁數騾。

狐裘 裘被賒，雪夜苦寒，取信國文公集讀之，賦此。

狐裘賒去止三金，大海投魚兩歲沈，鷹馬趁風嫌未急，簷堦負日苦長陰。歌闌未必如金石，肘見眞應捉領襟，猶喜雪宵看信國，髮衝冠頂汗淋淋。

送丁叔子北上慰乃兄

令威三世通家好，卅載遷居會面賒，醉我龍鐺纔地主，憐君馬首又天涯。春燈雨雪瀟瀟夜，野店茶湯處

處家，想見皇都堤草綠，脊鴒細語遶梨花。

再詠銀魚要玉屏次

銀魚僅給瓦窰筵，味美爭□產亦慳，正是松江飛雪鱠，忽如寶坻到冰鮮。垂腰任取花羅袋，細口愁教柳線穿，自笑五經元不讀，叨君醉飽腹便便。

海山張君嘗自題鏡容，今死矣，次其韻

孔門高弟舊耆紳，爾亦堂堂似此人，獨坐詩壇吟且飲，厭爲世態笑和顰。舊緣一夢花間蝶，老淚雙揮鏡裏身，我尚爲人沉苦海，子桑先返本來眞。

代壽黔公

有道明王守四夷，公家鎖鑰在雕題，一天樞紐羣星北，萬里金湯半壁西。茅氏騎龍艱劫火，王喬奉藥儻丸泥，何如翊戴勳臣府，永鐫金書鐵馬蹏。

二

異姓王功階特進，大將軍客揖須長，太平象馬舞何事？勝會鳧鷖醉不妨。錦席珠璣羣彥舌，金爐煙霧百

鑾香，殷勤剩有華封祝，先遣山呼到帝鄉。

三

千花百果候青陽，二月斕斑匝點蒼，樣簇濃枝靈鷲錦，光添繡裸石麟牀。干戈後取儀雙髮，弧矢先懸志四方，我國同休恩不淺，年年此日憶高皇。

亞夫墓 墓在巢縣，此亦虛傳也。

王者從來云不死，共疑隆準及重瞳，已占龍氣成天子，却幸鴻門敗乃公。一牧乳羊遮墓白，幾株寒棗覆碑紅，憐儂疽發不欲活，豈爲人間少鄧通？

白牝蛟二首

招寶山東行若干里，洋也，白牝蛟宮之。相傳是千年物，遂名其所蛟門。而向所詒海酋汪直之倭商住岑港者，自春抵夏，屢進剿屢阻於雨，人言蛟之祟也。幕中醜罵蛟，俄而雨如注。

寶山門外白蛟宮，獨處千年不嫁雄，頓頓渦涎垂燕子，殷殷霹靂懶蜈蚣。風權近屬誰家掌，日本頻由爾路通，一語稍嗔酬惡雨，量無周處在軍中。

二

儂應坐視槁三農，不爾祠何吝一叢？早使嫁夫封石氏，肯敎將尾示劉翁。寸鱗縮虱腥逃井，蛻骨專車雪硬風，莫倚豢龍終豢爾，史臣親記醢雌龍。

讀文信公仙巖祠集焚弔二首

每疑天意不分明，枉殺呼天問屈平，諸葛既難扶後主，廬陵何用產先生？停舟此夜艱危地，出戶當年歎息聲，腦子不靈尤怪事，竟將腔血灑燕京。

二

山翁伏臘競雞豚，海舶針羅失曉昏，六尺託孤俱趙氏，一宵投主得公孫。波濤解逐旌旗走，巖洞寧無氣魄存，安得扶邛親一拜，百花如錦醉山門。

夜坐有感轉憶往事

朝來乾鵲聒簷牙，入夜孤燈也弄花，兒女一生夢養虎，行藏四足畫添蛇。因嗟竹箭歌如簣，時泛荷花到若邪，記得萬峰高頂鹿，竟晞黃犬獵人家。

香煙七首

誰將金鴨銜儂息，我只磁龜待爾灰，軟度低窗領風影，濃梳高髻綰雲堆。絲游不解黏花落，縷嗅如能惹蝶來，京賈漸疏包亦盡，空餘紅印一梢梅。

二

午坐焚香枉連歲，香煙妙賞始今朝，龍拿雲霧終傷猛，蜃起樓臺不暇飄。直上亭亭纔佇立，斜飛冉冉忽逍遙，細思絕景雙難比，除是錢塘八月潮。

三

霜沈櫺竹更無他，底事遊魂演百魔，函谷迎關儀紫氣，雪山灌頂散青螺。孤螢一點停灰冷，古樹千藤寫影拖，春夢婆今何處去，憑誰舉此似東坡。

四

薝蔔花香形不似，菖蒲花似不如香，揣摩范曄鼻何暇，應接王郎眼倍忙。滄海霧蒸神仗燬，峨眉雪挂佛燈涼，併儂三物如堪捉，捉付孫娘刺繡牀。

五

說與焚香知不知，最堪描畫是煙時，陽成罐口飛逃汞，太古坑中刷裊絲。想見當初勞造化，亦如此物辦恢奇，道人不解供呼吸，閒看須臾變換嬉。

六

西窗影歇觀雖寂，左柳籠穿息不遮，懶學吳兒煅銀杏，且随道士袖青蛇。掃空煙火香嚴鼻，琢盡玲瓏海象牙，莫訝因風忽濃淡，高空刻刻改雲霞。右香筒

七

香毬不減橘團圓，橘氣毬香總可憐，蟣蝨窠窠逃熱瘴，煙雲夜夜輥寒毡。蘭消蕙歇東方白，炷插針牢北斗旋，一粒馬牙聊我輩，萬金龍腦付嬋娟。右香毬

壽司空潘君六十 水簾

海天漠漠一弧縣，正是司空治水年，桐柏改流俱赴海，蛟龍自去不須鞭。舊從精舍陪毫穎，今見台垣逼斗躔，借取紫霞來几席，佇看黃髮擁貂蟬。

歲暮夜雪，招二王詩人蘆果小飲 海木、巫陽

二王二王來何難？榼榼淸酤頓欲乾。何處王門無短衱？最難客路是長安。虀鹽雪糝充瓶立，蔗藕霜消飽膈酸，四海論交頭盡白，至今膽落醴交寒。

二

斗酒那能不醉休，醉來可使不歌不？黃金雖我無顏色，秋水還誰辨馬牛？笑插落梅花亂鬢，起看城雪篘冰樓，一角忽風天盡黑，萬鴉摶雨下枝頭。

春興 紫洪筍絶佳

好景蹉跎知幾迴，今春商略紫洪隈，固應帶插挑深筍，兼好提尊餞落梅。雙蹇百錢苦難辦，片槳孤舟還莫催，見說山家兒子軟，借穿峰頂晚霞堆。

二

乾坤瞬息雪邊風，萬事陰晴雨後虹，已分屠門齋後斷，只難酒盞座前空。半緡榆莢求書客，數點梅花換米翁，小飲牆西鄰竹暗，綿蠻對對語春叢。

三

二月四日吾巳降，攝提尙復指蒼龍，當時小褓慈闈繡，連歲寒衣鄰母縫。一股蟲尸忙萬蟻，百鬚花粉亂千蜂，自憐伯玉知非晚，除却樽罍事事慵。

四

李白桃紅照眼明，蘭風梨雪逼人清，一枝帶蕊憑吾折，雙蝶隨風各自爭。粉翅撲衣猶可耐，墨針穿帽此何黥，因思花草猶難掇，却悔從前受一經。

五

七旬過二是今年，垂老無孫守墓田，半畝稻秧空餓鹿，兩株松樹罷啼鵑松爲盜砍。悲來辛巳初生日，哭向清明細雨天，忽撚柳枝翻一笑，笑儂元是老婆禪。

六

昨冬不寐苦夜永，此月新弦喜晝長，柳色未黄寒食過，槐芽初綠冷淘香。西池蝌蚪愁將動，北地鞦韆影不忘，描寫姬姜三百句，白魚儘飽小巾箱。舊閱鞦韆，在臨濟賦詩數十首，幾三百句。

七

胡烽信報收秦塞，夷警妖傳自贛州，十萬樓船指甌越，結交鄰國且琉球。不臣趙尉終辭帝，自王田横怕拜侯，幾島彈丸髡頂物，敢驚沙上一浮鷗。

八

孟光久矣掩泉臺，海口新阡此再開，煖色一天霞影入，寒潮萬里雪山來。迢迢支壠何方發，箇箇曾楊着處猜，急買松秧三百本，高陰元仗拂雲材。

復西溪湖爲朱令賦

邑里東鄰隔一江，使君爲政有芬芳，歌如黄鵠陂當復，雪擁蒼梟路正長。碑滿桐鄉朱令廟，樹陰柳岸召公棠，憑君莫話滄桑事，一笑誰家牧馬場。湖始爲宋臣李顯忠請爲牧馬地，其後禍邸盡斥爲莊田。

送季子微赴李寧武總兵之約

黑貂裘襖盡長安，此去關山雪未殘，挂印曾蒙公子約，解袍應念故人寒。大豪馬邑墳堪弔，天險羊腸路復難，到後莫須先一拜，未妨長鋏向人彈。

涵叔往常州索詩當錢

宜興穀雨正新茶，掌故先生況倩家，玉女潭邊煎乳雪，張公洞口醉流霞。自慚把鐵包門限，客有將金買畫沙，此去好尋顛秃草，太湖石上打驚蛇。倩見揚雄方言，毘陵關神祠內有僧守松狂草碑。

南鎮之南原，桃樹數百，花時余數遊賞，當武陵也。道士苦打攪，盡伐之，憶以詩

鎮南亦自有桃源，載酒來尋不計年，祗爲燒茶煩道士，故令閉洞返漁船。一從春雨花開後，是處朝霞色可憐，笑我老來無脚力。欲呼船子少船錢。

二月望後，連日夜風甚，不減前年，而是日二兒書至

天寒地凍正霜宵，被冷風號入帳驕，貰屋再經飄瓦盡，破爐重補買薪燒。老牛脊壞堪馱鳥，醉後跌損脅脊，爛而瘡，少陵病馬詩：「日暮不收鳥啄瘡。」小犢書來尚滯遼，好買紫團葠一搭，急鞭歸馬補虛勞。

唐伯虎畫崔氏且題次其韻

彷彿相逢待月身，不知今夕是何辰，行雲總作當年散，胡粉空傳半面春。嫁後形容難不老，畫中臨搨也

應陳，虎頭亦是登徒子，特取妖嬌動世人。

吳宣府新膺總督 環洲

邸報初翻數葉藤，棟梁今喜楩柟勝，市塲春後皆青草，司馬秋來在白登。天下安危眞足仗，眼前修短却難憑，最憐投轄相知客，不得隨車負此情。

九月望日再集鎭虜臺 至秋往往夕燒山原

重陽曾上北山隈，此夕重登鎭虜臺，正喜垂楊留去馬，不妨明月墮飛杯。山頭有火非關燧，笛裏無風自落梅，孫綽賦成悲欲絕，莫霞況復似天台。

方封君七十，其子刑部郎飛册索作 封君髮垂至足

方山先生今七旬，學道吟詩鄉里聞，自脫青衫還舉子，不栽黃橘比封君。髮長七尺朝梳雪，門對千峯莫掃雲，既遠塵寰兼此相，不愁鸞鶴不爲羣。

仲冬觀牡丹花於城西人家

名園已得豔春朝，又向寒冬發數條，昨夜催妝誰遣誤，明朝飛雪苦非遙。終持粉面嬌羅綺，故向梅花伴

寂寥，白髮紅顏能幾日，紛紛蝴蝶過西橋。

子肅再赴戚總戎所，未至，死於都下　正韻

幕中賓客盛文詞，幕府黃金客再持，共擬歸來作生計，不堪老去哭相知。一春綠草飛蝴蝶，千里黃沙暗鼓鼙，兩地分明誰苦樂，遊魂莫遣到家遲。

紅葉

纔見芳華照眼新，又看紅葉點衣頻，只言春色能嬌物，不道秋霜解媚人。宮水正寒愁字字，吳江初冷錦鱗鱗，更餘一種閑風景，醉雜黃花野老巾。

壽胡通參　所居逼春波橋，胡嘗忤權相下獄。（敬棠）

年來里閈夾春波，握手論心日日過，共訝青萍酬價少，却爲黃葉借春多。同時捋虎俱臺省，若個焚魚老薜蘿？眼底榮枯都莫較，大樗何用有枝柯。

蘭亭次韻　相傳蕭翼竊蘭亭記，掀閱，百花一時盡開。

長堤高柳帶平沙，無處春來不酒家，野外光風偏拂馬，市門殘帖解開花。新觴曲引諸溪水，舊寺巖垂幾

樹茶，回首永和如昨日，不堪悵望晚天霞。

壽張叔學

太華先生六十年，顏朱齒玉鬢雙玄，衆聞大道何妨笑，獨致良知有所傳。路出霞頭杯泛泛，船歸菱面葉田田，野人便欲持筐去，手摘紅鮮入綺筵。

送長洲居山人士貞

客裏尊罍每見陪，那能不飲送將歸，歌長筑短堪流淚，雉叫鷹呼未解圍。雨雪尚淹春籞薦，清明還競夜錫非。鄉風處處從來異，曾宿閶門記憶微。

飲於施學官齋，席上有丹陽朱叟，叟，施之師也　朱爲王心齋之徒

千里神交已十年，況逢安定敞高筵，越國山川寒食到，泰州衣鉢夜深傳。風雲座上雙萍合，桃李陰中一榻懸，別去那能隨畫槳？金山寺下共維船。

即席復贈施先生　齋中植兩紫荆

不必湖州去治經，人傳安定即先生，獨持一鐸官三載，謾種雙荆花滿庭。風雨連朝愁欲絕，筍蔬寒食酒

頻傾，山人醉後詩脾渴，喚取芹芽再煮虀。

山陰楊簿公稱良吏，一日托從子桓索作，應此，時當夜巡

何緣佐邑借儒師，遊徼中宵帶綏垂，每出未聞高喝道，相逢應不怪敲詩。　頻年馬瘦知官況，到處蝻銜有去思，從此賞之應不竊，滿城鈴鐸爲公弛。

重修乾清宮成，迎慈聖再御　輔臣用此題選翰庶，時予客京師，漫賦。

閶闔重新紫極熙，姬姜再御寶軿移，慈顏既近趨承易，聖體猶沖保護宜。　鳥換歌筵前日曲，花繁輦路舊時枝，一人奉養兼天下，大孝鴻名萬古垂。

送劉山陰公入覲　景孟

明府才賢世所知，河陽未得獨稱希，花邊據案了公事，琴底題書問布衣。　一縣春隨征馬去，滿城塵爲送人飛，沖皇正解蒼生問，宣室何由肯放歸。

五色鸚鵡黃鸚鵡並是聖母所馴，各賦二首

白燕往時呈翰苑，錦鸚今日貢宸居，萬年枝上栖偏麗，百鳥圖中態未如。　豢養固知天意在，語言長得聖

顔舒，何因五色鮮成染，自是媧皇煉石餘。

二

合殿風和碧柳絲，嘉禽色占錦紋奇，兼呈五德靈雞綬，倒挂孤桐小鳳儀。無數天機臨譜繡，有時人語出花枝，侍兒不用拋紅豆，自有佳音慰聖慈。右五色者

三

西隴靈禽翡翠妝，稀聞正色染黄裳，自談玉殿非關學，却照金籠别有光。飲啄定應歌帝力，生成何幸稟中央，千秋萬歲歡無極，土德坤輿本肇祥。

四

鸚䳇由來只翠衿，中央正色見於今，將懸半映初生柳，欲繡全宜細縷金。敎言一一聞清禁，銜果時時摘上林，不是黄筌能畫取，誰知殿角有祥禽。右黄色者

賞成氏牡丹和韻　省白

將軍臺館俯林泉，春後名花幾日鮮，一本千金非不貴，數杯深夜轉堪憐。却披半暈當亭下，似出殘妝媚

客前，遥憶舊京歡賞處，馬蹄塵土踏成煙。

王翁八十令書貞松白石畫中　公再舉鄉飲

鄉里丈人誰最賢？竹齋先生無間然，八旬尚有嬰兒色，三老重登國學筵。春社插花人醉後，秋蠅作字夜燈前，庭中桂子森如玉，白石長松好共懸。

姚崇明晚映堂

粉額縣題晚映堂，主人留客夜焚香，提壺不必過鄰店，買筍眞教揀破塘。彭澤俸錢多備酒，崇明官棄止栽桑，僦居幸得爲鄰舍，伏臘長招醉酒漿。

清涼寺云是梁武臺城

蕭梁臺殿一灰飛，薺麥清明雉兔肥，壞榜幾更金刹字，饑魂應爛鐵城圍。東來鏡折龍潭水，北去蘆長燕子磯，千古興亡眞一夢，隔江閒數莫鴉歸。

宿栖霞　般若庵有臺，盡是石刻。

叢林宛委是栖霞，最稱沙門此結跏，大鑊煮糜千衆飽，小庵散住一山賒。晝看白帖過般叶平聲若，夜夢青蓮枕法華，一覺長松風雨急，錯疑澗水響鐺茶。

壽馬先生七十 先生齒居會社之第三席，又兩牧州府。

鄭箋魚蟲無魚蝦，古人往往如此用，一見東坡集。（白峯）

流朱拂茜雜輕霞，庭畔重縣講日紗，一竹青青支國杖，數榴灑灑動江花。社筵推長今三席，州郡分春已萬家，自笑傳經老徐孺，猶將詩說注蟲蝦。

元夕寄金武康

曾醉春街典破裘，那堪老去却囊頭，鼠凌白晝爭人食，雨共青燈管夜愁。萬戶新妝譁月鏡，一天彩勝亂風毬，流思忽到苕西路，似見絃歌擁子游。

送行人陶君 新館新建宅

雙飛諸父共雲霓，獨蓋遙征漸向西，京兆蛾眉新畫舫，洛陽才子錦障泥。江程引雨浮關渡，花候添春到馬蹄，此去風光倍堪味，鶯聲一路柳邊堤。

寄上海諸友人

雙魚歲晚渡江津，筍飯豘羹又換春，棄印可望天上客，射書元屬海東人。天愁夜幕鈴偏急，柵暗縲藤鼠正巡，湖水萬重蘭芷隔，因君還上佩芳身。

寄謝學師張先生見慰　師上海人，友人才士朱邦憲之婦翁也。

海天鳴鐸入山城，獨劍孤琴傍馬行，才子文人韓吏部，諸生師傅董明經。遥飛梅信圜門鎖，想見芹風帳底清，爲報楚傈今日事，明倫兩字屬先生。

戊辰廿有四日，倘賓、時中宿於圜，夜大風雨，冰厚尺，詰朝得子甘北報，走筆遍諸友

夢裏分明夢塞鴻，朝來便有鯉魚通，話深白榻三人雨，冰斷黄河一夜風。馬價豈堪重蹀躞，鳥飛何苦辨雌雄，雲天萬里嘗嫌窄，恰作庖雞鎮日籠。

玉師挽章　師蛻，棺以兩瓦甕，頓駐蹕嶺庵中。

雙鞋葱嶺去三年，兩甕團圞嶺箇邊，劫火只思將骨化，寒花依舊護人眠。我雖活在如籠鳥，子已瀟然作蛻蟬，安得騎牛天竺道，月明重話三生緣。

張大夫生朝　以下三景並是其別業。（内山）

解組歸來白髮新，每因萸菊賞年辰，沅洲芳草行吟後，鏡水荷花蕩槳春。百粵既憑傳檄定，五湖宜着浣

紗韠，南冠未必長留縶，來問桃源第幾津。

鏡波館

微風鏡水縠文涼，家近湖頭日繫航，昨去幾經行路險，今來依舊看波長。懶將勑賜榮爲沼，直取荷粱葺作堂，舊事比君堪一笑，桃花前度屬劉郎。

流霞閣

流霞高閣俯千山，霞氣來酣酒海寬，一斗聊爲使君壽，半瓢留與道人餐。回看烟火城何處，只隔蒹葭水一灣，白日凌虛惟此地，莫招問字俗杯盤。

垂綸亭

湖裏孤亭雨後簑，一竿新老鏡中荷，當時蓮女今何在？不共漁郎來唱歌。卜獵尙堪師帝主，舍舟那復畏風波，懷人若寄相思字，憑遣鯉魚騰赤梭。

養生書成紀事與夢

注參同契成，家釜炊飯盡黃，夢小溪蟹如斗大，脫殼出嬰兒，已而復入殼，時尙縶。

黃粱換色道書成，紫甲更來夢裏呈，孝婦不冤終有雨，水禽持蚌一何晴。中郎贖命慳修史，叔夜濱刑且養生，見說漁翁憑一葉，波掀浪穩付前程。

某氏新園

新園絕勝舊園都，驅石東來出嶠壺，樓閣層層催蜃吐，巖巒一一學鰲扶。曾陪春雨看花發，自受秋風與葉枯，安得更於苔蘚處，却從陶令賦將蕪。

二

買地鋪山引露濃，中縣洞壑亞玲瓏，抽將菡萏誰邊水，割取蓬瀛若箇峰。江左枯棊宜別墅，襄陽落日醉山翁，花枝儘媚當尊客，莫辨金釵座上紅。

友人出册復贈春試者

離筵驛路尚芳梅，騎馬聽鶯是此迴，舊日繻生關吏識，新年羅袖內家裁。澤蘭把贈移春色，苑杏留花待妙才，却說涸鱗縣尾在，欲從天上借風雷。

送趙大理先巡撫貴州，遷擢大理。（麟陽）

纔聞歸馬駐雙輪，又見旌麾動去塵，廷尉由來須長者，武侯聊借服南人。昨經湘水洲蘭莫，今渡黃河岸草春，萬里波濤隨意挽，相逢處處有枯鱗。

壽王君

王，同學友也，至是六十，例授校，其子以丁卯薦。

千林楓色對朱顏，醉後囊萸把自看，舊籍幾更前輩健，新御眞愛廣文寒。門臨流水鷲池涸，家近青山截葉盤，拍手仙郎他日事，宮梭還度幾迴鸞。

宿長春祠，夜半，朱君扣榻，呼起視月

長春明月夜闌干，起視當眉尺五間，千里林光俱浸水，一杯江氣亦浮山。似聞隔岫吹長笛，欲喚眞君語大還，忽憶廣寒清冷甚，有人孤珮響珊珊。

生朝詩

張翰林（陽和）母也，時有事楚藩。

夫人舊是元君侶，令嗣新從南嶽來，袖裏紅霞穿綵出，堂前朱草入簾開。頻將瘞帶敎陰德，一自懷鷟發慧才，欲取銅儀問平子，幾時婺采映中台。

壽人

華辰初喜仲秋天，祕籍兼承寵命偏，問齒纔居散騎上，論才應許侍中前。特函赤土將龍拭，別取長河向

舌縣，見說黄冠雕已就，爲君先去采丹鉛。

緑牡丹　白牡丹姓張名珍奴，回道士教之修鍊。

牡丹緑者未曾聞，狡獪司花此弄新，漢水鴨頭教作帔，隴山鸚鵡未呼人。韓郎頃刻愁難學，酒輩逡巡醉可頻，不羨張家回道士，自抛紅粉鍊庚辛。

次蘇長公雪詩

翩如巾舞玉人纖，皎似禪宗戒律嚴，姑去盡留雲母粉，客來只醉水晶鹽。正愁黄獨迷鑱柄，故壓梅花入帽簷，埋沒遠山知幾許，且收螺子畫眉尖。何仙姑食雲母粉而仙去，予亦稍畫人物。

二

白糝堆寒沒曙鴉，姨家風急攬銀車，翻將灞水驢邊色，忽點孤山墓上花。何物黄冠滕六友，相思白舫戴逵家，今朝穆滿觴黄竹，笑指銀泥畫戟叉。

三

固知孅孅不勝纖，亦有稜稜莊且嚴，劍底白猿鏖越女，槎頭黑瘦粉無鹽。冰初勢已寒千仞，霽後人多曝一簷，笑憶小姬誇党日，可教輕試茗芽尖。

四

海上青山插髻鴉，海鮫輪織不論車，儘教一夜裁綃葉，那得傾都不奈花。粉屐特停漁者榼，赤梢併付酒人家，蚨郎迫使劉伶去，忍別青旗燕尾叉。

青州贈鼉磯硏，副以詩，奉答

恭承錦字題文石，尙帶青州海氣濃，蜃影幾痕疑壘繡，雀臺萬瓦賤漳銅。醉來好蘸張顛髮，老去羞箋鄭氏蟲，應有紅絲螭匣底，宮鬟爭捧寫蘋風。

莫老至聾矣 長洲人向住杭湖墅，能詩。

幾度相逢莫丈人，幾年斷却耳根塵，新潮正險君何冒？舊雨重來話只陳。梅樹一堤通處士，桃花雙板閉漁津，詩名到處南金重，自歎工詩老更貧。此老相顧無他話，特云詩文甚賤，其貧如昨。

擬寄鄧孺孝 投詩三本而去，家有白雁堂，應其索咏。

鄧攸背立黑簷頭，老眼偷窺非鄧攸，倚杜捋須嗔不小，開門倒屣去難留。明珠投我有如許，白雁伴君無恙不？勉强南京一杯酒，今來纔識滴骷髏。

八月十八日阿枳三江觀潮，夜歸示四首

俗謂八月十八潮生日。二首首句指三江之禹廟。

東來小港入潮枯，總直潮辰只大都，父老猶談錢氏弩，波濤終奉浙江符。一城菜熟須鹽急，百笠蘆長縛蟹粗，却問黄塵飛未得，祇言鹹濕滿頭顱。

二

聞道黄熊伯子宫，銀山銀海走銀虹，千花競蹙魚龍後，萬里長來日月東。河伯正驕秋水舌，非神亦弄廣陵風，蓮姬自愛潮多信，看弄潮兒欲嫁儂。

三

胡馬帆檣故不禁，鳴潮故避大江深，非關冰許滹沱合，信是鰍高海浪沈。處處新妝邀步襪，年年舊雪漲城陰，阿宣也鎖書堂去，獨曳青藜詠玉簪。

四

吳館觀濤百不違，卅年閉戶一都非，欲爲發難枚乘老，聽説風波柳毅歸。黿豬夾流驚箭筈，鷓鴣迴舫

晒漁衣，孝娥不少行人恨，並作鴟夷怒色飛。

戲擬不往三首

風流自喜烏衣尙，禮法休嗔白簡評，不信塞翁終失馬，暫煩良吏量遷鶯。舟過劍浦招雙鐵，竹引山泉飲一城，絕勝又歸丘壑長，放歌五洩舊時聲。

二

早歲提符武陵郡，莫齡別館少微山，尋源未羨漁郎事，掃徑聊希處士閒。蓂莢幾開今殿陛，櫻桃不食好容顏，鄰邦碑在襄陽口，未必長生須大還。

三

白頭笴籜齋中坐，赤脚蓮花頂上行，九節閒將邛竹杖，一簪輸與老門生。邇來婚嫁粗酬債，此去風波任打萍，五嶽高頭誰掖我，肉身菩薩未身輕。

讀某愍婦弔集二首

弔集云，愍婦之死非一端，最甚者，以姑章紿其子不認其母，云少時乳母也。

纔憐勁草嗔風惡，但表貞松把雪嗔，爾輩借將扶世教，妾心元不願忠臣。伯勞啼嘯端非鳥，孔雀東南亦是人，併付枝頭姑惡舌，年年爲爾數頑嚚。

二

孀鏡難教兩處明，空桑眞見一兒生，噴乾口血梟初大，綵落梁塵雉自經。寸骨崢嶸爭鑿雪，百吟風雨響窗晴，急須一本彈漁鼓，恐有中郎別唱行。

擬弔蘇小墓

一抔蘇小是耶非，繡口花腮爛舞衣，自古佳人難再得，從今比翼罷雙飛。薤邊露眼啼痕淺，松下同心結帶稀，恨不顛狂如大阮，欠將一哭慟兵闈。

聞里中有買得扶桑花者四首

憶別湯江五十霜，蠻花長憶爛扶桑，陸郎第爾知何等，趙尉栽儂定幾行。蜀魄啼乾夜夜，猩魂摶血濕蒼蒼，狂香結態堪誰比？箇是憨兒醉後妝。

二

炎花冷蕊逐時開，當取當壚着處陪，海女纏頭雖絳帕，江楓落葉亦殷腮。千金知向何番買，一朶分簪破帽來，奪取胭脂等閑事，只愁兒女太安排。

三

餤茜奩螺取次將，長紅大翠儘蠻娘，闌干笑語煺堪譯，浣火衫裙焰未凉。白浪有緣陪賈客，紅潮無伴醉檳榔，吾鄉惡熱連年更，帶得蒲葵上海航。

四

鶴林寺裏別袈裟，又幻扶桑到若耶，溪女惜香還菡萏，海人澆醉歇枇杷。似聞此地春猶雪，悔上孤帆曉載霞，臘社少年貂帽上，簪紅莫忘遍茶花。

今來自嶺海者，云扶桑花也，予昔所見殊不類是，殆大蘇所詠「涓涓泣露紫含笑，焰焰燒空紅佛桑」耳。花家剪雙頭見寄，始覺首四作之誤，乘酒漫成六首，以贖差錯。插硯水瓶，嫣然有笑語意，豈亦憐老人之衰眊耶？復取餘瀝澆之，當纓頭耳。滇蜀村歌云：「披簑衣，打杖頭鼓，風流在何處？」予擬答鄉諺云：「雪落長江裏，依舊化作水，何不落則雨，却要是箇底？」底字鄉語讀作以。不知花神有知，作何平章。夜見夢云，叟所謂「黄連樹下彈琴」也

昔者曾憐佛桑賤，今來却見貴扶桑，天雞叫罷日纔上，海蜃樓高霞正忙。此時此花染欲醉，是株是朶茜

成行，都爭茜頰堪千鎰，誰問蓮花似六郎。

二

天喬萬里忘風土，天地中州若雨暘，面面燕支凌虜妾，家家蝴蝶過鄰牆。已聞好事狂通國，會見名園賤洛陽，剩葉可醫蠶病不？大家音姑春箔臥銀僵。扶桑蠶長七尺，子如燕卵。

三

扶桑一擲百樗蒱，賈舶槌蚨罄鏹塗，萬鉢鍬鋤寧汝願。幾春爛熳爲誰都？盍從海島陪田客，故試淮泥可木奴，欲借邊鸞花鳥手，爲添王會百花圖。

四

翠幄青欄半面扶，烘脂炙粉照蒼梧，稍疑壚婦頻中酒，莫認昭君肯嫁胡。幸爾波帆收北指，慚余霜鬢對東塗，嫣然一笑如相問，儂是南鵬第幾雛？

五

煖紅滴滴兩名娃，插向磁瓶研水些，崔閤小紗縫杏子，石家大剪襞榴花。無橐可傾河朔飲，有儂堪老邵平瓜，矮檐破壁還愁汝，雨惡風狂燕掠斜。

六

將軍池館有王戎，何似扶桑到海東，過嶺風塵雙袖暗，際天煙漲一裙紅。細腰廻雪憎魔女，濃頰圍燈笑醉翁，寄語寒温須着意，別來淚血尚溶溶。

寄吳通府以墨見寄 名成器，休寧人。時予初出繫，吳勦倭功多，在處有碑。

紫髯舊映郡齋長，聞道髯今亦着霜，去定將軍呵醉尉，生猶碑字滿襄陽。殘軀乍別阿鼻鬼，寶匣遥飛片腦香，近日東陵瓜好不？幾從炎熱轉清涼。

魏文靖公巵貯以梓匣輒賦二首

魏家名德並恢恢，魏氏宗彝並偉瑰，既有貞觀丞相笏，復傳文靖鉅公杯。金螭百隻誇誰氏，火色千陶翠此枚，貰取鄰醅賞新購，先澆一滴向西飛。

二

團團翠捲一荷初，傳道收將米石餘，大老儀刑存瓦甓，騷臣醒醉問湘漁。酒邊有日看鴟變，鍤外無泥葬鹿車，醉取枯桐操莨楚，人琴俱絕霎須臾。

某君見遺石磬

泗上歸來動隔年，親提浮磬與泠然，一除梵版裁雲俗，再扣哀鵑遶竹圓。老去固難腰似折，貧來直到室如懸，閒窗重理當時架，數杵香殘客話邊。

賣貂　予再北，以贄文得貂帽領，斂其三，賣其六，乃不滿十五金。

市上挾葛塞眼黃，將貂往市不成羊，孟嘗一腋收狐白，季子千金斂洛陽。固是此方饒毒熱，亦窺生事正空囊，鹿皮破盡惟斑在，大雪關門擁壞牀。

賣磬　敝儆多竹，而鶡叫振林，每歌輒罷。

貧來一石不能留，解贈王郎愧取酬，莊舄戀鄉聲自舊，金人辭漢淚長流。半肩荷蕢過門誚，一葉師襄入海遊，寄語春秋休責備，後來能有此人不？

賣畫

一束丹青半贊詩，稍如吏部長去聲安時，蕭條客舍彈棊得，流落人間作記垂。到處馮將臨贗估，傾箱拚共蠶魚飢，臥遊忽奪正惆悵，壁隙何遮風太吹。

賣書

第三言己身亦將賣耳，況書乎！作音做。

貝葉千繙粟一提，持經換飽笑僧尼，僮書我亦王家作，偶散誰非大塊泥。帶草連年高纂述，巾箱一日去筌蹄，聊堆剩本充高枕，一字不看眠日低。

長至次朝

昨日涼雲絳色微，朝來南烏北籠飛，一丸自弄玄黃劇，百線爭穿傀儡機。小刼鰲蹄撐略住，大人龍伯負將歸，何年姤復鞭爲馬，數盡河沙未放畿。

伍公祠

吳山東畔伍公祠，野史評多無定時，舉族何辜同刈草，後人却苦論鞭尸。退耕始覺投吳早，雪恨終嫌入郢遲，事到此公眞不幸，鐲鏤依舊遇夫差。

岳公祠

墓門朱戟碧湖中，湖上桃花相映紅，四海龍蛇寒食後，六陵風雨大江東。英雄幾夜乾坤博，忠孝誰家俎豆同，腸斷兩宮終朔雪，年年麥飯隔春風。

雙義祠

鄺秀才，沈之門生也，沈僇，鄺守其尸。

空山夜壑響金椎，妖魋竊探寶玉輝，趙氏已無羹飯主，遺民猶餓首陽薇。嚴丞相托楊都護，鄺秀才收沈錦衣，千古英雄無二轍，黄金須鑄兩嵬嵬。

送林先生掌教瀧水

余往年曾至端州，瀧水其屬縣也。

端州猶記昔曾過，瀧水程途隔未多，嶺表風烟非昨日，海邦文字有餘波。簻花半出藤絲織，帳色全分荔子和，景物依然猶在眼，六千里外奈君何。

某君生朝抹牡丹爲壽

道德固爲長久物，崇高亦是聖賢嘉，莫言白首疏狂客，也貌朱闌富貴花。一研温風輕散凍，數尖濃葉醉塗鴉，試教挂向西京宅，未許堯夫筭有涯。

孟冬下旬，櫻桃作花，折寄某君，並小作二首希和，而海棠一枝，白醑一壺，及妙咏一絶，已先在門矣。予既和其絶，復擬此律，方入哦，見窗梅復花，某山人至，問其園，云無不花也，果爾，豈能逐品爲賦？因統以一律。而昨夕風惡甚，鄰竹斷折，劃如歲爆，庾江潭云，「樹猶如此，人何以堪？」噫，傷哉

滿城花發不知冬，閉戶經年等眊聾，剪送海棠勞及我，折寄櫻桃答向儂。雪打霜披知在卽，粉腮胭頰爲誰穠？昨宵況復狂風雨，枕畔驚聞折籜龍。

十月廿二日園西櫻桃數花，便有蝶至二首

令節初冬逼下旬，櫻桃數杪着花新，天寒翠袖宜深幕，日莫紅簾訝美人。小頰預施三月粉，微脂未褪昨宵唇，梨花定不開天上，百姓人家借小春。

二

夏實每看當鳥盡，冬花何事向人姸？不堪憔悴行吟後，故弄陽春欲雪前。正苦白頭愁兀兀，誰家黃蝶過娟娟，杖藜立斷斜陽影，淚盡西風送菊天。

擬寄白雪樓

聞道樓成賀雀飛，題顏却是怨金徽，齊風大國誰其解，楚雪高張聽者稀。島蜃翻來窺百尺，嗁鮫只自墮

雙璣，古來一曲令人老，此曲多從棄妾非。

擬寄岳陽樓　余小齋扁曰芙蓉館

洞庭湖水百流沿，洞庭湖岸一樓縣，君山鏡滿蛾眉外，帝水鴻荒劫火前。闌檻夢生秋客帳，菰蘆光發夜蛟涎，芙蓉館裏煩冤甚，彼處漁舠快拍天。

淮河成長吏索贈兩臺二首　果有龍蛻而徙之事，時潘工部役此。

黃河東下萬泥乾，桐栢狂流自此安，夾岸千艘移靜練，連州百雉峙澄瀾。蛟龍引避緣司空，鴻雁悲歌美縣官，共指平江祠廟在，令人千古拜蟬冠。

二

青緺絳績去何之，縱輓江南萬斛飛，瓠子功高髠衞竹，淮河波定走支祈。荒陂百口歌黃鵠，金簡連宵夢繡衣，從此仙槎河漢上，直將雲錦緯天機。

夜宿栖霞

共羨南齊此獨留，大江終日俯皇州，山房百斗迎觀鼻，石佛千巖待點頭。午鉢韡鞋轟地動，夜壇螺鈸匝天流，昨宵一宿胭脂井，閒看松[illegible]斂燭油。

訪李岣嶁山人於靈隱寺

時被繫七年暫放，先是寓杭年少，暇則扁舟湖上，故有末句。

岣嶁詩客學全眞，半日深山說鬼神，送到澗聲無響處，歸來明月滿前津。七年火宅三車客，十里荷花兩槳人，兩岸鷗鳧渾似昨，就中應有舊相親。

九月朔，與諸友醉某子長安邸舍，得花字

時一舊友稍貳，故及之，時又值大除溝道。

滿庭山色半闌花，觴曲交飛古俠家，肝膽易傾除酒畔，弟兄難會最天涯。不教酩酊歸何事，望到茱萸節尙賒，燭暗溝渾都莫慮，近來官道鏟堆沙。

某伯子惠虎丘茗謝之 石門

虎丘春茗妙烘蒸，七碗何愁不上升，靑箬舊封題穀雨，紫沙新罐買宜興。却從梅月橫三弄，細攪松風灺一燈，合向吳儂彤管說，好將書上玉壺冰。

桐鄉馮母

其子成進士，疏母節。

三遷近俎苦霜時，一尺殊恩湛露垂，自古男兒嬰臼少，誰家嫠婦帝王知。高齋客飯寧辭髮，落葉寒機幾

斷絲，見說仙郎棲海曲，更無魚鮓到塘西。

二

青史他年定幾行，太夫人傳在中央，不須竊藥居明月，自解將心結暗霜。片匣遠飛鸞字重，單雌親刷鳳毛長，羅敷雖老攜筐在，付與吳姬出采桑。

畫魚既作古詩矣，久之復得七律二首

勺水寸魚何褵蓰，斗方小亦放生池，豆人寸馬非吾事，雪白蕉紅任爾疑。連歲波臣多死旱，此中釣叟底垂絲？點睛翻笑僧繇手，飛向雲霄何所爲？

二

茲圖稍似少陵詩，微風吹雨出魚兒，尺梢詎許牛涔活，遠水何勞象隊移。是處有魚爭聚網，畫心無獺穩搖鬐，五侯刀几知多少，免爾爲鯆正在斯。

擬送巡滇者二首　先君後先兩撫賊，敍勞僅得夔州府同知，不有名宦可祠耶？志可收耶？

握節新爲萬里行，何人不羨舊書生？一簪白筆襜帷冷，幾驛紅氊祖道平。清淨共推周杜下，糾彈交指沐黔寧，故家門第須喬木，何況先皇許世臣。

二

孟密土官爭寶井，臨安那大反狂酋，兩番並屬先人撫，一字曾無太史收。正值同袍巡此地，却嫌泥壁向高頭，況無杯酒爲儂別，安得切切絮所求？

過伯升宅玩骨董，而菖蒲尤盛，魚有紅色有藍色，有玉有錦，俱三尾如鼎，又有水晶四尾者

菖蒲鉢鉢虎鬚抽，玳瑁盆盆錦鯽浮，衰老一塵幾不染，小兒百件欲拏週。言歸肯問遲和早，再到寧知得與不？落日青山三四點，幾回舟子促回舟。

雪中移居二首

十度移家四十年，今來移迫莫冬天，破書一束苦濕雪，折足雙鐺愁斷煙。羅雀是門都解冷，啼鶯換谷不成遷，只堪醉咏梅花下，其奈杖頭無酒錢。

二

高雪壓瓦轟折椽，跋凍移家勞可憐，長鬚赤脚泥一尺，呼傭買酒賒百錢。飢鳥待我彼簷外，梅花送客此

窗前，百苦千愁不在念，腸斷茫茫黯黯天。

送婁某丞丹陽 乃祖御史

吾兄驄馬後昆賢，今佐鳴琴倍灑然，雙杪長松廳事後，三吳流水大江邊。應憐道路疲迎送，莫買鱘鰉糜俸錢，他日相過莫相忘，金山頂上酌清泉。

錢王孫餉蟹，不減陳君肥傑，酒而剁之，特旨 慕蘭

穌生用字換霜螯，待詔將書易雪糕，併是老饕營口腹，省敎半李奪蠐螬。百年生死鸕鷀杓，一殼玄黃玳瑁膏，不有相知能餉此，止持蠡脯下村醪。文待詔却唐王黃金數笏，而小人持一篭餻索字，內之。

答嘉則二首次韻 一七十見壽，一沮雨廢訪。

十年纔一問平安，只尺渾如對面看，舊日詩評雖有價，近來公論孰登壇。百年忽已崦嵫暮，一齒時崩苜蓿盤，臘雪秋潮同馬日，何人不道是金蘭。

二 五言

桃花大水濱，茅屋老畸人，況直花三月，眞堪酒百巡。何錢將挂杖，瞥眼忍辜春，早識佺期過，攀蘘借

貼律。

詣五洩驢上口占，寄駱懷遠

勝賞猶縣百里堤，蹄僵路滑不勝泥，溪山待客寒雲外，雨雪逢君楓樹西。東帶豈難官自懶，尺箠不重老能提，何由共轡蒼苔上，指與諸峰一一題。

九流

九流渭也落何流？戴髮星星一比丘。紅袖曾酣樓上舞，黑風仍墮海洋舟。偷酤畢卓生爲酒，辟穀張良死在留，每枉尊罍思一報，幾時將轄井中投。

寄楊會稽公　一中

由來活雀戀楊家，北望金臺雲路賒，野宿尙須愁艾葉，卑飛何以報黃花。三公自寶行方始，四壁成環美不瑕，自媿卽非王母使，徒將雙眼看榮華。

雞聲

雲中丹竈伴神仙，亦有棲遲高樹顚，向夕旣來迴客夢，凌晨特去嘵霜天。韻飄籬外雞俱集，頸漲花前繡愈圓，不似吳門塘上鴨，只將名姓向人宣。

蛙聲

陂塘科斗書猶易，海國侏儒譯較難，草際不知何物語，燈前直聽幾宵闌。榴風爲遞愁蛇覺，梅雨交喧亂鴨欄，五寸卽且留不得，令人爲爾發長歎。

蠅聲

附炎當午一何忙，有物紛紛撲草堂，似遞微言留棖櫼，更從高枕聒羲皇。蒼翰帶響衝溷出，赤喙飛讒引舌長，寄與眼前消息道，守宮只在讀書窗。

蚊聲　蚊雷，見中山靖王傳。栩栩，夢爲蝶也，出莊子，以喻人當寢而被蚊陣攪其夢也。蚊陣，聲形俱絕類蝗陣。

露筋秋草靡閨秀，撼帳春雷竊帝權，栩栩一番爲蝶夜，薨薨萬翅蔽蝗天。羣呼不怕聞蝙蝠，稍咽時應中燎烟，世上好嗚嗚不得，幾行仗馬玉堦前。

每過兗，輒擬謁闕里，輒阻，追賦一首　人云闕里封木蔽野，始門人會葬時攜植，故多異名。

微言雖絶尚如絲，盛典難逢却有時，壞壁漸收秦後物，太牢纔饗漢初祠。路逢麋鹿非新狎，石臥麒麟引舊悲，即景不應終不到，況兼眞玉蛻蒙倛。林多古鹿，而不避人。

謁孟廟二首

廟有孟夫子石像，云祠墓旁掘得，意非秦漢時物也。廟栢極盛。

祠廟遙將岱岳連，道宗嫡自一燈傳，師門已列三千上，名世眞辜五百年。栢影連蜷穿漢出，石人苔蘚落周鐫，拜瞻豈少洋洋在，更向何方覓浩然。

二

妙手傳神少對眞，道家炙聖豈須親，朞功五世開千葉，江漢雙流濯兩人。鄉筍飯餘將野薦，客驢日暮逐行塵，明朝轉入千山去，何地翻能寄采蘋。時擬取所攜筍脯一薦以棗飯，因侶促而止。

夏至

連旬潦甚，而至日復陰，將作重梅俗驗也。他方競渡以端午，而越俗獨於夏至。用正韻。

陰霾塞野未云開，壞陸高躔日自迴，小圃嘉蔬沒蕭艾，大夫論祭只楊梅。江潭魚腹渾陳事，天下龍舟爲楚纍，到處閭人如有識，盛將豚酒醉儂歸。

已而雨

競渡者衆和歌，雖未必弔屈，然亦其遺也。

白日垂榆霽亦開，紅蜻促雨漲仍迴，此方許並長沙濕，何物能禁兩度梅。巧噀炎花添濯濯，故穿哀曲攪纍纍，陰晴長短儂知慣，且着簑衣緩棹歸。

壬午季夏朔作 正韻

滴盂澄水照星辰，自許當年走庶人，天地幾番愁混沌，風塵連歲闘麒麟。既餘尙許如初月，復後仍堪點寸雲，爲問新光如昨否，下方恐有未掀盆。

二

何處煤炱天上生，萬方此際轉分明，巃嵸忽作西來障，潦雨新開午後晴。夸父杖餘林狡獪，吳剛力盡桂縱横，野人不下元和淚，也向中庭獨自行。夸父志追日，杖化鄧林，特麻姑之狡獪耳，喻道與糟粕。

聞有賦壞翅鶴者，予嘗傷事廢餐，羸眩致跌，右臂骨脫突肩臼，昨冬涉夏，復病脚軟，必杖而後行，茲也感仙癯之易賊，羨令威而不皆，横榻哀吟，輒得五首

澤國秋飈海色鮮，飛騰無計只頹然，雙棲入夜遮煙獨，半影拖花寫雪偏。衣袒右肩慵梵客，柳生左肘任皇天，可憐獨剩滄溟氣，乞與昂藏步榻邊。

二

欲鳴不鳴拍不禁，況復蒼蒼萬里心，舞袖今餘兩垂手，曝衣惟障一邊陰。不辭搖拽將池邊，似解蹁躚照井深，傾國捧心翻所貴，一庭欹影換清吟。

三

隻輪將影壓堦苔，盡日婆娑稍一䎚，擬接落梅銜復墮，相逢創雁嘯成哀。朱軒衛國羞羣載，碧浪焦山瞑獨埋，却憶緱山今夜客，鳳笙明月跨誰來？

四

邀遊玄圃本仙材，軒翥人間亦易催，一臂風雲成苦縛，滿身霜雪枉教裁。紅芝大藥遙難寄，碧海欹巢待不來，莫以傍門須奪舍，胎禽隨地浪投胎。

五

舊日蘇耽避彈歸，稜稜一臂墮何依，春風借翼騰難遠，夜月梳翎影半非。島嶼羣嬉紛羽雪，亭臺多觸信危機，雙脛莫更論長短，愁見江鳬上下飛。

建陽李君寄馴鷴，俄殪野狸，信至燕，哀以三曲

予四畜鷴而輒敗，其一爲廣東陽江楊氏所遺，一從少保公行閩分諸庾饋，一爲錢子酬詩，此則李所寄，並閩產也。○杜甫詠鸂鶒：「世人憐復損，何用羽毛奇？」雍陶詩：「秋來見月與歸思，自起開籠放白鷴。」

魚鳥尋盟未許同，冥棲誰復伴龍鍾，荒欄取食曾呼掌，繡尾廻霜罷掃籠。老去逢愁消不易，秋來見月放成空，定知此夜魂游處，多在武夷山水中。

二

素姿馴態碧山空，劇爪貪涎一飽充，殘粟幾乾遺甕水，落花時起墮毛風。千里提攜兩蠻嶠，四廻豢養一飄蓬，將詩換得胡家者，向後不知何所終。

三

憶昨舍棲下主庭，殊方遠嫁儼姬嬴，正憐妙羽搖孤雪，忍爲飢饕爛一腥。草色應枯武夷道，書聞亦濕建陽纓，情鍾此輩非關癖，猿鶴年來一壑情。

賦得萬綠枝頭紅一點

名園樹樹老啼鶯，葉底孤花巧弄春，已拚濃陰渾覆鳥，獨留殘豔尚撩人。青樓百座迎桃葉，翠袖傾宮捧太眞，記得隴西長吉語，斗筲如海爲朱唇。

王鄉人尋二十年之父櫬歸自衛輝，合其母壙

寄埋叢塚北邙同，有客求尸萬莽中，白骨兩鄉兒得父，黃泉一笑嫗迎翁。淚餘指點居亭老，血盡鍬函夜鑿紅，千古燈檠歸櫬事，莫論眞贋總輸儂。

天池號篇爲趙君賦　江郎石上天池，有蓮花，有鯉。

予軏莊叟言眞誕，子愛江郎石更奇，詎意取爲雙別號，遂令人喚兩天池。修鱗在上何難躍，大鳥須風不易吹，從此丹蓮蒼壁裏，一泓秋水看龍飛。

再到太寧寺，老僧釀甚良，一宿而別，戲題其壁

二十年前此一來，天荒地老不曾開，忽看小閣雙鞏起，復問長松幾歲栽？半脫毘盧驚削雪，重逢圓澤是投胎，瓦盆正倒梅花下，不道匆匆放我回。

賦得漁人網集澄潭下二首

澄潭苦深着釣難，小舠密網截江灣，試窺笠影幾簷側，不放蘆花一處閒。壺榼有時將伴去，魚蝦無數換

錢還，大家晚飯妻兒後，留醉樵人話莫山。

二

紅椒碧鲊數夔州，百網家家白鷺洲，柳外鳴榔喧隔浦，夜來燃竹滿中流。長鯨未必愁連弩，公子仍煩餌一牛，提向酒家都藿葉，可憐無計避鐺油。

宣府客寺冬十六夕坐月

上谷正苦酒價高，遼東又斷販來貂，冰花遇水連朝結，榆葉愁霜一夜凋。客襖不勝狐貉重，胡裝驚見駱駝高，東廂隙月銜寒入，似爲羈人伴寂寥。

十七夕 宣城中邊溝皆流水，至是冰咽矣。

銀帶邊兒駿馬馱，西牆倒酒劇懸河，高松入座無人對，明月當杯奈夜何。此際鄉心愁不少，滿城流水響無多，東房老衲憐牢落，夜夜來吹鶻打鵝。

金壇鄧老儒獲白雁於莊陂 金壇有長蕩湖

白雁翩翩拂太清，荒陂漠漠落弦驚，蔣菰塞浦從教暗，鸛鶴羣飛爾獨明。共許主人高伯道，肯容豎子饌莊生，長湖秋老蘆稀後，無限横宵鷩鳥情。

賦得賈客船隨返照來二首

篷底天長日漸西，西來旅思正依依，半江霽色隨霞盡，一片風帆共鳥歸。高館柳香來酒甕，大堤花豔倚羅衣，長年不泊將何往？欲解腰纏醉落暉。

二

千金不惜買鳴箏，萬斛魚鹽水上行，幾度煙波愁日莫，半程風物趁天晴。西郊鸛鶴摩雲入，東道舲舠晚飯迎，笑指紅霞如有意，乾衣騎馬廣陵城。

某君索詩往壽其兄鎮公 鎮嘗爲予解紛

道門延壽說陰功，黄鶴黄花意未窮，一壑他年赤松伴，百城今日紫髯公。秋榆北地關心急，春草南來入夢通，想見青油張幕處，雙簪棠棣醉春風。

秋日避暑豁然堂

下方日日混風塵，獨此登臨眼倍明，萬杪作濤天外度，羣山學黛雨中成。米楓落葉逢窗入，錦雉將雛睨客行，便擬裹糧來挂奮，況聞齋飯有閒鐺。

再詠八仙臺　叔夜傳廣陵散，亦有八仙人，其地名八仙塚。上辛日八公至淮南王館。

神仙本是住樓人，況引雙湖夾鏡春，小水風光媚笙鶴，大羅宮闕鎖金銀。不敎叔夜傳遺散，稍許淮南拜上辛，見說傳書盡青鳥，定應一隻渡江津。

送某君暨其伯氏還松江

燕市相逢巳莫春，弟兄傾蓋往來頻，海天一日歸雙雁，柳色長亭悵幾人。等是苦辛尤日莫，漸逢蓮藕始鄉津，不知黃浦秋來月，醉後同誰網細鱗？

王山人道中六十

梅花梅蕊記生辰，東郭東門隱者身，生計養魚仍捕獺，深秋熟果半分鄰。悔將兵略再三謁，更作詩人四十春，莫道尊前無綵袖，伏生一女老傳經。

書劉子梅譜二首　有序此予未習畫之作

劉典寶一日持己所譜梅花凡二十有二以過余請評，予不能畫，而畫之意則稍解。至於詩則不特稍解，且稍能矣。自古咏梅詩以千百計，大率刻深而求似多不足，而約略而不求似者多有餘。然則畫梅者得無亦似之乎？典寶君之譜梅，其畫家之法必不可少者，予不能道之，至若其不求似而有餘，則予之所深取也。急掀一過，不必跨驢向灞橋，而詩思飄然，於是呼管贈典君，書舊所贈二幅，使吟之。典君試吟，果亦不必跨驢向灞橋，而畫思飄然，更掃一枝以歸我耶？

曳裾纔謝楚江蘭，却寫梅花贈歲寒，馬上不殊新折寄，雪中又少舊年看。影從棘畔牆俱白，挂到宵闌月倍團，分付東風好將護，他年山館障闌干。

二

江南風物在新春，筆底生花幻水村，似月付將千片影，因風欲動一窗痕。逢人固是難攀折，入帳還應惱夢魂，笑殺朝來無粒米，呼童捲向市邊門。

寄京中諸公援者

車塵大道何紛紛，迎人酒後策奇勳，夷門老監屠存趙，燕市悲歌淚數君。北馬穿花添鬱錦，南鳥叫月望飛羣，因交棄印渾閒事，說向傍人聞不聞？

寄京中諸達者 并前首可一笑

連天海水浸無涯，赤地波臣望客車，天上並能扶日月，泥中何事爛魚蝦？輕颸夜轉西園白，大轂春迴北斗斜，欲寄望諸墳上酒，馮君一爲洒梨花。

送沈叔成

沈上疏請復父仇，故以孫策事比之。

稽山鏡水秀堪餐，孝子忠臣古所難，冰雪十年身尚在，風塵一劍事俱完。青騾春蹀梅花暖，紅雨朝揮栢樹寒，欲借伯符三尺手，高翻銀漢洗人間。

送某之太倉

吳中曾客幾經年，此去書帷得主賢，潮認舊人頻到岸，燕穿新柳特迎船。蘆芽白白河豚上，梅雨昏昏海國眠，應憶越山籠鶴在，長於月出叫孤圓。

卷八　五言排律

宣府槐龍篇 有序

宣鎮開府之西，有槐曰槐龍，高不過丈餘，圍亦未匝兩把，而廣圜如蓋，糾枝如龍蛇，重不可勝，支拄以數十，可擬五楹屋之覆。盛夏葉生，蒼赭騫撲，又若龜穹而鵬下。語其奇蹇，非特一世所無，卽鄧林見之，亦當却避而偃也。然所云丈餘者榆橛耳，而頂折處始爲槐，相傳毅皇帝幸此，中人所接以植者，或云文皇。予視之非百年中物，云文皇，蓋文皇數幸此，以討不廷，行殿當槐處，意槐植其時，殆然耶？舊爲某參戎宅圃，以其所從來如是也，久之不自安。迨今吳鎮公至，則曰是地爲聖祖臨御，以平定所，不可以私，準其直贖之，遂稍新其搆，用以備講武饗士。予過鎮公，與萍逢者數人憩其下，少焉榼至，爲數酌。起步稍北，得曲甃，似以浮甓，而涸不流，問水，得古方井，去槐可數十步，汲以漱，冷不可銜，以其甘也，勉吸焉。始悟水木母也，母殊而子以凡理限可乎？以此推之，未百年而成是植，未爲不可信也。

大樹將軍號，喬松大夫封，何如茲茂蔭？宛爾作深籠。目目尖成兔，條條結綰龍，乘涼翠葆颯，撐暑碧油烘。開府何年買，天王舊物鍾，賓觴飛遞外，塞略坐籌中。鵬翼垂天下，龜裙覆海穹，柯南蟻壘國，甃北乳方泓。的的朱門照，霏霏綠霧濛，干雲榆所接，影月桂能通。赭莢承新蛻，青絲斷墜蟲，五楹團廣廈，百柱卓雄風。大漠馴驕子，長城屬令公，一枝陰虜馬，半葉掃邊烽。矢石無忘備，尊罍稍可從，先朝勤灌溉，後代倚幢巃。虬擬皇情悅，黃猶御氣蒙，長陵如可作，願柱大明宮。

與茅山人湊集龍槐下得君字

客思慘無忻，邊中況少文，俄從大雄寺，得遇小茆君。有水冰俱咽，無風日偶薰，邀將槐樹下，宛見蟻封分。凍落千條翠，乾盤五丈雲，閱人知幾輩，得賞始吾羣。九曲觴流畔，雙萍席海濆，天寒紅袖少，爼暖白荻葷。市馬倚胡立，鳴駝隔館聞，歸途須一畫，安得李將軍？

紅葉

霜氣冷凄凄，林皋變在茲，青娥連夕染，白帝一朝司。戶戶朱堪映，山山麗可窺，風吹霞片斷，鳥繡錦枝栖。歷歷依雲爛，鱗鱗炙日低，挂藤丹壁混，垂果絳梨迷。時落秋宮裏，孤飄浣女衣，翠裙嬌點茜，纖手拾乾脂。供掃楓居半，權書柿苦稀，天與漁樵景，莫令一夕飛。

水仙

棄粉當妝匣，抛脂落茜坡，黃姑插金雁，織女洗銀河。敢以人間色，來方天上娥，借烟行作雨，不黛掃成蛾。渡海羣騎燕，橫江或跨鵝，盈盈素羅襪，泛泛綠鱗波。剩馥迷湘芷，餘嬌付越荷，兔房秋杵藥，鮫室夜珠梭。道子描難似，非煙繡不過，張顛狂草筆，塗罷一高歌。

萬曆二年，翰林院中白燕雙乳，輔臣以獻進兩宮，並賞殊瑞，聞而賦之

以在玉堂，故四句云。

白燕自何方？雙嬌乳玉堂，若非翻向壁，只道斷從梁。易許青藜映，難教黑扇藏，宮釵今兩隻，巷口幾斜陽。並語栽薇處，交栖視草旁，春情堪與譯，秋翮好塡潢。御水沿溝岸，名園隔苑墻，穿花雪片疊，落絮剪刀長。遞拂宵麻素，爭搖曉禁蒼，隨珂迷賈至，遮字冷孫康。未及郊禖候，先歌命鳥章，兩宮看帶笑，萬乘盻生光。或向罘罳度，閑憑女寺量，江南來舞苧，海國墮綃襠。哺蝶欺殘粉，捎蜂糝嫩黃，古詞卑苜蓿，新曲斷滄浪。出入皆清禁，差池半紫房，姬姜紅線繫，姊妹縞巾揚。巷咏偏諧謔，廷裁必雅莊，冰霜俱入句，咀嚼總生涼。飲啄如知介，飛鳴迥不常，瓊瑤報聖主，文彩伴仙郎。自古生賢佐，多因爾兆祥，試看今稷契，還奉舊虞唐。

送史叔考讀書兵坑

連歲賡酬久，茲晨伴侶稀，百觥澆鶴卵，一硯匣鼉磯。漸到鳴灘岸，微穿聚葉暉，窮經朱簡斷，搨字墨光肥。霜白輿雞早，茅紅掣兔飛，逐時文股麗，入悟習心非。水遠緘魚斷，山深脯獸晞，客來供鹿蹠，雉下

警羅扉。竹筏何曾爛，虬玄自不歸。

觀浴象 昨一象忽狂而奔，折廟門之闌。又輟耕錄，持荷筩吸酒，名象鼻飲。

帝京初伏候，出象浴城湍，乍暵長壕黑，時泗巨浪漫。有顛皆積垢，無尾不藏瘢，出沒漩渦口，崔嵬甃岸端。巴蛇吞未下，灩石浸還乾，決盪黿泥落，吹噴細雪殘。鼻卷荷屈水，牙劃藕穿瀾，逐隊趨蹄易，呼羣拭背難。秣芻厮養習，湔刷羽林官，並是生殊域，同來飼一闌。不爭儔力大，共荷主恩寬，帶濕驚鈎鐵，攜涼臥槀搏。黿鼉心不畏，鼠豕額何攢，昨日誰狂走，今朝爾頓安。從茲須自愛，莫更損闌干。

和葛景文

十丈高垣地，團團遶棘柴，青天縣鮒涸，黑洞鎖龍乖。不以無窮變，來縈有盡懷，提壺向前去，付鍤許渠埋。每剖遺魚素，翻思去鳥偕，眞成秋落羽，欲插上沖骸。

沈周先生畫

坐對雲霞坐，行隨鷗鷺行，已無烟火氣，況有市朝情。紅葉從書積，青岑帶浦平，世間那有此？畫裏尙難成。便欲招爲伴，其如不可憑？只將題詠處，聊寄此心淸。

周山陰覲而歸縣

去歲鸞車日，今年入境時，忽驚迎送事，已隔夏冬期。計上書應最。宦還俗更宜，衣冠萬國會，名姓一人知。寵色螭頭被，風塵馬尾隨，經過鄉土地，信宿舊園池。念節知行久，兼程覺到遲，山溪縣故德，街市喜新儀。山上孤亭接，城中片水圍，衙從鏡裏上，屏借翠微支。樹古無巢鶴，亭空忽過麋，非緣躭寂寞，自是不留羈。著述書成卷，從横筆遍題，撫綏稱衆母，學術本吾師。校藝俄矜短，憐才或許奇，君乎每提耳，某也敢揚眉。感遇悲無命，輸忱賴有詞，惟將千仞惠，都付寸心馳。

抱琴美人圖

身去盼猶轉，抱琴何處來？定知清夜裏，去聽長卿回。細細腰宜舞，輕輕步懶催，睡濃粧略淡，性慧相多猜。眉下波含柳，顰心風落梅，對人蓮欲語，袖手藕藏荄。浣水傾吳國，爲雲到楚臺，帶飛修曳縞，珮響細衡瑰。綠帳愁單掩，朱唇似善詠，冰絃寫離怨，洞閤遠諠豗。曉戶玲瓏啓，春花次第開，相將折芍藥，掩映過莓苔。蜀國倡嬌辞，河中色妙崔，試將同佇立，正愜兩徘徊。宮髻髮一尺，明珠環兩枚，自然宜淡掃，故不畫煙煤。或薦珊瑚枕，如傾玳瑁杯，息芳將近近，粉膩愈皚皚。按曲迴成雪，徽車響軼雷，翟衣眞帝也，荇菜合悠哉。箜篌傳麗玉，琵琶伏善才，何如鼓流水，眞若遡沿洄。别鶴引如弄，求凰調轉哀，有人於座上，奈爾隔屏隈。採藥人聞阮，遊仙者姓裴，不言偶襄漢，定說見天台。巧笑金難買，多香玉借胎，繡穿新様領，綬結古文罍。皎似珠遊浦，清如露滴槐，採花棚上竹，鬬草砌隅臺。約伴攜雙手，懷人在兩腮，鴛鴦何處覓？鶤鷄有時挼。增減俱難中，短長元自該，趙妃宅裏妹，宋玉里中魁。宛爾凝如望，嫣然乍可偎，臨波卽帝子，食肉亦蓬萊。懊惱思金谷，闌干哭馬嵬，流波與流態，令槁復令灰。絕代誠難得，瑰姿理莫推，如斯落魚鴈，毋乃夢蛇虺。俠客氣何壯，佳人棄若隤，將來換駿馬，期在得高睞。艷冶非不愛，縱橫良有材，從他形裊裊，不戀志恢恢。湊兩難爲粲，爲屏併作傀，失三韻。莫道曲中雅，由來色並財，久知刮心鏡，不必瑣門根。自惜能勾抹，無勞爾待陪。麝香新熱餅，獸鼎舊安能。茲畫何人染，錢塘漆子裁，拂暾驚臥榻，助腕汲新醅。持過西陵下，因啼蘇小堆，青松惟下鳥，紅頰已成煨。潮長日初仄，春深草漸莓，山家時嗾犬，捕雉又張罦。上下鳧鷗沒，擎拳翡翠毸，物華迅流轉，顏色總塵埃。處女元吾守，明時肯自媒，有時求杜栒，不信舍徂徠。忌嫉生宮閫，猘梁飽鴛胎，祗聞饑婉戀，不見斥虺隤。戲論摛多韻，談虛遍九垓，性空色不着，養致體逾頹。既已成圖畫，其何忍剝摧，屏圖裝已匝，花月任爲災。書舍瀟瀟影，奇花一一栽，對卿長比並，顧彼獨澆培。風颯羅帷裏，蟲鳴玉砌陔，此時漢武見，又道李魂迴。

丁卯六月十六日五鼓，夢一憲公更訊予獄，予頗懇乞，且歷數古人事，憲公乃取片紙，手畫一白犬從雪中獵，作題，且曰，汝賦得十韻卽止，予賦得十二句，而憲公逡巡起，予亦覺，半忘矣，今續成之夢中所記者，秦雪覺無據，鷹呼二句亦强，眞夢中語也。

太白高秦雪，材官選漢都，西獒非遠物，冬狩是雄圖。冰溜蹄兼滑，花銷毳結酥，逐方餘狡兔，烹豈遽韓盧。羽搏紛迷素，毛燖糝共疎，一聲非日吠，萬壑徧鷹呼。馳影爭飛霰，蹲身印守株，窮搜寒愈急，凍尾煖微濡。固取矜獝猲，還宜解網罟，莫教將耿雉，文錦碎模糊。

先除夕二日，雪甚如嬰兒拳，次日迎春

臘盡接春將，孤眠枕被涼，朝興驚六出，午晏俛千筐。兀坐愁空甕，羣栖塞壞墻，搏酥幾鶴卵，絮柳未鵝黃。堪取爲毬打，行看挂霤僵，明年從大有，連歲却餘殃。見說開元寺，重新古道場，一髡擔化主，十殿敞閻王。猶記迎春昔，長頹此地觴，解姬捎誕馬，䜌子襖綿羊。樓角嬌波聚，亭椒嫩采粧，百壚忙酒保，四郭擠村娘。獸圈攘牛土，蟲枝試鳥簧，不知今日賞，還有此風光。

晝坐草栗鼠

鼠有能跳者，名因嗜栗傳，兒童袖裏串，松檜頂尖縣。寫躍難爲逸，描蹲易犯妍，臀肥隈草煖，尾大刷瓜圓。叫喚孤雌別，銀鐺舊伴牽，坐思禁一飽，暨產大如拳。

電

列缺儼睢盱，緋冠絳褲襦，礮磹鮮舌哆，煙焰漲天嘘。侍從排焦額，槐檀塞太虛，光中藏栲栳，麥處借旛旗。雞吐朝官綬，龍逢海犴軀，阿香開鏡數，玉女笑壺輸。好作王戎眼，休燒李勣鬚，滅明難捉摸，搜索

愈逃逋。或見焚鱗尾，徒聞遶斗樞，金蛇穿雨劃，赤兔駕雷屠。煨燼乾坤赭，飛騰日月徐，閉門遭斧鑿，馮塔養蜘蛛。鐺斗何工煅，硫磺若帑儲，旱乾於閃魃，冬蟄伴泥豬。萬瓦穿如瞰，孤窗熱欲糜，淫威神鹵莽，僥倖鬼揶揄。昨夕狂傾潦，羣靈儼聚誅，彌霄紅落燕，蟠海白跳珠。但劈梧桐去，何曾打卽且。雷火如燕，夷堅志。

芭蕉花

芭蕉種四年，華蕊發莢櫓，玉蘭爲媵姊，木筆是曾玄。十一畚蓮菂，尋常類馬肝，坼難劃海蚌，瓣厚落河蚶。香色無非歛，蜂胥有自閒，古粧蠶婦出，立馬使君寒。春久枝俱果，霞長鴈正還，寄書蘇蕙老，挾扇婕妤孱。我昔南過嶺，蠻多種在田，實甜藤俎上，絲冷葛機邊。和荔燒天紫，同椰蓋海炎，別來頻屈指，禿後止餘顛。不道孤亭畔，言抽徑尺團，逡巡無術致，描寫恨才慳。太華尖崩半，平原穎脫剡，鹿遮樵者夢，魚沈美人丹。苦少榴枝泛，珊瑚奉倚欄。

送楊會稽 一中

東南行箭地，江海芰荷鄉，只道來梟鳥，那知下鳳凰。瓜期今正熟，棠蔭已堪涼，主少須端士，時清在諫章。璽書寧許濫，天語慎徵良，灝氣偏嵩嶽，賢人必大梁。今爲會稽牧，好拜掖垣郎，白筆銷冠銳，青梧出瑣長。趨蹡交鵷隊，可否袞龍傍，喔喔雞賡漏，熙熙鷰警霜。飛囊晨映皂，請紙月繁張，固是承明地，還思舊理疆。甘霖分滴洒，劇惱解遐方，憶昔爲漁肉，相將爛鑊湯。西河徒泥跡，東海熟矜詳，篋刃寬牛齎，開籠放雁翔，餘生偷一日，感淚積千行。勺水喁乾鮒，殘羹活翳桑，買絲將作繡，刻木且焚香。既解寧禁縛，原枯詎耐煬，蛛黏易胃蝶，蟬薄不堪螳。聞道轅將引，那能策不揚，望塵餘馬尾，刳腹幾魚腸。榴色浮空熖，葵心竟日芳，微悰如蔓草，一夜遍錢塘。

壽徐山陰 孺東

仙令雙鳧日，新皇萬曆年，華辰元旦啓，上瑞曉虹躚。岳氣生維翰，星精盛大賢，石麟家夢習，玉矢祖弧縣。生以乾坤淑，秉之世裔緣，偉長鳴共喙，孺子翼雙鶱。射策收黃紙，提符艸墨綖，豫章元柱國，單父且鳴絃。寇老臨河內，黃公在潁川，鳳凰他界少，猪子某亭牷。稅駕餐風露，除騶度牯犍，菑畬揮策問，荆棘側靴穿。默默如無事，孳孳急所先，鳴鍾模白鹿，冒鼓講藍田。授簡諸生讀，傳燈幾聖詮，萬言珠自貫，一字玉堪鐫。別有神明閟，那堪擿發玄，萑蒲無一莩，樗博斷銖錢。別路緣男女，端風及黛鉛，投桃羞好也，倚市罷嫣然。全邑膏俱潤，微軀渥更偏，幸憐諳鳥語，得免釁牛牽。豫讓知能感，侯生老却虔，自慚徒白首，何以報青天？椒醴霞千斝，梅花雪五圓，南山天柱是，助獻有臺篇。

子侯芳園，王瓜駢秀，傳聞遠邇，快覩咏歌，附驥非才，續貂聊漫 方盤谷家

老後圃聊便，栽蔬夾芋田，壞罏牽遠井，破屋傍鄰椽。脫帽當茶竈，持劚掘笋鞭，忽來新莫逆，幸忝舊忘

年。却說渠家圃，如承帝眷惓，瓜雖非五色，蒂却領雙圓。杵向秋砧挂，旒添曉纊縣，孿胎咽并紐，雌尾鼻俱穿。自是生成偶，非關造化偏，瘿孤羞杜預，面對儼庭堅。未羡三眠柳，那論並蔕蓮，嬌黃濃鬢鈿，淺黑擫針綿。花謝知誰後，藤升許孰先，客歡浮白賞，婦喜用紅纏。野鼠分行抱，墻蝸別隊緣，霜時爭晝捲，月令特書傳。楊尹詩幾首，柳州表一聯，合歡光簡策，內履愼周旋。駢拇從來賤，重瞳自昔憐，馮他閒估校，何處定媸姸。

太僕寺寄謝布政詩

翠栢方添色，紅薇復盛姿，名藩雙岳峙，高望七星巍。渺渺長江隔，迢迢曲岸迷，秋濤移雪迴，夕露散珠規。正值懷人候，難忘握手期，徒依棠樹舍，漫詠竹枝辭。陰德于廷尉，平反雋不疑，曾噓寒燼焰，秉荷大鈞私。小榻寒蛩砌，長竿赤鯉陂，優游聊卒歲，悵慕每移時。一雁凌空度，繁霞傍日馳，天西夕陽處，翹首角巾垂。

宴遊西郊詩 有序　借飲寺人之園

去郭不五里，有名園焉，喬木蔽空，流水遶砌，望之如錦屏幾折而花幡，就以攜尊，亭兩區而翬矯，迨若珍果，纍纍貫珠，蔚矣蒼蘿，飄飄結幄。鳴禽調管，半是黃鸝，飛蠅怯冰，全投綠蟻。待羣公而未至，適微興之孤騫，大白屢浮，爰揮紫兔，雌黃無事，聊就黑甜。乃若蒟醬木凳之云，無非實

事，朱卿侯家之引，並非虛言，舉其尤者，他可知矣。園樹有白櫻桃

艾候當龍舫，萍蹤集鳳城，凌晨催邸飯，乘暇出郊行。短短蒲抽玉，交交鳥弄笙，䶵蟾排擁蔽，並馬得崢嶸。碧岫紅雲幻，磁壺白雪擎，候賓賓未集，顧僕僕頻傾。蒟醬何方至，胡桃撲地橫，騎龍排木凳，剪虎綴冠纓。綵扇臨杯寫，蒲團就几憑，甲蔬香百種，根撥秀千英。菡萏含冰腦，櫻桃滴水晶，胡蜂俱仰蜜，家鴿半棲甍。熟果從枝摘，穠花得葉清，看餘錦綺色，聽斷轆轤聲。買竹金千鎰，溫瓜火一星，鈎彎遲桂魄，流曲擬蘭亭。菱藕堆盤雪，蠅蚊避席冰，江南渾縮地，塞北總怡情。折簡招羣彥，聯牀勝百朋，來希主情懶，別易客心驚。折柳條餘幾，牽衣淚鎮零，舞腰寧自賞，歌曲遲儂聽。日炙嫣紅袖，風狂散綠萍，盆供春色滿，簟展晚涼迎。茉莉簪紗帽，玫瑰裊酯觥，習池淹席幕，金谷較輸贏。可惜朱卿去，偏當赤地晴，錦帆風不進，玉斝月誰賡。孤悶當蘆發，頹軀倚樹撐，長空生咄唶，懊緒付娉婷。得意才俱雋，相如賦擬成，吹噓真俗話，放浪自浮生。毬遶飛明月，山來匝翠屏，歸鴉分樹掠，饑馬望芻鳴。入郭斜檢影，迴鞭指柳營，侯家銀燭朗，客座綵簾明。貝葉書難譯，蓮筒吸判醒，轄沈驚座睡，樓迥景陽甸。朝馬搖鳴佩，升烏影畫欞，百川如變海，重此醉長鯨。

送某人之台州 前歲台屢羣發，水壞其城。

何意蓬萊客，更爲滄海仙，驅車出剡曲，接境換風烟。共悵留難得，猶欣境尚連，往來仍取道，疾病尚分憐。講約傳鄉學，居人讓訟田，片言空畫地，數口飲流泉。此去嘉山水，還臨郡几筵，寒山騎馬訪，阮肇

入花延。梁跨空中石，霞銷雨外天，金聲出賦裏，秋色到衣邊。海白魚鹽熟，霜紅橘柚鮮，前年愁屢徙，今日喜鵬遷。自入同魚食，曾津賜彘涎，南冠琴兩奏，東海旱三年。木吏愁難對，波臣槁欲穿，于公將雨去，耕者訝虹懸。白叟交扶杖，紅粧正採蓮，誰能還蕩槳，忍不悵投錢。渺渺亭長短，雙雙騎後先，但教驄馬使，莫着別時鞭。

張氏子黃鸚鵡

號可金公子，名堪雪女娘，時非前代李二鳥皆唐事，籠屬里人張。細鏁剗條鏇，頻教祝帝王，翻成髡着赭，枉以菊爲裳。銅雀辭曹操，金梟別始皇，化爲儂兩翮，飛出土中央。預夢尙難避，猝烟其可防，生無慚褐侶，死好刻檀香，俗客茶慵喚，山人果許將，楊童使者主，李泌聖人傍。到處因緣短，來時道路長，主人卽相放，何處是家鄉？

二

見說黃鸚鵡，西來自氐羌，色今分間正，天與改文章。竟奪春鸝羽，全爲漢鵠翔，能言猩敢並，借染蜜初房。稍挂楊絲亂，聊䰅菊瓣張，金釵翹衛女，紅豆惹蕭娘。惱燕依人紫，愁鷹掠兔蒼，香拳閑鐵爪，妙影閃銅梁。江夏埋詞客，秦山問上皇，赭袍雙映淺，芳草一洲長。夢兆呈妃子，琵琶喚海倡，性情胎戊己，音韻合宮商。百鳥窺應噪，孤凰見必傷，未能求一友，差可哭三良。老病渾如昨，新聞喜未嘗，借看如可許，香稻當茶湯。

後聞鸜鵒眼系直度，兩眶人可洞視

雙瞳穿腦過，對面兩菱花，琥珀鑽松竅，琉璃釘扇紗。隔顛孤碧炯，橫準一梁加，飲啄千峯物，雌雄萬樹家。回頭忽不見，交睫夢成賒，摩盪晶初日，玲瓏射落霞。照拳明蕨腦，夾喙影姜芽，戀月眶寒暈，啼煙淚濺沙。端州鸜鴿研，蠻郡石榴砂，睥睨雄生怒，迷離媚作邪。傾城秋水顧，阿堵虎頭誇，認客休青白，韜光混瑾瑕。如憐蔡家女，分鏡葬琵琶。

陳玉屏以瓦窰頭銀魚再餉，索賦長律

瓦窰水族奇，城市少能知，軟玉搖波細，柔銀映藻移。無腸羞並蟹，多刺欲嘲鰣，眼漆針尖點，腮沙劍首吹。粉搓寒蚓蟄，飯擣小蛇追，脈脈些鬐鬣，條條橫涕洟。雪蛆腔子縷，霜鷺頂門絲，入網拚身早，提籃捉尾遲。死生他自決，刀几爾何施，海島田橫客，樓臺石氏姬。百軀爭殉主，一朵苦辭枝，野老久絕粒，荒廚長斷糜。齒牙今稍落，骨鯁不相宜，蔗藕如當舌，牛羊必作齝音笞。碧山有學士，太丘無別支，遺予瓦窰物，兼以磁甕醯，醉臥不知晚，喚燈題謝詩。

題宋刻絲蓼花立鳥圖

江上深秋景，偏於蘋蓼妍，娟娟啼葉鳥，淡淡入村煙。生色渾疑畫，微絲却是牽，精時愁呂紀，妙處失黄筌。久挂方知定，初驚只欲翩，天孫無限巧，乞與世人傳。

卷九　七言排律

雜花圖限韻

天孫篋裏新裁錦，蕙子機中舊織文，何氏毫端新幻出，當年花譜定曾聞。叢嬌映日融朱暈，葉薄從風亂縠紋，零落章臺宜襯馬，輕盈楚岫欲行雲。物情眞僞聊同爾，世事榮枯如此云，誤引飛蟲來拂掠，恍聞香氣去氤氳。散如妬寵將粧競，聚若和光與物羣，輦致舟航元異種，春榮秋秀總同芬。不緣蜀素丹青麗，那貯梁園雪霰紛，多謝主人招鑒賞，爲題詩句答慇懃。

上督府公生日詩　并序

嘉靖己未秋九月廿有六日，恭逢督府明公之生辰，於是文武吏士及鄉大夫士若耆舊賓客，以公自鎮撫以來，功在東南者，實大且遠，乃相與各抱其所有，以爲公長久祝。而公於今年春夏之交，受諸道告捷之後，奏凱天闕，戢兵海隅，民物熙和，甸宇清廓，惟茲嘉誕，適屆其時。萸菊交芳，天日俱朗，旌旗應爽氣而彌肅，鐃吹協商颷而並遠，慶者雲集，萬衆一辭，比之往昔，益爲隆盛。某小子叨沐寵榮，間嘗一佩筆操鉛，以奉侍幕下，雖愚賤少文，不敢自附於衆人之後，至於仰淸光，祝久遠，其心固無異於衆人也。謹撰長篇一首凡百句，奉伏門下，以充獻壽之禮。自知拙陋，無所發抒，然慕戀恩私，忻喜盛事，自不能已於言耳。

遠曙輕籠海色蒼，涼颸新薦菊英黄，清秋此日逢華誕，繡褓當年遶異香。地與人文增氣象，天爲王國產禎祥，壯猷未老如方叔，秘略曾傳似子房。初捧兵符分虎竹，再銜使命馭龍驤，森羅島嶼諸夷會，鎖鑰門庭一面當。刁斗不傳人自樂，牙旗欲動勢偏揚，雄豪定遠遙辭漢，寬大汾陽近在唐。管領華夷新士馬，掃平吳越舊封疆，曾先突騎重圍裹，親式鳴蛙大道旁。已遣嚴兵營細柳，更敎長劍倚扶桑，三承寵錫恩何渥，一受深知德愈光。定有姓名題御扆，每勤賞賜到遐荒，千齡素質雙麋鹿，五色奇毛兩鳳凰。國有昌符臣協吉，家承嚴訓子徽良，田單下狄親鳴鼓，姬旦居東久缺斨。屢觸歊炎辭羽蓋，轉巡郊野憩甘棠，軍中作氣頻投石，陣裹籌機捷探囊。敞日轅門標大纛，浮天水寨集餘皇，雕弓並月名繁弱，寶劍衝星出豫章。幾處名香迎馬首，數羣長鬣夾車箱，量兼滄海涵諸島，身作長城障一方。萬里星辰羅北極，百番貢道出東洋，曹彬賜劍權偏重，庾亮登樓興合狂。引至偏裨堅誓約，邀還賓佐據胡牀，鯨鯢久已封京觀，翡翠行看出越裳。詎止芳名流簡冊，還將偉績著旂常，功成淮蔡應趨闕，路涉燕齊好徛糧。將相位兼勞出入，君臣道合致平康，山城令節茱萸發，高宴華軒錦綺張。日照花明諸樂作，風吹帳啓衆賓藏，鶴鳴流響聞天漢，芝燦浮光到羽觴。競取良辰占上壽，復欣嘉會嗣重陽，樹聯月桂輝花萼，斗近天河挹酒漿。黑齒呈歌須譯問，文身獻舞傲專場，地連玄嶠仙常集，候傍黃鐘日漸長。共以精誠抒華祝，況兼佳麗屬錢塘，鯫生本住山陰里，浪跡疑乘海畔航。城下釣魚懷漂母，堂前結客憶周郎，未逢黃石書誰授，不墜青雲志自强。抱玉已憐非楚璞，吹竽那識動齊王，幸因文字蒙徵檄，時佩管毫侍瑣廊。綦履東西魚共麗，戎衣左右雁俱翔，縣知陳阮時游魏，豈乏鄒枚並寓梁。博採燕昭期致駿，曲存宣父愛非羊，衆人國士階元別，知己蒙恩心所量。自分才難堪記室，人疑待已過中行，搆成燕雀猶知賀，報取瓊瑤未可償。偶值高門挂弧矢，且賡小雅賦桑楊，却慚未協宮商調，莫並當筵巧奏簧。

督府胡公新膺加廕 加太子太保左都御史，一子廕錦衣千戶。（梅林）

連天滄海抱江洲，節鉞東臨今幾秋，早遣通儒招粤尉，遠傳片檄到蠻陬。寇當劇處連營破，酋若逋時舉族收，萬里華夷憑控制，一方文武備咨謀。獻俘不用陳兵見，對客頻聽借箸籌，名將始知今亦有，元勳豈獨古難酬。近御丹詔恩何渥，遙領青宮秩更優，幕捲共瞻新換服，旗開尙見舊縣斿。春濤拍海風俱息，夜柝鳴邊月正流，建業既趨功可讓，太原未下賞還留。蘭臺本取銀章綰，鶴禁誰扶寶輦遊，將帥併兼儲副託，封章應掌百寮糾。召公遺烈由孫顯，曹璨英風與父儔，世祿永延盟帶礪，屬車前導護宸旒。東山久已淹姬旦，南服從來用武侯，燕頷果封終入漢，鬯卣將錫定于周。軍書羽集裁偏暇，湖水冰涵望盡浮，翠幰行堤花遶樹，錦筝停曲鳥窺樓。幾年載筆承英盼，四海爲家只浪投，授簡眞慚稱記室，逢人交慶識荊州。追陪有分塵清宴，著述無能付短謳，卽擬漢家麟閣上，看題姓字最高頭。

奉侍少保公宴集龍游之翠光巖 命與沈嘉則同賦，時方有閩之役。

樓船幾日下錢塘，勝地臨江綺席張，虎帳山開蘿作帶，龍潭水積劍爲光。芳羞自出船窗底，妙響偏宜舞扇傍，日映梔檣兼樹密，風吹絲竹裊雲長。漁郎賈客停何事，桂楫蘭橈渡不妨，暫脫錦袍懸翠壁，忽抽彤管拂青緗。閒中國計籌能悉，醉後兵符發更詳，寶馬嘶羣行雜錦，紅旗懸的射穿楊。霜前下葉沙俱積，雨後殘碑蘚更香，野曠牙官分作隊，林疎甲士補成行。松杉借翠連幢碧，橘柚分金映甲黃，羽扇周郎臨赤壁，輕裘叔子在襄陽。庾樓無月人猶往，郄幕開風客不藏，遠眺非關躭麗景，雄心先已到遐荒。建溪露布風雷急，淝水兵威草木揚，却與從行諸幕士，維舟九曲泛清觴。

數年來，南雪甚於北，癸未復爾，人戲謂南北之氣互相換，似賈人帶之往來，理或然歟？邊塞不易雨，而今每潦，十九韻

陰陽北去隨南客，雨雪南來自北天，雨爛胡弓知幾歲，雪高越瓦已三年。偶然盡海迷遼鶴，不是登橋聽杜鵑，吠犬從今無一處，喘牛必問有諸賢。明明日向彤雰暗，杳杳璣籠紫霧懸，羲氏輪膏埋壁屑，滕公河水瀉銀錢。銛鋒插戟包難見，深穽穿泉粉愈填，萬里蕭條昏井邑，千家淩奪失園田。疑花宿誤羣歸羽，折竹眞摧幾個圓，鼻醋釅寒先慣吸，虀鹽調劑未堪煎。傾危作兕當山頂，搏控成獅向日邊，借皎肥身灰象飽，吹柔害物素猫拳。綿針絮刺俱叢棘，玉瓣銀筒假淤蓮，陽德盡闗閶闔上，陰威直到祝融顛。華亭羽

翼漫天久，上蔡鷹盧獵野偏，伍員江長潮正怒，三閭沙白骨新捐。稀如尸蟲穿雲去，細似繩蠅點壁旋，急舞魚鱗明扈跋，繁遮蝗陣暗霄騫。袁安臥苦僵猶得，解縉尸埋醉可憐，萬事豈俱埋得盡，有時終露髑髏寃。

次夕降搏雪，徑滿鵝鴨卵，余睡而復起，燒竹照之，八十韻

把炬循除立斷藜，鴉驚彈雪宿卬低，終宵有許垂鵝伏，片刻應能沒馬蹄。一一劈分舒闊掌，團團捲擲碎霜梨，紅場盡海毬爭打，白鷺橫江荻未栖。崩屋塌簷支正急，窺窗入竇倚相睽，後飛輕薄高難下，先引威稜導且齊。隔歲窖藏猶霰雹，羣兒想象入狻猊，瓣觚出六摧桃李，瑞舛過三黨稗稊。博浪金椎徂擊遍，彌天白纛殺機提，鸞髠鵠赭吹毛盡，竹哭梅啼到骨披。穿重解深三窟兔，侵多不剩一丸泥，暗隨鵬翼長沙拍，亮誤雞司短曙啼。灰儘挑殘寒夜火，袍誰脫與故人綈，流蘇旣縞堪鉤挂，粉的渾綿向鏡低。風絮謝娘難可擬，煙蘆鮭客幾成迷，公孫被襆涼如銕，子母蚨緡瀉若澌。獸徑易漫麕散跡，獵弓難放麝香臍，巖俱周處南山額，毳盡蘇卿北海羝。鮫室百窗簾蛤蚌，羌胡一國水玻瓈，饑脾苦逼長安殍，酸鼻寒淒宰相醯。葉尹如捐棺可玉，麻姑未老海堪梯，洪厓走汞流松外，穆滿量珠賞竹西。綠鬢取裁髽髻樣，金釵都換柰花鎞，儒虀瓦甕鹽齏糝，俠啖屠門蒜太虀。蝙蝠假仙搖石乳，蚺蛇馮膽攬銀堤，將紉作蓋俱成羽，取綴爲裘盡是麑。鷹隼攫身功奪狗，牛羊埋角罪歸騠，軒轅鏡色飛橋頂，歐冶鐔霜掣劍谿。蕩漾乾坤成玉合，紛紜翳膜刮金篦，楊妃暗粉玄宮發，卓氏綦巾皓首齊。此際胡雲黃滿塞，當年梁簡赤曾題，

霽微未必淸鐘磬，灑急如堪付鼓鼙。紅袖共斟將共若，錦囊須佩却須奚，寒郊瘦島吟成蟄，煖肉肥肌屛作閨。漸離荆卿僵易水，趙王代娣冷摩笄，瑤枝上漢參雲霧，銀甕行天瞎駃騠。倂是凌寒貞歲柏，不同趨熱媚櫂娃，親淹上國裘曾敝，眼見金吾騎總緹。盡領熊羆供掃拂，别從雉兔較罟罦，高培糞梗團成菌，柔傚山毛嫩作荑。肯慘睢盱夔罔兩，塑嬌咽項女蝤蠐，粧塗恨少施肌髮，刻畫爭先解佩觿。何事井噴煩蜥蜴，祗憑陰焰颭虹霓，瓠犀瓏璨排嫣齒，榴子䶗齬墮老䶩。解槻紫騧鮮豹犢，俄穿翠襮化貂桂，宮匳鏡煖因椒瑾，塞壁刀斜謝鶻鵜。木稼怕官謠雜讖，草乾愁牧馬頻嘶，媧皇煉石霄猶漏，帝女燒鉛杼懶擠。凍霤尖持燕匕首，明窗塵射魏刀圭，睥睨釘斷于闐帶，沙礫磨刓令尹珪。連日大酺粲儘掬，傾筐堆帛取如攜，騎都爛漫麋羊胃，庖坦縱橫解犢脆。燕頷不醒頹錦帳，蛾眉邀醉疊金椑，即堪楚曲流宮徵，必喚齊倡許滑稽。蕩甲搖犀明練組，長鵰大鏃拭弧鞞，孤煙罷突員三日，破釜縣臍僅一鼷。水木騎羊來代遞，滕封弄雨各訶詆，心憂掘閱衣麻矣，狂走芃蘭帶悸兮。雯爾黄腸溲贔屭，俄然白骨葬鯨鯢，爲燈跋燭須臾滅，沃錠消瑠頃刻齎。公向蒼儀騰皓潔，竟忘赤地混緇黳，隨飈過越迎闕吠，度葉爲花帶鳥棲。蜂蛺誤猜堪蜜蠟，淸明纔斷正餳餹，西池萬里吹黄竹，東郭雙躉跰赤鞮。想見穹酓鳴立圓，親看牀足縮蚨蟏，恰妨青帝迎春仗，無救朱炎病夏畦。壓取剛條俱偃偃，試尋勁草但萋萋，幾時千仞消淩蟬，何處雙桑赫海鯢。形虎似鹽虛晉俎，調梅無味枉商鐫，蝗螽未必沈三尺，甲拆先應了一封。莊語夏冰蟲定怪，趙襄冬日襖爭徯，風偏助勢長成練，月總輪光不到犀。履薄有人愁墜谷，乘危無盡上埋奎，豈無黄道辜葵藿，翻以丹心許蒺藜，火急寄言青女道，添霜啼殺伯勞兒。

連雪後迎春憶舊十二韻

土牛一夕添神采，雨霰連朝妬客鞋，邀隊本期相跳躑，踏遊不暢只擠排。冰牢北斗璿璣澁，凍滑東郊仗引乖，老病似蟲吟蟄竇，少年如夢憶蓮簰。飛香塞巷堪經宿，立帽平簷別墁街，奪綵連毬追寶馬，爭梅帶雪上金釵。花房醉客槌朱鷺，水店壚姬饌紫鮭，小市溫淘槐盡葉，貴筵餅餌韭初荄。蕭條邑里雖如昨，想象風光未必皆，是處從今趺盡草，中央偏我立如柴。一隅掩鼻眞成笑，七字瞞心戲作俳，青帝祇今何處去，勾芒一似不曾來。

卷十　五言絕句

松林遊人畫

萬松戛微風，匏巴新鼓瑟。遊人去復來，正似魚出沒。

題畫四首　墨竹杏花各二首

嫩篠捎空碧，高枝梗太清。總看奔逸勢，猶帶早雷驚。

二

當其尋丈節，數寸蛇與蟬。化工無筆墨，个字寫青天。

三

朵朵西施醫，年年牆外窺。莫嫌妝不濟，帶酒未醒時。

四

枝枝出牆語，朶朶向人窺。宋玉鄰家女，施朱太赤時。

扇中雙蝶

春至百花繁，名園蛺蝶翻。美人將扇撲，搨得一雙痕。

蜂

雙股粉黃籠，飛遲趁晚風。君王方課蜜，不敢戀花叢。

白牡丹桃花

桃艷比天姬，花王富貴姿。楚襄春日下，閒坐選蛾眉。

石榴萱草

不是來西域，還應到海南。已含無限子，何用佩宜男。

剪春羅垂絲海棠

美人睡不足，春愁奈若何？垂絲綠窗下，聊爲繡春羅。

石榴荷花

畫得荷花朶，傍依海石榴。西施夜浴罷，催火照梳頭。

兩蝗蟲

深雪打茆茨，飛蝗慘不孳。無由苗上見，畫取兩雄雌。

又蘿蔔㊀

圃內一鋤淺，毫端兩詫深。廣州初斷葛，上黨未蒸參。

回回馬二首 一幅白馬滚身

西馬入瓜沙，風塵道路賒。試言如此匹，消得幾筐茶。

二

西馬入玉關，霜毛雪未殘。莫教輕滚地，恐損脊花團。

㊀「又」原作「叉」，依目錄改。

毛魚作隊游茭塘

作隊撼春萍，雙頭寸未盈。老漁暫相借，江海幾長鯨。

畫三首

小閣水澄澄，閒披玉檢經。烟霞一抹盡，金碧萬山橫。

二

華屋石欄傍，尊罍撲綺香。春風寫桃李，不是畫工妝。

三

朱夏鬱蒸時，晶瓜碧玉滋。疎簾三尺雪，小簟一枰棊。

詠畫㊀

春

春嬌最何物，桃花與楊柳。惹儂或有詩，市遠那得酒？

㊀目錄原註：「後俱詠畫。」

夏

城市或囂炎，在野心不熱。意欲施茶湯，行人他處渴。

秋

何處住高人？低茅水上貼。江闊杳難尋，過客指紅葉。

冬

梅花一萬梢，紅寺五十里。天晚不到門，雪深沒驢耳。

江船一老看雁群初起

警雁避羅網，江長起未高。眼拚一餉後，看到入雲梢。

似赤壁遊

一艇泛三人，多疑遊赤壁。無處少江山，但無此好客。

雲山立觀者

遊客羨蜜雲，雲亦答遊客，儂自不肯來，誰曾拒儂展。

石榴

閨染趨花色，衫裙尙正紅。近嬌瓜子茜，賤殺石榴濃。

竹染綠色

我亦狂塗竹，翻飛水墨梢。不能將石綠，細寫鸚哥毛。

凴欄江岸

濃樹水紋砌，何時匝竹闌？遊魚敲可出，過客好凴看。

對岸觀崖大瀑

瀑布挂江北，望者江南猜。雪花那不到，霹靂過江來。

歇枰而俯江檻

江寺鳴鉢盂，庵起候僧飯。不及了殘棋，推枰撲闌看。

獨釣寒江

大海有鯨魚，五岳其鼻額。任公釣不來，煩爾一絲雪。

閱書者倚老樹

爾自作蠹魚，我不閱一字。逢着好樹根，抱着枕頭睡。

釣者翹首看山背浮屠

釣侶話停舟，前山好去游。吳王歌舞殿，紅樹滿經樓。

夏景禪寺

貪涼瀑雪餘，歸去汗仍珠。山背清涼寺，如堪結夏廬。

長廊俯大水

壁韻良可題，水廊亦堪麋。秋江闊如許，所少片明月、

雪景

此際山陰道，啼惟有莫鴉。萬山無寸碧，何處認梅花？

魚蟹

夜窗賓主話，秋浦蟹魚肥。配飲無錢買，思將畫換歸。

杏燕子

玉京紅線斷，樊素絳唇嬌。好着鞦韆架，其如不解描。

寫竹答許口北年禮

羹鯉稻粱餐，沈思欲答難。只裁殘拜帖，寫竹當春盤。

寫蘭與某子 仙華其號也

仙華學杜詩，其詞拙而古。如我寫蘭竹，無媚有清苦。

尖頭麻蛬

身輕宜齕草，頭鋭欲鑽螺。正苦毛錐乏，如儂太軟何？

蒲桃

聞道羌葡萄，家家用醅酒。老夫畫筆渴，此時堪一斗。

張氏別業十二首 內山

鏡波館

鏡裏荷花館，千秋閱鏡波。縱教成陸地，其奈旱蓮何？

樂志堂

備言志所樂，何關堂與基？主人向我道，但看鳥悅枝。

流霞閣

閣中餐霞人，絕無煙火色。誰宰武陵雞，來作漁郎食？

竹塢

題詩竹塢中，竹長時出垣。誰能將鐵筆，一畫牡丹園？

荔枝亭

客醉起復留，還爲此亭坐。舟子指河沉，南城欲下瑣。

白鷗磯

主人坐釣磯，羣鷗魚以雅。莫學朱鷺來，取魚食茄下。

青蓮島

小島含巨浸，能滋花葉開。青蓮大如許，趾坐幾如來？

小若耶

別沼分湖水，因名小若耶。水流有大小，却一樣荷花。

松蘿門

白板映松蘿，門闌已殊色。況復月上時，叩門來好客。

芙渠逕

大堤遶芙渠，平鋪三百步。誰云水中花，不蹵陸行路。

浣花橋

鏡水及苧蘿，相望不盈尺。郎家浣花橋，妾家浣紗石。

水壂軒

萬頃茫茫處，開軒搨絳州。水光自濕研，不用汲池流。

桃葉渡三首

書中見桃葉，相憶如不死。今過桃葉渡，但見一條水。

二

憶渡桃葉時，綠楊嬌粉面。丈水五石泥，好影照不見。

三

憶渡桃葉時，徘徊影自顧。丈水五尺泥，釵落在何處？

六言絕句

村家飲

新竹已成蛇尾，秋雲乍起龍鱗。不雨空啼布穀，乘風且脫紗巾。

漁家四圖四首

小練乳兒紅袜，斜陽曝網黃蘆。但得同心夜浦，不願嫁與秋胡。

二

夏浦菱絲好織，薄暮舉網初收。鯉魚知重幾許？換酒可同醉否？

三

漁伴網魚換酒，漁婦把酒斟翁。鄰舍不離水上，對斟只在波中。

四

今日凍膠漁浦，且可然薪挈壺。可惜不聞語話，蓬西定是樵夫。

風濤拍天，登招寶山下仙人洞飲眺，僧海東洋指說觀音洞在下，竟不得遊

五千眷屬騎獅，八萬龍天騾馬。分明佛在洋中，誰道蓮花是假？

二

倒海風搖地軸，飛濤雪墜天毬。辜負山僧饒舌，指與洞天不遊。

列子御風圖

旬餘身在遙空，一葉枝辭芳樹。若教風歇青蘋，試問人歸何處？

中國古典文學基本叢書

徐渭集

第二册

中華書局

卷十一　七言絶句

贈呂山人

西陵渡頭秋水寒，年年歲歲走儒冠。不知天姥山中客，十載關門傲長官。

龕山凱歌　爲吳縣史鼎菴

島夷歲歲理舟航，入寇三吳與浙江。分向沙洲知幾道？將軍着處駐油幢。

二

縣尉卑官祿米微，敎辭黄綬着戎衣。賊中何事先寒膽，海上連年數破圍。

三

曹娥官渡帶鉤縈，偃尉乘潮上下行。砲石朝飛方斷岸，江天夜雪欲偷營。

四

短劍隨鎗暮合圍，寒風吹血着人飛。朝來道上看歸騎，一片紅冰冷鐵衣。

五

紅油畫戟碧山坳，金鏃無光入土消。冷雨凄風秋幾度，定誰拾得話今朝。

六

七尺龍蟠皂線絛，倭兒刀挂漢兒腰。向誰手內親捎得？百遍衝鋒滾海蛟。宋時海寇名滾海蛟。

七

無首有身祇自猜，左啼魂魄右啼骸。憑將老譯傳番語，此地他生敢再來。

八

旗裹金瘡碎朔風，軍中吮卒有吳公。更教廝養眠營竈，自向霜槽餵鐵驄。

九

夷女愁妖身畫丹，夫行親授不縫衫。倭衫無縫。今朝死向中華地，猶上阿蘇望海帆。其地阿蘇山最高。

嘉靖辛丑之夏，婦翁潘公卽陽江官舍，將令予合婚，其鄉劉寺丞公代爲之媒，先以三絕見遺。後六年而細子棄帷，又三年聞劉公亦謝世、癸丑冬，徙書室，檢舊札見之，不勝悽惋，因賦七絕

十年前與一相逢，光景猶疑在夢中。記得當時官舍裏，熏風已過荔枝紅。

二

華堂日晏綺羅開，伐鼓吹簫一兩廻。帳底畫眉猶未了，寺丞親着絳紗來。

三

筵前半醉起逡巡，窄袖長袍妥着身。若使吹簫人尙在，今宵應解說伊人。

四

聞君棄世去乘雲，但見緘書不見君。細子空帷知幾度，爭敎君不掩荒墳。

五

掩映雙鬟繡扇新，當時相見各靑春。傍人細語親聽得，道是神僊會裏人。

六

翠幌流塵着地垂，重論舊事不勝悲。可憐惟有妝臺鏡，曾照朱顏與畫眉。

七

篋裏殘花色尚明，分明世事隔前生。坐來不覺西窗暗，飛盡寒梅雪未晴。

丙子亡十年，其家以甥在，稍還母所服，潞州紅衫，頸汗尚泚，余爲泣數行下，時夜天大雨雪

黄金小紐茜衫溫，袖摺猶存舉案痕。開匣不知雙淚下，滿庭積雪一燈昏。

將入闈，方許二君餞別分韻

萬丈高城控井闉，誰家池館隔江津。勝筵不用扶紅袖，楊柳芙蓉擁醉人。

凱歌二首贈參將戚公　南塘

戰罷親看海日晞，大酋流血濕龍衣。軍中殺氣横千丈，並作秋風一道歸。

二

金印纍纍肘後垂，桃花寶玉稱腰支。丈夫意氣本如此，自笑讀書何所爲。

望夫石

海天萬里渺無窮，秋草春花插鬢紅。自送夫君出門去，一生長立月明中。

宴遊爛柯山

萬山松柏遶旌旗，少保南征暫駐師。接得羽書知賊破，爛柯山下正圍碁。

二

偏裨結束佩刀弓，道上逢迎抹首紅。夜雪不勞元帥入，先禽賊將出洄中。

三

鞶兕萬隊一時平，滄海無波嶺瘴清。帳下共推擒虎將，江南只數義烏兵。

四

帷巾談笑靜風塵，只用先鋒一兩人。萬里封侯金印大，千塲博戲采毬新。

武夷山一線天

雙峽凌虛一線通，高顛樹果拂雲紅。青天萬里知何限，也伴藤蘿鎖峽中。

入武夷尋一線天，道中述事二首

行渴，得巖嫗，乞茗。

花落花開隔水津，棧梯茆屋總堪鄰。扁舟若不尋歸路，便是武陵深處人。

二

乞得瓊漿一碗新，沿溪行盡渴生塵。雲英只在桃花下，不肯呼來見外人。

雪中訪嘉則於寶奎寺之樓店

山徑尋君重復重，小樓百尺臥元龍。安窗偏向梅花角，去映江天雪數峰。

至歙寄方阜民公子

弱冠曾從泮水行，今來已是老門生。不知舊種祠前木，幾葉參雲拂太清。

凱歌四首贈曹君

曾從幕府事南征，羽檄傳來急似星。報道參戎深入處，當鋒還有一書生。

二

同時操筆總紛紛，先着緋袍獨數君。今日江南浮彩鷁，他年塞北戰黃雲。

三

文士爭雄武藝場，桃花馬上撥金鎗。試看古來懸印客，那取霜毫一寸長？

四

賊騎如雲鳥不通，突圍攬陣屬先鋒。橫腰金帶緣何得？爲報將軍第一功。

南浦橋

南浦飛梁百尺遙，雲收不去霽虹驕。長蛟子母休吹浪，何代偏無周處刀。

七里灘二首

百番獅象一溪泗，一頃銀光萬箇頭。水石何緣能有此？星辰盡夜殞寒流。

二

淺水礬頭蘸幾堆，淸涎齒縫破生梅。竹舟欲過從何處，無數游魚磕額回。

答謝太輿海門 值秋試罷入京

江上芙蓉千萬枝，交花結葉弄秋姿。片帆此日江湖去，怕接郎官送別詩。

武林館中與徐仁卿同宿，因贈徐號天峰，武義諸生也，徐千斤。

樓上張燈倒瓦巵，自居東面喚人陪。須臾據案言兵事，騌帽偏欹橫兩眉。

二

近來選士愛軀長，共說君家貌不揚。醉後忽呼高枕睡，虎頭斜倚黑繩牀。徐額骨似虎。

三

自造提刀偃月文，諸工團煅焰吹雲。當時試舞猶嫌薄，鐵欛連環六十斤。

四

海中賊盜計何勞，羅拜庭前嶺月高。財出錦繒還未獻，一時叱咤夜深逃。舊有海盜持繒夜遺，徐叱走之。

五

長說邊關好試材，幕中進止自須裁。連宵一騎重圍裏，不見鈞州王秀才。時王邦直爲北虜所害。

東池觀魚

南舟北馬不相得，北兔南魚各自潛。今日中流看水獺，絶勝馳射天山尖。

寄趙君時將買妾，戲贈之。

誰家女子別爺娘，繡轎珠簾一片光。轉到門庭怯夫壻，任敎咿啞咏催妝。

二

嬌羞偏逐見時生，郎爲新人出戶迎。一道苫堦鋪罽褥，兩行花燭映金屏。

三

宮髻一鬟堆燕雛，胭脂兩朶暈紅酥。三千仙子雲中有，十五吳姬天下無。

四

司馬相如賦本工，文君玉面貼芙蓉。只今才貌都相似，秖有彈琴事不同。

五

王孫姓趙好門楣，空有文章未遇時。便把眞珠量幾斛，買將紅粉共羅帷。

六

妾住錢塘路不遙，每攜姊妹看秋潮。爲郎遠渡桐江水，女伴雙雙不可招。

贈醫僧

窗含絕壁從天落，門遶長江入海流，手綰藥囊醫世上，前身可是藥師不？

錢塘送王問川㊀

別後長鬚已皓然，重來湖上放湖船。不能一日陪清話，眞愧相知十五年。

次王先生偈四首龍溪老師

法高不用十分多，一尺還君一丈魔。自己國王降不伏，九江何用遣隋何？

㊀ 原奪「送」字，依目錄補。

二

燒鍋煮飯問樵公，見放青山採不空。下嶺何曾挑一擔，脊梁當背柱穹窿。

三

不來不去不須尋，非色非空非古今。大地黃金渾不識，却從沙裏揀黃金。

四

大如平地起樓臺，細卽晴天日出埃。兩物拈來不堪比，分明浪逐浪催來。

題近泉和尚卷

方諸取水月光寒，非月非珠非是盤。何處流泉邊君舍，君於此際作何觀？

禪房夜話，和韻書付玉公

一月眞時月月眞，何須種種別前塵。禪房昨夜燈前話，誰是客人誰主人？

折桃花

誰家桃樹倚西鄰，摘下還存樹底新。日暮插頭過市上，疎疎數朶頗宜人。

徐濟之攜新婦侍親揚州

初綰同心結尙鬆，那堪波浪度江風。華堂一入姑親道，新婦揚州芍藥紅。

送丁子範　時予方入武夷

君去高郵是壯遊，風吹樹葉綠嬌秋。歸來佩劍不須脫，尋我武夷山上頭。

夏相國白鷗園二首

白鷗池水拍天平，相對瓊樓入太清。試問歌臺生草處，當時曾許外人行？

二

詞客登臨信筆裁，每於花謝笑花開。請觀世上看花者，曾見花開不謝來？

竹枝詞二首

風前燭熖片時紅，馬首西時馬尾東。兩隻鴛鴦睡不醒，一隻相思愁殺儂。

二

籠中鴿子不得出，籠外要入將奈何。一邊蟲粘蜘蛛網，一邊窗打撲燈蛾。

武夷道中嘲嘉則墮馬

沈郎多病瘦腰支，跨馬登山怯路歧。馬上如何忽不見，見時惟有一身泥。

閶門送別

送別閶門日已西，自將光景比烏棲。平生不解依枝宿，今日翻成遶樹啼。

程君索寄其師周中陽

踏雪吳山遇一人，自言師者是眞君。將詩欲寄憑誰寄？天上青鸞海上雲。

予自浙抵新安，登齊雲，還浙，道中旅館頗多奇景，而不成一字，至衢自嘲一絕

繫馬梅花索酒時，溪山遙映酒家旗。何爲每到堪題處，不解吟成一字詩？

寄徐石亭

聞道名園盛牡丹，豪家歡賞到春殘。自憐亦具看花眼，種菜澆畦不得看。

乙丑春正月廿有四日，與某等攜觴俎，探禹穴，就十峰山人馬丈飲於小園。林卉雲繁，索得海棠秧二本，穿籬過別畦，又掘竹母數根而去，時薄靄滃生，山翠欲滴，衆客怖雨，輒爾拂衣

春來攜酒醉春蘿，乞得春花一兩窠。不若取將松竹去，成陰留待主人過。

漫興三首

昨夕書邀赴綺筵，朝來臥病客窗前。自知一飲猶無分，那得雙飛更有緣？

二

方朔慵多擁被眠，飛瓊盡日侍芳筵。想應昨夜瑤池上，玉手持杯未便傳。

三

眉借春山臉暈紅，文君何必定臨邛？相如已老無情思，只聽彈琴綺席中。

送陸子之閩

羨爾寧親向百蠻，扁舟日下萬重灘。經過舊路吾能說，雪浪屏山畫裏看。

獄中書扇寄葛景文

賞音博物推華煥，死結生交有范張。已許筵中赴鷄黍，何時獄底掘干將？

鏡湖雙逸詩

鏡湖堤邊雙逸民，乘烟弄月水粼粼。却令白首南冠客，羨殺青蒲把釣人。

留別倪子

小門一徑柳垂絲，簾下垂裾話別離。却問歸來是何日，海榴如火燒高枝。

天目山三首 一瓦觀音，二三古杉，大者至八抱。

鐵羅漢已燒成塵，瓦鑄觀音又一新。見說前村披木葉，青裙夜降紫姑神。

二

赭鐵青銅淩紫煙，能爲人語向人間。二千年事説不盡，夜夜青溪嬎往還。

三

斷壁孤杉四十圍，不關雨雪陰霏霏。柯南一國癡螻蟻，長怪曾無白日飛。陰去聲。

南海曲

一尺高鬟十五人，愛儂雲鬢怯儂勝。近來海舶久不到，欲寄玳瑁簪未曾。

嘉則擬紅衫四貌　春郊走馬，東山擁妓，秋江把釣，高樓對雪。

春郊大堤無盡頭，沈郎走馬着紅裘。迴鞭故遣穿楊柳，衝落楊花撲紫騮。

二

道人道帔剪輕霞，醉卧青樓小妓家。小妓紅衫何處買，同是南京杏子紗。

三

戧進不得武英收，爲抹勾漏絳釣袈。若使今朝逢沈四，眞成伯樂哭驊騮。

四

高樓一衲錦毛梭，萬玉屏圍紅叵羅。雪裏茶花儂似否，急催滕六剪銀河。

燕京歌　人云：斗牛眼甚惡，最嚇人。

西北池中有斗牛，人傳一挂一時收。要知不是凡鱗介，只看眉潭白兩毬。

二

繡人須樣繡新袈，爭看池中活斗牛。及至見時無脚走，各綳紅袖急遮頭。

三

斗牛何處見英豪，獰眼令人膽不牢。及問當年親見者，只推霧裏見分毫。

四

蕭后梳粧別起樓，太湖石在水空流。而今樓瓦飄零盡，只乞中官看石頭。

五

綠樹連雲撥不開，忽扶黄瓦出樓臺。隄長水闊三千丈，一日惟看一殿回。

六

千里馬來自西南，夷館朝廷鎖鑰嚴。幾回欲看無由看，墻外聽嘶出屋檐。

七

貢來獅子看曾眞，養在西城十四春。更欲乞看云不可，昨朝撲碎菜園人。

燕京五月歌四首

石榴花發街欲焚，蟠枝屈朶皆崩雲。千門萬戶買不盡，剩與女兒染紅裙。

二

竹黃如槁少鮮妍，一叢五竿百箇錢。賣與人家那不貴，湯澆火炙過冬天。

三

荸薺菱藕賤如柴，竿蔗年來漸亦栽。百貨百珍俱得到，却無一箇荔枝來。

四

燕京百事且休憂，但苦炎天道上溝。近日已聞將掃括，不須遮鼻過風頭。

送張君之三屯

薏仁酒濃湯泉春，盤山之景更絕倫。野人長見遊人說，君若歸時說更眞。

聽段道士彈琴却爲其師雪峰者請作

段師彈琴吟水龍，風來萬壑響寒松。問渠指法從誰得，云自燕京陳雪峰。

自馬水還，道中竹枝詞四首

李君以紅拂一柄見贈，而送别而悲者，正執拂人也。古樂府：「黃禾起羸馬。」

將軍愛客侍兒知，送客山頭也解悲。莫認花低將蝶惹，要知草偃是風吹。

二

彎彎曲曲幾山溪，眼眼腮腮淚落絲。立到馬遙人影沒，更誰知爾下山時。

三

高高北斗鵲河縣，今日雙星會隔年。皂帽紫衣奔不得，空教紅拂伴人眠。

四

遍地黄禾起馬羸，高山神道有靈威。遼東少婦辰粧罷，去問征夫幾日歸？

乘霽自福田遍歷善應、翠微、洪光、大悲諸招提，翠有石洞，西夏僧兀坐其中，自言至此可六萬里。齋罷，擬游西湖，輒止

禪槽養馬似支公，控馬長鬚鬢插紅。却說看山須霽好，咋宵濕馬費梳騣。

二

西湖莫道只山陂，總是君王雁鶩池。秋山滿隄平似鏡，一行白鳥啄魚飛。

上谷歌九首

少年曾負請纓雄，轉眼青袍萬事空。今日獨餘霜鬢在，一肩輿坐度居庸。

二

居庸卵石一何多？大者如象小如鵝。千堆萬疊無他事，東擲西拋只蹶騾。

三

支金削壁抱重關，併入江南洞壑看。既去高天過飛鳥，更供詩料到吟鞍。

四

遙憶前朝己巳年，六龍此去未南旋。黑雲敢作軍中孽，莫怪區區一也先。

五

八達高坡百尺强，逕連大漠去荒荒。輿幢盡日山油碧，戍堡終年霧嘆黄。

六

箇箇健兒習戰車，重重壁壘鐵圍牆。儘教上谷長千里，只用中丞兩臂遮。

七

塞外河流入塞馳，一般曲曲作山溪。不知何事無魚鱉，一石惟容五斗泥。

八

昨向居庸劍戟過，今朝流水是洋河。無數黄旗呵過客，有時青草站鳴駝。

九

槖駝本是胡家物，拽入人看似拽牛。見說遼東去年捷，奪得千頭與百頭。

宣府教場歌

宣府教場天下聞，箇箇峰巒尖入雲。不用弓刀排虎士，天生劍戟擁將軍

早渡銀洞嶺

銀洞高高嶺百盤，峰巒插笋倚天班。馮誰喚起王摩詰，畫作賢人曉過關。

胡市

千金赤兎匿宛城，一隻黄羊奉老營。自古學碁嫌盡殺，大家和局兎輸贏。

邊詞廿六首 並客燕時到馬水口及宣府之作。

四壁龍門鐵削圍，枉教鄧艾裹氈衣。莫言虜馬愁難度，即使胡鷹歎不飛。

二

牙兵箇箇是熊羆，别選奇才養作兒。試看陣雲穿急處，一團蜂子擁人飛。

三㊀

墻頭赤棗杵兒斑，打棗竿長二十拳。塞北紅裙爭打棗，江南白苧怯穿蓮。

四

立馬單盤俯大荒，提鞭一一問戎羌。健兒只曉黄台吉，大雪山中指帳房。

㊀ 逸稿重出此詩，題作自馬水還道中竹枝詞。

五

十八盤山北去賒，順川流水落南涯。眞憑一堵邊墻土，畫斷乾坤作兩家。

六

大虜驕豪只數黃，氈鄉無處不紅粧。近來駝馬因災耗，舊日牛羊用谷量。

七

黃酋墮馬已成禽，漢卒爭功被脫身。魂魄至今留黑石，兜鍪連歲落魚鱗。黑石堡，所禽地也，得其胄，上之朝。

八

八里莊兒一堡中，銀鐶小杏墜腮紅。粧成自不撩人看，起坐黃貂餵鐵驄。

九

休屠歲歲祭金人，怕殺牲邊雜漢傖。偏許老巫收顧八，識將名字與欃槍。胡於漢人，雖親貴甚，祭禱則不及其名，獨許一顧八。

十

囊街徑尺一顱髡，此是遼東速把孩。輸與邕州老酋長，金龍衣底混尸骸。速把孩，大酋也，死於入寇之戰，久始知之。邕州謂儂智高。

十一

葛那頸險斷胡刀，驀手攀頦按得牢。歸向鏡中嫌未正，特搓過左一絲毫。葛那，宣府之降胡。

十二

沙門有姊陷胡娃，馬市新開喜到家。哭向南坡氈帳裏，領將兒女拜袈裟。

十三

漢軍爭看繡裲襠，十萬彎弧一女郎。喚起木蘭親與較，看他用箭是誰長？此下六首並俺答甥女事。

十四

長纓辦取鎖嬌嬈，馬上纖腰恐不牢。好把鴛鴦鞾上腦，倩誰雙縛馬鞍橋。

十五

女郎那取復梟英，此是胡王女外甥。帳底琵琶推第一，更誰紅頰倚蘆笙。

十六

老胡籠向一人多，窄袖銀貂茜叵羅。遞與遼東黃鶻子，側將雲鬢打天鵝。

十七

汗血生駒撒手馳，況能粧態學南閨。帓將皁帕穿風去，愛綴銀花綽雪飛。

十八

姑姑花帽細銀披，兩鬠腮梨灑練椎。箇箇菱花不離手，時時站馬上胭脂。

十九

衞兒相法合虎眉，本是封侯萬里姿。手把龍韜何用讀，臂縣鵲印自然垂。

二十

門外猶疑鐵騎封，當年曾此縛龍逢。世間第宅知多少，何事風波惡此中？

二十一

曾見思歸數寄書，忠魂畢竟滯邊隅。可憐一斗萇弘血，博得墻圍柳數株。右二首過沈光祿宅及拜祠。

二十二

剪子高厓五樹松，橫拖鐵板夾西東。中間一線通人馬，遠處看來密似縫。

二十三

十八盤南甃沸湯，燕京樓子待梳粧。當時浴起蕭皇后，何似驪山睡海棠。十八盤山有湯泉，云是遼后浴處。

二十四

邯鄲才人似花枝，嫁與遼東廝養兒。懶向樓中拈粉絮，解從馬上寄征衣。守馬水者，遼東李寧遠之子，家卒敢死，婦有秦風。

二十五

黃鼠白脂捷遁逃，夜猴搏鼠捷於猱。將猴比鼠無多大，自古獐麋怕皁鵰。

二十六

西山一帶一何高，萬脊千稜插作刀。寄語胡兒休驟馬，恐將高鼻跌成坳。

長干行

玉人夜夜板橋灣，金盡蕭郎隔水看。不分踏樓騎鳳脚，偷來橋外立紅闌。

二

木蘭艇子夜夜開，桃葉桃根太往來。攪起鴛鴦雙睡翅，倒嫌他扇落金釵。

三

紅板青樓是爾家，鴛鴦家做在荷花。月明打開猶自可，月黑打開愁殺他。

四

野鴨鴛鴦姊妹如，打散鴛鴦鴨亦飛。月落沙昏尋不見，滿江鵝鸛弔雄雌。

謝公墪

園丁不識東山公，墩上曾攜兩頰紅。今日盡栽南隴麥，絕無蝴蝶撲香風。

葉伯子三十餽果肉索詩答此 承山

蹄豚白白杏紅紅，備我菖陽節酒供。却喜壯齡多練達，談鋒截雨吐長虹。

鍾子投我篆章，答此 乃上虞人而贅於越。(華石)

吹簫人在越王臺，孝女祠邊數往來。黄絹舊碑渾損盡，須君再寫勒莓苔。

二

定是元常幾代孫，朱砂小篆遂專門。誰知老子壁拆路，竟讓新郎屋漏痕。

擬往中止

綠菽胡麻各一盤，憐君餉我每朝餐。猶聞竈下青衣嫂，打餅鋪椒脆月團。

擬還陳君菊鉢三首 移至之菊二本，一錦盤橙，一傲霜黄。

錦盤橙麗傲霜清，細土偏宜老鉢盛。何用沼沼三百里，紫沙盆去買宜興？

二

黄花眞不易凋疎，對酒消愁已月餘。今日還君雙鉢去，不知愁至復何如？

三

百草諸香百露溥，一時非不哭湘沅。千年獨有黄花瘦，爲伴行吟瘦屈原。

和韻答韜仲

森森老檜已成陰，的的青梅又苦心。要識曾傷金彈鴈，只須空外聽聲音。

鄒生

聞君射策收復落，今謁長官何日回？短劍雙龍惟我在，長江萬里是君才。

曹秀才

來爲親銘幾日留，歸船正遇荻花秋。高檣莫戛江邊樹，恐有啼烏在上頭。

默泉篇　其人善琴

泥金小扇月分團，淡淡煙煤寫默泉。泉水有流不作響，正如琴上不綳絃。

弔判府李公 晉人也

軍庫相逢晉景公，楚囚親得奏南風。曲終別弄飛霜操，落葉哀蟬送斷鴻。

成都

成都美酒誰當壚？卓氏文君貌甚都。半面芙蓉嬌映客，青絲何日不提壺。

潘承天六十 又山

五十年前共一窗，猪龍頭角未分張。吾今老作鋤園客，看爾黃堂佐帝鄉。

漫曲

聞道張家燕子樓，青羅小帽急梳頭。花枝誰肯先春老，無奈風吹雨打愁。

王子 別字文野

樹蓋爲廬草作裀，横橋斷浦絕比鄰。郊原十里平如掌，惟許琴書伴此身。

古意二首

只堪話舊作生涯，若論風情鬢有華。記得金釵墮雙鳳，十年前夜舞誰家。

二

愧無李白之才華，也繫潯陽幾落花。儻使夜郎吹笛去，不知何處會琵琶？

王元章墓　事見山陰志

君畫梅花來換米，予今換米亦梅花。安能喚起王居士，一笑花家與米家。

寄沈子

兩月歸家不出門，谿邊荷葉大如盆。不知近到西湖上，更大如盆有幾根？

寄劉子

十年不見劉芝野，小篆天然反不工，就使長洲文博士，也應石上避刀鋒。

送學中施林兩先生

五洩歸來第幾層，脚跟裂却挂藤冰。袖中總有飛雲在，欲贈先生恨不能。

贈孫山人

龍津先生高角巾，多能不特是詩人。昨宵與客溪橋上，話到風平水不鱗。

送羅仲明歸時有遊栖霞之約

春來臘盡客京華，江上寒梅已作花。羨爾歸舟行莫雪，教誰伴我到栖霞？

山陽歌醉中贈魯君二首 正韻

山陽自古四通衢，馬去車來織不如。獨有使君才思好，不教一字廢文書。

二

淮河流水盡蘆葦，明府冰清貌苦羸。却說故人禪竈冷，爲烹一尺鱖魚肥。

挽陳君之配蔣

陳君轄我飲青春，焦葚賢閨釀絕倫。若舉醉鄉祠祭典，沈香先刻蔣夫人。

芙蓉死

舊種芙蓉今不活，跏趺秋草看明月。紅頰成都賣酒人，與歡亦是千年別。

麟八首

汝寧府光州光山縣於萬曆十三年二月二十日，據高陌里民曹國隆同地方李章等呈稱：本月十八日，當四更時，本莊偶見天光如電，一時輒黑，迨至五更，忽又光如白晝，居民畢起，又黑如前，衆相驚疑，不知何謂。逡巡達曉，則有五色瑞氛，都如霞采，瀰漫亘空。不意本日未時，國隆家所畜牸牛，大叫數聲，產一麒麟，胞破液流，液乃黃色，牛時舐麟，血漉於舌，麟臥微動，則見遍體迸射，並是紅綠焰光。須臾，霏霧罩籠，風雨大作，羣樹鳴吼，塵土飛揚，雨下如墨。至十九日未時，麟絕不向乳，遂不喘息。卽今馬家橋至磚橋一帶，黑水尙存，可驗。隨該知縣牛應元、主簿王汝政、典史梁樸公同往視，麟之遍體及頭尾四蹄，並是龍鱗，鱗却方樣，湊縫所在，並襯現紫色絨毛。所據國隆等呈，麟產於牛，非常事等，奈輒不乳，無由進呈，謹具圖畫一本，并所呈由，均乞轉達闕廷，惟復別有定奪。右乃删削彼處文移，以存其實。

一辭羌馬獻蘭筋，四海歌謠美漢文。天爲吾皇厭祥瑞，不教麟犢惱明君。萬曆初有獻千里馬者，却之。

二

光山産麟光燭天，無心住世去飄然。魯叟若逢應不哭，不比哀公十四年。

三

帝王瑞到我皇眞，主聖臣賢盡鳳麟。卽看閣上千秋畫，不羨牛邊數葉鱗。

四

吾皇已却千里馬，天亦躊躕五釆麟。尙恐越裳重譯至，急傳黃紙與邊臣。

五

淸時麟天不須傷，野老番爲哭一場。儻似角端能解語，欲傳一語奉明王。

六

鱗中許貢止常鱗，但取冰鮮片臀新。五馬敢團茶葉餅，一車不動荔枝塵。

七

南潦北旱禹湯年，何瑞能回聖主憐？親御布袍行十里，汗香飛遶一壇圓。係實事。

八

聞道麒麟鬬海東，親令白日蝕當中。牛膓鱗甲知何物？干犯天光半夜紅。

鏡漁子賀二死 天遳

鏡漁百網截魚流，爾亦持竿上釣舟。今日忽辭同伴去，一竿釣餌付誰收？

漁鼓詞

二

盧家雙燕不雙栖，南浦鵾鵠日夜啼。紅綿如水單衾火，冷煖在郎歸不歸？

三

大唐自古諺魚洲，百賈囊錢入海流。央殺主人尋翠羽，不知鸕鷀在高樓。

虎丘茶葉崑山歌，專諸骨董刻絲梭。明月大家消一看，焉能人娶一嫦娥？

四

洞庭橘子鳧茨菱，茨菰香芋落花生。婁唐九黄三白酒，此是老人骨董羹。

送林某二首

野客年來百事休，也憐歌板去難留。若爲化作沿江柳，直管鶯聲到岸頭。

二

夏來涼夜似秋多，正好酣歌奈去何。欲買纏頭無蜀錦，贈將白苧當紅羅。

設代林某答胡通政

銀臺相望渺銀河，瀫水情人待亦多。妾本一身非兩體，一時難作往來梭。

卅年

卅年前有一相知，去矣思量哭不回。哭既不回知久絕，請將一物付秦灰。吾欲盡焚舊草，故作此詩，一友止之，遂止，相知者是姓唐人。

雲州舍身臺

欲留軀殼已貪哉，欲棄之貪更費猜。一棄一留都不計，道人偶上舍身臺。

慕蘭篇 古樂府云「一日三摩挲，劇於十五女」，言好劍者之事。錢君於蘭之慕亦然，故用其事。

新篁拗曲團成圃，碧玉垂花琢作條。終歲摩挲兩無厭，劇於十五女兒腰。

竹枝詞三首

秋日高城大道邊，黄花無處不金錢。撩鈿惹鬢無他事，只助青樓鏡裏妍。

二

高樓一曲下塘詞，絶勝瞿唐歌竹枝。瞿唐夢中空莫雨，下塘臺上有西施。

三

弄玉吹簫在鳳樓，鳳鬟度曲亦悠悠。略攢秋月雙蛾曉，直遏行雲一鴈秋。

送二葉之邊

去時短褐各自垂，歸日緋衣襲紫衣。河水清渾各有候，岸上行人那得知？

雲門四首

盤古社樹

大枝入漢拔龍蛇，小葉涼人雨雪遮。三代以來無此物，欲從青帝問年華。

任公子釣臺

公子椎牛此地留，珊瑚樹底拂魚鉤。今來滄海移何處？笑指青山坐石頭。

辨才塔

辨老浮屠在水涯，當時從此挂袈裟。年深歲久留錐概，好付懷師作畫沙。

石橋

怒雨狂雷入夜催，朝來溪漲雪成堆。卽今不是銀河墮，難道匡廬不割來？

托王老買瓦窰頭銀魚

寶坻銀魚天下聞，瓦窰青脊始聞君。煩君自入蓑衣伴，儘我青錢買二斤。

買得一貓雛，純黑而雄，戲咏

柳條不必穿魚聘，花徑馮教撲蝶行。從此牡丹須再畫，要看一線午時晴。

五洩五首

紫閬村中一線微，穿廚入竈浣裙衣。無端流出高巖上，解與遊人作雪飛。

其二

銀毬縞帶簇花瓊，百片冰簾織不成。莫倚長風亂飄灑，旱時一滴一珠傾。

其三

斗崖緊接大槽平，長練難傾怒愈生。絕似海門潮正急，白頭翻貼黑沙行。

其四

欲看直搗隔遙嵐，此是蛟龍第四潭。急過對山尖頂望，始知項羽破章邯。

其五

轟雷千尺破銀河，鐵障陰寒夏轉多。我已看來無此景，大龍湫比此如何？

雨霧霽雪復四首

破亭面面入林梢，遮雨無功祇益飄。但使漲溪添谷口，不妨濕襖重人腰。

二

茫茫一卵未曾分，倍覺懸流渺一痕。大似龍堂燈火暗，香煙幾縷白黄昏。五洩之寺曰龍堂。

三

忽然濃霧黑銜山，不覺高空掃鏡寒。自是龍潭當脚底，歸雲歸雨等閒間。

四

五溜鳴濤着地飛，雪中來看更生奇。白蟕出蟄銜冰雹，噴作飛蛾陣陣隨。

七十二峰歸來書寺壁

五條挂練玉龍奔，七十二峰鬼斧痕。墮水墮驢都不恨，古來一死博河豚。

畫兩僮，枕帚而睡，疑是寒拾，應人索咏

人間何日不塵生，掃到何年掃得淸？輸與天台雙行者，睡彎苕帚午雞鳴。

畫高嶺莫行僧衆

知是峨眉第幾盤，客僧愁宿日低山。頭陀指與烟生處，只隔紅霞四五灣。

應別索又一幅

何方行脚兩緇衣，萬仞岡頭鳥際歸。滿袖白雲天上物，下來放出世間飛。

白雲深山掘芝者

天外白雲必爾家，微紅雙頰飽朱砂。神仙豈是靈芝得，枉用鍬鋤壞紫霞。

女仙彈琴

流水東來響白蛇，高松西畔隔紅霞。彈琴未必神仙事，只好呼儂女伯牙。

呂何兩仙人圖

一陰一陽大道然，一雲一雨世人緣。仙姑自食雲母粉，莫比眞奴白牡丹。

賦得奕仙

楸玉枰開映指長，美人疑思倚新粧。惟應賭墅風流客，與較斜飛勢一行。

題王質爛柯圖

閒看數着爛樵柯，澗草山花一剎那。五百年來碁一局，仙家歲月也無多。

劉阮憶天台圖三首

去後重來訪碧山，當時曾此狎雲鬟。傷心流水依然綠，要見桃花如此難。

二

玉顏色映曉霞紅，飛向瑤空第幾重？莫怪阮郎思太切，仙人能得幾回逢？

三

凡心自悔出天台，一見桃花一度哀。若使仙人知此意，還教流水引郎來。

月宮仙子圖三首

纚頭雲錦墜金釵，短袖長裙雪片裁。不是上頭寒不禁，夜深何事却飛來？

二

捧來玉兔夜生光，一捻冰肌縞帶長。試問當年明月裏，果然親得見明皇？

三

空中縹緲景光新，但似雲霞不似人。知道今來是何夕，桂花添得幾枝春。

賀知章乞鑑湖一曲圖

鏡湖無處無非曲，乞罷何勞乞賜爲？幸有雙眸如鏡水，一逢李白解金龜。

謝太傅攜妓東山圖

聞道東山賭墅年，胭紅粉白兩嬋娟。主人出畫催題急，好下眞眞付墨研。

書坦腹臥松者畫

眠松坦腹腹便便，個是高人松畔眠。子美詩中何句似？舉觴白眼望青天。

盛懋秋江畫，董堯章索題 ㊀

楓江霽色浩無邊，故寫簑衣挂釣船。莫笑漁郎多點檢，從來風雨起晴天。

畫與許史 許時許我摹黃鶴山人一幅

君言寫意未爲高，自古磚因引玉拋。黃鶴山人好山水，要將狂掃換工描。

李子送小景

李君小景入斯文，不用毫端力一分。更是山腰能簡便，墨痕斷處便成雲。

漁畫五首

外看楊柳障漁汀，內必桃花閉武陵。曝網張魚等閑事，且登岸上逐花行。

㊀「章」原作「年」，據目錄改。按：董堯章名見卷二十跋書卷尾。

二

一翁醉夢一惺惺，各有湘潭漁父情。添寫三閭來問答，眞成出相楚騷經。

三

警鴈初橫陣尙低，小魚淺水命如絲。榼中潑剌堪憐汝，濠下從容却是誰？

四

赤梢避雪窟深泥，措大詩肩凍逼眉。卽苦無魚堪換酒，也須賒酒煖詩脾。

五

漁子停舟何所爲？晴天不脫舊簑衣。江長水闊沙蘆畔，快看秋來一鴈飛。

為杭人題畫二首

一

帳頭戲偶已非眞，畫偶如鄰復隔鄰。想到天爲羅帳處，何人不是戲場人。右帳竿木偶圖。

二

一處飛槌一踏橇，鑼聲鼓韻走兒曹。無端士女如雲集，也要丹青費筆描。右打流星槌及踏高橇者。

何處

何處仙人海上來？將攜玉女出天台。既爲鳥囀當庭樹，復作花枝映酒杯。

端陽題慕蘭雪畫

十里空江一物無，青篗曳雪老漁孤。酒筵正苦黄魚熱，對此寒生緑葉蒲。

唐伯虎古松水壁閣中人待客過畫

南京解元唐伯虎，小塗大抹俱高古。壁松水閣坐何人，若論游魚應着我。

題折花美人圖

高髻阿那長袖垂，玉釵彷彿挂羅衣。折得花枝向寶鏡，比妾顔色誰光輝。

畫美人 湖石、牡丹、杏花，美人覩飛燕而笑。

牡丹花對石頭開，兩燕低從杏杪來。勾引美人成一笑，畫工難處是雙腮。

抱琵琶偶佇蕉陰美人

雛宮給事小青衣，催送琵琶向瑣幃。行到芭蕉忽回想，去年此日嫁明妃。

雪梅

去年雪下我尋梅，今歲尋梅未可期。幸有鄰墻過數朶，稍勝戴逵畫中窺。

梅花

傳得丰標似雪清，枝間猶帶隴頭春。相思不用江南折，處處堪將寄遠人。

王元章倒枝梅畫

皓態孤芳壓俗姿，不堪復寫拂雲枝。從來萬事嫌高格，莫怪梅花着地垂。

畫梅時正雪下

誰寫孤山伴鶴枝，早春窗下索題詩。今朝風景偏相似，是我尋他雪下時。

題畫梅二首

皃牛兩碟酒三巵，索寫梅花四句詩。想見元章愁米日，不知幾斗換冰枝。

二

從來不見梅花譜，信手拈來自有神。不信試看千萬樹，東風吹着便成春。

雲門寺題畫梅

浮橋流水雪潺潺，客子來遊二月闌。蓓蕾已青酸滿樹，梅花只就畫中看。

梅樹美人畫

霜重衾單少婦孤，遼西秋半去征夫。至今不寄一行字，欲寄梅花花尚無。

竹

葉葉枝枝逐景生，高高下下自人情。兩梢直拔青天上，留取根叢作雨聲。

二

郡城去海不爲遙，墨簸淋漓似鬱蛟。莫遣風來吹一葉，恐於箋上作波濤。

三　竹石

片石蒼蒼映莽林，南宫如見拜難禁。牛車若使能移去，賣與侯家五百金。

四

昨宵風雨折東園，那許從天乞一竿。數葉傳神爲不朽，儒寒道瘦任人看。

五

林梢片石墨初籠，凍筆勾寒入指中。急遣蒼頭沽一榼，破簾穿日盪杯紅。

六

筆底霜叢三四竿，園中解籜兩三年。修蛇拔尾當黄土，小鳳梳翎在碧天。

七

修蛇有尾頻年墜，小鳳爲翎幾日成。輸與寒梢三十尺，春來祇用一雷驚。

八

人家宿紙幾時收，紫兎尖尖走潑油。竹影滿窗涼似水，斷厓疎雨數竿秋。

九

昨夜窗前風月時，數竿疎影響書幃。今朝搨向溪藤上，猶覺秋聲筆底飛。

十

怪石初烘潑墨勻，吳箋短短縮霜筠。長空五尺青鸞尾，一半斜封在白雲。

寫竹與某 時某客居桃葉渡口。

桃葉渡頭一見君，爲言岸上石榴裙。相逢無錢可買醉，贈與竹枝撩白雲。

都門五月寫竹，送某君之官新昌 乃江西

君去新昌五月時，都門日近火雲移。贈君數葉迎風物，併入高帆一道吹。

寫竹送李子遂

江山灘水錢塘落，仙霞嶺曲盤羊角。君從此道歸建陽，六月同誰坐林竹？

勾勒竹

自緣勾勒減松煤，非關白雪壓枝低。稍似東坡碑上筆，路人纔掘出深泥。

雪竹

山中雪厚沒人腰，城瓦猶堆尺五高。壓損青蛇三百萬，起烘冰兔掃雙梢。

遼東李長公午日寄到酒銀五兩，寫竹筍答之，書此於上

五千蚨母虎符封，到卽呼交䴵米翁。醉後答書無一物，盡髠籬筍寄遼東。

畫筍遺許口北　口北嘗許啖我以筍，戲之。

口北清饞似大蘇，窮邊那得筍燒爐。曾聞止渴消梅子，故寫龍孫與大夫。

畫竹與吳鎮二首

二

聚榦垂梢凡幾重，只須用墨一分濃。卽令小節無些用，也自成林一壑中。

東坡畫竹多荆棘，却惹評論受俗嗔。自是俗人渾不識，東坡特寫兩般人。

顧御史索畫竹

醉墨淋漓灑麝香，垂梢勁篠入雲長。都成擺鳳蕭娘影，好試栖烏御史霜。

二

避暑西齋掃竹枝，無邊墨海浸銀螭。忽然捲向誰家去，猶覺餘凉解粟肌。

雨竹

天街夜雨翻盆注，江河漲滿山頭樹。誰家園内有奇事，蛟龍濕重飛難去。

倒竹

長箋白白墨焦焦，倒掃青蛇挂一梢。應有斷厓藏半幅，蒼藤翠薛倚天高。

畫竹

東吳藥絹白濛濛，況值膠礬盞内空。爛穎掃來孤鳳影，江湘細雨淡煙中。

舊作竹與某，復要予再作，答此

此竹是予昔所作，卽欲再作今不能。雀老既然成海蛤，轉教爲雀可飛騰？

寫倒竹答某餉

胡麻綠菽兩尖堆，回施無他寫竹回。卷去忽開應怪叫，卓龍抽尾掃風雷。

伏日寫雪竹

昨夜苦熱眠不得，起寫生篁雪兩竿。莫問人間涼與否，蒼蠅僵拌研池乾。

竹石

青蛇拔尾向何天，紫石如鷹啄兎拳。醉裏偶成豪健景，老夫終歲懶成眠。

寫竹擬送友人之官長沙

二

墨竹一幅百白浮，送爾之官楚水頭。莫使湘娥江上見，恐添紅淚兩竿流。

無不長沙弔賈生，賈生也自弔靈均。頭陀暗裏爭餐鱠，却把乾魚哭向人。

初春未雷而筍有穿籬者醉中狂掃大幅

臘尾春頭試爆餘，竹根驚筍兩三株。却憑一七硫黄末，竟奪雷州穩臥豬。

題扇竹勉馬子

名園未冷看花跡，小窗新竹稠如織。雙丸來去急如飛，年少光陰可輕擲？

畫竹答贈劉眞定之貽

美人贈我螭虎段，我因遺之鳳尾圖。南窗閣筆何所取，葉葉清風似大夫。

寫竹壽郁頴上 心齋

頴上今年五十逢，野人爲壽不堪供。生移數葉淇園綠，但願君爲衛武公。

畫筍竹賀許口北得子

小葉瀟瀟翠羽疎，東攢西簇護龍雛。蜀箋何用長三丈，數寸班鱗見大都。

菊竹

若不重陽貰一壺，那能了此菊花逋？竹梢墨色潮如此，試看明朝有雨無？

水仙雜竹

二月二日涉筆新，水仙竹葉兩精神。正如月下騎鸞女，何處堪容食肉人？

荷

五月五日熱太烘，疾揮紈扇不能攻。欲呼小艇耶溪去，荷葉荷花十里風。

二

一斗湖光不放寬，却於紙上定波瀾。犀盤黑盡渾無蜜，捧出茅山女道冠。

三

鏡湖八百里何長，中有荷花分外香。蝴蝶正愁飛不過，鴛鴦拍水自雙雙。

四

若耶溪上好風光，無人將去獻吴王。西施一病經三月，數問荷花幾許長？

五

一瓣真成蓋一鴛，西風捲地僅能掀。花枝力大爭獅子，丈六如來踏不翻。

六

荷葉五寸荷花嬌，貼波不礙畫船摇。想到熏風四五月，也能遮却美人腰。

七

子建相逢恐未真，寄言個是洛川神。東風枉與塗脂粉，睡老鴛鴦不嫁人。

八

花垂葉倒露難擎，頸折鵝飛咽不鳴。漸看湖光平似掌，秋來無處立蜻蜓。

九

五月蓮舟苧浦頭，長花大葉插中流。即令遮得西施面，遮得歌聲度葉不？

畫荷花送陳都揮往招寶

招寶青天碧鳳翔，沈香大士坐中央。知君一葉春濤外，遙指蓮花出海洋。

畫荷壽某君

若箇荷花不有香？若條荷柄不堪觴？百年不飲將何爲，況直雙槽琥珀黃。

翎菊

研底毫端秋氣清，攢花簇蘂筆通靈。看來不似籬邊色，拔取何天白鶴翎。

畫菊二首

身世渾如拍海舟，關門累月不梳頭。東籬蝴蝶閒來往，看寫黃花過一秋。

二

經旬不食似蠶眠，更有何心問歲年。忽報街頭糕五色，西風重九菊花天。

牡丹

五十八年貧賤身，何曾妄念洛陽春？不然豈少胭脂在，富貴花將墨寫神。

二

豪端紫兔百花開，萬事惟憑酒一杯。茅屋半間無得住，牡丹猶自起樓臺。

雪牡丹　次首夾竹者

銀海籠春冷茜濃，松煤急貌不能紅。太眞月下胭脂頰，試問誰曾見影中？

二

絳幘籠頭五尺長，吹簫弄玉別成粧。不知何事粧如此，一道瑤天白鳳凰。

人有以舊抹牡丹索題者

何年草草抹花王？此日將題歲月忘。拾得懶仙抛下蛻，不堪教贊舊皮囊。

松化石牡丹　松化石二，各高六七尺，大可兩三抱，初是一塊，則高丈餘矣。童貫自台溫海載至此，重而折，會汴京陷，遂委之。古今絕奇物也。

松化石邊垂牡丹，花石綱移來海山。十五年前二三月，董侍郎家園內看。

蜜蜂牡丹

村家縣篚引蜂糖，課取花逋日夜忙。掠盡牡丹千樹粉，不能扇就一脾黄。揚行密僞都廣陵，揚人遂諱蜜爲蜂糖。

遮葉牡丹

爲君小寫洛陽春，葉葉遮眉巧弄顰。終是傾城嬌絶世，只須半面越撩人。

梨花五首

名園深鎖麗長空，映戶搖扉一萬叢。總使梅花開似雪，却輸毬雪打和風。

二

帶煙籠霧自生香，薄粉濃鉛不用粧。莫以輕盈窺宋玉，憑將淡白惱何郎。

三

春雨春風能幾宵，吹香落粉濕還飄。朝來試看青枝上，幾朶寒酥未肯消。

四

早起春晴香霧肥，獨依殘月出墻圍。洛濱仙子波心立，虢國夫人馬上歸。

五

輕風吹霧散朱門，影落馮誰寫素魂。萬里曉天微有暈，終宵明月欲無痕。

題畫梨花折枝

粉暈微銷墨一絲，春風春雨未來時。名園無此好顏色，知是宫中第幾枝？

水仙六首

杜若青青江水連，鷓鴣拍拍下江煙。湘夫人正蒼梧去，莫遣一聲啼竹邊。

二

百品嬌春俗却春，一清無可擬丰神。銀鈿縞袂田家婦，絕粒休糧女道人。

三

略有風情陳妙常，絕無煙火杜蘭香。昆吾鋒盡終難似，愁殺蘇州陸子剛。陸子剛，蘇人，碾玉妙手也。

四

海廟元君斷百葷，粉腮胭頰棄如焚。江心羅襪從渠踏，不亂長波皺綠紋。

五

姊妹商量明月隄，夜粧莫解綠鬟絲。黄陵廟口無多路，去聽女郎歌竹枝。

六

素蕊渾疑白玉珥，檀心又似紫金環。若敎栽向瑶池上，正好添粧女道冠。

雪水仙

西子雲耕趁雪行，白鸞無力海綃冰。玉京固是朝天路，如此清寒苦不勝。

水仙蘭

自從生長到如今，煙火何曾着一分。湘水湘波接巫峽，肯從峰上作行雲？

葡萄

半生落魄已成翁，獨立書齋嘯晚風。筆底明珠無處賣，閒抛閒擲野藤中。

二

數串明珠挂水淸，醉來將墨寫能成。當年何用相如璧，始換西秦十五城。

三

自從初夏到今朝，百事無心總棄抛。尙有舊時書秃筆，偶將蘸墨點葡萄。

四

璞中美玉石般看，畫裏明珠煞欲穿。世事模糊多少在，付之一笑向靑天。

五

昨歲中秋月倍圓，海南母蚌太鼾眠。明珠一夜無人管，迸向誰家壁上縣。

王生索寫葡萄

王生昔日好容顔，今日相逢范叔寒。贈與明珠三百顆，誰知一顆不堪餐。

杏花

道人懶爲着色物，偶施小茜作嬉游。人言杏花可摘賣，挂向街頭試買不？

二　贈醫者

不解寒溫逐世情，獨操一匕代犂耕。杏花樹下堪丸藥，時有流鶯囀一聲。

雪粉團

北斗垂天錦帳横，景陽催妾未雞鳴。燈昏鏡暗粧無準，糝粉過眉與鼻平。

畫石榴

五寸珊瑚珠一囊，秋風吹老海榴黄。宵來酒渴眞無奈，喚取金刀劈玉漿。

榴

略着胭脂染一堆，蛟潭錦蚌挂人眉。山深秋老無人摘，自迸明珠打雀兒。

玉簪花

老人一掃秋園卉，六片尖尖雪色流。用盡邢州砂萬斛，未便琢出此搔頭。

芭蕉 蕉鹿相沿誤，故亦不避。

紅棘黄荆樵斧歸，芭蕉學畫指如椎。中間一葉渾相識，記得前生蓋鹿來。

沈君索題所畫二卉，賀人新婚

蓮花如妾葉如郎，畫得花長葉亦長。若使畫蓮能並蒂，不須重畫兩鴛鴦。

二

榴花作火向空然，少婦嬌多夏日眠。睡起不知花在畫，折榴欲插鬢雲偏。

黄薔薇

薔薇黄似月初華，難寫芳香只寫花。若使移生南海國，取將露水粉宫娃。

木筆花

束如筆穎放如蓮，畫筆臨時兩鬭妍。料得將開園内日，霞箋雨墨寫青天。

茉莉花

南海曾經駐客驂，芳稱茉莉荔稱甘。如今畫裏看花色，記得依稀似海南。

畫海棠

海棠弄春垂紫絲，一枝立鳥壓花低。去年二月如曾見，却是誰家湖石西。

畫玫瑰花

畫裏看花不下樓，甜香已覺入清喉。無因摘向金陵去，短擫長丁送茗甌。

青門山人畫滇茶花

武林畫史沈青門，把兔申藤善寫生。何事胭脂鮮若此，一天露水帶昆明。

季先生女九姑五十，其郎君索墨萱

萱草年年夏亦春，萱根雪裏倍精神。九姑嫁去如昨日，又見兒郎拜五旬。

蘭

莫訝春光不屬儂，一香已足壓千紅。總令摘向韓娘袖，不作人間腦麝風。

松竹梅

朱碧嬌啼二月鶯，却都輸與此三君。若添明月孤來鶴，踏亂松尖一片雲。

大醉作勾竹兩牡丹，次日始得題

畫也昨日題今朝，酒杯雖冷墨猶潮。湘娥總有凌波色，姊妹江東數二喬。

作荷蘆於是日亦次朝題

蘆上荷花高一尋，蘆中夏色凍陰陰。興雖有餘筆禿盡，難畫鸕鷀照淺深。

芭蕉墨牡丹

知道行家學不來，爛塗蕉葉倒莓苔。馮伊遮蓋無鹽墨，兔倩胭脂抹瘦腮。

芭蕉玉簪 中秋後一日作

爛醉中秋睡起遲，蒼蠅留墨研頭池。合歡翠扇遮羞面，白玉搔頭去嫁誰？

芭蕉雞冠

芭蕉葉下雞冠花，一朵紅鮮不可遮。老夫爛醉抹此幅，雨後西天忽晚霞。

梅桂諼草

金陵梅桂餡酥蒸，北地黃花摻肉羹。一吸葡萄春五斗，旋移狂墨寫劉伶。

枯木石竹

道人寫竹并枯叢，却與禪家氣味同。大抵絶無花葉相，一團蒼老莫煙中。

題畫四首

白頭翁亦戀花枝，飛上桃花影自窺。若使逢花不能賞，也應花鳥笑人癡。右白頭翁桃花。

二

雷雨垂垂翠色繁，古松陰裏了歌喧。問渠何事爲人語，我愛山中聽鳥言。右了哥古松，了哥即鸜鵒類也。

三

金縷團睛可一針，端州石子爾爲珍。夜來迸破封函土，飛入誰家苦竹林。右苦竹鸜鵒。

四

凍合梅花暝色多，雙鳩鳴喚坐交柯。雀心愁雪正欲絕，呼雨呼晴奈爾何？右鳩梅。

獨喜萱花到白頭圖

問之花鳥何爲者，獨喜萱花到白頭。莫把丹青等閒看，無聲詩裏頌千秋。

題花圖

金谷園中花草新，太湖石畔鬬芳春。紅顏笑臉如撩客，粉面藏頭羞見人。

無題

半生不復作鯨吞，白飲無紅攬不渾。今日不愁人不醉，太眞新出浴湯溫。

書花册送王生

送客之燕上馬時，圖花滿冊各成詩。河橋楊柳如敎見，應喜相饒贈別枝。

詠畫降龍

乾坤紙上黑騰騰，爪股風雷墨所生。一雨盡歸燒尾德，世間誰識有曹興？

躍鯉三首送人

昔人畫龍破壁去，余今畫鯉亦龍儔。墨到鬣邊忽一逸，令人也動點睛愁。

二

鱗鬣不殊點額歸，丰神却覺有風威。不添一片龍門石，方便凡魚作隊飛。

三

明春杏花人滿頭，今年且占木樨秋。老夫醉寫龍門罷，閑看盆魚自在遊。

魚蝦螺蟹

魚蝦螺蟹藻萍鮮，一榼新醪一柳穿。不是老饕貪嚼甚，臂枯難舉筆如椽。

題畫蟹二首

誰將畫蟹托題詩，正是秋深稻熟時。飽卻黃雲歸穴去，付君甲冑欲何爲？

二

□□□□墨模糊，擁盾鴻門漢將麄。一片黃沙如此闊，橫行那得到匈奴？

某子舊以大蟹十個來索畫，久之答墨蟹一臍，松根醉眠道士一幅

五斗劉伶踉蹡行，昏鴉着處打頭巾。松根白石且眠我，頭上青天亦醉人。

二

五斗劉伶不認家，頭巾着處打昏鴉。松根白石且眠我，頭上青天凴着他。

三

不負青天睡這場，松花落盡尙黃粱。夢中有客刳腸看，笑我腸中只酒香。

書畫上答諸君見壽

爲壽多君及病翁，酬將圖畫不酬同。細思一事猶堪用，去障書齋壁隙風。

雜品

魚蟹瓜蔬筍豆香，溪藤一斗小方方。校量總是寒風味，除却江南無此鄉。

柳渚雙魚

一行楊柳春將綠，兩箇魚兒活欲飛。跳入研池等閒事，只愁研水濕人衣。

蘆汀鳴雁圖

蘆洲無伴賣孤鳴，畫者無情看有情。才與不才俱未免，九原難起問莊生。

鳴鳥圖

樹杪參雲穩稱棲，啾啾小鳥喚誰知。似分綠葉遮朋友，不肯將身占一枝。

畫布穀

片墨圖枝布谷棲，停毫覓句意何遲？爲驚轉眼流光速，又是農簑細雨時。

扇圖二首

渺渺平沙四望通，天涯雙樹立秋風。畫工不解寒鴉意，寫入隋堤綠柳中。

二

古木長途少客行，斜陽無數落鴉輕。臨枝旋作將栖勢，誰道雙翎畫裏成？

牛圖

大野茫茫路不分，西莊歸去認蹄痕。兒童不弄黃昏笛，更欲牽犂何處村？

二

霜竹雙吹霎不聞，八蹄爭道去如雲。縣知不是農莊物，好拽河陽石季倫。圖是兩奔牛

書畫兔中有一白雛

劣蹄凡毳等閒同，獵處難嬰宋鵲鋒。中有霜毫眞逸足，騰身高入月明中。

郭恕先爲富人子作風鳶圖，償平生酒肉之餉，富人子以其謾己，謝絕之。意其圖必立遭毀裂，爲蝴蝶化去久矣。予慕而擬作之。噫，童子

知羨烏獲之鼎，不知其不可扛也。雖然，來丹計粒而食，乃其報黑卵必請宵練快自握，亦取其意之所趨而已矣。每一圖必隨景悲歌一首，並張打油叫街語也，亦取其意而已矣

二

柳條搓線絮搓綿，搓够千尋放紙鳶。消得春風多少力，帶將兒輩上青天。

三

春風語燕潑堤翻，晚笛歸牛穩背眠。此際不偷慈母線，明朝孤負放鳶天。

四

鳶於兒輩何相關，苦要風高九萬摶。無限片帆當此際，錢塘江上雪如山。

五

我亦曾經放鷂嬉，今來不道老如斯。那能更駐遊春馬，閒看兒童斷線時。

縛竹糊腔作鳥飛，崩風墜雨爛成泥。明朝又是淸明節，鬬買餳糖柳市西。

六

江北江南紙鷂齊，線長線短迴高低。春風自古無憑據，一任騎牛弄笛兒。

七

剪楮披篁重幾分，橫天直去攬風雲。風雲去攬猶言可，誤殺低頭看鴨人。

八

紙鳶一塊去飄綿，不及三朝颶木鳶。更有大風君信不，能翻磨扇上高天。

九

我驚南海颶風年，屋瓦飛空攪蝶眠。試取紙鳶當此際，可能背去負靑天。

十 海上人相傳，一兒將食餳，寄線於腰，忽大風拔鳶向海，兒竟墮死，收其骸，餳猶在掌中。

風微欲上不可上，風緊求低不得低。渡海一憑儂自渡，可憐帶殺弄餳兒。

十一

剡藤湘箋一片雪，彷彿孤飛野鶴雲。畫取此圖酬酒債，未爲輕薄有錢人。

十二

村莊兒女競鳶嬉，憑仗風高我怕誰。自古有風休盡使，竹腔麻縷不堪吹。

十三

高高山上鷂兒飛，山下都是刺棠梨。只顧鷂飛不顧脚，踏着棠梨纔得知。

十四

箏兒箇箇競低高，線斷箏飛打一交。若箇紅靴不破綻？若人紅襖不鏖糟？

十五

偷放風鳶不在家，先生差伴沒尋拿。有人指點春郊外，雪下紅衫便是他。

十六

一方紙鷂一絲提，四箇金剛四塊泥。我亦誰家紅頂搭，一天風雨看鵬飛。

十七

愛看鑽天鷂子高，不知前後只知跑。風吹昨夜棠梨折，臥刺如針伏板橋。

十八

只因一線引鳶孤，跑過村鄉第幾都。小可兒郎三五輩，壞將多少綠蘼蕪。

十九

春來偏與老人讎，腰脊如弓項領柔。看鷂觀燈都好景，正難高處去擡頭。

二十

百丈牽風假鷂飛，不知斷去寸難持。若留五尺殘痲在，還好漁翁撚釣絲。

二十一

鷂材料取剩糊窗，却嚇天鵝撲地降。到得爺娘查線脚，拆他鞋襪兩三雙。

二十二

不向書堂講課勤，糊藤拗竹覓風雲。庭前幾葉瀟湘色，禁得兒們幾斧斤。

二十三

風吹鳶線攪成團，挂在梨花帶燕還。此日兒郎渾巳盡，記來嘉靖八年間。

二十四

嬌養嬌生嬌性情，鷂兒高别兩三層。春郊十里餳糖盡，買奉他家小主人。

二十五

新生犢子鼻如油，有索難穿百自由。纔見春郊鳶事歇，又搓彈子打黄頭。

自燕京至馬水竹枝詞二首

重山疊障説蓮花，此地渾抽菡萏芽。缺處將軍爲虎豹，連時鐵枝作籬笆。

二

沙渾石澁夾山椒，苦東桑乾水一條。流出蘆溝成大鏡，石橋獅影浸峯毛。

中秋後四日遊覽摩訶、法藏諸刹，遇雨，書絃上人房

彈琴上人古佛燈，昔年曾此演三乘。祗今移主西林敎，栢子庭前兩處青。

寫扇與毬兒

旣已明珠隨口散，誰能明月繞身飛。何時接得裁文錦，送與毬兒作舞衣。

琉璃河

水怪從來畏鐵腥，十尋鐵棒壓流横。風雷自古無廻避，也截蛟龍别處行。

嘉則衷緋而西二絕 沈往弔少保公，故有後絕。

最宜才子着紅衫，萬里青天坐片帆。何似雪深將酒伴，看君題字萬重巖。

二

此去長江非浪遊，兩行别淚不勝秋。寄將三尺竹如意，爲我嚴灘敲石頭。

錢子宅墨芙蓉　慕蘭

錢生書室半含霜，龍腦獅爐霧小窗。一曲清商彈未了，幾多紅樹颯秋江。

過陳氏園看杜鵑花，花高可十五尺餘，郡中無其比也　介石

西蜀來時一寸高，如今丈五尚餘梢。翻霞弄日長空上，笑殺朱榴着地燒。

鏡湖竹枝詞三首

紅墉粉壁綠窗紗，女郎往往說無家。夜來獨宿朝無伴，愁殺鴛鴦睡淺沙。

二

越女紅裙嬌石榴，雙雙蕩槳在中流。憨粧又怕旁人笑，一柄荷花遮滿頭。

三

杏子紅衫一女郎，鬱金衣帶一葦航。堤長水闊家何處？十里荷花分外香。

朱太僕扇面花鳥　月峰

湘簾金泥半月欹，海棠淡淡抹胭脂。多情更着啼春鳥，立軟嬌枝未肯飛。

上谷邊詞

胡兒住牧龍門灣，胡婦烹羊勸客餐。一醉胡家何不可？只愁日落過河難。

二

誰家門戶保無侵，二姓今輸守盜心。若使夜來能一吠，年年不惜賞黃金。

三

風吹乾草沒沙泥，齧草奔風馬自蹄。却問駱駝何處去，大酋隨獵未曾歸。

四

誰能專殺靖邊庭，大海鯨鯢處處生。捉得一人非上賞，坐收五利是長纓。

五

古來斥地寸金難，割得杆松一萬盤。漢卒不煩藏馬邑，匈奴痛哭失陰山。杆松頂是鎮帥新拓地，杆，木名，似栢多頭。

六

胡馬南來漢市通，邊墻猶自匝墩烽。折來何止三千里，觸處長蛇寸寸封。

七

胡兒處處路旁逢，別有姿顏似慕容。乞得杏仁諸妹食，射穿楊葉一翎風。虜最嗜糖纏杏仁。

八

駱駝見柳等閑枯，虜見南醪命拚殂。倒與鵾夷留一滴，回韁猶作卯兒姑。北諺云：「駱駝見柳，達子見酒。」又夷言磕頭爲卯兒姑。

黄楊山四首山中有一潭，在絕壁高頂，用纙梯而上，數道士作庵其中。

石牙初豁轉成含，近頂如臍着一菴。谷口進來三萬丈，數株松柏似江南。

二

相將昏嫁向平年，肉質凌空苦未便。十尺龍潭梯怯上，人傳五岳在青天。

三

巉厓立馬苦迷灣，破寺饑僧路懶攀。除却黄椒千萬片，一株松蓋塔兒山。

四

高山斷堡少人烟，土炕泥垣缺一邊。馬噉豆啼窗月落，遊人一夜不成眠。

秋熱更酷，戲作扶桑女郎葵扇詩

秋雨不來熱更强，蒲葵團扇滿筐箱。蠻娘只備涼衾枕，未要橋邊寫二王。

卷十二　詞

日　以下俱代應制

何年造物，巧飛驪駒隙，琢就烏輪。纔上千山頓紫，萬里俱明。祥雲綺霧，齊簇擁帝闕宸京。天公意，總無私照，偏濃偎掌金莖。　分取餘光下土，能俯鑒葵心委赤，蓂莢舒青。更有鳳凰鳴瑞，魑魅潛形。惟應野老，此時動獻曝微誠。終古同天不息，朝朝西墜東升。

月

冰輪掛處，有千尋丹桂，七寶層樓。正值一天鋪霽，萬里横秋。井梧岸柳，伴砧聲一葉西流。當此際，征衣戍婦，何人不動離愁。　問甚嫦娥靈藥，夜夜對青天碧海，應悔曾偷。且喜畢離雨順，暈少風柔。陰陽變理，問道傍不喘吳牛。影裏山河大地，萬年長印金甌。

風

蓬蓬颯颯，正初噫大塊，乍起青蘋。早被蛇憐北海，鵬借南溟。推雲送雨，捲長空一霎澄清。將止處，留將細裊，催開翠葆紅英。太平久歇條鳴，豈盡關風姨力量，少女神靈。要識調和有道，感召無形。阜財解慍，韻五絃共繞虞廷。散取微涼殿閣，普天何處炎蒸。

雲

紛紛郁郁，黯無心出岫，噓氣從龍。正好釀霖救旱，捧日當中。御爐偎掌，和篆縷細繞輕籠。彤芝外，朝朝長護，玉皇一朶偏紅。傳道上天下地，更有甚巫山神女，崑頂豐隆。此說多應無據，畢竟誰逢。小臣書瑞，願年年五色從東。別取嵐光霞影，遙天點綴青峯。右俱調漢宮春

霜㊀

江柳疎黃，池荷脆綠，又早黃花催馥。青女淩晨，剪就輕綃三萬斛，碧萬毛，銀箭鏃，籠滿玉樓金屋。更無端糝向沙蘆，驚鴈羣宿。却遙想，干將遠隔青霄，借與寒光燭。暗約豐山，僧鍾不叩鳴空谷。又特爲，鄒生獄，颯然飛月當夏六。願爽鳩就義行仁，應秋金肅。

雪

壓梅橫月，學絮從風，果是巧輪滕六。無數青峯，一夜尖尖髻銀矗。浙江潮，崑山玉，對此景依稀一粟，恍眞成萬里瓊瑤，遍籠華屋。正遙想，沙場從軍壯士，夜裹鐵衣宿。千古猶傳，爲解貂裘賜征蜀。綠

㊀ 以下兩首原無調名，按句式似是應天長。

樹簷，金盤醾，無人知外邊寒肅。願天公一示豐祥，早升羲旭。

山

卷石初來橫大陸，微翠宛同杯覆。及至無窮，巍然有矗，並是擎天蒼玉。九州四隩，儼鳳舞龍飛，虎蹲龜縮。五岳兒孫，雙條南北擎鰲足。大則釀霧含雲，小幻出玲瓏，烟霞草木。巧映書窗，儘供詩料，憑寫畫圖一幅。版章有屬，看畫拱瑤京，永屏黄屋。別展神虔，歲歲聞嵩祝。

水

一勺初生天一後，應未滿蹄涔簷溜。及至無窮，茫然東走，依稀萬馬馳驟。何方最陡？有灩澦如牛，淮渦鎖獸。挂瀑飛珠，澄江淨練風吹皺。那更蘸柳春塘，浮花曉澗，綠窗難繡。魚喜相投，龍欣或躍，正是今時候。聖明親覩，卜海晏連年，河清旬晝。中外欣欣，鼉鼓馮夷奏。右俱調齊天樂

霜

金天白帝當時令，一夕操符握柄。萬瓦鴛寒，五更鷄冷，簇滿海綃稜勁。雁行斜引，渺烟水蒼横，蒹葭白迥。震澤酣楓，洞庭熟橘，好風景。追論伯奇已遠，耿中野嚴凝，徘徊履影。六月曾飛，一夫得免，青女親敎響應。遭逢有幸，凛孝子忠臣，千秋明證。百事防微，更有堅冰警。

雪

巧剪飛花呈六出，不是尋常風物。鶴舞天長，蟹行沙密，比擬形聲猶失。裹粧都畢，總富貴簷楹，寒微蓬蓽。此付瓊堆，彼分玉糝渾如一。　銷金帳底人醉，更掃將梅上，茗烹團月。鳥跡千山，人蹤萬景，保盡炊烟未必。九重密勿，正喜卜豐祥，西疇如櫛。猶恐民貧，數問長安陌。調念奴嬌

秋㊀

菊英初綻，霜色籠金瓣。露下蛩，天邊雁，明河清淺影，丹桂扶疎燦。賞心處，玉樓龍笛風中散。　輕颸吹不斷，千尺虹流殿。報海屋，籌添筭，良宵三五夕，仲月光逾滿。此時節，千官競祝吾皇誕。

冬

繽紛朔雪，天地呈三白。玉樓臺，銀宮闕，粧點無窮景，較筭何方別。清禁裏，碧簷綠樹琳琅結。　賜遠傳貂帽，焚香添麝屑。殷勤祝，分明說，降瑞不宜多，兆豐應有節。勤思念，豈無貧者長安陌？

研

深洞篝燈，古坑懸綆，蒼銅紫玉璘珣。鑿取歸來，濕雲一片猶津。漳河雀瓦，海島鼉磯，良材併值千金。

㊀以下兩首原無調名，按句式似是千秋歲。

明窗下，丹鉛隨染，歲月侵尋。　總取，鐵就磨穿也，若尋行數墨，無補經綸。取法端方，任教緇涅常新。禁園久罷名園賞，再休論，捧向詩人。更一種，製成鼎樣，萬年同鎮周京。

筆

夢裏生花，書邊飛巷，長鬚果是通神。作伴云誰，都來席上儒珍。蟾蜍玉滴，鸜鵒金睛，兼收松麝溪藤。併付將，雄豪管領，一掃千軍。　記得，甘泉曾載取，正逢校獵，作賦凌雲。小可雕蟲，馮他帶草連眞。而今幸蘸龍池水，運宸章，畫鐵鈎銀。笑昌黎，爲譜中山，却首嬴秦。

墨

侯拜松滋，守蕪楮郡，絳人品秩多般。龍劑犀膠，收來共伴燈烟。煉修依法，印證隨人，纔成老氏之玄。是何年，逃却楊家，歸向儒邊。　紅絲玉版毫霜畔，苦分分寸寸，着意磨研。呵來滴水，幻成紫霧蛟蟠。有時化作蒼蠅大，便改粧道士衣冠。向吾皇，萬歲山呼，壽永同天。

劍

歐冶良工，風胡巧手，鑄成射斗光芒。掛向床頭，蛟鱗入夢生涼。枕邊凜雪，匣內凄霜，英雄此際肝腸。問猿公，家山何處，在越溪旁。　見說，胡塵前幾歲，秋高月黑，時犯邊疆。近日稱藩，一時解甲投韁。

卽令寸鐵堪銷也，又何勞，三尺提將。古人云，安處須防，但詰取，戎兵暇日，不用何妨。右俱調鳳皇臺上憶吹簫

鑑湖曲 調浣溪沙

淺碧平鋪萬頃羅，越臺南去水天多，幽人愛占白鷗莎。十里荷花迷水鏡，一行遊女怯舟梭，看誰釵子落青波。

八月十六夜泛舟西湖 ㊀

月倍此宵多，楊柳芙蓉夜色蹉。鷗鷺不眠如晝裏，舟過，向前驚換幾汀莎。筒酒覓稀荷，唱盡塘栖白苧歌。天爲紅粧重展鏡，如磨，漸照胭脂奈褪何？

竹爐湯沸火初紅 調鷓鴣天

客來寒夜話頭頻，路滑難沽麯米春。點檢松風湯老嫩，退添柴葉火新陳。傾七碗，對三人，須臾梅影上冰輪。他年若更爲圖畫，添我爐頭倒角巾。

㊀ 原無調名，按句式似是南鄉子。

寶珠齋飯罷，筋響椀寂，爲作一偈，時宿東天目 如夢令㊀

兩隻脚挨轉磨，一副牙關嚼錯，連日施藥醫人，大似把船放舵。錯過，錯過。莫被寶公瞧破。

蔣三松風雨歸漁圖 調鷓鴣天

蘆長葦短挂青楓，墨潑毫狂染用烘。半壁藤蘿雄水口，一天風雨急漁翁。簑笠重，釣竿濛，不教工處是眞工。市客誤猜陳萬里，惟予認得蔣三松。

畫中側面琵琶美人 鳳凰臺上憶吹簫

湖石陰中，栟櫚影外，天然一箇宮娃。悄無人與共，自弄琵琶。撥掃忽成抖擻，恍搖却、鈿翠鬟鴉。如花畔，蜂撩未定，戰殺其花。勻搽，梨腮雙靨，那半面剛被這半面相遮。問何時展過，得見些些。除是遞將紅葉，應回流水之涯。俄成訝，緣來畫也，一笑看差。

書唐伯虎所畫美人 眼兒媚㊁

吳人慣是畫吳娥，輕薄不勝羅。偏臨此種，粉肥雪重，趙燕秦娥。可是華清春晝永，睡起海棠麽。只

㊀ 原無調名，據徐文長文集補。

㊁ 原無調名，據徐文長文集補。

將穠質，欺梅壓柳，雨罷雲拖。

美人解 調鵲踏花翻

鑼鼓聲頻，街坊眼慢，不知怎上高高騎。生來少骨多筋，軟陡騰翻，依稀略借鞍和轡。作時鶻打雪風天，停猶燕掠桃花地。下地，不動些兒珠翠，堪描耐舞軍裝伎。多少柳外妖嬌，樓中笑指，顛倒金釵墜。無端歸路又逢誰，斜陽繫馬陪他醉。

閨人纖趾 調菩薩蠻

千嬌更是羅鞋淺，有時立在鞦韆板，板已窄稜稜，猶餘三四分。紅絨止半索，繡滿幫兒雀，莫去踏香隄，遊人量印泥。

爲張子奇遇作 意難忘

燕約鶯期，問何人無有，惟爾偏奇。鮫綃紅一縷，綵筆畫雙枝。臨水處，倚樓時，魂逐片雲飛。看衣袂，當年紉帶，斷藕牽絲。自分無緣重會，誰知來夢裏，與畫蛾眉。堪憐新粉黛，不減舊丰姿。花帶雨，柳含啼，和淚訴相思。好風月，何人不羨，況說與天池。

卷十三　表

代胡總督謝新命督撫表

任兼督撫，一方文武之司，鎮重浙閩，萬里華夷之會，撫躬知感，受托思危。臣伏念東南之患，夙夜再興，始於赤子之弄兵，馴至蒼生之受毒，引島夷而深入，連省甸以無寧。慨自數年以來，無如今日之甚。辟猶破壞之車，既遇險於泥濘，必得良父之御，可責望以驅馳，若求善後於賤工，終知無補於覆轍。臣之自揣，何以異茲？人所私評，亦爲過當。且昔叨監軍紀功之任，偶成事於一時，比於今提督巡撫之難，亦奚啻夫百倍，昔猶不逮，今復何能？特以聖明用人，姑自郭隗而始，則凡豪傑響應，必有樂毅之流。臣敢不灑涕誓師，矢心圖報。黃金横帶，敢懷先樂之心，滄海揚波，豈望生還之日。仗天威而策勵，辱廟筭以周旋。取彼鯨鯢，爰助鼓鼙之氣，佇看溟渤，翻爲鳯鶖之池。力雖不前，志誠無已。

代初進白牝鹿表

臣謹按圖牒，再紀道詮，乃知麋鹿之羣，別有神仙之品，歷一千歲始化而蒼，又五百年乃更爲白，自茲以往，其壽無疆。至於鍊神伏氣之徵，應德協期之兆，莫能罄述，誠亦希逢。必有明聖之君，躬修玄默之道，保和性命，契合始初，然後斯祥可得而致。恭惟皇上，凝神沕穆，抱性清眞，不言而時以行，無爲而民自化，德邁羲皇之上，齡齊天地之長。乃致仙麋，遥呈海嶠，奇毛灑雪，島中銀浪增輝，妙體搏冰，天上瑤星應瑞，是蓋神靈之所召，夫豈虞羅之可羈。且地當寧波定海之間，況時值陽長陰消之候，允著晏清之效，兼昭晉盛之占。顧臣叨握兵符，式遵成筭，蠢兹夷狄，尚爾跳梁，日與褊裨，相爲掎角。偶幸捷音之會，嗣登和氣之祥。爲宜付之史官，以光簡冊，内諸文囿，俾樂沼臺。覓草通靈，益感百神之集，銜芝候輦，長迎萬歲之遊。

代初進白鹿賜寶鈔綵段謝表 時鶴降醮壇

臣惟白鹿呈祥，式應仙經所紀，玄穹眷德，端爲聖壽而徵。言從島嶼之游，已切闕庭之望，偶當分地，借達禁林，何與臣勞，遂叨上賞。綃紋盤束，旋分篚貢之珍，鈔貫充函，别出帑儲之寶。愧無報國，喜有傳家，吏士知榮，節旄生色。但臣執戈從事，方爲掎角之圖，戀闕馳情，尚阻江湖之遠。傳聞嘉瑞，預降仙禽，益占萬壽之無疆，畢致四靈而未已。

代擒王直等降敕奬勵謝表

竊惟巨寇直等素號雄黠，久負逋逃，致勤拊髀之思，未泄請纓之憤。臣向者偶當機會，誘置拘囚。良由皇上之德威，動應聖人之神武，是以天奪其魄，假手於臣，自伏其辜，係頸以組。至於近來斬馘之小捷，不過一時追逐之微勞。迺辱聖明，曲加優奬。雲霄遙捧，錦行燦以連珠，吏士懽傳，玉語溫於挾纊，感惟伏地，功懼貪天。抑臣過信己心，未調衆口，欲加責備，豈乏吹求。將在外則自不免於涉嫌，母雖慈而勢亦宜於投杼。幸蒙垂照，歷三至而勿疑，自念餘生，粉百身其莫報。臣敢不益竭駑鈍，勉效馳驅。舟山在望，豈容狐兔之巢，炎海試浮，親渡蛟龍之窟。渠魁既得，亦何有於黨徒，時勢須乘，乞毋拘以歲月。

代江北事平賜金幣謝表

恩從天下，波及海壖，人自日邊，氣占星使，自慚涼德，堪此殊榮。中謝伏念臣本書生，誤叨閫寄，跨兩省一京之地，當諸夷數道之衝，機務浩繁，調徵闊遠。曩昔淮陽之警，頗陳意見之麤，恐漕河陵寢之震驚，爲心膂咽喉之要害。偶因羣力，幸剪諸兇，凜待罪而至今，眇何勞之可紀。乃函金幣，遠發宮廷，玆蓋伏遇皇上，誠協經綸，道融精一，分絲析縷，不以善小而弗旌，定價收名，每謂功疑而惟重，其爲恩澤，莫可名言。臣敢不銳志澄淸，委身報答。奉宣威德，夷方期獻幣以來廷，結內賢豪，帳下益懸金而募士。

代再進白鹿表

竊惟白鹿之出，端爲聖壽之徵，已於前次進奏之詞，概述上代禎祥之驗。然黃帝起而御世，王母乘以獻環，不過一至於廷，遂光千古之冊。豈有間歲未周，後先迭至，應時而出，牝牡俱純，或從海島之崇林，或自神栖之福地，若斯之異，不約而同如今日者哉！茲蓋恭遇皇上，德函三極，道攝萬靈。齋戒以事神明，於穆而孚穹昊，眷言洞府，遠在齊雲，聿新玄帝之瑤宮，甫增壯觀，遂現素麋於寶地，默示長生。雌知守而雄自來，海既輸而山亦應，使因緣少有出於人力，則偶合安能如此天然。且兩獲嘉符，並臣分境，皤然攸伏，銀聯白馬之輝，及此有掾，玉映珊瑚之茁。天所申眷，斯意甚明。臣亦再逢，其榮匪細。豈敢顧恤他論，隱匿不聞，是用薦登禁林，并昭上瑞。雙行挾輦，峙仙人冰雪之姿，交息凝神，護聖主靈長之體。

代再進白鹿賜一品俸謝表

湛恩波及，介士均濡，綸旨春溫，海隅共慶。臣某頓首頓首上言：竊惟一歲之中，嘉符疊見，千載而上，往牒希聞。況以雌以雄之畢來，本一陰一陽之合道。天實眷德，臣則何勞。敢叨加俸之榮，益切推食之感。素尸無補，豢養何爲。臣敢不捫腹思恩，舉頭仰秣。粟令盡石，既慚千里之才，筋以臨餐，惟致萬年之祝。

代被論蒙溫旨謝表

衆論紛紜，幾成投杼，聖心瑩徹，洞照覆盆。荷再造之深仁，實餘生之殊幸。中謝竊念臣自叨重寄，頗有微功，頃緣計縛渠魁，因以掃平殘孽。正當驅策之際，動遭疑似之誣，固嘗上疏以自陳，仰希見察，終恐孤臣之遠跡，無由自明。皇上摘發如神，照臨並日，始焉廣詢兼聽，付公道於諸臣，既而獨斷親裁，自明見乎萬里。閔微勞之在昔，諒叢謗所由興，不特賜以矜原，抑且堅其責任。丁寧彌切，眷顧益隆，歷舉明主之待遠臣，鮮有見其如此，卽使慈父之憐愛子，更復何以加之。邸報下聞，轅門跪讀，恩深感極，恍既絶而復甦，德厚酬難，愧有施而徒受。三軍環聽，萬口騰歡，人咸思奮以爭先，虜亦驚聞而欲遁。臣敢不乘此機會，亟圖進趨，奬帥偏裨，布分水陸，投鞭斷岸，塡滄海以絶流，拔幟堅營，擐縣厓而鳴鼓，務使片帆不返，餘祲全消。及兹再試之仁，少答更生之德。

代閩捷賜銀幣謝表

伏念閩浙相縣，動逾千里，聲息所及，遠輒數旬。臣叨承兼制之權，向當多事之際，兩方告警，月無虛時，單旅分援，日不暇給，深惟僨事，方切蕉心。皇上德威動天，神武邁世，一人曷敢越志，四夷莫不來王。而臣因得奉以周旋，互爲掎角，分兵命將，倍道兼程，矢心共奬之勤，幸效同舟之濟。方慚盡職，且愧因人，自顧何勞，敢叨兹賞。絲綸渙發，三軍同挾纊之溫，金幣輝煌，九族慶傳家之寶。積恩既渥，新寵方崇，苟知遇之徒深，矢涓糜而莫報。

代被論乞免得溫旨謝表

天語春溫，聖恩海潤，遠臣忝竊，振古希逢。中謝念臣身叨隆遇，既易致乎衆嫌，事涉機宜，又難拘乎常格，緣此而欲加之罪，乃無不借以爲辭。屢荷聖明，曲爲原宥，臣之感激，天所鑒臨，直欲捐軀，以圖報國。今茲求去，本非夙心，第恐衆怒愈深，後言未息，以致聖聰再瀆，其爲臣罪益多。是以懇乞放歸，實深戀慕，屏營待罪，方切危疑。而皇上體諒曲加，慰勞特至，勉以盡心於職事，令毋介意於人言。顧臣何人，冒茲殊寵，天地覆載，父母保全，用方此恩，殆無以過。伏讀邸報，叩首闕廷，殘命少延，驚魂甫定，感深刻骨，涕下沾衣，重誓餘生，捐酬上德。況臣素抱忠悃，可質鬼神，頗有識知，非比木石。雖寸草微弱，莫答春暉，而精衛積誠，思塡滄海。刳肝塗地，未償報主之心，罄竹爲箋，詎殫銜恩之狀。臣誠臨表涕泣，莫措一詞，望闕瞻依，恭祈萬壽。

代被論得溫旨謝表

伏念臣自叨重寄，頗效微勞，伏仗玄威，幸擒首逆。詎意誤恩過重，是以謗議繁興。首蒙明旨曲有，而衆忿益深，繼則勘節未停，而彈章交上，凡可汚衊，無不引連，始於有激而相攻，終欲必傾而後快。皇上視高日月之表，聽及鼓鼙之音，閔封疆外臣，了無親交以爲之助，謂犬馬末技，尙堪追逐以效其勞，特賜矜原，仍容策勵。恭聞邸報，捧讀綸音，續殘命於一絲，拜天顏之咫尺，闔門環聽，感涕交流。咸謂好生有若乾坤，未必加培於再覆之物，知子莫如父母，不能無疑於三至之言。而臣獨蒙此衆恩，不止一次，莫不舉手加額，上祝萬年，指日捫心，共盟百口。務期恪遵前旨，益圖後功，桴鼓尙叨，敢恤捐軀於矢石，烽烟既息，猶思碎首於闕廷。

代考滿復職謝表

三品官階，久叨重任，三年廩祿，眞愧素餐。何最課之可書，已黜幽之是分。誤蒙收錄，尙玷班行，省分非堪，感恩增惕。臣敢不恪遵考績之訓，期無負於陟明，仰體用人之懷，益竭忠於久任。

代封先謝表

九重錫命，函開龍鳳之章，三世承封，曨耀松楸之色，恩深覆載，寵及後先，感與涕俱，懽并汗集。中謝伏念臣式承先訓，僅習遺經，繼忝賢科，遂登仕籍，荷一時之知遇，既超致夫今階，値三載而課稽，又許供乎舊職。省循自恧，涯分已踰。詎知簪履之榮，遽及祖禰之遠，于人子爲至願而不可必得，在典禮則極盛而尤所希逢。九族驚傳，一鄉竊嘆。羨家門之何幸，獲此光華，諒泉壤而有知，均爲感激。臣敢不於顯揚之後，早夜以思，念榮身而及祖，眞同天地之恩，遂因孝以思忠，益盡君臣之義。

代廕子謝表

伏念臣偶以課功，誤蒙延賞，滿盈是懼，揣量奚堪。中謝竊惟恩蔭之加，典禮所重，雖云資深任久，間得引夫舊章，然非望重功高，實未聞其輕畀。而臣三年之內，僅免過愆，一考以周，屢叨寵賚。祗承復職之命，其爲踰分已多，豈期轂翼之餘生，均荷乾坤之洪庇。進陪胄子，觀禮璧雍，乃父子而並受國恩，付

箕裘以益培門祚。天高地厚，海育春融，臣敢不日宣聖德於庭趨，俾服訓辭而感警。傳家兩字，惟知忠
孝以相規，報國一心，永與山河而共戴。

代改兵部尚書謝表

誤蒙聖知，恭承特命，臣不敢照常辭遜，瀆擾天聽，謹望闕叩頭謝恩外；伏念臣托跡孤危，陟階崇峻，重
荷天恩之優渥，未報涓埃，仰恃聖鑒之精明，周知疎逖。是以載申職掌，本陳定例之當遵，期於共濟時
難，雖涉小嫌而不避。一蒙睿覽，果悉微忠，謂臣有任事之心，既諒其言而俯從其請，以時當振作之際，
復轉其秩而兼重其權，尤恐勢分相形，易生嫉抗，特於簡書初下，預賜丁寧。知愛極而信任深，寵眷隆
而體悉至。自顧遠臣而叨受，益慚小品之難勝，冒天高地厚之洪恩，眞往古來今之希遇，感深刻骨，惟
知爲國以忘家，報切捐軀，況值計從而言聽。蓋事權一則控御不難，惟體統明斯展布益易。臣敢不虛
心平氣，率先諸將以和衷，博采兼收，廣集衆思而協贊。攘蠻夷以遏奸宄，益嚴華夏之防，櫜弓矢而戢
干戈，共履昇平之福。庶酬雅志，少答聖知。

代謝溫旨表

衆口交攻，一身餘幾，天慈曲諒，三至勿疑，感極涕零，懼深汗浹。竊念臣職叨統馭，特許便宜，兼以愚
樸之資，惟知任事，或遇嫌疑之際，不肯巧規，而況仰奉神謨，屢有微効，洊蒙殊眷，驟致華階。是以忌

嫉聿興，謗讒交至，始欲以一言而見覆，既莫逭乎天明，乃馴至衆怒之益深，冀必行夫己志。茲値稽查之會，益肆汚衊之詞，豈惟自好者之所不爲，亦恐善聽者之所難辨。臣雖小器，數備大臣，蒙簠簋不飾之名，切冰淵自兢之慮，包羞忍恥，眞見病於軍民，意沮志消，至不甘於寢食。且交章之勢，方若循環，後至之書，自宜盈篋，是因臣一人之不肖，上煩萬乘之淵衷，爲之體諒疎遐，辨明疑似，勤勞睿哲，瀆擾穆清，此則臣分之所不安，臣心之所甚懼者也。是以懇祈罷黜，因可登進才賢，非敢徒爲自全之謀，實以免貽至德之累。詎意皇上合日月之明以兼明，容光必照，本天地之德而成德，生物爲心，追念舊勞，粗許謀猷之已竭，覆稽巨費，蓋謂心迹之可原，天語彌溫，聖眷愈渥。且錄功之典，方拜命於數旬，原過之恩，又繼蒙於今日，相仍不已，圖報誠難。臣敢不益勵清修，深堅晚節，詰兵撫衆，期收效於安攘，茹蘖懷冰，誓仰遵夫恭儉。

擬宋以包拯爲樞密副使辭表　嘉祐六年

臣聞人臣之於國也，固當知無不言，人君之於臣也，尤當隨才器使。臣譾盧曲士，樗櫟散材，寫進三疏，不過剽竊，別條七事，深愧迂疎。伏蒙聖上天地兼容，不遺葑菲，遂謂微臣芹萍畢獻，可備豆登。不知寸有所長，無補於尺，言雖可聽，何益於行。日者北虜跳梁，西夏跋扈，樞密之任，鎖鑰攸關，正副雖殊，臂指相係，苟一籌失於裨補，將千里起於毫釐，才有不堪，臣所自揣，難於昧己，敢以欺君。伏望聖慈，收回成命，即不忍棄投於散地，亦不宜濫處於要津。至於束吏惠民，揚清激濁，使農桑無耗，鷄犬不驚，此則臣敢自保其一線之長，不孤夫百里之寄。至如擬付國計，果難其人，則有如臣仲淹，正大光明，稱采壓衆，臣琦經綸布置，膽略過人，並稱將相之材，豈止副樞之任。伏願聖明特賜簡在，專乃念兹，則二虜可計日而擒，萬年將自今伊始云云。

卷十四　疏

爲請復新建伯封爵疏　代某宗師不上

爲請復功臣封爵，以崇厚道作人心事。臣本菲薄，賴陛下聖仁，令臣提督浙江學校，臣愚不敏，以爲學校首務在敦實行，敦實行在先士風。於是作爲條約，首令提調官以四孟月採士民之行，而臣歲一按臨，以觀其風。凡忠臣義士，孝子順孫，烈女節婦，臣悉咨訪，以備旌舉。時臣至紹興府，則見鄉大夫士及故老庶民，爭來言故新建伯兵部尚書兼都察院左都御史王守仁，始以倡義擒逆濠，受封前爵，迨後奉命平思田，討八寨斷藤諸賊，其撫剿處置，功烈尤著。既以勤事病困，乃就巡歷屬地，冀得便道待乞休之報，遂死南安。當時廷臣過從吏議，謂守仁倒施恩威，擅離職役。身死未寒，而削奪旋及，使功臣之骸，藁葬原野，子孫微賤，下同編民，非所以廣聖意勸忠良也。臣既得聞斯言，復檢按諸所呈遞，前御史臣裴紳所行紹興府山陰餘姚等縣學生員秦俔等呈詞，及先後諸臣大學士方獻夫、詹事霍韜、御史聞人詮等論列之稿，守仁生時歷年章疏文移處置施行之實，參之臣疇昔所聞縉紳道路傳誦之言，則知守仁平定逆藩之大功，與陛下之所以嘉守仁之懋賞，舉的然後定議矣。至其往處思田，不血一刃，不費斗粟，遂定兩府之地，活四省之生靈，呼吸之間，降椎結者以七萬。至其往征八寨斷藤諸巢，則以數千散歸之卒，不兩月而蕩平二千里根連之窟，破百年以來不拔之堅，爲兩廣除腹心之蠹。卒以蒙犯瘴癘，客死南安，實亦在其所制境土。夫功烈之高如彼，死事之情如此，而當時廷臣抑使不揚，後來諸臣復請之奏屢上，陛下亦竟留不下何也？臣雖至愚，亦竊有以知其故矣，蓋其故或在於言事者之尙未悉其情也。夫思田二酋向化，而當撫剿，斷藤峽諸賊稔惡而當剿，惟守仁則親見其事而熟籌之，其他在廷之臣未必知也。兼總四省則江西本其屬地，畢事而巡歷，病困而乞休，駐便道以待報，私不害公，此亦人情之常。至於終不獲命以死，尤可痛悼，此在守仁宜自諒其無他，其他在廷之臣未必知也。故守仁求隨宜剿撫之實，以副明旨，而廷臣據專意二酋之名，謂宜必剿；守仁以巡歷地方，幸冀其返還之便，而廷臣因謂其一意返還，徒假借於巡歷之公。則守仁之所謂撫剿盡是矣，而廷臣之所謂倒置似亦未盡非也；守仁之所謂待命盡忠矣，而廷臣之所謂擅離似亦未盡僞也。以未盡非未盡僞之言，而陳於陛下之前，陛下安得不信之乎？故臣愚不敏，妄意陛下果終奪守仁之爵於始者此也。夫陛下既已信廷臣矣，後之進言者又徒彼此求勝，既不白廷臣未盡非盡僞之意，以緩其責，遂亦不能指守仁盡忠盡是之故，以互形其短長而破其兩可之疑，則陛下亦安所取信而遂改易其前議乎？故臣愚不敏，又妄意陛下不欲復守仁之爵於終者此也。如其不然，以陛下聖明，往年嘗復劉基之後矣，復王驥之後矣，此又復郭子興之後矣，豈其獨忘情於守仁哉？錄其功而封之，人告其罪而奪之，審其無罪而復收之，惟是之求而循環不已，此陛下之所爲至公也。不能深明其故，以啓陛下之聰明，此臣之所以有憾於言事者之未悉其情也。不然，陛下何憚一改議之煩，爭千石之粟，使功臣之績，骨未朽而名實盡泯哉？臣有以知陛下決不爲也。且守仁經略兩廣，功烈無比，天下所共聞知，謂宜有加爵之賞，姑無論也。遂使其倒恩威，離職役，誠如羣臣言，猶不足以掩其擒逆濠、衛社稷之功，況乎以所謂廷臣未必知之說，而遂欲盡棄其平生，辟如以銖稱鎰，其低卬亦甚枉矣。臣聞式鼓氣之蛙，則士卒尙勇，買死馬之首，則駿骨旋至。方今海上告警，士氣不振，思效知能之徒，每以前事爲鑒，守仁實生其鄉，聞鄉人每一聚談，知與不知，皆爲扼腕太息。夫泯沒勞苦，使閭巷得以藉口，甚非所以作豪傑使奮起也。說者又以爲守仁聚生徒盈海內，名爲道德，而實僞學，爲可遺棄。臣竊意不然，學術之與事功，無有殊二，此自學士自脩之說也。若朝廷賞罰當功罪，非以學術也，椎埋屠販，恣睢不逞，亡人倫、鮮行誼之徒，猶得裂土而封，世世勿失，此豈以學眞僞哉？守仁之於學，其眞與僞，臣姑勿論，縱其僞也，盡其死力於艱難，索其罪譴於講說，朝以勞而封之，莫以其學而奪之，無乃大相繆乎？且人各有心，難可洞視，徒以猜量之虛，而遂亡其舍生倡義、定一大難之實，使不得託於椎埋屠販之流，其亦去人情遠矣。臣職專學校，首敎化，遂以採民風，得知守仁之事，至熟且悉。又且兵革之役，方興未已，而掩抑戎勳，非所以觀視遠邇。臣聞之古語曰：「寵女不避席，寵臣不敝軒。」蓋悲恩愛之難終也。周公曰：「故舊無大故，則不棄也。」蓋恐恩禮之易奪也。臣誠愚昧，謂宜念守仁之勞苦，察先臣之過舉，以深味夫古語周公之意，復守仁舊所封新建伯爵，俾子孫世世承襲，以彰國家報施之厚，作臣下之心，諸所宜葬祭贈謚之禮，悉從故事。

卷十五 啓

代奉景王啓

伏惟殿下，金玉粹資，蕃屏盛德。春秋鼎盛，就封楚甸之雄，侍衛雲從，取道淮流之順。職禮當表率僚屬，趨候經臨，但念長江與浙海而接流，浙海實長江之外護，其聯絡之形，如人有腹心手足，即手足知其通乎腹心。其制維之道，如家有堂奧門庭，備門庭正以衛乎堂奧。而況入春風汛，乃醜夷犯順之期，插羽星馳，又將帥戒嚴之候。職躬親督率，豈敢遠離，夙夜隄防，不遺餘力，必使島嶼之外，絕無窺伺之奸，然後江淮之間，可免風濤之警。鸞旗遥指，就坦道以徐行，龍舸輕移，向安流而遄邁。職有此關繫，無由趨迎，遥想威嚴，不勝馳戀。

代謝閣下啓三首

伏念旬月未周，三承天賜，餘生何幸，萬感君恩。遥知顧問之餘，深賴曲成之力。況於調元贊化，以召禎祥，運策決機，而居帷幄，功蓋出於門下，賞奚及於軍中。頃者，深入蛟川，橫探虎穴，舍身擔當，尚冀保全其始終，竭力攘除，少裨化理於萬一。右嚴

二

恭維某官耆舊望隆，夙承帝眷，絲綸寄重，口代天言。以知錫予之相仍，皆賴贊襄而後決，其爲感激，莫可名言。然某自入夏以來，刻期鏖戰，中夜而起，數匝繞床，率裁報謝之詞，恍覺敷陳之略，伏冀雅量，閔其未遑。右徐

三

伏念某叨秉節鉞，才誠愧於專征，兼付保釐，德益慚於分陝，每當論列，曲賜扶持。至如三錫之新榮，實感片言之借重，靜思所自，豈敢忘筌？恭惟某官留意東南，縣情桑梓，近者沿海之師屢捷，而依山之寇猶逋，欲收全功，未識何道，敢因馳謝，遂乞紆籌。右李

代賀嚴公生日啓 時年八十，正月望後生日。

門弧縣月，儼依賜勝之圖，巵酒流霞，滿逗傳柑之液。年年此節，在在回陽。伏念某官，河嶽儲精，鳳麟協瑞，生緣吉夢，盛傳孔釋之徵，出遇明時，綽有皐夔之望。歷幾遷而入相，同一敬以格天，四海具瞻，萬邦爲憲。恭惟華誕，爰屬首春，八袠初躋，同尚父遇君之日，一年以長，多潞公結社之時。蓂莢徵舒，已含元氣，支干更始，載歷二旬。兼齒德爵而全之，天爲獨厚，積歲月時而值此，人所希逢。某夙侍講

筵，幸承餘教。自叨節鎮，幾動浮言，曲荷保全，尙充任使。知我比於生我，益徵古語之非虛，感恩圖以報恩，其奈昊天之罔極。遙思旭旦，賓從如流，自阻修途，心搖若旆。是用致水土之薄物，敢竊比於珍從，述功德以片詞，不自知其燕陋。托之百拜，馳以寸衷，伏願保固台嚴，膺綏福履，年高德劭，㊀永調伊傅之鹽梅，主聖臣賢，遠邁喬松之呼吸。就車輿以應召，賜几杖而乞言，壽考百年，詎止武公之睿聖，弼亮四世，永作康王之父師。

又啓三首

委身當任，始知時事之難，袖手旁觀，何怪人言之易。孰原銷骨，自分捐骸，仰賴相公，上下調停，始終愛惜。廷平參互，既從披霧之風，宸斷精明，果仗回天之力。枯林再菀，涸轍重流，且凡人有疾痛痒痾，必求免於天地父母，然天地能覆載之，而不能起於顚擠，父母欲保全之，而未必如斯委曲。伏惟秉德，無可竝名，名且不能，報何爲計。惟知咎雖既往，尙立巖墻，事幸可圖，勉循末路。誓將收桑榆之效，以毋貽桃李之羞，一雪此言，庶酬雅志。寸腸結戀，盡一日而九迴，中夜再興，望三台而百拜。右嚴

二

伏念某動遭謫斥，自分棄捐，荷聖主使過之仁，采元老憐才之議，深知劣質，莫副名言，所宜引身以待能

㊀「劭」原作「邵」，茲改。

者，而初志未遂，厚德罔酬。俟當奮翼澠池，終遂挂冠魏闕。慚無末技，可承秦誓之容，惟向戎行，再厲狄城之氣，感恩思奮，臨飯忘餐。右徐

三

驕夷窮迫，不約而堅，宿將逡巡，竟辜所托，雖每戰不無小捷，而全功似賴巧遲。相公鄉里非遥，傳聞有素，咎其如此，夫復何辭？而言官搆會過深，身名俱玷，不有君相同德，功過並稽，則久已傾於衆言，豈復待於今日。深惟提挈，尚令執桴鼓於戎行，勉自馳驅，誓將收桑榆之末效。右李

又啓三首

某賦性蹇拙，值數奇窮，致茲衆口之交攻，馴致末年而未已。寄身虎吻，曷足云危？托跡龍門，深恐貽玷。相公閔念舊士，照察遐蹤，洞知事體之詳，不若人言之甚。開悟明主，特下德音，幸俾遠臣，尚供舊職。屢傾屢植，辟諸草木之受陽春，既感既慚，竊比犬馬之圖酬報。右戩

二

言者再三，勢宜投杼，全之委曲，報切啣環。第以汚蠛之過深，遂恐信疑之相半；家置一喙，誰與辨明，寒禦重裘，訓垂止謗。某敢不恪遵前旨，勉加自修，用謝羣嗤，以明夙志。深慚無技，徒懷耿耿之衷，仰

荷有容，敢忘休體之量。右徐

三

東南重鎮，責任誠難，海島遠臣，孤危特甚。重罹多口。孰與明心，疇知數載之交，果慰二天之望。方衆言之沸鼎，出片語以噓枯。一披雲霾，復覩天日，恩深圖報，那論軀命之輕，痛定追思，不覺心魂之悸。右李

又啓三首

某職叨連帥，曾未聞諸鎮之同心，事遇多難，則又以一身而獨任，微軀何恤，國事攸關，終於隱忍而不言，將恐陵夷之無已。粗陳大體，僭引舊章，誤辱廷評，適符宸鑒，諒其心之任事，不以人而廢言，俞旨恭承，華階再轉。且紀綱既定，永爲節鎮之成規，謀議惟精，欽服廟廊之偉識。感恩有素，圖報無能，惟知竭力攘除，冀少裨於化理，隨時策勵，期無負于生成。右嚴

二

伏念撫臣角立，成制罔遵，總鎮遥臨，虛名徒擁。惟平居而抗禮，遂臨事以坐觀，二者相因，百務俱廢。置諸不較，非不能獵寬大之名，責在將來，又何以逭因循之咎，誤蒙宸鑒，俯聽芻蕘，更荷廷評，不遺葑

非。盡還連帥之實，並加司馬之銜，分守既明，展施應易，因之獎帥，儻收尺寸之功，問所從來，敢負丘山之德。右徐

三

驟彼新銜，悉還舊掌，體統既正，展布益便，茲皆仰賴相公曲諒微衷，贊成聖斷之所致也。付之六轡，益思控御之方，儻效寸功，敢昧扶持之德。右李

賀徐公生日啓

伏審嘉誕，適應清秋，薦爽入帷，捧觴在念。恭惟某官生而示異，瑞符日月之河，出也有爲，德負台衡之望。明良濟濟，幸際昌期，民物熙熙，咸登壽域，十年相業之俊偉，百代人物之絶殊。頃者辰屆縣弧，慶孚環海，庭垂蓂菊，花呈晚節之芳，階秀蘭棠，枝映相輝之蕚。凡預門屏，並侍尊罍。而某獨越在海濱，遙瞻斗極，指蓬萊而遐祝，恍見安期之往來，對酋長於恭詢，但言君實之安好，以茲景物，倍切企瞻。伏願順時節宣，爲國珍重，敢期君相，合壽考爲一身，辟若星辰，附天旋於萬古。

賀兵侍江公擢戶書啓

伏審閣下，計畫淵深，規摹弘遠。於凡戶口阨塞之要，靡不周知，是以甲兵錢穀之司，所向如意，借自樞

機之地，委以會計之權。蓋國脈所關，既莫重於泉布，而邊儲告匱，久無望於倉箱，必須劑量之才，以設通融之法。側聞簡拔之命，果符屬望之心。追念古人，益深私喜，理財淮甸，迥逾劉晏之精思，轉餉關中，佇待蕭何之協濟。

代元旦賀禮部某公啟

蓂莢辰舒，斗杓寅指，伏惟嘉旦，倍納新祥。某遠寄封疆，徒勤瞻仰，告協風於史氏，欽哉行夏之時，賓出日於海隅，允矣司春之職。

謝督府胡公啟

渭失歡幃幕，動逾十年，俯托絲蘿，歷辭三姓。過持己見，遂駭衆聞，詆之者謂矯激而近名，高之者疑隱忍以有待。明公寵以書記，念及室家，爲之遺幣而通媒，遂使得婦而養母。然渭於始議之日，曾陳再讓之辭，蒙召中軍，託以斯事，久而不報，付之無緣。疇知白璧之雙遺，竟踐黃金之一諾，傳聞始覺，坐享其成。昔孫明復號稱大儒，以相國爲之媒而後娶，杜祁公薦登高第，乃孫令堅其議而始婚。㊀若渭則實非其人，偶遭其遇。夙蒙國士之待，既思何以酬恩，今受王孫之憐，益愧不能自食。徒知母在而喜，頑然捧檄之情，豫擬身教所先，遵以齊眉之敬。豈敢言兄弟家邦之儀法，庶以答父母國人之盛心。

㊀「孫令」疑是「縣令」之誤，見邵氏聞見錄。

啟諸南明侍郎

某生來蠢躁，動輒顛迷。當其在外而縱也，辟如蝦蟹跳擲於葦蕭，瞋瞋然不知遠害而全身。及今戴盆而錮也，辟如雉兎觸罥於籠牢，盼盼焉不知伏處而待命。是以過求非分，屢干台嚴，而寬宥有加，閔憐無已，垂頭傾耳，繼之以泣。蓋雉兎之待鼎鑊，但知號己之急，而雲雨之救枯槁，自有乘時之施。某敢不馴伏躁迷，勉體德意。忍死以待，儻承照於收榆，卽復就烹，亦安心於結草。

又

伏念渭小人，立身無狀，墮囚有年，等諸分數，愛欲其生，不勝惡欲其死之多。然在鄉人不善惡之，猶有善者好之之幸。但憐惜之心，或奪於顧忌，扶持之力，遂阻於迴翔。非有大慈悲具菩薩之行，兼以猛擔當全龍象之雄，豈肯舍己而耘田，終於道旁之築室。此蓋伏遇門下，霄表星辰，朝端麟鳳，一言一動而天下倚為重輕，萬舉萬當而斯世無所猜忌。猥以死灰，加之噓息，得諸秘寄，感而涕零。非曰尺箋之上，敢書謝悰，特以方寸之傾，不能緘默。譬如蠱瘵在牀，雖至親視為惡疾，而有共棄之謀，迨和緩入戶，則病者一聞藥香而興必起之念。道義所在，天地共臨，恩德罔酬，結銜猶負。自今已往，庶幾終於玉成，從此餘生，竝是付之再造。

謝朱金庭內翰

訊諸歸友，既悉高情，捧及華緘，復含餘意。辟如病者聞藥香而便有痊想，但恐弱草先朝露而末由承施。雲霓互見，同是天心，榮悴攸分，付之物理。惟是無形之感，眞同罔極之天，陳謝微緘，悚慚無地。

謝岑府公賜席 小谷

自罹網罟，甘伏烹庖，何意任使之餘，遽有几筵之徹？第緣桎梏，久困渴饑，榮賜食而先嘗，何暇從容於正席，盻全李而思咽，惟知匍匐於往將。追惟古昔之翳桑，莫酬宣子，永矢他年之結草，竊比老人。

答某餽魚

連餉波臣，信頤野老。不意塞北無假彈鋏之勞，坐致江南日習舉網之趣，風味滿座，感荷非言。

代賀張相公啟

伏以孝有餘哀，終身卻棗，禮緣中制，追吉援琴，惟君臣敦一體之情，故憂樂倍相關之切。綸音優渥，豈直重申，賜物駢繁，直逾三錫，階既崇於師傅，廕復寵於箕裘。而且母后同心，藹家人父子之義，平臺前席，爲蒼生社稷之謀，曠古所無，普天胥慶。蓋緣盛德，足以堪此，故雖特典，受之當然。某叨奉樞趨，不勝踴躍，顧因遐遠，徒切瞻依，肅共脩藻之儀，敬效食芹之獻。望台階而百拜，恍紫氣之當眉，臨箋楮以九迴，耿丹衷之在膈，省循仰戀，倍萬恒情。

代宣大諸大吏邀宴開府方公啟二首

伏惟三歲貢成，華夷交福，九重錫典，秩廕俱優。是皆我明公首創非常，排衆議而獨斷，坐燭將至，畫三策而靡遺，遂收開闢以來所無之功，是豈魏賈諸人可得而比。迨臻平定，不事鞭笞；既全活乎生靈，更餘波於將吏。惟茲茂德，曷效微衷，緬懷歲舉之常筵，已倏然而更篇，雖屬年來之故事，實借此以通芹。敬卜吉朝，仰勞台駕，幸叨負弩之列，共肅候夫幨帷，剩有折衝之談，冀伏聆於尊俎，其爲光重，莫可名言。

又

伏念某等稟制有年，奉職無狀，幸因人而成事，遂叨秩以逾常。辟廣廈萬間之中，獨蒙私覆，念微軀七尺之外，孰可仰酬？敢託公筵，肅申私覿。壺漿再捧，山斗重瞻，憲文武於萬邦，實維燕喜，歌鳧鷖而三疊，共賀昇平。伏候鸞旌，敢渝鵠立。

代請吳總督啟

伏以宣雲交控，兩鎮之衝，烽火不驚，六年於此。是皆仰賴明公，算勝於廟，盡屈羣策之雄，威寓於恩，坐落諸酋之膽。致茲寧謐，概沐生成，計當白帝之逾期，已櫜弓而無事，可少黃龍之痛飲，援投壺而雅歌。敬卜吉期，肅共小設，折衝於俎，冀聆罄欬之珍，借箸爲籌，亦效悃愚之瑣。仰祈光重，曷任悚榮。

謝某

百頃澄潭，平鋪縠皺，萬章古木，上拂雲光，莽沙葦之龍葱，紛水禽之交戛。雙闌虹臥，下捧蛟鼉，五彩翬飛，上織烏兔。如斯絕景，豈曰人間，回訊良朋，始知天上。宛乘槎以犯斗，儼騎鯉以拂波，網得巨鱗，吸甘露之仙醞，俎烹伏卵，雜溫湯之早瓜。曜靈西馳，朗魄東陟，乘涼殿角，贈芍藥以言歸，拂袖漁舟，悵桃花之舊路。高枕忽動，爽夢莫追，述之以呈，不敢自快也。

答某

結轡西郊，傾觴北海，詠歌絕勝，不減蘭亭，花竹流光，詎云梓澤。既飛毬於歸路，明月隨人，乃吐霧於行喉，綵煙撲扇。眷言茲會，其樂何如，迄旦尚酲，敧枕裁謝。

上新樂王啓

山人某頓首頓首，謹奏記新樂殿下。伏念某陪驂作賦，本無梁苑之才，下獄上書，乃有吳宮之阨。逡巡解網，憔悴非人，偃蟄自幽，鄉閭不齒。恭惟殿下，秉陳思曹氏之麗藻，兼河間獻王之大賢，侍飛蓋者豈止應劉，登秘函者悉皆經史，宜其高視一世，卑俯百家。顧復遠攬之餘，不遺葑菲，文石之寵，重以珠璣，出袖迸霞，入齒飛雪，是誠東海之上，與員嶠而爭奇，西苑之濱，偕芙蓉而竝逸者也。矧以二生頌述，五夜歡娛，諧笑所及，風雨雜陳，揮灑不停，驊騮失驟。野人聞此，益復靡然，遥想高風，便欣授簡。顧兹修路，曷由裁營，謹布尺書，託諸魚腹，兼呈小刻，眞愧蟲雕。

卷十六　書

奉督學宗師薛公

先生自振古以來，有數之人，負當今天下之望，其視學於浙，深以俗學時文爲憂，悒悒不滿。至如某小子，又時俗中之所不喜者，而先生顧獨拔而取焉，以深獎而勸誘之。先生去浙，於今且五年，凡浙之士，一蒙先生之顧盻者，無不接踵於先生之門，以幸得一言之教。某小子獨於前年春始謀一侍講席，既附舟以行，又以潰寇蕭顯自松江走乍浦，大戰海寧，關市戒嚴，乃復自杭返越，今既三年矣。而先生於往來生徒過客中，無一不惓惓於某，且曰其令某來，吾得以耳提而事示之，何先生知某之深，待某之厚，而某小子之於先生，乃敢淺且薄如是也？客有疑於某者曰，始先生以衣履之故讓子，其後以投省之牒付儒士，子得無疑先生終不滿子而不敢往耶？惡，是何言也！此在世間校毫釐、分恩怨、小丈夫鬬氣於其行伍者之所爲，而豈所以語於師弟子者耶？語於師弟子且不可，而豈所以語於某與先生之師弟子者耶？已有過矣，而欲僥倖於不問，格有當破者矣，而尤怨望人以不惟舊之循，某雖劣弟子，決不敢以此自待。若夫見人之有過矣，而果付於不問焉，於格有當破者矣，而惟舊之循焉，此非獵取寬大恬靜之名，必模稜應故事以爲得者，先生何等師也，而乃肯以是自處耶？而況乎先生始以衣履之故而讓，其後又以朴疎以不羈而言諸人矣。至於崇本刋華，談道論學，信心胸而破耳目，先生至以全浙無一生可與語，獨庶幾於某焉。其所謂付人以牒者，特以某所爲制文梗時人之齒頰耳，卽此則知先生以時俗待衆人，而以不時不俗者待某，所謂大將軍有揖客不反重耶者此也。卽使某誠小丈夫，誠於先生爲尋常師弟子，亦不當有疑不敢往事，而況某與先生之師子弟耶？惡，是何言也！今世弟子遠從於其師，非請敎則候起居，大抵重在請敎者久於留，重在候起居者速於去，然於此二事，亦有不親往而托書者，則泛泛然者也。某私念，某於先生，旣不敢以泛泛然者自處，親往以候起居則將速於去矣，不盡也，久於留以請敎，力又有所不能，是以遲之數年而不親往，又不敢托書者此也。如前年附舟之行，則又乘人之便，亦不過爲候起居計耳。明年二三月間，縱不爲請敎計，必爲候起居計，以一洩數年以來，犬馬瞻戀感激之衷。今玆敢復托言者，正以前所云如客之所疑於某者，恐亦有蜚語入先生之耳，而某於他日面先生時，又不可先述於先生之前者也。故因鈕常州公子之便，爲先生預一道破之。噫，某誠犬馬，至愚無知覺，至於先生，豈一日而忘之哉？

奉師季先生書

頃得見老先生所撰韓氏祠堂碑文，意義欸卓，眞可傳也。少有欲言者，謂當直敍復產建祠事，而以遠婦人兩節綴其尾，作誌內遺事，如此方穩。不然，則是此老一生，止此二大事矣。又且橫梗於中，隔絕立祠文氣。又世所傳操閉羽與其嫂於一室，羽遂明燭以達旦，事乃無有，蓋到此田地，雖庸人亦做得，不足爲羽奇。雖至愚人亦不試以此，以操之智，決所不爲也。楊節潘氏蓋亦看三國志小說而得之者，如所謂斬貂蟬之類，世皆盛傳之，乃絕無有此，不可不考也。

二

昨恭承夫子書教，知解詩已至桑扈，渭亦甚欲一趨侍函丈，以受面誨，今且未能。然愚意竊有所獻，大約謂先儒若文公者，著釋速成，兼欲盡窺諸子百氏之奥，是以冰解理順之妙固多，而生吞活剝之弊亦有，此正後儒之所宜深戒者，不宜駁先儒而復蹈其弊，乃復爲後人弄文墨之地也。解書惟有虚者活者可以吾心體度而發明之，至於有事迹而事迹已亡，有典故而典故無考，則彼之註既爲臆說，我之訓亦豈身經，彼此詆譏，後先翻異，辟如疑獄，徒費榜掠考訊之繁，終無指證歸結之日，不若一切赦放，尚有農桑勸課之典，休養生息之政，可以與民更始者也。近閱所傳，可備參考，自此之外，則旁引曲證者，不過以誇多而鬬靡，而故摘一字一句以售己說，遂至略人全文，則亦深文巧詆而可笑之甚矣。夫子道明而意見歸一，才斂而決斷精果，其於某氏，決知其不可同日而語。至如渭所妄意於文公者，亦或夫子之所欲聞而不深棄者乎？渭始以曠蕩失學，已成廢人，夫子幸哀而收教之，徒以志氣弱卑，數年以來，僅辨菽麥，自分如此，豈敢以測夫子之深微。而夫子過不棄絕，每有所得，輒與談論，今者賜書，復有相與斟酌之語，渭鄙見所到如此，遂敢一僭言之。然渭之見亦非若今世人止夫子以絕不著書也。姑以著書而言，亦正欲夫子涵泳其所謂活者虚者，而事迹已亡，典故無考，彼爲臆說而我亦未嘗身經者，則姑闕其疑耳。若謂恐臆說之足以惑天下，便以數語立斷案而該之足矣，不煩一一自爲一說也。詩書無口，寃直難明，惟夫子試少思而再示之，以開拓渭見之所未到。呂公防海事宜，謹收覽，其得主良慰。所諭趙事，誠有之，眞可慮也。入秋酷熱，伏冀節勞寡思，加食多睡，千萬千萬。

三

前日承夫子賜書之後，即有長啓奉獻付尊門，云待錢信去便，故尙未得達函丈。其中有不盡者，則以詩之興體起句，絕無意味，自古樂府亦已然。樂府蓋取民俗之謠，正與古國風一類。今之南北東西雖殊方，而婦女兒童、耕夫舟子、塞曲征吟、市歌巷引、若所謂竹枝詞，無不皆然。此眞天機自動，觸物發聲，以啓其下段欲寫之情，默會亦自有妙處，決不可以意義說者，不知夫子以爲何如？渭極欲恭詣函丈，以聞新解，兼得進其微愚，家事草草，遂絆此行。俟函丈脫稿後，或可得卒業也，不一。

奉答少保公書

門下諸生徐渭謹上狀明公臺下：伏惟明公芳節表世，元勳格天，受知聖明，莫得離間。門下小子渭伏奉鈞札，不勝歡喜，便欲馳詣階墀，稽首稱賀，以勢有不可，不敢不言。渭犬馬賤生，夙有心疾，近者內外交攻，勢益轉劇。心自揣量，理不久長，若欲療之，又非藥石所能遽去。每欲入山靜養百日，以驗其可活與否，輒未遂願，以命延挨，言之痛心。前日稟辭明公，疾已發作，道遠天暑，抵家益增。今者伏奉使書，其人親見渭蓬跣不支，親友入視，送迎之禮全廢。渭有此阻滯，自信不欺，輒伏枕定思，摩倣尊意之萬一，謹以草就謝疏，投附使人齎上，少備采擇。須靜養稍驗，天氣入涼，渭即馳詣門下，仍備任使下列，渭不勝歡喜悚懼之至。

二

伏蒙明公差人賫賜手札、俸金、考卷、詩序，渭謹對使人四叩首，如數祗領訖。恭惟明公教示之言，廣大明徹，其閔愛渭犬馬微生之念，詳切懇到，眞父母盛心，聖賢宗旨，對症妙藥也。渭雖至愚且執，亦因之有省克處，謹宜書紳銘器，庶幾痼疾有漸瘳之望，禀性有日改之機矣。伏念頒賜厚重，推及渭生身之人，天地深恩，豈渭槁落之軀所能圖報萬一？惟殞首一念，沒齒爲期。謹奉召命，緣渭前疾稍增，夜中驚悸自語，心系隱痛之外，加以四肢掌熱，氣常太息。每因解悶，少少飲酒，即口吻發渴，一飲湯水，輒五六椀，吐痰，頭作痛，盡一兩日乃已。志慮荒塞，兼以健忘，至于髮毛，日益凋瘁，形殼如故，精神日離。今者使人入門，突然見渭仍舊蓬跣，並非飾詐，緣此不敢棄遠家室，冒暑涉途。渭謹昧死請乞再假旬餘之期，天氣消涼，病或消減，渭即馳赴函丈，伏聆德音，陳謝謹伸，譴責甘受。渭不勝感激瞻戀之至。

三

渭伏奉鈞命，謹當如期呈稿，不敢違誤。恭詢台候萬福，得知比來靜養，履茲炎暑，伏望更加珍攝，渭不勝惓惓。傳聞鎮海樓碑石已到，渭竊見友人府學生張道書法精勁，近鮮與儔，可應書碑之托。謹覓得道舊時所書與人文字一卷呈覽，然近更精也。道爲人端愼，渭今此舉，道實不知。且度其後來決無他望，特以金石之傳，大觀所係，儻楊山人偶不至，舍道無可任此者，伏乞垂覽。萬一可取，止須行牌紹興府學起送，極爲便易。渭考校已畢，見聽發落，未敢馳赴階墀，不勝瞻戀悚息。渭謹狀。

四

某初聞玉體違和，卽買舟渡江，連日詣幕下，恭候消息，以爲趨侍進止。旋知起居萬福，又聞旌節日下便還，喜忭交集，遂投寓省城，伏候振旅。恭念明公此身，扶持社稷，豈直千金之珍，庇佑門墻，兼有二天之戴。隆冬遠道，全賴節宣，決策酬紛，翻宜暇豫。伏願少親細務，時適寒暄，暫遠壺觴，多就眠息。

五

某於去年十二月廿二日伏奉使命，卽於廿五日起身，至今年正月初二日到蘭谿。偶遇差船，隔岸叫問，知明公的是初三日自廣信取道徽郡。某卽從蘭谿起陸走徽，凡八日，敧兜疲馬，兼以步陟峻嶺，毳衣厭雨，鳥道入雲，遂用顚頓。更擬向前迎候，纔出休邑數里，身熱骨痛，重以舊患腦風，不可復支，遂投止齊雲逆旅，少用調息，伏候經臨。謹聽遣役先往，輒以歷涉，並初命所作謝啓附呈。

奉按察胡公狀

紹興府山陰縣儒學廩膳生員徐某謹上狀按察明公臺下：某于八月十五日接到會稽縣發下綿紙五百張，筆三十管，墨五定，並類抄明臺牌詞一紙，別帖一封。某竊見牌詞及帖封面俱開徐生緯字樣，不係某名，且事屬撰文，某自揣分量，不敢叨冒，遂將原封帖並所領物並送還縣。良久，縣復差人具到所以，云當是某，方敢啓封。輒已作文送縣轉達外，但本地人家無有藏稽古錄者，至于續本益不可得，遂不知爲何人所脩，或曾奉朝命否。今來表文，果係進呈，抑是擬作，某俱不悉其故，以此鋪敍缺漏，益無可觀。某近日患病，不能至省，須病稍愈，卽當馳謁明臺。然某尙懷疑有別名徐緯者，前所領物，不敢動用。至于明臺手札中有獎譽之詞，亦不敢承認上答，俱俟伏謁後奉面示，謹具帖禀覆。

與季友

韓愈、孟郊、盧仝、李賀詩，近頗閱之。乃知李杜之外，復有如此奇種，眼界始稍寬闊。不知近日學王孟人，何故伎倆如此狹小？在他面前說李杜不得，何況此四家耶，殊可怪歎。菽粟雖常嗜，不信有却龍肝鳳髓，都不理耶？

擬上府書

聞賊新來失路，期速走脫境，宜委狡猾者一二人，若逃徙狀，使其虜爲鄉導，左其路，而預伏選兵於阻隘以待，此上算也，今既已無及矣。乃生昨至高埠，進舟賊所據之處，觀覽地形，及察知人事，至熟且悉。衆以爲賊自海邊，經數百里來入死地，無積食，利於速戰，不利於持久。不知我兵暴烈日，觸炎氣，食宿飯，飲濁河，衣不解帶，經六晝夜使舟，數日不決，强者必病，弱者必死，且盡卒而萃於一處，使他賊至或相應，更何以支？由此言之，則吾兵亦利速戰，不利持久也。衆又以爲賊據高樓，阻林木，既逸且險，民徙者大家倉卒，宜必遺數十石之積，使再持數日，則我兵自因而瓦解，利於持久，不利於速戰。不知我兵入戰，則阻林木，涉汙田，可以往，難以返，又法令素弛，强者爭退，弱者氂逐，由此言之，則我兵亦利持久，不利速戰也。夫共有其害者，則必共有其利，故不欲速戰則已，苟欲制速戰之利，生昨觀東北二面，阻水甚闊，雖南面稍狹，而三面水陸之兵，分布既密，警戒亦嚴。獨西南水甚狹，可徒涉，而夾岸之林，循水而險，且以岸西之田，一望不盡，田外之水，又復闊甚，我兵恃此不備，而賊據高窺視，遂亦無心於西。試能乘夜遣壯士三十人，銜枚，徽首足裹綠衣，混草木色，匍匐出深苗，渡狹水，伏西林中。却遣壯士三十人，從南渡與戰，佯走而伏發，東北二面，亦各三十人，鼓噪繼進，彼如空樓而逐，北軍入據其樓，東軍橫斷其歸，佯走者轉戈北向，三夾而擊，蔑不濟矣，此之謂速戰之利。故不欲持久則已，苟欲制持久之利，生昨觀墳原之木蔽野，斬其榦以搆架，取其葉以爲蓋，四分千人，每一分舟巡，則息三分，其中舟巡與息者，各制四面吹號，約某面而警，則某面棹擊，不必馳白中軍，徒增勞緩。而潔食清汲，除穢給餌，吾千人之名既章，卽使他賊至，密撤半以往，亦無不可。至其西方闊遠，不煩兵守，亦宜遮蔽數十空舟，若涼廠然，而使一二人乘單舸，循岸匿以上下，動旗鼓以疑其心，不越數日，賊必饑疲偷渡，讓使中流邀而擊之，亦蔑不濟矣，此之謂持久之利。由前而言，則兵法所謂攻其無備，出其不意是也。由後而言，則兵法所謂先爲不可勝，以待敵之可勝是也。此之謂兩利，不然，必有兩害，惟明公其裁之。

擬上督府書

生伏計岑港之役，諸將吏已竭其心力而不可爲矣，明公不於此時，以一身獨當其任，而亟收其成功，將何待耶？欲亟收其成功，則其他制作器械，易將益兵，清野坐困，占候祈禳，與凡一切紛紛之說，皆枝葉也，而其根本，莫先於治兵。世之言治兵者，莫不曰明賞罰。夫賞易爲者也，生請言罰之難。割耳斬首，能施於結營列陣之先，而不能禁於鋒交衆潰之際，何者，勢重而不可回也，勢重而不可回，以紀亂而未嘗辨也。故凡善用兵者，必務明其部伍，五人爲伍，五伍爲隊，四隊爲百，莫不有長，而長皆得相罰斬，以次而至於伍。則是凡諸長之所督者，皆不過四人與五人也，故百人趨戰，法當用二十五人橫刀分督之，至於鋒交乘勝，則此二十五人者，又皆爲戰士矣。以一人而制四人，則寡而易辨，以四人而聽一人之制，則知其易辨而不敢干。推而至於十萬億兆，莫不皆然，正如身之使臂，臂之使指，孫子所謂治衆如治寡，韓信所謂多多益善，皆此道也。古之善將者，莫不遵之，其在於今，尤爲用罰者對病之要藥。生愚以爲，今日治兵，宜一以此法爲主。然後募選勇敢之士，可二千人，練習其法三日。乃召至精熟岑港地形及賊中情狀者數人，令其聚沙成象，指示險夷遠近，營柵門戶，凡虛而可攻，間而可伏，弛而可襲，與賊之每先伏以待，據高以望，及敗而必走之路，勞逸寢興，饑飽警惰，昏曉可乘之期。至如人言當用諸將舊兵，委以餌賊而擊其追奔，似亦一算。則又當併計其餌而出，或餌而不出，奔而追或奔而不追，追而遠或追而不遠之狀，彼短我長，無不曲盡，乃始制爲趨避、進止、分合、奇正之規。與是二千人復假三日之期，互爲講明敎練，如出一人，大約倣習戰昆明之意。然後下令諸將之在岑港者，刻期復舉，而明公身督二千人，分行萬金之賞，計諸將未舉之先，可半日驟至其地，親執桴鼓，坐於懸山之巔，而分布攻擊，一如前所講練之法，則一食之頃，必十獲其三，再食之頃，必十獲其七，所餘者僅三耳。而明公遂已凱旋明越之間，不踰兩日而有司者已報班師矣。此非生愚之漫言也，蓋聞此賊每於我兵臨柵之時，輒用發槓鳥銃以走之，然後出而追奔，或斂而自拒。夫發槓鳥銃夙藥者發速，而旋藥者發遲，使能預定一軍，分諸道急趨其遲，則彼且無所措手足矣。而當事者每每狃於始敗，坐失此機，而不之講。今與二千人所講練者，乘勝之會，誠非一端，明暗之幾，亦非一定，且必有用計以碎之，而不純以力者。如不得已而出於力爭，則如人言，用諸將之兵以爲餌，而擊其追奔，其或奔而未必追也，則乘其旋藥之候，而急趨其隙，亦宜無不破之堅矣。但賊出而追，必不空巢，斂而拒，亦且格鬭，故勝則勝矣，而曰十獲其三者此也。然其事成於呼吸，緩則不能，故曰一食之頃者此也。巢傾衆潰，遇伏輒覆，爲力益易矣，故曰十獲其七者此也。然其勢相繼而至，故曰再食之頃者此也。其他匿山伏澗，所餘幾何，而又不可猝得，無勞明公之坐待也，餘兵分入，掇燼收殘，故曰凱旋明越之間，不越兩日而有司已報班師者此也。雖然，此則其大概矣，至於選兵惟務精嚴，其他舊兵不可用之說，不必泥也。練習戰事，計有三日，禁海關不可使出一舟也。分爲伏兵者，宜徹頭足裹綠衣，混草木色，惟竅耳目使見聞，而銜枚夜匿，不使有聲及動搖草木也。其置諸長，則稍閱伍中隊中之雋者而授之也，諸長不用官人，使易施法也。伍若隊凡屬其長所領者，必問其無讐嫌而後可，恐長報怨而衆蓄疑也。近日用兵之病，在有合而無分，今兵入巢者與伏者，宜多分其道，且使賊無所不備，則無所不寡也，無所不遇，則無所不敗也。默與二千人約，殺賊不必斬首，他兵以首來獻者，默奪於藉以與之，使得一意乘勢，無以首妨功也。用諸將之兵以爲餌，勿告以故，告則益媮而不成餌也。始用萬金勞其行耳，至於賞格恤典，分別等差，悉宜從重，然後罰斬可得而施也。然許諸長以互相罰斬，人必謂其太嚴，又必謂其無官職而殺人不可。今賊殺我兵，不可勝紀，犯諸長之法而取以殉者，必不如前所潰散者之多也，而遂爲無敵之兵，永收萬全之利，不猶愈於駢死於賊人之手，而徼倖於屢北之間乎？創伍亦賤民耳，一奉軍令，則雖加刃於尊貴之頸而不之顧，長無官職而殺人，又何爲不可乎？夫轉敗以爲功，奮怯以爲勇，非因循務自全者之所能爲也，其道惟在於振其氣而舍其所愛。振氣莫要於選兵，明部伍，舍所愛莫要於以一身獨當其任而不疑，此田單有激於仲連之言，而下三月不克之狄於一朝也。不然，則雖益兵百萬，聚糧千倉，相守更時，使黃帝操戈，巫咸占候，班輸制器，而亦無益於用，即使幸而成功，要亦不可以再試者也。生叨奉管毫，辱下客，愧古國士之流，虛書記之室，至如今茲所陳，使幸而采之，則有冒功叨進之疑，不采之則有被棄取羞之笑，而生之志則固不在是也。生生平頗閱兵法，粗識大意，而究心時事，則其愚性之使然，亦遂忘其才之不逮。如往歲柯亭高埠諸凡之役，嘗身匿兵中，環舟賊壘，度地形爲方略，設以身處其地，而默試其經營，筆之于書者亦且數篇，使其有心於時，縱無實用，卽如趙括之空談，亦誰爲禁之者，而深自斂抑，未嘗有一言以聞於人。今奉侍明公之車塵，亦既有日矣，而未嘗敢以一言冒進諸將吏，或過客滿座，議論雲興，生亦竊聽之而已，其自處如此，亦可以知其爲人矣。惟明公垂覽，而少加擇焉，東南幸甚。

代白衞使辨書

濬前以海寇抱不測之罪，宜就湯鑊，然心未蒙原，而一方之病將以濬而日深，故甘犯鈇鉞之誅，再效愚忠于前。濬不佞，不敢過有所援，願借范睢以明意。睢曰：「死者人之所必不免也，處必然之勢，可以少補于國，此臣之所大願也。」夫范睢偷生之人，至有少補于國，尤不惜死，況于濬者，以臺下曲全仁恩，罪儻不至死者乎？縱令死而有補于國，則濬何憚而不爲范睢也！第恐罪濬之後，地方之事日不可爲耳。濬聞之，兵家非戰則守，然其勢猶兩虎相搏也，負隅坐險，各據地瞋目而不動，守猶可也，一虎逼巢窟，將攫其子而噬之，能無戰乎？今之海賊，非負隅之虎矣，舍舳艫，登陸道，白晝大都之中，殺人而焚其室，□婦女而擄之，吏卒遠遁而不敢側目，非一總而然也。當其寇石浦也，濬非敢好輕動也，砲石四集，卽傅城者已無一人，壯者棄家走，老幼對哭于郊牧之間，而況廠房水寨戰艦在外，與賊均之。濬受國家累世之恩，見海上赤子荼毒之苦，不得已而披甲跨馬，率枵腹之士而身先之，三戰水陸，斬賊過當。額冒飛刃，創瘢尚存，家僮助正，同日俱死。且兵不素練，舊習使然，見賊舉銃，辟易駭散。夫兩脛十趾，濬亦具全，設肯先奔，軍孰不避路而讓之也？顧將制旗鼓，死而死耳，豈可曰走？遂便復戰，故濬不免耳。而今罪濬者徒曰云云。且古語有之，佐癰者嘗，佐鬬者傷。今兵刃加交，水陸異技，重以卒不習戰，糧餉過時，雖黃石坐謀，蚩尤對面，猶不能保百夫而全之，而况於濬者，豈易爲力哉？欲不捐一士而災一廬，又烏可得也？今當道往往移檄，展而讀之，必曰不許逡巡畏縮，又曰不許輕率寡謀，此故事也。請觀比年以來，海上把總，孰不以是二者被罪哉？先有陳瑤崔鼎，後有劉文，今又有濬矣。至他指揮千戶百戶，簉謫誅貶，不可勝計。夫海上之寇，欲其自盡，決不可得。總帥官兵，非戰則守，而戰無萬全，守決不保，前後顧忌，人何所持？是國家懸設兩穽，而俾官居其中，必有一遇。不爲崔鼎陳瑤，則爲劉文與濬，如此則先加以罪，後令之官，何不可哉？然在崔鼎陳瑤，猶有可諉者曰，其當事怯，失律多，五色無主，保七尺之軀而鼠抱狐蹲焉，正移文之所謂畏縮者也。至論濬爲輕率似矣，然斬馘之功，不亦可驗乎？孤身挺戰，不亦可矜乎？後援不繼，不亦可分任其咎乎？其最先，則又有馮恩以不救主將，亦免爲介士。然恩之時，所被殺者總督也，其所當事，又倭夷也。濬之所臨，海寇也，非夷情比也，其所傷者，介士也，非主將也；其區區當轍之勇，又非若崔鼎陳瑤之畏縮也。夫論失則恩大而濬小，論戰則瑤鼎避而濬當，論功則濬雖細而三人者則寂然也，至論罪則又駕陳瑤而軼崔鼎，埒劉文而追馮恩，此濬之所以泣血橫戈，雖死而目猶瞬也！夫自有寇以來，居是職者無慮十百，十百之中非皆不畏罪也，非皆無智計勇力之人也，然而未有不敗者，其故可知也。曰，立法太嚴耳。馮唐于漢文，不云陛下法太明，賞太輕，罰太重？且雲中守魏尙坐上功首虜差六級，陛下之吏，削其爵，罰作之。由此言之，陛下雖得廉頗李牧，弗能用也。卓茂之讓民曰：「律設大法，禮順人情。今我以禮教汝，汝必無怨惡，以律論汝，汝何所措其手足乎？一門之內，小者可論，大者可殺也。」嗟乎！使當事諸公皆先馮唐卓茂之聽，則何寇而不可除也？使皆用文帝之法，皆以律治人，則何時而可以除寇也？何則？損介士，亡寸土，必罰無赦，此祖宗之成法也，然而有不可以盡然者。今之保首領、顧身家者，聞警報而束手，已掠城剽貨，殺官軍如刈麻，圍不解，則輸金椎牛而乞之他境，被殺者欲告，則科財而賂其家使不告者，皆是也。然此幸何不施之敢戰之將哉？殺賊首比損軍過當者薄賞之，相當者薄罰之，而所死之家，則厚恤而優糧。損軍比殺賊首過當與不殺賊首然後施程法，何不可也？夫賊之敢侵犯者，以有利而無害也。設今日斬幾首，明日斬幾首，今日抵某界戰，明日抵某界又戰，而又不可虜掠，則何所利而犯我也？今乃使賊不經害而貫習利，將不畏賊而內畏法。古之爲將，不畏敵而勝，今不畏敵而反敗，此不可令衆庶習聞也。夫兵者不祥之器，作其事而重其賞，猶人不得奮，故又爲誅刑以驅之。今則不然，戰亦失事，不戰亦失事，戰亦受罪，不戰亦受罪，則人何苦前冒死亡而退又罹憲罔也？亦且坐而待罪耳！夫祖宗舊法，恐後世狡黠好功之臣生事于四邊，至深遠也。然假令高皇帝尚在，親臨海隅而覽其事，知逡巡亦必失保，則必敎之戰；戰則必小傷折；小傷折而又欲罪與逡巡同，濬又不知其決不然也。故濬之愚，所以爲不寬假損軍之法調停其事而便宜之，則朝廷雖令衣繡仗鉞之使，日斬一把總之頭懸諸海上，濬恐官有盡而賊益不可止。諺曰：「前軍覆，後軍鑒。」罪濬之後，今相繼者宜何如也？卽寧死不就職者有之矣，檄未下而稱病者有之矣，齒不滿五十而襲替者有之矣，甚者買人訐其贓而速去耳。夫甘發其贓，計亦云困極矣。至襲替而脫其任于子，假令子之海上焉，則亦與己危禍同，何父不能顧其子至此也？嗟乎！此特患一家耳，至一方之患，又有大者也。彼賊亦兩耳目具者也，聞某官迎敵，我挫衂，問某罪矣；某官束手，爲我寇，問某罪矣；某官懲二者，重賄我，幸安全一時矣。必將曰：人孰樂甘罪譴而不願安全也，喜冒死亡而退不蒙原有也？我舟之所泊，縱令不得盡賄，戰可決免矣。某職守者，聞某同寮親出戰少挫衂，問其罪矣；某同僚不出戰爲賊寇，問某罪矣；某同寮懲二者，重賄賊，得安全一時矣。又將曰：吾何好前冒死亡而退罹罪也，不效束手自保者，或行賄而僥倖于罪否之間也。故賊之所至，縱不敢便賄，戰決不爲矣。夫戰必死，不戰必生，今使賊知必不死而官又可以求生，二者何苦而不樂爲也，今日且日甚矣。法愈急則官愈怯，官愈怯賊愈輕忽而易肆其凶。卽有一人徒手而呼于周行曰：我賊也！我賊也！則戴甲之士且荷戈而立視矣，雖有攘臂扼虎之材，而官不敢下逐捕之令，亦何所施，非畏一人也，鑒往事而恐蹈拘文也。彼一人非不畏死也，亦知將卒畏往事而決不敢動也。故欲賊之不已，莫若罪戰士；欲戴甲之畏徒手，莫若狥拘文；欲賊畏我而我不畏賊，莫若寬法而薄敢出之罪。黜此不用，愈轉愈深，海上之烽燧不知何日而息，無辜之民不知何由而得務業。假如有孫恩盧循輩擧片帆而深入之，不知用何道而沮抑。李左車曰：「敗軍之將不足以言勇。」抑不知秦穆公之用百里孟明視乎？一拘囚于殽，再戰敗于彭衙。使穆公聽大夫左右之言，執而殺之，則孟明不免爲辱人賤行矣。穆公刑戮不加而任之彌專，孟明不爲恥辱而當之益力，于是濟茅津而封殽函，卒霸西戎。于是知穆公與人一，而稱孟明之有懼思。濬今不敢與孟明用，亦未嘗再敗也。臺下之明恕何啻穆公，亦未嘗再用濬也。卽如左車之言，濬固爲敗軍之將矣，誠非勇者矣。假令得勇者而任之，不知亦可以不折一甲、橫一屍而坐收全功否也？前乎濬者既皆不免矣，濬不知鑒而犯其罟，後乎濬者宜知鑒而振矣，又將復犯其罟。島嶼之跳梁無窮，而犴狴之將卒亦無止，此負戟之士所以欲虛而解體者也。昔濬亦嘗身親斬獲矣，亦有械繫而上之者矣，部曲之將亦躬督率而擒勦紀驗矣，今皆棄去不錄；而失一士，亡一矢，則加濬身。恐海島之間，望風駭聽，謂爲賊報讎也。濬誠願臺下思海島之艱難，顧一方之大計，後失事之誅，而先敢戰之原，順人情而施國法，超積習而越拘文，一作士氣，請從濬始。涓人有言：「馬今至矣。」如此而有不掛席涉海，凌白濤之中，取鯨鯢之首而梟之藁街，則取濬之血以釁賁鼓，孰曰不可。鄙語曰：「見兔而顧犬，未爲晚也，亡羊而補牢，未爲遲也。」惟臺下念之毋忽。

奉答馮宗師書 青州人。

渭妄註參同，師翁謬取其大旨，而小摘其編次，何幸蒙知若此哉。然編次之敢，蓋亦有說，緣世以徐註混經，遂誤賺經文，滿冊重複牽雜，至不可解。今「圓三五」章之言鼎器，卽「法象」章中「升熬」至「相守」義也。其言「兩七聚」至末簡之圖五相類，卽「青龍」至「一所」義也。其言「日數」「黃白」「黍米」及「審諦」等義，細玩之俱與「圓三五」章中互相印證，如以爲魏公既作「法象」章，又作「圓三五」章，則重複之病不犯前轍耶？又前簡上中下三篇散列，不應無結，而經語主隱，註語主顯，圓章近隱，法象近顯，故知圓章是結經，法章是結註也。由此觀之，圓卽經之亂詞，不特法爲註之亂詞也。至於「參同契者，敷陳梗概」，至「盡矣」一段，乃是作「五相類」之引；「五相類圖」比於亂詞，則爲尤約矣。蓋經註中歷歷指五行爲同類，乃一書要訣，觀圖眞可默會，不煩片語，其他皆枝葉花果，惟此圖爲正在根株也。若以「御政」等三事當之，謂五爲三，則「御政」等直篇目耳，非要語也，何煩魏公特云「故復作此」哉？卽欲明三事爲一，則直曰三物出一門足矣，今曰「作此」，將執何爲作耶？三物亦何庸於作耶？如此則「惟昔」一章當置於何地，不待智者而得之矣。況其中「隨旁風采，指畫古文」等語，絕印「吾不敢虛說，倣傚聖人文」等語，不特此也，虛心觀之，印處甚多，獨徐魏同時，徐似不宜以「惟昔」目魏，然二公註述，並皆隱名，惟昔之言，亦少神其說耳。「吾甚傷之」自任之語，口氣帶自上文，與「若夫至聖者」自任之語不同，「至聖」章自任之語，可以屬作經，不可以屬作註，「惟昔」章自任之語，可以屬作經者言，亦可以屬作註者言也。況徐之註經，其於各章，雖詳略後先與經絕不相印，却未嘗遺其一簡，姑無論其緊要本旨，卽贊前訓後之語，亦無不印之。如「是非歷藏」章則印以「世人好小術」是了養性一目矣，若爐火一目，其在魏經如「巨勝尚延年」，如「欲作服食仙」㊀，如「世間多學士」，如「若夫至聖」，如「吾不敢虛說」，其爲贊前訓後者若此其屢屢矣。徐註印之其最可見者，特「惟昔聖賢」一章耳，他若「太陽流珠」之尾「不得其理」二段，「如審遭逢」之尾「審專不泄」一段，悉是相印之詞。今略舉其顯而細者，徐之「殫竭家財，妻子饑貧」，非印魏之「耗火亡資財」，徐之「立竿見影，呼谷傳響」，非既魏之「金砂入五內，霧散若風雨」哉？苟細玩之，無不皆然。其苦人者，獨所謂詳略後先之異，不隨處證見耳。然此等處，姑略而不辨，猶之可也，何者，「法象」章便作是魏公總結爐火，乃絕不及工夫，繼以「圓三五」章，雖於爐火犯重複矣，然「腹

㊀「服」原作「伏」，據徐文長文集改。

齊三，坐垂溫」，却是做工夫語也，據此借口，猶可以避重複，乃冠以「惟昔」章爲引首，亦何不可之有？若以「五相類」爲「三相類」，以「象彼仲冬節」爲當升於「內甲」之後，此則諸家之大謬，決不可從者也。「五相類」既辨之如前矣，若「象彼仲冬節」一段，乃魏公於此特地衍明正在根株，而非枝葉花果之意，首句弔起象字，而後曰「別序四象」，以曉後生，此卽魏公之自註也。「內甲」七八九六，特衍三十爲晦之說，且止有八數是兑象，至其六七九皆無卦無象也，如此則謂之一象可矣，謂之四象可乎？又有何要義而用以曉後生耶？且「內甲」一了，卽接到「八卦布列曜」，何等次序，如入此一段，則大梗文脈矣。兪氏本擬四言爲經，五言爲註，久之不得，見「內甲」章與此音韻相叶，又「陽氣索藏」與「仲冬摧傷」影響彷佛，故便指鹿爲馬，杜氏之滔天，兪氏之濫觴也。且「閉口不談」卽是養性篇「塞兑」義，「匡廓消亡」卽是養性篇「隱明」義，理至要至精之旨，故終篇特爲挑剔，以丁寧後生，正恐人專着枝葉花果茫無下手處也。此誠不可不辨，惟師翁胸次瑩虚，見道眞切，推移不泥，環轉衡權，而青州一脈，千載攸賴，從事有靈，寧能忘情。生愚狂僭，正所謂以管窺天耳。言筌以上，尚有纖微，未敢輒及，惟函丈垂諒，不以囚纍而犬豕之，萬一少緩刀鋸，尚有廣陵一曲，揮手謝響，而後引頸就纆也。桎拲之所，涉筆爲艱，遽不盡展。阜阜冬冬，亦是離合體，首五句是隆慶二字，第六句三年二字，第七句十月二字，主言者註字也，廿者廿二兩字也，十兄者初九也，吾心者悟字也，正兎句正六月也，而鷄句二十日也，蒼箕者蒼龍七宿中之箕星也，箕星今繪者爲點者四，月縷圜牽，口中加以人字，乃囚字也。漢武召東方朔，隱語東爲來來。又古緯書曰卯金刀爲劉，白水眞人，眞下之貝爲具，準之古書，偏旁大抵皆漫，故渭亦漫之耳。不宜。

答人問參同

「象彼仲冬節」十四句，本居「大易性情」十四句之後，是魏公臨了丁寧後生語，而俞本升居於「仲尼贊鴻濛」二十四句之後。姑就其意而論之，如以爲仲冬子半，草木盡落，人君閉關，靜養微陽，天道至此而極其收斂，玄幽虛寂，日月至此而合璧躔度，匡廓消亡，有似於上文「內甲」所云之「坤乙三十日，東方喪其明」，「四者合三十，陽氣索滅藏」，如此則猶之可也。如反取上文之七八九六之四數，以爲下文「別序斯四象」之四象，則不通矣。蓋上之所列日魄，止是八日在丁方之時，有兌之象，其七日九日六日，則未聞其屬何卦爲何象也，如是則所云象者，止於八日之兌，謂之一象可也，何以謂之四象耶？如以爲此三也七也九也卽無卦象，然自月魄逐霄而視之皆象也，則一月三十日中皆是象矣，又何以止曰四象也？又借曰魏公文多謬說，彼持假七八九六之數以合三十日，正欲以明月盡之晦日爲坤體，則特舉此三十之爲晦，有何要義，又何以曉後生之盲耶？況上文二十四句，歷列八卦之體，以準月魄盈虧之象，至坤卦而了矣，故緊緊接過「八卦布列曜，運移不失中，元精眇難覩，推度效符證，居則觀其象，準擬其形容」，則謂之八象可也，謂之四象又可乎？蓋緣魏公以參同一書，其在上中下三篇，散布甚矣，故作「圓三五」章以結之。然猶以爲屬敷陳泛濫也，敷陳泛濫等說，雖是指上中下三篇之文，不指「圓三五」章，然却是要作「五相類圖」而先爲引之如此，亦不是除却「圓三五」章而言也。而於微妙纖細處，尙有缺略之弊，而終屬於彷彿也，故謂之曰未純一，曰未備，曰遺脫，曰不幽深，曰不相鉤援也，故復作「五相類圖」以約之。正以純一其敷陳，滿其纖微，補塞其遺脫，潤色其幽深，而鈎援以相逮之，其旨意始齊一而不悖，故曰「大易之性情盡矣」。夫易者日月也，日月者坎離也，性情者坎離入而爲情、出而爲性也，出入爲性情，雖帶坎言，其實只是禽之一物，然莫便看做人心也。坎水有金，離火有木，而土各具焉，又非五行之相類而何哉？故下文句「正在根株，不失其素」，此正專指「五相類」而言也。「正在根株」，言盡去其言語文字之枝葉也，「不失其素」，素者太素之素也，即虛無也，言後生之用功，正在虛無安靜也。虛無安靜，則大易之性情準矣。黄老之御，御此者也，爐火之據，據此者也，一也，而無有二道也。然其象云何耶？乃象彼仲冬之節，子半之候，草木盡彫落也，人君深潛藏也，天道至玄寂也，日月正撢持而匡廓消亡也，此守黑之妙，至靜至默之道也。而不知者，顧譊譊於言語文字之間，則反自敗傷矣，豈魏公約而爲圖之意旨哉？故曰「謬誤失事序」，言還自敗傷，別序斯四象，以曉後生盲」者此也。故觀於「象彼仲冬」之象字，而下文之四象可知矣，下文舉四象，而先系一象字於首句，此即魏公之自註也。雖然，下文四者之象，乃無象之象也，篇終矣，不得已而形容之，以丁寧學者，恐其求之於枝葉花果，差毫釐而謬千里也。若俞本之升次此章使居於魏公徐註敷陳卦象月魄之後，乃正值其平鋪漫序律曆之簡也，何暇輒及丁寧後生，以梗斷其文脈如此乎？即有丁寧，其辭氣亦宜隨章不迫，如所謂「居則觀其象」等，如所謂「可不慎乎」等是也，不應曰「別序」，又曰「曉後生盲」，如此乎其諄切也。至若某以「圓三五」章而意則相承，總是一章，又以「法象」章之亂辭爲是註「圓三五」章者，蓋亦有說，緣魏公書三篇，其下篇六章，一向散說爐火，而却以圓三五一篇結之，故亦自不得外鼎器爐火，而別設一種物象以形容也。於是徐註以亂辭印之，自「升熬於甑山」至「淡泊而相守」，並是鼎器爐火事也。魏公下篇之說爐火，一向以五行配合，但亦病於散見耳，故至五相類則用圖而合於一處，於是徐註之亂辭印之，自「青龍處房六」至「三五并危一，都集歸一所」，並是五行合於一處事也。至於其中所云「日數取甫」，則卽「圓三五」章中之節候，「先白後黃」則卽「圓三五」章中之火白芽黃，至於「反覆研悟」等語，亦卽「圓三五」章中「尋審諦思」等語也。其章章如是，細以篇目相侯，則徐註之法象章，非徐註一書之亂辭而何哉？魏公之圓三五篇，非魏公一書之亂辭而何哉？不然，則「圓三五」章語，卽「法象」章語，「法象」章語，卽「圓三五」章語，魏公亦牀上疊牀，屋下駕屋甚矣，如此則「惟昔聖賢」一章，非註「吾不敢虛說」一段而何註哉？蓋「懷玄抱眞」至「變形而仙」，本魏公之成功，而「憂閔後生」至「志士家貧」，本魏公之成書而言，「吾甚傷之」至末，乃徐從事本自己之註此書而言。而其尤可證者，則「隨旁風采，指畫古文」數句，爲印「吾不敢虛說」至「對談吐所謀」數句，「智者審思，用意觀焉」，是印「學者加勉力」數句是也。其中少似礙者，則以徐魏同時，何至稱爲「惟昔」之聖賢耶？而不知當時兩人，一作一述，並隱己名，故徐目魏以「惟昔」，亦少神其說耳。後之註書，而往往託於古者，皆是也。由斯以談，諸篇之次，某豈敢草率而附會之哉？不特此也，凡魏公諸篇，徐未嘗不逐篇印而註之，不特肯綮處爲然也，卽諸訓戒後生，贊揚前賢，亦悉印註，但有詳略顚倒互見互隱之不同，或以一字而槩印一篇，槩印數句，或以數句而解一字，解一句，或註在後而反印經之前，或註在前而反印經之後，但在人提摘操縱而互觀之耳。某之與諸註家同異，大略如是，而於杜氏尤水火之甚，蓋他註雖謬，尙未壞經也，杜氏雖不著經，然以四字爲魏經，五字爲徐註，惟有甚壞經耳，其他一無所藉也。「胡粉」章始終相因之同類，以鉛汞砂銀喻之，是直指五行之同類也，又曰「雜性不同類，安肯合體居」，是反說以明五行之同類也，而徐註有「白子五行始三物一家都歸戊己」，是亦直指五行之同類也，又曰「藥物非種，名類不同」，是亦反說以明五行之同類也。其最後又曰「同類易施功，非種難爲巧」，而其上文則又先列以五行，是又直指五行之同類也。由是而知，五行者五相類也，丹之成否，莫要於此，舍此更無可訣而傳者。魏公以諸篇散見，頗屬遺脫，故既作亂辭，而復圖以更約之，所謂「正在根株」也。而杜氏以三道爲相類，夫所謂三道，特言書篇之名目耳，何要事也，而魏公乃補其遺脫，特作此三相類耶？夫御政之政，火候也，養性者，正御政之政也，伏食者，火候之準而成功者也，一事也，不可以謂之類，況得而謂之相類耶？若夫金木水火土，其在人身，乃心肝脾肺腎也，當其始時，一寸水耳，固無所謂類也，及生成而各居，人但知其不類耳，所謂一者，以掩閉此也，故魏公喫緊爲人曰，此五之不類者，乃汝之同類也，猶言仁義禮智信，同一性也，發而應迹則分而五屬矣，孔孟原其本而告人曰，五者是汝之一類也。今於此則姑舍之，而偲偲然舉其論孟之篇目曰，「學而」與「爲政」與「八佾」三相類也，「梁惠」與「公孫」與「萬章」三相類也，可乎不可乎？阜阜冬冬數句，非緊要語也，緣其分註此書，終於隆慶之三年十月廿二，始於此月之初九，而悟則悟於此年之正六月二十，故吾心者悟字也，雞十雙者二十日也，正兔三雙者正六月也，言悟於正六月二十日也。主言者註字也，甘者廿二也，十兄者九也，十字寄中豎畫之一衝於用字之中，說用字還其豎畫之衝於一字之中，則爲十月兩字也，言註此書始於十月初九，終於廿二也。阜阜冬冬者，隆之左旁爲阜，其下爲缶，缶音同阜，是爲阜阜也，隆之首文，爲有上而無下之冬，慶之脚文，亦爲有文而無下之夂，是爲冬冬也，虛拄慶之下文於隆字，　漫取冬冬以叶阜阜之雙文韻耳，　而慶字尚未完也，開戶之戶，言慶之广，戶字之下缺，故曰開戶也，支窗之窗，言慶之凷似窗楞之支於開戶間也，　然凷少東之一畫，似窗之有西楞而無東楞也，貫心，言慶之必也，自阜阜至貫心，　並離合隆慶二字也。　參之斗蓬，參三也，斗上加以𠂉若蓬然，年字也，此一句，離合三年二字也。　蒼箕中人者，言四字也，　東方蒼龍七宿爲箕星，四點⁘，圖星紀者類以色筆帶其三面，設更加一面，則成⁘矣，⁘中加以人，非四字乎？秦田水月者，田水月，渭字也，秦首三畫，以徐旁三畫彳準之，則徐字也，且徐秦同姓，　猶滎陽本朱某之於鄒肵也。　初某註此書，不欲章己之名，而又不欲盡沒其迹，故爲此隱訣，以庶幾於德祖之知，　然亦要緊事也，故漫而不工耳。　不特漫而不工，且偏旁亦多訛謬，然漢武以隱語召方朔云，先生來來，　解云來來棗也，而棗從朿不從來，緯書卯金刀爲劉，而劉從𠩺不從卯，貨泉爲白水眞人，貨從貝不從具，蓋訛謬相襲，自古而然耳，故魏公自敍篇「陳敷羽翮，東西南傾」，某爲離合爲陽字，　偏旁皆不合者，　有見於此也。「湯遭阨際，水旱隔并」之爲陽，人人知之，且既有一陽，　不容重出，　但味其文義，　如所謂「敷陳羽翮」㊀，如所謂「東西南傾」，詰屈窘迫，似有牽湊離合之意，不然，文勢到此，自宜作明易鋪敍也，重一陽字，想亦筆下偶然捏弄，以混人耳。　如此並屬微細，故不大著解，如欲解此等，則尚有數段稍關於義者，如既言「配以伏食，雌雄設陳」，則繼之曰「挺除武都，八石棄捐」，蓋恐人誤認作雌黃雄黃也，　悟眞篇云「休煉三黃及四神」，亦此意也。「審用成物，世俗所稱」，成物者，成金銀也，審，果也，言設果成物，固當

㊀「如」原作「知」，據徐文長文集改。

爲世俗所稱者也。五言用八石者，不能成物也。其他「律曆」章中俞註詳矣，但「任畜微稚」之任，作南呂之南，義見白虎通及史記天官書。「可不愼乎」章「萅括微密，闓舒布寶」，萅爲鎖萅，括爲約囊，布爲泉布，俱須與拈出各所見諸書文義，庶幾使後生易讀也。至於形容伏食既成之神，尚有「金砂入五內」，「刀圭沾淨魄魂」，痴人尙泥爲入口下吭之證，而不知金是吾身之水，金砂是吾身之木汞，向來泄漏則出五內矣，今不泄漏，而積而至於結丹，則卽此爲入，卽此爲沾矣，烏取於口與吭，而後可云入云沾哉？至於俞本「危一」之從，以其深合「房六」「昴七」「張二」「四宿」之義，王震澤集中「內甲」之對，比於諸說，尤爲簡明。諸如此者，皆宜稍與拈出分疏，而某當其時，則惟汲汲於大義，固不得不詳於彼而略於此也。雖然，「鴛鴦繡出從君看，莫把金針度與人」，則某於「火記」篇中之註，有去乾坤坎離並有兩個取其上德者是已，却亦莫便認取兩個不活動者之上德也。「晦朔」章註中有出入兩刻等字，消息露於此矣。不然，則研章索句，解得差與解得不差，並無得於身心。象山之答紫陽論太極云，作大傳時，不言無極太極，何嘗同於一物，而不足爲萬化根本，此切中談文論字者之病矣。

上德篇「金乑亦相須」，乑字當是水字。

論玄門書

前日承面敎，又繼以書，反覆敬誦，知執事精於訂道，非草草者。回思鄙論，祇覺其妄，然卽欲更伸其妄以復，非紙筆所能盡也。爲彼家之說者，往往云孤陽不生，如天之陽，必藉地之陰。鄙則詰之曰，地自天中之陰，非此人之雄，必藉彼人之雌。渠則又有別辭，吾又當有別詰矣。如前一詰，亦非死殺定說也。南岳讖磚不成鏡，只緣鏡與磚是兩物也。再於無思無爲，却是胎中嬰兒本相，人自少至老，循之極則仙，反之極則鬼，原是一物，乃磨鏡求鏡，非磨磚求鏡比也。凡執事之所見疑於鄙者，止因日月之新說不相入，況又守以舊聞，使一洞日月之旨，則諸疑或當盡釋矣。草草奉覆。

又

日月初亦只是一物，分而爲兩。然其分最早先於天地之位，由今天地既位之後而觀之，則日月只似天地中一物，若從天地未分而日月先分以經之緯之而言，則天地亦從日月生也。即人而論之，初胎時是一團水，豈不似天地混沌，及後有外體而爲天，有內體而爲地，豈不似天地設位，然而內外之結，非自成也，有物焉自一而兩以經緯之而後成也。由此觀之，天地無日月則不成矣，天地從混沌而既位，無心無爲，一任日月之漸營，毫髮不爽，積子寅而生人物，如鈞冶焉。人身從團水而成骸，亦能無心無爲，一任日月之漸營，毫髮不爽，積三年而結嬰孩，亦如天地之鈞冶然矣。故日月者，生物之火候，而天與人均有之者也。天地之冶大，故萬人萬物生焉，人身之冶小，故結一嬰而止耳。今學丹者，不知吾身中有一種日月之火候，卽天地日月之火候，吾身之結嬰，卽天地之生萬人萬物，而妄謂須取彼家，然後成丹，則是謂此天之不能生物，而復藉彼天以生之者也，其可乎？故作戲論，有陰天陽天之說者此也。然而爲彼家之說者，又有純陽既虧必藉以補之之說，其支遁犯駁，多不能悉。至於翁之說皆正門也，非彼家比，但某愚昧，細味高論，亦多未徹於鄙心，故直以己所妄見者爲對。大抵論道談微，非面而久罄不快也。且愚所叨叨，非純出臆見，當時幸早悟於心，以印眞正祖訣若參同內經篇，但除却僞書，無一不脗合，而求之於心，質之於天，亦無一不脗合，是以決信而不疑耳。水在胎中，無爲無思，生生兒生，至有爲有思之極而死耳，然則無思無爲，成仙之徹始徹終事也，不患落禪，惟患不能禪耳。南岳鏡磚，不合是兩物，若無思無爲，則原是嬰兒本相，如略攙以思爲，却正犯磨磚求鏡也。乾坤者，易之門戶，契中之義，似不如尊者所擬也。

與許口北

昨漫往觀煆，因佇柳下，思叔夜好此，久之不得其故。遂失候二公高蓋，悚惶悚惶。公與羣公並膺賀典，生野人耳，以不賀爲賀。承命作啓與聯，奉上，猥耳，抹却擲却。

與來大同

擬書小作請教，而邊地無可載書者，兼之筆墨天氣俱乖，斂篋之揮，定知拊掌也。失候車駕，拜領橐遺，徒有感荷。

與吳宣府 環洲

左右履寒涉遠，得無勞乎？擬候輒止，必能諒其眞非簡也。生熟計在內在外，俱應不久，惟延候春融，以見不拂盛意耳。故決意不再入，然自信硜硜小節，在外卽在內，故迹若戀外，而自不以爲嫌，人亦信之，左右久當自知也。歲暮新春當禮際時，已擬徙避數日，此外惟有擁爐撥火，與緇黄閒話沙場舊事耳。惟蔚州炭多賜幾塊，是實惠也。

與季子微

不見者忽已三歲，親舊漸凋落，事變百出，如布帛在染匠手，青紅阜白，反掌而更。卽如渭者，昨一病幾死，病中復多異境，不食者五旬，而不飢不渴，又值三伏酷炎中也。欲與知己言，回頭無人，奈何！

答唐府公

伏蒙鈞命作書，緣紙多鬖粉，深恐浮糨拒墨，益顯拙陋，敬更紙書呈，並納原束，伏乞檢照。

奉徐公書

虁兒枚歸自塞垣，伏承推恩，兼賜敎示。捧誦之後，懷在袖中，出入既頻，紙毛字褪，而後歸於篋笥。迨於北上，謂得更沾熏沐，庶幾桑榆，而臺下遂遠承明，失所依庇。某衰老荒塞，無王粲杜甫之才，時既太平，又非避亂投安之比，徒靦顏毛穎，博十年粟藿，爲羽衣入山一往不返之計。故低頭沙漠，顧復蹋翅而歸，行道不省，飢鷹便謂得兔，悉虛聲耳，獵者自知也。

答張翰撰 陽和

絹不宜小楷，燥則不入，稍濕則盡斗而煙。高麗紙如錢厚者始佳，然亦止宜書，不宜畫。今寄者薄黯善沁，又卷束盡成皺裂，即書亦不宜也。四長幅則佳品，惜兩月不弄，手生，壞却此等物耳。緣老來杜撰之畫，如登州蜃樓然，有時而有，有時而無也。近又稍作觀音，漫寄一條，書心經於上，聊塞黃庭之委。

答許口北

公之選詩，可謂一歸於正，復得其大矣。此事更無他端，即公所謂可興、可觀、可羣、可怨，一訣盡之矣。試取所選者讀之，果能如冷水澆背，陡然一驚，便是興觀羣怨之品，如其不然，便不是矣。然有一種直展横鋪，粗而似豪，質而似雅，可動俗眼，如頑塊大臠，入嘉筵則斥，在屠手則取者，不可不慎之也。鄙本盲於詩，偶去取，無甚異同於公，然有異同，亦恃公之知，不敢詭隨也，不妨更爾。惟子安採蓮長安等篇，涉豔者，愚意在所必選，比之真西山文章正宗，附李斯逐客書可也。如何如何？

答王口北

野客清寒，僧廚齋寂，承此食肉之盛惠，得免瘦癯；因思無竹之雅言，形諸圖畫。惟公超雅，諒不揶揄，停筆以思，捫心知感。

與馬策之

髮白齒搖矣，猶把一寸毛錐，走數千里道，營營一冷坑上，此與老牯踉蹌以耕，拽犁不動，而淚漬肩瘡者何異。噫，可悲也！每至菱筍候，必兀坐神馳，而尤搖搖者，策之之所也。廚書幸爲好收藏，歸而尚健，當與吾子讀之也。

與柳生

在家時，以爲到京，必漁獵滿船馬。及到，似處涸澤，終日不見隻蹄寸鱗，言之羞人。凡有傳筌蹄緝緝者，非說謊則好我者也，大不足信。然謂非雞肋則不可，故且悠悠耳。

與道堅

客中無甚佳思，今之入燕者，辟如掘鑛，滿山是金銀，焚香輪入，命薄者偏當空處，某是也。以太史義高，故不得便拂衣耳。

答李參戎 ㊀

乍捧手致，繼拜盛儀。回思往日，銜杯圃榭樹石之間，談說鼓鼙，盼睞弓劍，日沈月升而猶不忍別去，乘

㊀「李」原目錄作「季」。

醉拂袂，毬騎雜揚，塵縷縷起道上，醺然幾墜，眞昨日事耳。舊景殢人，繼今新雅，馳想可知矣。瀟然到都，解裝便思插羽，顧以三百里之遙，裹足可至，儻再勸圉人，付以一策，則事濟矣。然豈僕所當自言耶？把管奉復，値忙且暑，揮汗成漿，兼蠅集筆端，遂不多及。

與梅君㊀

肉質蠢重，衰老承之，不數步而揮汗成漿，須臾拌却塵沙，便作未開光明泥菩薩矣。再失迎候道駕，並只在鄉里故人咫尺之間搖扇閒話而已，非能遠出也。稍涼敬當趨教，兼罄欲言。

又

讀牘與詩，高韻雅致，雙見互陳，如吳橋渡淮而枳，令人幾於易性，況寒暑細故耶？少間尊齋中，當聞蚯蚓竅中出蒼蠅聲也。

又

百丈之井，操尋常之綆以汲之，愈續而愈不及，僕讀足下之詩，將步驟其咫尺，而喘不可望也，亦然。泊淮時弔古者三首，抄以請教，餘當面訂也。

㊀原目錄作與梅君客生，下注「衡湘」二字。

與湯義仍

某於客所讀問棘堂集，自謂平生所未嘗見，便作詩一首以道此懷，藏此久矣。頃值客有道出尊鄉者，遂托以塵，兼呈鄙刻二種，用替傾蓋之談。問棘之外，別搆必多，遇便倘能寄教耶？湘管四枝，將需灑藻。

答龍溪師書

頸聯乃因今年中秋月盈而及往年中秋月蝕，淮南子云，蟹蛤視月之盛衰，從陰類也。奏鼓，救月也。函丈疵其不整，誠然。但少陵賜櫻桃詩頸聯有云，「憶昨與沾門下省，退朝擎出大明宮」，亦似此體。古評云，「詩至李杜昌黎子瞻而變始盡，乃無意不可發，無物不可詠」，正謂此也。彼以字眼繩者，所得蓋少矣，有意而不能發矣。某匍匐學步，殊未到此，然却是望其門牆，不敢苟且作不整也。冒妄之深，伏希函丈裁之。

答兄子官人

父弟田水月拜覆兄子給諫大人，信來具見遠念，並惠□□正逼歲除，眞雪裏炭也。疏稿雖未盡讀，然辟之流水，纔觀丈瀾，便知其源與委，不萬里不止也。相委云云，恐刻者自擅此技，或嫌於倩人，又老朽向來只做倒包，觀田水月三箇字可知已。儻許倒包，幸另定一官人，或擅技名氏，如此則不苦辭也。

又

孱從某拜答兒子長公諫垣，孱不粟者久，遣日惟杯中物耳。來餉種種淸恬，正俗所云扛擡酒戶也，何宜如之，慚乏報耳。別帖云云，無可答者，諫垣閫門中才子弟也，取不中不才如所云云者，與衆棄之，誰敢曰不宜。孱犯責善，齒舌幾爛，蒙詈被侮，又豈止賊恩。世尊有言，如此等輩，冥頑不靈，累萬劫終不見性，名爲可憐閔者，今吾亦然。一邊患之欲其死，一邊又愛之欲其生，譬惡疢蠱厲，人皆共棄，然亦未嘗不共憐也。

改草

得書及見遺諸物，並宜下酒。老朽絕粒久矣，惟助飲是嗜耳，感謝感謝。蠢犢之罪，非可枚數，諫垣所言，種種不虛。經云：「中也養不中，才也養不才。」諫垣云云，此等殆不可養者矣。老朽責善，數致不詳，每言如水投石，如逆風射箭，反中者多矣，無一毫益而有千萬損也。前世不知作何業，有此惡種。雖然，諫垣亦太姑息。當在南時，或遊不良，奴僮助興，或兜綽公私，及羽翼擡捧之輩，便加裁治，此先輩居官者迂宛，其爲打水痏魚，懲一戒百，往往然也。今在諫垣，豈不能耶？乃責區區一老病垂死之人，以矯强弓捩枉矢，能乎不乎？疽毒滿眼，良醫袖手不藥，乃詰草藥郎中。握筆臨書，腸爲寸斷。

與兩畫史

奇峰絶壁，大水懸流，怪石蒼松，幽人羽客，大抵以墨汁淋漓，煙嵐滿紙，曠如無天，密如無地爲上。百叢媚萼，一榦枯枝，墨則雨潤，彩則露鮮，飛鳴棲息，動靜如生，悦性弄情，工而入逸，斯爲妙品。

卷十七　論

論中一

語中之至者，必聖人而始無遺，此則難也。然習爲中者，與不習爲中者，甚且悖其中者，皆不能外中而他之也。似易也，何者，之中也者，人之情也，故曰易也。語不爲中，必二氏之聖而始盡。然習不爲中者，未有果能不爲中者也，此則非直不易也，難而難者也。何者，不爲中、不之中者，非人之情也。魚處水而飲水，清濁不同，悉飲也，魚之情也。故曰爲中似猶易也，而不飲水者，非魚之情也，故曰不爲中，難而難者也。二氏之所以自爲異者，其於不飲水不異也，求爲魚與不求爲魚者異也，不求爲魚者，求無失其所以爲魚者而已矣，不求爲魚也。重曰爲中者，布而衣，衣而量者也，自童而老，自侏儒而長人，量悉視其人也。夫人未有不衣者，衣未有不布，布未有不量者，衣童以老，爲過中，衣長人以侏儒，是爲不及於中，聖人不如此其量也。若夫釋也者，則不衣矣，不衣不布矣，不布而量何施，故曰不爲中。黄之異緇也，則首譬曰，尙欲爲魚也，盡之矣。雖然，魚有躍者化者，時離水而徹飲者，有矣，似難而易也，魚不化不躍而不離水也，而飲必無不清者，有之乎？似易而難也。故曰「中庸不可能也」。

論中二

天與人，其得一同也。人有骸，天無骸，無骸則一不役於骸，一不役於骸，故一不病。一役於骸，故一病。一不病者何？堯傳舜，舜傳禹，曰道心者是也。一病者何？堯傳舜，舜傳禹，曰人心者是也。微者何？骸勝一，而一者膏日火以消矣。危者何？一不能勝骸，而骸者土日簣以高矣。中之云者，酌其人之骸而天之之謂也。猶曰半其道心者，亦半其人心者之謂也。故曰中也，是中也，難言也，言半則幾於隳而執矣。故曰中也者，貴時之也，難言也。凡二聖人者，其始之治其心於土階者，不過三尺中，治其軀於形者，不過七尺中，治其夔及其象，九其男二其女者，多亦不過數人中，而卒之利億兆爭叄兩者，皆是物也，是二聖人之善因也。因其人而人之也，不可以天之也，然而莫非天也，亦因其不可純以一而一之也，然而莫非以一也。故精也者，精之乎此中也，一也者，一之乎此中也。精也者，治玉者之切與磨也，玉玉而切與磨之則一也，此二聖人之中之者之功也。二聖人者，以骸治骸，以人治人者也。骸者何？竅也，鞹也，軀也，㲉也。噫，二聖人不能强人以純天也，以其人人也，是二聖人之不得已也，至語其得一也，則人也，猶之天也。

論中三

自上古以至今，聖人者不少矣，必多矣，自君四海、主億兆、瑣至治一曲之藝，凡利人者，皆聖人也。周所謂道在瓦礫，在屎溺，意豈引且觸於斯耶，故馬醫、醬師、治尺箠、灑寸鐵而初之者，皆聖人也。吾且以治者舉，人出一思也，人創一事也，又人累千百人也，年累千萬年也，而後天下之治具始大以明備，忠而質，質而文，文而至於不可加，而具之枚亦不可數。使令者一人也，而曰我自爲之，而自用之，而又必待其全而後用，則終古不治矣。故治必累聖人而後治，夫既已如是而足以治矣，而彼一人者又曰，我必自爲之而後治之，則非愚則病惑者矣。故治莫利於因，因而博，則其去自爲而自用者不遠也，惟因而不博者得之。夫孔子學幾七十矣，老矣，鍊而酌且審矣，亦博而且約矣，而所删所定所贊而所修者幾何哉？治備是矣，民可以使由而止矣，而今之治者，顧曰我且博焉，則非愚且病惑者矣，故曰貴因，故又曰因又不貴博。農咀草，軒與岐也，區也，緩也，和也，鵲也，倉也，而方也，而七者必曰，我自爲農也，自爲軒也，自爲岐也，而區而緩而和而鵲而倉而自方也，非苦悖且不暇，故曰貴因。因又貴不博，孔所删諸者是矣，故曰孔子集大成，集其大於帝者王者也。雖然，之方也而方之，抑末也㊀，而方方者一也，一者方方者也。故且也者，以其因者思兼於方，則不必皆合，不合則思，思則得，得則待且，待且則果用而果合，是之謂因方而不病於方，是之謂藥之王，醫之綱。乃民德則醜矣，分則有常，必使之農其農而商其商，視其木以梁。今之亂學者，類以梁而不視其木者也，故强齊民而學帝與王之學，以爲盡帝與王之梁。

論中四

㊀「末」徐文長文集作未。

凡博者一之影也，蛻也，而一始安有博，凡博者悉病也，凡聖人之博，博其所分也。譬之醫弈，吾弈也，弈有譜，盡弈譜而弈止矣。吾醫也，醫有譜，盡醫譜而醫止矣。故博也，亦約也，不博其分，而博其所不分，而後有百子，百子而用者，自霸以强，自强以譎，自譎以攘，而縱以横，而莫知其所終，悉博也，博而無所用者，則今之所云詞家之流者是也。夫詞其始也，而貴於詞者曰興也，故詞一也，古之字於詞者如彼，而人興，今之字於詞者如此，而人亦興，興一也，而字二耳。興一而字二者，古字艱，艱生解，解生易，易生不古矣，不古者俗矣，古句彌難，難生解，解生多，多又生多，多生不古，不古生不勁矣，是時使然也，非可不然而故然之也。興不興不係也，故夫詩也者，古康衢也，今漸而里之優唱也，古墳也，今漸而里唱者之所謂賓之白也，悉時然也，非可不然而故然之也。故夫準文與詩也者，則墳與賓，康與里，何可同日語也。至興則文固不若賓，康不勝里也，非獨小人然，大人固且然也。今操此者，不務此之興，而急彼之不興，此何異奪裘葛以取溫涼，而取溫涼於獸皮也，木葉也，曰爲其爲古也，惑亦甚矣。噫，木獸之又難能也，今且紫而敗素矣，繡而爛纈矣，剪楮矣，織蝥矣。夫論媒者貴許婚，勸貸者貴出鏹，貴興也，非較咻於齊楚也，齊語而敗婚，齊語而脫鏹，何取於齊咻也？舉一焉，今之爲詞而敘吏者，古銜如彼，則今銜必彼也。而敘地者，古名如彼，今名必彼也。其他靡不然。而乃忘其彼之古者，卽我之今也，慕古而反其所以眞爲古者，則惑之甚也。雖然，之言也，殆爲詞而取興於人心者設也，如詞而徒取興於人口者也，取興於人耳者也，取興於人目者也，而直求溫涼於獸與木也，而以爲古者，則亦莫敝於今矣。何者？悉襲也，悉勦也，悉潦也，一其奴而百其役也，其最下者，又悉朦也，悉刖也，悉自雷也，悉求唐子而不出域也，悉青州之藥丸子也。語之其所合者，則欣然，語之其所不合與不知者，不笑則訕且怒矣。耳而曰唐矣，語初盛則愕，矧其上，耳而曰漢矣，舍有味乎其言之輩，數語則涸，矧其上。是其諸所爲奴而役者，多不踰數葉楮，少不能數十百字而止耳，往往拾唾餕以爲腴，而自以爲養。間從而論其興於心，並其所謂興於耳目口者，而忽焉其若喪，夫其弊也如是，則不博也，乃不知其偏也，偏於博也。

論中五

明明德三語，綱也，八條目二十語，目也，三虛也，八實也，三闔也，八開也，三根本也，八枝葉也，三起八也，八結三也，本末二字云者，一篇之眼也。何謂眼？如人身然，百體相率似膚毛臣妾輩相似也，至眸子則豁然朗而異突以警，故作者之精而旨者，瞰是也，文貴眼此也，故詩有詩眼，而禪句中有禪眼。大學首篇，人人熟之者也，而文之體要盡是矣。通其故，千萬篇一也，首尻與脊也，然而一開一闔者，則又且無定立也，隨其所宜而適也。故凡作者，長短不同此同也，豐瘠不同此同也，詩與文不同此同也，自上古之文與詩，與今之優之唱而白之賓者不同此同也；多此者添蛇足也，不及此者斷鶴足也，而昧此而妄作者貂不足也，指畫並攫摶泥而思飽其腹也，將以動衆焉，而顧失其諛也。

論中六

姑譬以今吳之畫首英，浙之畫首進也，令丐畫者實以英與進也，而名以公與孤必否也。令丐文者實以左與屈，而名以左與屈必否也，必趙以孟也。何輕者之不貴贋，而貴贋者之不輕耶？非此宜贋而彼宜不贋也，古之文也一，今之文也二。文也一，故薦者必文，文者必貴，貴者必尚。而今也實者亡矣，而其尚者尤習也，不得於實而猶希其名，故習貴贋也，實改而名不改也，非今之求文者求文於既貴者之責也，乃今之求文者求文於未貴者之責也。若畫則一而未嘗有改也，今求文於士者亦一而未嘗有改，斯無贋文矣。

論中七

聃也，御寇也，周也，中國之釋也，其於曇也，猶契也，印也，不約而同也，與吾儒並立而爲二，止此矣，他無所謂道也。其卒流而爲養生，聃之徒之爲也。入不測之淵海，以學沒而已者，非求以得珠也，至海之半不期而得珠焉，而後之學沒者，遂遷其學於珠，此養生之說熾，而他端者始蝟興而榛塞之由也。故道之名岐於此，與釋與儒而爲三，而本非三也，二之三，嫡之庶，統之閏也。楚之有昭景也，甲氏也，漢之有陀也。

會稽縣志諸論

地理總論

余志會稽縣，首地書，而地之目六，曰沿革、分野、形勝、山川、物産、風俗是也。考之王制曰：「廣谷大川異制，民生其間異俗，剛柔輕重遲速異齊，五味異和，器械異制，衣服異宜，修其敎不易其俗，齊其政不易其宜。」夫所謂川谷，卽地書中之山川也。其曰廣大，卽形勝也。曰民生剛柔輕重遲速，則風俗之所由也。曰味曰器曰衣，則物產之流也。四物者之受成於地也，亦猶治之於器，劍不可以爲戟，而巵不可以爲壺，工人者亦就其近而稍磨之耳。故曰：「五方之民皆有性也，不可以推移，其敎可循，其政可齊，而俗與宜不可易。」今夫天下大器也，會稽亦治中之一器也。長是邑者，猶工也，告工以其器，故必先治，告長以其治，故必先地。或者曰，地先而邑之沿革則後，若夫分野則天也，天又先於地，於志而首沿革何也？曰呼馬者，呼驪馬則他馬不得應，徒曰馬，則他馬得應之。今志邑者，不首沿革，是呼馬而不呼驪馬也，他邑者且紛起而應之矣，亦何有於分野？

沿革論

余考諸史，會稽之爲邑，自隋開皇九年始。則自開皇以前至於秦，史冊中凡稱會稽者，並郡也，而今之志邑者，往往取郡事以入邑，豈非以會稽之名通乎郡邑，而不深考在何時則專以名郡，在何時則兼以名邑之過歟？開皇以前，有會稽郡無會稽邑，而會稽一邑，其時尚分爲山陰、上虞、永興、始寧四邑。開皇以後，有會稽郡亦有會稽邑，而山陰、上虞、永興、始寧四邑，始並爲會稽一邑。由此推之，開皇以前，凡史冊中所紀人物，有不指其邑，漫稱曰會稽者，蓋一郡全屬之人，悉得而冒之，豈直四邑中人哉？而今顧欲以未經稱邑之會稽以當之，亦悖矣，如此又烏取於沿革？故余之志會稽也，凡有關於邑者，悉自肇邑始時，隋開皇九年，則其時也。

分野論

古今志星分者，無慮數十家，皆以斗牛屬吳越，又必系之曰揚州，信矣。然以天下之大而有揚州，揚州而有吳越，吳越而有浙之省，浙之省而有郡，郡而有會稽一邑，其占驗繫於斗牛者，不亦鮮耶？在春秋，吳伐越，史墨曰：「越得歲而伐之，必受其凶。」在漢，歲星熒惑，太白聚斗牛之間，其後孫氏實有江左。在晉，苻堅將入寇，石越曰：「今歲在吳，天道不順。」已而堅果敗。在陳，叔寶將敗，有星孛於牽牛。由此推之，蓋以緯承經，有善測者，寸而析之，不專於其星而於其辰，則會稽之斗牛，其祥其災，可坐而得也，又何鮮之可議耶？豫章人占王氣主臨安，雷煥占劍氣主豐城，而鄭康成之注周禮亦曰，「州中諸國於星亦有分書」，即是說也，而惜其書亡矣，今所謂清類者，果盡得其旨耶？說者又疑越東南而牛女北宿，夫以數里之山，松生其南而苓生其北，彼枯此枯，彼榮此榮，精通之極也，今玄黃抱負，本不相間，人以其所見清濁之景而自間之，黃有盡而玄無窮；如毬之浮一粟於其中，人又以其所處一隅之小，而遂欲定大地之南北㊀，無怪其窒而疑也。僧一行之言曰，「星之與土，以精氣相屬，而不係於方隅」，信矣。

形勝論

㊀「大」徐文長文集作「天」。

夫郡邑之有形勝，豈取於觀游哉？易曰：「地險，山川丘陵也。」史稱秦四塞之國，被山帶渭，東有關河，西有漢中，南有巴蜀，北有代馬，此天府也。推此言也，可以知形勝之說矣。會稽東有娥江，北有大海，南有杉木、駐日、嶀山諸嶺之厄，而西界於山陰之鄰封，辟之於人，背腹手足之勢完，而水陸之險備矣。地六千頃，丁男六萬人，碁錯其間，無事則耕食而鑿飲，有事則荷戈帶甲以壁於四郊，若向者批東關、撇清風，以與倭夷相從事。據險以圖，擇利而進，則所謂娥江大海諸嶺鄰封之未必不爲我增而壯也，審矣。若彼諸所稱佳山水以爲勝者，是觀游之具，非形勝之謂也，已志之山川部中矣。

孫恩入寇，從餘姚上虞曹娥江；錢鏐破施褒，出平水；裘廷擧結鄉人拒兵亂，守駐日嶺，並見晉書五代史保越錄。而近歲倭夷掠東關屯高埠者，亦從曹娥江入，其從南入者，敗之於清風嶺。清風嶺，嵊縣界也。

山川論

紀揚州之山川者，在禹貢曰彭蠡，曰三河，曰震澤而止。在周禮曰會稽，曰具區，曰三江，曰五湖而止。彼州者於天下九之一也，今邑者於天下幾於千之一也。一聖君，一賢相，書天下九之一之山川，不滿一尺牘，今之志會稽者，書天下千之一之山川，乃累數十紙而未終，且間有缺，曷故哉？秦以前，天下之地，各屬其封國，則王者制其貢而已耳，不責其數可也。故夏之物於揚州，亦止曰貢金三品瑤琨篠簜齒革毛羽木而已。周之物於揚州，亦止曰金錫竹箭而已。秦以後，天下之地一統於京師，惟一統於京師，則王者雖制其貢矣，不責其數不可也，故一毛一鱗之所産，亦必稽於土，登於版，與壤畝等也，而不敢以謾。夫物不責其數，故山川可略也，可略，故紀山川其大如州者不滿一尺牘。物責其數，故山川不可略也，不可略，故紀山川其小如邑者，累十數紙而未終，且間有缺。

風俗論

老子曰：「至治之極，鄰國相望，雞犬之聲相聞，民各甘其食，美其服，安其俗，樂其業，至老死不相往來。」夫以予觀於古所摘而列者諸志語，則會稽者，重犯法，勤儉，重祭祀，文雅而風流，其俗也顧不安之。而今之所安者，婚論財，嫁率破家，乃至生女則溺之，父母死不以戚，乃反高會召客，如慶其所歡事，惑於堪輿家則有數十年暴露其父母而不顧者。民有四，耕耨而誦其業，絲布其服，魚鹽與稻果蓏而贏蛤其食也，顧不樂之美之甘之。而今之所樂者，其業在博塞以爲生，羣少年日騖於市井，黠佃逋主者之租，又從而駕禍以脅之。所甘所美，其在食且服者，窮江之南北，山之東西，競其綺麗，罄其方之所輸，其多不可以指數。夫若老子言鄰國可相望，而不相往來，此蓋上古時事，余亦安敢以望於今之會稽也哉！至如司馬某所稱，特數十年以前之會稽耳，今不望於上古，而望於數十年之前，又革其甚者，於俗若婚之論財，若厚嫁，若溺，若喪父母而盛宴，與暴露其父母。於業若博，若羣少，若黠佃。於服於食若窮江南北、山東西之華靡。噫，俗其殆庶幾哉！夫人之身有瘤也，俗亦有瘤。俗之瘤則有丐，□丐以戶稱，不知其所始，相傳爲宋罪俘之遺，故擯之，名墮民。其內外率習汙賤無賴，四民中居業不得占，彼所業，民亦絕不冐之。四民中所籍，彼不得籍，彼所籍，民亦絕不入。四民中卽所常服，彼亦不得服。

蓋四民向號曰，是出於官，特用以別且辱之者也。而籍與業，至於今不亂，服則稍僭而亂矣。丐以民擯己若是甚也，亦競盟其黨，以相訟僥，必勝於民。官茲土者知之，則右民，偶不及知，則亦時左民，民耻之，務以所沿之俗聞，必右而後已。於是丐之盟其黨，以求右民者滋益甚，故曰丐者俗之瘤也。雖然，瘤卒自外於常膚，則瘤之也宜，苟瘤者肯自咎曰，我今且受藥，且圖自化爲常膚，烏必瘤而決之哉？經不云乎，「人而不仁，疾之已甚，亂也」。

丐自言曰，宋將焦光瓚部落，以叛宋投金故被斥，目之曰墮民。○男子每候婚喪家，或元旦，則羣索酒食。婦則習媒，或伴良家新娶嫁，又爲婦貿便見竊攘，尤善爲流言，亂是非，間人骨肉。○男業捕蛙賣餳，拗竹爲牛頭燈如牛頭樣，擊編機扣，塑土牛土偶，打夜狐，即逐鬼也。女則爲人家拗女髻冠，梳髮爲髢，羣走市巷，兼就所私。○籍曰丐戶，即有產，不得充糧里正長，亦禁其學。○舊志，帽以狗頭狀，裙布以橫，不長衫，扁其門曰丐。打夜狐，見唐書宦者傳。

物產論

計然言於范蠡曰：「知鬬則修備，時同則修物，二者形則萬貨之情，可得而睹，故歲在金穰、水毀、木饑、火旱，此言時之用也。故旱則資舟，水則資車，而物之理可知矣。」又曰：「糴二十病農，九十病末，平糴齊物，關市不乏，治國之道也。故積貯之理，務完物，無息幣，以物相貿易，腐敗而食之。」斯言也，越用之以富其家。今農之粟末之幣與物在會稽者，不特二三增於計然時已也，然而不免於常歉者，豈乏然與鑫其人乎？殆非也。古之劑農與末也恆在上，今之劑農與末也恆在下，即有然與鑫其人，將安所用乎？姑舉其一，蓋自釀之利一昂，而秫者幾十之四，秔者僅十之六，釀日行而炊日阻，農者且病農而莫之制也，況得制其末乎？吾故曰，雖有然與鑫，而無所施者此也。

治書總論

夫有地如會稽，則地不改闢，而敎養之政可施矣。然地非能以自施也，必付之能者，曰設官。設官不能以露而出政，與民之露而處也，必付之匠，曰作邑。自周之有官曰正始，以至我明之有官曰知縣而止，其屬凡數十百計，悉官之設也。自居縣之官曰署始，以至衛民之居曰烽堠而止，其數凡以九計，悉邑之作也。斯二者因地以爲治也，故統之曰治書。

設官論

余讀柳子封建，大約謂上古之時，起於有爭而就質，於是刑政漸以生焉，是故有里胥而後有縣大夫，有縣大夫而後有諸侯，有諸侯而後有天子，自天子至於里胥，皆有德者也，死必求其子而封之，此封建之所由始也。信斯言也，則縣大夫之設，其初且未屬於天子，而民自求有德者以聽其治。其後既有天子，則天子始求諸有德者，責其治以加於民。然而自始求之外，子孫嗣其祖以爲治，未必肖之者亦多矣。而今之言制者，每每進封建而退郡縣之設官。噫，今所設之官，類皆天子求諸有德，責其治以加於民，亦猶古初民自求諸有德以聽其治之類也。即有鮮德者，亦不猶古初之後，其子孫嗣以爲治，未必肖其祖之類耶？如此則凡鮮德者，其爲官之責而非設官之責也亦明矣，言制者又烏得進封建而退郡縣之設官耶？

作邑論

邑設之官，凡以爲邑也，邑不作，何以爲邑耶？邑之作，必作署以居官，曰縣之署，作屬署以居屬之官，曰屬之署，作學署以居先師之神若師與徒，曰學之署。而署之寓者，官不隸於邑，土隸於邑，廢者昔常置官亦置署，今省官亦省署，故曰寓曰廢。疆域以界民，城池以衛，坊以領城之內，里以領城之外，市以貿內，鎮以貿外，津梁以兼濟其內與外，郵舍以出命於外，入命於內，警以候內，烽以候外，咸邑之所以爲邑，故統之曰作邑。

戶書總論

計邑口以料民，自軍竈至僧道，其類十有七，其數六萬有奇。計邑畝以料土，自田至漊，其類七，其數七十萬七千有奇。而口之役於其上者二，曰銀以顧役，曰力以自役今悉用顧役，其人五百八十有九，其往役之所六十有八。畝之賦於其上者二，曰本色以便輸近，曰折色以便輸遠，其目七，總會之數，米五萬二千六百六十二石有奇，鈔九千三百四十五貫八百文有奇。而茗之貢與諸榷之不出於畝，水利災祥之不關於賦者不與焉，夫是口與畝茗之貢與諸榷，上資其養於民，亦上所以養乎民者也。凡養之義類屬戶，作戶書。戶書者，與地書中之物產則關也，而物產出乎山川，山川地也，地從星，星從邑之沿革。

徭賦論

余聞諸長老云，徭賦之法，蓋莫善於今之一條鞭矣，第慮其不終耳。其意大略謂均平之始行也，下諸縣長吏自爲議，縣長吏以上方從儉，柰何令己獨冒奢之嫌，乃忍取其疑於奢者，一切裁罷以報。而今者每一舉動，或承上片檄，則往往顧橐匣而局脊，掌橐之吏與輔肆之人且愁見及矣。至於顧役之繁且苦，若倉傳者，亦往往直不稱勞，莫肯應募，故長老相與言曰，誠使更派數百金於槩邑，不過畝費一毫釐，不然，行且見千百年之大利坐變矣，何者，圖錮丁者將乘其隙而陰壞之也。始正統間，御史朱英創爲十年一役議，當時便之，今僅百餘年，乃更之如反掌，志民瘼者，愼毋爲畝惜一毫釐，使圖錮者得乘之，以變此良法，則幸甚矣，則幸甚矣。

戶口論

夫口與業相停，而養始不病，養不病而後可以責民之馴。今按於籍口六萬二千有奇，不丁不籍者奚啻三倍之，而一邑之田，僅四十餘萬畝，富人往往累千至百十等其類而分之，止須數千家而盡有四十餘萬之田矣。合計依田而食與依他業別產而食者，僅可令十萬人不飢耳，此外則不沾寸土者，尙十餘萬人也，然卽令不占於富，而幷分之土亦不足矣，烏在其爲不病於養哉？既病其養，而欲責其馴，加於無恆產而有恆心者則可耳，而若是者能幾何人哉？噫，亦窮矣。蘇軾有言，「吳蜀有可耕之人，而無其地，荆襄有可耕之地，而無其人」。軾之意，大約欲輩徙飢寒，正令口與業相停也。嗟乎，此豈易言者哉！

水利論

夫會稽上承諸流而下迫海，其賦入之多寡，恆視畜泄之時不，故畝者胃也，上流者咽喉也，海者尾閭也，故咽喉治，尾閭節，則胃和而精，不則不失，咽喉、尾閭，胃之所由以養者也。余故志水利於徭役之後，俾司牧者知所重云。

災異論

夫水利關於畝，則列之戶可也，災異於戶曷關哉？夫六氣調，風雨和，則年穀物繁而齒育，不則年凶物耗，而夭札興，故災異之關於戶，彌甚於水利也。然詳於地而略於天，又何哉？曰災之見於天者，郡則同也，省於天下則同也，若其見乎地，則於邑尤切矣，余故特詳焉。噫，致災之由，弭災之道，固有任其責者矣。

禮書總論

夫民有養則可敎，官若師皆敎之之人也，敎之之人，與受敎之人，必各有以風之，而敎益振，故宦跡選舉，人物出焉。而若寓賢，若貞烈，若藝術仙釋，皆人物之類也，故悉隸於人物志。祠祀，以追崇其賢有德者也，志古跡，以不忘其賢有德者也，其於人物亦類也。而繼之以寺觀何耶？寺觀固二氏之賢有德者棲也，亦聽其徒以祠祀之賢耳。且彼二氏之敎，與吾聖人之敎，迭爲消長者也，吾用是以徵敎，故不可得而遺也。噫，邑而至是亦備矣，而總之不外乎敎，凡敎之義類屬禮，作禮書。禮書者，與地中之風俗則關也，而風俗因乎山川，山川地也，地從星，星從邑之沿革。

官師論

官師之表無所取，取於邑若校之題名記而表之耳。蓋彼之記者，遇一官則書曰某，遇一師則書曰某，不問其人之臧否，與無所臧否者也，故此之表者，考一官則謹書如記曰某，考一師則謹書如記曰某，亦不問其人之臧否，與無所臧否者也。間有逸於題名而挂於他書者，則謹採而書之，亦如前之不問其人焉，同於題名而已。雖然，亦間有遇其人之賢，而不得不問，又拘於傳之例，而不敢遽入者，則爲稍書數語於其名之下，此爲異於題名云爾。

選舉論

選舉不問其人之何如，遇名則書，與官師同。取諸科錄以考，與考於題名記者同。間有書數語於名之下，其例與書數語於官師表之下亦同，故不別論。

祠祀論

邑之有祠，凡以爲年也，彼神之關於年者，邑既祀之矣。若嶽之鎮，則該一州，禹之功，則在九州，天子之命祀也，而地寓於邑之內，故邑亦得書。凡以爲賢也，彼鬼之關於賢者，邑既祀之矣。若祀之創於私墓之祭於其子孫，又非有天子之命祀也，而思係於邑之公，故亦得書於邑。厲又非賢，又非年也，而祀之，且書之，何耶？屈平之歌國殤，有曰：「身既死兮神以靈，魂魄毅兮爲鬼雄。」而子產亦曰：「匹夫匹婦，其魂魄猶能依憑於人，以爲淫厲。」夫殤傷也，厲沴也，矧餒餒於幽，澤枯之義也，豈直年焉已哉？

古蹟論

賢人隱士之所寓，澤槩而風流，能使過者興感，而聞者思齊，載記者抉幽拾落，累冊而書之，則又何怪焉。至若追道上世，遐引眇怪，而古之蹟也，不以荒乎。雖然，長人之骨，肅慎之矢，孔子所不廢於博聞者也。向使適晉者，不能述黃熊，又不知實沈臺駘之所在，則又何以能重鄭，故知使於四方，不辱君命，非專取於詩矣。

卷十八　策

問：韓信破趙，用背水陣，其言曰：「置之死地而後生，置之亡地而後存。」又曰：「信非得素拊循士大夫，驅市人而戰，故其勢必當置之死地，使人人自爲戰，予之生地則走。」何前日石墩之戰，兵以臨水而大敗，近日柯亭之戰，兵登岸卽舍舟以堅其死，又敗，將以爲不置之死地耶？則既以置之死地矣；將以爲信之兵練習嚴法，而今日之兵不練習嚴法耶？則信又謂驅市人而使之矣。用法同而勝敗異，其故何也？

渭謹按韓信傳及高帝紀，二年，漢兵敗睢水上，漢王依周呂收士卒，至三年，遂使信下井陘擊趙，故當其令裨將傳餐云，「破趙會食」，諸將皆莫信，佯應曰「諾」，則信所謂非得素拊循士大夫，驅市人而使戰也，誠然矣。然卒以背水而勝者何也？蓋信之軍非取於陣之背水而已也，觀其誠輕騎拔趙幟而立漢幟也，則亦必誠水上之軍以戰時佯北之故矣，於是水上軍知信之敗也爲詐，而陰寓取勝之計，見幟之立也果眞，而益信取勝之驗，辟如舟人已逆睹安流之在前，縣水激湍祗尋丈耳，致死命於尋丈，則坐享其安流，人孰不竭力以爲之哉？而況乎背水先陣，而趙兵後逐，先陣則知水之爲險也已熟，而致死之心牢，後逐則吾之待擊也豫，而應敵之氣暇，是以畏水勝於畏敵，而敵不之知，方以爲畏敵勝於畏水也，而欲擠之使入，不亦難哉？且非特爾也，方其走也，戰壁之兵與水上相合，既協力而有恃，而大將所在，士又不得不周旋於其間，以是數者，曷爲而不勝？今柯亭之戰也則不然，賊已入深地陷澤中，則是賊先背水，知水之爲險也熟，而致死之心牢，而我方渡兵後擊，又妄意其飢疲，而欲以易取。夫渡兵後擊，則方其舍水登岸，意常在於舟船，而若有所援，是處地不先，而待擊不豫也，欲以易取，而突犯其難，則倉卒而無所措，是處地不先，而應敵之氣不暇也。是以畏敵勝於畏水，而將不之知，方且以爲畏水勝於畏敵也，而欲劫之使進，不亦難哉？且非特爾也，當其四面進攻，一面近賊之營，而三面獨遠，既不能參互使齊，乃使近賊者一面獨先受敵矣，欲三面之不走也得乎？兵法曰，「行列未定可擊，涉水半渡可擊」，今不知賊之爲背水於其先，而徒欲使我兵爲背水於其後，使得迎而碎之，是以兵法之可擊者授之賊矣，豈特無拔幟佯北之約試效於前以安衆心而已耶？以是數者，曷爲而不敗？夫兵不能因於敵人之變，而徒執已試之法，此猶錄古之一方，而欲以療今之百病，至於殺人，乃卒疑於其方，亦不智甚矣。且不見夫碁乎？徒曰間一而食者砲石也，彼已間其一而待矣，而此復間其一而乘焉，其可乎？此泥於間一之說，而不知着之有先後也。賊之深入也，陷澤也，非信而信也，我之後逐也，欲以易取也，非趨而趨也。某愚不敏，以爲用法同而勝敗異者，此也。

問：通窮舉墜，治理攸先，今紹興公帑虛矣，何以實之？閭閻困矣，何以甦之？武備弛矣，何以振之？戎心啓矣，何以弭之？諸士子目擊時艱，籌之必熟且悉矣，幸明以教我　府季考題

頃者執事有見於紹興公帑之虛，閭閻之困，武備之弛，戎心之啓，而親以策諸生，甚盛心也。生愚不

敏，以爲必公帑虛而後閭閻困，武備弛而後戎心啓，此一病而兩痛也。生愚不敏，又以爲公帑虛、閭閻困、戎心啓，又由於武備之弛。惟武備弛而後盜賊充斥。若今海邊羣醜，歷歲月而無授首之期。於是爲分布之計，養主客之兵，造水陸攻戰城郭之具，招帷幙之客，集賞賜之物，則不得不取諸公帑，而後公帑虛。公帑既虛，則不得不取諸閭閻，而後閭閻困。閭閻既困，則饑寒轉徙，憂愁無聊，而後戎心啓。然則三者之弊，由於武備之弛，亦甚明矣，而惜乎執事未之首及也。愚請先武備之陳，而後及於三者之弊，執事試垂聽焉。蓋自武職不道，軍伍單虛，講求圖新，非歲月可計。後世用兵，不得不募民而授甲矣。姑以吾浙言之：東起定海，北接金山，召募分布之兵不下數萬，全副偏裨鈴閣之間游談之客，趨走之夫，費且無論也。而是數萬者，日給與銀三分，則是大約日費千五百矣。今且一年有奇矣，費且踰六十萬矣。兵甲、器械、舟艣、賞賜與夫城郭之用，不在其中。而是數萬者，閒其無事，則剽掠村市，魚肉良民，至擁民之室家而亂之。咋指嘯呼，非有他也，每用一語之嫌而羣相讎殺，格鬬之聲，徹於垂簾之宇，將領呵之而弗能止也，最甚，杖一二人而止耳。至其驅而之賊也，不十里而呀然汗矣，鋒未交而先期於走，手足戰栗，即兵刃已墮於地矣，馘之弗能禁也，而況於令之乎！偶幸而一小勝焉，篡取虜首，奪人之功，冒人之賞，主者姑息，又從而調停之。夫平居至驕悍也，臨敵至無濟也，冒功賞至黠詐也，而主者曾不知懲創而改弦，振起而思善其後。兵法曰：「視卒如嬰兒，故可與之赴深谿；視卒如愛子，故可與之俱死。愛而不能令，厚而不能使，亂而不能治，辟如驕子，不可用也。」聞之今之參將，獨有一二知兵者耳，而猶牽於文法而不得展其能。其他武官以及文吏，諸所統領，類無一人知兵者，塊然一木偶耳。徒以勢分奉養，驕蹇自居，曾無父子家人飢寒甘苦之意，嬰兒愛子之情，固習知兵之不爲吾使也。至於平居而驕悍，臨敵而遁走，或勝焉而爭功，曾不能加一刃於違命之頸，無怪也。賊或數十而擁以數千之衆，是數千者類所謂無濟而善走者也，彼且乘我之走，殺每大半。乃不罪己之走，而徒爲賊張大曰：彼能飛行者也。至問勝兵，則又曰：賊無能爲。亦令我兵曾與之鬭耶？夫不知吾卒之弱，而徒誇曰賊之强，此何道也？兵法曰：「知吾卒之可擊而不知敵之不可擊，勝之半也；知敵之可擊而不知吾卒之不可擊，勝之半也。」今若此，其爲知吾卒耶？其爲知敵耶？幕府命將則假以旗牌，授之生殺。而今沿海防守之地，接境而是，賊徒瞬息登岸，倉卒遣兵，官驅率而就道，了無斷斬之權，豈督府命將爲戰，而此不爲戰耶？命將者逃沮，則宜誅殺，而此不宜誅殺耶？士不引而去也亦愚矣。調發諸道之兵，經日月而後至，既已示賊以必死，而使得精專其計，并一其心。至而不爲假休示緩之計，聲東擊西，銜枚竊發之圖，而乃盛其鼓吹、犒賞、啓行之節。其決戰之日，生愚遠在百里之外，猶得而前聞之。重兵一聚，有合無分，勝則無出奇覆截之繼，是以常不大勝；敗則無首尾連接之援，是以常大敗。夫賊舍水登陸，經涉春秋，奔走劫掠，耽嗜子女，其師非不老也，力非不疲也，氣非不惰也，欲非不飽也，隙非無可乘之時也。既不能離間其黨，謬迷其向，伺其動靜，乖其聚散，牽其出入，散其脅從，示以活而陷其死，疲其奔命，備衛而使之自潰；乃至紛紛召外兵矣，而且明示以舉動遲鈍。其戰法如此也，是何異於兩人之爭，其一人攘臂脫幘，呼號其子弟，盡擁於肘腋之下而使之不得展，彼一人者必有以破之矣。兵法曰：「出其不意，攻其不備。」又曰：「善戰者其勢險，其節短。」而數者皆反之，此何爲者也？夫以數千烏合分寇之盜，出無援而入無穴，蠢愚之夫而猨狙之計也。至動兩省之兵糧，召四方之戰卒，持以數年之久，殺傷大吏，墮壞名城，妨廢耕織，而提數萬之重任者，乃因循沮縮，牽制而踵襲如此。假使處戰國楚漢之際，遇孫吳韓彭之流，將不與之角奇正而決雌雄耶？噫，可悲也！故生愚以爲今日之計，幕府誠能破壞其常格，優其禮貌而多其訊訪，搜拔一二識大體者，與之熟計其事。益召至智計勇敢，減損前所募兵十分之九，悉其精鋭，付之統領，益倍其衣糧，同其甘苦，熟其技藝，共其死生。乃始分置部曲，使自伍長以至領哨，以次得相誅斬，不待赴敵之會，而平居違犯，輒梟縣以徇，不待命將之重，而防守所在，俾得援此例而行之。至於戰還之日，忽多召至其人，問以某日某戰，某人功罪，分閉院廡，令各以次應對，信其同然而畧其獨異，參諸册書，取其尤詐僞者并記吏而刑之，重罰其家以優死亡之後。至於用兵，務令乘間待時，掩其不備，誤以多方，多其奇伏，循環無窮，使戰勝而不復。萬一偶有違犯，僇勿後時，勿以貴而得原，勿以才而得贖，勿以衆而得幷。是吾雖有一挫而永無再敗也，是士無喪衄之沮，而幷有休息之期也。縱未即休，而既十去其九，則養兵費少，而亦不至於重困，澄汰既精，則臨事無怯懦之夫，以倡勇敢之氣，而人皆死鬬。且供給可倍而恩信易孚，禁令易明而意指易曉，此簡兵之所以爲上算，而愚首發之也，而何當事者之甘其煩且難焉至此也。冗兵既除，供費既寡，則如今之賦海防於丁田，貸米銀於富室，報大戶於坊里，徵守堞於沿門，可省也，而閭閻何有於困？閭閻既無困矣，則人將安居樂業，厭兵甲而懲死喪，富者保其積，而貧者重其生。雖有一二驕悍，捽而殺之，一獄吏之職耳，而戎心何自而啓耶？雖然，此非執事之任也。執事可言也，不可得而行也。計執事之所可行者，今府城召養閒儒之兵至以千計，而居戰二弊，大約亦與前等。一鬨小警，髠首者七八輩耳，又散走者也。尙在數十里之外，則徵發坊民，築塞城郭，至騷擾也。夫以剝民之脂血以養千人，以爲是戰守之用也，而今復爾焉，亦何籍哉？執事其聽愚計，但抄選死士三百人，請假斷斬之權，而優養之厚，校閱之精，禁令之嚴，大約亦與前等。然後四分城中之地以爲信界，而列營置領，分依城之四隅以居，隅各自爲一道。星置數舖，各有吹號，別設邏卒，晝夜走望。如某隅有警，則領長督率，先事相機，堅守以向，於是聲某號達所置舖，舖絡繹而達于府，府馳往指示，一呼吸間耳。而府亦別有分號，以爲進止調動各隅之約，中握百人以爲肘腋分遣之防，飛至往來，其他閒暇，固可坐而理堂事也。趙奢有言：「道遠而險狹，辟兩鼠鬬於穴中，勇者勝。」夫吾之所領，既死命之士。加以賊徒每利曠夷，散陳取勝，使內之於險狹之巷，已失長技，百姓閉門自守，兵不得交，獨有縱火耳。畧分餘兵掩救，吾恐烟未縷，而坐成禽矣。如此，則雖開門延之，縱其竊發，亦未爲不可也。而乃落落數酋，畧見影響，遂至調守築門，絕往來之道，勞村郭之民，多呵詰之官，使得緣以爲奸，恐詐愚樸，豈不駭觀聽增訕笑，令賊聞之謂易與哉？如其不然，則籍城市之民，愼復其老弱孤貧，餘始量分數班，更番登守，特勞邏伺者數十輩耳。而登守之徒，晏息如常，設疑多誤，乘懈趨勞，突出死士擊之於外，而分布覆伏，遂使一甲不遺，亦不至於築城預守若今日之勞擾也。然此特大寇薄城之計耳。小寇出沒邊地，督責走伺之人，分遣一隅之卒，或覆其來，或邀其歸，臨其地而碎之矣，又何用狠狽若今日哉？特此一事，必以爲減去士卒，單弱不敵，而不知前此數萬人望風奔走，與無卒同也。吾既提同心必死之士，握信賞必罰之令，是前日之衆者反弱，而今日之寡者反强也。古人一以當百，是以每以寡而擊衆，況自有賊以來，其聚爲一處，未有過三百者耶？又必以爲苟用法如此，必多殺傷士卒，內變將起，而外謗旋至，而不知正以生士卒而止謗議也。前此法令不信，爲賊乘北，數蒙蹂躪，不知幾千人矣。今士皆畏將而易賊，轉向莫當，是所殺者少，所生者多。況居常恩信先孚，而涕泣割愛，人知其不得已也。何至起內變而招外謗耶？獨有郡城之守，謂開門延擊，蹈危險而涉迂闊。而愚誠以爲此特矯枉過直之論耳，設果如此，亦無害也。何者？彼原無僭擄之大計者也，縱其得計，不過殺人也，掠貨也，速於去也。而吾之所以處之，皆扼其計而制其死命者也，故曰無害也。此執事之任也，執事可得而行之者也。執事儻行之，此亦振一府之武備也，實一府之公帑，甦一府之閭閻，而弭一府之戎心也。然執事又有可行者焉，如庫役坊里之供給，吏胥兵皂之剝詐，支收常例之侵漁，而愚不能悉數之也，此又不必於公帑之虛，而閭閻自困者也。豪强富民之兼幷，陰賊無賴之横暴，術家訛言之扇惑，而愚又不能悉數之也，此不必於武備之弛，而戎心自啓者也。執事可以禁而革之，訪其人而悉置之法也。愚故曰，執事又有可行者，此也。

代擬策問

問：日本諸島，正與南直隸山東對海而望，而浙江乃在其南。春及初夏之交，風汛尚北，故浙防倍謹，若夏末則解嚴矣。邇者傳聞閩諜云：「琉球遣報，謂日本夷王連衡他國，唐突浙江，以快夙昔之讎。」然琉球又在浙南也，乃夷王停泊於南，近且入秋，久之不發，風將轉北，何利而爲此？且云舳艫十萬，則夷甲自當百之，夷所不能辦也。久住他島，餉與百用倚辦於誰？此必無之事也。夫夷往年零寇浙直，極夥者不過二三千人，我軍倍往每北。當戚帥時，義烏兵甚鍊，幸勝之。今義烏盡歸薊募矣，聞諜云云，設果爾，則我之徵兵聚餉，戰艦火攻之具，不百倍於前，不可以得志於彼也。而數年以來，水旱頻仍，丁黔溝壑，中家不飽，徵發何從？嚴以驅之，內戎先啓。使諸先生此而束帶立朝，職當今日顛沛，亦可委以不知耶？幸對。

代雲南策問五首

問：在昔高皇帝之討元孽於滇也，既定而寇且叛者再，凡四舉而始得盡臣其人，郡縣其地。列聖承之，在正統間，則有孟養之變，麓川之變，在嘉靖間，則有元江之變，武定之變，未及三十年，通復有緬甸之變矣。夫以高皇之威靈神武，取中原如拉朽，而奄奄胡孽，顧隨服而隨叛，此猶可委曰跖犬不忘吠堯，螗螂盲蟲不知有車轍耳。乃至自我成祖繼統，諸宗迭興，庥庇華夷，覆載無間，迨我今上聖明，其於懷柔遐裔之德，不特媲美祖宗，抑亦迥邁千古，赤子黔黎，繦褓椎結，而彼乃飽乳嚙膚，襲頑未已，語云，「驕子誶母」，此漸不可長也。意者在滇諸司，當無事時，或有取侮之隙，及有事時，亦鮮禦侮之才，又遠在萬里外，未及稟受我列聖廟算，如高皇時歟？不然，何文德同而武功之效異也？

問：兵法有曰：「我可以往，彼可以來者，爲交地。」又曰：「交地吾將謹其守。」又曰：「威加於敵，則其交不得合。」由此言之，交地者，不可不預計者也。雲南在貴州西九驛，僅一線路通行旅耳，自雲南而北，以向中州，必假道於貴，萬一有嗚吠之梗，則懸隔不得通，雖間道有二，並犬牙於川，久而榛迷，交地泯矣。生輩生長其鄉，傳之故老，豈盡無聞？幸舉以相告，從滇池而之川，以達中州者，爲何府？從武定而之川，以達中州者，爲何衛？

問：自結繩以後，至三王五帝，三王之書，學者窮年不能析其精，設徒讀其文，可計月而了也，豈周公時作禮樂諸經，初不甚繁，秦燔之，而漢儒得爭以僞售，故禮書卽有四種，況兼其他，卽徒讀亦窮年不可了矣。後之以科條舉者，在漢時稱明經，不及史，唐則惟三史而已，故讀者亦尙易精，至於今史之多，奚啻百倍，而六部等曹之職掌，紛如蝟毛，科場五策，乃盡以責對於諸經生，不特對者拾括以對，而問者亦未免拾括以問，是彼我並棄實而矜華也，雖多亦奚以爲？今欲於諸生從五經中，人占一經如故，而於六部諸職掌中，人自量習其所優，亦各止占一事，自始仕至上卿，不改以他，如監之習天文者然。苟在德學高等，可備凝丞，則另爲一科，以儲館閣之養。愚欲有之言而未決也，故與諸子商之。

問：今之吏每授必以遠方者，自大使者而下，卽握符控方面等，往往必參之以任子，卽未盡然，盡然之者不少矣，而雲貴爲甚，其他秩五六，及秩所未收者，非貲以輸而得，則老而貢以得，及名法輩有所仗而猥以得者也。上之人既以遠而付治於此輩，此輩亦以遠以睥睨，苟且陰報於上之人，以故吏矩益壞，而民亦日益不堪。其在高甲雋才，往往欲試利器，甘盤錯，易險阻，叱羊腸者，顧以駢任腹腴，臥而了治，爲閑其所長不得盡，恒苦鬱鬱，而柄是者未易改，故常來衆怒也。余思有以兩全之，十得二三矣，諸子幸助其所不及。

問：禹惡在旨酒，好在善言，非事也，心也。湯之執中立賢，與文之視民望道，武之不泄不忘，並非事也，心也。至周公子輿氏，乃始約此四心爲四事，縱如其言，爲四事而已耳，何所不合，而乃日夜以思耶？回之問爲邦，夫子告以王者之事，樂主韶舞，姑未論，至曰殷輅周冕，則輿人輪人司服者各營之，司空春官一小臣各掌之，天子與諸臣隨事隨分各服之乘之已耳，乃夏時猶今告朔一歲書也，之三者，何用特舉以爲王佐者告耶？諸生儻亦有疑而思，思而得，得而幸釋我之疑者乎？謹拭目以俟。

卷十九　序

奉贈師季先生序

嘉靖甲寅，先生始周七十，適遠遊同門某等謂長侍者或有所見聞于師，則使渭敍言以祝于家。渭亦長侍耳，何見聞哉？先生論學本新建宗，講良知者盈海內，人人得而聞也，後生者起，不以良知無不知，而以所知無不良，或有雜于見，起隨便之心而槩以爲天則。先生則作龍惕書，大約論佛子以水鏡喻心，聖人以龍德象乾，龍體警惕，天命健行，君子戒懼。是以惟聖學爲精，察于欲與理。若水鑑，無主宰，任物形，使人習懶偷安，或放肆而不可收拾。移書江西之鄒聶，及吾鄉錢王諸老先生，再三反而不置，于是學者則見以爲依據，而諸老先生亦取之以精其說，而其說遂明。新建宗謂俗儒析經，言語支離，以爲理障，人人得而聞也。後生者起，不知支離者之心足以障理，而謂經之理足以障心，或有特爲棄蔑典訓，自以獨往來于一眞，其拘陋者溺舊聞，視附會潰爛之談，輒搖手不敢出一語。先生則取六經，獨以其心之所得，以一路竟往其奧，而悉摧破之。又上自隆古，下迨今日，帝王、聖賢、諸儒，理氣、經術、德政，工夫實踐，以至異端、佛老、百家、技術之流，莫不窮極邪正，辨其指歸，言數十萬。于是諸老方且廢食于言語之戒，而學者亦駭于破舊之新，獨武晉唐先生遊會稽時，取一經去。答書稱先生決古人未決之疑，而開今人不敢開之口，以爲世未之有。以渭所見聞凡若此，豈諸子之所不見不聞者哉？卽使舉是見聞也，又何以爲祝？蓋聞之昔之師有畫龍者，以其法傳之人，人畫之肖，衆以爲是卽師也。又有畫成而遺其睛，閱數年點之而龍遂飛去，此何說耶？畫龍之精神不傳于人，則傳于紙上，固無窮也。先生結髮問學，其仕于內外升沉者餘二十年，歷南北閩楚江廣之間而始老于家，門士隨處而滿，而諸嗣中或才有志，傳之而肖者，豈無其人耶？縱無其人，則著述之精旣已若此矣，豈非闕其睛而有待者耶？然則先生之精神，不在于人，則在于紙上之言語，其爲壽有窮乎？夫聞見不足爲先生祝，而求之聞見之精者以祝先生，先生其謂我何？雖然，世謂有德者壽，先生固敏決坦爽，居家臨政，置心人人腹中。遇大事，膽魄益張，乃善容人之短，及經綸古今，眞王佐才也，此非德耶？然又謂闊遠未必盡應。至其前年，涉淮泗，窮漕河百泉膠水之利害，拜孔孟董劉之遺，辯滕薛郲莒諸列國春秋所載道里之謬，遂上太山，憇日觀，蓋徘徊而始去。去年泛長江，由金焦以縱觀高皇帝之所經畧，而今夏則又出武夷，其所登涉蓋少壯者所不能。然則不求于聞見之精，而先生之壽，其又有窮乎？

贈余醫師序

世之術無一不僞者，而醫爲甚；醫中之術無一不僞者，而瘍爲甚。凡醫有二，疾與瘍而已。疾醫之僞，猶知揣脈候之影響，時損益于方書，以嘗試而幸中之；至于瘍則不復有所謂脈與候，而庸夫窮子目不識一字之人，方且口授而心記，擷草木，齊膏液，施金石，僦數廛之居，置榜而標之，以一切之技而投于人身無窮之變，往往至于殺人而不可救，故言醫之僞者必曰瘍，而瘍之驗者亦絕無聞。以予所讀靈樞經癰疽論中，乃至于審血氣，調虛實，辨營衛，其經紀合于天地日月之度數，而極其所敗，乃自筋骨肌肉經脈以至于五臟，其理與諸篇所以訓疾醫者不少殊異，然則所謂僞者，豈瘍之道端使然哉？予鄉有佘先生者工是業，有奇驗。每諸瘍師所不能治者，乃始求于先生。先生爲一治輒起，名遂遍城市間。至是復愈予友柳君母於諸瘍師之後，顧以柳君文學士，不責報。而柳君知先生家鄉之柯亭，橋在其南而號南橋也，聚諸文人詠南橋詩贈焉，而委序于予。予遂得述經所論癰疽之理，而因知先生非世之所謂瘍者也。

送章君世植序

吾鄉沈先生鍊故錦衣經歷，以言事今徙保安爲布衣者，其始爲諸生時，即以文才爲時輩所推重。凌厲崛奇，深造遠覽，橫逸不可制縛。而吾世植君既與沈爲好友，獨取一管毫之力，以斫其陣而角其鋒，與之齊名，一時人稱沈必曰君。沈一舉一鄉，再舉于廷，三仕于縣，一言事于朝，聲名滿天下。而君獨以窮且老，猶抱其一經，負笈走東西數百里道，以坐人家塾中，一丈之席而不可必得，豈造物者故同其才而獨異其命耶？渭惑焉。渭既辱君之教，而窮于時亦久矣，故于君建平授經之行，序一言于諸贈詩之首。乃若渭之窮，則理之宜而非所惑者也。

送沈公序

凡盜賊之興，其大者聚傑黠，探丸斫吏，以毒害一方；小則有里巷任俠之徒，握手報怨，椎埋批擊，以魚肉其鄉井。然是習多在燕趙秦晉間，而吾越之所以謂者，特抉門攫市、開䠂倒匣之流耳。數年以來，瀕海頑民，引島夷入寇，蹂躪糜爛。文武大吏仗節而出者以十數，發兵誅斬之不可盡。而里巷任俠遂亦萌芽其間，方且羣聚應募，待立鈴閣，隱然有不可言之憂，則所謂盜賊大若小者，始無異於燕趙秦晉之間矣。今年春，宛平沈公始以才高，自大名改判吾府，職水利，兼治盜賊。不旬日，移攝餘姚。既一日手數十檄，治攻其身，督士卒以退附城之夷寇，而餘故多士宦人，迫之則敗，寬之則撓者，獨相與共敬愛公。至據案剖文書，敏捷若神，奸豪懾不敢發。其在今時盜賊如渭前所言者，方重有賴于公，而公顧以父中書公喪去矣。渭始以古文詞辱公一召見于庭，謬相許。于是渭表弟祝子某，公所延以師其子者，來委渭序言于諸士人之首，故渭因有感于時事，而慨公之不可留也。

胡公文集序　柏泉公

渭讀昌黎與馮宿論文書，謂己所爲文，意中以爲好，則人必以爲惡，小稱意，人小怪之，大稱意，即人必大怪之。至於應事作俗下文字，下筆令人慚，小慚者人以爲小好，大慚者卽必以爲大好。蓋始而疑其言，其後渭頗學爲古文詞，亦輒稍應事，則見其書於手者，類不出於其心，蓋所謂人以爲好而已慚之者時有焉。復歸罪於身之微而勢不可直，然考昌黎與馮宿論文時，亦既取科第爲官人矣。文之難，人知之，而應俗之文之難，人其知之哉？往渭冠時，得見今右布政使胡公邊事疏於師季長沙公所，蓋讀之累日夜，即仰而歎曰，是古晁錯趙充國之流歟？恨不得一見其人，盡讀其平生所作，而併窺其所謂應俗者。後十八年，公自家起爲浙江按察使。按察使，持憲尊官也，渭雖欲見不敢。而公固偶見渭所爲文於師所，賞之，令渭來見，乃得盡讀其平生所作，而應俗者固十居六七，大率皆秦漢名家所爲文，而其隨事與人而各賦之，直不傷時，而婉不失己，求昌黎之所慚而人以爲好者蓋寡矣。渭更仰而歎曰，有德者之言固如此夫。蓋渭始謁公時，親見公束帶階迎，同食飲，從容談說，退必導於其衙之門，若不知渭爲一賤士，身爲鉅公以臨之者，而其所操持，則固有千萬人必往之意，以形於文爲婉與直，皆其理宜也，胡所撓於心而慚？一日，師謂渭曰，公嘗與余言，似欲子敍其集。渭曰，是小子之志也，請不獲，其敢以辭，乃謹因論文而發其志如此。

葉子肅詩序

人有學爲鳥言者，其音則鳥也，而性則人也。鳥有學爲人言者，其音則人也，而性則鳥也。此可以定人與鳥之衡哉？今之爲詩者，何以異於是。不出於己之所自得，而徒竊於人之所嘗言，曰某篇是某體，某篇則否，某句似某人，某句則否，此雖極工逼肖，而已不免於鳥之爲人言矣。若吾友子肅之詩則不然，其情坦以直，故語無晦，其情散以博，故語無拘，其情多喜而少憂，故語雖苦而能遣其情，好高而恥下，故語雖儉而實豐，蓋所謂出於己之所自得，而不竊於人之所嘗言者也。就其所自得，以論其所自鳴，規其微疵而約於至純，此則渭之所獻於子肅者也。若曰某篇不似某體，某句不似某人，是烏知子肅者哉？

送李子遂序

李君將歸建陽，諸同門及渭既以詩送之，請於師長沙公爲之序，而復命渭言於終篇。渭嘗數與君談於禹蹟寺中，君爲予論學誠僞及王伯之辨，至以宋之稱大儒者，以爲其言似堯舜而其行則有管仲之所不爲。漢之稱王佐者，人皆許之，而已則必知其爲霸之餘習。其語甚嚴而理，扣其所以，摘而對之蹤如也。至論蒯通讀樂毅傳輒泣下事，又以爲通有毅之才志，通欲鼎分王韓信，若毅欲大燕，通以信不聽而沮，亦若毅以惠王不悦而奔，反若憫通之掩抑不信而恕之責者，其論古人物甚多，然大約如此。至論今世人名一時者，皆薄弗爲也。夫以君之高明與其素定之見，其於古之稱大儒王佐者，皆有以持其衡，使人骨爽而耳快，顧獨恕一掉舌士，豈不以言王而行伯者，固不若行伯而言亦伯者之不欺罔人耶？此君之所以論學誠僞也，亦渭之素有是意而不敢言者也，君眞壯男子哉！宜其薄時人不爲也。雖然，古之人遠矣，君之評設偶有不中焉，懼其無以自明也，今之人尙在也，君之評縱無所不中焉，適足以自累矣。渭知君之學必爲誠而不爲僞，其事業必爲王而不爲伯，且欲君必求之微，而毋發之顯，長沙公既已導其源疏其流，而渭復敢抱一石以預防其糊米之罅者，蓋欲竊附於責善之道耳。他人誦此，將有以渭言或氏之或昂之，君定知其不爾也。

四書繪序

嘉靖辛亥，余讀書於錢塘之馬瑙山寺，寺西近岳鄂王祠，兩廡壁畫王出處及征討撫降事，人馬弓旌馳驚伏匿之勢，行營按壘叩首呼歡相問訊之狀，顏色丹青能顯，其跡畫不能顯，輒復略書表敍，比之尋史冊中語，似更明暢，且動人。其後讀內經氣穴等篇，藏兪府兪之類，及諸經絡皆三百六十有五，扣其所在，雖百註解不了也。行市中買明堂圖四，長縈爲脈，圓孔爲穴，脈穴名字就記其旁，關鍵貫穿，向所不了，一覽而得焉。四書中語言，聖賢之精意也。全體似人身有脈絡孔穴，隱藏引帶，不出字句，而傳註講章，轉相纏說，未免牀上疊牀。乃感前事，始用五色筆繪之，即其本文統極章段字句，凡輕重緩急，或相印之處，各有點抹圈鈎，既以色爲號，復造形相別，色以應色，形以應形，形色所不能加，乃始隱括數語，脈穴之理，自謂庶幾燦然。夫繪之與解，均屬筌蹄，但其異處，雖渭序中不能自表也。學士君子，觀其繪書，幸有以相敎，然渭所作繪之意，率感於明堂圖。

詩說序 代

予嘗閱孟德所解孫子十三篇，及李衞公與唐太宗之所談說者，其言多非孫子本意。至論二人用兵，隨其平日之所說解而以施之於戰爭營守之間，其功反出孫子上。以知凡書之所載，有不可盡知者，不必正爲之解，其要在於取吾心之所通，以求適於用而已。用吾心之所通，以求書之所未通，雖未盡釋也，辟諸癢者，指摩以爲搔，未爲不濟也。用吾心之所未通，以必求書之通，雖盡釋也，辟諸痺者，指搔以爲搔，未爲濟也。夫詩多至三百篇，孔子約其旨，乃曰興而已矣，曰思無邪而已矣，此則未嘗解之也，而其所以寓勸戒，使人感善端而懲逸志者，自藹然溢於言外。至於所解見於魯論、鄒書者，有若淇澳、蒸民，裁數語耳。他若棠棣志懷也，而以警遺，巧笑美質也，而以訂禮，雄雉思君子也，而以激門人之進善，是皆非正解者矣。會稽季先生所著詩說解頤凡四十卷，吾取而讀之，其大槩實有得於是。其志正，其見遠，其意悉本於經而不泥於舊聞，是以其爲說也卓而專，其成書也勇而敢，雖古詩人與吾相去數千載之上，諸家所註無慮數十百計，未可以必知其彼之盡非，而吾之盡是，至論取吾心之通以適於用，深有得於孔氏之遺者，先生一人而已。夫以孟德與衞公摘其所述兵家者流耳，有濟於用，而吾猶然取之，矧是書也，詎邪說㊀，正人心，上發先儒所未明，下有裨於後學者哉？吾讀之解頤焉，因爲之刻，刻成而請序，遂序之。若其剔隱伏，刺缺漏，按駁禁持，胃掐而胥擢之，雖善避者無所逃，如子唐子所謂古經師不及者，多散見於諸所著述，不獨是書已也。

送諸先生序 代

高皇帝提劍起淮泗，羣雄陳友諒始弒徐壽輝，據蘄。其後帝親以舟師攻舒城江蘄與國，戰鄱陽，友諒敗

㊀「詎」疑當作「距」。

死，遂定武昌。乃始分兵，以次取吳越，定中原，北逐胡而有天下。由此觀之，其首事勞苦多在蘄黃間。蘄散無藩封，昭皇帝第六子憲王，正統間始遷自建昌。諸王府故亦無教授，始增有之。人言教授之設無他務，惟取授世子與王子諸貴人書，丹墨分章句而已。夫教授始固以稽首竭諸貴人，至授書則南向坐，而諸貴人顧侍立，側耳以聽，一如民間師弟子然，其禮數若是。其重者果專於授書而已乎？抑在於假微權，使得盡輔導，施教誨，以佐麟趾，光明德也？今天子聖神恭默，修身齊家，諸貴人既仁厚夙成，無所事教導，即不幸偶有闕焉，教授者進而前曰：爾祖高皇帝之功德，遠在蘄城之外，昭皇帝之垂休，與憲王之創始者，近在蘄城之中，一舉目而睹，一舉足而加也，殿下其可以不敬？若是能不感其孝，與其思，以益成其德乎？上海諸先生始以治毛氏詩得歲貢，授學官，歷教餘姚山陰兩學官，生徒千餘人，有效驗，遂移教授荆府。而其為人和巽，與語言，有啓發。予視縣久知其人實可佐諸貴人使成德者。先生到官畢謁，濡丹墨，進立諸貴人，將遂授書而已乎？抑語以蘄黃之事，創業之由，以感其孝而興思也？乃先生則必有辨矣。

贈某衛使序　代

紹興衛一，伍凡五十五，有百戶所凡五，所有千戶，法一伍，軍百十三，衛統五千六百。貼守大嵩川山二所者歲五百，領漕艦者凡幾，巡鹽與捕者凡幾，其他在營名操軍，無事則扞城池，有事則備戰鬭，而以指揮專之，名管操。管操者，每院御史考，必得材識，精騎射，乃與聞。紹興士人言，往校軍時，管操者候霜下，入亭坐壇北，介冑而列者尚千有餘人，控弦鳴鏑，持矛盾，執旌旗，各不下百人。數年以來，每校軍，落落若曉星可數，射者不十耦。已唱名報罷，左右旌旗之下，纔定備鐃鼓之士而已。及問其故，則伍之爲過也。伍之官誠亦有勵材節、慎操持者，卽不爲二者而自饒足、畏法度者則已。他若有不自樹立者，亡廉節，縱侈放，爲沉湎之行，至有不備裘馬、制韃橐而終其官者，則朘剝其所部。乃巧持其不便，利漕者或使之匠，利匠者或使之鹽與捕，或不匠不鹽不捕而調使守他。所部者久不能給則逃，正月逃則或記曰五月，五月逃則或記曰十月，非恤部而援其勾者也，謂可代襲其糧也。又新遣者至則亦冒其糧，半年而後給，或遣者富，戀家室，則賣使去，而益盡射其糧。今上司於此事，則又爲鄰里保勘之法，文移或再三，上下逾半年，并計前所冒者期，軍無一年之糧以爲常矣。夫欲朘剝其部，乃持其不便，久不能給而致之逃，既逃而又冒其糧也，并新遣者賣使去而無不然也，則伍之官，軍在亦利，軍不在亦利也。在者有糧，然亦各有差，不得息，逃者無差，亦無糧，至於冒新遣者糧則有差又無糧也，則伍之軍在亦不利，不在亦不利也。與其在亦不利，寧不在亦不利，是以逃者日益多而不可塞也。伍之法，先漕者貼守者與巡鹽者捕者諸差，餘乃入操，則今操者之寡，乃諸差者占之也。諸差占之而操者寡，則各伍之軍俱寡者之所致也。各伍之軍俱寡，則各伍之官剝之、持之、冒之、射之者之所致也。各伍之官統於伍所，伍所之官統於一管操，管操者將使無事則扞城池，有事則備戰鬭者，胡可以苟且爲也？是故管操者正己率物則無顧忌，無顧忌則教可行而法可施，則能使伍之官不剝不持而不致其逃，卽逃則不思冒射糧而勾必速，如是而後各伍之軍聚，各伍之軍聚而後操者聚，操者聚而後可施教，可施教而後可用之於有事無事也。衞使某君以材識騎射中武鄉試，爲御史王公所考，授以操事。其爲人也，又吾所謂正己而率物者，王公復命且行移記奬之，謂其有器識閑武略。夫器以言其任也，識以言其曉達而預防之也，武略以言其能謀軍事也，將謀軍事舍達是數者何以哉？達是數者，舍任之又何以哉？噫，今日之任誠莫有急於操者矣！

送通府王公序 代

外物苟有所動其中，非必慕聲利而悅榮華，然後爲吾心之累，雖玩清游曠，處高明而御文采，亦吾心之累也。今夫建寧，非清曠之所，高明之奧，而文采之區乎？其名山巨溪，則有武夷九曲，列仙之所宅，而風人之所寶也。其大賢鴻儒，則有朱蔡游胡魏眞之輩，其他支裔，不可勝數，濂洛所不敢輕，而關汾所不能窺也。其圖籍書記，輻輳錯出，坊市以千計，富家大賈所不能聚，而敏記捷視之人窮年累月所不能遍也。故凡官建寧者，清心怡神，則必入武夷九曲，訪古問道，則必尋朱蔡諸賢之里，而拜揖徘徊於其間，至於觀覽者，亦必求之於建陽之肆，盈篋笥而後已，以爲是清曠且高明而文采，與聲利榮華遠也，回視其中，能脫然無所動乎，吾未之知矣。余同僚通判上海王君，少年起進士，歷工部郎中，知桂林府，㊀以忤貴人改今職，頃之遷建寧同知，將別予以赴。予惟世之左遷者，不戚然憂，必矯焉以喜，其遷而就職也，不傲然其上下，則必過爲斂抑，强笑語以和人。而君之處此也，若雲之行空，雲自來去，而空無所

㊀「桂」原作「貴」，依下篇改。

礙，視吾之所謂有所動於其中者何如耶？今之官建寧也，往游武夷，問朱蔡之遺，購書記於肆以備覽觀，將必異於昔之官建寧者矣。

又代

府之同知大率以佐其府事，然府中其他諸司，各有所專掌，而遂以軍伍之寄，歸諸同知。今天下衞所諸伍之中，凡關木索、執文書、與兵卒甫至者，富人戀家室，則自進其買閑而冀得速去，其貧若久在伍者，官乃巧投其不便之役，欲使以買己，而日久漸困，不勝其求，輒相率引去，於是軍始有逃者。又故鄉門戶多蕃大，而伍之祖孫或了然不相繼，則又以闕告，大抵一衞之中，逃與闕常八九，而存者無二三。同知者寬大則私其民，曰諸逃者，是伍之官毆之也。曰諸闕者，安土樂業，胡一旦而轉徙於千萬里之外也。於是爲之吝恤掩護於勾攝之中，剛斷則詳其軍，曰逃者攝矣，或未攝者容可訪而繫也，闕者勾矣，或未勾者容可偕而按核之也，於是爲之搜羅連引於勾攝之外。夫私其民，民未見顯然蒙其惠也，而軍之耗則歸之，詳於軍，軍亦未見顯然增其壯也，而民之病則歸之，同知者處此亦難矣。上海王先生以名進士歷工部郎大夫，奉命董塡搉商於山東江浙之間，其後虜入，又與諸司監督甲胄戰鬭之器，稱材敏芳潔，出知桂林，竟以違忤判紹興，不數月而有建寧同知之命。夫某固以同知紹興得侍先生之後者，方今四郊多壘，額制之軍既凋敝如彼，而裨補之法又兩難如此，且逃闕於伍，尚有盡射其糧，而顧募法興，費復加倍，就使罷顧募勾射糧以盡復其額，誠亦未得銳壯可用之材，補軍之畫，誠不可不講求其善，而其愚未有所得也。先生寬仁剛斷，兼舉靡遺，其在中外，旣以聽聞其廉平，今而又幸親見於同署，其視事建寧之餘，處兩難之際，長策遠攬，必有以敎我耶？先生之行，府中有詞以贈，而予又適署縣事於山陰，遂以縣之故事，致私情云。

送推府王公序 代

霸州王先生以進士出推紹興三年，抱冊而上，上而復來，來不踰月，又復召爲兵部武選主事。兵部固多司，武選爲大，武選固多事，襲替比試爲大。大凡襲替之事，必稽其祖宗所始，遷轉從來。迨功過相因，事例愈多，文書愈積，掌者不可了，則倚辦於吏，吏束人以繁文，或活脫而牴牾之，較駁其毫毛，動逾年歲。於是襲者至，則先草屩結衣，手袖數金，望吏門而謁之，長跪祈請，佯縮其所欲與，漸增盈焉，不然，將好其衣服，則所持無有極已。又類比試，率以馳馬越溝牆，發三矢俱中，兩人對鎗不避，乃爲中，否者，且遞有減，今於溝牆鎗矢中否襲否何如耶？官上至都督，下迨指揮，不問腹心，四邊廉靜，才賢者或肉生髀，至問跨馬，而食肉者曾有不睃剝以饜致者耶？其在邊者，或敗贓坐機事，計無賴，率先關通，幸虜小人得虜中回者，幸其言語不達，譯者虛張恐喝，謂虜來且無數，時急切用人，朝上名而夕坐幄矣。當今四郊多壘，士氣冰解，姑治其標，莫重於明賞罰，吏持其襲替，可以明賞耶？寬比試於無事，濫陞轉起用於有變，可以明罰耶？先生三年理郡，刑賞罰無所不當，威行而恩寓，材敏而節堅，夫兵，刑之大者也，班固以是作刑法志，而不他著兵，乃先生素平刑則何有於兵耶？夫襲替比試之奸，則先生之專職也，往大臣常有言者，其經營頗周悉，或亦可采而施行，其他則事在職方部諸司上贊公卿，下自相協和以采長而棄短，則先生亦有責也。今朝廷方且重兵，故余於先生之行，不以送而以告，夫亦不忘在郡同事之情也。

贈李都使序 代

嘉靖丁卯冬，朝廷既生得海酋直，其明年正月，遂下令盡誅其夷黨之在岑港者。時總兵俞公統舟師職分布，謂響礁門在馬墓港北，爲賊必走之路，且近巢而險，以屬廣東都指揮李公。凡數月兵數十交，公益易賊，每乘夜棹巨銃，直抵其巢以中賊，多死者，賊畏不敢出是路，乃始爲火舟者三，計焚港以走。公知亦取數舟，置兩竿於其首，象齒列，乃別出小艇，以矢石擊其載火者，而用所置竿逆火舟着壖岸，焚殆盡，賊計益窘。其後援者至自日本，欲從馬墓入岑港，公分二哨，且守且擊之，俘若溺者率相等，賊竟不得入，遁走死別嶼中，其在岑港者，怏怏走柯梅，狐蹲鼠伏者又數閱月，幸脫走，蓋亦墮壞狠籍甚矣。夫夷狄與人雖異性，而辨死生，明利害，懲既往而戒將來一也，向使公守馬墓時，其智勇或出人下，賊舊者不出，新者且必入，出則愈驕，入則愈大，若巨魚決破罟，任其去留而無一梗之者，然則生死孰辨，利害孰明，又何既往之可懲，將來之可戒哉？凡人眩小利，昧大體，至兵則先首功，後事機，以此律公，所得少矣，可乎哉？適通判吳公與公共事之日久，其智與勇若勞苦，大約相似，比其歸府，謀吾言馳贈之，且具言公性忠慨，廉而有威，提戎卒三千人，坐百艘中，且三年矣，無不威且服者，始擒滅徐海諸酋暨直等咸預焉，而督府方以水道參將薦於朝，其功名蓋不可量云。

陶宅戰歸序

往昔松江之寇，載連歲所擄掠，航海而歸。其留者尚千人，據陶宅繞水十數折，阻狹橋懸岸伏深葦以爲險。會淛福與南畿兩開府，合吏士二萬人，約諸道並入。時會稽尉吳君言道險而遠，須間道察虛實，指地形，令人各曉暢，乃始逐程逼以進。主者不然之，兵刻期入，果敗，越十日再入，又敗。然戰時君獨能令兩健足，裸走視賊巢中，所望見擁諸兵仗坐屋角上二絳衣者，知其草人也，始縱擊賊殺六十人，斬十二級，復以身殿他道之敗兵，以出其所部七百人無一死者。若其再戰之日，則以百餘散走之卒，搏勝寇於險，以己所乘馬脫兵備副使，悉驅其敗卒使前，獨瞋目斷後，側頸顧而走，引虛弓射却其所追賊，於是兩府始賞君以百金，而恨不早用君之言。嗟夫，世獨憂無善言耳，然或有言而不能用，或能用而不察言之是非，大抵能言者多在下，不能察而用者多在上，在上者冒虛位，在下者無實權，此事之所以日敝也。予嘗追憶季夏時，君獨驅遁賊百人陷臯埠澤中，其後府中諸公與之持久，余短衣混戰士舟中，觀形勢知其必敗，乃策戰守二事，草既具，復投諸匣中，嘆曰：「儒哉儒哉，獨無耳目人耶？」往冬，王山人挾策叩轅門，論柯亭之勝負，如指諸掌，無一聽之者，其所聽者類皆兒童騃子之見，而至瑣極陋之談，乃卒取敗而悔矣。今事且急，府中數召山人與語，其不聽山人者固如前，而其所聽於他人者又亦如前也，於是每拊髀而嘆。乃今得聞君之事，又拊而嘆曰：「吳君固縣尉，然官也，又數搏賊有明效，言且不見用，王山人未嘗試戰，且一布衣耳，其見棄復何怪。」吳君新安之巨家也，以吏入粟尉會稽，其爲政慈愛敏斷，臨財一毫無苟取。至其提兵時，乃反出其有以與士卒，故士樂爲之死。而君又多馳射劍槊、占星校閱之技，數出奇詭之計，舍死爲士卒先，士又益恃之，戰遂有功。然雅好結名士，居常策馬馳袜首十數過王山人家，論時事，故山人於其戰歸也，謀余言以贈之。嗟夫，使有善用君者，以盡展君之才，即封侯何足道哉？

沈氏號篇序

吾越有耶溪者，帶遶名山，號稱佳麗。迴洲度渚，涵鏡體以長縈，散藻澄苔，轉風光而輕泛。其在前代，尤爲巨觀。紅渠映隔水之妝，紫騮嘶落花之陌。鏡湖伊邇，蘭渚非遙，嘉會不常，良辰難待。舟移景轉，三春才子之游，日出煙消，幾處漁郎之曲。古今所記，圖牒攸存。邇來居士沈君棲眞妙致，挽慕前修，始羈迹於市廛，終寄情於魚鳥。眷言邪水，尤嗜曲涯，轉入一天，還迴幾折。數聲長笛，渺滄浪而自如，一棹扁舟，入荷花而不見。意將流傳斯景，爰授圖工，歌詠其由，遍徵文士。乃於末簡，要予微言，今晨把玩，儼游風景之眞，他日追陪，或預几筵之末。

曲序

海樵君詩篇，子都侯已刻於粵南，至是從子某又取君所爲曲若干首，刻而播於里巷，藏其副於息柯亭中，目曰息柯餘韻，從衆好也。業已要予發其意於篇端，予雖尙未見全篇也，而故嘗與海樵君游，則固諗其聲矣。辟若好琴瑟然，其音無所不具，其抒之於思也，極其所到，怨誹則可以稱小雅，好色則可以配國風。而其按之於指也，遇小雅則聞之者足以怨，遇國風則聞之者足以宣。而君今已絃解而杜崩矣，琴瑟之音，杳然雲散風駛，而獨留者譜，固聞之者之所欲傾耳，而起君於松楸之表者也。而烏知其不傳哉？語曰，睹貌相悅，人之情也。悅則慕，慕則鬱，鬱而有所宣，則情散而事已，無所宣或結而疹，否則或潛而必行其幽，是故聲之者宣之也。故觀茲譜者人將以爲登徒子莫如君，余獨以爲反登徒子莫如君，獨其聲豔耳。空同子稱董子崔張劇，當直繼離騷，然則豔者固不妨於騷也。噫，此豈能人人盡道之哉？

送王新建赴召序

孔子以聖道師天下，其自言，於衞進俎豆而斥軍旅，他日又曰：「我戰則克。」當其時，定夾谷會，却萊夷，隳三都，命申句須樂頎敗費，戰之驗也。周公以聖道相天下，所最著者，監二代，制禮樂，郁郁乎文矣。然而破斧斨，誅管蔡，定五十國，則亦戰也，豈盡文乎？孔子歿而稱素王，至於今，爵上公，官郎令博士者相望。周公生而封魯，始自伯禽，終周之祚，世世食東土。彼兩聖人者，若此其盛也。然孔子攝司寇，桓子尼之，周公旣受封，二叔危之，兩聖人者雖云盛矣，而其所以厄之者，不亦踵相因乎？我陽明先生之以聖學倡東南也，周公孔子之道也。其後討二王室，定南荒，爵以伯而食采於新建也，則以戰。

周公孔子却萊墮都，敗費而誅管蔡之功也。至今上聖明，感公舊勳，久食報，始用羣公議，下詔贈公爵通侯，遣使致謚，葬祭有加。若曰其令某嗣子一人來襲故封爵。蓋其事，亦大約與周公孔子始戹於桓子二叔，而卒侈其稱、世其祿者同。至是，先生嗣君當行，吾黨晚私淑公學而社於君者若干人，來以贈言屬渭。渭曰：屬者明運浸隆昌，求二王室若大奸，叛南荒如曩時，新建公之所當者不可得已。然而塞垣絕徼數萬里之外，飲馬於河，蟇螯於洞箐而波帆於海者，未盡無也。龍陽君既已奮家學，茲且珥貂垂玉，內而以詩禮之訓廷者，佐明天子致太平，外而綰纍纍斗金印於肘，以武功靖垣徼，若魯中葉之以誓費而攘淮戎者。使天下之人稱之曰新建公嗣孔子周公者也，而公之嗣子龍陽君則鯉與伯禽也；將上以答明天子之寵命，而下以慰先生家廟之靈，與國家流美，傳萬世，茲非吾黨之所深致願於君者哉！

贈禮師序

昌黎之文，余夙誦好之。至其論道，則稍疵，及攻佛，又攻其粗者也。余觀其送文暢者，謂暢欲聞浮屠之說，當就其師而問之，不當從吾徒而請，從吾徒而請，乃羨吾君臣父子之懿，文物事爲之盛而然耳。此豈足以攻佛哉？大約佛之精，有學佛者所不知，而吾儒知之。吾儒之粗，有吾儒自不能全，而學佛者反全之者。夫所謂君臣父子之懿，文物事爲之盛，非吾儒之粗者耶？不然，將學佛者，始祝髮而髡之，以爲絕父子蔑君臣矣，既畜髮而冠之，擁箨墮珥，忽焉長兒女，干祿而饕，將無所不至，謂足以全父子而完君臣，踐文物而履事爲之盛耶？某師自幼去俗爲僧大善寺中，臘若干年，衣衣食飯，付應以給，初無事於禪講，蓋所謂不求佛之精者。而心行直平，絕去勢利，祖其祖而父其父，子其子而孫其孫，眞若俗之倫理然，蓋所謂得吾儒之粗者，未可以其髡而少之也。計臘若年今總之得六十，某月日其生也。其徒名浩者，與余夙爲詩酒交，來乞余言以壽。余惟佛氏論心，諸所證悟卽壽，命相者悉掃抹之。而其告波斯匿王又引見恆河性以覺之，云此身變滅之後，乃有不變不滅者存，此皆彼敎中精微之旨，師旣無所事事矣，而何庸於吾說？至吾儒之粗，若所謂君臣父子云者，則師旣以事事矣，而又何庸於吾說哉？於是合掌作禮，而持偈以頌之云爾。

童氏族譜序

史稱智果知智伯必敗，乃別族爲輔果，其後智伯亡而輔存。當其時，人皆右輔而左智，此析姓之效者也。又人傳元明間有滑翁壽者，爲青城劉誠意基之族。滑以基當元末，懷雄略，覬覦風雲，恐不利而族，亦別族爲滑氏，居許昌。及基佐高皇，定天下，爵伯食采。當其時，人皆左滑而右劉，此則析姓之不效者也。余讀童氏譜，知會稽武勳里之有李氏，自唐祖八世孫青澗李氏始。歷宋至元，有昌二者，自武勳贅童嶺之童正郎家，慮元季兵亂，遂附姓於童。余不知李與童，其趨避之果效與否，然而考其更徙之勤，散處之繁，與歷世之綿遠，則居然著姓矣。其童嶺徙車頭者，則自敏政始。其譜始修於雨與蒙吉，而俊者，雨之從也，爲人樸而雅博，好親賢士，嘗受業於吾師季長沙公仲子字子微者，余因得見之。授譜終覽之，而委序。噫，求之當今，若吾宗與秦同姓，而吳亦出於姬子，微甫之李亦出於吳者，何可勝道哉！使無譜以記之，則益湮滅無所考見矣。

肖甫詩序

古人之詩本乎情，非設以爲之者也，是以有詩而無詩人。迨於後世，則有詩人矣，乞詩之目多至不可勝應，而詩之格亦多至不可勝品，然其於詩，類皆本無是情，而設情以爲之。夫設情以爲之者，其趨在於干詩之名，干詩之名，其勢必至於襲詩之格而剿其華詞，審如是，則詩之實亡矣，是之謂有詩人而無詩。有窮理者起而捄之，以爲詞有限而理無窮，格之華詞有限而理之生議無窮也，於是其所爲詩悉出乎理而主乎議。而性暢者其詞亮，性鬱者其詞沈，理深而議高者人難知，理通而議平者人易知。夫是兩詩家者均之爲俳，然謂彼之有限而此之無窮，則無窮者信乎在此而不在彼也。肖甫與吾結髮而同師，至十六七而始分，又六七年而復合，合而復同師也。始同師時，同學爲干祿文字，既而分則同有事於詞家，又既而合，則同有事於道。於是肖甫者爲詩始入理而主議，然其性也鬱，而其所造之理，與所主之議，深而高，故其爲詩也沈，而爲人所難知。夫兩詩家者，各是其是，如聚訟然，即使亮而易知，猶不相入也，況沈而難知乎？而余獨私好之，某氏善肖甫，亦好之，將稍出其藏匣者梓以布，而試其果投於人否也，而謀於余，余故略道其所以然。諺有云，鼠不容穴，銜窶藪也。乃子之評其亦果容於人否耶？

玄抄類摘序

書法亡久矣，所傳書法鈎玄及字學新書，摘抄猶足系之也。然文多拙缺散亂，字多訛，讀之茫然，欲假以系猶亡也，余故爲分其類，去其不要者，而稍註其拙，正其訛，苦無考解者，則闕之矣。大約書始執筆，執則運，故次運筆。運則書，書有法也，例則法之條也，法則例之槩也，故次書法例，又次書法。書法例書法，功之始也，書功則例與法之終也，故又次書功。功而不已，始臻其旨矣，故又次書致。書思，致之極也，故又次書思。書候，思之餘也，故又次書候。而書丹法微矣，附焉。書至此可昧其原乎，故又次書原。書至此然後可以評人也，故又次書評。而孫氏書譜大約兼之，故終以譜。

又

自執筆至書功，手也，自書致至書丹法，心也，書原目也，書評口也，心爲上，手次之，目口末矣。余玩古人書旨，云有自蛇鬬、若舞劍器、若擔夫爭道而得者，初不甚解，及觀雷大簡云，聽江聲而筆法進，然後知向所云蛇鬬等，非點畫字形，乃是運筆，知此則孤蓬自振，驚沙坐飛，飛鳥出林，驚蛇入草，可一以貫之而無疑矣。惟壁拆路，屋漏痕，折釵股，印印泥，錐畫沙，乃是點畫形象，然非妙於手運，亦無從臻此。以此知書心手盡之矣。

抄代集小序

古人爲文章，鮮有代人者，蓋能文者非顯則隱，顯者貴，求之不得，況令其代，隱者高，得之無由，亦安能使之代。渭於文不幸若馬耕耳，而處於不顯不隱之間，故人得而代之。在渭亦不能避其代。又今制用時義，以故業舉得官者，類不爲古文詞，卽有爲之者，而其所送贈賀啓之禮，乃百倍於古，其勢不得不取諸代，而代者必士之微而非隱者也。故於代可以觀人，可以考世。

幕抄小序

古幕府記室，典文之士可指而名者多矣，然其文不槩見，卽散見於載記，亦千百中之一二耳。予從少保胡公典文章，凡五載，記文可百篇，今存者半耳。其他非病於大謏，則必大不工者也。噫！存者亦謏且不工矣，然有說存焉，余不能病公，人亦或不能病余也，此在智者默而得之耳。然卒以是咄咄，智者固不如是也，以此見病，其庶乎？卽論其細者，熊安生將謁徐子才和士開，乃自稱觸觸。而余爲公表啓，中數犯忌諱，初蓋不覺也，意者天其有意於禍予乎？不然，何迷且畧一至此！韓昌黎爲宰相作賀白龜表，亦涉謏，其諫迎佛骨則直，人不能病余，其以此也夫！

抄小集自序

山雞自愛其羽，每臨水照影，甚至眩溺死弗顧。孔雀亦自愛其尾，每棲必先擇置尾處，人取其尾者，挾刃圍叢篁，伺其過急斷之，少遲忽一回視，則金翠光色盡殞，此豈其靳惜之意專致通於神，故人不能奪其所愛，而必還之於既去耶？此其於麝抉臍，蛇剖珠，又稍殊異矣。余夙學爲古文詞，晚被少保胡公檄作鹿表，已乃百辭而百縻，往來幕中者五年。卒以此無聊，變起閨閣，遂下獄，諸所戀悉捐矣，而猶購錄其餘稿於散亡，並所嘗代公若代人者，詩若文爲篇者若干，蓋所謂死且勿顧，奪其所愛而還之於既去，於孔雀山雞何異耶？昌黎爲時宰作賀白龜表，詞近諂附，及諫佛骨則直，處地然耳，人其可以槩視哉？故余不掩其所代於公於人者。雖然，自妄羽之而復自妄尾之，安能保人之必羽之而必尾之耶？誠如是，則吾之購之錄之也，其不見笑於山雞孔雀也幾希矣。

刻沛言序

予自嘉靖辛酉以後，文若詩皆爲人所給者，今聊刻之，以發一笑，其人不求而自贈者亦爾。

景陵丞婁君檢其翁故所簿沛時覽游唱和諸篇，及人所贈翁善於政、佩印於他縣、獎檄於諸大吏，以至久而致休以歸，文若詩凡數十百篇，其大父御史、人所贈者又數十篇，將付諸鐫，而以書屬予。客有在座者曰：「沛君之治沛必善，苟未善，即幸得一二言足矣，必不能盡買沛人言若此多也。然而迹則幾於陳矣，且沛簿與沛中天子孰尊？簿善治，與隆準者提三尺滅暴秦而定天下功孰高？今持以付諸梓者侈矣，然與大風歌數語孰雄也？而今且奚若矣。則是集也，鐫不鐫，可以坐而定也。」予曰：「是或不盡然也，今夫以糠粃而視天下，則典謨亦陳，堯與舜亦不得錮其已去之烈。誣其夢以爲覺，苟用以砥世，則非陳無以鑒也。陳之爲用，猶療之於艾也，枳與半也，彌陳而彌善也。且吏沛者多矣，致言之多，莫踰婁君者，則少言者不知幾何人，無言者不知幾何人，言而反是者又不知幾何人也。以無言準少言，以少言準多言，以反是者言準是者言，不可以爲吏者砥耶？苟砥矣，雖陳矣，鐫之可也。」

陸氏譜序

當漢之興也，尉佗以鮫鱷之資，涎沫島外，當其時不有陸賈之賢，用數語以下之，則南海之波幾於沸。及宋之亡也，朝廷在樓櫓間矣，老嫠抱孤子而泣，此與纊息者何異哉？而秀夫周旋其間，一日尙喘，則一日尙藥。夫國之存亡不可定，而定於兩公者則如此。余少時嘗渡庾嶺，半遊南中，即未至厓山，然舟轡之迹，多兩公屐舃之所經也，每一思之，或問遺蹤於故老，至說佗及抱帝事，未嘗不慨焉以興，泫然以淚，思起其人而與之語，一以解頤，一以痛哭。今來訪天目，過富春，爲陸邵武君所延，醉而宿其廬，出其譜，乃知君兩公裔也。環鹿山而居生者數十家，其歿而墓者封亦以十數，問其來，不過二三世中人耳，其繁如此，不譜何以令不湮且疏耶？予與君言，則知君文而有禮如此矣，不覽是，又安知其能篤於人倫又如此耶？因起告之曰，夫余昨遊南中，追念二公之遺，而感之如彼，又況親見其子孫若君輩耶？且余於兩公路人也，猶感之如彼，又況爲其子孫若君輩者耶？吾卜之，行且見陸氏有人矣。誠如是，即君不屬余以譜序，猶當序之，況君果屬予也。

李伯子畫册序

李長君嘗畜畫兩本，本數十幅，山水人物羽毛果卉靡不收，其爲品則畫家所稱精神與逸靡不具。蓋皆兩宋與勝國時國手所爲，而君自遼入京師，所交游益廣，每幅必屬一時能名詩者書之，而予亦濫其中，至是復以序屬余。嘗觀蘇文忠公爲王晉卿作寶繪堂記，多陳書與繪不善畜之者頗病人。以余觀於雜俎中所載崔伯延，每當戰，必令僧超用笳吹壯士歌、項羽吟，然後策馬入陣，所向無不捷者，如是則册中之詩，固不足以病君矣。獨於繪則無聞，然魚鳥鵝鸛具載陣法中，而決水千仞，因地制流，又爲孫子形勢篇中至要語，凡茲四者，蓋卽繪家所稱羽毛山水事也，審如是，寧止於不病君，且深有助於君矣。夫爭道鬬蛇，何預於書？聞聲渡水，何預於禪？而一觸卽悟，終身樂之不窮，矧以君之捷敏而遇茲四物爲助於兵家者哉？誠如是也，則君雖作堂以藏之如晉卿，令吾輩日指而哦品其間，以俟君之一觸而悟，亦無不可也。

贈吳宣府序

當嘉靖乙卯間，海上始大用兵，兵隸諸大府者特驕甚，偶絳衣襲錦而靴幗、幹魁岸多力者三四人，入越鄉，把劍袖錐，目夔夔以睨，過市饔則醉飽，繫馬狹斜則擁紅紫以嬉，如入其家之庖室，都不與一錢，日既昃，知無所怫，遂稍侵居人家，居人聚譁之，則走撞縣門，撼丞簿，收笞居人，猶呶呶睨丞簿，丞簿畏得禍，不敢動氣，與酒益奮，尙恣睢街市中不去。余方與君罷講稽山，下逢之，直前視，彼四人者嗔曰：「酸何知，敢視我，直攫乃巾碎之耳！」余謂君曰：「市人足恃也，盍抶諸？」君曰：「不約易散，未可也。」君歸呼族人於家，余歸呼族人於寓。得七八輩，余曰：「可矣。」君曰：「不約莫任其害，未可也。」約族人曰：「儕等擊，擊其下，莫擊其上。」約市人曰：「儕等莫擊，第喊而聲援。」遂擊。四人者靡不仆幾爛，擊者逞褫其絳錦與靴，四人者裸而號，乞命，君曰：「悉還之。」稽首悔謝若崩角。市者譁而合掌，君答而拊曰：「勞矣！」稽首稱快若崩角。顧謂余曰：「盍歸乎？」余曰：「諾。」過寓將別，君曰：「未也，已令設於寓矣。」舉爵以揖升，若次功級然，盡醉而退。翼日，丞簿若守並寄謝以言。一日，予把君手謂曰：「生平知公操筆而搖髯，誠不知用膽與略乃如是。」君笑曰：「使他日試某以兵，亦猶是也。」已而君果仕，及今二十有二年，乃始爲明天子提十萬衆守數千里亭障，不用其邊幅，直用一言以定虜，虜六年不敢決檻而哮，其求食也，特稍稍然搖尾耳。中朝始翕然以君爲長城，一時勳名無與比伍。余於是益信士磊落奇瑰，赫赫奕奕垂後世者，不定於素，不可以襲於一時，若彼武侯淮陰，並以數言初見其主之時，策天下於几席，非君稽山之一鬭，烏足以倫哉！於是君方以貢成晉兵侍，又以秩滿膺贈與廕，而予適以公招在幕中，感舊而贈以言。

贈方公序

自丙子遡辛未，北虜奉貢市者三年，惟時總督方公實臨之，上其事于朝，朝議偉公，特進太子少保，加廕子一人，世錦衣千戶秩，賞諸將吏各有差。而吾友吳鎮公，方以撫役從公後，亦因公幸在秩典中，思有以效于公也。以某在上谷之日久，公所創內虜事，及所嘗挫虜于威遠，若曩在惠潮時所嘗破東夷者，類能談之，故以書屬。而某以不敢辭，猶未已也。遂言曰：夫今之虜，其貢與市，人見其若此之馴也，以爲虜固猶是也；而不知其雄黠背驁嫚中國，而几肉視其邊陲，終世宗之朝，竭猛將謀臣之力而不能禦。使非公主威遠老營私賜之，戰于倉促下車之日，留鎮兵不遣爲必搗板升之計，于犄角東寇之時，有以死諸酋之心而奪其氣，則把漢雖附，而老酋之聽束也，必不若是之堅且謹。而公之曩自南而移北也，又使非盪洞賊于潮惠，殲倭夷于海中，有以駭諸酋之聽聞而先其聲，則威遠之捷雖烈，彼必不以一挫而盡滌其數十年貪殘之習。故愚嘗竊爲之說曰：人謂方公撫虜者直撫耳，而不知公用戰以爲撫，威行于北直北耳，而不知所以威北者本之南，蓋謂此也。夫以公之威若彼其震乎世矣，人且不得而盡知之也如此。至分宜時，諸仕者類以趨而速，而公獨逡巡郎署、牧守、藩臬間，殆三十年而後臻此，則非有高世之養者果不足以成震世之功，又豈人之所能盡知者耶？公今已受知主上，重中朝，非有將相兼寄，若唐之所以處裴公者不可。獨念公創議內款時，自一二元老外，舉朝無不危之者；而吳公當其時顧以役京儲，幸贊一言于闕下，亦人人無不爲吳公危者，乃都不知有今日。語曰：「非常之原，黎民懼焉，及臻厥成，晏如也。」其殆謂是矣。

贈劉君序

經曰：北方者，天地閉藏之域。其氣高陵居，風寒冰冽。其民樂野處而乳食，寒生滿。其治宜灸焫。今中國邊北方而居者，未聞以乳食，惟羌虜中用之。然則經所言北方，豈指羌虜而言耶？以予所讀漢書，當蘇武之引決也，衛律趣召醫。醫至，鑿坎，置熅火，覆武坎上，蹈其背出血。武良久乃息。由此觀之，北方宜焫明矣。然武以決而困，非血食也，以焫而活，又何耶？此殆不可曉。宣鎮劉君者，始棄儒而醫，活鎮中及營中人無算。巡王公嘗旌其門。迨隆慶萬曆間，值中國納虜臣，許虜以馬市，虜駢集鎮中，間有仆而呻者，不勝楚。君往，發囊取蘇荄，以一匕納口中。虜或起，申申立而笑。于是虜益德中國曰：「太師能爲我預置療人，令我輩骨不埋異土。」如是者久之。巡撫吳公以君術高，抑有助于柔遠，爲請于總督開府，得冠帶參幕。周君輩榮之，來以言屬予。予數從帷中揖劉君，見其樸而有禮，息停而膚榮，必深于醫者也，故樂爲之言。然虜，乳食者也，當以焫愈疾，而君獨以匕，豈卽子卿非乳食者也，當以匕起決，而虜顧以焫，服習其土，則療亦隨之耶？俟他日更見君幕中，當一質之也。

園居五記序 名廉，字古矜，休寧人。

古矜先生闢園湖之上，扁曰忘鷗，遂作堂曰艮背，樓曰聽雲，亭曰挂笠，齋曰枕鋤。又作記五篇，大約以明忘物我，一動靜，超視聽而至於形聲。至其記亭與齋也，則以笠之與鋤，雖小器而適於野人之用，曰：「吾用是止矣，毋庸外慕爲也。」書再至，令予言。予惟天下之事必膠於此也，而後求融於彼，故言天下之理者必不足於融，而始避其膠。故物我有未忘，然後有忘，動靜有未一，然後有一，視聽有未超也，然後求其所以爲超。果忘矣超矣，則忘之、一之、超之之迹，且無自而見也，其説又何自而生乎？惟慕與不慕也亦然。然以此而病他人可也，以此而病老子莊周，可乎？莊周言數萬，老子亦著道德五千言。今讀其言，於物我、動靜、視聽之間，諄諄爲人告語以終其身，蓋無一日而忘忘之、一之、超之之説也，而亦謂其有未忘、未一、未超也，非愚人則媢疾人矣。夫以是而病老子莊周既不可，以是而病先生其可乎？何者？先生，老子莊周者流也。莊周雖放，亦老子流也。老子非異端，其所陳悉上古之道，與衰周甚殊異。後世學士不深究其旨，罔爲異端耳；稱孔子者曰「聖之時」，宜其斥老子也。然孔子未嘗斥老子，非不斥也，且尊之，故曰：「老子其猶龍。」山陰徐某。

註參同契序

徐君景休所註參同契存，而諸家云亡者，以偶不諒古人著述之體故也。後儒於書，句句而訓之，章章而貼之，故經自爲經體，而註自爲註體。古人則不然，其註經也，取於明經而已，註之之體，或不章貼而句訓，編而次之之人，亦無從章析而句分。粲之作述之手，韻調不遠，古今相隔，考問無由，指存爲亡，轉傳轉信矣，景休之註之湮也，坐於是。景休之註湮，而魏公之經亦泯，拔景休所以起魏公也。諸家言經者，欲拔景休而不得，甚至欲分四言爲經，五言爲註，是止憑字數以別唱隨，遂起吳僞妄裂亞掇，如萬手繅絲，不勝其亂。好古者尙謫，又從而謬序以信之，註未及還，經且盡失。予覺其然，乃取盧陵陳氏所註，分章上下，久之，一日試挈某篇與某篇相印，一經一註，母子燦然，以逐他篇，莫不畢爾。辟如陸遜束炬先攻一營㊀，遂曉破蜀之法，連營七百里，一旦席卷。魏經徐註，既蝕復明。夫長者貲財，記分衆子，帳籍自別。然當其未分，不特爲衆子晝餅，抑且起衆子支屬妄擬某物當得某房，誇示眷戚，註未分經，亦復如是。及至分貲，妄擬俱歇，註分經定，亦復如是。雖然，貫穿文義，印字曉人，亦小補耳，若悟眞機，字乃無隻，故分經分註，援筆於既悟之後則可，牽文於未悟之先則不可，不然，搏控糟粕，希不見誚斲輪矣。皁皁冬冬，有上無下，有西無東，貫心於中，開戶支窗，參之斗蓬，一用寄衡，主言始終，言終於甘，始於十兄，若問吾心，正兔三雙，而雞十雙。蒼箕中人敍言。

贈嚴宗源序

楚鍾儀繫晉軍庫，景公見而問之，知其爲楚伶，使鼓琴樂之。余固能琴，今以內難縶，樂往悲來，往往思一鼓，而琴不可得。日所與伍者，十數邏伺卒，與數十罪夫，漆面而卬鼻，如叉剎然。所對者，拲桎絏梴諸械，所見者，白日走羣鼠爭人食，所苦者，蟣蝨移家館吾破緼而已，無一琴以娛，而有諸苦以助窘，是以非甚故舊，足無履斯地者。而葑之村有嚴君宗源者，於余非有平生也，乃偕吾故友任君之叔子某，始持一豚蹄飣酒脯食飲吾於其地，差不苦而且樂之，不欲遽去。余異之，乃數問某，某爲余道宗源少時極聰明，書一目不更讀而悉記。中直父喪，始罷去，營家事。然其爲人，眇錢財，重意氣，孝母而慈子，急人患難，可紀者凡數事，施予不責負者其人爲誰與誰，以彼之履若此，固宜其慰我於囚而不去我也。子

㊀「遂」原作「孫」，茲改。

聞而思有以紀其人，稍章其行，故於其再至也，書數言以歸之。噫，魚相煦以沫，不若相忘於江湖，今不能江湖也，苟相煦以沫，不猶愈於已乎？

逃禪集序 錢刑部君號八山，雲藏公別號也。

以某所觀，釋氏之道，如首楞嚴所云，大約謂色身之外皆己，色身之內皆物，亦無己與物，亦無無己與物，其道甚閎眇而難名，所謂無欲而無無欲者也。若吾儒以喜怒哀樂爲情，則有欲以中其節，爲無過不及，則無欲者其旨自不相入。而今之詆佛者，動以吾儒律之，甚至於不究其宗祖之要眇，而責諸其髡緇之末流，則是據今之高冠務干祿之徒，而謂堯舜執中以治天下者教之也，其可乎？其或有好之者，則又陰取其精微之說以自用，而陽暴其闕漏，以附黨於中正，謂佛遺人倫非常道，將以變天下爲可憂。嗟夫，吾儒之所謂常道者，非以其有欲而中節者乎？今有欲者滿天下，而求一人之幾於中節，不可得也，是其於常道亦甚難矣，況欲求其爲非常之道，如佛氏之無欲而無無欲者耶？奈之何憂其變天下也？凡此者皆稍論其微旨，至其神通應現，廣大奇怪而不可究詰者，姑不論。夫己茹葷而强餐霞者以肉食，睹川澤之產而不知其海之藏，此猶可諉曰各據其所見也。彼所謂高冠務干祿之徒，其至濁而無比，塊然略無所見者，亦顧呢呢於閎眇而難名之道，又何爲者耶？此雲藏公之所以逃焉，而不能已於言也。

送山陰李公序

渭前日從道上行，望見襜帷而肩輿者，有吏士可十許人，執殳前導，顧緝緝禁弗呵，行道者引趾而避。以問其人，曰：「此吾山陰令李公也。前日爲御史所詆，將詣部受改，三老弟子詣諸公府再三留之不得。雖然，公廉平明恕，百十年中所一見者，卽去此何地不可爲。獨吾黨百姓，其果無徼福於天哉？」語罷，相顧而太息。他日，渭候師于學宮，聞諸士人中語亦然。始公涖縣，欲盡曉其風土，戒妄動，蓋默而視者月餘。而渭於是時，又以公之命往授經於平湖，及是始歸，而得聞是語於道。計被詆論時，公爲政蓋三月耳，化行之速與得謗之速，果如此其並行而不相悖耶？下之口如此而上之耳如彼，何哉？凡天下事有幸免於前而不能逃於後者，則不幸而偶抑於前，亦豈能終掩於其後，公聊以此俟之也。於是諸士人咸賦詩以贈公行。渭姪子駿素德公，而意有所不懌也，語渭使序。渭敢因其陋而遂沒其所聞乎？

贈婦翁潘公序

吾鄉近世嫁娶之俗浸薄，嫁女者以富厚相高，歸之日，擔負舟載，絡繹於水陸之塗，繡袱冒箱笥如鱗，往往傾竭其家。而有女者益始自矜高，閉門拱手，以要重聘。取一第若被一命，有女雖在襁褓，則受富家子聘，多至五七百金，中家半之，下此者人輕之，談多不及也，相率以爲常。吾婦翁當庚子時，以名法給事錦衣，敍官主陽江縣簿，時與外兄童君尚俱在京師。外兄偶爲翁道某曰：「吾姑母夫徐夔州者，有少子，九歲能爲舉子文，十二三賦雪詞，十六擬揚雄解嘲作釋毀。」翁曰：「其人婚否？」外兄曰：「未也。」是歲翁來家，乃遂以長女見許而贅某，某斂珥之禮，略具而已。其後乙巳，某以卜居爲豪無賴所詿誤，家殆盡。居一年，復有幃幕之變，某遂辭翁居東城。然翁以前二事，爲某營治，髮幾爲白，而所費金反滿中家聘女之數。時某益無聊甚，而未聞理道，素矯抗，爲不情之廉，當辭而就東城之居也，固辭翁，不持一物以行，又避干求，多簡其形迹。至是人始有言於翁者曰：「凡人擇子壻，不爲利則爲名，不爲名則亦多其寒溫虛禮。今君之以女與人也，上之既無利與名，乃並其虛禮而亦不得耶？」翁曰：「君所謂利，吾所不道也，所謂名，將謂其屢薦而輒棄也，誠其問學解弛，當以爲憂，至於校計顯晦，非可令達人聞也。今人有熱而疏其親，亦有涼而附之者，吾壻方涼，其偃伏寡與，固不當施於我，然壯士之志也，處困者所難，豈可詆訾之哉？」於是言者語塞而退。以某所計，翁乃所謂受一命者也，使如世俗，宜深求於某，而乃反益出其有以周旋其患難。某居其家六七載，今自居又六七載矣，更新舊浮沈存否之變，而翁之敬愛某者如一日，某固已難翁之施我矣，及聞塞言者之辭，乃不謂翁知我顧如是。某近見丞簿有材力能幹濟者，非不斐然可觀，然士或疾讎，而民或怨詈之，至橫被跌挫無以解。某往隨公在陽江，見其拔大惡，決大機，豈直丞簿所不敢爲，乃服豸銜命之使亦所觀望而徐圖者，又反得士民之懽，而大吏亦未聞厭其跌宕而不制。某始歎曰：「使在洪武時，封侯何足道哉？」蓋翁本宏材，而機智亦出世俗上，固宜其知我也。某久懷感，欲言而未有路，會今年以五十壽，以二月十三日生辰，受親友之賀，某始得序言，隨衆賓後。

覽越篇序

余讀蘇文忠公之上書於文潞公也，悲焉。大約道其當就逮赴獄，所著書十亡其七八，到黃作易傳論語說，恐一旦淪沒不傳，又以文字得罪人，必以爲凶衰不祥之書，莫肯收藏，謂潞公一代偉人也，故托之以傳。予晚得交上虞葛韜仲景文叔侄間，而兩君者，位分去潞公遠甚，而其在諸生中，卓然稱偉人，則略相似於潞公。予今所著以擬文忠，猶兩君與潞公位分也，而所遭患難，則不翅百之，故亦遂取舊所著散亡而僅存者，從獄中托之兩君，而韜仲且遂許以傳而爲之序。最後亦以己所著覽越篇來，予讀而歎曰：「是亦豈待我而傳者耶？」平居用力於道，既早見而握攬之，停涵既久，一與古今人遇，便引吭而鳴，響溢於據梧扣竹之表，是故識遠而音介介然肆以雄也。彼且無事於工聲，而世之號爲工聲者，又烏足以闖其藩哉？然而觀斯篇者，味其言亦可以槩其人之偉矣，余固不可以不序。雖然，皇甫謐序三都，足以重左太沖，而陳師錫之序五代史，不足以當歐陽永叔，則予雖無序可也。

王山人贈言

錢氏有子曰某，年幾壯，而病嘔血，一嘔滿鉢，而百療不已。王山人某，附耳與語，可一刻，用三五字訣，令坐於一室中，半日而減，不踰月而起走食飲如故。無何，錢氏子持一鯉造余柿葉堂中，問其故，則曰將借先生之言，以償療也。鯉潑潑然躍柿下，余嗜焉，許以言，則告之曰：「山人曩與子訣，用何語？」錢氏子不對，余曰：「以余所聞，殆中氣之守歟？」「凡人勞則氣亂，氣亂則風，風則波，勞甚則風急而波駛，或爲逆上，靜軀而忘心，則風止而波寧，上下各循其營，如此則守且無事也，而何事於中？山人嘗謂余言曰：「我初得是術通督任，如蛇鑽泥，如蟻尋垤，目耳如洗剔錮疾，如湯沃雪，便謂神仙在股掌間。迄今行之，可以療病，未可以仙，若仙者乃舍守中而求鼎於外者也。」余曰：「舍則似矣，求則未然。」其後數與言，終兩年而未決。故於贈言也，復令錢氏子持往問之，儻不免於異同，當復我於柿下也。爲作偈曰：

舍却兩頭守中截，只似麻繩打一結，若還更向外頭尋，便似借鐵來補鐵。麻繩打結有時申，借鐵補鐵幾時成，能將口訣醫紅液，却勝阿膠與鬱金。

送徐山陰赴召序

曹參謂秦以法苦民，其治齊也，欲安之而無由，最後用蓋公言，法黄老清淨以治齊，而齊治。及爲相，復用以治天下，而天下復大治。今諸司治者，法瑣細百出，其於苦民也，不可謂無矣。而邑則承命諸大吏間，益不得自省。獨我公之爲山陰也，悉去其鐫磨鍛鍊之具，而易以休息，其旨大抵本吾孔氏所稱「無爲」。然孔氏之無爲，其去黄老之清淨則無幾矣。當今有蓋公否耶，不知公何從授之也？而渭之所謬窮而見以述之者，特靈素之編，黄老之粃糠，用以起一僵、立一仆而已，非可以語於公之治也。而公顧嘗館之碧霞宮中，欲授管而備問焉；無論其不成，卽成何益於公哉！茲公應召且北，渭將奉一言以贈公，而渭師季長沙先生家子孫輩亦以言屬渭。始渭之觸罟而再從訊也，非公疑於始而得之眞，則必不能信於終而爲之力也，必使之活而後已。長沙之將祠而間於可否也，非公疑於官而俟之久，則必不能信於學而爲之力也，必使之犧牲粢盛，於以永之於無窮。凡天下事一漏於前，則乘間者得以紛更於後，夫事涉紛更則吏固不勝其煩，而前此盜竊以苟安於一時者，亦不勝其擾矣。夫苟不勝其擾，何貴於清淨也哉？公舉是道以治邑，邑既由此而大治，他日舉是道以相天下，天下有不大治者哉？噫，此渭所以贈公，而舉不出於公之治也。

景賢祠集序　代

季先生入仕凡二十有五年而退，退而家居者又二十三年而卒。當其仕二十五年中，予亦後先生而仕，仕又與先生接境也，數仰先生之政，然未得數從先生游。及家居二十三年中，予亦後先生而退，退又與先生同里也，殆無三數日不從先生游者。而先生於二十三年中，自退以至於卒之先一日，則無一日不講聖人之學，著聖人之書，口授身模，與學者交相勉於聖人之行，而予與鄉人親見之矣。在典禮，鄉之賢卽登於校以祀之。顧今不免於吾黨之私祀於社者，蓋人以所漫聞於二十五年中之政，摘其一二爲先生疑；而吾黨以所親見於二十三年中之學，舉其十九以爲先生惜也。矧先生爲御史時，以抗疏謫，及守長沙歸，未嘗增一畝田，而三子乃貿其舊舍三所，非古之所謂廉直者乎？則先生之政大較可知，不獨予聞之接境者之私矣。雖然，未祀於校而私祀於社，題其祠曰景賢，亦可以止矣，而復取其祠中之文付之梓以傳，何哉？曰，祠中之文，大抵爲親見先生於二十三年中者述也，梓以傳，將以爲漫聞先生於二十五年中者告也。

又 代張太僕

曩予校學于湖，有告某以孫子某之賢者，予將以賢禮祀孫子于學宮。湖之人或訾之，予核之，得孫子之文可數十萬言，雄於楚；問其訾，尺寸細故耳。予曰：「士環楚而誦者奚啻數萬人，有一簡之幾于法，予握把如恐其墜，而況乎以數十萬言之雄，顧以其尺寸而墜之乎？盍祀諸？」衆曰：「可。」孫子遂祀。噫！以數十萬言雄於詞者，予且樂於祀，以數百萬言雄於道者，其於祀而樂之也又當何如耶？季先生之講學於東南也，老而釋經以數百萬言，既有漢儒之博，而兼乎宋儒之精。蓋雄於道者而久未得祀，鄉諸大夫士惜之，將屋以祀先生於里，謀諸予父子間。予爲述孫子事告之，且助之後，事遂舉。有舉漸有言也，言多至若干篇，衆復謀刻之，將以爲苟未知先生之素履，盍觀諸衆言。而予之序之首及楚也，亦以爲苟未知先生之當祀，盍觀諸孫子。

北臺疏草序 代盛太守

曩巡遼，草數簡，入紹時，偶雜隨行書笈中，一日與屬論遼事，稍出之，偶爲楊會稽攜去。既又偶徐山陰至，相與謀校於鄉先生某，將刻之，業已具，予移書止之，不可得，既竣，閱成編，乃言曰：「古稱人臣之諫也，入而告君，退而焚其草，予不草之焚，愧矣，顧不能止人之刻，不以薄乎？」客有在座者曰：「彼焚草者，恐彰君之過也，當子巡遼時，會主上新極，朝廷清明無闕事，子所疏特塞垣利害，帥臣才不才耳，與古彰君過者殊，何所諱而焚耶？」予曰：「帥臣才不才，既疏之而忍暴之耶？」客曰：「非是之謂也，塞坦之敝也，辟諸病人，而帥臣辟諸醫，其措置也，辟諸方餌，言敝否不核醫之才不才與其方之宜不宜，與既核矣而不以遍告於病者之家，使再誤試之，則病益敗矣。子何不忍於暴醫而忍於敗病哉？」予曰：如客言，則是編之出也，儻亦不廢於擇醫與方者乎？」遂書客所問答於末簡。

雲南武錄序

余嘗讀唐書南蠻傳，永昌西野人之桑，取以爲弓，不筋漆而利。越賧音炭，夷以貨贖罪曰賧。之西，多薦草，產善馬，至金鐵銅鉛則在在有之，故滇之刀劍矛戟名天下，是習武者之物，他蠻莫與爭利也。其始蒙舍詔之自王也，雖屬僞，然觀其擇鄉兵爲四軍，羅苴子戴朱鞮，負犀革銅盾而跣，走險如飛，百人置羅苴子統一人。又有望苴蠻，其馳突如神，其師行乃人齎糧斗五升，滿二千五百人爲一營，其令前傷者養治，後傷者斬，是習武之法，他蠻莫與爭强也，遂以大而驕唐，至孽孫異尋牟而敗，其於夷夏之權衡，可謂不審矣。而馬伏波有側之役，諸葛武侯有獲之役，並履歷經營於爾滇之鄉，其權衡不失分寸，雖兒童婦女至今神之，非百世習武者之蓍龜，驕泰者之藥石耶？而邇者諸生之見收於武也，以弓則取材於西野，以馬則取駿於越賧，以刀戟則取五金於諸產，所以運籌而權衡於一心者，苟能取師於馬葛兩公，是戡定之武也。又以是弓以是馬以是劍戟，進而取師於我高皇帝之五將軍，一舉而定滇者，是開創之武也。生之鄉人在漢有李恢，策蜀漢破劉璋，又自請代鄧方，又治叛酋定南土，及於臨難不忘喪元。而段赤城以身飼大蟒，所持劍自蟒腹出，卒活一鄉人。此二豪者，亦庶幾殺身以成仁者之武也。於此三者，生等將誰取師乎？量其力而取之，得其一，亦不負今日選生者之意矣。

贈李宣鎮序

説兵者，謂今獨石迤北，孤縣一臂於虜中，其初獨石置衛，本開平地也，開平左四驛接大寧，右四驛接獨石，彼此有急，左右旦夕可相援，而開平後乃棄之虜，凡横亘三百里，徙衛於獨石，有急左右不得相援，又西虜寇薊遼必踰獨石，循開平，棄開平非計也。議禮者，謂古恒嶽乃在今大同渾源州，自五代失河北，至宋未能混一，爲契丹所有，故寓祀今眞定恒山耳。而議者以爲高皇帝逐胡元，既收河北矣，乃北岳亦不改眞定。而吳人徐侍郎問、台人王侍郎讀書札記大閲録後先出，似成祖時，北岳改祀渾源矣。然當永樂十六年夏楊金三老奉詔修誌時，尚未聞有此説也，豈即誌後乃始改祀耶？至問諸鄉里中仕趙者，往往云趙祠岳固不廢。曩余客上谷，欲一往渾源，已裹糧，會約伴爽期而止。邇奉公使命，意庶幾且了夙逋，乃抵徐而病歸矣。遣兒走報公，隨以言曰：公家世名將軍也，獨石可棄與否，是公父子間專職，其籌畫必素。乃渾源岳祀，非專職也，且鄰，吾意公固有餘暇，即鄰，且必一及之，果眞定耶，抑渾源耶？何者，公方鎮也，岳方岳也，方鎮方岳，幽明表裏一也。不近紬於百里之晉之鄰，而俾聚訟者遠迷於千里之趙之濫，公得無意乎？

周愍婦集序

荀子言人性惡，楊子曰人性善惡混，而吾孟子則曰人性善。凡人之於父子也，姑章於其子之婦也，宜無不愛也，矧婦而賢且孝者耶？周氏之爲婦，可謂賢且孝矣，而爲之姑章者，不特不愛之已也，顧讎之爲迫以死，是集也，哀之者之詞也。吾欲非荀子，何以有周之姑？欲非孟子，何以有周之婦？欲非楊子，何以既有周之婦，復有周之姑？雖然，姑章之讎婦也，卒不勝哀婦者之多，則孟子之言性善也爲勝。老子右實而左名，然吾夫子許夷齊以民稱，疾沒世而名不稱者，周氏罹實禍於生，而徒獲虛名以死，實禍身苦其毒也，虛名鬼享耳，享不享孰知也？吾欲於二者擇而從之，不背老子，則背孔子。雖然，等死耳，不猶愈於生爲善無以自白也，而死蒙惡名者乎？吾越人常談沈錦衣之死，而將并夷其伯子也，適有天幸以免，遂謂天眞能與善人，而詆非司馬氏傳伯夷語，然天能活伯子，何不能不死錦衣也？豈伯子爲善人，而錦衣爲不善人耶？今試論之，錦衣善人耶，不善人耶？如東海孝婦，天能爲旱以白其寃於後，乃獨不能別有所爲以免其死於先，豈於後也，天則優爲旱，而於先也，天不能他有所爲若爲旱者耶？雖然，造化吝以名與人，爲享實以生者短，而享名於死者長，人固嘗借是以寬死者矣，則名固果貴於實耶？審如是，周氏以一死而得茲集之名也，果天所獨厚者矣，周氏可以瞑矣。然世有爲善而名埋，匪直埋也，而顧蒙以惡如吾前所云者，天又將何以處之耶？中郞之孝也，遇司徒之賢，而卒蒙以逆，逆曰黨。淮陰之忠也，遇酇侯之知，不能救且下石焉，而卒蒙以逆，逆曰創。此與謚鶴以烏者何異耶？不聞天有所處也，噫，使周氏而知此，誠可以暝矣。

海上生華氏序

予有激於時事，病瘈甚，若有鬼神憑之者，走拔壁柱釘可三寸許，貫左耳竅中，顛於地，撞釘沒耳竅，而不知痛，逾數旬，瘡血迸射，日數合，無三日不至者，越再月以斗計，人作蟣蝨形，氣斷不屬，遍國中醫不效。有人言華氏工者，客游多傳海上方，試令治之，幸而愈。至則問其餌，兩物耳，以入竅中，血立止，乃用聖母散三十服而起。因與往來，日問方無窮盡，自言其愈江湖中奇疾甚多，而國人易其工，無知之者，卽知無召之者。余貧，欲爲文以彰之而未暇也，則憶曩時與張山人二書，其一曰：「予耳血，每至，耳中劃劃若驚雷，卽迸射成瀑流，不可措手，以試於諸醫，亦罔措手也。妄思昔人以强弩射潮，尙障東海，今若此，僕之死自分，而越之瘵亦可知矣。晚得一華氏，止用二味藥，其止效如神。」其一曰：「陳勝囚趙王，羽執太公，其間用計設間，百不可脫，而卒賴以濟者，至瑣之廝養，埋名之侯生也，事不可忽類如此。僕欲用此言表華工以文，兄作一詩，其人日縮櫛具，旋旋而來，吾置具於左，坐上坐，交笏與食飲，心甘焉，毋一毫勉强也。」噫，余之贈華氏，計無出於此二書矣。俾越人知之，未可以其工而易之也，因稱之曰海上生。

著郭子序

邃古之初，天施其氣，地受而化形，人與萬物皆穴土以生，亦若今世父種而母胎之也，種生地上而諸穴之在地中，凡既嘗生物，如婦之可復胎，與未嘗生物，如女之可新胎者，皆生氣之所在也。生氣所在，其在昔也，卽人物尙能創生，誠使葬者取骨骸以乘此生氣，卽不能創生，能止其不靈耶？苟靈焉，不福其子孫而又誰福耶？故骨乘生氣而福及子孫，未可謂盡無是理矣。客曰：「邃初生物，地則穴之，今胡不爾？」曰：「土靜而厚，民則生也，迨於後世，振之洩之，偷之薄之，生之具耗矣。土溏則生物能出也，迨於後世，堅之實之，卽偶有生焉，不能出矣，是故有掘地而得物者也。」客曰：「邃古初生，胡乳胡餔？及其既也，胡衣以裾而不速仆？」余曰：「人穴土中，有竅無泄，一陰一陽，不呼不吸，綿綿息息，不問歲月，必堅且靈，而後破穴以出，如老聃之垂白而始拆於母腋，若此者水火不侵，何用衣食？迨有胎生，漸薄漸綿，土處始病，木居而顚，惟萬物莫不然，蓋始龎而終纖，彼謂空桑孕尹者，何異釀酒於露甕，稱海上生人者，亦何所附麗以輿權？由斯以談，穴生之理灼矣燎焉。此非吾之臆說也，百昌皆生於土而反於土，廣成子先我而有言。然則葬骨者而獲乘夫生氣，蓋適得其天孕之故也，又安止其靈之不亟而瘉之不延？」

贈陶刑部侍郎公序　代其兄

史稱高陽氏有子八人，以才名於唐虞間，是八人者自禹之外以臣道事君者，惟廷堅爲最顯。廷堅者，皋陶也，然何以明其最顯哉？孔子曰：「舜選於衆，舉皋陶而不仁者遠。」史以齊聖廣淵明允誠篤槩稱於八人，而尚書所載則以明允獨歸之皋陶，是孔子與書獨美皋陶而不及彼六子也，不其德爲最顯哉！吾宗自莊敏而下，吾兄弟子姪中對於廷而起者，一時不下七八人，世或以濟美謬相許。及文僖尚寶相繼謝事，吾與參政君食於家，其間奉簡書橫金而馳者特二人耳，而又遠在閩楚之外。夫承世學者，固日兢兢焉恒保其家聲止矣，宜不顧其他；然而世食君之祿者，每以疏遐間隔不得侍從奔走於輦轂下，相與吁吁焉，咈咈焉，以親切圖報其上，以爲歉若此者，非干邇而要榮也，世臣之義則然耳。今求之予宗，家食者既如予，而遠在江湖又如彼二季，使非吾弟泗橋侍郎刑部中抱冊書，出坐槐棘，入立仗下，日從其長以予聖天子相可否於宥不宥之間，則幾何而不缺缺於世臣之義耶？今丁丑正月之十八日，爲君六十辰，吾宗須吾言以壽。吾卽有感于吾宗之謬以濟美稱于世，而又深有慕于高陽氏之八人，於八人中又獨竊仰于廷堅也，而吾弟之職適似之。歷官三十年，轉陟者十有二，至以賢稱，其明允亦幾之，故今之祝之也，卽曰弟廷堅氏也，吾則不敢。如使舍廷堅以望吾弟也，又豈吾之所厚望其弟於平生者耶？若曰壽，則廷堅之始官於虞，以至戰國楚漢之際，國于九江者猶其子孫也，噫，永矣！然則壽亦孰壽於廷堅耶！

贈張君序

經稱鵬之用，其將飛也，必待海之運。其飛也，必以怒，其徙也，必培以九萬里之風而後南。而蜩與鳩之決起而上下於榆枋者，不過尋丈之間耳，乃用是以笑而訾之，此知之所以有大小之分也。惟年亦然，故有菌與蟪蛄不知晦朔與春秋矣，而冥靈與太椿其爲春秋也，或以五百，甚或以八千，夫以知之大小與年之大小，其不相及也如此，今也欲擧有限之年，以營無窮之知，卽使其大而爲鵬也，亦何益於年？而益於年者，必謹一息，愛一毛，無侵於世，而亦無濟於世而後可，若是則龜鶴之不槁，與木石之久於塵中亦足矣，故養生之家，聖人有不盡取者，凡以是也。而爲曇之說者則曰，鵬與鳩與蜩，其知之大小，菌與蟪蛄與冥靈與上古之大椿，其年之大小，皆不免於變壞，而其中自有不變不壞者存，而後吾之所謂知者，蓋無處而不是，其所謂年者，無所謂始矣，而又何有於終？噫，其說亦可謂宏且妙矣。而吾友張君者，蚤歲力從事於聖學，今也並二氏而並參之，故其當應感之會，於倫理巨細之繁，日雨下霰集，無不默然以裁之，沖然幾於道，人皆不足，彼獨有餘，吾知其然而莫知其所以然。蓋吾嘗聞於射者矣，彼的者有常，而臂者無定，舍有常以殉無定，將百發而不一中。有一人焉，乃櫜弓而不射，曰以寳吾形，又有一人焉，射而若忘不射而若忘也，曰以寳吾眞，及羿之至也，則不然，其未射也，默焉若寳形者，其射也，超然若寳眞者，而期不失於鵠，用是以終其身，雖加青霄之翼，洞重兕而貫縣蝨，無弗裕也。若然則二氏之說，寧非吾學聖人者之一助耶？而又何病於儒？向吾所謂不知君者，令以是而擬君，意者其庶幾乎？誠如是，則君之知且幾於鵬矣，而其爲年也亦何有於楚之冥靈與大椿耶？

代邊帥壽張相公母夫人序

我少師相公趙太夫人，當萬曆丙子某月日爲七十有一之生辰，某旣受造於相公，無以爲太夫人壽，乃繪王母以進，而謹書其意曰：南西於方坤也，於府金石也，故其珍寶瓌詭之觀，有不可以常情測者，而後王母之説興焉，要之不可以爲據，亦不可盡以爲漫，亦猶今太夫人本非常人也，其所享之物，與其所撫而教之之人，不惟舉世之所未識，而有舉世之所未聞且見者，驟而語之，無怪其疑而未必盡信之也。然傳王母者，又謂黄帝與蚩尤戰不勝，母遣使授之以符，而後誅蚩尤，定天下，遂都於涿鹿之野。夫涿鹿者，今上谷之東，某所奉命以從事之所也。行壘之暇，間常舉授符戰勝事以問諸長老，而無有知其然者，求之於史，則曰黄帝得六相而天下治，六相者，蓋風后力牧歟？然則涿鹿之得以都，果盡由於王母之符否耶？向者青把二酋之日寇我邊陲也，騰躍閃倏，不翅傳所稱蚩尤者，吹雲噴霧之暴，列聖膺之，幾勤宵衣，至相公秉鈞，而俛首息喙，奉質稱臣，偃然於馬蹄駝脊之間，至其曳駒騄而來也，即小有睢盱，抱關操戈之吏，猶得揮尺捶而鞭笞之。凡六年於此矣，而某因得奉以周旋，與甲士農甿休養而生息，居安而預防其危，蓋天下之定，悉準於此，若是而語人曰，相公卽非風后力牧比，殆其徒歟？其誰曰不然？至問其所從來，則相公者，孰生之而孰育且教之也？然則太夫人所遣之使，與所授之符，日侍於軒轅之庭者，視王母又孰漫而孰信耶？故某竊常爲之説曰：相公二大人居楚，王母去西方萬里，而遥使徒以享而擬諸母，則天下者尚未必其皆信，使以相公擬風后輩，而以太夫人之庭訓也，信於母之符，則天下人未有不信之者也。某誠職上谷，知黄帝與母事頗詳，而有感於太夫人之生，當有不朽如母者在，而匪直以其形之粗也，故獻圖而兼進其説如此。

送沈君叔成序

叔成父仗劍出塞垣，拾其先公蜕以歸，乃復抱書號闕下，取所銜兩虎數狐以甘心，始拂衣歸鄉閭，駐馬野棠，灑涕報事於先公墓道，於是鄉閭稱叔成奇男子，無忝先公。既罷，復短劍跨一驢，將渡江淮而北，復有事京師也。來别余於理，見余抱梏就攣，與鼠爭殘炙，蟣蝨瑟瑟然，宫吾顛，館吾破絮，成父忽雙涕大叫曰：「叔儂至此乎！袖吾搏虎手何爲？」余壯之，體貌雖孱囚矣，而氣少振也，於是作歌以爲别。

八駿圖序

八駿圖，圖文皇戰時所乘馬也。戰而馬中矢各有〔地〕，曰鄭村壩，曰白溝河，曰東昌，曰夾河，曰藁城，曰宿州，曰小河，曰靈壁。〔馬〕各有名，曰龍駒，曰赤兎，曰烏兎，曰飛兎，曰飛黄，曰銀褐，曰棗騮，曰黄馬。抽矢於馬者各有其〔人〕，曰都指揮丑丑，曰都指揮亞失帖木兒，曰都督童信，曰都指揮猫兒，曰都督麻子帖木兒，曰都督亦賴冷蠻，曰安順侯脱穴赤，曰指揮雞兒。〔人〕之次各因馬，〔馬〕之次各因〔地〕，不紊也。右序本雙槐歲抄，余嫌其不簡，故特删去大半。

贈保安稽侯考滿序

保安，古涿鹿地，若邊患，初往往徙民入居庸，置戍守。文皇帝乃始建州，復徙曩時入居庸者實之，而戍卒亦雜處其間。有事則徵發旁午，無事則耕芻惡縮，而穀亦歲踴貴艱食，號疲衝。守是者往往以不稱聞，即幸則僅滿一考而他之矣。獨今稽侯守是州，未朞而政成，賢聲滿闕下，甫一考，遂進秩府貳，及再考，俸四品，今且三矣。予固不知考吏者更進侯以秩如曩昔，復留侯以慰州人，抑遺侯以大，將陟侯以風來者也？而州之人則固願侯之留，而不願侯之陟矣。夫留侯則疑於苦侯，而州人則樂，陟侯則疑于樂侯，而州人則苦，其劑量以成之者考吏者職也，予不得而預。然以一有司滿三考，歷九載，使考吏者擬議于留陟而不得以常資待舉，黜首甲士又惟恐其一入而不來，此則終所繫者抑何其重，而欲舉以代之又何其難也？沈生某者，爲今贈光祿少卿諱練者之從子也。少卿於予爲舊故，而沈生今在保安爲州諸生，數爲予道侯事，且曰：侯於學校事更勤，於己也有殊待，故於其抱計也，徵予言贈其行。

贈梁尚書公序 代

近時籌邊者，謂西虜既已款塞稱臣，曳騊牧以仰乞於中國，而地亦聯絡山澗，堅堡厚垣列亭障以臨之，即處守亦易爲力。而東虜者，地在在多沙鹵，善崩難垣堡，不可以亭障而守，而虜亦連歲數被創，其睚眦睢盱，枕戈而臥，待釁而竊發，無時日歲月之可期。然而昨歲者，虜傳矢諸酋，連衆二十萬，將甘心於我，而大總制梁公，秉節鉞奉天子璽書，以兵部尚書兼御史大夫，實臨其地，文武大吏之在薊遼兩鎮，亦各以其職奉璽書，束玉橫金，而聽命者不下數十人。公於是策所利，令遼師出兵以擊胡，而薊則往壁於其地，若將乘間以搗其家衆然者，而已則提鋭卒臨兩壁中，擄督亢以示左右臂指，形禁而勢格之，不旬日，虜果困解而歸，壁遼者乘之，遂捷，最後襲之，復大捷。天子知公能，會兵部缺尚書，遂進公爲兵部尚書，而戶部郎大夫與藩臬諸大夫某君輩，則所謂各以其職奉璽書而受成於公者也。至是，來以言屬予。自惟儒生，幸把寸管以侍事，上古所稱毛錐輩耳，烏足以知公？雖然，固有大幸焉，何者，易牙者，天下之妙饔也，當其主人召客而易牙爲饔，其所缺大者鼎釜無不告矣，小者豆俎無不咨矣，至於醯醬之瑣，辛酸之微，而亦必告且咨焉，不亦以瀆乎？不告且咨，故巨者舉矣，而細者未必周。至於易牙自召客也，而付饔以人，苟有所缺，大者不待咨，而細者亦不待告也，故旨甘之必優，几筵之備無遺美，異他日矣。故他人爲饔，勝易牙之自爲饔也。昨公在兩鎮，易牙饔也，今進而本兵也，他人饔也，行也吾且見今者召客甘旨之時，而几筵之備之甚於昨也，吾故曰私幸也，爲國家而幸也。吾儒生耳，他何知，知以是復諸大夫而已矣。

贈李長公序

周公之敎伯禽也，令其辨木葉之俯仰，以知父子之所當然。夫木葉之於父子間，至不相謀也，而周公之所以敎其子，與伯禽之所以成其爲子者，卒不過此。蓋天下之事，無一不成於道，敗於不道，而道莫要於孝弟。議者不察乎此，而謂兵之家尙詭與殺，於是率鹵莽於家庭，而僥倖於閫轂，一涉孝弟事，則見以爲迂闊鈍遲，徒老生耳，一切置不講。而不知趙括長平之敗，乃由不善用其父書，而伯禽卒成淮徐之功，則以其敦信義習禮讓，推本所致，乃自木葉俯仰中積累而然，非專於費誓旦夕間威以孥僇之效也。

予從五年前識今參戎李長公於燕邸，蓋挾其兩弟新破胡而來也，弓刀血尚殷，投鞭一語輒竟日，氣陵逸不可控制，視天下士無足當之者。當其髮未燥時，從其尊人與匈奴戰，大小不下數十，首虜功滿上書中，今其齒三十有二矣，而始得拜參將於馬水。予適客京邸，馳騎致尺書，予從容爲過之。予莫論也，而幕之中客，長公無不爲結襪而籌袖以供食飲者，計諸榷賦得入私藏，可數十百金，悉錮以膏黔首，令賈願出其途，使卒不艱食，一蔬一粟，必取諸其家。至其視士卒猶其子，士卒之疾苦如疾苦其身，死無以葬，輒給櫬錢，減膳直以充祝飯。予見而歎曰：孝弟之効，其殆効於此歟？蓋公家居時，侍其尊人寧遠公與母夫人，望色而慄，聞聲而長跪以須，至今紆金而吏貌矣，擁千人，從東方來，臨別卽輿，一語不當，卽脫腧而受撻，在西方每食必思，每語至感動必流涕。噫，此豈兵家之所謂沾沾於詭與殺者可同日語耶？今夫兵猶博也，孝弟者其資也，勝而成功其采也，資高則氣安而必勝，資寡則氣不安而必不勝。茲予之爲公賀也，爲資高也，非直爲必勝也，資高者何？魯伯禽之孝是也，賀而必舉魯者何？寧遠公始封而有土也。

送山陰公序

古人謂人於稱謂之間，苟不出於其心，則進而君公，退而爾女者，有之矣。噫，豈惟稱謂然哉！某自稍知操筆以來，當郡邑諸公於去來贈餞間，靡不來以管毫授者，曰：禮則然也。然禮然而心未必然者，固亦不能無矣，蓋彼雖不言而某固陰察其然也。惟曩者貴溪公之行，而人以贈言屬，未幾而又以碣屬者踵相至，雖不露其所以也，而誠意悃忱，自見於眉頰間，卽善言者欲言其所以，而終不及其不言者之意味猶爲深長也。若是者，蓋某自稍知操筆以來，數十年中僅一見耳，而孰謂其遽見于今劉公之行耶？然在貴溪公當時以召行，召則決不復來，公今也則以覲行，其必留而相天子也，固猶召也，然尚有望于萬一。而人之以贈言屬也，眞遑遑然，若稺兒女之去其慈母，病者之得扁盧矣，而忽復移其囊而之他家也，此不尤爲難耶？蓋貴溪公之治吾山陰也，一以蠱瘵視民病，以穀肉爲療，以不藥爲攝，徐而待其自瘳，故持其綱而少闊其目。公之治也，以過不及疹民病，以鍼砭去尸蠱，決底壅，以參苓補其羸，亦以硝石導其滯，故元精彌篤矣，而氣血亦不得偏强妄盛于營衛間。人一經其治，覺決然立有效驗，蓋綱靡不張，而目亦靡不舉，故人之所以尤遑遑於公之行者，意者其在於斯歟？某眇小布衣耳，公每折簡，當客歲之偃仰于牀褥也，公嘗於甥某所問某起不，其下士也如此。計某何足以副公，蓋聊以某爲郭隗耳。而甥父子間並爲諸生，稍樸而不欺，公待之亦踰常士禮，其德之也尤殷，其每每於某所誦公也幾于泣也，故於公之行遂以贈言屬。某衰且鈍，不能持籌以述，而公之美亦非籌之所能盡也，故僅識其大者如此。雖然，白下碑謝太傅安石乃不著一字，以太傅非字所能盡也，則某之於斯贈言也，不猶爲贅耶！

蕭氏家集序

靜菴先生歿若干年，而其孫某出先生之文若其翁女行君之文，令予校而選之以梓。予既校而選之矣，復令予序之。予嘆曰：在昔子瞻蘇公之敍文正范公之文也，以得序其文爲幸，以不得見其人爲不幸，又得以見其子堯夫爲幸。先生配，余姑氏女也，於先生爲姊氏夫，於女行君爲甥。以故童時數侍先生，先生誤奇之；及長而從女行君遊，女行奇余猶先生也。若是，則不特見其人矣，乃今又得敍其文，蓋子瞻之所缺者，余顧幸兼而全之。然子瞻何如人也，其序文正公文也，猶以爲不足爲文正重。予果何如文耶？顧足以重先生哉！雖然，誼則不可以孫也。子瞻之評文正也，上之以伊尹太公管仲樂毅，下之以淮陰孔明。其評不可述，其大畧謂王伯之畧定於畎畝，功業之盛不出於漢中，草廬初見其主之數言，蓋古之君子素定于中，而後出諸其口，非徒言之，而始泛泛然希符於事業者，類皆然耳。今觀先生之文以考先生之世，其所言者卽其所行者，蓋大約類於是。其子得之，文章似兩漢，而詩卒歸于盛唐。其言則既然矣，顧其人有奇幹可經世，論議英特，往往一座盡傾。卽不究其用，然曰先生行者卽言，而女行君言者未必卽行，則不可也。夫以子瞻評文正乃不及其子，今予謬評先生文，又得評先生子，予無子瞻之憾矣。獨念先生與女行並奇予也，而予無一副之，徒靦然握管而濡墨，是所懼也。而稿多不可把束，然以火悉燬失，而予復嚴之，故梓者僅若此。

白氏譜序

譜興於盛而廢於衰，不可以不謹也。人富貴則力有餘，餘則思及其親，喪祭冠婚之行，惟恐其族屬往來之不多也。當是時，豈惟欲聚其親哉，卽疏者亦復然，故譜作，將以多之也。衣食不給，而流散隨之，禮無以自通，而名因以湮，間有稍自給，亦惟恐其干而施聚，禮而多費，當是時，惟恐其不少也，故譜廢。爲仁人孝子者則不然，故譜常興而不廢，不幸而一時無其人，譜廢矣，後一人出焉，則復興。會稽白氏之先，按所譜云出於黄帝，於周於秦於楚，是並有可考者，大抵譜常談然也。至於自關中移會稽，自國光始，自會稽移宛平，自彥中始，數傳而至於今余友曰受采字君亮者，不過高曾以上一二世而止耳；遂芒芒至不可考，此則非細故矣。且君亮常令予傳其祖分宜公，今副本中亦不見，豈白氏固嘗中衰，而泯泯出於予前所云之故耶？予家亦有譜，其譜之廢與亦復然，昨日殺一雞，召族中知此者與謀之。不兩日而君亮持此本來令序，方亦欲與君亮兩相訂印也，而君亮乃又紉連搭買馬鞭北矣。

亦陶集序

吾友葛公旦氏，當其爲生時，負奇姿，承世學，抱三寸管以與一時雋彥校馳驅於上下之間，當是時也，謂其不欲躡青雲，依日月，以酬其生平，尋遠計於圭組中，吾不信也。及其一旦有所不嗜，乃棄去如敝屣，盡收其芒鍔，以瀟然於無用之鄉，求爲一處士而猶恐其若有聞焉者，故往往以淵明自況，然而退焉猶若有所不敢也，故其集成，自題亦止曰「亦陶」而已。人知者許之，其不盡知者，似亦不盡許也。今夫茭蘆之似竹也，豈校其篠簳而盡同哉？亦取其一節而已矣。人謂淵明所棄令也，公旦棄直棄生耳，夫生者寧非致令具耶？抑又豈可以令限生耶？故公旦所棄與淵明棄一也。竹與茭蘆一節似，似矣，他何知。至於公旦詩乃多似少陵，少似陶，然庭堅評陶則又曰：「他人爲詩，有意於人贊毁其工拙，至陶直寄焉。」如此，則公旦詩又亦似陶。

壽史母序

予嘗論水於客孰難易，客曰：「溪澗難，河海易。」「何居？」客曰：「溪澗之水，束以兩厓，齒以白石，廣不踰丈，深不滿尺，鮒不得掉，跛者惟蜓。河海則不然，際天極地，出日入月，萬寶瓌瑰，虬蛟等蟻，取者無窮，用亦不竭。由斯言之，寧不溪澗難而河海易耶？」予曰：「是則然矣，當夫震風鼓天，秋潦不止，一蟻穿穴，百隄爲毁，汎泥汨沙，旬晝未泚，馮夷陽侯，袖手莫計。而溪與澗也，澄湛細流，朗昭玄晢，規矩尺寸，易爲小飭，卽有微搖，旋起旋息。當此之時，水之難也，屬之溪澗乎？抑屬之河海乎？其在人也亦然。故卜子夏、田子方、魯仲連諸人，取於世也少，故自守也恒有餘，故鮮所疵纇。孟嘗、春申、平原、信陵，用於物也弘，故其於檢也，常若有所不及，苟及焉，則非情矣，故人得而指其瑕。其於女子婦人也亦然。故陶侃之母貧約無他營也，截髮剉薦，以易其供，以給其秣，茹蘖食茶，事非有多於訓其子也，故曰易。巴寡婦清之以一嫠也，而馭萬鎰，奴千指，乃無有溢德，致禮萬乘，故曰難。其在今也亦然。史恭人之偶少卿公也，少卿之續，比隆四君，宜其溢且瑕也，而恭人居其內，天下之賢少卿，自存至亡，無或異口，其勖孤之遺，久而後司隸於朝也，恭人居其上，天下之賢司隸，自髫至胄，無或異口，故史氏之先，貞女稱烈，猶澗之有沚也，故曰易也。恭人檢約而無溢德，猶海之絶瀾也，故曰難也。其於壽也亦然。他人寡應而慮省，皓首也而耳與目猶聰明，手足無所苦，易也。恭人日酬百，月酬千，歲酬者千而十，今年若干矣，而猶耳目聰明，手足無所苦，難也。難固足賀也，亦因是以知其長也。」

張母八十序

始吾與子錫子文輩居相近也，子錫伯兄將軍曰子儀者，暨兩弟，並來就予家塾。稍後，而子錫子文乃與予同挾策而翔。並髫也，兩家兄弟無一日不三四至，竹馬褊襠，一趨而到門，蓋自屋畔庵左抵衞署右衞，數百步間，風塵縷縷昏一巷，皆吾數童子所蹴踏也。而予與二張卽髫，占對屬文，稍稍驚座客，名一時誤起郡中。而太君者與其太公並拊而憐愛之，至則啖以粔籹餦餭，或出果餌入袖中。戲劇而蓬垢，則爲櫛沐，綻則爲針紉澣熨，不憚細瑣。而閥固將軍也，備戎物，或弄劍槊，拾而引弓，相與牽櫪馬，不轡而馳，且射衞墀道中，超臺級至墮跌損壞，而母終愛之不色慍，亦不甚禁詬兩兒子，意若期以闊遠，不屑屑專兒女束箝者。數十年來，二張者薄俗學爲詩人，四方知之，賓至盈座，吟嘯酒盞間無虛夜。而予顧逡巡庠序中，庶幾一飛而屢墜，既乃觸網罟，謝去其巾衫，益一意於頹放，時時復從二張游。而太君益爲治俎脯，釀黍秫，敎飭諸婦毋違夫子意。人或問之，太君曰：「顧人家於人倫天理中，毋大虧欠耳，至富貴會有盡時，兩兒子若其交儕輩中，所馳宜不與彼校短長也。」噫，鳴鳩稱君子之壽，不以其用心專一耶？太君數十年中，視其子與吾輩如一日，予與吾輩所履有不同，而太君者自小時啖果餌以來，至今爲治俎脯之日無不同。故太君者當其被戴笄珥則女婦儔也，及問其中，則鳴鳩之君子，意者其莫過矣。此不可以卜太君之不短耶？及是太君年八十矣，交太君之子輩，令渭操筆以頌，某唯唯。已則頌曰：某誠自棄，不能如淮陰釣徒，持金千以報漂母飯，天如有意於吾輩，其令吾輩更頌太君如今日者四十年，以少報太君啖果餌治俎脯與釀之德也。

贈沈母序

沈母太君俞者，沈伯子之母也。太君歸沈甫二十五而寡，有姑嘗嬰病，太君至糜股以療之，得不死。然貧不給於藥與饔，太君乃用針杼以給，終其姑之身，毋缺養。有孤是爲伯子，時方在襁，而今者娶婦有子若女且孫矣。伯子又知書，能操筆而比於分隸，行卓卓爲鄉人表。夫若是，是孤與子皆薺也，而太君則爲荼也與蓼也者，計二十有五年，以至於今，太君蓋年六十有六，是太君之爲荼與蓼也者，亦六十有六年矣。而始得督撫洎按察徐朱兩公者，檄有司旌其門。伯子與余友也，且曩也有德於予，而太君當予過伯子時，往往滌器割牲，出俎脯，罄其甕卣，燈脂涸漏盡矣，而猶令伯子把予袂，或匿其巾履，若是者，太君蓋不以予無益於伯子也。今其旌也，予不可以無賀。蓋予居常謂，風世事即不可輒得於有司，苟有逸賢野史爲之書數字於觚槧間，亦足以信後。昨訂縣誌，遇貞女孝婦爲予所知者，衆人乃謂未有旌門表坊舉扼不使便書，其有表且旌而爲予所未知者，則衆迫以書，不復候校按，否者往往遭訕罵不已。由此觀之，人固不可以無實，至於實之名否，則其權不在管毫，而在組綬也的然矣，夫然，則此舉也，予安得不喜而爲太君賀哉？

卷二十　跋

新建公少年書董子命題其後

重其人，宜無所不重也，況書乎？重其書，宜無所不重也，況早年力完之書乎？重其力完，宜無所不重也，況題乎？董君某得新建公早年書，顧以題命我。

書石梁雁宕圖後

台宕之間，自有知以來，便馳神於彼，苦不得往，得見於圖譜中，如說梅子，一邊生津，一邊生渴，不如直啜一甌苦茗，乃始沁然。今日觀此卷畫圖，斧削刀裁，描青抹綠，幾若眞物，比於往日圖譜彷彿依稀者，大相懸絕，雖比苦茗，尙覺不同，亦似掬水到口，暑降心火。老夫看取世間，遠近眞假，有許多種別，不知他日支杖大小龍湫，更作何觀。

書梅花道人墨竹譜

余觀梅花道人畫竹，如羣鳳爲鵲所掠，翎羽騰閃，捎捩變滅之詭，雖鳳亦不得而知，而評者或謂其贋，豈理也哉？

書畫後

仙人以道勝，女婦以貌勝。有人觀神仙於畫中，則冀一遇之，及果遇之，道未嘗不道也，而人曰此非道也，如昌黎之於其從子，雖至親而猶不得相信。觀女婦於畫中，則冀一遇之，及果遇之，貌未嘗貌也，而人曰此貌也，如登徒之於其妻，雖至陋而猶不以爲媸。是於道也抑何苛，而於貌也抑何恕耶？予偶觀此於某君館，令書，故書之如此，爲昧者言耳。某君信道於早，而予譬貌於晚，不煩風與警，觀者當自得之。

書茆氏石刻

金華宋先生之重也以道，卒用於學士也以文，世珍其書，謂多由此。然即使不道不文，書亦自珍也。豐考功晚瘠而跌，株連臂腕，於書不無少妨，而歸安茆君康伯購而簡刻者，乃並是兩公盛年五合時物。其寄我以題，雖非其人，然殊快一飽，語云，匪跣逐，曷犨肉。

送畫於寺書其左

右梵景，乃塞僧所贈，相傳爲李伯時筆，細閱之，信非伯時不能也。題於上方者曰西河溥，當亦非俗髠，但不省爲何代人，惜其手書亡矣，代書者稍習文待詔體，亦不俗。今以歸華嚴寺清公之徒曰某供養之，如蘇長公舍四板菩薩例，噫，亦都安哉！子曙有吳道子畫釋迦佛一軸，以其損爛，亦付寶月大師令裱板，予書送龍眠，不如用此例之，尤勝。

書蘇長公維摩贊墨蹟

予夙慕太蘇公書，然閱覽止從金石本耳，鮮得其蹟。馬子某博古而獲此，予始幸一見之，必欲定其眞贗者，則取公之贊維摩中語而答之曰，若云此書無實相，毗耶城中亦非實。

書米南宮墨蹟

閱南宮書多矣，瀟散爽逸，無過此帖，辟之朔漠萬馬，驊騮獨先。

書子昂所寫道德經

世好趙書，女取其媚也，責以古服勁裝可乎？蓋帝胄王孫，裘馬輕纖，足稱其人矣。他書率然，而道德經爲尤媚。然可以爲槁澀頑粗，如世所稱枯柴蒸餠者之藥。

書夏珪山水卷

觀夏珪此畫，蒼潔曠迥，令人舍形而悅影。但兩接處，墨與景俱不交，必有遺矣，惜哉！雲護蛟龍，支股必間斷，亦在意會而已。

書李北海帖

李北海此帖，遇難布處，字字侵讓，互用位置之法，獨高於人。世謂集賢師之，亦得其皮耳，蓋詳於肉而畧於骨，辟如折枝海棠，不連鐵榦，添妝則可，生意却虧。

書陳山人九皋氏三卉後

陶者間有變，則爲奇品，更欲效之，則盡薪竭鈞，而不可復。予見山人卉多矣，曩在日遺予者，不下十數紙，皆不及此三品之佳。滃然而雲，瑩然而雨，泫泫然而露也，殆所謂陶之變耶？

書八淵明卷後

覔淵明貌，不能灼知其爲誰，然灼知其爲妙品也。往在京邸，見顧愷之粉本曰斲琴者殆類是，蓋晉時顧陸輩筆精，匀圓勁淨，本古篆書家象形意，其後爲張僧繇、閻立本，最後乃有吳道子、李伯時，即稍變，猶知宗之。迨草書盛行，乃始有寫意畫，又一變也。卷中貌凡八人，而八猶一，如取諸影，僮僕策杖，亦靡不歷歷可相印，其不苟如此，可以想見其人矣。

書沈徵君周畫

世傳沈徵君畫多寫意，而草草者倍佳，如此卷者乃其一也。然予少客吳中，見其所爲淵明對客彈阮，兩人軀高可二尺許，數古木亂雲靄中，其高再倍之，作細描秀潤，絕類趙文敏杜懼男。比又見姑蘇八景卷，精緻入絲毫，而人眇小止一豆。惟工如此，此草者之所以益妙也。不然，將善趨而不善走，有是理乎？

書謝叟時臣淵明卷爲葛公旦

吳中畫多惜墨，謝老用墨頗侈，其鄉訝之，觀場而矮者相附和，十幾八九，不知畫病不病，不在墨重與輕，在生動與不生動耳。飛燕玉環纖穠縣絕，使兩主易地，絕不相入，令妙於鑒者從旁睨之，皆不妨於傾國。古人論書已如此矣，矧畫乎？謝老嘗至越，最後至杭，遺予素可四五，並爽甚，一去而絕筆矣，今復見此，能無慨然。

書朱太僕十七帖

予少時似聞學使者蕭公言，兀朮括南中寶物，裝數舟載以去，卒沈於河，而十七帖石數片在其中，至是石起於濬河者，卽此本也。滿刺人能辨寶，朮虜耳，舍馬上物宜無知，而顧亦識此，既又不隨以往也，此亦眞神物矣哉。然斯言也，蕭亦得於傳聞，未必然也。予又見吳中晚刻別本，引言謂勝此，亦未必然也。

又跋於後

昨過人家圃榭中，見珍花異果，繡地參天，而野藤刺蔓，交戛其間，顧問主人曰：「何得濫放此輩？」主人曰：「然，然去此亦不成圃也。」予拙於書，朱使君令予首尾是帖，意或近是說耶。

跋書卷尾二首

沈徵君啓南畫，大約如伯陽初生，便堪几杖，是謂稚中藏老。又如謝道蘊，雖是夫人，却有林下風韻，是謂秀中現雅。而大蘇評靖節詩亦云：「由腴而造平淡，辟食石蜜，中邊皆甜。」因知評別啓南，如此則眞，不如此則贋。而此卷者固已如此矣，誣以贋得乎？董丈某，老骨董也，高直收之，詎墮誤賞？

又

董丈堯章一日持二卷命書，其一沈徵君畫，其一祝京兆希哲行書，鉗其尾以余試。而祝此書稍謹斂，奔放不折梭，余久乃得之曰：「凡物神者則善變，此祝京兆變也，他人烏能辨？」丈弛其尾，坐客大笑。

大蘇所書金剛經石刻

論書者云，多似其人。蘇文忠人逸也，而書則莊。文忠書法顏，至比杜少陵之詩，昌黎之文，吳道子之畫，蓋顏之書，即莊亦未嘗不逸也。金剛楞伽二經，並達磨首舉以付學人者，而文忠並兩書之，金剛此帖是也，楞伽以付金山參寥。余過金山，問文忠玉帶所傳鎮山門者，亦爲頑僧質錢充口腹矣，況經乎？儻得如此帖，摹勒傳人間，亦幸也，惜過時失問。

讀餘生子傳

上虞葛子景文者，一日方晏集，息忽絶，既而忽生，因目其生爲餘也，號餘生子，自爲傳，號餘生子傳。予取而讀之，曰：異哉生之餘也，天其獨厚於葛子乎？楚之南有泰氏屯氏者，均畜萬金，一夕均燬於火，幾乞矣，幸而均取於火，又均得其餘，其一人善畜之，以好施而崇福，其一人不善畜之，以忤時而賈禍，則餘者不如無餘者之爲愈也。曩吾見葛子於其寓，有道人也，其後絶而復甦也，遂訪余於理，視曩所見，蓋益進於道矣。其於其傳中已所云朝聞夕死，蓋允蹈之者，故其處也恒安，其善用其餘生以崇福，若所謂泰氏者歟？前年逆有陰變起而九自裁，死與葛子同也，幸而九不死，生與葛子同也，顧蹶蹶然置身於理，是進道與葛子異也，故其處也恒危，其不善用其餘生以賈禍，若所謂屯氏者歟？一禍之，一福之，謂餘生獨厚於葛子可也，然一進於道，一不進於道，謂餘生獨厚於葛子不可也。

書馬君所藏王新建公墨蹟

古人論右軍以書掩其人，新建先生乃不然，以人掩其書。今覩茲墨蹟，非不翩翩然鳳翥而龍蟠也，使其人少亞於書，則書且傳矣，而今重其人，不翅於鎰，稱其書僅得於銖，書之遇不遇，固如此哉。然而猶得號於人曰，此新建王先生書也，亦幸矣。馬君博古君子也，哀先生之書如此其多，將重先生之書耶？抑重先生之人耶？

書吳子所藏畫

閱吳子所藏紅梅雙鵲畫，當是倪元鎮筆，而名姓印章則並主王元章，豈當時倪適王所，戲成此而遂用其章耶？近世有人傳虞世南草書，大徑五六寸，絕不類世南，其所書詩又是李白杜甫所作，去世南生時遠甚，而其印文十字，乃是華蓋殿大學士虞世南書。夫唐時何嘗有此殿名，又何嘗有此官，又印內文從來何嘗有結一書字者，並大可笑也。此蓋本朝夏閣老言書耳，夏老固亦號能書，然比於世南，奚翅醜婦效西子顰，若元鎮之效元章，則南威偶效西子也。閱畫時，適人以夏書來評，并記之。

書季子微所藏摹本蘭亭

非特字也，世間諸有爲事，凡臨摹直寄興耳，銖而較，寸而合，豈眞我面目哉？臨摹蘭亭本者多矣，然時時露己筆意者，始稱高手。予閱茲本，雖不能必知其爲何人，然窺其露己筆意，必高手也。優孟之似孫叔敖，豈併其鬚眉軀幹而似之耶？亦取諸其意氣而已矣。

書紅眼公傳

志有之，水柔，人狎而玩之，火烈，人望而畏之。稽諸吾鄉人，水蹈江涉濤以求沒者，子於親往往有之，無待於丈夫而後能也，若所謂娥者，蓋屢著矣。至於矙鬱攸，輕燎原，與祝融回祿爭雄捷，以破其圍而出其所怙所灼者，雖曰僅兩瞳子眶耳，而瘢痕烈然爲朱孔揚，是以紅眼公名聞於世，此與蹈水者奚可同日道哉？紅眼之後世趙君煉者，予家世親也，爲予道其事，因得柳君所爲傳觀之，而敬書其後。是日也，予感忠孝節廉事，而有醜於賊臣背子垢婦人也，目光閃閃若曙星，不啻晉人所云在牛背上者，抑不知眼之紅於翁曩昔何如耶？

書新建公二序手稿

曹操書余未及見，而文公謂放之，公書天風海濤，乃近元常，元常魏人，蓋操亦放之耶？曩歙人持文公箋學庸稿本來相質，特似今所見新建公送兩府官序稿，大約俱草草，而二大儒之爲儒則同，故書法亦暗合耶？兩序稿點竄不數字，而世相傳溫公通鑑稿本多眞書，點竄亦僅僅，兩公端愼，殆亦暗合耶？送劉府者自舉爵以後，送費府者自橘踰以後，大是警策，而今全集中並逸，知所逸者不少矣。

跋司馬公草書

司馬伯通先生，弘正間材傑也，其草書倣聖母帖，聖母帖卽懷素上人書，而聖母別是一家。司馬書與張南安東海翁書，皆宗聖母帖也。聖母帖有蝸牛及老科斗脚肥者，及縫衣匠剪子者，皆是法，未可以微疵而短其醇。伯通仕業亦豪俊，其詩多清豁，罷官書門榜云，「獨呼明月常陪醉，不負青天早放閒」，人至今誦之。

趙文敏墨蹟洛神賦

古人論眞行與篆隸，辨圓方者，微有不同。眞行始於動，中以靜，終以媚。媚者蓋鋒稍溢出，其名曰姿態，鋒太藏則媚隱，太正則媚藏而不悅，故大蘇寬之以側筆取妍之說。趙文敏師李北海，淨均也，媚則趙勝李，動則李勝趙。夫子建見甄氏而深悅之，媚勝也，後人未見甄氏，讀子建賦無不深悅之者，賦之媚亦勝也。

書草玄堂稿後

始女子之來嫁於壻家也，朱之粉之，倩之顰之，步不敢越裾，語不敢見齒，不如是，則以爲非女子之態也。迨數十年，長子孫而近嫗姥，於是黜朱粉，罷倩顰，横步之所加，莫非問耕織於奴婢，横口之所語，莫非呼雞豕於圈槽，甚至齵齒而笑，蓬首而搔，蓋回視向之所謂態者，眞赧然以爲妝綴取憐，矯眞飾僞之物。而娣姒者猶望其宛宛嬰嬰也，不亦可嘆也哉？渭之學爲詩也，矜於昔而頹且放於今也，頗有類於是，其爲娣姒哂也多矣。今校鄺君之詩，而恍然契，肅然歛容焉，蓋眞得先我而老之娣姒矣。

卷二十一　贊

觀音大士贊

一觀音法，而有二評，法華他機，楞嚴自行，溫陵孤山，又備兩經。眞者有兩，畫者亦然，一似道子，一似龍眠，合兩爲一，妙哉俞子之管。㊀

白描觀音大士贊

大士觀音，道以耳入，卅二其相，化門非一。而此貌師，繪不着色，似吳道子，取石以勒。

題大士圖　介亭要予畫蓮葉觀音，遂僞其上。

萬里波濤，琉璃拍天，蝦鬚魚鬣，鱷尾蜃涎，靡不照澈，如鏡照鈿。儼此大士，筏彼海蓮，一塵不動，而百魅伏跧，問何以故，曰吾不用何以，而亦莫知其然。

㊀「管」原作「菅」，茲改。

提魚觀音圖贊

潑刺潑刺，婀娜婀娜，金剛法華，一棍打破，瞞得馬郎，瞞不得我。

折蘆達磨贊

片蘆長江，隻鞋葱嶺，弄此伎倆，作傀儡影。我諦思之，必傳者訛，麻姑被哂，擲米成砂。

伏虎畫贊

我觀伏虎，曲蟠以枕，諸繪眈視，茲獨以寢，祕威如待，不覺愈猛。裴旻遇之，應手弓落，李廣夜行，蓋冰以却。

書濾水羅漢畫

諸江河水，若彼微蟲，爲有性命，爲無性命，爲俱有性命，爲俱無性命。若俱有者，蟲既應生，水何獨受烹煎燒煮，諸苦毒楚？若俱無者，水既應烹，亦應煮蟲，云何濾蟲煮水，作是分別？若謂蟲則含靈，水無知覺，諦觀二物，蟲體泳游，水含流性，得躍爲蟲，付流卽水，覺與不覺，有何差別？辟如有人，發心愛惜，象馬牛羊，不忍宰殺，而於蟹魚蝦蚌，妄加解剝，或亦於諸蝦魚蟹蚌，心生愛惜，於彼草木，斬刈無遺。彼諸有物，大小動植，體則不同，所含生性，等無有二，云何殺彼舍此，起分別心？濾蟲煮水，亦復如是。

弟子迷惑，不能通曉是義，惟大羅漢，正坐諦觀，作何解說，宣豁迷悶。弟子徐渭合掌禮拜，而作是語。

東方朔竊桃圖贊

竊攘匪汚，諧射相角，無所不可，道在戲謔。

純陽子圖贊 并序

世所傳純陽翁像，皆本其傳中所載記者，人望而識之也。是圖與世所傳者特異，相沿謂翁於近世示現人間，其狀貌若此，故人得按而圖之。說紛紛不一，中軍陳侯，雅尚道術，既喜得斯圖於其友人，遂令予贊之。

昔圖若彼，今圖若此，昔耶今耶，一純陽子。凡涉有形，如露泡電，以顔色求，終不可見。知彼亦凡，即知我仙，勿謂學人，此語墮禪。

梓潼像二首

伏惟帝君，三十餘化，生民之初，一十七世，爲士大夫，當帝爲星，神在翼張，棲帝於蜀，神在岷江，寫帝於縑。神在丹青，遍諸沙界，無非帝所，忠孝文武，靡禱不許。矧茲桂籙，如海一粟，豈舍此雋良，而以與孰？

又

帝君生當周之紀，身士大夫十七世，自茲以往生知幾，人間萬事靡不理。柄司文章其一耳，我昔聞之古所謂，文非筆墨子經史，懷柔萬民德遐邇。帝君作吏文德丕，翩然騎龍馭箕尾，人傳文章帝君事，辟如大海一滴水。爲龍爲神宵夢裏，素騾御攬喑聾子，如此之云俱幻詭。馬君供帝姚子繪，鄙也作贊幾於戲，帝君之事亦眇昧，陰隲兩言是眞諦。

三教圖贊

三公伊何，宣尼聃曇，謂其旨趣，轅北舟南。以予觀之，如首脊尾，應時設教，圓通不泥。誰爲繪此，三公一堂，大海成冰，一滴四方。

四老圖贊

乘者鹿羊牛也，而非車馬，蒼頭奔奔然者，有昂然之氣也，而不稱平野，四老者之偉而髯也，或以爲商顔采芝之輩，鴻飛冥冥矣，而胡爲乎淺水平山？將舍郊而入郭，等少年之游冶，抑以爲應孝惠之招矣，而未見馳漢廷之使者？安得起留侯於九原，而辨其玉之與瓦。

四仙圖贊

色身不全，謂非法器，此虛言耳，神光斷臂。鐵拐

二

是宜上昇，爲神仙祖，無罣礙心，是活子午。鍾離權

三

遍遊人間，翁嘗見人，人不見翁，索翁以形。呂嵒

四

當其騎驢，不免尋覓，今其下驢，欲覓何物？張果

高皇帝像

上之巖也天，高以覆耶？下之豐也地，載以厚耶？掃孽胡而握漢統，維斯之與味耶？眉采耶？目河耶？唐與虞之後耶？氏以朱耶？金天氏之胄耶？是爲我聖祖高皇帝之面耶？部耶？

一品三公圖贊

漢官搏執，取金吾鳥，示法戒遲，師授以棗，古人托喻，似拙而巧。誰爲繪此，一品三公，揆厥所喻，意與

古同，君子得之，允爲吉徵。

嗚教出所藏郭畫，一叟持玄物，類石方，長數寸，開口語，又所攜竹筐中，植一小旛，置道旁。一叟聽其語，執册，肘若却避然，令贊之

初觀二叟，爲默爲語，似有所授，及諦觀之，黝然以墮音妥。有物在手，體玄守黑，曰此眞詮，爲天地母，是宜聽者。委其陳編，驚却其肘，樹表於筐，如賈用售，則不可究。

自書小像二首

吾生而肥，弱冠而羸不勝衣，既立而復漸以肥，乃至於若斯圖之痴痴也。蓋年以歷於知非，然則今日之癡癡，安知其不復羸羸，以庶幾於山澤之臞耶？而人又安得執斯圖以刻舟而守株？噫，龍耶豬耶？鶴耶梟耶？蝶栩栩耶？周蘧蘧耶？疇知其初耶？

又

以千工手，鑄一佛貌，泥範出冶，競誇己肖，付萬目觀，目有殊照，評亦隨之，與工同調。貌子多矣，歷知非年，工者目者，評淆如前。偶兒在側，令師貌之，貌兒頗肖，父肖可知，今肥昔臞，人謂臞勝，冶氏增銅，器敢不聽。

商大公子像贊

公子爲誰，特專葩經，雅志林壑，築室土城，授鄙以記，刻之貞珉。當始弱冠，面白鬢青，久矣未面，瞻圖之形，頰須竹朗，頰姿玉晶，覩其所養，占其所成。

余東白贊

古濠劉公，來牧我邑，授簡試予，予年十一。試予何所，余翁之宅，公侯大吏，借館於予，予訟亡奴，執狀以須。當斯之時，東白未生，計東白世，乃翁之孫。翁既徂矣，公亦仆矣，犬馬踰耄，倏且枯矣。東白都矣，令譽敷矣，自越而西，聞去聲東吳矣。植桐與焦，隨寓居矣，此君一日，何可無矣。懿哉東白，寧非夫矣，言念劉公，館公閭矣。屈指其歲，六十餘矣，贊圖而起，擲筆嘘矣。

宗姪像三首

色如芙蕖，兼兼頗鬢，入市而歸，投果滿車。四十如此，三十當何如？

二

此爲五十，鬢不可數，歸雁夕霞，芙蓉秋浦。

三

六十之年，去五十近，相暌幾何，至不可認？矧再十齡，胡驀逢而不誰何以問？

婁叟像

數年之前，令我書貌，頃復令書，覺微倍老。書儻再三，老應更倍，願叟百年，屢書屢繪。

吳君像贊

雙輔承顴，有物朗匝，笑語之間，林竹振頰。圖且改觀，況覩其眞，未見有此美髭矣，而不樹勳名。

郁君小像 面天黥者

瓜瓠白肥，但可淹沮，松柏多鱗，乃中梁柱。相君之貌，安得不去彼而取此？

書馬策之像

清嘯玄談，惟髯是助，辟彼林竹，風生而竅怒。風歇竹凝，翛然其止，肅然其理，良亦有斐。然則靜且默也，未嘗不宜於髯也。

范子小像

范家駒，日千里，卜新居，近其止，贈我雙魚尺羸咫。

王子小像

相君之肥，飽德於中，所以不願人之膏粱。古人有言，有後於魯，不果徵乎？縠也豐下。

傅子像贊 傅能畫梅，復善琴。

梅花一物也，而君技兩精之，一出於毫，一出於絲。人貌君儀，宜其爲瀟然之姿，予遠而望之，梅爲君也，蒼然若檝株栒。㊀

柳生小像

都昌五子肖厥考，元縠軀幹特短小，軀則短小文甚藻。辟如馬氏有白眉，白眉用以別五常，短小亦用別弟兄。

草誦 幷序

王懋新自剡攜小草八九葉，縣於空中，凡五年不甚叢生，而亦不死，暴烈日中，愈青暢，相沿名仙

㊀「栒」原作「拘」，玆改。

草。予擷而得之，戲爲之誦。時酒酣哭蕭女臣，作挽詩，故末句云。

青青之草，麗而匪麗，將歸五霜，彼知其幾，遇風而化，得羽之氣。豈河上丈人之神，爲造物者蟲臂鼠肝之也，而零星於是帶乎？上不在天，下不在地，中不在人，是其夙世之能心，而今輪廻漂轉，適墮其習緣也，猶超然於空際乎？噫，人皆知不死者之爲不死矣，孰知死者之爲不死，而盍問之於吾友之蕭季乎？

題鳩

爾性何拙，何不能綢繆而何爲好奪？山有喬木，木有垂蘿，爾不能取其皮而爲其窩，豈無陰雨時，取彼斧柯，爾喙之嘴咀，而爪之爬羅。上棟下宇，前梁後楹，維鵲爲之，爾享其成。徒珍其頸，徒班其翎，豈不能潤屋，而能潤身？

許伯熙像贊

古人力道，戰勝而肥，亦曰壯夫，其鬚如戟。彼貌像者爲誰，兼而有之，可以知其中之所得。迫而視之吾所與，士之林，文中虎，其貌古，其姓許。

蓮葉大士贊

謂船是紙，梢公是鐵，梢公尚然，況大菩薩。

卷二十二　銘

歙石硯銘　并序

出歙西門，步長橋，望黄山羣峰插天如劍戟。入門就小肆，用錢二百五十貨得此石，雲紋而寶沙，照日中瑟瑟若東夷所鑿屏扇，然以墨易膠，稍乾爲磁吸鐵，龍尾之佳者也。時王仲房賞之曰：「轉博可得錢千五百。」久之，歙客從獄中持歸爲余斵，兩朞而復璞以來，余將寄斵於吳，而先銘之如左。

市於歙，歸於越，復返於歙，終來歸於越，石耶，能忘情耶？銘於若盧斵於吳，安保其終於吾人耶？能有情耶？

歙石硯銘二首　俱金星玄色

不食肉，色故墨，君子效之，絶葷以養德。不聚金，布則星，君子效之，散財以發身。

又

萇弘血老千年黝，女媧割取三垣宿，鉅橋撒粟一掬朽，亭長左股晝不守，雲興水泳龍夜吼。

端石銘二首

端石之嘉，憂墨有聲，如蟹跋沙，斯乃然耶？翩翩公子，夢筆生花。

又

鸜鵒之眸，有無不足求，人且病眸，爲石之疣。

端石螭硯

頷則燕而虎爲頭，眶則螭而鸜鵒爲之眸，彼飛而食肉，此飛而飲於流，墨卿耳，何足以侯？

端石無眼者

鸜鵒之目偶端石，或取以驗眞，或指以爲疾，我則不然，問果落墨不落墨。

馬策之端研銘二首

寶端紫，鸜鵒睛，此俗見，孰不能？此端紫，乏鸜鵒，以鏖險廉，崐刀削玉。

又

小端稠墨，捷翡翠之削金，毫履閣而不染，赧難爲乎苦吟。

鼉磯研銘二首

稠隃麋，一何捷，敗穎兎，猛於獵。馬善走，必蹄齧，才難哉！

又

拔中山，吾女訝。猶勝彼攻卽墨者，終歲而不能下。

鼎研銘　硯面圜，徑尺，沼寸，亦圜而横，墮背之足極短。

背之日，鼎其腹，烏三足，雖蹲以馳迅羲轂。面之月，蛙蟆啄，沼勻水，魄微復，寸冰雹兮宛如朒。面之雲，隃麋興，寸膚用以雨蒼生。

破膽磬銘　幷序

家藏古白磁膽瓶，嘗採梅枝浸之，歷春夏，花而實。後破於冰，考其聲，類泗濱嘉石，取其半縣齋中，銘曰破膽礬。

膽之成，水入空，出以養其莖，目觀其色之榮。膽之冰，水出空，人以縣其傾，耳聞其聲之鏗。一出一入，爲聲爲色，見聞別差，妙性不忒。

刺匣銘

如鬼如帝一物兮，達爾司，其滕操而不發，外貌則淺，實折其裏。古有藏名，其殆謂子。

篆櫝

嘻，吾何嘗不叏於茲世哉？塵以外吾悉得而主之，故置符無拘，陟黜也不時，故目亦不一其除，其所奏記者始初之堂，關白者蓑笠之鄉，而一爲檄召，則維猿鶴之章，苟一用於塵內，朱數日而不揚。敢告爾櫝，庶謹其藏。

竹祕閣銘

大書縣臂，小則不能臂。濡於墨而漬於紙，何以異於夏月之蠅，不縣而縣惟女勍。

又

中書大書，用肘與腕，蠅頭蚊脚，握中其管，閣以擎之，墨不涴肘。刻竹爲閣，創鶩妙手，妙手爲誰，應堯張叟。

書櫝銘二首

噫，此古之所謂博學君子者與？歛而閉之惟木，扣而取之惟欲，入耳出口，小人之腹。

又

古人已死君何讀，弗得其精兮，何異爾櫝。

卷二十三　記

蜀漢關侯祠記

馬水口爲備胡要地，舊以其任付守備。比始用廷議，設參將一，領卒三千人以鎮之。謂遼東李君某爲今寧遠伯冢嗣，世稱名將家子，往鎮莫宜。詔曰：「可。」君至，則一省關榷，令貨趨集，便卒需。卒死無以葬，則出己鏹爲死者棺殮飯祝。異時卒馬死，主將得自補馬，操其贏直。公悉不然，勞逸苦甘，與卒共有。既又節縮己奉，度可搆塗，乃顧視北門，從萬山中得靈秀所，作廈一區，爲殿者二，爲門者一，並足三楹，兩廡翼之，甃蓋材工，靡不緻好，矚卜時日，奉蜀漢前將軍關侯象以居之。歲時伏臘，刲羊豕，吹鐃歌樂，用以侑神。已乃促騎抵燕，迓予以來，而以記屬。予過君請曰：「何居？」君曰：「某不敏，生而慕忠孝節義人，而蜀侯爲最著；歿而爲神，又惟侯爲最靈。曩在遼，從大人逐胡，夢寐見之，若有所感。今茲門以北數程，胡落也。予世受國恩，爲國備亭障，正如孝子之奉慈親，卽有痾癢，宜無所不至，豈憑恃劑療，遂廢禱於神祇？」予應之曰：「郅都在漢，匈奴憚之。迨其歿也，爲偶以射，竟莫能中。侯勇義朗映，華夷所嚴，非郅都比。矧生者有公輩在，胡如有知，寧敢望馬水發一矢耶？至於史所稱侯愛惜士卒，獨侮嫚士大夫。愚以爲卽使有之，特加於請昏之狡吳，芳與士仁等之攜貳，而不知彼三人者，皆漢賊，非可與語於士大夫。君既惜士卒，全賓客賢豪，靡不倒屣虛左，是眞善學侯者。君之祠侯，宜莫宜於此矣。」某謹爲書曰：祠始於某年月日，越若干日而成，費金若干，董役者爲某官某。

坐臥房記

凡人居一室之中，晝則坐，夜則臥，坐則箕焉弓焉，臥則蛇焉龍焉，此夢覺之常耳，人孰不然？而青野子顧作室而房之，而名之，而使予記之，何居？莊周有言：「夔憐蚿，蚿憐蛇，蛇憐風，風憐目，目憐心。」謂行者不如無行者之妙也。行者動以形也，無行者動以神也，無形之動是之謂至動。然則不必不行也，不必行也，而一室之中可以照天下，觀萬有，通晝夜，一夢覺而無不知。不然，其坐也箕焉弓焉而已矣，其臥也蛇焉龍焉而已矣，人皆能之，而青野子何以之而名房哉？

西施山書舍記

西施山去縣東可五里，越絶若吳越春秋並稱土城，後人始易以今名，然亦曰土城山，蓋句踐作宮其間，以敎西施鄭旦，而用以獻吳。又曰：「恐女樸鄙，故令近大道。」則當其時，此地固鉅麗要津耶？更數千年，主者不可問矣。商伯子用值若干而有之。山高不過數仞，而叢灌疏篁，亦鮮澄可悅。上有臺，臺東有亭，西有書舍數礎，舍後有池以荷，東外折，斷水以菱而亭之，前則仍其舊，曰脂粉塘，無所改。出東南西而山者，聳秀不可悉，悉名山也。遶其舍而畝者水者不可以目盡，以田以漁以桑者，盡畝與水無不然。余少時蓋觴於此而樂之。茲伯子使余記，余雖以病阻其觴，然尚能憶之也，率如此。嗟夫！土城，一山耳，始以粉黛歌舞之宮，當鉅麗傾都之孔道，而今變而且遷之。一旦寥寥然爲墟落，田夫野老耕釣徘徊於其間，或拾其墮釵於鋤掘，迨於陰晦，又往往詫野火轉燐於夜歸牧唱之兒童，宜無不感而嘘，資野人之聚而談者矣。至其易治以樸，易優伎以農桑，本業專而謠俗厚，則有識者又未嘗不忘其悲而爲之一笑也。伯子聰敏擅文譽，達事變，試從讀書暇，一登茲山而望之，或觸於景而有如吾前所言者，姑取而咀之，儻亦一解頤耶？伯子名濬，字景哲。

函三館記

吾儒曰「三才」，老曰「三生萬物」，而冠之曰「一生三」，乃釋也，則不立言矣，卽一字且掃抹之矣，而況於三乎？乃其舉世界之中之外之諸有，至於竭恆沙之數而不可殫，卽隸首復興，弧矢勾股操其法，日百億聚其徒，用其百億徒之指以礫碌奇偶而乘除之，亦日且不給矣，又何貴於萬與生萬者之三，與生三者之一哉？然則爲儒者將何居？曰：一非自能一也，從無而有一也，三非自能三也，從無而有三也，萬非自能萬也，從無而有萬也。辟之生人然，一者始生祖也，三者父也，萬者子與孫也，孫孫子子相爲無窮也。則上古未生人之前，祖從何而生哉？知此，則爲儒者知所以居矣。陳子起侯，名汝元，別號太一，以小戴禮舉明經，今爲文學於郡者。抱美質，外醇而中茂，志淵以勤，意不欲沾沾稅駕於小儒。乃作館藏書，動以博文，靜以觀妙，晝夜孜孜，若有端倪，命館曰函三，記則屬余。余憶函三之說，雖出於小戴註家，乃昉於弄丸公之皇極經世。而弄丸公之於此也，余莫得而闖其門。又頗憶河南青田及考亭五先生闖其門矣，至其自檢，亦各謂未得入其奧。然而後之秉道權者，往往以孔門正派印五先生也，而以數爲支流也，則似稍稍微詆弄丸公也。則數之與道，果孰爲左而孰爲右，非闖其門而未得，若區區者所可幾也。乃文學則必籌之熟矣。抑余右所云無也者祖者，非敢以虛無之無溷文學，乃謂萬有本於無，欲文學謹未發之中之謂也。夫儒參三才者也，一中立而天地位，萬物育，故子雲以爲非此則止於伎。雖然，寧有通天通地矣，顧不能通人耶？子雲亦謬儒矣。周王季三氏，大君子無所同也，用所不同也，將各各普於世者同也，而一爲經一爲出者不同也。

遊五泄記

萬曆二年十一月廿有二日，偕王圖吳系馬策往五泄。初宿謝家橋，明日雨，山行，驢不可負，莫至楓橋駱君意舍止焉。明日，其兄懷遠公驗來。又明日，飲懷遠罷，入化城寺。又明日，陳君心學來。又明日，飲於陳君止焉。又明日，午始霽，遂行。兩宿而至五泄寺，是爲至日，遂登。已而大霧，窮宇內不見寸形，渾若未闢，忽復霽，遂窮五泄下，題名鐫寺之石鼓。是夕雪。明日午復霽，往觀七十二峰，攀捫褋厲，陟自西潭，以漲甚返。又明日，陟四泄之對岫，觀四泄，下飯於寺，遂裝以歸。踰響鐵紫閬長青三嶺，日仄，至洞巖寺，飯罷已燈。僧祖福縛炬，請觀洞巖。入至第三洞之鷩口洞，故有外屏，近爲占洞者所壞，泥入壅鷩口。返，又明日，黎飯，復行。入湖船，一夕而至金家巉。甫明，踰兩小嶺，午泛離渚，日仄抵家。是觀也，洞巖奇於陰，五泄奇於陽，而七十三峰兩壁夾一壑，時明時幽，時曠時逼，奇於陰陽之間。以余評之，殆莫勝於五泄，借物以形容之終不足。蘇長公遊白水佛跡山云，山上瀑布三十仞，雷輥電散，未易名狀，大略似項羽破章邯時，庶幾近之矣。是行也，去來凡十有三日，陸行三百里，水行百三十里。宿於駱四夕，於途如之，於陳一夕，於寺再倍於陳。余墮驢者二，越溪而溺者一，濡者四五，驢蹶於嶺者三，諸子淖而跌者弗論也。得詩二十首，每作，諸子必和之。

閘記　代

前知府富順湯公紹恩之閘三江也，事具陶莊敏記中，至於今五十年，無以潦告者。膠石以灰秫，久而剝，石因之亦少泐，水日夜走罅中，顧有以旱告者矣。萬曆癸未，宣城蕭君某以戶部郎中來知紹，問俗所苦，知而往視之，得所以，白其事於省。諸大吏許之，協其議於僚二三君，令判府楊公某專其治，而屬工於縣丞某。出庫羨銀若干兩，役夫若干人，用治錫窒所泐。竝發巨石，凹凸其兩顚而規之，凸以枕上流，凹以銜舊甃，匝包之，令水不得越新包嚙舊甃，銜之際，治鐵爲小腰以錮之，其於舊甃，如車有輔，如齒有脣，倍壯且久。君雨雪躬往，幾月而成。成，以予同年也，謬以記告曰：無他，以屬後也。予嘗聞父老言，始湯侯時，以民苦潦甚，故役三江。及役而民又爭以病告，此猶可委曰初不知利如此也，而今則知之矣。最可委，又不過曰，湯費則課畝，役則槩發丁也，而今蕭侯費則庫羨，役則民日予銀三分，役兵，兵嘗有顧則子二，不課畝槩發丁矣。而倘有以不便歸蕭侯，若曩昔湯侯者，則後之便蕭侯者，安知不如今之便湯侯者耶？始麛裘，繼袞衣，始病褚五，繼美誨殖，下之難調，蓋自古而已然矣。閘潦而啓不時，則海畝者竊決塘，竊則罪，故海民謗閘。無閘則海魚入潮，河魚出汐，閘則否，故內外漁遍閘者謗閘。他則宅是者謂閘阻潮汐吐吞，改水順逆，關廢興，故宅是者亦謗閘。夫謗烏足信也？而或者謂閘啓閉故有準，乃萬不可爽，爽有微甚，則畝害亦視之，此其敝在掌費者靳與私則然，其涸也，則外漁賂以滯閉者則然。斯二者誠有之，非謗之類矣。噫！此其責亦可謂下之難調耶？夫造物之生人也勞矣，生而病則資醫，無醫猶無生也，故醫之勞與造者等。今閘造者誰？湯侯也。醫者誰？蕭侯也。繼蕭侯而醫者知爲誰，勞則等也。醫之劑，凡幾窒泄於甃，一也；靳而滯啓，賂而滯閉者，痛砭針之，二也。

擬閘記

故知府湯公紹恩，以潦故閘三江，用巨石甃水門二十八，職啓閉，瀦泄不潦者五十年。水嚙石漏無時，顧病旱。某地某繼知是府，治之。沃錫以窒漏，又斲巨石規，凹凸其兩顛，凸以枕上流，凹以銜舊甃首匝包之，高與等，水不得越新包嚙，舊甃銜有際，沃鐵以衽。旱則不虞。費庫羨銀若干兩，募工役若干人，幾月而成。問病於父老，曰：「閘啓與閉並有費，吏靳或私遲其啓，病潦。外漁者利內漁，賂掌閘遲其閉，病涸而旱。」某年月日記。

西溪湖記

虞之爲縣，壤高，河水東下。舊有湖曰西溪者，當縣西南，主畜水以備旱，三鄉負郭之畝恆賴焉。宋末李顯忠既請其高者以牧，福邸仍之，遂盡田以莊，湖始廢，旱輒不登。元尹林希元欲復之，不果。入明，田既稅，則湖益不可復矣。萬曆癸未夏旱，知是邑者爲朱侯，既合衆以禱，乃更求長策，得湖，以請於府某公某若省及分省諸公，並得可，遂復湖。湖東起湖山麓，北抵鄭家堡，迤北以西至龍舌嘴前村之高阜，南盡長港埭。從而長，得弓可九百二十七，衡而廣，損從者三之一，周而度之，爲丈者千七百五十二。當湖爲田時，計其畝可千六百二十六，茲復田以湖，宜仍抵湖以田也，而夏蓋白馬三湖，適得新括浮畝可五百有奇，第都之區曰十二者，括地復得隱畝九百，餘二百，直買之以抵田，而稅有隱羨於某所者若干，括得之，適相當，復用以抵稅，蓋二抵具而湖告復始果。他若水道宜塞者塞之，凡七所，宜引以佐湖者引之，凡三十有六所，閘之以瀦以泄，坊一以表，築室一以省，責其成於里之正長。畚鍤所及，計高廣近遠而課之並有差。費取倉粟，庸取募丁，閱幾月而迄事。是役也，不勞民，不耗公，取浮修墜，下相地紀，上佐天時，而中免夏畦之桔槔，使吾虞千百年之久魃雖苛，不能必饑與殍於吾民也，是孰使之然哉！衆謀記於予。予謹記曰：侯名某，字某，某地人，以某支干進士來知虞。治廉平，而興學獎士，尤諄諄云。

義冢記 代

古者井田以養民，亦鑿井以共飲，而死徙無出鄉。四井爲邑，間有徙者，徙是邑而已。故易之井曰：

「改邑不改井，往來井。」井曰改，曰往來者，徙也。曰井井者，言徙而相恤，彼井猶此井也。易舉飲之井，固卽耕之井矣。夫有田以養，何煩於客？徙而不出邑，又安有客而死者？後世井廢而養窮，則不得不取養於客，客而不能歸，則不得不鬼於他方，而燕爲多多矣，而欲逐以營之，如范式李勉其人，則燕又爲少。會稽白子受采，義人也，求鄉之老而賢者十人與飲，誓醻而與曰：「殤劇矣，盍冢諸？然冢必自吾鄉與山陰始。」十老曰：「諾。」告而從者三百人，得銀之兩千一百四十有奇，買地逮宇齊化門之外六里，曰崇南坊，飭而冢焉。其大可容，其規可以久。事既訖，白子以予嘗與聞也，遂以記謁。予蓋嘗讀周禮冢人，而疑冢人之設，若曰官出地以族葬國民，有墓大夫以掌之，則民宜無不葬者矣，而禮記月令乃復有孟春埋胔之政。西伯之仁，其使民送死當必無憾，而岐周之野，又間値遺枯而僅幸以掩。夫若此者，豈古者墓大夫之葬，特專爲不遠徙之農民，而職業所拘，有行貨行役於他方者，猶不免於溝壑。乃若西伯之掩而曰枯，此則亶父尙未遷岐時之鬼耶？夫王政亦何常，要在隨時而補之以義，墓大夫不足，故補以埋胔，岐之枯失於先，故補以追掩。國家所在有公冢以澤諸殤，冢亦曰義，初不虞客鬼之多如此也。公冢而鞠，故補以私徙，則出鄉矣而死，猶似不出其鄉之井也。予感且嘉焉，故記成而置碑，仍其名曰義冢。他若冢多羨地，與舍酌所息，以需事特詳，而尤善者隔女冢以別嫌，籍地舍。若工始末時，若課工，若諸創者助者貲者名氏，若貲之等，悉碑北。

洪神行祠記

河爲中國利，實大且久，至其變而爲患也，亦如之。他所靡不然，而徐之洪尤劇。洪有神而祠之，曰靈源弘濟王者，不知其所始。蓋自元郡守趙克明乞記於郡人傅汝礪，而勒石於祠也，人始競崇之。入明，高皇帝正百神諸位號，特加神曰徐州洪顯應之神。宣正成三朝，並有典以褒，而奉命職洪者，若郎中楊璉主事董恬戴鰲郭騰霄輩，諸所作新咨禱並見洪志中，可考也。吾鄉北賈者曰益盛，茗荈之利甲天下，帆檣往來洪間，其利者與不利者，必曰神實使然。而間有敗者，則必曰神豈直不利之，且惡之也。問之，則利者其人必素良也，稍不利者，良與否之間，而敗者必違良者也。諸利者不自有其良，並歸德於神。一日，相與登洪之陸，而卜奉神於鄉，許之。歸而果率金人若干，買地若干畝於某里而屋之，殿於中，樓於後，重門於前，廡於左右楹並四，別搆楹若干居道士以守。已乃肖像設配，以海神若郡之職城隍者曰張侯曰龐公，始萬曆元年五月，至十月廿有四日而落之。明年四月望而象設以入，歲時百供，上元夕燈，牲醴籥舞，靡不隆肅。告歸告往，罔敢不虔。至是，閱十有幾年矣，諸良者某等相與謂，時事既畧具，而垂永者顧闕勿稱，始治石將鑱，而輩來以記告予。惟神職水，其相而馴洪之流也，特爲國家輓漕大計耳，而因以其餘及茗荈。乃茗荈者不自有其良也，而歸德於洪之神，非右所稱謙士善男子不至是。易曰：「鬼神害盈而福謙。」然則謙而神福之也，蓋自古已然矣。然以予觀於洪諸志，神始稱弘濟王矣，既又曰四大王，而系以金龍，既又曰聖女，則非男子矣，宜何從？必從高皇也。志又云：元季建金龍祠，僅得馬瑙色石鼓集於龍泉庵，配以他石。正統中璉飭祠，忽獲舊鼓於他莽耦焉。人曰：茲其所以稱顯應云。

石頂浮圖記 代

始予之治新河也，本以利農。士相顧指形勝曰：「是且利我。」乃遂以新河口可浮圖請。予復爲作浮圖于河口小市，石頂，梯者九，觚而面者八，高以尺計，可二百所，糜銀以兩計，凡三千有奇，率倚募，不出帑一錢。總而董之者爲某官某，分而理之者爲某色人某，出納而監之者爲生某。始壬午九月，迄乙酉四月，而浮圖成。予嘗謂人處天地間，而氣與之通。氣有溫涼寒暑濁清忻慘和沴，凡此諸祥與諸不祥，並從人口鼻膚孔，滎於藏府，乃始澆漱志慮，儲於心胸而發揮於事業，與飲食衣服功用大相等，蓋一吞吐服習間而靈蠢係之。故昔之人覘山川城郭間氣，冇欲去而不留者，必假物以留之。若投轄於井，牽挽酒賓使復宴笑一堂，不遂落莫。蓋自樓觀亭臺以至改一檐，蔭一樹，而浮圖則其最大者，舉無非留之之具也。氣留則爲諸祥，氣不留則爲諸不祥。故有疆域壤聯也，而郡邑郊墟相去僅炊烟，而風物人才不啻胡越者，則所云吐吞者有以異之也。留屬具，使具而苟焉，則猶無留。舟之得水與其風也，必帆而後駛，帆大小同，苟完缺異而駛亦因之矣。浮圖從大江高石頂，拔起二百尺，觚八面而九梯之，其爲帆之大且完也，不已多乎？今夫爲子弟者以疾告其父兄，必先以療，不已而至於請召史巫爲厭勝，必且聽之，不如是則猶爲有遺力。使堪輿氏舍其繆迂，用此道以治山川城郭，誰得而舍諸？雖然，此在父兄言則可也。萬曆某年月日，浙山陰某記。

修郡衢記

紹爲府，領縣者八，東南西三道綰錯而道於他府，號最衝。凡縣若他府有事於紹之府者，輿馬與人，蹄踵如織，雷轢而杵鳴，介然惟一衢乘之，而際府治者爲甚，故其圮也亦易於他衢。圮而霖則沃，不霖則傾，不特病於履，於觀亦陋。今庚午，或有新之之請。當其時，知府事者爲某，判爲某，推爲某，咸以爲比歲方饑，卽衢矣，必且勞民；與其勞民，寧陋觀而病履也。而民之輩某某者相與謀曰：「三公明府以勞民而罷衢，卽以毋庸於勞民而新衢者請，可得也。」於是某等以其辭請，諸公可之，遂衢。衢成，計府以南止橋，以東止閣之東，踰若干步，爲丈縱者若干，橫者若干。計石若干，役工凡若干，銀爲兩者若干。銀所自出，上自閣之大老若卿大夫士，下至庶人，凡若干。出銀之等，多至若干，少亦不下若干。蓋所謂毋庸於勞民而便厥履，新厥觀者也。邑人某記。

長春祠記

歙之何君曰洪者，其父翁諱某，當嘉靖某年間賈於杭，得君最晚。其後翁漸老，君曰：「賈不可已，而養又不可違。」於是始買廛以迎翁，遂世爲杭人。既歿，葬湖南之麓，刻木爲祠。甲子間，君之仲子炅有疾大困，禱醫勿驗。會人曰：「餘姚有徐叟永者，能致神。」迎之，永所致者神附筆以書，自云純陽子，輒賦詩。詩曰：「三春柳外鶯聲好，啼落殘紅半樹花。分付杜鵑休叫月，一窗香雨濕春沙。」書已，君誦詩知炅不可救已。然時正冬，而此云三春，卽不救，宜尙緩。後六日，炅死。君懼，復令永致純陽子問所以。純陽子曰：「昨云三春，三春者，謂炅六日人也。示矣，主人不之省耳。」君大愕，且痛哀其子。純陽子因謂君曰：「死者不可救矣，生福不可修耶？吾爲爾號福修子。」且曰：「吾輩近亦厭壺嶠而欲少憩人間，西湖之南有山曰長春，君家墳墓在焉，其爲吾卜築於此。爾兩世祖皆吾仙籍中人，故來以此相屬，吾屬不可妄得也。」君稽首聽命，於墓之麓卜日命工，面江翼山，中奠一閣，左右夾之。上搆一亭，飛梁壘石，下復以室，用備時享。甃池澄深，欄楯聯校，雜樹鮮花，奇禽響答，儼然紫都始青之鄉。凡所規擘，悉出神意。扁聯之書，亦並神書，多至數百餘字，悉皆瑰逸，迥無埃塵。始某年月日，既成，肖像以升。凡列仙籍者，自某位至某位十有幾人，而君之祖某公若女祖仙姑與焉。四時之祭，品數有等。直計工財糜金若干餘兩㊀。予始聞謂神仙方厭世，而復索居於人，初不甚信。及是，會何君於逆旅。君飲我以酒，道其事甚詳。予觀何君信人也，予雖不信茲事，豈宜疑何君哉！予嘗覽純陽子傳，純陽子與人間來往事至多，不足甚怪。至王方平欲會麻姑，豈無其所，乃至飲食於蔡經家，此猶曰暫耳。若梓童眞人令荀洙父子爲其作殿，自扁曰霄霞，自爲之記，而復自書之。其畫與文，悉晉人名家筆也，是孰能僞之哉？今而後乃知世有忠信不琢之士如何君者，雖神仙亦不得而遠之也如此。然則今之記，君宜請純陽子自爲之，如洙父子然，要當不下梓童眞人，而顧使予凡近者爲之，又何也？

㊀「糜」原作「麋」，玆改。

半禪庵記

人身具諸佛性，辟如海水，結諸業習，辟如海冰。當其水時，一水而已，安得有冰？及其冰時，雖則成冰，水性不滅。又如煉汞求朱，矯白爲赤，齊鉛作粉，熨白爲玄，變染而成，各有界畔。如由吳達越必經錢塘，江心之際，吳越分矣。然東則投吳，還西則越，分無定形，際難剖趾，由斯以宣，半義舉矣。徽之休寧居士程希正甫，家黄石潭上大谷中萬松最深處，垣園百畝，名松逸園。裁勝搆建，既成八區，景聚心娛，莫不畢備。乃就半山東茅以庵，用旃檀肖大士及諸菩薩栖其中，而題曰半禪。書其鄉王山人仲房園記以來，而摘庵記於予。予惟正甫爲人風雅勻停，根塵融會。所云半禪，將謂居士未離家緣，是則半俗，稍脱塵網，是則半禪，斯義諒爾。辟如塑像工人，以一石香屑和一石土沙而爲一佛，香穢雜處，終不成半。又如鶖鷄孿生，一頭東行，一頭西赴，不着一邊。大修之人不若頓超諸緣，盡澄性海，則茲半俗，莫非半禪。舉茲將化未化之冰，悉還一水，無禪可半，何況半俗。鉛白汞赤，越東吳西，義復如是。天池居士方墮無限俗中，有全禪，契眞諦，不妄爲，作是記。儻書入石記，持向仲房古矜二長者參之。

呂氏始祖祠記

餘姚之有諸李，其一爲呂也。而呂之遷餘姚者，則自新昌始。蓋在趙宋有呂億者，仕某宗朝爲大理評事，扈蹕而南，遂家新昌。七傳而至鎌，鎌父某，尙宋福邸，官郡馬。當其時，虜逼宋，且及戚畹，鎌始圖遷避之，不果。傳珙，珙傳貴義，虜果及，而始遷上虞之達谿。悅餘姚山水，再遷餘姚之新河，於是餘姚有呂氏。呂與李聲相近也，高皇帝新立，用法嚴，當貴義公世，籍戶口書，誤易呂以李，及覺而籍已上，欲請更不敢，貴義用是缺然以終其身。及贇，呼其子德玉訣曰：「吾死，其令呂氏子孫世世著姓，生則從李而已，沒仍呂。」自鐮至德玉，世修德聞於姚。自德玉幾傳而有今師相公名本，以對策中上旨，甲第，歷翰林，自國子師拜相，佐世皇帝致太平十有四年。辛酉夏，以太夫人憂歸。服既闋，舉廢追遠，漶漫一新。顧謂冢子禮部君元曰：「姚自始圖遷以來，積德幾二百年，而始集於我。幸不墮，其可以怠厥事？女其更營之。」禮部君亟共命，趣而拓舍旁地以祠四公，自鐮至德玉，治主以升。又置田若干畝，以給其屋儀物數登降之節，悉如我明集禮，始某年某月日，師相公樂觀其成，扁其門曰呂氏遷姚始祖祠，使來命某以詞，曰：「予將劖諸牲石。」某再拜皇汗。謹按：呂世侯伯，自夏封太岳，周太公望封齊，入漢，以高后戚封侯者，亦多至二十餘人，而霸晚最顯。其後子孫，在魏有虔，在唐有延之，延之子有渭，渭之子有溫有公，在石晉有琦，在宋有蒙正，有端，端子由誠，由誠子億，實始新昌。凡茲十一公，一侯兩相，上卿者四人，侍從出守者視之，噫盛矣！然始衰於戚，當二十侯時族矣，而霸僅以稱免。積千百家而後有文穆公蒙正，正惠公端。及鐮之圖遷也，又以戚，雖禍殊族，然播越亦幾衰矣。又積二百年而始有公，其在三代則太岳太公望，在宋則文穆正惠也，功德在天下，發祥在祖宗，報之以祠，孰曰不宜！某遂頓首作詩曰：

周呂纘夏，胙土於青，祀岳煮海，實惟神明。迨於中不，兩以戚故，日中而彗，亦世之數。在漢不戚，馴至霸虞。大起宋唐，十有一賢。惟賢伊何？二相四卿，他昔侍從，代爲明臣。自剡之居，則爲宋戚，再卜而遷，乃居姚邑。始毗於鎌，積二百年，又大於公，師帝格天。功德業業，爲望爲岳，其在宋室，正惠文穆。相公曰噫，苟兹景祺，是不在我，福由祖胚。作祠於姚，實尋故址，宏搆拓基，則自公始。既卜四主，用牢以升，春秋饗祭，嗣歲肇興。室宇物儀，遵我王制，族宗百口，可謂曰知。檐角翬飛，江海之湄，追遠歸厚，式此孝思。

石刻孔子像記

何氏餘冬錄載黄伯固曰：「偶考夫子象無髯，惟家廟小影爲眞。」又引孔叢子云：「先君無鬚髯。」近郎氏七修稿亦云：「吾夫子七十二表，形容盡矣。今象夫子者多鬚，而彼表獨不稱須，可疑也。」意伯固所顧有據。然予讀家語，孔子適鄭，與弟子輩相失，獨立郭東門。鄭人謂子貢曰：「東門有人，顙似堯，項類皋陶，肩類子產，然腰以下不及禹三寸，纍纍若喪家之狗。」子貢以告，孔子笑曰：「形狀未也，而曰似喪家之狗，然哉！然哉！」噫！吾夫子之然，殆傷己往往於諸國君而往往不遇，終無所投止，四顧徘徊，如喪其家者然也？不遇則何補於東周，此春秋所以作也。故曰：「吾志在春秋。」噫！徒志而已矣。東門人乃親見夫子，孔叢子夫子後，而荀子書云，東門子姑布子卿，則善相人者並不髯夫子，則貌夫子者宜不髯。韓昌黎肥而胡，韓熙載癯而略鬚，兩人皆謚文公，姓又同，繪事者亦兩相誤，乃知人間事誤不少。

又 改稿

予考何氏餘冬錄載黃伯固所云，及孔叢子及錢塘郎氏七修稿及家語鄭東門人告子貢及荀子書姑布子卿，並不云孔子多須，而今象夫子者特須。孔叢子乃夫子後，鄭人乃親見夫子於東門，意無須者可據也。

烈婦姚氏記 代

隆慶六年七月九日，郡城三校諸生上書於浙代巡謝公，言山陰縣十六都民姚忠女姚氏，當嘉靖三十六年，甫十有六，嫁本縣迎恩坊民朱縉。縉父故榷吏，死而家益貧。縉嗜酒失業，閱四年，并其妻自鬻於某宦家，將挈以之京。妻覺之，恚曰：「是將及我。且吾夫總孱，吾夫族若吾族，儒家也，奈何令儒家女蒙嫌至此哉！」欲拒，知不可，乃夜紉其裾袂以自閉，懷石沈河死。賓下和豐坊界上，去其居不百武。其後縉竟以貧死，無家，且無後，事遂不章。唯明公仗節蒞浙，急大體，先敎化，所至郡邑錄忠孝貞廉之輩，以風曉末俗，無問幽顯。如姚氏者，不宜久使沈淪。公覽書，下其事於縣長吏。長吏詣姚氏故所居處，召三老子弟及故嘗曉此者問所以，咸如諸生言，謂宜表姚氏宅。而縉先以無家死，表無所歸，始議碑於其故沈所，以覆公。報曰：「可。」且曰：「碑以表姓氏，久卽湮耳，其記之以備作志者之采。」令君謹承公命，來徵記，某既記其事如右。因感之而嘆曰：「余老矣，垂八十矣，涉事頗不淺。至每見旌婦人，問之，非某貴人之妻，則曰某貴人母也。雖未必盡然，要之槩如是耳。於是受旌者方矜之以爲甚難，而評乎旌者且眇之以爲甚易。夫旌之者風之也，苟易矣，曷風哉！至如今姚氏舉則絕反是，蓋受旌者得之爲甚易，而評乎旌者重之爲甚難，難之者風之也。噫，惜哉！不意余老垂八十，而復一見院臺邑長之善於風民若此也！」故於記事之餘，并及之以告。

鎮海樓記　代

鎮海樓相傳爲吳越王錢氏所建，用以朝望汴京，表臣服之意。其基址樓臺，門戶欄楯，極高廣壯麗，具載別志中。樓在錢氏時，名朝天門，元至正中，更名拱北樓，皇明洪武八年，更名來遠。時有術者病其名之書畫不祥，後果驗，乃更今名。火於成化十年，再建。嘉靖三十五年九月又火。予奉命總督直浙閩軍務，開府於杭，而方移師治寇，駐嘉興。比歸，始與某官某等謀復之。人有以不急病者，予曰：「鎮海樓建當府城之中，跨通衢，截吳山麓，其四面有名山大海江湖潮汐之勝，一望蒼茫可數百里，民廬舍百萬戶，其間村市官私之景不可億計，而可以指顧得者，惟此樓爲傑特之觀。至於島嶼浩眇，亦宛在吾掌股間，高翥長騫，有俯壓百蠻氣。而東夷之以貢獻過此者，亦往往瞻拜低回而始去，故四方來者，無不趨仰以爲觀遊的。如此者累數百年，而一旦廢之，使民悵然若失所歸，非所以昭太平，悅遠邇。非特如此已也，其所貯鍾鼓刻漏之具，四時氣候之榜，令民知昏曉，時作息，寒暑啓閉，桑麻種植漁佃，諸如此類，是居者之指南也。而一旦廢之，使民懵然迷所往，非所以示節序，全利用。且人傳錢氏以臣服宋而建此，事昭著已久，至方國珍時，求緩死於我高皇，猶知借鏐事以請。誠使今海上羣醜而亦得知錢氏事，其祈款如珍之初詞，則有補於臣道不細，顧可使其跡湮沒而不章耶？予職淸海徼，視今日務莫有急於此者，公等第營之，毋浚徵於民而務先以己。」於是予與某官某某等捐於公者計銀凡若干，募於民者若干，遂集工材，始事於某年月日。計所搆，甃石爲門，上架樓，樓基疊石高若干丈尺，東西若干步，南北半之，左右級曲而達於樓，樓之高又若干丈，凡七楹，礎百，巨鐘一，鼓大小九，時序榜各有差，貯其中，悉如成化時制，蓋歷幾年月而成。始樓未成時，劇寇滿海上，予移師往討日不暇，至於今五年；寇劇者禽，來者遁，居者懾不敢來，海始晏然，而樓適成，故從其舊名曰鎭海。

酬字堂記

鎭海樓成，少保公進渭曰：「是當記，子爲我草。」草成以進，公賞之，曰：「聞子久僑矣，趣召掌計廩銀之兩百有二十，爲秀才廬。」渭謝侈，不敢。公曰：「我愧晉公，子於是文乃遂能愧湜，儻用福先寺事，數字以責我酬，我其薄矣，何侈爲？」渭感公語，乃拜賜，持歸，盡橐中賣文物如公數，買城南東地十畝，有屋二十有二間，小池二，以魚以荷。木之類，果花材三種，凡數十株。長籬亘畝，護以枸杞，外有竹數十箇，筍迸雲。客至，網魚燒筍，佐以落果，醉而詠歌。始屋陳而無次，稍序新之，遂額其堂曰酬字。

卷二十四　碑

昭慶寺碑　代

杭錢塘門之外，有寺名昭慶，肇自石晉天福元年僧永智。迨錢氏乾德五年增建，並名菩提。宋太平興國元年，始立戒壇。天禧初，改今額。是歲火。慶曆間復壇焉。國朝自洪武初，歷成化改元，凡脩而火者再。至憲宗皇帝，始更命浙布按二司建復之。時按察使楊君繼宗領其事，有湖州富民吳瓊者應募挈萬金來施舍。乃殿宇廡舍，瑣至肖像，窮極壯麗，嶄然一新。復有湖山照映，僧寺聯絡，傳示遠邇，於是昭慶之戒壇名天下。戒之日，兩京諸省之僧尼道士，若居士，若四夷之在海内外奉朝貢，其民有信慕可以梯航至者，無不畢集。既受戒，固亦多持守以終其身，如是者蓋百幾十年於茲矣。嘉靖三十四年，予以御史奉命出按浙。夏六月，倭夷寇杭，入湖墅，當事者恐其區廣爲賊藪，命火之。居幾年，鄉之先生尚寶卿徐君江山，副使吳君源、童君漢臣、方君九敍並夙抱弘濟，既不竟於仕而欲施於其隱，相與謀復寺。於是上自封國，若内監，若卿大夫，若農工賈，靡不割貲以襄斯役，及來告，予亦捐百金以畀之。又始用堪輿家說，買民間舍，闢使寺望見西湖水以厭火災。蓋所搆，計今殿壇禪室像凡若干，瓦甓石若木若干，舍財者若干人，董役若募者爲某某，□□金若干兩，起某年月日至某年月日而落成。既成而尚寶君等詣軍中請予記其事。予惟佛之教，自古稱異端，爲吾儒所闢，然錄其善，不可盡棄之者。卽如茲寺，蓋亦有三可建者存焉。始憲皇帝竟營此，命下之日，乃有淑女產於杭，實生睿皇帝，傳今上聖明，入嗣大統，綏天下，是宜爲君上報，一可建。洪武初，東夷犯順，遣僧祖闡無逸輩順其俗所尚，令化導之。則佛之教，固高皇帝所不廢者。且夷狄慕中國佛法，往往遣僧詣天台五臺受法及經戒，遂因以通貢獻，表服從。蓋自古帝王而已許其然，不猶愈於絕之使梗而掩殺其命乎？則此舉其於今日尤宜，二可建。戒之律，大若細凡二百五十種，犯者至配於五刑。今世之愚民有不畏法，而怖以佛，輒甘心焉，是能佐刑政所不及。審如是，卽優伶劇謔譏刺猶取之，而況於佛，三可建。夫有是三者，雖其爲教異吾聖人，不害其爲助我，而胡必於去之耶？予是以可斯舉，爲之紀事而系之詞。詞曰：於世有裨，劇戲猶取，佛所裨益，寧與劇偶？世有冥愚，罔不畏死，一聞如來，志慴魂駭。辟造堂室，我則正戶，由徑而造，則以戒故。徑以造室，寧沮趨者，矧啓聖祥，而導夷化。壇殿載新，俯瞰湖水，經千萬年，永無災燬。

會稽吳侯生祠碑

會稽典史吳侯成器，徽之休寧人。其始仕會稽，當海上寇初入內地，侯以能將兵知名。於是承大吏命，提兵守水陸阨塞，歷浙東西南直隸，與賊遇，大小數十戰，斬賊首數百級，生獲數十人，還虜者亦以百計。凡戰之處，休止督發，設守出鬬有方法，禁士卒無毫毛擾居人，又能舍死先士卒。民多知其功者，往往就所戰處爲建祠刻石，今曹娥江其一也。父老某等來告厥成，請予序事。予感而歎曰：「曹娥，一弱女子耳。當其毋嚶婉戀，乃不知有門外事。至其赴父之難，眇大江，蹈洪濤，慷慨激烈，有猛丈夫之所不敢爲者。夫典史，下僚也，動爲人所簡，傫然何異一女子？至其當國艱難，乃惟知曰吾臣而已，其仗劍舍身以當事，乃不復知有他計。此其人皆以忠孝植性，歷千萬古而同一道，今其祠若廟，岐然兩相望，豈偶然哉？詩曰：

伊昔孝娥，垂髫紞珥，當斯之時，一女子耳。憤江痛父，不得屍所，被髮亂流，娥猛如虎。今之仕者，沈伏下僚，傫然長歎，則怨其遭。有寇在庭，孰敢攘臂？世將棄戈，何況邑尉？桓桓吳公，天植忠孝，先國後身，與娥一道。啓宇崇功，娥江之沚，祠木相望，照映江水。

徐相公碑

神姓徐，名龍佛，世鳳陽人，宋端平三年三月十三日生。當父官會稽學時，嘗從道上拾雞卵，腋之，得白雞，以鬬，莫有敵者。父母憎其俠，遂去家爲縣獄長。未幾，改行讀書，歸事其父母，以孝聞。歿而爲神，至動人主。咸淳三年，詔封神白衣頂聖。入明，人爭奉之。天順成化間，再拓其居於故所稱學西鬬雞場所。至弘治初，乃有沈潤王世威事。潤曰：「我嘗夜半膠舟淺水，鬼火螢遶，忽失楫。我迷怖號神，忽聞空雞，遂獲楫以歸。」世威曰：「我爲老人隨祭南鎮，夜歸，忽一白衣告虎至，已而果赤虎至，我怖不能號。白衣詫虎，虎去，翼我以歸。及別，問爲誰，曰：老夫，會稽學西徐姓者也。」於是衆益趨信，始請鄉先生陸建寧記於石。而獄有衆以祠神，神之跡顧漫不知也。某繇之六年，始刪定建寧記，復碑於此，而舉其義曰：今世之祠神者，固以神神也，至問其所以神神者何，則徒知曰：不神，胡獲封於人主？又安能拔二男子於鬼窟虎口中？以予按建寧記，神爲之得神，與其得封，直云相傳耳。而二男子事亦僅出其口，有無不足據，又烏足以證神之神不神哉？獨鬬雞有場，則眞非無據者。鬬雞而出於卵腋，卵腋而直從道上無故獲之，此則眞神者事耳。意當其時用博用獄以自擲弄，必有詫呼束縱於圜場之中，絕奇特異，其禍福善淫可以動天而宰幽者。端平咸淳，終神之世僅三十年，正南渡兵時，宜典籍之不備也。今獄既祠神，卽不備，不宜絕無所識，卽識又不宜以無據者充也，故予取於神卵而腋且拾者以存信，爲作歌曰：卵兮伏兮，雌所職兮，拾且腋兮，倮代羽以翼兮，孰思其故而能得兮。博愊愊兮，戰靡北兮，舍博而徒，掌索纒兮，生俠而雄，歿而不可測兮，遶圜者棘兮，彼稷稷兮，儔善而寃，儔慝而殛兮。

季先生祠堂碑　代

先生蚤聞新建致良知之旨，既浸溢，懼後之學者日流而入於虛也，乃欲身挽其敝，著書數百萬言，大都精考索，務實踐，以究新建未發之緒。四方之士從之遊者數百人，自筮仕至老且革，無一日不孳孳問學者亦且數十年，此其卓然以繼絕學覺來者爲己任。而處心制行，光明夷坦，孝友忠信，蓋卜諸鬼神，鬼神許之，質諸兒童，兒童信之者矣。間有稍疑之者，謂先生當長沙時，以嚴以涅，爲人所彈詆罷。罷而獨居禪林，著禮書，將有所迎而希也。嗟乎，是烏知先生哉！先生先人秉憲爲大夫，家世祿。先生知長沙爲太府，罷歸者不兩紀，身死幾不能殮，骨且未寒而三子已寄舍於他人，涅者固如是乎？火烈，民望而畏之，故鮮死。萑苻之盡殺，子大叔之不猛也。芟稂莠，植嘉禾，治何病於嚴哉？而況先生之或過於嚴也，又其壯年養猶未粹之時乎！當長沙之覲，善當軸者以書畀先生，先生疑其薦己也，懷之不達，及罷，啓書果然。始推官建寧，會寧藩變，先生提兵壁分水關。院史以鄉試役檄府長及先生，先生移書幷綰長令城守，再三拒院檄勿往，卽得罪勿顧。若爲御史得讁，則以慈壽太后及肅皇帝兩宮故批逆鱗。卽茲三事，其所志不在榮進也亦明矣。拂之於顯然之章奏，而顧迎且希於不可必達之故紙，迎且希者固如是乎！先生之學與行，仕與處，其懿美不可殫舉，其大約爲人所疑與信則如此。噫！一疑之，一信之，彼從其疑，我從其信，亦足稱賢矣，乃不得與槩無可信者，一食於鄉之賢，殆十有二年。而先生存時，往往語其徒曰：「吾子孫無顯者，而顯者之先吾所知也，吾死，愼勿隨世俗爲鄉賢。」舉與聞者咸志之，常怏怏。一日，越中薦紳暨家大人以先生卽不樂於校，未必不樂於社，而祀於社，又吾輩之力所易爲也，議始倡，和者響應。郁顥上言，遂撤己所居旁舍四楹，徙置禹跡寺西林，實先生舊著書所，以祠先生。陳按察鵠、胡通參朝臣，奔走督率益力，助貲者旣衆，祠所需用，旬日告成。門以二重，垣徑略備，潔牲卜吉，治主以升，鼓吹道周，國人喜躍，以某職史也宜書。某始見先生時，未知學也，旣稍從事於學，而先生則已歿，歿而嘗追師之，竊比於聶兵部事新建之義，於是舉也誠快之，書其敢辭？考之古，凡功德與言三立者，有一焉，則祀於國。而今先生居其二。昌黎乃曰鄉先生釣於某水，遊於某樹某丘，其可指而樂者有三，則宜祭於社。而今先生獨苦於學，其爲三可指而可樂者，未嘗居其一，顧不卽祀於國而亟祀於社也，於法雖有遺，亦從我之信，以俟夫疑者之久而自信云爾。於是謹書其舉事始終之歲月，與鳩工之人，若先生之世。曰祠始於萬曆二年二月之朔，越十五日而成，又越五日而主以入。鳩工者爲里人王煉。先生名本，字明德，別號彭山。以進士仕，始推官，召拜御史，以謫歷縣佐長，起爲禮部郎中，再謫歷府佐，止長沙知府。他若助貲者例得書，書於碑之陰。爲作歌曰：

修篁兮叢枝，黄熊子兮招提。湘潭兮牧長，解佩組兮言歸。依短寮兮長席，載六籍兮以卑栖，髠管毫兮杵杵，惟以遺兮將來叶。淹日月之逾幾，靈冉冉其何之？祠靈兮享靈，匪他人兮吾儕叶。靈之來兮總總，挽北斗兮乘箕中，參差兮延佇，勞騁望兮何如。

知清豐沈公祠碑 代商督學

贈光祿少卿沈公鍊，嘉靖中以進士知溧陽，與御史爭可否，再調補清豐，凡十年，稍遷錦衣衛經歷。會虜入古北口，逼都城。時肅皇帝久居西宮，至是特視朝，且詔下百官議。衆莫敢聲，獨趙公貞吉一開口，公輒和之，觸諱忌。已而上書請兵二萬人，願自效。虜退，會大風霾，公又上書詆分宜，直甚，乃得罪，杖闕下，徙置保安。既至，則益結豪賢爲禦虜計。虜蹂大同，塞臣敗績，則割漢首以上，倖贖。公移書詆之，又作射虎行籌邊賦及諸謠詞以彈激風刺，稍稍聞京師。分宜若塞臣畏且銜之。其後又削木爲檜象，令決耦，射中則舉觥相賞喝。值饑，則又散己財粟，活殍以千計。將卒割漢首，公得之，甃杖下者復數人，於是遠近無不頌公眞忠愾，益切齒分宜黨，黨爲計日深，公由此遂遇禍。不數年，黨敗，莊皇帝下詔錄舊忠，公得贈與廕，而後公知清豐者相繼爲某某，因邑人意，後先經營，相與祠公於故唐南將軍靄雲祠畔。後若干年，某奉命以御史督學北畿，至清豐，吏士相率以記屬。僉曰：「光祿之死事於曩昔也，雖以勁，然治茲邑實有惠愛於民。且公，鄉人也，敢以書請。」予喟然曰：西國之刀，其鋒之銛至斷犀兕，然人得環之，則遶指也等於韋。今夫忠愛一道也，於民則爲愛，於君則爲忠，愛柔而忠剛，視用之而已矣。柔於邑而剛於廷，公眞能審所用哉。公三仕爲縣，其治愛多不能悉錄，錄其大槩如此。至公爲士，以文名吾浙中，然文主於雄藻，類西京。其居常以孝弟節義爲經，而稍喜俠，以故每事必奇，鄉人至今談之，猶凜凜若生云。詩曰：

韋緩弦急，各專所長。水柔火烈，不能相通。鶡翔蓬蒿，鵬搏蒼蒼，莊周所短，智效一鄉。於惟沈公，知柔知剛。方其作宰，用寬斥嚴，如牧而笠，求芻飽羊。及其在廷，掣條以揚，搏擊惡鳥，則爲蒼鷹。等爲令耳，一弛一張，式矜小鮮，或借尙方。柔可遶指，勁不留行，我儀圖之，西國之鋼。公死國事，論定棺蓋，鄉里垣塞，祀公者再。清豐之祠，則以遺愛。豈偶然哉，宜南也對。

龐公碑文 代

天順間，御史朱英所疏行兩役法，籍縣民爲十年而統於坊里之長，每一坊一里中，長各十人以領之。令民按丁若田，五年而率錢與長，爲吏辦公私費。在坊者主宴，在里者主饋，曰甲首錢。又五年而長率民詣縣庭，審諸役，曰均徭。歲環遞以爲常，蓋五年一用民也，時頗稱便。其後吏肆而長饕，所云甲首錢，有一貧男子出白金至四五兩者，卽富家按田而率，有如畝滿千，出金不數百不已。於是貧者走徙，往往以錢累其長，其富者不免於詭其畝，半其輸，與例得蠲丁者。至若均徭，一不幸得驛庫或捕鹽諸役，其在榜中，顧直役不過七八金，富民承之，則誅攫百出，不數百金亦不已。又不幸富者兼得兩里役，貧者或分得十之一二，則身家立破碎。於是每當書榜，則老胥黠長有朝持空手，暮金滿囊者，與詭輸相唇齒，而民之病極矣。南海龐公舊爲御史，來按浙，其所因革予奪，悉匪故常。知前兩役爲病，既大且久，乃一破其法。如一邑中調劑官百所，需費若諸顧役，不縮不盈，與民之丁土相鼇合。凡丁一田畝十，率出若干錢，與秋租歲並輸於邑吏。明年百所費與諸所役，亦歲出庫中錢擇其人掌之，且買且顧，名一條鞭。又刻帖，人給一紙，令曉然，無所謂甲首錢，長不得濫索。無均徭，富者不入驛庫。役最重且苦若鹽捕等者，不得勒富者募，而且歲輸僅若干錢。受詭者不得行，胥吏無所用其役以自殖。蓋自詔下，行之至今，農始知貴田，而櫃檐而食者亦重去其土，閭閻熙熙，略始甦息，然亦既十餘年矣。諸父老子弟乃始醵金買屋以祠公，而屬石上言於予，何晚耶？詰之，則相顧以對曰：「公亦知永州事乎？柳大夫將奪蔣氏之蛇而復其賦，蔣氏出涕汪然者，以蛇之毒人，不若賦法之毒人甚也。龐公易兩役爲條鞭，是出我水火，加之袵席。今也聞且將奪我袵席而復之水火，其毒於蛇也倍幾？」予曰：「誠若是，則父老等之言衆言也，予言者一人之言也，衆言也者能致於聞者也，予一人言也，而又言於石，是不能致於聞者也。」諸父老更進曰：「急父母之病者，醫藥不已也，而兼事於禱祠，甚則且糜股上肉，又安問禱祠不如醫藥哉！」噫，是亦可哀也已！予亦何容於喙。公名尚鵬，字少南，廣之南海人。嘉靖癸丑進士，今爲副都御史。

劉公去思碑

今夫以百里之長，而聽斷百里之民，長之心一耳，非有二也，耳與口目一耳，亦非有二也，而百里之民，蓋千萬其心，亦千萬其耳目與口。夫以千萬其心與耳目與口如此其衆也，且鬼匿而狐奸者百出，而乘其所不及，至欲以一心一耳目一口以臨之，一不當則强弱倒置，淳黠無所别，書史起而陰把其衡，平者十一，而不平者十九，謗讟興而怨聲作矣。噫，然則孰謂聽斷非難哉！劉侯名某者之長我山陰也，其才能眞足以起敝而完補破裂，特以承某侯後，侯恬然安之，欲不取赫赫事更張。獨其聽斷則眞若止水，鬚眉靡所不燭，若禹之鑄鼎，即有魑魅魍魎，亦夔夔雎雎畢露而不可逃，其折而低卬之，又若權石然，無不愜其輕重而後已。自一事至百千事，自一日至三年，民蹩而入者無不踊而出。於是一邑百里之間帖帖若無事，而史胥與臺之輩亦縮手重足而退聽，無有攫民一錢一粟者。在漢史劉陶以孝廉宰順陽，無他事，特以縣多奸猾，陶能擿而發之。既去，吏民思之，復作歌曰：「悒然不平，思我劉君。何時復來，安此下民？」今侯之以召入也，民思而歌之，亦如之未已也，謀共祠而碑之，而屬書於予。噫，固其宜也！異時邑校圮，侯新之，不令勞且費於民，江汰天樂，侯隄之，可十萬丈，廣狹長短視田業而責之主者，民亦不知有勞。凡此皆教與養之大者也。然學不圮，堤不壞，則侯亦不作。吾所謂不獵取赫赫，而必欲功自己出者，大抵然也。噫！有才而不急於名，此更難。

卷二十五　傳

聚禪師傳

玉芝大師名法聚，姓富氏，嘉禾人也。始去俗，從師海鹽之資聖寺，與董從吾翁謁陽明先生於會稽山中，問獨知旨，持詩爲贄。先生器之，答以詩。至金陵，參夢居禪師於碧峯寺，問如何不落人圈繢，居與一掌，師大悟。自是往湖郡，居天池山。其弟子名祖玉者，與渭爲方外交，結廬於山陰鏡湖之濱。師往來吳越間，數至其地，渭數往候之，或連晝夜不去，幷得略觀其平生。所著論，多出入聖經，混儒釋爲一。然好勝者或以此詆之，謂師苦於文而疏於道。夫語道，渭則未敢，至於文，蓋嘗一究心焉者。渭觀師之文，未嘗苦也，所謂疏於道者，其又可信乎？然渭嘗令師代濟法師答白居易問未了佛法書，又令作首楞嚴昧晦爲空一章解，合千有餘言，據案落筆，應手而成，奧旨猜辭，一時皆徹；則師之於道，概可知矣。其爲人峻潔圓轉，擧止瀟然。王公貴人見其人，至不敢屈。而庸夫豎子一聞其欬，輒興起自愧，反其所爲。曲儒小士多詆釋，遇師與立談，顧趨而事之，舍所學而從彼，不可以觀道乎？師居天池山二十餘年，登坐說法者凡幾。每說，衆至若干人，退而警悟趨道者甚衆。而其所嘗侍奉弟子，往來山中，亦多至數十人，皆沖然自得，修行淸苦，循雅有常度，間或以詩聞於世，所至人皆知其爲師之徒也。嘉靖癸亥五月十九日，忽示微疾。一日，召徒衆謂曰：「吾將行矣！」沐浴更衣履而逝。閱一年，將以閏二月十六日藏骨於某所。其徒某某抱諸遺事，走數千里道來京師，請銘于兵部侍郎蔡公。而渭適以尙書李公聘寓京，得見之，取其遺，摭其大者爲之傳。

葉泉州公傳 諱信，字中孚，號南泉。

泉州公歿踰年，而渭始得交於公之諸公子。又一日，從諸公子睹董吏部公所贈公謫沂州若守泉諸作；又一日，從師季長沙公所睹長沙公所誌公狀。當其時，已知公絶偉人也。及公季子度有女以壻渭長子枚，渭與公諸公子若雍者游益狎，乃爲渭道公守泉時，當正德癸酉間，閹勢張甚。奉命鎭閩者爲某，每行府，守以下並易章服，罷組繡郊迎，閹者乃據館，守率佐以下入班庭霤，再屈膝拜俯伏，閹從几旁徐起答之，以次畢。守與佐屬左右列以待，得命乃退就府舍。小不謹，或拒所括，輒得禍，間至校逮從闕廷，斃杖下，而佐以下，閹則自縛笞以爲常，於是所至府無不人人惴恐者。至公，乃令四徒肩輿入閹館，馳道上不下，又令前導者呵以入。故事，用驛舍丞唱門，吏始得入謁，至是丞猶循之。公大怒，自道上令迴輿，南面停，而笞丞以數十。丞不勝痛，號呼祈免，一館中無不洒然改色者；閹大沮，下堦而迎公，謝無狀，明日遂去。然猶索例所輸千金於府佐，佐白公，取庫金滿千，遣吏齎記與之。閹覺，又大恐，悉謝不受去。於是諸旁府聞之，稍稍梗閹，閹勢大衰息，公倡之也。始公爲工部郎時，同舍郎某以墨聞，公從之飮，醉，沃手，先同舍郎，次公，公詫奉盆者易水，曰：「是水汚吾手！」同舍郎故善諸閹，至是乃竟搆公，自泉徙蠻徼，竟敗公於思南。而公當副大理時，以抗禮忤逆瑾，瑾銜之，誣公罪，矯詔杖公闕下，幸不死，謫判濟，再三起，僅獲守泉。此在他人宜廢食矣，而公餓之愈力，此其嫉邪而羞忍恥，不肯伈伈伣伣出人下，用倖以易一郡大守也，謂不出天性哉！渭方以是偉公而惜其遺，乃公最少子立爲渭言，當傳之也。渭乃爲公傳遺事，其生平出董吏部若長沙兩公筆者，夫渭烏得而襲之哉？

贈光祿少卿沈公傳

青霞君者，姓沈，名鍊，字純甫，別號青霞君。生而以奇驚一世。始補府學生，以文奇。汪公文盛以提學副使校浙士，得君文驚絕，謂爲異人，拔居第一。嘉靖辛卯，遂舉於鄉，戊戌，成進士。始知溧陽，以政奇。御史憚之，卒得詆，徙茌平，再徙清豐。已乃擢經歷錦衣衞，以諫奇。庚戌冬，虜入古北口，抄騎至都城，大殺掠。時先帝倉卒集羣臣議於廷，大官以百十計，率婞婀不敢出一語。君獨與司業趙公貞吉，歷階抵掌相倡和，慷慨論時事。嚴氏黨執格之，君遂抗聲詆嚴氏父子。又上疏請兵萬人，欲出良涿以西護陵寢，遮虜騎使不得前，因得開都門，通有無便。不報。無何，又上疏直詆嚴氏十罪。有詔廷杖君五十，削官，徙保安爲布衣，以戇奇。當是時，君懷憤之日久，而忠不信於主上。乃削木爲宋丞相檜象，日莫射捶之，隨事觸景爲詩賦文章，無一不慨時事，罵訶姦諛，懷忠主上也。當是時，邊人苦虜殘掠，而楊順者方握符鎮宣大，虜殺人如麻，順不敢發一矢，虜退則削漢級，以虜首功上。君飛書入轅門，數順罪。順痛忌之，承嚴氏旨，日夜奇搆君。及甲寅，虜復寇大同右衞，順計不出前轍，君飛書益急。而君在邊久，嘗思結客以破虜，或散金募土人豪宕者爲城守。保安饑，又散金市遠粟，粥僧舍，活萬餘人。順謂諸事非放逐臣所宜爲，可以叛擣君，遂與御史巡宣大者路楷會疏入告君叛狀。嚴氏父子從中下其事，棄君宣府市，連坐死者五人。既又馳捕其長子襄，械抵宣府杖繫，糜且死。會給事中吳公時來疏上，有詔逮順楷，襄得免戍，時丁巳秋月也。先帝始再聽諫臣鄒公應龍林公閏等說，悟向者嚴氏姦罔，斬世蕃西市，奪嵩官，籍其家。再踰年而先帝崩，遺詔錄嘉靖以來以言事得罪者，君得贈光祿寺少卿，蔭子一人。今上立一年，襄復疏父寃，順楷坐死。上感君戇，爲制文，命省臣祭其墓。

外史徐渭曰：余讀離騷，及閱青霞君塞下所著鳴劍小言集籌邊賦，扼腕流涕而嘆曰：「甚矣，君之似屈原也！」然屈原以怨而君以憤，等死耳，而酷不酷異焉。雖然，死不酷，無以表烈忠。今夫干將缺且折，其所擊必巨堅也。君結髮廬越山，至入仕，至放居塞垣，其特奇行多甚，言之人無不駭心墮膽者。然其要卒歸於孝忠。君少時，君父翁睽其室，走京師，誓終焉。其後君舉於鄉，入京，悉要其鄉人爲供具，長跽請歸其父翁，哀痛慟號，路人無不灑泣者。父翁遂感動，亟命駕歸，翁嫗相歡如初。跡君所爲孝如此，其忠固有自哉！然余嘗至京師，過君故舍。舍旁人爲余道，沈大夫盛時，車騎集門如流水，及禍起，門可張雀羅，所不去者永嘉張侚竇遜業鄉人胡通政朝臣耳。然兩公者卒以此得禍，悲夫！宋玉爲屈原弟子，原死，玉作些招原魂。余於君非弟子，然晚交耳。君徙居塞垣時，余直寄所愴詩一篇，愧宋玉矣！

白母傳

白母者，山陰某里葛氏女也。年十六，歸白公瑾。公素弱，母爲善調節，使讀書成所學。成化中，以進士爲分宜知縣，母與俱往。其明年，公病踰時，而庫所貯折銀尚數千兩，鄰境有因饑而作亂者，聚徒百餘人，將刼取之。縣固無城郭，寇倉卒將及門，諸簿丞與其妻孥既棄署走匿他所，母獨分命家人力拒其兩門，乃始遷公別室，埋其銀汙池中，着公之服，升堂以俟賊。賊至，則陽爲好語相勞苦，益盡出其所私藏釵珥衣服諸物以與賊。賊謝而去，而不知陰已表識其間，用是後稍捕得之。未幾，公竟以病死於縣。先是縣阻江水，一方舟渡人多爭溺死者，母勸公爲浮梁以濟。而公之政治有恩惠，又大略時出母之意。母之賢既已聞縣中，至是喪公而歸也，民哭聲溢郊野，其婦人載稾哭以送者，途相次如魚鱗，母都一毫無所取以歸，時年若干矣。歸若干年而後卒。其始歸時，獨閉門謝外事，修飾謹慎，以率先其帷中，敎子孫使治行誼。里中人賢母，亦如其在分宜也。至其末年皓首時，乃始聽鄰人諸族戚之請，爲之決疑難，斷不平。有不訟於官而謀於母者，卽桀猾，母一言冰解而獸伏。於是府若兩縣學諸生數百人，以母走告知府湯公，公令榜其門。時母已老就枕席，至榜日，獨呼其孫憲令起，沐浴更衣坐堂中，益遍召其諸子孫使來前，榜聲絕而母逝矣。

論曰：古今稱節婦貞女者多矣，兼才與智而有之，唯孫翊妻徐氏耳，紆緩圖之而乘時以亟發，殆兵家所謂彍弩發機者與？然徐旣許覽以昏，則可延日時，得自爲謀，有兩故將可召，則可與共事。未聞以文吏婦與其家衆數人，阻百餘創起之寇於呼吸之間，匿貯金，徙病男子，假冠服出所藏，又默識其所欲與，若母之敏給而奇者也。假令母與翃之妻不爲婦人，在今日得提數萬之衆，以與閩越東夷之寇相從事，其所謂敏給而奇者，又不知何如也！余於斯重有感焉。母之曾孫賁數爲余道母事，且曰：母死時，出其篋中所計族人婚姻巾括衰帶至麻縷繫綴之細無不具，其他物稱是，子孫男婦人哭泣成禮而已。噫！觀於斯，而母之愼密計深遠又如是哉！

王君傳

吾友王君，諱某，字某。卒之又明年，其子府學生某以葬其考時缺志銘，懼遂殞歿其素也，乃書狀來請傳。余讀已，喟然者久之。夫以王君少顥敏苦學，未弱冠，以儒充試，一不售，乃爲生於府學中，便廩食，其後試有司，無一第不高等，且間甲諸同學生。百里之外，裹糧而趨學者，無一不就王先生塾乃弛擔，如是且三十年。數奇矣，然猶以貢拔，此人人能知之，某亦能言之者。至其以文受知一府公，府公憐其貧，頗風之人持百金爲壽請府事，而君不爲動。先是又一他府公授一鄉翰林托，令簡壻以屬君，君對曰：「某薄命，業已約婦，無以承使君厚惠。」府公復翰林，戲舉舊事曰：「事不諧矣。」此雖人人未必盡知之，然某猶能言之也。至君以一經教弟子，致束修，若廩食，準銅錢，以個計可百萬，乃悉以同諸弟，瑜者敎之，瑕者食之，終其身爲一窶人。此則人或知之，生，君未嘗言之，死，某亦不得言之者也。今夫身至大官，鏹盈藏，乃嫂叔矜耰鋤，兄弟以故業而鬩者，豈少哉？噫，可傳已！君有膽量，嘗讀書山中，雷破廬木弗怖，多鬼，稍來弄人，弗迷，白皙面滿月，應法匪特文當顯也，而竟止此，命也夫！

論曰：懋新君雖窶，然喜植花木，畜魚於盆池，買古書帖及名人畫滿篋笥，數飣俎銜杯，喜翩翩也。即爲舉子業，然亦時爲詩，及好人爲詩。城中大家治園池不少，友人中爲詩者亦往往有之，然予不數過也，而特數過君，君之辦景，豈眞過富人哉？而乃今則已矣。莊周曰：「自惠子死，無以發吾言也。」

彭應時小傳

彭應時，山陰人，始以文敏爲生員。既以俠敗，乃用武，中武科，爲鎭撫，又以亢被黜，家居困鬱甚。久之，都御史王公抒來鎭浙，知其材，檄使練士。會參將盧鏜自松江擊走蕭顯，公令應時截諸海塘乍浦，爲賊所掩，乃奮鬭，被創墮馬死。死之時，猶怪罵其馬前卒促使己脫身走者。應時性聰敏，能詩文，材力武技，一時蓋鄉里中，而馳射尤妙，幾於穿葉。少年時使氣，人莫敢忤。至是，善撫士卒，士卒且樂爲之用，而竟以敗死，命也夫！

先師彭山先生小傳

先生姓季，諱本，字明德，會稽人。少受春秋於其兄木，遂以經名諸生中。其後往師新建，聞良知之旨，益窮年治經，心悟手書，忘晝夜寒暑，歷仕與處，從游者數百人。所著書爲春秋私考、廟制考義、讀禮疑圖、四書私存、孔孟圖譜、樂律纂要、律呂別書、蓍法別傳、說理會編、詩說解頤、易學四同，凡十一種，爲言數百餘萬，悉破故出新，卒歸於自得。時講學者多習於慈湖之說，以自然爲宗，懼其失良知本旨，因爲龍惕說以挽其敝，識者謂其有功於師門。始以進士理建寧，嘉靖初召爲御史，以言事謫，升沉者二十年，止長沙守。其爲政，急大節，略小嫌，絕不知有世情，卒以此稍得訾，唯名士大賢獨心慕之。嘗居父母喪，終兩制不入私閫。事其兄，問膳視寢，出告反告，雖皓首一如其童時，其孝友篤至如此。平生不事產業，家無餘貲。沒十二年，鄉人景其賢，爭出金搆祠以祀，復祀於校。木字元德，早舉于鄉，官至伊府長史；始爲縣令郡佐，並以廉平稱，故所在紀官蹟於志。

卷二十六　墓誌銘

宣府萬全右衞經歷楊公墓誌銘

友子楊子完，其父經歷公死之後二十年，以父行可誌而銘，而久缺，且私謂渭雖窮士而稍文，乃請渭爲誌而銘之。公諱總，字大綱。其先居黄岡，五世祖允中，從高皇帝，以武功授神武衞百戶，移守海門，從征安南死之，加千戶，子昊襲。永樂初，使守紹興，因家焉。昊弟昇生能，能生冕，冕生惠，惠娶潘氏，生五子，長卽公。公始爲府諸生，時以文高廩。正德末，遇例，乃輸粟入國子監。祭酒趙公延敎其子，愛重之。及拜遼東瀋陽中衞經歷，爲薦於撫臣，稍見器任。公遂條錄邊事，中肯綮，當事者嫉之。已而遼三城卒俱叛，或縛撫臣，實亦公條所及事。時當其變者巡按曾公銑，簡公走京師，協諸老議，馳歸定策，撲首亂者，斬四十人於通衢，城遂定。事聞，天子亦賜公金。會母死去位，服闋，以前職補萬全右衞。至則受撫按命，按邏將卒誘殺虜中脫歸者，却其賂論死，事甚偉，且曰：「若是，則絕歸者望，而以間諜資敵人，敎將卒殺無辜以要私賞，宜加顯僇，示將來。」撫按者心然之，而重改故習，動一槩反公議。久之，懷來缺通判，又命公往攝，遂死懷來，實嘉靖某年月日。柩馳驛歸，以某年月日葬某地。娶史氏，後公若干年卒，以某年月日合葬焉。子三：簠、節、範。節卽子完。銘曰：

聞君好弈善飲酒，醉不妄言弈不校。居鄉閭闠居官皎，大事張膽小事笑。廿載銘之胡用早，事久乃定論益了。

嫡母苗宜人墓誌銘

宜人姓苗氏，雲南澂江府江川縣之里人也。父某公，諱有文，雲南府廣猥衛百戶某之弟，爲澂江府諸生。美丰姿，性聰敏，善琴，娶左衛人女褚氏太君，生宜人。有文公年二十一病死，時渭府君已舉於貴，久之，始拜巨津知州，抵滇陽驛，所與俱童宜人既道病死，殯雲南之歸化寺中。而巨津故隸麗江土官府，不可居。時王先生之尊公諱理者，適爲兵備僉事，按雲南，於府君爲中表兄弟，乃始檄府君歷攝嵩明鎮南潞南江川祿豐三泊諸州縣。而時以長兄淮取俸於麗，道遇宜人侄佐旅，語及宜人。府君稍以媒往，不入。其後府君攝江川佐，又爲太君訟其母家負嫁時所與田。德府君。而太君母范有妹夫楊武者家雲南爲千戶，徙太君與宜人其家。楊既富人，公復有屯田在嵩明，屬其稅於府君，因憶往年佐所及宜人事，遂成之，宜人乃歸府君。宜人寡六年而有佐語，又六年而嫁。其始以守自誓，欲不嫁，太君又憤其宗人，當始嫁宜人時利增家財，縱嫁亦不令其在鄉令更利，謂府君征那大功當遷轉其地，又家籍近在貴，故不難之。及嫁未踰月，倉卒赴夔州，太君乃嚙宜人臂以別。故其當府君仕及解官歸，即已戀太君，稍不樂。府君下世，益厭其長子婦宗親人及越之風物。迨後家零落，蓄使侍悉散去，又日夜課望渭，用是以鬱憤死，然心未嘗一日不痛念太君。死之夕，亦嚙渭臂以決，而命火其骨歸太君鄉，實嘉靖某年月日，年五十九，以某年月日合府君葬焉。宜人性絕敏，略知書，其持身嚴毅尊重，內外莫不敬憚。其描寫俎醢，爲世女師。其才略酬應，畜釀種植，出入籌策，駁辨禁持，則宗戚、子婦、賓客、塾師、老牙嫗、悍奴婢靡不失氣。其保愛敎訓渭，則窮百變，致百物，散數百金，竭終身之心力，累百紙不能盡，渭粉百身莫報也。數欲攜渭走其鄉謁太君，時節旦莫，數爲渭道其鄉親故變遷，景物風俗，宛在渭目前，至太君，必慟哭乃已。又數疑太君或已死，不得一見。而宜人死時，太君乃反在江川養其侄某家。時兄潞去家往貴，至應雲南省試，尙得見之，而宜人不得聞也，痛哉！渭既以宜人寶渭，事多不可述，而哀宜人生死終孤羈且痛母太君也，故誌所履特詳，而收涕以銘之。銘曰：

魂欲往兮奈兒在此，魂欲留兮奈母在彼。愛母與兒，孰少孰多？魂不可以去留，傷如之何！

伯兄墓誌銘

兄諱淮，字文東，號鶴石山人，渭父之長男，先嫡母童宜人所出也。始父兩爲守於滇蜀，兄俱隨。父歸，兄則爲客遊，足幾遍天下，所不至，秦晉閩桂林而已。喜蹴踘燒丹，又喜施貸，貸或十百金，不責券，人往往負之，亦不改，以故漸散其貲數千金殆盡。渭少依繼母苗宜人，宜人死依兄，兄視之如己子。時或以兄無子，令改卜先人葬地，師曰：「是利末支。」兄曰：「令弟有子足矣。」然兄終無子。始兄嗜丹術，性復散宕，不內戀，如有待於兄弟中，乃始盡舍其家室，益遍遊名山嶽，庶幾一遇神仙焉，而卒不得。其客遊則多在湖州間，所更嘗廣，破舟瞿塘峽中得不死。每涉錢塘，過楊子呂梁，値風怒，人失色祈神鬼，兄曰「溝耳」，人相傳以爲笑。然性古直，不逆詐，沈毅寡言笑，有長者風，世所稱眞可托妻子，里中兄一人而已！生弘治某年月日，死嘉靖某年月日，年五十四。死之前一月，猶與故扶溝知縣零陵蔣先生者鑄鼎稽山中，蔣一往東陽，及再來，而哭兄於寢矣。以某年月日葬父母側，合嫂楊，銘曰：

兄所志，弟所知，歷名山，仙與期。其魄雖葬於此，其魂氣則無不之。

仲兄墓誌銘

兄諱潞，字文邦，長兄淮同母弟也。始與長兄俱隨父仕滇蜀間，後歸補府諸生，考輒不利。私念父昔以貴州龍里衛戎籍鄉舉，而隨父官滇時，嘗記姓名於衛學，於是一旦挈嫂氏往入衛學，考輒第一。衛諸生忌之，相鼓告詐冒，其後場中文已中選，拆糊名，竟以是避忌落榜。後三年，丁繼母苗宜人憂。迄庚子，復得應試。而布政使職提調者，故紹興知府洪公也，素忘分，日與兄銜杯，心注焉，而兄竟以痢舁歸衛。迨唱名，入諸生，驚問：「徐生安在？」令卒遍號之城中，而兄竟以是病死，死年纔四十。於乎，兄亦勤矣！兄在家，煦煦一公子耳，乃因困發憤，舍其貲，走萬里道，與僮僕食糲衣粗，入洞箐，穴虎處，取穀息於蠻子，而嫂則自釀酒，漉菽爲腐，或爲人縫刺以自給，於乎，兄亦勤矣！兄性聰明純厚，善諧俗，其去之衛，學益進。都御史陳公討叛土官阿向，久不克。上策一篇，大奇之，立簪花，祖綷縩，給筆墨札。其後稍爲古詩文，而衛固少文，故自撫按大吏以下至百戶軍人家，靡不敬藉兄。然俗獷悍，少焉輒忘其好，或挙歐，而吾宗人爲甚。兄生弘治某年月日，去家若干年。死時嫂童氏火之，拾其骨以歸，葬父旁，無子。始兄將去，筮之，得≪離≫之九四，人至是以爲驗。銘曰：

父入虎穴得虎子，其子從之焚如死。同所行，異所止，命也夫！

亡妻潘墓誌銘

君姓潘氏，生無名字，死而渭追有之，以其介似渭也，名似，字介君。介君蚩而樸廉，不嫉忌。從其父官於陽江時，時拾無所記詰之錢銀，以還其繼母。渭贅其家者六年，終不私取其家之付藏者一縷以與渭。父自陽江陞趙王府奉祀，還過梅嶺，開匣取十金與之，戒勿泄於母。介君怯焉，卽以投於兄。與渭正言，必擇而後發，恐渭猜，蹈所諱。生時處繼母及繼母之弟妹，若宗親僮僕婦女婢，始終無不歡，死無不憐之者。生子一，名枚。娠時夢月，及產，頑然笑謂渭曰：「無異也。」介君始病瘵，產而病益加，踰年而死。死之前數日，有嫗入自後戶，犬逼之，躍積稻中不見。死後月餘，而家之蒼頭夜網魚歸汨門，忽墮水起，而懵然有神馮焉，聲音言笑，悉介君也，道生時事，哭泣悲兒子，責無禮於其所親某。介君生嘉靖某年月日，某年月日死其家，年纔十九，以某年月日歸其柩，葬舅姑側，去可三丈許。銘曰：

生而贅其夫，死而不識其姑，女雖蚩，魂悵然其踟躕。生而綴其珮，死而歸於其妹，女則廉，魂釋然而勿慭。生則短而死則長，女其待我於松柏之陽。

蕭女臣墓誌銘

吾友雲萊子蕭女臣翊年三十九而死，葬未有誌銘，其父老而諸孤幼且貧，亦不知爲其父請乞，而諸友則數屬渭。久之，渭追誌母兄妻，而女臣於渭好兄弟也，因誌女臣。女臣生而瘠峻捷輕，步履如飛，性絕聰明，亦絕疏落鹵莽，薄世俗，有物外想。年十六七時，其叔提學副使公諱鳴鳳者深愛之，歲具衣食，令就渭家同學於師。女臣心不喜舉業，獨喜秦漢古文、老莊諸子、仙釋經錄及古書法，以故楷甚精，摹十數種，死後爭得之，率丈尺金數兩。其於諸古文仙釋，則不求甚解，獨心竊好之。嘗從師季長沙公訪周江郎山人，與渭過宿北菴上人之所，從玉芝師者歸，則翩翩然欲飛去。晚尤喜與人飲謔，每自其贅婦錢塘朱家走其家中梅，踵不旋輒走渭所寓禹蹟寺中，與諸所好同席枕，或累數月無日不痛飲。眇世事，感慨百集，病且劇猶臥寺中，渭與葉子肅侍之月餘而始歸中梅焉。女臣既貧而性復好施與，又不事生業，獨守一弟子員，心益厭苦之。或爲人師，所得僅資一歲，至是又亡其妻，用是以窮愁死，而人不知，見其外絡曠蕩，於是盡歸罪於酒與色矣。子五人皆穉小，始而寄散養，長大者今始歸焉。女臣以某年月日死，訃至，渭哭寺中幾絕，以某年月日葬某所，不給，渭與某稍會斂以遺。銘曰：

枕耶席，寺禹蹟，欲與君共之，今可得耶！

高君墓誌銘

君諱陞，字進之，其先江都人。靖難師起，五世祖觀音保以從征轉徙，遂來居紹之紫金里。始官百戶，後落秩總旗。三傳至賢，有子五人，其季名奉者，娶謝氏。生君與按察經歷陽。君爲人如出冶劍，少即露鋒鍔。師參議胡公某，某數睨以語人。君時尙窶，其伯父泰無子，嘗提千金產欲後君，君謝去，人奇之。無何，果以賈數致千金，歸則踞進其尊人，恣所以，既又澤其宗遠若窶舊故必遍，且歲襲，了不見厭倦時。於是自家至燕齊數千里內，皆知高髯公孝友嗜義，有古俠士風，復善料，有急輒投，君益爲營且賫，往往傾囊，然至貴游或黠少年有所挾者，欲出其一銖於甌，不得也。晚尤好結賢豪文士，與磨切事，一裁於義。時召客，把髯以談，切齒不平，風雨颯颯集座中。忠孝人遇災禍，輒攬仇思有以快，以故客燕，一旦跨驢度居庸，馳保安，把沈錦衣袂，痛哭旅寓。錦衣出匣中貓睛，睒睒若果核，意以酬舊逋。君笑曰：「沈大夫仕茌平清豐時，當吾賈道寸步耳，吾不入取金；今投窮邊萬里，雪沒頸，來取金耶！」擲不顧去。大抵君所爲，皆此類也。君敏絕，素解文理，其交我也實以文，乃終不請乞一字。人怪之，君曰：「辟諸山川，挹其秀止耳，何用採掇爲？」及繫，君每入餉我，必曰仄而唏以出。噫，豈亦有痛哭保安意耶！君歿之前三日，其長子文明持君書來訣，故今葬也，諸子來告曰，曰「今隆慶之壬申閏二月之廿有八日」，告所曰「荻埠」，告銘曰「先生幸銘之」。予以罪不可。某君涕曰，「君志也」！余亦遂涕以銘，銘曰：

馳雪塞，哭霜臣，擲狸睛，眇蚨緡。過我之日兮風伐木，樸兮樕，爾兮孰。

潘公墓誌銘

公諱某，字某，會稽人。其先金陵，其徙則自赤烏中仕吳爲郎曰安樂公者始。迨元明間而有志道，志道生壽延，壽延生全一，全一次子曰慶者，有子三人，而公最少。全一之最少子曰澄，無子，公後之。遽使公殖貨，公曰：「先世並巖居，無是也。」乃別用讀法起，得主簿之陽江，而廣故渴才吏，諸大吏爭役公。巡按者爲休寧洪公垣，知之，奪使攝恩平。及行恩，受告書得數百紙，訝曰：「攝固才，寧不辦此？」悉焚之。公又自放寃死及流遺十餘人，聲大起。後巡者顧惡其然，檄使按公，幾敗。簿職遷，故事，歲一行鄉，落橐不飽不返。公痛一屏格，至是當代覲，諸鄉老連括三歲橐，特酒牢以贐公。公固欲，諸鄉老涕曰：「阿爺耶，都不記曩苦廉而得按耶？奈何持空橐走萬里道？即饑，何以飽旅店耶？」公始爲什一內之。歸，半以貨親舊之窶。每報逋，笑不問。其初以女甥某也，謬以文，不責聘。公娶兩太君，始金，金死繼以羅。金子濤入粟得丞驛，女卽甥某者。羅子潮讀父書，行當仕，女適史楹，幕府書記也。子若孫輩娶嫁並仕族。公生正德某年，卒某年某月。羅卒後公，以某年月日合公金葬某所，某謹銘，曰：

小吏而若廉，食幾於無鹽。孰使之鹽？大吏則然。內橐也以祖，卒散之也如土，仕也哉指可數。某也斥鷃，偏其不遠，則負公館。

吳孝子墓誌銘

孝子吳翁，諱濬，字潮源，號素齋，世居山陰利樂村。始祖翥，唐大中間以高節，賜號文簡先生。其子蓋徙諸暨，入明，至瞻後，家山陰。瞻子臬，徙清道里。臬子俊，娶平當成化十有八年，月日俱十一也，而孝子生。生十歲，輒抱書，以數言活父，御史臺中人奇之。及長，修身表俗，務厚人道，嘗瀹肱劑父病。父死，侍母寢，足不至閨闥，冬燠衾，幾四十年如一日。先是妻陸暴死倉卒，請母木以殮，覺母少色忤，遽徹妻喪治母木。廬火，翁以搆忘母辰一弗壽，遂終身不令家壽己。至是，翁年八十矣，道父母生時事尙往往作嬰兒啼。其於人好解劇紛，里中事行止必曰吳孝子任否，人藉以爲瞻云。子曰鳳暘，籍諸生，以俠坐誣死。孫系、綬、紳屬銘，予辭以繫，至再與石入，遂書。銘曰：

庭中有翁，不弛其親，座中有翁，坐客盡驚，今其往矣，巷無居人，蓋美不勝書也。吾取其大者以銘。

題徐大夫遷墓　代

大夫諱鏓，字克平，喜竹，故稱竹菴主人。從祖戎籍，以弘治己酉雲貴鄉薦，始知巨津州，至夔州府同知。茲以萬曆七年九月廿有六日再改葬於此，合以童苗兩宜人，祔以季子渭之母苗君，及其兩婦曰潘曰張，童宜人所出伯子曰淮，婦楊，仲子曰潞，婦童，墓去此以步計，祭可告以合饗。大夫於予考按察使本誠翁爲姑之姪，曩嘗同事於雲貴間，甚驩也。及是，予八十有二矣，渭以親好中及見大夫者止予一人在，題大夫墓非予不可，故來請題。表姪龍溪居士王畿。

自爲墓誌銘

山陰徐渭者，少知慕古文詞，及長益力。既而有慕於道，往從長沙公究王氏宗，謂道類禪，又去扣於禪，久之，人稍許之，然文與道終兩無得也。賤而懶且直，故憚貴交似傲，與衆處不浼袒裼似玩，人多病之，然傲與玩，亦終兩不得其情也。生九歲，已能習爲干祿文字，曠棄者十餘年，及悔學，又志迂闊，務博綜，取經史諸家，雖瑣至稗小，妄意窮極，每一思廢寢食，覽則圖譜滿席間。故今齒垂四十五矣，藉於學宫者二十有六年，食於二十人中者十有三年，舉於鄉者八而不一售，人且爭笑之。而己不爲動，洋洋居窮巷，僦數椽儲瓶粟者十年。一旦爲少保胡公羅致幕府，典文章，數赴而數辭，投筆出門。使折簡以招，臥不起，人爭愚而危之，而己深以爲安。其後公愈折節，等布衣，留者蓋兩期，贈金以數百計，食魚而居廬，人爭榮而安之，而己深以爲危。至是，忽自覓死。人謂渭文士，且操潔，可無死。不知古文士以入幕操潔而死者衆矣，乃渭則自死，孰與人死之。渭爲人度於義無所關時，輒疏縱不爲儒縛，一涉義所否，干耻詬，介穢廉，雖斷頭不可奪。故其死也，親莫制，友莫解焉。尤不善治生，死之日，至無以葬，獨餘書數千卷，浮磬二，研劍圖畫數，其所著詩若文若干篇而已。劍畫先託市於鄉人某，遺命促之以資葬，著稿先爲友人某持去。渭嘗曰：余讀旁書，自謂別有得於首楞嚴莊周列禦寇若黄帝素問諸編，儻假以歲月，更用繹紬，當盡斥諸註者繆戾，摽其旨以示後人。而於素問一書，尤自信而深奇。將以比歲昏子婦，遂以母養付之，得盡遊名山，起僵仆，逃外物，而今已矣。渭有過不肯掩，有不知耻以爲知，斯言蓋不妄者。初字文清，改文長。生正德辛巳二月四日，夔州府同知諱鏓庶子也。生百日而公卒，養於嫡母苗宜人者十有四年，而夫人卒，依於伯兄諱淮者六年。爲嘉靖庚子，始籍於學。試於鄉，蹶。贅於潘，婦翁簿也，地屬廣陽江。隨之客嶺外者二年。歸又二年，夏，伯兄死，冬，訟失其死業。又一年冬，潘死。明年秋，出僦居，始立學。又十年冬，客於幕，凡五年罷。又四年而死，爲嘉靖乙丑某月日。

男子二：潘出，曰枚；繼出，曰杜，纔四歲。其祖系散見先公大人志中，不書。葬之所，爲山陰木柵，其日月不知也，亦不書。銘曰：

杼全嬰，疾完亮，可以無死，死傷諒。兢繫固，允收邕，可以無生，生何憑叶音逢。畏溺而投早嗤渭，既髠而刺遲憐融。孔微服，箕佯狂叶，三復蒸民，愧彼既明叶。

墓表

陳山人墓表

海樵陳山人鶴卒之六年，爲嘉靖乙丑。其子廣西都指揮僉事某，將以是年春二月之十日，葬山人於某所，與山人配胡安人合。且擬乞銘於湖之茅副使坤，而先以狀屬柳君文。至是，顧以葬事阻湖之行，又以余與柳君先後得友山人，雅相抱筆伸紙以朝夕，庶幾稱知己於山人也，顧且令予表山人墓，而柳君所爲狀，亦東不使見。且曰：「必按狀而表吾翁若母，安取於知吾翁哉？」噫！都君之志則善矣，乃若天之所以縱山人者，豈惟余不之知，雖山人亦不能自測其然也。然謂余盡不知山人固不可。山人生而潁悟絶羣，年十餘，已知好古，買奇帙名帖，窮晝夜誦覽。十七而始以例襲其祖翁某軍功所得官，官故百戶也。山人固不喜握鞭韔弓矢以自匿其芒角，負平生，一旦鬱鬱得奇疾，更百療莫驗。山人則自學爲醫，久之洞其旨，則自爲診藥，凡七年而病愈。愈而棄其故所授官，着山人服，乍出訪故舊，神宇奇秀。余從道上望見之，疑其仙人也。居數年，始得會山人於甥蕭家，酒酣言洽，山人爲起舞也，而復坐，歌嘯諧謔，一座盡傾。自是數過山人家，見山人對客論說，其言一氣萬類，儒行玄釋，凌跨恢弘，既足以撼當世學士。而其所作爲古詩文，若騷賦詞曲草書圖畫，能盡效諸名家，既已間出己意，工贍絶倫。其所自娱戲，雖瑣至吳歈越曲，緑章釋梵，巫史祝呪，櫂歌菱唱，伐木輓石，薤辭儺逐，侏儒伶倡，萬舞偶劇，投壺博戲，酒政閣籌，稗官小說，與一切四方之語言，樂師矇瞍，口誦而手奏者，一遇興至，身親爲之，靡不窮態極調。於是四方之人，日造其庭，蓋一時豪賢貴介，若諸家異流，無不向慕，願得山人片墨，或望見顔色，一談一飲以爲幸。雖遠在滇蜀，亦時有至者。即不至，幸以書托交，每旬月，積紙盈匣。山人又喜拔窮士，士或往四方，又必借山人片墨以動豪貴人。每值山人飲，旅者行者，舉爵持俎，載筆素以進。山人則振髯握管，須臾爲一擲，累幅或數十丈，各愜其所乞而後止。而往復箋札，援酢去留，目營心記，口對手書，又雜以論說娱戲，如前所云者，一時雜陳，燦然畢舉。於是軒蓋益集，省諸司巨公，郡縣長吏，或銜命之使，有未見鄉縉紳而先造山人者。山人卧未起，或時就榻見之。諸公既異山人姿，高其履，而山人指顧自如，雄談闊視，雜以嘲詆，無不氣折心醉，願内交而去，蓋家居如是者幾三十年以爲常。乃一往金陵，客四年而不復返矣，嗟哉！始山人少時游金陵，將造尚書顧公，公先一夕夢李白，及見，乃山人也，遂深相結。而今之殮山人而哭盡哀者，爲尚書孫公，官又皆禮部。豈山人終始於金陵，固自有數耶？嗟哉！山人之配爲胡安人，先山人幾年卒，故千戶胡公女也。公性方嚴，無子，教其女如子，以故安人賢且才，率能給山人取。山人雖外豪宕，然事父母至抑畏，處諸弟若女兄弟至和愛，周貧乏不問有無。至於宴客無虚夜，調飲食，級巾服，皆時時出新巧，安人無不佐之，隨事立辦。於是山人內成孝友，外益得肆其抱以驚一世。故予嘗謂山人氣雄邁，跨諸貴游，似東方朔；才敏似劉穆之；其爲瑣細藝劇，忽整衣幘談理道，辨世務，又大類曹植見許淳事。然穆之史載其妻截髮爲食飲事，雖不類山人，然其賢可想見，而朔數買長安女，未聞其妻之妬，且割肉遺細君，又意甚驩也，此亦與山人夫婦中頗相似。而獨悉舉山人百所能，眞若海釀山負，則三人者互有所短，而山人獨兼之，此所謂天所縱，雖山人亦莫測其所以然，豈以予寡陋，謂其智盡知山人耶？故予略述其所可知者，以復都君之請。都君當朝奠，以予表若柳君狀並告於山人，脫稍相異同，山人當自知之也。

卷二十七　行狀

師長沙公行狀

先生姓季，諱本，字明德，別號彭山，越之會稽人也。其曾祖諱良佐，封文林郎，江西道監察御史。妣戴氏，封太孺人。祖諱駿，登天順乙丑商輅榜進士，廣東按察司僉事。妣徐氏，封孺人。父諱翔，以先生貴，贈奉政大夫，南京禮部儀制司郎中。母劉氏，贈宜人。季氏之先，魯公子季友爲僖公大夫，賢而有功，賜氏其字。宋南渡時，有爲會稽守陵使者，因居攢宮里。元僧楊璉眞伽發宋諸陵，悉焚陵衛署，季氏惟一人不死於火，乃卽故址居焉。至國朝景泰中，徙家山陰之寧恩里，則自僉事公始。至先生，復遷會稽之稽山里，禹蹟寺之東，蓋宋曾文清公之故址云。先生生而穎異，倜儻不羈，每從其尊人用無公讌集親友家，座客命占對，隨其所難，怪奇俗雅，無不應。立就，人咸驚異。十五學爲古文，落筆輒千餘言。十七通春秋，補郡學生。時僉事河南吳公瀛分巡浙東，集經士，尤屬意於春秋，一見先生，以國士待之。因令入省，讀書菩提寺中，蓋弘治甲子歲也。秋，果以春秋中浙江鄉試第三名，爲座主月湖楊公廉所器重。而先生之伯兄東所先生，亦以春秋領辛酉鄉薦。至是，先生與偕赴禮闈，凡治裝若家務，先生悉稟命焉。太夫人見其然，則別取金置先生篋笥中，使得展其私用。及下第歸，先生取數金還太夫人，封識如故，其誠樸類如此。戊辰，再赴禮闈試，以目疾不終。庚午秋，用無公卒，先生哀毁踰節，居喪，先生未嘗一入私閫。癸酉四月，丁劉夫人憂，如喪用無公之儀。乙亥，服闋。丁丑，再赴試，登舒芬榜進士，先生於是年三十三矣。自甲子至丁丑，家居凡十二年，未嘗一日釋卷。每讀一書，輒欲究其始終。或有疑義，卽不憚遠求博訪，隨其人而師之。上自聖經，下逮星曆、度數、地理、兵農之學，亦必究極精微，然皆務多聞，未及要領。及新建伯陽明先生以太僕卿守制還越，先生造門師事之，獲聞致良知之說，乃悉悔其舊學，而一意於聖經。因取大學讀之，沉思者半年，而始悟其一以貫之之妙，移視他書，無不一覽而通者。及是，成進士，猶欲舍仕而歸就學。新建伯以書勸之仕，乃隨例敍選。正德戊寅，授福之建寧推。值宸濠反江西，新建伯方發兵討之，而建有分水關，自江入福道也。先生請於所司，自往守之。會巡按御史某公以科場事，檄建寧守與先生並入，守以書促先生。先生復書云：「建寧諸無足恃，所恃者有吾二人爲人心所係耳。設因科場棄去，是不知輕重，人必以爲非眞爲地方計者，後日欲收人心，豈可再得？況兵家事在呼吸，而科場往返動計四旬，今江西勝負未可預料，土寇生發難保其無，微吾二人其誰守此？卽使幸而無事，當此之際，使試錄刻有尊名，傳播遠邇，將以爲不知所重，貽笑多矣。距違巡院之命，孰與誤國家事哉？」守深服之，竟不往。踰年，土寇起古田諸縣間，所司檄先生治之。先生往來諸縣，凡閱月，獲渠魁韋八等，又用間掩捕其餘黨，諸縣悉平。嘉靖壬午，給由赴部考最。癸未，召入，詣吏部試，擬五星聚營室上修德應天疏。先生所陳，大率謂天道遠，人道邇，卽有吉祥，須修德以應之，否則安知其不爲災耶？且言天下有四患，則所謂西北之邊防，東南之財賦，京衞之團營，太倉之漕輓，而未復以納諫歸之人君。時太原喬公爲吏部尙書，見而大奇之，置第一。疏名以請，授監察御史。不踰月，兩上疏論救給事中鄧公繼曾、御史馬公明衡、朱公浙，遂得罪，貶揭陽主簿。馬與朱所陳，處昭聖慈壽太皇后及今上兩宮間事，二公者已下獄，且不測，其論救尤人所避不肯爲者。在揭務以道化民，舉鄉約，行之，不數月，俗大興起，有自旁縣來觀其成者。時新建伯奉命平思田，方駐軍於梧，檄先生往議軍務。至則思田平，移駐南寧，令所招王受盧蘇二酋者征八寨，搗其巢。其後兵稍玩，餘黨尙逋聚山谷間，新建伯命先生以兵符往，至則會總帥，詣諸營宣布威信，二酋者益奮。不旬月，八寨以平。既乃條其事宜，請於新建伯，爲次序行之。新建伯始建敷文書院於南寧，至是遂留先生使主教事，至者日以百計。先生爲發明新建旨，提闕啓鑰，中人心髓，而言論氣象，精深擺脫，士翕然宗之，南寧至今傳新建學，大抵先生功也。未幾，新建伯還師廣東待朝命，先生亦歸揭陽，以長吏缺，佩堂印。揭戊子己丑間連兩歲饑，民多轉死。先生既具狀自撫按，乞上疏請蠲稅，不得。因大發官帑以賑之，復勸富民出餘粟以貸貧者，爲定其月三之息，俟秋稔取償。不給，則招糴以繼之。而漳舶侵糴爲寇，米直益踴。先生設法申令，若將掩捕然者，由是舶不敢近，而商始通，民賴以全活不可勝計。夏，擢知弋陽，其爲政悉如其在揭時。故大學士桂公安，仁人也，以復召道經弋。一見先生，遽起立握手言曰：「老夫家食，聞公名舊矣。今者復蒙恩將入侍天子，茲行也，公將何以教我？」先生爲言：「朝廷銳意圖治，敦典創制，孰非所當舉者？顧先王之治天下以仁，而其所以致治者有漸。方今天下病矣，設欲求之，莫若先以富民。民富，則基立而萬事可舉。且愚嘗三舉荒政矣，民多富則補助易爲力，多貧則賑濟難爲功。故爲今之計，卽如孟子所言，使菽粟如水火，而民焉有不仁？未必非今日急務也。」又時論以新建功蒙賞太厚，先生則又爲公言：「國家於人臣錫典，固不宜過越，然顧其人何如耳？爵上公，加九錫，分茅胙土，誠不可施於溫懿操莽，其可以靳於周公乎？」公意悟，深嘆服，謂相見晚。及入，欲大用先生，會先生與當道有隙，未果。後遣其子還，戒之曰：「途中勿妄接人，過弋陽，敬謁季尹，爲我一致謝。」其見重如此。辛卯，擢蘇州同知，甫八日，擢南京禮部儀制司郎中。時四方同志多聚南京，而先生職清散，入操管，頃刻了公事，日惟與諸公講明舊學而已。踰年，主客司郎中鄒公守益以疾乞歸，已驗報。時侍郎黃公視部事，與首相有隙。吏部希首相意，因指驗久不報，請檢劾，事連先生，出通判辰州。辰故新建謫龍場時所嘗經寓地，其於良知旨，士往往有聞。一聞先生至，執經者滿庭廡。先生爲擇辰陽書院居之，月九至其處，親爲講授，士爭自洗濯，相奮起，一時號稱多賢。永保兩宣慰舊在梧知先生，至是數相讎殺，將起，聞先生在辰，各以百金來饋。先生却之，遺尺書，諭以修睦，事遂解。郡多火，救者無法。先生爲籍城中民爲四班，地四隅置長鋸大斧若干具，令曰：卽遇火，聽民爭執以往，梯屋冒火劈截者受上賞，逼者次之，曳煨材者又次之。而自持廢書詣火所，視勞上下，拽廢書紙，題其賞數，使人隮高傳扱諸勞者衣裾中，明日各持紙來受賞。於是民貪賞，不約而赴，又貪上賞，爭冒火；煨材不聚則火寡助，如此，縱令火，不爲患矣。丙申，擢吉安同知。吉故大府，稱文物，而民俗頗黠，治於辰爲難。先生既負碩望，當道悉更以難者集先生，而民有所寃，亦往往來求直。積案盈几，處分剸劇，畧無留難。又以其暇聚徒講學於青原山。時講學者多習於慈湖之說，以自然爲宗。先生懼其失師門之旨也，因爲龍惕書以辨其疑似。諸同志稍不以爲然，則遺書江之鄒聶，暨鄉之錢王四先生，再三往復而說未定，先生亦自信其說不爲動，久之諸先生者亦多是之。戊戌，擢長沙知府。先生至此，蓋歷官去家者十有三年矣。始便道一歸，得以舉故郎中時恩贈於其二尊人畢，卽赴長沙。長沙亦大府，其俗頗類吉。而先生治吉時政尚嚴，同志有以書規之者。其治長沙率從寬簡，然於懲奸猾，則一毫無所貸。豪家彊宗苦之，乃肆爲詆誣以惑言聽，先生持之愈急。其後豪民中有一二逋逃主，事覺，畏窮治，乘覲期，脫身走京師，爲詭中。於是先生竟以考去，計在長沙凡兩年耳。兩年中又半居外治他事，而府中諸廢墜無不時舉，奸黠無所容。又以其餘力祠西山，搆嶽麓，而荊襄之役，戮力其間。則所謂報功育賢而勞事，皆兼而有之者，而顧以此去，人皆寃之，而先生處之淡如也。方先生入覲，首相與先生爲同年，而同年中與先生最善者，又素善首相，因以書托先生致首相。先生疑其薦己也，懷不上，及罷官啓視之，果薦己書也，先生益自喜。而惜先生者，謂先生方以荊襄功爲撫按交章論薦，宜自疏請以功準；其不知者則謂長吏入覲，類宜遍括所治物，槖載交權門以自爲；而今不然，宜其去也。先生聞而笑之，曰：「剝民脂以自爲者，此其人未必有濟。卽如濟，辟諸割地求和，隨索隨與，安有了期？至於人臣有微勞，乃常事耳，舉以準過，不已薄乎？」遂詣闕謝天子以歸。歸則載書，攜諸子，就居諸禪室，誦讀其中。而先生手自校讎，迄晝夜寒暑無間者，凡二十三年。所著書爲廟制考義、春秋私考、讀禮疑圖、四書私存、孔子圖譜、樂律纂要、律呂別書、蓍法別傳、說理會編、詩說解頤、易學四同，凡十一種，爲卷百有二十。大要以己意近發師說，遠會聖心，節解貫穿，悉歸於一而後已。其有不合者，輒握管終日以相角，非特經義理道已也，雖典章政令之出於古，爲今人所不及見者，有乖於理，先生悉掃除之，必出於己，歸於一，而後已。既又窮九邊，考河故道，索海運之舊迹，別三代春秋列國之疆土川原。則又涉淮泗，歷齊魯，登太山，又歸而自江入閩者踰年，過從訪訊，悉皆名士，其所最禮敬而切訂者，於鄉則有龍溪王先生，於四方則有雙江東廓中離念庵栢泉荆川遵巖諸先生。或彼此日馳月赴而歲至，以故其於理道之微，經世之務，謬訛之辨，破舊更新，靡不窮極肯綮，而諸先生者亦自以得先生而大有所裨。其所居與其所至，士多以此師先生，而先生亦以此而教人。以故出先生之門者，多博洽執持奇俊之士，若江之陳君昌積，鄉之錢君楩，始以文章老釋自高於世，終亦舍所集而就業於先生焉。先生性至儉，數年不更一衣。至其施與，值所宜，雖倒囊勿吝。人有過，務爲掩覆，有善，務爲宣揚，有困窮，務爲周恤，有求薦者，務盡其力之所能，亦或有不求而自爲之薦者。至於以非義，則瞿然而起。與人無圭角，雖僕隸若可仰而親之。若當大事，見定而策決，雖千百人亦不顧。以理卜禍福，或奇中於數年之後，至以堪輿星命蠱者，特爲說以闢之。所交際，雖窮簷下屋，或步往造之，巨權時貴，款門乞言，爲畢陳利害。出口如懸河，觸冒忌諱，侃侃然如對弟子語。及別去，彼罄折候升，此一麾而卽入，而初非傲也。不嗜酒，然喜飣豆觴邀同志與登泛，挾册以往，詠歌講說，盡日而還。處家庭多闊略，既絕不治生，教諸子亦疏其節目，使歸於自得。至於事伯兄東所先生問膳視寢出告反告，雖皓首一如其童時，其愼密又如此。而東所先生故循吏，又能詩也，往往喜道其居官時事及所爲詩，亦稍喜道先生官時事若文與詩，似謂先生才高於己者。先生則數爲東所先生言，詞家固自有體，我則未暇。至於吏事，負才氣者類能爲之，此不必言。至其微處，却與聖賢有別，未易言也。是以先生所爲詩文至多，期於適意明道。而其官時多奇事，人鮮有知者。獨其舉鄉約者再，救荒者三，此則人所共傳。而其推建寧時，斷死刑者三，已詿案，後稍覺其誣，及擢去，悉爲記達諸司，痛陳己爲羅摭，令後斷者得據記以解。其知弋陽，亦既報擢矣，以時方更，造籍垂成，恐所釐詭稅畝弊復作，又上記，願留數月，畢籍而後行，行則越憑限已一年矣。此二者則皆士宦人所決不爲者，而解死刑事尤難。渭昨與一鄉翁談先生於京邸，翁爲渭言：「當今當大事不避難，有過不肯掩，照然如日月之食者，惟先生一人。」渭有會於二者，不覺失笑。翁詰之，渭告以故，翁亦欣然而起，曰：「有是哉？」今兵部郎中故推紹興浦城周公者，才吏也，於先生爲舊屬。嘗爲渭道先生，至言其奇政，未嘗不撫掌自失。時先生方在長沙，渭未得師事，忽其言不記憶。及事先生，問先生政事，又絶口不言，而諸子亦以先生不言，故鮮有傳之意，是以述其吏事多寥寥。然其所講學及所讎著，渭則多預聞之，或時就商推，然卒無所得於己，亦無所助於先生。而其勤學苦心，皓首而不倦，以繼往開來爲己任，獎後進，翊頹綱，亹亹孜孜，日不暇給，則人人所共知者。以故疾革之日，猶進門人講易學於榻，疾且革，諸子泣請遺訓，亦惟曰讀書而已。問家事，笑不答。時偶就側牖寢，至是先生遽起櫛髮，家人止之，必强櫛，已乃起走，就正室，易榻而瞑，爲嘉靖癸亥四月二十九日，距生成化乙巳九月十三日，享年七十有九。初娶贈宜人余，先先生四十二年卒於建寧官署，繼娶封宜人莫。子男六：曰庚，娶寧州判官唐公琳女；曰甲，繼先生卒，娶項城學教諭劉公本女；曰丙，娶泉州知府葉公信女；曰丑，娶興化知府朱公袞女；曰寅，娶贛州知府陳公元孫女；俱補生員，守先生教，相率以文起；曰亥，娶天津衛經歷史君鶴女，儒而精醫理。庚，余出，甲、寅、亥，莫出；丙，側室王出；丑，齊出。孫男十；曰堂，曰舍，曰咸，曰翕，曰侖，曰善，曰周，曰復，而堂補邑生員。女三：長適襄府長史章君季之子元綸，今爲湖廣布政司理問；次適渭師江西僉事青湖汪先生應軫之子延乾；幼適御史朱公篪之子以襄。茲將十二月二十□日葬於會稽之横山里。而先生於渭，憫其志，啓其蒙，而悲其直道而不遇，若有取其人者。而諸子又謂渭之爲人，頗亦爲先生所知也，於先生歿且葬，令渭爲之狀。渭不敢辭，謹以所得於見聞者，拭淚而爲之狀云。

呂尚書行狀

資政大夫南京工部尚書前巡撫雲南兵部尚書兼右都御史新昌呂公歿之四年，而某奉璽書還自楚。公之子國子君某來以公行狀告，再拜俯興，涕不可止，曰：「某翁與若翁，公所悉也，不腆先人之遺幣，若小子日所紀，與諸宗之年所譜者，敢以干。」噫！夫君子之於豪賢也，不幸而不身當其世與其人，則讀其書，想見其行事，至有願爲之執鞭，若子長之於平仲者，故特爲之傳管晏。矧生而身當其世，幸與其父兄共挹其波，承其風，後先同秉笏而進，解車而退，奔走夙夜於兩朝，效命嬰瑕於戎蠻萬里之外，若義不使彼獨死我獨生者。又其學，紳孔子而佩周公，不問道遠而任重也。且公嘗表我先子墓矣，藉使公先吾先子，則是役也，儻吾先子事也，雖不敏，敢不竭其愚。雖然，遷之傳嬰也，止兩事，公所宜傳者且不少，不可襃以細。謂國子君吾姑狀其大者，以備國老采，君等姑譜而藏其細者於家。公諱光洵，字信卿，紹興之新昌人。遡其始，實爲周太公望。其居新昌，則自趙宋大理評事諱億者自青始。十一傳而爲贈按察僉事存正，存正生樂，樂生廷圭及廷安，廷安無子，子廷圭子世良。自世良公而上至廷安廷圭兩公，卒以公貴，得贈及貤皆尙書右都御史，妣皆夫人。而世良公者，公之父也，稱偉丈夫，而公特肖其稟與訓。當嘉靖壬辰間，甫踰冠，便成進士，知崇安。崇安一女子中祟，其縣中豪舞訟者欲因以覘公，敎其父持一紙，倉卒訟祟鬼於公。公徐收其紙，內袖中。日且夕，驀易草移城隍所。明夕，祟來謂女曰：「何至是！我姑去，霜降後復來耳。」至霜月，公果丁章夫人憂。服闋，補溧陽。御史行縣，饔誤墨，疑之，欲一切以毒法。公馳往，取饔立啜盡一器，御史悟，爲起謝。在溧三年，上下以學道聞，召入，補御史。世皇帝南巡，大學士某居守，增設員以外數十百人，公奏罷之。又奏河東薛瑄、崇仁吳與弼、新會陳獻章三賢者，不宜不在孔子廟庭。十九年地震，則又言九邊中有大闕綻，凡十事，不宜不補。馬倒死，不宜獨責厮養卒。最不宜者，令芻地漁入倖戚貴家，宮僚儲本不宜使非其人，其人矣，又不宜不重其禮貌。如是者凡十餘，並要切，觸諱忌，改領江西，遂出領南直隸蘇松常鎭四府巡按事。蘇松苦水劇，乏善計，吏後先孔塞，亦無了息期。公總釃有法，水效職，至今工罷，輒譜畫冊書，可千百年不虞滅沒。奏入，世廟嘉之，賜金綺。又奏兗旱租六十萬。用餘皇破海寇大洋中，罷覆刷陳牘，省費無算，再賜金綺，進奉二級，代入。會虜入古北口，逼京師，與故侯鸞爭馬市不可，一日章十三上。謂虜驕易與，且都城何地也，可使逞以歸耶？今日臣有死無和，有進戰無退守。上覽表爲動色，公亦自掖馳歸，托其母夫人姑婦間於所善，欲以身死國。會虜退而止。改領京畿，遷南京光祿寺少卿，改北。丁贈公憂，乏產其廬。起補吏太僕大理二寺卿，少俄復補南如故職，徙尹應天。諸輸府者用富民，苦別索，公易民以官，民便之，率以祠公。徙卿大理，會卒以枵殺戶侍郎，晉公右都御史，領餉事。俄改侍郎二工部。自尹至工，改者四，並南，既又改北，工左。公用餉則卒馴帖，用工則商輩祠公如其尹，用工於北，則大檔成，晉奉正二品。於是癸亥間，雲南事漸痺，砭者鮮效，舉朝則交共舉公。公遂從工左遷右都御史，以繡斧往。蒞雲南，至則首軍昆陽，斬叛酋馬苴李應朝，昆陽平。明年春，水西宣慰安國亨叛，寇霑益。夏，李向陽方廷美再反昆陽，虧遮者索反尋甸，公並後先討平之，晉兵部尚書，兼如故。而武定府土官鳳繼祖者，世毒螫，鉤連他府大小酋僚濟薹者數十輩，遠至貴川，相昏因，有衆數萬，地方千里，據城以叛，數出諸蠻攻城郭，殺憲臣於軍，用僞王南面，其衆意卑眇向者麓川。然孽顧始沐氏，數庄豪，而兵符故專沐氏。公表其繇，并乞符得自調，賊倚川貴為三窟，計其敗遁必從貴走川，乞稍借得暫領川貴諸兵道裨帥。賊果用是敗遁，竟授首於川。武定平，悉有其地。沐氏既銜公折其權，又自恚當公未表時，頻却其寶賂，及得賊，又追論其左袒賊若庄豪，激叛羽叛者諸陰事，痛一剪束。而公自軍興，則先子首腰鞬瑧棒符以奉軍約，無一日不寄首領於象馬間。移按沐氏黨，則用先子假按察長，把三尺，提一寸狴兎，為鷹鸇擊鳥雀，以誅君惡於棘柏之廷。以故望重若公者則得謗，稍改工書以歸，而眇微若先子，則交擊以蒙逮。公重則用數十薦而不起，先子眇微，則僅脫丁贖，得復齒士林，稍烏素其顛軀而已矣。於是兩翁者痛既定，追灼而悸，數往來鏡湖天姥間，相約彼廬而此舟，幸長有林泉以準換曩昔辛苦，意造物未必并此奪之，而竟後先捐館舍。噫！此吾所以狀之日為慟移晷，三擲筆而未成也。公自入仕，仕靡不優，而為御史巡蘇松，為部院長治雲南，勞最著。自結髮為學，學靡不優，而中治新建旨，再後與餘姚錢刑部德洪、吾鄉王兵部畿、武進唐都院順之三先生相切摩最力，以故悅親取友諸倫敎事，率謹篤如古人。在雲南方盛晉賞，輒辭賞乞歸，得大臣體。他若好捐賑，爲鄉里作福田，游精翰藻，芳華朗映，人所難，然不足爲公詳也。公生正德三年七月七日，萬曆八年十一月八日，以疾終。娶趙氏，封淑人，以侍公疾勞，歿先公八日。公葬祭例得諭。越三年，撫臣爲請之，乃始以某月日葬黃杜原。而公初未子，副某氏，晚始生應鼎，穉，今來請狀。曰：國子君應岧，用公廕讀書，國子者，從子後公者也，室卽趙淑人姪；應鼎聘諸生俞某女。女五：長適何兵書曾九萬，次適陳鴻臚子世彬，次許聘禮書潘公子復泰，並國子生，次適禮書秦公子茂綱，次許聘俞某。孫佃，聘何某女；孫女某。

卷二十八　祭文

祭北斗文

伏惟帝君禍福續命，居怙照之四天，陰陽權衡，齊璇璣之七政。昊天無語，喉舌攸司，霄表獨尊，星辰並拱。降德於下民甚大，占月建而可知，何心於責報之微，成歲功而不有。某南斗分野，下土小臣，曰衡曰杓曰魁，隨所指而屏息，瞻昏瞻夜瞻旦，儼如在以皈依。蕞爾除壇，汲而漱齒。低河促漏，眇三星之在天，掃石焚香，合五體而投地。

代祭關神文

伏惟兼封侯王，特謚壯繆，蜀漢前將軍關：蜀國鼎分，既以陽扶先主，解池鹽涸，又且陰戮蚩尤。魂魄在天，忠良振古，抑揚之權不爽，善惡之辨必嚴。某父某官某居官三擢而致罷，稍許廉循，處世七旬而有餘，率稱謹慎。昨年疾疢，扣神明而幸生，今夏纏綿，伏枕席而幾殆，猶蒙餘庇，漸亦加餐，細省其由，不勝自懼。豈曩時對事，或七戒之偶犯踰閑，致今日病椿，苦二豎而薄以示戒。某敢不祓除用物，洗滌乃心，更設清供，再瀆尊聽。凡有罪過，宜加某躬，幸賜宥原，以贖父壽。某不勝恐悚禱祈之至。

代祭東嶽神文

伏惟大司命特掌太山東嶽帝君劉，古號東皇，尊同羣帝。撫長劍而珥玉，九歌首重威靈，騎素雀而遊凡，一寓便留下土。是雖志怪，何必不言，總領魄魂，詎拘陟降？某父云云如前。

代祭城隍神文

伏維上公紹興府城隍之神：始稱龐姓，遠自隋唐以來，近受公封，乃我祖宗之典。優崇特甚，靈爽愈加，幽明死生，斯民相倚以爲命，善淫禍福，有禱靡響而不應。廟枕臥龍，尤司水旱，聰聞語鬼，敢據膏肓？某父云云如前。

祭徐神文

伏惟某獲庇於神者七年而後去，去之日敢用眇牲以告。若某罪不當去，惟神正直，必不幸某使去，故不敢曰用眇牲以報也。

代督府祭趙尚書文

在昔乙卯，我持按節，海氣翳空，西指吳越。公膺簡命，其往視師。我紀我監，策蹇而馳，小搏大蹂，不知其幾。凡公所至，我則偕止。爰有黠雄，如竊食鼠，以出以入，視人來去。公再承御，開府江涘，繡衣方斧，軍興從事。大發淮邳，暨燕趙士，長戟短劍，控弦步騎。我當其時，濫服司馬，掎之角之，與公上下。迨於成功，舍我而北，嘉錫薦臻，以寵以祿。神武駕馭，仁義並參，既賜以玦，遂將以環。公不少留，長逝遠引，生既有爲，死應不泯。追念夙昔，恍焉如昨。同在行間，桴鼓然諾，兩歲馳驅，坐臥飲食。今其已矣，俱爲陳迹。

代祭許通判文

君始學於鄉先生張文定公之門，盡得其傳，於是以文章蓋士林中。今兵部尚書張公，至託以婚姻，而南海霍先生知貢舉時，奇其文，至欲以魁天下，其見重於先達如此。而官不過判府，年僅躋六十，豈非命耶？余自戊戌始識君於同年中，既而君知壽光，予得益都，遂得以政事相與。鎮浙以來，勞苦戎務，君喪蓋踰年，而不得一哭於庭。茲以舟山之役，提師駐四明，見君弟，知樞尚未卽土也，遂命縣具牲酒，躬往奠焉，聊以明疇昔之愛而已。

代祭陣亡吏士文

嘉靖丙辰之冬，海寇掠東夷，據岑港不去。其明年春，朝廷命總督臣某率師往征之。三月四日，兵始入薄其巢土，漢吏士有先登而死者。越十日，總督乃命某官某以某物陳於諸死所而告之曰：吾奉命討不義，偏將軍提督無狀，稍亡其伍。書至之日，吾與介吏侍鈴閣悲悼，爲不食。方今休養吏士，以圖後功。竊念殲賊有日，而終無益於死者，故遣吏齎品物如前，召諸靈使飲食之。其他恤典，一遵故事勿省。鬼如有知，其少自寬，毋多懟。

代祭李太夫人 四首俱幕草

天啓名世，必稟鉅資，匪直父道，亦藉母儀。名世伊誰？我公佐辟，維太夫人，以誨以育。當其誨公，法度矩矱，非禮之事，勿接耳目。公則呂公，夫人申國。公仕翰苑，大肆文章，既爲國師，造士有方。公則文忠，母維歐陽。公攝冢宰，進賢退濁，由母之言，以知處嘿。母維韓母，公則康伯。迨公平章，母益嘉慶，多母福壽，手詔存問，縉紳榮之，車馳馬兢。母維晉國，公則文定。自家而朝，維母實勞，自始至終，維母極榮。母生之榮，天下所欽，知母之德，維某最深。令子明公，不我遐棄，庇福提攜，於茲二紀。暨諸孫子，桂茁蘭揚，顧予塵襟，每挹其芳。義切通家，分猶子母，聞母之訃，寧不悲楚，靈旐南旋，路出武林，哭母於旅，敢布下忱。

感夢祭嫡母文

惟母在昔，以病而死，胡昨夕夢，不死而病？裸坐室隅，展戶自掩，皃疹其候，呼涕激靣。脈數以煩，知不可理，詭曰其愈，須旦夕耳。掩面痛哭，扶母於牀，哭罷而覺，泣涕猶滂。夢母於病，哀且不禁，覺哀其死，兒何爲心！

春祭先墓文

古者士一失時祭，則不敢以宴，故三月無君，則皇皇如也。解者謂不仕則無田，無田則牲殺器皿衣服不備而不敢以祭。古之人於祀死，其重而難於舉若此。迨後世則不然矣，雖牲服不備，亦無不祭者矣。渭去年春，以書記從督府駐師於鄞，前年，授經陳平湖縣中，再前年，往延平滯內兄官署，蓋不親祀者三年。論其迹，於古之所謂皇皇如者實相似，是雖非爲祀死者而皇皇如，然亦爲養生者而皇皇如也，渭罪亦可以少原焉。渭去年娶於杭之某姓，遽歸之不得，卜三月十八日往贅之，謹以祀食之餘附告。

祭少保公文

於乎痛哉！公之律己也則當思己之過，而人之免亂也則當思公之功，今而兩不思也遂以罹於凶。於乎痛哉！公之生也，渭既不敢以律己者而奉公於始，今其殁也，渭又安敢以思功者而望人於終？蓋其微且賤之若此，是以兩抱志而無從。惟感恩於一盼，潛掩涕於蒿蓬。

會祭沈錦衣文

嗟嗟先生，萬里遐荒，溘焉沒矣，今其來歸，髮與骨矣。然而踵相造者，莫不閧擁歡忻，其視先生也，不啻有生還之榮叶。嗟嗟先生，墓草幾宿，歲轉蓬矣，今其來歸，涕無從矣。然而走相弔者，莫不嗟咨躃擗，其哀先生也，不啻有初死之戚。斯二者之交發，固分誼之夙成，使其人之常有，亦胡爲乎若是之嬰情？方其權奸肆逆，虜寇憑陵，紛狐雄而鼠竊，實異惡而同獰。先生於此，矍然以興，兩上書而伏闕，一抗議而爭廷。迨謫邊氓，觸帥臣之所忌，其於宰輔，值舊怒之未平，遂搆謀而巧中，遽矯命以伏礎。人皆謂先生非邀則迂，非狂則愚，而不知先生之見素定於胸中也。將汲汲然以爲苟二凶之尚在，吾雖生而徒生。浮雲斂曀，白白載啓，帝德同堯，伯鯀終棄，彼犬羊之何知，亦望風而惟喙，誅賞惟公，中外稱快。人皆惜先生之不得以少延其年，親見其事，而不知先生之靈有知於地下也，將欣欣然以爲苟二凶之已除，吾雖死而不死。嗟嗟先生，忠血化碧，直氣凝星，垂萬世而愈朗，眇一死其何輕，難塡者滄海之闊，不朽者精衛之誠，鑒微言於髣髴，應一笑於重冥。

代上饋文

於乎痛哉！兒某之上饋也。憶昨侍疾之辰，大人疾漸革，易簀須臾矣。某泣而請曰：「大人忍棄兒輩何之耶？即息尚噓噓也，寧忍無一語遺誨兒耶！」大人勉啓，再三嗚嗚言曰「乃翁苦苦苦苦」而已，遂瞑。某謹仰而俛思之，大人之所苦者五。大母相大父，勞瘁喪明，中道不享，大人痛之終身，苦一也。大父力嗇不肉者六年，資才給館，敎我大人學，偶數奇，莫慰大父；大人痛之終身，苦二也。大人三仕光祿，一貳東平，幸值國恩，大父贈郎於幽，大母不與，大人痛之終身，苦三也。自光祿徙東平，八九年間，廉勤謹愼，夙夜靡遑，志在益展驅馳，用以再榮地下，而竟以疾罷。大人痛之終身，苦四也。大人課督兒輩，尺寸不踰，而兒輩未免愆違，在兒尤甚。子曰：「父在觀志，父沒觀行。」在志如此，沒行可知，承父如斯，事母可知。大人於此，豈特痛之終身，抑且抱恨泉壤。夫前之四苦，大人爲大人之父母而然，後之一苦，大人爲兒輩之老母而爾。夫俾父不甘於生銜苦而死者，非子也，生不能釋父之苦而勞其囑，死又不能追雪其苦而背其囑，非子也。釋父之苦，期甘於母，甘母非味，在養母之志。不則時祭我父而以牲者三，日饌我母而以鼎者五，母且不甘，父亦終苦，於呼痛哉！父吮膽，子吮飴，命之曰狶，女吮蒺藜。父咀蘗，子咀蜜，命之曰卽，女其吮棘。父齏蕒，子齏芥，命之曰帶，女其齏蒯。父啖茶，子啖菰，命之曰鼯，女其啖藪。父食連，子食鮮，命之曰犍，女其食己之肺肝。有渝此盟，百神其殛！父來索兒，早歸黃土陌，筶兒一百，蚯蚓鑽額。日者於靈次當飯，午庖雁烝粱，和羹清酤，大人歆之，幸且莫苦。

季先生入祠祭文

先生之於行，簡節疏目，似緩於其細矣。而心事之光明，如青天白日，可以對鬼神而格豚魚者，則固獨立乎其大叶。先生之於學，探本極源，既急於其大矣。而著述之精密，如蠶絲牛毛，用以明六經而酌百氏者，則又不遺乎其細叶。當其仕也，爲砥柱於風波之中，有舉世所難言者而獨言之，舉世所難行者而獨行之，盡其在我而不問其敗與成。及其處也，撤藩籬於物我之際，有譏者始或排之而終屈於無心之公，嫉者始或忌之而卒伏其不校之量，求諸在人而無間於內與外。自釋褐廿年以後，不聞其問舍而求田，故其讀書也，往往托禪榻以卽安。當其捐館一日之前，猶見其進徒而講易，是其好學也，孜孜至易簀而匪懈。蓋一尺之牘，未足盡其平生，而數端之舉，聊以明其大槩。然則先生之存也，眞尙友於古今之會，不特善蓋乎一鄉。而今先生之歿也，顧缺典於尸祝之崇，奚啻稽遲乎十載。故某等以爲彼祀於其校，在位之事也，而況議禮者古稱爲聚訟之家，安保其無異同。祭於其社，吾黨之責也，而況評鄉者已定於蓋棺之久，共知其爲蓍蔡。苟見義而不爲，亦逡巡其何待？爰相與以圖祠，得舊棲於刹界，遂卜吉以躋神，儼音容之如在。蓋上以裨風教於衰微，而下以慰士民之瞻戴。

時祭文

先生發明六經，折衷羣疑，仕優則學，老至不知。士類宗之，可以爲師。心事青天，胸次霽月，兒童不欺，鬼神可格。國人評之，太上立德。考諸古禮，曰鄉先生，可祭於社，其在斯人。時惟仲春秋，牲酒既戒，薦以告虔，永廸後輩。

縣祭文

有鬻碔砆魚目於賈胡者，鬻而櫝之而已矣，無庸於睨而拭之也。曰和璧隋珠，不十睨之十拭之，則未始鬻之而櫝之也。然則稱人之賢，輒信之而不疑之者，碔砆魚目之類也，必疑之而後信者，和璧隋珠之類也。碔砆魚目，不睨而拭之，不必寶也，和璧隋珠，十睨而十拭之，蓋將以寶之，故如此其至也。然則不疑而即信者，其人之未必見重於人猶是也，疑而後信者，其人之見重於人亦猶是也。某等於先生之賢，始疑而終信之，大略類此。故謁之於祠也，雖不早，而備物以永其祀者，圖之不敢以不虔。先生有知，其亦慰而樂聞予之言耶！

入鄉賢祠府縣祭文

惟公一代經師，千古道宗，聞之者幾於聆韶，見之者稱爲猶龍。十年未祀，而今始祀於此也，固足以見有司之愼。鄉社既祀，而今復祀於此也，尤足以昭人心之公。

告丁母

某結髮同母叔子三爲學，至於四十有二年。中間母與某母同舍者三年，而情益親，親如娣姒，若然，宜無事不相周旋也，況病死喪葬乎？當某囚時，某母死，叔子能出我於獄，而周旋我母之喪。今母死，叔子客，我不能逭叔子於客，亦庸衆人矣，而又不能周旋母之喪，其爲庸衆人何如哉！噫！不敢道也。或亦母之所諒也，悲哉！敢告。

告先主

自觀巷之宅失，而我考妣若兄嫂之主，至於今凡八遷，中間以訟寄主於人家者凡二。烏乎！我考妣若諸兄嫂，亦勞苦不安甚矣，凡此皆吾子弟不肖所致之罪也。悲感自責，每欲無生！今復新居，自寄所迎，妥我考妣若諸兄嫂歸於僑寓。某漸次圖搆，冀自今已後尚以永寧也。

哀諸尙書辭

閔予不肖，晚猶蟲雕，既不能飛，乃就羅招。命也不淑，進退維谷。秣月蹄霜，兩走上國。當斯之時，公謝館署，墮馬傷脛，就榻而語，曰此修途，秉冽以霾，彼如不慍，子可勿來。相與勞苦，忘其疲楚，每至必飧，無退不拒。我昔未老，挾管無賴，翻墨成鴉，迴毫作蘁，體刺格乖，人所不愜。公獨嗜之，至奪郎箋，韡素逆旅，令我毫揮，酌以荷花，鵝豕侑壘。迨聞主人，任我來去，公喜不拘，扶傷而祖，曰此迫冬，或閉風露，用物以宣，非方不可。石首之魚，越筍之萌，子如不嫌，箬以備饔。公劑我軀，匪藥我恧，公豈棄我，殆有由焉。事有不常，鳥盡兔死，羊曇悲來，酈炎難起。人曰起耳，公曰未然，家置一喙，日千斛涎。都門之祖，方徹復舉，豈無他人，而三其侶。多公一啕，涸鮒聊渚，未卜其騰，且弛其縻。往秋之會，毫髮後先，公如不臥，我則已騫。斯言之宣，非我則謾，得諸館中，如此之傳。嗟我鄙庸，寸喉接咮，尺麻組之，如鷙折脰。賤貧之生，自與貴殊，以舌爲刀，豈乏其徒？何公瞿瞿，顧欲生我，豈徒生之，且辱知者。日者相傳，寸楮必匭，人往謁公，以我墨贄。昌歜瘡痂，愈啗愈耆。館中之祿，所羡能幾？以入於曹，遠自千里。凡此峻誼，兇管莫既，矧伊尺箋，欲窮其際。古人感遇，一盼殺身，荊卿俠夫，捐軀入秦。公豈銜恩，我忝儒流，我豈匪人，而俠之羞。庚子識公，垂三十祀，豈無他德，念此猶恃。破罟倘遂，握手悲歌，先我而往，傷如之何！

祭張太僕文

太僕公將以萬曆二年十二月之二日內於幽，其末交某，以十一月之十有二日，割羽牲一，從以果羞黃流而告之曰：嗟乎！公之活我也，其務合羣喙而爲之鳴，若齊桓將存江黃溫弦之小國，而屢盟魯宋陳蔡於春秋也。其同心戮力而不貳，其長公堯夫，既遺人以麥矣，而文正樂之，不問其傾舟也。其拳拳於斯事之未了，而竟先以往，意其心若放翁志宋土之復，已不得見而冀聞於家祭之告，一念與一息而俱留也。夫以公德於某者若此，即使公在，某且不知所以自處，而公今歿矣，將何以爲酬也！嗟乎！此某雖不言，而寸心之恆，終千古以悠悠也。

會祭高君文

君於大節之所關也，植之若苗，於大節之所累也，去之若莠。是以其考諸人也，於大節之所累者，聞之恐入於耳，而於大節之所關者，稱之幾不容口。此其性資之取諸天鈞也，若舍釜而獲鐘，故其好惡之嚴於人己也，若平庚而槩斗。若其氣蓋一鄉而不懾於豪權，要久百年而不遺於故舊。積散傾橐而待火者家家，壯激衝冠而攬讐以㖃㖃。或談文而雲生，或憤世而戟手，茲蓋芒緒之所餘，而不足以槩其中之所有。猥我諸儕，感君平生，伐木釃酒，每集於庭。公久敬而晏交，儕攻玉而寡能。嘗私相謂曰：以君之英，使遇陽明夫子於曩昔，而佐以羅石諸賢之友朋，公且將爲泰州之心齋王子矣，寧不起魚鹽而攬道柄於海濱？今君固未之値也，而杳然以逝矣，蓋磊磊然里中之豪雋也，而亦何負於鄉評！念春雨之滴牖，恍燒燈而剪韭，儼掀髯以長嘯，阻開襟而捉肘。儕相向而失聲，悲長夜之靡晝。

祭羅母

凡物之含常氣以生者，直視其物之本質而知其奇恆耳。至於玉則望璞而別焉，金則探鑛而識焉，砂則按其牀而定焉，故至寶奇英，視其子必視其母。其在於人，聃之產鶖子之懷異於人，此猶曰別流也。其在於吾聖哲，稷之拇契之卵異於人。惟我太君之於令子，是美玉也，良金也，芙渠之砂也。其於人也，稷也契也。其兼二氏之敎而雄長之也，聃也鶖子也。其於母借言之，聃之玄鳥鶖子之舍利，正言之，謂非契之簡狄、稷之姜嫄不可矣。夫人莫難乎垂名，尤莫難乎天之所獨厚，而名與厚於婦人爲尤難，太君亦可以無憾矣。奠而不免於哀者，是予輩之私情也。

祭少頤文

許子與予游，適三十年，淡如也，而獨篤於今下獄之七年，子其幾於反炎涼者耶！殘於瘍而牀且杖十年矣，顧飮不廢而竟餞往於酒，子其幾於忘生死者耶！卽吾求交於世，得此亦難，而顧得之方之外耶！向來十餘日而不死，我一送藥於子，子一問法於我，而竟斷往來信耶！凡此者皆可痛也。而吾日衰矣，其下，儻不死而能澆子於塔尖上，借如意而擊以歌耶，又何如以爲情耶！子方外士耶，又反炎涼者耶，忘死生者耶！使有知而聞予之言耶，其亦悲也耶，其不悲也耶？

尙能痛以淚耶！當澆之以酒耶！而吾窘囚耶，其能外楮與香而別辨耶！吾待死人耶，卽死當飲子於地

祭沈夫人文　何母

長項之里，鍾瑞發祥，一水環之，擬彼洽陽。實生夫人，令善淑婉，載在周風，采蘩之婉。旣孝而敬，亦儉亦勤，爰若舅姑，宜彼夫君，維舅與夫，豈儕輩等，並爲上卿，世美特盛。辟彼宮絲，旣洪以宣，而商應之，其匹實難。維我夫人，美懿具足，同質鵲巢，符惠樛木。拊此後昆，繼仍遠範，始箕而裘，初䟦彌蔓。凡斯咸德，萃於一身，宜仍茂錫，臻此遐齡。奄然厭世，遂捐笄珥，凡我姻連，相向而泚。道里修阻，職守所拘，賦詞寄哀，掩袂以書。

卷二十九　雜著

壽中軍某侯帳詞

恭惟某官名高勳胄，族著通都，冠冕將門，翹楚武弁。祖功宗德，創垂累世之基，霧集雲興，起翊眞人之運。一身許國，百戰成功。始移節於越城，實維五宗之貴介，將比隆於漢爵，已列萬戶之通侯。威名著而隍塹深，楨幹形而河山壯。紆黃拖紫，永堅及裔之盟，寫鐵圖金，僅亞剖符之等。本實則枝自茂，源深而流必長。蓋數傳至於君身，遂一朝登乎閫帥。鷹揚賦質，高懷每在風飈，猿臂呈奇，善射出乎天性。謂文武本無二道，以書劍不敵萬人，乃於結髮之年，益奮縣梁之志。篝燈夜案，下帷朝窗，取萬卷而畢開，期三冬於足用。博該杜預，名流武庫之芳，才過呂蒙，學併經生之業。尊師取友，好士推賢。期棘院以先驅，自超轅下，向泮宮而脫穎，早試囊中。徒以弓冶之良，所賴箕裘之繼，遂專軍旅之學，暫違俎豆之聞。去攜矢以校優，歸綰綬而視事。異人萍合，曾傳黃石兵符，越女花嬌，親授白猿劍術。利通九變，政協三軍，一勺投醪，片言挾纊。樓船挽粟，魚鱗集淮濟之濱，海總橫戈，蜃氣息滄溟之外。自襲狻猊之繡，繼提閩浙之戎。侍鈴閣者數人，運籌策於千里。過門必下，敬修鄉里之儀，折節爲恭，不改儒生之舊。干城良將，非孔伋其誰憐？首虜拘文，待馮唐而始釋。乃有諸藩開府，元老胡公，遠覽孫吳，長驅韓范。九重雷厲，親頒節鉞之權，一劍霜寒，坐控華夷之鎮。禮羅既設，冰鑑斯懸。收衆望於偶遺，集羣策而畢舉，賢豪輻輳，俊乂林從。始得君如魚水之歡，竟付托以樞機之密。事無巨細，咸以相咨，衆所遲疑，每從其決。探丸斫吏，四方急羽檄之馳，借箸籌兵，一語靜風塵之警。虎士環而左右，龍韜翼以卷舒。萬騎控弦，彀滿霜霄之月，百金匕首，芒抽秋水之渠。北跨松陵，南逵定海，狡兔豈惟三窟，逋酋積以多年。所賴臂指相通，腹心是寄，同舟共濟，誰爲吳越之分，倍道兼程，竟授孫盧之首。取鯨鯢而釁鼓，翻雁鶩以爲池，勞苦功高，裘輕帶緩。壺漿競載，莫傾士女之忱，保障仍資，益慶東南之福。庸知嘉誕，乃屬首春，錦筵麗以初陳，異香遶而不散。衙開江畔，梅芳弄曙色之天，樂作營中，鼓吹雜鐃歌之曲。塵生車騎，賓從如流，炬列簾櫳，光華似錦。醵金致幣，偏裨徵燕語以稱觴，染翰操觚，庸老羞壯夫於執戟。惟願績流燕石，名茂龍驤。垂白虎頭，漸應封侯之相，縣金鵲印，爭看搖月之光。節序斯征，每當此日，戎機稍暇，莫放良辰。陪庾亮以登樓，誰言興淺，偕羊公而造峴，應與山傳。矍鑠漢翁，不忝據鞍之健，老成趙將，還期加飯之餐。言不盡情，歌以爲續。

將軍爲壽及青陽，江畔營開曉日光。瑞靄不收偏蔦麗，林花未着已含香。牆東坐見青油幕，主帥笙歌借行樂。客稱百歲酒千觴，爲君更進鸕鷀杓。

壽中軍陳侯帳詞

恭維某官性資英爽，才力超凌，學富詩書，技閑射獵。陣當孤騎，一身張皆膽之雄，天與英姿，雙目炯曙星之彩。衙開城北，路接西湖，彎弓穿壕上之楊，走馬映堤邊之水。況于橫探虎穴，少比甘寧，悵望鳶溪，老期馬援。抱奇才而未展，懷壯志以須時。乃有元老胡公，浙藩開府，當鎖鑰東南之任，操鞭笞夷夏之權。廣集賢豪，遍徵筦庫，聽輿人於道路，拔麾蓋於士師。試一語而即奇，歷諸艱而益奮，日籌帷幄，何殊入幕之賓？時向戎行，屢著探囊之獲。古稱記室，必有名賢，猥以末流，亦叨徵檄。英豪相合，何妨肝膽之傾，筆劍爭雄，宜有薰蕕之異。而一爲傾蓋，屢促飛觥，共寓海濱，數慰覊旅。樓船時泛，或承水戰之符，羽蓋尋還，間預山游之榼，雅懷接士，折節爲恭，茹飲斯情，宣揚無會。頃者中秋在望，嘉誕其時，雲物清明，風光爽塏，凡感下交之誼，俱興上壽之懷，且以贈言，屬諸庸鄙。而余方以無人繆公之側，孰可安身？有意班生之爲，何難投筆？適逢嘉會，可謝徵詞。第以走賀臨期，遂爾揮毫對客。願乘玄鬢，早收退虜之功，去從赤松，應在封侯之日。言之不足，綴之以詩。

清秋萬里高明月，粟彩搖金影初茁，錢塘江浦夜生潮，游人訝道流春雪。水月清寒滿綺堂，當年此日試蘭湯。會看老將成功日，頭上貂冠插羽長。

季彭山先生舉鄉賢呈

紹興府儒學山會二縣儒學廩增附生員某人等，呈爲崇祀鄉賢以勵風化事。遵照欽差提督學校副使學政內一款，凡有推舉鄉賢，必士論鄉評，果無間言，先經該府縣覆勘的實，然後備開行蹟呈來，以憑查覆等因。訪得已故會稽縣原任湖廣長沙知府季本，賦才卓異，迥絶人羣，好學精專，眞由天性。幼以麟經魁省，遂掇甲科，繼由劇郡理刑，薦登柱史。兩旬連疏，奮不顧身，萬里播遷，了無愠色。歷官中外，隨所至而有聲，任世升沉，率一眞而不變。迨於家庭鄉黨之際，益敦溫良孝友之風。哀思考妣，終兩喪不入閨房，敬事伯兄，雖白首猶親問候。開心瀝膽，嬰孺無欺，排難解紛，孤寒有賴。若夫早年悟道，親傳新建之宗，晚歲研精，一洗舊聞之陋。慨然以斯文爲己任，儼乎與往哲而神交。遂取六經諸氏之繁，幾彙著草，創成一家獨得之見，以付名山。是以致門士之景從，不遠千里，屈羣公於優訪，間出一奇。又且老不廢書，至疾革猶談周易，貧無別業，當傳經每借禪居。斯蓋成己成人，委有裨于後學，立言立德，庶無愧於古人。向當捐館之初，已切萎喬之嘆，兹適蓋棺之久，益深仰斗之思。所著有四書私存三十七卷，易學四同十四卷，詩說解頤三十八卷，春秋私考三十六卷，讀禮疑圖六卷，樂律纂要律呂別書各一卷，說理會編十六卷，孔孟圖譜四卷，共梓書九部行於世，又文集二十卷藏於家。遺言具存，往行可考，列諸賢祀，允協輿情，伏乞轉申施行，爲此聯名具呈。須至呈者。

羅封君舉鄉賢呈

某等竊見某縣某鄉某人，童年而孤，出後其叔，既婉承其繼母，又兼奉其本生；至兩家喪葬之儀，並一身擔當其事，迨祖妣叔之諸墓，並馬鬛而堂封；卽孟仲季之皆饒。不頭會而箕斂。課成宗伯，爰及諸郎，並拳拳以忠孝相期，不汲汲以榮華爲務。身蒙封典，糲食粗衣，鄉款大賓，杜門避席。而且唱隨白首，綽有孟梁之風，鄉里革心，恐爲陳王所短。此眞倫理綱常，可稱領袖，辟如布帛菽粟，不墮虛文。至於細行雅言，邃難枚舉，民謠墓錄，見可采聞。恭惟明臺人物權衡，勸懲袞鉞，如斯隱德，亮所欣聞，准賜覆行，內諸賢祠，其於風化，不無少裨云云。

修開元寺募緣文

會稽縣南有開元寺者，當四隅廛市之中，爲萬歲祝釐之所。搆初傑特，映金碧以飛翬，歲久傾頹，混窠巢而栖鴿。乃至冬春首旦，聖哲華辰，儼龍輿之上臨，偕鵷行而旅進。羣工躋濟，方肅山呼，環堵荒涼，幾同綿蕝。乃有僧性恩者，來從秀水，歸自補陀。言報國王之恩，無地不可，乃用沙門之致，鉗體而盟，將以取彼廢壇，行且擴爲雄宇。顧苦心之巧婦，難炊無米之餔，紛有鑞之張郎，可犯拙施之誚。嗟乎！髡顱行脚，尙識君親，戴髮含哺，寧忘帝力？諒羣輸於經始，期不日而落成，則尊嚴黃屋，庶傾蜂蟻之忠，兼覆蓋金身，必獲天人之福。隨心所施，列諸簡端，應手而投，毋同餅畫。

義冢募文

慨夫黃土似海，豈皆寸金，白骨如山，曾無片板。坐觀蟻穿鳥啄之慘，竟何民胞物與之仁？白君受采者舊嘗捨棺以埋，是爲點痛而炙，辟彼乘輿之濟，不若徒杠之成。茲者城南有地，幾及二頃，而白君括諸其室，可得卅金，用以倡率鄉人，矢將共成義冢。然必周以牆壁，翼以室廬，使住守者可栖，舐涎者無隙，庶幾掩藏無主之魄，免彼狐狸，斯爲施恩不報之人，何心啣結。兼亦爲王政之首務，又何妨義起於吾儕。但以槩及則泛而不能，廣募則嫌而招議，故夫今日勸施舉事，止可及一鄉二邑之羣公，迨他時掘壙穿泉，亦難曰四海九州皆兄弟。嗟乎！英雄豪俠之覯，慨然輕樗蒱百萬之輸，芻米僕賃之資，不過費閣下一朝之享。此義事而不舉，彼浪費而樂爲，孰重孰輕，必有能辨之者。

讀絳州園池記戲爲判

絳記何由，爲人炙口？昌黎偶爾，夢鬼籠睛。壯夫不爲，愧雕蟲小技之逞，文公所誚，合書門大吉之譜。正好試官，軋茁刺刷，枉誣盤誥，詰曲聱牙。韎韐非眞，空青是假，難逃賈胡眼，雙鷁子精明；芒硝八兩，大黃半斤，且瀉夜叉泥，一馬桶齷齪。辟如丹砂磊塊，宜用畫鬼，書符煮服，必且殺人。亦似假山巉巖，强要興雲出雨，細看總無活物。東之高閣，毋乃大苛，弄向孤琴，庶幾別調。

景賢祠上梁文

指水指樹以釣遊，尚云可祭於社，立德立言而垂世，豈止善蓋於鄉？論以公成，禮緣義起。恭惟長沙先生道宗新建，力破陳編。獨立敢言，管城子有萬夫不當之勇，疾書妙契，指南針定千古未決之疑。眞成皓首以窮經，歷七十九齡而未倦，藏在名山之副帙，累數百萬言而有餘。若其宦轍所臨，以及鄉閭之處，乃有舉天下非之而在所不顧，一惟獨認其眞，至於褐寬博惴之而決所不爲，期於自反而縮。如湯沃雪，過則改之，點鐵成金，與其進也。以故由中及外，無間然矣，儼青天白日之光明，自江以南，學者宗之，猶北斗泰山之景仰。有功絕綫，無忝縣車。寧非姑射之有至人，一凝神而物無疵癘，宜如畏壘之於桑子，即不死而猶當祝尸。況蓋棺已越於十年，顧賢俎尙稽於一席。鄉祠斯擧，衆議僉同。乃有潁上郁君，撤己所居，慨然義倡，爰及陳胡二老，成人之美，率以經營。猥被微疴，未緣謝榻，乃欣同志，先我着鞭。聚埴徵材，陳鼛伐鼓。木未得於工師之喜，事已集於子來之趨。自鄉士大夫以至三老子弟之樂於聞者，莫不捐所有以助成，即梓匠輪輿暨夫百工技藝之預斯役者，皆知嗟此擧之爲晚。雙楹鳥革，羣楚龜趺。得孤僧禮大士以懺悔之旁，即諸子從先生而講貫之所。幽花一徑，幷桂蘭桃李而盡在公門，修竹四垣，列左右前後而無非君子。自茲以後，從者如雲。事死如生，儼然立雪。音容恍惚，思其笑，思其語，精神猶舊日之風生，廟貌瞻依，見於羹，見於牆，危坐即當年之泥塑。有如三年築室，亦何妨端木之獨居，但無九曲環屏，豈頓減紫陽之精舍。哲人即逝，梁木雖傾，大匠如存，岍㠓方始。試聆珠貫，倂入斤風。

抛梁東，舊是延陵半畝宮，杖履已乘黃鶴去，生徒猶坐絳帷中。抛梁西，綠滿禪房萬竹齊，就裏數竿須好護，先生親自有留題。抛梁南，翺然老守去湘潭，向使挂冠如不早，註書那得細如蠶。抛梁北，小池長洗篋餘墨，草色猶爲書帶青，墨痕肯減蛟蟠黑。抛梁上，祠外階庭餘幾丈，殷勤打掃戒沙彌，莫遺鄰猪此中放。抛梁下，莫說鄉中大賢者，豺獺猶知祭本原，虎貓尙得迎田蠟。

伏願上梁之後，道綿百世，祠亘千秋。見而知，聞而知，莫不興起，前乎此，後乎此，相與彰傳。毋徒學司馬之低回於宮牆，習禮儀而遺道術，要當法扁輪之妙忘於心手，舍糟粕而嗜精華。庶幾無負先生著述之苦心，宗盟攸賴，亦不孤諸君祠宇之盛意，香火永存。

鮑府君醮科

請稱法位

惟神之生，生於越鄉，惟神之死，死於四明。體有死生，神無存亡，存亡既無，神何可量？如水行地，豈專一方，胡越于明，有享不享。越有新祠，城南之隍，神出以入，兩龍是襄。薦芳登糗，俟神于堂。神之來兮，其喜洋洋。

散花初獻

伏以籲天祈嗣，誠上感於玄穹，夢日懷娠，瑞竟徵於華誕。況賢哲之苗裔（神鮑叔牙之後），兼體貌之異奇。長而狥齊，生惟正直，秉恢弘慈惠之性，負游畋任俠之資。捐鬬龍於海中，射伏鹿於山石，以茲豪宕，丕顯英威。既而糶米以活萬人，援兵而弭羣盜，却飛蝗於郊野，護渡蹕於風濤。歷生寄死歸之年，皆捍患禦災之績。民到于今受賜，功從振古無前。今醮主某深荷洪庥，預蒙陰隲，敬以歲辰之吉，謹陳醮禮之筵。拭目神威，志心妙道。猥奉蘋蘩之薦，仰干侍從之欽。法衆虔誠，謹伸奉請。

亞獻

伏以蕙肴蘭藉，愧無楚薦之芳芬，吉日良時，聊望神君之康樂。既俯從乎衆請，遂少憩於人間。瞻佇鸞旌，攀援龍馭，沖虛廣莫，浩浩乎杳無得於見聞，畏敬奉承，洋洋乎儼如在其左右。伏願神嗜飲食，爾介式幾，鑒黍稷之非馨，取蘋蘩之昭信。尊罍在手，再挹流黄，祝史陳辭，永熙純嘏。虔誠稽首，亞獻禮行。

步虛宣疏

伏以爲喜爲嗔，視更顔之師覡，既醉既飽，憑載起之皇尸。雖塵供不可以久留，惟神慈無嫌於援止。蓬門荒落，敢比蔡經之家，麟脯芳香，暫待麻姑之會。幽明相隔，投轄何緣，光景易流，揮戈無術。是惟三爵之禮，匪爲過多，雖使百拜之勞，不敢言倦。願龍驤之止轡，敬鵠立以遮鞍。法衆皈依，酒陳終獻。

回鞒焚燎

伏以靈通遍滿，本無來去之蹤，祀禮節文，謂有將迎之數。俯垂臨鑒，過爾夷猶。顧塵景之莫留，歸太虛而超舉。蟾光一縷，遠隨笙鶴之音，法供肆筵，未冷香燈之灺。薦遺福祉，永祐人天，稽首拜辭，謹當奉送。

友琴生說

陸君以清才少年入國子，宜其一意於干祿之文也。顧嗜古，已即能爲古詩文。又嗜琴，久之得其趣，益與之狎，視琴猶人也。行則囊以隨，止則懸以對，憂喜所到，手出其聲，若與之語，因自呼曰友琴生，人亦以友琴生呼之。余客金陵，友琴生則來訪余，問以説。余嘗見人道友琴生囊客杭，鼓琴於舍，忽有鼠自穴中，蹲几下久不去，座中客起喝之，愈留，此與伯牙氏之琴也，而使馬仰秣者何異哉？夫聲之感人，在異類且然，而況於人乎？又況得其趣者乎？宜生之友之也。生請益，予默然，生亦默然。頃之曰：「似得之矣，然願子畢其說。」余曰：「生誠思之，當木未有桐時，蠶不絃時，匠不斲時，人具耳而或無聽也，是爲聲不成時。而使友琴生居其間，則琴且無實也，而安有名？名且無矣，又安得與之友？則何如？」君復默然，若有所遺也。已而曰：「得之矣，乃今知於琴友而未嘗友，不友而未嘗不友也。」余曰：「諾。」

一吾說

某君名萬應，字子一者，令其兄某問別字於予。予應之曰：「是子之季也？予不知其人，審其字與名，若志於道者也。」曰：「吾弟也，少知讀近世爲生者書，道則未也，志則志於斯而已矣。」予曰：「志於斯，可進於斯矣。進於斯，求之於字與名而有餘矣，又焉用別而字之也？」某曰：「雖然，願先生少有以命也。」曰：「唯唯，吾少而喜漁，觀漁於鳥，鷙焉，鶬焉，鷺焉，鷗焉，紛紛焉，擾擾焉，而未見其飽也。壯而觀漁於十頃之沼，筌者焉，罾者焉，鈎而緡者焉，紛紛焉，擾擾焉，所逸者多而獲者少也。老而觀漁於海之島，鳥非鷙等也，人非筌等也，見一師焉操百斛之罟，左得其綱之希，而右捽焉已不失其目之密矣，其放也若鳥之舒翼，其斂也若鳥獲舉千鈞之石，不崇朝而自江之南與海之北，皆厭其臘，此之謂以萬而得於一。子之季也不別字則已，苟別之，則莫過一吾之一，故別字之曰一吾。」

讀龍惕書

甚矣道之難言也，昧其本體，而後憂道者指其爲自然。其後自然者之不能無弊也，而先生復救之以龍之惕。夫先生謂龍之惕也，卽乾之健也，天之命也，人心之惺然而覺，油然而生，而不能自已者也。非有思慮以啓之，非有作爲以助之，則亦莫非自然也，而又何以惕爲言哉？今夫目之能視，自然也，視而至於察秋毫之末，亦自然也；耳之能聽，自然也，聽而至於聞焦螟之響，亦自然也；手之持而足之行，自然也，其持其行而至於攀援趨走之極，亦自然也；心之善應，自然也，應而至於毫釐纖悉之不踰矩，造次顛沛之必於是，亦自然也。然而有病於耳目手足者矣，或爲翳甚，或爲盲也，或爲塞甚，或爲聾也，或爲不調甚，或爲痿痺也。始而罹是患也，既以壞其聰明運動之神而漸不可救，其患之成而積之久也，則遂忘其聰明運動之用而若素所本無。於是向也以視爲目之自然，而今也以不視爲目之自然，向也以聽爲耳之自然，而今也以不聽爲耳之自然，向也以持行爲手足之自然，而今也以不持不行爲手足之自然。夫聰明運動耳目手足之本體，自然也，盲聾痿痺，非自然也，而卒以此爲自然者，則病之久而忘之極也。夫耳目手足以盲聾痿痺爲苦，而以聰明運動爲安，舉天下之人。習其聰明運動之爲自然，而盲聾痿痺之非自然。至於其病之久而忘之極，猶且以苦者爲安，非自然者爲自然矣；而况於人之心，其在胎妊之時，已漸有熏染之習，馴至知覺之後，又不勝感物之遷，小體著於嗜好而無有窮已。人巳奪於利害而未嘗知足，播遷流浪，百孔千瘡。其在今日，亦猶既壞之耳目手足，舉天下不見其有聰明運動之神，特有翳與盲，聾與塞，不調與痿痺，甚不甚之異耳。而況一念流轉，善惡易形，兩可相淩，物體無定。如象之蓋舜入宮，又忽然忸怩，閑居之小人始而爲不善，繼而愧，既而又作僞以著其善。又如取予死生，有傷廉傷惠傷勇之病，而兩立於可與不可之間。此皆倏忽變遷，如環之無端而思慮所不及，影響疑似，如路之交錯而從違無可據。故蓋舜入宮，自然也，忸怩，亦自然也，閑居爲不善，自然也，繼而愧，自然也，既而又作僞以著其善，亦自然也，取與死生，可亦自然也，不可亦自然也，而忘其病者孰知其病，又孰知其不病哉！夫象與閑居之小人，猶可言也，何者？入宮之與忸怩，爲不善之與爲君子而欲掩其善惡之念，雖若互發無端，而景界頓别，迷覺易知。至於可與不可之間，幽閑微細，而鏬縫難尋。念之善惡，無甚相形，心所便安，易於沈溺。況於未泯之良，時亦弋獲，訟過之念，似障天眞。於是以見起者爲本來，踰距者爲帝則，因眞恕妄，所遺實多。將清淨者喜其無情，圓活者忘其詭隨，遂非者假口灑脱，而放肆者遂至於無忌憚。苟無窮詰辯難，又將執是説以蓋藏其過，文飾其姦矣。故盲與明對，猶可辨也，惟少有見焉而以黑爲白，白爲黑，自以爲明者難稽也。聰與聾對，猶可辨也，惟少有聞焉，而以喁爲于，于爲喁，自以爲聰者難稽也。痿痺者與平和者對，猶可辨也，惟少能持行者而並以不能者爲能，難稽也。憂道者以自然之足以救支離，而不知冒自然者之至於此也。然則自然者非乎？曰，吾所謂心之善應，其極至於毫釐纖悉之不踰矩，造次顛沛之必於是，本自然也，然而自然之體不容説者也，説之無益於工夫也。既病之人心，所急在於工夫也，苟不容於無説，則説之不可徒以自然道也。惕之與自然，非有二也。自然惕也，惕亦自然也，然所要在惕而不在於自然也，猶指目而曰自然明可也，舉於鄉。明年癸丑，成進士，自刑部出僉江西按察事，領道曰南昌。已而役表既還，道病欬血，齋趺七日，起謂其婦曰：「吾病不可藥也，然吾將有所之，差勝此，而兒當有立，好爲之。」婦驚問所以，俛不答。既而曰：「非久，當自知之。」越數夕，其家人曰某者，聞天樂自西南來，響漸近，已而見一白馬神官下而入其堂，馬高於窗戶，上檻解鞍，鞍高亦幾及之。神官南向坐，而呼某令跪，曰：「南昌缺城隍有日矣，帝須爾主急，爾入，好促之行。」某起趨入，取主紗帽若圓領帶以自着，跪促主如神官言。舉家盡怖，迷所以。祝令婦取己朝衣冠，將服之。又令汲新釀酒滿三盞，列香爐於卓。婦愈怖不辦。神官則促召某出，縛杖之二十，捼其手，痛不可忍，呼嗄嗓，突入號迫。婦乃辦，某出覆神官云，即矣。凡官所言動，他人都不聞見，悉某迭爲之。祝於是着冠服，飲酒畢，赴廳事，則羣僚與衙人畢集矣，觀者可數百人，塞衙甬。某則持弓矢以射者三，曰隘爺路。祝遂登座，執笏以俛。雨如注，霹靂震其墀，祝逝矣。及櫬入舟，亦無不爾。府學生諸君史者，信人也，祝延敎其子，親見之，故爲予道甚悉。顧曰：「此道中舊固多祟。」予曰：「祟不能如是。」其後予北上過薛公，以告。公戲予曰：「吾固聞之，然恨當時不使先子，又不及批其文曰，似有神助也。」予亦戲之曰：「師且先俞生矣。」相與掩口而笑。諸又云：「祝家人被杖者，昏臥數日不醒。視其臀與手，並有痕，青黑如染。及醒，語神官事，始得詳。」俞尚未隸學，公第文既首我，而領薦赴省試則蹶。音俞，故予舉以戲公也。㊀

㊀ 此節疑有誤。

器招以天譴，則非僕所敢望也」之語。楊慎序嘉靖丙午仲冬作，中有會楊憲副說南人掘地得石函，有參同古本，借録之。未幾，人自吳中來，得刻本，妄云「精思豁悟」。及觀其書之別序，又云「友人自會稽來，貽以善本」。半簡之間，其情已見，亦可爲掩耳盜鈴之語。今楊慎亦刻此本中，則非杜盜其書也可知矣。

井田解

自禹治水後，九州諸大水不大泛溢決徙者，蓋田以井故也。田井間之水，自遂而溝而洫而澮，溝廣深各四尺，洫廣深各倍之，蓋取其細流以澤田，而水勢之分，千條萬派，如髮之析而約於梳齒，無膗膩不通之患。廢井田而爲阡陌，則凡向所析之細流，盡併而爲陸矣，猶髮之舊析於梳齒者，今還束而髻之。其勢併，其力自悍，安得不決且徙？又當其始溝洫而澮也，田上之由行，自徑而畛而塗而道，徑可走牛馬，畛容大車，塗容乘車一，道容乘車二，而四方輦輸並得直抵畿輔。井廢而陸以田，則由行車輦未免避田，避田則四方道里始不勝其紆曲，倍日月，費旅給。故井田廢，不特妨水，且妨陸，矧曰無以限戎馬耶！

雜記

祝僉事爲神於南昌

祝僉事名繼志，與余同爲生於山陰縣學中，而祝，天樂都人也。天樂多山，少文采。而祝獨雅馴，貌端朗，面白皙，光采可鑒。嘉靖壬子，武進薛公應旂以提學副使來校浙士，第等伯余，而祝亦居叔季間，遂乃俞琰之意也，一誠其殆善繼俞志者乎？渭細玩之，如此分合，乃大乖文理。俞琰蓋幸而徒與是念耳，使果爲之，其罪不在杜之下矣。成都楊愼爲之別序此書，乃云：近晤洪雅楊印崍憲副，雲南方有掘地得石函古文參同者，正如杜所編者。借錄未幾，乃有吳人刻本，而自序妄云精思所得。夫愼之序既如此，而一誠有別序，則又云：「竊弄神器，以招天譴。」其從父號五存者跋其書，又云：「書未出而爲人竊去冒托。」觀此，則愼之所聞於楊憲副者，乃他人竊得於一誠而托以石函者也。愼不玩其理，乃輕信而訾一誠，反以一誠爲竊盜。夫一誠之可訾，乃特在妄編耳，豈竊盜於石函者哉？乃若謂一誠之盜竊，直謂其盜竊琰之意而以爲出己意則可也。一誠失於信人，愼失於信古，務博而不理，述書多至八十種，誠如此類，豈可盡信哉？又有稱王圍山人者序此書，有云：「故人自會稽來，貽善本，遂捐俸以刻。」則王圍當是一官人而刻此者也。愼都不檢點，以爲杜一誠既云精思自得，又云友人自會稽來貽善本，謂一誠自露其情，掩耳盜鈴如此。則愼將謂一誠卽王圍矣，疏一至此耶！此書王圍山人序一，嘉靖癸巳秋七月，不著姓名。參同契跋一，號五存，不著姓名。跋中稱仲子，其必一誠之仲父也。杜自序一，又別序一，楊愼序一。愚揣諸序之跡，王圍之刻以人竊得杜本而托以石函。楊愼之序刻則杜本始出矣，而他人復刻之者。王圍序嘉靖癸巳秋作，中有故人自會稽來貽善本，而已捐俸以刻之之語。五存跋正德己卯二月作，中有仲子敬心頌讀有得，經註一正。書未出而爲人竊去，冒托他姓以覓利，反謗其僞作之語。敬心，杜幼時字也，以其稱字，故知爲仲父。杜一誠自序序後列凡例云：一，經文三篇爲一册，箋註三篇爲一册。一，三相類二篇爲一册。一，經文箋註三相類篇末各自有序。一，經多四言，間有散文，註雖五言，或有四言句。一，三相類文體無待更訂，而經註節次或有差錯，以待後賢。杜一誠別序不著日月，中有「竊弄神苟不言明而徒曰自然，則自然固虛位也，其流之弊，鮮不以盲與翳者冒之矣。而今之議先生者，得無曰，惕者循業發現，如論水及波，終非全體，隨時執捉，如握珠走盤，反窒圓機，亦或未諒先生之本旨矣乎？夫見赤子入井而怵惕，此惕也，謂之循業發現也。未見赤子之先與既見赤子之後，或寂然而靜，或紛然而動，而吾之常明常覺常惺惺者無有起滅，亦不可不謂之惕也，亦不可不謂之循業發現也。業無際，發現無際，惕亦無際，又何別有全體之可云哉？至於以惕爲執捉，則是有所恐懼，不得其正，少從事於口語者，類能避之，先生應不如是之粗也。蓋先生嘗教人曰：使窮世皆水，指何爲水？纔有陸地，水始可名。中庸言戒懼，唯聖人常戒常懼，無有畔岸，故不見其戒懼。衆人惟有放逸，而戒懼始形。然則戒懼者，固天命之性，工夫本體何嘗有二？此可以見先生之所謂惕矣。雖然，人在暗室，不能見物，苟得日光，還見秋毫。不幸盲瞽，日亦不見，及復眼光，仍仰圓魄。則知光有得失，見體無爲，惟耳手足莫不皆爾。故人心既失，其顛倒悖逆，甚於耳目手足之病，而惕體依然。苟調停劑量，則易於盲聾痿痺之醫。呼谷應聲，立竿見影，言說何益，冷煖自知。渭小子感先生之憂道，識先生之苦心，雖志氣不前，而盤姍思振。非以多言敷衍，期於畢露瘡瘢。伏覽茲文，悵焉援筆，既請正於函丈，將遍質於同襟。

書古本參同誤識

此本爲姑蘇雲巖道人杜一誠字通復者，當正德丁丑八月所正而序之者也。分四言者爲魏之經，五言者爲徐之註，賦亂辭及歌爲三相類，爲淳于之補遺，並謂己精思所得也。而不知欲分四言五言者各爲類，

沈弘宗

沈君弘宗者，會稽縣人也，與予同時爲生而異學。宗自隸會稽，其後以貢入國子，舉於北鄉，就除得黃岡知縣，久之，調武昌。代爲黃岡者曰某，初到官，方涉筆書卯籍，坐廳事。忽見有物如兵卒者持白版以入，曰：「奉冥遣，召黃岡吏沈弘宗。」某曰：「弘宗昨已赴武昌調，某某也，非弘宗。」然猶仆地若蹶者，兵卒謝而馳，有頃某起，遣急脚詷武昌，則弘宗死一日矣。

隍災對

萬曆十二年甲申九月甲戌十六日己丑，霜降前二日夜漏且子，府隍祠火。火從東北耳卑舍，仰射殿角諸顚，遂並焰以入。舁神者百數十徒，不克徒，俄而神首殞，火宴殿，宴殿首亦殞。或曰，諸徒哀而擲落之，果爾，則不應棄不取。宴有兩夫人夾神座，外有廊宇，小神以十數，侍從毬馬斧戟幢旌等以百數，一無及。一庖子亦預徙，值崩燼而埋，顧忽出宴殿後，僅破腦。衆駭問之，曰：「吾不知所從出。」幸免者多如此，獨神所寓殿，兩衡一從，獲尺寸免。觀者近萬人，怪且怛之，明日踵相質，未有以復。夜臥而思，得周公借撻伯禽抗世子事復焉。質者曰：如子言，豈以神當伯禽耶？則必有當世子者，當世子宜必以牧吾土者當。而禮所稱世子，固未有過也，特以伯禽有小過，周公借撻以預警世子耳。今牧吾土者無一過之可舉也，猶世子也，帝亦何用借於神以儆夫牧，如公之借撻於伯禽耶？卽神有小過，帝小罰之，如公之撻伯禽亦足矣，而罰又何至於是？曰：人有等西施之髮於鄭旦者，非莖數而寸量之也，其玄與豐不相遠而已矣。牧之受命而寄責於身也亦夥矣，卽小不慊於心，豈必盡出其身之爲哉？人爲之而牧也當之。心知其不當爲而勢與力不可奪，於是不得不委之於勢與力，而終亦未免自謂有負於其心，而終有所不安，若此者，百豈無一二哉？帝若曰：彼能知此而顧且爲之，非罪也，畏也。吾助之，以神爲伯禽，以牧爲世子，以火爲撻，以決其不肯自負之初心，使得藉口於神，以感動勢力者之堅持。而勢力者萬一聽之，又得藉口於神以轉相告語其黨，而一悔其初相倡和之誤。吾故曰：帝之斯舉，大槩有似於公之撻伯禽也，非按髮而數且量之謂也。曰：然則神何辜也，而罰酷也如是？曰：土木，神之托也，賤也。靈爽，神之眞也，貴也。宇可復建也。故二氏往往言，凡神成之日，莫不土苴其軀之舍而遺之，而後去，況土木舍乎？又況舍土木之舍者乎？帝之示罰，今不過奪其賤者也，不奪其貴者也。且帝果罰也而罰之酷，而果奪其貴者，則我與子又安得而知若此？又安在其爲借撻以啓牧者而助之決也？故罰之酷否不足校。噫！是帝天之微權也。蓋嘗謂天之微權不可以人準，可以人準則常而無變，無變則人得以試而熟之，而僥倖於趨與避之間。故戮東海之婦者過在吏㊀，宜罰在吏而帝不罰吏而罰農，若曰，使衆可用是以咎吏也。以一吏可勝一於決曹，不可勝衆農也。又若曰，吏遠婦，寃之可也，衆邇婦易知，易知而不衆諍之，可乎？初稍罰衆以旱矣，而衆猶不省，故罰至三年，必直而後已，而農之損多矣，此初亦撻伯禽於農也。而衆人蚩蚩，徒諉曰吏，至今數千年猶不省。又帝凡降諸大災能及大衆者，意若使諸大衆尋其致災之首而尤之。而首者亦多不之省，及其敗也，乃多敗於諸大衆之尤，亦與

㊀「戮」原作「廖」，玆改。

東海之旱罰農而農不省其罰，謂罰吏也同。噫！非諸大衆則不能勝此也，非災諸大衆，則諸大衆亦不怨此也，則帝天之權，不使人常而準之，恆若此。質者曰：子何據？曰據董子。質者曰：陳亢有言，問一得三，吾今近之矣，幸也，然而不能爲也。非我不能爲也，彼亦不能爲也。我亦一農也，彼亦一農也，彼亦一婦也，爾亦一婦也。

附記質隍災而予否之之語

曰：神不職與？帝罰殛與？曰：不奪諸幽而災厥形，匪帝之刑。曰：神久而斁與？舍而作與？曰：斁斯作矣，故自火其廬而燔其軀，其來也孰主？其去也乃飄兮若脫罟之魚。雖欲勿用，帝其許諸？曰：配已明與？敗厥政與？神自褫以諍與？曰：孰舍其田以耘人？妻諍其夫，而燼厥廬以焦厥身。曰：神隍於土，舉非一與？越則二之，神不引而他宅與？曰：神固二之，吏嘗一之，神固怒而殛之。豈昔不恥糴而今則厭？夫不寄示凴於物，示夢於栖，可以告斯，象則何燔？廬何以災？曰：吏有國營，民有家作，不戒於辰鶉，則燬爾室，其殆是與？曰：國有大災，神且捍之，民而有災，神捍靡遺。鶉也耳而神不能庇，令赭厥居？曰：術者矜數，曇者怖劫。魯叟鶉理，以操決拾。乃數之翼斯垂，而劫之羽斯鎩。神茲所遭，匪輪伊劫，意者曇破的而魯將示罰與？曰：數兮劫兮，非理莫衷。彼曇者所云，謂冥爽之幽滯，災輪轉而未窮，非示災於昭昭。苦土木以代厥躬。由斯以推，義與首問者同。曰：十億不一中，茫正鶉其何知？以子爲羿，曷控厥弧而告以厥機？曰：鶉亦未我，於子姑徐之。

府隍神有二辨

凡府之有城隍並一，而吾紹獨二。一居臥龍山之顛，曰隋總管龐公玉守越，有功德於民，死而人祀之，事詳舊碑，信矣。一居其麓者，不知其爲誰。或曰：禱祀者處山北則陟顛爲便，故顛有祠。審爾，則顛之祠似後麓。或曰：有司以朔望謁神謂非便，故麓始有祠。審爾，則麓之祠又似後顛。此祠則二而神猶一也。或者又曰：高皇帝有天下，舉百神而新封之，合主以享。諸隍主並仆而伏，越獨否。夜乃上夢曰：「臣玉守越，近不如呂珍，願陛下進珍而退臣。」事雖不行，而民間譁傳其說，故麓祠者民自祠呂也。或又曰：當胡公大海攻越，神嘗現巨履以怖胡。及聖祖擬新封，神之主又植不仆。將馳使斬神首，道士夢神言，令負以匿，初未信也，再夢，乃獨肩神，履如飛，至顛，重不可步。曰：「神樂是也。」遂止，茨以覆焉。麓祠虛補以貌，遂相推以呂，以呂嘗守越，乃吠堯，如錄其功，亦宜祀也。審爾，則祠二而神亦二矣。考諸紀及問故老之有識者，咸云：高皇時未聞有聚主事，卽欲斬不仆者，誰敢匿？且高皇明聖，寧有此？及兩夢說盡不經。若曰顯祠便山北禱祀，亦非民間所敢擅。謂麓祠便有司謁者，差近耳，然審爾，則祠雖二而神又止一矣。向知是府漢中白公某者，嫌兩神而汰其一，立得疫，舉挨葬是山之西，則神又似眞有二耶？其祠麓者果呂公珍耶？或者又曰：世一神而百奉者多矣，二而汰其一，亦似非宜。然以予所考諸紀，高皇更始定諸隍位，無姓名，直府爵比公，曰顯佑公，州比侯，縣比伯，其人詳祝文，況有兩，民以人祠，麓以呂，則可也。

中國古典文學基本叢書

徐渭集

第三册

中華書局

徐文長逸稿

目錄

卷一　五言古詩
寄吳宣鎮……七一一
送諸公子北試……七一一
槎海篇……七一一
孤山玩月次黎戶部韻……七一二
挽某君……七一二
雪二首……七一二
古意二首……七一三
寄京中友人……七一三
千葉石榴……七一三
送別二首……七一四
記夢……七一四
卷二　七言古詩
鴻臚篇……七一五
葵陽篇……七一五
送章君之海寧教授……七一六
瀛洲圖……七一六
若耶篇……七一六
古意……七一七
送鄭主人……七一七
二峯篇贈錢塘陸宗禮……七一七
短褐篇送沈子叔成出塞……七一七
三公柱石篇……七一八
橫山黄伯子持圖索題……七一八
過項羽故宮……七一九
太眞早起圖……七一九
鰻井……七一九
某子舊以大蟹十箇來索畫……七二〇
送馮叔系北行……七二〇
送王君恤刑江北……七二一
送內兄潘五北上……七二一
沈小霞梅爲姪良甫題……七二一
題內兄家所藏畫鹿一篇……七二一
四花圖……七二二
醉歌贈姚崇明公……七二二
題王篔江繪事壽劉夫人六十……七二三
除夕通宵飲吳景長宅……七二三

八月十五日映江樓潮
次黃戶部……七二三
陸御史母生辰……七二三
卷三　五言律詩
答沈嘉則次韻……七二四
喜雨次陳伯子……七二四
再次陳大喜雨……七二四
梅雨幾三旬陳君以詩來
慰答之次韻二首……七二五
謝鍾君惠石埭茶……七二五
海雲次子後其弟海洲死
分韻索挽……七二五
巾側玉蟬……七二六
中六字爲潘伯子賦……七二六
詠巽峯……七二六
磁盂浸櫻桃花不五日落盡
弔之……七二六
賦得梅柳渡江春……七二七
賦得梨花一枝春帶雨……七二七
送箕仲北上追敍三江觀
水之事……七二七
余君往靈壁許我以石倣
菱囑之……七二七
送某先生之南樂……七二八
風雨同沈嘉則輩集金氏
牡丹園……七二八
訪王山人于吳門……七二八
除夜之作兼答盛交甫璩
仲玉贈篇……七二八
上谷仲秋十三夕集朝
天觀……七二九
竹樓篇爲陳戚畹……七二九
俞將軍所晤楊鹽城……七二九
送郁車駕……七二九
元旦買得玉魚自佩……七三〇
送歐評事使君之南工
主事……七三〇
送許職方出知建昌……七三〇
送呂中甫之潞……七三〇
新歲壬辰連雨雪十八日
老晴袒而捫虱……七三一
約遊道士莊……七三一
讀淮陰傳……七三一
孝子詩……七三一
雨後觀南鎭兩瀑……七三二
野豕……七三二
哀周鄭州沛二首……七三二
夕霞二首……七三三

晴二首……七三三
楊梅……七三四
某嫗索詠鄰婦度尼……七三四
止楓橋駱汝誠樓值生辰
卻贈……七三四
題王氏壁……七三四
送鄭肖龍北試……七三五
張伯子入學……七三五
某觴予輩於新復之蘭亭……七三五
集駱某于少微山……七三五
贈陳明經……七三六
更少顚師號……七三六
送某入覲……七三六
遼東李長公寄酒銀五兩……七三六
祓趙川堡湯泉……七三七
次許口北招集之作……七三七
呼盧得彩詩二首……七三七
盧生者地家也復附禪太
僕之徒……七三八
集胡賈館請作樂山詩……七三八
留餘堂詩……七三八
王衢州公要往秦望同言
馬兩鄉薦宿廣孝寺……七三八
送丹士……七三九
別羅仲文……七三九
送小翁……七三九
壽潘承天七十兼賀得孫
三首……七三九
慕坦軒……七四〇
定所篇……七四〇
陳通府歸自諸暨二首……七四一
瓊花館……七四一
畫梅……七四一
送余君……七四二
一枝堂對雪……七四二
李氏挽詩……七四二
贈妓……七四二
送汪君修良北上……七四三
寄京中諸友……七四三
朱四……七四三
張母……七四四
早春過顧君飲于鄰舍……七四四
壽王曲阜……七四四
一內史邀集王氏園亭和
梅客生席上之作……七四四
哭王丈道中……七四五
聞朱次公訃……七四五
柳兄九迫以師禮……七四五

雪候代王子與海上一才
生張書幷詩一首……七四六
上虞復西溪湖……七四六
黄君書舍在委羽山洞
索賦……七四六
劉老之楚……七四七
王某部母夫人詩……七四七
鄭某部母夫人詩……七四七
王某部母夫人詩……七四七
贈錢竹坡……七四八
贈松庵公……七四八
鍾公子以詩贈次答之……七四八
南海歐工部蓤子某能詩……七四八
送史靖江……七四九
閔封君壽詩……七四九
楊會稽公去思……七四九
給事中某吳人歸壽其父……七四九
蟹二首……七五〇
王大夫挽詩……七五〇
送柳九瀫與董伯大北行……七五〇
青田湖客遺巨鯉獨酌……七五一
鈕大夫園林二首……七五一
蠟屐……七五一
聞人賞給舍園白牡丹
擬作……七五二
客燕者累月一遇張孺穀
于市遽別……七五二
園中春雪……七五二
雪墜片如絲者或如錢者
皆景絕奇因專詠……七五三
几上篇……七五三
李子遂攜己所繪圖歸陶
翰撰索詠……七五三
丁卯七夕謝興化公孫海
門偕浩上人胡子文餉
予以蟹得牛字……七五三
答贈王山人濟川……七五四
郁穎上……七五四
答贈徐君……七五四
葉泉州公挽章……七五四
送諸翰君北上……七五五
對陽篇……七五五
與友人游西山止宿功
德寺……七五五
弔陸靜山……七五六
望湖亭……七五六
碧雲寺流觴……七五六
至夜宿香山寺……七五六

流憩亭……七五七
蜃樓圖……七五七
金山寺……七五七
與楊子完夜話京邸……七五七
送沈君之淸江縣史……七五八
季有倫入燕……七五八
送郁宜興君北上……七五八
胡子德偕有倫往……七五八
孫君訪余于繫……七五九
茗山篇……七五九
鷗沙篇……七五九
送曹國博……七五九
送錢丞之沛邑……七六〇
賦得竹深留客處……七六〇
送別……七六〇
送某君會試……七六〇
壽蒲谷方伯……七六一
元旦集丁戶部館得存字……七六一
與諸君集明月庵……七六一
過沁州感嘆……七六一
丁戶部母夫人目疾得良
　箴復視……七六二
青白眼……七六二

卷四　七言律詩

千葉碧桃花……七六三
上虞母夫人詩……七六三
白雲遙祝爲韜仲賦……七六三
景文索送其縣吏入覲……七六四
張太君六十詩……七六四
雪中粉團……七六四
牛首齋罷便往祖堂獻花
　巖迫晡矣……七六四
祖堂夜歸……七六五
與諸生三到徐氏園得兵
　曹郎簡而始入……七六五
嚴先生祠……七六五
虎丘……七六五
約觀水閣往遲遂盧馮太
　常飯及歸又失鄭職方
　魏園之觴……七六六
送趙大夫掌南臺……七六六
登報恩寺塔最上一層……七六六
唐會稽以母憂歸上海……七六六
宋氏吟書畫册中……七六七
送馮太常……七六七
登北山小憩龍王堂遂上
　鎭虜臺……七六七
寓宣府九日集北山寺……七六七

燈夕答訪諸君……七六八
馮刑部索書冊二首……七六八
送鄒刑部出知泉州府……七六九
節婦篇……七六九
至日錢郎中世材先輩柏
堂成……七六九
贈徐君……七六九
送劉子臣入鄖陽……七七〇
潘承天介飲……七七〇
芙蓉……七七〇
菊花……七七〇
芭蕉……七七〇
玉簪……七七一
萱……七七一
藜……七七一
雞冠……七七一
山查……七七二
葡桃……七七二
士菩提……七七二
詠櫻桃花……七七二
壽沈參議南湖……七七三
謁孟廟……七七三
馬氏白鵠……七七三
應李以賞歌姬……七七三
送妓人入道……七七四
和玉芝上人蘭亭詩……七七四
送張子藎春北上……七七四
賦得紫騮馬送子藎春北
上次前韻……七七四
聞張子藎廷捷之作奉內
山尊公二首……七七五
子藎太史邀我六逸觴于
壽芝樓中……七七五
董堯章謝國塾歸葬其親
送之……七七五
盛泰父苑西草堂得聲字……七七六
送馮永豐之官兼便歸省……七七六
飲季子守海棠樹下作……七七六
宿登道登城北高臺值雪……七七六
鳳凰臺……七七七
李長公邀集蓮花峯……七七七
客有爲留春詠者亦命
賦之……七七七
盡社詠留春者並函寄復
賦二首……七七七
金剛子珠串……七七八
四山樓詩……七七八
友人索贈劉府公以剿寇

受賞……七七八

會稽訓吳先生母九十出冊索題……七七九

推府韓公生日友人索贈……七七九

過胡汝□宅留賞牡丹……七七九

送同府潘公入覲……七七九

瑞荆篇爲新昌尙賓呂君乃弟賦……七八〇

十五夜抵建寧通都橋玩月……七八〇

送吳學師奉其母太君還南昌……七八〇

和樂堂詩……七八〇

寄答汪古矜……七八一

柳橋不知誰氏園舊有梨樹六株……七八一

賦得城山篇爲林諸暨公別號……七八一

次韻仲房瑞雪之什……七八二

禱雨詩友人索頌邵府公……七八二

詠冰燈二首……七八二

落花四首……七八三

送葉公子歸同安……七八四

題某名卷後……七八四

芷齋……七八四

項羽戲馬臺河滸留侯祠雲龍山張山人天驥放鶴處……七八四

呂布宅二首……七八五

九日登戲馬臺……七八五

嚴灘懊……七八六

馬策之死挽之……七八六

送白君可赴葬劉刑部……七八六

送楊子甘復之京……七八七

張子錫嘗自題鏡容今死矣次其韻五首應乃郎之索……七八七

唐伯虎畫崔氏像二首……七八八

送張子成之江幕……七八九

送朱大行……七八九

贈中軍舊識……七八九

贈俞參將公……七八九

挽徐高州大夫……七九〇

少濱篇爲金子……七九〇

送郁丞入覲……七九〇

唐簿得獎……七九一

陳都僉五十……七九一

送南戶部某考滿詩……七九一

郭□部翁嫗兩壽……七九一
呂禮部再燈上元……七九二
方長公重五餉以江魚枇杷豆酒……七九二
章孟公招陪葛韓二丈二首……七九二
再次章君……七九三
沈先輩別歸松江十年再至辱贈七律次韻答之……七九三
陸先輩去用沈韻追賦……七九三
陳伯子守經致巨蟹三十繼以漿鱸……七九四
十月望後反舌競飛鳴四五日……七九四
送錢君緒山……七九四
壽杜通議之父母……七九四
壽戴柳州父母二首……七九五
壽張翁……七九五
送徐山陰公……七九五
送葉君子肅訪楊龍泉公……七九六
干溪許某山行遇二仙女余登秦望山山人對余說乃是前年事……七九六
洛神圖……七九六
燈夕送張君之滇迓其尊人……七九七
送應公子之金陵……七九七
應索柳溪雙壽詩爲張封君……七九七
答次吳靈壁……七九七
寄散亭……七九八
送鳴教……七九八
某某兩君舊主人招之相繼北去……七九八
朱伯子以恩貢首選北上送之……七九八
玉簪盛花嘲之……七九九
送趙某丞瓊山……七九九
倪君某以小象託賦而先以詩次韻四首……七九九
壽吳溧水……八〇一
送張會稽公入覲……八〇一
春日蕩槳鏡水……八〇一
緋桃篇……八〇一
奉送林山陰公赴戶部……八〇二
幕府遊武夷九曲令擬詩……八〇二
王將軍再邀觀獵予方歸越不赴……八〇二

鞋盃嘉則令作……八〇二

送績溪胡氏兩公子……八〇三

送同知王白竹公……八〇三

王母壽詩……八〇三

寒食後駱君攜酌次其所示別作韻答之……八〇三

駱復用韻和答再次之……八〇四

賦得雲渠篇贈親交馮君……八〇四

劉伶鍤……八〇四

仲春有客登西興鎮海樓觀潮寄詩答此……八〇四

吳子明際訪蛟門訪沈嘉則諸名公……八〇五

十四日飲張子藎太史宅留別……八〇五

五十生辰吳景長攜諸子弟餉予圜中……八〇五

雪中市樓災……八〇五

送周縣公量判南康府……八〇六

雞聲二首……八〇六

蛙聲二首……八〇六

蠅聲二首……八〇七

蚊聲二首……八〇八

送某公遷南戶部……八〇八

雪中紅梅次史叔考韻……八〇八

史叔考荷汀號篇……八〇九

潘子以落花紅滿地爲題令賦……八〇九

張封君輓詩……八〇九

某平湖詩應索……八〇九

予奇梅嶺之松客有誇予以滇者……八一〇

紅葉……八一〇

酌張氏山亭時病瘧歸後復自酌至醉束此……八一〇

風木篇應索……八一〇

送某君之京……八一一

季子賓五十……八一一

長至呼大兒飲……八一一

送某君暨其伯氏還松江……八一一

送子肅赴三團營……八一二

壽王龍石二府二首……八一二

代某往壽……八一二

送府學某師推處州……八一三

樂閒園詩……八一三

馮伯子新居是三月望……八一三

魏文靖公卮貯以梓匣輒賦……八一三

俞母節詩……八一四
俠者……八一四
與季長沙老師及諸同輩
侍宴太平葉刑部先生
於禹廟……八一四
吳學師爲白貢將軍索賦
勑書樓……八一五
順昌諸友約陪遊武夷後
俱不赴道中追憶……八一五
過許君精舍……八一五
季子守宅觀音蓮……八一五
送允大周君北上……八一六
壽胡令公……八一六
奉送布政使胡公督撫
江西……八一六
行經玉山弔孫烈婦……八一六
齊雲巖……八一七
嚴江茅大夫見贈賦答
爲別……八一七
答嘉則……八一七
崇厓……八一八
北上別丁肖甫于虎丘……八一八
徐州道中寄諸陶兩翰君……八一八
贈錢君……八一八
香山寺僧方荷能詩出其
師護松號册索次……八一九
送葉子肅再赴閩幕……八一九
送季子微北上……八一九
乙丑看迎春……八一九
病起過仲虛山人遷宅……八二〇
送彬仲應貢北上……八二〇
壽王光祿……八二〇
圜中懷宗師馮公寄呈……八二〇
嗚教五十……八二一
節慈篇爲吳通府公祖母
夫人賦……八二一
景文三十生辰次韻……八二一
王先生示其夫人哀詞賦
此奉慰……八二一
讀張君叔學所作姊氏狀
用前韻寄之……八二二
送金先生宰武康……八二二
送御史大夫趙君節鎮
川貴……八二二
夜宿龍南山居聞梵……八二二
送王君入監讀書……八二三
殷孝子詩……八二三
送李縣赴調……八二三

送新昌某學師論告致還南康……八三
次日復酌于鄰舍登飛來山訪浮峯上人……八二四
贈李遼東……八二四
登滕王閣……八二四
人日立春……八二四
每過堯輒擬謁闕里輒阻
追賦二首……八二五
聞有賦壞翅鶴者横榻哀
吟二首……八二五
陸子寄餅……八二六
史甥以十柑餉……八二六
卷五　五言排律
送張子藎會試……八二七
贈錢生……八二七
方氏子園並蒂王瓜四子頃亦稍圃……八二七
予寓圃亦產雙瓜方稱如琴軫爲人落之……八二八
芷齋號篇……八二八
挽某君之配蔣……八二九
送通府熊公……八二九
元夕先一日諸君俯屐小
飲聯句……八二九
中秋聯句……八三〇
卷六　七言排律
萬曆八年正月三日四日
連大雪……八三一
蛙聲……八三一
卷七　五言絶句
越望亭……八三三
禹穴……八三三
鏡湖……八三三
耶溪……八三三
蘭亭……八三四
雲門……八三四
越崢……八三四
陽明洞……八三四
別宋紀室斗山……八三四
畫……八三四
海棠……八三五
葵……八三五
驢客……八三五
犉領犢羣……八三五
東方曼倩偷桃圖……八三五
畫竹二首……八三六
牡丹……八三六

牡丹畫……八三六
荷花二首……八三六
浸水梅花……八三七
玉簪二首……八三七
草閣深江而有行舟之老……八三七
題畫……八三七
子臣絮其室之故鏡再鑄索詞……八三八
送黃公子迎其母夫人歸黃巖……八三八
賦得珠川篇贈人號……八三八
題三仙煉丹圖……八三八
爲沈嘉則題枯木畫四首……八三八
送章君遊江西……八三九
近江爲趙君賦……八三九
題畫……八四〇
題蘭竹……八四〇
題水仙蘭花……八四〇
題牡丹竹……八四〇
牽牛花……八四〇
水仙……八四〇
題畫……八四一
送別劉凝和會試二首……八四一
復上虞復西溪湖……八四一

附六言絶句

伐木圖……八四二
漁……八四二
樵……八四二
芍藥瓊花……八四二
忠……八四二
孝……八四三
廉……八四三
節……八四三

卷八　七言絶句

雪竹三首……八四四
風竹三首……八四四
風竹四首……八四五
雨竹二首……八四六
畫蘭……八四六
畫杏花……八四六
水仙……八四六
畫竹……八四六
畫荷……八四七
尋王子三首……八四七
詠畫中紅梅……八四七
畫插瓶梅送人……八四八

紅菊……八四八
獨朶芙蓉……八四八
蜜蜂牡丹……八四八
淺色牡丹……八四八
荷花芙蓉……八四八
芭蕉石榴……八四九
粉團……八四九
葵榴……八四九
荷……八四九
玉簪二首……八四九
牡丹竹……八五〇
做梅花道人竹畫……八五〇
水仙蘭竹……八五〇
畫水仙付鷲峯寺僧……八五〇
作牡丹送從子武會試……八五〇
菊……八五一
題畫萱吴子痛父寃因壽其母并及之……八五一
杏花牡丹……八五一
古木懸蘿圖得郎字二首……八五一
寫倒竹答某餉……八五二
梨花……八五二
水墨牡丹……八五二
題畫竹贈子完得嗣……八五二
題畫蟹……八五三
題鐵榦海棠……八五三
紫薇花……八五三
水仙花……八五三
黄蜀葵……八五三
至東天目之第四亭觀瀑布……八五四
倪某別有三絶見遺……八五四
右軍修禊圖二鵝浴于溪……八五四
范蠡載西施之五湖圖……八五五
東山賭墅圖有雙鬟侍側……八五五
釣圖……八五五
過沈明石宅……八五六
送某上虞……八五六
贈孫山人……八五六
題雪壓梅竹圖……八五六
題陟屺遐思册……八五六
老子騎牛度關圖……八五六
掏耳圖……八五七
馬舜舉放鵰留鹿郭清狂飼雉引猿二圖聯卷……八五七
天河……八五七
觀碑……八五七
弈樵立觀……八五七

馬坐營索詠……八五八
詠降龍畫……八五八
石壁觀音……八五八
鈕給事中花園藏陳山人
所畫水仙花五首……八五八
大兄八十初度……八五九
題梨花白燕贈醫者……八五九
題畫壁觀音像……八六〇
張東谷索題王仲山所畫
小蛙魚荷蘆葉圖……八六〇
鶴軒劉法師號也索詩……八六〇
陳玉屏餉瓦窯村銀魚……八六〇
竹泉篇二首……八六〇
壽星畫……八六一
題余醫師南橋卷……八六一
凱歌一首贈參將戚公……八六一
雪中登齊雲巖遙憶王
仲房……八六一
雨雪八首……八六一
索馬鄉丈紫竹羅漢即席
書扇遺之……八六三
送馬先生赴安福諭……八六三
爲鄭先生題畫四首值
大醉……八六三
送丁肖甫二首……八六四
上谷邊詞……八六五
中秋後四日遊覽摩訶法
藏諸剎遇雨書某上人
房……八六五
玉簪芙蓉二首……八六五
石榴梅花三首……八六五
題富春趙鹿樵所藏香山
九老圖……八六六
題鯉……八六六
陶學士烹茶圖……八六六
風鳶圖四首……八六七
三濤美人壽爲寫墨荷應
荷汀之索……八六七
題自畫菜四種……八六八
題錢舜舉畫碧桃……八六八
九日題自畫竹……八六八
題宋人畫睡犬……八六八
爲陳司理題畫……八六八
中秋風雨小酌寫玉簪復
繼芭蕉……八六八
王海牧盆栽海棠……八六九
王右參作昭君怨十首
次之……八六九

竹……八七一
送內弟侯選作芙蓉玉簪於卷……八七一
入關見楊柳……八七二
梧陰洗硯圖……八七二
女仙一軀乘雲而踏水月……八七二
青田釣舫詩……八七二
僧名仁庵索詩應此……八七二
校沈青霞先生集醉中作此……八七二
代胡通政送優人……八七三
山陰景孟劉侯乘輿過訪閉門不見乃題詩素紈致謝……八七三

卷九 賦

瑞麥賦……八七四
醉月尋花賦……八七六
女芙館賦……八七七
壽吳家程媼……八七七
龍溪賦……八七八

卷十 樂府

氛何來……八七九
句踐膽……八七九
市中虎……八七九

卷十一 表

代進白龜靈芝表……八八一
代謝欽賞表……八八一
代閩功欽賞謝表……八八二
代謝欽賞表……八八二
淮陽功賜銀幣謝表……八八二

啓

代賀嚴閣老生日啓……八八三

代賀李閣老生日啓……八八三
代賀徐閣老考滿啓……八八四
代賀冢宰吳公加太子太保啓……八八四
代賀大司馬李公啓……八八四
代賀大司寇江公啓……八八四
代加廕謝閣老啓……八八五
代謝部院啓……八八五
上郁心齋……八八五
禮書……八八六
送潘禮部歸新昌詩啓……八八七
劉答呂書……八八七
張閣下啓……八八七
慈谿沈聘餘姚孫書……八八八
季聘瓊州唐書……八八八

疏

雲深菴募……八八九
卷十二　詩餘
調鷓鴣天聞張子藎捷報呈學使公……八九〇
繼聞廷對之捷復製賀新郎一闋……八九〇
卷十三　論
治氣治心……八九一
論五行生成之數……八九五
軍中但聞將軍令論……八九六
策……八九八
卷十四　序
呂山人詩序……九〇一
呂氏詩集序……九〇二
酈績溪和詩序……九〇三
贈徐某保州幕序……九〇三
代葉母錢孺表序……九〇四
再刻某君時義序……九〇五
草玄堂稿序……九〇六
代胡大參集序……九〇六
贈成翁序……九〇七
贈戚畹錦衣陳君序……九〇八
闕篇序……九〇九
彤管遺編序……九一〇
送金君之無錫序……九一〇
代送張南陽序……九一一
代送陸刑部序……九一三
送董汝成尉永春序……九一三
代送石府公之兩淮鹽使序……九一四
贈謝孝子序……九一五
贈寧遠公序……九一六
送潘光祿序……九一七
余孝子詩冊序……九一八
代按遼議建序……九一八
送吳先生序……九一九
送柳彬仲序……九二〇
送葉君序……九二一
送沈生序……九二二
瑞桃詩序……九二三
代賀青州馮按察序……九二三
送祝子孝序……九二五
代賓峯石先生應召序……九二五
贈陳翁授官序……九二六
賀朱少監序……九二七
代送王大同之平陽兵憲序……九二八
送袁戶部守鞏昌序……九二九

贈雷總兵序……九三〇
邵兵憲公東海重春詩序……九三一
贈送馬先生序……九三一
代送沈君序……九三二
賀靳蒙城序……九三三
代贈金衛鎮序……九三四
代送少參佘公考滿序……九三五
代試錄前序……九三六
代齒錄序……九三八
代志序二首……九三九
一登龍門引……九四〇

卷十五　壽文

奉壽少保公母夫人序……九四二
贈吳通府公母夫人序……九四三
胡志甫生日贈篇……九四四
贈王翁七十序……九四五
賀季母吳孺人序……九四六
壽王翁五十序……九四六
代壽胡母序……九四七
代壽張灤州朱宜人序……九四八
代壽某州守某君序……九四九
代壽諸左泉序……九五〇
贈葛太君序……九五〇
贈族兄序……九五一
贈陳翁序……九五二
奉壽馬先生六十序……九五三
少保公五十壽篇……九五四
壽徐安寧公序……九五六
賀郁太君序……九五七
贈馮君序……九五八
贈子錫序……九五九
贈黃母序……九六〇
壽朱母夫人序……九六〇
代王撫州六十序……九六一
代劉沅州壽序……九六二
壽篇……九六三
贈某叟序……九六四
壽某刑部公七袠序……九六五
代賀潘又山七十序……九六六
代贈朱禮部五十雙壽序……九六六
壽衞輝太府暴公序……九六七
二兄配馮太孺人生日序……九六八
代壽太僕商公八十序……九六九
壽周武清序……九七〇
壽學使張公六十生朝序……九七一
壽二王翁序……九七二
代壽王鴻臚序……九七三
壽陳封君松坡序……九七四

代贈陳君七十序……九七四

卷十六　跋

書田生詩文後……九七六
跋停雲館帖……九七六
書丁肖甫眚退卷……九七六
跋陳白陽卷……九七七

辨

林唐二義士辨……九七七

說

一愚說……九七八

卷十七　贊

外兄若野翁眞贊……九八〇
祝相士小象贊……九八〇
五鷹圖贊……九八〇
大慈贊五首……九八〇
陳氏三世圖贊……九八二
錢伯陞贊……九八二
綸師像……九八二
楊本兵像……九八三
張翰撰彈琴像贊……九八三
五老觀太極圖贊……九八三
劉將軍贊……九八三
嚴君像贊……九八四
張鄉人像贊……九八四
張長治像贊……九八四
周鴻臚像贊……九八四
猿獻果羅漢畫……九八四
書劉子臣小像……九八五
張鳴敎小像贊……九八五
代白鹿朱蝙蝠靈芝瑞草爲仕人壽圖贊……九八五
雲長公像贊……九八六
程君像贊……九八六
朱鄉人像贊……九八六
宗孫像贊……九八六
袁生像贊……九八七
婦翁媪像贊……九八七
王刺史宇和像贊……九八七
友人某充秦幕書記出小像索贊二首……九八七
某仕人壽圖贊……九八八
臥龍畫贊……九八八
陳介石小像……九八八
丹山公配駱氏碩人贊……九八八
代柳愚谷先生像贊……九八九
題雲長像身後有平贊……九八九
史氏夫婦像贊……九八九

卷十八　銘

端溪硯銘……九九〇
羅經銘……九九〇
石磬銘……九九〇
竹秘閣銘二首……九九〇
中硯銘……九九一
礨磯硯銘……九九一
碗銘……九九一
海螺銘……九九一
衣袖銘二首……九九一
錢伯升秋葉池硯……九九二
竹秘閣銘……九九二
鏡……九九二
又小硯……九九三

卷十九　記

借竹樓記……九九四
百昌齋記……九九五
代盧室生白齋扁記……九九六
天馬山房記……九九六
豁然堂記……九九七
萬佛寺記……九九八
諸暨學記……九九九
代刑部題名記……一〇〇〇
三賢祠記……一〇〇一
修郡學記……一〇〇二
蜀漢關侯祠記……一〇〇三
代稽古閣記……一〇〇四
代養賢堂記……一〇〇五
史氏橋記……一〇〇五
正義堂記……一〇〇六
三省殿記……一〇〇七

卷二十　碑

山陰劉侯去思碑……一〇〇九
代王先生去思碑……一〇一〇
代沈氏祭田碑銘……一〇一一
代沈氏冢其外親及祭田碑銘……一〇一一

卷二十一　書問

答吳宣鎭……一〇一三
答許口北兵憲……一〇一三
答王新建……一〇一三
與陳戚畹……一〇一四
與王口北兵憲……一〇一四
答許口北二首……一〇一四
與宣府……一〇一四
答何先生……一〇一五
與某公……一〇一五
答茅君……一〇一五
答李獨石二首……一〇一六

簡許口北……一〇一六
答王口北……一〇一七
答許口北二首……一〇一七
答張太史……一〇一七
答李長公……一〇一八
與章君……一〇一八
與呂君……一〇一八
簡友人……一〇一九
柬王將軍……一〇一九
答叔學張君……一〇一九
答錢刑部公書……一〇二〇
奉尙書李公書……一〇二〇
與朱翰林……一〇二一
與李子遂……一〇二一
與朱太僕……一〇二二
答俞都戎……一〇二二
答李長公……一〇二三
答朱少監……一〇二四
報朱太僕……一〇二四
與薛鴻臚二首……一〇二四
與陸韜仲……一〇二五
答潘中六……一〇二五
與陳……一〇二五

卷二十二　行狀

代慈谿縣學訓導祝公
行狀……一〇二六

墓表

方山陰公墓表……一〇二七

墓誌銘

吳俠士墓誌銘……一〇二八
葛安人墓誌銘……一〇二九
言檢校墓誌銘……一〇三一
代張太僕墓誌銘……一〇三三
賞無極墓誌銘……一〇三五
沈布衣墓誌銘……一〇三六
陽江簿潘公墓誌銘……一〇三六
都昌柳公墓誌銘……一〇三七

傳

曇大師傳略……一〇三九
錢先生傳……一〇四〇
王撫州傳……一〇四一
貢氏傳……一〇四二
吳鴻臚君傳……一〇四三
邢鑑……一〇四四
嚴烈女傳……一〇四五
孫山人考……一〇四六

卷二十三　祭文

祭九江封君……一〇四八

代祭李太夫人……一〇四八
祭何老先生……一〇四九
代祭羅封君……一〇四九
潘承天祭陳封君……一〇五〇
與諸士友祭沈君文……一〇五〇
祭馮母文……一〇五一
代祭陸錦衣……一〇五二
代祭張御史母……一〇五二
代祭趙母文……一〇五三
代祭朱刑部……一〇五三

卷二十四　雜著

徐侯去思碑陰……一〇五四
刻五泄寺石鼓……一〇五四
評字……一〇五四
里優者持象索書……一〇五五
四時讀書樂題壁……一〇五五
水神殿迴文燈詩……一〇五五
紀夢二首……一〇五五
優人謔……一〇五六
書馬湘蘭畫扇……一〇五六
戲題王雲山家慶圖……一〇五七
吳伯子望雲圖歌……一〇五七
春日同馬策之王道堅玉芝禪師至寒泉庵偶得偈一首……一〇五七
吃酸梨偈……一〇五七
題放鷴圖二偈……一〇五八
菩薩蠻……一〇五八

榜聯

龍山隍祠……一〇五八
隍祠下殿……一〇五九
雲門正殿……一〇五九
雲門書樓……一〇五九
白家莊二首……一〇五九
贈王海牧……一〇六〇
一枝堂……一〇六〇
沈青霞先生祠……一〇六〇
開元寺大殿……一〇六〇
五友齋……一〇六一
尊生齋……一〇六一
小室……一〇六一
正義堂……一〇六二
鐘樓下關神殿……一〇六二
戲文臺……一〇六二
贈某禪林……一〇六二
張水神……一〇六三
望海亭……一〇六三
教場關神祠……一〇六三

燈謎

他字……一〇六三
佯字……一〇六四
洲字州字……一〇六四
蜜蜂窠……一〇六四
竹簾……一〇六四
走馬燈……一〇六四
秦字……一〇六四
卜字……一〇六五
半邊銅錢……一〇六五
一乀……一〇六五
井字……一〇六五
湯字……一〇六五
用字……一〇六六
孕字……一〇六六
田字……一〇六六
做影戲……一〇六六
黃蜂……一〇六六
燈毬……一〇六六
花燈……一〇六七
帳偶……一〇六七
放鷂……一〇六七
銃楔……一〇六七
呆字……一〇六七
觚不觚觚哉觚哉……一〇六八
傘……一〇六八
皇曆……一〇六八
筆……一〇六八
酒牌引……一〇六八

卷一　五言古詩

寄吴宣鎮

髯公本儒者，而有燕頷姿，一朝秉元戎，虜馬不敢嘶。赫赫百年内，舉籌不數枚。大易稱神武，豈在多傷夷。明主見萬里，何况數驛馳。白璧本不瑕，青蠅亦何爲。昨聞勑尚方，作貂綴冠緹，插羽高尺五，庸以華勳題。願君秉忠諒，以答鼓鼙思。

送諸公子北試　父殿元，官侍郎。

不戀下邑芹，聳身務皇學。鎗然赴北征，翩翩出西郭。棘叢條漸辭，梅邊手堪握。無書報南宫，深恐涴經幄。

槎海篇　門人吴系，别字鹿庭，善述河東業，贈以是號。

當時有男子，乘刳海上秋。舟辭篙者楫，水非人間流。一瞬陟九萬，顧見耕者牛。彼美機上婦，跲梁乃其逑。不量何者緣，乃爲天上游。只今千世下，一男子其儔。斷槎以刳剡，一壺千金收。海路儼猶昨，高蒼垂玄溝。但恐子不往，一往到上頭。

孤山玩月次黎戶部韻

湖水澹秋空，練色澄初淨，倚棹激中流，幽然適吾性。舉酒忽見月，光與波相映，西子拂澹妝，遙嵐掛孤鏡。座客本玉姿，照曜几筵瑩，憂時吐高懷，四座盡傾聽。却言處士疎，徒抱梅花詠，如以徑寸魚，蹄涔卽成泳。論久與彌洽，返棹堤逾迴，自顧縱清談，何嫌麈塵柄。

挽某君

掌故今何往，非星卽霽漢。薤上露不長，竹間名豈短。我欲號憓幃，其如犴扉獄門管。靈車卽脩途，送者持涕返。陽春荏以傾，花久梅實彈。已邁河豚候，歸歆蓴菜飯。

雪二首 在繫

夜雪一何花，曉樹千條綴。定有瀟然人，獨臥紛如內。圜瓦白壓子，鼠穴綿與毳。

其二

屋腐隙西椽，密雪夜如織，朝窺牀簟頭，白糝高一尺。側身不敢搖，寒籠戢僵翼，伴侶同苦辛，何從乞漿食。

古意

淚竹小簾扉，孀嬌卓氏閨。犢鼻總相許，鸞雲無定飛。好收縫客線，去衲出家衣。不見鴛鴦底，荷花拔錦泥。

其二

誰捉曹綱手，攀葵指日中。自言雖酒婦，願共死臨邛。充閭牆臥蝟，溝水葉徒紅。畫出相如老，香墳偃一松。

寄京中友人

寒風夜中起，游子朝作客。河流一尺冰，屋瓦三寸雪。人言今歲冷，連歲屢覺熱。何事古江南，翻爲今塞北？君把轡與鍬，觸手冷於鐵。此時山中人，覆絮敗毛褐。欲寄寄莫由，此意共誰說。

伯子雲亭有千葉石榴，忽作一房如拳

造化百幻詭，何物保相避，嫑然創以呈，儼爾夙所肄。取玉自昆侖，削金役翡翠，博物如司空，儻亦難詰致。扣伯費言辭，伯答未全時。有賁榴核仁，無忝竹叢義。竹筍不外生者名曰義竹。既勞花給妝，復取實供饋。符呈百子占，懃絕三尸醉。酸石榴能醉三尸。嵌礫孫自繁，胎珠母深閟。辟彼幽閨姬，十年乃始字。灌澆以助長，空勞竭溝潦。修巳法前規，拱桑詎能祟。豈眞不能祟，夕拱而朝瘁。矧膺安石祥，可廢臨谷惴。頗噱甘露人，是覺還是寐。盡殺匪天心，伏甲露帷次。餌虎不以道，竟爲虎所食。

送別

柳絲未可折，芳草茁未芽。徘徊西郊道，惆悵落日霞。

其二

念子探上國，論禮適儉奢。他日踵前躅，長佩紛瓊華。

記夢

萬曆十七年五月十一日，爲夏至後一夕，夢與數客酌野外，而左首有一寺，大甚，擬酌罷憩焉。命題各賦詩，一客先成，某次之。客多寧波人，而沈明臣桂茂枝預焉，先成者桂也。某詩曰：

長歌自入漢，小聚不須招。野色浩千里，春聲鬧伯勞。眷言入左梵，何如登妙高。

卷二　七言古詩

鴻臚篇　爲陶翰君壽其尊嚴

鴻臚翁本瀛洲客，朝朝謁帝飛雙舄，方朔由來侍漢廷，子眞還自棲仙宅。翁家甲第郡郊東，高門容車人紫空，炊烟不散千門遶，貴秩何多萬石同。更有三雛搏六翼，大宋小宋尤難得，小宋已作玉堂人，大者行登金馬籍。玉堂清切儼神仙，章服從來蔚且妍，承封自感君恩重，乞典懸知子道全。聞翁始生在京邸，司馬方居青瑣地翁父先給諫官至侍郎，只今回首六十年，承封復在燕京里。此生此宦此承封，初夏初過初度逢，都門送別羨疏廣，名山訪道隨葛洪。鳳子麟孫天所授，恩波蕩蕩偏垂後，他年玉帶束緋袍，還挂翁身爲翁壽。

葵陽篇　中舍呂君

相公植忠孝，傳家惟兩字，辟彼橋樹枝，垂蔭南山梓。南山文梓千雲材，鳴珂出入向金臺，殿中仙翰乘春洒，池上新詞對月裁。自抱孤貞誰共說，種葵廣署紛成列，葵花向日有時紅，臣心戀主何年歇。舒傍堯堦蓂共芳，移來漢圃芝同茁，會稽野人方食芹，欲獻徒令笑迂拙。

送章君之海寧教授

大暑之頭小暑尾，蛟龍忽帶風潮起。沃焦斜立水倒流，海外魚蝦跳城市。乾坤非人誰料理，無一不是秀才事。君今挾帳海寧去，壞屋荒田應墮淚。

瀛洲圖

瀛洲自是神仙住，誰將筆力移來此。碧瓦長欄十二層，紅雲斷岫三千里。碧瓦紅雲縹渺間，令人一望損朱顏。當時文采琳瑯重，今日青紅圖畫殘。畫史一人閻立本，筆底不訛笑與哂，窄袖長袍十八人，面面相看燈捉影。後來界畫始何人，豆粒作人馬成寸。却疑此是李將軍，燭暗酒深何處問。

若耶篇 越人住杭

十年老交若耶子，好摘荷花蕩秋水。相逢綠浦採蓮娘，相揖金鞭馬上郎。迴舟搖槳出浦漫，驚起鴛鴦紫蒲亂。茶烟半梟鯉魚風，筆采欲攬雁邊虹。此時邀我題詩去，寄與前舟小袖紅。每夏每秋每及春，貪賞風光亦可人，誰知一向錢唐去，溪畔風光移別處。題詩作賦人俱散，醉酒賞花客不聚。近聞縛絛待長官，海上風烟日日餐，旌旗百隊魚鱗甲，劍戟千層燕尾干。去年海上寂無秏，長官亦向薊州道。烏靴却踏柏臺霜，素牒亦高柏廨牆。若耶西湖兩無主，荷花蓮女遙相望。只應千載垂烏帽，歸來白髮學年少，不放荷花一日閒，重理當年愁莫笑。

古意

長安古道覆垂楊，塵起金堤白日黃。小隊晴原臂海鶻，錦雕春草啄山梁。相要拜母爭相拜，若箇當權助若當，舊虎死來新虎搏，古來何海不栽桑。

送鄭主人

西湖二月雨初霽，桃樹着花柳含絮，主人束帶復纓冠，走向轅門領書記。番夷鐵銃葱葉旋，火機纔發龍吹電。傳向中華能幾時，塞北遼東那得知，天王取以威北虜，自非巧者其誰爲。主人舊領軍中作，一擲黃金重然諾，能令節使生顧盼，每在公庭言錫爵，卻以主人應所求，萬里香風撲金絡。

二峰篇贈錢塘陸宗禮

南高峰，北高峰，遮空矯翼非一鳳，夾江赴飲馳兩龍。此山何年別天目，卻走錢塘宛相逐。瑞靄朝朝鬱以葱，秀色家家紛可掬。陸生年少氣逸羣，結屋兩峰高入雲，讀書不能音耐石牀冷，攘臂欲取朱袍殷。峰下曾經駐鑾輅，脊松十里栽南渡，靈氣不磨鬼所護，文章要使江山助。

短褐篇送沈子叔成出塞

短褐不掩骭，仗劍赴遠道。一夕度重關，春郊哭芳草。芳草碧色黃河波，王孫不歸愁奈何。當時酒血向何地，歲月今已三年多。萬帳叢中拾遺骼，胡人悲號漢人擗，羈魂何用束榆皮，男子從來收馬革。憶昔何人正當路，若翁上書凡兩度，請纓直欲係單于，借劍親將斬師傅。聖主如天萬類容，奪官謫向邊城去，曹操沽名不殺賢，終付禰衡與黃祖。黃祖曾操江夏符，薊門今亦近穹廬，逐臣猶自懷孤憤，結客邊庭欲破胡。胡騎南來塵拍天，漢兵漢馬踏成烟，漢吏愁將伏漢法，漢首函將虜級傳。將函漢虜渾閒事，傷心忽墮孤臣淚，飛書直是罵轅門，散金況復埋殤士。埋殤士，罵轅門，君不殺人人殺君，青天颯然白日昏。浮雲作雨有時晴，只今萬方抑聖明，子出北塞予南征，爲傾斗酒都門外，篋裏龍泉幾度鳴。

三公柱石篇

雲中秋色明如畫，胡兒貢馬臨城下，卻言太師今者誰，令公姓賈家遵化。辮椎萬帳聞姓名，免胄蹲靴不敢聲，從今款段誰將市，縱有驊騮匿不成。令公威名有如此，茂齡甫躋四十四，中朝柱石自擎天，北門鎖鑰宜强仕。古有夢松者，十八而爲公，榮華何太早，桃李爭春風。令公黃髮會有時，此際凌烟畫未遲，進賢高冠如覆箕。

橫山黃伯子持圖索題

一生紗帔罩烏巾，二女明妝坐繡茵，樹底几廚猶未發，草邊排榼已攢鱗。持此佳圖今書此，疑是東山謝氏之猶子，揀持二女並叔安，將渡淮淝來賭墅。主人向我捧一尊，謂此比較言不倫，此圖乃即是其身。

身住暨陽之邑，橫山之村。少泉先生是其父，星文姪，駱先生妻以女，身爲乃祖千頃陂黃叔度之孫。少而狗齊，長而辭乃岳，其躭隱而自逸，氣飄飄然淩雲。

過項羽故宮

黃樓西畔徐州治，西楚當時作都處，尙餘一半長荆蓁，今作州倉積官米。伯圖已自足奢豪，正好將金貯阿嬌，如何拓土爲宮室，不及咸陽一夕燒。豈是鑒秦等殷夏，或因爭戰無閒暇，一朝淚盡帳中人，千古波沉臺上瓦。獨破秦師無一人，親將隆準放鴻門，英雄絕世無等倫，牧羊之子一豎耳，誰遣黃袍擁在身？一爲放弑蒙惡名，總有奇勳不可贖，黃鬚判吏持大獄，噫，嗟嗟！每當讀史爲三覆。

太眞早起圖 省郎寄題

春寒乍入春衫薄，酴醾蔕損胭脂斱，綠雲香重不勝梳，昨夜金鈿爲誰落。郎家托鯉付敎題，粉肥玉膩知爲誰，正逢畫史來相促，說是楊妃睡起時。

鰻井

飛來山上西厓水，竅眼彎環纔一咫，蹄小應知非虎跑，手掬聊堪洗牛耳。丘尼作隊罷燃香，剩指猶能接線量。俯仰不愁官導落，依希似放轆轤長。疇知此井深難測，疇知箇是靈鰻宅？金光抽線等蟾酥，銀竹翻盆救龜坼。有時緣壁上浮屠，白肚藍鱗攪柱黿，昨來豈是褒神降，今去寧非孔甲逋。金山詒黿，黿宜不來，靈鰻一去，竟何嫌猜。伊誰下石，於井之中，尾傷不掉，令子不終。三年乾潦食人肉，今年小槳湖波濶，菜花黃，麥苗綠。

某子舊以大蟹十箇來索畫，久之，答墨蟹一臍、松根醉眠道士一幅首

篇末三句是隱語

十臍縳蘆大如箕，送與酒人可百巵。答一墨臍苦無詩，欲拈俗話恐傷時。西施秋水盼南威，樊噲十萬匈奴師，陸羽茶鍬三五枝。

賦得片月秋帆送馮叔系北行

秋帆一幅隨高雁，長安片月相思見。茭菰十里送君行，捩柁未開淚欲傾。燕都我曾遊幾度，悲歌飲酒時無數。易水荆軻不用求，擊筑一聲寒雲流。寒雲流，秋色裏，望諸一去三千年，高臺黃金今亦地。羨君持管復能書，諒君彈鋏食有魚，大道朱門天外起，長堤駿馬柳中趨。柳中天外鳴孤鶴，長笛短簫斷復作，此時爲憶越山頭，小肆高囱同夜酌。天目高峰六千丈，陪余一拄青藜杖，飛瀑能爲疋練長，古藤復向迴溪漲。迴溪疋練有時休，二十功名正黑頭，你今有術可干祿，我已無相堪封侯。秦山人，號冰玉，飛雪哦詩淸籁籁。昨宵一爲泛湖船，今日何當別遠天，種得梅花三百樹，望爾早歸抱甕鶴底眠。

送王君恤刑江北 字和

鳳城春上垂楊色，使君將春往江北。是誰匝網密如雲，帝遣爽鳩放孱翼。陛辭纔罷卽登車，有如西水救東魚。都門送客追難及，逕指飛塵與雁俱。

送內兄潘五北上

去年八月吾入科，二妹開帷送五哥，今日五哥復北上，房空鏡暗餘輕羅。二月梨花幾樹雲，九曲黃河千尺波。忽然念此杳如夢，落日當舡烟霧多。

沈小霞梅爲姪良甫題

刑部天津住沈郎，歸來上塚持羔羊。梅花雪後春無數，柏樹風前淚幾行。我家阿咸之大父，往年作官亦刑部，常捐俸錢買丹青，阿咸風味似乃祖。沈郎放筆梅幹古，擲筆了不索阿堵。

題內兄家所藏畫鹿一篇 時予遊武夷，寓其驛署。

青春手綰驛堂綬，購得名畫滿堂後，取將麋鹿障前庭，寒流迸落孤松吼。憶昨我從武夷來，此中泉石彼中有。入門向壁寒色高，卻步猶疑九曲走。此景固是九曲奇，此鹿還得千齡壽。兩角珊瑚映紫茸，一身雪片凝黄耆，猶記曾牽太乙車，何須驚顧咸陽狗。看罷已舒羈客愁，况復山花發窗牖。撫几轉呼庭上人，爲取銀匙傾百卣。知君本是曠蕩流，懶束帶鉤事官守，正如麋鹿困樊籠，終想長林悦豐草。

四花圖 余君索題，賀孫翰君初嗣。

蘭條芝蓋垂芳遠，桂子榴房結實長，邊砌皆爲謝氏樹，依庭共擬竇家郎。玉堂今夕生麟子，畫史將圖聊志喜，廣眉秀骨畫俱能，欲畫啼聲那得似。

醉歌贈姚崇明公

春野山人性頗怪，海縣爲官懶束帶，卻籠隻鶴便歸來，客來放鶴青天外。家近城南一水横，正如玉帶遶腰身，不須黄橘取封君。他日榮華總如此，莫忘頭上烏角巾。

題王簑江繪事，壽劉夫人六十

君不見，簑江子，釣魚穿柳遡溪水。美花春蝶嫩須黄，古木寒鴉夕陽紫，事事無不收畫裏。王家大甥歸自燕，記得大姑花甲旋，百歲今始六十年。卻邀簑江子，令畫黄萱夾紅蕊。大椿從傍拔雲起，直接蓬萊三萬里。阿姑身姓陳，阿翁水澄之劉階縉紳，劉綱元是天上之仙人，阿母乃其配，寧得不雙舉而齊升。二字寧馨兒，蘭垂玉兮芝朵雲，爲捧小圖醉青春，母不怒兮翁欣欣。

除夕通宵飲吳景長宅，時久繫初出

吳家兄弟解留客，鎮江窩筍櫻桃乾。飲我金杯三百斛，五更漏轉猶未殘。我繫六年今始出，寶劍一躍豐城寒。登樓忽見梅花發，時有春意來珊珊。醉餘皓首銜泥滑，欲跨白馬呼銀鞍。

八月十五日映江樓潮，次黃戶部

魚鱗金甲屯牙帳，翻身卻指潮頭上，秋風吹雪下江門，萬里瓊花捲層浪。傳道吳王度越時，三千强弩射潮低，今朝筵上看傳令，暫放胥濤掣水犀。

陸御史母生辰 華亭人

白玉樓臺十二重，金光靈草駐顏紅，西池阿母誰能似，有子華亭陸士龍。長安盡避青驄馬，惠文高冠立柱下，黃金爲壽非所歡，錦屏一幌吳生畫。

卷三　五言律詩

答沈嘉則次韻

桃花大水濱，茅屋老畸人，況值花三月，眞堪酒百巡。何錢將掛杖，瞥眼忍辜春。早識佺期過，攀囊借貼津。

喜雨次陳伯子

園壺澆不活，客至罷鵝蒸。翻盆只一滴，起死折三肱。稍喜蔬堪摘，惜無禾可登。猶勝往年糴，半斗百錢馮。

再次陳大喜雨

苦旱竟三旬，甘霖解百蒸。叫狂饒杜甫，被冷快姜肱。河流仍活活，場杵預登登。喜雨亭如在，詩人想一馮。

梅雨幾三旬，陳君以詩來慰，答之，次韻二首　每歲梅天，股瘇幾廢步。貧惜費，且好飲，便以燒酒當藥，希燥之也。麴蒡治水病，出左傳。

一雨從端午，蟣銜故不開。閭閻訛黑青，衫襪爛紅苔。麴蒡失早辦，火醞且宵杯。兩股粗如斗，扶筇接往來。

其二

梅雨天何劇，炎花百不開。蜻蜓紅作陣，瓜瓞綠崩苔。蕩甚愁鵝掌，酥將及瓦杯。少陵亦多事，新雨望人來。

謝鍾君惠石埭茶

杭客矜龍井，蘇人代虎丘。小筐來石埭，太守賞池州。午夢醒猶蝶，春泉乳落牛。對之堪七碗，紗帽正籠頭。

海雲次子後其弟海洲死，分韻索挽

五燈留玅偈，百傳讀高僧。並掃存亡幻，無非傀儡棚。一靈仍蜾蠃，百悶付觚棱。肯共歐兜語，年年訪越崢。

巾側玉蟬

玉蟬誰作俑，取飾彎眉梢。有夢酬黃雀，無心伴紫貂。峨巾雖可歇，采線縛難遙。何日當飛去，長鳴舊柳條。

中六字爲潘伯子賦 時新起北樓

別字美河陽，韋編選卦良。卦雖分六斷，美只在中央。戴海劾鰲黑，浮天大卵黃。北窗新築就，高枕晤羲皇。

詠巽峯

詠號當宵燭，悠然上海蟾作詩時實景。歷歷千尋削，蒼蒼一點尖。霧中藏虎豹，雲裏柱東南。吾將來卜築，鄰舍定無嫌。

磁盂浸櫻桃花，不五日落盡，弔之

櫻桃花一盂，蜂子遶吾廬，嬌來纔欲語，落快止留鬚。愛妾霎換馬，尋梅枉貫驢。向來千樹雪，得見一枝無。

賦得梅柳渡江春

梅柳亦何知，東皇日夜催。雖辭萬里遠，都向一江開。粉黛弄未歇，凋傷倏已回。猶能勝橘樹，褊性不逾淮。

賦得梨花一枝春帶雨 長干伎爲客留信宿，欲歸而啼，令嘲之。

阿嬌不含笑，西子却宜顰。臉濕雙啼玉，花滋二月春。拭綃堆翠袖，溜粉亂朱脣。欲得千金倩，還渠桃葉津。

送箕仲北上，追敍三江觀水之事 詳見七律與客觀水二篇

毫穎每秋鳴，今年始占名。方迴臨海鼓，轉拔渡江旌。闕馬抛繻入，宮鶯踏杏聽。殿前如作賦，猶是瀉濤聲。

余君往靈壁，許我以石倣菱，囑之

聞君靈壁去，取石泗濱泓。鮮雲割浸裏，妙響提手中。言歸不出月，一路自槌風。好琢湖菱樣，提來掛

碧空。

送某先生之南樂 山陰學師。鴻溝其境也。

南樂成遠別，西郊聊暫留。迴裙愁馬帳，抽筆指鴻溝。我亦餐芹輩，今爲落葉秋。臨岐不相送，江上水悠悠。

風雨同沈嘉則輩集金氏牡丹園

海上來相知，名花集此時。欄干鳴屐齒，風雨亂胭脂。濕蝶來何重，殘燈去未遲。海棠零落盡，猶可照垂絲。

訪王山人于吳門 飯我直用兩小魚

十年多患難，此日一牽裾。幸見清霜委，難辭白髮俱。半生三四見，晚飯一雙魚。復作匆匆別，臨期各黯如。

除夜之作，兼答盛交甫、璩仲玉贈篇 亥年也，時客南京。

野田黃雀羈，脫網任翻飛，安得當今夕，言棲必故枝。夜深猳自換，廚靜鼠隨嗤。特取佳篇誦，青絲了一提。

上谷仲秋十三夕，袁戶部、雷廝兩總戎、許口北諸公邀集朝天觀

桂影漸能盈，松壇賞不勝。朔塵終夕斂，邊月倍秋明。投轄馮車倚，歸鞭信馬行。忽思王子晉，客帳夢吹笙。

竹樓篇爲陳戚畹

江南多此物，今亦盛燕幽。不問隨人看，收青別起樓。削皮作冠子，攬籜裹書籌。固是塗椒裔，終知修禊儔。

俞將軍所晤楊鹽城

使君南海雋，鉄面紫髯修。獨領烟波邑，長縣魚鱉愁。雙鳧將紫氣，一葉渡淮流。邂逅將軍宅，離觴盡日浮。

送郁車駕　兵部有鄭君，司職方，能忠告，掌舟騎，一不假人。有持守，可師法者也，故及之。

駕部之官去，涼風五月初。行街雖匹馬，呵客最南都。經略高皇帝，箴規鄭大夫。樓船不借客，青雀滿

江湖。

元旦買得玉魚自佩

玉魚小指長，買佩及青陽。寄書衣帶裏，流水袖中央。皓鬣迷濤雪，銀鱗砌夜光。騰空會有日，烟霧起羅裳。

送歐評事使君之南工主事

憶昨多難日，多君爲解圍。誰能印卽棄，所貴矢頻飛。水部梅花館，江亭燕子磯。秋來濤白處，到卽幾行題。

送許職方出知建昌 時有一布衣在其齋，職方亦好玄，故結句云。

廿年纔出守，曾不見幾微。入署籌戎馬，歸齋禮布衣。夏官征火月，榴影臥銀鞿。定得痲姑信，潯陽赤鯉飛。

送呂中甫之潞 半生游王門，家有小閣，曰金鵝，亦山名也。

蒯緱三尺强，十載九離鄉。長裾老辭客，雄風美大王。騎驢上黨道，挾瑟趙家倡。枉却秋橙色，金鵝閣上黄。

新歲壬辰，連雨雪十八日，老晴，袒而摸虱

齷齪幾王猛，憨癡更孟嘉。賀年辭雨雪，向日捉琵琶。北夷見南人衣虱，目之曰琵琶蟲。翠羽梅花鳥，紅糟藿葉鯊。對之堪一斗，坐落晚天霞。

約遊道士莊 即席訂賦

日斜魚聚沼，夜永燭重燒。今夕既相約，明晨不待招。湖闊馮雙槳，春闌謝半桃。指點季眞竈，茶烟久罷飄。

讀淮陰傳

展也大英雄，從龍起漢中。從容出胯下，談笑取山東。所短圖鍾離，何須悔蒯通。白圭蒙此玷，磨不問南容。

孝子詩

臥病十經春，毛錐久不親，偶然逢孝子，忽復作詩人。椿樹迎從楚，菱花聖過秦。舊廬仍墓側，雪兔幾

蹄馴。

雨後觀南鎮兩瀑 西南者瀨瀑更雄

鎮口東西瀑，微流不快人，如何一夜雨，便作兩虹嗔。驀地許到海，從天且瀉銀。龍湫吾老矣，說著尙津津。

野豕

宣鎮將觴一御史，令營參故虜馬孔英獵得之，故戲以日磾比。三四轅固彭生事。五六以獸脂多膩而彌脆，其致針中此。七八謂余今穀菜且斷矣，況豕韋乎。鵰胡見李廣傳，謂用鵰翎矢而射者也。

誰獵野豨歸，鵰胡此日磾。轅生老難刺，公子立能啼。所貴膏彌脆，何由噬免臍。野人渾絕粒，一丈長青藜。

哀周鄭州沛二首

美玉瑕何害？揮金橐爲愁。世虛繩禮法，誰洵賞風流。朱亥佳公子，青門老故侯。子長若個是？一節幸相收。

其二

期從皆王謝，而翁更藻觚。五言曹父子，千里阮駒雛。轉蕙魂應住，長楸哭尚逋。少陵不相送，非與鄭虔疎。

夕霞二首

榆際截青冥，長天半所經。爭收虹後雨，倍近竺西明。紅袖朝金母，彤旗衛玉京。峨眉一國婦，濯錦晒青城。

其二

誰遣片霞紅，千奇幻一風。松膠詔妾剪，犀彩粤燈烘。河鼓流天錦，濤箋寫斷鴻。馮敎裁一段，衣帔老龍鍾。

晴二首

會稽滄海國，苦雨快茲晴。魚鱉唏暄瀨，鶖鶬滿大清。虹垂乾一蝃，風掃出孤城。數到龍山節，長房謝笠登。

其二

一潦羣黎怨，纔晴百物歡。人心苦無足，天道亦誠難。嫩曝移半榻，壞衣堆一竿。荒園新落葉，掃付茗爐乾。

楊梅

餘姚燭溪湖者佳，至越必由東關，占西域，謂漢使葡萄等也。木難，夷珠也。

湖水燭溪環，楊梅爛木難。白眉占西域，紫氣滿東關。掌露千丸飽，江萍一斗翻。荔枝吾記得，只在雁行間。

某嫗索詠鄰婦度尼

聞爾鄰佳媳，經堂集梵僧。春雖添藥架，秋必卸瓜棚。何計還跨竈，隨時且摸楞。愁雲能引淚，莫上最高崢。

止楓橋駱汝誠樓，值生辰却贈

來此游五洩，逢君三十辰。青袍雲氣動，綠袖雨花津。地迴靈無盡，溪長物有神。君看苧蘿女，豈是里中顰。

題王氏壁

介亭兄弟，並耽二氏之學，時逸舍大水，渺無畔岸。

菊蕊已落粉，枇杷未著花。窗疎秋色滿，湖闊暮烟賒。魚鳥聚一水，瞿聃豈兩家。更須醅五斗，天外去浮槎。

送鄭肖龍北試 姓同昌圖

海國釣鰲客，春城飛燕時，雙花搖馬上，一日偏京師。明月連城璧，重瞳聖主知。昌圖頗清瘦，不怕賜驢騎。

張伯子入學，時其翁在都下

何事傳圜內，南冠喜欲顛。通家今有子，王國亦添賢。梅雨紅旗濕，芹風紺領圓。定過三兩日，封信到翁邊。

某觴予輩于新復之蘭亭，某至自鉛山，某至自建陽，並有作，鉛建鄰分水一關

命駕皆千里，流觴復九迴。馬嘶不出谷，鳥影屢橫杯。分水鄰封客，雙珠明月來。今朝修禊處，並是永和才。

集駱某于少微山

小槳泊青蘿，閒攜遠客過。樹深擠路窄，石闊坐人多。高士宛長在，明星奈墮何。百年能幾許，莫惜醉

金波。

贈陳明經

靑袍當夏剪，丹粟在秋芳。攀折一枝好，風雷八月涼。馬疾道不短，鯉化角偏長。尙隔兩三月，君先眉上黄。

更少顛師號

古有大顛師，君顛顛亦稀。當年曾付鉢，此日也留衣。白拂懸墻敝，烏巾罩髮微。相過今幾日，日日醉如泥。

送某入覲

河橋發行李，一劍照靑天。蓋影長川動，鈴聲大道懸。水邦黄霸鳳，火色馬周鳶。親見屛風上，題名遶御烟。

十四年端午，遼東李長公寄酒銀五兩

古人多白帽，杜詩皁帽，誤也，因皁頭有白字耳。管寧嘗寓遼東，商冠皆縞。

臥病不勝衣，遼書兩度飛。綈袍憐叔是，皁帽愧吾非。黍縛苦無釀，金來良可揮。盡鑱蒲九節，北向醉令威。

萬曆丁丑春正月燈夕後八日，祓趙川堡湯泉 滇中諺云：「山蠻不落葉，地蠻湯自熱。」此地有湯而無草木，故云。四句謂虱也。阮籍云：「處褌之虱。」五句別有女堂。六句古以刖者守閽，今亦多用爛脛之卒；臥爛閽者，此水療疾，而堡並戍卒也。

山葉今何在，地湯能自溫。掛衣無一樹，處褌有多捫。煖霧溶羅抹，寒風臥爛閽。近來無戰伐，應不洗刀痕。

次許口北招集之作

常餐羞饍薄，爲客鱠怱增。菊醑醽千日，楊舟誤百朋。鴻留泥上雪，蟲語夏時冰。瀟散員工部，何愁簿牘仍。

呼盧得彩詩

門生梅得四，予亦擲渾紅。客挐一壺酒，秋生半夜風。月明團玉兔，燈暗聽飛鴻。明日還高興，龍山上幾重。

其二

何因投象骨，忽得四梅花。夜景當窗入，寒風簸竹斜。蛩低四壁響，客大滿筵譁。歸去天街靜，籠燈映碧紗。

盧生者，地家也，復附禪太僕之徒

括蒼高士至，霞氣橐中存。青烏兼術者，夜雪立師門。萬壑揮如意，三車問老髡。欲窮支隴脈，一劍向崑崙。

集胡賈館請作樂山詩

大賈多買笑，惟君獨不然。朝朝上山去，夜夜抱雲眠。阿堵雖遶榻，鴟夷終泛船。一與吾儕飲，懸知非守錢。

留餘堂詩　韓子索贈歸安之潘印川公

築堂臨霅水，書榜曰留餘。豈特還三物，元希畫二疏。世多兼隴蜀，人苦笑迂踈。不信閒軀殼，還將返太虛。

秋日，王衢州公要往秦望，同言馬兩鄉薦宿廣孝寺，明日雨，輒歸，連句作炎，世界如焚，卽不雨，恐亦不能抵顛也，因呈

使君多道氣，約客上高山。一入松杉去，俄逢風雨還。舟從樵水折，燈透郡河灣。尙厭迎騶至，催呼啓夜關。

送丹士

相如愁病渴，韓衆與神丹。一粒投人易，千金報爾難。飛鴻連遠漢，征馬出長安。他日乘雲去，無忘寄犬還。

別羅仲文

北去無人伴，難爲孤旅情。贈我一童子，遂成千里行。牡丹須綠葉，白璧任蒼蠅。俗諺猶如此，令人感慨生。

送小翁

斯人不可留，江上去悠悠。雙鬢飛綠霧，五月插朱榴。灘急家應近，愁長淚未收。越山知己夢，一夜滿嚴州。

壽潘承天七十，兼賀得孫，四首㊀

國膠三老重，鄉齒七齡尊。寫照須眉漆，酬賓笑語溫。櫝留辭沔邸，螭額滿荆門。更喜諸知己，浮觴賀

㊀ 其三一首已見徐文長三集卷六，茲删。

得孫。

其三

宦轍經三徙，俱歌蔽芾章。歸來頭未白，眉上氣先黃。伯子原千里，新孫必二郎。䨩西霞一段，佳景在斜陽。

其四

爲郡美風猷，郊行減導騶。治民問牧馬，望氣候騎牛。孔釋遂今夕，蓴鱸歸幾秋。如聞靈壽杖，新刻一鳴鳩。

慕坦軒 乃翁號坦齋

一掃荆榛徑，居然安樂窩。齋軒兩高士，天地一漁蓑。況我傷危路，因君發浩歌。横江問津吏，何處少風波。

定所篇 戒定慧

黄鳥猶知止，吾人可不然。身心一個字，戒慧兩頭縣。匣劍抽能割，盤珠走只圓。若教牢住著，未免墮枯禪。

陳通府歸自諸暨二首 時值冬至

士元堪別駕，難淹百里才。鶴長豈自續，鳧短竟誰裁。倚蓋看花去，飛灰出管來。陽春不甚露，臘月有桃開。

其二

野老出深谷，使君歸越裝。壺漿必自捧，亭柳不愁霜。山入耶溪綠，湖流泌水長。迢迢知幾曲，不及別離腸。

瓊花館

聞道瓊花去，空餘道觀閒。祇因天上豔，不肯戀人間。海月炤虛色，江流下碧灣。故園梅樹發，花耐雪中寒。

畫梅

麗夕上元偏，春風蕩遠天，誰將五尺雪，寫入一筒牋。量信空中奪，香疑筆底傳，夜深縣榻冷，夢見羅浮仙。

送余君 有序

予素慕武夷之勝，因内兄潘君丞順昌之屬驛，藉其僕馬，往游焉，遂得友余君于順昌。一傾蓋而語移日，嗣是數與宴談，及别，復觴于東嶽之飛閣而始去。蓋余覽名山而又得良友，其爲喜可知矣。居數年，余君以寡知發憤，隨買爵，例當爲丞，入京待選，以念我故，鼓棹錢唐，至山陰，語數日不得罷，乃徧游會稽、禹穴諸山始去。此則因舊友而得覽名山，其爲喜也，或不減於予之在順昌乎？余君且曰：「吾例得爲丞，而今者龍山雁宕之間，丞且缺，幸而得補此，當與君復會于名山也。」予曰：「諾。」是可以别矣，遂賦詩以贈，而序之如此。

已作仕途客，相看仍道顔。更期垂色綬，應復會名山。龍自潭中合，人從日下還。知君過劍水，不道别離難。

一枝堂對雪 是月凡三見雪，而此日獨甚。興致遄飛，筆不能禁。

大地呈三白，小堂開一枝。樓臺住天上，鸞鶴下神祈。混混無窮處，茫茫不可知。翻思潛岳頂，仙去欲何之？

李氏挽詩 山陰周公側室

自與使君親，長期托此身。江津千里渡，官舍兩年春。病醫花銷豔，空幃網綴塵。少君今不作，焉望李夫人。

贈妓

邂逅黄州客，言從赤壁來。珮疑交浦贈，髻是湘雲裁。麗日香塵起，遙空小杏開。此時分袂去，何日寄書回。

送汪君修良北上

别語日將移，朱榴入酒巵。知君必有合，而我獨悲離。彤管爲囊穎，青絲作劍維。迢迢梅雨足，津路正通時。

寄京中諸友

鄉里客燕京，無人不妙英。此方投過轄，彼或送行程。遠道春初入，垂楊折不勝。空將數字寄，脈脈此時情。

朱四　昨夕酌水樂洞

昨宵聞水樂，今日聽鶯喉。何事朱脣裏，能爲白雪流。迢迢涼夜永，脈脈故鄉愁，都付梅花落，梁塵遶未休。

張母 蘇人

孤節聞張母，冰霜晚不渝。他年三尺牘，茲事數行書。掌故非功令，操毫過闔閭，恨無劉向手，列傳記全疎。

早春過顧君，飲於鄰舍 君時方讀禮

相見去年頻，相過及早春。孝廉連理樹，文學石渠人。甕柏哀中覆，江梅雪後新。淸尊借鄰舍，醉我未全貧。

壽王曲阜 張殿撰婦翁也，莊名六湖，門有蟠槐。

骨相應頤方，芙蓉耐晚霜。橘租千戶倖，鷗伴六湖莊。荆茂歡諸姒，槐繁卜二郎。乘龍方下榻，因得附瑤章。

一內史邀集王氏園亭，和梅客生席上之作

園亭醉客處，歌落海榴花。櫻字穿雲亮，山眉入盞斜。北窗涼白墮，尙饌到朱耶。楚曲誰能和，陽春本

大家。

哭王丈道中 壯歲喜談兵，故五六云。不脫巾衫而扛石，疊山以花，又再謝鄉飲，故末句云。

難兔是栖栖，惟君不乞醯。饑腸寧自斷，强項可教低。小警聞古北，高談到日西。無知信天道，伯道竟無兒。

其二

歇肉每經月，儲糧不數旬。喜花巾拽石，熟果袖分人。祝哽虛高席，飛書謝小民。頹波誰便砥，峯石自嶙峋。

聞朱次公訃 朱善書，攻二氏，讀書龜山頂，死時近巧夕。

郢人豈易得，鹵莽宋元君。肘木今抽墓，鼻平聲蠅誰受斤。與儂元契闊，於器亦蕕薰。何事聞朝訃，踟躕到夕曛。

柳兄九迫以師禮 元瀫

贊捧一函重，塵沾兩膝輕。向驚呼小姪，今可受門生。霜兔當誰敢，雲龍拜我寧。放他頭地出，自古有權衡。

雪候代王子與海上一才生張書，并詩一首 此戲效近習之語，亦麻姑朱砂也。有序。

日者滕封敗睦，聚族角雄。盡出戈矛，白滿天地。觚稜所到，陣則六花。鵝鶩之池，軍聲渾矣。素纛縞裳，雌雄未決。山林短褐，何用纓冠？而先世泛剡沙棠，橈槳不存，遺風固在。甬東濱海，正劇相思，梁園之賦，非子誰屬？仲秋雙鯉，出諸袖中，以讀以觴，唾壺爲缺。知黃竹之必歌，希瓊樹之遐寄，永以爲好，投之木桃。

從來無此雪，盡海鶴來長。入夜應三尺，隨飈剪六鋩。騎羊新白袷，放剡舊沙棠。瓊樹迷天是，相思好寄將。

上虞復西溪湖 縣官姓朱

歲旱災無慮，湖還績永存，他年書北史，此日儼西門。赤蹏諸公剡，黃雲幾處村。橋門圜聽者，別紀笑言溫。

黃君書舍在委羽山洞，索賦 黃巖縣故人之子

委羽本名山，尤奇是洞天。青霄去鸞鶴，白日下神仙。二酉藏書室，孤桐對月絃。古陂千頃在，叔度我

逢旃。

劉老之楚

劉老云之楚，孺子贈以詩。紅藥翻新主，黄鸝語昨枝。絲絲收細雨，脈脈了殘棋。臨岐不忍别，斜陽且莫西。

王某部母夫人詩

太君爲壽日，令子在周南。長憶茹荼苦，寧知奉鼎甘。孤鸞青鏡淚，五鳳白頭簪。同是爲王母，瑤池曲正堪。

鄭某部母夫人詩

郎君是鄭虔，況值奉劉年。堂北丹萱麗，巴西寶婺鮮。舉頭參戴勝，握手問彭籛。阿母應仙侶，何年凌紫烟？

王某部母夫人詩

太母舊稱賢，淸霜一節堅。孤雌寒夜老，雛鳳紫霄騫。風紀千金重，天書兩字懸。今朝爲壽處，不負影梅邊。

贈錢竹坡

早歲采芹客，中年種杏人。肱今三折後，井是百家春。長者高門席，瀟然太古鄰。何須卜長久，不朽在天眞。

贈松庵公

聞道松庵叟，栽花迷四鄰。花今饒鳥語，松亦老龍鱗。白首絨泥圻，青春酌酒頻。仙郎叨附驥，因得頌莊椿。

鍾公子以詩贈，次答之

家百官，語言軟款，而詩特老鍊，不似其人。時酒價謾傳驕甚，而鍾以一壺相餉。

裘馬行中簡，如儂得豈多。迷天高酒直，特地挈壺過。處女柔聲氣，將軍警鸖鵝。那能三日饗，來敵百官歌。

南海歐工部養子某能詩，近有人持泉州尤山人侍者詩來相示，不減歐能也，兼善簫，姓范氏名鹿南海大夫歐，泉州處士尤，泥中雙綠髩，詩伴兩蒼頭。況復簫能引，如聞鳳下樓。主人調笑劇，那得客邊愁。

送史靖江 自光祿從事拜

都城楊柳綠，二月宛霏霏，却縮長條別，難維遠棹飛。天廚辭禁臠，海色佐琴徽。曾見東方朔，金門割肉歸。

閔封君壽詩 及其妻湖人

振木蘭溪澤，泥金霅水書。況逢百歲祝，幸喜二人俱。柳色濃春後，荷香淡夏初。此時偕令子，遥拜白雲廬。

楊會稽公去思

一錢亦擲水，三尺只鞭蒲。古有劉邦伯，今稱楊大夫。碑螭生細蘚，祠樹長高梧。別有麒麟閣，千秋仰畫圖。

給事中某，吳人，歸壽其父

碧梧青瑣地，長繫大椿思。問寢恐遲暮，報君還有時。洞庭當月出，寒橘映霜垂。定侍高堂去，扁舟纜釣磯。

蟹 蟹借穴於蛇蟺，見荀子。婦娠忌食。

北產更恢肥，如盤尺五圍。鴻門撞有盾，蛇穴閉無扉。饌來蹲紫玉，徹去耳青衣。個物休輕食，桃花結
子時。

其二 蜀多山，遠江者絕無水產。

高陽詩酒輩，購爾賞懸城。月黑奔江海，霜肥避鼎鐺。滌寒犢鼻短，壚熱鳳琴鳴。想見臨邛婦，蹲鴟醉
長卿。

王大夫挽詩 積齋公父

教子一經成，封君五品榮。牀捐大夫簀，星墮少微精。移花鍬尙煖，剩酒客誰傾。參伯奔從楚，千山猿
夜鳴。

送柳九瀫與董伯大北行

公子九先生，青春事遠征。難忘東道主，再上北京城。紅袖當壚酒，黃鸝喚友聲。唱酬誰作伴，最妙董

明經。

青田湖客遺巨鯉獨酌

相遺三尺鯉，正逢沽酒歸。青田湖畔網，紅蓼岸頭磯。留爾待斜月，飄然竟拂衣。晚霞陪醉爛，故作舞裙緋。

鈕大夫園林 按察公號石溪

前屏度白鳥，隔水斂朱扉。柳葉爲絲拂，梨花作雪飛。羅衣烟色映，寶瑟月光晞。萬樹繁桃李，躭游正未歸。

其二

細雨作梅黃，微薰帶遠芳。方舟開菡萏㊀，圓沼拍鴛鴦。帳淺鶯歌短，屏深燕語長。臥淹西日永，起換博爐香。

蠟屐 柳宗元作鞭賈說，鞭本朽木糞壤爲質，蠟梔染以售其僞。

冬青蟲作蠟，春屐象摩牙。過檻翻愁滑，扶笻未免斜。寄情於木檄，何似隱桃花。笑向猥鞭賈，黃梔借

㊀「開」原作「閑」，據盛明百家詩改。

一搽。

聞人賞給舍園白牡丹擬作

髽，婦喪髻也，見禮。張佑奬一妓云：「揚州近日渾成差，一朵能行白牡丹。」㊀

牡丹紅固好，白者更丰神。風露三更月，闌干幾玉人。啼唔髽髻碧，樣大酒盤銀。放取端端去，揚州道上行。

客燕者累月，一遇張孺穀于市，遽別

俠客悲歌地，千年喜共君。相逢渾不飲，惜別竟何云。貂帽雙胡挾，銀鞍萬柳紛。知君飽文字，豈只醉紅裙。

圜中春雪㊁

春雪浩茫茫，羈人坐欲僵。分明落桃李，只是少芬芳。一片淒圜柵，中宵醉洞房。何心分苦樂，人自異肝腸。

㊀ 按雲溪友議載此詩屬崔涯作，張佑之名疑誤。

㊁ 盛明百家詩作「獄中春雪」。

雪墜片如絲者或如錢者皆景絶奇，因專詠

靈雪羞常態，翻奇得品題。千絲罥數蝶，萬絮逗粗黎。錯落眞成剪，匀飛反厭齊。一生祗一見，天巧絶風姨。

几上篇 呂師翁餉以彘肩，爲人所攫。時翁攝縣，余在繫，賦呈。㊀

鼎肉聞臺使，生魚屬校人，味珍宜染指，意到卽沾脣。黄霸知烏攫，張湯掘鼠詢，自憐如几上，念此益酸辛。

李子遂攜己所繪圖歸陶翰撰索詠

截取何山勝，來歸尺素中。拂簾防燕子，遶座疊芙蓉。出自游人匣，將遺太史公。瀛洲何限景，較此得無同。

丁卯七夕謝興化公孫海門偕浩上人胡子文餉予，以繫得牛字

天上分銀漢，人間隔畫樓。併時雙眼淚，啼斷一年秋。贈鵲金釵解，辭懽寶帶留。莫因河間住，也學禍

㊀「時翁攝縣，余在繫」盛明百家詩作「時翁寓郡，余在獄」。

牽牛。

答贈王山人濟川

憂世惟王子，無魚歌蒯緱。殺雞飯賢者，捫虱傲諸侯。春雨園蔬涉，秋天劍氣浮。賜池元浴馬，認得幾驊騮。

郁穎上

五柳綠澐澐，歸來種在門。五年官不調，一點道初存。遽別今何往，相知在論文。欲從遺匣內，一讀哭麒麟。

答贈徐君

書室宛清眞，吳山正暮春。相過攜令弟，俱不是今人。論道沿流水，彈琴坐古檜。相思不可見，歲晚隔江津。

葉泉州公挽章 公號南泉，公孫息，余長婦。

生晚懷先達，如雲逐晚風。亭花雖舊製，祠樹拜新容。胤有雙眉白，庭垂五桂紅。猶遺一片玉，眞愧倚葭叢。

送諸翰君北上 南明

太史有光輝，移家向帝畿。那能將彩筆，不去侍彤闈。曙啓含香入，宵分賜食歸。他年看控馬，轡影灑沙堤。

對陽篇 余畫史索賦

郎騎有光華，鳴珂出視衙，暮歸猶捧日，朝起必餐霞。玄圃五色鳳，丹心一丈花。定須持兩物，云可並君家。

與友人載裝餉往游西山，忽與僕夫相失，遇雨，士人止宿功德寺 寺爲今上游幸所

客子聯牀處，君王駐蹕時。㊀草留承輦色，樹拱向陽枝。入夜迷山徑，逢人問路歧。阿誰能下榻，燈火傍禪棲。

㊀「駐蹕」原作「驆駐」，兹改。

弔陸靜山

獨抱古人心，芳名動武林。高談傾四座，一語重千金。孝友傳鄉井，衣冠葬碧岑。空餘華表鶴，哀怨白雲深。

望湖亭

亭上望湖水，晶光澹不流。鏡寬萬影落，玉湛一磯浮。寒入沙蘆斷，烟生野鶩投。若從湖上望，翻羨此亭幽。

碧雲寺流觴　寺蓋張內監埋骨之所

蕭寺不勝秋，攜尊盡日游。數行依殿樹，百丈遶階流。蕩葉紋偏蹙，催觴響未收。中官泉下聽，一段御溝愁。

至夜宿香山寺

紺殿依巖匝，金題拂露明。因從月下坐，翻擬雪中行。夜覺諸緣息，秋聞萬竅鳴。逢僧都不語，竟已話無生。

流憩亭

并來青亭俱香山寺之别景。流憩有巨石一片，似蝦蟆，因名。

山寺枕孤亭，迴裾此一登。夕陽歸數鳥，秋色遶諸陵。氣肅巖逾峭，飈流葉屢騰。從來能涼冷，片石不妨凴。

蜃樓圖

圖中看海市，絶勝海中窺。似結元非結，如移定不移。覺疑宵夢接，醉誤夏雲爲。蛟蜃如今見，翻嫌畫手奇。

金山寺

山寺全浮水，秋來落葉紛。經樓一海盡，僧舍半江分。北渡維揚岸，南天建業雲。何年走胡騎，惆悵倚斜曛。

與楊子完夜話京邸

相别亦已久，相見情轉親。夜來燈下語，客裏夢中身。掛席門停蓋，徵詞馬蹴塵。由來漢揚子，元是草玄人。

送沈君之淸江縣史

仙尉懷黄綬，言承寵澤深。欄邊行射鴨，堂上助彈琴。臘雪融征騎，春堤弄早禽。都門將别處，柳色正垂金。

季有倫入燕

送君燕北去，别宴黯魂銷。馬頭飛燕子，階樹滴櫻桃。紅燭更還短，金釵舞想嬌。他年杏花發，折取最高條。

送郁宜興君北上

柳色弄新晴，春禽柳外鳴。幾宵連座語，一日拂衣行。仗劍難爲别，鳴琴舊有聲。從來流水調，不爲世人更。

胡子德偕有倫往

王孫游遠道，芳草日將斜。舊醉吳山月，今酣燕市花。北程渾入柳，西馬正求茶。莫遣雙魚斷，相思歲晚加。

孫君訪余於繫

一別武林道，幾年纔見君。帆開百花雨，衣拂五湖雲。握管梁書懶，橫琴楚淚分。魯連去已久，誰爲解茲紛。

茗山篇 爲泰父

知君元嗜茗，欲傍茗山家。入澗遙嘗水，先春試摘芽。方屏午夢轉，小閣夜香賒。獨啜無人伴，寒梅一樹花。

鷗沙篇 茂明

暫向市中隱，終爲塵外行。閒尋蓑笠侶，遠結鷺鷗盟。海樹春雲隔，江舠暮雪橫。相隨不飛去，數點羽毛輕。

送曹國博 時自紹學博而擢

國博元仙秩，明時況寵遭。能師六館士，不讓四門豪。掃戶迎淸蹕，陪旒祀太牢。今朝車馬發，郊路陰青袍。

送錢丞之沛邑

君銜佐邑命，拂曙出都門。餞席臨花設，征帆度柳分。歌風臺上酒，芒碭澤邊雲。千古搜遺事，應從野老聞。

賦得竹深留客處

客來何處酌，林竹靄紛紛。盡日無人見，有時啼鳥聞。廚遙穿綠雪，葉亂掃紅裙。醉後詩竿字，蕭蕭插暮雲。

送別

抽毫陪妙製，披襟穆和風。執手一爲別，灑淚流水東。梅花辭雪影，竹葉沃春融。延佇赤霄際，黄鵠騰長虹。

送某君會試

驛路照金鞍，微霜潤菊寒。秋風隔一歲，春色滿長安。宫酒聽鶯醉，林花入帽看。此時催上馬，莫惜夕陽闌。

壽蒲谷方伯

紫薇行省使，綠蒲谷口人，夙有神仙氣，聊隨車馬塵。居深山共遠，意適草俱春。駕鶴羅浮頂，行看狎子眞。

元旦集丁戶部館得存字

椒候當茲夕，萍逢共此尊。江梅將臘去，酒雪借春存。刻燭題孤韻，呼盧彩六痕。客中難得醉，莫怪作鯨吞。

與諸君集明月庵，在妓坊之南隔一垣得春字

客子多辛苦，攜尊隨主人。清池移席暮，紅袖隔牆春。疊酒何曾却，千愁不一頻。但因歸去急，不忍別流萍。

過沁州感嘆

一官邊塞上，終日馬蹄塵。路冷長逢雪，村荒不見春。薄田無水稻，破屋有貧民。安得關中尉，圖將達紫宸。

丁戶部母夫人目疾，得良箴復視 戶部孝感所至

既盲而復視，兹事豈非神。萬鑑空青賤，雙瞳水碧新。固知由國手，還是本天倫。母節兼兒孝，能無格昊旻。

青白眼 古有塑佛者，燒瓷嵌睛。裴楷稱王戎之眼曰：「爛爛如巖下電。」

阮生醉不醒，瓷瓦却惺惺，解將巖下電，換看世間人。自笑長門詔，醉墮能言猩。不着紅油屐，知予盲不盲。

卷四　七言律詩

千葉碧桃花　陳文學樹，會稽太守停蓋折一枝。

曲巷高牆立水隈，碧桃如盞盡重臺。倍將夜月憑誰襞，吹殺春風未易開。淸麝乍飛明府蓋，寒酥濃笑美人腮。年年遶樹雙蝴蝶，說是何郎爲粉來。

上虞母夫人詩

遙思貞女存孤日，何異忠臣寄命時。身作秋霜今皓首，光爭明月豈蛾眉。坐臨鳧彩仙郎袖，起接鸞裾小婦巵。此地從來仙子宅，金壘咫尺似相期。

白雲遙祝爲韜仲賦　時仲以貢入京，五月某日，值其母生辰，祝於舟中。

江上遙遙望白雲，江中出沒數魚羣。難將赤鯉供慈母，悔着青衫謁聖君。燕子拂舟撩客語，榴花度酒入蘭薰。天涯兩地遙相祝，水遠山長那得聞。

景文索送其縣吏入覲

如君黄綬有芳芬，總隔娥江亦得聞。昔取鴨欄頻射水，今從梟鳥遠乘雲。深宵巡徼提兵馬，絶谷來仙斷酒葷。益信今來無此輩，轉于梅福思紛紛。

張太君六十詩　太君之生爲六月三日，頃誦經卻葷。

上壽欣逢六十年，誰人不道太君賢。斷葱自昔俱成寸，翻貝從今總解禪。榆影北矑知漸永，蛾眉西月寫初圓。采衣未遂雙娱意，猶喜年年侍母筵。

雪中粉團　張肅之剪送瓶中，彌月尚鮮。虢國淡掃及毬馬俱稱景。

合蔕芳英弄大寒，風吹一月不能乾。粉肥已覺垂稍軟，雪厚仍煩挂斗團。𢟪國節旄迷大漠，虢姨裘馬縞長安。春姿一種嬌銀海，絶勝滇茶兢臘殷。

牛首齋罷，便往祖堂獻花巖，迫晡矣

牛首梯縣古佛場，樓臺絶頂百僧藏。香烟一一雲中出，閣道甍甍鳥外長。三五沉魚陪冶俠，清明石馬卧侯王。却憐爲景淪貪海，帶黑鞭驢到祖堂。

祖堂夜歸

兩地禪林一日窮，角巾面面折衝風。花枝作雪浮天上，酒禁從誰到寺中。坐指帆檣江色暗，買看池館杖頭空。歸來正上南城月，醉臥松根聽暮鐘。

與諸生三到徐氏園，得兵曹郎簡而始入

王家支庶執金吾，詔賜園池絕上都。一水盡含飛閣動，百花半映古槎枯。紛華子夏猶難免，賓客平原近亦無。不有銅魚能折簡，白衣無限立春鋤。

嚴先生祠

大澤高踪不可尋，古碑祠木自陰陰。長江萬里元無盡，白日千年此一臨。我已醉中巾屢岸，誰能夢裏足長禁。一加帝腹渾閒事，何用傍人說到今。

虎丘 杜甫蕃劍詩：「虎氣必騰上。」人言闔閭之葬，致白虎，乃是劍精，理或然也。又吳人至中秋之夕，競曲於此。虎丘之茗，佳者斤率金二兩許。四句謂西子也。

轆轤高倚壁嶙峋，劍水沉沉草樹蓁。虎氣必騰千尺上，蛾眉曾照兩彎顰。不勝清拍中秋夜，盡委黃金數葉春。誰記君王舊歌舞，館娃宮殿已成塵。

約觀水閱，往遲，遂虛馮太常飯，及歸又失鄭職方魏園之觴

燕子磯頭風日黃，遊戎校士水中央。春深痛飲辜司馬，日仄清齋虛太常。大樹低花遮勒短，紅旗白羽塞盧長。何從一飽飢方朔，自買魚蝦入醉鄉。

送趙大夫掌南臺 舊嘗為南御史，論分宜，五六云。

鼎地千年計不輕，特從闕下借中丞。長江旌節陪留守，大俠屠埋偃孝陵。一道舊寒桓典馬，羣公今職鄭州鷹。豐城雙劍頻勞拭，解贈相看是蒯繩。

登報恩寺塔最上一層 寺已火

報恩禪塔入雲霄，萬歲千秋翊聖朝。詎謂天龍銷燼後，向餘鈴鐸度江飄。高臨巨浸浮天闊，下見深宮盡日遙。回首鄉園看不見，亂山殘靄去迢迢。

唐會稽以母憂歸上海

明府歸帆帶雪飛，錢塘彤色黯淒淒。愁看冰鯉橫江臥，詎許檣烏影浪啼。邑里亦悲慈母去，滄洲宜着

孝廉棲。野人尙有南冠滯，不抱瑤琴出越谿。

宋氏吟書畫册中

持將傲雪凌霜物，寫出辭脂謝粉心。妝鏡幾臺收曉匣，孤雌萬壑守寒林。春秋等是吾儕筆，風雅那高箇裏吟。自古食魚須食鯉，娶妻須委宋家禽。

送馮太常

太常官秩儼清眞，特遣南宮甲榜人。郊祀雅篇親得奏，伶官麗曲不同陳。朱壇碧柳時題壁，露笋冰鮒每薦新。想見他年赴徵處，獨辭高廟步恂恂。

登北山，小憩龍王堂。遂上鎭虜臺，風至颯然，因感麻總兵校獵之約

北山寺在一座石中耳

北山高寺等浮屠，龍王高臺望入胡。正苦衣鶉悽大漠，翻思毛雪灑平蕪。長河急水琉璃濁，片石安禪菡萏孤。欲問射鵰何處是，沙場不見有樵夫。

寓宣府，九日同楊惠兩鄉人集北山寺，而昨夕風烈甚，雨即成雪，壞不膏，故山悉赭，結句別有所爲

北寺高臺大漠東，他鄉尊酒兩萍逢。飛花已作先秋雪，落帽何勞隔夜風。百折不離山色赭，數楡忽露

寺門紅。世間何事非堪避，安得萸囊日日縫。

燈夕答訪諸君，因尋百廿四歲老人末青霞，誤而爲仕閹所罵

帝城春色倍光輝，東市春燈錦作圍。白眼雙瞋遭客駡，青天一刺向誰飛。毬邊小俠穿塵入，花畔遊龍促馬歸。日仄不餐渾瘦盡，敢嘲白鷺立漁磯。

馮刑部索書册

共三首。西署，明刑。帝籍，春耕前刻奏最承恩。耕，春所重。在宴奏最者先收二，並吾鄉人也。㊀

仙吏縣魚挾珮賒，棘槐日仄出西衙。起籠綵轡垂歸馬，獨抱丹書坐落花。笑向燭邊求緩議，泣從車下發深嗟。致君有術寧遺此，莫認蕭曹但法家。

其二

專城奏課有光輝，兩世承恩曳錦緋。鐘鼓雞人雙闕曉，殿廷鸞字五函飛。高門正好過賓從，載道今聞有是非。老矣何心評月旦，不勝鄉曲念依依。

㊀此詩題注疑有誤

送鄒刑部出知泉州府 鄒舊令無錫，取汲惠山之泉，而今之寓館，適鄰西淸。

齋館淸寒舊所持，水符嘗調惠山漪。入從殿陛爭三尺，出付蛟鯨詎一麾。細邊池風聞菡萏，平分苑月醉鸕鷀。南天莫道無饒賞，大海如雲鳥翼垂。

節婦篇

縞衣綦履譽鄉鄰，六十年來老此身。庭畔霜枝徒有夜，鏡中雲鬢久無春。每因顧影啼成雨，翻爲旌門切作顰。百歲雙飛元所志，不求國難表忠臣。

至日，錢郎中世材先輩柏堂成，同陳鳴野朱允中二丈燕集

主人種柏遂成堂，柏大何須柏作梁。同在烟霞過歲暮，獨餐華實看天長。落成會見陽初至，燕集那論夜未央。和酒既非將側葉，若爲杯酌有芳香。

贈徐君 號龍陽，嘉靖間著參同契，獻闕下不用，去。其隱處留明山中，舊傳仙人所居，至今火尚存。

幾年應制留西苑，晚注道書千至尊。正有神君居帳裏，自應紫氣出關門。新栖洞壑雞隨去，舊日仙人火尚存。儻學捕魚來谷口，莫敎失路似桃源。

送劉子臣入郧陽

纔共燈前倒玉卮，忽聞劍珮繫青絲。別子去泛瀟湘水，爲客正當桃杏時。應泊魚鄉頻買酒，暫投江寺一題詩。卻憐不得長年少，何事年年長別離。

潘承天介飲

明霞淡靄釀重春，盛典高張禮樂陳。聖世山中歸一老，圜橋席上第三人。定知國學他年酳，且試庖烹此日珍。燕罷蹄肩滿歸路，自嘲茅屋有垂津。

芙蓉

一花流采著書邊，五寸芙蓉二月遷。側水羞生初試鏡，啼紅嬌殺未笄年。叢藜惡棘穿根切，大柳深江浸瘦眠。戲取世間閨閣事，權題霜色屋梁懸。

菊花

曾是將軍蒔菊餘，尙遺秋雪一藤礌。籬香伴酒經三主，錢樹塗銀散五銖。往往抱霜冰夜蝶，亭亭插帽朗晴萸。落英又道堪餐甚，坐看柴桑一事驅。

芭蕉

蕭然長衲綠衫翁，聽雨勾風事事中。大葉儘勝摩詰雪，高花那定美人紅。即陪霜露秋牆委，亦伴椒脂粉壁空。一樣連宵明月影，今朝先缺兩三叢。

玉簪

玉簪抽影暗差差，半占荒階無盡期。小婦將花曾抱粉，飢人望葉擬挑鴟。紅芙暈臉雙俱映，綠鬢搔頭一不施。定作蠐螬根葉想，化爲蝴蝶等兒嬉。

萱

吳刀斷水水難分，藉景忘憂憂轉頻。丹棘空長辭草鹿，白頭猶見倚門人。漸鄰惡雪屠冬候，別字黃花擾饌辛。葉上有蟲秋唧唧，汝南傷別北堂辰。

藜

笑將一幹嘗妻兒，病骨飢腸兩責之。多事去燃天祿字，安鳩來過老人眉。山林猛獸今誰是，早晚繁霜正爾持。他日短長憑杖者，人間數尺紫玻璃。

雞冠

百葉秋皋盡一飛，霜天孤爾伴鶉衣。錦纓未鬭知誰絕，絳幘初籠聽漏歸。同腐憐儂終草木，高顛學鳳自儀威。少翁枉有彈塵物，半向南山額上麴。

山查

如聞海鳥不宜牲，亦似山查便野生。紅後滿村量雀卵，秋來偏此只風聲。對苹犬馬傷孤抱，種豆遷談少一甥。來往細腰爭窖蜜，莫須移浸與東陵。

葡桃

舊欄東畔野葡桃，亦是張騫大宛苗。既取夏陰飛作蔽，詎嫌秋蒂纍如椒。月蠕牆影霜蛇去，風引藤香瓦獸飄。付與荒階隨意係，猶勝惡棘壞蘭梢。

土菩提

菩提五樹百顆懸，但策西功最爾先。點檢小魔空黑豆，糊塗大事有青天。雀餳暗向珠邊結，舍利難飛死後燃。相伴荒塗行不久，維摩示病已連年。

詠櫻桃花

滿城花發不知多，閉戶經年筆毦聾。剪送海棠勞及我，折寄櫻桃笑殺儂。雪打霜披應不免，粉腮胭頰爲誰濃。昨宵況復狂風雨，枕畔驚聞折攀龍。

壽沈參議南湖

沈翁宅近驛，祖道之所，而饒孫子。

范蠡城邊暫駐師，喜逢上壽薦芳巵。分符今忝元戎託，出宰曾蒙國士知。門外碧湖開祖帳，階前玉樹遶孫枝。海天應有青鸞便，願得年年寄頌詩。

謁孟廟

西域流沙墨翟徒，東周虛器寄蘧廬。齊梁本不求王佐，鄒魯聊歸闢野狐。百楚榱題驚鳥革，累朝霜露老龜趺。景春自是眞兒女，錯認人間大丈夫。

馬氏白鷴

何來白鷴乳雙雙，馬氏才賢應季常。練氣橫空從樹杪，鮹門織羽對書堂。倍宜刺史停春餞，懶學燈花映夜娼。宮錦雙鷳君自有，薛濤取繡校書妝。

應李以賞歌姬

遏雲淸曲纍明珠，可是佳人獨立餘。延年妹比昭陽燕，西子人看鏡浦蕖。內院新妝應墮馬，湖州水戲定沈魚。近聞劍氣新雄舞，那得還來助草書。

送妓人入道

盡出花鈿與四鄰，雲鬟剪去厭殘春。暫驚風燭難留世，便是蓮花不染身。貝葉欲翻迷錦字，梵音初學誤梁塵。從今豔色歸空後，湘浦今無解佩人。㊀

和玉芝上人蘭亭詩

茂林修竹舊相傳，千古殘碑野草湮。碧水曾聞王謝語，青山不異永和年。葉飛錫杖峰前路，樵指流觴澗底泉。回首雲門孤月上，清光遥送鑑湖船。

送張子藎春北上

離筵驛路正芳梅，騎馬聽鶯是此迴。舊日繻生關吏識，新年羅袖内家裁。澤蘭把贈攜春色，苑杏留花待異才。卻説涸鱗縣尾在，欲從天上借風雷。

賦得紫騮馬送子藎春北上次前韻

紫騮嘶斷驛亭梅，紫色翩翩燕共迴，不用連錢千箇剪，衹借葡萄幾點裁。桃杏滿堤銜雪片，烟雲一道本

㊀ 按：此爲唐楊郇伯詩，見全唐詩卷二七二。當删。

風才。要知他日飛騰處，試聽蛟潭夜半雷。

聞張子藎廷捷之作，奉內山尊公

自王公佐狀元及第至于君，只三人。

山陰豈少攀花客，最上高枝更絕倫。南宋到今知幾度，東風分付只三人。傳書鄉國驚先輩，有子明廷慰老臣。想見當年清夢裏，是誰親送石麒麟。

其二

向來廷魁多讓江右，至君始與之相當。君第時，其先壟鳴吼數夜。

曲江能得幾高枝，得意新郎又會稽。三駿連年空冀北，隻蹄衝曉破江西。淺沙鱗介號懸水，大壑風雷吼瑞泥。何處彈冠應有客，心知不爲舞虹霓。

子藎太史之歸也，侍慶有餘閒，値雪初下，乃邀我六逸觴於壽芝樓中，余醉而抽賦

江城小館共飛梅，笑値高樓向夕開。百鳥投林天未暗，萬山戴雪月將來。盤堆藕蔗供我飲，字絹龍蛇待律猜。明日兩舟乘興至，宜興令尹責茶陪。

董堯章謝國塾歸葬其親，送之

葡萄綠，言酒也，見主人設醴以待也。

異姓侯王有定襄，爲君東道卽兒郎。不因卜鬣愁崩雨，何用穿貂必冒霜。車騎殷勤虛左席，榻塵容易

厚高粱。明年二月葡萄綠，莫負花前設醴香。

盛泰父苑西草堂得聲字

北走胡而南走越，盛本吳産，以北上愛酌客而槖損。

太僕街前萬馬鳴，野人門巷寂無聲。徑邀鄴下才賢入，共醉吳兒拍板橫。一匣黄金傾北走，半牆紅樹出西清。年來四海浮萍席，幾逐棲烏散鳳城。

送馮永豐之官，兼便歸省

但謂家園倒玉卮，寧期燕市掃玻璃。正當菊醑堪持蟹，無奈魚腸去割雞。父老爭看懷綬錦，羹湯尚及賁菱虀。晨昏豈少高堂念，迫岸江舠候吏催。

飲季子守海棠樹下作，追壽其六十

時尚未子，長沙師嗣君

信哉廉吏子孫賢，做住將軍種藥廛。試問海棠經幾閱，不知今夕是何年。一枝粉靨人俱麗，百蒂紅絲雨並懸。醉與花神爲約去，孫枝還看大如椽。

宿岙道，登城北高臺，值雪

迢迢岙道枕重邊，高閣登臨倍黯然。百灶營烟明可數，雙譙蝶粉遶能圓。偶逢飛雪關山杳，漸近浮雲帝里連。莫訝金湯堅若瓮，昆陽城小古來堅。

鳳凰臺 臺今爲魏國所圃

池館中山稱最繁，題詩紀鳳自開元。翻因一片荒臺土，直賤千金沁水園。柳色條條通御氣，梅花垜垜隔高垣。三山二水無由見，風景都非舊日言。

李長公邀集蓮花峯 五六實事

萬山西去翠濤長，特插層峯菡萏黄。止與將軍横一槊，翻疑迦葉坐中央。頻傳鸜鵒籌長袖，新買韓盧獵大荒。昨夜邊西聞插羽，幾回乘醉拂干將。

客有爲留春詠者，亦命賦之

春去春來何所之，春花隨爾亦全稀。黄金大藥終難駐，紅袖嬌遮晚更飛。忍唱驪駒催客去，欲憑啼鳥唤儂歸。年年此際腸堪斷，何事東君好别離。

盡社詠留春者並函寄復賦二首

社壇高詠集精藍，大塊青陽儼去驂。聞道沉酣劇河朔，只愁風雨送江南。筵前肯放勾芒轄，嫁後寧燒玳瑁簪。轉眼城南桑樹下，更題少婦遶饑蠶。

其二

西施石上老紅茵，賀監湖頭款綠蘋。去妾猶能啼故主，風光應亦戀吾人。天涯一燕銜花轉，酒畔雙蛾對雨顰。併是斷繩千尺井，大家無計挽銀瓶。

金剛子珠串

金岡百子寸絨排，攜向叢林懺始開。梵底波濤生海壁，鬚根琥珀映鰲腮。珠遺象罔收非一，棘取猴么鐨鐨乃竭乏之意，似言削盡也盡來。最好可師無臂挂，飄然推下講經臺。

四山樓詩

深巷雙門夾道隈，烟雲斜日倚樓臺。簷扉四面空中啓，山翠千重窗裏來。小座客臨看易滿，匝簾鳥下遶能回。卻言月夜宜清嘯，秋半應知上幾迴。

友人索贈劉府公以剿寇受賞

曹吏分符夜正中，傳餐破敵曙初紅。經營聊試材官技，賞賜先歸指示功。鄉里徵兵連歲盡，郡邊臨海一潮通。眼前世事誰長策，此日東南獨倚公。

會稽訓吳先生母九十出册索題

瑤池寶籙授長生，九十聊占上壽成。就祿宦衙隨地往，承歡綵服幾回更。筵中已覺留春住，燭下猶能記夜行。自喜當年曾教子，白頭親得見傳經。

推府韓公生日友人索贈 韓，關中人。

羽觴薦壽儼瑤臺，況復人從函谷來。兩度關門占紫氣，幾年仙吏住蓬萊。官庭草樹宜春日，法座星辰接上台。更羨于公陰德在，高門留取傍雲開。

過胡汝□宅留賞牡丹

芳樹丰茸何歲栽，對人不語向陽開。頻年此景無多日，好客相過問幾回。寒蕊正宜催羯鼓，高枝偏自映金杯。醉餘誰復論朝暮，待爾陽臺行雨來。

送同府潘公入覲 潘公陪赴科諸生宴，時謬期渭，罷歸，至是送公入覲。

早秋猶記赴明經，宴罷相期在此行。又見摳衣隨隊入，眞慚束帶下階迎。驚時已是趨朝候，戀別難忘秣馬情。共在陽春無可報，況逢知己許平生。

瑞荆篇爲新昌尙賓呂君乃弟賦

荆樹雙標瑞應期，與君兄弟頗相宜。竇家有子皆丹桂，馬氏何人非白眉。拂蒂遊絲縈一本，催花和氣遶連枝。他年會見高千尺，問道兒孫幾葉垂。

十五夜抵建寧通都橋玩月

城西日暮泊行船，起向長橋見月圓。漸上遠烟浮草際，忽依高閣墮簷前。坐當林樹看烏遶，望入銀河與水連。久欲乘槎問天上，幾回津路渺無邊。

送吳學師奉其母太君還南昌

鄉思偶憶越人吟，就養還嫌非母心。萬里江船歸白首，孤亭祖帳集青衿。家連南浦飛雲入，門對西山積雪深。想見寒宵燈影下，笑牽兒女進溫衾。

和樂堂詩 諸暨楓橋

堂敞羣山紫翠中，一門和氣暖融融。每看霄斗縣從北，別有春風來自東。萬里雲烟團檻桂，百年枝葉

老橘楓。籬櫳笑詣時時發，莫問瑤臺第幾重。㊀

寄答汪古矜 汪，徽賢也，有忘鷗園。

少陵鶡鴠喚不來，汪家鷗鳥了無猜。非關野老能爭席，自是菩提無鏡臺。范式雞償明歲約，羊曇泪是幾年哀。會須一哭胡司馬，共踏黄山頂上苔。

柳橋不知誰氏園，舊有梨樹六株，花甚盛，余每當月夜坐觀移時，擬買之屋而扁曰香雪園，今歸誰氏，梨且斫盡矣

六樹梨花打百毬，昔年曾記柳橋頭。嬌來翳翳西施粉，冷伴年年燕子樓。不受三郎催羯鼓，好當一夢入羅浮。今來斫盡誰家圃，辜負山人扁額休。

賦得城山篇爲林諸暨公别號

郎官身本是長城，況住城山得勝名。遙憶諸峰當戶列，應如百雉帶雲平。松蘿自記經行處，水石終懸宴眺情。寄語移文草堂使，他年身退待功成。

㊀ 此下原有題翠華軒卷一首，已見徐文長三集卷七，兹删。

次韻仲房瑞雪之什，與方衡州大夫并呈幕府

占年未慰三農望，禱雪眞懸萬姓憂。稍喜瓊枝撩碧漢，轉看銀海映神州。隨車細片疑飛蓋，撲馬輕團類打毬。壇畔班行應共訝，天心原自答君侯。

禱雨詩，友人索頌邵府公

使君憂旱禱星臺，走拜衡炎去復來。撲馬忽飛晴晝雨，迎龍先帶碧潭雷。憑將素履通三極，不是臨祈灑一回。總謂承膏無寸土，分涼猶到讀書齋。

詠冰燈 荆川公韻二首

夜堂流影倍生姸，刻掛誰乘凍未闌。燭暈只疑杯水抱，火齊應落數珠寒。薄輪逼焰淸難覓，滿魄生花洞可看。復道餘光能照膽，卻令遊女怯追歡。

其二

五枝叢裏總稱姸，徑尺能消幾夜闌。對日水晶誰取火，生花銀燭自禁寒。共燃始覺琉璃避，但掛還將雨雹看。無奈陽和消作淚，向人筵上解悲歡。

落花 四首

二月初歸三月來，千紅萬紫不成開。繡偏芳草時縈帶，灑向妝樓欲貼梅。殘暈祇疑啣鳥雀，輕陰半是隱條枚。因風吹上高唐觀，爲雨爲雲在楚臺。

其二

少時片片睇初明，多或紛紛數不成。北地佳人元獨立，大堤遊女本空城。乍依天上緣絲駐，定下風中到水凝。開謝莫言機太速，乾坤何物不枯榮。

其三

西園蝴蝶戀芳辰，南陌驊騮蹀綺塵。態比驚鴻還讓色，妝如墜馬不同新。非關塞外吹羌笛，已覺寰中逝早春。寄語隄邊遊冶客，明朝還得藉青裀。

其四

揚雄宅裏積初饒，衞尉園中去漸遙。總謂異開還異賞，其如同謝復同飄。雨從講席天將散，綴向房幃醫共消。便取明皇催羯鼓，流聲何事激空條。

送葉公子歸同安

阿翁門下傳經客，公子堂中講課人。半席不分閩越語，幾年同是弟兄親。遙憐攬轡還家日，翻憶趨庭問禮辰。何事匆匆易爲別，心知龍劍合延津。

題某名卷後

高賢名筆幾傳留，偶向君家匣裏收。此日人猶甘北面，當時地亦重南州。經鋤臥柳終身計，軒冕浮萍一葉流。無限衷情呼不應，瓣香終日對悠悠。

芷齋

讀書往往荷三餘，種芷爲齋扁芷居。供眼色拚輸藥圃，療班香定入方書。爐飄海國旃檀避，座滿嘉賓蘭蕙俱。從此下帷重翫易，不須更爇小蟾蜍。

項羽戲馬臺、河滸留侯祠、雲龍山張山人天驥放鶴處

千古徐州雄楚西，多援舊事嘆當時。大王千里馬誰得，山人一去鶴何之？產蛙沉竈年年水，辟穀餐霞歲歲祠。曾見蜕蟬還食不，留侯未必降庖犧。

呂布宅 有序

布妻，諸史及與布相關者諸人之傳並無姓，又安得有「貂蟬」之名。始村瞎子習極俚小説，本三國志，與今水滸傳一轍，爲彈唱詞話耳。又山根一小砥，牧兒指爲布妻搗衣石，以妄遊客。布馬名赤兔，爲人盜獻于曹，然布之敗，非關赤兔有無也。布以斥陳宮策，聽妻言敗。操憐宮，縊之，養宮母，嫁宮女，亦幾活布，乃奪於劉，不忍殊刑，假同宮縊，觀此則知布妻終免囚戮。裴松之奉宋武命注陳壽三國志，乃沒布妻事，兼沒其姓名。

將軍納策正移師，少婦牽衣惜別離。若使爲孥倍縛虎，爭如仗劍送烏騅。貂蟬小字從何典，砧杵寒衣寄阿誰。弔古老狂無美刺，卿家何壁可題詩？

其二

人皆爲布罪蛾眉，大抵蛾眉見若斯。赤兔不嘶連夜草，白門猶望百年期。贖歸沙漠中郎女，嫁與邯鄲厮養兒。兩者祇須半行字，不知何冗奪松之。

九日登戲馬臺

臺始於羽，宋武當九日，嘗登臨。六朝以後多取爲詩料，余故特再詠焉。宋武，劉裕也。孫恩寇會稽，將及山陰，武以長刀奮殺數十人，恩走海，山陰幸全。傷蛇見本紀。

宋武登高酣戲馬，侍臣陪宴話傷蛇。金釵各帕風吹落，繡帽親宣菊插斜。慼慨長刀遮敝邑，悽涼短褐弔官家。欲沽一滴澆行在，挂杖無錢何處賖。

嚴灘懊 幷序

幕至嚴灘，客有及子陵先生者，輒嘲之曰：「老漢捏怪，終年著羊裘，老脾寒病耶？」呼筆札來，番舊案。不兩句而石尤起，舟幾碎。擬牲往禱，恐遺羣吏笑。偷取兩句灰之，誓于江曰：「亟歸當望禱。」

既向東洋罵蛟母，又從嚴瀨謔羊裘。天敎風伯爾休往，膾落溫郎他自收。細草免冠羞下馬，大江投札許沈牛。客星久矣眠天上，誰管驚沙打石尤。

馬策之死失挽，一日自作小楷千餘，腕幾脫，遂感昔日之勞，挽之

幾年燈火共熒熒，此夕孤燈照獨青。馬氏白眉鑾夜壑，荆軻一臂失秦庭。翡翠有魚提換米，麒麟無夢送添丁。馮誰去買太湖石，爲勒元常墓志銘。贈小玉魚二，一翡翠玉。

送白君可赴葬劉刑部 白好客，人呼爲白孟嘗，餉我鴨酒，索祭文。

君到劉墳草未長，解將佩劍挂劉郎。空櫜屢歸蘇季子，遮道爭呼白孟嘗。水掌乍肥梟正貢，泥頭未破酒先香。餉餘索我薤上露，和淚隨風灑白楊。

送楊子甘復之京 楊久客歸必展墓

我賓爾主各匆匆，北去南來等斷蓬。何事得無長太息，此生寧有再相逢。黃塵敢避驟蹄蹴，紅淚初乾馬鬣封。不但別離饒苦惱，時時悲喜戲場中。

張子錫嘗自題鏡容，今死矣，次其韻五首，應乃郎之索 前刻其一

十九寒交一搢紳，十分中，九分寒交，一分搢紳而已。武略將軍好舍人。乃祖正千戶階武略將軍。慣喜迎賓虛左席，賓錄也。生憎學女作西顰。玉皇既受三彭謗，見酉陽雜俎。金冶難留七尺身。越絕書，越王以黃金鑄范蠡。卽使郎君呼百日，畫中未必下眞眞。畫中美人名眞眞，某謂畫主人曰：「祀之呼其名百日則下。」主人交之，生一子。其後攜子躍入畫中。畫中亦添一子。

其二

雲作衣裳霞作紳，詩壇畫譜一才人。苦吟驢背忘高喝，爛醉蛾眉答淺顰。宅畔大槐依舊國，海山宅有古槐，借用南柯事。輪邊小劫可由身。鏡容我亦年年畫，比較今來漸失眞。

其三

乘輿問疾禮拖紳，爾却拖紳禮若人。君房本謝薇垣直，宋張君房爲紫薇省諸郎代筆，海山亦嘗略代西清諸直之詞。京兆翻工柳葉顰。海山得二齊姜，甚狎。畫眉之事，不減張敞。祖述不孤雙大老，謂不孤其先世二張也。奪投投胎奪舍難認三去聲生身。西窗昨夜梅花夢，仙尉拌平聲致贊子眞。梅福字也，此作夢中戲言耳。

其四

玉花巾子緑池紳，月旦訛評孝友人。巾子旁碾玉作插花瓶綴其廂，紳必以練，却以異色練緣其他。故俗人爭目以詭異，而盡略其孝友。泣鴿晚猶垂母淚，生鵝初不爲兄顰。詼諧百出嬉三昧，雲水千重了一身。見說閻羅仍待制，許君鸞鶴去朝眞。

唐伯虎畫崔氏像因題，余次韻三首 舊刻一首

子建詞描洛浦神，唐君色染博陵身。巫雲已散當年夢，吳粉空傳半面春。韞玉求沽遭棄置，採蘼多事問新陳。失二句。

其二

盤陀江上水仙神，秦繆樓中弄玉身。邂逅一番明月夜，蕭條幾度杏花春。嫁後形容難不老，畫中顏色易成陳。憐儂正是文君輩，不嫁成都渴死人。

送張子成之江幕

公子材名本卓然，宦遊翻得豫章椽。青天酒散滕王閣，碧水風吹幕客船。佩取司空孤劍在，江連秋壁萬楓懸。知君藻思多新賦，彭蠡雙魚正好傳。

送朱大行

九霄萬里浩無邊，黄鵠纔飛隔紫烟。子羽豈無修鄭手，賈生原有去梁緣。過逢寒士綈袍解，告別先公墓草芊。若到禪齋問燈火，夜深如待舊人然。余與朱讀書禪寺。

贈中軍舊識

偶叨書記混名流，況遇將軍是舊遊。旅次關心供楚桂，軍中留客唱涼州。夜寒牙帳城烏集，春盡營門海氣收。萬里虎頭方食肉，書生抱筆不須投。

贈俞參將公 幷序

比年海陸奸宄通市島夷，其後漸剽掠居民，壞城郭，賊傷大吏以數十。於是公本抱負文武，流聲有年，承開府之命，提孤軍橫艘海中，經涉春夏，賊所當無不應手碎者。東南萬姓，賴以全活。渭以孤遠，每思一致緇衣之情，而不有路。會公入府城，詣提督，府中學士大夫若諸父老子弟，知與不知，望見將軍麾蓋，感激有涕下者。渭於是倉卒集里閈同聲稍知歌咏者六人，各著篇以頌。其他散處不在，不量寡昧，倘亦有壺漿之意乎？

孤城一帶海東懸，寇盜經過幾處全？幕府新營開越騎，漢家名將號樓船。經春苦戰風雲暗，深夜窮追島嶼連。見說論功應有待，寇恂真欲借明年。

挽徐高州大夫 山陰公之尊公也

句容出宰四方師，水部分曹八座知。來視長公方幾日，忽摧大老是何時。懷橋因梓生悲易，出塞還家得信遲。絮酒一卮猶未得，隔年慚愧寄哀詞。

少濱篇爲金子 乃翁知惠州府，號鑑濱，金子時盛刻己集。

兩代高名百不磨，山川其奈兩人何？大夫付與扁舟與，公子忘歸半頃波。無數翠烟生碧荇，有時白鳥浴紅荷。眼前詩景刊無盡，莫怪梨材索價多。

送郁丞入覲 予家軍藉龍里，與丞鄉都匀接。又丞左顧，失迎之。

聲華貴竹數清平，更有都勻亦擅名。少府衣冠眞漢吏，上都日月正虞庭。從戎尺籍叨鄉里，下馬荒廬失送迎。此際又從天上去，令人倍憶館松淸。

唐簿得獎 醉翁，謂其友朱生也。

鳳鸞何代獨無之，枳棘卑棲盛羽儀。挽粟一朝樓櫓去，旌書連夜度支移。邑多竹色袍俱映，路近松江鱠每思。黃浦醉翁聞此信，定抽采筆寄新詞。

陳都僉五十 陳嘗籍生員，後官雲南。海樵山人子也。

青衿常向泮宮遊，共識將軍是虎頭。萬里已曾飛食肉，五旬何事不封侯？卻因阿大俄驚座，轉憶而翁醉莫愁。百歲光陰今已半，留貂不解更何求。

送南戶部某考滿詩 送者亦同戶也

楊柳春來未作黃，憐君抱計向明光。省中並馬雖無幾，湖內游魚漸覺長。天下征輸空杼軸，年來供給盡邊疆。定知後夜虛前席，好奏南薰第二章。

郭□部翁嫗兩壽

峨眉西去倚天長，引瑞流虹聚一堂。龐氏鹿門同日隱，竇家桂樹接枝芳。酒卮共把雙鸚鵡，簫侶同騎兩鳳凰。自古陳家擅西蜀，何如今日郭汾陽。

呂禮部再燈上元 時呂從杭歸，値二月望，而再舉燈燕。

祠郎宴客敞朱扉，帆槳新從客裏歸。百盞華燈縣未下，兩番元夕賞應稀。雨餘韮葉開籬剪，雪後梅花遶座飛。共道勝筵須有紀，不妨投礫引珠璣。

方長公重五餉以江魚、枇杷、豆酒

江魚銀板枇杷金，綠蔌家醅一甕深。方叔特分長命酒，老夫正按小招吟。且寬牛虎甘人責，莫解蛟龍奪黍心。萬絮千花馮巽二，沾泥唧鳥美人簪。

章孟公招陪葛韓二丈，特徵酒姬，妙解雄舞，辱貺嘉篇，率爾次韻 盆豕事，阮咸也。章長公名啓謨，字孟嘉，號太元。

翩翩公子信陵君，幾上青山悵海氛。朱亥侯嬴俱上客，葛洪韓衆總仙羣。杯邀去月當天轉，魚幸嬌歌隔水聞。最是攜燈橋上酌，龍塘風皺一宵濆。

其二

投轄風流近屬君，坐淹鶴鶴摩宵氛。天河總沒雞三唱，盆酒還澆豕一羣。舞是公孫新弟子，劇多優孟舊傳聞，安知紅袖非優孟，好學三閭哭楚濆。

再次章君

鄙杜門者八年矣。章君餞葛君遠游，至與諸座客拌艇枉邀，勉爲一出。而章君酒佳甚，云七臘矣，是尊公使君所珍物。汝墳，爾雅及郭璞都作汝濆。

妙醞端來老使君，鈎鋒正破楚軍氛。强陪東道遠行客，故笑西河久離羣。四座高談仍舊雨，兩年重聽省新聞。魴魚本自無辛苦，多事樵姬唱汝濆。

沈先輩別歸松江，十年再至，醉而授筆，倚馬懸河，僕目以吳蒙，辱贈七律，次韻答之

阿蒙一去東吳賒，三日天風吹海槎。敢言搖櫓遮關羽，卻喜舌辨如田巴。若箇聽詩頤不解，苦予趁韻鬢先華。幾淹白坐不投轄，實少青錢付酒家。

陸先輩乃翁曩謬我以函丈，後聞多內閱，先輩來，知其詳，可哭也。先輩拈詩弄繪，亦自彬彬可人，於其去，用沈韻追賦，沈，陸之交也。袖鐵鎚防害云，是渠實事

時大奴閱牆，故有末句。

沽酒無錢賒莫賒，況堪提柳問編槎。家本吳山詩似畫，客經浙水字如巴。唶嗚袖鐵爲朱亥，涕淚當筵

廢白華。我亦朝昏聒荆梓，幾回舌爛在田家。

陳伯子守經致巨蟹三十，繼以漿鱸　二兒北遊久滯，每占燈花，又連旬淫雨。

喜有賢人敬長心，老饕長得飫烹飪。陳遵甕減封泥液，董卓臍高塞塢金。燈火每占花黯黯，人琴俱澁雨沉沉。細鱗紫甲宜觴物，酒乏詩窮更漏深。

十月望後，反舌競飛鳴四五日

仲夏聲宜收反舌，仲冬何事競聲聲。春秋月令卽無准，郊藉時鳴底不平。大梵呪長翻黑齒，小蠻曲短換朱櫻。誰能一一與分別，贏得芳齋自在聽。

送錢君緒山

南昌自古盛才賢，亦仗臯比啓妙傳。肯使異同虛白鹿，但敎升散遶青氈。文成舊發千年秘，道脈今如一線縣。況有陽城方予告，好從暇日問眞詮。

壽杜通議之父母

侍臣舊立雲霄上，封誥今承日月旁。雙管鳳簫娛老伴，一函鸞字捧仙郎。頻年祿養繁珍鼎，此日霞觴注滏漿。更喜賓遊來結駟，高門誰不羨榮光。

壽戴柳州父母

松溪舊説神仙令，椿壽今符傲吏言。過客倉皇辭上座，長公金紫擁華軒。笑看浮世憂千歲，自養靈臺湛一元。將挹清光陪杖屨，恨無羽翼即飛翻。

其二

壁水青衫舊有名，恩波白首喜親承。雙飛老鳳人間瑞，千里神駒天上行。共擬腰圍行束玉，此時心事愜傳經。高門咫尺連滄海，遥對仙人白玉京。

壽張翁

翁年八十儼寒筠，聳骨方頤鬢艾紛。舊種槐枝高入漢，今傾桂醑瀉從雲。兒郎遶膝微搖錦，賓從過門半是文。眼見吾儕是童丱，轉驚五十四年人。

送徐山陰公

捧檄將行夏正中，壺漿西出路重重。三千里外知明主，二百年來有此公。亭去何亭不留鳥，雀飛若箇爲開籠。眞于滿邑南薰裏，別感翻翎一段風。

送葉君子肅訪楊龍泉公

山連閩越最奇觀，君去龍泉幾日看。夜月暫稀禪寺會，秋嵐應滴客衣寒。過辭徐穉言相贈，久別揚雄見定歡。却說書齋歲云暮，幸相除拂待歸鞍。

干溪許某是蠶子，山行遇二仙女，折松花，令其送往香爐峰上，見二人棋；他日又見二女，令其送往秦望山上，與二桃，一符，一詩，曰，子父母肯令子來，則啖以桃而來，否者且燒符。後許亦不與父母桃，陰置香廚上，父母亦不與來，而許輒燒符，後視桃不見。余登秦望山，山人對余說，乃是前年事

求仙尚自隔蓬萊，仙子一雙何事來。解珮人間托流水，吹簫去路向瑤臺。望中海島茫茫斷，別後松花歲歲開。世事如斯渾不解，青山落日坐莓苔。

洛神圖

旌幢片片引長虹，蓋下眞珠絡幾重。洛浦神仙何所似，陳王詞賦宛然同。輕嬌欲墮波先捧，刺繡纔飛

水自籠。雲鬟雙迴環珮解，可憐交甫暫相逢。

燈夕送張君之滇，迓其尊人

今歲風光倍覺饒，無人不去踏虹橋。獨辭午夜千門月，去迓高堂倍里遙。飛蓋梅花梁苑雪，歸帆楊柳楚妃腰。此行不爲營名利，要度衡陽雁影高。

送應公子之金陵

公子行遊寶劍輝，寧親綵袖靄庭闈。西園別飲芙蓉夜，東道誰開燕子磯。萬里江光飛海岱，六朝草色上人衣。高皇舊事憑誰問，賦得西京雁帶歸。

應索柳溪雙壽詩爲張封君

鵷雛綵翼翽青雲，簫裏偏娛老鳳羣。柳碧一溪開別業，橘黄千樹稱封君。遶庭羔雁光流霞，映酒翁姑色併曛。看取仙郎無限事，鸞封還換幾回文。

答次吳靈壁

時虜報頗急，而吳約以騎相迓，飲邸中。

爲郎靈壁苦紛紜，預擬精裁一片雲。遣騎總無虛左轂，甚恭卻似信陵君。遼陽虜檄頻飛羽，細柳鑾輿自勞軍。縱使馮唐頭白盡，大都不分日摛文。

寄散亭

幽亭初落禁城新，御墨旋飛寵近臣。金馬從來宜大隱，銀璫何遽乏高人。卽憑闌檻晞春髮，未許溪山乞此身。不信試看鷗鷺侶，翩飛長在鳳池濱。

送鳴敎 總戎、柱史皆其東道主。

高鳥時時集上柯，高人日日結鳴珂。總戎事業簪貂近，柱下風稜避馬多。憶昨爲予悲四大，祗今誰不讓雙蛾。因君一寄倉庚炙，欲啗丁儀奈晚何。

某某兩君舊主人招之，相繼北去

無奈長安道路爲，兩年兩度去相知。留連舊醴東家在，悵望佳期北斗移。邵伯倉蚊連夜鴨，河間紅樹早秋梨。當年我亦經行此，渴後如拳馬上提。古仙詩：「北斗嘲嘲曉柄移，有似佳期常不定。」

朱伯子以恩貢首選北上，送之 乃翁嘗知彭澤，仲蚕入史館。

寶胙風雲應六龍，丹霄烟霧矯雙鴻。君王虎觀纔陪輦，女弟蛾眉早入宮。梨栗可嘲彭澤子，賢良交辟大馮公。黄門愼莫催廷對，正在從容論及儂。

玉簪盆花嘲之 燕中玉簪若干盆若干錢，而越頗賤之。

去年百葉僅遮根，今歲千花爛壓門。帶珮銀鈴搖綠帔，琵琶玉肘滿烏孫。時從鬢底嬌臨鏡，曾記燕中買論盆。秋後芙蓉憔悴盡，啼烟泣露領江村。

送趙某丞瓊山，偕乃弟贛州興國典史並往之任，海公名瑞者，正其治也 趙，上虞人，孟嘗還珠，亦上虞人。

三千里外梅花嶺，十八灘邊雁序心。一葉烟中親渡海，雙鳧堂上伴彈琴。官廉合浦珠仍返，鵬在南溟縣正臨。四馬儘堪長問政，雙松應暫輟高吟。

倪君某以小象託賦而先以詩，次韻四首 第二首，倪詩以略誤推我。設色畫多用雌黄作底。倪頗清瘦。又嘗客吳，攜一吳童歸。阿童，王濬小名。歌見古樂府。九方皋爲伯樂給薪。第三首，倪詩以黄祖諷我。倪有孝友名，我故奬以黄童，黄香小名也。又以幕客諷我，故有末句。前首終童，亦終軍小名也。亦喜禪象，頂裹幅巾，似冬僧。第四首，倪多文，亦稍傲睨。象邊一童子賫茗，倪別有七言絶諷我云：「猶喜曾無江夏權。」

謂我幸無權耳，不然卽一黄祖也。悮矣，悮矣！

卽看負劍游吳客，終是抛繻入漢童。阿堵虎頭雖易擅，浮丘鶴相本難工。敢於玄白嘲楊子，尙恨丹青敗乃公。算更難描誰面目，矮人咄詫戲場中。

其二

評㦧王濬推王猛，影伴吳童唱阿童。飯顆山頭吟總瘦，雌黄舌底吮難工。誰能相馬如薪者，若箇描龍不葉公。忽憶人心如面語，須君着屐九迴中。

其三

只知江夏多黄祖，那知江夏有黄童。宿蚊未易輕紈散，老蠹猶鑽故紙工。游戲巾裾留髮佛，扣參聾啞大家公。㦧非十九人中客，付與毛錐玷畫中。

其四

注經筆遶三墳簡，炊茗烟籠五尺童。秋水瞳人雙眼白，春風剪子百花工。無權江夏今誰箇，有用雲林舊是公。欲扣比方應不對，子綦正在嗒然中。

壽吳溧水 湖州人

西來天目碧嶙峋，中有苕溪產異人。昔日臨文俱入妙，今來作吏更稱循。栽花潘岳垂青簡，飛舃王喬覲紫宸。自是生來多道氣，非關嬰姹出黄庭。

送張會稽公入覲 石洲公

霜白天寒草欲枯，旌旗高捲出名都。不將竹箭爲方物，但學循良似漢儒。宮闕近聞修五時，君王自合訪雙鳧。即如明府生民命，莫對神仙有與無。

春日蕩槳鏡水 效體

短槳長橈出鏡湄，弱羅和日本相宜。廣原積綠催芳急，幽谷新鶯吐韻遲。雜蓝攪絲飄易斷，柔波排荇蕩難移。麗候佳辰應靡待，飛觴緩遞棹停追。

緋桃篇

桃花映戶復臨池，聞道穠芳滿上枝。誤落自依裙帶繡，乍開猶學口痕脂。添妝影入玄雲鬢，折寄香隨錦字詩。借問世間誰得似，鄭家紅袖倚門時。

奉送林山陰公赴戶部

聖主凭軒策士林，使君綰綬拜山陰。事當流水纔援筆，縣傍高山好弄琴。天闕徵書隨鳥急，地曹分署映花深。東南財力公俱悉，會計應勞夜夜心。

幕府遊武夷九曲，令擬詩　時兩道者縣居削壁下迎幕府

翠蓋高牙停曲徑，仙宮廣樂導清游。風傳短吹音還遶，山夾迴溪影自流。關尹預占函谷氣，桃花故引武陵舟。歸來別有笙歌擁，看月重登庾亮樓。

王將軍再邀觀獵，予方歸越，不赴

車騎環林款客扉，東裝初罷曙鐘微。西陵自喜揚帆渡，東郭遥憐控馬歸。荒草迴堤天共遠，鳴鏕撲地鳥俱飛。懸知行樂無過此，何事朝朝與願違。

鞋盃嘉則令作

南海玻璃直幾錢，羅鞋將捧不勝憐。凌波痕淺塵猶在，踏草香殘酒併傳。神女罷行巫峽雨，西施自脫若耶蓮。應知雙鳳留裙底，恨不雙雙入錦筵。

送續溪胡氏兩公子

翩翩公子鳳毛長，幕裏辭親彩服揚。共羨連枝承雨露，那堪分手在河梁。天邊並馬看飛雁，篋底分衣認佩香。自古世臣元濟美，看君此去有輝光。

送同知王白竹公

幾年佐郡巳資深，金馬懸知有陸沈。捧檄重來渾了事，拂衣歸去本初心。綺琴暗憶瀟湘雨，粉署眞辭暮夜金。桃李戀春留不得，祗培棠樹長淸陰。

王母壽詩 王之臣乃母，臣自編世集，索詩。

鄉里爭傳太母賢，世家親是長公編。半生辛苦流奇筆，百歲榮華表暮年。白髮當尊搖鳳翟，綵衣遶座拂雲烟。此時定有添籌祝，不放金陵酒似泉。

寒食後駱君攜酌，次其所示別作韻，答之

破鐺長拾鵲巢柴，忽枉行廚向此開。笑引醇醪對公瑾，悲生寒食哭之推。竹書劫傍渾應燼，花雨天愁亦懶栽。海水海風鵬翼盡，坳堂偷此一浮杯。

駱復用韻和答，再次之

獨潦一束嶺南柴，五葉傳花自此開。顧我久無傾蓋語，多君剩有法輪推。鄰園笋色班如淚，客甕梨春醉未裁。盡道高陽擔麴蘗，誰憐有託付深杯。

賦得雲渠篇，贈親交馮君

年來懶向紅塵地，喜與馮君結社遊。數片寒雲迷野屐，幾條秋水掛高樓。分爲池沼搖明月，獲卻魚苗打白鷗。聞道十洲元不遠，要通一派接扁舟。

劉伶鍤

片鍤縣車鍛者誰，定知叔夜爲儂鎚。柳邊幾受寒泉淬，花底長陪醉客嬉。四大還家何用爾，一時奪彼亦嗔伊。古來兢詫萇弘血，化碧當年若箇知。

仲春，有客登西興鎮海樓觀潮寄詩，答此

爾眺西陵展妙裁，我依南郭嗒如灰。徐娘洵老多情去，枚叔觀濤七發來。片鍤任埋償酒業，雙魚長跽正花開。比萊莊上是其莊名門如水，碧草茸茸抱鹿孩。

吴子明際訪蛟門，訪沈嘉則諸名公

吴郎少小解聲詩，月露風雲薄不爲。孔雀東南古樂府詩題將許偶，關雎窈窕是其師。忽思海畔推諸沈，欲拗榴花寄一枝時五月三日。不若買舟親訪卻，深談正是日長時。

十四日飲張子藎太史宅，留别久繫初出，明日游天目諸山。

斗酒那能話不延，此行無事不堪憐：弓藏夜夜思彎日，劍出時時憶掘年。老淚高梧雙欲墮，孤心缺月兩難圓。明朝總使清光滿，其奈扁舟隔海天。

五十生辰，吴景長攜諸子弟餉予園中

回頭四十九年差，兀兀將身伴肺嘉。石名，太古以石爲獄。齒數真慚虛犬馬，枝幹猶記渾龍蛇。縱令百歲能餘幾，況復孤舟未有涯。多謝諸君留醉久，棘牆新月上梅花。

雪中市樓災時有新聞

千門六出枉滕翁，一燼飛翬了祝融。正訝瓊臺穿電急，瓊，赤玉，相沿誤用耳。忽驚海竈煮鹽空。餘花落座涼焦額，泮溜隨人泣斷風。插漢冰心知幾座，昨宵新爍兩高峰。

送周縣公量判南康府 職捕盜

鳴琴臥治正相安，忽作監侯水國彈。司馬江州行擊楫，少年湖上正探丸。青牛谷秘遺經在，白鹿山空講席寒。餘力不難興絕學，預爲吾道一彈冠。

雞聲

鬪雞起舞。左傳賓孟見雄自拔其尾，問之待者，雞自憐爲犧也。李白詩有「何日金雞放赦回」，蓋以雞竿啣赦書，唐制也。

夜郎詞客絕羈栖，江左徵輸餌牧羝。無事着鞭誰起舞，不煩銜詔正堪啼。雄吭莫殉青天曉，利嘴留防繡瓦齊。自古擅名危不細，每因呀喔首爲低。

其二

自許圓吭全令德，未輸丹頂擅鳴皋。香消幾喚山窗午，漏斷頻呼海日高。杜曲儘敎催鬢老，秦關曾放竊狐逃。翰音也是登天物，肯向梧桐羨鳳毛。

蛙聲

埳井之蛙，盛談其井中之樂，以矜東海之鱉，出莊子。公冶長被縲，再得鳥言而始雪。晉書佛圖澄聞塔鈴自言，國有大喪亡，而石勒果死。此詩謂鳥能言則蛙鳴必是言矣。且鈴無情，與蟲鳥異，尚能言，今蛙有言可忽之而若聾若瞶耶？但無佛圖澄之聽耳。戲詠也。

綠蒲池畔渾蠻語，明月樓中攪客眠。東海劇譚當此夜，華林一問幾經年。鳥言雪後人應老，鈴杵風吹話自懸。況是含靈苦饒舌，不應聾瞶付茫然。

其二

微蟲亦藉語言通，細雨黃梅處處同。近水人家喧鼓吹，隔窗燈火課兒童。爲儂作計無如啞，縱我能聽亦似聾。寸草尺蛇須仔細，莫教花落怨東風。

蠅聲　後秦苻堅將赦，自草詔甚秘，忽大蠅集筆端，已而化爲人，呼長安街市，洩其事。又蠅能亂黑白敗璧，然畏蝪。又能亂雞聲，見齊風。又小雅曰：「營營青蠅止于棘，讒人罔極，交亂四國。」蓋以比人之讒也。夜朝之朝音潮，正指齊侯尋。四靈謂麟、鳳、龜、龍。蘄州產綠龜，俗云能辟蠅。

報赦先來呼外市，含煤欲去敗連城。竟窺趙璧穿廷入，公向秦王遶筆鳴。午曲故繁欺蝪睡，夜朝直誤與雞興。何人已墮營營穽，枉擬蘄州買四靈。

其二

時呼綠袷過關內，更挾朱脣乞醉鄉。遶座伊嚶羣止棘，乘風宛轉共吹簧。翻嘶晏壁香徒辟，一亂辰雞夜正長。愁殺滿城簪艾客，兢將雙耳抹雄黃。

蚊聲

南薰吹漲綠胎蟲，插喙如芒響不窮。飽嘬已馮喧夏月，哀吟翻苦怨秋風。一城市客朝攤外，百甕醯雞晚甕中。施與皮囊枯亦得，只愁無計作家公。

其二

秋脣應候自應花，夏帳誰能障爾譁。萬馬迎風飛箭鏃，片潮隨雨上江沙。籠巾較可蒙頭睡，傍耳難教借鬢遮。聞道靈符能絕響，欲從勾漏覓丹砂。

送某公遷南戶部

馬上尚書白面郎，居官新喜舊周邦。齊梁花月談雙燕，淮海風烟隔一江。積水游魚中庫板，白糧紅粟里人艭。西臺御史生祠在，專待君侯與作雙。

雪中紅梅次史叔考韻

雪中最妙是紅梅，糝糝團團併作堆。幾點粉胭嬌入座，數枝濃淡巧塗腮。繁華種裏仍冰雪，蜂蝶叢中任去來。醉後移燈玉闌畔，嫦娥扶影上瑤臺。

史叔考荷汀號篇

若耶溪水積長汀，中有荷花出藻萍。葉底嬌歌蓮女亂，晚來眉黛遠山橫。紅衣倒護雙栖鳥，綠瀫時波一片冰。結社此中應絕勝，欲從何處覓蘭亭。

潘子以落花紅滿地爲題，令賦

自古有新終有故，從來無故亦無新。風雨不禁三夜擺，乾坤別換一番春。醒憐滅燭逃紅粉，醉臥沿堤爛錦裀。若使黄金能鑄蒂，至今桃李屬安仁。

張封君輓詩 杭人也，種茶竹五畝於一片雲所。一片雲，南山奇石也。

五畝茶園萬竹紛，草堂何歲去徵君。紫苔漫蝕千金劍，蒼蘚愁枯一片雲。級予郎官從日下，人稱長者隔江聞。細詢湖上藏舟處，倘並孤山處士墳。

某平湖詩應索 泗州人，號築野，姓傅，時知平湖縣。

有客擕我青絲壺，半側儒冠說宦途。泗上風雲猶聖祖，江南桑柘數平湖。歌謳一國誰能借，美刺鄰疆亦豈徒。兩點傳星明出宰，君王連夜夢雙鳧。

予奇梅嶺之松客有誇予以滇者

客行猶記五更鐘，萬樹梅關東復東。忽作波濤初雨後，蔚如烟霧遠看中。近聞萬里歸人說，更訝千盤薄漢雄。物產絶奇安有極，高昌虎珀照天紅。

紅葉

朱顔晚作鏡中姿，紅葉秋嬌野外枝。愁緒幾宵催鬢髮，林霜一夜老胭脂。寒村半映烏栖處，破屋偏堆柿爛時。篷底一梢尤妙絶，漁舟絶勝蓼花維。

酌張氏山亭，時病瘧，歸後復自酌至醉，束此

隔林擔榼近庭闈，舊業新祥兆不違。竹下彤雲芝一本，松間綵線雉雙飛。媚筵小洞迎苔出，挂嶂涼絺帶翠歸。醉後可容逃瘧鬼，夜深重調酒兵圍。

風木篇應索

鳳陽人，舊爲南戶部郎，曾定控糧叛卒，茲參閩。

建業風烟宦邸身，曾收叛卒蕩京塵。鎬豐宅水龍飛地，劍佩趨庭鳳起人。早歲弄雛歡不少，夜風搖木

涕何頻。近聞佐伯留閩海，蝌蚪菰蒲併是春。

送某君之京

春宵燈後雪初晴，抱劍封書事遠行。廿載酒尊皆北海，一朝才子獨西京。棘牆付與啼邊淚，柳岸應愁別後鶯。若顧蹇驢尋好景，有人說我舊游程。

季子賓五十 謂賀生子第二事。有一副室。

纔見青衿紺領圓，五旬頭白一何便。通家忽已經三世，問齒眞慚大九年。誰見買蘭秋不子，從來稱驥老能先。兩般賭勝看高手，急斂茅齋備客筵。

長至呼大兒飲

馮將坐息準歸陽，道吸禪呼鼻籥長。雙璧再迴圓篋赤，片葭初破卵泥黃。糟醨難自曛長日，豚犢能忘舐大楊。百命今朝生意始，一門灰槁斷人腸。

送某君暨其伯氏還松江

燕市相逢已莫春，弟兄傾蓋往來頻。海天一日歸雙雁，柳色長亭悵幾人。等是苦辛尤日莫，漸逢蓮藕始鄉津。不知黄浦秋來月，醉後同誰網細鱗。

送子肅赴三團營 時子肅病喘，人謂其行也，不宜煤坑，故賦此慰之。戚總，其舊主也。

萬里從戎赴朔屯，新秋騎服雜涼溫。南人煤火滿京國，東道高牙壁薊門。貂賤不妨吹季子，劍長久已識王孫。客中如此良堪住，枉說風沙晝夜昏。

壽王龍石二府

使君稱壽紫虹纏，輿頌臺歌美盛賢。銅章曾佩二千石，玄髮新晞六八年此公正四十八歲。高譽白雲留省署，歲星金馬舊盤旋。茲辰正值稱觴候，剩得蟠桃出帝筵。

其二

海國紛紛豔菊枝，和風偏薦小陽時。慚爲桃李蒙春色，喜借松筠什慶詞。輦下文章黄甲第，江南財賦白雲司。莫言佐郡淹明府，玉珮行看集鳳池。

代某往壽

椿葉萱條本並芳，授經和膽亦同行。如何此夜瞻南極，獨伴長春映北堂。舞綵翻嫌非具慶，霞章行看出明光。抽毫作頌期他日，百歲流霞滿玉觴。

送府學某師推處州 時方攝餘姚，而衙多妙侍，處州盛以露釀，四方多來販，名金盤露。郡衙對萬山。

扶風帳底舊吳娃，把燭今番照削瓜。秋露滿城醅酒郡，春雲數片對山衙。禹嶠舜川題正急，嶺猿灘雪去何除。莫言桃李俱回首，爛草孤心一夜芽。

樂閒園詩 神虎，卽神武也。六朝以來，以虎當武，或因國諱耶。其人司幕布政。

卜築名園別有村，祇憑魚鳥送芳尊。一冠神虎懸薇幕，五樹鳴蟬種柳門。世上督郵應不少，里中親戚豈無存。歸來一話何妨却，抛擲晨光直到昏。

馮伯子新居是三月望 居在飛來山下，鄰學宮浮屠，始居紫金街。

新居明月滿天街，夜踏春陰若箇陪。一自紫金辭舊伴，贏將蒼翠遶飛來。紅芹笑指宮牆傍，白塔閒看鸛鶴迴。未必三遷專爲此，却因得此忞新裁。

魏文靖公卮貯以梓匣，輒賦 魏公名驥，蕭山人，吏部尙書，謚文靖。余觴特海螺而已，故有紅螺白貕之句。杯得之水澄劉氏之先世，以石米買，而制如一小荷葉。梓木有紋曰鴛鴦錦。

璆臺鋈盞妙京畿，若箇豪家不打歸。舊買紅螺俱粤翠，新收白額總遼貕。不辭梓檢鴛鴦錦，那取蘭陵琥珀飛。莫問鮿生辦不得，卽令辦得惹翁嗤。

兪母節詩

無錫兪翁，與母訣，書冰心雪操四字，母遵之，敎其子成進士。時同知紹興兪大夫汝成，工詩，故永其母者，饒有雅構。

藁砧一別淚闌干，冰雪遺書墨未乾。每執寒燈看不盡，獨居羅帳歲將殘。紅妝久歇孤鸞鏡，白髮仍簪五鳳冠。地下相逢應有問，丈夫猶自立孤難。

俠者

縣門一見不通名，入肆開尊俠氣生。却說吳中姓梅者，曾過燕市弔荆卿。路逢知己身先許，事遇難平劍欲鳴。自古英雄成濟處，也應君等爲横行。

與季長沙老師及諸同輩侍宴太平葉刑部先生於禹廟

時老師値生日，葉自太平遠來，亦避賀生也。葉與老師昔同官南部。

長沙太守西曹吏，從在南都數往還。舊日爲郎俱白首，今朝稱壽對青山。萬松夾道將成石，一水當階恰抱環。陵寢年年謁春旦，偶因嘉客得重攀。

吳學師爲白賁將軍索賦勑書樓 樓在南昌，以孝行得褒書。

高樓內苑隔塵凡，細雨斜通南浦帆。祇爲承恩自霄漢，不關招隱向叢巖。瑞雲偏捧啼烏樹，繡拱端居賜璽函。聖孝由來感麟趾，風人因得撰周南。

順昌諸友約陪遊武夷，後俱不赴，道中追憶

勝遊曾許得相親，獨往仍憐舊約頻。飲馬溪邊花照水，更衣樹下雨隨人。青山盡繞官程曲，紫氣長留蛻骨神。自識仙踪杳難覓，歸來笑說武陵春。

過許君精舍 岱輿

高門偏自傍城隅，車騎迎賓席每虛。西去垂楊臨大道，東來流水遶清渠。窗疏積曙晨搖筆，花樹栖螢夜映書。更喜數爲文字飲，新秋還得慰僑居。

季子守宅觀音蓮

昔聞火裏蓮能長，今見蓮從陸地栽。廣葉祗憑圓性轉，粗花全借法身開。叢搖寶蔓風中去，氣遶栴檀雨後來。試問集觀誰具眼，解將眞見聽飛埃。

送允大周君北上　時燕別於西湖

新關彩鷁正相催，別燕偏臨湖水開。燕市酒徒還未散，漢京才子訝重來。繁花拂棹含輕霧，小伎鳴筝掩薄雷。却說追遊能幾日，連鑣重繞大堤迴。

壽胡令公　時督撫浙直江福

幸從羣彥集芳辰，申甫生周別有神。以德旣堪三壽頌，將身却奉萬年人。劍光激座催歌急，海色流杯送酒頻。更取一巵飛作雨，江南無地不陽春。

奉送布政使胡公督撫江西　號柏泉，視陝學，疏北虜策行世。

南國甘棠付召公，新銜兼掌一方戎。手握兵符分閫外，身披儒服坐軍中。樓船自映行邊水，甲馬偏嘶戰後風。寄語探丸誰氏子，請纓曾上漢廷封。

行經玉山弔孫烈婦　孫，士人家也。無子，蓄一妾，身。遇賊袁三，婦欲全妾身，佯代

之隨賊。度妾去已遠，始罵賊，賊刳其五内死。錢緒山公命作。

桃花含子怯風殘，少婦捐生爲所歡。趙氏存孤較猶易，木蘭替父不爲難。鏡中玉靨迎刀碎，頭上金鈿照膽寒。此際白虹應貫日，非關易水別燕丹。

齊雲巖　嘉靖間勑新之

漢京何用祀神君，福地仙居處處聞。懸水千絲非雨散，層山百葉是蓮勻。鋪明上與毫光合，瓦碧平將樹色分。莫道無如明主切，萬年應馭鼎湖雲。

嚴江茅大夫見贈，賦答爲別　鹿門

漢將移軍細柳營，每從高會聽鳴箏。惟應落帽當筵醉，那取從軍載筆行。彩鷁停風維曉岸，斷鴻隨雨入秋冥。江堤芳草霜中盡，明日將誰寄別情。

答嘉則

才子能文幕府收，將攜篋劍副行舟。碧幢近映江光暮，彤管遙分樹色秋。萬里烟波雙伴影，幾羣鳧雁一滄洲。回看天際冥冥處，搔首西風動客愁。

崇厓

崇厓薄瘴接遙天，兵馬宵征踏月圓。漸度重關增曙影，半留行竈滅炊烟。萬山束路通千里，二水分流各一邊。蜀道傳來還覺險，高歌一曲使人憐。

北上别丁肖甫於虎丘

少年同學共青氈，一劍孤飛何處天？别後相思應與共，向來心事尙難傳。樹連古道冬催雪，水泛寒燈夜泊船。自是陽關歌不得，祇憑尊酒醉君前。

徐州道中寄諸陶兩翰君 南明念齊

敝裘短策去翩翩，昨奉離觴似隔年。目送浮雲悲遠道，心隨飛鳥向遙天。河流繞岸紛成渡，馬驟將塵踏作烟。客裏自甘如此景，不堪持贈玉堂仙。

贈錢君 錢龍泓時客京師，以翰藝自給，有封侯出鎮者百金要之，不赴。

將擕彤管遠行游，燕市羈栖歲月流。白璧不逢知己獻，黄金曾却貴人投。歸看破匣幾緡在，出鎮閒房一榻留。好與南州徐孺子，時時同醉酒家樓。

香山寺僧方荷能詩，出其師護松號册索次

壇畔蒼松綴紫苔，遠公曾記昔年栽。不教秀色流華屋，只放疎陰覆講臺。愁爲石化將鱗去，喜作濤鳴雜梵來。却憶吳山五千樹，寸秧盡是老龍材。中峯和尚種松五千本於吳山，今皆連抱矣。

送葉子肅再赴閩幕

我昔曾操記室文，君今又作幕中賓。共憐蹤跡隨萍梗，誰道詞章動縉紳。楊柳自抽離客思，櫻桃初學美人脣。此時欲別難爲別，況復啼鶯弄曲新。

送季子微北上 乃翁彭山老師服方闋，求志闕臣。

吾師有子舊承顔，千里徵銘館閣間。去縮數金酬綵筆，歸鐫片石藏青山。野棠立馬人辭墓，津柳迎舟客渡關。滿眼臨岐雙涕淚，不因爲別故潸潸。

乙丑看迎春 時病初起

清帝鑾旂繞大堤，東郊仗引協羣黎。枝輕已作開花意，履重偏多奪綵泥。一道風光隨曉騎，兩行簫鼓雜春啼。微痾豈只都除祓，兼得陽和滿袖攜。

病起過仲虛山人遷宅

山人第宅幾經遷，景物無如此地姸。西去河流通郭外，南來山色落簷前。賓游併作桃源覓，魚鳥眞成鏡裏懸。病懶數過翻覺易，小舟隨釣繫籬邊。

送彬仲應貢北上

經閣詞林早擅名，莫將難遇嘆平生。已通薦籍非無路，不負相知在此行。萬里桃花添馬色，一行征雁渺離情。定知後夜相思處，獨坐山居對月明。

壽王光祿

芳園本自樂嘉賓，況值生朝集慶辰。皓齒定知翻壽吹家僮善音，長髯應許並仙人君美髯。飛觴候月心耽夕，抱甕澆花手占春。最喜陽和如有意，流葭初動管中塵。

圜中懷宗師馮公寄呈 少洲公時陝右使

長從日下望長安，花鳥驚春幾歲闌。分陝秦藩雙岳重，傳經吳館萬松寒。叨陪國士蒙知易，誤飯王孫覺報難。却說更張慚妙手，翻令一曲繫南冠。

嗚教五十

海東幕客總翩翩，且日筵開海嶠連。百歲易過今已半，一生難遇各成憐。飛花自滿談經宅，帶草時縈辟蠹烟。更欲與君論箇事，不應身世老蟲箋。

節慈篇爲吴通府公祖母夫人賦

夫人新寡時，通府之父方提抱，後亦爲州判官。葉子肅至自休寧，爲索之，而作。

青年妝粉久辭勻，婦節親慈世所聞。身作孤鸞惟照影，眼看雙鳳遞凌雲。嬰情繡褓山俱重，結念并刀水不分。病起已抛人世事，轉因題咏淚紛紛。

景文三十生辰次韻

于家後代應高門，青鬢流光繞幘痕。剡曲相思老朋友，習池遊戲好兒孫。芳年易去將誰怨，末路難酬是子恩。稍喜籠中鳴雁侶，聯翩作字叫天閽。

王先生示其夫人哀詞，賦此奉慰

白頭青鬢久相知，不覺音空手下絲。機斷舊成羊子學，飯餘今憶孟光眉。西天花雨重生路，南國樛陰逮下枝。却說碧霞池上鳳，幾回着意伴英雌。

讀張君叔學所作姊氏狀，卽王先生配也，用前韻寄之

屈原姊嬃，每自潭水歸慰原。叔學宅白魚潭，每舉輒落，迹稍似之。

女嬃遺事弟親知，書罷雙懸淚若絲。潭水每歸憐放逐，粥爐無復燎鬚眉。班門有女成三士，竇樹如君占一枝。好志不應無外史，豈將文字鬥雄雌。

送金先生宰武康

昨歲承顔畫地中，看君道氣暖融融。暫辭飾鷺升堂鼓，去泛仙鳧送鳥風。芳佩陸離紛水草，短蓬朱碧寫江楓。極知望氣須雷煥，不到豐城意轉慵。

送御史大夫趙君節鎮川貴

霓旌萬里擁樓船，共說牂牁漢郡年。秋浦送人歌白苧，夜郎吹笛待青蓮。兩藩重鎮盤江合，五姓番君後殿延。北極從來俯南陸，好將柔遠答皇天。

夜宿龍南山居閏梵

寒林禪室數燈懸，淸梵纔聞客未眠。去遠依然歸夜靜，來遲猶自戀香烟。性靈微觸經衣上，僧散餘鳴遶壁間。聽滿十方何所礙，修行誰證耳根圓。

送王君入監讀書　新建應襲

繡裳赤舄事征東，麟閣曾經論武功。聖主何心收印綬，遺孤今日大山中。過辭家廟貂蟬在，獨上關河雨雪融。寄語伯禽多自愛，成王原不忘周公。

殷孝子詩　盜將刃其父，奔代之，數言而解。

心上經綸元皎皎，眼前圖牒總班班。若令死父於人手，何用生身在世間。一念未萌看惻隱，片言排難見機關。因之忽憶移忠事，不信諸君不汗顏。

送李縣赴調　養虛公

好將寵辱付浮漚，公道於今何處求？誰謂一春淹別駕，又飛雙舄向神州。秋歸遠水行應杳，夜發輕舟挽不留。楚璞由來天下寶，不妨明主再三投。

送新昌某學師論告致還南康

絳帳中横半席青，鄰庠猶自識先生。傳經鄉國聞朱陸，並馬吾師是弟兄。漢室尚須垂白召，明時何事拂衣行。試教别後從西望，還有春風到小亭。

次日復酌於鄰舍，登飛來山，訪浮峯上人

瑶樹瓊臺望轉深，紅雲穿日散輕陰。天留霽雪教人賞，地放寒梅要客尋。閲歲已知頻改易，逢時何處不登臨。悟來自笑渾多事，何用題詩在碧岑？

贈李遼東

十載棠陰滿郡中，更慚桃李倍春工。江南高枕新司馬，遼左長城舊總戎。笳吹閒飛蘆渚月，樓船時泛錦帆風。太平坐致今如此，猶費深籌盡燭紅。

登滕王閣

南浦雄州開水上，高臺積翠遶天涯。匡廬地遠連秋樹，荆楚山長入晚霞。新閣不巢唐幕燕，莫林多下漢江鴉。歸船便取章門路，西去郊原日易斜。

人日立春

年年日日風清日，今日風清更可人。遙獻美湯憐送節，更聞金勝簇新春。烟添柳色看猶淺，鳥踏梅花落自頻。東閣早時聞一曲，却令和客不勝新。

每過兗，輒擬謁闕里，輒阻，追賦三首　前刻其一

明珠不解捨衣邊，日禱驪龍枉自虔。借問儒家懷闕里，何如佛子慕西天？片香幾買經過日，萬木終懸會葬年。只尺翻來一不至，是誰騎馬倩誰鞭。

其二

約如一豎牧千羊，博取三墳覽百王。誰越殷周徵夏禮，獨餘江漢寫秋陽。孫枝歲久龍鱗暗，翁仲霜濃馬鬣長。不用今朝愁不至，年年此路自堂堂。

聞有賦壞翅鶴者，予嘗傷事廢餐，羸眩致跌，有臂骨脫突肩臼，昨冬涉夏，復病脚軟，必杖而後行，茲也感仙癯之易賦，羨令威而不偕，橫榻哀吟，輒得十一首　前刻其五

鶼鶼借比未能雙，盡日鴛鴦戢在梁。丘伯易占何相薄，盧生難軟片鮹僵。年來羅網渾巫蠱，爾輩瘡痍

尙稻粱。騷簡半爲魚所盡，淚痕多是弔鸞凰。

其二

令威絮氅不勝痂，遼海羈雌別怨賒。半取冰紈欹篋扇，雙遮鐵柱插江沙。悠悠一念終銘石，掃掃孤簷且落花。安得徵君三百字，暮潮秋雨洗龍蛇。

陸子寄餅

餅餌枚枚旨且柔，老齦呼鈍也餿餿。菜園此日來羊脚，蔗尾何年到虎頭。醉倚西鄰招論祭，戲將南面問骷髏。因之忽憶而翁睡，一覺今年三十秋。

史甥以十柑餉

黃柑久矣斷衢州，甥也何來十顆投。照酒影中陪皺面，無鹽腮畔落粗瘤。小兒塞上嘗寧得，病老床頭渴正求。我欲爲儂添一傳，大蘇先許拜穰侯。穰侯見大蘇黃柑傳。

卷五　五言排律

送張子藎會試　正月十七日

春雪作花日，題紈送子都。懸燈當歇夕，卜釆詫摴蒱。杯濤宕椒碧，酒膽與人粗。身伴棘牆鼠，心搖芳草途。不得雙握手，惟聽隻呼盧。看君將筆賭，一擲萬青蚨。

贈錢生　善琴、療、書及蒔花藥。

越國有錢生，思親得令名。片蘭如惜寶，一慟欲崩城。綠綺橫長石，青囊挾內經。栽花文士集，悟草擔夫爭。儒雅衣堪把，眞誠意可傾。莫教忘兩字，忠孝舊家聲。

方氏子園並蒂王瓜四，予頃亦稍圃　年七十

老去圃能便，艱難七十年。壞轤牽遠井，破屋接鄰烟。脫帽當茶竈，持鍬掘筍鞭。忽來新莫逆，喜拜舊忘年。盛指蔬籬外，遙垂篠架邊。瓜雖非五色，蒂却是雙圓。杵向秋砧掛，旒當曉纊縣。嬌黃濃髻鈿，嫩黑橛針綿。莫問三眠柳，那論並蕚蓮，孿胎咽對紐，雌尾鼻俱穿。災正牲圭盡，時旱甚。權難雨露專。客

懽浮白賞，婦喜用紅纏。花落知誰後，藤升是孰先。牆蝸分隊篆，野鼠別曹緣。女取持雙髮，孫猶軫二絃。霜時宜畫捲，月令好書傳。楊尹歌成帙，昨楊縣長衙亦如此，刋詩成帙。柳州箋數聯。亦瓜也，見柳集。他年收外史，併此入頭編。駢拇從來賤，重瞳自昔憐。馮渠閒估較，何處定媸妍？

予寓圃亦產雙瓜，方穉，如琴軫，爲人落之

未可充三棒，詳考禰生參撾，今三棒鼓也。惟堪軫七絃。承上首句。儘持撾孟德，莫去惱師延。承上二句。合拼支苛霧，商量擺酷烟。長腰雙鴿卵，大繭八蠶纏。自此以後俱預擬其壯時，當亦如方圃，而今惜其夭也。翠葉遮難滿，黃臕映自妍。遠藤香結字，近水脆生涎。內履愁無地，懸匏苦在天。天上有瓠瓜星。同心思蘇小，雙也。匹騎走楊堅。國豈無雙士，軍元有兩甄。邵平閒恨晚，武壘摘還憐。蝦蟹睛丫海，麇麋角聚顛。行排鴻入漢，齒露象埋田。夜夏啼周日，叔夜叔夏。麒麟哭魯年。不過言傷瑞也。投梭賢母誤，此下並言誤也。避杖走兒獧。鉤吻黃精賊，蟛蜞紫甲權。出藍書未熟，出藍卽荀子勸學篇首句。本草註徒箋。慶弔俱迂爾，著龜亦莽然。下簾翁已矣，誰爲跌三錢。

芷齋號篇

白芷何年種，騷經舊許才。梢花雖未覩，本草說嘗開。難見菖蒲蕊，深含荳蔻胎。下帷香罩座，側甕水抽荄。腦麝爐宵歇，芝蘭客日來。徑荒他芍藥，杯近此莓苔。豚柵休教放，鴉鋤促更栽。瑞呈書帶草，

嗅入隴頭梅。卽未堆千古，還宜砌一臺。夜深箋易者，字字撥燈裁。

挽某君之配蔣

章臺走馬歸，欲畫已無眉。卿卿果誰復，棣棣選儂儀。解衣恨不蚤，織素敢嫌遲。舊德非蘇姒，新匳是孟姬。黑貂歸屢迓，紅羅換不施。憶昨甘羞譜食譜也，悲今苦誄詞。霜砧休夜響，雨閤罷春歸。訣增留條脫，憎人唱扊扅。鹿門未采藥，鸞刀且斷機。應有殘絲在，淚盡樂羊衣。

送通府熊公

萬里滇南去，姚州路最西。停輿逢象渡，側蓋聽猿啼。渺渺茲行遠，登登與斗齊。瘴身試鐵漢，杜字洗銅題。幾載明湖鏡，繁馹長鹿麑。常平紅米厚，兼攝赤紋提。爰有同魚者，良懷肩堯擕。翳桑分趙飯，結草夢秦騠。稍幸辭牛鬻，那堪臥馬蹄。赭衣不敢送，隔樹語黃鸝。

元夕先一日諸君俯屒小飲聯句盤中棗，既各散去，余隱括其剩雋，而東陽袖珍，不勝傲悍，此後當咋指

元夕欵靈均，清尊道氣殷。盤高惟韭薤，筯下謝膮臐。棗自青州至，梅從綠萼芬。抽編鬮競病，振詠響鏞鼖。既落枝難綴，相黏意轉勤。同筐憐昔併，異俎恨今分。瘦爲千苛日，肥堪冠密雲。雞心望貢篚，

羊矢分樵斤。老媪腮搏嫛，憨娥乳突繡。如瓜粗覺誕，似杵細能勻。海荔何勞殿，交梨尙許羣。甜先閩橄欖，黄染晉牙齦。瘤瘿縣襟小，蠐螬嚙篆紛。麻皴山頂畫，紗縐織邊紋。似繭初成馬，如茸略綻麇。樹還珍霹靂，藥亦策功勳。纂纂榮華句，來來離合文。比心投赤果，塞鼻笑紅裙。插核花生燭，槌膏氣奪芸。葡萄烏纍漆，瑪瑙紫雕賁。遙憶游燕日，逢渠始沛濆。沿堤傾大斛，攤瓦遍斜曛。物價離鄉换，人情貴耳聞。璧多俱抵鵲，怪罕共驚撌。是險休輕冒，何難且莫云。酒闌張鎬輿，韻捍亞夫軍。徹管籠開羽，穿燈架拗筠。艱難貂尾續，愁殺老彌明。

中秋發舟越溪，將游天目，同韓達夫門人吳系、馬策聯句

出郭月正上，迷波雲稍黄渭。井梧初剪葉，天桂忽飄香系。遠落諸英渺，遙峰寸碧長渭。寒枝驚鳥雀，征棹載琴箱系。樹底秋光滿，船頭夜氣涼策。曲塘翻刺芰，夾岸浸疎楊達夫。濺亂白魚躍，山移綵鶴翔系。半宵聯鏡曲，一水接錢塘策。漸漸天如洗，年年雨阻觴繼道。那能如此夕，徹曙醉清光渭。

卷六　七言排律

萬曆八年正月三日四日連大雪

三日四日吹陰葭，爲豕爲羊驟日車，夜裏蠅蛾鳴隙紙，朝來燈月亮簷牙。急開門板迷梁鳥，盡訝街心遶沛蛇。唱玉量銀過斗柄，埋花沒樹到天涯。但飄瓊葉無枝蒂，細碾鮹塵度縠紗。塞北雲黃非馬集，江南天黑是蝗遮。紛紛輕薄方穿市，皻皻粗人已笑茶。驢影灞橋能幾個，鳳吹華館有千家。敗綿不熱衣如鐵，窮巷無烟突似揩。歷歷空倉蹲餓雀，昏昏積氣破寒鴉。八條冰柱擎天上，九月春梨壓地花。搏象搏獅供一戲，易汚易皎竟雙瑕。懶飛金谷將歸蝶，略墜陽城取壞麻。遼海不消貂鼠穴，于闐進斷玉場沙。只輸野老煨爐處，火到梅尖露一叉。

蛙聲

本草：「蛇所居有鍊瓜氣。」莊子：「蚿憐蛇。」

紅芳綠漲綠連天，夾岸蘼蕪匝澗灣，別有皷吹喧渡口，不教蚯蚓疊陽關。殷郎咄咄書空易，漢吏期期奉詔難。華苑公私猜典午，華門佶屈課殷盤。連營甲卒枚前鬨，塞寺沙門呪沒餐。蟾蜍借月瘠何謂，科蚪縈波字與翻。蒲潦潯蒸號太酷，梅風飄蕩控宜寒。使車南指雕題譯，貝葉西來缺舌彈。金响俠徒丸儘落，珮垂戰士怒彌殷。諧語就笞方乞半，孤雛隔乳未啼殘。韓馮枕荷愁喧寐，戴勝降桑許聒眠。利口嗇夫儳喋喋，薄言鉦罷鼓闐闐。咽兢笳鳥不得曉，雜沸蓮露幾時圓。迢迢來度天姬帳，閤閤迴驚鈎者船。搖繫藻鏡驅成縠，韻碎菱絲詎可穿。寄語草深瓜爛處，急呼蝍蛆備蚿憐。

卷七　五言絕句

越望亭　諸友畫八景送馬先生之安福，索賦。

萬里一亭孤，高城帶海隅。不堪亭上望，帆落晚汀蒲。

禹穴

師是馬遷才，探奇禹穴來。重臨江水闊，好灌豫章材。

鏡湖

鏡湖八百里，水闊渺荷香。師去鄱陽望，烟波較此長。

耶溪

鼓棹若耶溪，一日還百里。今去看蓮花，應在濂溪水。

蘭亭

師每游蘭渚，春風服尙涼。江流亦九曲，恐未可傳觴。

雲門

雲門殘六寺，吾師傳一經。持向緇衣講，何妨絳帳橫。

越崢

師本吳中士，不嫌越嶠登。門生客吳夜，也宿虎丘燈。

陽明洞

陽明洞天小，名爲道流芳，馬融今別去，傳經冷石房。

別宋紀室斗山 名朝陽

一自燕京別，重逢是五霜。今朝又分手，千里塞烟長。

畫

閣上談玄客，天邊削翠峰。大癡皴染細，不用墨池濃。

海棠

葉葉覆胭脂，枝枝掛綵絲。問渠嬌有許，未到馬嵬時。

葵 戲少日

柘煩糝紅鹽，將心向日縣。莫教辜負爾，急畫海烏添。

驢客

畜驢無貴賤，驢多不值錢。江南坐詩客，北地背薪還。

牸領犢羣

可憐楊太尉，逢著曹驍騎，生兒二十年，不及老牛舐。

東方曼倩偷桃圖

摘桃不自食，持以獻壽筵。去海三千里，猶帶雲霞鮮。

畫竹二首

青鸞五尺尾，一半入青霄，老眼摩挲認，方知是竹梢。

其二

大醉一斗餘，條條似鯨吸。小窗風雨中，寫竹難免濕。

牡丹

不藉東風力，傳神是墨王。雪威悲劍戟，鏖戰幾千場。

牡丹畫

牡丹開欲歇，燕子在高樓。墨作花王影，胭脂付莫愁。

荷花二首

芳草齊如剪，荷葉大如盤。西施顰越娟，翠袖倚闌干。

其二

綠葉何裊裊，寒梢直不彎。若個蘆花渚，漁翁少釣竿。

浸水梅花

梅花浸水處，無影但涵痕。雖能避雪偃，恐未免魚吞。

玉簪

洛浦驚鴻別，高唐暮雨歸。玉簪如有意，燭滅掛羅衣。

其二

黄鳥小窗幽，狂揮墨欲流。麗人鴉髻上，五寸玉搔頭。

草閣深江而有行舟之老

杜老喚鷓鴣，江深草閣低。沿江尋酒伴，船過石頭西。

題畫

夜寒霜露濡，飛鳥去何處？秋日白蒼蒼，空亭數株樹。

子臣絜其室之故鏡再鑄索詞

復收舊鸞魄，來作新蟬耀。臨妝人已亡，倚面向誰照？

送黄公子迎其母夫人歸黄巖

半臂黑貂裘，迎親下娣樓。新城賊難破，母去不須憂。

賦得珠川篇贈人號

結屋臨飛瀑，清流遶積書。要觀飄灑意，不是羨明珠。

題三仙煉丹圖

自服大還丹，千秋去紫烟。徒聞不曾見，畫裹覓神仙。

爲沈嘉則題枯木畫四首

長幅小藤叉，題詩掛帳紗。萬枝無一葉，留待雪爲花。㊀

㊀「待」原作「得」，據盛明百家詩改。

其二

墨穎作叢叉，流陰映牖紗。更宜添一種，㊀數朵古藤花。

其三

小幹學魚叉，空心蟻竇紗。參天今百尺，不解作飛花。

其四

詩成手八叉，僧意欲籠紗。不敢輕枯樹，春來又放花。㊁

送章君遊江西　五岳

把酒上江閣，問君何所之？鄱陽湖口闊，烟水渺相思。

近江爲趙君賦　督府掌書者

洗墨臨池客，移家住近江。越山青隔岸，偏入學書窗。

㊀「宜」原作「直」，據盛明百家詩改。
㊁「又」原作「不」，據盛明百家詩改。

題畫

佛桑新到處，菡萏正撩人。共貯冰紋館，他鄉姊妹親。

題蘭竹

蘭與竹相並，非關調本同。氤氳香不遠，聊爲引清風。

題水仙蘭花

水仙開最晚，何事伴蘭苕？亦如摩詰叟，雪裏畫芭蕉。

題牡丹竹

牡丹須綠葉，春早葉難多。莫道扶持少，新篁捧絳羅。

牽牛花

葉似青雲剪，花如碧玉凌，鳥來栖不響，朶朶巧垂鈴。

水仙

江水拂鏡明，江波鼊鮮滑。湘君少侍兒，煩儂步羅襪。

題畫

何年顧虎頭，有此傳家手？老夫細摩挲，儼似黄子久。

送別劉凝和會試二首

御榜揭紅牆，春風馬上郎，特引雙蝴蝶，來榮插帽芳。

其二

知君貌堂堂，稱此羅衣裳，若個宫娃剪，須敎特地長。

復上虞復西溪湖　縣宰朱姓

復此西湖水，侯即西門豹。湖水何足論，漑我三鄉稻。

其二

湖上香稻熟，湖中鯉魚長，綱魚煮香稻，千載薦桐香。

六言絶句

伐木圖 時宫殿災，方採大木

一斧劈殘深霧，萬牛輓動横沙，知費幾番造化，正宜今日皇家。

漁

樹杪幾家村屋，波心無數漁船。試令一隻獨往，或到武陵洞天。

樵

斧倦坡前束擔，薪枝兼有青紅。王質是儂鄉老，爛柯只在山中。是衢州人索題，故用王質事。爛柯山正在衢。

芍藥瓊花

芍藥揚州第一，瓊花又道無雙。若使共圖此幅，鏡中西子毛嬙。

忠

君臣相得魚水，荆益稍展風雲。前後出師二表，始終鼎足三分。

孝

尺牘不過百字，美名卻映千秋。臯魚泣血灑灑，啼鳥風木颸颸。

廉

內省既不愧己，焚香何用告天。繫馬之椿謹紀，紀過之豆同筌。

節

十九年來持節，一隻雁去酸心。飯碗雪氊北塞，火坑煆煉南金。㊀

㊀此下原有六言古詩愁歌一首，已見徐文長三集卷四，兹删。

卷八　七言絶句

雪竹　竹枝詞

雪壓烟迷月又蹉，前村昏黑水增波。梅花也自難張主，數尺寒梢奈爾何。

其二

萬丈雲間老檜萋，下藏鷹犬在塘西。快心獵盡梅林雀，野竹空空雪一枝。

其三

畫成雪竹太蕭騷，掩節埋清折好梢。獨有一般差似我，積高千丈恨難消。

風竹　竹枝詞

畫裏濡毫不敢濃，窗間欲肖碧玲瓏。兩竿梢上無多葉，何事風波滿太空。

其二

枯枝固是轉相尋，數葉何勞便米侵。惡梗强鞭穿地遍，秋風偏要颯幽林。

其三

苦笋穿苔破出封，搖風弄月碧玲瓏。昨宵偶掘行鞭看，多少泥中掘殺儂。

風竹 竹枝詞

五竿細篠似荷茼，數點青苔草面封。莫怪枝枝半無葉，昨宵風雨折長松。

其二

只堪擬作釣竿横，豈有干雲拂霧情。寄語風霜休更忘，只今已自瘦伶仃。

其三

竹勁由來缺樣同，畫家雖巧也難工。細看昨夜西風裏，若個琅玕不向東。

其四

鴟鳥嘗依惡木栖，鷦鷯多宿竹間枝。馮君莫畫生風葉，卵破巢傾始得知。

雨竹 竹枝詞

小露垂梢雨壓竿，眞成滴淚不曾乾。問渠何事能哀甚，屈殺蛙泥筍一攢。

其二

枝枝葉葉自成排，嫩嫩枯枯向上栽。信手掃來非着意，是晴是雨憑人猜。

畫蘭

醉抹醒塗總是春，百花枝上綴精神。自從畫得湘蘭後，更不閑題與俗人。

畫杏花

一策萬言如有神，本朝策士數羅倫。今朝騎馬看花者，肯與羅倫作後塵。

水仙

閬闕前頭第一班，絕無烟火上朱顏。問渠何事長如此？不語行拖雙玉環。

畫竹

帶醉寫竹天正陰，扇頭雷雨黑沉沉。曉來蒼龍失伴侶，直入君家袖裏尋。

畫荷

肥甘座上不須查，濃醴筵中可少茶。鵝鴨街頭差免俗，鏡湖大葉數莖花。

尋王子三首 竹枝詞

秋風吹葉下紛紛，幾度尋君不見君。雲裏愁看雁行去，天邊惱殺鳳笙鳴。

其二

秋風吹葉下階庭，幾度尋君市上行。正似溪分兩行水，又如天斷一層雲。

其三

秋風吹葉打寒窗，對影和人只一雙。小小深杯斟玉液，遙遙長夜撥銀缸。

詠畫中紅梅

一條斜掃挂長空，不與尋常桃李同。翠幹朱花雖覺媚，竹梢松杪尚相容。

畫插瓶梅送人 瓶作冰裂紋

苦無竹葉傾三斝，聊取梅花插一梢。冰碎古瓶何太酷，頓敎人棄汝州窰。

紅菊

菊花自古只黄花，改樣連年漸漸差。不是儂家嫌冷淡，敢將紅粉向儂搽。

獨朵芙蓉

荒沼芙蓉寫一枝，即令憔悴不勝姿。文君賣酒成都日，獨立壚頭無侍兒。

蜜蜂牡丹 其二

偶然墨掃牡丹枝，誰怪濃妝倚市窺。春色元非老人事，郭華儘爾買胭脂。

淺色牡丹

墨染嬌姿淺絳勻，畫中亦足賞青春。長安醉客靴爲祟，去踏沉香亭上塵。

荷花芙蓉

荷花粉面芙蓉緋，貌兩美人誰比伊？酒肆相如倍卓氏，扁舟西子伴鴟夷。

芭蕉石榴

芭蕉比衣袖，石榴比椎。

蕉葉屠埋短後衣，墨榴鐵鏽虎斑皮。老夫貌此堪誰比，朱亥椎臨袖口時。

粉團

虢姨騎馬去朝天，淡掃蛾眉眞可憐。不識馬頭毬兩串，也如枝上粉團團。

葵榴

明月珠含錦鷓鴣，丹砂肝膽向金烏。世間草木有如此，堪付徐熙入畫圖。

荷

荷花越女兩相鄰，小墨描甎別有神。再遇猿公溪水上，不愁輸與鬬青萍。

玉簪

南州頗競玉簪粉，北里爭插紅姑娘。若敎北里傳觀此，笑殺金釵十二行。

其二

若共水仙湘水濱，蛟宮添坐一夫人。無端生長頹牆下，將就徐熙爲寫神。

牡丹竹

我學彭城寫歲寒，何緣春色忽黄檀？正如三醉岳陽客，時訪青樓白牡丹。

倣梅花道人竹畫

喚他是竹不應承，若喚爲蘆我不應。俗眼相逢莫評品，去問梅花吴道人。

水仙蘭竹

水仙叢竹挾蘭英，總是湘中三美人。莫遣嫦娥知此輩，定拋明月下江津。

畫水仙付鷲峯寺僧

水仙畫裏妙氤氳，薝蔔從茲等爛芸。安得香巖眞鼻孔，一時成霧盡從聞。

作牡丹送從子武會試

近來懶病日關門，世事如毛等一髮。此際不知何以故，也將富貴望兒孫。

菊

內園木槿今無色，彭澤花枝別有春。草木從來無定準，一時擡價要高人。

題畫萱，吳子痛父冤，因壽其母幷及之

忘憂儘好陪萱草，抱恨無過廢蓼莪。寄語賢豪莫迂闊，教人易水送荆軻。

杏花牡丹

牡丹已謝三旬餘，爲君寫取最嬌枝。惟應醉裏縣紅壁，當取金釵勸酒卮。

古木懸蘿圖盡繞紅葉，鴉數十，或棲，或初歸，文待詔畫也，得郎字

長天古木染秋霜，紅葉棲烏滿夕陽。豈少踏枝翻一葉，只無詩句惱于郎。

其二

紅藤古樹數鴉行，大陣先棲小陣翔。莫作曹瞞三匝繞，漢陽江上有周郎。

寫倒竹答某餉

胡麻緑菽兩尖堆，答使無他寫竹回。卷去忽開應怪叫，卓龍抽尾掃風雷。㊀

梨花㊁

鳥啄梨花花欲稀，去從何處趁風微。傍人不解春光晚，只道清明有雪飛。

水墨牡丹

膩粉輕黄不用勾，淡烟籠墨弄青春。從來國色無妝點，空染胭脂媚俗人。

題畫竹贈子完得嗣

仙母將雛遶繡裙，畫成盡是鳳毛羣。不知若個思凡世，夢入君家載紫雲。

㊀ 此下原有畫海棠一首，已見徐文長三集卷十一，兹删。

㊁ 盛明百家詩作畫梨花。

題畫蟹一首

稻熟江村蟹正肥，雙螯如戟挺青泥。若敎紙上翻身看，應見團團董卓臍。

題鐵榦海棠

垂絲美女弄春絨，鐵榦貞姜賦國風。兩樣心腸一般色，畫工描取莫相同。

紫薇花

紫薇易開亦易殘，紫薇熱客有時寒。何如墨史將吟伯，歲歲年年畫裏看。

水仙花

海國名花說水仙，畫中顏貌更嬋娟。若非洒竹來湘浦，定是凌波出洛川。

黃蜀葵

自嘆南冠奏曲時，不如畫裏向陽枝。赭衣一着從搖落，總有丹心托向誰？

至東天目之第四亭觀瀑布

渴後遙觀瀑布飛，游人一云越招烟火繞青蔾。赤龍一攪華池水，不覺蓮抽十丈泥。

倪某別有三絕見遺

一以渭漁陽三弄雜劇内有黄祖，乃諷我即是黄祖特無權耳。一因我紅蓮劇内油胡蘆有「花胡蘆一箇圈」之句，而寓圈韻以諷。一因四劇名四聲猿，謂爲妄喧妄叫。我亦次韻答三絕句，附書於此。

世事茫茫射覆然，都從黑地料青天。汝南月旦君如準，好握山中宰相權。

其二

宿世拖逋且一圈，今生殺虎爲牛緣。傍人不信無邊被，不在吾家被裏眠。

其三

桃李成蹊不待言，鳥言人昧枉啾喧。要知猿叫腸堪斷，除是儂身自做猿。

右軍修禊圖，二鵝浴於溪

蘭亭修禊只須臾，也抱雙鵝浴淺渠。校計吾儕淹酒肉，教鵝不啄一蝦魚。

范蠡載西施之五湖圖

五湖一舸載誰搖，盡道西施伴蠡逃。老案一翻千古後，成都太史是皋陶。楊慎傳蠡載西施事，謬記。

東山賭墅圖，有雙鬟侍側

聞道東山賭墅年，胭紅粉白兩嬋娟。主人出畫催題急，愁擦金釵打翠鈿。㊀

釣圖

罨糞松高惹白雲，一絲藿葉亂紛紛。不知更有任公子，半餌椎牛五十觔。

㊀此下原有二詩。第一首題作剪子嶺，即徐文長三集卷十一邊詞廿六首之二十二。第二首題作：「孟冬下旬，櫻桃作花，折寄守經，并小作二首希和，而海棠一枝，白醑一壺，及妙咏一絶，已先在門矣。余既和其絶，復擬此律。方入哦，見窗梅復花，王山人至，問其園，云無不花也。果爾，豈能逐品爲賦咏耶？因統以一律。而昨夕風甚惡，鄰竹紛折，劃如歲爆。庚江潭云：『樹猶如此，人何以堪！』噫，傷哉！附次來倡海棠白醑詩（三律詩收七律類）」按此詩已見徐文長三集卷十一，題作無題（半生不復作鯨吞）。兹删。

過沈明石宅

城南湖水接三山，片棹相過雪未殘。看了圖書三百卷，暮鴉數點落溪灣。

送某上虞 自典史陞廣右某州吏目

別處一江梅蕊纖，行從萬里粤山尖。已知作尉盤無肉，何必參軍頰有髯。

贈孫山人

龍津先生高角巾，多能不特是詩人。昨宵與坐溪橋上，話到風平水不鱗。

題雪壓梅竹圖

雲間老檜與天齊，滕六褰威一手提。折竹折梅因底事？不留一葉與山溪。

題陟屺遐思册 姚人某以輸糧父歿

孝子行游江水潯，千年陟屺與同情。一航正泛輸公棹，百里難酬負米心。

老子騎牛度關圖

化人西來化穆滿，渠又西行化恁人。枉殺周廷閑柱史，肯如漢女嫁烏孫。

掏耳圖

做啞裝聾苦未能，關心都犯癢和疼。仙人何用閑掏耳，事事人間不耐聽。

馬舜舉放鷴留鹿、郭淸狂飼雉引猿二圖聯卷

餵雉看猿挂白雲，放鷴留鹿立斜曛。同羣鳥獸何不可，七十二番干國君。

天河

天河下看匡瀑垂，桑蛾蠶口一絲飛。昨宵殺虱三十箇，亦報將軍破月支。上二句以大覩小，下二句以小覩大。

觀碑

曹瞞元不到東關，立馬捫碑本稗官。只好漫供圖畫手，若修正史即須删。

弈樵立觀

竭來詩思何低迷，欲向鄰家稍乞醯。世間甲子須臾事，逢着仙人莫看棋。

馬坐營索詠 胡人也

五對牙旗十馬排，軍中爭羡坐營回。儂今富貴何由得，解背胡庭入漢來。

詠降龍畫一首

首下尻高來自東，不偕箕箒獨飛雄。物情自古渾宜假，莫向人間惱葉公。

石壁覩音

結趺一似飲金山，要向金沙賣鯉還。總付裱工牢着糨，有時跳下在人間。

鈕給事中花園藏陳山人所畫水仙花，次王子韻一首，而陳文學示我五首，故我亦如數

西子當年浣苧羅羅古通蘿，山樊阿姊音子亦凌波。一叢挂向黄門壁，二美容顔若箇過？

其二

秦樓有女身姓羅，使君立馬待迴波。正似水仙初放雪，二十未足十五過。

其三

年年花藥縛紅羅，給諫池塘影赤波。爭似黄冠簪玉導，色雖不及丰神過。

其四

弓鞋窄窄寸來羅，踏水乘魚淺淺波。誰把江蛾勾入畫，夫人自嫁不吾過。

其五

海樵筆能移汨羅，分明紙上皺鱗波。況添一種梅花妹，比較離騷香更過。

大兄八十初度爲重九後二日，直是年以醫勞得冠帶，而樓居南對火珠山

壺公壺對火珠山，壽酒年年菊正團。近得鮑姑南海艾，火珠山作水晶丸。

題梨花白燕贈醫者

斑虎杏林神護春，白燕梨花畫亦神。莫嫌畫燕只供眼，有日雙雙語向人。

題畫壁觀音像

金身十丈不可問，碧山一帶相與還。夜來獅子吼一吼，試問百獸寒不寒。

張東谷索題王仲山所畫小蛙魚荷蘆葉圖

荷錢小小蘆垂垂，鳴蛙獨坐歇鼓吹。問渠何事喑如此？留待黄鶴孔稚圭。

鶴軒，劉法師號也，索詩

露浥風翻水殿淇，金鐘玉磬夜深時。誰能來往雲霄上，只許劉郎隻鶴騎。

陳玉屏餉瓦窯村銀魚 初餉時兼以蛤

銀魚百尾瓦窰肥，蛤蜊緘唇徑寸圍。若更牆頭過一斗，揚州鶴亦不須騎。

竹泉篇二首爲鐵筆王子

竹下流泉枕上聽，琅玕細遶玉琤琤。都猜爾祖仍騎鶴，夜夜來吹月下笙。

其二

籀也長愁宿墨栖，相將洗硯鑿鵝池。今添竹塢新生水，儘蕩松烟舊死螭。

壽星畫

烏巾高插拂雲輕，僅壓長頭碧眼睛。昨夜老人星不見，偶然落在世間行。一作烏紗淡淡角巾稜，尺首長髯半截身。

題余醫師南橋卷

董奉門前朝暮霞，無時不是杏開花。橋南人渡迷橋北，問道花開第幾家。

凱歌一首贈參將戚公 南塘

破賊書來鳥共飛，江東謝傅喜生眉。即招記室橫彤管，共泛樓船倒玉巵。

雪中登齊雲巖遙憶王仲房

雪下齊雲風轉斜，山形俱作白蓮花。安道新來自剡水，千峰那認子猷家。

雨雪十首 和韻奉酬季長史公

夜來飛雪正茫茫，早起窺簾一徑藏。窮巷從來人跡少，却疑高士臥成僵。

其二

高城流水去茫茫，邏卒登陴帶雪藏。夜半忽聞同伴語，何如春繭野蠶僵。時倭夷内寇，城堞戒嚴。

其三

凭高四顧入茫茫，日慘雲昏百物藏。何處取將春意看？小園數寸筍芽僵。

其四

雷呑蟲蟄兩微茫，殺氣司冬合閉藏。六花莫道寒難犯，百足由來死不僵。是年權貴被論，不報。

其五

迴風攪霰墜茫茫，花片偏宜樹底藏。剡水空長人不在，瑶琴未弄指先僵。

其六

東郭先生事渺茫，人傳敝履雪中藏。自嫌絜襪深何限，未踏瓊鋪盡日僵。

其七

趁雪探梅入杳茫，深山端合有龍藏。莫教一夜深千尺，却與蛇蟲共穴僵。是年楊繼盛死。

其八

南北相望兩混茫，北胡猶耐雪中藏。定知昨夜窺宣府，鹿革靴連馬鐙僵。

索馬鄉丈紫竹羅漢，卽席書扇遺之 有序

乙丑春正月廿有四日，與某等攜觴俎，探禹穴，就十峯山人馬丈飲於小園。林卉雲繁，索得海棠秧二本，穿籬過別畦，又掘竹母數根而去。時薄靄濛生，山翠欲滴，衆客怖雨，輒爾拂衣。

春來攜酒醉春蘿，乞得春花一兩窠。不若取將松竹去，成陰留待主人過。

送馬先生赴安福諭

曾從講席抱琴彈，自繫南冠隔往還。見說近承安福檄，將乘風雪過常山。

爲鄭先生題畫四首，值大醉

撒網打魚驚雁飛，釣竿閒挂冷魚磯。醉餘正好割鮮膾，怪殺松鱸畫裏肥。右網魚圖，羣雁迅飛，初首漁圖五言。

其二

畫裏樵夫若箇圖，腰横片斧月痕初。不堪斫取眞梁棟，只好供薪爇茗爐。右樵。

其三

春雨瀟瀟醉酒尊，何人命詠牧圖渾。溪寒月落牛自渡，老牧醉眠何處村。右羣牛渡水，無牧人。

其四

扁舟自分老江湖，秋水長天沒野鳧。長笛一聲裂江壁，欲墮不墮覺畫圖。右吹笛者放舟江壁。

予爲鄭尊師題畫景四，値醉中，殊草草。醒而復賦此，亦醉中語也。天池渭書於洞庭君山之壁。

送丁肖甫二首 張都幕君請教其子

鄱陽湖水接天長，君去當秋菡萏芳。若使夜來占劍氣，不知何處有干將。

其二

非關策士藏青幕，自是經生在絳帷。彭蠡湖中好傳雁，滕王閣上合題詩。

上谷邊詞

牧場去此苦無多，只隔龍門五尺河。野有一川來貢馬，鐵無半寸反操戈。㊀

中秋後四日遊覽摩訶法藏諸刹，遇雨，書某上人房

晴天不及往禪齋，細雨輕塵拂馬來。笑祖袈沙徐下座，莫須踏濕寶公鞋。

玉簪芙蓉

玉簪白白芙蓉緋，若箇梳妝不學伊。青藤道人不解事，一齊塗抹付烟煤。

其二

白玉垂簪壓地抽，芙蓉占水映塘流。若爲摘向街頭賣，也免梅花換米羞。

石榴梅花

姊妹低頭內款時，石家妃子罵封姨。卽今未了炎涼債，許傍梅花寫一枝。

㊀此下原有白馬水還道中竹枝詞一首，已見徐文長三集卷十一邊詞廿六首之三，茲刪。

其二

雊雉青銅慣擣梅，明珠枉自綻紅瀿。束情醋醋酸如此，只有秦家候吏知。

其三

一塗一抹醉中嬉，一炎一冷偶花枝。翟公門巷張羅日，可似今朝畫裏時。

題富春趙鹿樵所藏香山九老圖

飛瀑長松畫有神，香山高會儼傳眞。於今江上稱樵者，他日圖中添一人。

題鯉

鯉魚墨中神采多，赤尾銀鱗古婦梭。二月桃花春水漲，一鬐萬斛上天河。

陶學士烹茶圖

醒吟醉草不曾閒，人人喚我作張顛。安能買景如圖畫，碧樹紅花煮月團。

風鳶圖四首

天台饒舌罵豐干，何事吟鳶巧弄摶。昨夜風餘收墮篋，喚回拾得換寒山。

其二

鳶長線短欲何之？萬丈無由辦得斯。瞥見游絲天正午，寸搓紙撚釘書時。

其三

此物等爲芻狗草，此飛等是土龍泥。東風自古西吹去，不是吹儂合向西。

其四

馮添鴿籥與膏焚，整隊紅雲過玉真。何處𡢃姬不停織，細聽燈火理箏銀。

三濤美人壽爲寫墨荷，應荷汀之索

美人爲壽小樓中，鏡裏荷花朵朵紅。蒼鬢不能同白面，玉杯推出紫芙蓉。

題自畫菜四種

蔔菜葱茄滿紙生，墨花奪巧自天成。若教移向廚房裏，大婦爲虀小婦羹。

題錢舜舉畫碧桃

片素生烟古色濃，碧桃花樹劈春風。吹簫仙子今何在，正好騎鸞向此中。

九日題自畫竹

適逢重九又逢公，却苦提壺掛碧空。欲寫黄花無意興，亂題湖石數竿風。

題宋人畫睡犬

神妙難尋落筆踪，渾然生質與天同。不知酣睡何時覺，料爾都無警盜功。

爲陳司理題畫

葫蘆聊當海槎欹，海潮如雪擁槎飛。蕭郎去訪支磯事，弄玉樓中怨未歸。

中秋風雨小酌寫玉簪復繼芭蕉

玉簪醉寫酒餘春，移與芭蕉絶不眞。愁絶今宵風雨惡，趁渠留葉與傳神。

王海牧盆栽海棠，余亦偕陳守經輩過賞。潘承天宅所植者，高踰二尋，莖可盈掬，生平目不再覩，雪中盛開幾千餘朵，花時往觀，常不忍捨。歸而抹一箋貽承天，公伯子擬作賦以紀其盛

王家水閣海棠開，四蕊三花漾酒杯。正苦瓦盆沽欲竭，不期公子着貂來。

王右參取今日漢宮人二句爲韻，作昭君怨十首，次之

漢高圍苦白登深，誰獻和親快帝心。不是野雞終夜哭，魯元先爾嫁如今。

其二

犀刀割水那能一？伯勞燕子難僻匹。東來一雁破胡雲，舉頭微見長安日。

其三

或授別傳留公案，嬙自請行或爲漢。總歸壞秤無準程，須馬急時將妾換。

其四

已分無緣記守宮，寧期有詔赴和戎。單嬴夜夜無關鎖，相伴單于獵火東。胡以東方爲尊，日出故。

其五

千花百蕊一園春，花落金閨亦落塵。嫁爾呼韓漢天子，贖歸蔡琰漢何人？

其六

鵰邊箭孔入風鳴，馬上琵琶隴水聲。幾夢爺娘歸不見，來時道路不分明。

其七

馬促車催去一朝，無恩有怨且須消。丁香不是中行舌，肯把中原事事敎。

其八

李陵僑贅是胡夫，蘇武妻兒亦是胡。四輩離愁猶未了，又添漢妾哭穹廬。

其九

燕支山屬南朝地，胡婦雙腮斷紅媚。博得明妃一笑來，家家白粉搽高鼻。

其十

胡天白草明如雪，爲儂特改青青葉。草意何殊虞美人，儂愁卻甚重瞳妾。

竹

一斗醉來將落日，胸中奇突有千尺。急索吳箋何太忙，兔起鶻落遲不得。

送內弟侯選作芙蓉玉簪於卷，因詠一絕，稍括序之

婦弟潘君子起，少習經，且生矣。不偶，遂以讀法役，夠資將北上，候次，以除過予告去，而以贈言及贉首大書屬，乃圖則屬諸工。予曰：「茨舍階沒棘，而今年芙蓉忽自放。玉簪者，舊舍主所遺者也，亦爛然華。此二者草木之不競於春者也，而子者無心於樹者也，然則物固有無心而得，不競於春，而卒不能奪於秋者耶？子之於茲行也，亦猶是也。」遂摘兩枝簪舅帽而因入於圖。浮十卮，泣以爲別。醉而笑，醒而復泣也，以爲不北可也。歌曰：

紅粉閨中爾最親，黄金臺上去何輕。籬畔摘將秋色贈，一雙啼露泣烟人。

入關見楊柳

關門楊柳綠秧秧，關外楊枝白似霜。若道春光無別意，緣何一樹兩般妝？

梧陰洗硯圖 某翰撰索題時值

夏景冬題欲雪辰，翻思炎暑渴生塵。梧桐世上知多少，解得乘涼只此人。

女仙一軀乘雲而踏水月

霧鬟雲鬢天上人，水光雲影月中新。一時來往三千里，多滯江妃海廟神。

青田釣舫詩 沈謝俱能繪事，而沈以侯門銜便死。樵仙、青田，兩人號也。

一官便了沈樵仙，獨留釣者謝青田。與誰閒話世間事，沽酒自歌魚當錢。

僧名仁庵，軀甚充，而庭多熟果，索詩應此

菩薩曾聞肉一團，仁安春亦一腔完。庭前百果黃無數，分與飛來鳥雀餐。

校沈青霞先生集，醉中作此

曩昔曾蒙國士待，今朝幸校先生文。縱令潦到扶紅袖，不覺悲歌崩白雲。

代胡通政送優人

李廣歸自南山塢，身着短衣射猛虎。從來壯士鬱無聊，一寄雄心于歌舞。

山陰景孟劉侯乘輿過訪，閉門不見，乃題詩素紈致謝

傳呼擁道使君來，寂寂柴門久不開。不是疎狂甘慢客，恐因車馬亂蒼苔。侯觀詩悦甚，卽便服徒步往。

卷九　賦

瑞麥賦　并序

嵊縣吳公，治有恩惠，時麥秀有多至三岐者。學之師弟子圖傳其事。尹君、周君，不遠數百里，令渭賦之，於是渭賦。渭本直戇少文，不知忌諱，體二君之以德，諒吳公之我知，受我則陳，不受則已。其辭曰：

爰有吳公，知嵊未春，治政無雙，高出等夷。召至和氣，郊麥離離，兩岐昔秀，今獨三岐，以比張堪，不猶過之。一本而生，三參以披，辟如人目，而雙瞳子，辟如海洲，而三島峙。雙既兼精，三復加侈，苟非厚鍾，焉得呈異。厚豈無因，中和所致，致之者誰，敢歸執事。爾其上下之原，東西之野，莫雲其平，朝霧斯洒。金既徂而火治，翼將臨而胃下，騈銳末以若刺，拆圓孚其欲捨。則有類本異殊，事非借假，三隅厹矛，無以喻其鍼芒，雙猝步搖，不足數其靚雅。當迎風而靡散，若濡露而品呈，飄然紛比翼之鳥，曜兮映大火之星，實兼垂而彌俯，稭台捧其愈兢。纍如貫珠，挾組而佩，錯焉割據，鼎足其勁。或三而二，聚女羈男角之狀，或二而三，成男朋女粲之形，分二三而兩在，合二三而五成。總千莖其可合，亦萬穗其可分，合之則人身之藏，并居於一膜，分之則人性之德，獨應於一倫。且其濟濟蹌蹌，栗栗穰穰，味以薦寢，穎能脫囊，屏百穀以先登，受四氣而愈揚。匪后稷之專能，受上帝之於皇，民之大寶，天之降康，得之者昌，失之者亡。周官雁其宜食，天子齔以先嘗，是以大水書無，宣尼示戒，關中早種，仲舒告王。縱使結實如故，刈穫卽常，斯亦室家之胥慶，何況於沓葆而連萌。翠華綢繆，緣蔭翺翔，標鬭鷙牛之尾，粒排紹脊之章，把不盈而蝟縮，握愈斂而偲張，偕綠龜而共產，比甘露而併瀼，飯入口而兼味，麴始壓而烈芳。木稱連理，胡適於用，苞有三蘖，徒結其英，誠未若此物，固翁嫗之所創見，而耳目之所未嘗。昔子輿氏有言曰，至於日至之時皆熟矣，或有不同者，則人事之不齊。而雨露之長養，豈覩夫今日之異種也？出乎其類，拔乎其萃，若麒麟之於走獸，而飛鳥之於鳳凰，則又安異乎學官弟子，驚告乎縣長，而奔走於詞場者哉？然渭又聞學士弟子之呈茲瑞於公也，刈以腰鐮，盛以盂盤，謂公德政之所致焉。公直答曰：「是偶然爾。」寥兮廓兮，直長者言，長者之言，夫豈無故？胡有茲詳，而不以疏。慨茲歲之元辰，揜陽魄其如暮，是年正旦日食。謂雲密而不彰，亦旣昏而改度，適遐方之封事，云朗焉其躬睹。斯陰陽之兢淩，實中和之螟蠹，聖主憂之而屢見於言，公卿思之而不得其故。夫長河行潦，一泓告清，元氣客邪，支體稱勝，失源委之權衡，迷標本之龜鏡。且宋之友諒嘗進是瑞於太祖矣，太祖怒之曰：「宋州大水，何用此爲！」豈以當今聖明，而顧俛焉是聽哉！憶高皇之三載，麥稱瑞於寶雞，進嘉莖之五穗，命學士而制詞。時則南取襄荆，東下江浙，閩海全齊，啄息來庭，秦、晉、周、梁角崩扣闕，戎狄疲於轉徙，蠻夷消其猾傑。豈若今日，戎馬蹂躪而甫旋，艨衝瞬息而靡定，東南當春夏之殺傷，西北苦秋冬之奔命。萬室不保，一麥何支？四方如此，一縣何爲？固知吳公之退讓，或有在於斯歟？

醉月尋花賦 并序

同學陸君，自仲敬滕叟家見某所作四花賦，私悅之，遂以其所號樣峯屬焉。某曰：「賦號，非古也。」陸君曰：「某居常好於月夜泛舟以爲樂，子其爲我賦月舟。」無何，陸君夢人與語曰：「徐子世之佚才，宜必得其篇章。君可授以醉月尋花題，令賦之。」而陸君雅致，固不負夢中之言者，某聞而不辭也。賦曰：

蕪穢之作，何關神明，好尙之精，遂通夢寐，既援毫而不下，恐有孤於靈惠。花惟春麗，月以秋澄，嗟一時之各擅，信二美之難并。當夫月皎秋宵，花則從風飂於既久，迨於花乘春令，月或濛霧雨於初零，遂使尋花者指月以咏嘆，醉月者無花之可尋，斯人生之行樂，求絕盛其何心。惟達士之寥廓，與造化而沉浮，寓何入而不得？景何逢而不投？尋花則春，醉月於秋，苟春月之可誤，諒與花其均賞，使秋花之堪掇，遂並月而兼酬。爾其結好聯知，牽裾握手，鼓琴擊筑，飛觴藉草，薄霧收鬱於庭除，弱烟罷冪於空表。拂衣而前，上壽爲樂，鑑盈虧之倏忽，與生滅之札天，憫烈士之云暮，沉壯心而弗早。匪干時以小售，欲致主於大道，横佩劍於一盼，缺唾壺於數擣。或望月以抒懷，恍視花而寄嘯，顧清影之在地，爲起舞於一掉。人謂其醉月而尋花，仰孰知有託而無告，斯則主人之激昂，而亦吾儕所悲悼。當其感息懷平，情陶性逸，審幻眞於眇微，覺天地之瞬息，一盈虧，則月於焉而低回，黜生滅，使花亦爲之解釋，當斯之時，可飲一石。欣皓魄之流彩，暢嬌姸之弄澤，依枝繞樹，何心孟德之詩，聚霰紛霞，如步洛陽之陌，買主人於不問，邀羿妻而隨得。一咏一觴，以語以默，一杖一履，以山以澤，與造物而同春，會千古於今夕。若乃因景抽志，觸物增悲，懷月夕以永念，對花辰而致思，假辭爲樂，强尋以疲，撫清光而俯仰，盼飛英以蜘蹰。奉杯三五之夜，走馬紅紫之隄，斯乃兒女子之嬰情，豈大丈夫之所期？諒斯言之匪衷，於夢寐而質之。

女芙館賦

顔屢空，憲穿襟，甕雞小橑，抱膝蟲吟。鄰沼芙蓉，於莫之春，斬其杙橛，五寸不盈，我居下濕，宜此托根。二月理槎，八弦而蔓，晨縞夕朱，朝純午駁，是名弄色，亦呼木荷。宜照南浦，對采西霞，亮未笄而飾髻，宛十五之吴娃。垂嬌短草，坐韃低倩，侏儒綠舞，巾紅卓寸，詎婆娑而不凌，忽抽笴之賦奔。梗商颸於霄表，俯秋水而影浣，胡滎捷之若斯，顧不貴而共賤，惜妙色之陪涼，吾取以名吾館。

壽吴家程媪

繄坤輿之醴淑兮，必躬栽而始培，撥要妙於至無兮，乃漸有於胚胎。覽母氏之貞精兮，固吴旻之所眷，爰篤生而懋稟兮，羌季女之婉孌。承端明之名碩兮，母實蔻其苗裔，從浴水以濬流兮，持渭洽之陽涘。荃垂笄以紛珮兮，妥施衿之淳淳，胡瑟琴之既翕兮，倏箕帚之弗陳。藐遺孤之呱呱兮，愴丸苞之初鷇，孑寡鵠之將雛兮，羽參差其獨覆。紛帨礪以陟降兮，夙望帷而興雞，退解箴以無寐兮，夕伊軋乎房之杼機。饘酡菫萱，奉膏滑乎杖者之朝饔而夕餔，果餘羹餕，忍以充乎塾者之晝誦而暮歸。菊匪度而莫斷，機有斷而訓垂。蓋下以成藐孤之令聞，而上以豫二老之耆頤。含荼有日，嚙蘖有年，桑土綢戶，凌陰鑿堅。貫青匣鑷，紅爛瘦粟，梓漆連雲，茜薑彌谷，始稱替而中興，蚤幾剝而晚復，劬一媛之良，實營之而有餘，跻百賈之脛，彌持之而不足。此內則之篇，共稱其賢，而懷清之臺，所由以築也。歲丁亥之嘉禩，感母辰之衣褐，剡月吉以時良，日方升而川至，毋乃盛雜珮，內綦屨，夙興於房，再拜尊章。霞效明於夕榆，旭登紫於朝桑，蘭茝條而蒸郁，蓀遶膝以流芳。羔雁充盈，光瑩西池之雪，壺尊交錯，人酣北斗之漿。於是洽婚姻，酬娣姒，篤柏蘿，垂璫珥，歌采蘋，賡沼沚，燭屢更，客亦起。既醉而稱曰：「孝兮節兮，婦與母之宜兮，永貞以答其夫兮，嗇且勤以大其閭兮，後螽斯兮。齡耄期兮，匪愆其期兮。」

龍溪賦

天有龍雲，地有龍支，山有龍岡，水有龍溪。爾其發源高岫，衍流迴隄，或九曲而百折，或一瀉而千里。涵萬族之瑰琦，匯五湖而未已，蕩縈鏡而莫凝，迅强弩之激矢。烟其籠渚，風以驅波，漪魚鱗以渙瀫，射蛟鼉之參差。渦螺旋之盤結，紛珠濺以璀瑳，唼鷗鷺於綠藻，障鳧雁以青荷，斯則幽人之所容與，而亦達者之所婆娑。乃有聖作物覩，雲龍相從，君喜臣起，魚水相得，雖在中而常侍，實處淄而不黑。栖志詩書，研精典籍，知樂水之稱智，乃臨流而托迹，悟江海之處下，合彌謙而受益。斯則琳璫不足以易其守，而恬澹乃足以適其情，故爲士林之所貴，而君子之所稱。茲托號者之眞，而庶幾於賦號者之亦非無所因也。

卷十　樂府

氛何來

氛何來？蔽日明，堯舜禹湯周二王，我高皇得知不，列聖最英者世宗。氛何來？由水木，連公工。堯老倦勤厭甲兵，竊權而敗時當嚴，氛伺得之攬天綱。大者鵬鯤小寸魴，一飯未報，睚眦則爽，行私借公，孰云不臧？閔予不幸，賓於幕幢。誰其翼者？放勳所居，金之方。律兮索兮，誰不知名？又誰翼之？河九折而翁子善談，而居洛陽，輪不規兮，能激槳翼。又孰數更僕一斛粟，嗟矣哉！大河渾魚，村唱伯喈。

句踐膽

古樂府：「王孫死，燕啄矢。」莊子：養馬者以筐盛矢。

頸則長，喙則鳥，膽罷縣，吳爲沼。吳膽先，王膽後，人知之，謂王踵其報叶，嗟嗟王將奈何。膽與矢，嘗孰難，王兼嘗，吳以殲。王若辛，孰肥甘，肥哉甘哉突無烟，嗟嗟王將奈何。王遺黎，悲且歌。

市中虎

隆慶皇，賀太平，年辛未，二月望，猛虎入城從何方？粗蹄大爪泥上沒，行人誰信虎脚跡。藏何所？

日何食？禍不測，幸得郭爺燕客王家山，銅鼓震地火照天，老畜避火下山去。明眞觀，齩道士，千秋巷，拗狄吉，橫布裙，嚇出矢。挑過高牆攬街市，撲行人，墮溷廁。千秋巷裏少年三十輩，白棒鐵叉攢虎背，攢得虎皮碎復碎，與誰睡。少年扛虎送官府，四下官府賞米七八斗，就教少年剝松下，虎死魂魄上山去。頭和皮，送官府，宰肉歸家，飼妻與母。古人言，市有虎，信之者，足愚魯。今若此，云如何？金波羅，城中做窠，凡百事，儘有似他，難信一邊說話。

卷十一　表

代進白龜靈芝表

某年月日具官某，爲恭進上瑞慶萬壽事。臣頃者遍求靈芝，獻充御用，乃有浙民邵祥入山，覓得靈芝凡一十本，高大殊常。方掘地起芝，見一白龜蹲蟄根下，並已取送到臣。該臣博考圖籍，竊見龜策篇所載名龜有八，玉龜其一也，備述昌符，頗極根據。臣誠懽誠忭稽首頓首，敬用奏進者。竊惟玉龜應圖，寶冊書瑞，必也時逢聖世，然後特產嘉休，用召至和平，應時昭顯，導引呼吸，與天久長。至於穴處山中，乃復潛蟄芝下，則史冊所未載，古今所未聞，奇而又奇瑞而又瑞者也。恭惟皇上，道光帝堯，功邁神禹，皇天示象，永符萬世之斯文，洛水同符，載錫九疇之祕典。是以介蟲將見，芝草開先，蟠以托身，待惟延頸，蹣然素雪，應堪蓮葉之巢，覆以青雲，正合蓍莖之守。臣灼知此物，必非虛生，屬天意之攸存，斯地寶之不愛，是用恭函藻室，副以仙葩，登薦素資，仰贊玄德。四靈畢致，敢嫌進獻之再三，萬壽無疆，預卜遐齡於億兆。臣無任云云。

代謝欽賞表

仰惟皇上，精意端凝，玄德昭格，兩儀既位，四海永清，乃有禎祥，適應圖籙。素質踵瑞鹿而繼至，靈氣合仙芝以默通，斯皆天眷之有加，以致地寶之迭見。獲當臣部，事值偶然，妙本神輸，人則何與。乃勞珍賜，遠及微臣，盈篋精鏐，禹貢寶荆揚之品，交飛仙鶴，天孫燦雲錦之章。捧以生榮，受而知懼。蓋仰荷天恩之優渥，既莫量夫津涯，益俯思職業之艱難，其將何以報稱。臣敢不散之饗士，㈠頒軍税於雲中，服以行邊，追擬賜裘於雪後。聳觀四裔，獎帥三軍，益竭犬馬之勞，少效涓埃之報。伏願召和履泰，永膺隆帝之休，綏夏攘夷，坐獲消兵之福。臣不勝云云。

代閩功欽賞謝表

諸道奏功，悉承玄略，偏師協濟，概沐榮旌。恭惟金幣之輝煌，實聳華夷之觀望。一年幾及，萬感難酬。臣敢不即物取箴，顧名思義，更於校閱，擬同鍛鍊之精，每遇機宜，益效經綸之密。

代謝欽賞表

諸方奏捷，恭仗天威，小醜盡殲，悉遵廟算。臣無功受賞，揣分奚堪？感荷洪恩，忠悃與縷絲而俱積，勉圖後報，素心誓精白以無虧。

淮陽功賜銀幣謝表

頃者淮陽之捷，本皆出於聖謨，金幣之旌，遂概加於臣等。俯思共濟，錄及同舟，仰答洪恩，誓將死鼓。

㈠「散」原作「敢」，兹改。

伏願神休滋至，聖祚彌隆，陵寢晏安，默祐神孫之有道，江淮底定，永循滄海以朝宗。

啓

代賀嚴閣老生日啓

伏審嘉誕，正值元辰。既躋八秩之遐齡，新添一歲，預卜他年之綿算，實始今春。施澤久而國脈延，積德深而天心悅。三朝耆舊，一代偉人，屹矣山凝，矐然鶴立。且昔搜玄典，神形返上古之元眞，近侍軒皇，眉宇溢清修之道氣。一時介壽，四座騰歡，衣履仙翔，几筵星列。而況杯浮椒柏，餘芳藹黃閣之中，海出雲霞，淑氣轉青蘋之末。以茲景物，倍切瞻依，職守所拘，驅趨遂阻。徒勤北望，莫馳東海之觴，擬預西池，載咏南山之雅。

代賀李閣老生日啓

黑頭入相，施澤自多，黃髮作朋，受福無量。恭惟某官二儀淑氣，一代偉人。自然耆舊之英，何俟年資之積。進居保傅，簡在聖明。數載於茲，四海稱快。時惟季夏，恭值生辰，羣公款門，上客盈座。而況某於門下，舊有幷州之雅，不宜自後於衆人，辱居開府之專，安得進前而上壽。頃者橫戈虎穴，飲馬蛟川，挹瀛海以稱觴，喜蓬壺之在望。更欣令節，適當朱火之方炎，仰矚上台，應傍紫宸而長燦。其爲祝願，實倍等倫。

代賀徐閣老考滿啓

一品崇階，副四海具瞻之望，九年懋績，膺三考陟明之期。遇知于主獨深，施澤于民自久。薦承帝賚，可卜天心。褒美而賜璽書，燕饗以示慈惠。傳聞海徼，遂聳聽於華夷，走集軒車，定隘觀於衢路。某身拘職守，心切摳趨，遙望台辰，端與斗仰。兼此五福而備斂，賀以百拜而再興。伏冀業大位高，年隨任永。居帷幄而決勝，賜几杖以乞言。寧獨令公，歷中書二十四考，允然元老，翊社稷百千萬年。

代賀冢宰吳公加太子太保啓

職總六官，位尊八座。當庭考課，先教化而後簿書，抗疏持衡，進賢才而退不肖。士風聿振，化理攸資。頃者寵數榮膺，崇階新陟，眷此青宮之地，繫重本根，諒哉黃髮之臣，德堪師保。紆朱拖玉，行看報主之身，結綬彈冠，彌切相知之慶。

代賀大司馬李公啓

一歲三遷，千古幾見。緬惟本兵重寄，允宜元老壯猷，況當共楫之秋，彌切彈冠之勞。

代賀大司寇江公啓

德惟邁種，職稱明刑。受知九重，交慶萬口。丹書獨掌，共成寡過之風，青史垂芳，應著不冤之頌。

代加蔭謝閣老啓

錫典駢蕃，實深慚悚，封章辭孫，仰望贊成。豈期推轂之益加，以致循牆而弗獲。蔭陞兼得，父子叨榮，回思釁笑之猶難，愈感吹噓之不淺。

代謝部院啓

衆口交攻，一身餘幾，孤蹤遠寄，萬里何遙。使非雅論之素持，爰啓聖衷之曲諒，則市虎之傳將信，淵龍之探爲難。幸爲先容，跡殊按劍，且觀後效，慶切彈冠。銘心感激之餘，俯首古今之際，必將相和而事功因之可立，如中外合而威望藉以益隆。自惟仰望清塵，敢附交歡之後，幸而俯加英盼，益彰假重之榮。用以獎帥諸軍，圖惟再舉，誓收全績，仰答盛心。懷戀深情，臨楮悵惘。

上郁心齋

伏惟明公忠節之後，勁氣全鍾，宦仕以來，直道愈朗。某窮居索莫，不敢竊附於後塵，同巷交歡，庶幾妄希於末契。頃罹內變，紛受浮言，出於忍則入於狂，出於疑則入於矯。但如以爲狂，何不槪施於行道之人，如以爲忍，何不漫加於先棄之婦？如以爲多疑而妄動，則殺人伏法，豈是輕犯之科，如以爲過矯而好奇，則蹀血同衾，又豈流芳之事？凡此大凡，雖至愚亦知所避，求諸衆惡，惟明公或在所原。頃者如聞月旦，亦步雷同。夫明哲之言，既共視以爲低昂，里閈之論，又人取以爲依據。今明公於某，實握此二端以相臨，如見棄於公，雖家置一喙而何益。私求其故，蓋亦有由。或因緣鄰並，茉莒之好素敦，故分別姥公，關雎之詠攸屬，因而見惑，殆以是乎？抑不知河間奇節，卒成掩鼻之羞，賈宅重嚴，乃有竊香之狡。使當年卽死，又何異夫莽謙，惟九載勿成，乃始明夫鯀罪。事難概料，大約如斯。伏望明公曲諒隱衷，力扶公道，勿泥前說，賜挽後評。倘能出萬死於一生，卽是垂三綱於九鼎。不勝懇竦，實倍叫號。

謝太傅夫人劉，頗禁其嬖。太傅戚稱后妃關雎螽斯不妬之德於其前，夫人曰：「二詩是何人所作？」戚等對曰：「周公。」夫人曰：「可知，若是周姥，必不如此作。」婦護婦，世之常情也，偶用古人，比倫多失，不暇詳擇，乞原恕。尚有辨款頗繁，容續呈。

禮書

恭惟親家先生，高擅文章，不獨負青雲之器，夙敦道義，尤雅許素心之人。某違越故園，棲遲茂苑，受一廛而環堵，合四海以爲家。冢嗣既暌，女郎亦嫁，獨將妾絡秀，爰及阿奴。眞對影而成三，冀及髫而求匹。用存一線，永此百年。方慚薄祚之難攀，何意俯從之遽及。謹陳不腆，肅締初盟。豈敢云羔雁之儀，眞已成妻孥之托。自今已往，倘子望五岳而可以長游，倘附高名，朱陳合一圖而庶幾再繪。

送潘禮部歸新昌詩啓

伏以向在南都，幸廁執鞭之列，近來北地，彌興扣閣之懷。雖吐握之方殷，顧趦趄而未敢。茲者，辭榮之會，仰德尤深。悵攀鳳之終乖，肅歌驪以爲獻。眷言瞻戀，無任踟躕。

劉答呂書 呂閣老之次子石阡知府，繼娶於劉。

恭惟某官世承青胙，耦稱齊大以傳芳，德重黄扉，岳爲呂侯而鍾秀。次公五馬，共羨麟駒，之子維鳩，斯宜鳳匹。顧寒生之弱息，充君子之好逑，卽使朱陳，難陪王謝，松蘿誤及，箕帚爲慚。所幸小役大賢，私喜嬪吳而非絶物，自諒萬無一及，豈知嫁女而勝吾家。賜簡光閭，承筐充户，借瓊瑶而仰答，捧金玉以艱酬。

張閣下啓

伏以廊廟元公，式勤寅亮，江湖小吏，竊被春工。卽如草木之無知，亦囿欣榮之大化。叩閽似瀆，斷掃無私。恭惟相公閣下，南岳儲精，北辰近拱。進賢才而退不肖，天下咸服其公，先敎化而後簿書，士類勉知所向。盟心奉敎，每苦愚蒙，擢髮籌愆，尙蒙涵育。三吳甲郡，仍叨別駕之榮，千里寸心，實切台垣之戀。兼茲捷聞雙鳳，美濟八元，謂當馳賀於公庭，微效得人之深慶，則又以斯須芹曝，恐莫瀆唐突之嫌，然既而再四躊躇，乃自棄門牆之外。謹用三加薰沐，百拜緘函，恭詢萬福之綏，遙馳定省，翹仰九天之上，倍渴瞻依。

慈谿沈聘餘姚孫書

伏承某官以第幾位令愛，許聘某第幾男某，謹用遺聘者。言念忠孝傳家，遡靈椿而再世，詩書衍澤，紛寶樹之三株。紆玉拖金，聯班伯仲，宣文耀武，共奬家邦。因推舜水之諸孫，不讓虞廷之八凱。一爲李御，已曰殊榮，況涉葭依，寧非踰分。而某於尊親家左右，慚非金斷，乃志切於登龍，及此玉昆，又駢叨於附驥。矧寒門之距高閥，既帶海而且襟江，雞鳴犬吠相聞，蛤美魚味共有，猥藉此以爲芹曝，乃惡焉而敢攀援。獲奉尊俞，豈勝感荷。敬陳不腆，伏冀包容。

季聘瓊州唐書

言念四瀆所歸，莫勝南海，五嶺以外，尤數瓊邦。惟其爲汪洋浩蕩之區，是以多豪傑偉奇之産。於貴門之所值，尤覺獨鍾，故闔郡之見推，共許絶盛。先太翁清朝柱石，媲美文莊，尊親家巨浸鵾鵬，追芳跨灶。纔觀上國，便作客卿。覽宮闕而賦燕京，悅山水而寓吳會，攜家子美，舟中詠敲針畫紙之詩，有女雲英，橋畔合乞茗呼漿之事。某姪某得攀仙侶，幸此天緣，誰云萬里之遙，遽訂百年之契。矧以兩弟之鄰宅，俱爲壬戌榜中之人，於今令愛之稱名，僭有姑姪年家之雅。預卜當歸時而相與，益知藹和氣於一團。四海弟兄，萍水何限，一脈道義，滋味自長。敬簡良辰，爰通嘉絺。肅遣儀而告廟，諒先靈之解頤，敬再拜以臨緘，冀台尊之俯頷。

疏

雲深菴募

越王峥雲深菴者，勾踐飲馬，既著雄圖，毆兜蛻蟬，復留道跡。矗峰巒於雲表，襟江海以如裾。猿鶴爲家，龍天在座。覩茲絕勝，爰助沙門，邇者僧衆雲從，檀越星集，捧華嚴而作禮，數一字則拜一字，多如恆河之沙，尋寶筏以隨流，望萬里期於萬里，諒登覺海之岸。顧衣鉢之涼薄，齋飯何供？希輻輳之因緣，舍施有主。隨心抛擲，集衆果以成林，有福承擔，劈細流而皆潤。豈曰妄要，實爲至理。發心諸德，請次尊名。

卷十二　詩餘

調鷓鴣天，聞張子藎捷報呈學使公 有序

側聞勝事，便擬隨俗稱慶，念無可致羔雁者。得報之夕，喜而浮大白者五，製詞者一，敬書以充。

試選蛾眉幾許長，纖纖侵入鬢雲黃。天邊奪得初三月，鏡裏描來第一雙。　眞國色，好天香，安排枕席待君王。越溪多少蓮舟女，老却朱顏不嫁郎。

措大那禁醉一場，猛拚典却破衣裳。非關雙眼看人做，古語云「兩隻眼看人做官。」自勝千金許贈將。　因好事，累羸觴，斷鴻數點在斜陽。欲呼細問長安事，爭帶泥金幾處忙。

繼聞廷對之捷，復製賀新郎一闋

眞聖主，龍目握新符。策士臨軒，兩科收錄。暗卜今年誰最好，剛得齊賢名族，親認取青宮叮囑。　今日馬蹄催宴去，記宮袍有領偏深綠，特賜與，澆醽醁。　男兒到此平生足，却惹起愁人一醉，消他萬斛。手取壓冠彈欲碎，不爲要君推轂。　正沈吟，斷虹生北，却似有情相照映　奈無言難與傳心腹。　幾時更，談夜燭。

卷十三　論

治氣治心

論將者多以勇目將，故論將之氣也，主於鼓，而論將之心也，主於敢與決，未嘗以治言也。愚以爲此特將之粗者耳，非精也。將亦人耳，豈其氣與心獨異於人哉？氣時時而鼓之，使其踴躍震蕩而不寧，心時時而敢且決之，使習於猛戾奮迅而無所止息。彼方以爲以攻則取，以戰則勝，以先登則有所恃而不恐也；而不知以踴躍震蕩之逆，而乘之以猛戾奮迅之粗，心與氣不相得，而機與事相迷，吾且憂其明者昏，澄者搖，見利而不知害，甚至於當避而反趨之，卽使僥倖於一時一事，取捷一兩陣之間，于至昏極慞之手，而不思蹶一而蹶九，廢千萬而存十一，皆此踴躍震蕩之氣，與猛戾奮迅之心，以階之也。然則將之氣，其可以鼓而狃，將之心，其可以敢且決，而終逞之以得志也哉？嗟夫！心水也，氣波也，鼓且決者，其風也，鼓且決而至震蕩且奮迅者，風之極也，而敗焉者，其溺也。故欲止其波，澄其水，莫若去其風；欲斥其氣之鼓，與其心之敢決，莫若易之以治。秦舞陽十三而殺人，人側目不敢忤，此其氣何氣，而心何心耶？及至秦庭而震且掉焉。子房跪履於老人，至於盡折其氣與心，而後許之曰：「孺子可教也。」然舞陽卒裂於秦庭，而良乃卒收其功於天下，此不可以觀治與不治之效耶？故利有所不動，害有所不避，欲有所不可投，猝然有所不可驚，勃然有所不可怒，力拔山，勇蓋世，而有所不可用，此幾於治氣治心之說歟？而猶未也。何也？此猶以效言也。凡人之情，養之於閒，則始可期於猝，鍊之於緩，則始可責其效於臨時。夫以七尺軀殼之中，充塞之物，與吾一寸之靈，素不相知而不相得也。平居荒其養，而鹵莽其鍊，一旦有事而使之，而期之，辟之豪奴之於乍主，孰聽之而孰從之哉？古之將多矣，無不治其氣與心，而其治氣與心，無不養之於閒，而始責期於猝，鍊之於緩，而始求其效於臨時。太公不將乎？效在紂也。而辨幾微於敬怠，是其治氣與治心者然也，素也。未聞其以鼓而治氣，以敢決而治心，以襲而得之也。伊尹不將乎？效在桀也。而審取予之義否，是其治氣與治心者然也，素也，未聞其以鼓而治氣，以敢決而治心，以襲而得之也。孔子聖於將，而姑試以將者也，效在於隳三都，誅萊人也。其治氣與治心者曰「臨事懼、好謀成」也，素也，未聞以其鼓且決，以襲而得也。孟子儒於將，能將而未嘗將者也，其欲躋齊宣而王之也，猶反手，此非將之效，而何效乎？至於盡授其訣於公孫丑，則特有「善養氣」與「不動心」二三言耳。孰謂養氣者非將之治氣，而所以致其心之不動焉者，非將之治心耶？而又可以旦夕爲耶？而黝與施舍，此二人者，又鼓氣之尤，而敢決其心者之首，鼓於一時，而敢於一旦者之魁也，而孟子痛非之。則治氣之果不在於鼓，而治心之果不在於敢且決，又不在於襲而取之也，益明矣。彼孟子者，方且儒其服，士其冠，緩其帶，安其履，委委蛇蛇，進而與齊梁之君談道而論德，退而與其徒學孔而希周。明而以對於人，幽而以謹於獨，辨事之非義，而決不敢妄於一行，辨人之非辜，而決不敢妄於一殺。其致密於一塵一芥之微者既如此，而其晝夜之所從事，乃在於「助」與「忘」，「帥」與「充」，「至」與「次」，「蹶」與「趨」，「得於言」與「不得於言」，「揠苗」與「不耘苗」者也，而非有他也。研其幾於有無之間。而致其謹於鬼神所不得窺之際，視其氣息之柔，若屬纊而欲絕，而心之澄且燭也，若淵之未瀾而旭之始登。以至於枉直辨，義利明，則大者塞於天地，然後機之敏而斷也若舍括。而膽之所向而所決也，雖百賁育於吾前而無所用其勇也，然後敢開口而決之曰，齊可王，而王可反手也。蓋爲將者之氣與心，必至此而後可以言治，而治氣與心，必如此而後可以盡將之道而無遺。噫，此誠未易以言也。古之言將者，儒與將一也。儒與將一，故治氣與治心一也。今之言將者，儒與將二也。儒與將二，故治氣與治心，鼓且決者以屬之將，而不鼓且決者以屬之儒也。惜也，以孫子之才，其於心與氣也，能知治之矣，而不知一之也。何也？心主氣，氣從心一也。言治氣則不必贅以心，言治心則不必贅以氣，而孫子並言之，並治之，非吾儒之道也。且夫避其銳氣，擊其惰歸者，此審彼之氣也，而孫子以爲治氣。以治待亂，以靜待譁者，此審心之候也，而孫子以爲治心。此又不知其何說也，惜也。

用兵之妙，機而已矣。其機之未可也，不先設以待，其機之既可也，不後時而失。夫兵貴廟算，豈有不可先設者哉？抑不知兵有可以先設者，亦有不可以先設者。審時勢之順逆，察地形之險易，量進取之先後，擇將帥之賢否，料儲蓄之多寡，知士卒之强弱，閱器械之利鈍，以爲攻守之具，此可以先設者也。何者？天下之大勢，自有一定而不可違，而吾之謀議，劑量既明，亦自一定而不可易。雖利害互形，成敗迭見，而必不可以更途而易轍者也。故曰，可以先設也。至於與敵相守相攻之間，虛實饑飽，勞逸强弱之異其情，而天時地利，人情之異其變，或以虛而爲實，或以實而爲虛，或以饑而爲飽，或以飽而爲饑，或以逸而爲勞，或以勞而爲逸，或以强而爲弱，或以弱而爲强，而乘之以天時，乘之以地利，而以出其人情之不可測，則是敵之變化而不常者也，而胡取於先設爲哉？是故惟因之敵而已矣。故敵方虛也，而胡爲乎實也，是敵之變化也。吾前避彼之實，而擊彼之虛也。因其變化，而吾亦變化之，以取勝也。敵方實也，而胡爲乎虛也，是敵之變化也。吾且擊彼之虛，而避彼之實也。因其變化，而吾亦變化之，以取勝也。甚至於敵本實也，而果示之以實，以爲吾方且疑其虛也，而誘吾之擊也。敵本虛也，而果示之以虛，以爲吾方且疑其實也，而本吾之不擊也。虛而實也，實而虛之，虛而虛之，實而實之，以至凡所謂饑、飽、勞、逸、强、弱之類，莫不皆然。是敵之爲變化也無窮，而吾之所以因而應之也亦無窮。噫，豈特吾之應之而已哉，將敵之所以應吾之變化者，又益無窮也，而吾之所以因之者，又何如而可使之窮耶？呼吸往來，如風雨雷電，交發而不可測，而生生不已，如環之無端，將既見其形而爲之勢也，猶恐其或失也，而況豫信其成心，而執爲之勢，以待其不可度之形哉！噫，未有物之輕重，而徒推移於空衡之上，其氐昂必不足信矣。莊周之言物化曰：「久竹生青寧，青寧生程，程生馬，馬生人，人反入於幾，萬物皆出於幾，皆入於幾。」夫方其久竹也，安知其爲青寧，方其青寧也，安知其爲程，又安知其程而馬、馬而人也。此物之變化也，出於幾，入於幾者然也。兵亦如是也。故彼方虛也，而吾將制之以吾之實也，又安知彼不化虛而能爲實也？及吾之避其實也，又安知彼不化實而偶墮於虛也？或如此，或如彼，此兵之變化也，亦皆出於幾、入於幾者也。故曰不可以先設也。惟不可以先設也，故因於敵，因故勝矣。夫物有化也，兵亦有化也，取勝不難，知化難也。故曰因敵變化而取勝者，謂之神也。

論五行生成之數

奇數陽，耦數陰。天一三五七九，地二四六八十。故天一生水，地六成之，猶言天以陽生水，地以陰成水也。一二非有多寡，生成非有先後也，餘四又並如此，只是明一陰一陽之謂道耳。天，奇數，凡五；地，耦數，亦五，如兩家各掌五籌然。天既從第一數起，則地自當以第六當第一數起矣。六，即一也。天之五奇，皆一陽也。地之五耦，皆一陰也。天與地所生所成之陰陽，停勻平等，無毫髮之差者也。今以數成文，故有自一至十之殊耳。

愚嘗謂地不可與天對，又不可分做兩箇。天地安能生五行？水亦地也，地又安能以六與天之一生水？蓋天與地如一盂泥沙相和之水然，澄之而渣在下，便是天之地，清者在上，便是地之天。又如人相似，郛廓爲衛，氣所充周者即天，五藏爲營，脈之所藏而邃者即地，本一身也。故玄門用彼者，愚嘗用此駁之云，爾家務長生，不過效法天地耳。即用彼，安見有此雄天外尋一雌天，以助其長久者也。

水只是地之類，凡有質者，皆屬地也。海際天，故始成地之大，不然，只一塊硬地，直天中一粒豆耳。天地五行都靠那一件無形之物生成，而今曰，天一生水，地六成之，語似有漏。天地二字，與一六二字，只作陰陽二字者，猶之可也。然纔說陰陽，便以屬氣矣，非無形之物矣。

天一與地六合爲七，苟除却五，則天與地正各得一矣，適停勻矣。凡四行之生成之數，並如此。一行之數，除五而數之，則所剩之數，亦各各如此停勻。而五數屬土，四行莫不稟之而成，蓋天與地適得其半，借輕重之銖兩以明之，則如各具二分五釐然也。苟知此，則雖謂地二成火，天一生火可也，此下四行，俱以一與二爲生之成之可也。作者欲盡自一至十之數，故如此錯文，以就河圖洛書耳。河圖北數一與六，水生成也。南數二與七，火生成也。東數三與八，木生成也。西數四與九，金生成也。中數五與十，土生成也。使如愚前所云除五而算之，則各停匀也。洛書一、六共一方隅，水也。二、七共一方隅，火也。三、八共一方隅，木也。四、九共一方隅，金也。而五居中位。除却中位之五，則四方之陽數，與四隅之陰數，七與三幷，一與九幷，各得十五，其他各得十五，故此自見，亦各停匀也。天地二字只作陰陽解，此要旨。土字亦只作中和解，冲氣解。五行並因一太極而有，其所謂生成，一時皆了，而亦莫測其何始何終。如分摘一行而言，雖單謂之曰生可也，單謂之成亦可也。如後來所云木生火等，不過據有形質之後，而爲乂耳，非先天混一之玄化也。且如天與地分，而有形之後，其以一生水也，作何形狀，功用漸次以生之？以六成水，又作何形狀，功用漸次以成之？而天地兩家，其一家分半以生，一家分半以成，又作何形狀，功用漸次，及取料辨材於何所耶？皆不通之甚者也。

軍中但聞將軍令論

古之善爲將者，使士卒畏己而不畏敵，而古之善將將者，使士卒畏將而不畏己。夫人之情，莫不樂生而惡死。而其驅而之敵也，則固十死而一生。欲其不畏敵也，既已甚難矣。而兵又不可以嘗試而爲之者，則其士卒之畏敵與否，固無由而前知之也。善爲將者，于此不得不有所假以試之矣。軍中但聞將軍令，而置天子之詔于不聞，亞夫之卒，其眞不畏敵者哉？何則？古之爲將者，以爲吾將驅人于死地，必使之易敵而後可以決勝。畏敵之罰，吾固有令以申之于前，有法以齊之于後矣。然士之于敵，不可以嘗試而爲，其畏之與否，不可以先事而知，又如此也。然而人之情，易趨于其所尊貴，而法之行，亦易撓于其所尊貴。于是借尊貴之望，以試吾法。而尊貴者莫若天子，吾法之所在，使吾一介之士，不得以聽諸天子，而天子以萬乘之尊，不得以搖吾之一言，奪其情于人之所異趨者，必行其法于人之所易搖者，蓋于此而士之畏敵與否，可以試而知之矣。嗟夫，士之所以畏敵而走者，以其能殺我也，而天子則固能生殺人者也，宣將軍之令，以與天子抗于平居無事之時，謂不能奉將軍之令，以與敵人死于白刃交飛之際哉？蓋嘗聞冒頓之治兵以方，其父單于謀殺頓而立其愛子也，頓乃令騎射者隨鳴鏑所向。其後以鳴鏑試射其善馬愛妾，而不射者輒斬之，卒以此術殺單于及其母弟與大臣，取單于之國如反掌。夫冒頓之士，不畏其所愛之妾也，而何有于父？不有其父也，而何有于諸人？然而父不可得而試也，而以試諸其愛妾。知士卒之不畏吾愛妾矣，而後用之于父可決也。殺其父以奪弟之國，冒頓于人子，則非孝矣，試諸其妾，而使人必殺其父而無阻，冒頓之于治兵，固善將者之所不遺乎？雖然，冒頓固嘗殺其不射馬者矣，又嘗殺其不射妾矣。亞夫起倉卒，承片牘，提一旅之軍，以屯于細柳之上，未聞其置人于法，以明己之罰，而其士卒一旦與天子抗而不顧，此其故何哉？兵法曰：「視卒如嬰兒，故可與之赴深谿，視卒如愛子，故可與之俱死。」豈其受命之時，忠誠慷慨，義形于詞，如古所謂一言之發，而三軍有挾纊之溫，遂足以輕其死命耶？又不然，其將革其心志，愚其耳目，如徙木立信者之所爲，亦未可知也。

其平時無以激人之心，堅人之信，而欲奪人之素所趨向，而卒犯其難，世寧有是理哉！雖然，爲將者使士卒畏己而不畏敵也，易；爲君者使士卒畏將而不畏己也，難。蓋使士卒畏己，有才者類能辦之，而聽士卒畏將，非闊達而大節者不能也。是故有文帝之寬，斯足以成亞夫之嚴，不然，則軍中固不知有天子之詔矣。走一使而奪之符，亞夫其可諉以不知耶？志有之，將能而君不御者，勝。信矣。

策

問孔子有言，「我戰則克」。又曰「好謀而成」，兵固非儒者之所宜獨廢也。迨于後世，其說始煩，然而最要而簡者，莫如孫子十三篇。而十三篇中最要而簡者，形、勢兩篇舉之矣。今其論形，則曰「決積水于千仞之谿」，論勢，則曰「轉圓石于千仞之山」。夫千仞之谿山，其高遠等耳，而一爲決水，則以喻形，一爲轉石，則以喻勢。如其旨同也，則亦衍文贅語焉耳，而胡取于孫子？不然，則必有微機獨旨，深有得于形自形，勢自勢，其功雖互相爲用，而自有截然不相干者存乎其間。此正所謂要而簡者也，而其可以不講乎？始計篇論爲將曰，「將者，智、信、仁、勇、嚴也」，而軍形篇則曰，「善戰者無智名、無勇功」，軍形篇論戰曰，「勝可知而不可爲」，而虛實篇則又曰，「勝可爲也」，言實相背矣。孫子書數千言耳，言兵者舉莫出其上，至其以身用之于吳，其成功十不迨書之一，于行又相違矣。凡此皆不可以不講，爾諸士子必有悉其所以然者，願毋隱。

古人之言，固有似同而實異者，亦有似異而實同者。學者讀其書，會其意，斯可以用其言。苟徒尼其言，窒其用，則不如無書之爲愈也。若夫論其言于今日則是，考其行于他日則非，君子慎察其所言果非空虛而無實，則必其所處之地，與所遇之時，不足以副其言，而亦非言之爲過也。世之論兵者多矣，察其言非空虛而無實者，莫如孫子。然而異同之間，固不能無疑于君子矣。而其最可疑者，則明問所舉形勢之類是也。夫兵，形與勢義至異也，千仞之谿，與千仞之山，說至同也。而一爲決水，則以喻形，一爲轉石，則以喻勢，是以至異之義，而淆之以至同之說，卽使藝文之士，無益于實用，猶知避之，而謂孫子爲之哉？噫，盍亦就孫子之書而求之乎。其言曰：「兵形象水，水因地而制流，兵因敵而制勝。」又曰：「善戰者其勢險，其節短，勢如彍弩，節如發機。」故直糾險易，通塞廣狹，千仞之谿，所以形水者也。而谿直則水直，紆則水紆，險則水湍，湯則水注，通塞廣狹，無不皆然。誠如是，則是水之形非自爲形也。因谿之形而形之者也。故形者誤敵之具也，形必示敵以所可見，所可見者形也。故決積水于千仞之谿，不曰勢而曰形。至于勢，則吾之所以使衆之權也。李牧飽士，士猛思決，韓信背水，人自死戰，鄧艾過險，卒無還心，田單誤燕，劓掘含憤，事雖不同，同歸于奮，非所謂彍弩發機，欲止之而不可得乎？止之而不可得者，勢也。故勢者，使衆之權也。勢必制衆以所必趨，故轉圓石于千仞之山，不曰形而曰勢。由此言之，其言非似同而實異乎？然必設形以誤敵于形者，有可乘之機，而後置衆于必趨之勢者，始不至于空發而無益。則形與勢，其爲用雖異，而實則同矣。他如曰智、曰信、曰仁、曰勇、曰嚴，以論爲將之常道耳。而善戰者立于不敗之地，而必乘敵之所易敗。惟其易之甚也，故辟如舉秋毫不爲力，見日月不爲明也。蓋其所勝者，勝其易勝者也，故無智名，無勇功。武王以三百當紂十萬之師，而前途爲之倒戈者，此也。使有智名，有勇功，則必勝敵于難矣。深入敢戰，衞霍之聲稱滿天下，而漢之士馬物故，大略與匈奴相當，不遂幾于不振乎？于論將則求于難，故貴智、貴勇，于取勝則求于易，故不貴智、不貴勇也。又其他若所謂勝不可爲者，言不能爲之于敵也，勝可爲者，言能爲之于己也。爲之于己，以待敵之可勝，雖不能爲勝于敵，而自不害其爲勝矣。凡此非所謂其言似異而實同者乎？夫以孫子之言若此其要眇而無言，大而各適於用也。至其親以自試之于吳，曾不知巫臣公子光之一奮，迨于入郢之役，則又多出于子胥夫槪之謀也。故馬遷敍記入郢，止曰「孫子預有勞焉」，而不著其事。由此觀之，豈孫子之言，眞不適于用乎？夫世固有空言而無實者，而以加于孫子，則不可也。蓋嘗觀其始見闔閭，卽斬其宮嬪，以示兵法之可用。闔閭止之而不得，欲下觀之而不敢。意者，當斯時也，闔閭必已短其爲人矣。故其用之爲將，必且制之而使不得專，小之而使不得遂也，是以卒無成功。是故雖有賁育，授之以缺斯，不能施其勇也。雖有師曠，撫之以土缶，不能布其音也。愚故曰，苟言是而行非，君子愼察其所言，非空虛而無實，則必其所遇之非時，而非言之爲過也。謹對。

卷十四　序

呂山人詩序

呂山人刻續稿成，使其弟尙賓持送予，使論序。山人詩固多而不多刻，予卽此得比附分類之。若艾如張、君馬黃、豔歌、何嘗行，雖用古題而意藏不曉者不論。標格往時數論矣，且觀者各有品亦不論。大隄曲、子夜歌、白苧詞、陽春曲、採蓮及歌寄衣、美人行、春女詞，皆寫婦人女兒，惜別懷春，雖古忠臣愛君，賢哲遭棄置，間於此發婉孌不舍，然曲終奏雅，風賦且不免，所可取者，道人意中語，非子其誰？善哉行、隴頭水、弔梅花、行路難、嗟哉日行、惜年華，多感慨於及時追樂，吾讀之淚下也。至任野性，傲睨一世，則有長歌行、感寓、夏夜、溪堂、和謫仙等篇在。然門有萬里客、白馬篇、將軍行、關山月諸章，又氣跌宕思功名何哉？其擬古樂府十六章，又慨古事，或政不平，失機會，或人臧否，而已短長之，若恨不身爲者，又何哉？詠美人走馬，予亦有數作寄山人，其詞曰：「西北誰家婦，雄才似木蘭。一朝馳大道，幾日隘長安。紅失裙藏鐙，塵生襪打鞍。當壚無不可，轉戰諒非難。」又曰：「金鞍七寶欹，玉手控青絲。人馬才相得，風雲氣本奇。勢輕香易墮，樣巧影難爲。馳罷雄心在，何曾斂翠眉。」又曰：「尺錦卽成妝，當眉綰結方。須臾撒身手，馳驟蹴風霜。簷影千門亂，街心一帶長。忽逢游冶子，繫馬問家鄉。」今讀山人說，人馬更剽健，予不及也。山人詩古者倣漢魏，最近亦唐，人知之。其沈者若隱逸，浮者氣概，人亦知之。至山人抱奇才，有深計，雄視思任，不得效尺寸而抑在山間，此虎豹而麋鹿之，人或未知也。故其詩聲，有前數者。觀嗟哉日行，其大要也。往閱其尊君中山翁續稿中題虎圖，有曰：「咆哮山谷金波羅，壯士腰間金僕姑，攘臂開顏一笑發，驚看猛手如烹雛。狂湍正闖中原籓，天子取用當天關。胡兒不知射虎手，一箭人馬俱傾翻。丈夫有才不得試，葛巾空老青林間。」亦此意。

呂氏詩集序

昔人論詩者，謂詩本於地，豈不諒哉其言乎？略而校之，如陝蜀之雄剛，中原之博大，江以南之芳華，眞有不可强而齊者。而一道之與一郡，一郡之與一邑，與一邑之與一鄉，則又辟諸一鼎之牲，其味同矣，而尻、脽、脾、臑之間，腴、瘠、雋、否，固又自雜徵於齒頰而不可亂。使易牙遇之，亦猶辨黑白而數一二者矣。浙之山川莫勝於會稽，而會稽猶莫勝於剡。人生其間，往往美秀不羣，而尤雋者，道德事功之外，遂以文與詩鳴於鄉，播於方域，蓋所稱一鼎之脾臑矣，而某翁爲之雄。嘗讀翁詩，其爲味也芳而烈，潤而不濃，間出異奇，又辛脆而未嘗襲，合吻而咀之，使人舌津而爽，喉膩而有餘清，不終篇而腹已果然矣。由斯以談地，非剡則不能釀以生公，剡非公又何以益彰剡也？已而翁之伯子兵書公鐫翁詩，夫兵書公某先子辛卯輩也，叨世敎久矣，鐫成而授簡於不敏某，至謬命以序。某唶然曰：「兵書公位元臣，爲國家作股肱維柱者二十年，奠夷荒萬里外，其授之政也，奚止於達？使於四方也，奚止以專對？是其效也，固由公之善誦詩也。儻亦由其翁獨立於庭，公趨而過之之訓乎？」故於序詩也，而并及之，亦使讀翁詩者，毋專以詩視翁也。

酈績溪和詩序

今之和人之詩者，非欲以淩而壓之，則且求跂而及之。未必淩且壓，跂且及也，而勝心一起，所得者少而所失者多矣。古之和詩，其多莫如蘇文忠公在惠州時和淵明之作，今味其詞，皆泛泛兮若鷗，悠悠兮若萍之適相遭，蓋不求以勝人，而求以自適其趣。而不知者誤較其工拙，是猶兩人本揖讓，未有爭也，而眩者曰，「彼拳勝，此肘負」，不亦可笑矣乎？酈君之簿績也，取蘇文定公之詩而和之，多至百四十餘首，其數幾及文忠公之於淵明，其嬉遊傲睨，而不屑屑於工拙，亦猶文忠公之於淵明也。蓋君之所負者大，不得其大而試於小，此所以不免於嗚嗚而負，屑屑於工拙，則適以成其小矣，而豈君之意哉？校君詩者不識解此意否？有不解，君當自解之也。

贈徐某保州幕序

古凡幕職至重，而尤重者，戎之幕。何者？幕掌文書，主畫諾，以代勞宣力於堂之長。而戎之堂，則韜鈐機務與賓客酧酢，飈至而雨集，其務繁而握愈重，非幕以代之，事鮮辦。代之而不得其人，則雖辦矣，而未必理。而今保州後衞，則邊紫塞星列以備胡，護畿甸，尤戎署之至要者也。若是而爲之幕者，又何以常幕視哉！雖然，乃今之幕則異於古之幕矣。古之幕者，幕任其勞而長處其逸，故選必以才，而才亦得以自見。今之幕者，長兼其細，而幕處其閑，故選未必才，卽才者亦不得以自見。惟不得以自見，而高者居之，則若棄，卑者居之則若營矣。予以爲卑者無容以言，而高者亦未爲得也。夫高至於聖止矣，聖至於孔子，亦無以加矣。孔子爲司寇攝相事，則卻萊人，誅少正卯，而當其爲委吏乘田，未聞其卑會計牛羊而不講也。故道龍蛇而已，伸之則千仞，屈之則尋丈，何施而不可哉！予嘗以是論序官者之常。而茲者，予戚徐君之以名法序官而得備幕也，諸戚黨析予言以贈君行，君亦諗其爲才者也，而幕亦便於以才自見之官，特以今之幕異於古，恐負其高，視之若棄耳，予故以孔子之道告之。夫道亦何常，其示人有舉全體者，亦有舉一節者，吾告徐君以孔子，亦舉其一節而已矣，君勉之哉！他日剡書報紫塞金臺間，賢幕者必君而非他也。

葉母錢臏表序 代

鄉解葉公歿之某年，其配錢夫人，齒方二十有五，其子長公今爲工部者，生方七年耳。夫人抱工部而泣曰：「成父志者，其在是乎？」越二紀又三，而工部果以文高成進士，得主事營繕，未幾奉命役東海，過其廬。而夫人自哭鄉解至於今，蓋年五十有五，於法得旌，有司以聞，詔下坊於里，題曰節孝，賀者踵至。予於鄉解兄常德公同第於丙辰，而常德始者，又聘予女婦其子，故賀者來以言屬。蓋夫人之事舅若姑也，舅疾亟嘗以股愈之，姑盲又舐而復視。孀三十年以禮自閑，無一髮瑕可指，又敎其子成進士爲郎而賢。人皆曰：「郎眞不負乃母。」此其於婦道亦既甚全，而取效亦甚盛矣。上而蒙被國旌，下而爲衆所光羨，當世世在人口殆非過也，是宜賀。雖然，世有窮猝子弭，能自完其節于身矣，而不能必其貴于子，則議得之矣，而旌未必不失；或能必其貴於子矣，而貴者未必賢，則旌可得矣，而議未必不失。斯二者得則殊矣，而失則同也。今夫人之於節也，不特完於其身，又能必其貴於子矣，又能必其賢於身。夫一能者節也，夫人之所能，而二必者子之貴與賢也，夫人能盡必之耶？蓋天有獨厚者存焉耳。夫獨厚於其始則必不薄於其終，知所厚在天，則必不自居於工部之賢，將有與貴而俱隆者在他日矣。噫，彼始所稱父之志而抱以泣者，意者其在於斯乎？於賀益宜。

再刻某君時義序

天下有常物，有不常之物。而賈之於物也，有所貴在售者，有所貴不在售而在知者。魚、鹽、醴、粟，羽、毛、齒、革，登俎豆，資民生者，此物之常也，售之則已，不求其知也，而亦無俟於知。賈胡入山而得韎鞨，至股以藏之，泛海而遇龍皮客，彼有是者不知也。既重直以貿之，將別，必告其爲龍也，且及所用之故而後去，此其不貴彼之售，而自貴其知。苟不知而徒售，即賈胡值重貿剖股而出其韎鞨以與人，未免惘惘然有投非其主之恨。由是以觀，可以明非常之物，所貴不在售而在知，苟弗知，寧弗售也。吾兄子吏部某之於經義，賈胡所股而藏之之物也。早歲一市於通衢，通衢售矣，再示於大都，大都售矣。予嘗與吏部之弟某，稍取其售餘而韞櫝者若干篇，付梓以傳其人。顧往往値龍皮客，得之而不知其爲何物，且弗寶也，以爲恨。及是吏部偶取昨秋比題，把髯以哦，咄嗟而了。夫吏部售矣，顧復爲此者，豈所爲不貴售而貴知者耶？予復命諸梓以再試於今，果皆昔之龍皮客也，則眞蘇鞨也，苟羣趨而售之，非蘇鞨也。

草玄堂稿序

或問於予曰：「詩可以盡儒乎？」予曰：「古則然，今則否。」曰：「然則儒可以盡詩乎？」予曰：「今則否，古則然。」請益，予曰：「古者儒與詩一，是故談理則爲儒，諧聲則爲詩。今者儒與詩二，是故談理者未必諧聲，諧聲者未必得於理。蓋自漢魏以來，至於唐之初晚，而其軌自別於古儒者之所謂詩矣。」曰：「然則孰優乎？」曰：「理優。」謂理可以兼詩，徒軌於詩者，未可以言理也。予爲是說久矣，暨之玉仲酈君，始見予於薊門邸中，則以理，衞道諸篇是也；既而見也，則以詩，此稿是也。予兩取而揆之，君非不足於詩者，而顧獨有餘於理。苟世之評君之詩者，徒律之以漢魏，則似不能無遺論於君。有深於儒與詩者，別作一觀，獨遡君於無聲之前，若所謂「天籟自鳴」之際，則漢、魏、唐季諸公，方將自失其軌，而視君之馳驟奔騰，蓋瞠乎其若後矣。君誠儒者也，而非區區詩人之流也。予先爲彼說以答或人，既爲此說以質於君，君呀然曰：「吾師某某也，而私淑於新建之教者，公其知我哉！」予亦呀然相視而笑。會有梓君之稿，令予序諸首，遂書之。

胡大參集序 代

鱻在嘉靖丙辰，余奉命校諸道鄉貢士，晚得今參政公胡君而喜曰：「是非近世舉子輩中人也，蓋熟讀西漢人文字而有得者。」及拆名，君爲楚人，以問於楚之先達果然。予益喜。其後君以令召入，歷禮曹郎大夫，又出而按察閩、晉間，並提督學校事，所至靡不以文顯。而其故所列高等建陽李生日有秋者，一日抱君所爲古文若詩篇凡十卷來，以序請曰：「將以付諸梓。」予讀之，則見其文猶故所品漢西京物也，而詩又不落近代，往往爲晉魏間語。予又益喜曰：「苟梓之，眞足以名於一時，而傳後世矣。」然予竊怪之，今世爲文章，動言宗漢西京，負董、賈、劉、楊者滿天下，至於詞，非屈、宋、唐、景，則掩卷而不顧。及叩其所極致，其於文也，求如賈生之通達國體，一疏萬言，無一字不寫其胸膈者，果滿天下矣乎？或未必然也。於詞也，求如宋玉之辨，其風於蘭臺，以感悟其主，使異代之人聽之，猶足以興，亦果滿天下矣乎？亦或未必然也。夫言非身有，則未免獵其近似以要君，孟子謂「言生於心而發於政」，苟無害於政，則亦任其獵且要而已矣。惟其害也，故不可以不辨。予向也窺君之言，以至於今久矣，君蓋身有之者也，其兩有事於學也，又率人者也。率人而卒收其效，若李生固其一矣。自李生之外，又復得數輩，若李生者否耶？誠有之，他日可以言政矣。

贈成翁序

予家吳甥某嘗以療幸侍今長垣成公德之，比成公從稽勳大夫參議山東，而封公去年爲七十，甥壽之，文尚虛也。至是，來以屬予，謝曰：「舅，山人耳，慵且陋。」甥强之堅。予曰：「舅賤，無已其代諸。」甥曰：

「甥侍成公有日矣，竊聞公之言，似不然也。」予曰：「奈封公何？」甥曰：「父子者，居相習也。子不投父以所不悅，舅何疑焉？」予惟天下之事，其在今日，鮮不僞者也，而文爲甚。舉人之一身，其以僞而供五官百骸之奉者，鮮不重者也，而文爲輕。何者？視必組繡，五色僞矣，聽必淫哇，五聲僞矣，食必脆膿，五味僞矣，推而至於凡身之所取以奉者，靡不然。否則，且怫然逆，故曰重。至於文，則一以爲筌蹄，一以爲羔雉，故曰輕。然而文也者，將之以授於人也。從左佚而得之，亦必取趙孟而名之。故曰，今天下事鮮不僞者，而文爲甚。夫眞者，僞之反也。故五味必淡，食斯眞矣，五聲必希，聽斯眞矣，五色不華，視斯眞矣。凡人能眞此三者，推而至於他，將未有不眞者。故眞也則不搖，不搖則神凝，神凝則壽。舅山人也，賤也，未嘗知公之爲銓，與封君之爲封，然而知封公之契於眞也，遂亦因是而知封公之壽也。曰：「舅未有素於封公也，何以知封公之契於眞？」曰：「以甥適所云『子習父，不欲僞於文』者而知之也。今夫知長人之長，侏儒之短，奚必盡寸寸而校之，尺尺而量之哉？亦觀其一節而已矣。」

贈戚畹錦衣陳君序

今錦衣陳君，嘗授詩於予友楊君。而陳君性既警敏，又嗜學詩，既通名能舉子業矣，輒以其餘治古人文及詩，文若詩又治。及予再至京師，而君皆騎馬隨蒼頭，扶橐以餉，釀醴市果，澄湛甘好。每致必先池園，夏淸棹舟，竟日出冊勸賦，品鑒賡和，靡不越人意表。而酬酢曲雅，綽中禮儀，不見有厭倦之色。夫以閭里飲羊綰轄之夫，一旦得志，卽跨駿食肥，目不知有長老，而君以上戚子，挾累世之高華，顧若此，其雍雍郁郁然也，斯殆可以尋常畹中人目耶？乃昨與楊君並策一驢往西剎，君憂也，蒙面以素絹，騎而過，可以不見辭。乃免絹而下，拱以俟，予與楊君艱再躍鞭而過之。其後余以牘謝君，君笑曰：「是何叟之栖栖也。」此則與無忌下侯生者何異？而彼忌者時則有求於生也，今君何爲者耶？吾故與楊君言，今而後吾乃知子之陳君，貴則今世廟戚，乃其致，則古之信陵者儔也。信陵柄魏，其效於用而著也，如鼓巨颸吹一毛，而今之制則不爾，然著不著無足爲君累。抑予又聞之：東漢有樊儵者，亦以戚而著，其所著乃以經學得交海內大儒，並取以爲師友，而丁恭則其所專師。其後儵竟以經顯，所守公羊嚴氏春秋，致門人三千人，往往有以其學至三公者。吾意君不得爲信陵，且必爲樊儵，第不識君所師楊君，得如丁恭，吾輩得如所稱大儒與否？故於君新得請襲爲錦衣，而衆以贈言屬余也，不爲君不得爲信陵惜，而直以君得爲樊儵賀也。

闕篇序

古詩豈直三百哉？吾夫子於詩不要者闕，於史而疑、於多聞而疑者闕。夷者質孔子於華者，華者曰：「吾夫子，天之怯里馬赤也。」夫「怯里馬赤」，譯史也。今吾蘧蘧然，而管株株然。而古之人茫茫然。驅株株以譯茫茫，而祈其盡免於茫茫，則必不能盡免於茫茫。故善譯者莫吾夫子若，而吾夫子貴闕譯。夫闕詩者則固闕彼人之闕者也，而闕史、闕多聞者，非彼人之闕也，我莫奈其茫茫者何，而姑置之也。乃若我之闕，非置之謂也，仲山甫之謂也，而亦可以驅株株譯茫茫者委乎？故闕者月也，彼之闕，月之虛也，我之闕，月之食也。虛不得而代之盈，食不掩則人得而指之。指則鼓，鼓則馳，馳則走，走者救也，救者更也。故食而匿，則更之道不存，食而不匿，則更之道存。故月一也，闕有兩，篇一也，闕亦有兩。故余之命篇，一也，亦以兩。

彤管遺編序

詳記載評士林其欣然以喜，惟恐身不爲之者，必忠臣烈士奇節高蹈之流，而其怫然以怒，惟恐身或蹈之者，必皆回邪憸媚，忍垢恥而事二姓者之爲也。欣然喜，則於慕善也篤，怫然怒，則於絶惡也堅。夫能使人絶惡而堅，則夫回邪憸媚，與夫忍垢恥而事二姓之徒，固亦爲善者之資也，其於載記可少哉？吾友酈子，集彤管遺編，教爲女者而作也。其所集古諸女婦，雖淫慝不廢其文。然所次當淫慝，雖貴妃亦不得與編戶貞靜者等，是將使爲女者觀之，怫然以怒。惟恐其身或蹈之，而益堅其絶惡也歟？不然，胡爲而亦存之也。莊周曰：「厲之人生子，夜半取火而視之，惟恐其似己也。」然則是集也，即使淫慝者觀之，不亦反自愧哉？而何況於不爲淫慝者之觀之也！酈子文茂而行芳，吾信之久矣，原其意蓋如此，故爲之序其末。

送金君之無錫序

舊制凡邑中盜賊，其巡徼史實掌之，以故史之署反劇於丞簿。丞簿或職清戎，或課督賦税一事耳，稍散則以其餘佐長吏聽斷，以補其牧養之所不及。然史雖劇，其能而廉者，或以劇而知名，得遷轉。反是，則或以劇而敗。而京師之邏盜寇也，則多以屬錦衣。異時邏者與掌書者相倚以爲罟，則所謂盜寇者，未必盡除，而無辜者不勝其毒矣。吾鄉金君之以名法掌記於錦衣也，幾年矣，人稱其平而廉。及其以滿而課刑書於吏考也，議又平次之得第二。會無錫缺史，遂以君名上，詔可之。君行有日，鄉戚中宦且旅於京師者，故事皆乞言以贈行，而君之甥廣信公爲之首，圖於予。予曰：「予不敏，將何以贈金君之行哉？亦告以錦衣之事與縣史之事而已矣。」夫縣之丞簿與史並人也，主盜賊與主賦、主戎、主佐牧並事也，今不問其人之可否，而徒易其事，以冀其或稱，此何以異於狙公之賦芧於狙也？所云三四者，並不能有多少於七也，而徒改其時於朝莫之間，其術亦窮而疎矣。而金君之爲錦衣掌記，及議刑於考也，並以廉平稱而不知其他。則今而之史也，使其果職盜賊歟，則必能如在錦衣時爲掌記者之不苛，使其不果職盜賊而佐牧於其長歟，則必能如在考時對刑書者之不猛。彼三四雖更矣，朝莫雖眩矣，而吾不迷於七者之常固在也，君何施而不可哉！何施而不可，則亦何階而不可至哉！噫，吾知以是贈君而已矣。

送張南陽序　代

今遷知南陽府張君者，始爲進士時，來觀政於營繕，而予適爲郎中掌營繕，當其時，卽已知張君賢。及君三仕爲縣，歷某部郎大夫者凡若干年而掌營繕，余則叨尙書，實長其堂，君之愿謹猶昔也，至練且幹，則倍進于昔矣。予方賴君以相成，而君之僚，亦喜君之相爲羽翼也，於是相與賢君，亦莫不倍加於昔者。至是君竟以賢補知南陽府將行，諸僚並戀君來告贈言於予，而予亦自惜不能私君以竟其相成，且不能無望於異日也，則告之曰：昨君之職也雖多，大抵材其專職也。君亦知夫材乎，枳棘灌楚，其最細者也，可以藏鳩鷃供求杙而止耳。樗櫟則其大者也，然易敗無所用。枌榆赤檉柘椐櫧椅有所用矣，然猶小器也，不中梁柱。至于豫章也，楩也，柟也，則梁柱器矣。然其始生，至拱把與應圍也，榱桷櫨欂與車輪擬耳。至蔽牛馬，則明堂之梁柱已。故所貴於材者，貴養也。君之始而第於甲也，令也，曹郎也，曹郎而從大夫，從大夫而大夫，異時而卿且公，亦猶是也。噫，此材也，其要亦在乎養之而已矣。至於牧亦然，故始而縣也，是牧於縣也，茲而府也，是牧於府也，異日而臺且省也，是牧於鎮之郊也，畿之甸也，此牧也，其要亦在乎養之而已矣。故渭川之叟之言漁也，有曰：「小可以侯，大則可以伯，而再大則可以王。」漁猶牧也。儻子未信予之言材與牧也，亦未信叟之言漁乎？且君之牧之鄉也，南陽也。南陽者，邵與杜嘗牧之也。昔之人稱之曰：「邵吾父也，杜吾母也。」今之人稱之亦曰：「邵南陽父也，杜南陽母也。」此養之之致也。子儻未必有意於予之所期公與卿也，亦未必有意於邵之父杜之母乎？子果有意於斯也，是足以慰予與諸僚贈言之意矣。

送陸刑部序 代

今世之拂衣於朝者，非有疾疴冗𠌯，不可以支，則必偃蹇不得志，而怒悻以逞，否則或負抱骯髒氣不能抑斂，不易與人羣。非此三者，則必有所不合，陰料其不可通，而姑借引高以自善者也。不然則必不言去，卽言去，亦未必堅且決。苟有人焉，不出於此四者，而徒遽焉以言去，言去而堅且決，斯亦難矣。矧自入仕以來，有瑜德而無疵纇，未去無阻其進，且推之去。無聽其退者，顧遽言去，言去而堅且決，斯不亦甚難矣哉。此其人必養者素純矣，而不出於激，見者素定矣，而不可奪，如古所稱內重而輕外者，不然曷克以臻此哉？吾寅丈陸先生，當嘉靖間以賢科教潼川，其後繼知峽江青陽兩邑，並稱職，薦者滿牘匣。旣入刑部，祠而祝之者滿。故嘗所仕二鄉，迨今秩再考矣。勞益深，名日益起，中朝議及進用者，必共指目君，而君一日抱書伏闕下求去，主上下其議吏部，吏部無不訝且止之者。顧君求去益力，議始上。聽其請，乃卽署中拜君永州知府，得橫金蓋黃以歸，且曰用以嘉殊勞，獎恬節。夫以君之素行，歷炤中外仕版間，非吾前所云不出於四者，未去而有所謂進且推，去而無所謂聽且留之者耶？而君顧決於去如此，雖以君疏中語戀墳墓在萬里外，而其中之所素養而預定之者，固非疏中所能了，又非常情之所能測而窺，眞可謂毅然大丈夫矣。矧自君之在署也，其廉靖以端，明於法而恕以行之也，眞足以爲吾黨師耶？故吾黨屬言以贈君，卽如某不敏，不容以無言也。抑君之膺永州命也，乃孝廟時所擬得其人而加之者，而未得者且二百年。是主上之懿典，而君之榮也甚大，尤不可無言以紀。

送董汝成尉永春序

董君汝成於予爲鄉戚，幼嘗學儒，中歲棄去，勉從事於他，以名法高等敍官，得永春史。明制縣大者具長與丞、簿、史凡四人，而小者則省其二，特長與史耳。夫以一巨縣而牧之者四其人，與一小縣而牧之者二其人，彼雖繁而理之者衆，此雖簡而理之者寡，則小縣亦大縣也。而今之制則又有一説焉，曩時長總牧，丞、簿主戎與餉，史主邏盜賊，而今者以邏姦藪也，主者易操縱，乃用丞簿職邏，至小縣，牧止二人，則邏仍歸於史矣。夫不問其人之賢不肖，而徒易職以希濟，此何以異於取敗腐之琴以求音，不更材而徒改其絃，未有能濟者也。予觀汝成之爲人也，其志堅，其性篤，而其才也辨。明於法而不苛，協於儕輩而不圯，是其於琴，庶幾嶧山之桐也。卽令處大縣，舍其邏而佐長以牧也，固宜有餘，兹而處小縣，兼其邏而佐長以牧也，亦未見其不足也。董君勉之哉！然予又嘗聞董君之先大父某公以儒應歲薦掌汀教，有遺澤於汀。而今世之評仕者，多右儒而左法。汀，永春鄰也，君過之，幸思乃祖之遺善自愛，夫評者安得而不右君哉！

送石府公之兩淮鹽使序 代

鹽使之署無論幾所而兩淮爲特盛。當洪永以至於今，改法者屢屢，大約給邊費也。召商以中商廬於邊，募游手者耕邊田，聚邊斂以輸於邊幕，虜小入，商之黨各拒虜，毋煩官軍，此上策也。自洪永以至於今，改舊法，出新規，毋慮十百矣，俱不得其要領。餘鹽、正鹽存積常股以至抑銀與商，今商買引之弊極矣。皇明經濟錄諸疏，若霍公韜，某公某諸疏可考也。此鹽之弊耳。鹽司諸所積蔵，無論億萬，掌之者多以涅敗。噫，涅敗者固矣。今則知吾紹之府，爲楚之石公，初知蘇以廉，以强項，幾罷去。有知之者，特疏起以知吾紹，其廉不改於蘇。其食菽腐市物一不擾，强者斂跡，弱者鼓腹，府庫舊例多羨公直，令寮視之足不踰庫檻。古人云：「廉者多刻。」公廉而且恕也。茲諫官薦之，得兩淮鹽使，公意不往，予不敢探其衷。公之廉，匪特鹽使不能令染指，譬佛入寶山，不取一粒石子，人素諒之也。特取舊法，乞商占塞田自耕，而納粟如洪永，或亦當今救弊者所當急耶？乃公之去留，予不得而知之也。噫！

贈謝孝子序

會稽鰻池之有謝，巨宗也。謝之宗有男子名鑾者，始爲其親宗人訟他人事於府公，不直。謝之他宗人若里之長老凡若干輩，並爲鑾詣府，共言鑾生而忠信業儒。其父死免喪，涕淚痕時時積枕席。母疾療且禱請代勿效，乃刲股冀以進時，則恍聞母呼鑾。鑾急趨赴，則母已進食飲，漸如故矣。其後母死，鑾過哀，遂病羸，輒夜夜夢見其父母顏面。鑾疾互增減，恆視其父母色憂喜以爲準。如是者七年，忽一夕更夢一人，若神人者，執牘呼鑾曰：「憐若孝，爲增若齡。」鑾驚寤，即以告其姊，自此鑾疾亦漸差。鑾孝行委如前所言，生平無一短，今某訟之誠不直。蓋諸人爲謝孝子言之如此。於是府公爲覆其言於他所，果無謬，卒直鑾。命鑾起立，異日賜之茶，旌之扁曰「割股之孝」。於是宗若長老若干輩，復來告予，將書予言以爲孝子慶，且用以風閭里。予惟孝至周文武二王止矣。二王之於親疾也，聞有憂色，饍不加，履不正，衣不解帶，復則如初耳，未聞有刲股也。雖然不愈於自肥其肉，而秦越瘠視其親者耶？後世之事親，求如謝子亦難其人哉！乃若夢人畀之齡，則絕類武王事。謝子，布衣也，天之施報，知有孝子耳，寧論王不王耶？府公直之事，優之禮，旌之門，亦知有孝子耳，寧論布衣不布衣耶？噫，爲子者可以鑒矣。

贈寧遠公序

予過馬水口李長公所，將歸，爲文以贈長公。長公逡巡，未卽許以受，而意若有所懷者。予始悟而訝曰：「寧遠公天下人稱名將軍，今且以元勳食伯土於寧遠。予慕想其爲人，而以道遠不得一望見麾蓋，承下風。幸而得交其子，知寧遠公比他人爲稍詳，顧以賤疎且嫌援上也，而忍不敢爲一言以通區區，亦過矣。且人有大功於天下已則稍附於言者之末矣，顧以小嫌，忍不通一言交其子而自外於其父，非禮也。」長公聞之色爲改，乃始許受予所賀己者。某則再握筆以塵寧遠公曰：寧遠公以文學起諸生，結髮與匈奴大小百餘戰，身幾死者亦不下十餘。兒郎族屬，若丁壯以兒子長養，扼虎穿楊，幕中稱百金士，若是者數百人，死匈奴手者又復居半。視卒如嬰兒，視貨財如土，公私所宜入，未嘗取一錢歸匣中，而吮疽婚死待公粟米而後食者遍廝養槽櫪間。用是卒破强虜，斆遠出數百里外，虜其名酋，夷其部落，係累併收其生口，積畜駝馬牛羊山積而丘委。而匈奴卒亦相與鳥驚獸散，數百里間，不敢南向發一矢。不幸猝遇公，則有相戒鞭馬而馳，惟恐後耳。此則人人之所歆豔於公，而能爭詡以言者也。而不知公之出而擐甲以從事，則爲虎羆，入而解甲于燕居，獨有孝弟以踐諸其躬，儀刑其子弟，而一日未嘗缺則爲聖賢事。故其所相與持戟而共事者，皆親上死長之人，所謂可使制挺以撻秦楚，而又何有于匈奴也哉！夫道一也，某之賀長公者，既嘗舉是以告之矣，今而塵于公，舍是復何以贄哉！夫制禮樂以佐王於內者，相也，援桴握綏以爲王營于外者，將也，獨周公能兼之，故得食于魯。至問其所以爲周公者無他焉，孝弟而已矣。故觀于其撻伯禽而令視木葉者可知也。今公卽未爲國家爲周公于內，乃爲于外矣。其食寧遠也，亦猶食魯也。然而舉公之食以語人曰「公食寧遠以功也」，則人人信之矣，曰「以孝弟也」，人其信之哉！噫，此某之所汲汲于言，將使人知公之得食寧遠者，乃在此而不在彼也。

送潘光祿序

上海某先生以明經雄邑中，屢試弗偶，北學于國子，又弗偶，乃謁選得光祿監。未滿秩，一日忽奮曰：「吾二三伯氏，在海濱且老矣。與其翺翔于賽，孰若與二三伯氏膾鱸蓴菽，飲酌而賦詩以從乎？」遂拂衣去。去而與其兄尙書公，若溫州府判公，刑部大夫三先生以游。日嬉嬉然，只有友道耳，不復知世間有軒冕事。當是時，送者滿朝，觀而羨者滿路，贈什而郊餞者若宵星，其最著，則刑部徐公之所爲文也。乃人傳而誦之，至今赫赫有餘感。其子某君繼之，亦以明經雄邑中，屢試于鄕，北學于國子，亦弗偶。乃亦謁選，亦復得光祿監。既滿秩，一日亦忽奮曰：「吾父與二三從大人在海濱且老矣。與其翺翔于賽，孰若與吾父暨二三從大人，膾鱸蓴菽，飲酌而賦詩以奉乎？」亦遂拂衣去。去則亦當與其翁光祿公暨二三大人以游，日嬉嬉然知有孝道耳，不復知世間有軒冕事。然而擬送者亦滿朝，觀而羨者當亦滿路，贈什而郊餞者當亦若宵星，獨諸寮之什言而餞，則以屬予。他日人誦而傳之，赫赫有餘感，當亦不減某先生然。豈爲予之言亦可誦也，而亦可以感之也哉？雖然，父篤于友，而子殷于孝，用以決去就，計重輕，其事古今不易得事也，其人古今不易得人也。予言雖不足以誦而傳，不因事與人亦幸誦而傳之哉！

余孝子詩册序

古今稱孝子事多屬母，至獨漉篇、走馬引，涉父矣，然皆酬父寃於死，非客迯而求以得之於生也。又不詳所以，故人亦不得詠而歌之。予讀容齋謾錄，得番陽張介，讀雙槐歲抄，得內黄史五常，讀閩人余全椒某孝子傳得休寧余君國諫。此三孝子並父事，殆相似。而史母授子以錢，錢得父。余母授子以鏡，鏡亦得父，然史以錢得父於死，而余以鏡得父於生，余固幸勝史矣。張用己所作詩以悲父，人讀而悲之，導之而竟得父於蜀。余用夢中神所告詩，射中其隱以傳于人，人讀而異之，導之而竟得父于楚，余又幸勝張矣。何者？兩翁去家均也，而張翁以蜀語嫗，余翁漫往耳，已亦初不楚擬也。國諫所至，奬詠盈帙，至吾越亦如之，而張史兩孝子詩咏者亦不少。噫，直道而行，三代至於今猶一日耶？吾師所不免於譽者，殆此類也。雖然，抑亦有交者焉，衞青不父鄭季而去病父霍仲孺，爲青則無父，爲去病則配母，此於春秋烏能兩不背哉！

按遼議建序 代

府公盛翁一日爲會稽楊侯道按遼事，稍及諸所議建。會稽請其草，既竟業，嗜訝計以傳。遂剖奉入將，下雕坊，而屬校且書于某。某因得竟業，復嗜訝而言曰：蓋余讀少陵前後出塞曲，而鏡古人禦虜之道焉。其曰「苟能制侵陵，豈在多殺傷」，又曰「已去漢月遠，何時築城還」，蓋道古明王賢帥，於夷狄且不忍殺傷之，故惟取築城以制侵，矧吾民乎哉！獨奈何忍不城以障之耶？小雅朔方斯其徵矣。後世曉事者，在漢則蒲類將軍充國，唐則侍御史仁愿。充國言燉煌至遼萬一千百有餘里，乘塞列隊，吏卒數千人，塹疊木樵，校聯不絕，便于屯田。仁愿則固請築三城，相距朔方、靈武、榆林之間，各四百里，烽候千三百所，自是不敢踰山而牧馬。二臣之言並足鑒也。遼歲苦虜，小入殺傷，玩細者忘滴水之穿石，阻創者忌曲突之逆耳，而翁獨慷慨請築塞垣，以衞戴髮。聖主下其議於廷，報可作，遂舉垣以丈計爲萬者二十有奇，費金以兩計，爲萬者十三有奇，臺以所計，百四十有奇。自將、吏、卒、徒以至畚、插、鬲、釜、綯、材、米、鹽、蔬、菽之細，視工爲差。霧屯星集，不越期而成。蓋奪漢人骸血，積聚於馬蹄橐駝之背者，自此將不可以巧曆算，所謂月不足而歲有餘者矣。噫，漢唐以來未有之功也，以方二臣，孰與是大？余既叨讎校，故特首茲草至他草復四十有七篇，爲卷二十。綷攄經略，窮利害，其稽別鼓鼙之臣與行寺藩臬之吏，悉美刺，示激揚，察不涉苛，舉不棄細，霜稜而日煦，宛然驄避道而鳳鳴暘矣。故雁次垣草，並得聯翼接騫也。珥筆取師，庶幾在此。翁姓盛，名時選，別號泰宇，宗吳會，燕產，自臺守越，盛美政，以序草故不論著。會稽姓楊名節，別號一中，世汴人，其政治蓋視翁云。

送吳先生序

南昌吳先生始來訓會稽時，奉其母太君與俱，至是母年九十有四。一日，先生持狀走白府若督學道，舍所職奉母以歸，府若道下狀，令僚友諸生留之不得。先生曩未仕，則嘗短褐走四方名山川，交文章材識賢豪之士，啣杯酒，抵掌談笑，而馳騖其間。及仕會稽，猶稍循其往昔，故渭亦得與二三子謬廁末席。至是則往告之曰：「國家於學官弟子甚厚，士貢而拜訓者多老成人，吾鄉先輩有年七十而始以貢入者。今先生年尙强有爲也，而奚以歸爲？」先生曰：「母老矣，不願仕也。」渭則又問之曰「母與俱來乎，抑留乎？」先生曰：「與俱。」渭曰：「與俱，何以歸也？」先生曰：「子亦嘗聞沛公所言於其父兄者乎？其言雖都關中，萬歲後吾魂魄猶樂思沛，則其生而樂沛可知矣。以沛公輩男子，猶若此，況婦人乎？吾終不願以一官，易母之所樂。」渭曰：「若是則先生之志決矣。然渭聞今道中例得遣學官營公事假滿而復，先生其以人請之，無不得，則歸母而先生可復來。」先生避席謝曰．「子意則厚矣，然使母樂其鄉而思其子于官，與樂其子於官而思其鄉者奚辨？」且公以奉其母而私以請而復官者，不可以事君。於是人皆知先生忠于其君，孝于其親，明人倫而決去就也。

送柳彬仲序

國朝令縣學兩歲貢廩生一人，或以選，或以資，而近世惟以資應。大抵以選應者多英少，或隨例爲學官，或讀書國子，往往中兩京若諸省試。或再試於會成進士，又由進士得大官。至以資應，則漸老而屢蹶於省試者也。雖授學官，或不授學官，而讀書國子，能中京若省試，又中於會成進士者，千百中一人耳。然不爾，卒亦不得大官。以故士往往輕視貢，而尤輕於以資應者。斯則今之制貢之令，與今之所貢之士則然耳。以予觀於邑志所貢士科，其初豈若是哉？韓伯時朱用之祁天福以貢入，卽以貢拜官。司馬恂如陳復初以貢入，兼中省會科以拜官。假令世之人，握筆以書五公者，將不得並紙而托處。而今班班然相與垂名字於尺寸之牘，在韓爲直節，在朱爲循吏，在祁爲名師，在陳爲忠臣，而在司馬則爲儒宗，爲不辱君命之使，辟若列星麗於霄漢，位座則異，光芒則同。卽使今之成進士，得大官者□□□□□□□□□□然則人之以輕視貢者，烏在其爲貢哉？吾友柳君，才雋而行芳，於學無所不窺，藝無所不給。少自丱壯至成人，賤自豎庸，貴至宰輔，近自郡邑，遠至數千里之外，無不知其名，得其言以爲重者。其蹶於省，蓋賢知者之過。而年尙近强，今以貢應貢，其拜官也，卽以貢或以兼科，此則余所未知。而其遇事爲節，作吏爲循，師爲賢，難爲忠，儒爲宗，使爲不辱君命，必如伯時五六公輩，則余所深知者也。今天子聖明，諸宰執竭忠佐治，稍變舊法。近日士貢者卽不兼科，亦往往得顯要。以故人亦謂柳君，卽不兼科行且顯，此則余所未知。卽使其果不顯，其所自樹立，亦必爲伯時五六輩，又予所深知者也。夫五公者，吾鄉人也。舊傳於人口，近始得自邑志。矧志又柳君所脩者，故余於君之行而述以告之。時同好凡若干人，俱來集餞君於光祿王君之園，各賦詩以贈，既令余序，復題其卷端曰「春園宴別」云。

送葉君序

丈夫棄遠家室，走京師數千里道，握寸管，抱名法，以給事部、臺、省、寺之間，近者三五，遠者至八九年以冀一命之榮而不可必得者，何可勝道哉？列籍而屬之，僦廛而居之，蓋有突未黔而敗者矣，非賕則惰且縱也。其有愼不蹈此三者，豰資而羣校之，則又以闈于記而殿。然則業是者，幸免於賕矣，惰且縱矣，豰資而羣校之矣，一舉而首拔于數百人之中，大宰登之，天子命之，服以錦令歸鄉閭，省其二人，拜于壠墓，既則出而長民，若是者不亦難哉？宜人之榮之也。吾鄉葉君子道，實膺是典，其賢可想也。難之而榮之者某某輩來，以贈言屬余。余蓋深知葉君者。始予一投鞭于京邸，即綰袂而餉我逆旅，與灑然可挹也。與之邀高賓，策甘蹄而遊西山，御杯酒，望青天，俯皓月，耳熱而談，蓋煦煦然和風之激我襟也。是其他日出而長民，眞無愧于父母者乎！予蓋慕之、敬之，其於是典，又不特榮之而已也。

送沈生序

董邵南舉進士不得，去遊燕趙，昌黎爲文送之，至以燕趙之順逆托其身。今沈君之往游蒼梧也，一以爲幕計，一以爲籍計。然府江方逆，人徒以君爲幕爲籍計已也，故送者惟以起於幕起於籍者期君，而不以府江之順逆托君。噫，幕與籍豈誠不足以托府江耶？君在幕爲賓客，則借箸而籌於閫帥，在籍爲弟子，則鼓其舌以風曉於來附之椎結，使浸且靡其未來，吾未見府江之果不賴于幕與籍也？邇者君在鄉里把筆爲制文，文輒逸，隨其所遣，舉杯而談，談輒逸，座無不傾，斯皆君之所長也。用片檄喻蜀人爲相如，用一言降南粵爲賈，行且於君俟之。曰起于幕，起于籍，非不愛君也，然非吾之所以愛君者也。

瑞桃詩序

吾友鳴敎張君爲予道上海秦御史公家，竈下有爨材數尺，計其所由，舍土，就斧斤，與廝養尻相摩者，蓋若干年矣。某春條而花，色姿照釜鬵間。廝養者驚走告其主，叢視之，桃也。事遂播遠近，而好奇嗜文者，又相與繪圖而歌詠之，題其簡端曰瑞桃。而鳴敎因屬序於某。某嘗讀柳子郭駝種樹傳，以爲駝所云種樹直改徙易其故處耳，非凋枝割葉，伐其幹而斷其膚也。顧培之一不若其法，卽無以全其生。今茲桃，上之斲其顚，下之刖其踵，癰癰然特數尺之朽耳，又且舍水土之潤，而就炎火之燥，乃歷數十年而復華，若此者其可以常理窺哉？擬之於人，在醫佗能刳割斷腸，傅膏縫腹而復活，豈造化者有至靈至異之氣，亦若佗之靈異，能續斷而呴枯，獨顯效於茲桃哉？不然，將古之所謂枯禪野衲之定瓮其軀者，數年亦寂然槁矣，而髮毛爪甲邊而蔓之數周者歟？是未可知也。夫至靈至異之氣，與所謂禪之定而生，雖若超然遠邁於人間之所謂祥瑞云者，然亦不可不謂之祥瑞也。桃以斷而萌，何以異於是。命之曰瑞，吾其惟衆之從哉。抑予又聞之，御史公者學廣而聞多，其所畜養者深，而發舒者遠，此人中瑞也。豈天將獨厚以鍾之者，其所得之深，因以儆於家之草木歟？詩人有言，「振振公子，吁嗟麟兮」，其諸君所命瑞桃之謂也？若是，則既通于吾之所以評茲桃者矣。

賀靑州馮按察序 琢菴公父〇代

漢之經生，自田伏申轅高堂胡母諸家，各專其門，其弟子轉相授受，多至數十輩，歷數十百年而未已，其道亦云盛矣。然皆異姓殊宗之所衍，如合數璧於萬山，集把柱於叢林，聽其自得，而不敢取必於一株一壑之間。惟東京桓氏，自桓榮以經學起世祖朝，其後承之，自榮至典，綿歷三世，父子兄弟，代作帝師，而其道益光，效益著。故後來稱家學者，不特終漢之世莫盛於桓氏，卽自漢以至於今，亦未見有其比也。青參政馮公，當隆慶戊辰間，以詩薦對於廷，稱旨，累拜山西之參政，方奉璽書監大同，有文武才，稱天下名經士。其長公得之，復以詩薦於今丙子之鄉書，長公之經與其才猶公也。明年將復對於廷，其爲稱旨而累拜復如公也，又烏可以公限耶？於是兩鎭之僚將屬言以賀公，爲戶曹若袁，按察若王與許，三公者，並各以其履與公舊，遂相率以言屬予。惟天下之以一第舉者亦多矣。舉一第而不可以不賀，在今世循俗以爲禮者則然耳。然而勃勃然求以搖於人之吏曰，「是眞足賀者」，則未必盡然也。有一門之內，四世能並以經顯，又舉一輩兄弟中，同母而乳者四人，能並以經顯。以道則曰此儒也，以詞則曰此才士也，赫赫然若公之家者，乃用以偏號于天下曰，「孰能準古今家學之衡，右漢之桓氏者，右其祖，右明之馮氏者，左其祖」，則人必皆左祖矣。又號于衆曰，「孰爲馮氏此舉也眞足賀者，右其祖，謂賀而僅同於常者，左其祖」，則人必皆右祖矣。何者？舉歷世而比其世，彼以其三，而此以其四；又就一世而比其人，彼以其一，而此以其四也。雖然，桓氏自榮至于彬，蓋亦四傳矣。史列其人，則及彬，而序其學，則止于典，而不及彬，此殆不可曉。然以予觀于蔡邕之所以碑乎彬者，謂彬有過人者四。而傳亦序彬與曹節之壻同爲郎，然不與共酒食，卒以此廢。眞亦過人矣哉！

送祝子孝序

曩吾與子孝君，雖異學爲生而籍也，然居同里且戚也。又志之所趨，於業，吾曰然，君無不然，於好惡，吾曰然，君亦無不然。其後，後先食於學，數與諸生于薦於鄉，乃君馳驟則居然先我矣。顧我數蹶，君亦無不蹶者。人皆曰：「是不宜同也，而亦同，何耶？」最後予以偃蹇遭家難，廢生不籍。君乃逡巡於學者十有二年，遂以歲薦當入，會父喪而止。越三年始入，而其門人陳生大節輩，方以言相屬而贈之。夫歲薦初最重舉也，乃今則眇小之，爲蹶之餘，人相謾則必曰歲薦者。嗟嗟，此直謂他人然則可耳，詎可當祝君哉？君之於藝也，猶射之有羿，其終日而不一獲也，以無王良者爲之御也。猶珠之有明月，璧之有夜光，其終歲而不一售也，以其埰棄在三家肆中，無賈胡者以明其爲寶也。今之京師，京師者王良之所日驅以馳，而賈胡者日操萬金以長立于市，拭目竦睫以俟其奇寶之至者也。此而猶不獲其售，始可以眇小祝君而謾歲薦，然而吾知其必不然也。夫歲薦者以今人言，直眇小事耳。且顧視我曩所履，無不與祝君同也，及果薦卽甚眇小者，乃亦不得稍稍同祝君，人之視我，何能無介然於懷哉？然吾則嬖奚耳、燕石耳。卽薦而入，決知其必不能若祝君之以收桑榆，雪前恥，特有終眇小耳。吾何爲介然哉！

賓峯石先生應召序 代

當丙子冬，鄉同年永嘉蔣君某者，道病，至清河，既委頓，往投知清河者石公。余與六人計偕者過清河，適蔣君僕見之，報其主及公。時河凍不可舟，易羸以驚。公遽命出邀，予六人者辭以服。公曰：「安辭？」遂騎裝以見。客主禮靡不殷，托以蔣君靡不受。翌朝出直煩改騎，公亦不辭直而靡不辦，遂別蔣君以行。予六人者道中無他語，每旦暮必聚而言曰：「蔣君一羈病夫耳，托而受之，人所能也。受而藥且食之，如家人然，人能之乎？予六人者，一過客耳，因問其友，邀而驟禮之，人所能也。禮之而款且洽焉，如平生交，不以過客易，人能之乎？直以改騎，使輕於賦民者，不受直而代之。又人所能也。與其寧浚民，寧毋市恩，人又能之乎？」未幾而蔣君亦至，方相與道公德，亹亹不能已。又未幾，而某亦承乏山陽。山陽雖劇要，吏者苦之。而某獨喜得與君相左右，領教導，幸得無大過失。而公固業以名起邑中，至是被召。而州縣諸君例有贈也，亦例以屬山陽。古人有言「觀侏儒者觀一節」，何者？一節短則全體舉不能長。而予則曰：「觀嶺表之篁者，亦觀一節，何者？一節長，則全體舉不能短。」公急於異地羈病之夫，而顧謂其緩於其所隸赤子之痛痒，殷於過客之義，而顧謂其疎於其僚友上下之間，不忍以一騎直浚民以市恩，而顧謂其忍於百出之徵發，或以自奉而或以奉人，此萬萬所必無之理。茲而召也，豈倖至者乎？抑由是道，推之於天下，無不可也。故觀君之全體，觀一節而已矣。而匊附公末寮也久，非知其一節而已也。贈言忌諛，聊以此塵公耳。

贈陳翁授官序

古者民年六十至百，其良者，國家並有養以差。周王制篇若文王世子可考也。下迨漢高猶然，然未聞以官，官始孝文代祚時，賜民爵一級，史失其齒，疎也。至唐因之，每大赦賜爵，有至刺史者。卽非眞，亦濫甚矣。然直曰壽，不曰授。授以板，不以爵，自授訛爲壽，民間遂轉相傳以爲壽至，且例得官可冠服，不問良與否，以故人稍易之。又降不由內，卽秩下郎苟握印而司民者得楮爵以予。值吉凶禮，往往帽紗規領帶牛鞓而造者滿街巷，於是人益易之。嘗遡所作俑，必文武大帥得專征，或備塞徼，擬激發其下，俟請恐敗事，乃預請，請假空爵以行，得便宜若，德宗假渾瑊故事。下迨有司握印者，亦漸相沿襲，假以榮人，不大關礙。然易之者益熾，至相指譏，必曰：「彼爵耳。」嗚呼，此惡足以亂爵者之良乎？器一也，冒以薰則芳，以蕕則穢。鞹一也，以虎則炳炳焉耳矣，以狐則綏綏焉耳矣，惡東韇，及西捧可乎？鄉之陳君，某鄉之良也，頃年八十矣，宜爵。會爵至，親若里輩某等榮之，來以書榮告。予多其良也，榮之。書以復，非榮其年也。

賀朱少監序

少監朱公，吾越產也。幼業儒。其後客燕，遇術者，揆其辰當貴，然貴不在外朝。公用其言，當嘉靖中，果入爲宮寺。歷肅穆兩朝，並以文稱，進少監。至今上聖冲，益右文，以武英殿翰墨藪也，令公掌其事，凡有問難，靡不稱旨，用是得膺蟒服。於是吾鄉之仕于朝，若某某輩無不爲公榮者。顧以予客遊適至都，若有待然，相率來以言屬。然予之有言，則不徒爲公榮，將爲公勞矣。何者？俯逸於僂，僂逸於循墻，循墻者人所勞也。彼一命而再，再命而三，則榮矣。以一而俯，以三而循墻，不其命彌榮，其勞彌甚耶？

公之膺蟒于內也，卽仕于外者之再命也。予故曰，「不徒爲公榮，而且爲公勞者」此也。雖然，抑有賀焉。何者？世謂贊君德之大于萬，而匡君闕之細于一，若詩所稱補袞云者，其在隱曲倏忽之間，有外廷所不及，而在內之臣，顧得以乘間而濟之者。然在疎遠則不能預，亦不敢以望。今公之膺服以蟒，是將親之也，非疎也，邇之也，非遠也。其所裨益，外朝之所及則及之，卽有所不可及者，公將及之矣。如此則是服之膺也，非裨益我聖明之漸乎？是則公之所謂榮也，而非世之所以榮公者矣，夫安得而不賀。

送王大同之平陽兵憲序　代

大同號難治，而近時言最難者有二：曰宗室之繁，人各殊習，而祿則同於不給；曰馬市之貨，其遠在千里外，而欲集於一時。而此二者費各以百萬計。守此者使非用剛柔以劑之，兼廉且敏以爲之，則往往致敗。而青州王公之以戶大夫守此也，凡若干年，其于宗人之環車而告之，或呼閽而有所控也，隨時以應之，求其棼而解之，辟善刀者然，砟之不鈍，擊之不折。至虜之曳駒駷而集于關也，諸司下片紙以需物，則輦赴馱輸，皆預集于數百千里之外者，而貨不呰窳，賈無告傷。而公則日飲冰而治事，抱赤子于一郡，若干邑之中。久之，中朝咸知公廉平矣。會平陽缺兵備使者，遂以公補；行有日矣。其僚某公輩，則相與以贈言屬予，欲書者再而不敢。曰：「茲贈也，豈與常贈同哉？」蓋平陽堯舊都也，當唐柳宗元之撰晉問猶曰：「平陽之人，至今溫恭克讓，好謀而深，和而不怒，有堯之遺風。」其後以地北連大鹵，兵革相尋，至于今茲，日尋干櫓而湮禮教久矣，其非堯之風矣。數年以來，聖天子方欲興堯舜之治，比隆唐虞，納虜臣，通款市，卽令稍梗，將有脩文德以來，舞干羽以格之之意。則以爲平陽雖股肱，尙塞徼也，非得剛柔兼濟，廣敏並持，可以興禮教而大佐文德者，以寄於兵不可。故今玆之擢公也，是以堯之臣望公也。以堯臣望公，而公於佐堯之治，或萬有一不至，使溫恭克讓之俗，少不及於唐虞，是豈聖天子意？不特聖天子已也，或亦非公之意也。然則公之所負荷，不亦重乎？是行也，中朝以堯之治望公，公以佐堯之治自待。予故曰「是贈也，不與常贈同」者，此也。

送袁戶部守鞏昌序

上谷一邊，軍不下十萬，馬半之。糧芻之用，歲卒數百萬。四方飛輓不可至，則用鹽以奔走，賈人賫金錢以買其地之所產，若芻糧之須以輸於此，而取鹽于彼。如此，則不勞走輓，而兵馬自足需給，事亦甚便。然而四方固亦有輕賫之輸，官與軍復有月支之例，出入繁多，爲利之藪。主者稍持兩端，則請託盛行於賈，而下之持手而食者，得以漁獵於斗、斛、衡、石之間，往往至于敗，常焉。望其遽而他之，又況以重地寄哉？惟我袁公之職此於宣也，飲水而治，用以自潔廉，而其才計所到，執概而操籍者，舉不得一染指其間。又其宅心平，而遇劇，敏而且善於斷。於是賈無不悅公之公，而軍與需者，無不信公之廉者。久之，聞於中朝，會鞏昌缺守，遂以公補，行有日矣。宣之參戎某君，郡閫某君來以贈言屬予。惟鞏昌重地也，東接隴蜀，西鄰戎羌，習戰爭，尙氣力，馬援之所不能遽定，而虞詡之所殫精以從事而後僅能勝之者也。至於廉范守此，無馬援之武，鮮虞詡之略，獨有一廉平耳，然卒用之而以大治。豈干戈之效，不餂於禮義，韜鈐之用，雖與忠信校功耶？夫公之試於宣而卒售者忠信也，禮義之習效有廉平也。廉平者，卽禮義也，忠信也，廉范之所用以治者也。以廉范之德，守廉范之地，意者馬援虞詡輩他日且將讓名于竹帛，而不敢校短長於人口耶？然則鞏昌也，非公之寄而孰寄哉？

贈雷總兵序

近日邊陲之事，大約識時務者利撫和，而恃能戰者好言殺。是以事雖定，而論尙未歸於一。不知近日撫虜以來，其奉約束幾於編氓，騋犢滿野，匹婦躍一羸，從一鬟而取穀菽於莊居，朝發暮還，若履中土之郡邑。而罷調主客之兵，輸餉輸茭，歲以億計。駝馬介胄之鄉，眞亦幾于晏如矣。彼彎雙弧，佩一鞬，挾數尺刃，躋躋然以與虜從事於呼吸之間，或夜襲其帳，多不過數級，甚至數十百而止耳。回視我疆壘，已尸遍野而血成池。彼號稱善戰者，將以彼而易此，近則身橫金玉，遠以爲子孫千萬戶之計，乃不知冥冥之中古所謂陰德也者，其於此爲何如耶？意者，蒼蒼者未必盡許之也。鎭宣者爲總兵雷公，當爲參將時，嘗以數十人當虜騎千餘。兩將旣歿，大軍盡崩，而公獨騁馬號，發五矢，立斃虜五人，其一又虜中酋也。遂北，城賴以全。若此者公可不爲善戰者哉？顧當今玆之搖議也，必尙撫而斥戰。曰：「使一將功成而萬骨爲枯也，何如今枕戈而負鋤，使百萬生靈晏如哉？以人命易子孫榮，吾不爲也。」公之威名廉靖，數戰數立奇功，鎭之人愛之如父，倚之如城，事多不可述。獨身以善戰名，顧不欲以戰爲己身家，而獨取撫，爲國家全活生靈培元氣計，此則士大夫中之所少也。朝廷方以責成，蔭公之子世爲某官，乃其屬都使某君輩來請言。噫，以公之樹德于陰既如彼，其效將如斯已哉！

邵兵憲公東海重春詩序

黄霸守潁川，治爲天下第一。漢宣帝嘗下詔稱揚，賜黄金，爵關內侯，秩中二千石，古今稱循吏矣。至其發騎詣北軍馬不滿，士人得執軍興之法以議之，則其所少者，豈待爲相之日而知之哉？長於撫字，而短於徵發兵，難事也。人固有能有不能耳。今按察副使邵公之守吾紹也，政察明而德和惠，既超然與霸等。而越之地並海，歲備東夷，一兵副使開府其中，而郡衛長吏建牙從事於其下，莫不倚毗仰藉于知府者，府多難之。而公處其間三年，百爲悉舉，遂以兵聞于朝。會副使者擢去，朝議亦遂以公代之。紹之鄉大夫士方重公之優於其任，且喜其擢而復留於茲土也，既羣然頌且慶矣。既而山人何仲虚者，執冊來詣，某始謀序諸作者之言，以獻于公而題其端曰：「東海重春。」乃遂命某序其末簡，某既有感於霸之所長爲公之所長，而霸之所短，乃爲公之所兼長也，深以爲吾浙幸。然霸長於牧，短於兵，他日又短于相，公今長於牧，且長於兵，當他日爲相，其不爲霸之短而必今之長也，又審矣。豈不足爲天下幸哉！若是則重春之說，不止于東海矣。

贈送馬先生序

鄭虔善著書，攻圖畫及書法、詩。嘗自寫以獻玄宗，玄宗署其尾曰「鄭虔三絶」。當其時，宰相珍之，爲特置廣文館，又自廣文選著作郎。及爲安史所污，與王維等就繫宣陽，然卒用畫得免。至其所尤見重於人者，貧約而無營，澹如也。今我先生馬翁之教吾山陰也，蕭然坐數楹間，植竹百箇，花數品，彈琴著書以爲常。傳經之暇，日與文史墨卿，晏笑以觴，若不知有家累然者。其無營大與虔等，而其圖畫詩篇書法間出超奇，人或往往以虔目之。始先生至，某抱策而侍者數朝，每苦爲塵事所羈滯。及公去而又爲今□□□□□□詣闕下，其後拂衣南走，一再及先生於門。而病就榻者且踰兩春，忽忽有鄱陽之變。一纓南冠，援琴而鼓之，嘆曰：「嗟乎哉，使曩者三數年之日月，不滯廢于他端，以得一意握筆，從事于先生，卽使不進于道，苟得聞其繪采，其在今日，儻得從宣陽之免乎？」然而事不可以預期也。今先生遷諭安福，將赴之。予縶不得別，感而愴焉。方欲展一言以獻，會齋友某等繪越八景將以送先生，而令某題且序之，某遂得書以獻。

送沈君序 代

世廟之戊午，邑士薦於鄉者，爲太僕卿朱君，祠祭郎中祝君，翰林脩撰張君，今某縣令沈君暨予凡五人。而沈君年尙壯，其爲文獨精，志銳而行篤。顧予雖不敏，無以望沈君之後塵，卽敏若二三君子，亦靡不推重沈君者。然予與二三君子後先從廷對仕中外，而獨沈君數蹶於春官。予與二三君，嘗取讀其袖中草，未嘗不歎惜於卞璧之難售，馬之驥而九方皋之不易遇也。君寧無芥蒂於其中耶？然而不得違天而獨伸也明矣。雖然，抑有說焉。天下事有伸於衆趨之暫者，亦有伸於獨脩之常者。伸於衆趨者在天，伸於獨脩者在己。始吾儕與沈君讀書也，則曰：「吾安得取吾之所口誦者施之民乎？」今天子付君以民矣。與君爲諸生，出而見有困窮者，塗炭者，或抑而不得白者，則又曰：「吾安得授是任而爲之圖乎？」今天子則又授君以任矣。夫衆趨之暫，雜于人，自不得以盡如吾言，故伸也者，難必者也。獨脩之常，專于己，夫孰得禦之？故伸也者，易必者也。然則今茲之授之任與民也，非君必伸之會乎？且君獨不見張李黄次公其人，或起家吏胥，卒爲漢循良稱首，或位至三公，而戴聖則明經博士，師其表望，且何如崇峻耶？而卒以墨汚九江，則君何芥蔕于茲就耶？予猶記異時與君同計偕客邸中，數相慰勞，殆要以平生。今予幸而先事主上，曩提十萬師備亭鄣，而今復叨副本兵，右蘭臺左樞機之任，然猶追想曩昔不得百里之地而民社之，一試芻牧實效。今髮且種種，而何以贈君之行哉？則告之曰，昔嘗所與君讀書而恨不施之民，出見困于抑者而恨任之不在己，是猶以及人者言也。乃索其最切于己者，則何言哉？古訓有云：「當官之三事而已矣。」噫，此固予與二三君子贈行意也，亦君之素所自 朂而喜於聞者耶？

賀靳蒙城序

記曰：「天降時雨，山川出雲。」而子思子於山與水也，及其至曰「寶藏興」，曰「貨財殖」。雨者，澤萬物者也，非雲則雨安從生？寶藏貨財，利養萬姓者也，非山與水則所藏與所殖也，將於何而不匱？今之仕者，承父母之命，委贄而爲臣。爲雨以澤萬物，爲殖與藏以利養萬姓，臣道也，子道也。而問其所由，則雨孰釀耶？雲是已。殖與藏者孰蘊耶？水若山是已。胎而育以長，育而教以成，是父母之道也。故祀典雩雨則不廢巫師，人之取貨財與寶藏者，必有山川陵澤之祀。噫，此仕者得推其榮於尊者之始也。自有天地以來而已然，非武王末命而周公成之者也。雖然，商不調則宮亦廢。故周南有蘋藻之婦而夫位安，列國之間，敗邦君者，多以小君之蕩。故昧旦之詩，雖射者亦錄其偶，晏子之傳，即御者亦美其妃。仕者之榮，旁及閨閫，其原于此乎？予同年靳君以某年廷對稱旨，出知歷城，以才改知蒙城，其善政不可以枚舉。大都其澤萬物也似雨，其利養萬物，似山之藏，水之所殖，而不可窮，其得助于內君也，又似商之協宮也。民歌舞之，諸大吏監司者廉而喜之，既滿閱，主上聞之若曰「此吾家豐鎬地也，郎顧若此稱乎？俾得榮其家如故事」。璽書下，而予家姪某婦之翁金君某者，丞蒙城，雅德其長，爲其長喜也，書來以賀詞屬。噫，良哉！蒙城既以雨澤物而效矣，又出其山與水之殖且藏者以養萬姓，而又效矣，商以雌鳴，宮以雄應，而又效矣，予何所措一詞以效于君哉？願君毋忘聖天子之榮君也，而竭股肱以效之而已矣。

贈金衛鎮序 代

自西漢至趙宋，凡文武大臣，簡鎮中邊，職將帥，或暫領虎符，得專征者，皆得自辟士，以補所不及。毋論已仕與不仕，雖賤至甿隸廝養，亦得辟。往往有入相天子，侍帷幄，榮寵灼於當時，令名傳於後世，毋怪也。明興，始猶循之，尤稱得人，然不專以幕僚目。自科舉之制定，而舉者頗多得人，毋事辟請。至于今，卽有辟者，亦非古所辟者之主與賓矣。會稽某君，少而博敏，於儒科及兵籍，若醫經，若名法家，靡不究。乃用儒以干，不利，遂走燕。久之，一裨帥識之於始，四大帥識之於終，輒以武終拜紹興衞鎭撫。噫，於君雖屈，於事則奇矣。何者？近制無以武始而終躋相與侍者，故曰於君屈。然君家故大族，以甲科拔金紫者數輩。君之祖若父，祖司教，父秩郎，其文盛矣，缺者獨武耳。而君適完之，故曰於事奇。縱相與侍，未可必能止其不拜且封耶？越之金有二，一塘下，一湖南。湖南之金客燕者尤多。金籍浙會稽，予籍浙東陽，於金鄉也。予僑於燕，與金之僑於燕者，時相問則故也。兩金將賀君，而來以文告，余不能辭，故舉其大者如此。若某之德行道義在家庭者種種，人人能道之。異時家乘郡邑具采之矣，故不贅。大帥四爲誰？大中丞萊陽張公某，聞喜翟公某，大司馬邯鄲張公某，大總帥蓬萊戚公某，發軔裨帥者，偶忘其氏名。

送少參余公考滿序　代

浙之省爲郡者十一，舊嘗分藩臬之副以並臨之，合紹興台寧三郡爲一道，藩臬使者歲三四至以爲常。或巡撫諸大吏行部則至無時，事已仍歸駐於省。其後海上寇數起，中朝始命臬副開府於紹，握兵以臨。及寇已，則徙臬副專駐於台，而寧與紹兩郡，則用藩之參伯以守，其開府以駐並如故。可十年所，然總其前數公矣。夫今之爲吏者，非不各有所長也。各有所長者，多責人之短，以就己之長，愈責而不應。若是者，己之長非不灼然著見也，而人之短，爲其所迫束而强以當之者，亦往往或至於不堪而詭應，然亦卒無益于理。惟夫全德通才之士，若無一長之可名也，而其兼覆曲全之妙，若人人不見其爲短者，而於政亦未嘗有所廢，於法亦不見其有所撓。夫由前言之，則前此數十公守於吾紹者之謂也，由後言之，則今之余公，守於吾紹者之謂也。噫，彼數公者，寧非吾兩郡之天哉？然而四時也。今之余公，其爲天於吾兩郡，豈有異於彼十數公哉？乃余公則元氣矣。予爲是言也久，而適公以滿考將行，郡長君輩來謀所以贈公者，而愀然意不樂，蓋恐公行，且借而他之，而未必還也。予則曰：「紹未嘗開府，其開府也，以海上多事。前此數十公者當之，或長於治而短於兵，亦有長於兵而未及於試者。頃者海烽偃息，鯨鯢莫敢跳梁，然揚片颿而凌一葉於白波者，未可謂盡無其人也。矧玄象示警，人心方詾詾，所恃者龔遂虞詡握尺符而繫黔黎耳。蓋正公等其人也。即有計例常事耳，當事者之所必請而借留，而長君輩何足以愀然哉？

試錄前序　代

萬曆辛卯，天下復當大比，不佞某以翰臣及科臣某並膺上簡，充浙江考試。同考試官職監臨者，爲巡按御史某，職鹽者爲鹽法御史某。既預聘諸省學官，至秋仲末，又驟檄諸屬有司，堪領内外事者既定，乃卜鎖院日偕職提調者爲某官某，監試者爲某官某，進提學副使某所簡士三千有奇，三試之。某與同考分閲，得九十人，擇文之尤良者二十篇以式，例當序也。某謹序曰：自我祖宗聖神始創大業，未遑禮樂，有如佐命元臣在爾浙若宋濂劉基輩，乃辟世勝國久，無從用科目以進，迨應我皇祖初年之首聘，亦當是三四十歲人。其後制科既定，而王文成守仁之生，實成化壬辰，譜稱其娠彌十四月，則娠時正辛卯矣。揣宋劉之謁皇祖，既四十左右人，而皇祖升遐之後，兼總建文四年，始歷年二十有二。計在勝國甲子，諸賢迭鍾，不有生於辛卯如劉宋，必有娠於辛卯如守仁者矣，卽未盡然，然不敢謂盡否也。自守仁以成化辛卯娠，而爾之鄉沈光祿鍊，又以嘉靖辛卯，鍊舉，雖不敢望守仁，亦孔門之狂狷也。統計之，百四十年來，四甲子，四辛卯，賢才之鍾，特四盛於我皇朝也乃如此，則造物者可責之以不勞，又可誣之以不厚乎？故不佞序錄文之首當以文，不以文而以三四公者非他也，蓋特以三四公望諸子也。亦兼望諸子於他日，以少酬造物者之勞與厚也。何者？前代制科條目不常，元社將屋，智者先知，苟冒昧進趨，則淪胥以溺，一難也。聘徵絕響，白黑不明，自衒自媒，徒成自失，二難也。故劉宋豪英，必待明皇而後售，非以其難乎？今也聖祖神孫，相承相襲，賢典之盛，前代所無，一易也。制科弘啓，羣俊彙征，從者如雲，品者如鏡，二易也。以此之易，校彼之難，將孰趨而孰却？故使劉宋在今，亦必不畏難而舍易，使王沈處彼，亦必不倖易而趨難。夫既云易矣，非難矣，可彙征矣，不爽鑑矣，則三千人中豈匿劉宋之蹤，錄者九十，可量其竟無王沈之雋乎？儻有之，而秉閱者偶不錄，或錄之而不在高等，而辭于衆曰：「我固非不明且慎也」，難矣。儻亦有如前造物云云者默尸其間矣乎？時至之蚤暮，或欲遺之大，或欲老其才，不可一一以預也。雖然，予致望之意，則不敢自謂不隆矣。今辛卯矣，娠者蚤而爲守仁，舉者晚而爲鍊，幸終以塞不佞之望也。不佞其亦何敢預？亦稍望諸子酬四甲子造物者之厚與勞歟？尼父有言：「人失弓，人得之。」得失蚤晚不必校。如劉宋終辟世，王沈不祠從，亦不失爲劉、宋、王、沈。撫臣某、榷臣某某、中臣某、布僚某、按僚某、都僚某某，或贊敎於他日，或簡而役於今，並勞苦多實效。及以禮際凡數位，使賓者愈興，並盛事。

齒錄序　代

萬曆歲辛卯之秋，首尾接己亥兩月，滇諸所選士於所宜舉禮悉視其舊，至是將歸而醵錢合宴以齒序而錄之。錄成將刻，來告序于御史，亦舊也。御史曰：「諸君子序其齒可矣，而必及其上下中三黨之親者，豈亦以彼我皆有意於他日所可用情地耶？夫中黨者，兄弟輩也。然而士有過謹者，於中黨者雖親，亦預防其冒緣。有過厚者，於中黨者雖疎，亦濫收其緦絕。及他日果蒙彼此用情之候，則過謹者之於疎或反內之曰親也，而成彼之用情，過厚者之於親，或反外之曰疎也，而敗彼之用情者，往往是矣。此又何說耶？非吾之所敢臆逆也。至于齒，有始爲生於學而減者，是徒知末世之重少，而不知先王之重老。始于欺師，終遂至于欺君。即是錄，必欲符始籍，且幷欺其友。夫欲知先王之重老，觀曲禮所稱十年至百年，文王世子所稱設三老至五更，祭義所稱同爵則尚齒，至後則及爵者，則可以無事于三欺矣。善哉顏駟之對漢武也。漢武問駟曰：『叟爲郎在何時，何其老也？』駟曰：『臣文帝時爲郎，文帝好文而臣好武，至景帝好美而臣貌醜，陛下好少而臣已老，是以三世不遇。』噫，駟蓋不改故以欺君而騖進者歟？場中文字糊以閱，加子于父，加弟于兄，加弟子于其師，加鄉之後進于長者，而爲之子、弟、師、生若先後輩，必悚然不安於其心，必如二宋互相先後，定于君后間斯無憾。此齒錄繼放榜而興，以先乎齒者不可少也。」御史言於右，因滇士之請而概言之也，非謂滇士蹈是轍而專言之也。

志序二首 代

會稽以山稱始夏，至於今四千有餘年。以邑稱始隋至於今千有餘年。地非不名，世非不久，長茲土者非不多也，而志則尚缺。萬曆甲戌，新自松陽移令是邑，念之。檢禮牘得前令楊公某所圖，已有緒可舉，遂以請於太史張公某，閱六月而書成，又四月而竣刻，是爲萬曆乙亥之三月。余始覽而欣之，既復歎曰：「會稽以千餘年之久未有志，然而治未嘗不治也。志果關於邑而不可一日缺乎？未盡然也。然而今之譜弈者，非謂無譜則弈者盡不能弈，顧必譜者，以爲寧譜而備善弈者之或遺，毋寧恃其善弈，遂決於廢譜，而卒果不免于遺也。志果無關于邑而可以千餘年缺乎？亦未盡然也。噫，此予之所以必有事於志歟？然而先此圖之者亦屢矣，而竟不克就又何也？旁觀者嚴于責備曰：『志必超於人，如是如是，不則不稱。』任事者苦于得謗，曰：『志必殉於人，如是如是，不則不免于人言。』而不知任事者，不問其盡稱與不，果肯握管以書，卽不能悉副旁觀者之所云，然豈無一二之補，不猶愈於歷千有餘年，無一字徵于文獻者乎？今太史者，古所稱備史之三長者也。矧邑之志卽間有遺，殆余咨討者之未預歟？呂覽出，懸千金易一字，都人不改易，是文信之威箝之也。而史通一書，徒能詆前作者，又無所追益於其間，是子玄之妄也。今邑何所箝哉？且又未敢謂是書必不可追益諸君子。在今日誠可易則易，而畜之以俟，愼毋爲都人。其在他日必有繼此而脩之者，正可出所畜者以酬其追益，愼無爲子玄，斯不負於會稽矣。」

又代

會稽自建邑以來，千有餘年，至楊令君某，圖於太史張公而始有志。又四月而刻成且布也，請序于余。余讀之，見其刻書四，首地書，次治書，再次曰戶曰禮，爲養與敎之書。而括其意謂養關于地之物產，敎關于地之風俗。夫地當其始也，芒芒一物耳，雖未嘗截然自爲九州，又犁然自爲郡與邑，而風氣物產之呈，固隱然有州郡邑之界存乎其間，而養與敎之具亦無煩于舍此而別有所取。然而地之技止于是矣。於是州與郡邑之域興，長吏之治作，而養與敎之道舉。蓋天地之權，有所不行于風氣物產之後，而始假吏以濟之。是道也，高冠而談者類知之，及書于冊，則往往若有若無，雜見而錯于紀，豈謂書志者與論治者固不相謀耶？其殆未知天地之與長吏，交相濟以爲治之理矣。而今四書中所列正其義也。是義也，非太史不能闡，非令君不能信之深而行之敏也若是。噫，予於是卽有以卜會稽之治矣。

一登龍門引

陳生輝甫覲其乃公歸，自靈寶過於道周，襟帶修飾，眉宇粹和。雖退然斂抑，而有冲然之意。同類見之曰：「是子虛而往，飽而歸矣。」而莫知其所以然也。及是持卷過我令書，問何以，則進曰：「雁鶩之微也，飲于卑陂，啄於汚畦，以數粒之糧蒡，腸膈未脂，而羽毛且日瘁矣。及其乘朝而飛，遇夕而止，偶集于彭蠡之陽，葭蘆際天，稻粱若雲，藻荇蔽流，魚蝦觸喙而遶趾。當斯之時，卽鵬鯨之取猶足給也，而況于區區之雁鶩，有不各隨其飲啄之量之大小而充之者乎？」余曰：「余知之矣。子蓋得師而爾矣。然則師爲誰？」曰：「臨汾之傑也，楊其姓也，仰煦先生，其方學者之所稱也。對于廷而稱上旨，丁丑甲榜中之雋也。奉命以知靈寶。爲鄙人之父之長公，而欽其德，父以事之者也。小子因之，則師以事之也。」余曰：「予知之矣。」爲書四字於端，而述其言以引之如此云。

卷十五　壽文

奉壽少保公母夫人序　繼母

丈夫鷙居而豹隱，其英毅闊遠之氣，發於顧盼欬詫之間，見於幹濟積散之實，足以攝一家，重一鄉，而蓋一邑，名聞於四達之衢，是人者，凡人欲仰而親之，不易得也。然而必有爲其妻者焉，得耦之以爲夫。丈夫虎視而龍躍，其功烈垂千萬年，其望震天下，其威之所及，遠在扶桑日出之外，位之所致，兼上卿保傅之崇，其爲天子之所知遇，則出尚方之所有，倚毗慰勞之言，日馳而月至，是人者凡人欲仰而望之，不易得也。然而必有爲其母者焉，得俯之以爲子。夫所爲不易仰者，非我師翁少保公其人，而所謂不易親者，非我師翁之尊公其人乎？夫不易親者得耦之以爲夫，不易仰者得俯之以爲子，人皆謂方太夫人之福，亦既超然盛矣。而張太夫人一旦從而繼之，固有方太夫人所不能兼之於前者，而太夫人能兼之於後。而我公日視夕問，出於祿養之外，又且以事方太夫人於昔者而事太夫人於今。蓋太夫人之福，至是而極盛，其德亦至是而大有所徵矣。今年爲太夫人七十壽，五月廿有五日實其生辰。時幕下之士某輩與賓游所嘗入幕而侍者，相與言曰：「我公視吾輩猶子，其於太夫人則諸孫行也。顧屆茲嘉辰，其可以無頌？」乃顧謂某曰：「子實典文章，其操筆以思。」渭既不敢辭，乃稽首作而言曰：「昔魯侯服淮夷，國人頌之，而推及於所生曰：『天錫公純嘏，令妻壽母。』今我公鞭笞東夷，寧一海甸，是今日之魯侯也。

太夫人之於尊公也，爲令妻，其於我公不將爲壽母矣乎？天之所以錫公與母者多矣。渭小子從國人後，敢以是爲太夫人頌。」賓與士相顧曰：「是今日之頌，而或非他日之頌也。」渭曰：「是烏可量哉！有待。」因盥手再拜敬書。

贈吳通府公母夫人序

楚將子發攻秦，其母教之曰：「越王勾踐之伐吳也，客獻醇酒，王使人注江之上流，使士飲其下流，味不及加美，而軍士戰自五也。異日有獻糗糒者，王又以賜軍士，甘不踰嗌，而戰自十也。」於是子發承母教，遂爲楚名將。其後魏有房氏者，撫子緝，有母儀法度，善誘嚴訓。緝後守濟陰，去之日，吏民立碑頌德，金紫光祿大夫高閭者爲文稱其賢。今我吳公之判紹也，始自會稽史，提兵禦東夷，能與戰士同甘苦，外攘內守，吾紹賴以保全。於是士民相與立碑頌公德，往往遍郊墟城市間。雖多以紀其戰功，然撫民聽斷之間，廉靖惠慈薰積於人心，而并著於金石，固若兼發與緝之勳名而不少讓焉者，豈母夫人之訓所以益成公之德者，固不異於發與緝之母歟？夫北堂之教，行諸閨幃，士民者不得以與聞。而公之爲將與守，與發若緝者相似，且尊人州判公舍母夫人而往也久矣，非母夫人之益成公德，而誰成之哉？今年躋八十，九月某日實其生，某輩感公之德，而遡其所由，相與告語曰：「公爲吾越人之壽者多矣，而母夫人實成之。今母夫人之壽，越之人固咸相頌也。而某輩間得侍公，受教深而爲日久，其於母夫人則曾玄分也，不可以無頌。」顧謂某曰：「子號能文而齒差弱於諸君，宜效其勞。」某既不敢辭，則操筆以綴曰：

甚哉，發與緝之似公也。然二君者遠矣，獨可想見之耳，而又況其母哉！若公則固數望見者也。美頒而雄視，精悍氣見於眉間，偉然福壽人也。意必有特禀以成之，而尊公之年既如彼，謂非母夫人之獨厚而何哉？夫不知其鑛，視其金，金粹而鑛必良也。不知其璞視其玉，玉美而璞必完也。則夫占母夫人之厚者，亦占諸公而已矣。公尚强力茂齡有爲，功德不可以量，而母夫人就祿加餐，且日益康勝，今茲之壽也蓋爲之恆升云爾。」某輩莞然而前曰：「是或可以爲母夫人壽矣。」某拜手敬書以獻。

胡志甫生日贈篇

子志甫生三十，其族昆弟姪某等若干輩，嘉其人也，必欲有所舉而難於祝，謀於徐子。徐子曰：「凡壽並非古，況三十哉！無已，則有說焉。其勉以言也。」衆應曰：「諾。」徐子乃進志甫而謂曰：山簡，古名人也。父濤爲吏部，號稱水鑑，而不知簡。當其時，簡生三十年矣，方以此自嘆。及簡守襄陽，風流儒雅，爲晉名臣，父知不知無損也。由此言之，人在自力耳。志甫尊公以進士起家，位九列。忤權貴，繫詔獄者十有二年。志甫方弱冠，已抱經爲諸生，乃徒步走京師爲尊公訟冤。上書闕下，天子憐之。又載其副本，嗚叫館閣省寺諸公間，尊公賴以釋。尊公其知志甫也久矣。始無吏部之蔽，而後垂襄陽之名，吾願志甫之力之也。敢以是爲勉。然志甫文采溢出，好排難解紛，拯人急，重信義，散金麾帛而不顧，有類於史所稱翩翩公子，若平原君之爲者。卽不守襄陽，於簡奚讓焉。又卽使拓志甫之所騖不已，雖下視簡可也。茲因其三十而衆昆請祝也，故聊舉簡事以志之。客有善繪者在坐，予令作山簡守襄陽醉習家池圖。

贈王翁七十序 樂山

蘇長公言，曹魏時毛玠崔季珪用事，士皆變易車服以求名，而徐奕不改其常，故天下以爲泰。其後世俗日以侈靡，而奕固自若也，故天下以爲嗇。君子之度一也，時自二耳。始吾之爲生於縣之學也，大夫已先我名學中。當其時，大夫爲生，作爲舉子業，有聲名。又謂青紫指日可拾取，又御史大夫公後也，氣亦凌振於時輩。即生其衣履無不裘葛鮮好，即出當暑雨無不挾蓋隨童子，及高會召客，亦無不腆其圓方，遇鄉里事，直曲之無縮恧。及大夫長公既振，漸解于鄉，而大夫春秋亦稍高矣。乃棄學中生，奉制得被學官品服。其後長公成進士，歷刑部郎大夫，大夫即得被其品服，然其爲衣冠也，猶裘葛而已，其召客也，猶曩時三五方圓而已，至暑雨值傭作，或不挾蓋隨童子，遇事或不敢曲直，特手自挈一鴟夷，登高泛深，哦咏終日，興盡則拂衣而起耳。夫人固有冬則寒，夏則驟燠者，此固齪齪不足道，亦有故溫其冬，涼其夏，則尤不免於有意以改其常，皆所謂內不足而與時二三也。惟大夫於此，既能一之矣，而又不出于意，不知於蘇長公所稱徐奕之事何如耶？噫，殆不足遠矣。今夫物善變者則不長，故得水爲鼈者，倏忽而爲蠐螬，爲蝴蝶，爲程，爲馬，爲人，一時未周而已失其故。金投於水如是也，投於火亦如是也，故歷劫而不能毀，其大夫之謂矣乎？大夫今年爲七十，長公之友某以頌屬予，故予及其宜壽之道蓋如此。然大夫當四十而鰥，至今三十年，帷中無一侍者，力可以爲而不爲也，此於壽不彌宜耶？

賀季母吳孺人序

季母吳孺人者，山陰州山文學士吳翁諱圭者之女，會稽諸生子見甫諱卓者之妻，布衣稱長者諱東者之子婦，御史公諱駿者之孫婦，而吾師長沙公諱本者之姪之婦。其姑則兼宮閣禮書謚恭僖張翁諱景陽者之女，其子則以少年明經，起爲諸生，以文高廩再薦於鄉，而偶再落之名岱英字有毓者也。始母自吳歸季當盛時，宅火珠里，處諸大人及娣姒少長間，隨所直無一不慊，當事後往往得羨且嘆。晚而家稍落，及徙目連里，與余家並僦而栖，門相對幾十年所。既五十歲而孀，乃賓友時時集有毓書舍，未常得聞母一高語一笑謔聲。諸黨中尊者愛慕之如女，卑者嚴事之如母。直內外近服輩，過造宜送迎，亦不使裙裾曳堂閾。其貌象端飭，即坐深帷中，霜氣遙逼人，冷然若在咫尺。今其年七十，知有毓者，多箕斂買羔雉，及請名人文以祝母，而余不及廁也。至是有毓乃用酒漬一鯉，鹽漬兩凫，勺酒於甕，可半斗許，一童子擔之，氐卬而來，索余言。余告之曰：「夫以母之德之長，殆若天授之然者。天既長其德，寧忍短其年？若是而人猶曰『吾將取祝以長之也』，是謂誣天。誣天愚不敢。乃母德種種如右者，愚所親知於他日者也。敢聊書以代祝。」

壽王翁五十序

老子曰：「至治之極，鄰國相望，雞犬之聲相聞，然民則各甘其食，美其服，安其俗，樂其業，自少至老，絲不相往來。而吾越之所產之需于衣也者，曰苧，曰葛，曰麻，曰木之綿，曰絲之布，曰絹，曰綿之紬已矣。而諸羅若諸紗與綾，若諸織絲，若諸他出蠶之口，入織工染工之手者，多在他方，未可以指數也。重利而輕生，計歲而忘月，以客爲家，不遠數千萬里，甚或僥其幸於百蠻之鄉，重譯於諸大海之舶者，不少也，況在區區九域中，何所不蹄且帆乎？吾鄉王翁字少南者，吾所好許君字懷秋者姻家也。業以蠶口物入織染手，用回易以起家金鉅千。其將回易也，每持數日糧渡江而西，不越百里而止。更西而南，抵吳會，不越三百里而止。一夕或三數夕，而歸舍且寢于其家矣。畜其回易于彼鄉蠶若織染者，以應貴富者之求耳，而已則多布素褻束其衫袴，卽吾越之諸所產稍精，如上文所列者，亦未必盡裼且襲之。蓋庶幾于老子所云安其俗，美其服者歟？今年齒始五十，許君丐予言以壽之。夫古今稱壽者莫老子若，而道德經要旨貴廉與樸。趨利不過三百里，廉也。自所裼襲，不取奇異，樸也。居其夷不涉其險，翁之天資，殆一二默契于老氏者歟？吾以此卜其壽矣。

壽胡母序 代

古今稱子之才賢者，多詳於父而略於母。其擇徑路取功名者，多右經術而左刑名。然西漢時有趙禹杜延年，禹雖急於始，而不能緩於終，至以平稱，有杜延年發霍氏之隱。東漢時有丙吉，有仇覽，皆世稱長者也，無不佩刀筆，起曹史，卒致九卿三公。此四五公者，何負經術之士哉？而母之於子也，如烈女傳所稱下逮歐蘇母氏，無勞其父而成其子。且無論若娠也，居必肅而食必忌，目不視惡色，耳不聽惡聲，名曰胎敎。擇良婦以提抱之，愼乳婦以煦哺之，名之曰保母。此又何說耶？今夫天地之於萬物也，生之者天，而成之者地。天一施而其功畢矣，地受其施，其以朝夕若周歲而成者無論也，乃若豫章，必七年而始芽。母之於胎子而成之之難也，亦焉得不如是。由此觀之，子未必皆成於父，而不聞成於母，經術固不可不右，而刑名亦不可以盡左，亦彰彰矣。胡母子凡六，其四一以鄉薦起，一以國子生待薦於京，人知皆右，而不知四子刑名者之不可以左也。知父敎而成其子者矣，不知母敎而成者之隱而不彰也。吾故於胡諸宗丏吾文以壽母之五十，特舉世之左者與略者以壽母。而所謂母之子一以鄉薦名某，乃與予爲同年，其可謝不敏，靳不壽以文耶？

壽張灤州朱宜人序　代

同知漢陽府十峰張先生者，越之雋偉人也。其次公今守灤州曰太初者，少而以慧稱，先生奇之。將卜婚焉而感諸夢，乃得望族朱氏。已而物色之，髴朱氏女稱淑也，太初遂婚焉。時先生已謝漢陽歸矣，廉而乏。朱宜人則傾其所歸匳以給斧爨，上奉翁嫗，中備戚友，下飽煖其臧獲，被祈祈僮僮然於羹戛蚤暮間，漢陽公若灤州了不知其乏也。於是漢陽公得一意以敎灤州，而灤州亦一意於父師之敎。學既充，遂中高選，司銓者復奇之。始仕輒守灤州，灤州廉如漢陽公，而乏亦不減漢陽。宜人損減於己所當御，不瑣細於灤州，而灤州不知有乏，亦如漢陽公之不知有乏也。乃少割其贏以敎其二男子，二男子甚英偉，邇乃擅文譽於太學中，猶漢陽灤州之在疇昔，擅名於郡邑也。噫，婦道至此，亦可謂婉而盡其大目矣！苟枚舉之，數紙不勝也。今某年月日，爲宜人若干歲矣。其某親某客燕京，以某漢陽人，漢陽公，某祖也；漢陽公之弟內山公，曩爲楚文宗，某師也；而內山公子陽和，又與某同官翰林，則兩世兄弟行也；而太初閱考時封誥，又某撰也：有如是之分，故於是請也，不敢以不敏辭。乃若宜人之壽，覩德而可卜其長矣，又何庸取辭於不敏。

壽某州守某君序　代

夫學生之以儁稱者，以歲薦而屈矣，謁選得令長伸矣，令長而陟郡判屈伸之間矣，然今之例，非鄉科及甲以歲薦而得是者，亦不可不謂之申也。以郡判得守於州則大夫矣，得大夫，卽甲亦以爲尊而榮，非有廉幹惠澤及於縣之令於府之判，則不能越次以超。而州守者陟階非部郎則憲僉，最次者則部貳，並大夫而尊且榮者也。外舉者不能抑內者，不得以非鄉非甲而抑之。而滇之某君，自歲薦而長縣，自縣而判府，又自府而長州，其階上則將部，中則將僉，最下亦不失府貳矣。乃懇退者屢屢，百姓聞之，如失考妣，州士聞之，如失師模，士大夫聞之，如失良伯仲，不約而聞，並懇留於郡大夫。郡大夫宣言曰：「三公九卿易，百姓一口難。」勉慰而留之。頃某年月日初度，迨五旬矣。而州目某者，予之□□也，使來索予文以賀。夫以予觀於某君，以歲薦三仕爲縣長，無間其於仕進者也，非退者也。於當進而數求退，是恬者也，非躁者也。恬而非躁，可以卜其於民也，善愛而養，其於士也，善教而循，於鄉大夫也，善久交而敬。郡長留之，亦可以卜其善別賢與否。目之索予文以賀其壽也，亦可以卜其善事長官而非諂。蓋一舉而五善兼之矣。五善者，五福之徵也。五福者，以壽爲首也。某君之壽，奚待於某祝。

壽諸左泉序　代

少宗伯諸公，別字南明者，有兄弟四人。長曰滄浪，次曰左泉，又次曰北溟。而少宗伯各因其人而處之，弗漫也。當其在翰苑及宗伯時，或招之使來而來之，或不招之使來而自往就其教，則喜其受教也。或招之使來而竟不來者，宗伯亦不督之者，左泉一人是也。左泉之爲人，不薄於親，不凌辱於鄉黨，不疎於友，不泛於檢括算籌，宗伯知其然。獨喜割牲縮醪，召詞人與談聲偶，窮晝夜無倦色。一及不平事，則慷慨悲歌，爲覆杓者移時。既而復飲，不醉不已。栽花養魚，以觀其生意。宗伯書再至，亦再不往，蓋略世情而尊古道，其嗜飲可附柴桑，其自奉而取給于尉陀之橐，以分諸子，亦略似陸賈。宗伯知其不有宗伯勢於鄉戚也，故安其不就招，此可以觀其平生矣。其人長軀而面亦不短，聲琅琅如鸛鶴，法面長尺，壽合百，此其徵歟？歲某支干，其五十生辰也，諸鄉戚丐予祝。予觀宗伯季孟間凡四，往者三屈指，而以壽存者獨左泉耳。而噉梁肉以升計，酒以斗計，朝飲以夜計，或夜飲以朝計，而容不悴，顔不衰，壽帶亦隱隱起。嘻，術家所謂面長尺壽滿百者非耶？予於左泉，審其爲人，於宗伯有分誼於請祝者亦多，蓋不得以不敏辭也，故述其所付於天者，以答之云爾。

贈葛太君序

期人之年者必曰百歲，甚則百二十止矣。至於九十，則近百與百二十矣。夫未至九十，則所謂百也者，期之者也。期之則百爲遠，遠則其享也長，長故可慶也。既至九十，則所謂百也者，特踵之云爾。踵之則百爲近，近則其享也短，短則懼，懼則不足以慶。而今葛母太君者，亦既已九十矣，而慶者彌集。某常復於所乞言劉君某趙君某曰：「世有無遞而徒恃於年者。當九十則近百，近百則可懼，可懼則不足以慶。而太君之於九十也，則不然也。則不然，則慶也。辟之陟高者，千仞而將巔，走則少矣，回視其所歷景則多矣。夫步之少，不足以奪景之多，則與其得于步也，寧得於景也。夫太君之夫子，山西布政使也，使賢也。其子若孫並郎與士也，郎與士又賢也。而太君一相之以爲妻，一撫之以爲母，故異日者使之賢，與郎與士之賢，太君之賢之也。賢之而九十矣，非登高者之於步與景也，其步則少，其景則多者乎？噫！此其所以宜慶也。非慶其步也，慶其景也。」某也幸，盡得附交於太君之子孫間，而判於鄂曰焜，爲山人于家曰曉者尤善。曩約過兩君，幸一拜太君於堂，竟悠悠未可得。今直太君生九十矣，意謂且決往，而又流轉客金陵，然不敢負劉趙諸君柰也。一日從牛首望長江，呼管而書曩所復於劉趙兩君者，以寄壽太君者如此。蓋意亦有感於川之方至耳。然而川之言也，猶涉以步慶也。

贈族兄序

徐自偃王入越，迄今數千年。吾宗居會稽，自吾祖而上，代多豪雋富貴老壽之人。至吾考，若新河五叔父，西河二叔父諸君子，或爲州郡，或自部郎，俱階大夫，横黄金。而子孫亦繁多，大其門戶，美其衣食，高者以明經爲生員，次亦以氣概雄視一鄉。少者壯，壯者老，則又相與內履曳杖，皓首而往來於湖山社里之中，盤桓於籩豆果核之側，其所謂豪雋富貴老壽之人，蓋無忝於上代所稱者也。二十年中，諸君子之迹熄而澤微，抱經者或不得仕，富者或轉無常業，至於求諸老壽人亦往往不及于前時，而吾宗日浸以衰矣。然則一門之中而欲全盛，全盛矣而又欲其久也，不亦難矣哉！獨吾西河之二兄，以相傳之業，抱雄偉之資，效禮讓之行，以挾數千金之產，安享而無所升沈者，兼豪雋富貴老壽三者而有之，舍兄其誰哉？眞可謂無忝於吾祖矣。雖然，之三者之全，是吾諸父兄弟之所以爲兄善也，而或非兄之所以自爲善者也。乃兄之自善，則必有出於三者之外。於是兄方躋七十，當生辰，諸父命渭以文，將率宗人賀兄於庭，且曰當祝願其壽。夫兄壽又何祝焉？大叔大父，非兄之祖，大叔父非兄之父，而今某太孺人者，又非兄之母乎？二翁者年俱踰耄，而太孺人且期矣，兄固其子孫而賢者也，兄壽又何祝焉？兄少有大志，常以明經補郡學生，既而以例授典膳，舉非其所樂。有子某甚聰明，曉禮義，賢士人多與之友。是舉也，某以不文辭，以大人命，辭不得，於是乎序。

贈陳翁序

郡城南去二十里曰平水，多巖巒谿壑之勝，鄉大夫士志遊覽者，往往上下其間。有隱君陳翁，以儉節累重貲，敦行好禮世家。於是大夫士聞之，以道經其門，悉願交焉，或信宿而後去。如是者蓋數十年以爲常，無厭也。至是年八十，某月日其生也。而子甥某者，翁子婦父也，將徵文於其宗尊御史君以爲壽。

御史君曰：「爾表從父通政胡君在。」及詣胡，又曰：「爾舅氏徐君在。」則詣予告其事。乃予更思代予者，既不可得矣，遂將何以壽翁哉？予惟世之人多積厚居，非緘囊閉橐，屏去交際之文以爲得，則必結納奔走，附麗貴遊以爲榮，假借聲勢以爲援，如莊周所稱張毅，養其外而攻其內，以罔其天年者，皆是也。翁以儉德力本，積多且厚矣。賢士大夫過之，未嘗聞其厭倦，如所謂緘囊閉橐，而深居遠蹈。亦未嘗見其輕入城市，數過賢士大夫之門，以成己之援，爲己之榮，此其於所養爲何如，而不足以自壽耶？予夙好登覽，常兩走武夷千里道，樂就高人羽士說長生談玄理，而不能一見翁於會稽諸山近在眉睫間者以自附於賢士大夫，予過矣，翁俟焉。麗辰嘉節，望見野服角巾二三輩坐扁舟冉冉而至者，非胡趙二君或吾與吾甥偕也？當其時，儻別有言以爲公壽耶？

奉壽馬先生六十序

嘉靖乙丑夏四月廿有四日，爲吾師白峰先生年六十之生辰。而葵齋馬先生，覺山張君元亮，龍陽趙君練，龍峰陶君秀，醒心徐君來卿，東亭徐子棟，月川丁君時泰，莘野劉君尚志，豫吾季君濟韋，凡十有七人，皆先生曩昔會友也。至是先生自以候接生辰，年始滿六十，既三仕爲大夫以歸，而諸君者且無恙，遂借生辰以樂諸君。乃于季春望前二日，觴諸君于宅之寧壽堂中。酒數行，客有願卜長久者，持籌以起，合諸君齒乘之，得千歲有奇。東亭子既爲文以記其事矣。而諸君者以先生縱令不預期觴之，猶將及期以頌，乃醵金具尊俎繪圖，而私謂渭固先生所常親授經，握筆而教以文者，其令作頌以書于圖之上方。渭既不敢辭，乃進而言曰：「諸君今日欲致頌於吾師，與前日紀千歲於師之座，豈非欲吾師自今日至百千，極久長而不已哉？渭常聞申公矣，其與楚元王，俱受魯詩，以浮丘伯也。由秦入漢，歷高、惠、文、景之世，始復以明經迎至漢廷，議大禮，時年八十餘矣。及退而家居者復數年，申公蓋庶幾百歲人也。而其所治魯詩，則自漢入西晉，延綿於世至六百餘歲而後已。世言經生壽者，必歸申公，然申公壽又不若其經之傳爲尤壽。吾師固治毛詩，既以明經三仕爲大夫，稽始生及入仕，且歷三朝，今其致歸亦復數年矣，而經業猶在也。正使老且復召，其齒當不出申公下。然此特以形壽耳，形壽未有踰百者，而君等至欲以千計，豈以治魯詩者，壽止百年耳，而其經之傳，則五倍於其年。毛詩非魯詩比也，是以至于今有傳焉。而吾師治之又精，從而轉相受者，方景相合而環相循也，豈千歲而遽泯哉？是宜以千歲卜也，不然將諸君之言幾於誕矣。夫吾師曩與諸君以文字會於一堂，退而教其弟子於塾者，此經也。今而觴諸君於宅，諸君欲以言而致頌者，亦此經會中之友也。則渭之受命以作頌，安得不以經哉！而世猶曰：『申公之師浮丘伯，仙人也。申公師其經，兼得其術，遂能百歲云。』」於是諸公可渭言，遂書以爲先生壽。是舉也，預觴寧壽堂者，半去別舉禮，姓氏隨之，遂不重列。而葵齋先生，又爲渭之師，醒心君爲兄，而東亭子則姪，其他皆前輩，若同輩友也。葵齋先生名禹錫。

少保公五十壽篇

渭常觀郭汾陽王，當唐天寶中，值天下多事，遂以朔方鎮一軍，收東西都，還兩乘輿于蜀陝。其所平定經略，俘禽破走，覊縻服從之事，自常山河東西，若關陝河曲邠寧鄜坊，地不下數千里，安史李田夷夏名酋不下數十人，吐蕃回紇黨項羌渾奴剌諸夷不下數種，其功烈之崇，何可得而悉數之也？然汾陽身爲將相侯王，其麾下宿將爲侯王幕府吏士，後亦有爲將相者，兩途並百餘人。他若奉入賞賜之多，子壻諸孫之盛，視履歲月之久，蓋以千萬億計。世之言榮且壽哉，眞古今一人哉！次則有如裴晉公，其威譽德業，不減汾陽，而身所享食者亦大略相等。然晉公起文科，故所致多名士。史稱其居集賢里，與白居易劉禹錫爲文章，把酒達晝夜相歡。而留守東都時，亦辟皇甫湜爲判官。以渭所見，我少保令公，提一旅起倉猝，取名酋數十輩于虎穴中，還三吳若浙閩數千里地於將去之際，使自東以南，諸番夷脅息不敢西望，其勳業頗有類于汾陽。而公始自御史按浙，至于今受命加秩，以成茂功，又與晉公以御史中丞視師淮蔡，其後加侍郎平章招討，遂用以平定蔡人者宛相似。而横戈破陣，爲下論道，握寸毫以斫文士之鋒于杯酒晏笑之間，磊磊然燕居集賢留守東都之風烈，抑不知汾陽于此爲何如也。然則古今所稱文武才者，非公其誰哉？公今年始爲五十歲，九月廿有六日，實其生辰。於是文武吏士，暨卿大夫士，三老子弟之在四省，朝野夷夏之慕想而屈伏者，咸走集遣使。且謂公所活無慮數億萬人，其所營則關國家千萬年之運命。今主上聖明，其所以遇公，既已至隆渥矣。顧其榮與壽，必侔於汾陽晉公所享者，而後愜于人心，然亦理所必至也。敢以是爲公慶。乃若渭小子叨載筆之列，在拜伏末行，使居易禹錫湜等處其間，上晉公壽，必有弘詞以章厥美，而渭淺劣不能也。謹摭汾陽晉公事之稍類于公者以獻，而并俟其食報之驗于他日，以仰致祝頌之意云。

壽徐安寧公序

上虞徐安寧公，今年壽始躋八十，某月日爲其生辰。而公之配某夫人，亞公一齡耳。予表兄趙某甥某，得附交於公令子刑部君，將以旦日奉所繪椿萱並茂圖以爲賀，而屬言於予，懇不置。予自帷下士耳，雖有言無足爲公賀者。又遠在百里外，徒閉戶伏處，未常竊睹公令儀也，而何以言爲？然予曩歲客省市，見館中童子挾速牘過廡下，取讀之，累數千言，已乃閱其銜，則刑部君名學詩者論宰相札也。當其時，宰相勢傾中外，熱炙手，士開口者輒陷胸。於是服薦簪筆之流，徒抱憤相視，莫敢發以須蕒，而刑部君獨抗越極詆之。言切直英特，慷慨歔欷，讀之者夏慄而冬汗。當是時，天子爲動色，而海內直節憂時之士，因其言，莫不想慕，願見其人者，而獨予哉？然予當壬子夏，偶得見刑部君於荆川先生舟中。自是遂數問其跡於往來上虞者，稍及其家世，乃始知安寧公。人言安寧公起賢科，判鎮江寶慶兩郡，其後擢知睢涼，及再補安寧，則以刑部君言事，遂止不去。而家固山中也，益閉門謝事，足罕至城郭。長吏每以上賓禮迎之，亦不爲一往。而其自鎮江移寶慶也，多善政，稱循吏，已超然祠名宦中。及問其得移，則又以直道忤巡使也。夫天下人欲見刑部君而不得者多矣，況得聞安寧公之履。即使得見君，又得聞安寧公之履矣，又安得值其壽，與值其所親者，屬一言以內之哉？而予今舉幸得之矣。然所謂屬一言者，政未聞其有所得也。陳咸之在漢，以直聞，而其父之教之也以讇。至於今千載，人言其子不能無少於其父，是家難全德，而譽罔流也。刑部君仕居中，以直忤宰相於朝，安寧公仕居外，以直忤巡使者於郡，雖非其相約以必爲也，而其守道抱貞而輕富貴，若出一轍。將使千載之下聞之曰：「某邑里徐氏父子，世直臣也。」其於家之德不爲全，而譽不爲久乎？是其去漢陳氏遠矣。又況刑部君之直，非咸之所爲直者乎？夫予之所見於刑部君者以直，所聞於安寧公者亦以直，則所爲内一言以爲之壽者，舍直復何言哉？孔子曰：「人之生也直。」然則直固德壽也。而予猶沾沾然以久譽垂千載以爲公稱信，斯言也，又烏足以壽公哉？

賀郁太君序

自弘治之丙辰，歷正嘉隆萬，于朝爲五，自丙辰至今乙亥，于甲子爲一周，又一紀而逾八，于履爲八十，亦難矣。然而在女婦爲尤難，女婦中在勞且勤者爲尤難。或者曰：「凡人所閲所周，與所履同矣，則校其得之之難不難，不宜有異也，而何以獨難于女婦？」曰：「聞之于經，癸之竭也，女七而男八，則男數恆多而女恆少，女婦而八十，不爲尤難乎？」曰：「女婦同也，年八十同也，則難之亦宜無不同，而何以獨難于勞且勤者？」曰：「兩器均量也，所注水亦均入也，其先竭者必數汲，後竭者必疏汲也。數汲而復後竭，必器倍其量，而注倍其入者也。女婦同也，年八十同也，而得之勞且勤者，不爲尤難乎？」郁太君之履也，吾不知其他。有子四人，其長者，始領鄉書于癸酉，次者成進士于己未，出牧江南河北間，並賢于邦家。而再次者，方挂經而耕，並賢于鄉里。凡此者，皆太君與其封公共褓抱飴提于五十年之前，而封公既往，則太君者獨撫教婚娶于五十年之後者也。其爲勞且勤何如也耶？余所難八十于女婦中者，爲太君而難之也。信哉！非兼倍其量者不能，而賢亦賢于是。始某鄰太君宅，某母常隔垣而語，已則顧謂某曰：「郁夫人冬擁貂而夏披縠，其享也如彼，然目能洞細，手尚不去針，其勤也如此。」今宅與母俱遠矣，然聞之于人，太君針尚爾。嘻，八十人尚引針而紉，其壽于他日者，寧不徵于斯？其爲勞且勤于前日者，又寧不徵于斯耶？某得交于太君諸子，間值太君生宜頌，矧余君輩爲太君家兒女姻者，復屬某以頌哉！

贈馮君序　鳴陽公父

傳曰：智勇辨力，四者皆天民之秀傑，類不能惡衣食以養人，皆役人以自養。在三代則出于學，在戰國暨秦漢之際，則出于客。故先王分其富貴，與此四者共之。此四者不失職，然後民靖而國安。噫，斯言也，豈俗學拘儒所能道者哉？其在吾鄉，則待封馮君其一人也。君產南郭之墟，有田遶廬舍，當其勑傭而耕，槽豕犢，柵鵝鴨，則居然一農牧人矣。及整其冠裾，出爲正長，與百里之邦君相可不，閭里間事折衷其不平，拔其所抑，衆論持兩端，君直取一言片約徐起而收之，以定疑難于日中，則又挺然齊趙魏楚間四公子之所尊禮而賓之之人，秦漢之際，壺關三老定國是千萬乘之前之輩也。若是者，非傳所稱天民之秀傑耶？苟不以富貴終其身，其殆非天之意矣。君于是敎其子長公舉于鄉，長公于文特妙，取進士如反掌。又其人敏而巽，計其效，當必致大官，君之享且日盛。又君長七尺，腰可十圍，吐音似擊考鏜鎝，談鋒雨集，笑格格若鸛鶴鼓牙，噉粱肉倍數少年，非百歲以下人也，今始爲六十。而陳君守經甫者，于君暨其長公有世誼，以予間常觴詠于長公間也，故來以序屬，而敬爲敍之。

贈子錫序

子錫六十，渭輩將命繪聚言以壽之。子錫曰：「毋煩繪，其令作高陽之徒，雜以淳于髡之語，糟天地，餔丘陵，垂犇墮珥，而無以容吾放也，而後可。」圖成，觀者駭焉，不敢進于是舉。乃渭則挾大白，引滿歷階而稱曰：「今夫聖人之學爲聖人也，天爲上，人次之。故曰：『誠者天之道，而誠之者人之道。』古之人其幾于天之聖，若此其難也。有人于此，羅麴蘖，聚巵罍，一啜而頹焉，則生平不能容一介于胸中者，至此而冰融于大海，水之外無一物梗隔于六合之中，若此者，一時之天全于酒也。故聖人積銖累寸，有終其身而不得者，而子錫乃欲于一醉而得之，君等又奚爲而駭也？」駭者曰：「是則然矣，彼瓌而黛者何爲者耶？」曰：「子產病其兄朝與其弟穆之荒于酒與色也，而難之而不得，以語鄧析。析乃以眞人許朝與穆也，而不以治鄭許子產。夫以子產之智，鄧析之賢，而交相許讓酒與色者以爲眞人，此寧不有說存于其間耶？今夫舉狙獼而束以周公之冠冕，有時端凝而坐矣，可以爲靜乎？佛大弟子，有具手眼各以千萬計者，當其眼之照萬物也，紛然無所不營，而手之攫且拏也，至弓矢鈴杵香華戈戟之類無物而不攫，可以爲動乎？」于是諸駭者始悟而曰：「子錫之醉果若子言，其殆托于酒而幾于眞乎？是壽與道之經也。」遂相與飲，頹然而別。

贈黄母序

余友酈君之女兄，爲貢科黄某配，而某之父黄翁暨其配曰翁太君者，酈君女兄之舅與姑也。翁太君某年月日爲八十生辰，酈君能文聲，著甚矣，不自爲文以祝太君而以屬予。予辭之不得，則謹書以頌曰：夫酈君與予好也，君之所願祝者，豈非亦余之所願祝者耶？君之祝太君而願之也，必將曰：「我願翁太君，自茲以往，無恙如其曩昔，至百有二十齡而未已。」予祝之而願之也，亦將曰：「我願翁太君，自茲以往，無恙如其曩昔，至百有二十齡而未已。」雖然，此特以言乎姻戚之情耳，無論其可不可，靡不然。至於余也，果握管以書其人，豈敢盡然也耶？可則然，不可則謹謝而去之矣，豈盡然耶？予初聞諸酈君，太君翁姓也，爲尚書公女兄，在尚書公家時稱最淑。及配黄翁，翁邑雋也，使非太君配之，則未必宜有五子。五子亦皆雋也，使非太君母之，則未必人人皆有立。斯言也，匪酈君則然，鄉人莫不然也；匪鄉人然，以問於郡之人，郡之人亦莫不然也。是故予得而然之也。屆誕而令予祝，予以在昔然之故也而祝之，祝之而願之，亦不得不然之也。否則予言雖不能以重輕人，然亦烏能以不然爲然，以然爲不然哉！

壽朱母夫人序

吾友鳴教張子去年歸自上海，上海邦憲朱君以其尊君福州公集寄，而鳴教復持邦憲之詩篇來。予竊疑福州公風詠灑然，無累于物，而其章疏又傲然不顧其家。邦憲既大家子孑立，觀其詩則又富于學，而深入于理。嗚敎始爲予道蔡孺人。福州公讀書取甲科爲才進士，知餘姚奉化，爲良父母，入院爲名御史，知福州爲賢大夫，居則入鄉賢，官則再入名宦，則孺人助之于內也。邦憲始孤，既長，博羣書爲才子，內外交際，官府錢穀事，一不涉其耳目，爲高人，入則盡孝養，出則多交游，則孺人理之于上也。夫不知其妻視其夫，不知其母視其子。余觀福州公之集，邦憲之詩篇，雖無嗚敎言，固知有蔡孺人者之爲其妻與母也。世固有不盡然者，必其爲妻而不類，爲母而不賢者之婦也，非所以道其常也。及嗚敎又爲予道孺人早持節，處家務，理錢財諸所難事。使子而得早聞知，則又不必熟其夫之宦跡與其子之名聞，而決知其夫與子又宜有福州公邦憲之賢者也。世固有不盡然者，必其爲夫而不中，爲子而不肖者之男也，非所以道其常也。孺人以某年月日生，今年爲七十壽。嗚敎既與邦憲善，而予得以書問通好，則謂予爲文以壽。余既不能若少時爲詞家文以悅人，直敍茲事，則嘆曰：「福州公既早謝事，而孺人又賢且才如此，厚歸于一人，豈有不永年之理哉！」

王撫州六十序 代

撫州公，余兄宿州公之壻之父翁也。宿州以茲孟冬之望後七日，歸其女於公之子，而仲冬之朔，適值公六十之辰。宿州謂余曰：「頃者女舅之辰也，女以篋組履舄進，則婦事其舅之禮也。而近世姻連中尤尙者壽舉，壽舉而尤尙者頌言，乃羔雁若筐篚，則下矣。夫婦能舉于舅，而婦之父不能爲女頌其舅，孰頌之也？其於頌言也，弟能之而不代其兄，孰代之也？」余曰：「能則不敢，代則何敢辭？雖然，有說焉。夫頌者，容也。謂形容而盛美之也。盛美之者，是侈之也。乃余之頌言也，異於是。公以明經成進士，拜行人，爲天子使四方。歷刑、兵郎大夫，慮囚江以北，有能聲。出守撫州，則二期年耳，而遽歸也。故知者爲公惜曰：「以資則鎰也，以秩則銖也」，是追論其往而以屈侈公者然也。又公歸自撫州，年始艾，家食者百弦朔，而始爲今六十。又必十年而始爲七十，乃得引，非七十則不聽引。然就仕者，即七十，或損其齡籍，日鉗涅顚頞間，故不知者爲公覦曰「以心則素也，以顏則丹也」，是逆論其來而以伸侈公者然也。且不見夫燃膏者乎？明則人享之，竭則已膺之矣。又不見夫擊劍者乎，疾則缺之，徐則完之。故仕與不仕，損益相半，而適值其舍，則甕膏而匣劍，其爲公之壽也，不亦多乎？予非厭仕者，亦非若以年而易仕者也，故於親知若公者，敢一披其肝膈焉。寧以此頌公，而不以彼頌公也？居家常父事其兄，至貴且老矣，不變。居身愼甚，故輒得典加貴其父母者三，亦以不及養，至老矣，恆無懽，其孝且友既如是。而其慮囚江北也，稱平反最夥，大爲造化生意助，囚書至邸，稱天下第一，與釋之定國爭上駟。且昌後矣，持籌其身乎哉！

劉沅州壽序　代

劉沅州年丈，屆六十之生，其諸宗將擧賀而徵文于不敏。沅州於不敏，同擧于北闈，乃沅州始仕，得知漣江，居若干年，以課最知沅州也。不敏亦遂巡部郡者，久之叨參政於湖北。當沅州爲諸生時，諸生讓之不齊師傅，其知連江也，福之邑吏讓之，不啻伯兄，其知沅也，州之長亦無不讓之，猶沅州之在連江也。細而薄，大而夷蠻徼塞之警急，黑白於龍蛇赤子之間，靡不巧發而微中，幕府諸大吏倚以爲臂指。一日，諸蠻徼賞于一幕公，口缺缺無已，不得去。幕色動，睨沅州，沅州奪皂隸竹臂笞諸蠻，諸蠻爭墀道走。此不敏親得之于湖人之口者，他可知矣。而輕裘緩帶，把酒賦詩，坐嘯胡牀，亦爭馳羊庾。詠諧時發，排難解紛，收聲默然，令人捧腹，可少其坐方朔之堂，排淳于之闥耶？連城紀列仙，騎白鵝上升者，劉氏女也。既與沅州同姓，又鄰治于沅州。沅產丹砂，葛峋嶁求之，而僅得于峋嶁者也。沅州乃不求沅而沅自來，何兩任而兩得在神仙鄉耶？揣其朕兆，卽沅州未必仙也，其年寧可算乎？

壽篇

志所稱蒙茶，乃西蜀雅州之蒙山。而世相傳云在東魯，訛也久矣。蜀蒙山有五頂，頂有茶園。其中頂曰上清峰，常有僧居之，頗病冷。一老父似仙者也，謂僧曰：「蒙中頂茶善療冷，非特療也，服之至四兩，地仙矣。」乃中峰最高，而草木與雲霧相蒙翳，鷙鳥多出沒其間，時亦攫人，茶師罕至者久。用是蜀之嫡孫其爵于魯之庶矣。凡人貴身而賤橐，情也。涉險同也，一則可以壽身，一則可以充橐，其緩橐而趨壽之衡，又不待人告而知也。有一翁焉，以賈茶至橐鼎，歲千金，其後不憚江湖波濤之險，道數十里之遙，往往歲取燕齊金于茶，復數千也。翁固健且完，固無冷恙，然久于茶必有以蜀蒙告者。翁固百十之燕齊而不一之蜀，非不地仙羨者，不能也。他買亦或有告之者，而亦不聞有一人焉之蜀以祈仙，然諂鬼要金者，比屋大抵然也。翁卽然，似亦應率而尾之而已，未聞其首之也。固知其于仙果不羡。嘻，無羡則無黜，無黜則不滑于中，不滑于中則能固于外。外者形也，中者神也。以神攝形，翁自默契于蜀之僧矣，仙矣。翁爲誰？

贈某叟序

曩聞一男子迫官逋，將賣其婦，相持泣于道。某見之問：「逋幾何？」視其數予之，婦得免于賣。他日有村翁市紬，得銀僞也，泣于道，欲經。某見之問：「僞銀幾何？」視其數予之，翁得免于經。又一日一童子持主人所償人負，失去不敢歸，哭于道。某見之問：「所失幾何？」視其數予之，童子得免于不歸。夫迫逋而不問其賣妻也，用僞銀而不問其織者之苦且經也，與拾其道上之遺而不問其童子之不得歸也，此一等人也，無責矣。至有知之見之者，乃若不知不見也，而去之不顧者，此又一等人也。又有見之而興嗟，若不忍其然，而特阻于不忍己之物者，則勝不顧者一等矣。有忍己之物者矣，而意或阻于妻孥之不我許而止之者，又勝不忍己物人一等矣。夫事一耳，而人之等有四也若此。然而某盡能及之也，豈非盡出四等人之上者哉？某爲誰？曰里中叟，姓某諱某字某者也。其嗣配爲某孺人，斷腥葷，奉釋氏，而樂施舍。其子某爲諸生明經而才。孫四人，未壯皆嶄嶄露頭角。而叟所業則居貸於市。夫市道多四等人也，而叟悉反之，豈其性然耶？抑亦無妻孥輩阻其不忍者而然耶？叟今年七十，嗣配五十，而七十者如艾，五十者如壯，子與孫嶄然如有立，蓋相與以爲善者，報宜爾也。壻某徵余頌以壽叟與姥。

噫，以叟與姥與子若孫之槩準之也，壽云乎哉！

壽某刑部公七袠序

世語材之良，必曰楩柟豫章杞梓，爲其宜大用也。然用大矣而未必靈，或靈矣而未必久，至靈且久，則莫過於松矣。圖經曰：「松液千歲而珀明，數百年而苓游。珀可以養五臟，苓服之可以仙。徑盈斗斛，爲人獸形者，人篝火而斸之，其氣能射火使蝕。」噫，其靈且久何如耶？大之中梁柱，小之中榱桷。工師過而嘆焉，顧其弟子而不去焉，曰：「謹識之，他日求清廟明堂之具，是其具也。」故古人至比稱於三公，爵秩曰五大夫。噫，其爲用之大又何如耶？苟爲不用，則臨千尺之溪，拔萬仞之壑，其高參雲，而其大蔽牛。風霆雪霰之所飽飫，而不能凋也，鸞鳳鵠鶴之所朝夕，而旅禽凡鳥之所不敢望而騰也，況巢乎？養玄久矣，綠髮玉肌，時恍出而爲木客道士，月明露瀼，步深溪，往還絕嶠，與世人語千古事而莫知其爲神也。記曰「松柏之有心」，籛者以心歸松也，而松之爲靈且久也益著，求可以當之者誰乎？吾太翁刑部公是矣。翁門閥家學，稱吾越最。翁起進士，理大府，轉遷刑部，聲赫赫嶺海江南間，非工師所謹識而大用於明堂清廟，稱公爵大夫者耶？小不合，則高引遠蹈，猶及侍考太翁，媚之如嬰兒。同貲於昆弟，囊無一私錢。成其子鄉解親翁爲西京董賈。噫，此又非所云松苟不用，則臨溪拔壑，飽霆霰，棲鵠鸞，而旅禽小鳥之所不敢望者耶？翁又日强，詣日深，而倫義日篤，則記壽若松者，又不足爲翁道矣。以翁七十當頌也，故聊用松以頌之。又孫某者，翁孫之壻也。翁松柏也，某女蘿也。

賀潘又山七十序 代范黃州

漢東海公曰：「南陽帝鄉，多近親，吏不可問。」今潘公之判承天，實帝鄉也。其諸設施，無一齟齬之者，名大起，行且改玉矣。顧擬活一囚于要吏所，如李日知諍奪胡元禮故事，不獲則不已，遂爲要吏所中，而謝以歸。公少以易名郡學中，奉尊考命入太學，三仕判大府，歸而築室教其子景美，亦以易名邑學。予兒紹箕輩，若諸猶子，並以文親景美，而紹堯者，則專館于公家，季孟景美間。予以覲過家，紹堯曰：「潘公者，叔所知也。茲値七十辰，願乞叔言以壽。」予謂公之履如扁師之斲檀車，致堅好也。官承天，是行九折坂也。顧坦然由之，且鄰鄰有聲。活一囚，是馳康莊也。乃不幸遇覂駕，蹄幾不免，却輪而步。雖然，以一大府牧，博一小囚，螘蟣之生，必得于彼，寧失于己，此於于公所稱陰德者何如哉？公百歲無容頌，抑亦高其門以待駟馬車耳。

贈朱禮部五十雙壽序 代

周禮大小宗伯，互掌五禮之禁令，其任特重。而其官，今之尙書於禮部若左右侍郎是也。歷代皆然。入明，其重是也尤甚。每員缺，非翰苑儒碩，常侍從帷幄供講讀，其靜養動和，足以贊玄默，格上下，和神人者勿與。何者？他日麴蘖以齊酒醴，和羹而鹽梅之者，其責也。其難也如此。而我朱公昨膺上特簡，遂以左庶子晉禮右，供講如故。夫麴蘖之材，鹽梅之具，公自裕之。酒醴之任，與和羹之托，又他日聖明事，俱非某所敢聞也。乃若公以隆慶戊辰入翰選，至於今十有七年，其中侍講幄者三年。而公於是十七年中，每入朝出館，歸至其邸，必危坐一齋中，於經史觚鉛外，自動之靜，內鍵而外無所膠，舉其細房無私侍，而目不一他營也。此其於素，所謂可贊玄默，格上下，而和神人，不知於古所稱虞廷之宗伯何如耶？公始躋艾，某月日實當覽揆，而夫人與公偕吉。羔羊之助，雞鳴爲多。某叨末姻，欲頌而未知所以頌也。雖然，某曩昔常從光祿後矣。朝廷百禮，禮部掌其大，光祿辨其細，禮部專其儀，光祿備其物。某不敢言其大與儀，請言其細與物。大約致物貴潔，調物貴和。非直庖也，於心亦然。故晏子曰「水火醯鹽以烹魚肉，宰夫和，審其過不及，君子食之以平其心」，而終之曰「君臣亦然」。由此言之，則知潔而和者，固庖之事，君子平心之道也，而君之臣又有所謂亦然者存於其間。而公之爲君之臣而潔且和也，固於十七年中，危坐一室者得之矣。夫曰「食之以平其心」，是善養生者也，長年之助也。曰「君之臣亦然」者，倘卽某始所陳和羹酒醴之義耶？某庖氏也，故舉庖以爲公頌，且以爲夫人頌，他何知？公之翁泰州公某師也。某知公固已素，而公之子婦又某之孫也，公端居一室中，某得之於孫也，非諛也。

壽衛輝太府暴公序

知衛輝府事暴公若干年之生辰，其屬吏知新鄉縣某爲予戊午同年者，書來索鄙言，將獻以爲公壽。且曰：「公嘗爲臺御史，以直道聞中朝。中朝重之，遂用大府以展其蘊。今其爲府也，率以仁遇下，待屬輩也有禮而多恩。中朝知之，將速其遷而更大其展也，某今也特有仰承其教而已，無以仰副之也。幸屆茲期，子其爲我圖之。」予曰：「噫，諒哉新鄉之述上而非諛也。」然新鄉也者，知其一而未知其二。何者？今之爲御史者，誠闇闇款款務寬大忠厚以爲名，卽於鯁鯁諤諤少有聞也，亦必坐致省寺，取卿貳如指諸掌，胡更煩以府哉？今公而爲府也，則公之爲御史而直也，新鄉所知也。曰以直而展以府，則新鄉所未知也。至於爲府則異於臺矣。何者？臺猶絃也，恆利其寬，而府猶韋也，恆利於急。府遇下而率以仁，遇屬也而有禮而多恩，是韋之體也。而於己之所利，則未必然也。故謂公速於遷，而卽大其展，亦非新鄉之所知也。然則如之何？曰君子亦務得其體而已矣。在臺則直，在府則寬，公之所持者體也，利不利非公之所知也。若是則公之舉職，知爲君子而已矣，寧知其他耶？雖然，古有爲三公者，尙以才而出守，矧曰臺，至於何武之爲守也，不務赫赫名，而竟亦召爲三公。則安知新鄉之所見者，不有出於子之所見者耶？客有聞是者曰：「子且用何述以爲壽？」予曰：「巧於宦者，擇其利不利而營，則心岐而神滑。滑者，非壽之徵也。不巧於宦，不擇於利，不利而不營，則心一而神凝，凝者，壽之徵也。吾於公之不擇利與不利，而有以卜公之壽也。」

二兄配馮太孺人生日序

始贈翁二兄，以馮太孺人初誕丹徒而喜也，特以得之晚。而喜之曰，「春秋祠祀有人，幸矣」，未卜其他也。稍長而慧，乃試之誦，誦敏也，試之文，文敏也，累月日以課其積，課又敏也，間試以事，則中無不敏，而外顧闇然若不敏人。翁益喜曰：「是子也，且大吾宗，祠祀云乎哉？」未幾學成而生於府矣，又未幾而翁往矣，太孺乃始專之。專之而果弗負翁託也，丙子舉於鄉，庚辰舉於會，第于甲。士者羨其文曰：「某眞經生也。」出長丹徒，歷再考，聲益起。仕者羨其政曰：「某眞良吏也。」有司以聞，翁得贈郎知丹徒，太孺得封孺人加太。及是丹徒復內召，太孺人歸自丹徒，適六十辰也，宗人某等將卮於太孺，而漫以言屬予。當其時，予偶葺宗譜稍竟，感而嘆曰：士執一經以圖奮，莫不欲累其積，榮其親，而往往竟不可得者，自郭內以外，奚啻千萬戶？其人且毋論，論吾譜中者，蓋遡自高曾上下，殆二三百年，童而誦文以百計，成儒成生矣而卒蹶于鄉書者，以十計，蓋第於鄉，僅四老耳，乃復蹶于甲。四老中有秩至大夫者矣，又沮于例，或不及郎孺其翁嫗，及之，才二老耳。凡茲數者，若此其難也。而丹徒承諸老後，一旦舉得之，若拍手以往，掇取其所寄。然而其翁曩所謂且大吾宗者，又正與劉毅樗蒲叫盧輒得盧等。噫，亦盛且快矣哉！雖然，辟之於農，翁耕之而舍以往，不及享。太孺耘之，當旱暵，竭汗而黧顏也，而僅始穫之，用以始享於今。耘之勞其少於畊耶？既曰穫之，曷不百之？太孺之年不百，吾不信也。

壽太僕商公八十序　代

母從舅太僕商公，當萬曆丁丑二月之八日，周八十辰，母夫人特亞公一齡耳。其長公御史，方奉命按閩，得便道歸省公若母于庭，是日也，又得親捧觴以壽。而某與長公姻也。舅若母宜賀，姻於長公賀益宜，而必賀以言。言則如之何哉？夫公始以經義起家中，及對於廷，歷郎署郡臬卿寺之間，赫赫明明，所至無不以功名顯者。及究其所由，無他也，深于經義而已矣。蓋公少時，既敏睿逸倫，而獨取小毛之編，與其伯氏漳洲公交相夙夜。既而博綜百家，蓋自千百世上下之典，九州海內外之物，及當代朝野仕政之所須，孰得孰失，孰乖孰宜，靡不握源而肆其流。是以試之於刑則刑允，授之以兵則兵成，投之以冏，則牧事靡不舉。惟其力之於戶牖者如彼，是以施之于邦國者如此，於是功名滿天下，而家學亦遂稱於邑中。眞有類於漢之桓榮，所謂以父兄子弟，自相師表，終東京之世，無以爲雄者矣。然史稱「榮當顯宗朝，坐天子之東而授几杖，及永平初又拜爲五更」。史雖不著其年，然几杖五更於天子，類非百歲人不可。夫以榮殫數十年之精於竹簡之中，晚猶强力不衰，臻百年而爲五更三老。公亦數十年殫精於竹簡，猶綰綬握符，掌丹書，職戎馬，其勞又或過之。今八十矣，且炯視而躡履，如少壯人。使再閱數紀，其于更老爲不爲未可知，若曰百年，眞若取左契而合之右契者矣。不深爲可賀耶？史又稱榮之後有典爲御史，乘驄馬，憚於京師者，其曾玄輩也。而公於長公顧親見其然，又親觴於八十，其觴於百年可知也。不尤爲深可賀耶？

壽周武淸序

世固有積齡踰耄，黃髮兒齒，乘肥衣輕，以竟其身而無所章明者，是之謂盛享而鮮勞。亦有被褐而飯糲，蓽居而坯處，積仁累義，而行篤於己，澤施于人者，是之謂多施而嗇報。二人者均是人也，至於鄉人之所慕誦，子弟之所觀法，而異時譜牒之列，三五更老，公卿大夫之所尊，國志之所紀，將屬之多施者乎，抑屬之盛享者乎？噫，將不問而可知也。推是以稽於牧也，固有牧是邦，而擁篆乘勢，假其翼齒以厚自封殖，而薄於民者矣。亦有戴星跋燭，以疲於牧芻，而瘠於己者矣。之二人也，其爲牧亦均。迨於大吏之所推轂，公卿大夫之所傾戴，當宁之所簡拔，而他日士與庶之所尸祝，國史之所錄，以首於循良，將屬之薄於民者乎，抑屬之瘠於己者乎？噫，亦不問而可知也。故薄民而豐己，猶之煎脂，脂易盡而手隨涬也，其流短也。瘠己而肥民者，猶之握蘭，蘭已謝而室猶芳也，其流長也。今計齒者惡短而羨長，而爲政者顧舍蘭而就脂，非所以爲自壽計也。吾聞羅山周侯之知武邑也，自客夏以至于今，僅期耳。進赤子而哺之，尤問其煢獨者而先之，聚士而教之，又新其宮而爲之肆。其潔也，冬冰，其恕也，春煦。名四馳于衢，而旌之書交至於臺。而茲春之季與月之望也，是其生之朝，而予之交某也，屬吾言以頌之也。吾深有感於侯之能握其蘭而久其芳，能自壽者也，故樂而爲之言也。

壽學使張公六十生朝序

學使公少負奇，有名諸生間蚤甚。時余亦抱經晚起，得望公於藻芹，稍與之角藝場中。而公所收門弟子，多至十百，皆足以弟子我者也。乃公則不以弟子而視我。其後公以廷對稱上旨，賜乙科，名益聞朝中。自禮部出爲湖湘督學使者，其所錄學官弟子，多至千萬。渭嘗及見湘中之文，亦皆足以弟子我者也。而公之歸，顧停蓋而語我以文，若有所屬者，亦未嘗以弟子而視我。余蓋疑之曰「豈以余之劣，顧謬收於公耶？」既而曰：「公長者也，蓋自嫌於高，而顧俯之耳。」不數年，公提數萬師于滇，與元戎會間道，驅巨象四十有二，雜氈衫鐵鎧，出入洞箐猩狘間，俘名酋以十數，斥地二千餘里，遂以功而得譏。

而渭則傫然守舊鄉，抱寸管，徒飛觴落帽於劍槊之傍，爲人倚馬草檄，顧亦以疑而得疾。當時公爲馬援，而渭爲酈炎。夫馬援者，望盛而功高，中朝諒而能訟其寃。酈炎眇小儒耳，其所以幸免于瘐者，誰之力也？乃知公之生我爲父母，其事雖在於今日，而公之誤知我而爲鮑子也，乃在於曩時不視我于弟子之時。不然，管氏僅得其一於鮑子者，而渭顧能得其二於公耶？夫古人感一飯，至擬以身酬，矧渭於公蒙兩殊遇如彼，特欲以身酬而未有路也。會公履之生，宜慶且獻，而公百所有，又渭一所無者也。何以慶且獻爲哉？私念之曰：「操筆以頌，被諸樂以歌，猥附於小雅所陳南山魚麗之云者差，可勉而效也。」而今世無瞽史，空言耳。不得已退而爲近世樂府小令之什，付之里優，當其辰，客起舞而爲壽者，令歌以侑尊，其庶乎？

點絳唇

烟水茫茫，五湖深處陶朱老。萬里功名，一劍曾知道。閣俯流霞，階畔生芝草。華筵好，兒在瀛洲，新寄安期棗。

壽二王翁序

余兒枳之丈人王道翁，及翁之弟曰某者，於萬曆十有七年之十一月，其齒一爲六十，一爲五十。枳不能將羔雁以賀也，而王翁並謂枳曰：「得而翁言幸矣，奚必羔雁？」以邇者數與王諸翁飲，陰察其貌。道翁色微緇，是得水氣特多也。兩輔並堅廣而頷骨如斗杓外向，吐音如竹，而其與人也孫，是眞得水者也。而溪翁色微晳，亦微赤，兩顴舉而膚密，吐音如鐘，鬚如戟，而其與人也諒，是金兼火也。俗謂金畏火，乃不知金不得火則器不成。以是知二翁之得氣，伯爲純水，仲爲金，得火而相成，以故一孫而一諒。金水不易壞，不易壞者非壽耶？母太君賢而慈，而二翁奉之，如春秋晝夜之循環，分至啓閉，罔一刻墮誤。其季德翁，至糜肱以療母於屬纊。都衛聞之，扁旌其門。兄弟相憐，同釜而飯白首矣。利則爭讓，偶不利則爭安。嘗一蒙急難，則爭相先，此不亦致長久之道耶？德翁年未躋艾，固不預頌，艾而頌未晚也。

壽王鴻臚序 代○是鴻臚號桐溪

夫鄉飮而擇賓介與僎，周家至重典也。我明承之亦至愼。自洪正嘉初以前，無濫廁，與是者榮焉。其後稍稍富人以錢買，而諸生鳴贊者利之，匪人輩叨徹矣。蕭劉兩府公接代，於是舉也，特謹其人。有一人焉，特與焉非其好也，及三舉，乃固遜不赴。浙若南都，多富子弟，卽非明經於庠者，亦多用輸班國子。有一人焉，以明經用，乃考命，亦輸國子，亟就謁，再得南鴻臚正。以考未貴也，留焉。及封典得及其考如己職，乃疏請再三以歸侍其考至易簀，其謹如一日。凡富人自少而壯，壯而老，靡不犯宣尼之三戒者。有一人焉，少戒於色，壯戒於鬭，老戒於得。敎其子稱明經生，才甚，且優於聲詩。一人者知其可付以家政也，付之。特召匠作一禪座，召方外講黃帝老子之術，將老此座中。夫某右舉云三事，而曰一人焉兼之者，此爲誰？予兒某之丈人行，桐溪王翁是也。某月日值翁初度七旬，某不敏，叨督學江右，不及躬祝，而兒某以子壻分來以祝詞請，故祝之如右。嘻，翁之壽奚侍予祝耶？特祝其能志於不朽計耳。

壽陳封君松坡序

山陰之里，有長者曰松坡陳翁，當茲歲十月之朏，爲七十生朝。其長公耐菴名某，以進士始知安平，頃復以才調寶應者，曩與某屬筆硯交，既而以女字其子。某不敏，蓋諗松翁之履之得有年矣。既諗而忝世義且姻也，而七十曰耄者，禮所尊也，而又時禮所最尙也，卽不敏敢不拾所諗於翁者，以爲翁壽？而談壽者往往多以其旨屬養生，蓋自薛考功尊柱下養生篇，以爲大道謂止養生者，不知柱下者也。而鄭圃漆園輩，又從而廣之以「黜聰明，去健羨」之說，聞者滋茫然。及琅琊氏以曇氏旨，折衷諸家，云，健者卽剛强，羨者卽欣慕。世紛所在，偶得矣，而錮之不令去，偶未得而涎之必使來，一錮一涎，外膠擾攘，中其餘几？而翁嘗業經生矣，已卽罷去。罷而躬稼，豐穡不占。命長公亦以經，經或捷或否，否捷亦不驚。翁所堪否，若兒啐弄物，拈於手既不恧，而隨放隨拈，手且不知中復何動。羨既不萌，健將何施？長公拜封，適當翁誕，如雲兆雨，觸石而興，雨止雲駛。翁亦未嘗習養生，而無羨，無健，似默契琅琊之旨。翁之百歲如羿之落羽，翁曰乃小嗜音樂，非世淫窪，默通鼓吹，似亦蘇門之嘯旨。小子不敏，壽翁謹此。

贈陳君七十序　代

吾鄉素以文高起吾輩中者，有一人焉，而其冢嗣君尤雋。其在京師，亦有尤雋者一人，大抵頡頏所謂冢嗣者。然而又有一人焉，於其文高吾輩者，契而朋友之，於所謂二尤雋者，俯而師弟子之。卒之文高者果以文起，歷官至提學副使，兼以治兵顯。此爲誰？曰內山張翁是也。二雋者，一魁辛未，一魁癸未，並對大廷稱旨。此爲誰？一諱元忭，內山冢君，一姓朱名國祚，今翰林修撰公者是也。而師之友之者又誰也？則吾友陳君桂坡者是也。君學鋭而才高，且練於時務。初以文高簡，爲生，久之不得志，乃從國子發身，勉拜簿，簿河內。河內故事，初謁長官，毋論簿史，卽丞亦屈膝。君至，顧長揖再拜詣座以升。長心異之。河內倉儲動以十萬計，徵屬簿，簿多以逗徵敍不稱，君不嚴而立辦。長乃稱君於上下曰：「簿不惟能執禮，且才。」君遂擢丞靈寶。靈寶歲徵，亦兼屬君也，而文襄公世家焉。文襄家訓襲謙謹，及君至，以先聲河內，故謹益加。舍人持帖上君，必曰：「家某老爺拜上爺。」所分輸，悉輸，無一粒粟逋矣。」後先沓報者爭如此，無敢惰倨。噫，卽此三者，可以知君之大概矣。久之，君竟以親老乞歸，不覿望，人服其誠。當國子客貸不責券，人服其量。吾與君生同學，輸同北國子，吾撫上谷，君輩輸至上谷，言笑浹旬日夜，如昨日事，而君不覺周七十甲子。某等以慶告，吾笑曰：「吾少陳君若干歲，每朝起巾櫛向鏡整冠，吾腮臚雪矣。而吾昨者見陳君，毛髮尚淋漆。安得三十年後，爲君作百歲文，舉觴而醉，再與話今日臨鏡之笑耶？」告者亦掩口而笑曰：「此必然也。」

卷十六 跋

書田生詩文後

田生之文，稍融會六經，及先秦諸子諸史，尤契者蒙叟賈長沙也。姑爲近格，乃兼并昌黎大蘇，亦用其髓，棄其皮耳。師心横從，不傍門戶，故了無痕鑿可指。詩亦無不可模者，而亦無一模也。此語良不誑。以世無知者，故其語亢而自高，犯賢人之病。噫，無怪也。

跋停雲館帖

待詔文先生，諱徵明。摹刻停雲館帖，裝之，多至十二本。雖時代人品，各就其資之所近，自成一家，不同矣。然其入門，必自分間布白，未有不同者也。舍此則書者爲痺，品者爲盲。雖然，祝京兆書，乃今時第一，王雅宜次之。京兆十七首書固亦縱，然非甚合作，而雅宜不收一字。文老小楷，從黄庭樂毅來，無間然矣。乃獨收其行書早朝詩十首，豈後人愛翻其刻者詩而不及計較其字耶？荆公書不必收，文山公書尤不必收，重其人耶？噫，文山公豈待書而重耶？

書丁肖甫告退卷

日月之蝕，所繫者大，故食而救，更而仰，合天下之人宜也。一人之目眚，而愈關一身及一家，故眚而療，愈而誦，合諸相知者數人，亦宜也。雖然，若吾友丁君者，敏而好學人也。入其目，畜於心，他日出乎身，加乎天下，安知其目之所繫不大哉？其友徐子既誦之，復爲之引。

跋陳白陽卷

陳道復花卉豪一世，草書飛動似之。獨此帖既純完，又多而不敗。蓋余嘗見閩楚壯士裘馬劍戟，則凜然若羆，及解而當繡刺之綳，亦頹然若女婦，可近也。此非道復之書與染耶？

辨

林唐二義士辨

某常覽元僧楊璉眞伽發宋諸陵，至有爲收葬者，或云唐珏，或云林德陽，諸家羣鳴，先後牴牾，掩卷已信，移囑復疑。夫冒險收骨，精誠動天，事僅隔代，而俾節義之士，掩抑失眞，此居鄉達人，所以附髀興悼者也。吾師季先生論學明經，多所著述，至古典殘闕，靡不據理折衷。於是博觀義士載籍，至晞髮集謝翺冬青樹引別唐玉潛，乃撫然高詠曰：「知君種年星在尾。」茲固唐公舉事之符契與？幷采諸記，編爲一書。每於篇中疑不經者，專裁數語。而後宋陵終始，如執燭而宵觀，登山岡而共擧鍤者，灑然是矣。

何者？先生讀書不拘舊文，故其考事，雖句鉤章摘，要歸於理，所主謝詩，豈在渺茫也？謂種出唐手，自掩葬可知，星在尾次，又戊寅不爽，此則朋友之間，拱手交贈，高其義而寓言之，非若後人想事風咏，又何所可疑哉？故於元史書年之異，所以直斷其爲氣有不平也。至草窗記高孝骨蛻，正合林詩雙匣之語，乃訂二陵先掘而收，又居然信矣。其他瑜瑕並指，絲縷互證，篇章而然，難細論也。以某所觀唐公奇節，每爲之扼腕悲酸。至如景熙者，其所結知，皆謝翺鄭樸翁慷慨賢豪，憐長楸、悲故主之人。荷白骨而封諸抔土，固其夙懷而立可辨者，所以不爲者，此當其時，必有事機不暇及，今亦不能强爲之說。不然，則詩歌形諸寤寐，其激烈凄楚之聲，可以貫虹動日，豈一文墨士詠事者比耶？先生於此，非故優唐而劣景熙也。懼名實不相循，而考據者將無賴也。且唐以義士，使其俛首就木，讓美不言，似無不可。而景熙何人，又肯冒虛名襲人之功行。如有知也，此固其赧赧然將欲起黃泉而立與人語者。嗟夫，故舊已矣，典籍尚存，求之者或未博，博者或未精耳。不然，晞髮集亦宜學士耳目之所及者，而顧獨俟先生發之？退之有云：「越俗不好古，流傳失其眞。」詎不信歟？雖然，以孟兼子常諸君，豈不好古者，猶且兩是依違，不敢拂毫一斷，則不以當時杜口諱言，未有明證可據故耶？又豈皆越不好古之罪耶？

說

一愚說

童允和者，予父夔州公外家之後也。少嘗讀書，家近市，遂隱於賈，乃自號一愚。數請予著其說，予遲之久而益堅也。一日問之曰：「若所謂一愚者何居？」允和前而對曰：「姪家也市，熟於市之故矣。蓋地之囂如市，而人之黠者亦莫如市。人既以黠而御囂，則又有黠者焉。以黠而御黠，其黠愈高，其利愈厚。雖然，久之而未嘗不敗也。若夫愚者，則不足以御囂矣，則又有愚者焉，以愚而御愚，其愚愈篤，其利愈薄。雖然，久之而未見其敗也。是以姪也，退而守一愚。」予應之曰：「子之言市也，其人則賈也，其見則進於道矣。老子不云乎：『良賈深藏，若虛；君子盛德，容貌若愚』。子其果愚矣乎？其眞良賈矣。」

卷十七　贊

外兄若野翁眞贊

其人則今也，而學則古。其廛則市也，而質則魯。其貌則頹然而迂也，而其御之於禮也，則翩其楚楚。似余也舅，抑似余也母？

祝相士小象贊

準豐以凝，目烱而精，碩口而癯身，可以知人。此祝子之貌，而吳子摹其神。雖然，神以目遇，不爽其信，神以筆遇，少虧其眞，此所以賤有迹而貴無形。人知此可以相君於紙，予知此可以相人於庭。

五鷹圖贊

桓典張綱，李膺范滂，鷹者最猛，西京張湯。

大慈贊五首

有一善男，偕一信士，奉此大慈，令我述諦。我索皮囊，空空如也，了無諦義。適一長老，餉白芍藥，插我瓶翠，借供大慈。再拜以書，四十二字，今而數之，五十二耳。而了無際，諢打渴睡。善男信士，亦爲誰耶？一笑而已，好春天氣。士擲剡藤，副松煤二，令寫雪篠，我亦忘記。是耶，非耶？亦記得否？我則醉矣，都不能記。懵董懵董，令利令利，訊諸神本，尤智尤慧。效龍樹偈。

其二

遵正經易，隙打哄難。非熟非妙非神，着熟着妙着神，而攛掇跰躃，一交跌下鵲竿。你問我是誰？是打羅的王三。變相觀音。

其三

至相無相。既有相矣，美醜馮延壽狀，眞體何得而狀？金多者幸於上。悔亦晚矣，上上上。醜觀音。

其四

身太長，衣太剩，額太廣，而在面之諸根太倩。倘起而立，纔倒脚跟，蹭蹬蹭蹬。如不信，吾問諸吳道子，始信。雅俗且無論。呵呵，與居士來，我還有一啞謎，與善男子唔。眞和假，笑倒了周軍悶。你若不知，叫一箇善打虎的，在元宵問。長衣觀音。

其五

大慈上方，偶爲人所汚，雕去不補。空卽是色，無集道滅苦。穿靴吃肉，赤脚趕鹿。柴也愚，參也魯。不全觀音。

陳氏三世圖贊　松齋柏軒丹山

於惟南雄，實亢陳宗。壘壘羣山，公寔作峯。迨及兩藩，入粟典饔。贊公之緒，如芭茂豐，今其邈矣，瞻之無從。令孫繪公，聚於一堂，無橘不梓，無鳳不凰。金紫六區，映此溪楓，後昆寶之，過客斂容。

錢伯陞贊　業醫善琴

肥不隱骨，瘠不隱肉，㊀奇聳在顴，秀含在目。彈琴鑄鼎，服沙餐玉，炮炙雷公，㕮咀抱樸。

綸師像　雲門寺僧

笑語識拜，綸師在寺。不動不言，綸師在紙。筆精之神，幾奪太始。寺耶，紙耶？等無有二。學徒宗之，此是影子。他年泥塑，仗芘笏指。

㊀「瘠」原作「脊」，茲改。

楊本兵像　嘗守紹興

向沾於牧，桑梓德星，今重於朝，殿廷履聲，而焉能盡於丹青？向也羔羊，大夫委蛇，今也麒麟，上公威儀，又焉能固守其肖於去思之祠？彤管庶幾，敢告史氏。

張翰撰彈琴像贊

昔年操軫，在彼燕京，今夕之撫，乃在雲門。操燕京者遙憶其爲瀛州學士之弄，撫雲門者親得之爲高山流水之聽。以貌於圖，喀焉無聲。儼昭文之不鼓，忘虧與成。

五老觀太極圖贊

至道難形，亦復難說。圜之則元公之一圈，撤之則伏羲之一畫。兩儀四象，此其胎之，五行萬物，此其孩之。默而識之，則渾然無不備也。細而察之，則各非其非而是其是，未見詣其際也。諸叟聚觀，果孰徹其諦也！

劉將軍贊

彼武者武，將軍則文，覩其貌以知其人。蓋詩書禮樂，比於郤縠之倫。未昌其祖，喜衍於孫。

嚴君像贊

頷之髯，盛於髭。頰之赬，酒所攻。滿如月而穆如風，可以知其中。此巨川嚴子彷彿之形容也耶？

張鄉人像贊

鄉人張子，工繪而巧，取影鏡中，自肖厥貌。予初出關，遇之於道，屬我贊之，值杏花笑。

張長治像贊

早年束帶，佐宰長治平聲，歸有餘抱，遂發於詩。其詩何似？既淸以越，綠水紅蓮，游鯉潑潑。人亦有言，郊寒島瘦，胡君豐頤，而廣其味。惟其如此，出故不窮，日哦以詠，如待扣之鐘。

周鴻臚像贊

匪白其衣而皎其姿，翩彼振鷺，游於鳳池。載筆以趨，鏘然其佩，手代天書，云胡不貴？敬恭翼翼，不忘其主，命此貌圖，亦侍不去。

猿獻果羅漢畫

爲狐爲猿，予則莫察，各具佛性，而聽說法。桃實以獻，乞師轉語，不昧因果，免墮野狐。

書劉子臣小像

昔子夏以出入所見，交戰而臞。今吾友劉君，未嘗有慕於紛華盛麗，若子夏所見於出入之時者，而貌亦甚臞何耶？蓋其爲人大肆力於文，非上古語不道。昔太白嘲子美苦吟而瘦，余數見君談詩，似短子美，思欲出其上，其臞宜矣。且古謂列仙山澤之臞，今君之臞，豈其流耶？則又去詩人遠甚矣。尙俟具眼者知之。

張鳴敎小像贊

臞而肥，於思於思。戰勝以肥，仙人姿。孫吳老佛靡不究，早脫晚逃終入彀。允哉，其爲横渠之後。

白鹿朱蝙蝠靈芝瑞草爲仕人壽圖贊　代

祿貴其百，福貴其洪。靈芝玉茁，以肇箕嗣之良弓。瑞草翠交，以徵庭氣之鬱葱。有臺有萊，如岡如陵。黃髮鮐背，保其家邦。刋在御之琴瑟，儼關雎之雌雄。召齊齡而一德，亮共享以千鐘。蓋其始也，既造端之有自，及其至也，察上下而無窮。顧厥詞之不斐，愧周南之國風。

雲長公像贊

於維壯繆，一寸之赤，懸於膽肝，溢於面顔。我聞曇師，公顔白皙，微酡不丹。維此繪事，一汰重𦣱，薄絳兩顴。其貌既肖，其神靡靈，有禱必應。主人之意，欽公大義，詎於福田。人亦有言，聰明正直，魂陟而神。哀公之陟，適以直故，宜神其魂。狡吳賊魏，今其鬼矣，腐鼠孤豚。物貴不朽，人其可以成敗論人。

程君像贊 號海霞

吾始見君於柳州之筵也，高冠修裾，儼然學子。今君令貌於開府之幕也，華巾道披，蕭然羽士。蓋早幾鵠起，終若蟬蜕，斯稱其爲海霞子歟？殆無忝於人之稱謂。

朱鄉人像贊

彼冠之玉，外澤而中空，龍門枯桐。此貌之古，外癯而中充，太山喬松。是爲鄉閭表也，火珠里之朱翁。

宗孫像贊

西河種，鬣遮頰。相子之清，髯而不鬣，是宜早飛，顧猶晚鎩。古人乃云，士貴晚成。不見良工，不以樸示人。

袁生像贊 號鳳竹

取翁遺金，買書以讀。讀罷而簫，下鳳於竹。餉我以橘，肉贊是屬。鄉里少年子不俗。

婦翁嫗像贊 時伯方訟其季

爲甥於館，翁嫗實天。今拜於貌，能不愴然。兩女而夫，中道棄捐，飯翁飯嫗，實維兩男。斗粟可舂，已哉越鬬。

王刺史宇和像贊

雙瞳之秀，似許靈寶。靈寶相公，公守以老。公須以短，風不可搖，謦欬笑言，亦助蕭蕭。貌公斗冊，抑而不揚。令我作頌，竊太史公叶光。公傳留侯，以爲魁偉，而狀貌乃如好女。於乎，此其所以爲子房。

友人某充秦幕書記出小像索贊

君將遠行，托書此圖。君髮尚玄，我雪其顱。憶在錢塘，泛舟西湖，豈眞髮玄，且雪其膚。君今秋實，而斂其華，君且强仕，我集於枯。欲留君像，朝夕見君，像不可留，瞻彼隴雲。

其二

月面膽鼻，目河海口，此外之形也。德藏於心，書工於肘，此內之神也。歲月正與，今將仕也，此合內外而知其有成也。

某仕人壽圖贊 代

掌故於越，臯比登筵，別駕於吳，用蒲以鞭，廉訪豫章，分道而僉。師道則南，人北斗是瞻。桃李雖無言，意存於默然。樂只君子，邦家之翰，百祿綏之，胡不百年？

臥龍畫贊

龍見則田，龍躍則淵，不淵不田，倚此海山。神物於人，理固有然。泥蟠蠖屈，仕隱之間。求諸古昔，其隆中耕稼之年乎？

陳介石小像

紫金里，有高士，工五言。敲一字，短須撚斷數莖紫。

丹山公配駱氏碩人贊

夫子有禮而相楚儀。淑人無儀，惟酒食是議。儉其妝，豐其姿，是爲世之女師。

柳愚谷先生像贊 代

以詩勝者多癯，以道勝者多不癯也，而先生處於癯不癯之間。以德勝者多壽，以才勝者多不壽也，而先生值壽不壽之際。此乘除之偶然，未可以强其同而歸於異。而予所可知者，當師雙溪之門，爲吾先子之所畏。

題雲長像身後有平贊

孔釋以道，尸而祝之。遍滿胡越，公尸而祝。顧與之同，乃獨以節。道譬大塊，無物不有，用以養人，節則孤撑萬仞之峯，凜人心塊。孰寫此圖，丹顴紫鬚，㢮弓翻刀，嬉於山隅。嬉於山隅，語顧其雛，猶不忘魏與吳。

史氏夫婦像贊

史氏諱楹，字曰仰之。椽於幕府，湼而不淄。一賂百金，擲之如土。幕府曰楹，女潔似我。試以文書，質而且藻。幕府曰楹，女似我草。厥配曰潘，贅壻餉姑。食果而甘，亟槖以組。次及姑飯，必有酒肉。每直空囊，脱簪以贖。孀十五年，哭夫教子。子旣明經，女亦良婦。生則同室，死則同穴，像則同緉，贊則同德。贊者爲誰，譚公維私，名田水月，姓無鬼兮。

卷十八　銘

端溪硯銘　先生攜入獄中者

演易治書，汝則從予，白水蒼山，我寧不汝俱。譬諸小白，毋忘帶鈎，仲毋忘檻車。

羅經銘

斗霄懸北，姬旦指南。道者妙用，在股掌間。

石磬銘

客話餘，煑茗罷，兩三聲，秋月下。

竹秘閣銘

閣臂以書，停毫摹想，是故刻王氏父子於上。

其二

王右軍，書絕倫，錢王孫，勒臂閣，象以浴鵝更灑落。

中硯銘

大則若舉，小便於攜而易涸於處，惟爾縱咫而横半其數上聲。是謂得中之制，用以爲身之矩。

鼉磯硯銘

面有四星似箕，其二沒於池。而底則七，儼然北斗列次。以其常不見也，故戲之。用僧張一行事。

箕翕舌，領河水，斗何之？化七豕。隕而爲石兮，歸野史。

碗銘

飯於人何德？飯於己何力？

海螺銘

唇之便，笑而不言，或以其哨，不言而笑。其聽人之譃己，而己則不譃者與？

衣袖銘

語則舉，默則止。小人軒軒，君子幾幾。

其二

有口而不語爾取，有口而不啜爾節。

錢伯升秋葉池硯 錢業醫工書

葉塘製古石有芒，主人工者書與方。箋百草，模二王。

竹秘閣銘

中書大書，用肘與腕，蠅頭蚊脚，握中其管。閣以擎之，墨不涴肘，刻竹爲閣，創驚妙手。妙手爲誰，應堯張叟。

鏡

谷之神，內衆聲，其靡盈。視之闇然，虛而不明。鏡之茹，賦衆形，其靡渝。捫之硜如，明而不虛。既虛且明，㊀孰兼其精？古人有言，目憐心。

㊀原無「明」字，茲據上文補。

又小硯

我從拘縶，爾伴胏嘉，一字而關吉凶，獨責中書君也耶？

卷十九　記

借竹樓記

龍山子，名雍，字子肅。

龍山子既結樓於宅東北，稍並其鄰之竹，以著書樂道，集交遊燕笑於其中，而自題曰借竹樓。方蟬子往問之，龍山子曰：「始吾先大夫之卜居於此也，則買鄰之地而宅之。今吾不能也，則借鄰之竹而樓之。如是而已。」方蟬子起，而四顧指以問曰：「如吾子之所爲借者，特是鄰之竹乎非歟？」曰：「然。」「然則是鄰之竹之外何物乎？」曰：「他鄰之竹也。」「他鄰之竹之外又何物乎？」曰：「莫非鄰莫非竹也。」「莫非鄰莫非竹之外又何物乎？」㊀曰：「會稽之山，遠出於南而迤於東也。」「山之外又何物乎？」曰：「雲天之所覆也。」方蟬子默然良久，龍山子固啓之。方蟬子曰：「子見是鄰之竹而樂，欲有之而不得也，故以借乎非歟？」曰：「然。」「然則見他鄰之竹而樂亦借也，見莫非鄰之竹而樂亦借也，又遠而見會稽之山與雲天之所覆而樂，亦莫非借也，而胡獨於是鄰之竹？使吾子見雲天而樂弗借也，山而樂弗借也，則近而見莫非鄰之竹而樂，宜亦弗借也，而又胡獨於是鄰之竹？且誠如吾子之所云假，而進吾子之居於是鄰之東，以次而極於雲天焉，則吾子之所樂而借者，能不以次而東之，而其所不借者，不反在於是鄰乎？又假而退吾子之居於雲天之西，以次而極於是鄰，則吾子之所樂而借者，能不以次而西之，而其所不借者，不反

㊀「曰莫非鄰……又何物乎」二十字原脫，據一枝堂稿補。

在於雲天乎？而吾子之所爲借者，將何居乎？」龍山子矍然曰：「吾知之矣，吾知之矣。吾能忘情於遠，而不能忘情於近，非真忘情也，物遠近也。凡逐逐然於其可致，而飄飄然於其不可致，以自謂能忘者，舉天下之物皆若是矣。非子，則吾幾不免於敝。請子易吾之題，以廣吾之志，何如？」方蟬子曰：「胡以易爲？乃所謂借者，固亦有之也。其心虚以直，其行清以逸，其文章鏗然而有節，則子之所借於竹也，而子固不知也。其本錯以固，其勢昂以聳，其流風瀟然而不冗，則竹之所借於子也，而竹固不知也。而何不可之有？」龍山子仰而思，俯而釋，使方蟬子書其題，而記是語焉。

百昌齋記

草以菖名者二。一曰昌陽，廣長而劍脊。根之節，亦齟齟齶齶，若廄櫪之鞭，然好生泥澤中。采葉乾之，以烟帳簀，力可奔蚊虻。仲夏午節，家粟其根，屑雄黄以和酒而飲，殊苦且辛。又家插葉簷户神廚間，云以辟惡。一曰菖蒲，今世所珍虎須者是也，圖經尤重之，不啻甲乙昌陽爾。而文學中六子躭之，有甚於圖經若世所珍者，購之滿百鉢，因名其齋曰百昌，令予記。予顧常往觀，欲奪其一而不可。嗟夫，虎須之重於圖經也，則曰宜諸藥，又曰服之可以壽，甚則以仙。中六子之躭與世之珍與予之欲奪也，非以藥以壽以仙也，悦目耳。苟欲用於午，虎須者可取昌陽者而兼之耶？廣成子之告黄帝也，有曰「百昌皆生於土而歸於土」，歲時記又引吕氏春秋云「冬至後五旬，菖葉生」。吕氏月令無此語，要未得廣成意。吴人於正朔懸柏柿與橘於堂，曰百事吉。予記百菖齋，亦效之云百事昌，特少一柿耳。幸種之，不妨一噱。

虛室生白齋扁記 代

南華有言「虛室生白」矣，而必先之以「瞻彼闋」者，何謂耶？蓋白不能以自生，而生於虛，虛不能以自虛，而生於闋。一室之間，積焉藏焉，物無所不飽焉，猶大庭氏之庫也，猶羑里之梏，而夜不見月與星也，是不虛也。不虛也者，不白也。當其不白，苟闋焉，能自虛。自虛焉，自白也。故曰白生於不藏，尤生於不閉。不閉者，闋也，猶重門洞開之謂也。他日南華又云「室無空虛，婦姑勃谿」，政與此相印發。故學道者苟能舍其藏，不鍵其戶，道在是矣。雖然黑與白冰炭也。老子莊生一家也。莊貴生白，老貴守黑，家人矛盾也。是不然。月一月也，晦朔則黑死，弦望則白生。矧吾儒亦曰闇然而日章，闇非黑而章非白耶？世人以文害辭者，往往牽泥若此。南雄翁小叔名某字某者，有扁曰虛室生白。叔室吾女，少而敏，可以語道者，托吾記，遂記。記爲誰？女之父趙其氏，堂名也。

天馬山房記

天馬山在松江郡城西北二十五里許，相傳爲干將鑄劍所，舊名干山。至唐天寶間始改今名，實華亭九峰之第八峰也。九峰者曰鍾寶山，曰佘山，曰細林山，曰玉屏山，曰羅山，曰鳳凰山，而鍾寶最勝，其勝以嘉樹林。曰機山，曰雲山，則最名，其名以二陸嘗讀書其處。是八山總天馬爲九峰，去天馬皆不過里許，旣轉相映發。復有不列於九峰者，曰小赤峰，與天馬峙，殆若賓主然。夫緇黃之流，遇一丘半壑，往往翦結其間，然按志紀八山者並否，獨天馬琳梵多至數十區。以故羽人劍客，羈遊嘯侶，踵接肩摩，竟亦不知其何故也。此外則有大卯黄浦，遶其東西，皆不過幾里許，而大海相望，亦僅在百里間。噫，可想見其趣矣。華亭璩仲玉氏，始居城郭中。隆慶壬申，喪其考，考以茲山屬藏，遂結廬奉母氏居之，亦遂讀書其中。至是來遊南都，一日，予於市門而交之，久之，甚相得。將別，爲予陳天馬跡，如右所書者，使爲記。以予觀於仲玉，神昂而睆多白，多藝而不爲藝所攣，其傲而將有所逃也。自謂比高於墓於茲山者之三先生，其把筆與錐而忽一振也，自謂伯仲於二陸然。此豈足爲仲玉多哉？夫仲玉之來也，得於天馬者不爲不多矣？予顧曰：「此不足以多仲玉耶？」仲玉其必不以予言爲然矣。予聞仲玉善白蓮本師，苟過之，試以予言質之，然不然見矣。

豁然堂記

越中山之大者，若禹穴香爐蛾眉秦望之屬，以十數，而小者至不可計。至於湖，則總之稱鑑湖，而支流之別出者，益不可勝計矣。郡城隍祠，在卧龍山之臂，其西有堂，當湖山環會處。語其似，大約繚青縈白，髻峙帶澄。而近俯雉堞，遠問村落。其間林莽田隰之布錯，人禽宫室之虧蔽，稻黍菱蒲蓮芡之産，畊漁犂楫之具，紛披於坻窪，煙雲雪月之變，倏忽於昏旦。數十百里間，巨麗纖華，無不畢集人衿帶上。或至遊舫冶尊，歌笑互答，若當時龜齡所稱「蓮女」「漁郎」者，時亦點綴其中。於是登斯堂，不問其人，即有外感中攻，抑鬱無聊之事，每一流矚，煩慮頓消。而官斯土者，每當宴集過客，亦往往寓庖於此。獨規製無法，四蒙以辟，西面鑿牖，僅容兩䑸。客主座必東，而既背湖山，起座一觀，還則隨失。是爲坐斥曠明，而自取晦塞。予病其然，悉取西南牖之，直辟其東一面，令客座東而西向，倚几以臨，卽湖山，終席不去。而後向之所云諸景，若舍塞而就曠，却晦而卽明。工既訖，擬其名，以爲莫豁然。宜既名矣，復思其義曰：「嗟乎，人之心一耳。當其爲私所障時，僅僅知有我七尺軀，卽同室之親，痛癢當前，而盲然若一無所見者，不猶向之湖山，雖近在目前，而蒙以辟者耶？及其所障既徹，卽四海之疏，痛癢未必當吾前也，而燦然若無一而不嬰於吾之見者，不猶今之湖山雖遠在百里，而通以牖者耶？由此觀之，其豁與不豁，一間耳。而私一己，公萬物之幾係焉。此名斯堂者與登斯堂者，不可不交相勉者也，而直爲一湖山也哉？」既以名於是義，將以共於人也，次而爲之記。

萬佛寺記

去京師六十里所，邑曰房山，山曰大南峪。有地一頃，初結菴一區以居僧能貴。其後中人某某輩以南地頗廣且勝，又邑界也，暑雨冰霜，往來者衆，背僂肩赬，而無憩止，思有以擴之。乃稍出醵金其黨，旁及募者，以屬貴。起嘉靖辛亥，迄萬曆己卯而寺成。寺有殿三楹，東西翼倍之，廚沐之楹，視其殿。計將以聲衆也，置巨鐘一。以飲衆也，爲井一。以表衆也，爲浮屠一。而佛之數則盈萬，遂名寺曰萬佛。至是工竣矣，乃來請記。今夫主人之召客也，無弗敬者也。然客三數則暇，十則警，百則皇皇然惟恐其或失矣。夫敬一也，而有暇與惕之分，則以客多少之故也。此何以異於合芻泥金碧以成佛，而以納之其廬，其人之縣而望之也，一則寥寥然，十百則總總然，至千且萬，則奕奕然，接之且不暇，況得而易之乎？然此猶以敬言也，至其畏也，亦靡不然。設幽都獄具而以怖夫不類，其始覩夫一署也，矍然，至三五則愀然，至十則毛豎而却走矣。夫上智者，不待敬且畏而自善，下愚者畏之而後善，若夫敬而成善者，多中以上之人也。人之稟，上與下者少，而中者多，則設起敬之具以成其善者，多者勝而少者不勝。佛而至萬，敬之具多矣。吾故以是某某輩喜，而輒爲之記。然吾聞貴有戒行，是庶幾於敬者。以故今得從萬佛遷主御建慈壽寺中。

諸暨學記

暨之學，自國初於今二百餘年，新者三而復圮。師靈罔妥，業是者亦以居肆不專，告擬新焉，顧艱於徵發。會有廢館錢，與學畝歲入，爲銀凡若干兩，計稍足辦。於是悉取堂閣曰明倫，曰尊經，若殿廡諸宇一新之。禮樂之器壞，勿備者，補且易之。而射之圃舊，不垣，浸湮爲閭舍者，復且垣之。始萬曆癸未之十月，閱三月乃落。今夫有司之作公宇，百姓之作其私家，工竟則有司告落於大吏，匠告於主人而已矣。縣長吏之作於其學，事工也，而道則師也，亦可徒落之而已耶？則必有以詔之。苟詔之而泛且襲其故之說，猶勿詔也。今爲故之說者二。曰學以明倫，吾安得不曰明倫。曰學以務尊經，而窮之備實用，毋勦舊括，吾安得不曰尊經省舊括。然明倫而必强追以古膠庠之迂習，尊經省舊括而令盡舍其制科，一意於絕章，則法堂草且深數尺矣，又何庸於取屋肆而新之耶？今夫忿戾與婉愉，均動於形色也。

忿戾爲勞，婉愉爲逸。泛記與專精，均役於心思也。泛記爲勞，專精爲逸。人情莫不惡勞而喜逸，且逸之效博，而勞之效微也。而今之爲子弟於家，爲士於類者，顧舍惋愉，便忿戾，黜專精，崇泛記如此乎？其惡逸而好勞，舍效之博而羣趨於效之微也，此何說耶？意者詔之者之迂，而人苦於從如吾前所云也，故不得不悉畔而去之耶？然而易忿戾，爲婉愉，務專精，舍泛記，其勞逸之相去既如彼，而倫由之而日明，經由之而日窮，以尊效之相百也又如此，亦可委曰迂也，而苦於從耶？醫之於病者也，布方同也，而引劑異也，則病有愈有不愈。他人之詔明倫與尊經也，布方醫也，予之詔明倫與尊經也，引劑醫也。雖然，之詔也，非通詔也。不病者不俟於布方，矧曰引劑？吾敢謂暨之士盡病耶？僚丞某君某，均與於作且詔董役者，某則勞爲多。

刑部題名記 代

刑部之有題名，始尚書白公昂歷，若干年而萬公鏜復修之。白公有記，萬公未及記而遷吏部以歸，其後何公鰲始復爲記。大約白公之舉是役也，其序長貳，直以涖官爲先後，不問其位次。而萬公則更之，先長次左右侍，又餘其下方，以便再書，瑣至邑里遷代，亦復不遺。然而遡建置，別沿革，以及諸司分合之詳，涖政官守之法，而又繼之以勸戒以示後人，則白公創始之勤不可少也。至是若干年矣，其爲長貳，又若干人矣。茲而不繼，後將益荒，匪直無以示後，且重違前人。故予謹書長貳諸公於石，如舊法而贅之以言曰：「古之詮圖經者，其藥石之名備矣。及唐而修本草，拾其遺而不載者，無論數百種，皆補羸而決滯者之資也。至於名醫劑療之案，若其人之姓氏邑里，則自和緩扁倉，以至於近代之朱李，蓋有後先相望，而歲不勝書者。使後之爲醫而漫者，則亦漫而已矣。其謹者，則必求得其人，曰某也用某方，療某疾，吾謹視之，而其法始不乖，否則亦漫而已矣。今形之補羸而決滯猶之醫，其牘也，猶之醫之案，其用某法以治某事也，猶之本草與圖經之藥物也。而不著其人之名與氏，則於和緩李朱亦漫焉不知其爲誰，而莫適所宗矣。由此觀之，名氏之著與湮也，豈細故耶？創者倡矣，而繼者不和，則亦久而相與入於湮矣。

三賢祠記

溧水有倉曰便民者，在日球湖之□，去縣可五十里所。湖闊而險，輸者多覆。又以其遠須守，南畿將卒，苟不以時至，則不得支。支則邑長吏又不得數往視。於是守則得侵耗，支則多爲將卒所掊剋，民苦之。及賀侯某者來知溧，問民所疾苦，有言其不便者。侯於是徙球湖倉，倉於紅蘭埠。埠去縣可二十里許，邑長吏可旦夕一往返，則畿甸來就支者，長吏便輒往臨民。有所恃，徒卒禁不敢多索斗升，又近也，易守無侵耗，無風波也，無覆民坐，失三患，得三利。而侯爲政又且先大體，廉仁以才。今其去召之日月爲御史若干年矣，而民思之，爲祠於某所。祠成，乃因某人來請記於予。且曰：「繼侯令有傅侯某，繼傅侯令者有吳侯某，其賢猶賀侯也，民並德之。將亦並祠之，抑亦可並記之耶？」予以賀侯方在要津，吳侯方在邑，今茲之舉，似不能無疑於好事之口。若傅侯，則譴者也，民何附而何援哉？用是益知二侯之果有惠於溧也。賀侯於倉之役，既明白如是，而吳侯則列賦書十數條，其欲甦其民，皆數諍於大吏而後得。傅侯嘗爲鄉約書數百言，闇闇如與父子家人語，要皆非容易事。事雖不同，同歸於仁。辟如上黨之參，滇之苓，粵之桂，皆足以治蠱而起僵，皆陳藏器之所稱，而同其譜者也。

修郡學記

郡學自府梅公某修治以來，至於今若干年復就圮。隆慶戊辰，值廣德岑公某自南垣出知，再新之。計所新，先師殿一廡，以列賢者，東西二門，中外櫺星三，鄉賢之祠一，凡四事而七，所爲屋之間者，六十有一。其昔所未有南西館以居諸生者二，廠於鄉賢祠以備儀者一，亭於射圃以待觀者一，凡三事而四，所爲屋之間者，又四十有一。總之屋之爲間者百有二，其諸工費銀以兩計者四百八十有奇。方事事，責其成於丞某某。始己巳某月日，至庚午秋八月而落成。學官子弟某等若干人相與言曰：「茲役也，舉則盛矣，工則巨矣，德則不可以忘矣，而跡則易以湮，盍書諸？」於是礱石紀其略如右，相率而告書於某。某曰：古之作，巨者有書，然書止以記時而已，無他辭。辭者，非古也。雖然，乃學校之興，士則辭焉可也。而近世碑而辭於學者，莫如新建公。其言大約謂新學在有司，新己之學者在士。噫，至矣。某則竊從而繼之曰，學新而舊，舊而復新，若循環然，今日有司相繼而興者是已。士於己之學新而舊，舊而復新，必使若湯之盤銘然，將屬之誰耶？某不敏，敢以是爲諸君書。乃若岑公治多不可述，意者如詩之有泮水閟宫，以別紀魯僖公之作，斯則稱其體耶？

蜀漢關侯祠記

蜀漢前將軍關侯之神，與吾孔子之道，並行於天下。然祠孔子者止郡縣而已，而侯則居九州之廣，上自都城，下至墟落，雖烟火數家，亦靡不醵金搆祠，肖像以臨，毬馬弓刀，窮其力之所辦。而其醵也，雖婦女兒童，猶懽忻踴躍，惟恐或後，以比於事孔子者，殆若過之。噫，亦盛矣。愚以爲侯之所以致此於人者有二。其君子見其大，則以爲仲謀以大國之君，請婚於侯，而駡其使。羈旅於强曹，汰其禮遇，一夕去弗辭，最後見逼，至欲徙避此，宜若舉將帥中無與伍者。衆庶見其小，則多取裨官小說中語，羣居而竊與，或播諸絃歌，往往自相咄喈，如所謂操閉侯與嫂於一室，及手刃布妻，皆正史所無事，而人共信且詫之。然而愚以爲此皆不足以盡侯也。論人者貴舉其全，而見許於人者，亦問其許者之人爲何等。孔明，大賢也，翼德至親且貴，且猶見短，自翼德以下，皆無當其意者，而獨許侯爲逸倫絶羣。先主，英君也。爲侯報吴，寧失其國而不悔。彼二人者，皆親見侯於平日而深得其全，寧若後人所云君子與衆庶從區區一二事間，各據所見，數其美而稱者比哉？若孟子之稱孔子，不同也。要其極，則直舉其高弟若宰予子貢有若之所稱者以答公孫，而後孔子之聖，始不可以名言。故予之論侯，亦惟據孔明先主之所以致意於侯者，而後侯之美，殆不可以數而盡。不如是，而後之祠侯者顧獨盛於孔子，不亦有遺議耶？遼東李君某爲今寧遠伯冢嗣，世稱名將軍，以才勇忠廉，奉朝命領其事。至則節縮已奉，營侯祠。爲殿者三，爲門者一，並三楹而兩廡之，壯潔勿侈，役馬水口在萬山中，爲備胡要地，比設參將領衆三千人。

始懽趣，君戒勿亟，越若干月而成。適公書抵某，某至自燕。令記之，遂記。

稽古閣記　代

凡學之設以明倫。使明倫而止於子輿氏之所謂「孩提愛親敬長」已也，則人人取諸其身與心而足矣，何煩於問諸人？問諸人且無所事，又何煩於稽諸古？惟其自愛親敬長之端，推而至於國家天下之大，其禮極於五，其數大者三百，而細者多至於三千。於是學者欲自創而爲之則不給，欲自思而得之，則時有限而用不可待。而古先聖賢，固已各竭其心思，而試諸行事，歷數千百年之久，會諸人之長而筆之於經，以待後來之取，非一人一時之所集，蓋爲高之丘陵，爲下之川澤。吾夫子所稱文武之方策，所致力於杞宋之文獻者，皆此道也。諸經之不可以忽，而後之學者必有事於稽之者，蓋如此。其後闢外馳者過於懲咽，遂欲盡束文字，直取明心，其意本以救支離之弊，而不善學者，頓入於滅裂而不可繩。稽古之義，且視爲贅疣，矧其地與其廬舍，曾有及之者乎？我明凡府州縣所在，必置學以明倫，又往往置閣曰稽古以佐之。惟山陰有學，乃未嘗置閣，近坐前說，蓋不及之矣。今貴溪徐君某，賢而多文，猶留心於教事，始營之。會有當贖金者以告予，予請於省大吏，閣遂成。舍二，高二丈有三尺，深加三之一，廣倍之。始甲戌仲冬五日，至乙亥望而落之。噫，古人過闕則趨，過廟則肅，是有斯觸則必有斯應也。今閣之成也，非諸子稽古之觸乎？雖然，當其未閣，苟有應於稽古者，不聚於閣，猶稽也，誰得而禁之？今其既閣，使無志於稽古者，卽聚於閣，猶不稽也，又誰得而禁之？是在諸子。

養賢堂記 代，不用。

國初縣學籍諸生廩膳二十人，增廣倍之。於是有號房以輩居此兩等者，有膳堂以食二十人於其中，則業專而勤惰亦易以考。迨弘正以來，至於今，附學者多至四五百人，不特號房無以容，并前兩等生皆散處於外，而廩生亦罷食於其堂，堂或廢或存。在山陰者，廢且二十餘禩，莫之言復。會今某侯來知邑事，比及三年，幾於無訟，爰及士類，文敎大興。既而念曰：「魯朔不告，羊不可不存也。」乃搆堂三楹於宮之右，扁曰養賢，以待二十人之聚食，冀以專其業，而考其勤惰，如前日焉。諸生相與奮起，復圖識於石，以竊比於書紳，合詞請記於予。予惟天下之事，惟實之崇，而名亦不可廢。今天子有廩以食諸生，有司作堂，以便諸生之食，與諸生食之而不敢無所用心以嬉，此實也。作堂而必扁之以養賢，而復碑之以闡其養之之義，此名也。彼不策而勤者，力於實而無待於警於名矣。萬一有惰者雜於其間，俯而食，仰而見扁與碑焉，曰：「此爲養賢設也。吾飽賢之粟，得無孤賢之稱矣乎？」如此而猶爲名之無補於實，殆未然也。故予爲作養賢堂記，而謹書侯之世與搆堂之時曰：侯□□□□人，名某，以辛未進士知縣事。堂始於某年月日，成於某年月日。

史氏橋記

則水牌東南有洲若干，某去昌安門可五里。環洲而居者，不下千餘家，而史氏居十之二，乃多在洲中。

其後有史某者，從洲中徙北岸，自是族人往往有北徙者。歲時禮會，輒以舟，苦之，則易以木橋。木橋善圮，則又未免以舟。其後某之從子曰某者罷判府歸，計所便，乃捐錢買北岸可橋地，長廣並丈有二尺。遂治洲北路，稍率衆貲，枕洲而北，爲石橋長可五丈，闊減其四。始某年月日，越幾月而成。洲尚北，當舟而始會者既便之，而茲橋所關涉，北則有三江抵海，東則曹娥江，凡行旅買販之往來，百餘里中，宜無不便者，非直史氏然也。橋既成，衆圖碑之。碑成，來告書，遂書之。

正義堂記

「事有一倡而和者三百人，不數月，率銀爲兩者，千一百四十有奇，買地百畝，爲畦者三千有六百，屋之間大小合四十，諸果材蔭木不與焉。若此者，可以爲利乎？」曰：「利矣。」曰：「利將以何爲？」曰：「以冢其鄉之殤也。」曰：「冢何規而用利也多若是？」曰：「殤不冢則已，冢則未可以百十限，歲月計也。故用畦千以待瘞，屋七以待櫬，餘二千以召種，屋十以召屋，儲其息以備新與祭。地宜種，又宜守，屋一以居守，又一息之以給守。屋五，畦六百，免息以來種。鬼疑厲，神以臨之。觀音大士、關壯繆、張英濟三尊者，時所崇，民所視聽也，祠之，屋同堂，以三。土之神，祠之，屋以一。此皆先後攢然也。而中自爲堂者三，耳堂而南，屋者四，肱堂而東西，屋者各三，耳者小不適用，肱者差可小用，凡大集議若大役，必於堂。夫若此者，由前而言，利矣。由後而言，利乎，抑義乎？」曰：「噫，義矣。匪直義也，仁、禮、知、信該之矣。夫仁者何？惻隱是也，惻隱故冢舉而義成，冢舉故規酌而知效，規酌故祭創而禮興，祭創故衆不爽役，俗不偷竊，而信立，吾故曰該也。」客曰：「詩云：『他人有心，予忖度之。』是舉也，倡之者公鄉人白子某也。白子曩見一寄櫬於禪而三其變，始而路，再而潰，終而亡矣。故今之始冢之義，終向者惻隱之仁也。雖然，我以義始，能保人之不以利終耶？」曰：「無之。苟有之，則是人能惻隱，而彼不知有羞惡，此子輿氏指以爲非人者，而彼甘心焉。豈眞非人，人而奪鬼，必且非於鬼。」客有後至者聞之，再拜而起曰：「諾，姑置堂伺記，敢以記煩。」曰：「吾不敏，始聞鬻是者侈，將以爲凡有事於茲堂者，未必盡義也，故詰。然不詰則亦不知凡有事於茲堂者盡義也。董子曰『正其義不謀其利』，乃不知事固有謀利始足以正義者，不然易何以曰『利物足以和義』哉？故知是舉者，謀利而正義者也。」堂何名？曰正義，曰宜。客何名？曰受采，曰爾宜。

三省殿記

神祀於下土，尊且靈者，楚有玄帝，蜀有梓潼帝君，而江右則有天師張氏。三神者雖分位不同，主敎亦異，然至於翊衛國運，爲上下尸德福，則譬之殊谷內呼，響應自一。而帝與師也，歷代崇之，至我明猶大有隮賚。自文皇帝役武當，列聖承之，其報典罔不克虔。今上嗣位，實惟徇齊，凡有設施，朝舉夕應，時和谷熟，物無夭殤者，八年於斯。既乃作而思若曰：「凡茲大順，將人力不至於此。予將益爲民請命於百神。」於是減省尙方，益發大長秋歲羨，求淨土閻浮，生而以慈悲住世，歿而有利於羣生者，而宮之。又治作杠梁道路之妨於輿步者。凡所疾苦於民，如己貽之，其求以脫民之疾苦也，如脫於己。於是侍衛之臣，若某官某君某某輩，謀所以祗承德意，效涓滴助滄溟者。乃得都城之西南曰菜市口，地可若干畝有餘，搆殿一區，肖前所稱三神者以居之，而名其殿曰三省，謂楚與蜀與江右也。工竣，因某請記於某。予惟天下之事，惟不私於己而利於人，則不問其人爲何人，其事爲何事，皆可以贊化理，而不害其爲經。苟私焉，則名雖正也，而實則非，卒亦不免於禍。以予觀於曩時假斥邪，恣佃請，舉琳宫梵土而一歸之其家籍中，類皆士大夫爲之，然爲之而未見其卒能全之者。至於舍宅爲宫寺，舍其財與業以爲資，雖匹夫匹婦也，猶千百世稱其人，肖其像，遺福於其子孫，未有窮也，而況於侍衛之臣，又況於仰體君上，爲民祈福之意者乎？由此觀之，爲正與邪，未可以虚名徇也。遂感而爲之記曰：殿之搆始某年月日，越幾月日而成，費金若干兩，殿若屋爲間者凡若干。至局鎖焚修，則謹擇道士曰某，與其徒若干人以充，非其人則易。

卷二十　碑

山陰劉侯去思碑

今夫以百里之長，而聽斷百里之民，長之心一耳，非有二也，耳與口目一耳，亦非有二也，而百里之民，蓋千萬其心，亦千萬其耳目與口。夫非千萬其心與耳目與口如此其衆矣，且鬼以匿，而狐以奸者，百出而乘其所不及，至欲以一心一耳目一口以臨之，一不當，則强弱倒置，淳黠無所別，書史起而陰把其衡，平者十一，而不平者十九，謗讟興，而怨聲作矣。噫，然則孰謂聽斷非難哉？劉侯名某者之長我山陰也，其才能眞足以起敝而補完破裂。特以承某侯後，侯恬然安之，不欲獵取赫赫，事更張。獨其聽斷，則眞若止水，須眉靡所不燭，若禹之鑄鼎，卽有魑魅魍魎，亦夔夔睢睢，畢露而不可逃。其折而氐昂之，又若權石然，無不愜其輕重而後已。自一事至百千事，自一日至三年，民蹙而入者，無不踊而出。於是一邑百里之中，帖帖若無事。吏胥與臺之輩，亦縮手重足而退聽，無有攫民一粟一錢者。在漢史劉陶以孝廉宰順陽，無他事，特以縣多奸猾，陶能摘而發之。既去，吏民思之，爲作歌曰：「悒然不平，思我劉君。何時復來，安我下民。」今侯之以召入也，民思而歌之亦如之。未已也，謀共文而碑之，而屬書於某。噫，固其宜也。異時邑校圮，侯新之，不令勞且費於民。江汰天樂，侯隄之，可十萬丈，廣狹長短，視田業而責之主者，民亦不知有勞。凡此皆教與養之大者也。然學不圮，隄不壞，則侯亦不作，吾所謂不獵取赫赫，而必欲功自己出云者，大抵然也。噫，有才而不急於名，此更難。

王先生去思碑 代

先生名一化，字汝誠，揚之泰興人。自幼以經行聞，隆慶丁卯應歲貢科，授嘉禾訓導。四年，擢新昌敎諭。會宮齋壞不治，無以居諸生，遂出俸新之。業既有專所，乃與諸生約曰：某日當詣會課。某日當會課於邑中，第上下。有疑，必親解，有不足必周。於是諸生益思奮起，德藝倍往昔。邑偶缺長吏，監司以篆屬，先生辭不可，則取綬佩之。至邑堂，召父老爲宣解聖諭，使訟者內革，不先以楚。迨還篆，民不忍其去。滿幾年，監司若院使者，致奬者再三。會應天缺敎授，銓以先生名請於上，可之，先生遂舍新昌赴應天。士與民多先生敎，且嘗攝邑有令政，懷之。相與礱石於宮，將紀其盛，率父老一二輩，走留都，屬余以書。予惟先生揚人也。宦其鄉者，有董公仲舒以經義名漢書。其鄉之先輩，則有胡公瑗，此則兼經與治而有之。先生生長其鄉，意不使二公者獨美於前，故試而輒效也如此，其令人碑之也宜矣。然予少時抱經在庠中，嘗聞新昌二許先生之賢，既去而人亦碑之。今距此更四十年，來敎新邑者，不知其幾，乃始一再見其然。噫，亦難矣。然余抑聞之，鄉校之易毁也，自春秋至於漢之東京，往往特書其事。其毁也至不避公卿大官，矧爲之師者，朝夕其間者也耶？假令有一疵卽人自爲厚也，免於訾亦幸矣，安能令其碑於去後也如是？然則先生之得此也，豈不誠難矣哉！爲作詩曰：

昔予抱經，游於鄉校，二許先生，實膴厥敎。迨其性矣，士有遺思，礱石以書，螭首巍巍。今四十年，師則繼踵，生長泰鄉，佩胡服董。京兆之泮，比隆辟雍，舉以授師，其寄彌崇。余書則瑣，碣師徒勦，儒林列傳，格之史臣。

沈氏祭田碑銘 代

某五世祖祥二府君，曾祖裕齋府君，葬會稽東二十里阮家灣。故有田以供祭，漸乾沒。初改逐支遞辦，後乃漸久漸疎，追遠念忘。又或力短心長，過時滯舉，某實痛之。某兹特割私田若干畝，特取歲入，用給兩府君歲祭。其於例應遞辦者，自不相妨，而於所謂力短滯舉者，亦可少寬其責備。噫，某此舉亦聊爲餼羊耳，昌大其事，不無望於後人。詩曰：海之於河，首尾則親。河之首源，迺自崑崙。計里三萬，計時百旬，於海之委，寧不遠耶？然而祭海，必先曰河。人孰無祖，祖孰無祭，或數或疎，以物豐匱。因匱而疎，責備則難，莫救之餒，吾忍坐觀。畄畬若干畝，以備歲奠，粢盛牲醪，毋缺盥薦。如瓞有瓜，後嗣其昌，我倡微捐，聊爲餼羊。

沈氏冢其外親及祭田碑銘 代

某外祖姓陶名某字某，會稽陶家埭人。娶外祖母董氏。生女二，長適先君東平公某。外祖死時，外祖母年纔二十五，孀四十五年，死時年七十矣。而妾王氏者，孀時年十八，孀至今五十二年，陶竟不後。以故當二孀之生也，某母夫人迎之，並養於家。及董嫗之死也，爲買山曰戴於。殮含卜吉以葬，而王嫗生壙附焉。歲時墓祭，無怠無廢。某意孟莊之孝，不改父政，然禮以物興，物匱禮廢，鮮不由之。某茲用錢若干，買田若干畝，給戴於塚，世世牲醪。上以迎體母心，下以成就不改。物具禮廢，咎將誰歸？

詩曰：

我母之母，於維董嫗，雖曰外家，實祖母屬。偕我陶翁，翁卒無嗣，我母迎嫗，以養以事，卒則葬之，以冢以祀。嫗媵曰王，陪嫗來我，預壙附嫗，以待窆妥，生養死歸，乃同一所。買田若干畝，給牢禮費，子孫守之，世世勿替。匪直大家，弗餒於兆，實繼大母，迎歸之好。

卷二十一 書問

答吳宣鎭

兒以所惠，櫂什一於京師，自不得便去。而居食二事，迫之使來，復就蔭於楩柟之一葉。便當進謝舊恩，僕以形跡止之，諒不以爲簡也。壽作未免過諸公之眼，謂須爲吾儒立赤幟，入道語以張之，故聊復效颦。然不敢自以爲是，故欲進而復止。惟高明裁酌。

答許口北兵憲

清宴超談，數日來齒頰間尙有餘味。茲更以妙句恭一讀之，耳畔復聆鈞天矣。翁其少俟，高齋烏几，當有撲撲然小缶之響也。

答王新建 瑞樓

旅次朔漠，遂復迫冬，無一毫之益於主人，徒費其館穀而已。承獎，不特生非其人，抑且未有此舉也。刻尊翁老先生集，語未了而輙許，當是此公夙心，生亦何所預也？茲者處於外禪，稍得燕遊，每陟高眺遠，悽不勝情。南望闕檐，益倍知己之想。行者倚辔，草草布字，應先生暨兩公嗣，不及專書。芙蓉芳蘭，舞歌益妙矣，安得如曩者再領於筵末耶？

與陳戚畹

曩所沐非言可盡。書至推奬，又非鄙劣所可當。明春當入關，與左右翺翔圃榭之間，更挹懿美也。小草奉記室求教，不具。

與王口北兵憲

東施之眉，愈顰愈媸。過不鄙遺，輒復遵命。履寒涉遠，兼布奉候之忱。

答許口北

一言之加，溫於挾纊，纊復美矣，溫當何如？第念諸所遺乃左右交於王公者，以寵山人，如逾分何？捧檢拜嘉，煖氣滿屋。以遵曩約，却不遂候也。

又

千羊之皮，不如一狐之腋。珍此貂毬，豈比常毳？矧奉雅意，價連城矣。

與宣府

序草書上求敎然後發，希勿吝指瑕也。三公來索，意欲書三紙分投之，手皴而筆凍，敢以勤記室何如？明日專望，敝袭破絮，隻箱不能悉貯，再乞其一。

答何先生 名九州，號春亭，宿遷人。

先生以子文而謬獎鄙劣，鄙劣亦因子文而得知先生。是日飯我於齋，悉出篇札讀之。既復描寫風致，坐中俗客，亦翩翩欲飛，老朽庶幾後塵，能不馳越。卽山川縛我，吾豈橘柚也哉？知握手有日也。小詩董竹，略見區區。病起懶書，未悉傾慕。

與某公

念別者久，追惟雅情，益增忡忡。季子微兄，每一寄書，必及麾下高誼，僕始知公今爲遊戎，千里之才，殆應少展矣。而子微者抱才久困，又復拙於時樣，計今所處，當亦蹇落不偶。而其郎君名大觀者，誠袖奪魁之手，並亦悠悠，僕獨奇之。聞公亦稍剪拂，儻帷幕館穀間有可接引，願始終之也。僕舊日聞公說遼陽事，從酒觴禪寺邊，拔刀弄馬，呼嘯劃然，六月盛炎，令人肌粟。只今臨書，乃復想見其然，不由人不起舞墮幘也。外小抹一幅，寄將遮壁坐寒耳。無他物可致情也。

答茅君 湖人

辱書初論三物，知足下固高視一世，所謂具隻眼者。良造執策以臨，舍黃澤之蹄，宜俱却步。重孤高舉，聊擬爲公作一馬首，輒赧然有所進。天寒不堪旋書，敬以舊途鄙作十二首，計四紙塞命。鏡一煩得兩醜，自爾不能免也，語在筆尖，顧復閣縮，亦坐寒耳，非敢簡也。

答李獨石

公威名赫然，僕亦思一仰挹。顧茲行以山水撩人而然，冠蓋尊嚴，似非芒竹可接。俟他日轉鎮斂省，或當納屨曳裾於油幢間也。道里修阻，致饌腆多，不勝感荷。

又

僕每從書冊中，慨慕古之名將，而不可見，往往兀坐歎息者移時。況近在六十里間，兼以敦說詩書禮樂，爲儒黨中白眉者哉！再招而不敢造者，是必有說存於其間也。可以默會，仰乞亮原。僕之掃門，豈無日耶？

簡許口北

慚享我公分庖之惠，令人每飯不下咽。顧無可仰答者，聊作墨君一枝，以見眇微。欲陳情素，益露酸寒，辟如錦綺滿席，羔駄盈俎，貴介王孫奕奕彬彬，方以裘馬相雄，牆角忽出疎梅，不笑必厭矣。非公妙雅，寧易賞識耶？絕倒絕倒。

答王口北

以韋賤仰交王公，恐涉非分，是以寧甘疎外。野客清寒，僧廚齋寂，承此食肉之盛惠，得免瘦癯。因思無竹雅言，形諸圖畫，惟公超雅，諒不揶揄。停筆以思，捫心知感。

答許口北

緬惟超曠，兼之藻巘，謂宜日不去左右，方是鄙心。第以宵鶴塗鴛，勢不可以追逐，故復悠悠耳。昨愈出愈奇，便當勉步以請也。

又

鄙章纔投，和篇輒至，雲爾取營，妙若宿搆。辟如老將快馬，研陣突圍，使人旗鼓猝不得息，安得不豎旗以降耶？

答張太史 當大雪晨，惠羔羊半臂及菽酒。

僕領賜至矣。晨雪，酒與裘，對證藥也。酒無破肚臟，罄當歸甕。羔半臂，非褐夫所常服，寒退擬曬以歸。西興脚子云：「風在戴老爺家過夏，我家過冬。」一笑。

答李長公

劉君來得長公書，並銀五兩。前此亦叨惠矣，何勤篤乃爾耶？令人不可當。顧念老病漸逼，灰槁須臾耳，無可爲報。如輪迴之說不誣，定庶幾了李源圓澤一段公案。聞勳業日隆，大用在卽，卽披甲躍馬，三發小矦破的而飲羽。買韓盧五明馬適至，便牽往蓮花峯頂，浮大白不計斗石，侍兒抱琵琶，棖棖響萬谷中，儼然突騎出塞之爲者，此等豪筋俠氣，定勃勃長在掌股間，正今日囊錐時事也。如相憶伯喈，便可呼虎賁坐飲耳。臨書三歎。

與章君

昨偶有占奉復失詳。辱餉屢矣，卻領則違尊雅，領之又似范曄載市，尚食果皮飲酒，畢命猶饕也。兩箋並涴之菊，雖不成染，但就鄙蒙作此以來，此爲第一。古人作有葉之物，簡則不足遮瞞人耳，故曰人皆以清疎爲巧，我則以繁密爲然。就中量有餘，不能堆積並用焦墨也。此不可與俗眼評。譬語生物，茂密者必有餘者也，一理耳。畫美人便往一覽。欲公賡此鄙詞，盡其中丰神，無佯避，且曰少俟也。成則幸兼軸以來之。常箋輒讀薄篇一淨之。

與呂君

夏間幸得一挹丰神，自此屢興企慕。山川間之，莫遂瞻仰，如何，如何？繼惠鱗腊百頭，兹復以薰橘百餅，兼之佳詩。到時值雪下，輒呼童煮茗，急發封緘，並一咀嚼。馥芳角潤，令人悵然。復興安道之懷，儻便鼓楫，想當握手數朝，豈至望門而返耶？吾丈以爲何如？

簡友人

半身不遂，屢見於書中，而無一人覽及。遂使不遂二字獨傳。豈文字顯晦亦有命耶？呵呵。

柬王將軍

聞公提兵西渡，便可圖會，甚慰，甚慰。舍親值蓬萊驛支應，願公且安行。至十一日辰末到，彼此私情也。雖然，百里趨利，兵家所忌。師行日三十里，古法也。如何？

答叔學張君

久踈欬言，殊切耿耿。昨辱枉過，又無緣得相把袂，君以爲憾，僕同之也。先後嗣惠甘鮮，感謝，感謝。稍晴，當圖會于子先店中，却須先期一訂。行將掛百錢於杖頭，與君冒高桶，襲短後，渾高陽之徒，取醉於市樓，談旅客之舊跡，振衣上之京塵，月黑漏沉，長歌而後別也。如何，如何？新春伏惟尊履佳勝。不宣。

答錢刑部公書

昨尊使回後，再閱詞翰，及今日復示二作。頗悉意旨，敢遂奉答。往寓杭時，則聞門下作法事於西陵，僕忘其鄙陋，欲形諸篇什。以不知其何法事，故多相問訊，始得之，非有疑於門下也。門下是出世人，作出世事，僕雖不得其門，曩時亦嘗留意於此宗，作一看經僧過來。雖不認得真月，莫亦認得人手指月處。僕自疑則有之，豈敢疑門下耶？僕之自疑，亦非疑佛法也。一悟直超，於門下則瞠乎其若後。至謂信心，豈便讓門下耶？下根之人，縛以習氣，不能勇猛精進，自所慚也。謂疑佛謗經，十年前事耳，今自信其決無也。恃愛一明此心。逃禪集如刻成，雖不敢附不朽，然僕非畏犯世諱人也。望且賜教。

奉尚書李公書　石麓

某不佞，自惟以一介之賤士，無片長之挾，走數千里之道，以仰托明公之門牆而無所疑懼者，非特以其道德之高深，問學之純粹，行誼之正大，操履之介廉，謂足以師表而涵育之，始焉因之，而終期於宗之而已也。亦以明公雅量所及，每矜人之所不能，而其使人也，動合器之之道。名實流播，非特出於楊友一人，某在遠方，蓋習聞而素慕之。是以一蒙尊命，而敢以身往也。奉侍以來，自揣所具之器，既不足以光明公之使，而其所不能者，明公亦既矜而恕之矣。既又慮其進退之無所據，而見疑於時也，乃令習而延之，是明公之所以待不肖某者，誠無所不用其厚矣。某敢不勉而承之，姑以自試其果能與否，而敢遽自外於明公之德意哉？但其中有不可者五，不敢不預白於明公。而其最可疑者，則入粟之說也。入粟之事，在賢者亦多就之，以卒售其兩可之志。但在某之身，非時力有所決不能，抑亦心有所甚不欲。其自知之眞，而自守之篤，有不可遽爲明公言者。當時徒以查氏見促，用此言以緩其期，而他人往往來訊北上之由，某漫假此以支吾之耳，不知何以得聞於明公之前也？且某當臨行，告有程假，暮春不復，例得扣停。設某雜有他念，其於處此，豈得如此專決？明公試於此處察之，亦可以信其決無矣。則一至暮春，便須辭去，而某近在道途，屢遭詰問，猶假入粟之說，以答鄉人，明公不知，將謂其蓄志如此反覆，某將何以自明？此其不可者一也。至於習效斯事，恐難猝成，卽使得成，恐不堪用。今某旣已願學，自不敢不竭其心力，而才有所困，事涉避難，如聞當時亦有緣此以得罪他所者。明公縱不見疑，某將何以自解？此其不可者二也。諸撰繁多不能概及，稍有餘力，尙欲尋繹舊聞，正使竭其力之所及，不過表文一兩篇，大對一兩對而已。明公縱不求備，某將何以自安？此其不可者三也。收散文目，類有掌，呼約輪轉入侍，則又寢處內城，臨日揮毫，甚至聚食一所。某欲求免三者，而衆人皆爾，明公縱欲優容，某將何以免自異之嫌？此其不可者四也。旬日以來，袖手坐食，退頒芻米，實增汗顏。假令自今以往，許其嘗試漫爲，其實未見成效，若於芻米之外，復同衆人，月給積至一季，爲費愈多。明公總不校量，某將何以贖虛糜之罪？此其不可者五也。夫聞命而卽受，隨所欲而不敢辭者，賤之所以事貴，卑之所以承尊也。因其人而廣其資之所近，諒其短而不苦其性之所難者，知之所以容愚，賢之所以成不肖也？畜於志，必宣於言，慮於終，必白於始者，上下之所以共成夫信義也。某旣不敢不以賤之事貴，卑之承尊者自勉，而亦不能不以智之容愚，賢之成不肖者仰望於明公。故敢並以其畜於志，慮於終者，而宣於言，白於其始焉。惟明公其宥而裁之。

與朱翰林

日者於某人書見公及某之言，似以某有意自外於門牆，而高自矜匿，不令人望其顔色。某不惟不能辨，且不敢。然有一言焉以獻，又似以戇公而實非也。某往歲客南都，初亦不敢先謁一巨翁，巨翁雖不言，似不能忘者。其後巨翁者惟病某往謁之勤，而避之不暇矣。是以願公且姑待，行見翁之避某，而厭見某之顔色也。入上谷得樵歌十首，敬以塵聲音之陋如此，顔色從可知矣。

與李子遂

兄丈此來，其於某如持準繩向曲木，雖未加彈界，然於矯枉之功，固爲不少。閩越相去千餘里，求如兄輩，復有幾人？恨卽垂隔，不終夾持耳。某比亦不健，又稍治先人之塋，迨於罷錙，計亦涼冷，台宕之遊，恐亦不成。何時復勤帆策，相與捫眺於緑蘿白月間耶？子牙兄便布此一候動靜。欲書新什求正，會荷杵者所詛，頹然閣筆。宿抹一幅，汚淸齋。又煩一事。近有友人假與一園，稍近水竹，某將就栖其間。舊有白鷴籠久虚，幸兄買一隻，托子牙兄，中得一黑者更妙。

與朱太僕

臘尾春頭，俱坐薄恙，頽然牀褥間，遂失面承請教，甚歉也。委草亦坐是而稽，比始辦，敬呈請削，知不足采也。別有顧使君轉託，生不敢逆料公果拒與否，輒以其紙二幅，並與生之簡呈請。儻奉進止，使當領傳。嗜好者不量，往往徒見敞寓壁間，粘掛之妙，以爲公眞不棄鄙人於翰墨間，故惹却此累。惟察而恕之。

答俞都戎㊀

曩客貴節，惠誼深篤，有踰骨肉。感而無報，寤寐耿耿，與日俱長。此肺肝中語，非虛諛也。邇又遠寄僧書扇帨，僧書乃難得之物，重疊而至，令人何以堪之。峨眉之雪，至六月尚積住，而八月又繼之，不知何時消化得盡，此大似吾之衷也。宦聞日騰，深爲故人喜。儻遂北更一握手，何幸如之！

答李長公

僕比於曩昔，倍衰老陳人耳。而公又自處高華，有鵬鶚趁風，蛟龍得雨之勢。顧所以處僕者，昨俯僂而今循牆，雖魏文式廬，信陵虛左，殆不過是。至於略似鉏鋙，不待畢展，則又居然李廣上谷之超凌，魏尙

㊀ 原目錄無此題，此處有與陳一題，文見卷末。

雲中之節制。僕雖少知，寧不爲故人一喜躍耶？馮較三首，里閭無一刻忘左右也。

答朱少監

紙裹朱提，重不勝舉。不特自顧菲劣，不宜堪比，而公卽貂貴，乃是清流，得此於公，更百珍重。辭曰製荷，是使野人快受也。

報朱太僕

昨公起束帶，迎客座中，遂有擁衆簒取之變。江湖萬里，何怪赤眉之紛紛也。公儻幸再圖，庶免彼此稱戈，斯爲上策。不然，卽區區弱水不競，呪咀精虔，彼且涉水停津，不免爲蛟龍所得矣。

與薛鴻臚

以蒙書卷，易昨簒繪。韓愈之賢，觀記畫而尤信，秦政雖虐，亦留璧而復還。

又

相如詞堅，秦璧始出。葡萄一幅奉上，竊比玉斗謝罪之遺，幸勿碎之。

與陸韜仲

一面顏範，舊感滿膈，愧無下榻以傾積懷。舊有答餉詩，久失寄。緣衰耄過事，可辨者往往失忘，茲書上以發一笑。大蘇以拾石供參寥，並是撮土爲香意也。舊刻三本，送將遮眼，糊窗亦得，總是香土公案。

答潘中六

古人食黿，不得，染指而出，知珍味之難逢也。佳品屢承，何幸如之！

與陳

朱某至，知足下佳好爲慰。僕行時辱多物，又煩呵護，芝罄之類倍常戴德懷報徒深耳。僕歸計未定，旅食爲艱。想曲池寸魚，長一二尺，必能扶杖閱網于其間，觔鑊烹鮮，醉到談辛苦也。

卷二十二　行狀

慈谿縣學訓導祝公行狀 代

先生姓祝，諱某，其先家徽之歙也。宋寶曆㊀中曰某者，以翰林學士來知紹興，因家焉，遂爲山陰人。某子曰某，孫曰某，相繼以賢科顯。入明，徙光相里。自初家所其後有曰某者，爲先生三世祖，贅蕙蘭里倪氏女，因復徙家蕙蘭里焉。某生某，某生某，娶於王，生先生。先生生而貌昂偉，性樸篤，言動激射，而內實含慧。能讀書攻文，鄉小試輒最。嘉靖己酉，遂用儒士科第一，領省試牒。壬子，復用諸生第二，上省試。再不錄，歸而食廩於學。至萬曆丙子，遂以久次貢入，例授訓矣，又以失候銓晨衙放歸。又五年而再入，得訓慈谿。在慈五年，數却生貧者贄，舉某先生祀賢祠獨力。其子某報金頗腆，子三進之，先生三却之。曩先生以毛詩起鄉中，鄉弟子從之者如市，而某亦抱笈承下風，列鄉弟子後。先生每旦起，整冠齊履，徐舉案，坐己所築室於玉虛道觀左之圃，花盆魚澗，講說毛詩朱傳，諷詠中和，觀午鐘而始罷散去。並冲然自得，都忘其困折拂鬱，不知無聊之爲何物也。及是訓慈，慈經生幾千輩，固多業毛詩也。其在師弟子間所自得，當不異觀中時。以故督學劉公某按校諸師，稍用近體以試，至先生，大賞之，爲殊禮。是詩之用果不效耶？噫，龍虵而竟尺蠖之，一時之快適，何以贖終身之無聊耶？竟以是病不起

㊀ 按宋代無寶曆年號，疑誤。

矣。爲己酉五月一日，距生可六十四。娶母夫人陶子女某某，繼劉子女某某。先生之病慈，某忝牧丹徒，不知也。晨衙有白帽蒼頭入，驚相問，起函，乃得訃。遽位而哭。既徐省副牘，叔子某托狀語也。大約得先生概，而顧不及祝日春事，豈諱耶？噫，毋庸諱也。日春爲先生從父行，初亦生也。嘉靖中北走上書，觸忌諱特甚，而春已遽亡走。詔下捕春不得，改詔有司，悉收責其家。責益急，家稚老鳥獸散，都不知所爲。而先生獨挺奮自承，願遠走數百千里外以陰索。然遽則無能爲也，願少假日月。果得春。然春亦以饑寒流轉，久而戒錮益急，踵爛以死。乃即其所列有司再三驗核信，得據以報，事遂寢。噫，此先生一仁且義事也，且占其幹，胡諱也？

墓表

方山陰公墓表

渭嘗聞越長老學士言，自知山陰以來，吏治有文學者兩人，其一歙方公也。公治山陰時，數值潦，郡長吏湯公始議爲水門者廿有八，北接以隄，長百丈，廣十丈，欲以犍大海中潮所往來口，制水出入。石空山，鐵枯治土，平丘陵茭茅篁竹，童林藪，十塞九決，而猶不已。役率倚縣，議紛起，公營益力。及成，至今三十年無潦災，增田以萬計。天樂屬界遠阻山，習傲，每訶挺所遣，呼吏士如峒猺然。公一夕遣卒，悉縛數十人以來，杖而諭遣之，後無不一呼輒集者。出見縊屍無列者疑之，停輿捕傍舍，惟一人匿不出，一訊俱服。監司使者牒雨集，無不從容對者。有不可，持不爲動。民不能自白，必再三諍得之乃已。嘻，治固劇且難至此哉？顧往往得閒暇日，與山人墨卿暨諸學士有才行者益談道論文，或稍及民疾苦。而公所著爲詩文，他不論，卽入署以來者亦且盈數卷。悉出心入理，誠切篤緻，如其爲人。如作逐蝗文，而蝗枕股以斃滿壖岸者可知已。先是嘉靖己丑間，知山陰者爲鳳陽劉公，才妙敏有建安風。渭年十一，以事謁之，輒課問渭。知已能爲舉業文字三年矣，遂命題，令立製一篇。稍賞之，謂青紫可拾取，顧勉令博古書。渭自是好彈琴擊劍習騎射，逡巡里巷者十年，而始遇公，公又謬器別之。從臾令籍泮爲諸生也，至今又二十五年，墓木拱矣，而渭傫然猶諸生也。氣消沮，蓋並少時所謂馳射彈擊者亡之。顧獨得遇公嗣子阜民於逆旅，以表墓屬焉。感舊傷知，悲憫時命，不覺其涕之橫流也。已乃灑然操筆爲之表。表成，以告於故長老學士，嘗懷思公者，舉無不涕泫然下。公諱廷璽，字信之，號南岑。起賢科，仕止於縣。而鳳陽劉公者，名昺，字晉初，號望岑。山陰士人謂自知山陰官，長有文學者兩人，劉其一也。

墓誌銘

吳俠士墓誌銘

縣諸生吳君文明甫，卒二十有五年，而其子某始屬銘。其始雖以幼穉遲之，然論亦未定也。而今則定矣。君事其父母孝。嘗內小婦李，李詆其母，促出之。及母死，不葷者三年，人服其孝。其宗疫也，十斃七，門閭無隻履跡，君日往視斂且療，人服其仁。其社師胡先生純死，君約二三子衣食其婺與孤，終其身，人服其義。君妻陋且病易，久罷妝沐，副方新也，而愛不遷，人服其厚。生如是矣，乃死二紀，曰論未定者，何也？噫，惟孝友廉信人多雜以俠，故曰論未定。然俠豈足以掩四者哉？故曰論定也。君喜士，士豪駁者無不集其門。一日有沈璘者，被危搆，君直於郡庭。搆者詈辱君，君格殺搆者。會有司以他事仇君，移坐君。君在獄五年，晝則讀書，夜則筆記卒徒陰事。卒徒知之，怖。會大吏不恤囚，君遂死卒徒手。君父，鄉傑也。嘗會其宗殺不肖子孫者。以君冤，持數百金，擇委不靳施者圖活君，然卒乾沒，君遂不得活。君諱某，文明其字也。生正德某年月日，卒嘉靖丙辰年月日，皆十一也。閱五年，葬峽山丘家塢。其世居山陰利樂村。始祖唐文簡先生翥入明而有瞻，瞻生皋，皋生俊，俊生濬，濬生某，娶陸賓生君。君娶宋，生女潔，適會稽諸生某。副以鄭，生系、綬、紳。系子明際。系能詩，從子游，圄

銘，銘曰：

郭解以客坐，范蠡速子死，蠡非不明，客罪解抵。古語云，「殺人者死」，乃有幸貰。而千金之子顧終死於市，語胡足信哉？人亦有言，「儒以文亂禁，俠以武犯法」，班固酈炎，非儒者耶？俱死梏拳。陳亮以儒三置於俎，希不爲魚肉。由斯以談，儒者之與俠，幸不幸明矣。而以成敗詆訿，幾何而不爲愚人。

葛安人墓志銘

上虞之崧城，有潘隱君某者，其女配參政葛公某，封安人，里中稱其賢有年矣。而不知隱君暨其縣布政

陳公某，我會稽侍郎章公某，並賢也。而女之母，則章之甥，陳之孫也，世固以家法聞矣。始參政父大理公某爲南御史，抗疏忤閹瑾，被詔逮。時參政公傫然以一鄉解生，倉猝掖大理公走闕下。大理公淑人俞方驚頓就奄，使無安人，則俞淑人且不起。及事平，大理公幸知邵武，俞淑人則留以奉大理公之兩尊人。安人既以一身奉淑人，則又兼奉兩尊人。其後參政公成進士，得主事刑部，而諸內尊人念參政公不已，不令安人獨留，則安人又以一身走數千里奉參政公於郎邸。既而轉知淮安，徙按察副兵備天津，再徙得參政山西，安人獨山西不偕耳。其在邸則眞爲主事把燭炤四書，數從臾使得多平反。其在淮在天津，則後先爲府公鎭公時時視候涼煖，把鍼尺測寬窄短長，徐取縑帛絺𦆯而袍襖單複之。或客至，則自篝𤇾立鬲釜間，手醬酢，陳圓方，亭齊以授一童子，步不踰闌檻，而設以告具。終公兩役，竟不令衣工庖子一識衙署扉，此豈獨其才能通也？謂隙當必窒耳。至其客所師友於公父子間者，安人則又善爲陶氏媼故事，伺而得其良益，相臾戒父子間，謹權輿，無替醴設。若淮之倪工部潤，天津之劉都臺燾，丁吏侍士美，汪按副其陳，戶部斗南諸公者，後並以文業顯。或來宦浙中，無不造請拜安人於堂，退而語諸人，則又無不多安人識，以爲眞能成其夫與子者。先是參政公捐山西館，其後長子婦又相繼亡莫侍，獨今鄂州君兄弟兩孤，悒悒遶膝下。而大理公翁媼，益老不事事。其後芽茁孫髫，冠髻盈室，安人獨以一嫠，上之虔祖曾生歿之事，中操兩孤之劬鞠，下叢諸孫之哺飴，纖巨畢膺，孝慈益舉。及鄂州當榮戀侍，則勉使就道。至其九十，永愴未亡，壽者雲輿，成賀而亭樂，則可稱陳情之奪，未見曲全於劉嫗，追遠之厚，庶幾默契於子輿者矣。鄂州，予友也。曩昔宣慕安人，數徵篇什，懿德之敷，未嘗不入予筆札間。且距僅百里，而先公昨存共於葛門，非旦夕交好。故鄂州以狀涕而來，而予慨焉銘之，以太息而往。特有拙蹇不彰耳，無諛也。始鄂州已後其伯父翁某。未幾，翁嫗並捐，鄂州自謂益可無出，安人强之乃出。而適遘諱不易歸，安人歿，諱亦解，鄂州始得乞歸。鄂州於所後及安人，可爲兩無憾矣。安人之歿也，春秋逾九十一，固無他疾，其歿爲萬曆某年月日，其葬爲某年月日，合參政公於茆山。溯其生則爲弘治某年月之某日。子三人，光，國子生，娶山陰劉氏，狀所稱偕早亡者也。焜以久次薦，補鄂州府判，以文飾吏治者也。娶陳氏亡勿繼。爔諸生，母則庶。狀所稱安人視如己出者也。㊀娶餘姚汪氏。孫十一人，曉始諸生，又他爲某某。曾孫九，曰百順者爲諸生，他爲某某。玄孫一，曰千生。女二，一適會稽章某，蘄州衞經歷。一適潘某，福安縣丞。孫女一，適謝某。曾玄女凡四，而曾居三。銘曰：

母德皜皜，而享齡以耄。母不幸而早嫠，顧代治家以孜孜，然則耄之享不勝代之勞矣。噫，人亦有言，難成者婦之道，難必者子孫之肖。母兼而有之，是謂享溢於勞。參公名賢，俟母茆山，不負公託，寧不解顏。

書檢校墓志銘

山陰之有言，孔門大賢先生偃裔也。世吳人，居常熟。至宋兵部侍郎雲從祥符。五傳至通，以敷文閣學士從而南，遂居山陰某村，即今所云言家堰者。入明，七世祖提舉廷臣生志江，志江生慶，慶生肅，始

㊀ 原無「出」字，玆臆補。

入居紫金，生文恩，文恩生松江府檢校論，字某。松江幼敏秀，有志節。學明經不成，去學書。善分篆，卽章篆禁署諸體靡不兼。又爲人特謙謹，故鄉人禮部尙書諸公翰林時攜以北，入粟爲禮部儒士。館閣中稍知愛之。自承天志，肅穆兩朝吉凶禮，及今上吉禮，文武會試，凡涉書者，靡不出其手。嘗一賜銀絹，一以禮部役得預宴慶成。諸大臣兩薦之，幾中書內閣矣。而一以父喪，一以同列相援冒阻，竟就常秩，得檢校松江。在官幾年，惠愛謹廉，死無以殮。居常舐筆伸紙，吟嘯松篁間，博長官淸譽而已。其爲布衣，嘗爲友朋散其貲以百計。母病，藥有宜咀者，頗梗咀，自夕至旦，頰盡腐，不知痛。在禮部，一日思省而歸。及聞詔輩選中書，往而後矣。禮部公訝之，曰：「母病始瘳，不忍遽去也。」歿之夕，屛閨人，戒諸子，與諸僚決，並無失語。是爲某年月日云云。銘曰：

於乎，言松江耶，始冀以文顯，不得而冀以書。書幾顯矣，不得而竟垂翅於幕中之除。噓之者盈朝，而終不免於枯。文學之傳家，於乎，將執管以從地下之子游耶！

張太僕墓志銘 代

公姓張氏，名天復，字復亨。其先蜀綿竹人。宋咸淳中，名遠猷者來爲紹興守，卒葬山陰，遂世爲山陰人。四傳而有福，福生仕廉，仕廉生原旭，原旭生恭，恭生宗盛。自福以鄉進士爲州學正，仕廉以隱謝高廟徵，其後三世俱襲爲長者行。宗盛最少子曰詔，以公貴，贈吏部驗封司主事，與其配趙氏贈安人者，公之考若妣也。其賢具少師華亭徐公志中贈公三子，公最少而孿生。贈公以兩伯子旣儒，欲令公治產，公鬱而啼，乃始令就儒。及冠，補縣諸生，文輒出諸生上，既又工古文詞。華亭公行學，得公製，大奇之，置第一。名峻起，弟子從游者滿門。縣長吏委以志事，山陰之有志，自公始。當是時，贈公早世，公悉自營，凡祀先奉母，治圃飾廬，宴具玩供，靡不雅贍，宛然富人之居。紛應有餘，文復銛鋭。嘉靖癸卯舉於鄉，予從公後。及宴鹿鳴，念贈公，悲不能飭。丁未成進士。明年出使江西，歸侍趙安人數月乃北。已而哭其訃於途，幾僵而植。庚戌服除，謁選，授禮部祠祭司主事。時制誥兩房乏文學士，內閣以請，吏部首上公名，改吏部驗封司主事，入典是役。一時命詞，多出公手，館閣稱其能。既滿秩，吏諸司謂公多籌，遷兵部職方司員外郎。再遷禮部主客司郎中，尋改儀制。時肅皇帝英察，而儀制又多事，若嘉善公主下嫁，莊皇帝大昏，景恭王就封國，並大典，公踵當之無缺事。又儀制多吏奸，公悉考所掌爲成書，吏不敢動。會光祿少卿缺，計資當公，公固謝，乃外補湖廣提學副使。湖地數千里，士居遠府，有十年不被校者。公居三年，兩徧之，於士有恩，校涉復洞敏，士視公猶父。監臨者剡公，亦擬公爲神，遷江西右參政。明年壬戌以考左調雲南副使。時沐氏縱於雲南，撫按諸公，爲國杜未然，稍束以法。公佩按察印，沐氏不法狀，多經公。公操頗急，沐氏銜之。已而武定亂，詔進討，公監左軍。武定平上功，公當最。同事者欲攘之，會公遷甘肅去，雲南撫按者皆新代，銜者攘者謗逐行，武定功且寢。顧摭索公他瘢，令萬里走對雲南。時予方撫貴，公以伯子元忭隨，過之，傫然相顧。予與公語，徒鼓壯令行，中不能不爲公危。及至，則雲南父老獠夷輩，投省臺爲公陳枉狀，旦夕問餽，如視所親。尊官迫疏中被斂者使言狀，人人指天日言無有，款具以上。於嘗疏公者，亦爲一笑。諺曰：「若是，則首發者且謾而負矣。」

奈何是語也，上下共聞，公遂得免歸。歸而拓鏡湖中舊業娛嬉，托於麴蘗。揮翰賦詩，種魚灌花，舟與陟泛，消壯心，遣光景。嘗遺予以書曰：「吾爲公置數椽於鏡曲，令可接炊烟，終當相與老於此也。」未幾，公伯子魁大廷，官修撰。公年踰六十，益自喜召客，嘯啄觴豆，日淋漓，顧得痺。公初免歸，尙奪職。及是，伯子請以己官贖公職，詔許還公。欲歸壽，公又爲陳君臣義，輒裝，輒以書止。明年，聞公痺，歸益決，得請居一年。予適奉南命過家候公，而公不可爲矣。數就牀語，嗚嗚者凡三日，竟瞑。嗟乎，嗟乎！公生平多義氣，急人患難，人往往負之，亦不懲。遭大事，益從容，氣不加揚而籌立辦。幹短秀少頎，乃旋折中禮，語話恬雅，眞有儒者風，卽岸偉遇之，亦失所據。與人無少長賢愚，率欲歸之於好。其在族屬，雖疎必厚，友朋之急，尤出等夷。嘗見其解帶以贖一老交於官，鼓頰呼輿，孜孜不避形迹，至爲酬謗者所訾，不惜也。雖然，人徒能以影響訾公耳，而藝文綜裕，出而潤國，斂而藻身，如所著鳴玉集、湖志、縣志，卽文士雖在仇，不能不使之屈首讀。南詔之役，以罪酬功，雖首發者不能不使之以枉自引，則於公果何如哉？以故人相語曰：「彼戾此盈，天之準也。伯子之裒然，當公之歸隱，非準乎？」噫，公可以慰矣。公生正德癸酉九月十二日，卒萬曆甲戌八月三十日，享年六十有二。配封安人劉氏，生伯子，卽修撰君，娶王，曲阜大紀女。仲元憬，聘高給事中崔女。季元恂，聘沈舉人大綬女。女一，許聘子子淳卿，皆側室陳氏出。孫男二，汝霖，娶朱翰撰賡女。汝懋，聘王生應禎女。孫女一，許聘范比部可奇子紹裘。公博諸詮，尤精於青烏子，天柱峰官山墺之穴，公所自營也。伯子將以是年十二月之二日，奉公蛻而藏焉。索銘於予，予涕不能字，且謝不副。伯子亦涕曰：「若是則孰銘吾大夫？」銘曰：

急人之難，而忘其蒺藜。僇力於師，而謗與於薏苡。始焉嘵嘵，終則熙熙。斯言也豈婚姻之私。

賞無極墓志銘

無極君諱某，字某。其先金陵人，始祖卿相元，元亂客會稽，死遂葬烏石山。子某生福建副使某，某生某，某生某，某生某，某娶陳生君。君始儒，及長，棄去爲吏於縣。清謹磨滌，務去其吏中故套，以故縣長吏多稱之，每語及必曰清吏。其後敍官典無極史，不改，乃謝室家，跨一驢，隨一奴以往。至則敎民益種榆栗梨棗，右禮讓，左武力，有古循吏風。俗奉佛，慢坐白蓮敎，收數十百人。主者以屬君，君悉明其非是，並得減。會國喪，長吏掩捕色服者數人，將贖其錢以充一公饋，以屬君。君曰：「貧傖耳。貧何以備縞？」然長吏命不可怫也，徐起取俸錢代色衣贖。里有盜，卒謝盜不爲，里中民一夕復被盜，輒循故跡，並指捕謝盜不爲盜者充。君詗知其然，釋之。里中民與被盜者，相與出望語。已而眞盜者敗，里中民被盜者，始相與共神君。君在縣五年，以老乞歸，耕於野。築室課諸子讀書，無他營，然起貲驟至萬，乃得於儉勤，非官中物也。自無極歸七年而卒，爲萬曆某年月日，距生正德某年月日。娶戴，子男四人，曰心、曰志、曰殷、曰懃。心與殷襲公業，其二人則一爲府諸生，一國子生也。女二人，長適某，次適某。志與從子游者吳生某善，擇地從其卜。某年月日，葬公會稽日鑄嶺二十里，爲兆嶺之神道路山，遂因某來託銘，銘曰：

人亦有言，筐筆必貪，幕秩鮮廉。質諸賞君，其殆不然。人亦有言，官廉實拙，歸費實詘。孰知賞君，贊甲於邑。由斯以觀，廉何負於吏哉！

沈布衣墓志銘

君諱輅，字乘殷，世山陰人。曾祖某以德隱，致有司旌其廬。生材，材生某，娶於某。當嘉靖癸未而君生。年十二，母死。事繼母孝，終其身不聞有貳。嘗客燕，許貸他郡人錢千緡矣，有以道遠易負間者，君曰：「得錢與失信孰重？」卒與錢。居臨河，值宗人兒戲溺水，君裦而出之，俱不死。其後與婦翁赴其內弟之賈所，至清河，舟壞，水冒婦翁。君幸在舟外，得自救以免。乃決奮走舟中，救婦翁，俱死矣。爲隆慶己巳秋，歸葬會稽中灶陸家墺。君娶吳，生男一人曰某。女二人，長適某，次適某。某娶王，生男三人曰某某某，孫女一人。君雖布衣，然以謹亮重於鄉。精書學，善弈算。其所娶吳，卽從予游吳生某者從姊也。某因之亦游予，故來請銘。銘曰：

救兒而活，事如脫虎，人舉以談，色鮮不沮。及救婦翁，況蹈大川，君奮以趨，顧猛於前。先親後生，眇彼筭筷，我爲銘之，以戒夫偷者。

陽江簿潘公墓志銘

公諱某，字克敬。其先金陵人，赤烏中仕吳爲郞，曰樂安公者，始徙會稽。迨元明間而有志道。三傳而爲公考某，有子三人。某弟澄無子，公後之。欲使公殖貨，公曰：「先世並巖居，無是也。」乃別用讀法起，得主簿廣之陽江。而廣固渴才吏，諸大吏爭得公。巡院者爲休寧洪公垣知之，奪使攝恩平。及行恩，告書得數百紙。訝曰：「攝固才，寧不辦此？」悉焚之。公又白放寃死及流遣十餘人，聲大起。後巡者顧惡其然，檄使諸大吏苛按公，無他狀，幾敗而免。簿職邏，故事歲一行鄉落，必塞橐而後返。公到，痛一屏格。至是，當代覲，諸鄉老連括三歲橐，持酒醪以贐公。公固却。諸鄉老涕曰：「阿翁耶，都不記曩苦廉而得按耶？奈何持空橐走萬里道？卽饑何以飽旅店耶？」公始勉爲什一內之歸。以其半貸族故之窶，每報逋，笑不問。其始甥渭也，誤以文。不賫聘，女死，待之終其身不薄也。公始云云。

銘曰：

小吏而苦廉，食幾於無鹽。孰使之鹽，大吏則然。內橐也以祖，卒散之也如土，仕之儔，指可數。渭也斥晏，翩其不遠，則負公館。

都昌柳公墓志銘

萬曆二年閏十二月之九日，都昌柳公卒於官。明年正月八日，其仲子瀫至自都昌。余哭之。問卒狀，得詩七首讀之。余喜其達，爲罷哭而一笑。越五日，仲子抱公之履，來索志與銘。余告以不可故，仲子哭失聲，余曰：「諾。」余聞都昌公始生時，其尊人友芝翁，夢祠山白鶴神君者與之子。神君張姓，翁因呼公曰張壽郎。六歲而就傅，書一覽卽記，至十一益知經義，善文。越四年，髮始總，入校爲弟子。丱衫騎導，獨映街市，聲名一時起郡中。每出，人盼睞羨獎，若覩瑞異。使者行學，有司歲課，非甲其名，則甲其等。人皆謂公風雲在履舄間，惟恐其不加趾而載也。如是者自嘉靖戊子至乙丑，而竟以貢入訓高郵。三年遷諭婺源，又三年而知都昌，三日止矣。嗟乎，公生平貌若不勝衣，然所至以文學屈服人，如長平細柳，大將旗鼓。卽相君鎭帥，下至專城，靡不降氣願得公一字者。世以此遂謂公取才弘，故招忌盛，卒齟齬於一第，似矣。抑獨不念公篤致倫誼，如糜股以療父，婉容色以悅母，同爨以食兄弟者。此猶曰：「人或能也。」至公數遭困窶，乃昏聘不使子先其姪，乙卯癸亥間，後先學使者兩貢士，兩越次將推挽公，公再三孫同舍生曰：「某某老矣，生何忍奪？」此豈人所易能者哉！是德也，非直才也。猶不能贖忌而準弘，又何耶？於是始有緣此爲公屈者。而公臨訣顧自引無術以報主上，至形之詩，公眞盛德矣。公著書數十卷，其所造有劉向王通風。故尤宜於敎，有名郵婺間，以此得殊薦，知都昌，然精亦瘁於郵婺矣。先卒之五日，夢與故人約往匡廬訪青蓮居士，曰：「當於是臘之九日。」寤以語家人，遂却藥，及期索管書詩，呼衣笏，笏誤以象，顧命易之，始執且披。噫，亦奇而正矣。公名文，字彬仲，其先河東人，兩徙而家山陰。登洪武四年進士科曰汝舟者，爲公遠祖。數傳而有江西按察經歷青，青生顯，顯生廷蘭，卽友芝翁，娶王氏生四子，公爲仲。公之生當正德甲戌，至是爲年六十有一。娶齊夫人，生子五，曰洁光滂瀫湞，並儒。女三渼潔瀓。孫應模以下五人，孫女二人，曾孫一人。渭於公爲中年交，然誼頗不淺，故相期者亦深。處時，日夜握手語，及出時，時寄書來，書中語未可一一爲人道也。今不幸止此矣。其子知之，故繆以塋後托。塋在某所，以某年月日封。銘曰：

來白鶴耶？返青蓮耶？之人耶，凡耶？

傳

曇大師傳略

師姓王，諱貞𤏲，號曇陽子，太倉人。父禮部侍郎錫爵，母朱淑人，夢月墜牀孕，及產師，女也。母偶立而產，不覺亦不血，時爲嘉靖三十七年戊午十一月二十一日。至萬曆八年庚辰之重九，而師道成，立以化，紅光亘天，趨而仰者，約滿十萬衆。按傳師之成道也，悉由諸眞。諸眞者多不可紀，其最專教者，則爲偶霞孁朱眞君。師之得會諸眞也，始夢中三四至，後則晝至，亦多不可紀。大抵至則光滿室，雲來霞往，千侍萬從，珮服之麗，容色之都，以至鈞樂妙香，瓊漿異果，若槖攜身首之飾，瑰寶金玉，織繡不縫，洞簫筝螺，瑛瑤紋刻，去都贈留，並非人間所有。師最後又神往西天，謁觀音大士，見七寶蓮臺。謁金母，見宮觀殊絕，意卽瑤池。則疑妄矣，曰非也。凡人道所由成，修行表也，享景影也。師修行孜孜，自人倫始，表正矣。表適正，影適欹，世寧有是理耶？又師諸從父子家庭間所訓道，及答簡藥諸士八病，並非亞聖小賢所辦，孰代之哉？諸所享景，莫謂止此，卽百倍此，又奚怪？世以師中魔，魔不當終不敗師，以師自爲魔，師不當終不中人。以蚍爲妖者，苟闢之，亦用是廓如矣。古之有道者，伏龍于鉢，醒訛法者于狐，亦妖耶？謂龍與狐妖不可，謂伏龍與醒狐者妖，可耶？此皆不足辨。獨師初擬化，朱眞君來慰，旣云別遠，不過三月，師何用再拜輒嗚咽？及果化，計別日正滿三月，會不在須臾耶？又何用西向四拜曰，吾以酬朱君，似朱則住世，師則辭世，永不相覿然者？此則非淺昧若渭者所能曉。渭曩妄解伯陽書，與師八戒中旨偶相合，頗以一班爲幸。後數閲師傳中事奇甚，其不當疑亦明白甚，獨昧而當質者有如此。補一語于末簡，破愚蒙與衆共之，倘亦闡教者所不吝耶？

錢先生傳

錢君諱士禮，字汝行，宋武肅王鏐十九世孫也。母姙時，父夢仙人乘雲入其室，持朱匣中錢一緡與之，是夕生君。生而貌修偉，習禮翼翼。未冠母死，以禮治喪，不用俗尚。嘉靖中方用兵苦繇，先生以孤子辦吏徵，以其暇治經課，卒補學諸生，里人莫不多其約而能禮與學。先生性復孝。從大人有鬻醫者貧，以其遠祖像飄須者，貺諸藥館，充思邈。君見而愕然，肩數斗粟易之以歸。祖母老病盲，常不樂，君特用語笑以中其好，得喜乃退，以爲常。久之父病疽，君則晝夜忘食寢，百療百不能驗，乃躬自吮其疽，果愈。然瘁亦蘖此矣，逾年竟不起。噫，此其大者也。其爲人好施，睦鄉里，喜親賢士大夫，而善遠俚俗。教其子有塾法，無吝貲。其後君卒幾年，而子果賢書薦。

論曰：世之傳士者，多用皎皎赫赫，不爾，謂不足以振世，不傳焉。於是中庸之士多泯泯。噫，抑何謬耶！夫道莫大於孝弟，孝弟者中庸之謂也。錢君以疽勞，疽者不死，而勞者死，可謂孝矣。故予爲之傳。雖然，仙人乘雲與匣中物而君生，推是祥也，世不以爲大貴卽大富，而君獨以孝顯。不可以卜天之所右，在此而不在彼耶？

王撫州傳

後世簡補庶工之科，而兼言與判與書三者固矣，然身亦不廢。夫身者貌也，貌者外也。用外貌以取人，其殆守古者角犀豐盈之說矣乎？至於今，因之不改。故長吏者簡補垣臺兩曹，而簡者或稍以身兼，受簡者則專以才自許，是以兩不相直。今撫州王公名燮，字□□者，嘉靖壬戌間，以進士拜行人。其之四方也，辭命雅循，禮儀率度，而貌亦端秀，中畫圖。今其家有之，可請而面也。獨癯且少頎耳。鬚朗疎如竹然，風則不大能飄。兩曹於此物，亦貴飄也。公以資當受簡，宜補兩曹，坐是失兩曹，得兵郎。久之，丁外艱。服除入補，而兵郎與刑，亦稍嫌甲乙。適兵郎皆具，無闕員，當候。公請於選長曰：「某母老矣，某願竊郎資以養母，不願必兵郎也。」長賢之，會刑闕郎，遂以刑補。久之，出錄江北四。而鄉之姦某甲者善媚，公素直腸不好猜，會江北富人某陷大辟，誤而寃，甲偷往致之，直間以微語，從容伺公所向。公覺，亦借他語以飛擊之，旨甚峻，甲懼趨出。公計甲曰：「吾不知彼饕者也，不飫不止。即厭逐之，如拂蠅然，還而點物於闇，且奈何？」則佯召之爲好，詰曰：「我有關於楚吏，汝信人也，持吾符以往，事不竟不得歸。」而別以書致楚吏曰：「某至，爲我遲之。」饕亦佯裝辭去，實陰留其家。公赴江北，道出杭，而饕故嘗所致富人資，與持資來者，知計不得售，乃日擁歌姬飲於杭。邏吏卒捕得之，鋃滿一鞹簏。以告吏，吏曰：「此大盜也。獄竟，且笞殺之。」公聞，趣乘告吏以故，且曰：「索其家，或其寓與身，囊中有符可驗也。」索符驗日月，果亦滯饕於遠者，而饕亦得以非大盜不竟死，幸酬其本辜。公赴江北，錄至富人，公罵之曰：「駮囚，據爰書汝當活，今不汝活，汝知之乎？」揖庭侍長吏及諸有司，告以故，諸公無不罄折嘆服公。公還，出知撫州府。而大吏分曹守府者，一小吏，其戚也，橫。公撻之。守恚曰：「撫州不有我，撻我戚。」陰令戚來饋茶，盛囊物雜茶篚中，公又發之。守者益恚。直三歲當考，守以考書中公，而公得罷歸矣。公歸方丈。某兄某之女，公長子某婦也。當公艾之辰，余兄以余文往賀。賀之軸有程，不能博，文不能煩，若家志煩可也。公之弟某，嘗志公於家，能煩而盡矣，而余復次公之事以傳者，發三事之意也。然公與某嘗會飲，或時及江北事，每以不活彼富人爲恨。曰：「聖人事至公，何避嫌爲？則知聖人事事不避嫌，鄙遇一事，可嫌者輒避之矣。」又曰：「禮儀不愆，何恤於人言。」又曰：「畏首畏尾，身其餘幾。鄙其畏之哉，恤之哉。」噫，公爲斯言，長者之言哉！

史氏曰：余嘗讀春秋，孔子自責有云：「以貌取人，失之子羽。」子產謂鬷明曰：「子少不颺，子若不言，吾幾失子矣。」夫孔子與子產何如人也，猶不能以貌知人，況其下者耶？若夫聞其言，則取不取特在準其言，不必用貌矣。公司行人久，無一言耶？判卽言也。無一判耶？噫，悲夫。公孫揮字子羽，澹臺滅明亦字子羽，公貌不爲人知似澹臺滅明，公始官行人官，則似公孫揮。

貢氏傳

貢氏某處人，嫁郡諸生某。某某地中名士，貢助之方成學。顧嬰疾且死，執貢手曰：「吾不能偕子以室矣。欲待子以穴，得乎？」貢泣曰：「幸而更舉案以從，妾之願也。卽不諱，妾有把巾握帚爲君除棺中埃土耳，不待我以穴，將何爲？」某遂瞑。貢則撫其所遺孤女以居。未幾，女亦死。母憐之，則來相覘慰曰：「一嬰釁不能有，而欲子以終身可乎？」貢則復泣曰：「良人轂而不後，天也。若守節則人耳。」乃剪髮以誓。母數迎之，偶爲一歸，值女弟在，亦用是以覘。時方食，取食器碎之，忍饑以還，罵不絕口，自是人亦不敢更諷以一語。閱四十乃死，蓋年六十矣。生殷某者，貢夫從子也，數爲予道其事。且曰：「貢之舅萬忠烈公死國時，貢方齔，人哭公，則哀公而已。至貢則獨收涕曰『舅眞得死所，舅眞得死所。』而貢之死前一夕，有大火自空中流，墜其室南。衆詫馳視之，則不見有物，咸以爲殞星云。

論曰：自古懷貞之女，與抱節之臣，其成其志也，不在於剺面刎頸之時，而定於感夢徵姙之始。辟之於玉，可碎而不可使隨。蓋自山川融結之初而已然，非試於投擲而後知其然也。故觀於貢之哭其舅於齔也，而不負其夫於穴者可知矣。然某以其短，貢以其修，而後貢斯顯。使修短均也，求顯貢得乎？凡若此者，豈天將成其雌，必故虧其雄耶？抑適相值而然也？噫，亦邈矣。

吳鴻臚君傳

吳鴻臚君某字某，徽之休寧人。生有異稟，貌端偉，穎悟過人。長而習制科業，方有名於時，期鴞舉。其翁顧瞧曰：「吾老矣。汝兄既入仕，而諸弟方幼，卽令汝早自翻飛，獨奈何令我日暮而不墜耶？」君大駭，遂束閣其簡牘，持籌而算，貲益竣。無何，諸弟稍立，而海上寇初起漸熾。君負素所抱鷹鸞姿，復揭揭不自控，思一決其絛籠而試以風飆。乃補國子，肄南監。久之不得志，始就拜鴻臚丞。孳孳其職，將以資勞希天子恩澤，幸易章服，以爲父母榮。不數年，而父母相繼以病死，於是鴻臚君乃決意不仕。結廬錢唐之西湖，往來緇黃間，習河上公術。賞弄風月，杖履舟楫，無日不在佳山水間，用是以終其身。至是其弟某走吾鄉，抱鴻臚狀索志於某君。予得見之，拜我於廬，道其事，令傳。予爲取志中之大者，作吳鴻臚譜。

論曰：人有借耰鋤於其親而德色者，此固不可以言子，至奪己之素抱，令舍青雲而之他途，則亦難矣。吳君之奉父以逸，而寧自小其成。至其末也，又以不能奉父以榮，而徑自止，即小者亦不自竟。傳所謂「終身慕」者，蓋庶幾其人耶？人或以其晚年習曇聃，詭正道。然當其抱策學南監時，祭酒呂公某奇其資，授以河洛，君習之深有得。噫，玆豈詭正道者哉？

那鑑

辛亥十月十二日，雲南遣吏迎餘姚趙都御史錦者爲予道此。其人名楊時學。

雲南沅江土知府那欽，嘉靖壬寅間死。欽子憲年十二三，叔那鑑者撫之，將不利於憲。憲父之土目走告沐總府，若撫按二院以狀，乃檄憲來省下，使讀書習禮。始至髮垂耳，後十五六，髮可總，總府及兩院者相與議，遣旗牌官一人，指揮知州各一人，護憲歸，取鑑舊所攝印以屬憲。鑑持印久，若忘其爲攝者，以爲奪己也。又以叔故，於是盡割掠憲莊資，別宅而居，而陰賂憲奴，使謀憲。約事成得印，則奴亦得爲招霸，且重賞。招霸者，頭目也。於是奴果夜鎗殺憲，却上狀臨安兵備，謂憲通他奴婦，而他奴殺之，乃反別執未嘗殺憲者，斬其首，刳腸巴屍以來獻。憲之舅曰豐鸞，及憲之目纍爲憲心腹者某，以其事告總府及兩院。事下臨安兵備，兵備難之，遂兩可。謂仇殺，土夷常事耳，況叔殺姪。遣官用好言諭鑑出印，與流官通判者且掌之。官數輩往返，鑑直人與金二千兩。官或受或卻，受者則罷，卻者即毒以死。或受者持金首臨安，不首者發則輒得軍罪。然兵備臨安者，亦往往幸期滿而去。庚戌，王巡撫某，林御史某，奏請征之。旨既下，而台州石以才往代王巡撫爲巡撫。而沅江天熱瘴甚，四月至八月不宜師，而石顧用四月調兵馬以入，兵果困。入沅江者，當兩山險而夾一道，鑑掘一邊道沿爲濠，引山水注濠，令軍伏山莽中，我兵從道入，則伏者往往鎗令墮水。則益困。分守分巡兵備謀於石公，石公乃謂左布政使徐某曰：「如是奈何？」布政曰：「某願往。」乃與三哨者俱而已獨先。意馳數騎，幸見鑑，可撫則撫，否且令壯士急縛而馳，儌幸於卒然，若隼之攫也。以故留重軍四五里外，自則戴喜鵲窩氈帽也，服紵絲短袍，氈衫布襪，帶劍與土舍雜。鑑知之，遣流官經歷某迎公，袖出賂銀二萬兩帖。徐將刃之，經歷怖而走。頃則生員數輩至，謂公曰：「鑑且出降。」語頗爲鑑。公叱之，又走。頃則驟聞鼓一聲，鑑象馬俱出。皂隸持牌者顧謂公曰：「爺莫前。」徐又叱之。挺刃使前而兵交。土舍高國者，百人敵也。衛公騎，見事且急，乃徒手鬪殺四四，徐尚曰：「好土舍，好土舍，賞千兩。」時則兩鎗中徐胯，亦再呼曰：「國救我，國救我。」而公與國俱死矣。然楊時學曰：「公不微服則不死。」

嚴烈女傳

嘉靖辛亥，渭既交于湖歸安潘君釴時誼，次年夏五月書來，且曰爲君求得繼室於釴縣雙林鄉，實嚴翁某長女，某翁父故某府知府，某同產兄弟也。渭見嚴翁與語大悅，許女焉。及察其動止，顧私獨以其騃也，固謝之。其後四年，倭夷寇浙西，入雙林。遇翁，斷其一臂。翁死，乃挈其二女俱去，行若干里許，過某橋，長女初許渭者，奮投橋下，溺死焉。浙及他道，自有寇以來，婦女虜，其還者以千計，而女獨死，難矣。事聞，渭痛之如室焉，且悔。以爲當其時，苟成之，或得免。然天欲成斯人名，渭獨且奈何？疑其父而及其女，而不知其生而悔于其死，其可及乎？作嚴烈女傳。

孫山人考

孫一元，字太初，別字太白山人，其家世士流也。父早亡而貧，山人以抄書役某府中，爲母養，夜歸則燈以點閱他書。母怪之。山人詒母曰：「此兒受府公命抄書也，何敢誤不燈？」久之，府公知而嘉之。會吏缺，爲出貲特補吏，且試以密事不泄，多任之。會覲府，橐白金兩四百，使山人致布政使某。途被盜，山人無以報命，遂亡抵浙，寓西湖。稍出其蘊，詩名一時遍海內。久之，贅湖州施舉人某女弟，僅育一女。久之，山人竟卒。施家諸名流，爲山人傳敍，終莫知其爲何人也。或以其跡祕，妄用意揣，醜垢詆之。昨歲休寧范君名燦者，匣其祖所蓄交游書札，及他諸文字來謁予題，而山人兩札在焉。問之燦，能道山人所由來跡。予詰之。燦曰：「孫山人與燦大父世交也。」予曰：「向孫山人苦祕其所由來，即世交，山人乃肯泄於乃大父耶？」燦曰：「非也。曩嘉靖某年中丞諸暨之縣者曰孫鏞，罷官貧不能歸，客寓揚州之江都，而燦大父世商於鹽，遇鏞，頗傾蓋。一日偶及山人事，鏞大慶駭，一一道山人所由出亡事。大父鈎致鏞山人形貌云何，鏞曰：「如此如此。」鏞又曰：「鏞父伯叔名某也，字某也」，便走取所隨譜合之，果合。鏞以告其子某，并攜其子某來，子貌亦稍似山人。鏞遂問燦大父云：「我叔今何在？」燦大父云云。鏞强我大父偕至湖拜其世母施，并其已嫁妹三人，相對而哭失聲，左右亦無不涕者。萬曆某年諸暨志來，予閲官師表，嘉靖十二年所列官師表，縣之丞，果孫鏞也。乃曰蜀人，而山人舊自稱秦人，非志者誤秦爲蜀，則山人本蜀人，而謬爲秦人也。蜀西北通秦界，或山人亡時始由蜀踰秦，客寓太白山，已乃抵浙耶？當問諸修志者。

外史曰：太白山人，初以抄事府，再以吏，此蓋不足垢累其終身也。終山人之身，豈徒以詩重？究其履，庶幾沈雲卿之流歟？戰國有侯生，秦漢之際有張耳陳餘，並監門小吏，餘且受鞭笞矣。鞭笞亦何足爲辱？然耳餘慕富貴者也，况得語於太白山人冥冥鴻飛者耶？失金而逃，遂失吏，天之助山人厚矣。

難者曰：「銀之兩而千，爲觔六十四，舁須兩壯夫。兩滿四百，幾半千矣，府遺此必不斬兩夫。然則當盗際，三人同亡耶？卽亡，府一不逮繫其家耶？」曰：「子以公事揣也。此特府私耳。弘正間，於私爲諱甚。府托孫，必不令六耳預聞。孫不歸報府，府必諒孫非負己者，其不歸必變生不測耳。又安知孫亡走之後，不有展轉飛密以盗故報府耶？諺曰：『狗嚙盗，痛不號。』府逮其家，則號矣。」難者曰：「子何信之深也？」曰：「燦何預辨以待我。」

卷二十三　祭文

祭九江封君

嗟嗟先生，鄉之耆碩，隱於鈞耕，遠迹城郭。既謹取予，而愼然諾，鄉人評之，謂古太樸。天降時雨，山川出雲，神啓翁衷，於焉北轅。邦畿千里，羣彥聯卷，叔孟翩翩，一飛冲天。高第大廷，復膺翰選，柱史特推，郡堂妙簡。萊子迎翁，曾參養志，丘壑之懷，無日不繫。丹旐來歸，觀者愾涕，猿辛鶴楚，以日爲歲。某彼小子，潦藻薦翁，翁素恕容，庶幾弗恫。

祭李太夫人 代

天啓名世，必稟鉅資，匪直父道，亦藉母儀。名世伊誰，我公佐辟，維太夫人，以誨以育。當其誨公，法度矩矱，非禮之事，勿接耳目。公則呂公，夫人申國。公仕翰苑，大肆文章，旣爲國師，造事有方。公則文忠，母維歐陽。公攝家宰，進賢退濁，由母之言，以知處嘿。母維韓母，公則康伯。迨公平章，母益嘉慶，多母福壽，手詔存問，縉紳榮之，車馳馬競。母維晉國，公則文定。自家而朝，維母實勞，自始至終，維母極榮。母生之榮，天下所欽，知母之德，維某最深。令子明公，不我遐棄，庇覆提攜，於茲二紀。暨諸孫子，桂茁蘭揚，顧予塵襟，每挹其芳。義切通家，分猶子母，聞母之訃，寧不悲楚。靈旐南旋，路出武林，哭母於旅，敢布下忱。

祭何老先生

翁十八而名聞於吾儕，又五而爲人師，八十而猶客燕邸，又二而始橐以歸。其溫也玉，其錯也石，故己攻矣，而亦可以攻人。其下也籜，其上也檀，故塞耳於原壤之歌，而亦能事其大夫之賢。蓋廉而不見其劌也，和而不見其不恭也。百世之下，聞風興起，意者庶幾於夷惠之間。抑翁之始終大概，云爾已矣。而其彬彬班班，綠綠棼棼，若唾者之霧下，卽更僕以數不給也，而況得枚舉於數尺之誄之云云。於乎，下有蓍龜，則上有青雲以覆之。天有醴泉，地有琅玕，鳥則有鳳凰以飲之味之。主有鄭公，客則有康節以左之右之。矧遠游之一日，宛坐蛻於弈棋，等堯夫之觀化。集諸宿以長辭，殆同源而異跡，又何可以雄雌？於乎，恬耶，安耶？惟觴與詠，大耋以終其年耳。蟻則慕之而已，何嘗羶耶？既多男子，苟且驁耶？獨屢空耳。堯夫在昔，有餘緡耶？翁固無憾，翁無可唁。乃吾儕之聚哭也，不幾於累翁之天耶？

祭羅封君 代

惟翁太古樸致，盛世逸賢，蘊德高蹈，好爵靡干。長公嗣之，瓜瓞以綿。敎以義方，授以家傳，大庭首舉，允矣袞然。翰苑蜚聲，成均陶甄，南北重寄，宗伯衡銓。辟彼霖雨，翁先爲雲；辟彼溟海，翁河以源；

辟彼嘉玉，翁璞以函；辟彼良金，翁鑛以緘。公既大用，翁亦蒙榮，家庭趨鯉，溪山臥龍。翁胡厭世，披髮大荒？而俾長公，弗究其功，四海觖望，朝失股肱。閔予小子，叨公門屏。竊宰畿疆，割雞製錦，感公之知，不遑食寢，佩公之教，惕焉惟謹。公丁外艱，以職曠臨，豈月屢遷，何以爲心？敬遣一伻，陳詞薦藻，臨發南翹，不勝悲悼。

潘承天祭陳封君

於維太翁，間氣以鍾，孝友睦婣，姙恤兼縱。周賓六德，翁無一歉，緩急扣門，拯人於險。學優厭仕，弟子如雲，執經問難，若後而瞠。裹糧就道，負笈擔簦，不遠千里，扣陳先生。如饑得黍，如渴得漿，各充其量，滿腹而行。問詩問禮，長公庭趨，羽儀天庭，出其緒餘。長公既貴，公被榮封，高卑俯仰，乃如未榮。郡邑大夫，再屈更老，衆人嘖嘖，翁自眇眇。長公理泉，不茹不猛，翁亦勉之，肺嘉宜謹。長公掌故，於彼晉陵，勉以安定，兩齊是程。自壯而老，自老而耋，著書簡帙，山竹可竭。及其革也，危坐終日，垂訓萬言，棬棬手澤。於乎，若太翁者，寧非席上之珍，人中之傑也耶？某忝松蘿，翁敎實多，棄某而去，傷如之何？

與諸士友祭沈君文

嗟乎哉！公之奇塊超卓，芳鮮而磊落也，將古之人，疇可以擬之耶？英年茂學，高蹈賈生；請纓係虜，

齊軌終軍；借劍斬佞，抗蹤朱雲。惟斯數子，吾方以擬公於生。而公之死也，詆權奸而不已，致假手於他人，豈非激裸罵於三弄，大有類於撾鼓之禰衡耶？彼數子之駁矣，敢望公之醇精。矧遭時之方泰，依日月之盛明，乃遽罹於慘辟，胡天道之足憑？豈蒼蒼者將以短公之世，而欲以永公之名？嗟哉，奸魄永淪，忠魂不死，絕塞草青，掩公何壘。令子壯士，伏闕陳情，返公之骼，以妥先塋。以忠見僇，何代不有？所賴蓋棺，事定於久。忌讒奢質，員走尙囚，今也聖明，釋孥於收。檜搆飛罪，待珂始原，今也聖明，亟洗其寃。主仁臣直，父忠子孝，所係綱常，豈直光曜。聚哭傾里，朗誦哀章，將以激懦，匪以悼亡。

祭馮母文 代

太君，良田數丘。翁家郊野，枕石漱流，荷笠躬耕。於惟太君，憶其始生，得坤之柔，來歸於馮，君子好逑。匪動君餉之，相敬如賓，孟光舉案，嘆息路人。迨臻中壽，長子矯翼，一飛沖天，太君微懌。雖曰懌矣，匪動色矣，校諸未矯，宛如一矣。宗親或窘，待粟而炊，他或厭倦，太君嘻嘻。細至臧獲，貴則苛細，太君臨之，皃女泄泄。自郭至郊，靡不合掌，大慈後身，具水月相。集等何幸，友太君子，太君撫之，視子無異。嘗子也按滇，遠在萬里，太君疾革，待訣忍死。某等聞之，幾欲掩耳。郭南藻蘋，太君所臨，有齊季女，禴以烝。某等豆俎，亦藻以瀹，太君歆之，恕其菲薄。

祭陸錦衣 代

余讀昌黎所爲馬氏誌，述其曩時見司徒公之狀貌，「猶高山深林鉅谷，龍虎變化不測，傑魁人也。退見其子少傅，翠竹蒼梧，鸞鵠停峙，能守其業者也」。「迨十五六年，而哭其子少傅於尙書之分司」。予每嘆此以爲天之生人，苟無意於大用之也，則不宜鍾是萃美於其身；以爲有意於大用而鍾之也，則不宜奪其年，使不得以自見。故凡如此類者，嘗置之以爲不可曉。今錦衣君，若其尊君太保公，非吾曩昔之所締交而親見之者耶？龍虎變化，太保公其司徒之傑魁歟？鸞鵠停峙，錦衣君其少傅之能守其業歟？粹美既鍾，而大用莫展，天道其可曉耶？予不敢自托於昌黎，而於君之尊公，素辱通家之好，則哭之於幕中，而馳是語於君之柩前，以慰之而已耳。

祭張御史母 代

惟母蕙質秀壤，珠德潤淵，笄珩共師，里閈推賢。相夫君於雁弋，成令子於態丸，爰對大廷，寵命首仙鳧之選，入班蘭省，行人避驄馬之鞭。遡荻書之夙教，將邁歐而比孟，計鸞章之盛典，諒自委而窮源。胡入月之有侶，遂乘雲而上仙。俾鵷鶵九仞之翼，方決雲而阻奮，駿駒千里之足，乃歷塊而停騫。某等誼重年家，於冢君既忝手足之愛，情同哀戚，於吾母寧忘怙恃之天。苦宦游之旅食，僅致采蘋之奠，念靈輀之就道，愧無臨壙之緣。於乎痛哉！

祭趙母文

於乎！太君之佐少參公，婦道盛矣。其撫左臺公，母道盛矣。而左臺公以德業致高位厚祿，太君之享也盛矣。年幾於耄，壽也盛矣。而其子孫輩幸姻於太君之子孫，顧猶若不免於憾焉者，乃特子孫輩之在他日當婚之時，不及太君之撫摩敎誨之也。其憾也小也。而某則以爲左臺公以太君之故，不盡其仰報主上之隆遇以爲憾。其憾也大也。於乎，尙享。

祭朱刑部 南陽 代

古今以家學相傳，父子兄弟間自相師友者，在漢則有桓榮與諸桓，在宋則有太中公與二程最茂且顯矣。其在我明，固亦代有其人，然幸相與者則刑部君其一也。君仲氏翰撰公，予相知最早。甲戌役於禮闈，自是始得與君知。遡其家學之源，君之翁泰州公，猶桓榮之在漢，太中君之在宋，伯仲者其經猶之諸桓，其道亦守二程之道也。而君起稍晚，方以廷對稱旨，試以理，其爲人又恭遜以恕。宜其免早發先萎之災，獲福謙持盈之報也，而今顧止於此。噫，天之道其可凴耶？古今謂善閱文者，卽文可以知壽夭，不特富貴貧賤。予嘗閱君文，理而粹，無所謂不壽者在也。而今顧止於此。噫，文之占其可凴耶？君往矣，固有不往者在。至於予之悼君與同門之悼君，固自有不可解者在。烏呼，痛哉！

卷二十四　雜著

徐侯去思碑陰

循良之政，淸廉之守，二百年來，如公幾有？黎民五袴，父老一錢，立石懷恩，垂千萬年。

刻五泄寺石鼓

銀河墮流，觀者忘休。深林無人，杳不可留。

評字

黄山谷書如劍戟，搆密是其所長，瀟散是其所短。蘇長公書專以老樸勝，不似其人之瀟灑，何耶？米南宫書一種出塵，人所難及。但有生熟，差不及黄之勻耳。蔡書近二王，其短者略俗耳。勁淨而勻，乃其所長。孟頫雖媚，猶可言也。其似算子率俗書不可言也。嘗有評吾書者，以吾薄之，豈其然乎？倪瓚書從隸入，輒在鍾元常薦季直表中奪舍投胎。古而媚，密而散，未可以近而忽之也。吾學索靖書，雖梗概亦不得。然人並以章草視之，不知章稍逸而近分，索則超而倣篆。分間布白，指實掌虚，以爲入門。迨布勻而不必勻，筆態入淨媚，天下無書矣。握入節乃大忌。雷大簡云：「聞江聲而筆法進。」噫，此豈可與俗人道哉？江聲之中，筆法何從來哉？隆慶庚午元日，醉後呼管至，無他書，漫評古人，何足依據。先生評各家書，即效各家體，字畫奇肖，傳有石文。

里優者持象索書

客有持此象者，謂予題之曰：「此新建伯家館客李君爲我傳者也。」予即象以觀其人，似矣。因語之曰：「今欲求似伯者如楚之似孫叔敖者，將屬之誰耶？」

四時讀書樂題壁

雄讀書，春花滿。散朱碧，點班管。胤讀書，夏風涼。苦無膏，螢聚囊。符讀書，秋月隨。新涼入，親燈火。康讀書，冬雪厚。就以映，字如晝。

水神殿迴文燈詩

新架燈垂高廠殿，舊場毬蹴鬬芳年。春花有幾能希賞，夜月無多惜早眠。輪迫馬蹄盤作陣，燭抽蓮葉嫩如錢。人游厭聽催壺漏，客醉扶看墮鬢鈿。

紀夢

歷深山皆坦易。白日，道廣縱可數十頃。非甃者，值連山北阯衙署四五所，並南面而闔。戎卒數十人守之。異鳥獸各三四羈其左，不知其名。予步至其中署，地忽震幾隕。望山北青林茂密，如翠羽。亟走直一道觀，入。守門者爲通於觀主人，黃冠布袍，其意留彼，主人曰：「此非汝住處。」謝出。主人取一簿揭示某曰：「汝名非渭，此哂字，是汝名也。」觀亦荒涼甚，守門及主，亦並藍縷。

其二

時入匿羣山人家冷室，而羣山乃壁河之東，非西也。韓生陪焉。諸監移節羣城五百及客無數，韓爲之耳目，邀招以往。童子隨者似東。似一二客踵至，輩僞揚曲至。卒叟以行，到一曲巷。某曰：「幸泱某。」百等諾之。不百武，羣山西上，一白羊，大可如一大驢而脚高，逐一白大羊，眼並黃金色。伯見之，怖而反走。誤叫曰：「虎來，虎來。」某爲大白羊所鉗，鉗項右不傷，亦不痛。十八年五朔夢。

優人謔

紅場銀燭劇崔張，劇竟場中燭不長。崔姥杜師生也張，鶯耶紅耶兩女郎，無人不解駡鄭恆，恆言五人盡惱我，我雖一人亦惱五。世間曲直不在多，一人眞能惱五個。劇技固小理則大，侏儒長飽方朔餓，閒嘲閒笑帝座臥，規十五城大鐵錯，丞相者誰公孫賀。

書馬湘蘭畫扇　前有九妓題咏

南國才人，不下千百，能詩文者，九人而已。才難，不其然乎？

戲題王雲山家慶圖 王父子俱能寫眞

父畫子不像，子畫父不眞。自家骨肉尙如此，何況區區陌路人？

吳伯子望雲圖歌

聳片玉兮崑崙，邈萬里兮何長？翩縞衣兮素帶，皓鵠擧兮鸞翔。奉北堂兮萱草，懷大椿之迅征叶。悲遐志之須嗣，披選書于三冬。望流水與白雲，知孝思之無窮。

春日同馬策之、王道堅、玉芝禪師至寒泉庵偶得偈一首 時嘉靖甲子歲

禪阿子坐方丈，比丘尼往普陀。連日碧桃留蕊，一帆滄海澄波。西日斫柴歇斧，東村搬戲打鑼。種種寒泉幻景，念念此心波羅。

吃酸梨偈

你也癡來我也癡，那有心肝挂樹皮。東海也無頻婆果，且留性命吃酸梨。

題放鷂圖二偈

風鳶牛鼻孰堅牢，總是繩穿這一條。借與老夫穿水牯，潙山和尚不曾燒。

其二

紙鳶是眞還是假？鳶繩是線還是絲？今日饒君禽與鷂，他年難避鼠和貓。

菩薩蠻 觀音大士蓮座既爲風所壞，觀音自然站立，風無奈觀音何也。此戲謔三昧語爾。

蓮花骨子黃泥作叶做，金邊粉瓣觀音座。蓮性拔泥生，觀音不惹塵。大風吹落果，蓮花沒處躲。語風莫賣乖，觀音站起來。

榜聯

龍山隍祠

王公險設，帶礪盟存，八百里湖山，知是何年圖畫？

牛斗星分，蓬萊景勝，十萬家烟火，盡歸此處樓臺。

隍祠下殿

表裏金湯，卽擬黃河如帶，泰山如礪，而國以永存，歲歲綸臥龍瑞草；
贊襄天地，要使雨不破塊，風不鳴條，而人皆安堵，家家馴野鹿標枝。

雲門正殿

舉世間以日、月、燈，方能顯相，乃知六根、六塵、六識，幻妄之由，消礙入室，何異散一漚于海？
在谷中見牛、羊、鹿，時出成羣，可證小乘、大乘、上乘，接引之品，超凡躋聖，莫令虧九仞爲山。

雲門書樓

月色印牀，乃心境凡塵一掃；
溪聲到枕，正浮生大夢初醒。

白家莊　燕京義塚，扁曰東越義莊。

義利關頭三岔路；
乾坤窩裏一家人。

荷鍤任穿埋，何必南枝方宿鳥？
脱驂先故舊，且于東越試眠牛。

贈王海牧 王善刳劚，先生之門人。

有跡傳青簡，
無名入黨碑。

一枝堂 先生自居，迫近郡學。

宫牆在望居三卜，
天地爲林鳥一枝。

沈靑霞先生祠

公道自然明日月，
忠臣何意祀春秋。

開元寺大殿

擅爲祝釐之重，暫集衣冠劍佩，儘宜齋沐焚修。況前臨芹沼，後倚花封，並稱高山仰止。念錫檀家搬柴運米，觸目皆證果圓機，切莫向糟丘畔時酣花鳥醍醐，看天堂立登，笑地獄枉設。寺當輻輳之壥，則凡濕化胎卵，未免屠沽駔儈。若故殺養生，因貪恣狡，便墮湼海無邊。今禪林輩暮鼓晨鐘，何下非醒人木鐸，但能于枕頭上常見觳牛觳觫，許今朝入市，與昨日不同。

五友齋 松竹梅蘭并主人

松竹梅蘭，四君子落落孤標，誰可入儂朋友社。笑譚詩酒，一老夫寥寥寡合，自應爲爾主人翁。

尊生齋

細讀襄王，始信等浮雲富貴。忽疑莊子，何緣又舍魄鳶鳥。

小室

閉門留野鹿，分食與山雞。

正義堂 書白家莊後

魄葬此，魂無不之，吳札檏傳今越冢。
民同胞，物吾與也，北邙意合古西銘。

鐘樓下關神殿

鐘閣爲鄰，追蠢永銜靈響護。
郡山作主，卧龍重待美髯來。

戲文臺

四美具，二難并，人政好逢場作戲。
千金多，一刻少，天何不轉夜爲年？

贈某禪林

春風大衆迷花雨，
夜壑孤藤看佛燈。

張水神

舟楫顛危，魚龍出沒，賈客但放膽以須，素患難行乎患難。平生忠義，今日風波，神明直舉頭如在，叫一聲立應一聲。

望海亭　龍山頂，前郡守洪公先書首句，沈吟無偶。先生適至，因令成對，大快稱賞。

放眼千山外，無言一笑中。

教場關神祠

遺恨在偏安，未了蛟龍池上雨。栖神鄰教閱，如聞泥馬夜來嘶。

燈謎

他字

問管仲。

佯字

何可廢也？以羊易之。

洲字州字

三點水，六點水，稱呼同，左右異。

蜜蜂窠

放之則彌六合，收之則退藏于蜜。

竹簾

不用刀，只用篾，勒碎風，劈破月。

走馬燈

但見爭城以戰，不見殺人盈城，是氣也而反動其心。

秦字

二畫大，二畫小。

卜字

上又無畫，下又無畫。

半邊銅錢

四書一句（不能成方圓），又骨牌名（天地分）。

一乀

曲牌名一個（懶畫眉），骨牌名一個（八不就），俗語一句（撇脫），又一句（忘八）。

井字

四十八箇頭。

湯字 古人名二箇

曾點、成湯。

用字

上有可耕之田，下有長流之川。一月復一月，兩月共半邊。一字共六口，兩口不團圓。

孕字

先寫了一撇，後寫了一畫。

田字

四山縱橫，兩日綢繆，富是他起脚，累是他起頭。

做影戲

做得好，又要遮得好，一般也號做子弟兵，有何面目見江東父老？

黃蜂 如夢令

舞處腰肢纖瘦，繡處金針斜透。歸到洞房中，羞見蝶雙鴛偶。知否知否，命裏生來獨守。

燈毬

六箇姊妹閒耍，搭起鞦韆一架。高燭照紅妝，多在星前月下。春夜春夜，處處柔腸牽掛。

花燈

四面笙歌鼎沸，兩脚何曾着地？只爲有情人，遠在碧雲天際。迢遞迢遞，流盡兩行珠淚。

帳偶

有大人之事，有小人之事，一人之身，而百工之所爲備，吾聞其語矣，未見其人也。

放鷂

孩兒意，只爲功名半張紙。臨行時，慈母手中線，費幾許，只要去扯不住。不愁你下第，只愁你際風雲，腸斷天涯何處。

銃楔

有放心而不知求，方寸之木，可使高於岑樓。

呆字

出自幽谷，遷於喬木。

觚不觚觚哉觚哉

四箇角，四箇瓜，頸上一個安得巧。兩個尾巴象者少，似老非老，似考非考，似弋非弋，似找非找。

傘

開如輪，斂如槊，剪紙調膠護新竹。月中荷蓋影亭亭，雨裏芭蕉聲肅肅。晴天則陰，陰則晴，二天之説誠分明。安得大柄居吾手，去覆東西南北之人行。

皇曆

摸着無節，看着有節，兩頭冰冷，中間火熱。

筆

少年髮白，老年髮青，有事科頭，無事戴巾。

酒牌引

錢之名號，若形若文字，若隱語若象物，若改年，蓋自葛天軒轅（非有熊氏也）尊盧氏曰幣，始以至於今所呼曰板兒棍兒，而猶未知所終也，殆百紙不可了。尤瑣者，漢武新莽隋唐間志也。諺云：「財壓當行，勢壓奴僮。」語若墮驢儈，然與貨殖篇「什則下之，百則役之」，及子輿氏所稱「小役大，弱役强，皆天也」之旨，何殊哉？終身爲魚，而求避濕，無之也。皋陶謨曰：「載采采。」微哉之哉庶哉。博徒譜錢四十，某增十有八，與酒徒共之。其事則焦革畢卓，其文則謔抹。子曰：其義則某糟粕之矣。

自半錢至萬萬錢止

半　錢　半輪殘月掩塵埃，依希猶有開元字。想見清光未破時，買盡人間不平事。（毗陵女子李氏詩）

一　錢　清風明月不用一錢買。（李白）

二　錢　一夜水高二尺强，數日不可更禁當。南市津頭有船賣，無錢卽買繫籬傍。（杜子美詩）

三　錢　唐項仲山清甚，每飲馬渭水，輒投三文。

四　錢　賣油翁弄巧取錢，置胡盧，乃反臂於肩上，取杓油注錢口如線，注畢而錢四邊不濕。

五　錢　豹皮下取五文錢買爪。

六　錢　臣愚以爲朝廷既取六色錢雇役，此最良法。（蘇東坡奏議）

七　錢　改王衍等。

八　錢　趙充國疏云：「湟中穀斛八錢，糴若干斛，則羌人不敢少動。」

九　錢　每恨陶彭澤，無錢對菊花。如今九日至，自舉酒須賒。

十錢　兩束焦薪僅十錢，雪深泥凍自堪憐。市城不念清狂瘦，盡日廚頭不斷烟。（清狂郭詡詩）

二十錢　計然曰：「夫糴，錢二十則病農，病農則草不辟。」（越絕書）

三十錢　才名三十年，坐客寒無氈。賴有蘇司業，時時與酒錢。（杜子美詩）

四十錢　烏紗巾上是青天，檢束酬知四十年。自笑平生臂鷹手，挑燈自送佛前錢。（司空圖）

五十錢　郝子廉一介不取，過姊家飯，密留五十錢席下而去。（風俗通）

六十錢　喻希學淮關志：「凡船梁頭滿八尺，稅錢六十文。」

七十錢　蒼茫城七十，流落劍三千。月分梁苑未，來給水衡錢。（杜子美詩）

八十錢　孟康註國語母子錢云：「錢重爲母，輕爲子，若市八十錢物，以一母當五十，以子三十足之。」

九十錢　計然曰：「夫糴錢九十則病末，病末則財不出。」（越絕書）

百錢　手拄一條青竹杖，眞成自挂百錢遊。夕陽西下山更好，深林無人不可留。（黃華老人王廷筠書傳，不知誰作。）

二百錢　唐永徽以後，海內富庶，絹疋二百錢。（一書生另詳）

三百錢　速宜相就飲一斗，恰有三百青銅錢。（杜詩）

四百錢　天有所短，錢有所長，四時行焉，百物生焉。（魯褒錢神論）

五百錢　五百青蚨兩家缺，赤洪厓打白洪厓。（丁渭詩）

六百錢　劉寵召入，有五六父老，人賫百錢送之。

七百錢　唐制□職三班，月俸七百錢，羊肉半斤。

八百錢　齊俗尚烏紗巾，家家踊貴，其一家特榜其門曰：「本家每頂只賣八百文。」（小說艾子）

九百錢　和凝問馮道靴價，道徐擧左足曰九百。凝怪己靴直倍之，方罵其委買者，道徐擧右足曰：「此亦九百。」

千錢　一日一錢，千日一千，繩鋸木斷，水滴石穿。（張詠判盜錢者詞）

二千錢　漢法：卒更無常，人迭爲之。貧者欲得顧更，富而當更者因出錢顧之，月二千。

三千錢　孟嘗客三千，邑入不足，使人出錢於薛。（本傳）

四千錢　東坡與少游書，每月朔取錢四千五百，畫爲三十塊，挂屋梁上。每旦用畫叉挑一塊用之，餘者以備他用。註：似月所用錢不過四千也。

五千錢　惡少王力奴，以錢五千，召黥工於胸腹刺涅山亭池榭草木花鳥，無所不備。（酉陽雜俎）

六千錢　官作既有程，煮鹽烟在川，自公斗三百，轉致斛六千。

七千錢　唐開元後，米斗錢七千。（食貨志）

八千錢　計然曰：「夫糴錢上不過八千，則農末俱利。」（越絕書）

九千錢　杜祁公曰：「我致政後，必買小駟直八九千錢者，着粗麻衫，跨而入市，看盤鈴傀儡。」

萬錢　何曾日食萬錢，猶云無下筯處。

二萬錢　顏延之送淵明二萬錢，悉付酒家，稍就取飲。（本傳）

三萬錢　孫之翰，人餽石硯，云直三十千，呵之得水。孫曰，日費水一担，止直三錢，還之。

四萬錢　蔡君謨造貢茶，每片直四萬錢。

五萬錢　褚遂良問虞監曰：「吾書何如永師？」虞曰：「聞永一字直五萬錢，公豈得此？」（改陶谷夢，少時換服）

六萬錢　汝陽三斗始朝天，張旭三杯草聖傳，左相日興費萬錢。

七萬錢　北魏宗室元誕鎮齊，所遣采藥僧還，問外間有何語，曰：「但言王貪。」誕曰：「齊州七萬戶，我到來一家未得三斗錢，何貪也？」

八萬錢　唐高祖入長安，民間行線環錢，積八九萬猶不滿斗斛。（食貨志）

九萬錢　蔣潛路遇爛屍，每鳥集啄，則尸頭見一小兒驅之。蔣迫視之，則所簪者通天犀也。後入王武岡家，得錢九萬。

十萬錢　張延賞爲度支，欲辨出一冤獄，誣者恐，再三帖潛上錢十萬文。張曰：「錢過十萬，可以通神。」竟停辨。又昌黎舍錢十萬修黃陵廟，且作碑文。

二十萬錢　顏公二十萬，盡付酒家錢。興發每取之，聊向酒中仙。

三十萬錢　董宣知雒陽，至格殺主家僮。光武召宣令拜謝，宣不從，令人按項，亦不倒，賜錢三十萬，呼爲强項令。

四十萬錢　郭元振爲太學生，家送錢四十萬，有言五世未葬者，貸之，不問名姓。崔郊有婢，賣與某，得錢四十萬云云。

五十萬錢　曹彬下江南還，上吝使相之賞，乃賜錢五十萬。彬曰：「好官不過多得錢耳。」

六十萬錢　大蘇與湯元素書，聞任郎中子欲賣荆湖莊子，直六十萬，先只要若干。（蘇全集）

七十萬錢　唐宰相王涯女乞錢七十萬買一玉釵，涯拒之曰：「一釵七十萬，此妖物也。」

八十萬錢　臣聞熙寧中，蘇杭等州莩死者凡八十萬，邇者年饑更倍熙寧，乞賜上供錢應副。（大蘇奏議）

九十萬錢　王仲舒觀察江西道，奏罷榷酤錢九十萬。（昌黎選墓誌註一本云九千萬，非。）

百萬錢　劉毅家無甔石之儲，樗蒱一擲百萬。

千萬錢　崔烈入錢五百萬，得備九卿。及拜，漢靈臨軒謂左右曰：「悔不少靳，可至千萬。」宋季雅與呂僧珍爲鄰，曰：「千萬買鄰。」

萬萬錢　愚今考經國之制，爲居家之法，隨資產之多寡，制用度之豐儉，合用萬錢者，用萬錢不謂之侈，合用百錢者，用百錢不謂之吝，是取中可久之制也。（梭山家制）張鷟之文如青銅錢，萬選萬中，號青錢學士。

中國古典文學基本叢書

徐渭集

第四册

中華書局

徐文長佚草

目錄

卷一 序

羅母墓景册序……一〇八一
贈余新鄉序……一〇八二
送馬衛使序……一〇八二
送馮君之官大田驛序……一〇八三
壽來翁序……一〇八四
壽王翁六十序……一〇八五
壽葉太封人六十序代……一〇八六
黄潭先生文集序代……一〇八六
會稽志序代……一〇八七
金剛經序……一〇八八
西廂序……一〇八九
百千齋序……一〇八九

卷二 跋贊銘記

跋張東海草書千文卷後……一〇九一
金剛經跋……一〇九二
又……一〇九二
題崑崙奴雜劇後……一〇九二
又……一〇九二
又……一〇九三
又……一〇九三
又……一〇九三
又……一〇九四
題評閱北西廂……一〇九四
又……一〇九四
柳君所藏書卷跋……一〇九五
題史甥畫卷後……一〇九五
書犀鴨帖……一〇九五
題畫竹後……一〇九五
題智永禪師千文……一〇九六
評朱子論東坡文……一〇九六
題楷書楚詞後……一〇九六
題自書一枝堂帖……一〇九七
題張射堂册首……一〇九七
書花蕊夫人宮詞卷後……一〇九七
跋梁武帝豐考功評書……一〇九七
題龐德公入山圖卷後……一〇九八
題自書杜拾遺詩後……一〇九八
爲商燕陽題劉雪湖畫……一〇九八

陳山人畫贊……一〇九九
沈君畫贊沈善醫……一〇九九
鈕鼎巖像贊……一〇九九
木筆圖韡贊……一一〇〇
三仙醉飲贊……一一〇〇
椿萱圖贊……一一〇〇
屏銘……一一〇〇
海螺銘……一一〇〇
竹秘閣銘上刻蘭竹……一一〇一
龍尾硯銘額有螭文……一一〇一
古瓶銘……一一〇一
硯銘……一一〇一
梧桐菴社田記……一一〇一
邑侯徐公生祠記代張修撰……一一〇三
火神廟碑……一一〇四
卷三　尺牘
上提學副使張公書……一一〇六
上蕭憲副書……一一一〇
與員外王公書……一一一二
與張石州論修府志書……一一一三
答北庵上人論明是因暗是緣書……一一一四
卷四　尺牘
復李令公……一一一七
又……一一一七
又……一一一七
又……一一一八
又……一一一八
又……一一一八
又……一一一九
又……一一一九
致李長公……一一一九
又……一一一九
又……一一二〇
又……一一二〇
又……一一二〇
又……一一二〇
又……一一二〇
又……一一二一
與鍾天毓……一一二一
又……一一二一
又……一一二二
又……一一二二
又……一一二二
又……一一二二
又……一一二三
又……一一二三
又……一一二三

復某……一二二四
又……一二二四
又……一二二四
又……一二二四
與陸韜仲兄弟……一二二五
答友人……一二二五
與柏巖……一二二五
與陸吉泉……一二二五
答陸吉泉……一二二六
答友人……一二二六
柬丁肖父……一二二六
致某……一二二六
答某餽魚……一二二七
柬友……一二二七
致沙濱先生……一二二七
致天目兄丈……一二二七
又……一二二八
與商燕陽……一二二八
與蕭先生……一二二八
致陳華老……一二二九
謝友人惠杖……一二三〇
致駱五文學……一二三〇
致小彭先生……一二三〇

卷五　碑傳　祭文

任處士行狀……一二三一
程處士墓誌銘……一二三三
鈕太學墓誌銘……一二三四
鍾太母顧恭人墓誌銘代……一二三六
何孺人傳……一二三八
司馬氏嫂傳……一二三九
代督府祭王封翁文……一二三九

卷六　雜文

書評……一二四一
責鬢文……一二四二
促潮文……一二四三
徐相公逸事……一二四三
書義鷹事……一二四四
紀遊……一二四四
紀異……一二四四
論瓜……一二四五
煎茶七類……一二四六
古裝褫書畫定式……一二四七

卷七　榜聯

長春觀……一二四九
華嚴寺大殿……一二四九
顯聖寺……一二四九
水神廟……一二四九
火神廟……一二五〇

火神廟關帝祠……一二五〇
白馬山關帝殿……一二五〇
玄帝廟……一二五〇
文昌祠……一二五一
大乘庵……一二五一
市門閣……一二五一
曹江孝女祠隔江百官有舜廟……一二五一
三江湯太守祠……一二五二
王定肅公祠……一二五二
季彭山先生祠……一二五二
戲文臺……一二五二
道靖……一二五三
商燕陽公永鯡堂……一二五三
陳太乙堂……一二五三
又……一二五三
張文恭公廳事……一二五四
又環山樓……一二五四
張內山南華山館……一二五四
又觀疇閣……一二五四
書舍……一二五五
范雲岑公廳事……一二五五
又書舍……一二五五
賀家池范次鐮公別業……一二五五
又……一二五六
劉玉峙書舍……一二五六
姚氏堂……一二五六
贈沈曼長……一二五六
書齋贈外科謝醫士……一二五七
又……一二五七
又此陸放翁句誤入……一二五七
贈朱東武……一二五七
朱箭里堂近學宮……一二五八
贈王若耶……一二五八
廣孝寺改東坡……一二五八
龔瑞山堂……一二五八
千峯閣……一二五九
書齋……一二五九
大乘菴關帝祠……一二五九
書齋……一二五九
商氏堂……一二六〇
戲臺……一二六〇
又……一二六〇
元宵……一二六〇
朱氏堂……一二六一
項王廟……一二六一
子母祠……一二六一
市門菴……一二六一
贈人……一二六二

又……一一六二
上城隍後殿……一一六二
中門有千里眼順風耳二神……一一六二
徐相公祠……一一六三
南鎮……一一六三
火神祠題梁詞旁有井……一一六三
京城南關祠……一一六三
水滸關祠……一一六四
富陽關祠……一一六四
金龍四大王祠……一一六四
越王崢雲深庵……一一六四
又……一一六五
義塚土地祠……一一六五
鰲山燈……一一六五
宣府軍門大門……一一六五
宣府堂上……一一六六
龍蛇之蟄堂……一一六六
景賢祠堂上……一一六六
又……一一六六
市門樓居……一一六七
九山草堂……一一六七
又……一一六七
九山草堂臥龍房……一一六七
呂文安公樛木園……一一六八
許大參衙齋……一一六八
宜澹室……一一六八
又……一一六八
遠觀樓……一一六九
心遠堂……一一六九
栩栩堂……一一九六
琅玕亭……一一六九
松風軒……一一七〇
采菊……一一七〇
芙蓉池……一一七〇
臨池……一一七〇
家居……一一七一
又……一一七一
潘中六館……一一七一
自在岩……一一七一
贈新居……一一七二
江南孫夫人廟……一一七二
三元殿……一一七二
張氏書室……一一七二
家居……一一七三

卷一　序

羅母墓景册序

常人之處其婦也，當其少年夭好也，施芳澤，垂笄墮珥，則纏綿若百年可長相保；迨少衰謝，至不共飲食衾裯。婦之於夫也亦然。古語曰：「女爲悦己者容。」悦則容，不悦則不容，亦人情然也。故人情莫難於處老。南昌有羅老者，以削象遊吾浙時，寓湖之烏清二鎭，病且三年，書始達。其妻魏，攜幼子宗禮來，時羅老死已閲幾月矣。魏哀痛踰節，并撫其長子先隨父者宗某俱長大，遂老死，葬於清鎭之東。長子羅君某，多巧慧，通詩書，又曉玄理，亦精父之工，與余方外友王公善。至是，會於其所。嘗畫其母墓，題八景四趣爲册書，乃出而求敍其事。余問某，母至鎭之年，則既垂五十且老矣。世人皆以少時死守義不愛新夫爲難，豈知處老之時愛其故夫爲難耶！吾不知羅老待其婦平時於老少親疏之間何若，使母而常婦人，於恩愛易弛之時，三年羈病之旅，居其親家而未必肯來；欲來而疑其不得見，縱見而無救於死，死而身何所歸也，以是數者疑於中難矣。乃以一老嫗攜幼子涉數千里之遠，以僥倖於不可必面之人，年老愛易弛之侶，嗚呼，益難矣！卒果舍其親家以來，果不得見，果身無所歸，而又撫其子以長大而自以身完而死，嗚呼，又益難矣！凡君臣之間，初然恩寵至則亦眷戀，久少衰則如路人矣，甚則如寇仇事他人矣。又事可爲則爲之，不可爲則委之無可奈何也。魏與羅處世人易情衰，乃能以死爲之，可以爲人臣事其君以恩寵少衰而變節者之戒。以一老婦顛沛越在異境，不知難事有幾許在而卒成其子，此可爲人臣委事於無可奈何者之戒。

贈余新鄉序

曩余使君之知新鄉也，予方客燕，嘗與鄉諸君之客燕者聚詩以送使君之行，至是已三年矣。使君來朝京師，而客燕諸君尚有未去者，復作詩以送君之行，冊成矣而未授。其後予再至，則又閱一年矣。諸君以序尚缺也，命某爲之。而使君爲新鄉甚治，賢聲滿轂下，意使君必且內召，無不爲使君喜者；至是，乃倉卒改知上元。上元固京邑，然比內召則少雌且南也，以故諸君不能不爲使君訝，而迫予之序詩也益勤。夫以予觀於冊中之詩，其始也贈君之覲，而今也值君之遷。覲與遷雖異事，然所贈君之意，覲固是意也，遷亦是意也，意無改也。乃因是而知使君爲新鄉之賢，內召固是賢也，外遷亦是賢也，賢無改也。意無改，吾黨則知之，賢無改，吾黨乃慼而爲訝，是急君之秩不如急君之賢也，予知以是道序之贈之而已矣，不知其他。諸君聞之喜曰：「子言良是，然訝亦未可以爲非也。」予從而賀之曰：「召固爲右，然遷亦未可以爲左也，孰是而非，孰左而右，吾以付之無名之母。」

送馬衞使序

近世儒生□□□上事，

遂忽大計而不講，一夫作難，四方環視，蓋亦悲哉！溧陽馬君，家世儒生也。其人聰明慷慨，有遠識。始見海上變初起，髡首而刃者數輩，裸下體，側趨，詭縛海總將以去，沿邊數鎮擁將吏各以千計，人莫敢攖其鋒。君輒瞋而歎曰：「是且不測！我負志氣爲男子，何用抱數寸管坐牖間爲！」乃棄去世儒生文字，悉取古名兵家，若諸圖籍涉形勝戶口與凡所宜經畫者讀之，數年，一旦擲而起，曰：「得之矣！而未有其人，豈可以躁出。」及聞今太子太保胡公總海邊三道兵，君喜曰：「是眞將吾者。」乃入粟，授鎮江衞指揮。值公奉命征舟山寇，君仗劍詣軍門謁公曰：「溧陽馬某學兵有年，懷忠憤，願受一旅繫狂寇頸，生致幕下。」公壯之，與大刺土兵若干往磋齒，馳斬倭賊二人歸報。其明年，與賊遇廟灣，戰輒有功。事聞，蒙上賞。而提督南京軍務李公者特馳使獎之，語在檄中。再明年夏，君忽橐弓矢匣劍，且詣軍門以出，揖諸僚友曰：「鄙冒出幸粗試，而今年海上寂無事，胡可以不歸，吾朝詣軍門謝事矣。」於是都使坐營某侯暨其僚某君某等之在中軍者難其行而重其人，述其事來告，須予言以贈，且曰：「是今司業公某歲以文魁京闈者之弟也。」予曰：「馬君知大計而早講之，故能應時而出以試其用，與世之儒生異矣。然吾少時得司業公試京闈之文而讀之，至所對策，其經略世罕與儔，言兵，雖名將勿過也，今君乃其弟，蓋有自哉。若夫出處事業，諸君亦既詳之矣，請稍約其言以爲贈。」

送馮君之官大田驛序

國朝統一疆宇，分列郡縣，於道里適均之處，或五十里，或百里，必置郵傳以寓上官，公使往來，置丞以任其事，卽周官遺人之職。路節通置於諸道賓旅者，凡使至供其廩餼，代飭其車馬，有所毋敢留賓而廢事，送往迎來，迄無虛日，丞之職亦瑣且勞矣。狡黠者據爲利窟；丞不能去，矯僞者乘傳罔利，丞不能察，公賦不給，役夫逋逃，丞不能支，往往私貸以應之，吾又以知爲丞之難也。然亦有卓自樹立，委曲以周旋，因是以譽起者，然必其人素有實德眞才者而後可冀其然，乃今則異于是。比朝廷憫驛之日就于疲下，禁于天下，凡過客由傳輩非御命勞國之臣，槪不得食且役于驛，近日遺人之職，故得勝任且適。馮君憶蘭者，予會稽產也，爲人孝友忠純，與物無忤。比其遜儒業以給事于名法也，又諳習世故，儕類多之。今役滿而敍官得閩中大田驛之丞，親友在燕邸者將祖以送之，而屬言于予。予惟以馮君之德之才，其在驛也，卽使處當疇昔疲困繁瑣不得爲之會，以彼其能，猶當起譽而馳騁未蹶也，矧當今日朝廷憫驛之疲而嚴其禁，過客不敢逞而宰者得爲之日耶！其譽之起而膺懋賞，知其猶持左劵而合之右，不期然而自無不然矣，君等其拭目哉。

壽來翁序

華封人之祝堯曰，多富、壽、男子。堯皆辭之，而華封人解之，堯無以應。堯似著義，封人似通義。此雖出莊子，未可盡信，必莊子假堯與封人問答以自見其旨，曉世人令無著也。然以箕子之範亦尊富與壽，不知與莊生假借封人之說同歟否歟也。然卽今世法而觀之，富與壽豈非人人所宜尊哉？養親之具，或酒或肉，無財不可以爲悅也；計親之年，一憂一懼，金縢且欲代其齡也。嘻，富與壽可少哉！來翁，蕭之巨族也。翁少壯時爲諸生高等，擅時譽。及長公某早膺鄉薦，拜令知遠，綽爲良牧；仲公以輪繼授經衛，名重參軍；季子治生，貲甲邑；翁則盤桓大江，朝潮暮汐，鷺雁之浮沉，黿鼉之詭異，賈帆漁艇，日霽月明，一觸于目，情娛于衷，往往形諸詩歌，間亦揭之聯帖，並嘯傲宇宙，傳誦鄉里；一餐一飲，水陸隨舉，或伯或仲，畢請有餘，而且年餘八秩，矍鑠善飯；洪範二福，翁并兼之，至于多男，竝稱克肖，範所未及，翁復兼享，眞爲聖世之逸民，不減貴邦之大老。綽楔百歲，兀爾通衢，以方文靖，孰曰不然？華誕屆期，祝者雲集，而翁之壻某來祈鄙作，仰祝翁齡。自慚不敏，貽笑大方，徒以云云，惡焉涉筆。

壽王翁六十序

世傳張平叔之有事于掾也，毁所掌之書以活諸繫。而平叔自述云，道家用內外兩丹，乃黃老爲人貪著，故借此方便法門以誘之入清淨。如小兒嗜甘而病，苟驟藥以苦則啼而吐，以蜜和苦，苦匿于甘，引劑也，投其嗜，漸之而病瘳矣，實功也。黃老得之以上昇，平叔得之以解，竝由此旨，固也。然意者掾之活人，得毋鬼神陰佑于其間耶？後之掾者則不然，不貪外且著內，畔平叔所稱黃老旨，奚啻千里。王君之掾于邑也，一染指卽棄去，不欲以行止易功名，不知有貪且著，里人始尊信之，無不改目以視。兄嫂亡，撫其孤，昨舉于鄉爲名士，君安之，亦不改步以蹈。夫婦宜于閫，兩兒子待奮于塾，恬淡之操，宮倡而商和之，頭髮交白矣，亦不改音于指。夫無貪無著也，恬淡也，等而上之清淨也，有安與勉其支也，究其本則一也。君之性禀，其偶合一支于平叔哉，況皆掾也。君年六十，丁孺人亞君年一干，其閫德，右所稱商而和之者是也。親知丏余文以壽，余固以平叔祝，然平叔之婦無所聞，倘亦可以劉綱同昇擬耶？

壽葉太封人六十序 代

世之論婦道者必曰相夫，論母道者必曰教子，噓德吹能，徵祥慶吉，無不以此相告語敍述者。于是里巷無不中之男，而閨中無不順之女，言之者不足以爲表，聞之者適足以爲疑，久矣夫文之不足信也。雖然，可并其信者而盡廢其文乎？海寧葉太封人，其始歸徐翁也，翁以才豪蓋一世，稱闊略之儒，封人既靜制其雄而柔伏其氣。至教諸子，出則令其奉外訓以佐成父師之嚴，入則用母愛以脫其束縛而悅豫其志意，諸子遂爲世名儒，執經籍；諸生或仕爲大夫，無不修職業，勵士行，以悅封人之志者。夫封人之賢，多言之不能竟其說，少言之又不能殫其事。至若世所稱婦與母之道，言之不足以爲表，而聞之足以爲疑者，固可以示的而著信矣。蓋當某翁存時，某結髮而與諸子某某輩握手定交，登堂拜母，得附于兄弟末行；既以沐封人之訓而屬某君與某婚，因封人之故宜莫如某之知且信也。誠欲言而未有路，會封人今年爲六十壽，則既可以言矣，而又愧其不能文也；以不能文之人，其敢自謂盡封人之賢！惟是寫中心之藏以祝願長久，則某之意或有取也。

黃潭先生文集序 代

近世以科條束士，士羣趨而人習之，以急于售而試其用，其視古人之文則見以爲妨己之業也，遂相與棄去不講。間有嗜之者，或搜拾舊墳，摩切音響，塊然一老生學士耳，而于當世之務，缺然無所營于心焉。夫士急于用而不知有古之文，其或溺于古之空文矣而無補于今之實用焉，不拘于俗學則陷于迂儒，此其人，生而無所效于時，死卽泯沒于後世矣，尙望其文之能傳且久哉！吾鄉有黃潭先生者，少負異稟，有遠志。其始爲諸生時，間出舉子業以示人，卽業舉者無不斂手避之。迨後以試事謁余叔祖康惠公于家，公大奇之，時則以古人相許重，而余及余伯兄瓶山公因得以內交焉。既而伯兄與之同鄉，學于紫陽院中，日從事于性命之學。余數得先生之文讀之，則見其由顯入微，而浸淫于道德之旨矣。不數年，先生所纂名臣章疏者出，余又得而讀之，則見其因體發用而究極于經濟之務矣。先生之文凡四變，而語其要歸，則惟其不急于自試以拘于俗學也，而後有志于古之文；惟其不溺于古之空文以陷于迂儒也，而後蘊而爲道德，發而爲經濟，以適于今之用；其視吾所謂生無效于時而死卽泯于後者之爲文何如耶？蓋信乎其可傳矣！余家世得交于先生，而余味其文最深且久，迨今下世幾年矣，將收其遺而未暇也，適其子集而刻之，始成，抱詣軍中，令序諸首。展而讀之，見其于余家弔死贈生之文，而送余官益都者，諄諄如昨日語，蓋悽然興感焉。余雖不敏，固不容以無言也；第方苦戎務，不暇次第評之，爲述其大概如此。至其起家歷仕之蹟，則觀于其文而亦可知其爲古之人矣。

會稽志序 代

邑之貴志，非特爲令者取舊政之可師與賢才之可表，于以佐化理于一二而遂已也；蓋將察風俗之美惡，稽物產之沃瘠，驗戶口稼穡之登耗，約徭賦之重輕與山川水旱之所由，以出利而入弊，時調劑而張弛之；殆舉百里之大，聚方冊中目注心營而坐致其理，不煩下堂而得之。此邑之所以貴志者，貴綱舉而目不能逃也。然其道雖全而寡驗，卽驗且緩，不若簿書期會與奔走將迎之事一得則共指以爲得，一失則共指以爲失，其爲效明而且速也。惟其如此，是以仕者往往多急于此而忽于彼，卽有志于爲其全，亦泄泄然，倏然雲興，倏然風散矣。余昨叨會稽者三年，既而覺志之貴于邑如彼，已上記白省中，將料費設館，頗有端緒，顧謬以召行矣。繼余者爲丹徒楊，首下車，值太史張公，在告以圖之，而書遂成，至是謬以序來屬。余讀之慼曰：是書也，余當時頗以不及親舉爲己咎；及今觀之，使當時而果成，則未及太史之南，安得董狐邱明筆一光簡冊若今日哉！然則余之咎，殆書之幸也。雖然，余始而侯能終之，固深幸矣。抑余圖于趨召之終，而侯能舉于下車之始，余誠不能無愧于侯之早見也歟。

金剛經序

永嘉云：大丈夫秉慧劍般若鋒與金剛燄入，能于煩惱匣中著眼，取用操而不失，不呈伎倆，不用訣術，斬生死根，斷擬議蔓，摧我慢幢，毁法愛網，剪陰魔之黨羽，蕩無明之營窟，殲三毒之賊媒，擣四時之壁壘，八風不動而坐遊淨海，七浪不興而立登彼岸。然此彼岸自力自登，恐不他假，佛自成佛，生自度生。唯佛自成佛，故什迦于燃燈佛所以髮掩泥、以五花供養時，彼佛實無有法可授，什迦實無有法可得。若燃燈能以佛授云云，則燃燈有人相乎？什迦有我相乎？我受者爲衆生相，而授我者爲壽者相乎？唯生自度生，故胎生四相而胎生成佛云云。以故四相一空，無佛可名，無衆生可名。文殊云：諸佛尚不可得云，何有佛而覺法界，法界尚不可得云，何法界爲諸佛所覺，是名平等，是名阿耨菩提，是名如如不動。古德不云乎？莫動着，動着生頭角，言一動念，四相即具也。

西廂序

世事莫不有本色，有相色。本色猶俗言正身也，相色，替身也。替身者，即書評中婢作夫人終覺羞澀之謂也。婢作夫人者，欲塗抹成主母而多插帶，反掩其素之謂也。故余于此本中賤相色，貴本色，衆人嘖嘖者我呴呴也。豈惟劇者，凡作者莫不如此。嗟哉，吾誰與語！衆人所忽，余獨詳，衆人所旨，余獨唾。嗟哉，吾誰與語！

百千齋序

道之于聞也，有以多爲貴者，如賜之聞一而知二，未若回之聞一而知十是也。于能也，有以少爲貴者，如人以百與千而僅能者，我以一與十而輒能之矣是也。斯則少而稱貴者在我，多而稱賤者在人也宜也。而今伋之敎人也，顧反之曰人一而已姑以百，人十而已姑以千，則賤我而貴人也亦甚矣！古人有言：騏驥日千里，跛鼈不止，亦至千里。推跛鼈之志，不千里則不止，寧于中道校遲速于十一千百間哉！故凡學者必如跛鼈之責所止，而後其收效也，于所謂貴賤少多者悉反之矣，其于聞回不得而獨十、賜不得而獨一矣。生而並行者呼兄曰一，呼弟必曰二，二卽一也，非二也。愚謂以賜之賢，其孫回也，當舉其大分曰十之一云爾，不當曰十之二，如後世之揣摩輩苛苛瑣瑣較計絲髮間，稱秦得百二、齊得十二之二。噫，可以相正質者鮮矣！今乃幸得之，得爲誰？曰：吾友虞之鍾，鍾氏之貴介名廷英，字天毓，別號華石，以「百千」扁其齋者也。

卷二　跋贊銘記

跋張東海草書千文卷後

夫不學而天成者尙矣，其次則始于學，終于天成，天成者非成于天也，出乎己而不由于人也。𢿱莫𢿱于不出乎己而由乎人，尤莫𢿱于罔乎人而詭乎己之所出，凡事莫不爾，而奚獨于書乎哉？近世書者閼絕筆性，詭其道以爲獨出乎己，用盜世名，其于點畫漫不省爲何物，求其倣迹古先以幾所謂由乎人者已絕不得，況望其天成者哉！是輩者起，倡率後生，背棄先進，往往謂張東海乃是俗筆。厭家雞，逐野雞，豈直野雞哉！蓋蝸蚓之死者耳！噫，可笑也！可痛也！以余所謂東海翁善學而天成者，世謂其似懷素，特舉一節耳，豈眞知翁者哉！余往年過南安，南安其出守地也㊀，有東山流觴處草鐵漢樓碑，皆翁遺墨，而書金蓮寺中者十餘壁，具數種法，皆臻神妙，近世名書所未嘗有也，乃今復得覩是草于門人陸子所。余有感于詭者之𢿱之妄議，因憶往時所見之奇之有似于此書也，而爲敍之如此。憶世事之𢿱，豈直一書哉！豈直一書哉！

㊀「其」上原有「可」字，玆刪。

金剛經跋

金剛一經，自達摩西來，指授世人，示以直明本心，見性成佛，而此經遂以盛行于世。其大旨要于破除諸相，洵矣何疑。然經云，「信心清淨，則生實相；」又云，「此法無實無虛；」亦何說焉？善乎曹溪大師之言曰：「無相爲宗，無住爲體，妙有爲用。」余每三復斯言，妄意必謂無實無虛，中直得把柄，方是了手。

又

經中佛言，能受持誦讀，廣爲人說，如來悉知是人，悉見是人，皆得成就不可稱、不可量、無有邊、不可思議功德。夫經旣云無相，則言語文字一切皆相，云何誦讀演說悉成功德？蓋本來自性不假文字，然舍文字無從悟入，誠信心諷詠久之，知慧自開，眞如自見，況上根人具上上知，一聆遂了。如六祖聽客誦經，心卽開悟。佛說是眞實語，的的不誑。則是經也，若自誦，若勸人，持誦功德實有不可思議者。

題崑崙奴雜劇後

此本于詞家可占立一脚矣，殊爲難得。但散白太整，未免秀才家文字語，及引傳中語，都覺未入家常自然。至于曲中引用成句，白中集古句，俱切當，可謂拏風搶雨手段。

又

閲南北本以百計，無處著老僧棒喝。得梅叔此本，欲折磨成一菩薩。倘梅叔聞之，不知許我作一渡彼岸梢公否。王方平有云：「吾鞭不可妄得也。」一笑，一笑。

又

梅叔崑崙劇已到鵲竿尖頭，直是弄把喜戲一好漢，尙可攛掇者，直撒手一著耳。語入要緊處，不可着一毫脂粉，越俗越家常，越警醒，此纔是好水碓，不雜一毫糠衣，眞本色。若于此一恧縮打扮，便涉分該婆婆，猶作新婦少年閧趨，所在正不入老眼也。至散白與整白不同，尤宜俗宜眞，不可着一文字，與扭捏一典故事，及截多補少，促作整句。錦糊燈籠，玉鑲刀口，非不好看，討一毫明快，不知落在何處矣！此皆本色不足，仗此小做作以媚人，而不知誤入野狐，作嬌冶也。

又

凡語入緊要處，略着文采，自謂動人，不知減却多少悲歡，此是本色不足者，乃有此病，乃如梅叔造詣，不宜隨衆趨逐也。點鐵成金者，越俗越雅，越淡薄越滋味，越不扭捏動人越自動人。務濃郁者如爨雜牲而炙以蔗漿，非不甘旨，却頭頭不切當，不痛快，便須報一食單。

又

散白尤忌文字、文句及扭揑使句整齊，以爲脫舊套，此因小失大也。令人不知痛痒，如痲痺然。且妨照應□韻險處語，尤要天然。

又

牛僧孺幽怪錄有張老傳，張老，仙人也，有僕曰崑崙奴。梅君述崑崙奴爲仙矣，何不用此以證，云在張老時已爲僕幾時矣，今復謫此，則益爲有據。雖皆是說謊，中都有來歷，況張老說是梁天監中人。

題評閱北西廂

余于是帙諸解並從碧筠齋本，非杜撰也。齋本所未備，余則補釋之，不過十之一二耳。齋本乃從董解元之原稿，無一字差訛。余購得兩冊，都被好事者竊去，今此本絕少，惜哉！世謂董張劇是王實甫撰，而輟耕錄乃曰董解元。陶宗儀，元人也，宜信之。然董又有別本西廂，乃彈唱詞也，非打本，豈陶亦誤以彈唱爲打本也耶？不然，董何有二本也？附記以俟知者。

又

余所改抹悉依碧筠齋眞正古本，亦微有記憶不的處，然眞者十之九矣。白亦差訛甚，不通甚，却都忘碧筠齋本之白矣，無由改正也。齋本于典故不大註釋，所註者正在方言、調侃語、伶坊中語、折白道字與俚雅相雜訕笑、冷語入奧而難解者。

柳君所藏書卷跋

余臥病久劇，迄無佳悰。侍筆墨者抱紙研墨，時一勸書，謂可假此以消永日，便成卷軸。既而辭去，輒圖沽諸。柳君悦之而苦囊乏，乃貸錢東鄰，約不缺其子母，歲月既積，計算頗多。閲所點畫，未稱渴驥；然則君兹舉，殆與五百金買馬骨者何異耶？持過覽觀，不覺感慨。

題史甥畫卷後

萬曆辛卯重九日，史甥攜豆酒河蟹換余手繪。時病起，初見無腸，欲剝之劇，即煮酒以啖之。偶有舊紙在榻，潑墨數種，聊以塞責，殊不足觀耳。天池山人徐渭書于葡萄最深處。

書犀鴨帖

雲渠親丈曩會予于京師，觴之至醉。不見者十年，一日，出是綾，煮鴨，舉犀觥而引滿，余爲倣書四家。祝枝山有云：「痳姑擲碎砂爲戲耳。」萬曆元年四月五日。

題畫竹後

葛山付紙索草書。余初學墨竹，苦于無紙。雨中忽興在篔簹，輒取而掃此。

題智永禪師千文

志稱永禪師書千文，本以千計。今雖去其世已遠，而漫無一存者。往年人傳董文簡公家有之，急往，啓匣固佳，然不甚稱也。今從陽和太史家得見此本，圓熟精腴，起伏位置，非永師不能到。問其自，云得之文成公門客之手。顆顆綴珠，行行懸玉，吾何幸得題其端！

評朱子論東坡文

夫子不語怪，亦未嘗指之無怪。史記所稱秦穆趙簡事，未可爲無。文公件件要中鵠，把定執板，只是要人說他是箇聖人，並無一些破綻，所以做別人着人人不中他意，世間事事不稱他心，無過中必求有過，縠裏揀米，米裏揀蟲，只是張湯趙禹伎倆。此不解東坡深。吹毛求疵，苛刻之吏，無過中求有過，暗昧之吏。極有佈置而了無佈置痕跡者，東坡千古一人而已。朱老議論乃是盲者摸索，拗者品評，酷者苛斷。

題楷書楚詞後

慕子蘭深博古器，而法書圖畫尤其專長。余書多草草，而尤劣者楷，不知何以入其目也？古語曰：「心誠憐，白髮玄。」其斯之謂歟？

題自書一枝堂帖

高書不入俗眼，入俗眼者必非高書。然此言亦可與知者道，難與俗人言也。

題張射堂册首

余始與張君同學書，張稍讓之。今見此，眞自謂不及也，故識此語于册首。

書花蕊夫人宮詞卷後

余一日同馬髯子泛鏡湖中，評書間偶及「銀燭秋光冷畫屏」句。余曰：「王建百首宮詞，此居第一。」髯子曰：「先生誤矣，是花蕊夫人費氏作也。」余爭之。髯子曰：「先生勿爭，余當與先生博之。余若北，當出先生所常醉柴窯杯爲先生壽；倘南不在先生，當以百首書卷歸我。」余諾之。明日，髯子攜一童，持小攢來余梅花館，袖中出柴窯杯，曰：「當與先生定南北。」余于是覓彤管遺編覽之，果出花蕊夫人。髯子曰：「先生當何如？」余曰：「余不寢言。姑舍是，且從吾今日醉也。」臨別，髯子出素綃歸我。余遲一日，復以濁醪觴髯子于舍，令髯子朗吟，捉筆倚之以塞。

跋梁武帝豐考功評書

右梁武帝評書，並是妙語，雖不無抑揚，而辭氣從容，恣態朗切。又其人書法固是入室之徒，但抄本乖落，無從訂正，且一曰袁昂，二曰袁昂，並不知何爲也？至于豐考功，則抑揚過當。其呂衡張文溪趁尋文之差。迨夫任情，則大恣駡詈。書可駡詈，猶煩入評耶？最乖者概處陳李，眞同器薰蕕矣。白雀之書不讓京兆，京兆眞楷如獅搏虎，金翅鳥啗龍，□幾于元常。而考功以爲楷不如行，殆未之見耶？其他盲瞶，頗亦不少。然謂之盡不知書則不可，謂之盡知書亦不可，謂盡不能書固不可，謂盡能書亦不可也。吾于其論握筆專重第四指而竊之矣。

題龐德公入山圖卷後

鹿門山有隱君，一爲龐縕，習禪者也；一家並寂化，其曰女曰靈照，尤禪中之勝，父不如也。一山而有兩龐，亦奇矣。

題自書杜拾遺詩後

余讀書臥龍山之巔，每于風雨晦暝時，輒呼杜甫。嗟乎，唐以詩賦取士，如李杜者不得舉進士；元以曲取士，而迄今嘖嘖于人口如王實甫者，終不得進士之舉。然青蓮以清平調三絕寵遇明皇，實甫見知于花拖而榮耀當世；彼拾遺者一見而輒阻，僅博得早朝詩幾首而已，餘俱悲歌慷慨，苦不勝述。爲錄其詩三首，見吾兩人之遇，異世同軌，誰謂古今人不相及哉！

爲商燕陽題劉雪湖畫

劉雪湖一日筒致此幅，余見之，眉舞鬚動，秘夾枕中。商燕陽見之便掠去，攫石登車，攀船墮水，古人顚貪無賴，燕陽何爲效之？既又勒余題敍數字，用爲劵書，快其永業，眞滑虜也。然予與燕陽約，得此須用名錦裝潢，安精舍中，便作奇香好茗，多調妙曲，往來用味觸香發聲聞發淸音之義，獲此報者庶幾小償。倘余至，無此三物，卽當大駡秦廷，持趙璧歸，不血濺王衣不止也。徐渭書于長安邸中。

陳山人畫贊

陳君五世，牡丹稱最。皜蓮、素梨，水仙、玫瑰，聚爲方圖，宛爾錦貝。秦鏡古文，唐宮繡被，夏春錯鋪，神領妙會。往昔贈余，一紙長旆，自今觀之，不及斯繪。

沈君畫贊 沈善醫

萬樹參天，根堪海槎，意者叢杏，秋深不花。中有一室，是董奉家，談道授書，朝煙暮霞，此爲何編？素耶難耶？沈君高士，意氣可嘉，酌酒論詩，釣魚種瓜。鑑水在門，扁舟日拏，更挾高道，秋石金華，吾一問之，舉手一叉。七月望後，秋與旣賒，旣霽浹旬，細雨灑沙。抱圖來告，高懸幅斜，景旣述美，人亦匪誇。

鈕鼎巖像贊

龍鱗多鬣，自古貴鬚。鈕之季子，于思于思。噫，廼不永而！

木筆圖輦贊㈠

天作箋兮雲爲墨，木筆書空兮，儼羲之獻之之鈎勒。

三仙醉飲贊

何以爲仙？我則未見。傳飲而樂，是以可羡。

椿萱圖贊

大椿八千，萱草陪妍，人生一樂，高堂百年。矧也王君，明廷射策，帝曰掄哉，袍帶以錫。春杏霞綺，宮花映之，以奉茲椿與萱也，孰曰不宜？

屏銘

障山得翠，障水得清，障風得暖，障月得明。限隔門閾，攔截視聽，總謹內外，亦養精神。

海螺銘

哆兮哆兮，胸中一嘔。維玄維默，君子守口。

㈠「輦」字疑衍。

竹秘閣銘 上刻蘭竹

竹之管，蘭之蕊，筆事已矣三不律。湘君東，一何侈？惟墨泚沾臂，此物不可已。

龍尾硯銘 額有螭文

校歙材，揩以度，甘所膩，苦所薄；玆兩全之虎與角，額上有文螭脈脈㊀。

古瓶銘

古陶之變，天與凹凸。胡水潛冰，據腹以劃，瓶則礫之，冰其亡釋。

硯銘

潤如玉，能發墨，面無鷗班而眸無鸜鵒㊁，此石寶也，而乃近出端族。

梧桐菴社田記

梧桐菴在三江所之某處若千里，相傳元至正間創以祀土穀神。入明洪武初，里人王景週以其父來庸，

㊀「文」上原有「上」字，玆刪。
㊁「班」疑當作「斑」。

葬于菴東，始舍錢若干，于菴之前搆殿屋爲間者三以栖神舍，後買田爲畝者八以爲香火費。嘉靖某年間，迴之從孫仲等始請宗人爲僧于禹廟曰洪惠者，暨其徒如森來守此菴。越二年，惠與森出所積，入所募，復搆殿于廟之後，爲間者復三，左右齋禪室數倍之，僧舍廚湢視某之數，甃石周垣，完好堅緻。越四年爲某月日，森之徒道成復取佛之像而增且新之，作門以額。蓋菴至是凡三更其徒而後稱神之居焉。計所舍田爲畝者凡十七；始景迴舍獨多，畝至八；其五世孫卿與其妻鍾，畝則三；從孫秉禮與其妻陶，畝則二；巫山高桂妻史氏爲森之族嫂，畝則一；並俗人。森之畝則視秉禮，森之徒復有道能，畝則視史氏；並僧。噫！茲菴也，俗人創搆之，僧之師徒相繼而拓之；茲菴之田也，俗人創舍之，師之師徒亦相觀而效之。凡以妥神靈，祈年穀，爲一社邀福，既與淫祠殊，而後之人不墜其先業，不惟俗人有之，雖僧亦有然者，且可風鄉黨；故于惠若森之來求書石也，特爲之書。

邑侯徐公生祠記　代張修撰

山陰徐侯□以召入之三歲，余偶過侯所築官塘，新祠下有父老四五輩趨而前，曰：「此爲前侯徐公祠也。公惠政大夫所知，且大夫史也，祠而不碑可乎？敢以請。」余曰：「諾。」其後民劉棐周昇洎僧眞秀如曉聾請日至，蓋棐等侯所屬治塘而有勞者，塘成而官路者可五十里，其在海者復若干里，並有益于民甚大且久，而民不知有費，是以並祠而碑之。至論侯之全，則在邑，且不能盡舉，寧曰塘？蓋侯生有至稟，如騶虞鳳凰然，以不殺爲性。是以其于治也，恐恐然如良醫之于蠱瘵，惟恐其傷之，攜以磨爲戒而以不擾爲良方。甫下車，卽板輿行農畝間，悉得民所疾苦，若戶之富貧與民之强弱奸良，及盜賊樗博，瑣至倚市之穽。平常捕格百出所不禁者，侯並設法爲之，不用一鞭，無不立止息。異時丞簿冒牒如蝟毛，民如爛鮮，至是無一紙入，其所馭廊吏不能竄一字僥訟牒，訟者亦不輸一錢與吏，無一卒入鄉勒租稅直。與民約，投篋最後者始苦以轉輸，民爭投，毋敢逋者。他雖遣卒百，逋如故也。當是時，舟子曰：「卒坐矣，我何用舟爲？」或舍舟而捆履。酤且飯于邑門者曰：「訟者不復食衙中人矣，我何用張爲？」或盡治其壺具。吏或走家居，閱月而至，無一事可爲。淸戎使者至，所司承旨摭索吏里中，戎家大震。侯勿與，使者怒，亦不爲動，更急之，輒以病謝，里中老穉賴以免者無算。大吏攝訟者于邑就聽斷，卽必先聽而以書復，或涉毛細則不遣其人，大吏始甚銜之，久之並諒侯非亢己也。至于課校中士，不徒以文，又舉公正，爲民導善止惡。使不革面，則蒸蒸款款，如雨之于物令其飽而自化。善訟者不敢造公庭言事，如澀之在舌，亦自卷攣耳。侯去之日，送者萬人，自邑門而達于江，遮不得行者百里。有渡江守數日而返者，返而復往者，涕濕襟者，哭失聲者，舉酒悲、悲而不得飮者，亭驛皆是；其喜者則有舟子、整槁楫卒與胥買攝記酤而飯者、範錫而復壺具而已耳。侯之去一也，其悲者何人，其喜者復何人，噫，用是可以知侯矣。侯用召爲工科給事中，以遷累左而碑之請爲書也，乃在三歲前，時侯方在要路，故需之；今侯謫居且以憂沮，論久而彌定矣，遂書。侯名貞明，字伯繼，家江之貴溪縣。

火神廟碑

永樂間，自監出鎮浙者曰福公，始搆道觀于吾紹臥龍山東麓稍上，名佑聖，以居玄帝，其內門居神稱靈官王元帥者，實司火，間著威異，里人嚴之。其後羅田張公明道、宣城梅公守德相繼來守吾紹，或撤去帝像，改觀爲祠，登祀宋臣之忠孝，或易祀以先守之賢者，而神亦一遷一歸。自嘉靖辛丑迄于今勿妥者凡二十有五年，其于火之謂，人且斁忘而神威亦弛不用。維茲季春，連旬月風怪，怪作，踰旬，火間發，至甲寅大火，計赤地以里，戶以千，焦瓦甓邱積者以十數。時楊公兆爲府，實當之，其所馳救既畢力殫策，出火政所未載。明日，復遣吏書焚室，給有差。又明日齋，將遍禳于司火，于是里之人某某以神故往告，請以某舊所舍觀東地新神廟，公可以之。檄既下，通判葛公維熊倡以羨銀五十兩，趨事者益集，計凡舍施者若干人，爲銀若干兩，瓦甓材石若干，作宇若干楹，繚以甓垣，計工若干，董役者爲某某，閱若干日而成。既成，蠲吉日，設樂牲，用導以奠。既奠，請榜廟于楊公，公榜曰火神廟。既榜，遂以碑事來請。余不知神之興與其司火果何自，獨搜神記中載神姓王名善，始仇薩眞人以火焚己廟，卒服其行，願爲弟子，則神固勇于從義，其後所用火，豈從眞人授之耶？事雖不經見，然人信從之。書曰：「天視聽自我民視聽。」然則民視聽所在，神所在也，將焉違？古之禳水者必曰玄冥，曰顓頊，而今之民不知也，競祀張侯求拯溺，侯亦往往見奇效。使今禳火令舍神而曰必求諸心與熒惑與祝融回祿，其孰從而孰效哉？余妄意鄉人請新神廟及可其新者意如此，故僭爲之紀，且繼以歌，俾歲時祭享得歌以侑神。

河流兮湯湯，宛高騫兮神之堂。神昔往兮何所？鶉來下兮厲我以火。厲我以火兮鶉威虐，朝貯河流兮戒夜以作。神之來兮祁祁，葺荷室兮水湄，鎩鶉翼兮斂味，決貯河兮寢之霤。進我民兮神堂，羅桂藉兮椒漿，俟爲我民兮禯以禳，神欣欣兮樂康。御倡兮酌醴，積我薪兮勿庸以徙。

卷三　尺牘

上提學副使張公書

渭聞之，貴賤之勢，其相懸也，若太行王屋之與歸墟也。夫太行王屋其高也幾天，而歸墟之谷，其淵也測地。苟非盲瞍者睹之，皆知其爲絕廓也。故凡士之賤者，其視尊貴而當軒冕也，若斧鉞之加胸臆也，春冰之在亘津也，瞻顧盼而股栗，睹顏色而肉悸，非尊貴之故以威其下而其顏也㊀，勢若此其懸也。嘻，士亦戚而卑哉！故遇其賞則佯狂者見珍于執政，大夫種是已；潛其聲則居鄭者沒譽于君卿，列禦寇是也已。今渭無禦寇之玄通，而明公之明達過于范蠡，故渭以不以尊貴爲畏而輕犯其下風；願明公假之以容，款之以色，勿略其鄙賤，憐其菲謭之才，而後其狂悖之誅，俾得申其孤孽之苦，陳其履歷之難，以觀意向之所在；則蟠木朽株或可比于積薪，魚目燕石庶幾歸于篋笥，非敢藉口說爲苟進之資，以翰墨爲衒售之術也。渭聞貧窶者士之常也，時命者士之幾也，修身者士之的也，故智士不語貧，達人不言命，庸衆不期的。是以亢激節而樹玄邈，堯舜不能臣，振清風而肆逃遁，文武不能粟，追其轍迹而擬諸後人，則自媒者當衾影而慚，奔競者宜閉戶而入。然當今之士，遇熙灝之辰而急進取之義，六甲未窺

㊀ 此句疑有脫文。

者以朱紫爲周行，四書未閱者以官仕爲標的；設若素居草萊而坐待哲人，則雖服閔曾之行，抱左陸之才，生則沒身荊棘，與喬木同繫，死則名逝道絕，棄溝壑而不返，上既乖于彙征之義，下無以協白駒之遐心，茲復生之老死，志士至今惜之。孟軻之徘徊七國，韓愈之趦趄相門，彼豈示□于人，抑將以勞爲安哉！渭也何人，敢言韓孟？原其志意，未必無可取者。渭運時不辰，幼本孤獨，先人嘗拜別駕，生渭一歲而卒，有二兄，伯賈于外，仲遠取貴州，至今充庠生。渭少嗜讀書，志頗閎博，自有書契以來，務在通其概焉。六歲受大學，日誦千餘言，九歲成文章，便能發衍章句，君子縉紳至有寶樹靈珠之稱，劉晏楊修之比，此有識共聞，非敢指以爲誑。十三歲老母終堂，變故尋□棼縷疊，有非說所能盡者。五尺之軀百事攸萃，志雖英銳而業因事牽，家本伶仃就衰，而渭號託藝苑，不復生產作業；再試有司，輒以不合規寸擯斥于時，業墜緒危，有若碁卵；學無效驗，遂不信于父兄，而況骨肉煎逼，箕豆相燃，日夜旋顧，惟身與影。嘗觀北溟之魚，終亦南徙，扶桑之鳥，豈當垂翅？古人志在四方，故桑孤蓬矢取諸廣遠，重耳奔竄而覇，馬援牧邊而達，奮名發迹，豈有拘方？激昂丈夫，焉能婆娑蓬蒿，終受制于人？或遂詣父兄宗黨，誓曰功名何處不取，復似今日形骸，不上此堂也！便欲往之貴州，從仲兄以希肆業發迹，而徒手裸體，身無錙銖，去路修阻，危若登天，未嘗通曉一藝而欲致足萬里之饔飧，不亦難哉！乞食于異域，委骨于他途，此所預定，不待知者而後知也。夫以伍員策士，志在報楚，猶吹塤而假食于蒲關；韓信壯夫，未遇漢王，尙垂鈞而寄餐于漂母。有二賢之才，以當分爭之世，一時不遇，終日無貲；況于某者乏二賢之蘊抱，而無漂母之知人，雖亦有之，豈能遇地盡同者？步隨情變，衣共體單，飄遊雲天，跼蹐霜月，進不能取功名以發舒懷抱，退則蒙詬當途，君子所不齒㊀，鄉曲不道，由食其出誓不爲義人耳，比諸木偶，方以遊芥，夫豈過哉！　則雖自咋己指，戒輒既晚，悔之何追？　徒取父老之侮，祗爲伯仲見侮之媒耳，何以竟己少時之志，以復見先人之廟耶？　愚以君子不蹈危地，哲人宜務先機㊁，吾儒行事，當如用兵，一失其算，安可再振？　遂使智踰黃帝，勇先賁育，無所復施，況渭今日之事猶宜敬慎而念此者也。是以猶務隱忍，寄旅北門，意在强爲人師以糊方寸，何期營營數旬，竟無一人與接者。　流水既鼓而鍾期未緣，駃騠非駑而方皐泯迹。　匃米僕賃，無以爲貲，將擊無魚之歌，恐鮮孟嘗之聽，若欲閉門偃臥，不免袁安之隕㊂。　俯仰牽制，桎梏加躬，憤懣抑鬱，若蹈湯火，五內怛然。　竊計返家，則倏去忽來若猨狙也，長江非遙，若隔秦楚；因茲不返，則館帷壁立，僅存古書數十卷，且無見援，夕當棄失。　艮路阻而處飢困，避道乞而將操瓢，是猶惡影而居日，惡臭而閧庖也。　是故每至終夜淡爲寂寥，起舞而爲歌曰：鴻鵠兮高飛，昔時渡江兮何時能歸？　亡絕四海兮羽翼未舒，中路阻險兮當復依誰？　慷慨三四，不覺淚下，悲哉悲哉，事未易爲俗人言也！　伏睹明公鵬迹霞騫，丰采玉立，德參天地，文協典謨，固將以齊足三代而卓犖于虞夏者也。　是故四絕之稱，凡許當道，一代之士，仰爲宗師，靈珠在室，四隅煌然，語以歐胡，未能盡善。　士之聞謦咳者，奕奕然出冥室而覩日月，去汙瀆而浮江湖。　譬諸鈞天廣樂，懸于虞庭，而伶官

㊀「所」原作「取」，茲改。

㊁「人」原作「以」，茲改。

㊂「隕」原作「狽」，茲改。

俳優，快呈其響，故巴人郢客，抃舞雀躍，鳶魚螻蟻，翕翼俛首。何者？以明公爲人物之槖鑰，文章之鈐鍵，足登龍門，聲逾珠玉。此懷粟縷之技者悉皆攘臂，抱一隙之明者亦願發輝光，雖知染滓之色未合玄黃，桑間之音難應風雅，所在大雅含弘，君子矜憫也。況渭遭此荼毒，旅于窮途，葢將灑淚旋車比于阮生者也。爲人木强寃崛，不能希聲釣望，既寡淳于仲連之薦，終鮮叔牙得意之交，狼狽偃蹇，安所施計？一餔不火，胡能生活？尚恐救死不贍，奚暇復志詩書？雖明敏若顏端，經濟若董賈，文章若班馬，授以廣成羡門之訣，投以岐伯盧扁之術，終當捐骸，豈有過補？生無以建立奇絕，死當含無窮之恨耳！故曹沫聶政無三尺之劍，則不如農夫之處隴畝，蛟龍處木，不若狐狸，騏驥處水，不若跛鼈，士而無資，何以異此？每念于斯，未嘗不擲卷投札，流汗至踵也。伏冀明公憫其始終歷涉之難艱，諒其進退患難之危迫，憐其疎鄙之才，援其今日無資之困。請假晷刻，試其短長，指掌之間，萬言可就。或者才有可觀，物非終棄，則願挈之枯涸，置以清波，俾得飯茹糗糲，雖云駑蹇，尚奮馳驅。不過期月，則書生之學可通，假以三年，則道理之堂可造；語文章則跨制兩漢，語盡性則駕軼四儒；此亦學者之志願能事，豈敢誇張虛說以炫耀大人哉！夫信陵春申，戰國之鄙夫也，且致客數千而名流後世，飛劍躍舞，小人之技也，亦能見悅元君而賞以百金。渭雖寒賤，豈直劍舞之士哉！願明公進而敎之，則二君不足數而皐夔易爲也，眀公豈靳毫髮之勞，使才士沉淪朽沒，不得仰首信眉激昂當世也！昔荆軻豫讓行若屠販，一感國士之遇，思報其主而不可解，遂至于殉身而不可化。中流之龜，北溟之魚，靈豈多于人哉？乃能報珠而浮渡。渭頗讀詩書，亦知大義，豈同負販，有異魚蟲，使一辱英盼，九死甘心，第恐天地無窮，徒懷衷悃耳！渭又聞河海納流，百川歸潦，一人憫士，四方翹首，諒明公觀于超曠之道，必不以踈遠見拒。故敢述其始末，託書自陳，萬一因其昏愚加以擯斥，則有負石投淵、入坑自焚耳，烏能俛首匍匐，偷活苟生，爲學士之廢棄，儒行之瑕摘乎！惟明公其生死之。渭恐懼頓首。

上蕭憲副書

渭小人也，材樗質穢，上之不能務學脩躬以宣懿德，次之不能掇藻搜奇以顯聲通藝，外之不能混俗和光以取容家人，三者無一焉，而猥鄙齷齪，迨于今日，仰怍于天，俯愧于地。往者志身困蹇，將望援于仁人，而以幼豎書生，任其狂悖，披肝膽，陳危迫，不憚按劍相眄之疑，九淵驪龍之喻，遂自通于文宗大人之左右，以得伏拜執事先生之清塵。執事先生及文宗大人弛其誅戮，先生含弘，不以不肖而擯之，俾得覯候于門牆。渭思唯季子爲策士之先驅，至秦三日，尚勿得瞻望闕廷，故比謁者于鬼，比王于天帝；黄石將授興王之符于孺子，且三難之以伺其誠；古人之殊遇難艱，十居六七。渭不負蘇季之辯，非有孺子之敏，徒以尺寸之牘，恃戇妄之愚，汙瀆上官，亦得列諸廝隸，伏試下堦，惠垂草芬，光及螻蟻，意謂此時恩難堪矣。而渭當試文之日，適王運使在焉，文宗大人指渭而語運使曰：「考此儒士，非有他也，昨來上書，蕭先生見之，稱其有才。」渭伏聞斯言，惶恐悸慄，退而反省，不知所由。竊惟徐淑，廣陵所舉之孝廉也，雖德不若顏回，才亞于子奇，然越格而薦，宜亦爲郡邑之所重，而知名于一方矣；左雄猶律以强仕之格，以聞一知十屈之。樊英海內之俊髦也，少有學行，隱于壺山，再舉有道不起，順帝以策書玄纔待以師傅，然後就聘，此亦高尚之奇節，而振蟬蛻之玄風者也；猶以應對無奇秘，而當時廷臣以爲失望，遂至李固所遺黃瓊書有藉此以爲戒者。夫以徐淑樊英之德冠于一方，流聲海內，知名特重，宜無不可者，且見詰于李雄，不稱于當世；況于渭者，無知小子，一介賤士，智淺才眇，乏片善可稱。而執事先生云爾，豈以前日渭所上書，文辭不遜，高自稱譽，如漢東方朔自誇書四十餘萬言，編貝懸珠，勇捷廉信，而卒見偉于漢武哉！互鄉童子，孔子見之，狂狷之事，孔子思之。執事先生之心，卽聖人之心也；而渭于互鄉，則有之矣。所謂方朔狂狷，則引以見執事先生之意者也，胡敢擬其緒餘哉！非渭之暴棄而果于自外二子也，蓋有淸廟之器者始可登于廟廊，備騕褭之駿者乃可論于超越，故孔明自方管樂，人信其謙，孔璋謂己于司馬長卿同風，而曹植有畫虎之誚也。才之大小不能毫髮，擬之于渭，譬如有蚊虻之遊泱漭，肖翹之處喬松，形不盈粟，聲足自聞，雖離朱之眸，師曠之耳，無微不察，無隱不聞，亦不能兼幷瑣縷而採聽之也。獨怪執事先生忘其萬鎰之貴，自貶其昌歜之才，少其明毅之聰，不自負其淵粹之學，至于韋布賤士，顓蒙豎子，不欲阻其進往，且將置之周行，偏履爲心，成人之美，于斯盡矣，豈有加者。諺曰：「白首如新，傾蓋如故。」言士之役名易而見知難也。故芳菰露葵，未遇易牙，則必斥之于珍饌之外，而與惡草同味；南威西施，投之羌胡，則必變淑媛爲媸而勿若厲姬之爲妖冶；服鹽車之騏驥，長鳴而不去，韓國之盧狗，悲號而不舍，胥此道也。渭乏菰葵之珍，鮮威施之冶，抱狗馬之愚，無追重之技，搏狡之捷；執事先生者有以易牙之辨，垂孫子韓人之顧，此渭之所以欲思爲千里之馳，雉兎之獲，感激而不已者也。昔張載以弱冠之英，負不覊之志，駐足孫吳，遊心佛老；及以書謁仲淹，淹乃示之以讀中庸，而卒爲純儒。蘇洵讀書五十年，若權書、機論、兵要諸篇，至歐陽公始獻之，而遂有子長之許。何則？彼誠有以相知也。渭常思二公之和德精光，耿然懷抱，貴而下賤，明足知人，至今誦之，以爲美談。恨不生于同時，爲之執鞭，抱札奔走，而厮其左右，以得覩蘇張之令顏爲歉。幸而執事先生之文章道德，譬諸日月，賢愚均瞻，而且飈舉霞章，剛明毅察，吐哺沖讓，繼響周公，則擬之歐范，迭爲後先。又恨不能竊蘇張之末塵以自淑，以得齒于大人之前爲深詬。夫君子思其人而不得，則又以爲是不足與也，既得其人，則又歉于拘攣之才，而得既不能覩望其顏色，則將終淪匿而不得振奮也，日夜念此，嘗至熱中。渭不難刺心以吐情，決腹以見志；繼而自思，執事先生既許之，則知不鄙其紕繆猥靡之作，而容其無知愚蒙之狂。曲轅之櫟，得繪青黃，鼯鼠之技，齒諸鴻鵠，此廢曠之才，不拘之士，所願托厮而終身者也。伏冀左右之容，終始其量，勿拘以世俗之儒，而馳乎域外之議，推其仰托之意，以特諒其不敢自外之心，列之下堦。竊聞雅敎，愚知咸選，賢否均錄，譬彼天地鑪冶，而萬類鉼鏌，無他範焉，則渭當殞首碎額，銘骨鏤心，踴躍銜恩，微軀是效。設或律以俗論，加之威嚴，冀以求榮，斥而勿許，則是雷霆之摧，無有不殘，太山碁卵，墮淵可竢，非渭所願聞也。謹獻舊所爲文凡幾篇，恐雕蟲之技塵穢聰明，諒執事先生垂河海之量者，故不敢隱其固陋，惟左右之垂仁。

與員外王公書

僕聞越裳異服，仰公旦而來賓，東海遯思，望西伯而興起，非九罭之足以貫遠，而三公之足以鈞賢也。

良以夷夏縣方，同心慕聖，仕隱殊迹，合志懷來，故燕昭拜士，而樂毅劇辛往自齊趙，秦穆迎賢，而由余百里來歸戎宛。何者？聲諧斯律，則巴人與雍門而齊唱，事涉相知，則白首比傾蓋而異情，側聞足下光回照乘，駿越流星，學窺百家，詞媲兩漢，精三五之秘，譯八九之文，遡河朔之波，追王劉之足，辭家顧盼，操三寸而誰何，是則善矣；而招來采納，河海爲心，秦楚之人，未見千里裹足也。僕東野鄙人，歌非白雪，外□田父，喻止芹萍，然逢桓扣角，實切于衷，遇蓋彈刀，每興愚抱。足下成文擅八斗之才，命賦致千里之賞，是以蒼蠅蚊蚋，附驥尾而思遐，鷽鳩鷃鶬，望鵬翼而欲舉。然而南威西施，非以揚冶，而厲姬嫫姆，不能遁媸，非必照以西秦之鏡，察以離朱之眸，然後辨其美惡之分，知其薰蕕之隔也。雖然，匠石之門，豈無枉材，逢蒙之徒，未皆至彀，僕果如是，非自許也。伏冀閣下垂運斤之窈眇，念服車之舊事，賜接清光，俾竊雅論，私心竟矣，復何求哉？若曰藉文章爲口說，視翰墨爲修身，則蹈于亡羊之歧路，而非行己之周行矣，豈僕之志乎？謹白。

與張石州論修府誌書

夫蓬蒿在道，樵采不遺，美玉含山，獻人再刖，渭每痛此，謂知己者難。顧今遭遇足下，豈敢隱匿？近聞江村老先生鋭意修補郡志，采訪廣大，科條精詳。因取舊所謂誌覽觀，乃知作者敷敍不經綸，綜覈無法度，使無塡誌事實賴乎前聞之故，一過人目，便可付瓿上耳。夫前此郡公，豈不用心鋭志，廣收博訪？其一時纂集之輩，豈不把毫濡墨，援採簡編，絲尋縷對，流汗卷手者哉？所以不免蓋瓿者，以作者無人，信耳目而眞儒放失也。夫事不患其不詳，而患于無斷，文不患其不衍，而患其不古。今積案盈廚，揭章試目，則中才皆無遺，以舊文照然而裁斷不自己出也。至于宰割簡繁，傳序文采，求源根肆評論之際，則百人無一焉。何者？言語一也，重頤缺齒，齵牙而扼喉吃吃者，其對人非不盡事實，與丹脣皓齒，噪利而舌敏者，自異矣。天下事忌絕盛，唯德行文史彌焉。行于前而可毀于後，非上聖之行也，作于昔而改轍于今，非垂世之文也。故司馬遷作史記，班固敍漢書，其諸傳記，在于馬者班未之有易，所乖忤者特數字數行之間耳。卽今之修志，渭尚未嘗聞其人若干，其名姓爲某，然假令收十人，其重頤缺齒者非能盡刪艾也，必丹脣皓齒、噪利舌敏者亦一二人焉，居其中使言語，不亦動觀聽哉！故孔子曰：「爲命，裨諶草創之，世叔討論之，行人子羽修飾之，東里子產潤色之。」鄭能用人材，各盡其長，四數不悔。況于莫大之府，爲不朽之事，上有郡公之賢，臺下諸公之哲，而可以苟且爲哉！士之有材者多恥于自媒，其薦焉者或未嘗專是門戶，徒取諸耳目，及有司校藝，上下以爲去留。夫志乃史事，此豈可以當今校藝進退人材哉！此所以十修葺而九不足觀也。渭目覩諸公將舉不朽之事，恐不免覆瓿之弊，惜舊所薦引之非材，故蹈自媒之行，欲舉專是術者如某某等，敢勞轉轂，登之府署，俾裨補放逸，少有可觀。昨謁橫翁，以賓客滿座，不可遽白。欲與臺下面陳，伏聞畏暑戒客，又不敢進。以有降使取文之便，謹奉書問，還乞降命，一示可否，不勝幸甚。

答北庵上人論明是因暗是緣書

渭穿針學繡，無花譜可看，嫣絨雜朶，正欲請正姆工。前日得書，極感開發，以限程看風雅，故未奉答。今日方了，乃答書。渭前疑明是因，暗如緣，如君所論，已自説得過去，但深求之，猶未脱然。以光鏡論，則明暗卽空色類，却以來去相代解，固無不可；若以自性體用言之，則便難通矣。緣義本從纏繞，姑以籐喩之，因者根也，緣者從根至尾蔓延盤轉而不絶之謂也，故因以言其根，緣以言其繼續而不斷，則明者當自有明者之因緣，暗者當自有暗者之因緣。而今乃云明是因，暗是緣，則暗能緣明，此猶可也，而明何以爲暗之因乎？似當分兩截者矣。因愚記經云：「亦無無明盡。」因思□祖此言，意者謂不至無無明盡，則猶有明可明，明卽是着，卽是暗之根，卽是暗之因也，故暗復緣之。暗而忽明，明而復暗，以此相緣，無以極已，故暗亦因也，明亦緣也，故曰：以明顯暗，以暗顯明，來去相因也。否則既謂之來去，則不可謂之因緣，既謂之因緣，則不可謂之因緣來去，而今二者串做一處説話，此愚之所以于字義而起疑也。至吾兄以體用二字而比因緣，若斷章取義，不離二字相貼猶可，若以因緣眞如體用，則却以未當。蓋體用不二，從内外見之，因緣亦不二，却從首尾見之，見明因暗，緣是有善惡，體用豈有善惡哉？其中間論緣轉説話極實落，所謂好善者習善事而成善業因緣，好不善者習不善而成惡業因緣，豈亦渭所言明自有明者之因緣，暗自有暗者之因緣，相互發耶？所論用工甚是分明，而揩磨一説，與持提參悟話頭却有疑。夫古人論心，多以鏡喩，故揩磨之説所自起矣，不知此二字何遲鈍甚也？蓋此心本心其爲物欲蔽，特可喩以萍浮水面，一撇其萍，水復自如，非若鏡之沉塵纞膩，而可以下手爲是優柔也。故聖人但曰致知，曰緝熙，曰日日新；而祖亦云自性迷卽是衆生，自性覺卽是佛；又曰，從前念今，今及後念念不被愚迷染；則是欲人于致、于緝、于日日、于念念上用力耳。至于知也，照也，新也，覺也，不被愚迷染也，自是良知良能驀上心來的事，如電掣即收，收時而太虛即湛然矣，何所容其揩磨乎？然則所謂提持者，果當于何處提持？參悟者，果當于何處參悟？而又別尋一話頭檢點，不爲其所纏縛耶？然則兄所說皆古仁者行之而有驗者，兄又得高師指授，頓悟有年，而某敢爲是說者，非敢曰襄駕其上也，偶自見及此，欲相就正，故不避隱而言之如是。然此釋氏之道也，渭誠不能探其涯涘，還冀載示。昨別札言日用甚是得力，慼幸慼幸！餘不一一。

卷四　尺牘

復李令公

十一月十三日，忽拜書褒許過當，葠拂之物又復雅珍，萬非鄙劣所堪。心誠憐，馬首圉。古語眞不虛也。恭詢旌旆果西，瞻憶倍杳，正所謂「遠道不可思，夙昔夢見之」而已。比病，歇食飲者四日，勉强奉答，不能覼縷。便欲强作歪詩一首致區區，略思便覺心坎忡忡，臂腕振掉，怯把臂；卽答此數行，亦强酒三合始辦也。未罄欲言，伺後便。萬萬自愛！

又

謹奉赤壁賦四紙，紫檀詩扇一頭，並是舊書，愧不專辦。幸扇中摩詰詩，偶相符爲公作也。尊使行，更愧不周，但紙裹卜者課筒中物以贐。小供黍酌必親，罄折奉杯，待醻而後敢退。措大伎倆，將勤補拙。儂歸定都告公，公定都發一笑。

又

僕昨以病甚而歸匆忽，屏絕人事，如夢寐未醒。顧復承多儀，此何異施緡錢之紙于鬼物，非不責報者不能也。久臥床席，音問寂然。適領參一斤，參人二軀，川扇兩把于陶君，并慰問勤懇。遙想德衷，哽哽者數日，至今尙搖搖也。陶君行，敬復數字，尙以病困不能縷悉，特奄奄于楮筆間耳。更有一言不識進退，僕有胡說六七百葉，今擬刻其半，得參十五斤可矣。待盡之人，妄希一二語傳後，此故人千百之惠也。以公不棄鬼物，故聊及之，不敢必也。

又

偶抹水篠，乃會稽箭材，以其略似蒲草，而午節漸近，遂戲以呈教。昨賜腆甚，無可報答也。

又

貂氄深蒼，可以馳賜王全斌者，山人得此，老顛夜來不知作何夢也！顧尙引謙，更留後一隻脚，何幸何幸！遼陽之報，喜甚。連日懸意，今方爲公家一折屐也，不覺僭言，恃知愛耳。

又

昨雅意藹然，與醇醪共醉也。書壐堂而卽歸以壐，倘書聚寶堂，將若之何？題冊二詩殊劣，書亦不工，且不敢記印。勞李手一匙糊糨，轉發更作可也。餘俱如尊命，并謝張一之惠㊀。

㊀「惠」上原有「惠」字，茲删。

又

小畫一幅，扇一把，並詩以見意。劉君傳長公委世忠堂記，其行甚促，不及也，俟他便作寄。雖然，僕豈作世忠堂記人哉！作書多差落，老憊可知，又極苦小寫，遂不換柬，恕罪恕罪！

又

承命卽當趨候，幷得一悉起居。但陽老今日正邀董丈，且午熱矣，明早當約與偕詣，幸毋他出也。

致李長公

僕曩客都城，台遇過望，未嘗不慼愧于心。今別來五歲，益兩辱台翰，僕兩寄答者，想徹台覽矣。明春，僕欲以季兒往侍左右，或于尊翁處爲一執戟，未知事機可否耳？專候台示。外敬具詩扇一柄，表情而已，惟笑留是荷。

又

聞尊使，知少違和，而生亦連以腹疾甚。小兒子作痢，委頓驚人，是以不得一馳候也。冊印幷復。

又

傾佇久矣，知道駕已至，卽擬趨候，然更有别傳，不敢破例。茲乘便于道路借筆奉數字，見僕之不敢簡公也。

又

明日擬往西山，敢借十二蹄，不拘長耳短耳。將軍廐内恐無此物也。一笑。

又

昨早造尊門，偵知待漏而返。裱者，僕鄉人也，其技藝非尋常比，幸試之。其父馳名一省，與僕爲老交，知之甚審。

又

曩奉候，未遂面承，尊轡每西，又無緣延接，良用悵然。諭及高君，僕雖未與遊，然素聞鄉人稱之，必是高手，幸一試勿疑。風日稍和，當一聆玄教，不具。

又

數日來乍病乍瘳，殊覺惡楚。聞君亦抱薪憂，未能躬候也。命書，便當書上。圖書十方先遣。

又

近日射于河所，天稍暖，當約日過一觀也。聞已攝副帥，恐無暇耳。釘書二十餘本，殼副常紙不牢，欲得繭料者十餘張，一張作四葉而極薄者足矣，不必佳者。干聒爲罪。

又

小子枳，以舊嘗蒙公誤盼，近又屢餉老孱，既已心熱，而枳之同輩及長者，亦頗攛掇之，故不揣遠趨節下，希廁弟子將命之末，老孱止之而不能也。雖我公寬大，或恕其愚而憐其志，姑付鞭令執之乎？古人爲兄者恥其弟餬口于四方，况父子耶，恥可知矣。上谷山川及一二交游，宛然在目，偶一思及，悵悵者移時，公勳名日盛，晉轉當不待瓜。老孱景逼崦嵫，無由一握手矣，其爲悵悵，尤可知也。書不盡言，臨封神越。

與鍾天毓

近來日作春蛇秋蚓，腕幾脫，無暇作旱斜語。少伺或有句許，當寄去請教。昨壁長有長吉集琵琶記在尊處覽看，望歸之。

又

得詩，讀之冷然。奉違三月，豈有得于聞韶不知肉味，一蹴便至此耶？百千齋詩奉瀆，臨發赧然。

又

讀來詩，細膩中有老刺，老刺中有嬌麗，且復間出新鮮，眞可稱大作家也。嚼之不已，更有餘味，健羨健羨。長吉集注見示者僅得鄙人注十之一二，刊猶不刊也。必尋最後注，或可付梓。

又

正苦焦渴，蒙惠石碌，甚感慰。春興都漫作，奉覽徒取哂耳，俟當中善抄者來，抄寄耳，腕病不勝書也。佛之精徹不必博，一字亦剩物，如欲博，雖詮再一全部大藏，亦未肯了。維摩一本最妙物，公且玩之，替念珠後自當脫屣，不著一箇字矣。僕于此件只是口頭禪，當不得數也，亦取公一哂。渭頓首。寫答了，忽尋封套，得春興舊抄奉上，是詩神不替我掩醜也。

又

佳作乃諸君未道語，復是七排，敬服。聞錦帆夜發矣，倘未果，有改寧國梅君紅綃劇欲呈覽，偶無人抄出，倘稽一宿，明午當盱目也。燈下老眼盲盲，字不謹，幸恕。名諱久矣，不具。

又

昨所云改者，乃寧國梅君名禹金字九鼎所作崑崙奴雜劇，十有五七可取，而少瑕三四耳。僕妄改之，字甚草草，意俟眞書者抄奉，以尊者知音耳。聞發舟矣，不及也。數日間當覓眞書者更抄奉。

又

佳作愈出愈奇，令人驚詫。湖筆正缺行物，但空受生慚耳。移榼可猝至門，自不能狠却，既承門容權領，否所當謝辭也，已而已而。近作四首奉政，大方古帖一種，附塵淸覽。老屛渭頓首。

又

嘉州蒙茶卽大開府其地者不過二銖，甚至間年乃采，不勝險難。一窮布衣輒得眞後山一大篚，其爲開府多矣。一笑。石書簡古，謹珍藏俟用。謬改梅劇，寫未完，聊以舊寫者幷奉請政。凡二紙，却須彼原刻全本對覽方徹。小摺紅格者萬勿令人見之，緣中多狂語也。酒力稍微卽臂指並角掉，故書劇屢歇，觀答簡可知矣。

復某

來醞直不足而鐔有餘，補直卒未能辦，倘是見惠，鄙何顏以冒領也？俟更示，纔敢正席以嘗也。昨有話回告玉屏長公，幸降步一處，頃甚迫，故忉忉，千尊重！紾兄解臂，萬勿徐徐。摺曆乞一本，不摺卽絹皮曆亦可。續經史譜近急要考一事，元是尊重先許，鄙尙避嫌，不敢數數也，幸諒發。名久諱，槪不敢具。

又

受命敬具稿以呈，鄙薄之技止此矣，幸諒之。下體毒潰極楚，兼以襟袍齷齪，且未擬候敎也。原稿一書二本，幷內上。

又

太史公念甚至，昨歲云有書招兄歸，會晤不遠，當痛證一番也。諸欲言者滿胸，但無因縷入紙中耳，知會近，故不多敍。

又

鄙踪頃多在山中，是以失承尊命。玆擬午後便往，有何指揮，乞以數字付家中，自當寄覆也。未便趨赴，罪歉罪歉。

與陸韜仲兄弟

拙在昔無益于諸賢，而惟自用以直。諸賢過不棄拙，親念有加無已。至如前歲，客寓走問，餽遺又頻數特甚；今又惠以紬儀，令人益感怍。使還，輒附數字見闊懷，兼致謝意。所命書，小冗，未及完答，亮之。

答友人

詩畫並是老手，不知長公能蚤成如此，歆羨無已。四裹見餉，眞是眞傷惠，輒却，翻恐伯子生嫌也。匆匆挂帆，殊增惆悵。

與柏巖

延慶道遠而屋久無人，甚溼，每一午睡，體若冒霧。今與柿光暫移入東天妃宮劉菊野房中。八月下旬，頂墨泉和尙關房，閉至十二月始出。今已借下矣，不知果得此緣否？題目並錄成附去，幸收。忙且懶，他不多及。觸炎自愛。

與陸吉泉

昨見委事，已問其人，初焉甚難之，後稍放寬，語似有所要也。所云難者，謂執事自知之。病目苦熱，久失候，拜見渫泉先生，幸道鄙意，坐是不得拜也。

答陸吉泉

渭辱多惠，方切感慚。至如斯事，乃生人所大不幸者，而敢以勤執事之貺耶！決不敢當，且尚未有日也，厚意則敬領矣。謹以原賜告返，千萬勿再往返也。

答友人

得書，足見卷卷。知宗禮已入學，可喜。所言鄙作，出院門卽忘之，縱不忘，亦不可觀者也。使旋，草復，忙極，不得悉鄙情，惟心亮之。

柬丁肖父

昨有人遺黃花菜在此，可共蓮沙兄入否？卽不及往約，自來亦可，更有說話也，勿遲。肖父足下，此後約知己作書，名位只此四字，其他則任用俗套，何如？渭頓首。

致某

居勞尊重垂臨，繼以珍具，萬感不勝。昨已對嗣公言，敢求祝支山兩卷一省，仰乞惠賜，卒業謹卽護內。

專此代謁，謝不宣。嗣公勞重，不敢別啓以謝。

答某餽魚

明日擬書茶類，能更致盈尺活鯽否？是一難也。呵呵。

柬友

桃花盛開，荳醑滿泛，北窗酬酢，不減西園，可謂賓主並佳，足占公子翩翩之興矣。

致沙濱先生

奔走經年，塵土滿衣，以爲抵家可免，不知家俗更惡于此。瞻佇甚久，靡暇掃門，饑渴可知也。頃承多儀，極知寵器，便欲効勞，顧以紛紜齷齪，如右所云；然見委誠亦不少，輒難破冗一一仰應，謹以賜封奉返，俟少暇必勉效一章，或此別之序，或貴號之詩，二者必居一也。拙稿書呈，然後請乞，可載書以具，如何如何？倚筆匆紜，併希垂諒。

致天目兄丈

五六月兩寄書，不知達否？所托人則忘其姓名矣。此月晦，太君已告逝，伯子尙奄奄，餞疫未即起。兄寄王鴻臚者不勾用，太僕公預借三兩也。弟傷弓，畏疫如虎，不一造尊門，懊痛之極。兄今來固自可無挂，然始初忍滯不一返，何堅也？刺者交口，此等處蹉過，駟可及哉？弟事尙須內定，幸與陽丈成之。前書已悉，故不贅，亦以一發七八封，筆不得逸也。節哀强飯，莫更自苦。

又

駿逸之蹄，略見鞭影，便自絕羣，兄詩似之也。改句固妥，所謂癡兒何至是耶？一笑。刻本馳二，一與射堂共看，一謹留之，有緊要處與之，非十分緊要莫與也。緣此事弟不欲廣傳，非諱醜，乃大有說也。二本俱勿留射兄所。五郎君不察，密攜歸，將不免使對門人覺知，則大諱也。此當與射兄明言之，至切之囑。南公無南胄之說，代作書不妥，如與吳君者佳矣，更何深求哉？少刻尙未往，彼亦持被入直類耳。望二兄早過，眞以日爲歲，奈何奈何！冬雖水候，然用火調目爲要。

與商燕陽

犬馬一待烹燖，遂爲丈喉舌累。會稽學師至書道其詳，感而繼之以慚，非爲兒女態也。回思下石者故益增愧耳。仰賴德噓，近稍離鑊湯，但薄命之人，未量究竟如何，幸終庇也。丈一飛沖天，儕輩生色圖候者兩年，封緘再壞而始達里，以知囚之難矣。小詩書惡，扇略寄。區區臨楮，曷勝悵然。

與蕭先生

渭無狀，造化太苛猛相迫，火頜未解，重以火病。自前月二十七日以至今，四旬中間，症候不可言說，絕不飲食者十九日，頃方粥食，强起移步，扶杖可至中堂，欲過門而門限也。自聞門下遷陟以來，載喜載戀，如石在心，耿耿不化。何者？敎誨旣篤，恩德攸積，所終身不得解也。又聞解行在卽；托人候察去否之狀，自量不能起望淸塵。但每于淸晨精神生復之時，便執筆搆贈別詩文。文成于心而書怯于手，中止十數，戰兢便發。渭非不自惜也，前聞應可郎君已去揚州，渭無言以贈，又重悲矣。恐今復蹈是事，則渭雖塡溝壑，無以塞恨。渭素喜書小楷，頗學鍾王，凡贈人必親染墨，今試書奉別等五六字，便手戰不能，骨瘠肱弱，又五內餘熱發爲瘖毒，指掌反强然也。因命人代書，其後草者則渭强筆，殊不似往日甚。渭貧而多難，門下所憐，空文以贈，必以爲喜而不以爲怪。所恨精力短憊，文字皆陋不堪，但情在心胸，雖莊周之給亦虛言，楊馬之藻皆空闊耳。敬問道旌，當何日西指，或且徐徐，其倘奉得顏色拜別也。謹獻二冊，一以補應可郎君。舊于郎君處假小說九本，兼奉歸之。久命作竹南、味菜二詩，竹南詩往時郎君出冊已書矣，味菜之作還當努力補呈。病餘之人，離別在念，臨書不勝悵咽。

致陳華老

揮手甫十日，卽抵金陵。遇鄉戚入郢，便帆更不寂寂，唯歸計却難預卜矣。門下綱紀公竣，率勒以聞，並稱推解之愛，無任依依。

謝友人惠杖

承惠卭竹杖，足仞左右我矣。僕尚蹇健，未須，謹奉置琴書之右，時見故人。倘他人年龍鍾，藉此如目前，不審載德當何如也？率勒以謝。

致駱五文學

脫驢鼓柮，比入閫，正梧桐月上矣。緬懷連日勝遊，山靈猶挂眼角，因捉筆記之，將以誌千古一時，並以謝主人下榻良意不淺也。小記並附，斧正，不宣。

致小彭先生

二月三月間，兩寄書奉候，一爲羅文峯，文峯云托張其轉寄；一爲渭主家外甥，是歪頭者。因是病死之餘，一致情曲，却大約。知李仰城今爲兄寓處官，舊時有長歌，寫竹卷上贈之，頗適意，今失稿，托兄一索寄來也。然仰城舊辱知愛，本欲一通問，亦坐病後懶作書，況又是官人，不可草草。索稿時港爲弟拜上，千萬千萬！行人倚鞭而待，故于兄柬亦不能多悉，徒有翹首而已。

卷五　碑傳　祭文

任處士行狀

處士姓任，諱士成，字宗仁，號鐵野。其先，汴人也。□□□□□□□者爲宋諫議大夫。聖公有孫曰震，爲侍御史。某宗朝，值南渡，遂家會稽。震有孫曰德甫，爲翰林承旨。嫉權奸，以講諷放歸。及卒，某宗爲痛悼，勑有司營葬祭，實爲任始祖。德甫有孫六人，入我明永樂間，或以聘，或以舉，並仕于朝。而六人者，終其身共爨食，以故時人目其居爲孝義里云。聰生廣，廣生珪。廣補邑諸生，以文稟。珪爲鄉耆士，娶宋氏，生司城；繼厲，生伯成及處士。處士生而穎異，至十二三，每讀書至夜分，猶掩卷默誦不輟。家人恐其勞，戒之，勿止。稍長，貧，家人又勸之業醫若賈，勿從。于是新建公以良知旨倡東南，處士聞其説慕焉，負笈往從公之高弟曰雙溪胡先生者。冠陽明巾 高切雲，廣袖而博緹，步委蛇，里人笑唾，擲以甓。而胡先生者稍不得于其繼母，好事者毁之，至以間處士。處士皆若勿見勿聞也，而冠且師之如故。于是陽明公每過胡先生所，輒歎息以處士篤于道也。胡先生沒，處士則倡率其門士若干人爲之營其殮葬，出錢買田宅，捐粟肉，以給其寡孤者，歲以爲常。胡先生歿，而柄良知者，在郡城則有彭山、我齋、龍溪諸老先生。處士則又往從諸老先生，而以蕭君汝行、張君道本、羅君元齡、柳君彬仲、馬君世培、陸君常道、丁君肖甫爲之友。于是處士德益進，四方若鄉之人爭延致其子弟。每歲終，爲明年塾計，鉅公長者幸爭光得之。當是時，郡邑長吏不下士久矣，至聞處士，則相與延至于庭，改容而禮之，餽遺恤復，或榜逸士而旌其門，至十數公相望不絕，于是人比處士以胡、王、羅、范云。處士之爲人，孝父母。父生時遠客，處士方齠，每默請于神。迨其病且死，館於蕭，訃逾期。處士歸，不食七日，幾絕。母厲，性至嚴，他少怫，處士必跪請，釋而後起。其友兄弟，伯氏間怫母意，處士亦跪爲請。仲貧，共爨而食。每一歲塾所得，歸輒解囊與之。其別夫婦，處士少病衄，娶卽就外館寢，人以爲病衄暫也。至館于吳中，吳中主人經歲盛歌舞聲伎，久之，主人陰令就，處士拒焉。及聞其婦一善言，必起而揖。其敎諸子，至嚴而溫，見者皆知爲處士子。其敎女，越州山吳姓，巨富貴家也，而州東公官僉憲，爲其姪請昏處士女，處士謝以貧，公强而後可。其處鄉閭必睦，其急貧若解紛必周，其衣必布，履必革。予丱至皓首，見其再易衣而已。其食飲必糲薄。大抵處士之德醉人，人與之處，若聽琴瑟，無不氣平者。其解暴悍，若湯沃雪，無不釋者。其敎人若時雨之于物，無不化者，而敎人爲尤長。余兒枚，至頑冥，以勤處士。館之閱三月，擧有禮而言溫，手始皴而輒纖矣。蓋余自結髮，聞處士而慕之。晚師事彭山先生，始與處士同門，余紘而處士韋也。余每客歸，彼此相過從，未嘗不啣杯盡燭而罷，罷而未嘗不自省也。往年處士病，余就問于內榻，予病，處士就問予于內榻。其後予變作就理，處士就館。余自計必先處士矣，而處士顧先予，何也？處士之捐也以痞，痞從膜久而蠲蝕血潰，遂上下而醫不知也，處士獨知之，令載歸，與妻兒訣，皆正言無一眊語。噫，非道之力能知是耶！處士生正德己巳十二月九日，卒隆慶丁卯十月四日，年五十有九。娶王有道婦道㊀，生男四：諒，邑諸生，娶婁氏，俱先處士；次誼，娶王氏；次諫，娶錢氏；次訥，聘何氏。女一，適吳；名悟者，女孫。

程處士墓誌銘

公諱汪，字公度，世家休寧之富溪，號潛菴。梁將軍忠烈公後。在宋文武兩科進士中書舍人驤，乃公十世祖。幾傳而有順德，順德生超宗，超宗生大森，大森生啓，啓娶吳氏，生公。四歲而吳死，繼復吳也，公值之，吳孺人慈而公盡孝養，宗族兩賢之。及長多病，當其時，尙幸被重慶下，諸大人無不寶愛公者，公曰，「父母惟疾之憂，」吾其可以身傷親心哉！乃自調劑特謹。及就傅，病尙未盡去體，則又曰，「傳而不習，非徒也！」則又孜孜理編緗毫槧，能自先于諸同學人。既冠益病，至不可勞以思，乃始棄儒從父兄晦于賈。公則能洞天時，知豐穰災凶及四方物產之有無，低昂有節，不射利，不貳價，人無不服其廉而能殖。與人交半湖海，公不失言于人，人亦不敢以言失于公。嘗曰：「上有堯舜之君，則下有擊壤之民，汪醯雞也，今幸生唐虞世，耕食鑿飲，得泳游其餘生足矣，更何慕？」乃別築于居室之旁曰潛菴以見志。幾年而以病卒，爲嘉靖癸丑六月九日，遡其生在弘治壬戌正月十日，春秋五十有二。娶臨溪吳氏，子男一，曰桓；女二，長適臨溪吳世邦，次幼；孫男二，曰百穀，曰千鍾；孫女一，幼。以某年月日葬山人塢。

㊀ 此句疑有誤。

百穀持狀來乞銘，其人樸而禮，且能詩，雖未嘗與之有平生，然樸則信，禮則爲其先也恭，不可以辭。銘曰：

公家富溪而我會稽，公之盛德，曷有以知？見公之孫，樸而有禮，其言不欺，如數一二。鼓鐘于宮，聲聞百里，予筆眇之，何能軒輊？

鈕太學墓誌銘

爲人子者不可以不知醫，蓋自古而言之矣。又曰：親有疾飲藥，先子嘗之。醫不三世，不服其藥。此殆謂爲人子者于醫或少而未習，或習而未成者言也。苟成矣，何俟于人？周禮天官有食醫，掌和調膳飲以平王中，有疾之醫、瘍之醫，聚百材審時宜以平王內外之隱。則凡人子于疾瘍之外，食之醫尤不可以不講也。若食所具物，視其分自不得上僭于天官。夫食平，則疾瘍兩豎自不得釁而孽。不幸而孽，用子所工之瘍疾治之有餘矣。後世昧此義，鹵莽于食，殆疾瘍兩豎孽之，又借手于非其人，難矣！今會稽有一人焉，曰鼎岩子鈕大夫，石谿翁之少子也。余向與大夫遊，習知鼎岩生有至性。未冠，以毛詩中歲選，爲生於學，隸府中，甚才。乃試則蹶，值例得輸，遂輸爲生于國子，甚才，又蹶。乃走翁官邸，受庭敎。而翁性剛毅，遇人若事，斤規而任方，與齷齪者不相能，中謗挫，道不行。鼎岩時時婉顏色以進，曰：「魯國一儒，大聖人也，貴中，尤貴時。願大人少刓其方，無招齷齪者忌。」翁詫曰：「孺子耶，汝來就爺敎，顧敎爺耶？」鼎岩跪請笞，翁爲一笑而罷。然公竟以是歸，歸而治園池，疊石爲逋俏灑浪以老，甚雅麗，越今昔所無也。鼎岩一不往覷其間，惟治帷誦讀一小齋中，蚤莫歲時問候服事諸于大人間，已復坐齋帷中如故。未幾，翁病彌年未解，醫莫幸。鼎岩擲書而起曰：「糟粕翁，糟粕翁，自此不得專相從猗。」乃益治囊匕，習疾醫，以試于鄉人，往往奇中。而翁病至是且閱數期，投輒逆。鼎岩曰：「投而逆，其禱乎？」禱復不享，曰：「其代乎？」作誓請代，不閱兩月而翁不起矣。鼎岩倚廬而壘脊，幾不能杖。已母劉復病，于藥于禱，且請，若喪而脊，脊而至不能杖也，率如翁。翁二姬並賢，一旦失主，遂失主母，恐其出無聊，倉皇不可及，爲治屋，召匠，設佛置經，焚鉢串具于園中，幸借以遣事。屬兩伯兄，卽己得專，必請而後決。歲時伏臘，祠祀召會諸禮，卽兩伯兄可專決，必謀于鼎岩，曰，吾弟優。廩鑰以付婦，耕畜桑廡以付奴，賑施不足，賻賵遠邇，揭籍嘗所等差，親疏上下，令婦以廩鑰出，令奴□往，遂以受卻之目入登籍中。用是多暇日，日坐翁所搆世學樓，讀書其中。親疏勞苦之，曰：「小子不敢墜我翁緒也，若夫成功則天也。」至是，翁嫗祥禫先後幾五年矣，乃無月不哭者。心脾兩臟已離決，自脈之，曰：「我當以某月日死。」至其時，病果劇，命其子請兩伯父來訣，至則泣與訣，語日仄，毋一語不關道義也。遂訣婦，訣子女，如訣其兄。正巾衣之寢而逝。鼎岩諱琳，字粹甫。娶張氏，生承玄，敏爽襲經業不墜；女張姑，適陳汝演。張卒，繼周，生女趙姑，幼未聘。琳生嘉靖十七年戊戌七月九日時之丑，卒萬曆十一年癸未九月十八日時之酉，年四十有六。按琳之先有純一翁者，自吳興客會稽家焉。迨六世祖拙菴翁娶沈氏生宜菴翁諱清字宗源，成化間戊戌進士，官按察副使。娶馮氏，續侯氏，生玉泉翁諱廷信字朝節，中諸生，選以文廩。娶陳氏，生石溪翁諱緯字仲文，嘉靖辛丑間進士，官至按察僉事。以故拙菴玉泉兩翁與其配，皆得封若贈各如其子，而宜菴以侍御起爲按副㊀，石溪以給諫起爲按僉，在會稽世族。琳殯釆地，爲卜失吉，乃承玄懼時久事湮，亟持狀乞銘。銘曰：

劑調益損，以協于平，匪直疾殤，食亦宜然。儀我圖之，豈直醫耳？處世推移，適平而止。人疑叔子，操匕舍經，我知叔也，庸以事親。乃公以亢，叔柔以和，君臣既獲，佐使不頗。豈惟丸圭？別豆與麻。鈕氏烹飪，幾于易牙。平心之方，實基于此，移治疾殤，舉此措彼。孝哉叔子，百行備矣。藥銚留殘，我欲取舐。

鍾太母顧恭人墓誌銘　代

顧恭人者，山東按察副使鍾使君穀之配也。歿再期，將葬，其子廷英抱使君故吏姜天衢所爲狀來請銘。余不得辭。按狀：恭人之翁和軒公，世上虞人，始以明經爲諸生，卽奇于一第，然以右族聞。娶趙氏，生恭人，有異夢。恭人生而端靜，似有夙禀，人謂夢果符，益以此得翁母憐，須良偶。六歲，母死，哭之哀。事後母極孝謹。及歸使君，能以勤勞佐使君學。使君成進士，官刑部，以郎中知池州府，又自池遷鎮臨清，凡贊好補遺，多恭人力，故所在並以職許。獨臨清值恭人請奉姑太宜人歸養其家，故不偕往，然于別時無他語，獨謂臨號重鎮，相規勉尤懇致，其語人間能誦之。始使君有弟嚚陽死，使君哭之慟。恭人俟間爲罷淚，曰：「慟何能不死叔！叔有女，孤，君取孤女之，使不孤，乃不死叔也，且益可歡太君。」

㊀「爲」原作「毎」，茲改。

及使君在池，迎太宜人與罍陽女俱。既至，恭人謂女業所許可，益歡太君者也，乃瑱至饌女猶饌太宜人，及嫁女猶嫁己女，太宜人朝夕自得之，果益喜。于是恭人徐語使君曰：「如君曩者百哀，能博太母今一笑耶？」蓋恭人爲此語，意欲以是感使君，使每事得較所重從之也。于是使君益賢恭人。先是使君待次京邸，恭人之舅贈公病，則勞于藥與饔；歿則勞于哀傷；不欲以財苦其伯叔，則勞于辦；又自舂不喜豐而喜勤事，凡蠶桑、田牧、樹膳、賓客、伏臘之舉，施予窮獨及津梁道路、飽飢葬死之具，以至女數僮奴、上下張弛其等靡不躬度而寸量，則又過勞于神；蓋外腴而中瘁有日矣。至是又殤其女，痛之病，遂至不可藥。而訣之夕，固以不復得躬侍使君，又不復撫諸兒女，痛而訣，而于不得躬侍太宜人，令太宜人歡己之養，顧垂老而悲己之喪，尤咽哽語不復可解辨。噫，若恭人者，眞可謂始終一于孝矣！非夙禀曷至此。狀所稱夢之詳，殆然耶？恭人生嘉靖丁酉四月，卒萬曆壬午二月，卜葬于五龍山之原。男三：長纖英，聘山陰王方伯國禎女，蚤卒；次廷英，娶會稽王別駕鍇女；次延英，娶同邑陳司馬洙之子國子生以程女。女二：長嫁會稽陶尚寶允淳之子學生崇德；次嫁餘姚陳憲副鏌之子國子生渭。孫九：長彝，娶同邑陳經魁志澄女；次銘功，聘同邑徐春元憲龍女，蚤卒；次弁，聘同邑何大參大化女，蚤卒；次銘勛，娶同邑李御史懋芳女；次銘勣，聘山陰何尚書鏊之子國子生某女；次銘勤，聘仁和馮進士國英女；次銘勛，聘仁和丁某之子國子生某女；次銘效、銘劭、銘力。孫女五：長嫁山陰張憲副汝霖之子學生燁芳；次嫁餘姚呂大學士之本之孫學生康成；次嫁同邑顏春元洪節之子學生巨光；次未字。曾孫三：長台；次呂；次品。曾孫女一。纖英母曰張，蓋恭人于未子時特卜以歸使君者，時恭人方盛年，居又相善，尤以爲難。銘曰：

內則班班，謫先婦教。綱舉目隨，厥要維孝。婦姑不說，脣稽以嘸，自古已然，末靡不蹈。取叔之孤，視女而醮。太母曰嘻，易顰以笑。迨殞曰訣，猶失養是悼。卜阡于何？倘邇孝娥之廟。

何孺人傳

何孺人者，山陰南溪先生諱道之女也。先生以文成公學教鄉里，士從之如雲。而同邑余君名淵者，方弱冠及門。先生異之，以孺人配君。君學最工，而治生則最拙。孺人從女紅，力相君使成其學，竟亦不能遷曠。未幾，以明經三上有司第，輒上輒蹶，由是每每怏怏不自得，竟以病終。孺人哀不自持，走訣其姑曰：「天乎姑乎！忍令夫獨死，新婦獨生乎！」而孺人時且身。姑輩以其身，款款誘獎之，曰：「今人家重婚因，不特生而重夫，以死而重祭祀其夫也。故無子者，人罵之則曰絕後，而乃肯招此諱耶！作如此罪過耶！即不幸娩而女，即任爾殉夫了前志，亦未爲晚。」已而娩，果男，孺人志亦解。然每每值時祭，未嘗不慟絕，不替初喪。其他事，始教子，悉縷縷克盡倫道，里中稱眞女丈夫。孺人十八而歸，二十六而寡，稱未亡人三十一年，總之爲五十六。一子承寵，即右所稱身者。治經生亦不售，去以貲即起，且授拜于詮。又善治生，母在時色養兼至。然孺人之賢，即其性稟，謂非先生之遺訓，未可也。

論曰：或有請予作余母何氏傳者，曰：「何氏貞不待爾傳，而世自傳也，其才賢目甚多，爾何略耶？」余應之曰：「春秋一字，袞鉞攸係，數其事而稱之，其不可稱者多矣。後來作傳者，多拾瑣細，正犯數事而稱，語不能免雷同，大似詰三老脫韡，答云故事者。予甚嗟之，又可自蹈哉！」

司馬氏嫂傳

嫂司馬氏者，余友白朝岳室也。余壯時驟困，背負一蒯劍，挾數敗橐書，來僦屋東城里中，與朝岳故所僦居僅去一弱矢。兩家戶葦，編疏以槁篁，每噓息，則激響出道上。嫂居其中者六七年，始徙他里。而六七年中，客每造朝岳，宴坐以時日計，未嘗得聞嫂一聲。居常糜蔬，至嗇也，而時出方圓以飯客，以等中戶庖乃已。朝岳故列侯將軍家，徼敗轍，致兩兒子無不厲且侚矣。而嫂侚厲兩兒子者，每每出朝岳所不逮。朝岳抱經行，名始籍郡弟子，嫂則喜不勝。及以誤罷，嫂亦竟不憂也。卽嫂數行，不亦可傳也？朝岳數以經師外游，行或經歲，始一罷歸。宗人乘酒者誤，纔一拊嫂背，嫂驚絕仆地，起持斧，繞舍逐抶之不得，既乃病悸。朝岳歸，知嫂勁草試疾風，益表著也。顧反喜不問，間以語余，余然之。而嫂則心恚朝岳爲嫚己，且以爲孱。觸事卽反唇而誶曰：「居前數十年，以夫烈也，不意夫孱也！」遂終其身稍孱朝岳矣。噫，茲不尤可傳哉！作司馬氏嫂傳。

代督府祭王封翁文

令子以絕世之英，抱無所不窺之學，出則爲賢士大夫，處則爲高人，古今可指數者，令子蓋居其一㊀。

㊀「子」原作「人」，茲改。

是天下想聞其風采，則必上遡其所自，而爭相羡于父子之間，曰，是何翁之禀之異而鍾是子之賢也！否且曰，是何翁之教之良而成是子之善也！不然，何以至于斯？然則翁之存也，固天下人父子間所慕而懌之者矣；今其亡也，有不歎而惜之者乎？翁亦可以無憾矣。雖然，是則令子之所以爲翁重者。及吳越間人士爲余道令子，則必及翁之賢，亹亹不置口，乃始知翁固有以自重。予忝令子同年，蒙愛舊矣。當其聞翁訃時，方治寇駐師海上，比歸稍休息，忽忽兩閱月矣，乃始得馳使一奠，而灑涕再拜以送之。翁如有知，其鑒余之微衷也。

卷六　雜文

書評

李斯書骨氣豐勻，方圓絕妙。曹操書金花細落，遍地玲瓏，荆玉分輝，遙巖璀璨。衞夫人書如插花舞女，芙蓉低昂；又如美玉登臺，仙娥弄影，紅蓮映水，碧沼浮霞。桓夫人書如快馬入陣，屈曲隨人。傅玉書如項羽拔戈，荆軻執戟。嵇康書如抱琴半醉，詠物緩行；又如獨鳥歸林，羣鳥乍散。王羲之書如壯士拔山，壅水絕流；頭上安點如高峯墮石，作一横畫如千里陣雲，捺一偃波若風雷震駭，作豎畫如萬歲枯籐，立一榻竿若龍臥鳳閣，自上揭竿如龍跳天門。宋文帝書如葉裏紅花，雲間白日。陸柬之書仿佛堪觀，依稀可擬。王紹宗書筆下流利，快健難方，細觀熟視，轉增美妙。程廣書如鵠鴻弄翅，翩翔頡頏。蕭子雲書如上林春花，遠近瞻望，無處不發。孔琳之書放縱快健，筆勢流利，二王以後，難以比肩；但功虧少，故劣于羊欣。張越書如蓮花出水，明月開天，霧散金峯，雲低玉嶺。虞世南書體段遒美，舉止不凡，能中更能，妙中更妙。歐陽書若草裏蛇驚，雲間電發；又如金剛瞋目，力士揮拳。褚遂良書字裏金生，行間玉潤，法則温雅，美麗多方。薛稷書多攻褚體，亦有新寄。

責鬒文

此吳文定公寬作，或文長手書以貽潘者，本名咎鬒。萬曆三年中秋前一日，會飲于門人王海木之太和堂。內潘紹越少年長鬒，且斑，因感而作。海木出紙索書，刻意小楷，非醉筆也。

噫，吾語汝鬒。人之一身，五藏是俱，惟腎之餘，迺爲汝鬒。汝鬒之生，種類亦殊，兩頰曰髯，口上曰髭，汝居口下，其垂如胡。然汝于人，出必有候，不少不老，不先不後，而獨何故，卽爲我有？初焉萋萋，勃然滿口，綢繆連延，紛紜雜揉。其密如林，其豐若蔀，其直如戟，其蓬若帚。既非清眉之映目，豈若鬘髮之在首？不取人悅，徒增我醜。見者稱呼，率加以叟，卽告以年，罔不曰否。既駭生客，亦惑故友，陷我于詐，舍汝安咎？彼其口鼻耳目，各有所司，天君有命，奉職無虧。汝鬒之生，則異于斯，泰然而垂，百無一爲。且今猶可，逮寒暑幾易，日月載馳，汝將變黑爲白，如抽繭絲。感光陰之迅速，適足以增老大之悲。我不汝咎，咎將安施？言已，忽見有人緇衣玄裳，頎然而長，率衆而前，自稱鬒神，曰：我屬躁進，敢爾有犯？適辱切責，度不可賧，脫容盡言，九死何憾。當夫張筵設几，賓客交互，讓汝左席，職我之故，我何負于汝？五達二歧，步履從遊，讓汝一武，職我之由，我何負于汝？宜叔而伯，宜弟而兄，以有我在，孰輕汝稱，我何負于汝？汝今顧以區區老少之故咎我，我負汝耶？汝負我耶？且耳聽、目視，鼻臭、口食，雖爲汝役，實爲汝賊。嗜彼嗅味，眩于聲色，蠱惑心志，曾無紀極。亦有人生不見襁褓，得見垂白，懽欣絕倒。凡我有言，豈自斧藻？和藥剪我，而君臣義篤；煮粥燎我，而兄弟情眞；燃我于持燭之頑者，可窺人之量；拂我于會食之際者，卽受人之嗔。怒之輒張，足以壯將帥之勇氣；撚之而斷，足以役詩人之吟魂。種以數莖而拜上相，垂焉至帶而位元臣。染我以藥，旣見咏于唐氏，繼我以帛，尤足重于晉人。閹豎薰腐之餘，我卽與之絕，沙門寂滅之教，我不與之親。具此羣行，汝豈勿知？況我雖微，亦汝親枝，不敢毁傷，古訓是遺。我不汝咎，反我咎爲？能削卽削，奚費說辭？少焉隱然不見。仲子驚寤，靜言思之，深自悔悟。掀髯一笑，歡好如故。

促潮文

國圖留卷索書者踰歲，適隆慶壬申，擕向龕山觀潮。同行者浮白醉我，戲令作促潮文，因展卷臨書，還而歸之。

八月之吉，與客泛舟，閲中秋之二朝，當潮信之前旦。攝衣内履，候于龕山，向扶桑而擧尊，酬海若以遙告。願今辰之摶弄，比他日而爭奇，驚雷斧天，毬雪高斗，疏松捲柏，助爲琴瑟之音，怒象鬬獅，不減龍天之會。一洗廣陵之小巧，報汗枚生，聊爲登州之蜃樓，來酬坡老。千年盛事，萬古流傳。

徐相公逸事

渭方碑神會，從遊吳系來言：其大王父俊，當成化間贅昌安里之平氏。嘗晝寢于樓，魘且劇。俊素慧多力，欲自擧其身投床下，希驚而寤，不得。俄聞其妻之母呼妻登樓取釀具，意妻見己狀，當撼而寤之，而不知妻見俊與他日臥無異也，竟下。俊怒，魘愈劇，幾絶。已而枕次鐺錚然，又聞人言曰：「我徐公也，馳救若。」遂寤。俊恚其妻，竟歸，不以告人。久之，巫降于隣，呼俊曰：「吳郎，頗憶晝寢事乎？」俊曰：「促文都不記，何事？」巫曰：「徐公救女，何忘情也？」俊始悟款厥事。後俊沒，子濬修父志，用牲，治鐵二千斤爲供具者五，至今存鬭鷄場祠中。

書義鷹事

以呂南公作記冗穢，故另敍如此。

盱南陸氏畜一牡猴，甚黠。稍長，漸逼婦人，欲殺之。猴覺，遂登屋，日夜擾其家。一日，有少年臂鷹獵郊外，無虛發。陸氏子見之，告猴故，少年許之。及縱鷹，猴屋瓦以蔽，鷹便去。越一月至，逼猴如前，猴遮瓦復如前。後一鷹繼之，猴不及備，遂斃。後鷹者，少年之鷹呼與共事者也。噫，亦異矣！

紀遊

清明日，景純書竟箋，時與門人國圖馬生寓宛委山龍瑞宮之東若耶溪上樵舍，適吳承甫胡應斗攜筍茗來訪，燒燈夜坐，約明日步陽明洞天，從郡山中越陟廣孝寺。明日至廣孝，一登看竹樓而下，飲于平水溪橋梨花樹下之酒家。寺門有古樹五六，皆十尋。土人云：「盤古皇之社基。」樹蒼苔點點，皆入雲際。時萬曆改元二月之二十六日。

紀異

鄙自塞上歸，其後再他出，而歸必有異擬。如績，風雨江漲，住杭，不得往者旬餘，至嚴，覺變而返。一黃蛇纍可拱把，長四臂，時江漲，闊數里，蛇自東涉西，附舟而行，棹槳亦不驚，又不登西陸，忽沒不見，張子先同見也。既客燕，又覺變，歸，二月初也，大風伐木，寒特甚，且遠驚蟄候，北又少蛇，鄙坐兩嬴兜，行大陸，無山林。一綠色蛇，鱗如鯉，嬌倩可愛，當道蹲兜下，蟠旋如篆香結。鄙恐他客嬴蹄碎之，迴顧厩屨，亦不見，問先後兩兜，兜亦云不見也。歸臥范氏典屋者數年，一日早起，忽見一八脚物，大如大脚蛛而甚赤，引一絲墜帳簷。鄙戲祝曰：「倘引凶，引上。」物果引上。又一日，地板下出一蛇，長尺五許，四足而緋唇，逸書案脚數巡，而仍入地板。凡此數件，鄙不右之爲吉，而亦不左之爲凶也。昨往方氏圃看並蒂王瓜甚適，間出一生詩，且口與方氏曰「並蒂瓜毒能殺人，本草果有此說？」鄙舊嘗讀本草，莽應之曰：「然。」歸偶視丈圃中，忽見並蒂稚王瓜如筯，頗喜，將其壯，幸諸詩客倘一賞也，次日亡矣，此則凶兆也。

論瓜

用瓜者但曰用瓜蒂，乃甜瓜冬瓜蒂耳，非王瓜蒂，可考也。卽論甜冬兩瓜，但曰瓜雙鼻者殺人，沉水者亦殺，以此論甜瓜與冬瓜，亦無相干，可考也。絕不及王瓜者，緣王瓜絕不入藥也。亦如諸菜絕無云某菜雙頭並根者殺人也。禮記有薦瓜于王之說，副之華之華有數，亦當是甜瓜。「瓜田不納履」，「中田有瓜」，「瓜瓞菶菶」，「七月食瓜」，並當是甜瓜。蓋西瓜至漢張騫時始有，冬瓜又當是秋七月以後始熟，青瓜味不甚佳，非薦王物也。瓜之不可以易定也如此。不知何一博物張華，稍見本草有「殺人」兩字，如白兔御史便壞却鄙圃，易吉以爲凶。語云：「世間凶吉事，豈在鳥聲中？」鄙滯之亦陋矣，然亦爲王瓜雪寃，不得不辨。然張華亦無怪其爲張華也。荀子勸學篇云：「蟹六跪而二螯。」蔡謨見彭蜞六跪，食之，吐下幾死，以語謝尙。尙謔謨曰：「爾讀爾雅不熟，幾死于勸學。」而注此者又往往以「勸學」爲「勸學」，則是以「勸學」爲「勸學」者，一張華也；荀子以六跪爲蟹者，一張華也；蔡謨受語于荀子，一張華也；爾雅中不載，而謝尙以爲讀爾雅不熟，亦一張華也；今云王瓜並蒂殺人者，又一張華也：惡，是何張華之多也！

煎茶七類　舊編茶類似冗，稍改定之也。

一人品

煎茶雖微清小雅，然要須其人與茶品相得，故其法每傳于高流大隱、雲霞泉石之輩，魚蝦麋鹿之儔。

二品泉

山水爲上，江水次之，井水又次之。井貴汲多，又貴旋汲，汲多水活，味倍清新；汲久貯陳，味減鮮冽。

三烹點

用活火，候湯眼鱗鱗起，沫浡鼓泛，投茗器中。初入湯少許，候湯茗相浹，却復滿注。頃間，雲脚漸開，乳花浮面，味奏，奏全功矣。蓋古茶用碾屑團餅，味則易出；今葉茶是尚，驟則味虧，過熟則味昏底滯。

四嘗茶

先滌漱，既乃徐啜，甘津潮舌，孤清自縈。設雜以他菓，香味俱奪。

五茶宜

涼臺靜室，明窗曲几，僧寮道院，松風竹月；晏坐行吟，清談把卷。

六茶侶

翰卿墨客，緇流羽士，逸老散人，或軒冕之徒超然世味者。

七茶勛

除煩雪滯，滌醒破睡，談渴書倦，此際策勛，不減凌煙。

古裝褫書畫定式

大整幅，上引首三寸，下引首二寸。小全幅，上引首二寸七分，下引首一寸九分，經帶四分。上褾除打擫竹外，淨一尺六寸五分，下標除上軸外，淨九寸。　一幅半，上引首三寸六分，下引首二寸六分，經帶八分。　雙幅，上引首四寸，下引首二寸七分，上標除打擫竹外，淨一尺六寸八分，下標除上軸桿外，淨七寸三分。　兩幅半，上引首四寸二分，下引首二寸九分，經帶一寸二分。　三幅，上引首四寸四分，下引首三寸一分，經帶一寸三分。　四幅，上引首四寸分，下引首三寸三分，經帶一寸二分。　橫卷，標合長一尺三寸高者用全幅，引首闊四寸五分高者五寸。　古畫不脫，不須背標。　蓋人物精神髮采，花之穠豔蜂蝶，只在濃淡約略之間，一經背，多或失之也。　故紹興裝褫古畫，不許重洗，亦不許裁剪過多。　古厚紙不得揭薄，若紙去其半，則書畫精神一如摹本矣。　檀香辟溼氣，畫必用檀軸，有益，開匣有香而無糊氣，又辟蠹也。

卷七　榜聯

長春觀

道統三清，曰精，曰氣，曰神。形依理，理依形，莊嚴卽道。

春含四季，生夏，生秋，生冬。貞於元，元於貞，燈火長春。

華嚴寺大殿

仗智慧劍，決煩惱網，見五蘊皆空，爲深般若。

馭清淨輪，入解脫門，得一念無生，爲大涅槃。

顯聖寺

白雲影裏傳心處。

流水谿邊選佛場。

水神廟

三靈一德，共工食神禹黔黎，故湖海絕魚龍負舟之險。

九歷八埏，總丸塞宣房瓠子，敢叢林有蟲蛇畫壁之穿。

火神廟

水國祠成，蛟室龍堂皆主道。
陸渾駕息，炎官熱屬盡歸鞭。

火神廟關帝祠

心在炎劉，別殿依然隨赤帝。
功存普濟，離宫猶是福蒼生。

白馬山關帝殿

白馬小如拳，從此韃靼林外長。
紫髯靈欲語，頓令尸祝廟中肥。

玄帝廟

甘露和風，二聲都歸鱗甲鼎。

金幢寶蓋，千門長奉椰梅庵。

文昌祠

司桂籙籍，龍虎風雲起明良之會。
爲士夫身，百千萬億顯奎壁之精。

大乘庵

甘露和風，后稷勾芒隨處祠。
小橋流水，羣公先正此間靈。

市門閣

左土穀，右靈官，一朶蓮尊菩薩座。
繞鑑流，夾文筆，寸金地重市廛心。

曹江孝女祠 隔江百官有舜廟

腸斷湘妃，九點峯巒迷帝塚。

淚枯孝女，一江魚鼈出爺屍。

三江湯太守祠

鑿山振河海，千年遺澤在三江，纘禹之緒。
煉石補星辰，兩月新功當萬曆，于湯有光。

王定肅公祠

咽連三殿，勛扆六飛，越五百年，而南國衣冠，尙煒稽山鏡水。
恩渥兩朝，寵踰七葉，歷二十世，與東都閥閱，猶傳鐵篆金章。

季彭山先生祠

今朝社友停雲處。
向日諸生立雪門。

戲文臺

畫棟倚青霄，繼往開來，瞬息竟成千古事。

雕梁揮彩□，修文藝武，片時頓覺百般新。

道靖

塵鏡惱心，試煉池中之藕。

戲場在眼，提醒夢裏之人。

商燕陽公永雝堂

半郭園田，壘石栽花春裏繡。

一川景物，馴魚狎鳥鏡中懸。

陳太乙堂

思手澤，報春暉，剩有苦心同寸草。

厲毛錐，撫秋桂，固應掉臂取高枝。

又

鯉庭鳥影朝如見。

熊膽丸香夜每聞。

張文恭公廳事

舞彩衣從中禁賜。
傳觴花自上林移。

又環山樓

鳳鶴龜龍，幾座好山成主客。
風煙雪月，四時佳興共漁樵。

張內山南華山館

喜無車馬驚馴鶴。
好剪荆榛長素蘭。

又觀㟲閣

雲擁千峯連禹穴。

星羅萬井見箕疇。

書舍

花香滿座客對酒。
燈影隔簾人讀書。

范雲岑公廳事

箕子作範，五福隨人。
廣成有言，百昌生土。

又書舍

雨醒詩夢來蕉葉。
風載書聲出藕花。

賀家池范次鎌公別業

湖清霜鏡曉。

濤白雪山來。此聯係李太白詩句。

又

半槪硏水揮毫處。一笠江天把釣人。

劉玉峙書舍

春雲遶室琴書潤。嘉樹當軒几席清。

姚氏堂

秦望屏圍，近范蠡乘舟之郭。東南竹箭，是虞翻讀易之家。

贈沈曼長

養性不須烹紫雪。

讀書何但業青雲。

書齋　贈外科謝醫士

以菜作虀雖曰易。
磨針從杵豈非難。

又

園多菜把根堪咬。
庭有梅花夢亦清。

又　此陸放翁句誤入

午枕爲兒哦古句。
晚窗留客算殘棋。

贈朱東武

山陰社後還修禊。

彭澤歸來僅買園。

朱箭里堂 近學宫

西家鄰俎豆。
東壁燦圖書。

贈王若耶

莫將勝日尋常過。
好取春風次第來。

廣孝寺 改東坡

溪聲廣長舌。
山色淨眞身。

龔瑞山堂

紅日天高，虎拜無增，向岡陵而歲呼萬萬。

白雲路杳，烏情未報，撫風木以終慕惓惓。

千峯閣

晴山秦望近。
春水鏡湖寬。

書齋

舊業尚存三徑草。
小窗獨對半床書。

大乘菴關帝祠

英靈天地老。
俎豆茘蕉香。

書齋

日午凴闌，看幾點落花，聽數聲啼鳥。

夜深緩步，待半簾明月，來一榻清風。

商氏堂

甲第寧新，南峙六峯排棨戟。
家聲維舊，東來一派遡璇源。

戲臺

隨緣設法，自有大地衆生。
作戲逢場，原屬人生本色。

又

假笑啼中眞面目。
新歌舞裏舊衣冠。

元宵

月莫負良宵，昨夜未圓明夜缺。

樂須當壯日，稚年不識老年衰。

朱氏堂

雙鳳齊鳴，有其父必有其子。
四牡並駕，難爲弟亦難爲兄。

項王廟

漢室已歸明社稷。
霸圖仍鎮舊山河。

子母祠

世上假形骸，憑人捏塑。
本來眞面目，由我主張。

市門菴

月殿星樞，枌社一方賓主位。

文昌武曲，蕙橋兩邑市民祠。

贈人

世間無一事不可求，無一事不可舍，閒打混亦是快樂。
人情有萬樣當如此，有萬樣當如彼，要稱心便難脱灑。

又

樂難頓段，得樂時零碎樂些些。
苦無盡頭，遇苦處休言苦極。

上城隍後殿

古雉都城，萬壑千岩雄海國。
卧龍深處，五風十雨屬山靈。

中門 有千里眼順風耳二神

神本聰明，猶假諸曹耳目。

天無視聽，惟憑百姓皈依。

徐相公祠

紅杏一壇春社散。
白衣雙袖夜朝歸。

南鎮

祖南條，配南岳，領一京九省，而永鎮名邦；儼龍衮長縈，結宛委山川之秀。
視東魯，享東封，每六載兩番，而恭承大祭；比鰲巔巨力，有扶持世界之功。

火神祠題梁詞　旁有井

方臨木位，神作燧人，飲食斯民，再還淳古。
井夾火宮，卦爲既濟，雨暘時若，永爲後災。

京城南關祠

義膽忠肝，一寸丹從些子結。

龍樓鳳閣，萬方神是此間靈。

水滸關祠

信義凜秋霜，既泥塑時，尙儼然熊虎之氣。
蒸嘗開水社，當波生處，眞恍如鉄馬之來。

富陽關祠

流水如神，掘地得泉非一處。
罡風作氣，普天率土仰孤忠。

金龍四大王祠

靈滿江湖，萬里波濤平如掌。
神遊燕越，兩方廟貌儼如生。

越王峥雲深庵

禪宗霸業青山在。

越海吳江白霧籠。

又

鼓鐘不到人間響。
蔬筍偏宜齋飯香。

義塚土地祠

雞黍敢忘酬當境。
狐妖莫使穴荒邱。

鰲山燈

巧手插鰲山，貝紫珊紅千火樹。
奇珍來海賈，驪珠鮫淚萬金燈。

宣府軍門大門

開關市，通貿遷，東道往來，任數千里赤子龍蛇之寄。

拱宸京，控沙漠，北門鎖鑰，當第一重青天劍戟之雄。

宣府堂上

鳴鼓升堂，正參對賓僚之會，則有扣長策，謝清談，自酉遡寅，吐握咨詢，而先勞無倦。建牙開府，非盛張邊幅之資，要在斥虛文，破舊套，推心置腹，忠信篤敬，而蠻貊可行。

龍蛇之蟄堂

學者藏脩，譬彼龍蛇之蟄，不可得而密邇，況可狎而嬉遊乎？深潛遠遁，無心奪寶探珠，特行滿功圓，自爾風雲際會。

凡人克己，當如大敵之臨，若是招之使來，便是養之成亂也。利斧快刀，拚命勤王斬將，看凱旋飲至，灑然天地清明。

景賢祠堂上

六籍儒宗，千古杏壇傳一葉。

百年師表，數椽茅屋寄雙林。

又

看劍檢書，莫謂少陵祇措大。
鬬雞屠狗，從來此地有英雄。

市門樓居

舊壘任飛王謝燕。
高樓閒看往來人。

九山草堂

墻外有山皆翠黛。
池中無物不蛟龍。

又

任鐵任金，定有可穿之硯。
日磨日削，從無不銳之針。

九山草堂臥龍房㊀

㊀ 原作「九山堂臥龍堂」，據目錄改。

乾坤一粟地。
魚鳥九山園。

呂文安公樛木園

萬壑千岩，秀色盡來供攬結。
先憂後樂，關心正苦在江湖。

許大參衙齋

天下軍儲供不少。
牀頭匣劍意何長？

宜澹室

咬得菜根，則百事可做。
敬承箕業，須一念無差。

又

世間萬事眞宜澹。
聖學千燈本印心。

遠觀樓

倚嘯高樓，喜值千山推月上。
縱觀大堆，漫憑雙目答風憐。

心遠堂

脫屣塵緣，别有胸襟灑落。
結廬人境，不妨車馬喧闐。

栩栩堂

蝶夢南華撇傀儡。
鵬風北海弄逍遥。

琅玕亭

一日無渠寧免俗。
七賢過我定留詩。

松風軒

風鱗雨鬣眠龍矯。
掠瑟梳琴聽鶴猜。

采菊

醉矣正堪陪北海。
悠然忽復見南山。

芙蓉池

春谿菡萏西施面。
秋水芙蓉李白詩。

臨池

鸜鵒眼中玄液飽。
琉璃波裏黑蛟蟠。

家居

無求不着人看面。
有酒可以留客談。

又

堂上百年松柏酒。
架中萬卷聖賢書。

潘中六館

一池金玉如如化。
滿眼青黃色色眞。

自在岩

未必玄門別名教。
須知書戶孕江山。

贈新居

積善讀書，心上善根元有種。
遷鶯結駟，門前喬木漸成陰。

江南孫夫人廟

思親淚滴吳江冷。
望帝魂歸蜀道難。

三元殿

德協乾坤，有識便能生頌禱。
功侔亭毒，無知亦使荷陶鈞。

張氏書室

水隔笙簧，白日鳥啼花竹裏。
庭圍錦繡，青春人在畫圖中。

家居

積書積德惟弓冶。
能讀能承在子孫。

四聲猿

總目

狂鼓史漁陽三弄……一一七七
玉禪師翠鄉一夢……一一八六
雌木蘭替父從軍……一一九八
女狀元辭凰得鳳……一二〇七

狂鼓史漁陽三弄

（外扮判官引鬼上）喈這裏算子忒明白，善惡到頭來撒不得賴，就如那少債的會躲也躲不得幾多時，却從來沒有不還的債。喈家姓察名幽，字能平，别號火珠道人，平生以善斷持公，在第五殿閻羅天子殿下，做一箇明白灑落的好判官。當日禰正平先生，與曹操老瞞對訐那一宗案卷，是喈家所掌。俺殿主向來以禰先生氣槩超羣，才華出衆，凡一應文字，皆屬他起草，待以上賓。昨日晚衙，殿主對喈家說，上帝舊用一夥修文郎，並皆遷次别用。今擬召劫滿應補之人，禰生亦在數中。汝可預備裝送之資，萬一來召，不得有誤時刻。我想起來，當時曹瞞召客，令禰生奏鼓爲歡，却被他横睛裸體，掉扳掀搥，翻古調作漁陽三弄，借狂發憤，推啞粧聾，數落得他一箇有地皮沒躲閃，此乃豈不是踢弄乾坤、提大傀儡的一場奇觀。他如今不久要上天去了，俺待要請將他來，一併放出曹瞞，把舊日罵座的情狀，兩下裏演述一番，留在陰司中做箇千古的話靶。又見得善惡到頭，就是少債還債一般，有何不可。手下與我請過禰先生，就一面放出曹操并他舊使喚的一兩箇人，在左壁廂伺候指揮。（鬼）領台旨。（下）（引生扮禰、淨扮曹從二人上）（曹從留左邊）（鬼）稟上爺，禰先生請到了。（相見介）（禰上座，判下陪云）先生當日借打鼓駡曹操，此乃天下大奇。下官雖從鞫問時左證得聞一二，終以未曾親覩爲歉。（判立云）又一件，而今恭喜先生爲上帝所知，有請召修文的消息。不久當行，而此事缺然，終爲一生耿耿。這一件尙是小事，陰司僚屬，併那些諸鬼衆，傳流激勸，更是少此一樁不可。下官斗膽，敢請先生權做舊日行逕，把曹操也扮做舊日規模，演述那舊日駡座的光景，了此夙願，先生意下如何？（禰）這箇有何不可。只是一件，小生駡座之時，那曹瞞罪惡尙未如此之多。駡將來冷淡寂寥，不甚好聽。今日要駡呵，須直搗到銅雀臺分香賣履，方痛快人心。（判）更妙！更妙！手下帶曹操與他的從人過來。曹操，今日要你仍舊扮做丞相，與禰先生演述舊日打鼓駡座那一樁事。你若是喬做那等小心畏懼，藏過了那狠惡的模樣，手下就與他一百鐵鞭，再從頭做起。（曹衆扮介）（禰）判翁大人，你一向謙厚，必不肯坐觀，就不成一場戲耍。當日駡座，原有賓客在座，今日就權屈大人爲曹瞞之賓，坐以觀之，方成一箇體面。（判）這也見教得是。（揖云）先生告罪，却斗膽了也。（判左曹右舉酒坐，禰以常衣進前將鼓）（曹喝云）野生，你爲鼓史，自有本等服色，怎麽不穿？快換！（校喝云）還不快換！（禰脫舊衣裸體向曹立）（校喝云）禽獸，丞相跟前，可是你裸體赤身的所在！却不道驢膫子朝東，馬膫子朝西。（禰）你那頹丞相膫子朝南，我的膫子朝北。（校喝云）還不換上衣服，買甚麽嘴！（禰換錦巾繡服扁絛介）

【點絳脣】俺本是避亂辭家，遨遊許下，登樓罷，回首天涯，不想道屈身軀扒出他們胯。

【混江龍】他那裏開筵下榻，敎俺操槌按板把鼓來撾，正好俺借槌來打落，又合着鳴鼓攻他。俺這駡一句句鋒鋩飛劍戟，俺這鼓一聲聲霹靂捲風沙。曹操這皮是你身兒上軀殼，這槌是你肘兒下肋巴，這釘孔兒是你心窩裏毛竅，這板仗兒是你嘴兒上撩牙，兩頭蒙總打得你潑皮穿，一時間也酹不盡你虧心大。且從頭數起，洗耳聽咱。

（鼓一通）（曹）狂生，我教你打鼓，你怎麽指東話西，將人比畜。我這裏銅槌鐵刃，好不利害，你仔細你那舌頭和那牙齒。（判）這生果是無禮。（禰）

【油葫蘆】第一來逼獻帝遷都，又將伏后來殺，使郄慮去拿。唉！可憐那九重天子救不得一渾家。帝道后少不得你先行，咱也只在目下。更有那兩箇兒，又不是別樹上花，都總是姓劉的親骨血在宫中長大，却怎生把龍雛鳳種做一甕鮓魚蝦。

（鼓一通）（曹）說着我那一樁事了。（禰）

【天下樂】有一箇董貴人，是漢天子第二位美嬌娃。他該甚麽刑罰，你差也不差，他肚子裏又懷着兩三月小哇哇。既殺了他的娘，又連着胞一搭，把娘兒們兩口砍做血蝦蟆。

（鼓一通）（曹）狂生，自古道風來樹動，人害虎虎也要害人，伏后與董承等陰謀害俺，我故有此舉。終不然是俺先懷歹意害他。（判）丞相說得是。（禰）你也想着他們要害你爲着甚麽來，你把漢天子逼遷來許昌，禁得就是這裏的鬼一般。要穿沒有，要喫沒有，要使用的沒有，要傳三指大一塊紙條兒，鬼也沒得理他。你又先殺了董貴人，他們極了，不謀你待幾時？你且說就是天子無故要殺一箇臣下，那臣下可好就去當面一把手揪將他媽媽過來，一刀就砍做兩段？世上可有這等事麽？（判）這又

是狂生說得有理。且請一杯解嘲。（禰）

【那吒令】他若討喫麽你與他幾塊歪剌，他若討穿麽你與他一疋粢麻，他有時傳旨麽教鬼來與拿，是石人也動心，總癡人也害怕，羊也咬人家。

（鼓一通）（判）丞相，這却說他不過。（曹）說得他過，我倒不到這田地了。（禰）

【鵲踏枝】袁公那兩家不留他片甲，劉琮那一答又逼他來獻納，那孫權呵幾遍幾乎，玄德呵兩遍價搶他媽媽。是處兒城空戰馬，遞年來尸滿啼鴉。

（鼓一通）（曹）大人，那時節亂紛紛，非只我曹操一人如此。（判）這箇俺陰司各衙門也都有案卷。

（禰）

【寄生草】仗威風只自假，進官爵不由他。一箇女孩兒竟坐中宮駕，騎中郎直做了侯王霸，銅雀臺直把那雲煙架，僭車旗直按倒朝廷胯。在當時險奪了玉皇尊，到如今還使得閻羅怕。

（鼓一通）（判低聲分付小鬼令扮女樂鼓吹介）（判）丞相，女兒嫁做皇后，造房子大了些這還較不妨。打鼓的且停了鼓，俺聞得丞相有好女樂，請出來勞一勞。（曹）這是往事，如今那裏討？（判）你莫管，叫就有，只要你好生縱放着使用他。（曹）領台命，分付手下，叫我那女樂出來。（二女持烏悲詞樂器上）（曹）你兩人今日却要自造一箇小令，好生彈唱着，勸俺們三杯酒。（禰對曹蹋地坐介）（女唱）

那裏一箇大鵜鶘，呀，一箇低都，呀，一箇低都。變一箇花豬，低打都，打低都，唱鷓鴣，呀，一箇低都，呀，一箇低都。唱得好時猶自可，呀，一箇低都，呀，一箇低都；不好之時，低打都，打低都，喚王屠，呀，一箇低都，呀，一箇低都。

（曹）怎說喚王屠？（女）王屠殺豬。（進判酒）（又一女唱）

丞相做事太心欺，呀，一箇蹺蹊，呀，一箇蹺蹊。引惹得旁人，蹺打蹊，打蹺蹊，說是非，呀，一箇蹺蹊，呀，一箇蹺蹊。雪隱鷺鷥飛始見，呀，一箇蹺蹊，呀，一箇蹺蹊；柳藏鸚鵡，蹺打蹊，打蹺蹊，語方知，呀，一箇蹺蹊，呀，一箇蹺蹊。

（曹）這兩句是舊話。（女）雖是舊話，却貼題。（曹）這妮子朝外叫。（女）也是道其實，我先首免罪。

（進曹酒）（一女又唱）

抹粉搽脂只一會而紅，呀，一箇冬烘，呀，一箇冬烘。（又一女唱）報恩結怨，烘打冬，打冬烘，落花的風，呀，一箇冬烘，呀，一箇冬烘。（二女合唱）萬事不由人計較，呀，一箇冬烘，呀，一箇冬烘；算來都是，烘打冬，打冬烘，一場空，呀，一箇冬烘，呀，一箇冬烘。

（二女各進酒）（判）這一曲纔妙，合着喒們天機。（曹）女樂且退，我倦了。（判笑介）（禰起立云）你倦了，我的鼓兒罵兒可還不了。

【六么序】哄他人口似蜜，害賢良只當耍。把一箇楊德祖立斷在轅門下，磣可可血唬零喇。

孔先生是丹鼎靈砂，月邸金蟆，儷覿瓊花，易奇而法，詩正而葩。他兩人嫌隙於你只有針尖大，不過是口嘮噪有甚爭差！一箇爲忒聰明參透了雞肋話，一箇則是一言不洽，都雙雙命掩黃沙。

（鼓一通）（判）丞相，這一棒却去不得。（曹）俺醉了，要睡了。（打頓介）（判）手下採將下去，與他一百鐵鞭，再從頭做起。（曹慌介云）我醒，我醒。（判）你纔省得哩。（禰）

【么】哎，我的根芽也沒大兜搭，都則爲文字兒奇拔，氣槩兒豪達，拜帖兒長拿，沒處兒投納，繡斧金檛，東閣西華，世不曾挂齒沾牙。唉！那孔北海沒來由也說有些緣法，送在他家。井底蝦蟆也一言不洽，怒氣相加。早難道投機少話，因此上暗藏刀把我送與黃江夏。又逢着鸚鵡撩咱，彩毫端滿紙高聲價，競躬身持觴勸酒，俺擲筆還未了杯茶。

（鼓一通）（判）這禍從這上頭起。咳！仔細鸚鵡賦害事。（禰）

【青哥兒】日影移窗欞、窗欞一罅，賦草擲金聲、金聲一下。黃祖的心腸忒狠辣，陡起鱗甲，放出槎枒，香怕風刮，粉怪娼搽，士忌才華，女妬嬌娃，昨日菩薩，頃刻羅刹。哎！可憐俺禰衡的頭呵，似秋盡壺瓜，斷藤無計再生發，霜簷挂。

（鼓一通）（判）這賊元來這每巧弄了這生。（曹）大人這也聽他不得，俺前日也是屈招的。（判）這般說，這生的頭也是自家掉下來的？（曹）禰的爺饒了罷麽。（判）還要這等虛小心，手下鐵鞭在那裏？（曹

慌作怒介)狂生，俺也有好處來。俺下令求賢，讓還三州縣，也埋沒了俺。(禰)

【寄生草】你狠求賢爲自家，讓三州直甚麼。大缸中去幾粒芝蔴罷，饞貓哭一會慈悲詐，餓鷹饒半截肝腸挂，兇屠放片刻猪羊假。你如今還要哄誰人？就還魂改不過精油滑。

(鼓一通)(判)痛快！痛快！大杯來一杯。先生儘着說。(禰)

【葫蘆草混】你害生靈呵，有百萬來的還添上七八，殺公卿呵，那裏查？借厫倉的大斗來斛芝蔴。惡心肝生就在刀鎗上挂，狠規模描不出丹青的畫，狡機關我也拈不盡倉猝里罵。曹操，你怎生不再來牽犬上東門，閒聽唳鶴華亭壩，却出乖弄醜、帶鎖披枷？

(鼓一通)(判)老瞞，就教你自家處此，也饒自家不過了。先生儘着說。(禰)

【賺煞】你造銅雀要鎖二喬，誰想道夢巫峽羞殺。靠赤壁那火燒一把，你臨死時和些歪剌們活離別，又賣履分香待怎麽？虧你不害羞，初一十五教望着西陵月月的哭他，不想這些歪剌們呵，帶衣麻就摟別家。曹操你自說麽，且休提你一世的賢達，只臨了這一樁呵，也該幾管筆題跋。咳，俺且饒你罷，爭奈我漁陽三弄的鼓槌兒乏。

(末扮閻羅鬼使上)(判)手下，快把曹操等收監。(鬼)稟上老爹，玉帝差人召禰先生。殿主爺說刻限甚急，教老爹這裏逕自厚賫遠餞，記在殿主爺的支應簿上。爺呵，會勘事忙，不得親送，教老爹多上覆先生。他日朝天，自當謝過。(判)知道了，你自去回話。(鬼應下)(判)叫掌簿的，快備第一號的金帛與餞送果酒伺候。（內應介）（小生扮童、旦扮女捧書節上云）漢陽江草搖春日，天帝親聞鸚鵡筆。可知昨夜玉樓成，不用隴西李長吉。咱兩人奉玉帝符命，到此召請禰衡，不免逕入宣旨。那一箇是第五殿判官。（判跪介）玉帝有旨，召禰衡先生。你請他過來，待俺好宣旨。（禰同判跪，二使付書介）禰先生，上帝有旨召你。你可受了這符冊自看，臨到却要拜還。就此起行，不得有違時刻。

（童唱）

【耍孩兒】文章自古眞無價，動天廷玉皇親迓。飛鳧降鶴踏紅霞，請先生卽便登遐。修葺了舊銜螭首黃金閣，准辦着新鮓麟羔白玉叉，倒瓊漿三奏鈞天罷。校書郎侍玉京香案，支機女倚銀漢仙槎。

（內作細樂）（女唱）

【三煞】禰先生你挾鴻名懶去投，賦鸚哥點不加，文光直透俺三台下，奇禽瑞獸雖嘉兆，倚馬雕龍却禍芽。禰先生，誰似你這般前凶後吉，這好花樣誰能搨？待棗兒甜口，已橄欖酸牙。

（禰）

【二煞】向天門漸不遙，辭地主痛愈加。幾時再得陪清話？歎風波滿獄君爲主，已後呵，儻裘馬朝天我卽家。小生有一句說話。（判）願聞。（禰）大包容饒了曹瞞罷。（判）這箇可憑下官不得。（禰）我想眼前業景，盡雨後春花。（判）

【一煞】諒先生本太山，如電目一似瞎。俺此後呵，掃清齋圖一幅尊容挂，你那裏飛仙作隊遊春圃，俺這裏押鬼成羣鬧晚衙。怎再得邀文駕，又一件，儻三彭誣枉，望一筆塗抹。這裏已到陰陽交界之處，下官不敢越境再送。（禰）就請回。（判）俺殿主有薄贐，令下官奉上，伏望俯納。下官自有一箇小果酒，也要仰屈三杯，表一向侍敎的薄意。（禰）小生叨向天廷，要贐物何用。仰煩帶回，多多拜上殿主。擔榼該領，却不敢稽留天使。（判）這等就此拜別了。（各磕頭共唱）

【尾】自古道勝讀十年書，與君一夕話。提醒人多因指驢說馬，方信道曼倩詼諧不是耍。

（禰下）

判曰：看了這禰正平漁陽三弄，
笑得我察判官眼睛一縫。
若沒有狠閻羅刑法千條，
都只道曹丞相神僊八洞。（下）

〔音釋〕

歪剌，牛角尖臭肉也。故倡家以比無用之妓。獻帝取饌，李傕以臭牛骨與之，非操也。借用耳。

縈，音傾。

玉禪師翠鄉一夢

第一齣

（生扮玉通上云）南天獅子倒也好隄防，倒有箇沒影的猢猻不好降。看取西湖能有幾多水，老僧可曾一口吸西江？俺家玉通和尚的是也。俺與師兄見今易世換名的月明和尚，本都是西天兩尊古佛。止因修地未證，奪舍南遊，來到臨安見山水秀麗，就於竹林峯水月寺，選勝安禪。住過有二十餘載，越覺得光景無多，證果不易。俺想起俺家法門中這箇修持，象什麼？好象如今宰官們的階級，從八九品巴到一二，不知有幾多樣的賢否升沉；又象俺們寶塔上的階梯，從一二層扒將八九，不知有幾多般的趺磕蹭蹬。假饒想多情少，止不過忽剌剌兩脚立追上能飛能舉的紫霄宮十八位絕頂天僊；若是想少情多呵，不好了，少不得撲鼕鼕一交跌在那無岸無邊的黑酆都十八重阿鼻地獄。那箇絕頂天僊，也不是極頭地位，還要一交一跌，不知跌在甚惡塹深坑；若到阿鼻地獄，却就是沒眼針尖，由你會打會撈，管取撈不出長江大海。有一輩使拳頭喝神駡鬼，和那等盤踑膝閉眼低眉，說頓的，說漸的，似狂蜂爭二蜜，各逞兩下酸甜；帶儒的，帶道的，如跛象扯雙車，總沒一邊安穩。謗達摩單傳沒字，又面壁九年，却不是死林侵盲修瞎鍊，不到落葉歸根；笑惠可一味求心，又談經萬衆，却不是生胡突鬬嘴撩牙，惹得天花亂墜。眞消息香噴噴止聽梅花，假慈悲哭啼啼瞞過老鼠。言下大悟，纔顯得千尋海底潑刺刺透網金鱗；話裏略粘，便不是百尺竿頭滴溜溜騰空鐵漢。偈曰：明珠歘脚圓還欠，積寶堆山債越多。此乃趁電穿針，一毫不錯；饑王嚼蠟，百味俱空。也希大衆回頭，莫怪老僧饒舌。咳！也終是饒舌了。俺且把這家話頭丟過。且說那本府新到一箇府尹大人，姓柳名宣教，聞得他年少多才，象似個擔當的氣魄。但恐金沙未汰，不免夾帶些泥滓。舊時俺三教中都按籍相迎，老僧却二十年閉門不出，因此也不去隨衆庭參，也不去應名受點。似這等清閑自在，正好俺打坐安心。懶道人何在？（丑扮道人上見介）（生）懶道人，你來這佛堂前燒了一炷香，却去把門兒頂上，待我打一箇坐。有隨喜的，你說這小庵兒是大殿分出的，沒好遊樂處，要遊樂請到大殿上去。就回話者。（丑應作燒香頂門介）（生打坐介）

（貼扮紅蓮孝服上云）胭粉腰間軟劍盤，未曾上陣早心寒。柳老爺你熱時用得我蓮兒着，只恐霜後難教柳不殘。我紅蓮是箇營妓，昨日蒙府尹老爺因怪玉通長老不去迎參，在我身上要設箇圈套，如此如此。倘得手了，又教把那話兒收回回覆他做個證驗。我想起來玉通是個好長老，我怎麼好幹這樣犯佛菩薩的事。咳！官法如爐，也只得依着他做了。來到此間，不免敲他門着。（做打門介）（生叫道上云）懶道人，這般風雨瀟瀟的，天又將黑了，什麼人敲門，好回話你就回話了他。（道應出問介）什麼人打門？（三問紅纔應云）你開了，我便和你說。（道打杭州人話）古怪，又是箇阿媽們的聲音。（做開門介）這們大雨，天又黑了，你着一身孝來我這庵裏呵，做舍子？（紅）今日是清明，我因祭掃亡過官人的墳墓，來時轎兒歇在清波門裏。不想路遠走得我脚疼，坐得久了，淹纏得天又黑，雨又下，我一面敎小的兒進去招呼轎子，眼見得城門又關了，連這小的兒也不出來了。前不着村，後不着店，幸遇你這貴庵，要借住一宵。明日我回去，備些小意思兒來謝你。（道）解的，且待我告過師父。（告介）（生）那婦人老也小？（道）止不過十七八歲，一法生得絕樣的。（生）這等却不穩便。叫他去，可又沒處去。也罷，你把一床薦蓆，就放在左壁窗檻兒底下，叫他將就捱捱兒罷。（道鋪蓆介，先下）（紅做坐忽鬧上問訊介）（生）快不要！快不要！快到那窗兒外去。（紅做肚疼漸甚欲死介）（生喚道上云）懶道人，快燒些薑湯與這小娘子喫，想是受寒了。（道）薑這裏沒有，要便到大殿上去討。半夜三更黑漆漆，着舍要緊。（又下）（紅做疼死復活介）（生喚道不應問云）小娘子，你這病是如今新感的，還是舊有的？（紅）是舊有的。（生）既是舊有的，那每常發的時節，却怎麼醫纔醫得好？（紅）不瞞老師父說，舊時我病發時，百般醫也醫不好。我說出來也羞人，只是我丈夫解開那熱肚子，貼在我肚子上一揉就揉好。（生）看起來百藥的氣味，還不如人身上的氣味更覺靈驗。（紅又作疼死介）（生又叫道人不應介云）不好了，這場人命呵，怎麼了？驗尸之時，又是個婦人，官府說你庵裏怎麼收留箇婦人，我也有口難辯。道人又叫不應，也沒奈何了。（背紅入內介）（生急跳出場介，紅隨上，生大叫云）罷了！罷了！我落在這畜生圈套裏了！

【新水令】我在竹林峯坐了二十年，慾河堤不通一線。雖然是活在世，似死了不曾然。這等樣牢堅，這等樣牢堅，被一個小螻蟻穿漏了黃河塹。（紅）師父，喫螻蟻兒鑽得漏的黃河塹，可也不見牢。師父，你何不做箇鑽不漏的黃河塹？

(生)我且問你，你敢是那箇營唱慣撇奸的紅蓮麽？(紅)我便是。待怎麽？(生)你這紅蓮，敢就是綠柳使你來的麽？(紅)也就是。又怎麽？師父，你怎麽這等明白？(生)我眉毛底下嵌着雙閃電一般的慧眼，怕不知道。(紅)慧眼慧眼，剛纔漏了幾點。(生)

【步步嬌】我想起潑紅蓮這個賊衏衏，(紅)師父，少罵些，也要認自家一半兒不是。(生)我與你何仇怨，梨花寒食天，粧做箇祭掃歸來風雨投僧院。(紅)不是這等，怎麽圈套得你上。(生)又喬粧病症，急切待要赴黃泉，遶禪床只叫行方便。(紅)師父，你由我叫，則不理，我也沒法兒。誰着你眞個與我行方便？(生)

【折桂令】叫道是滿丹田疼得似蛇鑽，叫與他坦腹磨臍，借煖偎寒。我那時節爲着人命大事，我也是救苦心堅，救難心專，沒方法將伊驅遣，又何曾動念姻緣。(紅)不動念，臨了那着棋兒誰敎你下？(生)不覺的 走馬行船，滿帆風到底難收，爛韁繩畢竟難拴。(紅)師父，你若不乘船要什麽帆收，你既自加鞭却又怪馬難拴。

(生)可惜我這二十年苦功，一旦全功盡棄。

【江兒水】數點菩提水，傾將兩瓣蓮。咳！這佛菩薩也不護持了，蠢金剛不管山門扇，被潑烟花誤闖入珠宮殿。將戒袈裟鈎挂在閒釵釧，百尺竿頭難轉，一箇磨磨跌破了本來之面。(紅)你不要忒不知福，你一個葫蘆挂搭在桃花之面。

(生恨云)紅蓮這潑賤！(紅)師父，少罵些。(生)

【得勝令】你又不是女琴操參戲禪，却元來是野狐精藏機變。霎時間把竹林堂翻弄做桃花澗，紅也麼蓮，你爲誰辛苦爲誰甜？替他人虧心行按着龍泉，粉骷髏三尺劍，花葫蘆一箇圈。西也麼天，五百尊阿羅漢從何方見？南也麼泉，二十年水牯牛着什麼去牽？(紅)黃也麼天，五百尊阿羅漢你自羞相見，淸也麼泉，照不見釣魚鈎你自來上我牽。

(生)當時西天那摩登伽女，是箇有神通的娼婦，用一個淫呪把阿難菩薩霎時間攝去，幾乎兒壞了他戒體。虧了那世尊如來纔救得他回，那阿難是個菩薩，尚且如此，何況于我。

【僥僥令】摩登渾慾海，淫呪總迷天，我如今要覓如來何由見？把一個老阿難戒體殘，老阿難戒體殘。(紅)師父，我還笑這摩登沒手段，若遇我紅蓮呵，由他鐵阿難也弄箇殘，鐵阿難也弄箇殘。(生)

【收江南】則敎你戴毛衣成六畜道，變蟲蛆與百鳥餐，巧計奸心直便到日月天。俺今來這番，俺今來這番。又幾回筋斗透鍼關，透鍼關，幾時圓滿？面着壁少林北巘，停着舟普陀東岸，投着胎錦江西畔，到如今轉添業緣，說什麼涅槃寂圓？呀！則一靈兒先到柳家庭院。(紅)師父，俺如今不添別緣，老實說磨盤兩圓。呀俺則把這幾點兒回話柳爺衙院。

(生推紅出門介)(紅)你閉門推出窗前月，我既做梅花有主張(下)(生)元來這場業障，從這一不參見起，可惜壞了我二十年苦功。這呵怎麽放得他過。俺如今不免番一箇筋斗，投入在柳宣教渾家胞內，做他箇女兒，長成來爲娼爲歹，敗壞他門風。這也只是苦眼的光景，不費了修爲大事。只是這柳的那厮輕薄，未免得擄了那話兒，一定有幾句言語來問我的嘴。俺也不免預備下幾句回答。又別寫一紙帖兒，分付懶道人，如此如此打發。却端坐驅神，竟奔柳家走一遭去。（寫帖介，讀介）自入禪門無挂礙，五十三年心自在。只因一點念頭差，犯了如來淫色戒。你使紅蓮破我戒，我欠紅蓮一宿債；我身德行被你虧，你家門風被我壞。（又寫一帖與道人介，讀介）遺囑付懶道人，如有柳府差人到庵，可教他香爐脚底下取帖回話。（念偈云）紅蓮弄得我似猢猻，我且向綠柳皮中躲一春。浪打浮萍無有不撞着，則恐回來認不得舊時身。（坐化介）（道人上云）我昨而子去討生薑，大殿上師父說，則纔這山下趕老虎，解的不敢回來宿，不知這阿媽怎的了？呀，阿媽不見了！呀，師父又坐化了！怪也！這是舍子緣故？我曉得了，是一箇觀音指化師父去了。呀！香爐底下，又有一個帖子。（讀介）呀！元來這個阿媽就是紅蓮那娼根，是柳老爺使來幹這椿圈套，俺師父走了爐了。這個帖兒，就是回話他塞嘴的，又有一箇帖子。呀！是我的遺囑。（讀介）（末扮柳差人上云）領柳爺的分付，敎拿這個帖兒與玉通長老，問紅蓮這一椿事的嘴。看他怎的回話？（見道人打話介）（道云）俺師父爲這椿事，性命都送了，還故子問舍嘴哩。（末）柳爺要在我身上討回話，可怎的了？（道人云）你擔帖來我看。（讀介）水月禪師號玉通，多時不下竹林峯。可憐數點菩提水，傾入紅蓮兩瓣中。元來我道是走爐，一些不差。老牌，回話倒有，在香爐底下，你自擔將去。且住，老牌，我且問你，這件事是舍緣故？（末）有舍緣故，你們的師父忒氣傲心高，不去參見俺柳爺，故此使紅蓮那娼根來如此如此。你們師父精拳頭救火——着了手，是那的緣故。我且裱褙匠贖橫披——去回話去。老道請了。(下)(道人云)緣來果是這每，我且報知殿上大衆，把師父或是火化，或入龕造塔，悉憑他們心愿。

【清江引】我在庵中打二十年餿齋飯，長偸眼把師父看，他坐着似塑彌陀，立起就活羅漢。

咳！柳老爺則怕他放不過紅蓮案。

潑紅蓮砒粃蜜賣，玉禪師汞飛爐敗。

佛菩薩尙且要報怨投胎，世間人怎免得欠錢還債。(道背生下)

〔音釋〕

科唱處凡生字俱是玉字，蓋玉通師能耍者即扮耍，不拘生外淨也。

第二齣

(外扮月明和尙負搭褳上，內盛一紗帽、一女面具、一僧帽、一褊衫)百尺竿頭且慢逞强，一交跌下笑街坊。可憐一口兒西湖水，流出桃花賺阮郎。老僧且不說俺的來由，且說幾句法門大意。俺法門象什麽？象荷葉上露水珠兒，又要沾着，又要不沾着；又象荷葉下淤泥藕節，又不要齷齪，又要些齷齪。修爲畧帶，就落羚羊角掛向寶樹沙羅，雖不相粘；若到年深日久，未免有竹節幾痕；點檢初加，又象孔雀膽攙在香醪琥珀，既然廝渾，却又揀苦成甜，不如連金杯一潑。一絲不挂，終成邊無邊的蘿蔦荒藤；萬慮徒空，管堆起幾座好山河大地。俺也不曉得脫離五濁，儘丢開最上一乘，刹那屁的三生，瞎帳他娘四大。一花五葉，總犯虛脾；百媚千嬌，無非法本。攪長河一搭裏酥酪醍醐，論大環跳不出瓦查尿溺。只要一棒打殺如來，料與狗喫；笑倒隻鞋頂將出去，救了貓兒。所以上我這黃虀淡飯，窩出來臭刺刺的東西，也都化獅子糞，倒做了清辣香材；狗肉團魚，嘔出來鏖糟糟的涓滴，便都是風磨銅，好粧成紫金佛面。纔見得鉗鎚爐火，總翻騰臭腐神奇。不會得的一程分作兩程行，會得的呵踢殺猢猻弄殺鬼。會得的似輪刀上陣，亦得見之，會不得的似對鏡回頭，當面錯過。咳！鴛鴦繡出從君看，莫把金鍼度與人。大衆，你道俺是誰？（內應）你是誰？（外云）俺就是住下那個水月寺玉通和尚的師兄，本是西天一尊古佛，今來再世，改名做月明和尚的就是。止因俺師弟玉通，我相未除，慾根尚挂，致使那柳宣教用紅蓮掇賺。他却報怨投胎，自陷做小姐爲娼，喚名柳翠。至今十有七載，俺祖師憐憫他久迷不悟，特使俺來指點回頭。咳！也好難哩！這箇呵，又像一件什麽？像醫瞎子的一般，用金鍼撥轉瞳人，則怕撥不轉，撥得轉他倒依舊光明。又像叫獅子跋倒太行，或者也跋得來，只是跋來時不知費了我多少氣力。但這件事，不是言語可做得的。俺禪家自有個啞謎相參，機鋒對敵的妙法。我猛可的照見這柳翠，今日與那鬬他的徽客鳳朝陽，來西湖遊耍。那柳翠先來這大佛寺裏等他。我待他來時，自有箇道理。（打坐介）（旦扮柳上云）一自朱門落教坊，幾年蘇小住錢塘。畫船不記陪遊數，但見桃花斷妾腸。妾身柳翠的便是。從俺爹爹喪過，宦囊蕭索，日窮一日，直弄到我一箇親女兒出身爲娼，追歡賣笑。不幸之幸，近有一箇相好的徽客，喚名鳳朝陽。他倒也嘲風弄月，好義輕財，靠着他纔過得箇日子。今日約我到湖上看桃花，教我先到這大佛寺等他。我已到了，他怎麼還不來？（淨扮僕上）大姐，俺朝奉剛到湧金門，招財來報大公子中風病發。俺朝奉趨回去，略看一看，霎時就來。教大姐先上湖船也好，略在寺裏等等，待朝奉同上船也好。（旦）曉得了，你去回話去。（淨應下）（旦做遊行見和尚介云）你這長老，從那裏來？（三問三不應）（外舉手指西又指天介）（旦）一手指西，一手指天，終不然你是西天來的？又胡說了。也罷，就依你說，你從西天來下界何幹？（外手打自頭一下，手粧三尖角作厶字，又粧四方角作口字，又粧一圈作月輪介）（旦）那三尖角兒是個厶字，四方角兒是箇口字，若湊合來是箇台字；團圈兒是箇月字。却又先打頭一下，分明是箇投胎的說話。我且問你，你和尚家，下界投胎，與你何干？你却揑這樣怪話。咳，是箇風和尚了。（迴身唱）

【新水令】俺則爲停舟待客遶迴廊，沒來由撞見箇風魔和尚。我問他來歷處，他一手指天堂，又賣弄着西方，又賣弄着西方。臨了呵，粧兩箇字似投胎樣。

咳，雖是箇風和尚，却來的怪。我不知怎麼又忽然動心起來，一定要仔細問他，便不遊湖也罷。那師父，你這投胎的話頭，有些蹺蹊。你好對我一說麼？（外取紗帽自戴作柳尹怒介，復除帽放卓上，又自戴女面具，向卓跪叩頭作問答起去介）（旦）這箇套數一法使人可疑，待我試猜一猜看。

【步步嬌】他戴烏紗背北朝南向，似官府坐黃堂上。這嘴臉便不像俺的爺，臨了那幾步趨蹌，却像得俺爺好。他迴身幾步忙，仔細端詳，眞厮像俺爺模樣。臨了呵，又打發那紅粧，似領伏兵去那裏做烟花將。

師父，我看你那紗帽，與那女娘家臉子，想必是一箇官兒差這婦人去那裏做什麽勾當麽？我這猜的，可也有幾分麽？你說了罷麽。（外戴女面走數轉作敲門勢却倒地作肚疼自揉介，却下女面放地上，起戴僧帽倒身女面邊，解衣作揉肚介）（旦）這個勢可却似這個婦人肚子上有些什麽緣故，一個和尚替他去舞弄。這舞弄呵有什麽好處？這一出可又難猜。

【折桂令】這一箇光葫蘆按倒紅粧，似兩扇木櫳一副磨漿。少不得磨來漿往，自然的櫳緊糠忙，可不掙斷了猿韁，保不定龍降，火燒的倩金剛加大擔芒硝，水懺的請餓鬼來監着廚房。

師父，我也猜不得這許多了。你明說了罷。（外急扯旦耳環又作猜拳介）（旦）教我還猜，也罷，你再做手勢來。（外指眉心介）（旦）這又是頭了。（外搖手又怒目指眉心介）（旦）不是頭，是惱了。（外戴女面指眉心介）（旦）惱這婦人了。（外下女面換紗帽又指眉心介）（旦）又惱這官兒了，却怎麽？（外指自身又指頭介）（旦）又是惱了。（外搖手介）（旦）不是惱，還是頭。（外又用手如前三次粧成胎字介）（旦）又是投胎了，却不通。

【江兒水】既惱烏紗客，還嫌綠鬢娘。既然惱兩箇要投胎，怎麽一箇胎分得在兩箇人的身上？一彈兒怎分打得雙鴉傍？這一胎畢竟誰家向？況烏紗又是個男兒相，何處受一團兒撐脹？這欠債還錢，必是女裙釵消帳。

(外取淨瓶中柳一枝，又將手作一胎字，雙手印撲在柳枝上介)(旦作心驚介)呀，這胎終不然投在我身上了？我想起來，這箇冤家對頭，敢我也曾造下來。

【得勝令】不合得在青樓幹這樁，免不得堆紅粉將人葬。我記得那一年掇賺了黃和尚，我自來只拆斷了這橋梁，敢有箇小秃子鑽入褲襠，紙牌上雙人帳，荷包裹一泡漿。酸嘗，不久來瓠犀子，嚼梅醬；藥方，須早辦鯉魚湯，帶麝香。

(外大笑云)都不中用，費力，費力。(高聲念云)紅蓮弄我似猢猻，且向綠柳皮中躲一春。浪打浮萍無有不撞着，只怕回來認不得舊時身。呸！(大噴旦一口介)(旦大叫云)我知道了，我知道了！早知燈是火，飯熟已多時。(丟下頭髻脫下女衣介)(外急向搭連內取僧帽褊衫與旦穿戴，外旦交叩頭數十介)(旦)

【園林好】謝師兄來西天一場，用金針撥瞳人一雙。止撮琉璃燈上，些兒火熟黃粱，些兒火熟黃粱。

【收江南】(旦)師兄，和你四十年好離別。(外)師弟，你一霎時做這場。(合)把奪舍投胎不當燒一寸香。(旦)師兄，俺如今要將。(外)師弟，俺如今不將。(合)把要將不將都一齊一放。（外）小臨安顯出俺黑風波浪。（旦）潑紅蓮露出俺粉糊粘糰。（合）柳家胎漏出俺血團氣象。（此下外起旦接，一人一句。外）俺如今改腔換粧，俺如今變娼做娘。弟所爲替虎伥穽羊，兄所爲把馬韁細韁。這滋味蔗漿拌糖，那滋味蒜秧擣薑。避炎途趁太陽早涼，設計較如海洋斗量。再籛春白粱米糠，莫笑他郭郎袖長。精哈哈帝皇霸強，好胡塗平良馬臧。英傑們受降納疆，吉凶事弔喪弄璋。任乖刺嗜菖喫瘡，幹功德掘塘救荒。佐朝堂三綱一匡，顯家聲金章玉璫。假神僊雲莊月窗，眞配合鴛鴦鳳凰。頹行者敲鐺打梆，苦頭陀柴扛碓房。這一切萬樁百忙，都只替無常褙裝。捷機鋒刀鎗鬭鋩，鈍根苗蜣螂跳墻。肚疼的假孀海棠，報怨的几霜鴟鴞。塡幾座鵲漢寶扛，幾乎做鴂桑乃堂。費盡了啞佯妙方，纔成就滾湯雪煬。兩弟兄一雙雁行，老達摩裹糧渡江。脚根踹蘆蔣葉黃，霎時到西方故鄉。依舊嚼果筐雁王，遙望見寶幢法航。撇下了一囊賊贓，交還他放光洗腸。（合唱）呀！纔好合着掌回話祖師方丈。

（內鳴鑼鼓忽下）

大臨安三分官樣，老玉通一絲我相。

借紅蓮露水夫妻，度柳翠月明和尙。

雌木蘭替父從軍

第一齣

(旦扮木蘭女上)妾身姓花名木蘭，祖上在西漢時以六郡良家子，世住河北魏郡。俺父親名弧字桑之，平生好武能文，舊時也做一箇有名的千夫長。娶過俺母親賈氏，生下妾身，今年纔一十七歲。雖有一箇妹子木難和小兄弟咬兒，可都不曾成人長大。昨日聞得黑山賊首豹子皮，領着十來萬人馬，造反稱王。俺大魏拓跋克汗下郡徵兵，軍書絡繹，有十二卷，來的卷卷有俺家爺的名字。俺想起來，俺爺又老了，以下又再沒一人，況且俺小時節一了有些小氣力，又有些小聰明，就隨着俺的爺也讀過書，學過些武藝。這就是俺今日該替爺的報頭了。你且看那書上說，秦休和那緹縈兩箇，一箇拚着死，一箇拚着入官爲奴，都只爲着父親。終不然這兩箇都是包網兒戴帽兒，不穿兩截裙襖的麽？只是一件，若要替呵，這弓馬鎗刀衣鞋等項，却須索從新另做一番，也要略略的演習一二纔好。把這要替的情由，告愬他們得知，他豈不知事出無奈，一定也不苦苦留俺。叫小鬟那裏？(丑扮小鬟上)(木)小鬟，你瞞過老爺和奶奶，隨着俺到街坊上走一回者。(向內買諸物介，引鬟持諸物上)(鬟)大姑娘，把馬拴在那裏？(木)且寄養在對門王三家。

【點絳脣】休女身拚，緹縈命判，這都是裙釵伴，立地撐天，說什麼男兒漢？

【混江龍】軍書十卷，書書卷卷把俺爺來塡。他年華已老，衰病多纏。想當初搭箭追鵰穿白羽，今日呵扶藜看鴈數青天。呼雞餵狗，守堡看田，調鷹手軟，打兎腰拳，提攜咱姊妹，梳掠咱丫鬟，見對鏡添粧開口笑，聽提刀厮殺把眉攢，長嗟歎道兩口兒北邙近也，女孩兒東坦蕭然。

要演武藝，先要放掉了這雙脚，換上那雙鞋兒，纔中用哩。（換鞋作痛楚狀）

【油葫蘆】生脫下半折凌波襪一彎，好些難。幾年價纔收拾得鳳頭尖，急忙的改抹做航兒泛。怎生就湊得滿幫兒楦？回來俺還要嫁人，却怎生？這也不愁他，俺家有箇漱金蓮方子，只用一味硝煮湯一洗，比偺咱還小些哩。把生硝提得似雪花白，可不霎時間漱癟了金蓮瓣。

鞋兒到七八也穩了，且換上這衣服者。（換衣戴一軍氊帽介）

【天下樂】穿起來怕不是從軍一長官，行間正好瞞。緊纅鈎厮趁這細褶子繫刀環。軟噥噥襯鎖子甲，煖烘烘當夾被單，帶回來又好脫與咬兒穿。

衣鞋都換了，試演一會刀看。（演刀介）

【那吒令】這刀呵，這多時不拈，俺則道不便。纔提起一翻也比舊一般，爲何的手不酸？習慣了錦梭穿。越國女尙要白猿教，俺替爺軍怎不捉青蛇鍊，遶紅裙一股霜摶。

演了刀，少不得也要演鎗。（演鎗介）

【鵲踏枝】打磨出苗葉鮮，栽排上綿木桿；抵多少月午梨花，丈八蛇鑽。等待得脚兒鬆大步重那搬，直翻身戳倒黑山尖。

箭呵，這裏演不得，也則把弓來拉一拉，看俺那機關和那綁子，比舊日如何。（拉弓介）

【寄生草】指決兒薄，弰弝兒圓，一拳頭揝住黄蛇攛，一膠翎拔盡了烏鵰扇，一肐膊挺做白猿健。長歌壯士入關來，那時方顯天山箭。

俺這騎驢跨馬，倒不生疎，可也要做箇撒手登鞍的勢兒。（跨馬勢）

【幺】繡裲襠坐馬衣，嵌珊瑚掉馬鞭，這行裝不是俺兵家辦。則與他兩條皮生細出麒麟汗，萬山中活捉箇猢猻伴，一轡頭平踹了狐狸塹，到門庭纔顯出女多嬌，坐鞍轎誰不道英雄漢。

所事兒都已停當，却請出老爺和奶奶來，纔與他說話。（向內請父母弟妹介）（外扮爺、老扮娘、小生扮弟、貼扮妹同上，見旦驚介云）兒，今日呵，你怎的那等樣打扮？一雙脚又放大了，好怪也！好怪也！（木）娘，爺該從軍，怎麼不去？（娘）他老了，怎麼去得。（木）妹子兄弟也就去不得了？（娘）你風了，他兩箇多大的人去得？（木）這等樣兒，都不去罷。（娘）正爲此沒箇法兒，你的爺極得要上吊。（木）似孩兒這等樣兒，去得去不得？（娘）兒，俺曉得你的本事，去倒去得。（哭介）只是俺老兩口兒怎麼捨得你去？又一樁，便去呵，你又是箇女孩兒，千鄉萬里，同行搭伴，朝食暮宿，你保得不露出那話兒麽？這成什麽勾當！（木）娘，你儘放心，還你一箇閨女兒回來。（衆哭介，扮二軍上云）這裏可是花家麽？（外）你問怎麽？（軍）俺們也是從征的，俺本官說這坊廂裏有箇花弧，教俺們來催發他一同走路，快着些。（木）哥兒們少坐，待俺略收拾些兒，就好同行。小鬟，你去帶回馬來。（木收拾器械介）（衆看介云）好馬，好器械兒！你去一定成功，喝采回來，好歹信兒可要長捎一封，也免得俺老兩口兒作念。偺喒要遞你一杯酒兒，又忙劫劫的，纔叫小鬟買得幾箇熱波波，你拿着路上也好嚼一嚼。有些針兒線兒也安在你搭連裏了，也預備着，也好縫些破衣斷甲。（二軍叫云）快着些。（衆哭別先下）（木出見軍介云）大哥們，勞久待了，請就上馬趲行。（作上馬行介）（二軍私云）這花弧倒生得好箇模樣兒，倒不像箇長官，倒是箇秫秫，明日倒好拿來應應極。（木）

【么】離家來沒一箭遠，聽黃河流水濺。馬頭低遙指落蘆花鴈，鐵衣單忽點上霜花片，別情濃就瘦損桃花面。一時價想起密縫衣，兩行兒淚脫眞珠線。

【六么序】呀，這粉香兒猶帶在臉，那翠窩兒抹也連日不曾乾，却扭做生就的丁添，百忙裏跨馬登鞍，靴插金鞭，脚踹銅環，丟下針尖，挂上弓弦。未逢人先準備彎腰見，使不得站堂堂娃倒裙邊。不怕他鴛鴦作對求姻眷，只愁這水火熬煎，這些兒要使機關。

【么】哥兒們，說話之間，不待加鞭。過萬點青山，近五丈紅關，映一座城欄，豎幾手旗竿。破帽殘衫，不甚威嚴，敢是箇把守權官？兀的不你我一般，趁着青年，靠着蒼天，不憚艱難，不愛金錢，倒有箇閣上凌烟。不強似謀差奪掌把聲名換，抵多少富貴由天。便做道黑山賊寇犯了彌天案，也無多些子差一念心田。(指問介)

【賺煞】那一答是那些？咫尺間，如天半，趄坡子長蛇倒綰，敢是大帥登壇坐此間。小緹縈禮合參官。這些兒略覺心寒，久已後習弄得雄心慣，領人馬一千，掃黑山一戰，俺則教花腮上舊粉撲貂蟬。

說話之間，且喜到主帥駐劄的地方了。俺們且先尋下了安頓的所在，明日一齊見主帥者。(下)

第二齣

(外扮主帥上)下官征東元帥辛平的就是。蒙主上敎我領十萬雄兵，殺黑山草賊，連戰連捷。爭奈賊首豹子皮，躲住在深崖，堅壁不出。向日新到有二千好漢，俺點名試他武藝，有一箇花弧，像似中用，俺如今要輦載那大砲石，攻打他深崖，那賊首免不得出戰。兩陣之間，却令那花弧攔腰出馬，管取一鼓成擒。叫花弧與衆新軍那裏？(木同衆上跪見介)(外)花弧，俺明日去攻打黑山。兩陣之後，你可放馬橫衝，管取生擒賊首。俺與你奏過官裏，你的賞可也不小，違者處斬。(木)得令！(外)就此起兵前去！

【清江引】黑山小寇眞見淺，躲住了成何幹？花開蝶滿枝，樹倒猢猻散。你越躲着，我越尋

你見。（衆）

【前腔】黑山小寇眞高見，左右他輸得慣。一日不害羞，三餐喫飽飯。你越尋他，他越躲着看。

（衆）稟主帥，已到賊營了。（外）叫軍中舉砲。（放砲介）（淨扮賊首三出戰）（木衝出擒介）（外）就收兵回去。（衆）

【前腔】咱們元帥眞高見，算定了方纔斡。這賊假的是花開蝶滿枝，眞的是樹倒猢猻散。凱歌回帶咱們都好看。（帥唱）

【前腔】衆軍士們，好消息時下還伊見，每月鈔加一貫。又不是一日不害羞，管教伊三餐喫飽飯。論成功是花弧居多半。

（到京內鳴鐘鼓作坐朝介，帥奏云）征東元帥臣辛平謹奏：昨蒙聖恩，命臣征討黑山巨寇，今悉已蕩平。賊首豹子皮的係軍人花弧臨陣親擒，見解聽決。其餘有功人員，各具冊書，分別功次，均望上裁。（丑扮內使捧旨上云）奉聖旨：卿勦賊功多特封常山侯，給券世襲。花弧可尙書郎。念其勞役多年，令馳驛還鄉，休息三月，仍聽取用。就給與冠帶，一同辛平謝恩。豹子皮就決了。其餘功次，候查施行。（木換冠帶介）（帥、木謝恩介）（受詔書）（丑下）（木）花弧感蒙主帥的提拔，叨此榮恩。只因省親心急，不得到行臺親謝，就此叩頭，容他日效犬馬之報。（帥）此是足下力量所致，於下官何

預？匆忙中我也不得遣賀序別。(木)今日得君提挈起。(帥)下官也是因船順水借帆風。(帥先別下)(木)

【前腔】萬般想來都是幻，誇什麽吾成算。我殺賊把王擒，是女將男換，這功勞得將來不費星兒汗。

(二軍追上去)花大爺，你偌昝就這等樣好了。(木)二位怎麽這樣來遲？(二軍)昝兩箇次候查功，如今也討得箇百戶，到本伍到任。望大爺攜帶。(木)可喜！正好同行。(二軍)

【前腔】想起花大哥，眞希罕！拉溺也不教人見。(伴)這纔是貴相哩，天生一貴人，僥倖三同伴。昝兩箇呵，芝麻大小官兒，擡起眼看一看。(木)

【前腔】我花弧有什麽眞希罕？希罕的還有一件，俺家緊隔壁那廟兒裏泥塑一金剛，忽變做嫦娥面。(二軍)有這等事？(木)你不信到家時，我引你去看。(下)

(爺娘小鬟上)自從孩兒木蘭去了，一向沒箇消息。喜得年時王司訓的兒子王郎，說木蘭替爺行孝，定要定下他爲妻。不想王郎又中上賢良文學那兩等科名，如今見以校書郎省親在家。木蘭又去了十來年，兩下裏都男長女大得不是耍。却怎麽得他回來，就完了這頭親。俺老兩口兒就死也死得乾淨。(二軍同木上)(二軍)花大爺，且喜到貴宅了，俺二人就告辭家去。(木)什麽說話，請左廂坐下，過了午去。(二軍應虛下)(木進見親介)(娘)小鬟，快叫二姑娘、三哥出來，說大姑娘回了。(小鬟叫弟

妹上介)(木對鏡換女粧拜爺娘介)

【耍孩兒】孩兒去把賊兵剪，似風際殘雲一捲。活拿賊首出天關，這烏紗親遞來克汗。(娘)你這官是什麼官？(木)是尚書郎。奶奶，我緊牢拴幾年夜雨梨花館，交還你依舊春風荳蔻函，怎肯辱爺娘面。(娘)我兒，虧殺了你。(木)非自獎，真金烈火，儻好比濁水紅蓮。(拜弟妹介)

【二煞】去時節只一丟，回時節長並肩。像如今都好替爺征戰，妹子，高堂多謝你扶雙老，兄弟，同輩應推你第一班。我離京時買不迭香和絹。送老妹只一包兒花粉，幫賢弟有兩匣兒松煙。

(二軍忙跑上)花大爺，你元來是箇女兒，俺們與你過活十二年，都不知道一些兒。元來你路上說的金剛變嫦娥，就是這箇謎子。此豈不是千古的奇事，留與四海揚名，萬人作念麽？(木)

【三煞】論男女席不沾，沒奈何纔用權，巧花枝穩躲過蝴蝶戀。我替爺呵，似叔援嫂溺難辭手，我對你呵，似火烈柴乾怎不瞞。鷺鶿般雪隱飛纔見，算將來十年相伴，也當個一半姻緣。

(二軍)他們這般忙，俺們不好不達時務，且不別而行罷。(先下)(鬟報云)王姑夫來作賀。(娘)這箇就是前日寄你書兒上說的這箇女婿，正要請將他來與你成親，來得恰好。(生冠帶扮王郎上相見介)(娘)王姑夫且慢拜，我纔子看了日子了，你兩口兒似生銅鑄賴象也鐵大了，今日成就了親罷。快拜快拜！(木作羞背立介)(娘)女兒，十二年的長官，還害什麼羞哩？(木回身拜介)

【四煞】甫能箇小團圞，誰承望結契緣。乍相逢怎不教羞生汗。久知你文學朝中貴，自愧我干戈陣裏還，配不過東牀眷。謹追隨神仙價蕭史，莫猜疑妹子像孫權。

【尾】我做女兒則十七歲，做男兒倒十二年。經過了萬千瞧，那一箇解雌雄辨。方信道辨雌雄的不靠眼。

黑山尖是誰霸占，木蘭女替爺征戰。

世間事多少糊塗，院本打雌雄不辨。（下）

〔音釋〕

凡木蘭試器械，換衣鞋，須絕妙踢腿跳打，每一科打完方唱，否則混矣。

行路扮一人執長鞭、搭連、弓刀作趨脚人，每木唱一曲完，即下馬入內云，俺去買什麼，或明云解手。從人持鞭催來走如飛，三四轉，共唱北小令趨脚曲。木去從徑路又出。

瘸音饞。　指決音濟斤，濟上聲。　揝音攢，北人以把握爲揝。　臉音斂，不作檢。

女狀元辭凰得鳳

第一齣

【女冠子】(旦上) 一尖巾幗，自送高堂風燭，僦居空谷。明珠交與侍兒，賣了歸補茅屋。黃姑相伴宿。共幾夜孤燈，逐年饘粥，瘦消肌玉。翠袖天寒，暮倚脩竹。

【江城子】依稀猶記嫗和翁，珠在掌，恁憐儂。一自雙楡零落五更風，撇下海棠誰是主？杜鵑紅。生來錯習女兒工，論才學，好攀龍。管取挂名金榜領諸公。若問洞房花燭事，依舊在，可從容。妾身姓黃，乳名春桃，乃黃使君之女。世居西蜀臨卭。年方十二，父母相繼而亡。既無兄弟，又不曾許聘誰家。況父親在日，居官清謹，宦槖蕭然。妾身又是女流，經營不慣，以此日就零替。與舊乳母黃姑，暫典本縣西鄉化城山中一所小房兒住下。不覺又是八年。且喜這所在澗谷幽深，林巒雅秀，森列于明窗淨几之外，默助我拈毫弄管之神。既工書畫琴棋，兼治描鸞刺繡。賣珠雖盡，補屋尚餘；計線償工，授粲粗給。但細思此事，終非遠圖，總救目下，不過刼劑。咳！倒也不是我春桃賣嘴，春桃若肯改粧一戰，管倩取唾手魁名；那時節食祿千鍾，不强似甘心窮餓。此正敎做以叔援嫂，因急行權；矯詔誅羌，反經合道。雖是如此說，可也要與黃姑商議停當，可行則行，可止呵也還止。(喚黃姑介)

黄姑，我請你出來，對你有話說。（淨扮黄姑上）

【前腔半】老來沒福，夜夜伴嫦娥獨宿。一條水牯，半肩紅葉，數聲隴笛，孩兒歸牧。

（相見介）（淨）小姐你叫我可有甚麽說話？（旦）黄姑，我這幾日日日動念，我和你在這裏過這樣的日子，可也不是了。你曉得的，我這般才學，若肯去應舉，可管情不落空，却不唾手就有一箇官兒。既有了官，就有那官的俸祿，漸漸的積攢起來，摩量着好作歸隱之計，那時節就抽頭回來，我與你兩箇依舊的同住着，却另有一種好過活處，不强似如今有一頓喫一頓，沒一頓捱一頓麽？你意下如何？（淨）妙妙！你若去應舉呵，是決中的。只是這女兒家的頭臉，怎麽改換得？（旦）這有甚麽難，把俺老爺的舊衣鞋巾帽穿上，換了俺的裙襖髻圈兒。人看着終不然不是箇男兒，還是箇女兒哩。（淨）這箇倒有理。（打諢介）（旦）不要胡說了，快去收拾老爺舊衣服出來，我改粧，你也收拾打扮箇大官兒起來，就叫你做黄科。我自取名做黄崇嘏。一同起身去。分付你那兒子小二哥看家裏便是。（淨）我左右靠你一世了，這老奴儕甘心做了。只是俸祿與那抓來的東西，可要和你平分。（旦）這箇自然。（淨下收拾上）（二人換粧介）（淨向內云）小二，我如今陪姑娘城上看覯，有幾日不回。你好生看守房子，日逐價打柴放牛。若沒有米，便去問張大娘家借些喫，不要和小二漢郊箇短命終日去廝打。我回來時節，有了不得的果品餅定帶來哩。則怕你沒口得喫。短命唉！（上路介）（旦）

【芙蓉燈】對菱花抹掉了紅，奪荷蒻穿將來綠。一帆風端助人掃落霞孤鶩。詞源直取瞿塘倒，文氣全無脂粉俗。包袱緊牢拴髻篦，待歸來自有金花帽簇。（淨）他舊頭巾既影得娘行過，我假度牒誰查和尚秃。

【前腔】我原是哺乳傭，權做長鬚役。無非是助槳幫船，靠一人之福。包袱裏幾升脫粟，待之官要分他俸祿。

（淨）才子佳人信有之，一身兼得古來誰？

（旦）延平別有雌雄鐵，他日成龍始得知。

第二齣

（外扮周丞相引衆上）丞相平津東閣開，私門桃李盡移栽。况蒙天語張麟鳳，肯放冥鴻不網來？某家周庠是也。原以邛南幕中留司府事，蒙蜀王主上簡拔，累官得至丞相。俺主上好學右文，今年又該校選進士，輪是某家叨知貢舉。前月已移文挂榜，約在今日取齊入試。想必也都到在這裏伺候了。皁隸，開了門，把牌去招這些秀才進來。（皁隸應介）（旦扮崇嘏、末扮賈臚、丑扮胡顏上，進見遞手本介）（外）諸生，上年這場屋中主司命題，大約遵奉前規。你每諸生條對，可也多循舊套。况本朝向來以詞賦取士，近日樂府就是詞賦之流。我如今要一洗這頭巾的氣習，只摘蜀中美談雅事爲題，令諸生各賦一樂府，就當面吟詠，我也當面品評。却又是我先倡起句，諸生續成。我起的句，到臨了用一「柴」字，諸生接句，用一「纔」字，到臨了，却要用一「債」字。兼之江水出在蜀西岷山，其樂府牌名就用【北江兒水】。諸生可要努力，莫負聖明求賢的盛意，與主司延訪的苦心。起來過一邊聽唱名，就領題。（按手本唱名介）黃崇嘏，你的題是賦得相如脱鷫鸘裘當酒爲文君撥悶。賈臚，你的題是野老送少陵櫻桃。胡顏，你就是賦得少陵許西鄰婦撲棗。黃崇嘏過來，聽我首倡：

【北江兒水】鷫鸘裘帶，忙解下鷫鸘裘帶，望杏花村裏來，提向黃公一擲，除却茅柴。續將「纔」字來。（黃）當一壺茜眞珠醡滴纔。何事跑穿鞋？要引佳人笑口開，怕蹙損了遠山眉黛。虧殺他跟着措大，走遍天涯，還消得領雉頭裘付酒家酬債。

（外）細玩此詞，眞箇丰神豔逸，神仙中語也。且這兩箇難韻，尤押得妙。不信場中還有這們一箇敵手哩。賈臚過來，你是野老送櫻桃與杜少陵。

【前腔】浣花溪外，茅舍邊浣花溪外，是詩人杜老宅。何處野人扶杖，敲響扉柴？續將「纔」字來。（末）送櫻桃摘下纔，一籠美人腮，破胭脂幾點歪。呪不死鸚哥無賴。恰遇詩脾渴在，感故老情懷，正好飽明珠拚一嘔了杜鵑詩債。

（外）「纔」字也押得穩，中間兩三句與那結尾呵，也似有神助。胡顏過來，你的是什麽？（丑）是少陵許西鄰婦撲棗。（外）你聽我念：

【前腔】西鄰窮敗，恰遇着西鄰窮敗。（丑）宗師，别的起句都是什麽鷫鸘裘、浣花溪，何等的富貴花錦。偏我胡顏，恰是什麽窮敗窮敗，宗師你的主意，分明是於我胡顏要如保赤子了。（外）如保赤子，怎麽說？（丑）如保赤子，是雖不中。（外）一法迂遠。（丑）也不遠矣。（外）胡顏可眞箇是胡言，老孀荆一股釵，那更兵荒連歲，少米無柴。續將「纔」字來。（丑）少米無柴的讖語，可一法不好。這婦人也窮到一箇絕妙之田，我胡顏的不中，可也到一箇絕妙之地了。（外）快來！（丑）少米無柴，這婆兒呵，與我一般般苦是纔。不合我棗樹傍他栽，棗兒又生不乖，都挂向他家搖擺。終久擺落在他階，我人情又不做得。（外）得字不押韻了。（丑）韻有什麽正經，詩韻就是命運一般。宗師說他韻好，這韻不叶的也是叶的；宗師說他韻不好，這韻是叶的也是不叶的。運在宗師，不在胡顏，所以說「文章自古無憑據，惟願朱衣暗點頭」。（外）也要合天下的公論。（丑）咳！宗師差了。若重在公論，又不消說「不願文章中天下，只願文章中試官」了。（外）咳！都像你呵，我那得這許多工夫聽你閑話。攛快些。（丑）擺落在他階，我人情又不做得，好難割愛，我明年呵，一攬果帶生摘賣，如今且忍着疼捨肉身燈債。

（外）這胡顏詞氣便也放達，可也忒出入。可取處只是不遮掩着他的眞性情，比那等心兒裏驕吝麽，却口兒裏寬大的不同。他還陶融得，也取了罷。那胡顏，取便取了你，我還替你改幾句。就是舊規做程式一般，你就念我的起句來。（丑）

【前腔】西鄰窮敗，恰遇着西鄰窮敗。老孀荆一股釵，那更兵荒連歲，少米無柴。那秀才續將來。（外）況久相依不是纔。（丑）公然好似我的。（外）幸籬棗熟霜齋，我栽的卽你栽，儘取長竿闊袋。（丑）忒像他的意了，都打盡了却怎麽好？（外）打撲頻來，餔餐權代，我恨不得塡漫了普天饑債。

（丑）恰像公然好似我一丟兒，也照依胡顏姑取罷。（外）這生可也忒放肆！（丑）善戲謔，不爲發擺子。（外）怎麽說？（丑）虐。（外）這秀才胡說！你再想得詩經中一箇謔字來麽？（丑）有。「伊其相謔，贈之以牡丹。」（外）却怎麽讀？（丑）芍藥。（外）也虧他記得！這一場中等第，少不得黃崇嘏是第一，賈臚是第二，胡顏姑置第三。我今日就奏聞主上，諸生明日都到午門外看榜，准備遊街赴宴。崇嘏呵，管取明日欽除，可也要預備下一頂稱頭的紗帽，不得稽誤謝恩。

（外）匠斧驅牛萬首回，最難拽動棟梁材。

今朝細定黃郎格，畢竟百花梅是魁。（先下）

（弔場）（三生各敍寒溫，問鄉貫客寓，約看榜赴宴介）（末丑又共恭喜黃介）（同下）

第三齣

【喜遷鶯】（旦冠帶，外扮吏衆上）名魁金榜。擬咫尺天顏從容日講。忽拜參軍，來陪司戶，付與簿書敎掌。青幕藍衫易着，綠水紅蓮難倣，班鷺遠，縱舉頭見日，却袖冷爐香。

【菩薩蠻】侍臣牧吏元無二，紅蓮幕裏三年寄。水鏡一輪明，朝朝挂訟庭。督郵雖氣岸，要見何妨見。只作戲場看，折腰如軟綿。我崇嘏自叨中狀元之後，不想適遇新例，凡上第者，俱要試以民事，竟除授成都府司戶參軍。這箇官雖是簿書猥瑣，却倒得展我惠民束吏之才。在任不覺又是三年，也不敢素餐尸位。我這座主周公，朝廷因他多才，就以丞相兼攝府事。昨日一連發下三起成獄已久，稱寃奏擾的百姓下來，我夜來看他緣由，委可矜疑。只是干證都死的死了，放的放了，可誰與他證明。也罷，我如今取他出來，自別有一箇區處。皁隸，你去監房裏取昨日丞相周爺發下那三起奏本的犯人出來聽問。（皁隸下，帶小生貼末上介）（吏唱名介）黃天知、烏氏、眞可肖。（旦）你這三起犯人，都成獄久了。兩起是該帶板的，誰開你的板？（小生貼應云）昨日奏本下來，蒙丞相周爺，略略的審一審，都叫打了板，送到爺這裏。（旦）黃天知你上來，當時那毛屠出首你僞造印信的事，是怎麼緣故？你從實說上來。（小生）爺，小的就在雞鳴驛前住。見那驛丞的關防花碌碌的好耍子，小的不合叫那會篆刻的人，照依那關防刻一箇小記印兒。（旦）那刻印的人，如今在那裏？（小生）累死了。小的長去毛屠家把這印票兒支取猪肉。後來小的與一箇大財主叫做夏葛爭地基，夏葛買出毛屠出首小的這箇印記麼，說小的僞造下印信，要圖謀驛丞自做。後來又有一箇光棍，叫做昌多心，說這箇小印記兒入他罪不得。他既有這樣踪跡，就好改做大的出首。他那夏葛會布置，幫他的又多，小的就辯不得了。爺，是這樣的寃枉。（旦）你那印兒有多大？（小生）有半截小指兒大。（旦）那篆文純是驛遞衙門的字樣，可也還刻有你自家的名字在上面？（小生）有自家的名姓在上。（旦）你這肉帳必有箇算絕之時，這許多支肉的票兒還是誰收了？（小生）左右是主顧家，小的與他算絕了帳，從來不問他討。(旦)皁隸，你去毛屠家對他老婆說說，有一起强盜，供着你與他有姦，說打劫的金珠首飾，都窩藏在你家裏。爺叫我們來搜你。你把大箱籠不要動他的，把那小篋兒匣兒都與我搜將來，連那婦人帶來見我。(皁應下介)(旦)烏氏上來，你實說。(貼)老爺，婦人那本坊北首裏有箇大財主叫做古時月，是箇輕財學好的人。可與我丈夫買大往來得密，又有一箇姜松，也是箇大財主。這可是歹人，長來勾引婦人。婦人不合罵了他一頓。後來姜松爲頭做春社，丈夫在他家喫酒回來，到半夜之時，五竅都淌血，恁從救也救不得就死了。姜松就買出鄰舍，誣揑婦人與古時月有姦，謀殺了親夫，就成了這樁大獄。(旦)可惡！這臣謀弑君，子謀弑父，妻謀殺夫，是遇赦也不赦的。你家不合與古時月往來，這情是眞的了。留你這樣歹人在這裏做什麽？叫劊子手進來，把這婦人綁起來，就押出去決了。(生扮劊子手上綁貼介)(貼哭押下介)(旦)叫打梆，叫我黄科出來。(淨上)老爺，你今而殺那箇婦人，忒利害！如今叫黄科那裏使用。(旦)黄科，你與我快跑到決那婦人的所在，但聽得有人說屈，你便就悄悄問他箇詳細。儻得些實話，便就傳說俺爺敎把婦人且放了，連那箇替他稱寃的人通拿來見我。快去！快去！(淨應下)(旦)那眞可肖，你怎麽說？(末)爺，小的是江南人，打着鼓兒沿街唱的，唱到這臨卬，臨卬卓家失了盜，那夥做公的沒處拿眞贓實犯，聽着一箇慣說謊的，叫做賺不實，說小的不是唱的，是先前幹了歹事，假唱來躲在臨卬，只要遇着歹人，依舊幹歹事了。那夥做公的就假粧做賊的，哄小的搭伴，幾遍價小的不肯去，後來他因各衙門比併得慌了麽，就把小的充做箇賊拿了。那各衙門又喫那大衙門比併得未完慌了，巴不得把小的充做箇眞賊。是這等樣兒。(旦)你倒說得有理。可惱這些做公的！只是我如今逕去拿他，他人多都走掉了，我如今見放你出去，你到黑夜裏去，到那做公的各人家門首，把石灰畫一箇小圈兒爲記，我便好霎時間多差了人認着那石灰圈兒一齊都拿來，打他一箇死，可不好？（末）小的可認不得這夥做公的家裏。（旦）胡說！他要哄你搭伴，更不邀你到他家裏喫頓兒酒飯麽？（末）邀是苦苦的邀小的，小的可也抵死的不去。（旦）這等便就拿不得人，審不出冤枉來。依舊帶去監了。（末大哭云）我早知道這麽樣，便就喫他頓飯兒也罷了。（旦）還不帶去監了！（末哭下）（旦向吏云）那裏豈有箇門兒也不上，是箇平素虧心要搭伴做歹事的人麽？我纔套他說，你既不認得做公的家裏，可不好出你，他寧可就監去了。這眞情不就此見了麽？（外）爺是神見。（旦）叫把這眞可肖帶回來。（皁叫上介）（旦）把這眞可肖打了肘，本該就放了你，你且在丹墀裏少待待兒，等那兩起來問明了，我一總放你。（末磕頭云）爺就是青天！（皁帶老旦幷匣子）（淨帶貼丑扮小廝同上）（皁云）稟爺分付去到毛家搜得匣子，幷這婦人帶來回話。（淨）黃科纔聽老爺分付，就狠跑到法場裏，去看的無千待萬，都說屈的多。獨有這箇小廝，便合着掌口裏則念說阿彌陀佛，屈死了這人。這箇業障，是我做的。黃科見他說得古怪，就一把扯他到背靜的所在，仔細哄他，他怎麽肯說。那時節綁的婦人纔押到，我就大聲叫劊子手說，爺叫把那婦人放了，叫把這小廝綁起殺了。他纔嚇呆了，纔說出箇眞情來。（旦）這一着虧你呵！（淨指丑云）老爺，你自家問他，就知道了。（旦）你那小廝，是誰家的小廝？（丑）小的就是姜松家的小廝。（旦）姜松在家麽？（丑）在家。（旦）着兩箇好皁隸快跑去拿了姜松來，若走了，就是你兩箇皁隸替死。（皁應下）（旦問丑云)你左右洩漏了，實説便免你死。(丑)小的主人一向要姦這烏氏，喫烏氏罵了一頓，又怪他到肯與古時月好，以此便懷恨在心。(旦)他果是與古時月通姦麽？(丑)這也是屈他的。後來遇着做春社，衆客都散了，俺主人可獨留烏氏的丈夫賈大又喫酒。叫小的臨了那一大鍾酒，放上一把砒霜，與他喫了，就叫小的扶他回去，交與這烏氏。這場官司，便就是這樣起了。小的遇着爺，今日也該死了，沒得説了。(旦)下去。(旦看匣笑向吏云)這黄天知票印兒一一都在，可果然半截小指兒大麽，他的眞名字又果然刻在上頭，豈有要圖謀假驛丞做，又僞造印信，把名姓兒都不隱藏，又用到大戶家裏。黄天知，你這樣票兒，敢在別舖子上也用他支東西麽？(小生)是阿，爺。(旦)這箇一法説不通。分明是小哇子揑塑着泥冠帶，假做箇什麽丞相兒麽，將軍兒麽，大家耍的勾當。把來當了眞，就是不喫飯的人，可也不信呵。可憐！可憐！可惜那毛屠、夏葛與那昌多心都死了，造化了他。皁隸，把黄天知與烏氏的肘都替我打了，把那毛屠的老婆拶著。(皁帶中淨扮姜松上見介)(旦)姜松上來。(旦指丑云)你認認看這是誰？(中淨)這是小的家的小廝，叫做姜邦。爺，不消説了，小的該死了。(旦)皁隸，把姜松採下去打一百，姜邦打五十。(打介)(旦)就釘了肘發監。(收監介)(旦)黄天知，烏氏還討箇保，候奏請，纔好發落。眞可肯情輕，就好放了。(向吏云)做三角文書，明日回話周爺。你這三箇人聽我説：

【紅衲襖】黄天知，那據花房的蜜蜂兒也號做王，排假陣的靈龜兒也呼做將。咳，這是假的呵，豈有三分來大的店票花紋樣，好扭做九品來眞的衙門銅印章。況他眞名氏又不隱藏，扮一箇大蝦蟆套着小科蚪兒當。古來也有這樣的事，若不是逼勒封虞也，不過是翦桐葉爲主戲一場。

【前腔】那烏氏，雖是你新樣粧，引惹出老姜，也是那古時月累及你孽障。如今人可討愛烏因屋休承望，惟失火殃魚你自當。烏氏，你虧了這姜邦，若沒姜家這一小邦，就是我黃爺呵也難主張。咳，我看世情反覆一似敲秤也，誰肯向輸棋救一將？

【前腔】那眞可肖，你雖是打鼓的千門信口腔，倒是箇把柁的三老遙憐長。你隨他大海掀風浪，只拿定小嵗岢一葉去當。這夥做公的呵，他來圈套你入火忙，你可大門兒也不去上。你果若是從前有一點歹行虧心也，巴不得靠一座冰山又肯捨太行？

（小生貼末同叩頭唱）

【前腔】爺，你是箇魆青天又挂着月一堂，精渾水巧辨出魚三樣。說什麽枯木花重開在鐵樹上，端的是返魂香早超生向地藏王，這陰德把什麽量？俺小的這三箇螻蟻呵，要報德把什麽償？最難的是大海般世界狂瀾也，誰似爺砥柱中流把躐須當？

（旦）皁隸，該保的保了，該放的放了。（三人同叩頭謝介，大呼云）願他萬代公侯，百年長壽，五男二女，七子團圓。（外叩頭云）吏典也從不曾見爺這樣的神明。

（旦）共笑參軍束帶忙，　　炎天大叫簿書狂。

當時若只供香案，　只好坐看峨眉六月霜。(同下)

第四齣

【傳言玉女】(外扮周丞相上)要選乘龍，虎榜偶然得宋。若待襄王，定賽賦高唐夢。秦樓弄玉，誰好伴他騎鳳？端詳，惟有這箇門生共。

老夫失偶多年，素有向平五岳之想，所以誓不再娶。止因前荆生有一男喚名鳳羽，一女喚名鳳雛，至今未曾婚嫁，正在縈心。向年偶知貢舉，取了那黃崇嘏，薦爲榜首，如今見做司戶參軍。他才學既是出羣，吏事又十分這等精敏，他日必是遠到之器，可恰好又不曾定妻。我這女孩兒鳳雛，年方二十，小他三歲，且喜他倒也伶俐端方。古人重擇壻，若果擇壻不與黃郎，却與誰人？我前日發下三椿疑難的事一試他，訪得他都問過了。今日必然來回我的話，我可又要把文藝中事面試他代筆，可不把這女壻當面就選定了。(望時牌介)如今已是辰牌了，他怎麽還不來？叫辦事官。(末扮辦事官上)(外)去書房裏取黃參軍前日申文，要拿那起做公的，說干礙禁衞衙門，須得我進過本。若寫稿成了，趁閑拿來我看。(末應下取上呈外看介)(旦同淨上)

【前腔】日側休衙，正好松間吟弄。一紙紅帖，又傳遞攄門縫。今日馬頭向相府沙堤擁，連忙回話前朝的牒送。

下官前日蒙相府發下三樁事來，都已問明了，不免得回話。黄科，這文書有些機密的說話在裏頭，你自拿去，隨我進來。（見兩跪一揖遞文書介）前日蒙老師發下黄天知等三起事，門生都問明了，呈遞文書回覆。（外）都問明了，好耶！收上來，起來，阜隸閉了門，參軍到後堂坐坐。（旦又兩跪一揖坐介，外看文書云）這三起事都問得絶妙！理寃摘伏麽可也如神。老夫前日也有些疑，所以上署審審，就打了他的板，可怎麽得如賢友這般精細。綁那婦人何等的奇！把强盜唬毛屠的妻子，可乘此就搜了他的票兒，何等的巧！那眞可肖蹤影兒也都沒處尋了耶，可就在他自己身子上套出一箇不搭件的眞情，何等的這般敏捷？張釋之治獄，天下無寃民，後來于定國，民也自謂不寃，非子而誰？（起揖介）老夫可敬伏敬伏，就照依賢友的問麽，覆本發落就是了。（旦）豈敢！老師引進，免責而已。（外）昨日賢友申文要拿做公的，與那賍不實，也依賢友寫本了。叫黄老爺那人進來，脫了圓領，衙内去取箇攢盤，俺們坐一坐。參軍，老夫恃愛下，可還有幾件事兒要勞賢友一勞。（旦）不敢，謹領命。（外）我前面造了文翁與諸葛武侯的祠堂，大門外的扁取做「蜀天雙柱」，又須一對門聯。那揚雄、王褒、司馬相如、譙周、陳子昂、李白、杜甫，杜便是流寓的人物了，這七才子也共一箇祠堂，扁便就取做七才子祠，也着得一對門聯。前面去訪卓文君琴臺，少一箇詩扁。又有一箇遠債，我先世鄉中近日立木蘭的祠，諸友可又來討上梁文。（起揖介）這幾件可都要借光於賢友。手下，取筆墨過來。（旦）老師尊命，不敢不領，只是當面這等妄誕，便可眞是班門弄斧了，容門生領去，做了呈稿請教。（外）你是倚馬之才，正要當場一逞，不要謙。手下研墨，先寫大字起，小廝拿大杯來，酌三杯助興。（旦寫

「蜀天雙柱」介)(外細看介)

【梁州序】石銘瘞鶴，銀鈎作蠆，這兩種較量起來呵，畢竟楷書難大。子雲一字專亭取挂蕭齋，誰似你銅深欵識，鐵屈珊瑚，幾撇斜披薙。(旦寫七才子祠介)(外看介)指尖尤有力壓磨崕，絕稱泥金糝綠牌。(旦)籠韋誕成頭白，門生焉敢學王郎怪？題麟閣還要了相公債。

(外)多勞，(旦)望老師點化。(外)再要怎麼妙！小廝再進三杯，斟我的陪。有勞做二祠的門聯。(旦做介寫介)(外看念介)文德武功，照映錦江玉壘；鼎分刀布，低回碧草黃鸝。(又念七才子聯云)作者七人，星聚文中龍虎；兀然千古，雲横天半峨嵋。(外)又好！眞可與七才子爭雄。

【前腔】二賢遺愛，七雄沈派，功德文章絕代。許多豪傑，憑將四句題該。越顯得梁間燕雀，碑底龜螭，都拱護神靈在。四楹金彩上，定有瑞芝開。叫小廝數一數，這兩聯多少字？(丑應云)四十箇字。(外)生奪却四十顆明珠做挂壁釵。(旦)這月露形，風雲態，門生這樣的歪對句，不過是小孩童圖夜散書堂快。老師今日呵，金谷老借乞兒債。

(外)小廝，再滿斟三杯，送黃爺，好等他發興做詩，就絕句也罷。(旦做卓文君琴臺詩，外念介)寡鵠芳心不自持，求凰舊事冷多時。琴臺一夜山花血，月上峨嵋叫子規。(外拍手大叫云)妙不可當！賢弟你就是撑着眞珠船一般，顆顆的都是寶。(外)

【前腔】琥珀濃未了三杯，眞珠船又來一載。儼絲桐送響，出暮田黃菜。看音調這般凄楚呵，眞箇是清明杜宇，寒食棠梨，愁殺他春山黛。一堆紅粉塊，得你這一首詩呵，恨不葬琴臺。説什麽采石江邊弔古才。（旦）老詞宗令門生代，況文君自合吟頭白。因此上難下筆，險做了賴詩債。

這遭該上梁文了。（外）這四六，一法是你的長技。（旦寫介）（外看念介）伏以藐然閨秀，描眉月鏡之嬌；突爾戎裝，挂甲天山之險。替父心堅似鐵，秉虎豹姿，羞兒女態；從軍膽大如天，換蓂莢葉，歷十二年。移孝爲忠，出清於濁。雙兎傍地，難迷雌撲朔之分；八駿驚人，在牝牡驪黄之外。英靈振古，壇廟宜新。黄金鑄雪骨冰肌，紫氣架雲鬟霧鬢。芳魂紅幟，定依娘子之軍；碧水黄陵，何忝夫人之廟。棟梁伊始，香火長存。（外看畢云）尤妙！尤妙！

【前腔】他從軍輩本是裙釵，你上梁文細描英邁。比曹娥孝女，多一段劫營攻寨，看他年朱欄字薜，黄絹碑陰，定賞殺中郎蔡。（外）替粧這樣大門面，只好了老夫。（旦）豈不壞了老師名頭？

（外）紅羅新挂處，誰不道豫章材，正好架百尺高樓把五鳳擡。（旦）門生呵，眞醉矣，渾無奈，又騎着匹瘦馬向天街驀，何日了木蘭債。

（外）怎麽説這箇話？（旦）門生醉了，纔那上梁文少六箇兒郎偉，可不就是少木蘭債一般。（外）上梁文一字千金，那兒郎偉不消也罷了。（旦轉身驚介云）險些兒做出來！（對外云）門生果是大醉了，敢斗膽告辭。（外）你怎麽説這樣敗興的話？老夫也苦不俗耶。你敢是小看老夫沒有潤筆之資，像如今人討白詩文的麽？我有也。我已曾分付取四疋葡萄錦，四疋燈籠錦，四枚玉管，薛濤箋便沒多了，只有五十。又收拾一大盒子青城山的雪蛆，好備你酒渴詩枯之用。也再不要你做詩了，只管放心喫酒。（旦）老師這般說，門生便醉死也不敢告辭了。（外）若眞醉了，便我那小書房兒裏，有一些些大的箇花園兒，我和你去散一散。小廝，叫廚下把那俗品不要來了，只討些筍菜兒來，好下酒。（旦到書房看花稱好介）（內作琴聲，旦作聽介云）老師，那裏有人彈琴？（外）哦，這就是我的小女，叫做鳳雛。他從小而有些小聰明，讀得幾行書，也彈得幾曲琴，又下得幾着棋子。他不曉得俺們在這裏。（叫介）小廝傳進去說，有客在這書房裏。賢友，我那鳳雛，可又因刺繡什麽花樣，也漸漸的學畫得幾筆水墨花草翎毛。（旦）這等說將起來，明日就是箇曹大家與謝道蘊耶。（外）羞死人！正是耶，我聞得這三件是賢友的長技。（旦）只是箇耍子，其實不高。（外）小廝，你傳進去，叫取小姐的琴出來。就把他的畫兒也拿一張出來與黃爺瞧一瞧。（丑取上送旦介，旦看介云）甚妙耶！眞是寫意，全沒一點那閨閣之氣。（外）拿紙來，央送黃爺畫一角兒，好拿與小姐做樣子。（旦）這箇又是班門弄斧了。（外）小廝，斟一大杯，跪着。若黃爺不畫，便你不要起來。（旦）快起來，門生就畫。（旦畫，外看云）果是高！名不虛傳。送進去小姐看，拿琴過來，一法了了我的夙願。小廝拿酒過來，照前跪倒。（旦）不必，門生就彈。（做彈琴介）（外）這調也像似鳳求凰。（旦）正是。老師知道耶？（外）說什麽司馬相如，可惜我衙裏沒一箇卓文君。（旦作驚悔介云）門生果是醉了，或者打賭賽，也還勉强得幾杯。老師可容門生對這麽一局，可數着子兒，奉老師的酒何如？（外）好大話，你就算定自家不輸了？

(旦)門生醉中失言，可有罪了。該罰。(外)也罷，拿棋來，可也只下一角兒，兩人不過四十着，圖快些。(着介)(外輸介)(旦)老師該飲五杯，門生代兩杯。(外)怪物！怪物！件件的高得突兀！

【節節高】分明是楚陽臺九層階，一層高矣一層賽。琴天籟，畫活苔，棋吾敗，這師生名分憑君賴。算來我合在門墻外。(旦)老師怎麽這般戲謔。(外)你雲龍兩物一身兼，孟郊怎受得昌黎拜。

(旦又辭云)日側了。(外)斟酒過來送黃爺。

【前腔】你休辭日影歪，再三推，左右歸衙也了不得文書債。煮園芹薤，魚腦腮，餔莧稗，那葡萄疋錦，只好做囊詩袋，萬分酬不盡珠璣數。(旦)老師於門生這般擡價呵，譬如錦川片石有何奇，一時間僥倖得南宮拜。

門生這番眞告辭了。(外)罷，我也不淹留你了。

【尾聲】你遇着簿書閑，花月再，興高時打着馬兒來，我又試取烏鬼黃魚，了這罈琥珀醅。

(旦謝別出介)(外)叫官兒來，把纔說的潤筆那些東西送到黃爺衙裏去。(末捧物介)(外低聲分付云)我在書房裏等回話，你就打梆進來。(末應介)(外虛下)(末送旦至門外禀介)辦事官禀上參府老爺，曉得俺丞相今日的酒麽？(旦)這也不過是管待我詩文的意思，有什麽曉不得。(末)不是。俺丞相爺有一箇小姐鳳雛，未曾許配。爺可仰慕參府是一箇文學的魁星，風流的佳壻，極欲仰攀，命辦事官宛轉傳達。他說在書房裏緊等着回話，望乞就賜尊裁。（旦大笑云）可怎麼了！可怎麼了！也罷，既然說我老師等着回話，便我不免就這官廳裏，寫幾句回話麽，勞老辦替俺轉達。（末）是，謹領。（旦作下馬入廳寫介）（末喚淨云）黄大官，你把這些潤筆的東西，一件件收下，我可就要進去回話哩。（淨接介）（旦封詩付末介云）有勞耶。（末）不敢。（旦）我崇嘏一向的遮掩呵，似折戟沉沙鐵半銷。老師呵，你可該自將磨洗認前朝。我呵，天元不曾許我做男子，這就是東風不與周郎便。小姐孤負了你，且銅雀春深鎖二喬。（旦淨同下）（末打梆介）（外）他怎麽說了。（末遞書云）蒙爺分付辦事官這件事，就依着爺的說話，宛轉傳達與黄參軍。黄參軍可就在門外官廳裏寫了這回話，叫辦事官稟上爺。（外拆書讀介云）一辭拾翠錦江涯，貧守蓬茅但賦詩。自着藍衫爲郡掾，永抛鸞鏡畫蛾眉。立身卓爾青松操，守志鏗然白璧姿。相府若容爲坦腹，願天速變做男兒。（外大驚云）呀！元來他是箇女身。天下有這等奇事！這一樁姻緣，就是湖陽公主一般，事不諧矣。也罷，我鳳羽孩兒見應試科，明日該掛榜了。若是鳳羽得僥倖呵，我就强他做箇媳婦，管取他推不得。我且暫打睡一覺，聽早晨傳臚的消息。（同末俱下）

第五齣

（旦上云）我昨日不想有這樁事，遮又遮不得，只得向東君漏洩了那一段梅香。則纔那周大哥又報狀元及第，我今日既該謝酒，又該去拜賀，可把什麽嘴臉去見這老師。叫手下備馬，我要到周爺那裏

去。(作上馬介)

【半叫鷓鴣】這馬兒忙，我心兒懈，只因把梅花忒漏得消息太。(皁作高喝介)(旦)皁隸，恐驚林外野人家，你馬前喝道的休得要高聲賣。

(皁)到了。(旦下馬入官廳候介)(外上)且喜孩兒鳳羽果報了狀元。黄郎這箇媳婦，不怕不是他的。

【前腔】這報的忙，我笑的懈，重重喜事來得太。孩兒與那崇嘏呵，似兩顆珠一樣泣鮫人，撒千金南市裏都撞着回回賣。

叫辦事官，你與我快請黄參軍來。(末)黄參軍來謝酒，又爲作賀，在衙門外伺候多時了。(外)怎麽不早說？快請進來。(末出請旦進介)(外望見旦便謔云)好耶，你昨日上梁文說欠木蘭債，我也疑這話。元來你就是木蘭。我如今要奏過朝廷，問你箇欺君的罪。(旦纔跪云)望老師包容，始終天地之德。(外)哄你，起來作揖。參軍，如今可另有一箇題目要你做，你可推不得，(旦)豈敢。(外)老夫因愛你文學麽，與那爲人，故此開了這一場口。你如今既做不得女壻，可做得我的媳婦麽？況鳳羽僥倖是男狀元，你是女狀元。你是他狀元的先輩，他是你狀元的後輩。這箇也粗粗對得過了。若要包彈，除非說我做宰相無能，父子間文學又不濟，消受你叫一聲公公丈夫不起。這便也由你了。(旦又跪云)老師這般說，叫門生措身也無地了。只是門生這一樁欺妄，如今在老師面前站一時也羞不過，若是做了媳婦，却終身要奉侍公公，這羞可怎麽羞得了。(外)你且說那木蘭那等事，是英雄們纔幹的，可是榮不是辱。你怎麽這沒顛倒見了。我如今就要上箇本，討一箇人替你那參軍。天下都要聞知哩，何況我公公一人。叫寫本的。（小生扮寫本生上）（外）你就寫一箇本稿，把這黃參軍的緣故，連我要娶他爲大爺的媳婦這一段話，也帶在上頭。料聖上必允。你送與李先生看過謄清，就奏上罷。我不閑也不消拿來看了。（旦作羞態又跪云）說不得了，門生謹領老師的尊命了。（外）這般說，你與我那女兒是姑嫂了耶。（叫丫頭介）梧葉兒，快叫小姐取過新禮服冠髻來，與嫂嫂插帶改粧，待大爺回來就好成親。（旦又跪云）老師忒倉猝了些，另擇一箇日子罷。（外）今日掛榜日子，再要怎麽？趁今日定了這樁事，省得你回去又番悔。（貼帶丫鬟捧粧物上相見介）（旦換粧介）（衆吹打迎生上）（生）

【前腔】看掛名的忙，落名的懈，馬嘶金勒驕何太。我杏園折得狀元紅，這杏花一任他十字街頭賣。

（生見外貼）（旦背立介）（生問云）那是誰？（外）你一向在場前別館中，這件事我不好差人來報你。這箇就是你的通家兄弟黃參軍，他元來是箇女身。我纔是昨日要把你妹子招他爲壻，他極了，纔說出來。（生驚云）天下有這等奇事！如今又改了粧怎麽？（外）因他做不成女壻麽，我就改箇題目要配與孩兒做箇媳婦。他也推不得了。我就叫你的妹子幫他改了粧，專待你來成親。古人說金榜題名，洞房花燭，今日却不是天然的妙合。女兒，你就請嫂嫂過來拜親，不要害羞。（生）爹爹，忒倉猝了些，改日罷。（外）元來你兩箇一對兒，都是這樣假乖。快拜。叫賓相贊禮。（中淨扮賓相上贊禮介云）女狀元和男狀元，天教相府配雙鴛。試看比翼青霄上，一樣文章錦繡翻。（生旦交拜介）（中淨贊云）雲母屏風燭影深，長河漸落曉星沉。嫦娥應悔偷靈藥，碧海青天夜夜心。（生旦貼交拜介）（贊云）荷葉羅裙一色裁，芙蓉向臉兩邊開。亂入池中看不見，聞歌始覺有人來。（外）

【畫眉序】我當日總文裁，孩兒與黄郎呵，不過是座主通家雁行輩。今日呵，喜鰲頭交占，與鳳侶同諧，誰承望桃李門牆，翻奉侍舅姑耆艾。（衆合）狀元罕有雌雄配，天教付女貌郎才。（生）

【前腔】參幕與吾儕，當初呵 本兄弟通家兩稱謂，誰知道假龍公尾鋭，隱蚌母珠胎。今纔識下月嫦娥，還誤認上科前輩。（生旦合）狀元何處表雌雄配？只爭箇紗帽金釵。（旦）

【前腔】非是我撒喬乖，只爲寒居忒蕭索。期宫袍奪錦，免門逕關柴。愧相公招跨鳳仙才，惹蕭史做乘龍佳客。（生旦合）狀元你我既雌雄配，雙雙詠柳絮花魁。（貼）

【前腔】快壻稱參懷，誰料參軍亦吾輩。總先生設席，奈弟子弓鞋。改新郎做嫂入廚房，遣小姑爲婆嘗虀菜。（旦衆合唱）狀元險誤我你做雌雄配，不笑殺了蝶使蜂媒？

（中淨扮内相捧旨并諸賜物上）俺奉蜀王爺的旨，宣賜那女狀元和周丞相的乃郎新狀元成親。俺打着馬兒行來，這就是丞相的宅子了，不免進去宣旨。（報介）（排香案介）（中入衆跪宣旨介）皇帝詔曰：朕適覽卿奏，此事特奇。及問婚期，乃即今夕。朕轉聞兩宮，亦並驚喜。兹會旨合賜濯錦江水所染鴛鴦段二十疋，眞珠十升，鳳凰一母將九雛紫玉簪一條，八寶粧金釵二股，南粤翡翠千翎，助卿嘉舉。崇嘏原職，便勅銓除，以卿子鳳羽代之。嘏可！朕嘉悦其奇，且念伊三載奏最，可封夫人，秩三品。追比古懷清事例，加號奇清君，歲給精粟百石。懿哉嘏可！文學優長，吏事精敏，久淹蓮幕，已及瓜期。選駿九方，貴畧馬於牝牡；守貞十載，誰知鳥之雌雄。天上佳期，人間好事。狀元雙占，爾既自致二難；參郡交除，朕特成其四美。（中歇旨向外云）爺纔分付叫俺傳語丞相，兩狀元代爲兩參軍，這是四美。（又宣介）故兹詔諭，宜悉朕心。謝恩！（謝介）（衆見中，中畧謔且告辭，外留中，中云）爺叫看成了親，等着回話，怎麽好稽留。（外）這等便明日備小設薄禮謝勞罷。（中）那裏要謝，只要問你家的兩狀元討首號詩兒罷了。（笑介，中下）（丑與淨取笑諢介）（丑）

【滴溜子】難道女兒假粧男出外，況二十年來又妙齡正當少艾，竟保得沒些兒破敗？黄大官，你緊跟隨怎地瞞必知大槪，我試問那海棠可依然紅在？

（淨喝介）走，放屁！

【鮑老催】你梅香儻賴，把嫦娥做自己般看待。他可像你這般麽，廚房中雜伴瓜和菜。梅香姐，（丑）我不叫做梅香，叫做梧葉兒。（淨）梧葉姐，你看我這老漢，你就説眞是一箇漢子麽（淨扯開胸膛露奶子與丑看介）我扳開領扯奶頭和伊賽，那小姐呵，我從前乳哺三年大，休説道在家止許我陪他，就路途中誰許箇男兒帶。

（外）那兩箇這般舞手舞脚的，在那壁廂說些什麼子？（丑）禀老爺，原來這箇黃大官，也是箇媽媽。纔梧葉兒因見他奶頭大，細問他，他纔說出來。（外）又添出一件古怪了，你把他的話對我說看。

（丑）

【滴滴金】梧葉兒呵，摸着他老蚌殼雙珠礙，大得來果珍李上加脝奈。他胸膛不轂掛兩隻牖丁當漿皮袋。他說那小姐呵，別無盛价，在家出路都是他包代。他是一箇鴛鴦様占盡了奴儕。

（外）媳婦，你過來再仔細說這箇緣由，梧葉兒說得不明白。（旦）這媽媽元先呵，

【鮑老催】是箇西鄰粉黛，來乳哺媳婦到初學拜。不想俺椿萱都歸蒿薤。（外）我到一向失問，尊公是誰？（旦）先人就是黃使君，名唤做黃彥。（外）耶！元來是先輩名臣。這老者死後，你便怎麽就與那媽媽兒過活？又怎麽相隨直到如今？（旦）這媽媽也姓黃，媳婦就叫他做黃姑，與黃姑入深山似僧尼戒，十年酬却詩書債，從來相伴惟他在，肯許箇蒼頭代？

（外向衆云）二十多年伴着一箇老婦人，更見他徹底的澄清。又是名臣的後裔，我一聞此語，不覺要手舞足蹈。（外衆合向旦唱）

【雙聲子】木蘭代向邊檢寨，卽這箇黃令愛。（合向淨唱）牡丹䴡須綠葉蓋，出這箇黃姑怪，

幫襯來，成文章伯。似天上謫下人間界，住織女黃姑本銀河一帶。（合）

【尾聲】這姻緣眞不歹，小可的動了龍顏喜色，誰信道繡閣金針翻是補袞才。

（外）辭凰得鳳今如此，（貼）坦腹吹簫常事矣。

（生旦）世間好事屬何人？（丑淨）不在男兒在女子。（下）

〔音釋〕

跑，上聲。　籠，上聲。　三老，蜀人呼舟子也。杜詩：「長年三老遙憐汝。」　峩岢，蜀人呼船然也。　沾，平聲。

索，音灑。　脬，音拋。　獳，音龍。

歌代嘯雜劇

凡例

一、此曲以描寫諧謔爲主，一切鄙談猥事俱可入調，故無取乎雅言。

一、今曲於傳奇之首總序大綱曰開場。元曲於齣內或齣外另有小令曰楔子，至曲盡又別有正名，或四句，或二句，檃括劇意，亦略與開場相似。余意一劇自宜振綱，勢既不可處後，故特移正名向前，聊准楔子，亦所以存舊範也。且正名亦未必出歌者口中，今於曲盡仍作數語，若今之散場詩者，大率可有可無。至各齣末則一照元式，不用詩。

一、元曲不拘正旦正末，四齣總出一喉。蓋總敍一人事也。此曲四齣四事，原無主名，故不妨四分之。然一齣終是一人主唱，此猶存典型意乎？

一、每齣既歸一喉，則餘角祗供問答。其白之詳略，自宜婉轉赴之，總期達意而止。

一、齣惟一韻，俱從中原。其入聲派歸三聲者，自宜另有讀法。甚有有其聲無其字者，亦須想像其近似者讀之，若從休文韻，則棘喉多矣。

一、四唱者俱宜花面，無已，王之妻或姑用旦角。而其花面則以厥夫代之。蓋縱妻終非俊物也。

一、四事雖分四齣，而穿插埋照俱各有致，觀者亦未宜草草。

虎林冲和居士識

楔子

（開場）【臨江仙】謾說矯時勵俗，休牽往聖前賢。屈伸何必問青天，未須磨慧劍，且去飲狂泉。世界原稱缺陷，人情自古刁鑽。探來俗語演新編，憑他顛倒事，直付等閑看。且聽咱雜劇正名者：

沒處洩憤的是冬瓜走去拿瓠子出氣，

有心嫁禍的是丈母牙疼灸女壻脚根，

眼迷曲直的是張禿帽子教李禿去戴，

胸横人我的是州官放火禁百姓點燈。

第一齣 用皆來韻

（扮張和尚僧帽僧衣上）誰說僧家不用錢，却將何物買偏衫？我佛生在西方國，也要黄金布祇園。小僧本州三清觀張和尚是也。緊自人說，我等出家人，父親多在寺裏，母親多在菴裏。今我等兒孫又送在觀裏，何等苦惱！師弟唤做李和尚，頗頗機巧，只是色念太濃。這是他從幼出家，未得飽嘗此味，所以如此。但此事若犯，未免體面有傷；不如小僧利心略重，還不十分大犯清規。一向口那肚減，積下些私房，已將師父先年典去的菜園，暗自贖回，未曾說與李和尚知道。昨見他衣衫上帶些脂粉氣，不知這貓兒又在何處吃腥。想來世上無錢不行，或者他亦有所積，未可知也。不如將他唤出，用此言語誘出他的錢來，增使在我這園上。只說收後除本分利，待臨期開些花帳，打些偏手，也是好事。像我這一片公道心，將來愁無箇佛做？（喚介）師弟那裏？（李和尚僧衣光頭應上）來了。自從披剃入空門，獨擁孤衾直到今。咳！我的佛，你也忒狠心！若依愚見看來，佛爺爺，你若不稍寬些子戒，那裏再有佛子與佛孫？（張背聽，笑介）開口就是這話，昨日的脂粉氣有些來歷了。（見介）（張弟才說佛子佛孫，幾曾見佛有子孫來？（李）既沒有佛子佛孫，何名爲佛爺佛祖？（張）師弟，你不知道，大凡佛爺佛祖，不過是吾教之尊師；就如你我師弟師兄，也只是異姓之骨肉，何曾是他親生嫡養的？你聽我道來：（唱）

【仙呂點絳脣】我佛西來，教門廣大、無邊界。衣鉢初開，旋立下這親支派。

（李）佛爺佛祖既不生你我佛子佛孫，這些佛子佛孫却又是何人所生？（張唱）

【混江龍】這皮囊臭袋，都是父精母血種成胎。（李）這胎是怎生樣種法？（張唱）因緣情色，（李笑介）妙呀！（張唱）養育嬰孩。（李）奇呀！（張唱）投至到今日得爲佛弟子，誰知道三年才免母之懷。（李背介）人是父母所生，誰不知道，我特地要誘出他這話來。我且再誘他。（向介）師兄，既是父母生的，如何不留在家裏？（張）你不知道，（唱）也只因命多關煞有災危，或是星臨孤寡生妨害，才捨他披緇削髮，教他延福消災。

（李背介）這禿驢！他自因妻死身貧，方才出家，何曾爲此兩件？等我再去瀏他。（向介）師兄，你說

的一字不差。我等既自幼爲那人父之子，如今這等老大，也該替那人子作箇父親了。（張）阿彌陀佛！（唱）

【油葫蘆】你怎生說出這磨研碓搗的話兒來？（李）咱們的父母怎的生咱們來？（張唱）他是理應該。（李）怎見的他便應該？（張唱）他有三般題目忒台孩。（李）那三般？（張唱）一則是，生子生孫爲祖宗綿血脈；一則是，撐門撐戶替府縣益徭差；……（李）現今你我出家，將何生子？至如公徭私役，更是派不到你我。人人如此，眼見的這兩件脫空也。（張唱）他怎比咱們解脫五行中，超越三才外。他那一件還說的大着哩！（唱）他說爲甚的螽斯衍慶禎祥大，也只是助造化廣培栽。

（李）這道理果然大，與咱佛門中「慈悲方便」四箇字更相符合，正是我們極該盡的。（張）奈僧俗不同何？（唱）

【天下樂】那裏見野草曇花一處開，蓮台傍楚台？就是這破袈裟也繫不攏合歡帶。（李背出香囊介）你還不曾見我的此物哩。（張）莫說佛律森嚴；只那一班拏訛頭的也饒不過你我，一時拏到官司，打了還要枷哩！（唱）四方方一塊板，活脫脫長出箇大瓜來。當初大和尚原爲的是小和尚，誰知小和尚轉累了大和尚。（唱）那時節恐那小和尚沒佈擺。

（李背介）到那時節再作道理。（向介）師兄雖說得是，但既名曰道，便該無物不有，尤該無時不然，才是。(張笑介)天下可盡之道尙多，何必拘定此道？(李)此外道復何在？(張)難道李賢弟尙未盡過？豈不聞四書上說得好：瞻之在前，其交也以道；忽焉在後，深造之以道。苟爲不得，求之以道；欲有謀焉，得其心有道。非吾徒也，循循善誘人；取諸宮中，綽綽有餘裕。如不容，請嘗試之；將入門，援之以手。其進銳者，不能以寸已，頻蹙曰，有慟乎？徐徐云爾，無所不至，喜色相告，無傷也。及其壯也，故進之，故退之，盡心力而爲之，未見其止；力不足者，苟完矣，苟美矣，以其時則可矣，將以復進。或問之，樂在其中。有以異乎？曰：亦人而已矣。(笑介)得其門，欲罷不能，雖有善者，惡吾不與易也。此道之謂也。(李笑介)妙妙！是或一道也。(背介)原來這賊禿水路既窮，又要走旱路了。(向張嘆介)吾之不得與於彼道，命也！但那些俗子也太便宜了他，既有妻，又有妾，既有妾，又有婢，若與道獨親。那俗妻又吃醋拈酸，偏使他不可以爲道，却是爲何？(張)這正是他每各盡其道處，一箇要博施於人，一箇要皆備於我，正所謂道不同不相爲謀也。(李笑介)更妙！弟聞人講道多矣，未有如此痛快者！妙妙！昨又有一事，我從本州衙前過，只見州裏太爺衣冠不整，慌慌張張從裏面跑將出來，隨被奶奶趕上，揪着耳朶兒進去。只聽得州爺說：「奶奶，還與我留體面。」又聽的奶奶說：「歪材料，誰敎你去偷丫頭！」連打帶罵，扯進去了。師兄，你說麼，道中既有此苦，便不盡他也罷，何必求道太殷，何不望道未見。(張笑介)這還是州爺走的道路差了，他堂上有許多門子，倘肯走我等適間所講之道，那有此禍？畢竟是我們的道理好，他不能及。(李)他此一道雖不及咱，(伸手抓介)那把刀勝你我多着哩！將回去起屋置田，事事便益，你我拏甚的去比他？(張)任他起甚大房，沒有佛殿大；隨他置下多少田，沒有香火田地多。(李)俺們的香火地在何處？(張唱)【村裏迓鼓】若論起當日田園，可也十分氣槩，連阡整陌，誰承望一絲不在。(李)却是爲何？(張唱)也只因暴殄特多，才生事故，合當頹敗。(李)願聞其詳。(張唱)償一味的酷愛摴蒱，太貪杯斝，死戀裙釵。(李)風流呀！(張唱)光頭皮，那見他風流骨格？

(李)師兄，適間所講之道，師父豈有不知，又去戀那裙釵怎的？(張)他不知如何肯與賢弟盤桓？(李笑介)又寫在我的帳上來了，未有弟，先有兄來。(張)你師兄是妻死後出家的，難道遞不得這張兎票。(李背介)這秃驢不打自招也。(向介)師兄，今日也還想那在家的道味麽？(張唱)

【元和令】我只爲曾飽嘗些滋味來，到如今渾不保。(李)也虧你忘懷。(張唱)我不是死灰槁木硬心懷，也是沒機緣無計策。(李)灰不死，恐還要燃，木不槁，恐還要發。(張)起初尙慮如此，如今手頭空了，便要學師父去戀一戀也難了。賢弟，比當年也覺得蒼古了。(李背介)可惡！這秃驢只管打抹我。(張)人都怕你我和尙狠，又不肯送徒弟來了。漸覺的鎗也不疾，馬也不快，連那一道也覺得淡了。(唱)因此上恪遵戒律苦持齋，倒清閒了這數載。

(李)如此看來，師兄兩道俱廢也。還是你，我則不能。難說人就沒些道氣兒。(張背介)他眞心漸露也。(向介)這也難怪你，你只緣未嘗滋味，不免以灑落爲先；我因曾久歷風霜，故恆以經營爲重。(李)師兄又來了，你我僧家既無田園，又做不得買賣，經營些甚的？(張)如何做不得買賣？(唱)

【上馬嬌】川中的杉板，口外的松材，他忙時用，我閑時買。做僧鞋，更廣製些醬菜。（李）是呀！這都是有利錢的。（張唱）咳！但如今那討本錢來？

（李）還是種菜園用的本錢少，還好去湊，可惜菜園已典與人。（張背介）這秃驢漸漸入彀也。（向介）賢弟既有本錢，何愁無園可種？實不相瞞，我已向舍親處借貸些須，將園贖回。只是糞米人工，後手不接。賢弟如肯見愛，除了舍親的本利，再除了賢弟的本錢，餘利兩分均分。如此積漸攢將起來，雖不能光復舊業，可也着實方便，賢弟以爲何如？（李背介）哦，原來此園贖回了。只爲我在那箇人兒家日子多，在觀裏日子少，所以一向不曾查考。他也不該瞞我，我幾曾見他有箇親戚來。等我耍他。（向介）荷兄帶攜，小弟自當如命。（張背介）這秃驢中計也。（向介）既蒙不拒，望早早見顧，本利一分俱不敢苟。（李）弟是全賴，但不知種那一種菜蔬有利錢？（張）這也要大家商量。（李）燕窩何如？（張）此乃海邊之物，種不得。（李）鷄椶何如？（張）此又雲南所產，種不得。（李）猴頭羊肚何如？（張）二物皆非土產，種不得。（李）鷄腿蘑菇何如？鵪鶉茄子何如？（張笑唱）

【勝葫蘆】呀！你爲甚的直管夾葷帶素道將來？（李）賣不盡的也好把來解饞。（張唱）我也做解渴望梅猜。賢弟，此兩種亦不過素其實而葷其名，怎解得饞？（李嚥唾介）既解不得饞，怎生好？咳！我的鷄腿兒呀，鵪鶉兒呀，幾時到口也？這等看來，便種些葱蒜罷。（張）葱蒜乃五葷之一，咱僧家不便種他。若依我，只種些絲瓜兒好。（李）不好，快綿陽。（張笑介）出家人陽便不綿也沒幹。（李）你莫管他。(張)豆角兒何如？(李)不好，荳蔻含苞時，看了動興，不如老老成成徑去種了些葱蒜。就是有人問時，我只說賣，不說吃。那箇鎭日跟着咱們不成？(張拍手介)妙呀！(唱)你可也 妙計能言堪喝采，我聞賢弟此論，(唱)好似夢被呼回，癢將手擱，想是天教俺趁這一行財。

(李)師兄，趁着咱們閒，去看看菜園何如？(張)使得。(行介)(張)此間已到，請賢弟先行。(李)從未敢僭。(張)此是小圃。(李)大膽了。(背介)此園乃常住公物，你不過贖回，如何便稱小圃，莫不就單姓張了？幸我尚未中他道兒。(先行介)(向張指介)這不是葱蒜麼？(張唱)

【么篇】這些都是昔日主人栽，(李)人未必信。(張唱)我也怕人說是吾儕，原說爛賤的買了，(唱)待貨盡畦空疾便改。(李)如今議定了還要去栽，何必又改？(指介)這茄子是解不得饞的，種他何用？(張)也是那舊主兒種的，本待要摘下這等一箇來，你我剖而食之。(唱)只爲難解饞喉，姑饒奉客。(李)也罷了。(指介)遠遠那些架子想是葫蘆架。(張)緊自人說，咱僧家是箇瓢頭，敢種他？不過是些絲瓜子。(李)若是葡萄架，一時倒了怎處？(張)賤累亡故已久，你我又不走州裏爺那一道，何妨？(唱)那怕他劈臉倒將來。

(張背介)這賊禿一眼便望見許多架子，知道他的銀子借的成借不成，架子上許多冬瓜，豈可教他看在眼裏？不如就此處留住他罷。(向介)那一壁是豆角架，荳蔻正在那裏含苞，怕賢弟一時見了動興，不必去罷。只在此絲瓜架下一凉何如？(李)正好。(指介)那絲瓜花兒開的眞是可愛。太多了，瓜便結的不大，不如摘些兒嘗嘗，就看這園裏的水好也不好？(張)既是弟不怕綿陽，叫長工採來。(叫介)(扮長工上)師父喚我作甚？(張)可將這絲瓜兒摘下一掬兒來，治來與師弟共享。(應下)(李背介)這禿驢今日只顧把話來顛我，又且十分慳吝，我索性與他一個剪草除根罷。(向介)絲瓜花兒將來白吃了可惜，弟有魯酒一樽，把來配吃何如？(張)怎好破鈔去買？(李)不消買得，有一人借我錢使，特的把來與我准利錢，故有此酒。(張)愚兄日後利錢，或按月，或總分，一一不爽，斷不敢以物折准。(李)師兄多心了。(長工上)絲瓜花兒到。(李取酒奉張)(張連飲介)(李背介)一箇茄子捨不得，酒便三杯下肚也。這是呂太后的筵席，不是中吃的。(張)弟酒因何不乾？(李)想一根葱兒下酒，不敢啓齒。(張)一根葱兒何難，便是三四根也不打緊。長工聽我分付者：(唱)

【後庭花】你快先將那醬碟兒揩，疾便把溝葱採。葉兒要全全的洗，就是那鬚兒還宜細細去擇。(李笑介)吃時如此工夫，賣時那肯爛賤？(張唱)你謾疑猜，這是我如來戒。他說惜福的福自來。(長工持葱上)(李抹頭大叫介)罷了罷了，你來看，(指頭頂介)此處想有個大窟窿。(張笑介)光光的所在，又有一箇窟窿，可像箇甚的？(長工瞧介)是箇馬蜂螫的眼子。(李)馬蜂呢？(長工指介)那打種兒的瓠子上釘着的，不是他？(李)那箇像箇瓠子種，只好像箇賴象的大卵袋。等我去打殺那馬蜂，出我這口鳥氣！(趕介)(張慌介)他看見冬瓜怎處？(李背介)哦，原來這幾架上有偌多的冬瓜，怪道他不敎我來看。冬瓜冬瓜，我不因趕蜂，如何遇你？你不久就屬小僧了。(回向張介)師兄，那壁廂架上的冬瓜可也茂盛，虧你怎生種漑來。(張唱)疎與密手親栽，(李怪道，背介)葱蒜還恁小，倒說是舊主栽的，冬瓜已恁大，忽說是自己栽的，一霎時謊便露了也。這禿驢有酒了，正好弄他也。（向介）可有箇數兒麽？（張）怎的沒有？（唱）多共少記明白。（李）却是爲何？（張唱）過幾日擔將去，到長街，糴換些米和柴。我與你 門謹閉，酒頻篩，只吃的醉醺醺帽兒歪，醉醺醺帽兒歪。

（李）師兄，你有帽子的，便好吃歪了；像我這沒帽子的，只好受那畜生的氣！（張）你的帽子呢？（李背介）啐，說急了些也，帽子被那人兒留下作當頭的，如何好說出來。且謅箇慌兒哄他。（向介）再休提起，就是那一日從州前過，恰遇着州太爺與奶奶厮鬧，來看的該有多少人，打鬧裏不知被那箇剪去了。氣的我這兩日不出門，整日價只是吃酒。（張笑介）偏杯了，你頭兒上雖丟弔了些子，肚子裏倒添入了許多。這等好酒，你就整日價吃，虧你有這等大造化。（李）這未算好酒，他當初問我借債時送來的酒，比此酒更好幾分。那酒，熱吃好，冷吃也好；此酒，冷吃不過如此，熱吃才覺更佳。（張）如此何不早說，就熱來嘗嘗。（李背云）中計也，吾有蒙汗藥在此。（抖入酒介）（向張介）酒熱在此，請速嘗之。（張飲介）果然熱吃好，愈覺燥辣，妙妙！（李勸長工介）這等香噴噴的，你也吃一杯。（長工飲介）（李自斟飲，吐，假醉倒地介）（長工扶李並倒介）（李起指張笑介）禿驢！你如今還會打覷我蒼古麽？還會揭挑我與師父盤桓麽？還會說我磨研碓搗麽？我如今把你的冬瓜盡情摘去，寄頓在我表子家，看你拏甚物去換柴糴米？半個茄子兒也捨不的，葱兒只教拏兩三根來；如今架在瓜空，你可心疼麽？我把你這錢眼兒裏坐的禿弟子孩兒，若伸出頭來，就是箇帶銅枷的禿弟子孩兒。（下）

(忙上)瓜已摘完，寄頓已妥，他二人正好未得醒。但醒得遲了未免生疑，不免用水解之。(灌水介)(李仍假醉睡介)(二人漸醒介)(張)師弟，好酒也呀！他如今還醉臥在此。噫！這地上吐的這等狼藉，看滚污了衣服。(長工)可將他喚醒。(喚介)(李假作夢語介)奶奶饒我！(張笑介)又是那裏的話？(推李介)師弟醒來！(李醒，閉目介)奶奶，再不敢也。(睜眼假羞介)(揖張介)多謝師兄救我。(張)賢弟正與奶奶厮纏，是我等不知趣，打溷了，如何反來致謝？(李)不見甚的奶奶。(張)長工在此也聽見，如何推得？莫不是夢兒裏去尋師娘來？(李)未曾見面，何處尋起？(張)莫不是州衙中奶奶來打和尚？(李搖頭介)州衙裏奶奶也沒這樣狠。若不是師兄喚醒，你師弟正在那裏受苦哩。(張)爲甚的受苦？(李嘆介)有這等事，方才酒醉睡去，便見一個老兒，白鬚白髮，手拄拐杖。不知說些甚的，園子裏便走出一箇長長大大的婦人來，却穿着一套不青不白的衣服，又走出若干的美人來，都穿着一套不黃不綠的衣裳，又走出許多七大八小的男女來，穿的衣裳或綠或青，顏色不等，都與那老兒磕頭。老兒道：「你衆人不日都有殺身之災！」衆人便哭啼起來，向老兒求救。(張)求救？那老兒怎樣回他？(李)那一班美人們一種柔聲嬌態，更哭的十分有趣，依着我便被他哭軟了。那老兒只是搖頭，說道：「那人主意已定，打算已久，不日要將你們上街市賣，糴米換柴，去閉門飲酒，我如何救得？」衆人益發哭將起來。只見那長大婦人便一把拉住那老兒狠叫道：「上街換米，這是我等應受的業。但閉門飲酒，豈是僧家所爲？上聖若不垂救，這秃驢們益發肯犯清規，無忌憚了！」那老頭兒點頭道：「你便說得是，但教我如何救你？」那婦人道：「不如教他每去別家園裏脫生，雖不免將來之災，也不墮奸僧之計。」那老兒歡然道：「依你依你，你就和衆美人去罷。」那長大婦人又道：「望上聖將這一槩衆男女還須一視同仁。」那老兒道：「這和尚還知惜福，他每未可全去，你只管去罷。」說畢，揚長去了。（張）衆人呢？（李）那衆美人一齊也向長大婦人施禮道：「多虧嫂嫂玉成，請即先行。」那婦人氣昂昂的道：「你每自顧去，我便不去也。」衆美人道：「你與我等說了方便，如何你倒不去，受這禿驢的氣？」那婦人道：「他敢來氣我？聖人說得好，吾豈匏瓜，繫而不食？他一定是吃我不成。況我腹中有子，他敢輕易將來斷了種兒？那禿驢們好漸醒也，衆姊妹快去罷。」那衆人聽說，一時四散。是小弟看上一個最精最妙的一把抱住，那美人叫一聲救人，那長大婦人就大步趕來，將我的頭髮揪住，尺二金蓮只顧亂踢。我便道：「自與嫂子無仇。」他道：「你還說無仇，你方纔不對長工說，我是個賴象的卵袋，我教你且受些象卵袋的苦！」（哭介）你看我身上還有青傷沒有？再看我頭上還有頭髮沒有？（張）頭兒越發光了　「面只有小小的一箇孔兒。看將起來，那婦人嗔你將他比做象卵，分明是個瓠子精了。（李假驚介）瓠子也會成精？（長工）頭裏我也疑心，你不該這等粗比。那老兒是誰？（張）一定園中土地。（長工）怎見的？（張）白鬚拐杖，衆又呼他是上聖，豈非土地？（李）是了！我見他戴的巾，穿的衣襴，也有些像。那些美人呢？（張）這便一時想不出。（李假想介）莫不是些冬瓜精？（張）怎見的？（李）世上那箇美女不把臉搽做冬瓜樣子？冬瓜便做箇美女，也不定得。（長工）是呀！此想甚是有理，衣服又是不黃不綠的，豈不是冬瓜顏色。據此看來，那些衆男女必定是茄荳等精了。（張慌介）美人既散，冬瓜可虞，你我快去看來。（跑看，驚介）呀！果然被他走了。茄子呢，絲瓜豆角呢，葱蒜呢，長工快去看來。（長工轉介）俱各現存，只是龍道邊還拾了這箇小冬瓜。（李背介）我記得像落了一箇的，因回時抄捷路而來，遂此忘了收拾，幾乎露出馬脚來。（回介）想是這箇瓜，從此一路走去的，虧我適間將美人一抱，故此粘了人氣，變不去了。（接瓜抱介）我的美人呵，誰叫你叫喊來？（張指瓜唱）

【柳葉兒】瓜呵 我把你做珍奇般看待，高搭架那樣擎抬，朝澆晚溉辛勤大。實承望車盈載，積盈堦，誰知道你狠心腸化作塵埃。

這還是土地老兒的不是。你既知我惜福，何不免教他去，以爲惜福者勸？（李）還虧這老兒有些正經，若肯信那瓠精的話，把茄豆等菜一齊放去，看你怎處？（張）是呀！（唱）

【青哥兒】都是你這瓠精瓠精僓懶，把我那瓜兒送在九霄九霄雲外。我與你是那一世裏寃仇解不開？你不與我將瓜挽留下也罷，還唆調他去，又催促他去。我如今何等心疼，你倒樂意呀！賊瓠精，（唱）你怎的不説箇明白，急的我抓耳撓腮（拔介）拔起你的根荄，（李）傷了你的手了。（張打介，唱）打碎你的形骸，（李）可惜了，種斷了。（張唱）直至 狼藉紛紛點綠苔，也解不得我愁無奈。

（哭介，唱）

【寄生草】我時何蹇，運恁乖？瓜呵，早晨間纍垂弔掛眞堪愛，一霎時冰消瓦解眞奇怪。瓠精呵，一剗地讒言冷語眞毒害。(李)弟的本錢尚在，師兄將來再種不是。(張唱)就是根芽今向土中生，何時成挑擔向街頭賣？

(李)酒還未盡，待弟斟一杯與師兄解惱。(張唱)

【賺煞】便玉液口難開，(李)如此，請師兄歸禪房去罷。(張唱)這殘畦步倦蹣。(李)誰教你打瓠種時那般用力，直使得如此勞倦。(張唱)不是我好使得這等力憊筋衰，怎禁他猛地將人沉下海！(李)等我二人扶着你走。(張唱)便扶我也寸步難捱。且住着，長工，你與我拏將鍬钁來，替我再把那瓠子根打上千百下。(李)師兄，怎生這等惱他？(張)他該惱處多着哩；他把瓜兒催促去了，也儘勾了，還大剌剌兒的坐着不去，分明欺負我無奈他何，我就斷了這瓠子種又何妨。我便頂包、化緣、撇鈸、說因果也過了這日子，莫不只有園子好種？(唱)你唆瓜走，使巧奪乖，那更不動巍巍欺忒煞。去了的我沒擺劃，且做箇官打現在，我看你到那裏去訴寃來？

(氣倒，落帽介)(李暗拾帽入袖，與長工扶下)

第二齣 用江陽韻

(李和尚持僧帽笑上)人有善願，天必從之。自從那人兒留住我的帽子，正苦沒箇帽子戴了出門。幸張和尚昨日被我耍的氣倒，徑將這箇帽子落下。我因暗暗拾來，(戴介)這帽子豈不就姓李了。昨晚便要出門，被那張和尚一時要尋死覓活，我只得强留了勸解他。他今氣已放慢，只是臥病在牀，我正好乘閒往那人兒家走走。一來取樂片時；二來出脫我昨日寄的冬瓜，十分難脫虎口，便將香馬兒燒他一下，也可了我願心；三來就取出我的舊帽子。（指頭上介）這都是虧你作成也。（下）（扮王輯迪妻上）花作丰姿玉作標，雲情雨意黯魂消。阿難被攝仍空去，我笑摩登術未高。奴家王輯迪之妻吳氏是也。覽鏡自照，容顏頗不後人。不期嫁了王輯迪，偏生得刁鑽醜陋，異樣猥獕。可惜一塊好羊肉，倒送在狗口裏，這還是俺爹娘的不是。從古道相女兒配夫，你就未曾見那做女壻的大來動靜，也該先看你做女兒的從小行藏。你把我當做誰哩？（唱）

【中呂粉蝶兒】我本是花隊魔王，逞風流先登驍將。自小兒生的旖旎非常，那更善梳粧，工調笑，有許多情況。堪恨我那懵懂爹娘，把我錦前程全不安排停當。

【醉春風】直教我顧影兒空自憐，若教我繫心猿真是彊。等閒的打抹幾箇有情郎，我徹根兒想想，內外人材，好一時難齊也。（唱）大都來貌雅的才疎，手強的腰軟，嘴熱的身忙。看來總不如李和尚好。人說與僧家相處有三件好：一，不說；二，不撒；三，不歇。我向來不信，今才知一字不差也。（唱）

【脫布衫】他外才兒灑脫清狂，內才兒却雄偉堅剛。餓肚腸煞會涎纏，俏鬎老偏多伎倆。我前日怕他一時負約，將他戴的帽子奪下做箇當頭。那時節只見他，（唱）

【小梁州】青鬱鬱新剃的頭皮直恁光，搽來松子芬芳。他留下帽子不好，要帽子又不敢，只得光着頭兒去了。（唱）你看他溫存博浪忒通行，我留情望，只道是沒頭髮的楚襄王。他昨日將許多冬瓜慌慌張張的寄在這裏，略說一兩句話就去了。晚間又不來，不知是甚的意兒，教我心中委決不下。（唱）

【么篇】恩情料是無疎曠，論光景委是慌張。教我謹掩藏，空惆悵，但露些兒疎放，敢打散錦鴛鴦。

待他來時，我細細的問他，此時敢待來也。（李上，敲門，入揖）（妻不語介）（李慌介）想是怪我昨日匆忙而去，未與溫存，理該請罪。（跪介）（妻唱）

【上小樓】在咱行做甚趨蹌，你自有人兒相傍。（李）小僧再有甚人？此心惟天可表。（妻唱）我爲你曾咬牙痕，曾剪青絲，曾與香囊。（李背介）還有香疤未燒。（向，出香囊介）青絲牢貯經厨，香囊常存懷袖。（妻唱）你只看這一樁，想那兩樁，還將奴撇漾。咳，這世上眞沒有慈悲和尙。（李）小僧如敢忘了盛愛，教我入廟見鬼，沒飯忍飢。（妻）旣賭這等大誓，想無別心。且起來。（起，謝介）（妻）我且問你，昨早爲甚不來？（李）因無帽子。（妻）光着頭，前晚旣可去，昨早就來不得？（李）前晚尙可，昨早甚難。如光頭可以往來，前芳卿留帽何用？（妻）你昨日送瓜之時，我也未曾見你戴着帽子。（李）那時節意在冬瓜，徑忘了遮蓋葫蘆。今特地漏了這頂，趕早來看芳卿。（妻笑介）

這帽子是那裏的？(李)是我師兄的。冬瓜也是他的。(妻)你既弄了他的來，不長不短丢了就去。幸是那强人昨夜未歸，倘歸來見了怎處？(李)料芳卿自能發放。(妻唱)

【么篇】這東西不即溜，又不説短共長，却教我怎的支吾？怎生遮蓋？怎樣收藏？你也忒莽撞，忒邋忙，全無些智量，盡推與老娘發放。

(覰李帽介)這帽子不好看，不如你自家的。(李)也不差甚的。(妻)哦，想是你戴的不如法。過來，等我替你整整。(李)衣冠不整，情人之過，這才是。(近前)(妻搶帽，袖介)(李央介)這帽子便芳卿留下，將前日那一頂賞還罷。(妻)那一頂，正好端端正正藏在那裏。(李)不肯，仍將這頂見賜罷。(妻)你忙甚的？等臨去時我與你。(扮丈母，掩口呻吟上)牙疼病又發，發時沒處躲。躲到女兒家，那裏去尋我？此間已是。(敲門介)(李慌介)(妻)這敲門的又不像他，慌怎的？你且躲在此，聽我外邊聲口。(開門)(丈母入介)(妻高聲介)原來是母親。(李)是他麼？不妨的。(出介)(見介)(丈母)這師父是那裏的？(李)是鴛鴦寺住持。(妻)他販冬瓜到此。(丈母)你便販冬瓜，莫要掏了我兒的豆角去，看你的葫蘆秧兒。(妻)母親言重。這位師父精於醫道，善治牙疼。你女兒正要治齋管待他，問他求箇方兒。(丈母喜介)我説躲躲兒好，這一躲，就遇着這位口齒科的師父，眞乃僥倖也。(妻唱)

【滿庭芳】這師父學多識廣，略施手段，立起膏肓。(丢眼色向李介)(李)不敢欺，小僧非惟長於口齒，兼精女科。凡是深閨曠女，多年孀婦，一切蹺蹊病證，手到皆可除根。(妻向李唱)但得 根除，一笑全無恙。我輸心兒多贈齋粮。(李)藥醫不死病，佛化有緣人，那有索謝的理？(妻唱)不死病，現疼了不是一時半晌，有緣人今幸遇敢不倒篋傾囊？(李謝)是小可，小僧只要傳名。(妻唱)細端詳，眞乃如來模樣，我就到處去把名揚。

(丈母)師父，這也是我兒的孝心，師父的慈悲，我老人家的緣法，把這方兒傳了罷。(李背介)我曉得治鳥牙！我只記得師父說，凡牙疼者要灸閻續骨。我知道閻續是甚麽，想來或是女壻，待我說與他，也是箇陰隲。(沉吟介)且住，這不好。他女壻一身都是骨頭，灸他那一處的是？有了，只揀他一塊不致命所在灸他娘。(向丈母介)老菩薩，這方兒所用的藥品，若說與別一家，他未必就有，可可兒尊府極現成。這是老菩薩尊恙該好也。(妻唱)

【快活三】稀奇的海上方，却怎生在此廂。眼跟前，只有小媳婦對着老婆娘。藥在那裏？

(唱)葫蘆提可也沒處想。

(李)不用別者，只用令壻身上一物。(丈母)莫不是牛膝？(李)不是。(妻)莫不是龜板？(李)也不是，只用將令壻的尊脚請出來。(妻)那臭烘烘的東西，要他作甚？(李)將後跟灸上三壯。老菩薩，尊牙情管火息疼止。(妻笑介)灸那一隻？(李)丈人病灸左脚，今是丈母病，灸右脚。(妻)這方兒曾經驗過麽？(李)這是妻母灸過小僧的，眞是奇驗。(丈母)師父原是半路出家的。(李背介)又說急了，幾乎……(回笑介)師兄便如此，小僧不然，是老菩薩誤聽了。先年敝鄰有個齊母，牙疼的比老菩薩更利害，也是小僧傳與此方，把他令侄壻小僧一灸，火息一般疼止，至今數年不發。（妻笑介）親壻呢？（李）侄壻如此，親侄壻益發不同。但既得仙方，還要更知灸法。（妻）灸法如何？（李）小僧此法，灸雖用香，馬不用艾。（妻）却以何爲馬？（李）是小僧咒過的法馬。此馬過夜不效，灸者但略動動也就不效。（妻）這馬兒有在身邊麼？（李）醫僧醫僧，藥物隨身，如何沒有？（丈母）如此老身有幸了，請卽見賜吧。（李）待我取來。（背介）我帶將馬兒來，原要與他幹那事，不期這老婆子來溷了，想是今日不能如願，不如且把來與他罷。知他女壻今日來不來？就來了，也沒有順情伸着脚敎灸的理，但略動一動兒，便可推在他身上。他丈母只怨女壻不該動，必不疑我的藥不靈。這謊兒何等妙？（出紙包送介）馬在此，請好好收之，臨期取用，不可敎見了風。（妻）怎麼有許多忌諱？（李）古方原是如此。不是小僧誇口，此方不但可以治人，兼能治樹。當初一家子有株絕大的桃樹，半已枯死。是小僧見那主人翁捨不得，贈以此物，在株李樹上一灸。原來這李樹就是那桃樹枝兒接過的，就如令愛嫁到令壻身邊一般。只這一灸，那桃樹依然茂盛，李樹就未免立刻僵了。（妻背介）難得是眞，便灸死那强人也爽利。（向李介）哦，原來如此奇效。（李）此乃異人授的，捉死替生的咒語。經我咒過，便可李代桃僵，就像那摘牌替役。（丈母）我那女壻呵，你幾時才回來，可不疼殺我也！（扮女壻上）只爲渾家不待見，終日躱在街上串。（連打噴嚏介）緣何連連打嚏噴，想是一時把我念。（敲門介）（妻）這才是他了，你兩個坐着。（丈母）他來也，我便好快也。（李）他來也，我便好去也。（壻入相見介）丈母拜揖。（李揖介）原來就是令壻。藥物已到，小僧就此告辭。（妻）還未及酬謝得。

（李）前村也有一家相約，同是主顧，不敢久停。這謝意改日再領，就來看一看藥渣兒。（暫下）（壻）此僧何來？（妻）適間門口過，因請來醫治母親的。（壻）母親何恙？（妻）虧你做女壻，連母親的牙疼你也不知道！（壻）此丈母的舊恙，我如何不知？（妻唱）

【朝天子】雖是那舊恙，却來的改樣，痛苦也實難狀。茶兒也懶嘗，床兒也懶徜，禱告的可是天神降。（壻）原來這等，你女壻失問也。（妻）你終日在外邊串，肯到母親那裏看看兒怎的。（唱）幸遇着潔郎，他傳個妙方。（壻）病好遇良醫。（妻唱）眞是病好把良醫撞。（壻）是怎樣一箇方兒。（妻唱）病娘，要康，則除是你把慈悲放。

（壻）我放慈悲，莫不是借你去謝醫。（妻笑介）呸！汙邪了你了。是問你身上要一物。（壻）我身邊但有一物，也不回家裏來了。那有甚的？（妻唱）

【四邊靜】要你受些苦創。（壻）莫非要我割股？（妻）股便與股相近，却不用割。（壻）莫非教我燃香？（妻）燃也差不多兒，却不是香。（唱）股而不割，燃也非香，只要請出你那經年不洗的右足來。（壻）出題何意？（妻唱）則在踝旁跟上，灸上這等七八壯。（壻）灸這些？（妻笑介）哄你呢，又不吃燒熟的鷲足，灸這許多何用？只小小的灸上三壯兒。（壻）也成不的。（妻唱）醫好我的老娘，也不枉與你同鴛帳。

（壻）熱巴巴香燒肉，急煎煎火燎皮，疼的緊，成不的。（妻低語介）呸！我當初在你家團養的時節，你老子來扒灰，我不曾疼過？我既爲你老子疼得，你就爲我娘疼不得？（壻）這是遠年的事，從新又要我父債子還了。我還要留脚去走路。（妻）這神鍼法灸，正好醫你的亂走胡行。（壻）罷麼，疼的是丈母的牙，管女壻腿事？（妻）怎的不管你事？我是從他肚子裏扒出來的，你也有半截子在我肚裏串過，難道氣脈就不和通了？（壻）說便是這等說，還須擇箇好日子，看灸壞了我的人神。（妻）那師父說來，他這佛前咒過的香馬，過了夜便不效也。（壻）取來我看。（背介）等我丢弔他的就是。（妻）看不得的，怕透了風。（壻）這等說，待我尋箇避風的所在自家去灸吧。（妻）誰生的你這等乖，眼睜睜的看着，還只顧推，背地裏你又肯灸哩！（壻）其實我有些怕。（妻唱）

【般涉調耍孩兒】你從來生的多慨慷，到今日直恁的猥獕。（丈母拜介）姐夫，只當積箇陰隲，作成了罷。（妻唱）你看他白頭蹀躞老萱堂，爲甚的下拜東床？（壻）他只是怕疼。（妻）可又來。（壻）他怕疼，我又不怕疼？（妻唱）你少年精壯還堪忍，他老邁衰殘却怎當？你舒搶罷何須強？倘不施仁義，我也就不避強梁。

（妻按壻倒）（壻喊介）（李上竊聽笑介）被我作弄的好。你扯我掖之間，看我的帽子。（敲門介）（丈母）是那箇？（李）是小僧。（丈母）你又來作甚？（李）取謝。（丈母）你原說日後來取，緣何就來？（李）我非專爲取謝而來，爲的還是老菩薩。常言說：「無錢藥不靈。」未得謝禮，恐老菩薩一時未愈。雖是小僧藥馬尚然有餘，只怕令壻灸過，焉肯再灸？若一時不便，就是舊僧帽兒布施兩頂也罷了。（丈母）恐也未曾備得。（李背介）他不曉得就裏，等我使之聞之。（高喊介）兩頂沒有，便與一頂也罷。

(妻放壻背介)想是他來要帽子，等我打發他去。(衆扮街鄰男婦上)(李)想拏訛頭來了！(驚下)(妻開門)(衆入見介)(丈母)這列位是誰？(妻指唱)

【五煞】這是趙公公號小橋。(趙)先父別號東橋。(妻唱)這是錢叔叔喚次塘。(錢)家兄也號少塘，從家父柳塘一派起的。(妻唱)這是對門的裁縫孫皮匠。(孫)小人原會弔皮襖。(妻唱)這是精光下頦周鬍子。(周)偶被賤荆撏去。(妻唱)這是大肚累堆鄭俏娘。(鄭)只因有娠在身。(妻唱)爲甚的擠來訪？(衆)爲尊府喊叫，特來奉望。(妻)多承了。(唱)原爲我薄情的夫壻，並抱恙的娘行。

【四煞】待坐坐櫈杌稀，(趙)倒是立立兒好。(妻唱)待留茶事又忙。(錢)爲甚的？(妻)家母牙疼。(孫)此病最是苦楚。常言道：「牙疼不是病，病殺無人問。」利害着哩！(妻唱)不嫌絮聒聽奴講。(周)願聞。(妻唱)從來女兒的漢子如親子，誰家令正的親娘不是娘？(鄭)可不是麼？現今小壻管着我叫娘哩。(妻指壻唱)偏他不放在心兒上。敎他灸灸脚跟，便好醫得母親的牙疼，打甚麼不緊。偏他執拗不依。(唱)只圖他 自家無事，全不管疼壞了高堂。

(趙)想是王輯迪心中有些不順。(向壻介)兄弟，還須勉强從命才是(妻唱)

【三煞】只因他心不仁，非是咱好用強。(錢向壻介)王哥，你怎的不吐口兒？(妻唱)他抵死的不肯把牙關放。(指母唱)你看他疼的攢眉閉眼惟尋死，(自指)哭的我摘膽剜心淚幾行。(指壻)

他再不拍着良心想，那裏是着親的骨肉，知疼熱的兒郎。（孫）是那裏得此妙方？（妻唱）

【二煞】患多年，沒藥醫。幸神僧，贈此方。（周）此方出在何處？（妻唱）這方兒 他說出在龍宮藏。（鄭）原來是海上仙方。（妻）他這般樣奇方多着哩。（唱） 荳芽菜會教長在滋泥裏。（趙）是呀，那箇豆兒不從土裏長出來？（妻唱） 嫩薑芽還能生來柳樹上。（錢）是呀，死樹上還長出香蕈來，莫說活樹。（妻唱） 趕麵杖把黃花放，（孫）十冬臘月裏我見來。（妻唱） 他還有帶葉兒的膠棗，（周）怎得送我一箇兒，帶與小兒玩。（妻唱） 賽芥末的沙糖。

（鄭）我老頭子涼粉裏正缺此物，記着明日問他回些兒。（趙）既有此等奇方，王兄弟，你還該做箇響情。（壻）響情響情，灸的可也生疼。（妻）我母親又不白教你灸。（錢）不白灸，莫不是娘兒們家還要謝禮不成？（妻指母唱）

【一煞】他雖是小戶家，論私房有幾樁，輸心的好後將伊餉。（孫）是甚麼東西？（妻唱）破箱子貯着幾斗金剛鑽，（周）有這些？舍下不能，只好有幾升兒罷了。（孫）想是黃米。（妻唱）大珍珠還藏有半破缸。（鄭）這箇我家倒有，只是沒眼兒。（錢）想是豌豆。（妻指壻唱）直恁的無福享，原來是天生的癩狗，怎能勾扶上東墻？

（趙向壻介）原有這些好處。只恨我不是你的連襟，若是，我就搶着做了。罷罷，把這等便宜事讓你罷。我們去也。（齊下）。（妻向壻介）你聽麼？（唱）

【收尾】常言道三老當員官。（壻）就是官在此，也成不的。（妻唱）你原來受欺不受獎。（脫衣介）母親，（唱）你關上門，脫了衣，咱們齊齊上。那裏有閒工夫和他細細的講。（壻搶衣跑下）（丈母）他去了，怎肯回來過夜？藥便不效了。咳！可惜辜負了這好方兒。我的牙幾時才好也。（下）（妻）衣被搶去不打緊，左右還有這許多瓜哩。賣來，甚麼衣服不會做？但袖子裏還有李和尚的帽子，怎處？也不怕他，量他賴不過我。（下）

第三齣 用齊微韻

（李和尚光頭上）俗婦推不去，可人呼不來。適間與那人兒正調得熱鬧，美愛幽歡恰動頭，不期被那老婦人溷了。及至高聲索帽之時，又被衆男女一攪，便我那人兒出來也是不能見面，因此踴躍而去，甚蕭索而歸。今要再往不便，不往却又難熬，此際難爲情也。這都是那張和尚昨日說的話不吉利，甚麽打哩，枷哩，拿訛頭哩，何等掃興！他那殺材那裏曉得這裏頭的妙處。（唱）

【越調鬥鵪鶉】像我這破戒追歡，可也緣投意美。他愛咱是百鍊眞鋼，咱戀他是三春嫩蕋。一箇兒像細蔓纏匏，一箇兒像活鰍戲水。占住了色界天，鬧了些鴛鴦會。只爲這歡喜寃家，成就箇風流餓鬼。

師兄師兄，像你那些迂闊話，雖說得體面，忒也不近人情。只看你我吃穿居住，是何等的樣子？（唱）

【紫花兒序】俺享的是豐衣足食，住的是梵宇琳宮，守的是那冷幔孤幃，待不幹那事呵，又恐怕火騰祆廟，才一幹就 春滿菩提。尋思，這都是前世緣，那管的來生罪。我安排箇較計，背地裏且磨鎗擦劍，生人面權苦眼鋪眉。

師兄，你只說你種園的好。現今瓜瓠俱空，好處安在？就是種得好，也只是箇大糞熏鼻、赤日晒背的和尚。（唱）

【金蕉葉】投至你抱蔓時手胼足胝，怎如我與那俊龐兒偎肩貼體？莫說別者，（唱）只像我 半刻兒雨握雲攜，也不說你 前半世糟糠的屄屄。

我那妙人呵，適間那老婆子來，我何等驚慌！他只高聲說了一句，原來是母親，我便將心放下。他又遞箇眼色兒與我，說是請來醫母親的牙疼，我便將計就計，搗出若干的鬼來，何等光滑！何等圓美！我與你眞是偷情的領袖，扯謊的班頭，其實罕也。（唱）

【調笑令】論湊趣，我爲魁。他見景生情諸事美。若不是調眼色，有口辨，兼多急智，險些兒就臘泛了消息。只我這光頭皮捽手歸，眞乃是得便宜的到底得便宜。料此時衆男女也散了，灸的成也灸了，灸不成那王輯迪想也跑了，我且再去打聽一遭來。（暫下）

（王輯迪急上）造化造化，丈母他自牙疼，平白地拏我去灸！教我搶了此衣出門，一氣兒跑上三四里，你母子還會灸我麽？待我將此衣摺好，送在典鋪裏收着，也勾在外面過上十日半月，那時慢慢的回家未遲。（摺衣介）這袖子裏是甚物呀？原來是頂僧帽。這帽如何到得袖中？莫不是和尚非來醫丈母牙疼，想是醫他小腸風的。（看帽介）原來帽子裏有字寫着：三清觀張。哦，原來他是張和尙。我日前醉後歸家，只見一人騰窗而走，遺鞋一只。我將來枕着睡，待次日醒來和他算帳。誰知醒來，却枕着自己的鞋。他硬說夜來跑的是我，鞋既是我的，我也沒得說。今此帽入手，難道醫丈母的也是我罷。況且帽上有姓名，有住址。我且尋箇人寫張狀子，到州裏告他娘！只這指撥灸我的仇，也不該饒了他。（暫下）（妻同李光頭上）（妻）你怎的去得這等早？每常間便不如此，莫非前村裏眞另有你一個主顧，你遂將前情廢了也。（李唱）

【鬼三台】我怎敢把前情廢，就該把頭顱碎。（妻）去早爲何？（李）到此不得不說了。昨日你家的將衣搶去，袖中抖出帽子來。他經尋人寫狀，今日要到州裏去告。幸那寫狀的是我一箇相知，昨日再來時恰好遇着他，他說狀上雖寫告張禿，爲是我的師兄，特來透信與我。（妻）你昨夜怎不說？（李）恐怕誤了芳卿的歡愛。（妻悲介）（李背介）這一哭益覺可愛。（唱）淚珠兒似海棠花帶雨垂垂，那哭聲兒似柳外黃鸝也去風前嚦嚦。（妻）這都是我留帽子的不是了。（李）芳卿快不要這等說，當初留下帽子原是卿的美意。（唱）莫不成將你的好認作非。（妻）莫不成你我從此拆散了。（李唱）也未必喜變作悲，天下事道在人爲，和芳卿從長計議。

（妻）快議來。（李）如你我造化，州裏爺只根究張和尙，萬事俱休。倘說帽子上名姓雖同，醫母時面貌非是，少不得要追尋你我，那時節（唱）

【禿廝兒】只說是這僧家用強凌逼，小婦人並未依隨，因此上搶帽子正要告官司。只爲治母之病，亂亂的，(唱)那其間未遑一一訴因伊。

(妻悲介)如此，你便要吃虧，我如何下得？(李唱)

【聖藥王】便敎我吃盡虧，煆作灰，也不肯把玉體兒損毫釐。(妻)此外豈無別計？(李唱)你若有主持，沒轉廻，我管敎和你永遠做夫妻，這倒是鼠雀作良媒。

(妻笑介)計將安出？(李)芳卿既有心於我，可一口咬住那張和尚。我再把他手上傷痕，並那生時八字說與你記者。你臨期隨機應變，也有用得着處。倘官府判你離異，那時我就還俗娶你，豈非永遠夫妻。(悲介)只是你當官時未免要吃些苦，我又如何下得？(妻)這倒不妨，不是一番寒徹骨，那得梅花雪裏香？這是你的舊帽子，與了你罷。(李)這是要緊的。(戴介)(妻)你去罷，我如今要到母親處知會去也。(並下)(王輯迪同差鎖張和尚光頭上)(張)閉門家裏病，禍從天上來。(指王介)這箇人不知因甚事，將我告在州裏。差人把我鎖來。前日走了冬瓜，今日又遭官事，眞乃禍不單行也。(李上見欲避介)(張高叫介)李和尚，你來救我！(李)師兄，怎的來？(張)我不知道爲甚的？(差)爲甚的？偷吃腥葷的貓兒，今日被人捉住也。(李嘆介)你原說佛律森嚴，官司利害，今日却又明知故犯也。(唱)

【麻郎兒】你原有些藏頭露尾，直恁的口是心非。想一時間馬快鎗疾，又垂涎那舊鍋裏滋味。

這也是你自家尋的。像我守淸規的，看有何人敢來尋我？我是救不得你。（欲下）（王扯介）你往那裏去？你有些面善，昨日像也有你！（李）你如何又纏我起來？（王）昨日在我家的原是箇和尙。（李指張介）他是道士麽？（王）雖是如此，偏衫也有些相似。（李）頭上呢？（王）未曾戴帽子。（李自指頭上介）我呢？（王）戴著哩。（李）可又來，我又不曾光著頭。（差）只有光著頭的是和尙麽？你且在官府面前辨辨去。（李指張介）他方才叫我甚的來？（差）是李和尙。（李指王介）他告的是誰？你票上拿的是誰？（差）是張和尙。（李）可又來，（唱）

【么篇】我姓李，休提誤矣，票無名誰敢羅織。（差）原告現說有你。（李）既有我何必又告他？（唱）你信他一面虛脾，眼見的全沒把臂。

（李拉差背介）差哥放我，我有幾枚冬瓜奉送。（差）將不得的東西要他何用？我只拏去見官，寧可我們錯拏，任憑官府錯放。（暫下）（州官吏皂上）（州）只我爲官不要錢，但將老白入腰間。脫靴幾點黎民淚，沒法持歸贍老年。下官本州正堂是也。早間准得王輯迪一狀，已批下拏人，如何此時未到？（差押張李上，稟介）犯人到。（州點介）張和尙。（張）有。（州）你就是張和尙？好箇風流的佛子，脫灑的僧伽也。吳氏。（差）未到。（州）丈母。（差）也未到。（州）敢是賣放了！（差）不敢。只因路上又遇著這箇和尙，原告說也像他，故此先帶來見爺，然後再去喚那兩箇婦人未遲。（州）你會呀，多才

多了一箇，少倒少了兩箇。如今快與我拿去，拿不來討仔細。（差應下）（李）老爺就是青天，（唱）

【絡絲娘】不爭他爲張捉李，恰像箇有天沒日。老爺呵，你清水白麵般廣馳名譽，也索要推詳細。

（州）世間清不過水，白不過麵，你說的是。（問介）那原告怎樣說？（王）小人昨日回家，只見丈母妻子共箇和尚坐着，那和尚打箇照面就去了。後來是小人的妻子脫了衣服趕小人，小人搶了此衣，才見這袖中的帽子，才敢坐名告狀。（州）據你說，分明是謊狀了。你說和尚去了，你妻才脫衣服，如何告他與人有姦？（王）他行姦在先，脫外衣灸小人在後。（州）又胡說了！他既是要灸你，你倒不脫衣，他倒脫衣，莫不是灸他不成？（王）只因小人不服灸，他才脫衣要强灸小人。（州）他是誰？（王）是小人賤累。（州）原來是令正，要灸你爲何？（王）要治他母親的牙疼。（州）哦，你這獃弟子孩兒錯看了，既是口齒科，必定是箇太醫，如何倒來告和尚？（張）（李）老爺就是青天！（王）這箇灸小人的方兒，就是和尚傳的。（州）原來是個醫僧。你只說當初請的是那一箇？（王）小人不曾請。（州）不去請，莫不是他上門尋人治的？（王）小人正爲此疑他。（州）這會子連我也有些疑心。（指張介）原告認來，是他麽？（王）不像他，帽子却是他的。（州指李介）是他麽？（王）面皮便有些像，帽子上却不姓李。（州）是了，想是李和尚問張和尚借了帽子戴去的。（李）小僧現有帽子，爲何舍己求人？（州）既不是，或是張和尚向你借了面皮，戴着帽子去的。（李）他幹此等歹事，小僧爲何肯借與他？（州背介）是呀！貌帽既不歸一，教我也沒法。我只問出那一箇會行醫的來，就是他。（問介）張和尚，你想是會行醫。(張)小僧不會。(州)却會甚的？(張)只會種菜園。(州)這和尚不學醫，倒去學圃。李和尚，你會麽？(李)小僧更是不會。(州)休太謙，豈有兩箇人都一般不會的理。(李)小僧連園子也不會種，莫說是醫。(州)你兩箇既不會，想是他令正請去治你的。(張)(李)二僧並不牙疼，何須用治？(州)是呀！原告你過來，或者令正會做僧帽，他上門去求，因留下這一頂作樣子也未定。(王)作樣子爲何袖著？(州)這弟子孩兒益發獃了！人家的物兒，不好好收藏，莫不是丟弔了不成？(王)小人賤累並不會做針線。(州怒介)你又忒疑心，那和尚也忒口緊。你不認，我不認，想是這頂帽子是你老爺戴去的！都與我夾起來！(李喊介)不用夾，我認了罷。(州背介)還是用刑好，若教我聆音察理的問，便到明年今日也不濟事。(向李介)快認來。(李唱)

【小桃紅】當日箇黃昏一枕黑甜回，先做箇狐狸聽冰勢。(州)怎叫做狐狸聽冰？(李)老爺，大凡狐狸過冰，惟恐冰之不堅，故側耳於冰上聽之。(州作聽勢介)等老爺詳情。(李)待小僧自供情狀。(作勢唱)脫金蟬且濯滄浪足，鷺窺池、夜叉探海魂驚悸。一箇兒學伯牙把絲桐兒慢推，一箇兒粧啞廝去支吾敵對。那其間遞飛帖，誰敢半聲而嘶。

(州驚介)這都是前日我偷丫的光景，他如何知得這等詳細？他想有些來歷，不可惹他。只可問那張和尚便了。(向介)李和尚原來是個雛兒，才說夾就謊的胡說了，畢竟那張和尚是箇積年。你看他米師父兒是的，且與先拶起來。(拶介)(差引丈母妻見介)禀老爺，兩箇婦人提到了。(州點丈母)(丈母)不敢呀！老爺。(州)走，我叫你呢麽？(丈母)老爺點那一箇？(州笑介)吳氏。(妻)有。(州看介)

上來，再上來，着實上來。（皂）看後堂奶奶出來。（州）不妨事，若昨日穿堂後門首未安栅欄，我便怕他；今日不怕了。（戲介）（丈母向張介）張師父，你打問訊兒罷了，又套上這幾根小根兒做甚的？（州）是何人在下邊嚷？（李）是這老婦人叫張師父哩。（州）那婦人上來，你怎就認識的他是張和尙？（丈母）他與我傳方治病，共坐多時，如何認他不得？（州）你女壻現說面貌不像他，你老眼睛，你要認錯了。（丈母）婦人雖老眼昏花，尙記得送藥之時，掌中尙有一條血路。（州）皂隸看來。（皂看李介）沒有。（看張介）右手一條。（州）張和尙，血路何來？（張）是拔瓠根傷的。（州）路在掌中，拶時合掌，那老婦如何便見？我說麽，打箇照面的不如久坐的看得眞。下去。（李背喜介）何如？一計早驗也。（州）那小婦人，你丈夫說從你袖中得帽，告你養和尙哩。（妻）老爺，袖帽實有，奸情實無。（張）就是僧帽，也須辨箇眞假。老爺！（州）取帽子上來我看。（看介）原告，你錯了，這帽子是你的。裏面頭一箇字不是王字麽？（王）老爺，多看出一直來了。上面是「三淸觀張」四箇字。（州）是呀！這王輯迪兒倒認得字。（擲帽介）張和尙，自家去認。（張看介）帽便是小僧的，但不知如何得到他手？（州）想是風吹去的，貓含去的，也未必就能端端正正的在他袖中。（張想介）有了，是小僧冬瓜走了的那一日，氣倒臥床，至今未戴。這不是李和尙拾了去，就是偷了去，嫁禍小僧。（李）老爺，這就是箇大謊了。若死冬瓜會走，像小僧們這活葫蘆就會飛了。（州）是呀！（指頭介）像老爺這頭有翅子的，也就會上天了。這和尙滿口胡柴，奸情畢露。（張）瓜走之事，老爺只叫長工來一問，便知端的。（李）長工是他的長工，肯不護他？比如丈母若是小僧的丈母，也就護小僧了。（張）這是你前日做的夢，怎的今日不認了。（李）我前日做夢，你見來？你如今現在這裏做夢。不是做夢，如何都是睡語？（州）我只究問那小婦人。把和尚拶子卸了，與我拶起那婦人來。（卸介）（妻）不用拶，小婦人捱不得。（州）我也說你那嫩指頭兒捱不得，快供來免受苦楚。（妻）前日張和尚將許多冬瓜來小婦人家寄放。（州）你也不該容他放。（妻）小婦人的門只畧有一道縫兒，他就硬往裏闖，小婦人如何擋得住？（州笑介）是也，擋不住。再呢？（妻）到次日，張和尚來取冬瓜錢。我說：「冬瓜我原未買，如何要錢？」他笑嘻嘻的說道：「小僧也不是賣瓜的，這瓜也不要女菩薩費錢買。只求見憐，情愿全送。」就向前下跪求歡。（州學介）就如此向前下跪。（皂）老爺請尊重。（州起介）胡說！難道不許老爺詳情。（妻）小婦人就勢兒搶了這帽子袖了，說等丈夫來時教他拏去告老爺。（州怒介）可惡！何人求歡，倒要告老爺！（妻）要投告老爺。（州）投字何等要緊，你怎的不放在裏面。（妻）張和尚他便慌了，雙手緊緊的按住小婦人，不知是求歡，又不知是奪帽。小婦人正在兩難之際，我母親就來了。（州）他不知趣的緊，來作甚的？（妻）他來躲牙疼。張和尚見我母掩口呻吟，便說小僧情愿治牙，將功贖罪。小婦人疑他是脫身之計。他就自道生時八字，跪天說誓，因此才姑忍求方，圖醫母患。不期丈夫又不服灸，到底不知這方兒效與不效，這罪又不知贖的贖不的，憑老爺天斷。（州背介）生時八字是附會不來的。（向妻介）你上來，低低的說。（妻低說，州耳就聽介）（州）李和尚，你說你的生時八字來，我自有妙斷。（李說介）（州）不對。張和尚也說來。（張說介）（州）一字不差，虧那小婦人倒有記性也。（李背喜介）何如？又中我一計也。（州）那張和尚你還要賴甚的？原來那走了的冬瓜都走向王家去了。我問你，是推着他走來，還是挑着他走來？（王）是了，怪道家裏有許多冬瓜。老爺，原來就是他下的食，小人如今省悟也。（州）你頭裏如何又説像李和尚？（王）小人是兩只眼睛，如何比得他母子四隻眼睛的亮。（李）到底是眞難滅也。老爺，還有一事，（指張唱）

【小桃紅】他原是先俗後釋的老闍黎，飽諳風情味。（州）這益發定了。你呢？（李唱）小僧離娘懷抱便皈依，念阿彌，只要在色空空色上尋三昧。（州）高僧呀，你可有醫嫉妬的方兒麽？（李唱）這帽子是定案難移。若不是他親口供出呵，（唱）那冬瓜便死無招對。果然是賊口裏把赦書齎。

（州判介）你衆人可聽者：（讀介）理有一定，事無或然。豈甲之帽也，乃乙之戴焉。清河行者，既失頭邊之物；隴西班首，寧追帶下之歡？吳氏女雖未允奸，而治色誨淫，法宜離異；張和尚既從枷逐，則菜園無主，理合歸官。差役捉比丘而非辜，罰穀三石，免其責治；原告視丈母而不救，冬瓜贓物，沒入懲忿。李和尚着獨作住持，衣與帽粘連附卷；老婦人且寧家釋放，再牙疼與壻無干。（差背介）早知如此，便不要冬瓜，也該放他。（李）今日才見了天日也。（拜唱）

【東原樂】謝恩官大護持，早説不得離斷家務事。（州）我淸官專斷家務事。（李唱）你就是晝夜陰陽的包待制，有輪迴。老爺呵，你那世裏如犯這等姦情，也教你一般開釋。

（州）那張和尚爲何不語，想是不服麽？着與我綳扒起來，待他限滿還俗。（李）老爺，小僧念做師兄師弟一場，枷便着張和尚領，小僧情愿替他還俗罷。（州）觀裏那有這等好僧？但你尚未通靴州的路徑，待他限滿再議。（李向張介）師兄，你好口靈也。（唱）

【煞尾】活脫脫西瓜果長在方方處。你出家已多年了，（唱）又從新把立禪坐起。我問你 那拏訛頭的在那廂？這都是你苦持齋掙來底。

我且摘些茄豆，吃歡喜酒兒去也。（下）（張拉州不服介）（衆報介）後宅裏火起了！（州驚介）快叫百姓來救！（慌俱下）

第四齣 用家麻韻

（扮州衙奶奶上）非我生心好吃酸，男兒水性易情偏。算來不把妻綱整，取次移將閫內權。妾身本州奶奶是也。可恨那歪材料不來請命，擅去偷丫，虧我直鬧出州衙，他才有一二分悔悟。昨日出去升堂問事，我恐怕一時間有那美色婦女前來告狀，那歪材料與他擠眉弄眼，未免引的意亂心迷，實爲可慮，因此要往屏後一探。不期穿堂後門首陡添新柵，撼之再四，不動分毫。咳，這一定是那歪材料的計較了。你說有此一計，可以禁我上堂，難道我便無計可以弄你下堂。遂將後宅草屋放上一把火兒，霎時間烏烟匝地，烈焰騰空，不怕他不進來領罪。既進來之後，先敎他督人救滅，我自去歇息片時。今已無事，且喚那歪材料過來，發揮他一番，權時消遣。（叫介）歪材料那裏？（州便衣急上）有有，下官在此靜候多時，未敢擅離寸步。（奶）歪材料，你割愛偷丫，尚稱初犯；我新規方整，又弄乖

滑。是這般大膽包天，想要我寸身入土！若不與你見箇勢下，可也情理難容！（州）奶奶，下官恪守新規，又有何犯？（唱）

【雙調新水令】從來未敢犯渾家，但見你俊龐兒我夢中也怕。你新規雖再整，我狂病是舊時發。既已懲罰，把初犯姑饒罷。

（奶）懲罰懲罰，尚弄乖滑。前五百刼，和你生死寃家。（州唱）

【駐馬聽】我弄甚乖滑？你略閃星眸吾誠殺。（奶高罵介）你數日疊犯，好小膽也！（州唱）何勞叱叱，見微開檀口便酥麻。你喜時就是活菩薩，但怒來可也不減眞羅刹。（奶）誰許你這等高聲！（州）豈敢高聲？（唱）悄聲兒價，還恐怕氣的您心情炸。

（奶）你只說你不會弄乖，只那穿堂後門首柵欄是幾時立的？（州戰介）此柵是昨日才立的。上司如此行下，卑職如何敢違？（奶）就是上司行下，你也該禀過我行。（州）奶奶責備的是。是我一時事冗，未及禀明，還望奶奶恕罪。（唱）

【沈醉東風】專擅罪，權時恕咱，立法初，理合欽他（奶）我日前方有此鬧，那上司昨日就有此行，可可的如此湊巧？（州唱）他久矣普遍行，我纔繳遵依罷。（奶）甚麼上司，你這等怕他？快快與我拆去！（州唱）他雖沒勢劍銅鍘，立與拆還須會大家，且姑留他一時半霎。

（奶）你原來只怕上司，就不怕我。哦，原來只有上司奈何的你！（州）奶奶此言，下官就該死也！下官雖怕上司，料不及怕我奶奶。他不過口說着振綱肅紀，怎比你動便要弄杖拏刀。我只耳聽他激濁揚清，怎比得實受你抓皮咬肉。（奶）你怎生只說這些？我的好處，你怎的就不提了？（州）何日忘之，也等我慢慢的道來。他見我雖假以溫言慈色，怎如你枕席上雨意雲情。我見他雖效些婢膝奴顏，也不及在尊前竭力盡命。奶奶豈無耳目，（唱）

【雁兒落】我趨承勢有加，但戰慄無回豁。他乘驕氣焰兇，怎及你乳虎威風大？

（奶）那裏信你這一面詞。（州）下官怎敢以面詞虛奉！只想上司不過是箇老大人，奶奶你現是箇老夫人；只夫人的夫字，比大人的大字現多了上面這等一勒，豈非夫人還大似他？（奶微喜介）（州）不但我是如此講，即孔夫子也說道：「出則事公卿，入則事婦兇。」孟夫子也說道：「庸敬在兇，斯須之敬在上人。」下官豈有箇不遵孔孟的理？（奶笑介）你今日才醒也。我原不說，做官的只如此依着書本兒上行，那得箇差錯來。（州）領教。（望驚介）下官既已服罪，奶奶你爲何又叫人在前衙裏放起火來？（奶）你想是見鬼！（州指介）那裏不火光燭天哩！（唱）

【得勝令】爲甚的前衙火又發？諕的我身軀軟兀刺，牙齒兒頻相磕，臉皮兒似蠟楂。（叫左右）快對各衙裏說去，快傳百姓救火。（唱）傳達，若趁早兒撲滅下，我行查，便申文去紀錄他。

（左右禀介）老爺，不是失火，是百姓們持燈來救火。（奶）我說只是亮，不見烟。（州）燈便有這等亮？（左右）人多燈多，所以如此。（州喜介）原來如此，險些兒諕殺我也。（分付介）也虧他百姓有此好心，與我分附他，暫時回家歇息，待明日齊來領賞。我還有去歲的曆日，明日便三箇人賞他一本也不多。(奶背介)救火來的，他原來如此歡喜；像我這放火的，他心中必然暗恨，不可容他。(向介)歪材料，你明日要賞那箇？(州)賞百姓。(奶)爲何賞他？(州)爲他來救火。(奶)他爲何來救火？救的是那裏的火？(州)是後衙裏的。(奶)爲何後衙起火？(州不語介)(奶)歪材料，你爲何不語？待我替你說罷，想你這狗腸狗肚裏必定要說是我放的。若上司知道，問我爲何放火，我便說爲你擅立柵欄。若問爲何立此柵欄，我便說你因偷丫懼鬧。(州掩奶口介)我的好奶奶，你就活活的害殺人也。(唱)

【喬牌兒】夫人你休當耍，這賢否難擎架。明日上堂，我自有處。(奶)你旣許了賞他，却怎樣處？(州)奶奶不須挂心。(唱)我自是隨機應變出名家，肯遺留下做話欛。

(奶)着來的，若處的不如法，我便仍舊放起火來。你處之未了，我隨卽要放；我放之不可勝放，就敎你處之不可勝處。(州)下官領敎了。天也明了，請奶奶安置，下官卽升堂問事去也。(奶)柵欄不許下鎖！(州)知道了。(奶下)(州更衣介)險哉險哉！倒是奶奶自家說出主意來。不然，我一時誤賞了，他便疑我有嗔他放火之意，朝文囉唣起來，那時悔之何及。罷罷，如今少不得要把背悔心放出些來。正是，不資堂上勢，難免後衙災。(升堂介)(叫左右)昨夜那救火的百姓到了麽？(左右)原未敢散。(州)未散，有多少人？(左右)約有數百人。(州)先將花名手本來看。(傳上看介)計開：生員衞官甫等四十七名，坊廂百姓馮願嘉等五百二十名，僧道李和尙等六十三名，婦女陳媽媽等三十五口。(問介)這李和尙就是昨日那李和尙麽？(左右)是。(州背介)這秃弟子孩兒，昨日我一些兒沒難爲他。他不短不長，並不提出家兒一字，只寡寡的奉承了我幾句。難道這幾句話，是上得串兒的？可怎的也有再來見我之時。他今日再不走我鞦州一路，我自有處。左右，將手本出去，只把各項下有硃筆點的喚進來。（雜扮生員百姓同李婦上）（左右喚進介）（州唱）

【甜水令】只見男的、女的、僧的、俗的沒上來沒下，都闖入我陷人衙。你看他何等歡喜，都只道領賞來也。（唱）我教你來時歡喜去後嗟，呀，嘴搭箍枉受波查。

（衞）生員稟參。（州）不須行禮。（衞）這聲口不好也。（衆叩頭介）（州）除衞生員，餘各聽點。馮願嘉！（馮）有。（州）李和尚！（李）有。（州）陳媽媽！（陳）有。（州）住了。你是昨日的丈母，如何冒作陳媽媽？這該問個冒名頂替的罪！（陳）老爺！老婦人原來姓陳，只因女壻告狀，故就寫作丈母。昨日老爺天斷，說明與壻無干，那舊女壻就不敢來認，新女壻又還出家，又有誰來認寫丈母？（李背慌介）（州）是了。既經官斷，姑准更名。但你的女兒既招惹了一個和尚，今嫁的又是一箇和尚，想是吃着和尚的甜頭了，還該補問你箇主家不正！（李）老爺，他老年人稟的欠清。他新招的女壻尚未進門，因在家之外，故叫他做出家，非是另有一箇和尚。（州）和尚不和尚，不管我事。又不曾攙了我甚麽分兒，也不必究了。但你這和尚代人稟事，像有些健訟。（李）小和尚並不好出入這大恭門。（州）你還說不出入公門？（唱）

【折桂令】只這二日，便兩鬧州衙。把我這甬道兒旁門，可也走的光滑。你上來，（低問介）鞦州路可要走麽？（李）怎不要走？但不知路程多少。（州）也不過三二百里。（李）遠了，小僧盤纏短少。

（州）走！你這禿驢！罪要問，也不是一件。（唱）第一罪是知恩不答，（李）小僧前來救火，正是報恩。（州）胡說！莫不是這些人都是來報恩的？如本州一百年不起火，我的恩就一百年不報罷。（唱）第二罪是夤夜私行，（李）小僧同衆至此，並非私行。（州）胡說！不是私行，是那一衙喚你來的？（唱）第三罪是聚衆諠譁。（李）衆人之來，不約而同，俱是一片好意，誰去聚他？（州）又胡說！那些兒見他好意？既說來救火，便該用水，如何反點將燈來？莫不是以火救火不成？這不是要趁空兒擄掠，就是指望有奔出的婦女，要乘機拐帶也。（衆）老爺原來嗔不該點燈，夜間却是少燈不得。若是此時間火起，小人們難道也點燈來不成？（州）益發胡說了！就是夜晚間該點燈者，若似你等一手持燈，一手救火，本州的衙門明日還燒着呢！（衞）老父母，他們錯稟了。起先火未息時，以撲滅爲主，原各拏有麻搭、火鉤、木梯、水桶一切救火之具。（州）既如此，就該交到當官，以防日後再有火起才是。（衞）後因火息，以防範爲主，遂將了回去，換了燈籠來，惟恐倉與監一時有失。（州）又來扯淡了。倉中米穀，（指袖介）本州俱已收在此間，料得無虞。就是那監禁中，有一等慷慨孝順的，既感老爺寬縱之恩，欲去不忍。像張和尚那一等慳吝刻薄的，正好在那裏受桎梏之苦，欲逃不能。這也無勞挂慮。（指衞介）你喚甚名？（衞）生員是衞官甫。（州唱）論官府何須爲他？（指馮介）你喚甚名字？（馮）小人是馮願嘉。（州唱）你今日直逢着寃家。（衆）老爺也忒兜答的緊。（州唱）非是我立意兜答，你們也不諳刑罰。若是老爺惱一惱兒，就都該問箇明火執杖的罪。（衆）火在那裏？杖在那裏？（州）我就還你一箇火杖，你也沒得說。（唱）火是燈籠，杖是鈎搭。

(衆)明火執杖，所刼何物？(州)還禁得刼出物件來哩！今刼雖未成，業已有其具了。聽我判來。(判介)刼既有具，漸不可增；法難加衆，量與從輕。爲從者問箇小小有力，爲首者納箇大大不應，庫收繳。(衛)寃哉！州衙若不失火，吾等胡爲乎來？這都是老父母陷人於罪也。(州)別人這等説尚可，你是箇秀才家，如何文理這等欠通？(衛)怎見得？(州)大凡火之一字，他人無心而焚，謂之失，失則未免延燒。本州有意使之謂之放，放則由我起滅。只此失放二字，相去差了多少？(衛)父母之火，然則放之者歟？(州)或曰放焉。(衛)敢問其所以放？(州)不説，你書生可也不知。比如積歲之苞苴，尙存外廓；那更經年之竿牘，徒累行囊。至舊冊至原卷，屢經改洗，宜付之烏有先生；若招藁，若文移，暗倩他人，應使爲亡是公子。徑從火化，罔致風聞。按私橐之宛然，固知無有失也；諒有説而處此，是以吾曰放焉。(衛)火可放矣，人亦可殺歟？(州)我今未問爾眞犯，何云殺人？卽使殺人，亦未爲不可，你切莫輕視本州也。(唱)

【錦上花】俺五馬皃軒昂，三刀惡觚，怎比那尋常百姓人家？殺人的縣令，還應讓咱；滅門的太守，我也諒不大爭差。此猶似本州勢要言也。若論起理來，不但你們不該點燈前來，就是在家，也不宜點燈也。(衛)爲甚？(州)不點燈有三利，點有三害。(衛)願聞利害。(州)眠晏則起遲，有曠時日，一害也；燈張則油費，財用不節，二害也；防疎則變起，多生事端，三害也。一不點，則適寐興之宜，省油燭之費，無疎失之虞，豈非三利乎？莫説別者，只此一節阿，(唱)也見我無利也不曾興，有害也皆除罷。(衛)眞乃興利除害，容生員等建祠立碑去也。(州)是是。(唱)眞該把德政流傳，也不枉尸祝酬答。（衞）多謝老父母！但願燈火之禁，畧寬假生員些，道不得箇讀書人焚膏繼晷麽？（州）你又癡了，（唱）何不螢入疎囊，（衞）夏間便可，冬夜呢？（唱）雪映窗紗？（衞）春與秋呢？（州唱）也可去隨月讀書，（衞）月晦呢？（州）你終年去讀，便曠了這日把兒也不害事。（唱）權當做裒多來益寡。

（馮）他讀書的便如此，像小人這般作買賣的怎處？（州）你做買賣的益發不該點燈，古來原說日中爲市，未說夜中爲市。（唱）

【碧玉簫】白晝生涯，何事篝燈下？（李）買賣猶可，佛爺前豈不該點一盞長明燈（州）星星之火，也能燒萬頃之田。（唱）琉璃高掛也是禍根芽，我勸你瞑子裏記珠掐，無明盡都消化。（陳）老爺，出家人原該盲修瞎煉。像小的們下戶人家，倘要趕些夜作，卻怎處？（州）這益發不消了。常言道，歡娛夜短，寂寞更長。你只問你女兒去，他在那裏，不知怎樣的要早睡哩。（唱）你老人家，便縫聯補納，比如你點燈績蔴，且省些白日裏[艹度]門的閒話。

你們聽者，我午堂就出示禁燈，犯者以三等科罪：在家者責，街行者罰，近州衙者加等。你們仔細者。（衆）像這黑暗暗的如何過得？（州）瞎子不過罷，莫說你們有眼睛。（唱）

【離亭宴帶歇拍煞】大睜眼也強似那雙睛瞎。（衆）古人還要鑿壁偷光，偏老爺連自家屋裏的燈也不許點。（州唱）論偸光，還該去剜窟罰。（衞）老父母，還有一禁未曾申得。（州）何禁？（衞）

並禁月明。（州）是呀！（唱）便問他箇 夜深沉擅入民家。（衞）既如此，生員也不敢隨月讀書，恐與同犯。（州）此又有說，他既夜入民家，許見者登時用訖勿論。（指衞介）從今後收拾了那焚膏繼晷心，（指馮陳介）再不許援那宵爾索綯例，（指李介）也休提那寶炬常明話。 我還要細草一封疏，遠奏重瞳下。 一椿椿 都依着本衙，直敎 戴記上删抹了夜行以燭文，蕭何律旋添上元夜張燈禁，你百姓們只當做夜夜寒食罷。（衆）奶奶如點燈，爺怎處？（州）你放心。 奶奶終日慣放火，何須點燈？（唱）我 威行在刺史堂，却也先命稟過夫人榻。（衆）三刀五馬安在？（州唱）這正是萬人上一人低下。 你且莫管我，我還有句好話對你們說。（衆）願聞。（州下，低語介）（李躲州後介）（州）你回去， 各人買箇悶葫蘆兒。 就從今日起，把那每夜買油的錢攢着，到年終打開來一看，（唱）只我替你們省下的每夜買油錢，便一年間孝順我三五箇鬼薪兒，也不當做耍。

（衞馮陳先下）（州）左右且退，我要往後宅回話去也。（左右下）（州笑介）他百姓們辛苦了這一夜，虧我弄得他無賞有罰，又添出我無邊的生意。 正是口舌雖費，伸手介落得手底豐肥；良心斬收，（指膝介）免他磕膝受苦。 我好得意也！（轉身介）（李向作羞臉介）（州叫拿）（李急下）（州下）

傳來久幾句市井談， 莫須有如許蹺蹊事。
嘯不盡聊且付歌詞， 扮出來大家打雜劇。

補編

目録

桐君……一三八一
鈕大夫園林……一三八一
送高叟入燕二首……一三八一
送王四峯陸梅峯郁寧野三君赴闕下時俱貢入……一三八一
送季子牙入燕……一三八二
韶州觀音洞……一三八二
松竹梅圖……一三八二
詠落葉……一三八二
宿秦仲虛初陽臺上……一三八三
送友人會試……一三八三
送友人楚游……一三八三
陸長公燦寄餅餌賦答……一三八三
午時花……一三八四
秋海棠……一三八四
代辭免加蔭表……一三八四
代謝加廕表……一三八五
擬宋以范祖禹爲諫議大夫兼侍講謝表……一三八五
代賀李閣老考滿加廕啓……一三八六
代賀閣老元旦啓……一三八七
代賀閣老郊祀受賜啓三首……一三八七
代賀部院郊祀受賜啓……一三八八
代辭加廕謝閣老啓三首……一三八八
代加廕謝閣老啓三首……一三八九
代受欽賞謝閣老啓三首……一三九〇
代加封廕謝閣老啓三首……一三九一
代受欽賞謝閣老啓三首……一三九一
代閩功受賞謝閣老啓三首……一三九二
代謝部院啓二首……一三九三

代謝禮部啓……一二九三
龕山之捷……一二九四
書啓……一二九五
青藤書屋八景圖記……一二九五
題青藤道士七十小象……一二九六
選古今南北劇序……一二九六
理葡萄詩跋……一二九七
金龍四大王傳……一二九八
次韻答釋者二首……一二九九
牡丹……一二九九
杏花……一三〇〇
蘭……一三〇〇
萱花……一三〇〇
荷……一三〇〇
芙蓉……一三〇〇
海棠……一三〇一
菊……一三〇一
秋葵……一三〇一
竹……一三〇一
水仙……一三〇一
山茶……一三〇二
梅花……一三〇二
舟行觀瀑圖……一三〇二
歲寒三友圖……一三〇二
榴實……一三〇三
牡丹蕉石……一三〇三
菊……一三〇三
菖蒲石……一三〇三
右軍籠鵝圖……一三〇四
書札……一三〇四
墨芍藥……一三〇四
芭蕉……一三〇四
螺殼蒲草……一三〇五
山茶……一三〇五
雨竹……一三〇五
筍竹……一三〇五
荷花……一三〇六
牡丹……一三〇六
薔薇芭蕉梅花……一三〇六
梅花蕉葉……一三〇七
墨花卷跋……一三〇七
醉人……一三〇七
芙蓉……一三〇七
楚石上人鉢贊……一三〇八
十八日雨用韻將呈
一笑……一三〇八
七日謝海門使君餉
予陝中得牛字

二首……一三〇八
東坡作虛飄飄三首予續一首……一三〇九
墨花……一三〇九
蟹……一三〇九
仕女……一三〇九
蝦蛤……一三一〇
雙魚……一三一〇
墨牡丹……一三一〇
雨中蘭……一三一〇
魚鳥……一三一一
芭蕉梅花……一三一一
人物樹石……一三一一
月竹……一三一一
人物……一三一二
梧竹……一三一二
山水……一三一二
又……一三一二
雞……一三一二
人物……一三一三
山水……一三一三
遊魚……一三一三
虎……一三一三
仕女……一三一三
山水……一三一四
佛像……一三一四
松竹……一三一四
黃甲傳臚……一三一四
水仙竹石……一三一五
柳石……一三一五
葡萄……一三一五
竹……一三一五
菊……一三一五
雪裏荷花……一三一六
蓮花太湖石芭蕉……一三一六
花卉卷……一三一六
風鳶圖偈……一三一六
杏林春燕圖……一三一七
竹……一三一七
墨荷……一三一七
秋容……一三一七
富貴神仙圖……一三一八
竹籬茅屋……一三一八
秋葵……一三一八
蘆荻二蟹……一三一八
宜男花……一三一八
布袋和尚……一三一九
月季蛛網……一三一九

飛瀑古松……一三一九
雙燕……一三一九
秋蒲寒鷺……一三二〇
巨石杏花……一三二〇
古樹茅亭……一三二〇
蝦蟇……一三二〇
石榴……一三二〇
扁舟……一三二一
東坡赤壁前遊……一三二一
月照紫薇……一三二一
卷石古藤……一三二一
月中姮娥……一三二一
水牛圖……一三二二
石岸維舟蘆花夾水……一三二二
頭陀趺坐……一三二二
桑枝半月一蟬振羽……一三二二
古木寒鴉……一三二二
秋草五蝶……一三二三
巨松……一三二三
孤雁寒駝……一三二三
蘭……一三二四
芭蕉……一三二四
葡萄……一三二四
青藤書屋圖……一三二五
畸譜……一三二五

桐君

桐君乘白雲，遺廟對斜曛。作客題迴棹，懷人一薦芹。綠蘿隨樹長，青嶂隔江分。向夕如不去，簫聲天外聞。

鈕大夫園林

水色澹長空，山城下塞鴻。却憐屏桔柚，偏稱障芙蓉。涼入千門蕙，寒鳴萬砌蟲。最宜華月墮，十里映梧桐。

送高叟入燕二首㊀

中朝眇權貴，絶塞訪羈臣。偏以布衣傲，投亭野馬真。馬嘶將别意，劍嘯不平嗔。獨念慈親在，雄身未許人。

送王四峯陸梅峯郁寧野三君赴闕下時俱貢入

天王新側席，才子舊垂紳。海國雄三校，鄉書薦幾人。衣飄芹葉色，馬蹴杏花塵。萬里看鵬舉，羈禽切

㊀ 徐文長三集卷六已收一首。

一嚬。

送季子牙入燕

師席老門生，南冠歲兩更。不堪將楚淚，送爾向燕京。史館方羅俊，賢科屢拔英。徐生未須贈，寶劍且隨身。

韶州觀音洞

釋門臨水不勝奇，舊説西天本若斯。石自生成元五色，峯如削出只三支。空中雲氣妝難象，爐裹香名問莫知。直欲追遊昏黑境，休辭秉燭盡蘭脂。

松竹梅圖

得月詎離影，偃雪還共林。那能不異幹，直取終同心？

以上七首録自盛明百家詩徐文學集

詠落葉

秋來一葉杳然飛，無奈秋風葉葉隨。昨夜井梧應盡颯，誰家霜笛莫頻吹。掃從門外賓方至，積向爐邊茗一炊。但苦夜深和蟋蟀，倍添蕭瑟不勝悲。

宿秦仲虛初陽臺上

風引青霞曳徑長，千尋臺古映初陽。何如下有編蘿屋，避世身棲白鳳凰。

以上二首録自徐文長文集補遺

送友人會試

盡道君恩濶，都緣知己難。好將經世策，再謁禮闈官。南至鴈初少，北行天轉寒。明年杏花苑，春色滿金鞍。

送友人楚游

君去華容近洞庭，況逢秋水此時平。若教論道逢河伯，未必談經讓董生。千古異同何日定，一函衣鉢幾人承，馮君莫説謙虚話，嶽麓書堂待主盟。

陸長公燦寄餅餌賦答

粉松餡果蔗霜胚，曾共而翁啖幾枚。今日郎君重寄我，可能無淚滴封開。

午時花

花品將題感客懷，年來倍更困塵埃。誰知草木無情物，不到時來也不開。

秋海棠

海棠花本春園麗，開向秋時別種奇。賴得畫工加點綴，競將顏色鬥垂絲。

代辭免加廕表

伏念臣本以庸劣，甘伏下僚。誤蒙皇上拔擢，超致今職。才薄位崇，功微遇積。數年江海之上，萬里孤危之踪，向非聖明曲賜保全，則臣之螻蟻微生，豈能復有今日！自惟粉骨，莫報洪恩。臣之愧忱，天實臨鑒。曩者計擒巨逆，本皆仰賴皇上聖德感通，上玄默佑，是以陰奪其魄，偶爾假手於臣。辟如追逐獸兔，固必責諸犬馬，至於發蹤指示，豈與犬馬之能？卽此明披，臣實無有一毫勞伐。且海島浩渺，醜夷匪茹。其在往昔，撲剿甫停，桅檣復至。今者，春汛尚未過期，戰守互籌，寢食俱廢。正在戒嚴之際，方切僨事之憂，而皇上誤録舊勞，特加新命，超躋宮保，轉遷左階，兼以子息，亦蒙恩廕。臣聞命驚愕，不知所爲。竊念臣子之於國家，卽有勞勩，亦不過職分之常，不足齒録。況於今者，巨逆之獲，實自聖德感通上玄所致。臣若叨此隆恩，非特貪冒天功，招致尤戾；抑恐無功受賞，物議不平。伏望皇上俯鑒愚臣慚懼至情，真實不假，亟賜收回成命，容臣以原職供事，勉圖報稱。臣無任云云。

代謝加膺表

伏念臣本以樗材，誤蒙甄拔。驟致通顯，既深濫竽之慚；屢蹈顛隮，萌荷天慈之軫。曩者，計擒巨逆，恭伏玄威。自惟追逐之微勞，不堪齒録；首被騈蕃之盛典，祇益驚慚。恭陳辭遜之章，昭獲允俞之命。懼深汗浹，感極涕零。竊惟文官加宮保之銜，武職備禁衛之列，皆朝廷之異數，爲臣子之至榮。必有邁等之勛庸，間或假之，以彰懋賞。歷觀今日之仕進，膺此典者僅有幾人！而臣父子之間，熊魚兼得。愧非喬梓之俯仰，竝竊華階；爰稽今古之遭逢，信爲希遇。且舊恩優渥，未能少效夫涓埃；新寵頻仍，賚等洪私於天地。職愈崇而責任愈備；施益厚則圖報益難。臣敢不彌傾葵藿之心，向麗明而記照；益殫犬馬之力，奉指示以長驅。自一身而及子孫，永效周臣之奕世；祝萬年而逾億兆，願期堯曆以同天。

擬宋以范祖禹爲諫議大夫兼侍講謝表元祐四年

官以諫而爲職，實彌縫匡救之司；學必講而後明，乃啟沃咨詢之助。惟大人格君心而使正，若宿儒備顧問以疏疑。受任思危，措躬無地。臣云云。竊惟人君以聞過爲賢，故求諫於擊鞀之示；治政以明理爲要，斯求益於經筵之張。然官匪其人，言職或慚於未盡；仕而未學，至道或阻於難聞。徒無實而有名，欲得益而反損。是以英君誼辟，期於妙選慎登。求剛正之士人，以司耳目；訪學術之宗主，以助身心。至如臣者，才本凡流，時遭泰運。粗知守父師之教，僅識詩書；自念避翁壻之嫌，遠投閒散。乃自著作之微職，驟遷今秩之顯榮。冠簪白筆，望瑣掖以周旋；杖照青藜，登天祿而讐校。任誠艱大，地且清嚴。對仗宣文，儼臺閣生風之處；摇籤展軸，冀冕旒傾聽之時。而臣叨厠其中，曷爲自效！兹蓋伏遇道隆德盛，治定功成。太后之聖仁，幾至建隆之化理。任賢相而百廢具舉，立美政而千古無前。猶望補過於人，輒欲明經於己。而臣才雖不逮，志則未捐。敢言獨立，聊同仗馬之斯鳴；侍從談經，豈效蠹魚之徒蝕。自昔先朝之盛，尤多賢哲之臣。如光如諫院，首上儲貳之言；若奭侍講幃，輒獻無逸之畫。斯皆前輩之風烈，實臣後進之師模，自識愚蒙，敢忘磨礪。益敦忠鯁，期有犯而無欺；愈極躬研，誓與日而俱進。庶補缺於衮職，冀迪德於宸衷。伏願從諫如流，開卷思益。從人舍己，無忘逆耳之言；因聽致思，勿事虚文之飾。則過日寡而愈省，理無微而不彰矣。臣無任云云。

以上八首録自一枝堂稿卷上

代賀李閣老考滿加廕啟

耆英碩彦，夙稱師資；懋烈豐功，擬銘彝鼎。兹值燮調之既久，運啟昇平；況兼資望之益深，德宜表率。天心嘿佑，帝眷彌加。延賞及于鳳毛，絲綸世掌；兼職仍其餼廩，任養俱隆。四海聳聞，萬古交羨。其在知愛，益切忻愉。敢上緘書，用慶君臣之相悦；侑以薄物，略宣明舊之微悰。

代賀閣老元旦啟

元功初運，福履駢臻，藹一德之純熙，贊三陽於盛長。朝廷有道，海宇同春。某叨鎮外藩，莫遂趨賀。遥知蓂莢，纔舒一葉於堯階；願祝耆頤，永奉萬年之周曆。

代賀閣老郊祀受賜啟三首

夙夜在公，左右厥辟，望百神而屏息，同一敬以格天。時和歲豐，夏安夷攘；與世造福，爲商作霖。薦膺加禄之榮，實慰敷天之望。某夙蒙教誨，旋辱拯援，感激既深，忻愉倍切。謹宣菲貢，莫罄賀私。伏乞台慈，俯垂鑒納。右嚴

又

久直殿廷，駿奔禋祀，君臣同德，天人交孚。致四海於平康，秉一心之精白。榮膺加秩，允愜羣工。謹伸不腆之儀，用慶方隆之福。職守所限，瞻戀不勝。右徐

又

協贊聖主，昭格皇天，秉明德之惟馨，致太平於有象。陟偕師傅，聳聽華夷。謹伸不腆之儀，用慶方隆

之祉。職守所限，瞻戀不勝。

代賀部院郊祀受賜啟

側聞躬修明德，協贊聖君，上格皇天，下福黎庶。榮膺華秩，允愜羣情。謹伸不腆之儀，應諒倍常之喜。職守所限，躬賀靡由。

代辭加廕謝閣老啟三首

某伏念曩者計獲巨寇，本緣聖明在上，其威德足以讋伏遠人；相公居中，其籌策足以決勝千里。交孚協贊，以收成功。而某以碌碌庸愚，纍然在外，執桴鼓以從事其間，不過奉已成之廟算，所謂追逐獸兔，僅竊比於犬馬之勞而已。驟被加廕之命，實切悚慚。恭惟相公通達國體，化裁與章。始焉敍其勞而僭賞之以爲常事之勸，繼焉因其辭而贊成之以免冒受之嫌，俱無不可。謹因賫疏之役，恭上小啟，欽布下情。伏惟恩德高深，捐殞莫報。以方在辭免之際，未敢陳布謝私。惟俯諒而曲成之，某不勝感戀。

右嚴

又

曩者俘獲臣逆，實係相公帷幄運籌，協贊聖謨所致。某僅效奉行之役，曾無分寸之勞，而殊賞驟加，甚駭觀聽。伏惟相公德望隆盛，主上倚毗，予奪之間，多所憑信。某既伏聞新命，實切悚慚，卽已具疏乞免。謹上小啟，披布腹心。仰望俯賜主持，收回成命，使得免冒受之嫌，誠不勝感激。伏惟恩德高厚，莫可報稱，以方切陳辭，未敢稱謝。干冒尊嚴，悚惕無已。右徐

又

敷陳長策，協贊聖謨，遂使遠人嚮風，逋酋授首。某不過奉行成算，少效追逐之勞而已。驟被加廕之命，實切悚慚，卽已具疏乞免。謹上小啟，宣布下情，仰冀俯賜主持，收回成命，使某得免冒受之罪，其在朝廷亦無濫賞之嫌。感激盛德，當何如也。伏惟積德高厚，莫可報稱，以方切陳辭，未敢稱謝。統惟台慈垂鑒。右李

代加廕謝閣老啟三首㊀

奏功微眇，慚愧未皇，錫典駢蕃，孫辭弗獲。兹實賴我相公造就盛心，歷終始而無間；挾特厚德，徹表裏而俱純之所致也。但某以犬馬末勞，冒廟堂之重賞；廕陞兼得，合父子以叨榮。逾越良多，滿盈是懼。而況於青宮保傅之職，必歸素望隆碩之人，如某不才，斯名奚稱。伏冀相公俯勤教誨，以益加門牆桃李之培；某也勉自圖維，以仰答天地生成之德。右嚴

㊀ 逸稿卷十一已收一首。

又

自愧微功，誤蒙殊錫，恭陳孫避，仰望賚成。詎憶相公取善無方，不遺葑菲之賤；持衡既定，有如金石之堅。弗獲循牆，益加推轂，致膺陞之兩得，乃父子以叨榮。福薄德崇，人微寵溢。自惟吹噓之厚德，愧無可以報稱；遥承吐握之高風，益勉圖夫策勵。右徐

代受欽賞謝閣老啟三首

堯德如神，既昭格於上下；周公爲相，宜備至夫麻嘉。至於進獻之誠，自是遠臣之職。仰叨珍賜，實賴玉成。問召和致瑞之原，誠謂因人而冒賞；抱戴天履地之感，豈敢得魚以忘筌。謹布謝私，不勝悚惕。右嚴

又

輔理成化之功，章章如是；庥徵嘉瑞之物，在在而然。凡嗣歲之獻登，皆盛德之感召。獨蒙上賞，真慚履肉之言；薦荷深恩，益切銘心之報。謹陳謝啟，無任悚慚。右徐

又

燮調化理，召致禎祥，而某偶以獻登，遂蒙旌賞。仰承推轂，豈敢忘筌。感謝之私，倍萬恒品。右李

代加封廕謝閤老啟三首

某自奏課以來，側身自省，閱歲既久，積愆頗多。幸棄過而録功，復叨舊職；矧封先而廕後，竊冒彝章。獲被殊榮，真緣借獎。君相一德，既噓枯而吹生；存殁均沾，兼結草而殞首。右嚴

又

幸滿年資，虛靡廩禄，循常規而奏課，獲錫典以垂芳。深荷曲成，益慚倖致。榮身及祖，一時增桑梓之先；命子與孫，奕世戴斗山之德。右徐

又

年資周匝，本襲故常；錫典駢繁，真叨榮寵。自非師相之協贊，曷致主上之脩俞。職業仍供，廕封兼得。某敢不益遵家學，爲承先啟後之圖；愈警官箴，答聖君賢相之德。右李

代受欽賞謝閤老啟三首

某成事因人，無功受賞，自惟僥倖，屢荷吹噓。徒懷犬馬之微衷，莫報生成之盛德。緘盡每止，感戀彌

增。右嚴

又

偏師協濟，僥倖成功；盛典追行，因循冒賞。深惟推轂之德，徒懷結草之私。拜遣緘書，益增悚懼。右徐

又

念大江南北之間，皆總鎮統臨之地，被纓救鬥，職守宜然。概旌協濟之微勞，實荷曲成之盛德。寵榮逾分，感懼交懷。右李

代閩功受賞謝閣老啟三首

屢蹈顛隮，素蒙扶植；每叨寵錫，誤辱吹噓。自惟恩德之高深，比天地而罔極；至於感激之情狀，豈筆舌所能窮。右嚴

又

閩粵微功，幣金重錫，受之非分，愧以因人。仰荷知過之隆，深賴贊襄之力。右徐

又

閫海膚功，僅成協濟；上方寵錫，何意均霑。遥知顧問之餘，深賴曲成之力。其爲感激，實倍等倫。

右李

代謝部院啟二首㊀

某竊惟申明職掌，期於共濟艱難，本無上人之心，何暇小嫌之避。既蒙宸鑒，更荷廷評，不惟俯聽微言，抑且轉榮清秩。事權既一，展布俱便。深惟將相之和，益著安攘之績。

代謝禮部啟

新榮疊至，瑣善畢旌，顧兹典禮之行，咸出秩宗之掌。自惟庸末，仰荷贊成，越在桴鼓之間，莫展瓊瑶之報。惟於臨遣，悚懼靡寧。

以上二十五首録自一枝堂稿卷下

㊀ 逸稿卷十一已收一首。

補編

龕山之捷

龕山之賊，自温州登岸，蔓延於會稽。經歷文某與戰於苦竹嶺；副使孫宏軾併軍門所調奇兵於折開嶺，於翁家村；參將盧鏜與戰於斤嶺，於梁衕。賊乃敗走龔家畈、百官渡，過曹娥江，順流而西，狡黠善鬭，噬齚孔棘。初，總督都御史胡公，方在浙西勦川沙之賊，移檄諸將，竟未有能殄之者。至是親提大兵至，欲斬不用命者以徇。於是僉事李如桂、王詢，指揮楊永昌，知事何常明，典吏吴成器等兵，併力追擊於瓜山，戰三界，戰毋婆嶺、朱家溇，賊遁蕭山之丁村、杭湖，至陳家灣，雖多所殺傷，而凶燄愈熾。公至，擇地形壁龕山之嶺，分諸將信地，皆露宿以待。時參將盧鏜戰還，公促明日再戰，鏜曰：「士疲矣，休養數日乃可。」公佯許諾而密召親兵，謂曰：「若曹豢養久，未立戰功。今賊將滅而諸將首鼠不進。萬一賊得脱此，徑渡錢塘江，柰何！今日正若曹立功之會，能乘其不意而襲之，賊可盡也。」衆皆踴躍，請効死。已乃激令成器統之以進，不數里，遇賊死戰，無不一當十。賊遂大敗，循海而走。登匿山坡堡内，我兵四面奮擊，不得已登屋擲瓦礫下，瓦盡繼之以槍，槍盡投刀，刀盡乃下死守。我兵攻堡破之，悉斬首以獻。時日且暝，公喜謂諸將曰：「此賊流突千里，轉戰無慮數十，無能攖其鋒者，今一鼓蕩平，真朝廷天威也。」命取賊心啖之，選猙獰首級廿餘顆置案上，每顆爲飲一觥。左右皆失色，而公談笑自若也。達旦，諸營方知破賊，相率入賀。公謂鏜曰：「再一二日何如？」鏜大欽服，乃完師而歸。時乙卯冬仲既望也。

書啟㊀

奉啟柱國禮部明公門下：三至安杼，既難曾母之無疑；七日號廷，必出秦師而後已。遂令待瘐，復得還魂。劈李分瓜，對里人而話苦；自南指北，頻感涕以流酸。每及諸公，相與舉手加額曰：「虧却禮部工部。」或添寸燭，不覺屈指再陳云：「莫忘老張新張。」迨至夜分，頽然就榻，及於朝旭，又復望門。回思已矣乎昔時，聊爾悠然於始舍。何陰非庇，靡蔚不滋。頃者伏候奏疏，以定死活。諒一簣之更錙，粉百身而莫酬。敬因便人，肅布空啟。蓋明公之拔不肖，如聖衆取經於西極，歷百艱而務了一心；不肖之答明公，如貧僧拜懺於荒庵，有贊歎而無供養。念茲罔極，何以爲情！徒用捫心愧天，倚恨嘯月，過此以往，莫知所裁。七月七日渭再頓首。

青藤書屋八景圖記

予卜居山陰縣治南觀巷西里，即幼年讀書處也。手植青藤一本於天池之傍，顏其居曰青藤書屋，自號青藤道士，題曰漱藤阿。藤下天池方十尺，通泉，深不可測，水旱不涸，若有神異，額曰「天漢分源」。池北横一小平橋，下乘以方柱，予書「砥柱中流」。橋上覆以亭，左右石柱聯曰：「一池金玉如如化，滿眼

㊀ 按，此啟似是徐渭在獄中時致禮部侍郎諸大綬書。

青黄色真。」左右疊石若岩洞，題曰自在岩。築一書樓，可望卧龍、香爐諸峯，予題有「未必玄關別名教，須知書户孕江山」之句，遂名其樓曰孕山舫。額「渾如舟」三字，蓋取予畫菊詩中「身世渾如泊海舟」之意。舫之左有斗室，名柹葉居。其後即櫻桃館。少保公屬作鎮海樓賦，贈我白金百有二十爲秀才廬，予以此款作築室資，額曰酬字堂。今作青藤書屋八景圖，因略誌數言，尚爲之記。萬曆庚寅秋九月十有一日壽藤翁徐渭書，時年七十歲。

題青藤道士七十小象

吾年十歲植青藤，吾今稀年花甲藤。寫圖壽藤壽吾壽，他年吾古不朽藤。

正德辛卯吾年十歲，手植青藤一本於天池之傍，迄今萬曆庚寅，吾年政七十矣，此藤亦六十年之物。流光荏苒，兩鬢如霜；是藤大若虬松，緑陰如蓋。今治此圖，壽藤亦壽吾也。田水月又題。

以上三首録自紹興青藤書屋藏品

選古今南北劇序

人生墮地，便爲情使。聚沙作戲，拈葉止啼，情昉此已。迨終身涉境觸事，夷拂悲愉，發爲詩文騷賦，璀璨偉麗，令人讀之喜而頤解，憤而眥裂，哀而鼻酸，恍若與其人即席揮麈，嬉笑悼唁於數千百載之上者，無他，摹情彌真則動人彌易，傳世亦彌遠，而南北劇爲甚。漁獵之暇，曾評訂崔張傳奇，予差快心，亦差掛好事者齒頰。已而旁及諸家，隨手劄録，都無標目，亦無詮次，間忘所自出。總之此技唯元人擅場，故予所取十七八，而近代十二三。非昭陽紈扇，卽滴博征衣，非愁玉怨香，卽驛梅河柳，餘並桂風蘿月，岫晃雲關，邯鄲枕畔，婺州角上語，實炎熇中一服清涼散也。日久漸次成帙，酒酣耳熱，輒取如意打唾壺，嗚嗚而歌，少抒胸中憂生失路之感。聊便抽閱，猶賢博弈，匪欲傳之詞林，乃余岑寂時良友云爾。嗟嗟！迴文錦、白頭吟、斷腸詩、胡笳十八拍，未易更僕數。情之所鍾，寧獨在我輩！且孟才人歌何滿子罷，脈者謂腸已斷不可復藥。情之於人甚矣哉！顛毛種種，尚作有情癡，大方之家能無揶揄？爰綴數語，以志予過。秦田水月謾題。

録自選古今南北劇

理葡萄詩跋㊀

予柿葉堂西，少嘉木。夏苦日炙，繚以修篁，而兩歲筍孫不百個。或教予種葡萄，易蔓而多蔭，再秋梗如蛇虺，葉大過掌，結實累累，不獨可移繩牀，且消肺渴。涼晨掩露得句，遂長倚竹書之，兼謝客厚意。柿葉翁渭。

録自孔尚任享金簿

㊀ 按：詩見徐文長三集卷四。

金龍四大王傳

王姓謝，名緒，宋會稽諸生，晉太傅安之裔。祖達，父某，有兄三人，曰紀，曰綱，曰統。王最少，行第四，居錢塘之安溪，後隱金龍山白雲亭，素有壯志，知宋鼎將移，每忼慨憤激。甲戌秋八月大雨，天目山頹，王會衆泣曰：「天目乃臨安之鎮，苕水長流，昔人稱爲龍飛鳳舞。今頹，宋其危乎？」未幾宋鼎移，王晝夜泣，語其徒曰：「吾將以死報國。」其徒泣曰：「先生之志果難挽矣，殁而不泯，得伸素志，將何以爲驗？」曰：「異日黄河北流，是予遂志之日也。」遂赴水死。時水勢高丈餘，洶洶若怒，人咸異之。尋得其屍，葬金龍之麓，立祠於旁。元末，我太祖與元將蠻子海牙戰於吕梁，元師順流而下，我師將潰，太祖忽見空中有神，披甲執鞭，驚濤涌浪，河忽北流，遏絶敵舟，震動顛撼，旌旗閃爍，陰相協助。元師大敗。太祖異之，是夜夢一儒生披幃語曰：「余有宋會稽謝緒也，宋亡赴水死，行間相助，用紓宿憤。」太祖嘉其忠義，詔封爲金龍四大王。金龍者，因其所葬地也；四大王者，因其生時行列也。自洪武迄今，江淮河漢四瀆之間，屢著靈異。商舶糧艘，舳艫千里，風高浪惡，往來無恙，僉曰王賜，敬奉弗懈。各於河濱建廟以祀，報賽無虚日。九月十七日爲其誕辰，祭賽尤盛。非王忠義之氣昭昭耿耿，光融顯赫，而能然乎？嗟夫！宋社既屋，於今已數百年矣，銅駝荆棘，故宫茂草，而王之神靈獨磊磊落落，常在天地間。生而忠義，殁爲神明，與文山、疊山諸公並垂不朽可也。宋末謝皋羽翺爲文丞相客，丞相殉國，皋羽每哭之慟，竟死。其忠義至今猶傳誦之。王之忠義不減皋羽，而姓氏湮没，行事尤不概見。其敬畏而奉祀之者，徒以其爲江河之神，於風濤洶涌中死生呼吸，仰其芘祐而然耳。夫豈知其忠義而崇奉之歟？余故表而出之，俾奉祀者得有所考云。

録自北京圖書館藏抄本

次韻答釋者二首㊀

浮沈不計逍遥大，校量纔生煩惱多。未了舊時逋敢欠，要知山下路須過。百齡枉作千年調，一手其如萬目何。已分此身場上戲，任他悲哭任他歌。

寫情詩貴切緻，難於不頭巾。寫景詩輕鬆，難於不理趣。東坡云：茶苦怕不美，酒美怕不辣。辣難矣哉！

翁洲道士徐渭漫書將寄碧玉草堂。

時隆慶元年五月望日書於會稽清遠樓西偏松檜之下。

録自故宫博物院藏徐青藤自書詩文册

牡丹

墨中游戲老婆禪，長被參人打一拳。洓下胭脂不解染，真無學畫牡丹緣。

㊀ 一首已見徐文長三集卷七，題作次韻答少顛師。

杏花

摶泥作餅給兒童，轉覺飢雷腹裏攻。我畫杏花渾未了，流涎忽憶海東紅。

蘭

蘭亭舊種越王蘭，碧浪紅香天下傳。近日野香成秉束，一籃不值五文錢。

萱花

庭前自種忘憂草，真覺憂來笑輒緣。今日貌儂歡喜相，煩儂陪我一嫣然。

荷

羅敷不再嫁兒夫，使君黄金空滿車。獨自年年秋浦立，却疑妙色不沉魚。

芙蓉

老子從來不遇春，未因得失苦生嗔。此中滋味難全説，只寫芙蓉贈與人。

海棠

昨圖鐵幹與木瓜，不盡餘烟染墨霞。都賞垂絲春酒盡，不知秋有海棠花。

菊

人如餉酒用花酬，長掃菊花付酒樓。昨日重陽風雨惡，酒中又過一年秋。

秋葵

丹墨毫釐有是非，莫看草木便輕微。中間一寸靈砂紫，隨着金烏到處飛。

竹

雪鋒霜陣誰能殿，故寫此君花後叢。昨損青蛇三百萬，滕癡蛇腦放蜈蚣。

水仙

一江湘水碧漪漪，波上夫人淡掃眉，正遇琴高歸月下，讓將赤鯉水仙騎。

山茶

聞道昆明池水東，四時都賞寶珠紅。世味長濃不長久，所貴鶴頭紅雪中。

梅花

曾聞餓倒王元章，米换梅花照絹量。花手雖低貧過爾，絹量今到老文長。

以上十三首録自故宫博物院藏畫

舟行觀瀑圖

架櫓乘舟意興豪，忽驚飛瀑挂松梢。翛然清景看無厭，分付奚童慢慢摇。

録自中國歷史博物館藏畫

歲寒三友圖

羅浮仙子噴香風，萬壑驚濤舞玉龍。君子同心堅歲晚，不隨桃李逐春融。

録自南京博物院藏畫

榴實

秋深熟石榴，向日笑開口。深山少人行，顆顆明珠走。

牡丹蕉石

焦墨英州石，蕉叢鳳尾材。筆尖殷七七，深夏牡丹開。

畫已浮白者五，醉矣。狂歌竹枝一闋，贅書其左。

牡丹雪裏開親見，芭蕉雪裏王維擅。霜色毫尖一小兒，憑渠擺撥春風面。

菊

一香千艷失，數筆寸心來。

菖蒲石

礨怪燈烟墨，穿人二管濃。虎鬚無處買，楮公寫空容。

以上五首録自上海博物館藏畫

書札

適會令壻於季宅，因知吾丈留神於區區，感何可喻！正欲面請以悉，而此間競釀纏頭以買妙伶之歌舞，丈能與令壻過此共開口一笑不？且兼得奉晤以畢教也。野褐徐渭頓首。

錄自廣東省博物館藏品

墨芍藥

花是揚州種，瓶是汝州窰。注以東吴水，春風鎖二喬。

芭蕉

種芭元愛淥漪漪，誰解將蕉染墨池。我却胸中無五色，肯令心手便相欺。

錄自香祖筆記卷十二

螺殼蒲草

真珠螺肉殼，仙藥虎鬚蒲。

以上二首録自式古堂書畫彙考畫之卷二十九

山茶

葉須犀甲厚，花放鶴頭丹。歲暮饒冰雪，朱顔不改觀。

録自石渠寶笈卷十六

雨竹

齋中一夜雨成河，午榻無緣遣睡魔。急搗元霜掃寒葉，濕淋淋地墨龍拖。

筍竹

客裹鹽虀無一寸，家鄉筍把束成柴。盡取破塘聊遣興，翻引長涎濕到鞋。

積齋丈出卷索書，予書其半而竹其半，緣日來初習乏紙，借人牋素打稿故也。一笑。天池山人徐渭。

余學竹於春，不踰月而至京，此抹掃乃京邸筆也。携來重觀，可發一笑。渭。

以上二首録自同上卷三十四

荷花

茨菰葉碧蓼花白，菱子梢黄蓮子青。最是秋深此時節，西施照影立娉婷。

録自同上卷三十八

牡丹

醉餘灑墨暮窗涼，竹下花枝豔洛陽。共指蕭娘騎鳳去，翠裙拖處尾偏長。

録自同上卷三十九

薔薇芭蕉梅花

芭蕉雪中盡，那得配梅花？吾取青和白，霜毫染素麻。

録自石渠寶笈續編卷三十

梅花蕉葉

芭蕉伴梅花，此是王維畫。

錄自同上卷三十八

墨花卷跋

忙笑乾坤幻泡漚，閒塗花石弄春秋。花面年年三月老，石頭往往百金收。只開天趣無和有，誰問人看似與不。

醉人

不去奔波辦過年，終朝酩酊步顛連。幾聲街爆轟難醒，那怕人來索酒錢。

以上二首錄自吳越所見書畫錄卷二

芙蓉

芙蓉映秋水，不及美人妝。若論湘妃色，湘妃定雁行。

楚石上人鉢贊

好箇和尚，沿門托鉢。具頭陀行，發廣長舌。生歡喜心，來極樂國。現莊嚴相，説菩提偈。行住坐卧，心心指月。無罣無礙，不知不識。嗚呼上人！於焉楚石。

己未之春，游慈感寺晤内惺上人，出示智舷詩書卷，請予圖之，因爲寫此並贊。即政。青藤道士徐渭。

以上二首録自澄蘭室古緣萃録卷四

十八日雨用韻將呈一笑

誰言寶劍滯豐城，紫氣虚傳斗畔明。半歲愁難見星月，一裘膩可試陰晴。心懷東海魚長至，手弄南冠曲未成。况值黄昏風雨惡，卧聽樓上短長更。

七夕謝海門使君餉予陝中得牛字二首㊀

雙星銀漢阻，一葉御溝流。連理真難得，丁香總結愁。多君當此夕，把酒醉囊頭。不信姻緣惡，還將問女牛。

㊀ 一首已見逸稿卷三。

東坡作虚飄飄三首予續一首

虚飄飄，畫餅飢堪啖，弓腰拗作橋。流萍隨急浪，重鳥籟輕條。夢爲一蝶飛何處，舄化雙鳧没遠霄。虚飄飄，何恩怨，尤鑿寥。

以上三首録自聽颿樓書畫記卷二

墨花

瑶桃千歲物，三竊怪東方。

録自聽颿樓書畫記續卷下

蟹

郭索郭索，還用草縛。不敢横行，沙水夜落。

録自穰梨館過眼録卷二十五

仕女

英雄既死美人來，姊妹花從紙上開。惆悵芳魂留不住，空傳硯瓦是銅臺。

蝦蛤

精理通毫末，物情無遁藏。平生江澥心，游戲翰墨場。實理擬虚味，老饕放筆狂。筆禿蛤紋亂，筆尖蝦鬚長。蝦鬚可織簾，貝錦亦成章。昔人戒蔞䓴，覩此成感傷。偃仰六合間，曲鉤乖義方。

雙魚

如鱺鱖魚如櫛鮒，鬐張腮呷跳縱横。遺民携立岐陽上，要就官船膾具烹。

青藤道士畫並題。鱖魚不能屈曲，如僵蹶也。鱺音計，卽今花毬，其鱗紋似之，故曰罽魚。鯽魚羣附而行，故稱鮒魚。舊傳敗櫛所化，或因其形似耳。

墨牡丹

牡丹爲富貴花主，光彩奪目，故昔人多以鉤染烘托見長。今以潑墨爲之，雖有生意，終不是此花真面目。蓋余本窶人，性與梅竹宜，至榮華富麗，風若馬牛，宜弗相似也。

雨中蘭

昔人多畫晴蘭，然風花雨葉，益見生動。白玉蟬云：「畫史從來不畫風，我於難處奪天工。」可得其三昧矣。此則不知爲風爲雨，粗莽求筆，或者庶幾。天池山人識。

魚鳥

濤静天風錣羽聲，柳枝激動水波生。雀兒偏趕魚兒散，未解天淵浩蕩情。

芭蕉梅花

凍爛芭蕉春一芽，隔牆貽笑老梅花。世間好物難兼得，揀了魚兒又喫蝦。

人物樹石

高岩石瀨瀉秋空，謖謖松濤萬壑風。此意幽人能領畧，泠然如在七絃中。

月竹

明月何團團，來照倚然影。化作千萬身，移向空山併。漏聲寖以微，知否霜花冷？十丈紅塵中，誰其解尋省？

人物

林間煖酒燒紅葉，石上題詩掃綠苔。

梧竹

消夏荒齋拮倖修，蒸人暑氣我能收。請看墨暈和雲起，冷雨涼風竹樹秋。

山水

木葉點秋風，虚亭映遠空。波光流不定，山色有無中。

又

扁舟一葉下瞿塘，巫峽千峰插劍芒。髣髴猿啼深樹裏，披圖我亦淚沾裳。

雞

雞，吾語汝：膈膈膞膞何所能？修尾青綬復金距。爾時東天日未升，一片雄心任軒舉。引爾吭，振爾羽，但喚早朝人，莫喚紅窗女。

人物

終日忍饑西復東，江湖滿地一漁翁。釣竿欲拂珊瑚樹，未掣鯨魚碧海中。

山水

十里江臯木葉疎，凍雲漠漠影模糊。野夫偶讀宣和譜，爲寫寒塘雪霽圖。

遊魚

我非莊惠儔，亦能知爾樂。墨池水自深，天機任潛躍。

虎

爾貌狰獰，爾力縱横，空山一吼，百獸震驚。伏於紙上，揮之如鼪。我非逼欄王子，亦非下車馮生，不過破紙敗墨，與君争一日之能。

仕女

乍解寒蒲束縛，忽聞落落琴聲。向乃無腸公子，今爲甲士横行。爾何擁劍相持，婢學蟛蜞拱手。圖成笑擘雙螯，且壓黄花美酒。

晨起采菊，有客餽蟹，小婢納諸破簏，比見已横行滿地矣。戲作此圖，以存一哂。天池山人徐渭。

山水

溪山宜野服，白髮明秋水。日暮幽思多，微風樹聲起。

佛像

一葦而來，隻履而去。既要西歸，何苦東渡？畢竟疲於津梁，不如蒲團小住。

以上二十一首録自虚齋名畫録卷十二

松竹

閒倩險㢘貌大夫，枝糾榦屈老珊瑚。惟將硯水爲霜露，結取芝苓醉上都。

録自神州國光集第五集

黄甲傳臚

兀然有物氣豪粗，莫問年來珠有無。養就孤標人不識，時來黄甲獨傳臚。

水仙竹石

高樓醉酒一千觴，飛燕飛來過粉牆。直要載將帆底去，問渠同醉水雲鄉。

柳石

黄鶯聲未老，碧水氣猶寒。莫問桃花事，春風戀玉闌。

葡萄

掌上擎來瑪瑙顆，盤中瀉去真珠溜。

竹

四時惟聽雨，無日不驚秋。

菊

髯仙宗丈快園中曾見一喬菊，歸而憶之，漫爲此意，不知可持金風前否也？

以上六首録自潘氏三松堂書畫記

雪裏荷花

六月初三大雪飛，碧翁却爲竇娥奇。近來天道也私曲，莫怪筆底有差池。

録自張國泰與友書（轉引自鄧實輯談藝録）

蓮花太湖石芭蕉

結得蓮花座一區，太湖石畔待如如。風前生恐容光損，覆却油幢二丈餘。

録自湘管齋寓賞編卷六

花卉卷

芬芳有秀色，筆墨有餘酣。

風鳶圖偈㊀

風鳶牛鼻孰堅牢，總是繩牽這一條。借與老夫牽水牯，潙山和尚不曾燒。

紙鷂是真還是假，鷂繩是線還是絲？今日饒君禽與鷂，他生難避鼠和貓。

㊀ 題畫詩已見徐文長三集卷十一。

右附二偈，善知識參之。

以上三首録自十百齋書畫録乙卷

杏林春燕圖

杏林賜宴正青春，誰是傳臚第一人，寄語燕京賈湖道，趙家袖裹有秦城。

録自同上戊卷

竹

天街夜雨翻盤注，江河漲滿山頭樹。誰家園内有奇事，蛟龍濕重飛難去。

録自同上辰集

墨荷

波影漾白月，襟披荷芰風。直尋西子宅，鼓棹越溪中。

秋容

佳色含霜向日開，餘芳冉冉覆莓苔。獨憐節操非凡品，曾向陶君徑裹來。

以上二首録自同上甲集

富貴神仙圖

花居一紙不異春，人在人中豈異人。山人窗隙觀四海，坐見毫端收一塵。

竹籬茅屋

紙窗屋矮似僧龕，春去春來總不堪。忽見桃花紅映面，一時回首望江南。

秋葵

露葵花發秋正好，涼雨催花花漸小。莫笑人生易白頭，頭白看花人亦少。

蘆荻二蟹

鉗蘆何處去？輸與海中神。

宜男花

金萱石畔生，丹粉弄嬌色。谺然嘴乍開，掩映復翻側。我本瀟宕人，忘憂非爾力。

布袋和尚

拄杖指天，布袋著地。掉却數珠，好好覺睡。

東坡題布袋和尚語也。予戲爲放此，並系以贊。

花雨彌天，黄金布地。有這世界，無這場睡。

月季蛛網

垂形蠢爾腹空肥，拂草縈枝作陣圍。恃巧不嫌經緯亂，謀生祇怪網羅稀。梁間偶擾烏衣睡，花底還遮鳳子飛。寄語天孫莫相笑，輕絲那上七襄機。

飛瀑古松

亂瀑界蒼崖，松風吹雨急。石廊虚無人，高寒不能立。

雙燕

舊巢雖去主人空，翦雨捎風自在中。却笑雪衣貪玉粒，羽毛憔悴閉雕籠。

秋蒲寒鷺

翠蓋紅蕖滿碧池，臙脂草緑用完時。更無顔色爲奇鳥，只好空鈎畫鷺鷥。

巨石杏花

太湖五尺石頭新，勾勒寒梢已逼真。杏花雖是無情物，遮却腰間怕見人。

古樹茅亭

空中雲氣無邊白，雨後山光一片青。坐石聽泉何處好？亂峯深處有茅亭。

蝦蟇

小園花色儘堪誇，今歲端陽得在家。却笑老夫無處躲，人皆尋我畫蝦蟇。

石榴

偶謁勾漏令，得交石醋醋。不怕阿姨狂，只恐紅裙妬。

扁舟

扁舟無去住，戲蕩一溪雲。

東坡赤壁前遊

月光如水水如天，水月光天月在川。東風不與周郎用，江水何能物盡然。

月照紫薇

染月烘雲意未窮，差將粉黛寫花容。東皇不敢誇顔色，併入臨池慘澹中。

卷石古藤

信筆點蒼苔，苔痕破秋雨。欲夢雲中君，對此千年樹。

月中姮娥

朗苑初開七寶裝，廣庭阿姊逞新妝。九華八朗争璀燦，强作諸天萬丈光。
閒來花下任盤桓，手撥霜輪看轉丸。一片琉璃成世界，誰云高處不勝寒。

喚起蘇摩問宿因，一輪皓魄認前生。藥珠作夜排新榜，曾否儂家有姓名？

香露飄來點錦衣，夢中曾貼玉輪飛。白兔肯借金波路，好訴閒情叩玉妃。

戲寫此圖，並録舊作。

水牛圖

豈復干時好，囂然跨犢遊。函關思訪道，渤海歎遺謀。扣角歌中野，回頭飲上流。花村斜日裏，横吹晚悠悠。

石岸維舟蘆花夾水

日暮蒼江烟水微，扁舟泛泛傍漁磯。西風吹得蘆花起，迸與秋雲作雪飛。

頭陀趺坐

四大誰從著故吾？十年浪跡寄菰蘆。閒來寫個頭陀樣，且讀青蓮笑矣乎。

人世難逢開口笑，此不懂得笑中趣味耳。天下事那一件不可笑者。譬如到極没擺布處，祇以一笑付之，就是天地也奈何我不得了。抑聞山中有草，四時常笑，世人學此，覺陸士龍之顧影大笑，猶是勉強做作，及不得這個和尚終日呵呵，纔是天下第一笑品。文長跋。

桑枝半月一蟬振羽

高潔何心慚翳形，漫言薄弱賸雙翎。空山有客琴初弄，碧樹無情葉已零。飲露自憐留月伴，吟秋誰解倚風聽。人間夢想冠纓貴，唱斷清聲喚不醒。

古木寒鴉

老樹欹虛岸，寒沙落水痕。夕陽飛鳥下，點點映孤村。

秋草五蝶

秋光幾點曉來勻，尺幅素紙好寫真。我亦一生花底過，招來同話夢中身。

巨松

老龍收硯池，化作蒼髯叟。清風袖底生，颯颯披襟受。

孤雁寒駝

老駝寒齧三更月，殘雪新開一雁天。

沈君文泉，博雅之士也。善寫山水，與余有舊好，長以佳作見貽，皆超軼絶塵。一日出桃花紙八十頁求寫墨妙。僕厭倦作畫久矣，勉於酒醉飯飽後，隨手所至，出自家意，其韻度雖不能盡合古法，然一種山野之氣不速自至，亦一樂也。未識方家以爲何如？

以上三十首録自夢園書畫録卷十二

蘭

懶從九畹看蘭花，只取隃糜弄影斜。聞道金陵馬姬手，補將燕子污袈裟。

録自南畫大成第一卷

芭蕉

老夫最喜是芭蕉，只厭三更聽雨鐃。今寫溪藤無一尺，縱今霜雪也難交。

葡萄

硯田禾黍苦闌珊，何物朝昏給范丹？雖有明珠生筆底，誰知一顆不堪餐。

以上二首録自同上第五卷

青藤書屋圖

錄自同上第九卷

幾間東倒西歪屋，一個南腔北調人。

畸譜

渭生觀橋大乘菴東，時正德十六年，年爲辛巳，二月，月爲辛卯，四日，日爲丁亥，時爲甲辰。是年五月望，渭生百日矣，先考卒。

二歲。

三歲。

四歲。十三嫂楊死，能迎送弔客。

五歲。

六歲。入小學。書一授數百字，不再目，立誦師所。

七歲。

八歲。稍解經義。師陸先生，名如岡，字文望，教爲時文。塾中羣弟子試朔望，渭文滿二三艸而後入早飯。師奇之，批文云：「昔人稱十歲善屬文，子方八歲，校之不尤難乎？噫，是先人之慶也，是徐門之光也！所謂謝家之寶樹者，非子也耶？」府諸學官三先生陶曾蔚聞之，令兄潞引見，（潞，渭兄也，時爲府學生。）各有贈。

九歲。

十歲。考未亡時，分予僮奴婦及其兒子共四人，夜並逃。知山陰者爲鳳陽劉公昺，十四兄潞引我往告奴。劉一見，謬賞其姿曰：「童年幾何？今學做些什麽？」潞曰：「亦能舉業文字兩年矣。」劉更奇之，命題曰「居其所而衆星共之」，公理告書不二十紙，文不艸而竟。公讀至「天不言而星之共之，非天諄諄然以命之共也」云云，對股「星亦不言而衆星共之，非衆星諄諄然以約之共也」云云，大賞之，取佳札兔管，令送童子歸。且問渭：「童子何師？」曰：「姓王，名政。」「教女作文，教讀何書？」曰：「讀程文。」公取卷餘紙批曰：「小子能識文義，且能措詞，可喜可喜！爲其師者，當善教之，務在多讀古書，期於大成，勿徒爛記程文而已。」

苗宜人，渭嫡也。教愛渭世所未有也，渭百其身莫報也。然是年似奪生我者，乃記憶耳，不知是是年否。

十一歲。

十二歲。似十三兄淮歸自四川，繼娶奚氏。

十三歲。似十四兄潞往貴州。

十四歲。苗宜人卒，病漸劇時，渭私磕頭，不知血，請以身代。請醫路，卜人語以讖語惡，不食三日。嫂憐渭，好語之，稍粥。宜人竟不起。是年兄淮歸自燕，宜人訃遲，妨兄潞丁酉貴州之科。

十五歲。

十六歲。

十七歲。

十八歲。

十九歲。

二十歲。庚子，渭進山陰學諸生，得應鄉科，歸聘潘女。秋八月，潞卒於貴州。冬，婦翁得主陽江縣簿，攜予偕。

二十一歲。寓陽江。夏六月，婚。得潞兄訃。秋，兄淮至陽江，余隨之歸，寓廣省久。冬，始抵玉山，歲除矣。改春大雪，往嶽廟看緑萼梅，詩二首，刻文略。

二十二歲。夏，復往陽江，冬復歸。

二十三歲。科癸卯，北，始一遷居俞家舍。冬，婦翁以代覲歸自陽江，不過家。予仍贅其家塔子橋。

二十四歲。婦翁自覲得罷歸，買東雙橋姚百户屋。

二十五歲。三月八日之巳，枚兒生。是年，兄淮卒。冬，有毛氏遷屋之變，貲悉空。

二十六歲。科丙午，北。婦潘死，十月八日寅也。喪畢，赴太倉州，失遇而返。

二十七歲。丁未。

二十八歲。自潘遷寓一枝堂，師季長沙公。諱本

二十九歲。己酉科，北。始幸迎母以養，買杭女胡奉之，劣。

三十歲。賣胡，胡氏訟，幾困而抑之。

三十一歲。寓杭瑪瑙寺，湖州人潘某之借讀所，伴其讀，飯我兩月。後余稍負之，悔。

三十二歲。應壬子科。時督浙學者薛公，諱應旂，閱余卷，偶第一，得廩科。後北。初夏赴歸安。潘友招，圖繼我耦，後先以三女，余三忤之，上文云悔，悔是也。是時移居目連巷，與丁子範模同門。

三十三歲。

三十四歲。

三十五歲。乙卯。阮公諱鶚視學，以第二應科，復北。

三十六歲。

三十七歲。季冬，赴胡幕作四六啓京貴人，作罷便辭歸。

三十八歲。孟春之三日，幕再招。時獲白鹿二，先冬得牝，是夏得牡，令艸兩表以獻。科戊午，復北，冬遷住塔子橋。

三十九歲。徙師子街。夏，入贅杭之王，劣甚。始被詒而誤，秋，絶之，至今恨不已。

四十歲。聘張。

四十一歲。取張。應辛酉科，復北。自此祟漸赫赫，予奔應不暇，與科長別矣。

四十二歲。隨幕之崇安，再入武夷，至衢，入爛柯山。冬，枳生，爲壬戌十一月四日酉。未幾幕被逮。

四十三歲。移居酬字堂。冬，赴李氏招入京。

四十四歲。仲春，辭李氏歸。秋，李聲怖我復入。盡歸其聘，不內以苦之。蓋聘之銀爲兩，滿六十，出李之門人杭查氏。予始聞怖，持以內查，查不內，故持以此歸李，李復不內，故曰苦之。是歲甲子，當科，而以是故奪。後竟廢考，上文曰長別者是也。

四十五歲。病易。丁剸其耳，冬稍瘳。

四十六歲。易復，殺張下獄。隆慶元年丁卯。

四十七歲。獄。

四十八歲。獄。生母卒，出襄事。

四十九歲。獄。

五十歲。獄。

五十一歲。獄。

五十二歲。獄，萬曆元年癸酉。

五十三歲。除，釋某歸，飲於吳。明日元旦，拜張座。

五十四歲。張父死。仲冬念二日，入五泄。

五十五歲。得兆信云，准釋。秋，往游天目，寓杭，爲何老作春祠碑。遂走南京，縱觀諸名勝。

五十六歲。孟夏，赴宣撫吴幕招，是年爲丙子。

五十七歲。春，歸自宣府，寓北京。病，仲秋始歸越。枚劫客囊，至召外寇。

五十八歲。春，某者起。孟夏，擬至徽弔幕，至嚴，祟見，歸復病易。

五十九歲。稍瘳。李子遂諱有秋至自建陽，悦而起。秋，勞韓吴二賢改葬先考妣兩室人，而未及兩兄嫂，至今以爲缺事。

六十歲。赴某招，至京，是年爲庚辰。

六十一歲。是年爲辛巳，予周一甲子矣。諸祟兆復紛，復病易，不穀食。

六十二歲。枚至自家，歸，仍居目連巷金氏典舍。冬，枚決析居。予與枳徙范氏舍，枚附其妻葉家。

六十三歲。

六十四歲。

六十五歲。

六十六歲。季春，枳贅王。冬，枳徙我自范幷寓王。

六十七歲。

六十八歲。枳往邊投李帥。仲春，枚徙我居後衙池王家。孟夏，我仍歸王。

六十九歲。冬，十一月，枳復之李帥。
七十歲。
七十一。合家並居匡。
七十二歲。亦居匡。
七十三歲。居匡。

紀師

余所師者凡十五位：
六歲時管士顔先生，
陳孔和先生，
上虞朱先生，短處，亡其名字
趙邦肅先生，
陸文望先生，經師
余貴張先生，短處
馬艸崖先生，短處
馬白峰先生，三四月

晚菴謝先生，字天和

金天寵先生，短處

鄭時美先生，

張松溪先生，短處

汪青湖先生，乃蕭静菴先生特介之，令某從習舉業，不專

季彭山先生，終其身而不習舉業。

朱、張、二馬、金皆短侍，而尤短者朱也，居上虞後，不及一面矣。張不過數日，罷去，住遠村，後亦不及一面。汪先生命題作文，持往數次閲而已。廿七八歲，始師事季先生，稍覺有進。前此過空二十年，悔無及矣。

師類

王先生畿，正德己卯十四年舉人，不赴會試；至嘉靖丙戌五年，會試中進士，不廷試；至嘉靖十一年壬辰，始廷試。

蕭先生鳴鳳，弘治十七年甲子解元，正德九年甲戌進士，嘉靖八年己丑鄭守漳，故歸自東府，余始見之。

季先生諱本，弘治十七年甲子春秋魁，正德十二年丁丑進士，嘉靖廿六年丁未，渭始師事先生。

錢翁楩，解嘉靖四年乙酉，五年丙戌成進士。與之處，似嘉靖癸卯，余年二十三四間。武進唐公順之，鄉戊子，會己丑，號荆川。

紀恩

嫡母苗。

張氏父子。太僕殿撰

績溪胡司馬。少保

紀知

蕭公鳴鳳。

季先生本。

錢翁楩。

何公鰲。

異縣唐先生順之。

鳳陽劉公知山陰者昺。

建陽李子遂有秋。

朱子號卦州孔陽。
王先生慎中，弟某中。
陳山人海樵雀。
蕭友女臣栩。
周丈允大沛。
柳丈彬仲文。
吴丈文明鳳暘。
沈丈純甫鍊。
汪先生應軫。
何公鰲。先舅某與季師過杭，何謫參議歸，住西興驛。夜飲，師出代白濬書。讀之，曰：「西漢文字也，好如蕭子雝。」
唐先生順之之稱不容口，無問時古，無不嘖嘖，甚至有不可舉以自鳴者。
沈光禄鍊謂毛海潮曰：「自某某以後若干年矣，不見有此人。闞起城門，只有這一個。」
汪先生軫簡婿不果，至從臾馮天成。
初學於管先生，字士顔，卽讀唐詩「雞鳴紫陌曙光寒」。
王廬山先生，名政，字本仁。十四歲從之，兩三年。先生善琴，便學琴。止教一曲顔回，便自會打譜，一月得廿二曲，卽自譜前赤壁賦一曲。然十二三時，學琴於陳良器鄉老。十五六時，學劍於彭如醉名應時者，俱不成。八歲，學時文於陸文望先生。

原載徐文長逸稿

附録

目録

徐文長傳（陶望齡）……一三三九

徐文長傳（袁宏道）……一三四二

夢遇（章重）……一三四四

刻徐文長三集序（陶望齡）……一三四六

刻徐文長集原本述（商維濬）……一三四七

刻徐文長佚書序（張汝霖）……一三四八

徐文長先生佚稿序（王思任）……一三五〇

徐文長佚草序（陳師範）……一三五一

徐文長佚草序（沈德壽）……一三五二

一枝堂稿序（陸張侯）……一三五三

一枝堂稿跋（沈復燦）……一三五三

徐文長集序（虞淳熙）……一三五三

徐文長集序（黃汝亨）……一三五四

盛明百家詩徐文學集序（俞憲）……一三五五

四聲猿引（鍾人傑）……一三五六

四聲猿序（天放道人）……一三五六

四聲猿引（澂道人）……一三五七

四聲猿題辭（黃知和）……一三五七

四聲猿原跋（澂道人等）……一三五八

歌代嘯序（脱士等）……一三六〇

歌代嘯題辭（慧業髮僧）……一三六二

徐文長傳

同郡陶望齡撰

徐渭，字文長，山陰人。幼孤，性絶警敏，九歲能屬文。年十餘，倣楊雄解嘲作釋毁。二十爲邑諸生，試屢售。胡少保宗憲總督浙江，或薦渭善古文詞者，招致幕府，筦書記。時方獲白鹿海上，表以獻。表成，召渭視之，渭覽罷，瞠視不答。胡公曰：「生有不足耶？試爲之。」退具藁進。公故豪武，不甚能別識，乃寫爲兩函，戒使者以視所善諸學士董公份等，謂孰優者卽上之。至都，諸學士見之，果賞渭作。表進，上大嘉悦。其文旬月間遍誦人口。公以是始重渭，寵禮獨甚。時都御史武進唐公順之，以古文負重名。胡公嘗袖出渭所代，謬之曰：「公謂予文若何？」唐公驚曰：「此文殆輩吾！」後又出他人文，唐公曰：「向固謂非公作，然其人誰耶？願一見之。」公乃呼渭偕飲，唐公深獎歎，與結驩而去。歸安茅副使坤時游於軍府，素重唐公。嘗大酒會，文士畢集，胡公又隱渭文語曰：「能識是爲誰筆乎？」茅公讀未半，遽曰：「此非吾荆川必不能。」胡公笑謂渭：「茅公雅意師荆川，今北面於子矣。」茅公慙愠面赤，勉卒讀，謬曰：「惜後不逮耳。」其爲名輩所賞服如此。渭性通脱，多與羣少年昵飲市肆。幕中有急需，召渭不得，夜深，開戟門以待之。偵者得狀，報曰：「徐秀才方大醉嚎囂，不可致也。」公聞，反稱甚善。時督府勢嚴重，文武將吏庭見，懼誅責，無敢仰者，而渭戴敝烏巾，衣白布澣衣，直闖門入，示無忌諱。公常優容之，而渭亦矯節自好，無所顧請。然性豪恣，間或藉氣勢以酬所不快，人亦畏而怨焉。及宗憲被逮，渭慮禍及，遂發狂，引巨錐剚耳，刺深數寸，流血幾殆。又以椎擊腎囊碎之，不死。渭爲人猜而妬，妻死後有所娶，輒以嫌棄，至是又擊殺其後婦，遂坐法繫獄中，憤懣欲自決。爲文自銘其墓曰：「山陰徐渭者，少慕古文詞，及長益力。既而有慕於道，往從前長沙守季先生究王氏宗旨，謂道類禪。又去扣於禪，久之，人稍許之，然文與道終兩無得也。賤而惰且直，故憚貴交似傲，與衆處不浼，袒裸似玩，人或病之，然傲與玩，亦終兩不得其情也。舉於鄉者八而不一售，僦數椽，儲瓶粟者十年。一旦客於幕府，典文章，數赴而數辭，投筆出門，人爭愚而危之，而己深以爲安。其後公愈折節，等布衣，留者兩期，贈金以數百計，人爭榮而安之，而己深以爲危。至是忽自覓死，人曰：『渭文士，且操潔，可無死。』不知古文士以入幕操潔而死者衆矣，乃渭則自死，孰與人死之。渭爲人，度於義無所關時，輒疎縱不爲儒縛，一涉義所否，雖斷頭不可奪。故其死也，親莫制，友莫解焉。平生有過不肯掩，有不知耻以爲知，斯言蓋不妄者。」其自名如此。然卒以援者力獲免。既出獄，縱遊金陵，比客於上谷，居京師者數年。獄事之解，張宫諭元忭力爲多，渭心德之，館其舍旁，甚驩好。然性縱誕，而所與處者頗引禮法，久之，心不樂，時大言曰：「吾殺人當死，頸一茹刃耳，今乃碎磔吾肉！」遂病發，棄歸。既歸，病時作時止，日閉門與狎者數人飲噱，而深惡諸富貴人，自郡守丞以下求與見者，皆不得也。嘗有詣者伺便排户半入，渭遽手拒扉，口應曰某不在，人多以是怪恨之。晚絶穀食者十餘歲，人問何居，曰：「吾噉之久，偶厭不食耳，無他也。」尤不事生業，客幕時，有餽之洮絨十許匹者，遂大製衣被，下及所嬖私孌之服，靡不備者，一日都盡。及老貧甚，鬻手自給，然人操金請詩文書繪者，值其稍裕，即百方不得，遇窘時乃肯爲之。所受物人人題識，必償已乃以給費，不即餒餓，不妄用也。有書數千卷，後斥賣殆盡。幬莞破弊，不能再易，至藉藁寢。年七十三卒。渭爲諸生時，提學副使薛公應旂閱所試論，異之，置第一，判牘尾曰：「句句鬼語，李長吉之流也。」及被遇胡公，值比歲，公思爲渭地，諸簾官入謁，屬之曰：「徐渭，異才也，諸君校士而得渭者，吾爲報之。」時胡公權震天下，所出口無不欲争得以媚者，而偶一令晚謁，其人貢士也，公心輕之，忘不與語。及試，渭牘適屬令，事將竣，諸人乃大索獲之，則彈擿遍紙矣。人以是歎渭無命，而服薛公知人焉。渭於行草書尤精奇偉傑，嘗言吾書第一，詩二，文三，畫四，識者許之。其論書主於運筆，大概昉諸米氏云。所著文長集、闕篇、櫻桃館集各若干卷，今合刻之。註莊子内篇、參同契、黄帝素問、郭璞葬書各若干卷，四書解、首楞嚴經解各數篇，皆有新意。渭父鏓以龍里衛戍籍領貴州鄉薦。始至龍里也，士人譁之。鏓以教讀自晦，授童子孝經，故謬其讀，士人笑曰：「是不足逐也。」已而得薦，仕至夔州府同知。渭貌修偉肥白，音朗然如唳鶴，常中夜呼嘯，有羣鶴應焉。二子曰枚、枳。

陶望齡曰：越之文士著名者，前惟陸務觀最善，後則文長。自古業盛行，操翰者羞言唐宋，知務觀者鮮矣，況文長乎？文長負才，性不能謹飾節目，然蹟其初終，蓋有處士之氣，其詩與文亦然，雖未免瑕纇，有咸以成其爲文長者而已。中被詬辱，老而病廢，名不出於鄉黨，然其才力所詣，質諸古人，傳於來禩，有必不可廢者。秋潦縮，原泉見，彼陋喧氾溢者須臾耳，安能與文長道修短哉！文長没數載，有楚人袁宏道中郎者來會稽，於望齡齋中見所刻初集，稱爲奇絶，謂有明一人，聞者駭之。若中郎者，其亦渭之桓譚乎！

徐文長傳

公安袁宏道撰

余少時過里肆中，見北雜劇有四聲猿，意氣豪達，與近時書生所演傳奇絶異，題曰天池生，疑爲元人作。後適越，見人家單幅上有署田水月者，强心鐵骨，與夫一種磊塊不平之氣，字畫之中宛宛可見。意甚駭之，而不知田水月爲何人。一夕坐陶編修樓，隨意抽架上書，得闕編詩一帙，惡楮毛書，煙煤敗黑，微有字形。稍就燈間讀之，讀未數首，不覺驚躍，急呼石簣：「闕編何人作者，今耶古耶？」石簣曰：「此余鄉先輩徐天池先生書也，先生名渭，字文長，嘉隆間人，前五六年方卒。今卷軸題額上有田水月者，即其人也。」余始悟前後所疑，皆即文長一人。又當詩道荒穢之時，獲此奇秘，如魘得醒。兩人躍起，燈影下讀復叫，叫復讀，僮僕睡者皆驚起。余自是或向人或作書，皆首稱文長先生。有來看余者，即出詩與之讀，一時名公鉅匠，浸浸知嚮慕云。文長爲山陰秀才，大試輒不利，豪蕩不羈。總督胡梅林公知之，聘爲幕客。文長與胡公約，若欲客某者，當具賓禮，非時輒得出入，胡公皆許之。文長乃葛衣烏巾，長揖就坐，縱譚天下事，旁若無人，胡公大喜。是時公督數邊兵，威振東南，介胄之士膝語蛇行，不敢舉頭，而文長以部下一諸生傲之，信心而行，恣臆譚謔，了無忌憚。會得白鹿，屬文長代作表，表上，永陵喜甚，公以是益重之，一切疏記皆出其手。文長自負才略，好奇計，譚兵多中，凡公所以餌汪徐諸虜者，皆密相議然後行。嘗飲一酒樓，有數健兒亦飲其下，不肯留錢。文長密以數字馳公，公立命縛健兒至麾下，皆斬之，一軍股慄。有沙門負貲而穢，酒間偶言於公，公後以他事杖殺之，其信任多此類。胡公既憐文長之才，哀其數困，時方省試，凡入簾者，公密屬曰：「徐子天下才，若在本房，幸勿脱失。」皆曰如命。一知縣以他羈後至，至期方謁，公偶忘屬，卷適在其房，遂不偶。文長既已不得志於有司，遂乃放浪麴蘗，恣情山水。走齊魯燕趙之地，窮覽朔漠，其所見山奔海立，沙起雲行，風鳴樹偃，幽谷大都，人物魚鳥，一切可驚可愕之狀，一一皆達之於詩。其胸中又有一段不可磨滅之氣，英雄失路托足無門之悲，故其爲詩，如嗔如笑，如水鳴峽，如種出土，如寡婦之夜哭，羈人之寒起。當其放意，平疇千里，偶爾幽峭，鬼語秋墳。文長眼空千古，獨立一時，當時所謂達官貴人，騷士墨客，文長皆叱而奴之，耻不與交，故其名不出於越，悲夫！一日飲其鄉大夫家，鄉大夫指筵上一小物求賦，陰令童僕續紙丈餘進，欲以苦之。文長援筆立成，竟滿其紙，氣韻遒逸，物無遁情，一座大驚。文長喜作書，筆意奔放如其詩，蒼勁中姿媚躍出。予不能書，而謬謂文長書決當在王雅宜文徵仲之上，不論書法而論書神，先生者誠八法之散聖，字林之俠客也。間以其餘旁溢爲花草竹石，皆超逸有致。卒以疑殺其繼室，下獄論死。張陽和力解，乃得出。既出，倔强如初。晚年憤益深，佯狂益甚，顯者至門，皆距不納，當道官至，求一字不可得。時攜錢至酒肆，呼下隸與飲。或自持斧擊破其頭，血流被面，頭骨皆折，揉之有聲，或槌其囊，或以利錐錐其兩耳，深入寸餘，竟不得死。石簣言晚歲詩文益奇，無刻本，集藏於家，予所見者，徐文長集、闕編二種而已。然文長竟以不得志於時，抱憤而卒。石公曰：先生數奇不已，遂爲狂疾，狂疾不已，遂爲囹圄。古今文人牢騷困苦，未有若先生者也。雖然，胡公間世豪傑，永陵英主，幕中禮數異等，是胡公知有先生矣；表上人主悦，是人主知有先生矣，獨身未貴耳。先生詩文倔起，一掃近代蕪穢之習，百世而下，自有定論，胡爲不遇哉？梅客生嘗寄予書曰：「文長吾老友，病奇於人，人奇於詩，詩奇於字，字奇於文，文奇於畫。」予謂文長無之而不奇者也，無之而不奇，斯無之而不奇也哉，悲夫！下奇字音機。

夢遇

會稽章重記

余年十七，夢至一所，牓曰青藤處。是時尚未噪文長先生，亦不識别有號曰青藤道人也。旁睨「天池」二字，始適適然。先生出揖，肥且揚，練巾墊折，墨衣蒙戎，以瓜畫門版，魁然一大首形，曰：「余遊會稽三矣，今得子，若夙因然。子曷貌而祠我，我爲子規其方。」倏忽成一區，回宂上下，周折隱没，或籬或竹，逕達小室三楹，岑嶛幽僻，不甚軒翔，儼然當室坐，則先生像也。曰：「余良然爾，世人像予者不予肖。」更攜至一覺庭敞廈，奂奂然方挺土爲美婦人狀者，指之曰：「是既頃所見，孰是余者？」爾時聞傳唱聲漸近，見三四異人，有秉奇樹葉爲障日者，冠白羽雲綃之衣，迫視之，若楮縠，前曰：「青藤君復作塵粃遊耶？太上方課督籙文，趣駕矣。」先生笑曰：「吾適覯一畸人，聊有云寄也。」俄，鹵簿至，輪蹄雜沓，如世迎尊官儀仗，超距而别。旋踵，逢前所塑美婦人，飲泣愿隨，予叱之而甦。異之，而記於楮。以久而漸忘也。十年許，弟勷繙書得所記示余，余怳然如昨夢也。予生也晚，不及見先生，少孤陋，既非思慕所經，而是時袁中郎正發皇其詩文，陶石簣先生以桓譚目之，一時莫不斂衽者，胡爲乎尚入予夢耶？理亦可解不可解。其曰三遊會稽，生而名不出於鄉，死容有神遊八極者。而須眉色笑，流連卷暱，豎子其何以致之？顧畏壘之祝，未之前聞，抑夢境挺土之爲，亦其現化之一耶？方江陵當國時，欲以翰林待詔官先生，先生佯狂，往往臥臭塹中。作四聲猿，有所刺。先生厭毒烜赫如此，乃幾幾俎豆之間哉？籙文之説，大類昌谷。當時尚有疑義山者，予何人斯，漫言魂交？以故每欲語人，輒慚阻，意必有竊笑者。近有袁某，臨命云：「文長召我，曰：『天帝役予文，予不給，爾佐之。』」聞者嗢噱。予故益諱之。苑中數歲，逢吳翁某，年八十餘，遊先生門久。爲予言先生文行世多譌舛，如七言古中沈將軍詩，起句「打鼓者誰沈小郎」，結句「吹簫者誰勃丞相」，沈以鼓吹起行間，世呼爲小郎，褻語也，故以吹簫丞相比之，首尾呼應。而刻本改爲「將軍者誰沈家郎」，則以小郎方炎而諱之也。前後嚼然無味。五言古法相看活石頸聯「拂蒲看石長，問竹到溪潺」，拂開蒲葉看石之長，「長」「潺」對甚工。而刻本改「拂」爲「取」，「看」爲「量」，「潺」爲「灣」。詞中八月十六攜妓泛月西湖：「月倍此宵多，楊柳芙蓉暎色蹉。烏鵲不驚眠鷺穩。舟過，向前驚換幾汀莎。」刻本改「暎」爲「夜」，改「鷗鷺不眠如畫裏」。若不眠如畫，則舟過不必驚換矣。如此類者，未易一一舉也。引見其子名枳者，亦七十餘。出先生小像，與夢中無髮漂異。出先生手稿相質，果與刻本多粃謬。緣艸書既難識別，校訂者自謂能古文辭，妄自附會，塗飾成文。又書賈多貸中郎評點，刪選幾半，魚魯益更。耳食之人，尊中郎名色，失先生面目，此誠古今大寃抑事。女惡丹青之亂窈窕也，書惡淫辭之涸法度也。先生志不媚世，存吾真而已矣。然不敢遽信謂止此也，意其颷風霆凌倒景之概，固在筆墨點綴之外與？友人張宗子，嗜古無宿物，則固心寃先生久矣，因廣披其逸稿，而釐正舊刻，踵卒志焉。予惟申夙諾於夢寐中者若而年，懼棄言焉，故不敢避人謂予誑而終夭先生既死之志，因誌之卷尾，以俟後之桓君山者。

刻徐文長三集序

徐渭文長故有三集，行者文長集十六卷，闕編十卷，藏者櫻桃館集若干卷。行者板既弗善，而渭没後藏者又寖亡軼。予友商景哲及游渭時，心許爲彙刻之，及是歎曰：「吾曩雖不言，然不可心負亡者。」遂購寫而合之，屬望齡詮次，授諸梓。序曰：明興，經義盛而藝文之學寖衰，其好古博物之士，出於餘力，習晚醞薄，或未暇究於精微。其視古文辭，如書者於篆籀蟲鳥然，略取形似，傲然謂能。而睪目淺短，眩所希見者，高相唱引，遽以爲凌鍾跨王，罷斥虞柳，而不知草隸之變蓋久矣。夫物相雜曰文，文也者至變者也。古之爲文者各極其才而盡其變，故人有一家之業，代有一代之製，其窪隆可手摸，而青黄可目辨。古不授今，今不蹈古，要以屢遷而日新，常用而不可弊。然微跡其緒系，又如草隸變矣，而篆籀之法具存其間，非深於書者莫能辨也。今文人之論，則惡變而尚同，去情而悦貌，詘見事，裁己衷，以苟附古辭。夫迫而吐者不擇言，觸而書者不擇事；擇言則吐不誠，擇事則書不備；不備不誠則詞成而情事已隱，黯然若象人之無情，而土鼓之不韻。故弘正嘉隆之門，作者林立，古學爛焉修明，而所謂一家之言，一代之製，蓋有其人焉，而亦鮮矣。夫文有常新之用，有必弊之術；接而不勝遷者情也，多而不勝易者事也，虚而不勝出者才也，饒而不勝取者學也。叩虚給饒，以抒至遷，紀至易，故一日之間而供吾文者新新而不可勝用，夫安得而窮之？吾見有文左國而詩唐者矣，已則人厭之；而班馬，而漢魏，已又厭而思去之矣。方其自喜爲新奇之時，而識者已笑其陋，此必弊之術也。文長老於庠序，阨於獄，一著名於幕府。其爲詩若文，往往深於法而略於貌。文類宋唐，詩雜入於唐中晚。自負甚高，於世所稱主文柄者，不能俯出游其間，而時方高譚秦漢盛唐，其體格弗合也。居又僻在越，以故知之者少。然其文實有矩尺，詩又深奥。古之窮士如盧仝孟郊梅堯臣陳師道之徒，所爲或未能遠過也。其書既侈，刻者文取五，詩取八。如文長者，於當代不知何如，而謂之文長一家之文信矣。信矣，故仍其始名曰文長三集。

萬曆庚子春仲吉，翰林院編修同郡陶望齡譔，陳汝元書。

刻徐文長集原本述

予嘗小築卧龍山，石匱陶公讀書其中。袁中郎偶過越水訪公，公與驩飲，各别就寢矣，中郎見几上四聲猿一帙，閲竟汲趨問公，此必元人筆也。公笑曰：「否，否，越中才人徐文長作，尚有詩賦傳記表箋尺牘數萬言，與吾友商景哲雅相善，故盡得之。」遂出笥中藏，中郎忻然手翻，篝燈達旦，凡讀一篇一擊節，直恐其盡，至忘假寐。謂公曰：「才思奇爽，一種超軼不羈之致，幾空千古。景哲既以嗜古特聞，當不令此書滅没蠹魚。」晨起造予而請梓，因語予：「文長奇才，一字一句自有風裁，愈粗莽，愈奇絶，非俗筆可及。慎勿描畫失真，爲世大痛。」中郎即援筆爲序，陶公和之，閲兩月而刻成，果無不人人競賞争取，紙賈倍貴。迨予燕遊，射利子謬加評點，轉相竄易，殆不可令中郎見也。燕中名公諸大老，亦復咨嗟失真，向予索原本甚衆，政如西子自美，而嫫母其粉黛，見而疾走若避鬼物，無足怪者。今春歸，輒次第所藏板，印而行之，庶幾復見文長本色云。嗟嗟！中郎石匱篝燈夜讀狀宛然如昨，而文長且得至今存也。予亦可謂不負三君子矣。

萬曆己未歲初夏，會稽商維濬景哲父書於西湖也宜樓中。

刻徐文長佚書序

今海内無不知有徐文長矣！而倉猝邂逅之間，斷編殘簡之際，巧而合者，無如袁中郎。方其挑燈夜讀，亟呼周望，驚叫稱奇，如將欲起文長地下，與之把臂恨相見晚也。顧中郎知文長，似人盡於文；而余素知文長者，謂其人政不盡於其文。文長懷禰正平之奇，負孔北海之高，人盡知之；而其俠烈如豫讓，慷慨如漸離，人知之不盡也。正平材不容也，阿瞞巧借江夏，遂成鸚鵡洲千古遺恨；而文長見重於制府少保胡公，迺子美所不能得於嚴武者。當世廟時，人主好文，少保以白鹿進，其表故文長筆也。上覽之大悦，以是愈益寵少保，少保亦以是愈益重文長矣。時上方崇禱事，急青詞，柄政者來聘，而文長知少保與有郄，不應。其後少保以緹騎收，文長恐連，遂佯狂。尋迺卽真。居常痛少保功而讒死，寃憤不已，而力不能報，往往形之詩篇。狂中畫雪壓梅竹，而題云：「雲間老檜與天齊，滕六寒威一手提，折竹折梅因底事？不留一葉與山谿！」其感慨激烈之意，悲於擊筑，痛於吞炭，而人徒云慮禍故狂，知之政未盡也。既以狂遭酈炎之獄，先文恭力救得出，出而益自放。間嘗入長安，苦不耐禮法，遂去走塞上，與射鵰者競逐於虜騎，烟塵所出沒處，縱觀以歸。歸則捷户，不肯見一人，絶粒者十年許，挾一犬與居。人謂偃蹇玩世，狂奴故態如此，而不知其自別有得，難以世諦測也。其註參同契，逗露意指，而終不談，若此中有深入焉。不然，槌囊錐耳，寧不死，而十年絶粒，且偉碩如常哉？聞死之日，四大作黄金色，故足怪也。嘗私語余：「吾圜中大好，今出而散宕之，「迺公悮我。」此可窺其微矣。先文恭殁後，余兄弟相葬地歸，閽者言：「有白衣人徑入，撫棺大慟，道惟公知我，不告姓名而去。」余兄弟追而及之，則文長也，涕泗尚横披襟袖間。余兄弟哭而拜諸塗，第小垂手撫之，竟不出一語，遂行。捷户十年，裁此一出，嗚呼，此豈世俗交所有哉！余髫時頗爲所喜，嘗入視圜中，見囊盛所著械懸壁，戲曰：「豈先生無弦琴耶？」文長笑：「此子齒牙何利！」其闕篇成，自序用「怯里赤馬」。余偶語人：「徐先生那得誤『怯里馬赤』作『怯里赤馬』耶？」其人往告，文長曰：「幾爲後生窺破。」余山園盛有斑竹，偶月夕來飲林下，欲截一鉅者爲筒貯筆，以絲圍之，摸索未定。戲語座中人：「猱王以小猱供啖，羣百什跪而聽所擇，王手揣肥者，以石置頂爲識。已徧揣之，欲得最者，而小猱潛移石遞置癯者之頂，猱王終日揣不得食。今若曹毋爲小猱。」余戲應：「誰敢逆顔行猱王者。」文長撫掌：「是寧馨者黠如黄鸝子。」嘗欲以千秋之業進余，而余逡巡謝不敏。今東塗西抹三十年，竟成何事？胡不以此易彼哉？余負文長矣。文長性不喜對禮法士，所與狎者多詩侶酒人，亦復磊落可喜者。人與譚，輒稱佳。有柳生九，喜評騭古人。嘗恨孔明不善兵，歷數可破魏擒操處，皆失着，至欲眥裂。及去而送之，扉半闔，睨而曰：「不道短柳九辦殺曹瞞！」聞者絶倒。其詼諧謔浪，大類坡公如此。余孫維城，蒐其佚書十數種刻之，而欲余一言弁其端。爲文長蒐佚書，故亦蒐佚事與之，使知其人果不盡於其文耳。若以文，則當吾世一中郎知者足矣，何必從千載後問楊子雲也。

癸亥秋砎園居士張汝霖書於湖西公署之大樹軒。

徐文長先生佚稿序

文章之託生，與人無異，有從天而下者，有從星辰嶽瀆而降者，有仙佛度世者，有神道轉輪者，有龍鬼精怪投胎吐氣者。天之文大而近，星辰岳瀆之文奥而尊，仙佛之文旨而導，神道之文肅而準，龍鬼精怪之文奇而幻。吾以五經窺之，易如天，書如星辰岳瀆，詩禮如仙佛，春秋如神道，而龍鬼精怪之文，跳梁佚佚，每見於諸子百家。蓋此數族，實出一治。雖帶乾坤之駁氣，而原奪乾坤之間氣，正未易材也。三代以前不可考，吾於短長時尋屈原，尋列禦寇，於漢唐下尋王褒，尋楊子雲，尋維摩詰，尋李賀，尋韓柳，尋王荆公，於明尋孫太初、桑民懌、盧次楩、王稚欽、天池山人徐渭。渭之才更刁悍尖湍，欲據諸公之項而錐其頰。口無舊唾，不少譏呵；目不再覽，每多盱放。又性癖潔陰瘠，不愛錢，貧即鬻自所書畫，得飲食便止，終不蓄餘錢。不懼死，甚至感憤狂易，槊耳錘囊，終不死。不喜富貴人，縱饗以上賓，出其死獄，終以對貴人爲苦，輒逃去，與不如公槳者飲即快。卒然遭之，科頭戟手，鷗眠其几，豕接其盆，老賊呼其名氏，飲更大快。一有當意，即衰童退妓，屠販田儓，操腥熟一盛，螺蟹一提，敲門乞火，叫拍要挾，徵詩得詩，徵文得文，徵字得字。見激韻險目，走筆千言，氣如風雨之集。雖有時榮不擇茅，金常夾礫，而百琲之珠，連貫沓來，無畏之石，針堅立破。英雄氣大，未有敢當文長之横者也。文長意空一世，寧使作我，莫可人知，絶不欲有枕中之授，亦不樂有名山之封。故所著作隨付隨佚。袁中郎從陶周望架上得其闕篇等集，一夜狂走，驚呼拜跪，業已梓播人間。而張文恭父子雅與文長游好，閲見既多，筆札饒辦。其孫宗子，箕裘博雅，又廣蒐之，得逸稿分類如干卷。讀其文似厭薄王侯之鯖，獨存蔬笋之味。又如著短後衣，縋險一路，殺訖而罷。讀其詩，點法、倒法、託法、藏法，漉趣織神，每在人意中攛脆争可，巧迸口頭，必不能出者，而文長一語喝下，題事了然。讀其四六，在黛眉淡骨之間，讀其隱字對偶諸技，以天成者佳，以人勝者遜；通方言者佳，以越語者遜。總之靈異立成，爪牙皆矗。予斷以龍鬼精怪之文，起文長而署之，應以櫝受，爲我楚舞，飲八斗而醉二參也。是集也，經予讐閲者什三。予有搏虎之思，止録其神光威瀋，欲嚴文長以愛文長；而宗子有存羊之意，不遺其皮毛齒角，欲仍文長以還文長。謀不同而道自合。海内願沽者衆，其必有以處兹玉也矣。

謔菴居士王思任題。

徐文長佚草序

文長公徐渭者，越産也。一諸生而敢傲王侯，一布衣而傾動人主，其才不可謂不敏，其遇不可謂不隆。宜一躍而登，本其卓越不羈之才，出而爲雷雨經綸之望；奈數奇不偶，卒以憂憤以隕其身，悲矣！迹其生平所作詩書及畫，超然皆有逸致。惜稿本散佚，未得窺全豹爲憾。乙丑春王月，承藥庵沈君招飲，談次閒出其所藏文長佚草十卷見示。歸而尋繹其句，有所謂傳誌、書銘及畫贊、論醫、聯語等類。奥衍古峭，别開境界，文如其人，宜當時胡公聞之悦服，英主一見心傾。身雖未顯，名自千古。其佚草歷久不可磨滅；但孤本僅存，稀如星鳳，力勸藥庵君急付梨棗以公同好，是亦嘉惠士林之一助也。工既竣，爰綴數言以弁簡端。

民國十四年春王月，伴鶴居士陳師範識於沈氏抱經樓。

徐文長佚草序

余家所藏舊書不下數萬卷，竭畢生精力旁搜博采，始成巨帙，貯於抱經樓中久矣。除文人碩士踵門求請借閲外，本不願任人翻刻，放棄版權。奈近來競尚新學，於古書幾束閣不觀，恐國粹凌夷，有心人未免抱向隅之憾。當此一髮千鈞之際，德壽何人，敢心存膠執？不得不出問世。遇有誠心訪求，豈敢靳而不予，爲世詬病？故今所藏者已什去其五。又恐歷久數典忘祖，爰將各書目悉數刊印，以昭衆見。近復於舊藏本中檢有文長佚草鈔本二册，查此書於各書目無著録，亦無刊本，真希世之珍。矧文長公人品古今同仰，其書文詩畫尤精奇特兀。兹僅存鈔册，遠近轉輾傳鈔，魯魚亥豕在所不免，識者憾焉。伴鶴居士陳君一見卽拍手叫絶，屬付梓以公同好。余不敢秘，遂如所請以鋟版。若曰此乃文長功人，則余豈敢！爰誌崖畧，以告嗜古者。

民國十有四年歲次乙丑仲春，慈谿藥庵沈德壽序於百幅庵。

一枝堂稿序

自石公傳文長先生，而後天下始知有文長，始知有文長之書。此陶文史所以嘆石公爲先生桓譚也。然予大父實先生眞桓譚。未束髮時，卽已北面受弟子業。先生落筆，驚風雨，泣鬼神，然不甚愛惜，纔脱稿輒棄去，而予大父時時爲手輯之。卽如所謂一枝堂，視全集不得三之一，然而吉光片羽，丹穴一毛，收輯之力，蓋已勤矣。不謂先生一生寥落如是，乃獨有兩桓譚：一知之没後，一事之生前。没後者猶能傳其人以傳，而況生事之者哉！則予今日一枝堂之不敢私也，庶幾其成桓譚之志也。倘今天下復有一人知先生者，予知先生之書其決於醬甕之上矣。丁巳夏五仁和陸張侯識。

一枝堂稿跋

右一枝堂稿二卷，明陸張侯元錫輯徐文長集所遺而作焉。其書向有刊本，惜其鮮於流傳。嘉慶八年修山陰志，舅父廙沙先生曾採入「書籍」卷中。余徵鄉先生遺書，求之多年，皆不可得。適晤所親俞氏，以此本見眎，因亟録副墨存之。道光乙酉仲秋沈復燦記。

徐文長集序

元美于鱗，文苑之南面王也。文無二王，則元美獨矣。余衣青衿，揖王李於藩，李長鬢而修下，王短鬢而豐下，體貌無奇異而囊括無遺士。所不能包者兩人，頎偉之徐文長，小鋭之湯若士也。徐自詭江淹，遺湯藻筆，意欲包湯，湯不應。徵余牘，余亦不應。囊空無士，而晚乃包瓠肥之袁中郎所謂桓譚者矣。往余開龍月玉文之館，中郎與陶周望偕來，啖以珥食，有楊家果。中郎揉梅染珥，其章赤白，因問袁：「世文章誰爲第一？」陶睨袁匿笑曰：「將無語長孺，徐文長第一耶？」袁曰：「如君言，豈第二人乎？且讓元美家鈍賊第一耶？」偶諸生耳屬壁衣，各駭詫，聲稍稍出衣外。袁起大索。此有賊黨，可急逐之，令僵死中原白雪中。余始知文長囊有此士，奉文長居然南面王矣。當是時，文苑東坡臨御；東坡者，天西奎宿也。自天墮地，分身者四：一爲元美身，得其斗背；一爲若士身，得其燦眉；一爲文長身，得其韻之風流，命之磨蝎；袁中郎晚降，得其滑稽之口而已。借光壁府，散煒布寶。四子之文章：元美得燔豕用膠之法，若士得供石作字之法，文長得模書雙雕並搏之法，而中郎得醞釀真乙酒之法。取以調劑諸子，獨推文長，文長遂爲第一，追評選傳真爲第一矣，無聞而駭詫者矣。第燒豬了元，和墨潘衡，不甘僵死，藉令展天屏，遮天溷，接文長之末光，亦十六星之分身也。異日穎出於囊，有利無鈍，人各媚其主耳，不乃有南北朝乎，是余之調劑諸子也。奎形似履，隻履不良於行，文行遠者也。

萬曆甲寅孟秋，錢塘虞淳熙長孺父書於山館。

徐文長集序

今人見異人異書，如見怪物焉。然天下之尋常人多矣，而竟亡稱，何也？古之異人不可勝數，予所知當世如桑民悦、唐伯虎、盧次楩與山陰之徐文長，其著者也。唐盧俱有奇禍，而文長尤烈。按其生平，卽不免偏宕亡狀，偪仄不廣，皆從正氣激射而去，如劍芒江濤，政復不可遏滅。其詩文與書畫法，傳之而行者也。晝予不盡見，詩如長吉，文崛發無媚骨，書似米顛，而稜稜散散過之，要皆如其人而止，此予所爲異也。然文長見知督府胡公，胡公被讒收，文長亦以牢騷困阨死。而其詩文與書畫法，與胡公之勳伐，至今照爍，不與其人俱往。當時鄢趙諸人安在哉？世安可無異人如文長者也！鍾生瑞先嗜異人，常三復其集。因得中郎帳中本，遂喜而校刻之。武林黄汝亨序。

盛明百家詩徐文學集序

山陰徐生渭，字文長，蓋以文自戕者也。語云：「玉以瑜瑑，蘭以膏焚。」豈虚語哉！初生之輝赫黌校也，予實助其先聲。及後聲聞臺省，聲聞督撫，聲聞館閣，則生自有以致之。不意竟以白鹿一表，心悸病狂，因之罹變繫獄，惜哉！生嘗累牘望援，予阻於力。既乃以文數卷遠遺，蓋同志之士，愛其文而義助成集者。予不及助，爰就集中刻其詩賦之尤者數十篇，列於明詩後編，餘文尚有待云。嗟乎，生之集信可傳矣！古所謂有文爲不朽者，其以此與？然則文傳矣，他又何計耶？隆慶己巳冬十一月朔是堂散人錫山俞憲汝成父識。

四聲猿引

徐文長牢騷骯髒士，當其喜怒窘窮，怨恨思慕，酣醉無聊，有動於中，一一於詩文發之。第文規詩律，終不可逸轡旁出，於是調謔褻慢之詞，入樂府而始盡。所爲四聲猿：漁陽鼓快吻於九泉，翠鄉淫毒憤於再世，木蘭春桃以一女子而銘絶塞、標金閨，皆人生至奇至快之事，使世界駭咤震動者也。文長終老縫掖，蹈死獄，負奇窮不可遏滅之氣，得此四劇而少舒。所謂峽猿啼夜，聲寒神泣。嬉笑怒罵也，歌舞戰鬭也，僚之丸、旭之書也，腐史之列傳、放臣之離騷也。顧其詞風流則脫巾嘯傲，感慨則登樓悵望，幽則塚土荒魂，刻畫則地獄變相，較之漢卿實甫作喁喁兒女語者，何啻千里？袁中郎先生未識文長名，見四劇驚歎以爲異人，海内始知有文長，此太玄之於桓譚也。余因得中郎所點評者圖而行之，或謂點評詞受其妍媸，不礙板乎？圖奚爲？圖以發劇之意氣也，北拍在絃而不在板，余固審所從矣。錢塘鍾人傑瑞先撰。

四聲猿序

夫文長，曠世逸才也。其所著四聲猿，若狂鼓史之恢豪，玉禪師之玄幻，黄崇嘏花木蘭之雄才、俠節，疇不異其筆傳而墨肖者。嗟嗟！漁陽意氣，泉路難灰，世人假慈悲學大菩薩，而勤王斷國之徒，多在塗脂調粉之輩。此文長所爲頷蹙心痛者乎？是以淋漓腐紙間，如長吉囊中，鄴侯架上，古而瓦棺篆鼎，奇而海市闤婆，勇而風檣陣馬，貴而赤球碧璜，感而寒烟荒樹，幽而深巖曲澗，清素而落梅飛雪，悲淒而嘯鬼啼神，恨怨而頹垣陊殿、梗莽邱隴，怪誕而龍光蛇化、鯨呿鼇擲，蓋誠得乎君臣父子夫婦之正大快言之。而玉通一劇，尤其宗風之衍矣。宗子相曰：朝廷可使無文章之士，則鳳鳥不必鳴岐山，而麒麟爲檮杌。想徐氏以文章持世，甚赫矣，而傳奇雖海錯一臠，安在非聖世鼓吹名教云。天放道人書於鑒湖舟次。

四聲猿引

袁石公令錢塘，於蠹簡中得天池生文集二種，詫爲奇珍。因目本朝詩文，文長第一。文長名從此大著。余謂文長之視七子，猶於越諸峰非不幽折森秀，以較雲端廬阜，天半峨眉，尚覺瞠乎其後。至於四聲猿之作，俄而鬼判，俄而僧妓，俄而雌丈夫，俄而女文士，借彼異蹟，吐我奇氣，豪俊處、沈雄處、幽麗處、險奥處、激宕處，青蓮杜陵之古體耶？長吉庭筠之新聲耶？腐遷之史耶？三閭大夫之騷耶？蒙莊之南華、金仙氏之楞嚴耶？寧特與實父漢卿輩爭雄長，爲明曲之第一，卽以爲有明絕奇文字之第一，亦無不可。西陵澂道人漫題。

四聲猿題辭

沁園春讀四聲猿

才子禰衡，鸚鵡雄詞，錦繡心腸。恨老瞞開宴，視同鼓史，摻檛罵座，聲變漁陽。豪傑名高，奸雄膽裂，地府重翻姓字香。玉禪老，歎失身歌妓，何足聯芳？木蘭代父沙場，更崇嘏名登天子堂。眞武堪陷陣，雌英雄將；文堪華國，女狀元郎。豹賊成擒，鶚表新賦，誰識閨中窈窕娘？鬚眉漢，就石榴裙底，俯伏何妨？

此余歸黃伯姊知和氏所作也。伯姊著有卧月軒稿行世。今年春秋八十矣，揮毫不倦。間填此闋，其音節豪壯，褒貶謹嚴，堪與是編同垂不朽。因附刻焉。澂道人識。

四聲猿原跋

評四聲猿竟，投筆隱几，惝恍間有若朗吟杜陵「聽猿實下三聲淚」句者，驚躍狂叫曰：異哉！此余所未及評者也，其殆天池生之靈歟？然聽猿淚下，非獨杜陵云然，宜都山水記有云：「巴東三峽猿聲悲，猿鳴三聲淚沾衣。」荆州記漁者歌曰：「巴東三峽巫峽長，猿鳴三聲淚霑裳。」則猿嘯之哀，即三聲已足墮淚，而況益以四聲耶！其託意可知已。每值深秋岑寂，百慮填膺，試挾是編，覩其悲凉憤惋之詞，想其坎壈無聊之況，骨竦神悽，淚浹巫峽，何待猿啼，誠有如天池生之命名者？若夫花月閒宵，琴尊自適，展讀是編，爽氣謔音，幽異之致，横翔軼出，令我心曠情怡，不禁起舞，則又如聞天池生中夜嘯呼，羣鶴相應也。至其抑奸卽以揚善，戒淫卽以啟悟，奬勇卽以振懦，憐才卽以厲頑，爲勸爲懲，似有過二十一史。故將擬爲晴空之霆擊，清夜之鐘鳴，豈僅爲猿嘯之哀而已哉！讀四聲猿者不特宜玩其詞，更當辨其聲耳。澂道人又題。

徐山陰，曠代奇人也。行奇，遇奇，詩奇，文奇，畫奇，書奇，而詞曲爲尤奇。然而石公之傳道宕而奇，徵公之序與評俊逸而奇，後先標映，彙爲奇書。吾不辨其是徐、是袁、是顧，而祇覺其爲奇而已。顧與天下後世好奇之士讀是書而共賞其奇也。噫嘻快哉！磊砢居居士敬跋。

四聲猿好處却被徵園居士一口説盡，惹得天華紛紛欲墜，那許餘人饒舌。以我看來，演舊案爲新，就迷途起覺者，都是禪機。卽雌英雄、女學士争奇千載，無非是如來變見，激厲羣生。讀西廂記可悟道，讀四聲猿不更可悟道耶？居士批閲是書，全得是意，但襟懷落落，文采翩翩，俗士不識耳。我嘗謂徵園居士不愛逃禪，種種行事暗合如來心地。卽此一編，金光透露。西子湖濱頭陀槃譚。

余讀徵道人傀嵓記，心眼至慧，夢寐通靈，不獨文章奇絶，而實獲麟生之兆。觀其佳嗣岐嶷特出，望而知爲奇男子云。道人生平喜讀奇書，又最賞徐山陰四聲猿，稱其抑奸戒淫，奬勇憐才。山陰故已另闢洞天，道人且爲山陰大開生面，知已僅石公也哉！厥聲相感，真足動天地而變日星矣。道人直與山陰振衣巫峽顛，中夜猿聞，英雄淚落。千載賞心，當在流水高山之外。西寧子長公謹識。

大地中不生異人，雖有億萬人，謂之無人可。然生一異人而止，覺太寂寞。惟生一異人以爲之先，而復生數異人以爲之後，始覺此中花花錦錦，活活潑潑，喧喧闐闐，有無限聲情，無限意味。譬之梨園，有生無旦則不韻，有旦無外則不快耳。余小子嘗謂文長先生異人也，不可無石公先生異人之傳，文長先生四聲猿異曲也，不可無徵公先生異人之評與序跋，猶之梨園生旦外之相須也。吾輩復評徵公先生之評，復跋徵公先生之序跋，人皆以爲蛇足，我以爲鳳故不可無尾；人皆以爲屋下屋，我以爲山外不妨有山，何也？且之外不有貼旦乎？外之外不有丑與凈乎？惟其有之，則韻者益韻，快者益快，此中花花錦錦，活活潑潑，諠諠鬨鬨，聲情意味更倍於前矣。嗟嗟！三異人鼎立萬古，光明俊偉，烏得無吾輩讀異書、探異趣者承其後哉！雙柏喦學人百頓首書。

歌代嘯序

袁石公曰：唐詩外即宋詞、元曲絶今古，而雙文一劇，尤推勝國冠軍。要其妙只在流麗曉暢，使觀之目與聽之耳、歌若誦之口，俱作歡喜緣。此便出人多多許。耳食者數以駢縟相求，如藝苑所稱舉已盡，而淡黄嫩緑等業久載詩餘，何如影郎畫寵之爲風流本色也？歌代嘯不知誰作，大率描景十七，摛詞十三，而呼照曲折，字無虚設，又一一本地風光，似欲直問王關之鼎。説者謂出自文長。昔梅禹金譜崑崙奴，稱典麗矣，徐猶譏其白爲未窺元人藩籬，謂其用南曲浣紗體也。據此前説亦近似，而按以四聲猿，尚覺彼如王丞相談玄，未免時作吴語，此豈身富者後出愈奇，抑諷時者之偶有所托耶？石簣云：「姑另刻單行之，無深求。」亟如議，竢知音者。

又

世盛行徐文長氏四聲猿，聞其外又有歌代嘯四齣。脱士欲索而讀之，未獲也。偶從浙友一卒業，始知爲憤世之書。慨然曰：嗟哉！古今是非曲直名實之數，果且有定乎哉？使天下是非、曲直、名實若高山之與深谿，白堊與黑漆，了然明白，則天地亦覺不韻，人生其間亦將如草木魚蟲，乘氣俯仰而無從與其搏捖乾坤、掀翻宇宙之力。致令天下無學問，無文章，無事業，成何世界？惟是是者非之，直者曲之，有其名者不必有其實，有其實者又不必有其名，而後得以一身主持於中，學問文章，事業相偪而成，此正吾人之生趣，而造化小兒亦無從與力焉者也。嗟乎！名實果有定乎？隣之子實不竊鈇，而當疑者目遂動作態度無一不竊鈇者。生而眇不識日，或告之曰日之狀如銅槃，扣槃得聲，迺聞鐘以爲日矣。及告之曰光如燭，而捫燭得形，復謂籥與之類。其於名與實何如也！相劍者曰：白所以爲堅也，黄所以爲牣也，黄白雜則堅且牣也。難者曰：白所以爲不牣也，黄所以爲不堅也，黄白雜則不堅且不牣也。嗟哉！名實果有定乎哉？吉甫慈父伯奇寃，漢文賢君賈生屈，讒人高張，烈士無聲，忠臣去國，不潔其名，此有心者之所切齒撫心、憤懣悲歌而繼之以泣也。抑知名與實不能兩成，從古已然。似虎之圍，投麛之誚，大聖人猶爾，而況願學之者乎？然則名實顛倒之中，而學問通，而文章出，而事業起，茲焉在矣。故與其寄俯仰於天地，毋寧從顛倒場中撑持一番，斷不爲造化小兒所弄，而又何慮夫洩憤嫁禍、糊心眯目者哉！願讀者共作是觀。歲前二日脱士題。

歌代嘯題辭

蓋自三百風邈，離騷繼作，涉江哀郢，去國之念何殷？頌橘問天，憂讒之情如昨。玉賦多悲，誼鵩自薄，楚詞一書，大抵皆勞人志士憂愁幽思之所爲託也。若乃流連景物，寄短詠於詩餘；傳合奇蹤，寫長歌於曲拍。勝國風流，辭壇稱霸，豈無爲崐崙寫照，古押繪神，壯萬古之鬚眉，媿一世之巾幗者哉！然而竽吹觴濫，未免情寡而辭多；芳草王孫，因之增悲而導慾。此四筵之所驚，非獨座之所録也。文長先生溟渤文場，嵩華藝苑，田水月自會稽架見賞於公安，歌代嘯從帳中藏流行於山史。老婆心切，喚醒三千大千；正法眼藏，照透恆河弱水。其殆以嬉笑身得度，即現嬉笑身而説法矣。于是僕本書癡，更躭恨癖，每大白之夜浮，藉史策爲殽核，武安膝席何驕？灌夫駡座奚責？慼從中來，胸爲阨搤。噫嘻！曾參本不殺人，孔貌何嘗似虎，聆鈞天而充耳，覩夷光若無覩。避喧長信，惜彼班姬；掩迹朝隮，有嗟季寶。若夫貨殖寄嘆於家貧，説難稱孤於口吃，謫仙銷骨於清平，髯蘇蔽鄣於咏物，吾嘯誠不可以枚舉，安得挹洗耳之淵，以浣吾肺腑之所鬱哉！

慧業髮僧題於澹菴。